James Clavell ist nach seinen eigenen Worten »ein halbirischer Engländer mit ein paar schottischen Glanzlichtern, in Australien geboren, Bürger der Vereinigten Staaten mit Wohnsitz in Kalifornien und Kanada oder sonstwo«. Als der Krieg ausbrach, besuchte er in England noch die Public School. Von 1940 bis 1946 diente er in der britischen Armee. 1954 begann er zu schreiben, zunächst Filmdrehbücher. Sein erster Roman, »Rattenkönig«, erschien 1962 und verarbeitet Erlebnisse des Autors in einem japanischen Kriegsgefangenenlager in Singapur. Das Buch wurde in viele Sprachen übersetzt. Seine Romane »Tai-Pan, »Shōgun« und »Wirbelsturm« (alle bei Droemer Knaur) wurden Welterfolge.

Von James Clavell sind außerdem erschienen:

Shogun (Band 0653)
Noble House Hongkong (Band 1439)
Wirbelsturm (Band 3004)
Der Rattenkönig (Band 60133)

Vollständige Taschenbuchausgabe 1970, 1998

Titel der Originalausgabe »Tai-Pan«

Dieser Titel ist auch unter der Bandnummer 0235 erschienen.
Umschlaggestaltung Agentur Zero, München
Umschlagfoto Bavaria Bildagentur, Gauting
Druck und Bindung Ebner Ulm
Printed in Germany
ISBN 3-426-71108-7

5 4 3 2 1

James Clavell:
Tai-Pan

Der Roman Hongkongs

Aus dem Englischen von
Werner von Grünau

Knaur

Für Tai-tai, für Holly und für Michaela

Anmerkung des Verfassers

Mein Dank gilt den Einwohnern Hongkongs, die mir ihre Zeit und ihr Wissen zur Verfügung gestellt und mir zur Gegenwart und Vergangenheit der britischen Kronkolonie Zugang verschafft haben.
Natürlich ist das vorliegende Buch keine Geschichtsdarstellung, sondern ein Roman, den Männer und Frauen bevölkern, die der Phantasie des Autors entsprungen sind. Sie haben keinerlei reale Vorbilder.

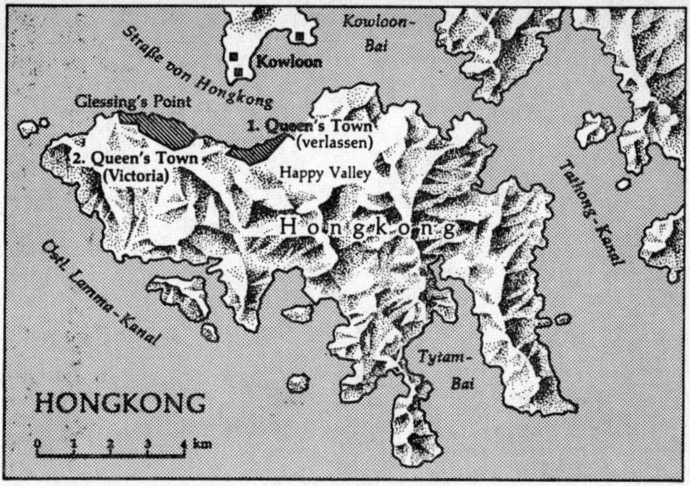
HONGKONG
Kowloon-Bai
Kowloon
Straße von Hongkong
Glessing's Point
1. Queen's Town (verlassen)
2. Queen's Town (Victoria)
Happy Valley
H o n g k o n g
Tathong-Kanal
Östl. Lamma-Kanal
Tytam-Bai
0 1 2 3 4 km

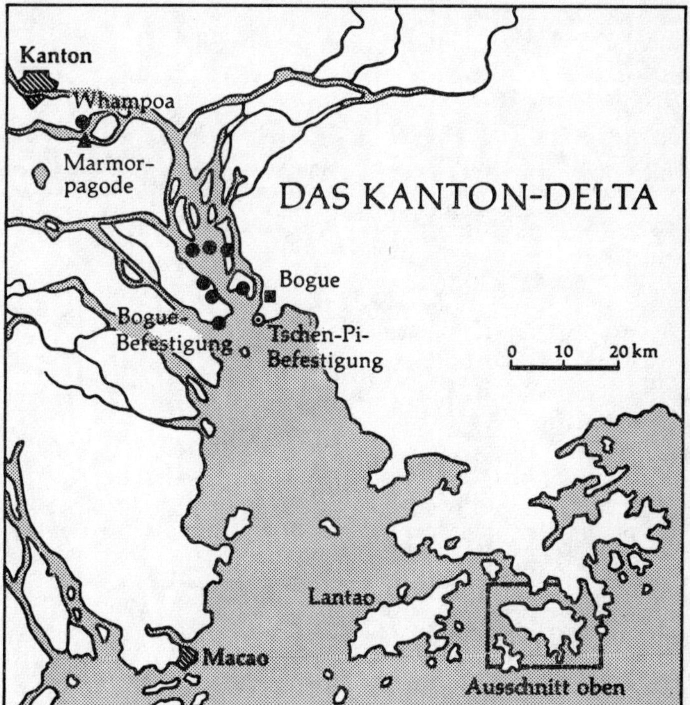
DAS KANTON-DELTA
Kanton
Whampoa
Marmor-pagode
Bogue
Bogue-Befestigung
Tschen-Pi-Befestigung
0 10 20 km
Lantao
Macao
Ausschnitt oben

Dirk Struan stieg auf das Achterdeck des Flaggschiffs H.M.S. Vengeance hinauf und schritt breitbeinig zur Gangway. Das Linienschiff, mit vierundsiebzig Kanonen bestückt, lag eine halbe Meile von der Insel entfernt vor Anker. Es war von den übrigen Kriegsschiffen der Flotte, den Truppentransportern der Expeditionsstreitkräfte, den Kauffahrteischiffen und den Opiumklippern der Chinahändler umringt.
Der Tag brach an – ein düsterer, kühler Tag – Dienstag, der 26. Januar 1841.
Während Struan das Oberdeck entlangging, blickte er zum Ufer hinüber, und Erregung wallte in ihm auf. Der Krieg mit China war so verlaufen, wie er es geplant hatte. Der Sieg entsprach seinen Vorstellungen. Und die Siegesbeute – die Insel – war das, wonach er zwanzig Jahre lang getrachtet hatte. Jetzt begab er sich an Land, um Zeuge der feierlichen Inbesitznahme zu werden. Er wollte dabeigewesen sein, wie eine chinesische Insel sich in ein Juwel in der Krone Ihrer Britischen Majestät, der Königin Victoria, verwandelte.
Die Insel war Hongkong. Dreißig Quadratmeilen felsigen Berglandes am Nordufer des gewaltigen Perlflusses im südlichen China. Rund tausend Yards vom Festland entfernt. Abweisend. Unfruchtbar. Unbewohnt bis auf ein kleines Fischerdorf an der Südküste. Genau auf dem Weg der ungeheuren Stürme gelegen, die alljährlich vom Pazifik heranbrausten. Im Osten und im Westen von gefährlichen Untiefen und Riffen gesäumt. Nutzlos für den Mandarin, in dessen Provinz sie lag.
Aber Hongkong bot den größten natürlichen Hafen der Welt. Und es war Struans Sprungbrett nach China.
»Längsseits verholen!« rief der junge Wachoffizier dem Seesoldaten in Scharlachrot zu. »Mr. Struans Langboot mittschiffs an das Fallreep!«
»Jawohl, Sir!« Der Seesoldat beugte sich über die Reling und brüllte den Befehl weiter.
»Dauert nur einen Augenblick, Sir«, sagte der Offizier und versuchte, seine Scheu vor dem großen Handelsherrn zu unterdrücken, der im Bereich des Chinesischen Meeres zu einer legendären Gestalt geworden war.
»Keine Eile, mein Sohn.« Struan war ein Riese von einem Mann, mit einem Gesicht, das von tausend Stürmen gegerbt war. Sein blauer Gehrock war mit Silberknöpfen besetzt, die enge weiße Hose hatte er nachlässig in Seestiefel gesteckt. Wie gewöhnlich war er bewaffnet – ein Messer trug er in der Rükkenfalte des Gehrocks, ein weiteres im rechten Stiefel. Er war dreiundvierzig Jahre alt, rothaarig und hatte smaragdgrüne Augen.
»Ein schöner Tag«, sagte er.
»Jawohl, Sir.«
Struan ging die Gangway hinunter, stieg in den Bug seines Langboots und lächelte Robb zu, seinem Stiefbruder, der mittschiffs saß.

»Wir sind spät dran«, rief Robb und grinste ein wenig.
»Ja. Seine Exzellenz und der Admiral haben überhaupt kein Ende gefunden.« Struan starrte einen Augenblick zur Insel hinüber. Dann machte er dem Bootsmann ein Zeichen. »Ablegen. Lassen Sie an Land rudern, Mr. McKay!«
»Zu Befehl, Sir!«
»Endlich, nicht wahr, Tai-Pan?« sagte Robb. ›Tai-Pan‹ war chinesisch und bedeutete: ›Oberster Führer.‹ In jeder Handelsgesellschaft, in jeder Armee, jeder Flotte und jeder Nation gibt es nur einen einzigen solchen Mann – den, der die wirkliche Macht in Händen hält.
»Ja«, antwortete Struan.
Er war der Tai-Pan vom Noble House.

1

»Der Teufel soll diese stinkende Insel holen«, sagte Brock, blickte sich am Strand um und starrte zu den Bergen hinauf. »Ganz China zu unseren Füßen, und wir bekommen dabei nich' mehr ab als so einen nassen Felsen, auf dem nich' mal was wächst.«
Er stand mit zwei anderen Chinahändlern am Ufer. Rings um sie her standen in Gruppen Kaufleute und Offiziere der Expeditionsstreitkräfte. Sie alle warteten auf den Offizier der Königlichen Marine, der die Zeremonie einleiten sollte. Eine Ehrenwache von zwanzig Seesoldaten war in zwei exakt ausgerichteten Gliedern neben dem Flaggenmast angetreten. Das Scharlachrot ihrer Uniformen bildete einen grellen Farbklecks in der Landschaft. Matrosen, die in ungeordneten Haufen in ihrer Nähe herumstanden, hatten soeben den Flaggenmast in die steinige Erde gesetzt.
»Bei acht Glasen sollte die Flagge geheißt werden«, erklärte Brock, und seine Stimme war rauh vor Ungeduld. »Wird eine Stunde später werden. Warum geht's denn nicht endlich los, verdammt noch mal!«
»Es bringt üblen Joss, an einem Dienstag zu fluchen, Mr. Brock«, meinte Jeff Cooper. Er war ein hagerer Amerikaner aus Boston, ein Mann mit Hakennase in einem schwarzen Gehrock, den Filzzylinder schief auf den Kopf gedrückt.
»Ganz üblen Joss!«
Coopers Begleiter, Wilf Tillman, gab es einen leichten Ruck, als er aus der näselnden Stimme des jüngeren Mannes die verborgene Schärfe heraushörte. Tillman war untersetzt, hatte ein rötliches Gesicht und stammte aus Alabama.
»Und ich sage Ihnen, dieser ganze gottverdammte Fliegendreck ist nichts anderes als übler Joss!« erklärte Brock. ›Joss‹ war ein chinesisches Wort, das Glück, Schicksal, Gott und Teufel in einem bedeutete. »Gottverdammt übel!«
»Hoffentlich nicht, Sir«, entgegnete Tillman. »Die ganze Zukunft des Chinahandels liegt jetzt hier – guter oder schlimmer Joss hin oder her.«
Brock sah auf ihn herunter. »Hongkong hat keine Zukunft. Was wir brauchen, sind offene Häfen auf dem chinesischen Festland.«

»Es gibt keinen besseren Hafen in diesen Gewässern«, antwortete Cooper. »Platz genug, um alle unsere Schiffe an Land zu setzen und zu überholen. Platz genug, um Wohnhäuser und Lagerschuppen für uns zu bauen. Endlich keine Einmischung der Chinesen mehr.«

»Eine Kolonie muß anbaufähiges Land und Bauern haben, die dieses Land bearbeiten, Mr. Cooper. Eigene Einkünfte«, erklärte Brock ungeduldig. »Ich bin hier kreuz und quer herumgelaufen, ebenso wie Sie. Wie soll man denn hier etwas ernten? Es gibt keine Felder, keine Bäche, kein Weideland. Also gibt's auch kein Fleisch und keine Kartoffeln. Alles, was wir brauchen, müssen wir einführen. Stellen Sie sich einmal vor, was das kostet! Mensch, sogar das Fischen wird lausig sein. Und wer soll denn überhaupt die Unterhaltskosten für Hongkong tragen, he? Wir und unser Handel, verdammt noch mal!«

»Du meine Güte, Mr. Brock, an eine solche Kolonie denken Sie?« rief Cooper. »Ich hatte gedacht, das Britische Reich« – er spuckte geschickt gegen den Wind – »hätte schon mehr als genug solcher Kolonien.«

Brocks Hand verirrte sich in die Nähe seines Messers. »Haben Sie eben gespuckt, weil Sie was im Hals hatten, oder haben Sie vielleicht das Empire gemeint?« Tyler Brock war ein kräftiger, einäugiger Mann, der auf die Fünfzig zuging, ebenso hart und ausdauernd wie das Eisen, das er in seiner Jugend in Liverpool hatte verhökern müssen, und ebenso kampfstark und gefährlich wie die bewaffneten Handelsschiffe, auf denen er geflohen war und über die er schließlich als Chef von *Brock and Sons* herrschen sollte. Seine Kleidung hatte eine Stange Geld gekostet, und das Messer an seinem Gürtel war mit Juwelen besetzt. Bart und Haar waren ergraut.

»Es ist kalt heute, Mr. Brock«, erwiderte Tillman hastig, innerlich über das lose Maulwerk seines jungen Partners erzürnt. Brock war kein Mann, den man reizen durfte, und offene Feindschaft mit ihm konnten sie sich noch nicht erlauben. »Ziemlich scharfer Wind, was, Jeff?«

Cooper nickte kurz. Aber er wandte seinen Blick nicht von Brock ab. Er hatte zwar kein Messer, aber dafür in seiner Tasche eine kurze Pistole von schwerem Kaliber. Er war ebenso groß wie Brock, nur schlanker und leichter, und er hatte keine Angst.

»Möchte Ihnen einen guten Rat geben, Mr. Cooper«, sagte Brock. »Besser, Sie spucken nicht so oft, wenn Sie gerade vom ›Britischen Reich‹ geredet haben. Könnten ja mal auf Leute stoßen, die so was nicht so ohne weiteres zu Ihren Gunsten auslegen.«

»Danke, Mr. Brock, ich will daran denken«, erwiderte Cooper leichthin. »Und auch ich gebe Ihnen einen Rat: es bedeutet einen üblen Joss, an einem Dienstag zu fluchen.«

Brock unterdrückte seinen Zorn. Am Ende würde er Cooper, Tillman und ihre Firma, die größte der amerikanischen Kaufleute, doch noch vernichten. Jetzt brauchte er sie allerdings als Verbündete gegen Dirk und Robb Struan. Brock verfluchte den ganzen Joss. Joss hatte Struan & Co. zum größten Handelshaus in Asien gemacht, das so reich und so mächtig war, daß die anderen Kaufleute im Chinahandel es voller Respekt und Neid *The Noble House* getauft hatten – ein vornehmes Haus also, weil es das erste war an Reichtum und an Großzügigkeit, das erste im Handel, weil es die meisten Klipper hatte, aber vor allem, weil Dirk Struan der Tai-Pan war, *der Tai-Pan* unter allen Tai-Panen Asiens. Und Joss hatte Brock ein Auge gekostet; das war vor siebzehn Jahren, in dem Jahr, in dem Struan sein Reich gegründet hatte.

Draußen auf See war es passiert, nicht weit von der Insel Tschuschan. Tschuschan lag genau südlich vom großen Hafen Schanghai, in der Nähe der Mündung des mächtigen Jangtsekiang. Brock hatte sich mit einer riesigen Ladung Opium durch den Monsun gekämpft; Dirk Struan war nur ein paar Tage später ausgelaufen, ebenfalls mit Opium beladen. Brock hatte als erster Tschuschan erreicht, seine Fracht verkauft und war wieder ausgelaufen – voller Schadenfreude darüber, daß Struan nun weiter nach Norden ziehen mußte, um an einer neuen Küste und unter neuen Gefahren sein Glück zu versuchen. Brock war nach Süden davongebraust, heimwärts – nach Macao – die Kästen mit Silber gefüllt und mit großer Fahrt vor dem Wind. Plötzlich aber war ein gewaltiger Sturm aus dem Chinesischen Meer über sie hergefallen. Die Chinesen nannten diese Stürme *tai-fung*, die Allmächtigen Winde. Die Kaufleute nannten sie Taifune. Sie waren der Schrecken aller.

Der Taifun hatte Brocks Schiff erbarmungslos zusammengeschlagen, und er war unter stürzenden Masten und Spieren begraben worden. Als er hilflos dalag, hatte ein losgerissenes Fall, vom Sturm gepackt, auf ihn eingedroschen. Seine Leute hatten ihn befreit, aber erst, nachdem das wild pendelnde Fall ihm mit dem Schäkel das linke Auge ausgeschlagen hatte. Das Schiff hatte schon schwere Schlagseite, und er half seiner Mannschaft, Takelung und Masten zu zerhacken und über Bord zu hieven. Wie durch ein Wunder hatte sich das Schiff wieder aufgerichtet. Dann hatte er sich Branntwein in die blutende Augenhöhle gegossen. Den Schmerz würde er sein Leben lang nicht vergessen.

Jetzt mußte er daran denken, wie er, lange nachdem man ihn als verloren aufgegeben hatte, in den Hafen geschlichen war. Sein schöner Dreimast-Klipper war nichts weiter mehr als ein Rumpf mit klaffenden Fugen; Masten, Kanonen und Takelung hatte die Tiefe verschlungen. Nachdem Brock Rahen und Takelage, Masten und Kanonen, Pulver, Kugeln und Mannschaften wieder ersetzt und eine neue Ladung Opium gekauft hatte, war der ganze Gewinn aus dieser einen Fahrt dahingewesen.

Struan war in einer kleinen Lorcha – einem Schiff europäischer Bauart mit chinesischer Takelung, das bei gutem Wetter für den Küstenschmuggel benutzt wurde –, in den gleichen Taifun geraten. Aber Struan, der einen glücklicheren Joss hatte, stand den Sturm durch und hatte, elegant und ungerührt wie immer, Brock an der Pier begrüßt, Spott in den grünen Augen.

Dirk und sein verdammter Joss, dachte Brock. Joss, der es Dirk ermöglicht hatte, aus dieser einen elenden Lorcha eine Flotte von Klippern und Hunderte von Lorchas zu machen, Lagerhäuser und Edelmetallreserven. Dieses gottverdammte Noble House. Joss hatte Brock and Sons auf einen gottverdammten zweiten Platz verwiesen. Auf den zweiten! Und, dachte er, Joss hat ihm auch das Ohr unseres gottverdammten, knieweichen Generalbevollmächtigten geöffnet, des Ehrenwerten gottverdammten Longstaff. Und das all die Jahre hindurch. Jetzt haben sie uns verraten und verkauft. »Die Pest über Hongkong und die Pest über Struan!«

»Hätte es Struans Plan nicht gegeben, ihr hättet den Krieg niemals so leicht gewonnen«, sagte Cooper.

Zwei Jahre zuvor war der Krieg in Kanton ausgebrochen, als der Kaiser von China, entschlossen, die Europäer zu ducken, den Versuch unternommen hatte, den Opiumschmuggel zu unterbinden, der für den britischen Handel von wesentlicher Bedeutung war. Ling, der Statthalter von Kanton, hatte das Ausländerviertel mit Truppen abgeriegelt und verlangt, daß jede Kiste Opium in Asien als Lösegeld für die wehrlosen englischen Kaufleute herausgegeben wurde. Im Lauf der Zeit waren zwanzigtausend Kisten Opium übergeben und vernichtet worden. Den Engländern wurde gestattet, sich nach Macao zurückzuziehen. Die Briten vermochten sich jedoch weder mit der Einmischung in ihren Handel noch mit der Bedrohung ihrer Staatsangehörigen abzufinden. So war das Britische Expeditionskorps vor sechs Monaten im Osten eingetroffen und angeblich Longstaff, als dem höchsten Aufsichtsbeamten über den Handel, unterstellt worden.

Struan jedoch war es gewesen, der den schlauen Plan ausgeheckt hatte, Kanton, wo alle Schwierigkeiten begonnen hatten, zu umgehen und das Expeditionskorps nach Norden, nach Tschuschan zu werfen. Struan hatte dabei die Ansicht vertreten, es müßte eine Kleinigkeit sein, diese Insel ohne Verluste einzunehmen, denn die Chinesen seien unvorbereitet und jeder modernen europäischen Flotte oder Armee gegenüber hilflos. Das Expeditionskorps sollte nur eine kleine Besatzung auf Tschuschan und ein paar Schiffe zurücklassen, damit über den Jangtse die Blockade verhängt werden konnte. Die Hauptmacht sollte nach Norden, in die Mündung des Peiho segeln und Peking bedrohen, Chinas Hauptstadt, die nur ein paar hundert Meilen weiter flußauf lag. Struan wußte, daß der Kaiser nur durch eine unmittelbare Bedrohung dazu gebracht werden konnte, sofort um Frieden zu bitten. Eine großartige Idee, die sich auch hervorragend bewährt hatte. Das Expeditionskorps war im vergangenen Juni im Osten eingetroffen. Im Juli nahm es Tschuschan ein, im August lag es vor der Mündung des Peiho. Nach zwei Wochen hatte der Kaiser einen Beamten entsandt, der Friedensverhandlungen aufnehmen sollte – zum erstenmal in der Geschichte hatte ein chinesischer Kaiser eine europäische Nation offiziell anerkannt. Der Krieg war zu Ende, und beide Seiten hatten so gut wie keine Verluste gehabt.

»Longstaff hat sehr klug gehandelt, als er diesen Plan befolgte«, sagte Cooper.

»Das hätte doch jeder Chinahändler gewußt, wie man mit den Chinesen fertig wird«, erwiderte Brock mit rauher Stimme. Er schob den Zylinder ein wenig aus der Stirn und hob seine Augenklappe an. »Warum haben sich denn Longstaff und Struan damals in Kanton auf Verhandlungen eingelassen, he? Dabei weiß jeder Idiot, daß für einen Chink ›verhandeln‹ nichts weiter bedeutet als Zeit gewinnen. Hätten drüben am Peiho bleiben sollen, bis der Friede unterzeichnet war. Aber nein, sie mußten dic Flotte zurückholen, und jetzt warten und warten wir seit sechs Monaten, daß die Kerle endlich unterschreiben.« Brock spuckte aus. »Blödsinn, völlig schwachsinnig,

Zeit und Geld hinausgeschmissen, nur wegen so einem elenden Felsen. Tschuschan hätten wir behalten sollen. So eine Insel – das wäre wenigstens was gewesen.« Tschuschan war zwanzig Meilen lang und zehn Meilen breit, der Boden der Insel war fruchtbar und fett, und Tinghai war eine große Stadt und ein guter Hafen. »Da hat man wenigstens Luft genug zum Schnaufen. Und wenn ich mit 'm kleinen Finger winke, dann blockieren drei oder vier Fregatten sogar den Jangtse. Und wer den Fluß beherrscht, der hat ganz China in der Hand. Da müßten wir hin, verdammt noch mal!«

»Tschuschan steht Ihnen noch immer zur Verfügung, Mr. Brock.«

»Das sag'n Sie so. Is' ja nich' in 'nem Vertrag übereignet worden, und so gehört's uns auch nich'.« Der scharfe Wind war immer heftiger geworden. Brock stampfte mit den Füßen.

»Vielleicht sollten Sie es Longstaff gegenüber erwähnen«, meinte Cooper. »Immerhin ein Mann, der sich Ratschlägen nicht verschließt.«

»Den meinen bestimmt. Das wissen Sie recht gut. Aber das eine will ich Ihnen sagen: Wenn das Parlament von dem Vertrag erfährt, ist die Hölle los, hol mich der Teufel.«

Cooper zündete sich einen Stumpen an. »Ich möchte Ihnen da recht geben, Mr. Brock. Es ist ein erstaunliches Stück Papier, in einer Zeit, in der ganz Europa landhungrig und machtgierig ist.«

»Sind's die Vereinigten Staaten vielleicht nich'?« Brocks Gesicht verhärtete sich. »Was is' mit den Indianern? Die Erwerbung von Louisiana? Spanisch-Florida? Jetzt linsen sie schon nach Mexiko und dem russischen Alaska. In der letzten Post steht drin, daß ihr Kanada stehlen wollt. Wie ist's damit, he?«

»Kanada ist amerikanisch und nicht englisch. Wir werden aber wegen Kanada nicht in den Krieg ziehen – es wird sich uns aus freiem Willen anschließen«, sagte Cooper und versuchte, sich seine Sorge nicht anmerken zu lassen. Er strich sich über seinen Backenbart und zog wegen des immer schärferen Windes den Gehrock fester um die Schultern. Ein Krieg mit dem britischen Empire zu diesem Zeitpunkt, das wußte er, wäre eine Katastrophe und würde Cooper-Tillman ruinieren. Zum Teufel mit den Kriegen! Trotzdem war ihm bewußt, daß die Staaten wegen Mexiko und Kanada in den Krieg ziehen mußten, falls nicht eine Regelung erfolgte. Genauso wie die Briten mit China hatten Krieg führen müssen.

»Es wird keinen Krieg geben«, meinte Tillman in dem Versuch, Cooper unauffällig zu beruhigen. Er seufzte auf und wünschte sich nach Alabama zurück. Dort kann ein Mann noch ein Gentleman sein, dachte er. Dort hatte man es nicht täglich mit den verdammten Briten zu tun oder mit einem gotteslästerlichen Dreckmaul wie Brock oder mit dem Teufel in Person, wie Struan – oder sogar mit einem so hitzigen jungen Mann und Hauptteilhaber wie Jefferson Cooper, der Boston für den Mittelpunkt der Welt hielt. »Dieser Krieg ist jedenfalls vorbei, ob's nun ein gutes oder ein schlechtes Ende war.«

»Merken Sie sich, was ich sage, Mr. Tillman«, fuhr Brock fort. »Dieser gottverdammte Vertrag wird zu nichts führen, weder für uns noch für die. Wir müssen Tschuschan behalten und Häfen auf dem chinesischen Festland öffnen. In ein paar Wochen haben wir wieder Krieg. Wenn im Juni der Wind richtig is' und das Wetter richtig is', dann muß die Flotte noch mal nach Norden, zum Peiho auslaufen. Und wenn wir wieder Krieg haben, wie sollen wir uns dann den Tee und die Seide von der letzten Ernte holen, he? Im vorigen Jahr kaum ein Geschäft, nur wegen Krieg – das Jahr zuvor überhaupt kein Geschäft, und dazu haben sie uns unser ganzes Opium gestohlen. Achttausend Kisten allein von mir. Hat mich zwei Millionen Silbertaels gekostet. In bar.«

»Das Geld ist nicht verloren«, entgegnete Tillman. »Longstaff hat uns befohlen, es schießen zu lassen. Um unser Leben auszulösen. Dafür hat er uns auf die Britische Regierung bezogene Schuldscheine gegeben. In den Vertrag ist eine entsprechende Klausel aufgenommen. Sechs Millionen Silbertaels stehen dafür zur Verfügung.«

Brock lachte rauh auf. »Glauben Sie denn wirklich, daß das Parlament für Longstaffs Papierchen geradesteht? Da stolpert doch jede Regierung, wenn sie den Zaster für das Opium verlangt. Und die sechs Millionen – mit denen werden die Kriegskosten bezahlt. Ich kenn' das Parlament besser als Sie. Ihre halbe Million Taels können Sie sich in 'n Kamin schreiben. Den Rat geb' ich Ihnen beiden. Wenn's also in diesem Jahr wieder Krieg gibt, is' es aus mit dem Handel. Und wenn es in diesem Jahr aus is' mit dem Handel, gehen wir alle bankrott. Sie, ich, jeder Chinahändler. Und sogar das gottverdammte Noble House.« Er holte mit einem Ruck seine Uhr heraus. Die Zeremonie hätte vor einer Stunde stattfinden sollen. Die Zeit verstreicht, dachte er. Tja-ja, aber nicht für Brock and Sons, bei Gott. Dirk hatte siebzehn Jahre lang eine Periode mit gutem Joss gehabt. Nun war es an der Zeit für eine Veränderung.

Brock schwelgte in dem Gedanken an seinen zweiten Sohn, Morgan, der geschickt – und skrupellos – ihre Interessen in England vertrat. Er fragte sich, ob es Morgan gelungen sei, Struans Einfluß im Parlament und in Bankkreisen zu untergraben. Wir werden dich schon noch zugrunde richten, Dirk, dachte er, und Hongkong mit dir zusammen. »Zum Teufel, warum geht's denn nicht endlich los?« rief er und eilte auf den Seeoffizier zu, der in der Nähe der Seesoldaten auf und ab schritt.

»Was ist los mit dir, Jeff? Du weißt doch, daß er mit Hongkong völlig recht hat«, sagte Tillman. »Es wäre vernünftiger, ihn nicht zu reizen.«

Cooper lächelte sein dünnes Lächeln. »Brock ist so verflucht selbstsicher. Ich konnte einfach nicht anders.«

»Wenn Brock mit der halben Million Taels recht behält, sind wir ruiniert.«

»Ja. Aber Struan wird das Zehnfache verlieren, wenn keine Zahlung erfolgt. Keine Angst, er wird sein Geld bekommen. Und dann kriegen wir auch das unsere.« Cooper blickte Brock nach. »Glaubst du, er weiß von unserer Abmachung mit Struan?«

Tillman zuckte die Achseln. »Keine Ahnung. Aber bezüglich des Vertrages ist Brocks Urteil richtig. Es ist ein dummer Vertrag, der uns eine schöne Stange Geld kosten wird.«

Während der letzten drei Monate waren Cooper-Tillman als geheime Kommissionäre für Noble House tätig gewesen. Britische Kriegsschiffe hatten die Blockade über Kanton und den Perlfluß verhängt, und britische Kaufleute durften dort keinen Handel treiben. Longstaff hatte – auf Struans Aufforderung hin – dieses Embargo als weitere Maßnahme ergriffen, um den Friedensvertrag zu erzwingen. Er wußte, daß die Lagerhäuser in Kanton mit Tee und Seide zum Bersten angefüllt waren. Aber da Amerika China keinen Krieg erklärt hatte, konnten amerikanische Schiffe ungehindert die Blockade durchfahren und den Kriegsschiffen eine lange Nase machen. So hatten Cooper-Tillman vier Millionen Pfund Tee von Tschen-tse Jin Arn – oder Jin-kwa, wie er mit Spitznamen hieß –, dem reichsten aller chinesischen Kaufleute, gekauft und sie nach Manila verschifft, angeblich für spanische Firmen. Der zuständige, spanische Beamte hatte für eine beträchtliche Bestechungssumme die notwendigen Import- und Exportpapiere ausgefertigt, und der Tee wurde – zollfrei – auf Struans Klipper verladen und in aller Eile nach England gebracht. Die Bezahlung für Jin-kwa bestand in einer Schiffsladung Opium, die heimlich irgendwo oben an der Küste von Struan geliefert wurde.

Ein hieb- und stichfester Plan, dachte Cooper. Jeder ist reicher geworden und erhält die Handelswaren, die er sich wünscht. Aber wir hätten ein Vermögen gemacht, wenn unsere Schiffe den Tee direkt nach England hätten bringen können. Und er verfluchte die britische Navigationsakte, die es nur britischen Schiffen erlaubte, Waren in englischen Häfen zu löschen. Hol sie der Teufel, sie besitzen die ganze Welt.

»Jeff!«

Cooper folgte dem Blick seines Partners. Zunächst erkannte er nicht, worauf Tillman ihn in dem überfüllten Hafen aufmerksam machen wollte. Dann aber entdeckte er das Langboot, das sich vom Flaggschiff löste, und in ihm den hochgewachsenen rothaarigen Schotten, der so mächtig war, daß er dem Parlament seine Absichten aufzwang und die größte Nation der Welt in den Krieg trieb.

»Es steht wohl kaum zu hoffen, daß Struan ertrinkt«, sagte Tillman.

Cooper lachte. »Du irrst dich in ihm, Wilf. Und ganz sicher würde sich die See nicht an ihn herantrauen.«

»Vielleicht doch, Jeff. Es wäre höchste Zeit. Bei allem, was uns heilig ist.«

Dirk Struan stand im Bug des Langboots und fing wippend die Stöße der Kabbelsee auf. Obgleich es für die Flaggenparade bereits ziemlich spät war, trieb er seine Ruderer nicht zu größerer Eile an. Er wußte, die Sache würde vor seiner Ankunft nicht beginnen.

Das Langboot befand sich dreihundert Yards vom Ufer entfernt. Die aufmunternden Rufe des Bootsmanns »Schlag, Schlag« vermischten sich mit dem heftigen Nordost-Monsun. In großer Höhe nahm der Wind offenbar an Stärke zu. Kumuluswolken trieben vom Festland her über die Insel und aufs Meer hinaus.

Im Hafen wimmelte es von Schiffen, in der Mehrzahl britische Handelsschiffe jeder Größe sowie einige amerikanische und portugiesische Fahrzeuge. Vor dem Krieg pflegten die Handelsschiffe in Macao, der winzigen portugiesischen Niederlassung auf einer Festlandszunge, vierzig Meilen südwestlich über die gewaltige Mündung des Perlflusses hinweg, vor Anker zu gehen.

Oder vor der Insel Whampoa, dreizehn Meilen südlich von Kanton. Nach chinesischem Gesetz durfte kein europäisches Schiff näher an Kanton herankommen. Auf Grund eines kaiserlichen Dekrets war der gesamte Europahandel auf diese Stadt beschränkt, in deren Mauern angeblich mehr als eine Million Chinesen lebten. Aber kein Europäer wußte es mit Sicherheit, denn keiner hatte jemals ihre Straßen betreten.

Schon in alter Zeit hatten die Chinesen strenge Gesetze erlassen, die die Europäer ihrem Land fernhalten sollten. Die Unabänderlichkeit dieser Gesetze, das Fehlen der Freizügigkeit für Europäer und die Unmöglichkeit für sie, dort Handel zu treiben, wo es ihnen gefiel, waren die Ursachen dieses Krieges gewesen.

Als das Langboot an einem Kauffahrer vorbeistrich, winkten einige Kinder Struan zu, der den Gruß erwiderte. Für die Kinder wird es ein Segen sein, endlich in einem richtigen Heim zu wohnen, auf eigenem Grund und Boden, dachte er. Bei Ausbruch des Krieges waren alle britischen Staatsbürger um ihrer Sicherheit willen auf die Schiffe evakuiert worden. Es mochten rund hundertfünfzig Männer, sechzig Frauen und achtzig Kinder sein. Einige Familien befanden sich schon nahezu ein Jahr auf einem der Schiffe.

Um die Handelsschiffe herum lagen die Kriegsschiffe des Britischen Expeditionskorps vor Anker: Linienschiffe mit 74, 44 und 22 Kanonen, Briggs und Fregatten – ein kleiner Teil der mächtigsten Flotte, die die Welt je gesehen hatte. Und dazu Dutzende von Truppentransportern mit viertausend britischen und indischen Soldaten an Bord, Angehörige der stärksten Armee der Welt.

Unter diesen Schiffen befanden sich auch die schönen Opium-Klipper mit den schräg nach hinten geneigten Masten, die schnellsten Schiffe, die jemals gebaut worden waren.

Struan fühlte jähe Erregung heiß in sich aufsteigen, als er die Insel und den sie beherrschenden Berg betrachtete, der achtzehnhundert Fuß hoch fast unmittelbar aus dem Meer aufragte.

Noch niemals hatte er seinen Fuß auf diese Insel gesetzt, obwohl er mehr über sie wußte als jeder andere Mensch. Er hatte sich geschworen, sie erst dann zu betreten, wenn sie britischer Besitz wäre. Er freute sich an seiner eigenen Starrköpfigkeit. Das hatte ihn jedoch nicht gehindert, seine Kapitäne und Robb, seinen jüngeren Bruder, an Land zu schicken, um die Insel zu erforschen. Er kannte die Riffe und Felsen, die Berge und Schluchten, und er wußte, wo er seine Lagerhäuser und das Große Haus errichten wollte und wie die Straße verlaufen würde.

Er warf einen Blick zurück auf seinen Klipper; *China Cloud*, zweiundzwanzig Geschütze. Alle Klipper von Struan & Co. führten zu Ehren seiner Mutter, einer geborenen McCloud, die vor vielen Jahren gestorben war, ›Cloud‹ in ihrem Namen. Seeleute waren damit beschäftigt, ein ohnehin blitzblankes Schiff zu reinigen und frisch zu streichen. Kanonen wurden durchgesehen, die Takelage überprüft. Achtern flatterte stolz der Union Jack, die Flagge der Gesellschaft saß an der Spitze des Besanmastes.

Die Flagge von Noble House zeigte den königlichen roten Löwen Schottlands, verschlungen mit dem kaiserlichen grünen Drachen Chinas. Sie wehte über zwanzig bewaffneten Klippern, die über die Ozeane der Welt verstreut waren, und über hundert schnellen bewaffneten Lorchas, die die Küste entlang Opium einschmuggelten. Sie wehte über drei großen Versorgungsschiffen mit Opiumvorräten – umgebaute Schiffsrümpfe von Kauffahrern, die zur Zeit im Hafen von Hongkong vor Anker lagen. Und sie wehte über der *Resting Cloud*, dem geräumigen, halbstationären Schiff, seinem Hauptquartier, in dem es Stahlkammern für Edelmetalle, Kontore und luxuriös eingerichtete Zimmerfluchten und Speiseräume gab.

Du bist eine kraftvolle Flagge, dachte Struan stolz.

Das erste Schiff, das unter dieser Flagge segelte, war eine mit Opium beladene Piratenlorcha gewesen, die er mit Gewalt geentert hatte. Die Küsten waren von Piraten, von Seeräubern verseucht. Die chinesischen und portugiesischen Behörden hatten auf Piraten eine Silberprämie ausgesetzt. Wenn die Winde den Opiumschmuggel unmöglich gemacht hatten oder er kein Opium zu verkaufen hatte, streifte er auf dem Chinesischen Meer umher. Das Geld, das er durch das Aufbringen von Piratenschiffen verdiente, legte er in Opium an.

Gottverfluchtes Opium, dachte er. Aber er wußte auch, daß sein Leben unerbittlich mit dem Opium verkettet war – und daß ohne das Opium weder Noble House noch das britische Empire bestehen konnten.

Der Grund dafür ließ sich bis in das Jahr 1699 zurückverfolgen, als das erste britische Schiff mit China friedlichen Handel trieb und Seide und, zum erstenmal, die unvergleichlichen, Tee genannten Blätter mit nach Hause brachte – eine Pflanze, die China als einziges Land auf der ganzen Welt billig und in Mengen erzeugte. Im Austausch dafür wollte der Kaiser nur Silber entgegennehmen. Und seitdem war man von dieser Gepflogenheit nicht mehr abgewichen.

Innerhalb von rund fünfzig Jahren wurde der Tee zum verbreitetsten Getränk in der westlichen Welt – insbesondere in England, der führenden Handelsnation. Und innerhalb von siebzig Jahren war der Tee zur Haupteinnahmequelle der britischen Regierung geworden. Im Verlauf eines Jahrhunderts war das britische Schatzamt durch das nach China fließende Geld in gefährlicher Weise seiner Mittel entblößt worden, und der nicht ausgeglichene Handel mit Tee und Silber entwickelte sich zu einer Katastrophe für das ganze Land.

Zu Beginn dieses Jahrhunderts hatte die Britische Ostindische Kompanie – dieses riesige, halb private und halb öffentliche Unternehmen, das durch Parlamentsbeschluß ein totales Monopol für den Handel mit Indien und ganz allgemein mit Asien besaß – mit zunehmender Verzweiflung jede nur denkbare Ware im Austausch an Stelle von Edelmetall angeboten – Baumwollstoffe, Webstühle, ja sogar Kanonen und Schiffe. Aber die Kaiser lehnten selbstbewußt ab. Sie betrachteten China als autark, verachteten die ›Barbaren‹, wie sie alle Nicht-Chinesen bezeichneten, und sahen alle Nationen der Erde bestenfalls als Vasallenstaaten Chinas an.

Vor dreißig Jahren war dann ein britischer Kauffahrer, die *Vagrant Star*, den Perlfluß hinaufgesegelt und hatte vor der Insel Whampoa Anker geworfen. Die heimliche Ladung des Schiffes bestand aus Opium, das im britischen

Bengalen billig und im Überfluß erzeugt wurde. Wenngleich Opium in China schon seit Jahrhunderten Verwendung fand – allerdings nur bei den sehr Reichen und in der Provinz Jünnan, wo ebenfalls Mohn gedieh –, galt es als Bannware. Die Ostindische Kompanie hatte den Kapitän der *Vagrant Star* insgeheim ermächtigt, das Opium anzubieten. Jedoch nur gegen Silber. Die chinesische Kaufmannsgilde, die durch kaiserliches Dekret das Monopol für den gesamten Handel mit dem Westen erhalten hatte, kaufte die Ladung und veräußerte sie unterderhand und mit hohem Gewinn. Der Kapitän der *Vagrant Star* übergab, gewissermaßen unter vier Augen, das Edelmetall den Vertretern der Kompanie in Kanton, ließ sich seinen eigenen Gewinnanteil auf eine Bank in London gutschreiben und eilte nach Kalkutta zurück, um dort erneut Opium einzukaufen.

Struan konnte sich der *Vagrant Star* gut entsinnen. Er selber war damals als Schiffsjunge an Bord gewesen. Auf diesem Schiff war er zum Mann geworden – und hatte Asien gesehen. Und damals hatte er sich auch geschworen, Tyler Brock zu vernichten, der als dritter Offizier auf der *Vagrant Star* fuhr. Struan war zwölf Jahre alt, Brock achtzehn und sehr stark. Brock hatte ihn vom ersten Augenblick an nicht leiden können und sich ein Vergnügen daraus gemacht, an ihm herumzunörgeln; er beschnitt ihm seine Verpflegungsration, teilte ihn außer der Reihe zu Wachen ein, schickte ihn bei schlechtem Wetter in die Wanten, reizte und schurigelte ihn. Bei der geringsten Verfehlung ließ er Struan an die Takelung fesseln und mit der neunschwänzigen Katze bestrafen.

Struan war zwei Jahre auf der *Vagrant Star* geblieben. Eines Nachts aber lief sie in der Malakkastraße auf ein Riff und sank. Struan schwamm an Land und schlug sich nach Singapur durch. Später erfuhr er, daß auch Brock den Schiffsuntergang überlebt hatte. Darüber war er sehr glücklich. Er wollte sich rächen, auf seine eigene Art und zu dem Zeitpunkt, den er für richtig hielt.

Struan hatte auf einem anderen Schiff angemustert. Inzwischen war von der Ostindischen Kompanie zahlreichen sorgfältig ausgewählten, unabhängigen Händler-Kapitänen heimlich die Handelslizenz erteilt und weiterhin bengalisches Opium exklusiv und zu günstigen Preisen verkauft worden. Die Kompanie strich riesige Gewinne ein und häufte große Mengen von Silberbarren an. Die chinesische Kaufmannsgilde und die Mandarine schlossen vor dem gesetzwidrigen Handel die Augen, denn auch sie machten ansehnliche Gewinne. Und da von diesen Gewinnen niemand etwas wußte, konnten sie auch nicht Gegenstand kaiserlicher Gelüste sein.

Opium wurde zur Haupthandelsware des Imports. Die Kompanie sicherte sich schon bald das Weltmonopol für Opium außerhalb der Provinz Jünnan und des Ottomanischen Reiches. Innerhalb von zwanzig Jahren entsprach das für das geschmuggelte Opium eingehandelte Silber der Silbermenge, die man für die Einfuhr von Tee und Seide hinlegen mußte.

Endlich war die Handelsbilanz ausgeglichen. Und schließlich neigte sich die Waage nach der anderen Seite: Da es zwanzigmal mehr chinesische Abnehmer als Abnehmer im Westen gab, setzte ein erschreckender Abfluß von Silber ein, den sich nicht einmal China leisten konnte. Die Kompanie schlug,

um diese Flut einzudämmen, andere Handelsgüter vor. Aber der Kaiser blieb hart: Silber gegen Tee.
Mit zwanzig Jahren war Struan Kapitän und Eigner eines Schiffes, das im Opiumgeschäft fuhr. Brock war sein Hauptrivale. Rücksichtslos machten sie einander Konkurrenz. Nach sechs Jahren beherrschten Struan und Brock den Markt.
Die Opiumschmuggler erhielten den Namen Chinahändler. Sie waren eine unerschrockene, verwegene und draufgängerische Schar von lauter Einzelgängern, Kapitänen auf eigenem Schiff – Engländer, Schotten und ein paar Amerikaner –, die mit ihren kleinen Seglern unbekümmert unbekannte Gewässer befuhren und unbekannte Gefahren auf sich nahmen. Sie fuhren zur See, um friedlich Handel zu treiben. Verdienen wollten sie, nicht erobern. Kam es aber darauf an, dann konnten ihre Fahrzeuge auch einen ordentlichen Kampf liefern. Und wenn sie Pech hatten dabei, verschwanden ihre Schiffe von den Meeren und gerieten bald in Vergessenheit.
Die Chinahändler erkannten rasch, daß sie das gesamte Risiko zu tragen hatten, während die Kompanie den Löwenanteil des Gewinns einstrich. Außerdem blieben sie von dem legalen – und äußerst gewinnbringenden – Tee- und Seidenhandel ausgeschlossen. So begannen sie, während sie weiterhin in schärfstem Konkurrenzkampf miteinander lagen, auf Struans Betreiben hin gemeinsame Sache gegen die Kompanie zu machen, um deren Monopol zu brechen. Ohne dieses Monopol konnten die Händler Opium in Silberbarren umtauschen, Silber in Tee, den Tee in die Heimat verfrachten und ihn unmittelbar auf den Weltmärkten absetzen. Die Chinahändler würden selber den Teehandel der Welt beherrschen und riesige Gewinne erzielen.
Das Parlament wurde zum Forum ihrer Agitation. Das Parlament hatte vor zwei Jahrhunderten der Kompanie ihr ausschließliches Monopol verliehen, und allein das Parlament war befugt, es wieder zu streichen. So begannen die Chinahändler, zum Äußersten entschlossen, mit hohen Einsätzen zu spielen: Sie kauften Stimmen, unterstützten Mitglieder des Parlaments, die sich für freien Wettbewerb und Freihandel einsetzten, schrieben an Zeitungen und Angehörige der Regierung. Und im selben Maße, in dem ihr Reichtum zunahm, stieg auch ihre Macht. Sie waren geduldig und zäh und ließen sich nicht unterkriegen – so, wie nur Männer sein können, die die See erzogen hat.
Die Kompanie richtete ihren ganzen Zorn gegen die Aufrührer und hatte keinesfalls die Absicht, ihr Monopol aufzugeben. Andererseits brauchte sie die Chinahändler dringend: Von ihnen kamen die Silberbarren, mit denen die Kompanie den Tee bezahlte. Mittlerweile war sie selber in völlige Abhängigkeit von den riesigen Einkünften aus dem Verkauf des bengalischen Opiums geraten. So mußten sie bei ihrem Kampf im Parlament vorsichtig vorgehen. Auch das Parlament befand sich in einer Klemme. Es verdammte zwar den Verkauf von Opium, brauchte jedoch die Einkünfte aus den Teeabgaben und aus dem Indischen Reich. Das Parlament bemühte sich daher, sowohl den Chinahändlern wie der Kompanie Gehör zu schenken, vermochte jedoch keine der beiden Parteien zufriedenzustellen.
Darauf beschloß die Kompanie, mit Struan und Brock, ihren beiden Haupt-

gegnern, ein Exempel zu statuieren. Sie zog ihre Opiumlizenzen zurück und nahm ihnen damit den Boden unter den Füßen weg.

Brock blieb noch sein Schiff, Struan jedoch nichts. Brock nahm sich heimlich einen anderen Chinahändler als Partner, gab aber den Kampf nicht auf. Struan und seine Mannschaft überfielen einen Piratenhafen südlich von Macao, zerstörten ihn und nahmen sich die schnellste Lorcha. Nun schmuggelte Struan Opium für andere Händler – natürlich unterderhand –, kaperte weitere Piratenschiffe und machte immer mehr Geld. Im Einverständnis mit den anderen Chinahändlern spielte er mit immer höheren Einsätzen, kaufte mehr und mehr Stimmen, setzte dem Parlament immer härter zu und ließ ihm keine Ruhe mehr, bis dieses stürmisch die völlige Auflösung der Kompanie forderte. Sieben Jahre zuvor hatte das Parlament ein Gesetz angenommen, das das Monopol der Kompanie für Asien aufhob und dieses dem Freihandel öffnete. Der Kompanie war jedoch das ausschließliche Recht des Handels mit Britisch-Indien gelassen worden – und das Weltmonopol für Opium. Das Parlament beklagte den Verkauf von Opium. Auch der Kompanie lag nichts daran, mit Opium zu handeln. Die Chinahändler selber hätten eine andere Massenware vorgezogen – vorausgesetzt, sie war genauso einträglich. Aber alle wußten, daß ohne Kreislauf Tee–Silber–Opium das Empire ruiniert gewesen wäre.

Nun, da sie freie Hand im Handel hatten, wurden Struan und Brock zu Handelsmagnaten. Ihre armierten Flotten wuchsen. Und, angeheizt von der Rivalität, haßten sie sich immer glühender.

Um das politische Vakuum zu füllen, das in Asien durch die Entmachtung der Kompanie und die Befreiung des Handels entstanden war, hatte die britische Regierung einen Diplomaten, den Ehrenwerten William Longstaff, zum Generalbevollmächtigten für den Handel ernannt, der ihre Interessen wahrnehmen sollte. Die Interessen der Krone aber bestanden darin, das Handelsvolumen immer weiter auszudehnen – und sich auf diese Weise größere Steuereinnahmen zu sichern – und alle anderen europäischen Mächte weiterhin auszuschließen. Longstaff war also für die Sicherheit des Handels und der britischen Staatsangehörigen verantwortlich. Seine Vollmachten waren allerdings nur ungenau umrissen, und er besaß keinerlei Machtmittel, um irgendwelche Maßnahmen durchzusetzen.

Armer, kleiner Willie, dachte Struan ein wenig boshaft. Trotz aller meiner geduldigen Erklärungen in den letzten acht Jahren ist unsere ›erhabene‹ Exzellenz, der Generalbevollmächtigte für den Handel, noch immer nicht imstande, das Nächstliegende zu erkennen.

Struan blickte zum Ufer hinüber, als die Sonne gerade über die Berge stieg und die drüben versammelten Männer plötzlich mit Licht übergoß: Freunde und Feinde, aber alle Rivalen. Er wandte sich zu Robb um. »Willst du vielleicht behaupten, daß das ein Begrüßungskomitee ist?«

Robb Struan lachte in sich hinein und setzte seinen Zylinder etwas schiefer. »Meiner Ansicht nach hoffen sie alle, wir würden ertrinken, Dirk.« Robb war dreiunddreißig Jahre alt, dunkelhaarig, glattrasiert bis auf einen kräftigen Backenbart und hatte tiefliegende Augen und eine schmale Nase. Seine Kleidung war schwarz bis auf einen Umhang aus grünem Samt, ein weißes gefälteltes Hemd und eine weiße Krawatte. Hemd- und Manschettenknöpfe waren aus Rubinen. »Mein Gott, ist das etwa Kapitän Glessing?« fragte er, die Augen unverwandt auf das Land gerichtet.

»Ganz richtig«, antwortete Struan. »Ich habe es für ratsam gehalten, ihn die Proklamation verlesen zu lassen.«

»Und was hat Longstaff zu deinem Vorschlag gesagt?«

»›Wahrhaftig, Dirk, einverstanden, wenn Sie es für klug halten.‹« Er verzog das Gesicht zu einem breiten Lächeln. »Wir haben allerhand geschafft, seit wir angefangen haben.«

»*Du*, Dirk. Als ich hierherkam, war schon alles getan.«

»Du hast den Kopf, Robb. Ich nur die Muskeln.«

»Jawohl, Tai-Pan. Nichts als die Muskeln.« Robb war es völlig klar, daß sein Stiefbruder der Tai-Pan von Struan & Co. war und daß der Tai-Pan von ganz Asien Dirk Struan hieß. »Ein herrlicher Tag für das Heißen der Flagge, was?«

»Und ob.«

Robb betrachtete ihn, als er sich wieder der Küste zuwandte. Er wirkte so riesig, als er nun dort im Bug stand, größer als die Berge und genauso hart. Wäre ich nur ein Kerl wie er, dachte Robb.

Robb war nur ein einziges Mal, kurz nach seiner Ankunft im Osten, beim Opiumschmuggel dabeigewesen. Chinesische Piraten hatten ihr Schiff angegriffen, und Robb war von lähmender Angst befallen worden. Er schämte sich dessen noch immer, obwohl Struan gesagt hatte: »Nicht so schlimm, mein Junge. Der erste Kampf ist immer eine scheußliche Sache.« Aber Robb wußte, daß er kein Kämpfer war. Er war nicht tapfer. Er diente seinem Stiefbruder auf andere Weise. Er war es, der den Tee, die Seide und das Opium einkaufte. Er sorgte für Kredite und bewachte das Silber. Er war es auch, der sich auf die immer komplizierteren Vorgänge im internationalen Handel und Finanzierungsgeschäft verstand. Er hielt ein Auge auf seinen Bruder, die Gesellschaft, ihre Flotte und sicherte sie ab. Er verkaufte den Tee in England. Er führte die Bücher und tat all die Dinge, die für das Funktionieren eines modernen Unternehmens erforderlich waren. Das wohl, sagte Robb zu sich, aber ohne Dirk bist du ein Nichts.

Struan musterte die Leute am Strand. Das Langboot war noch immer zweihundert Yards von der Küste entfernt, aber er konnte die Gesichter deutlich erkennen. Die meisten waren dem Langboot zugewandt. Struan lächelte vor sich hin.

Na, dachte er, da wären wir also alle an diesem schicksalsschwangeren Tag versammelt.

Der Seeoffizier, Kapitän Glessing, wartete geduldig darauf, mit der Flaggenparade beginnen zu können. Er war sechsundzwanzig, Kapitän auf einem Linienschiff, Sohn eines Vizeadmirals, und er war mit Leib und Seele bei der Royal Navy. Am Strand wurde es nun rasch immer heller, der Himmel am östlichen Horizont war mit hellen Wolken gefleckt.

In ein paar Tagen gibt es Sturm, dachte Glessing und sog den Wind prüfend ein. Er wandte seine Augen von Struan ab und musterte, einer Gewohnheit

folgend, den Ankerplatz seines Schiffes, einer Fregatte mit 22 Kanonen. Es war ein denkwürdiger Tag in seinem Leben. Daß neues Land im Namen der Königin in Besitz genommen wurde, geschah nicht oft, und daß er die Proklamation verlesen durfte, konnte sich auf seine Karriere nur günstig auswirken. Es gab in der Flotte viele Kapitäne, die rangälter waren als er. Aber er wußte, daß die Wahl auf ihn gefallen war, weil er die Gewässer hier wie seine Hosentasche kannte und weil sein Schiff, die *H. M. S. Mermaid*, sich in diesem Krieg besonders ausgezeichnet hatte. Leider gar kein richtiger Seekrieg, dachte er voller Verachtung. Eher ein Zwischenfall, der schon vor zwei Jahren hätte beigelegt werden können, wenn Longstaff, dieser Idiot, nur kein solcher Feigling wäre. Und wenn man mir erlaubt hätte, mit meiner Fregatte bis vor die Tore von Kanton zu segeln. Verdammt noch mal, ich hatte eine ganze elende Flotte von Kriegsdschunken versenkt, und der Weg lag frei vor mir. Ich hätte Kanton unter Beschuß genommen, diesen heidnischen Teufel, den Statthalter Ling, gefangengesetzt und ihn an einer Rahe aufgehängt.
Zornig stieß Glessing mit dem Fuß einen Stein auf dem Strand weg. Ich nehme es diesem Heiden zwar nicht übel, daß er das verfluchte Opium gestohlen hat. War ganz richtig, daß er den Schmuggel unterbinden wollte. Aber die Flagge ist beleidigt worden. Engländer von heidnischen Teufeln nur gegen Lösegeld freigegeben! Longstaff hätte mir erlauben sollen, sofort weiter vorzustoßen. Aber nein. Er hat sich lammfromm zurückgezogen, alle miteinander auf die Handelsflotte evakuiert und mich an weiterem Vorstoßen gehindert. Mich, bei Gott, der ich die ganze Handelsflotte schützen mußte. Hol ihn der Teufel! Und zum Teufel auch mit Struan, der ihn an der Nase herumführt.
Trotzdem kannst du von Glück sagen, daß du hier bist, dachte er. Das ist der einzige Krieg, den wir im Augenblick haben. Zumindest der einzige Seekrieg. Alles andere sind doch nur kleine Zwischenfälle: diese Übernahme der heidnischen indischen Staaten – bei Gott, die verehren sogar Kühe, verbrennen Witwen und werfen sich vor Götzen in den Staub –, und dann noch die Feldzüge in Afghanistan. Ein Gefühl des Stolzes wallte jäh bei dem Gedanken in ihm auf, daß er der größten Flotte der Welt angehörte. Gott sei Dank, daß er als Engländer geboren war!
Plötzlich bemerkte er, daß sich Brock ihm näherte, und war erleichtert, als ein untersetzter, dicker Mann mit Stiernacken und einem gewaltigen Bauch, der über die Hose hinausquoll, ihn aufhielt. Dieser Mann mochte in den Dreißigern sein. Es war Morley Skinner, Eigentümer der *Oriental Times*, der bedeutendsten englischen Zeitung im Osten. Glessing las jede Nummer. Die Zeitung war gut geschrieben. Eine gute Zeitung war sehr wichtig, dachte er. Es war wichtig, daß über die Feldzüge zum Ruhme Englands ausführlich berichtet wurde. Aber Skinner war ein widerlicher Mann. Und alle anderen auch. Na gut, nicht alle. Nicht der alte Aristoteles Quance.
Er blickte zu dem häßlichen kleinen Mann hinüber, der auf einer Anhöhe oberhalb des Strandes ganz allein auf einem Schemel vor einer Staffelei saß und offensichtlich eifrig malte. Glessing lachte in sich hinein und dachte an die fröhlichen Stunden, die er mit dem Maler in Macao verbracht hatte.
Außer Quance mochte Glessing keinen einzigen Menschen dort am Strand,

ausgenommen Horatio Sinclair. Horatio war ebenso alt wie er, und Glessing hatte ihn im Verlauf der zwei Jahre, die er im Osten war, recht gut kennengelernt. Horatio war auch einer der Mitarbeiter Longstaffs, sein Dolmetscher und Sekretär – der einzige Engländer im Osten, der Chinesisch in Wort und Schrift beherrschte. Sie hatten dienstlich miteinander zu tun gehabt.
Glessing überflog mit seinen Blicken den Strand und entdeckte voller Abscheu, daß Horatio unten vor der auslaufenden Brandung stand und sich mit Wolfgang Mauss unterhielt, einem Österreicher, den er, Glessing, verachtete. Pfarrer Mauss war der einzige andere Europäer im Osten, der Chinesisch zu schreiben und zu sprechen verstand. Er war ein riesiger, schwarzbärtiger Mann – ein abtrünniger Priester, Struans Dolmetscher und Opiumschmuggler. In seinem Gürtel steckten Pistolen, die Schöße seines Gehrocks hatten Stockflecken. Er hatte eine rote Knollennase, und sein langes, schwarzes, mit Grau untermischtes Haar war glanzlos und zerzaust wie sein Bart. Die paar Zähne, die er noch im Mund hatte, waren abgebrochen und braun. Das derbe Gesicht wurde von den Augen beherrscht.
Welcher Gegensatz zu Horatio, dachte Glessing. Horatio war blond, schmächtig, und seine Gesichtszüge ähnelten denen Nelsons, nach dem er genannt worden war – wegen Trafalgar und wegen des Onkels, den er dort verloren hatte.
An dem Gespräch beteiligte sich auch ein hochgewachsener, geschmeidiger Eurasier, ein junger Mann, den Glessing nur vom Sehen kannte – Gordon Tschen, Struans unehelicher Sohn.
Bei Gott, dachte Glessing, wie kann nur ein Engländer mit dieser Mischlingsbrut in aller Öffentlichkeit so herumstolzieren? Und dieser ist noch dazu gekleidet wie alle diese elenden Heiden – in ein langes Gewand und mit einem verdammten Zopf im Rücken. Bei Gott! Wären nicht die blauen Augen und die helle Haut, man könnte ihm überhaupt nicht ansehen, daß er englisches Blut hat. Warum in aller Welt schnitt er sich nicht die Haare wie ein Mann? Ekelhaft!
Glessing wandte sich ab. Wahrscheinlich ist dieser Mischling trotz allem in Ordnung. Er kann schließlich nichts dafür. Aber dieser verdammte Mauss ist ein übler Geselle. Schlecht für Horatio und schlecht für seine Schwester, die liebe Mary. Das ist einmal eine junge Dame, die kennenzulernen sich lohnte! Sie würde wahrhaftig eine gute Frau abgeben.
Er verhielt den Schritt. Zum erstenmal hatte er tatsächlich an Mary als mögliche Ehegefährtin gedacht.
Wieso eigentlich nicht? fragte er sich. Du kennst sie schon seit zwei Jahren, und sie ist die Schönste in ganz Macao. Sie führt das Haus der Sinclairs tadellos und behandelt Horatio wie einen Fürsten. Dort bekommt man auch das beste Essen in der ganzen Stadt, und das Personal regiert sie mit dem kleinen Finger. Außerdem spielt sie zauberhaft Harfe und singt wie ein Engel. Offensichtlich mag sie dich auch – denn weshalb hätte sie dich sonst aufgefordert, zum Essen zu kommen, wann immer du Lust hast, sobald ihr beide in Macao seid, du und Horatio? Warum also nicht sie als Ehefrau? Aber sie ist niemals in der Heimat gewesen. Sie hat ihr ganzes Leben unter Heiden verbracht. Sie hat auch kein Vermögen. Ihre Eltern sind tot. Doch

was macht das schon aus? Pfarrer Sinclair war zu seinen Lebzeiten ein in ganz Asien geachteter Mann, und Mary ist schön und erst zwanzig Jahre alt. Meine Aussichten sind glänzend. Ich verdiene fünfhundert im Jahr und werde eines Tages das Gutshaus und alle Ländereien erben. Wirklich, sie könnte die Richtige für mich sein. Wir könnten in der englischen Kirche in Macao heiraten und uns ein Haus mieten, bis dieses Kommando beendet ist und wir nach Hause zurückkehren können. Sobald's an der Zeit ist, werde ich zu Horatio sagen: »Horatio, alter Junge, ich möchte gern mit dir über etwas reden ...«

»Was soll denn diese Verzögerung, Käpt'n Glessing?« Brocks rauhe Stimme störte ihn aus seinen Träumereien auf. »Um acht Glasen hätte die Flagge geheißt werden sollen; es muß schon 'ne Stunde drüber sein.«

Glessing fuhr herum. Einen so anmaßenden Ton war er höchstens vom Vizeadmiral aufwärts gewohnt. »Die Flagge wird geheißt, Mr. Brock, wenn von zwei Möglichkeiten die eine oder die andere eintritt. Entweder kommt Seine Exzellenz an Land, oder es wird vom Flaggschiff aus durch einen Kanonenschuß ein Signal gegeben.«

»Und wann soll'n das sein?«

»Wie ich festgestellt habe, ist man hier noch nicht vollständig versammelt.«

»Sie meinen Struan?«

»Selbstverständlich. Ist denn nicht er der Tai-Pan vom Noble House?« Glessing hatte es mit Absicht gesagt, denn er wußte, es würde Brock reizen. Dann fügte er hinzu: »Ich schlage Ihnen vor, sich in Geduld zu fassen. Niemand hat einen von Ihnen, einen von den Händlern, meine ich, hier ans Ufer befohlen.«

Brock stieg die Röte ins Gesicht. »Es wäre gescheiter, wenn Sie sich merken würden, daß es einen Unterschied zwischen Kaufherren und Händlern gibt.« Er schob den Klumpen Kautabak in die andere Wange und spuckte neben Glessings Füße. Ein paar Speichelspritzer verunzierten nun den bisher makellosen Glanz der Schuhe mit den Silberschnallen. »Verzeihung«, sagte Brock mit gespielter Unterwürfigkeit und stolzierte davon.

Glessings Gesicht erstarrte. Wäre nicht dieses ›Verzeihung‹ noch gefallen, er hätte den Kerl zum Duell gefordert. Schweinehund, gemeiner Pöbel, dachte er voller Verachtung.

»Entschuldigen Sie, Sir«, sagte der Stabswachtmeister und grüßte, »Signal vom Flaggschiff.«

Glessing kniff die Augen gegen den scharfen Wind zusammen. Die Flaggensignale lauteten: »Alle Kapitäne um vier Glasen an Bord melden.« Glessing war in der vergangenen Nacht bei einer vertraulichen Unterredung zwischen dem Admiral und Longstaff zugegen gewesen. Der Admiral hatte dabei erklärt, der Opiumschmuggel sei die Ursache aller Schwierigkeiten in Asien. »Gottverdammt, Sir, sie haben alle kein Anstandsgefühl«, hatte er hervorgestoßen. »Sie denken an nichts weiter als an Geld. Schluß mit dem Opium, und wir werden keine verdammten Schwierigkeiten mehr mit den verdammten Heiden oder den verdammten Kaufleuten haben. Die Royal Navy wird Ihre Befehle durchsetzen, bei Gott!« Und Longstaff hatte ihm zugestimmt

– mit Recht. Ich nehme an, daß der Befehl heute bekanntgegeben wird, dachte Glessing, und es fiel ihm schwer, seine Freude zu unterdrücken. Gut. Und höchste Zeit. Möchte wohl wissen, ob Longstaff Struan gerade davon unterrichtet hat, daß er diesen Befehl ausgeben wird.
Er warf einen Blick zurück auf das Langboot, das sich gemächlich näherte. Struan faszinierte ihn. Er fühlte Bewunderung und Abscheu zugleich – für diesen Handelsschiffskapitän, der Schiffe auf allen Weltmeeren geführt und Männer, Firmen und Schiffe zum Ruhme von Noble House zugrunde gerichtet hatte. Ein ganz anderer Mann als Robb, dachte Glessing. Robb mag ich.
Gegen seinen Willen erschauerte er. Vielleicht war doch etwas Wahres an dem Zeug, das sich die Seeleute im ganzen Chinesischen Meer zuflüsterten, an diesem Gerede, daß Struan insgeheim den Teufel anbete und der Teufel ihm als Gegenleistung die Macht auf Erden verliehen hatte. Wie sollte denn sonst ein Mann seines Alters so jung aussehen und so kräftig sein, so weiße Zähne und so volles Haar haben und dazu die Reaktionsfähigkeit eines jungen Menschen, während sonst die meisten Männer in diesem Alter gebrechlich, verbraucht und dem Tode nah waren? Ganz gewiß hatten die Chinesen eine furchtbare Angst vor Struan. »Der alte grünäugige Rattenteufel« war der Beiname, den sie ihm gegeben hatten, und außerdem hatten sie eine Prämie auf seinen Kopf gesetzt. Prämien waren allerdings auf die Köpfe aller Europäer gesetzt, aber die für den Tai-Pan belief sich auf hunderttausend Silbertaels. Nur für den Toten. Denn lebendig würde ihn niemand fangen.
Gereizt versuchte Glessing seine Zehen in den engen Schnallenschuhen zu bewegen. Die Füße taten ihm weh, und er fühlte sich in seiner mit goldenen Litzen besetzten Uniform nicht wohl. Der Teufel sollte diese Verzögerung holen! Zum Teufel mit der Insel, dem Hafen und dem unsinnigen Einsatz guter Schiffe und tüchtiger Männer. Er erinnerte sich an ein Wort seines Vaters: »Elende Zivilisten. Denken immer nur an Geld oder Macht. Ehrgefühl haben sie keins, nicht das geringste. Wenn ein Zivilist Befehlshaber ist, nimm Rückendeckung, mein Sohn. Und vergiß nicht, daß sogar Nelson sein Fernrohr an sein blindes Auge halten mußte, wenn ein Idiot das Kommando hatte.« Wie kann ein Mann wie Longstaff nur so töricht sein? Dieser Mann ist doch aus einer guten Familie, von tadelloser Herkunft – sein Vater war Diplomat am spanischen Hof – oder war es am portugiesischen?
Und warum hatte Struan Longstaff dazu gedrängt, den Krieg zu beenden? Gewiß, wir bekommen einen Hafen, in dem die Schiffe der ganzen Welt vor Anker gehen können. Aber was sonst noch?
Glessing betrachtete die Schiffe im Hafen. Struans 22-Kanonen-Schiff *China Cloud*. Die *White Witch*, 22 Kanonen, der Stolz von Brocks Flotte. Und die amerikanische 20-Kanonen-Brigg von Cooper-Tillman, *Princess of Alabama*. Eins schöner als das andere. Ein Seegefecht mit ihnen müßte ein Vergnügen sein, dachte er. Den Amerikaner könnte ich versenken, das weiß ich. Brock? Schwierig, aber ich bin besser. Struan?
Glessing grübelte über ein Seegefecht mit Struan nach. Da wurde ihm bewußt, daß er Struan fürchtete. Und weil er Angst vor ihm hatte, stieg der

Zorn in ihm hoch, und ihm wurde übel, wenn er an das Geschwätz dachte, daß Struan, Brock, Cooper und all die Chinahändler keine Piraten seien. Verdammt noch mal, fluchte er in sich hinein, sobald der Befehl heraus ist, werde ich ein Geschwader führen, das sie alle in die Luft gehen läßt.

Aristoteles Quance saß mürrisch vor dem halbfertigen Gemälde auf seiner Staffelei. Er war ein kleiner Mann mit graumeliertem schwarzem Haar. Seine Kleidung, in der er unglaublich anspruchsvoll war, entsprach der letzten Mode: enge graue Hosen, weiße Seidensocken und schwarze geschnürte Schuhe, perlgraue Seidenweste und schwarzer Gehrock. Dazu hoher Kragen und eine Perle in der Krawatte. Halb Engländer und halb Ire, war er mit seinen achtundfünfzig Jahren der älteste Europäer im Osten.

Er setzte seine Goldrandbrille ab und putzte sie mit einem blütenweißen Taschentuch, das mit französischer Spitze eingefaßt war. Ich bin traurig, daß ich diesen Tag erleben muß, dachte er. Verfluchter Dirk Struan! Wäre er nicht, gäbe es auch kein verdammtes Hongkong.

Er wußte, daß er das Ende einer Epoche miterlebte. Hongkong wird Macao zerstören, dachte er. Es wird ihm den ganzen Handel stehlen. Alle englischen und amerikanischen Tai-Pane werden ihre Hauptquartiere hierher verlegen. Sie werden hier leben und hier bauen. Dann werden alle portugiesischen kaufmännischen Angestellten nachkommen. Und alle Chinesen, die von Europäern und vom Handel mit dem Westen leben. Aber ich lasse mich niemals hier nieder, schwor er sich. Von Zeit zu Zeit komme ich hierher, um Geld zu verdienen, aber meine Heimat wird stets Macao bleiben.

Seit mehr als dreißig Jahren lebte er nun in Macao, und als einziger von allen Europäern betrachtete er den Osten als seine Heimat. Alle anderen kamen nur auf ein paar Jahre und reisten wieder ab. Es blieben nur, die starben. Aber auch sie bestimmten im Testament, wenn sie es sich leisten konnten, daß ihr Leichnam ›nach Hause‹ gebracht würde.

Ich werde mich in Macao begraben lassen, Gott sei Dank, sagte er zu sich. So schöne Zeiten habe ich dort verlebt – wir alle eigentlich. Aber das ist vorbei. Hol der Teufel den Kaiser von China! Was für ein Idiot, ein Gebäude einzureißen, das vor einem Jahrhundert mit solchem Geschick errichtet worden ist.

Alles hatte so gut geklappt, dachte Quance verbittert, aber jetzt ist es zu Ende. Jetzt haben wir uns Hongkong genommen. Und jetzt, da England im Osten festen Fuß gefaßt hat und die Händler von der Macht gekostet haben, werden sie sich nicht mit Hongkong allein begnügen. »Na schön«, sagte er unbewußt laut, »der Kaiser wird ernten, was er gesät hat.«

»Warum so niedergeschlagen, Mr. Quance?«

Quance setzte seine Brille auf. Morley Skinner stand unten an der Anhöhe.

»Nicht niedergeschlagen, junger Mann. Traurig. Künstler haben ein Recht darauf – jawohl, eine Verpflichtung –, traurig zu sein.« Er stellte das unfertige Bild beiseite und befestigte einen sauberen Bogen Papier auf seiner Staffelei.

»Ganz Ihrer Meinung, ganz Ihrer Meinung.« Skinner stapfte schwerfällig den Hang hinauf. Seine hellbraunen Augen sahen aus wie der Bodensatz von abgestandenem Bier. »Ich wollte Sie nur gerade nach Ihrer Ansicht über diesen entscheidenden Tag fragen. Möchte nämlich eine Sondernummer herausgeben, aber ohne ein paar Worte von unserem ältesten Mitbürger wäre eine solche Nummer nicht vollständig.«

»Ganz richtig, Mr. Skinner. Sie dürfen also sagen: ›Mr. Aristoteles Quance, unser führender Künstler, Bonvivant und geliebter Freund, hat es abgelehnt, eine Erklärung abzugeben, da er gerade damit beschäftigt war, ein neues Meisterwerk zu schaffen.‹« Er nahm eine Prise Schnupftabak und nieste gewaltig. Dann wischte er mit seinem Taschentuch den verstreuten Schnupftabak von seinem Gehrock und die Niesflecken vom Papier. »Ich wünsche Ihnen einen guten Tag, Sir.« Wieder konzentrierte er sich auf das Papier. »Sie wirken sich störend auf die Unsterblichkeit aus.«

»Ich weiß genau, wie Ihnen zumute ist«, antwortete Skinner mit einem freundlichen Kopfnicken. »Weiß, was Sie empfinden. Mir geht es auch so, wenn ich etwas Wichtiges zu schreiben habe.« Er stampfte davon.

Quance traute Skinner nicht über den Weg. Das tat niemand. Zumindest keiner, der in seiner Vergangenheit irgendeinen dunklen Fleck hatte, und hier hatte jeder etwas, was er verbergen wollte. Skinner aber machte sich ein Vergnügen daraus, die Vergangenheit auszugraben.

Die Vergangenheit. Quance dachte an seine Frau und erschauerte. Donnerschlag noch eins! Wie hatte ich auch so dumm sein können, mir einzureden, dieses irische Ungeheuer könnte eine passende Frau abgeben? Gott sei Dank ist sie in ihr irisches Moor zurückgekehrt und hat niemals wieder mein Firmament verdunkelt. Die Frauen sind die Ursache aller Leiden der Männer. Na ja, fügte er vorsichtig hinzu, nicht alle Frauen. Nicht die liebe, kleine Maria Tang. Das sinnlichste Mädchen, das ich jemals gesehen habe. Und wenn jemand eine unnachahmliche Kreuzung von Portugal und China kennengelernt hat, so bist du es, mein lieber schlauer Quance. Verdammt, ich führe ein herrliches Leben.

Da wurde ihm bewußt, daß er, wenngleich Zeuge des Endes einer Epoche, auch ein Teil der neuen war. Nun wurde wiederum Geschichte gemacht, und er würde zuschauen und darüber berichten. Ein Augenzeuge. Neue Gesichter, die man zeichnen konnte. Neue Schiffe zu malen. Eine neue Stadt, die er festhalten mußte. Und neue Mädchen, mit denen er flirten würde, und neue kleine Hintern zum Tätscheln.

»Traurig? Niemals!« brüllte er. »Mach dich an die Arbeit, Aristoteles, du alter Esel!«

Die Männer am Strand, die Quance hörten, lachten einander zu. Er war ungemein beliebt, und alle suchten seine Gesellschaft. Manchmal führte er Selbstgespräche.

»Dieser Tag wäre ohne unseren guten, alten Aristoteles nicht vollkommen«, sagte Horatio Sinclair lächelnd.

»Ja.« Wolfgang Mauss kratzte sich den Bart, weil ihn die Läuse bissen. »Er ist so häßlich, daß einem sein Gesicht fast wohltut.«

»Mr. Quance ist ein großer Künstler«, erklärte Gordon Tschen. »Daher ist er auch schön.«

Mauss wandte sich schwerfällig um und starrte den Eurasier an. »›Interessant‹ wäre hier das richtige Wort, mein Junge. Habe ich dich Jahre hindurch unterrichtet, damit du noch immer nicht den Unterschied zwischen ›interessant‹ und ›schön‹ begriffen hast, he? Und ein großer Künstler ist er nicht. Er hat zwar einen ausgezeichneten Stil, und er ist mein Freund, aber es fehlt der Zauber des großen Meisters.«

»Ich hatte ›schön‹ in künstlerischem Sinn gemeint, Sir.«

Horatio hatte den plötzlichen Ausdruck von Gereiztheit auf Gordon Tschens Gesicht beobachtet. Armer Gordon, dachte er mitleidig. Gehört weder zur einen noch zur anderen Welt. Versucht verzweifelt, Engländer zu sein, und trägt trotzdem chinesische Kleidung und einen Zopf. Obwohl alle wußten, daß er das uneheliche Kind des Tai-Pan mit einer chinesischen Hure war, erkannte ihn doch keiner offen an – nicht einmal sein Vater. »Ich finde, er ist ein wunderbarer Maler«, sagte Horatio beschwichtigend. »Und ein wunderbarer Mensch. Seltsam, wie alle ihn verehren, und dennoch hat mein Vater nichts von ihm gehalten.«

»Ach, Ihr Vater«, sagte Mauss. »Er war ja ein Heiliger unter den Menschen. Er hatte hohe christliche Ideale, nicht so wie wir armen Sünder. Möge er in Frieden ruhen.«

Nein, dachte Horatio. Möge er im Höllenfeuer braten. Auf ewig.

Pfarrer Sinclair hatte zu der ersten Gruppe englischer Missionare gehört, die sich vor rund dreißig Jahren in Macao niederließen. Er hatte sich an der Übersetzung der Bibel ins Chinesische beteiligt und war einer der Lehrer in der englischen Schule gewesen, die die Mission gegründet hatte. Sein ganzes Leben lang war er als ein aufrechter Bürger respektiert worden – nur nicht vom Tai-Pan –, und als er vor sieben Jahren starb, wurde er als ein frommer Mann zu Grabe getragen.

Horatio brachte es zwar über sich, seinem Vater zu verzeihen, daß er seine Mutter in einen frühen Tod getrieben hatte; er verzieh ihm auch die erhabenen Grundsätze, die aus ihm einen engstirnigen Tyrannen gemacht hatten, seine fanatische Verehrung eines furchteinflößenden Gottes, seinen zielstrebig besessenen Bekehrungseifer und alle Prügel, die er seinem Sohn verabfolgt hatte. Aber selbst nach allen diesen Jahren vermochte er ihm nicht zu verzeihen, daß er Mary geschlagen hatte, und auch nicht die Verwünschungen, die er auf das Haupt des Tai-Pan gehäuft hatte.

Der Tai-Pan war es gewesen, der die kleine Mary auflas, als sie mit sechs Jahren voller Entsetzen davongerannt war. Er hatte sie beruhigt und getröstet und sie dann zu ihrem Vater zurückgebracht; ihn hatte er gewarnt, er würde ihn von seiner Kanzel herunterreißen und mit einer Pferdepeitsche durch die Straßen von Macao treiben, wenn er jemals wieder Hand an sie legte. Seitdem hatte Horatio den Tai-Pan vergöttert. Das Prügeln hatte zwar aufgehört, aber dafür gab es andere Strafen. Arme Mary.

Beim Gedanken an Mary schlug sein Herz schneller, und er blickte zum Flaggschiff hinüber, wo sie vorläufig wohnten. Er wußte, daß sie ihrerseits das Ufer beobachtete und daß sie ebenso wie er die Tage zählte, bis sie glücklich wieder in Macao wären – nur vierzig Meilen weiter südlich und doch so unendlich weit weg. Er hatte die ganzen sechsundzwanzig Jahre seines

Lebens in Macao verbracht, ausgenommen ein paar Jahre in der englischen Heimat, wo er zur Schule gegangen war. Die Schule hatte er gehaßt, daheim wie in Macao. Er hatte es gehaßt, von seinem Vater unterrichtet zu werden; verzweifelt hatte er sich bemüht, es ihm recht zu machen, ohne daß es ihm jemals gelungen wäre. Ganz anders als Gordon Tschen, der als erster Mischling in die Schule von Macao aufgenommen wurde. Gordon Tschen war ein hervorragender Schüler und hatte Pfarrer Sinclair stets zufriedenzustellen vermocht. Aber Horatio beneidete ihn nicht: Auch Gordon Tschen hatte seinen Quälgeist gehabt – Mauss. Für jede Tracht Prügel, die er von seinem Vater bekommen hatte, mußte Gordon Tschen deren drei von Mauss einstecken. Auch Mauss war Missionar; er unterrichtete in Englisch, Latein und Geschichte.

Horatio zuckte die Achseln. Er sah, daß Mauss und Gordon unverwandt dem Langboot entgegenblickten, und er fragte sich, warum Mauss in der Schule dem jungen Mann gegenüber so streng gewesen war – warum er so viel von ihm verlangt hatte. Wahrscheinlich, so nahm er an, lag es daran, daß Wolfgang Mauss den Tai-Pan haßte. Weil der Tai-Pan ihn durchschaut und ihm Geld und die Stellung eines Dolmetschers auf seinen Schmuggelfahrten die Küste entlang angeboten hatte. Dafür erlaubte er Mauss auch, wo immer das Schiff vor Anker ging, chinesische Bibeln und Traktate zu verteilen und vor den Heiden zu predigen – jedoch erst nachdem das Opiumgeschäft abgeschlossen war. Er konnte sich vorstellen, daß Mauss sich selber verachtete, weil er ein solcher Heuchler war und sich an so üblen Geschäften beteiligte. Weil er sich gezwungen sah, sich einzureden, daß der Zweck die Mittel heilige, obwohl er ganz genau wußte, wie wenig dies zutraf.

Du bist ein sonderbarer Mann, Wolfgang, dachte er. Er erinnerte sich jenes Tages im vergangenen Jahr, als er sich nach der Besetzung auf die Insel Tschuschan begeben hatte. Mit Einverständnis des Tai-Pan hatte Longstaff Mauss vorläufig zum Polizeichef ernannt, um das Kriegsrecht und die britischen Gesetze durchzusetzen.

Entgegen allen Gepflogenheiten waren in Tschuschan strenge Befehle erlassen worden, die jedes Plündern untersagten. Mauss hatte jedem Plünderer – ob Chinese, Inder oder Engländer – einen fairen Prozeß in einer öffentlichen Verhandlung gemacht. Aber er hatte jeden einzelnen zum Tod durch den Strang verurteilt, wobei er sich stets der gleichen Worte bediente: »Gott im Himmel, vergib diesem armen Sünder. Hängt ihn!« Das Plündern hörte bald auf.

Da Mauss zwischen den einzelnen Hinrichtungen im Gerichtssaal gern seinen Gedanken nachhing, hatte Horatio erfahren, daß er dreimal verheiratet gewesen war, jedesmal mit einer Engländerin, die beiden ersten waren an der Ruhr gestorben, die augenblickliche war kränklich; daß Mauss zwar ein hingebungsvoller Gatte war, der Teufel ihn jedoch noch immer mit Erfolg zum Besuch der Bordelle und Ginkneipen in Macao verleitete; daß Mauss sein Chinesisch von den Heiden in Singapur gelernt hatte, wohin er als junger Missionar entsandt worden war; daß er von den vierzig Jahren seines Lebens zwanzig in Asien verbracht hatte, ohne ein einziges Mal nach England zurückzukehren; daß er jetzt stets mit Pistolen im Gürtel umherlief, denn:

»Man weiß nie, Horatio, ob einen diese heidnischen Teufel umbringen wollen oder diese heidnischen Piraten ausrauben.« Daß er alle Menschen als Sünder betrachtete – sich selber zuallererst; und daß es sein einziges Lebensziel war, die Heiden zu bekehren und China in ein christliches Land zu verwandeln.

»Woran denken Sie?« Horatio wurde jäh aus seinen Gedanken gerissen. Mauss stand vor ihm und betrachtete ihn forschend. »Ach, an nichts weiter«, erwiderte er hastig. »Ich habe . . . ich habe eben nur nachgedacht.«

Mauss kratzte sich besinnlich den Bart. »Ich auch. Das ist so ein Tag zum Nachdenken, nicht? In Asien wird nichts mehr so bleiben, wie es war.«

»Nein. Wahrscheinlich nicht. Werden Sie von Macao wegziehen und sich hier niederlassen? Hier bauen?«

»Ja. Es wird schön sein, Land zu besitzen, eigenen Grund und Boden, weit weg von diesem papistischen Pfuhl. Meiner Frau wird es gefallen. Aber mir? Ich bin meiner Sache nicht so sicher. Ich gehöre dorthin«, fügte Mauss von Sehnsucht überwältigt hinzu und wies mit seiner gewaltigen Faust zum Festland hinüber.

Horatio bemerkte, wie sich Mauss' Augen verdunkelten, als er in die Ferne blickte. Warum ist China so faszinierend? fragte er sich.

Mißmutig schweiften seine Blicke über den Strand. Er wußte, daß es darauf keine Antwort gab. Wäre ich nur reich. Nicht so reich wie der Tai-Pan oder Brock. Aber so reich, daß ich mir ein schönes Haus bauen, alle Händler bei mir zu Besuch haben und mit Mary eine großartige Reise durch Europa machen könnte.

Es machte ihm Spaß, Dolmetscher und Privatsekretär Seiner Exzellenz zu sein, aber er brauchte mehr Geld. In dieser Welt mußte man Geld haben. Mary müßte Ballkleider und Diamanten bekommen. Aber andererseits war er froh, daß er sich sein tägliches Brot nicht wie die Händler verdienen mußte. Die Händler mußten skrupellos sein, allzu skrupellos, und sie lebten gefährlich und in ständiger Unsicherheit. Es gab viele, die sich heute für reich hielten und in einem Monat ruiniert sein konnten. Ein Schiffsverlust, und man war möglicherweise erledigt. Sogar Noble House wurde von Zeit zu Zeit von einem Schlag getroffen. Die *Scarlet Cloud* beispielsweise war bereits seit einem Monat überfällig. Vielleicht hatte man sie, einen zusammengeschlagenen Schiffsrumpf, irgendwo auf einer Insel, die auf keiner Karte verzeichnet war, zwischen hier und dem Vandiemensland auf Strand gesetzt, zum Kielholen – zweitausend Meilen von ihrem Kurs entfernt. Noch wahrscheinlicher lag sie auf dem Meeresgrund mit Opium für eine halbe Million Guineen im Bauch.

Und dazu kam noch all das, was man als Händler zu tun gezwungen war, anderen Menschen und sogar Freunden gegenüber, allein um sich über Wasser zu halten, vom Wohlstand noch gar nicht zu reden. Entsetzlich.

Er sah, wie Gordon Tschen das Langboot unverwandt anstarrte, und fragte sich, woran er wohl denke. Das Dasein eines Mischlings mußte furchtbar sein, dachte er. Ich glaube, daß er in Wirklichkeit den Tai-Pan haßt, obwohl er so tut, als sei's gerade umgekehrt. Ich täte es jedenfalls . . .

Gordon Tschen war mit seinen Gedanken beim Opium. Er segnete es. Ohne Opium gäbe es kein Hongkong – und Hongkong ist, so dachte er mit wilder Genugtuung, die großartigste Gelegenheit für mich, viel Geld zu verdienen, die beste, die ich mir nur wünschen kann, und das unglaublichste Stück Joss für China.
Gäbe es kein Opium, sagte er zu sich, gäbe es auch keinen Chinahandel. Gäbe es keinen Chinahandel, hätte der Tai-Pan auch niemals das Geld gehabt, meine Mutter aus dem Bordell freizukaufen, und ich wäre niemals geboren. Das Opium hat das Geld für das Haus hergeschafft, das Vater vor Jahren Mutter in Macao geschenkt hat. Es hat Geld hergeschafft für unser Essen und für unsere Kleidung, für meine Schulausbildung, für meine englischsprechenden und für meine chinesischsprechenden Lehrer, so daß ich heute der am besten ausgebildete junge Mann hier im Osten bin.
Er streifte Horatio Sinclair, der mit gefurchter Stirn sich am Strand umsah, mit einem Blick. Plötzlich schoß Neid in ihm hoch, darüber, daß man Horatio nach England in die Schule geschickt hatte. Er selber war niemals in der Heimat gewesen.
Aber er drängte dieses Gefühl des Neides wieder zurück. Die Heimat kommt später dran, versicherte er sich zufrieden. In ein paar Jahren.
Wieder wandte er sich dem Langboot zu. Er vergötterte den Tai-Pan. Niemals hatte er Struan ›Vater‹ genannt und niemals dieser ihn mit ›mein Sohn‹ angeredet. Er hatte überhaupt nur zwanzig- oder dreißigmal in seinem Leben mit ihm gesprochen. Aber er versuchte, alles zu tun, damit dieser Vater sehr stolz auf ihn war. Insgeheim dachte er an ihn stets als ›Vater‹. Immer wieder segnete er ihn dafür, daß er seine Mutter als dritte Frau an Tschen Scheng verkauft hatte. Das war für mich ein riesiger Joss, dachte er.
Tschen Scheng war Kommissionär für Noble House und für Gordon Tschen fast ein Vater. Diese chinesischen Kommissionäre kauften und verkauften im Namen eines ausländischen Unternehmens. Jeder Posten, ob groß oder klein, ging durch die Hände dieses Kommissionärs. Es war üblich, daß er einen gewissen Prozentsatz aufschlug. Darin lag sein persönlicher Gewinn. Aber seine Einnahmen waren von dem Erfolg seines Hauses abhängig, und unbezahlt gebliebene Ware ging zu seinen Lasten. Er mußte also sehr vorsichtig und sehr geschickt vorgehen, wenn er reich werden wollte.
Ach, dachte Gordon Tschen, so reich zu sein wie Tschen Scheng! Oder noch besser, wie Jin-kwa, Tschen Schengs Onkel. Er lächelte vor sich hin, denn es machte ihm immer wieder Spaß, daß die Briten mit chinesischen Namen solche Schwierigkeiten hatten. Jin-kwas wirklicher Name war eigentlich Tschen-tse Jin Arn, aber sogar der Tai-Pan, der Tschen-tse Jin Arn seit fast dreißig Jahren kannte, konnte den Namen noch immer nicht aussprechen. So hatte ihm der Tai-Pan vor Jahren den Spitznamen ›Jin‹ gegeben. Das ›kwa‹ war nur eine Verballhornung eines chinesischen Wortes, das ›Herr‹ bedeutete.
Gordon Tschen wußte, daß die Chinesen nichts gegen ihre Spitznamen hatten. Sie amüsierten sich nur darüber, denn in ihren Augen waren diese Namen lediglich ein weiterer Beweis für den Mangel an Kultur bei den Barbaren. Er erinnerte sich, wie er vor Jahren als Kind Tschen-tse Jin Arn und Tschen

Scheng heimlich durch ein Loch in der Gartenmauer beobachtet hatte, während sie Opium rauchten. Er hatte gehört, wie sie miteinander über Seine Exzellenz gelacht hatten: Die Mandarine in Kanton hatten nämlich Longstaff den Spitznamen ›Widerlicher Penis‹ angehängt – ein Scherz, der sich auf seinen Namen bezog –, und länger als ein Jahr waren die chinesischen Buchstaben für diese kantonesische Übersetzung bei offiziellen, an Longstaff gerichteten Schreiben verwendet worden – bis Mauss Longstaff davon erzählt und damit einem herrlichen Spaß ein Ende bereitet hatte.
Verstohlen blickte er nun zu Mauss hinüber. Er respektierte ihn, weil er ein so unerbittlicher Lehrer war, und er war ihm auch dankbar, weil er ihn gezwungen hatte, der beste Schüler in der Schule zu werden. Aber er verachtete ihn auch, weil er so dreckig war und so stank. Und er verachtete ihn wegen seiner Grausamkeit.
Gordon Tschen hatte es in der Missionsschule gefallen; er lernte gern, und er war gern mit anderen Kindern zusammen. Aber eines Tages hatte er entdeckt, daß er anders war als die übrigen Kinder. Vor ihnen hatte Mauss ihm erklärt, was ›Bastard‹, was ›unehelich‹ und was ›Mischling‹ bedeutete. Gordon Tschen war voller Entsetzen nach Hause geeilt, nein geflohen. Zum erstenmal hatte er seine Mutter mit anderen Augen betrachtet, sie deutlich vor sich gesehen und sie verachtet, weil sie Chinesin war.
Dann aber hatte er, tränenüberströmt, von ihr erfahren, es sei sogar etwas Gutes, wenigstens zu einem Teil Chinese zu sein, denn die Chinesen seien die reinste Rasse auf Erden. Und da hatte er auch zu hören bekommen, daß der Tai-Pan sein Vater sei.
»Aber warum leben wir dann hier? Warum ist Tschen Scheng ›Vater‹?«
»Barbaren haben nur eine Frau, und Chinesinnen heiraten sie nicht, mein Sohn«, erklärte Kai-sung. – »Warum nicht?«
»Das ist bei ihnen so üblich. Eine sehr dumme Sitte. Aber so sind sie nun einmal.«
»Ich hasse den Tai-Pan! Ich hasse ihn! Ich hasse ihn!« hatte er hervorgestoßen.
Seine Mutter hatte ihm eine kräftige Ohrfeige versetzt. Niemals zuvor hatte sie ihn geschlagen. »Knie nieder und bitte um Verzeihung!« hatte sie zornig verlangt. »Der Tai-Pan ist dein Vater. Er hat dir das Leben geschenkt. Er ist mein Gott. Er hat mich für sich selber gekauft und mich dann glücklich gemacht, indem er mich an Tschen Scheng als *Ehefrau* verkaufte. Warum hätte Tschen Scheng eine Frau mit einem unreinen zweijährigen Sohn heiraten sollen, wo er doch tausend Jungfrauen hätte kaufen können, wenn es nicht eben der Wille des Tai-Pan gewesen wäre? Warum sollte der Tai-Pan mir einen Besitz geben, wenn er uns nicht liebte? Warum sollten die Erträge aus diesem Besitz an mich fallen und nicht an Tschen Scheng, wenn der Tai-Pan es nicht in dieser Weise angeordnet hätte? Warum sollte mich Tschen Scheng so gut behandeln, sogar im Alter, wenn nicht die immerwährende Gunst des Tai-Pan dahinterstände? Warum sollte dich Tschen Scheng als seinen Sohn betrachten, du undankbarer Narr, wenn nicht der Tai-Pan seine Hand im Spiel hätte? Geh zum Tempel, wirf dich dort nieder und bitte um Verzeihung. Der Tai-Pan hat dir das Leben geschenkt. So liebe ihn, ehre ihn und segne

ihn, wie ich es tue. Und wenn du noch einmal sagst, daß du ihn haßt, werde ich mein Antlitz für immer von dir abwenden!«
Gordon Tschen lächelte vor sich hin. Wie recht seine Mutter doch gehabt hatte, und wie töricht er selber gewesen war, wie falsch er alles gesehen hatte. Aber nicht so töricht wie die Mandarine und der verfluchte Kaiser, die immer wieder versuchten, den Verkauf von Opium zu unterbinden. Jeder Idiot wußte, daß es ohne Opium kein Silber für Tee und Seide gäbe.
Einmal hatte er seine Mutter gefragt, wie es hergestellt würde, aber sie wußte es nicht, ebensowenig wie die anderen im Haus. Am nächsten Tag hatte er Mauss gefragt, der ihm erklärte, Opium sei der Saft einer reifen Samenkapsel des Mohns. »Der Opiumanbauer ritzt die Samenkapsel leicht an, und aus diesem Schnitt quillt ein Tropfen weißer Flüssigkeit hervor, verstehst du? Der Tropfen verhärtet sich innerhalb von ein paar Stunden und wird dunkelbraun. Dann kratzt man den Tropfen ab, hebt ihn auf und ritzt die Samenkapsel erneut an. Wieder kratzt man den Tropfen ab und macht einen neuen Schnitt. Alle diese Tropfen sammelt man und knetet sie zu einer Kugel. Zehn Pfund ist das übliche Gewicht. Das beste Opium kommt aus Bengalen in Britisch-Indien. Oder aus Malwa. Wo liegt Malwa, mein Junge?«
»In Portugiesisch-Indien, Sir!«
»Früher einmal war es portugiesisch, aber jetzt gehört es der Ostindischen Kompanie. Sie hat es sich genommen, damit sie ganz allein das Weltmonopol in Opium hat, um auf diese Weise die portugiesischen Opiumhändler hier in Macao zu ruinieren. Du machst zu viele Fehler, mein Junge, geh und hol die Peitsche, hast du verstanden?«
Gordon Tschen mußte daran denken, wie sehr er an diesem Tag das Opium gehaßt hatte. Nun jedoch segnete er es. Und er dankte dem Joss für seinen Vater und für Hongkong. Hongkong würde ihn reich machen. Sehr reich.
»Hier werden in Zukunft Vermögen gemacht«, sagte er zu Horatio.
»Einige der Händler werden es zu Wohlstand bringen«, antwortete Horatio zerstreut und starrte dem sich nahenden Langboot entgegen. »Ein paar. Der Handel ist eine verteufelt schwierige Sache.«
»Immer mit den Gedanken beim Geld, Gordon, na?« Mauss' Stimme klang barsch. »Du solltest lieber an deine unsterbliche Seele und an dein Heil denken, mein Junge. Geld ist nicht wichtig.«
»Selbstverständlich, Sir.« Gordon Tschen ließ es sich nicht anmerken, wie sehr ihn die Dummheit dieses Mannes amüsierte.
»Der Tai-Pan sieht aus wie ein mächtiger Fürst, der die Herrschaft über sein Reich antreten will«, sagte Horatio fast zu sich selber.
Auch Mauss blickte nun Struan entgegen. »Tut er es etwa nicht?«

Das Langboot befand sich jetzt ganz nahe der Küste.
»Riemen ein!« brüllte der Bootsmann, und die Mannschaft zog die Riemen ein. Die Leute sprangen über Bord und schleppten das Boot mit der Brandungswelle an Land.
Struan zögerte. Dann sprang er vom Bug hinunter. Kaum hatten seine Seestiefel das Ufer berührt, da wußte er, daß diese Insel sein Tod sein würde.

»Du lieber Gott!«
Robb war schon neben ihm und sah seine plötzliche Blässe. »Was ist los, Dirk?«
»Nichts.« Struan zwang sich zu einem Lächeln. »Nichts, mein Junge.« Er wischte sich die Gischtspritzer von der Stirn und ging über den Strand auf den Flaggenmast zu. Bei Christi Blut, dachte er, ich habe mich Jahre hindurch abgeplagt und Pläne gemacht, um dich zu bekommen, Insel, und du wirst mir jetzt nicht eins auswischen. Nein, bei Gott nicht.
Robb beobachtete ihn und bemerkte sein leichtes Hinken. Sein Fuß mußte ihm weh tun, dachte er. Er fragte sich, wie wohl solch ein halber Fuß schmerzen mochte. Es war bei der einzigen Schmuggelfahrt geschehen, an der Robb teilgenommen hatte. Piraten hatten Struan angegriffen, als dieser dem hilflosen und von Furcht wie gelähmten Robb zu Hilfe geeilt war. Eine Musketenkugel hatte Struans äußeren Knöchel und zwei Zehen mitgerissen. Nachdem der Angriff abgeschlagen war, hatte der Schiffsarzt die Wunden ausgebrannt und sie mit geschmolzenem Pech übergossen. Robb hatte noch immer den Gestank des verbrannten Fleisches in der Nase. Wäre ich nicht gewesen, dachte er, es wäre niemals geschehen. Er folgte Struan über den Strand, von Widerwillen gegen sich selber erfüllt.
»Guten Morgen, meine Herren«, sagte Struan, als er zu einigen der Chinahändler in der Nähe des Flaggenmastes trat. »Ein schöner Morgen, wirklich.«
»Recht kalt, Dirk«, rief Brock. »Und es is' mordshöflich von Ihnen, so pünktlich zu kommen.«
»Ich bin sogar früh dran. Seine Exzellenz ist noch nicht an Land und der Signalschuß noch nicht gefallen.«
»Ja, eineinhalb Stunden zu spät, und alles nur zwischen Ihnen und diesem knieweichen Lakaien abgemacht, hol mich doch der Teufel!«
»Ich wäre Ihnen dankbar, Mr. Brock, wenn Sie über Seine Exzellenz nicht in solchen Ausdrücken redeten«, stieß Kapitän Glessing hervor.
»Und ich wäre Ihnen dankbar, wenn Sie Ihre Meinung bei sich behielten. Ich bin nicht bei der Marine, und Sie haben mir nichts zu befehlen.« Brock spuckte in weitem Bogen aus. »Besser, Sie denken über den Krieg nach, in dem Sie ohnehin nicht kämpfen.«
Glessings Hand verkrampfte sich um seinen Degen. »Ich hätte niemals geglaubt, den Tag zu erleben, an dem die Royal Navy herangezogen wird, um Schmuggler und Piraten zu beschützen. Etwas anderes sind Sie nicht.« Er blickte zu Struan hinüber. »Sie alle.«
Jäh verstummte alles, aber Struan lachte nur. »Seine Exzellenz ist nicht der gleichen Meinung wie Sie.«
»Wir haben Parlamentsgesetze, die Navigationsakte. In einem Artikel heißt es dort: ›Jedes unbefugterweise bewaffnete Schiff darf von der Marine jeder Nation als Prise aufgebracht werden.‹ Ist Ihre Flotte befugt, Waffen zu führen?«
»Es gibt eine Menge Piraten in diesen Gewässern, Kapitän Glessing, wie Sie wohl schon bemerkt haben«, erwiderte Struan leichthin. »Daher haben wir Waffen zu unserem eigenen Schutz. Das ist die ganze Geschichte.«

»Opium ist ebenfalls gesetzwidrig. Wie viele tausend Kisten haben Sie bereits gegen die Gesetze Chinas und der Menschlichkeit die Küste entlang nach China hineingeschmuggelt? Dreitausend? Zwanzigtausend?«
»Was wir hier tun, ist allen Gerichtshöfen in England genau bekannt.«
»Ihr ›Handel‹ bringt nur Schande über diese Flagge.«
»Sie sollten lieber Gott für diesen Handel auf den Knien danken. Ohne ihn gäbe es in England weder Tee noch Seide, dafür aber so viele Arme, daß es daran verrecken könnte.«
»Ganz richtig, Dirk«, rief Brock. Dann wandte er sich wieder gegen Glessing. »Sollten es sich lieber in Ihren Schädel einhämmern, daß es ohne Kaufleute kein Britisches Empire und keine Steuereinnahmen geben würde, um überhaupt Kriegsschiffe und Pulver zu kaufen.« Er musterte Glessings tadellose Uniform, die weißen Kniehosen, die weißen Strümpfe, die Schnallenschuhe und den Dreispitz. »Und auch keine Moneten, um Firlefanz für Kapitäne zu bezahlen!«
Die Marinesoldaten zuckten zusammen, und einige von den Seeleuten lachten verstohlen.
»Danken Sie lieber Gott für die Royal Navy. Ohne sie gäbe es nämlich keine Orte, an denen Sie Handel treiben könnten.«
Auf dem Flaggschiff krachte der Signalschuß. Glessing wandte sich kurz um und schritt zum Flaggenmast.
»Präsentiert das Gewehr!«
Er holte die Proklamation hervor, und tiefe Stille senkte sich über die Versammelten. Nachdem sich sein Zorn ein wenig gelegt hatte, begann er zu lesen: »Befehl Seiner Exzellenz, des Ehrenwerten William Longstaff, Generalbevollmächtigter Ihrer Britannischen Majestät Königin Victoria für den Handel in China. In Übereinstimmung mit dem Dokument, das unter der Bezeichnung ›Vertrag von Tschuenpi‹ aktenkundig ist, am 20. Januar dieses Jahres Unseres Herrn von Seiner Exzellenz im Namen der Regierung Ihrer Majestät und von Seiner Exzellenz Tisen, dem Bevollmächtigten Seiner Majestät Tao Kuang, des Kaisers von China, unterzeichnet, nehme ich, Kapitän Glessing von der Königlichen Marine, hiermit diese Insel Hongkong im Namen Ihrer Britannischen Majestät, Ihrer Erben und Rechtsnachfolger unbehindert und auf alle Zeit am heutigen Tag, dem 26. Januar, im Jahr Unseres Herrn 1841 in Besitz. Der Boden dieser Insel ist nunmehr englischer Boden. Gott schütze die Königin!«
Der Union Jack an der Spitze des Flaggenmastes entrollte sich und flatterte, die Ehrenwache der Marinesoldaten feuerte Salut. Dann donnerten die Geschütze auf allen Schiffen der Flotte, und der Wind trug den scharfen Geruch von Schießpulver herüber. Die Männer am Strand brachten drei Hochrufe auf die Königin aus.
Jetzt ist es soweit, dachte Struan. Nun ist uns der Kurs vorgezeichnet. Jetzt können wir anfangen. Er verließ die Gruppe und ging zum Wasser hinunter. Zum erstenmal wandte er der Insel den Rücken und blickte über den großen Hafen zum Land auf der anderen Seite hinüber: zum chinesischen Festland, das nur tausend Yards entfernt lag.
Die niedrige Halbinsel drüben, mit neun breit hingeduckten Hügeln, sprang

in den Hafen vor, der sich links und rechts von ihr ausbreitete. Sie hieß ›Kau-lung‹ – von den Händlern ›Kaulun‹ ausgesprochen – ›Neun Drachen‹. Und nach Norden hin dehnte sich die unbekannte Weite Chinas.

Struan hatte sämtliche Bücher der drei Europäer gelesen, die in China gewesen und von dort zurückgekehrt waren: Marco Polo vor fast sechshundert Jahren und zwei katholische Priester, die vor zweihundert Jahren nach Peking hatten reisen dürfen. Diesen Büchern war fast nichts zu entnehmen.

Zweihundert Jahre lang waren keine Europäer nach China eingelassen worden. Einmal war Struan – unter Verletzung der Gesetze –, als er in der Nähe von Swatow Opium verkaufte, eine Meile Landes ins Innere vorgestoßen. Aber die Chinesen hatten sich feindselig gezeigt, und er war nur von seinem Bootsmann begleitet gewesen. Es war aber nicht die Feindseligkeit, die ihn zur Rückkehr veranlaßt hatte, sondern ganz einfach die ungeheure Zahl der Menschen und die grenzenlose Weite.

Allmächtiger Gott! dachte er. Von dem ältesten und am dichtesten bevölkerten Land der Erde wissen wir gar nichts. Wie sieht es in seinem Innern aus?

»Kommt eigentlich Longstaff an Land?« fragte Robb, der zu ihm getreten war.

»Nein, mein Junge. Seine Exzellenz hat Wichtigeres zu tun.«

»Was denn?«

»Er muß lesen und Berichte schreiben. Und außerdem vertrauliche Vereinbarungen mit dem Admiral treffen.«

»Und wozu?«

»Um den Opiumhandel für ungesetzlich zu erklären.« Robb lachte auf.

»Das ist kein Scherz. Deswegen hatte er mich sprechen wollen – zusammen mit dem Admiral. Er wollte meinen Rat hören, wann er diesen Erlaß bekanntgeben solle. Der Admiral erklärte, der Flotte bereite es keine Schwierigkeit, die Durchführung dieses Erlasses zu erzwingen.«

»Mein Gott! Ist denn Longstaff verrückt?«

»Nein. Nur ein wenig einfältig.« Struan zündete sich einen Stumpen an. »Ich habe ihm gesagt, er solle den Erlaß um vier Glasen bekanntgeben.«

»Das ist doch Wahnsinn!« stieß Robb hervor.

»Im Gegenteil, es ist sehr klug. Die Marine soll den Erlaß eine Woche lang auf Eis legen: ›Um den Chinahändlern Zeit zu geben, über ihre Vorräte zu verfügen.‹«

»Aber was tun wir dann? Ohne Opium sind wir erledigt. Der ganze Chinahandel ist erledigt. Schluß.«

»Über wieviel Bargeld verfügen wir, Robb?«

Robb blickte um sich, um sich zu vergewissern, daß niemand in der Nähe war, und senkte die Stimme. »Wir haben zunächst einmal die Barren in Schottland. Eine Million und hunderttausend Pfund Sterling auf unserer Bank in England. Etwa hunderttausend hier in Silberbarren. Drei Millionen schuldet man uns für das beschlagnahmte Opium. Außerdem haben wir für zweihunderttausend Guineen Opium auf der *Scarlet Cloud*, legen wir den gegenwärtigen Marktpreis zugrunde. Und . . .«

»Schreib die *Scarlet Cloud* ab, mein Junge. Die ist untergegangen.«
»Immerhin gibt es noch eine gewisse Chance, Dirk. Wir können ihr noch einen Monat geben. Andere Schiffe haben noch Opiumladungen im Wert von etwa hunderttausend Guineen. Neunhunderttausend schulden wir in Sichtwechseln.«
»Und wie hoch wären unsere Unkosten in den nächsten sechs Monaten?«
»Hunderttausend Guineen für die Schiffe, die Heuern und die Bestechungsgelder.«
Struan dachte einen Augenblick nach. »Morgen wird unter den Händlern eine Panik ausbrechen. Nicht einer von ihnen – vielleicht mit Ausnahme von Brock – kann sein Opium innerhalb einer Woche verkaufen. Am besten verfrachtest du unseren gesamten Opiumvorrat noch heute nachmittag die Küste hinauf. Ich glaube ...«
»Longstaff muß diesen Erlaß widerrufen«, sagte Robb mit wachsender Unruhe. »Es wird ihm nichts anderes übrigbleiben, sonst ruiniert er die Staatskasse und ...«
»Willst du mir jetzt endlich zuhören? Wenn morgen die Panik ausbricht, nimm jeden Tael, den wir haben, und jeden Tael, den du dir leihen kannst, und kauf Opium. Es müßte möglich sein, statt einen Dollar nur zehn Cents zu zahlen.«
»Aber wir können nicht innerhalb einer Woche unsere gesamten Vorräte abstoßen, gar nicht zu reden von dem, was noch dazukommt.«
Struan klopfte die Asche seines Stumpens ab. »Einen Tag vor dem Inkrafttreten des Erlasses wird Longstaff ihn widerrufen.«
»Jetzt verstehe ich überhaupt nichts mehr.«
»Für ihn handelt es sich nur darum, das Gesicht zu wahren, Robb. Nachdem der Admiral verschwunden war, habe ich Longstaff erklärt, daß das Opiumverbot den gesamten Handel untergraben würde. Mein Gott, wie oft werde ich das noch erklären müssen? Dann habe ich ihn darauf hingewiesen, daß er diesen Erlaß nicht gut sofort widerrufen könne, ohne das Gesicht zu verlieren und den Admiral – der zwar ein Mann mit bestem Willen ist, aber vom Handel keine Ahnung hat – ebenfalls das Gesicht verlieren zu lassen. Es blieb gar nichts weiter übrig, als zunächst einmal diesen Erlaß bekanntzugeben, um dem Admiral Gesicht und Stellung zu retten – auch Longstaffs eigene –, und ihn dann zu widerrufen. Ich versprach ihm, in der Zwischenzeit dem Admiral zu erklären, was ›Handel‹ eigentlich sei. Auf die Chinesen wird der Erlaß außerdem einen guten Eindruck machen und sie in eine ungünstigere Position hineinmanövrieren. In drei Tagen findet wieder eine Besprechung mit Ti-sen statt. Longstaff war schließlich völlig einverstanden und bat mich nur, die Sache geheimzuhalten.«
Robbs Gesicht leuchtete auf. »Ach, Tai-Pan, du bist wirklich ein toller Kerl! Aber wer garantiert uns, daß Longstaff tatsächlich den Erlaß widerruft?«
Struan hatte in seiner Tasche eine bereits unterzeichnete, sechs Tage vordatierte Proklamation, durch die die Anordnung widerrufen wurde. Longstaff hatte sie ihm aufgedrängt: »Nehmen Sie sie gleich mit, Dirk, damit ich das Ganze vergessen kann. Hol der Teufel diesen Papierkram. Aber halten Sie die Sache auf jeden Fall bis zum richtigen Zeitpunkt geheim.«

»Würdest du an meiner Stelle einen so dummen Erlaß wieder aufheben?«
»Ja, selbstverständlich.« Robb hätte seinen Bruder umarmen können. »Wenn es sechs Tage dauert und niemand sonst etwas erfährt, werden wir ein Vermögen machen.«
»Und ob.« Struan ließ seine Blicke über die Hafenbucht gleiten. Vor rund zwanzig Jahren hatte er sie entdeckt. Der äußerste Rand eines Taifuns hatte ihn weit draußen auf hoher See erwischt, und obwohl er für den Sturm gerüstet war, hatte er ihm doch nicht entkommen können und war erbarmungslos in Richtung auf das Festland getrieben worden. Mit gerefften Segeln durch die schwere See stampfend, jagte sein Schiff dahin, Himmel und Horizont verdunkelten Wasserwände, die die Allmächtigen Winde aus dem Ozean hochrissen und vor ihnen niedergehen ließen. Dann hatten kurz vor der Küste bei einem gewaltigen Seegang die Sturmanker nachgegeben. Struan hatte gewußt, daß das Schiff verloren war. Die Wellen packten das Schiff und trieben es aufs Ufer zu. Wie durch ein Wunder aber drehte der Wind und änderte ihren Kurs um den Bruchteil eines Grades. Das Schiff jagte an den Felsen vorbei in einen engen, kaum dreihundert Yards breiten, auf keiner Karte verzeichneten Wasserarm zwischen der Ostspitze von Hongkong und dem Festland – und in die Bucht, die dahinterlag. Sie waren in ruhigem Wasser.
Der Taifun hatte einen großen Teil der Handelsschiffe in Macao vernichtet, und Zehntausende von Dschunken waren die ganze Küste entlang gesunken. Aber Struan und die Dschunken, die in der Bucht von Hongkong Schutz gesucht hatten, überstanden den Sturm völlig unbeschädigt. Nachdem er sich gelegt hatte, umsegelte Struan die Insel und zeichnete sie auf der Karte ein. Dann hatte er die neugewonnenen Kenntnisse in seinem Gedächtnis verstaut und in aller Heimlichkeit seine Pläne gemacht.
Und nachdem du uns jetzt gehörst, kann ich aufbrechen, dachte er, während Erregung in ihm aufstieg. Jetzt war das Parlament an der Reihe.
Seit Jahren wußte Struan, daß es nur einen Ort gab, an dem über den Bestand von Noble House und die Sicherheit der Kolonie entschieden wurde: London. Der eigentliche Sitz der Macht auf dieser Welt war das Parlament. Als Mitglied des Parlaments und mit der Unterstützung, die ihm der gewaltige Reichtum von Noble House lieh, würde er die Außenpolitik in Asien bestimmen, so wie er auch Longstaff beherrscht hatte. Jawohl!
Ein paar tausend Pfund werden genügen, um dich ins Parlament zu bringen, sagte er zu sich. Dann brauchst du niemand mehr, der dir Einfluß verschafft. Jetzt kannst du das allein. Endlich, mein Freund. Ein paar Jahre – und dann die Verleihung eines Adelstitels. Dann ins Kabinett. Und dann, dann wirst du, bei Gott, für das Empire, für Asien und Noble House einen Kurs festlegen, der für tausend Jahre Gültigkeit hat.
Robb beobachtete ihn. Er wußte, daß er vergessen war, aber es machte ihm nichts aus. Im Gegenteil. Nur zu gern beobachtete er seinen Bruder, wenn der mit seinen Gedanken weit weg war. Wenn das Gesicht des Tai-Pan seine Härte einbüßte, seine Augen ihr kaltes Grün verloren, wenn er sich Träumen überließ, an denen er, Robb, wie er wußte, niemals teilhaben würde, fühlte er sich ihm sehr nah – und sehr sicher.

Struan brach das Schweigen. »In sechs Monaten wirst du als Tai-Pan an meine Stelle treten.«
Robbs Magen zog sich vor Entsetzen zusammen. »Nein! Ich bin noch nicht soweit.«
»Du bist soweit. Nur im Parlament vermag ich uns und Hongkong zu schützen.«
»Ja«, sagte Robb und fügte dann, indem er seine Stimme bewußt zur Ruhe zwang, hinzu: »Aber das sollte irgendwann einmal in der Zukunft geschehen – in zwei oder drei Jahren. Hier ist viel zuviel zu tun.«
»Du kannst es schaffen.«
»Nein.«
»Doch. Und Sarah zweifelt nicht im geringsten daran, Robb.«
Robb blickte zur *Resting Cloud*, ihrem Vorratsschiff, hinüber, wo seine Frau und seine Kinder vorläufig wohnten. Er wußte, daß Sarah viel zu ehrgeizig war – jedenfalls für seinen Geschmack. »Ich möchte jetzt noch nicht. Es ist noch so viel Zeit.«
Struan dachte über die Zeit nach. Er bereute nicht, daß er so viele Jahre weitab von der Heimat im Fernen Osten zugebracht hatte. Weit weg von Ronalda, seiner Frau, von Culum und Ian, Lechie und Winifred, seinen Kindern. Er hätte sie gern bei sich gehabt, aber Ronalda haßte den Osten. Sie hatten in Schottland geheiratet, als er zwanzig und Ronalda sechzehn war, und gleich darauf waren sie nach Macao abgereist. Aber sie hatte diese Reise in die Ferne ebenso gehaßt wie Macao. Ihr erster Sohn war bei der Geburt gestorben, und als im nächsten Jahr Culum, ihr zweiter Sohn, geboren wurde, begann auch er zu kränkeln. So hatte Struan seine Familie in die Heimat zurückgeschickt. Alle drei oder vier Jahre war er auf Urlaub dorthin zurückgekehrt. Ein paar Monate war er in Glasgow mit ihnen zusammen, und dann reiste er wieder in den Osten zurück. Dort gab es viel zu tun, das Unternehmen mußte erst aufgebaut werden – Noble House.
Ich bereue nicht einen Tag, sagte er zu sich. Nicht einen Tag. Ein Mann muß in die Welt hinaus und mit aller Kraft versuchen, etwas aus ihr und sich selber zu machen. Liegt nicht darin der Sinn des Lebens? Wenn Ronalda auch eine großartige Frau ist und ich meine Kinder liebe, muß ein Mann doch tun, was er zu tun hat. Wozu sonst sind wir geboren? Wenn der Grundherr der Struans nicht alle Ländereien des Clan an sich gerissen, sie eingezäunt und uns hinausgedrängt hätte, uns, seine Verwandten, die dieses Land seit Generationen bebaut hatten, so hätte ich ein Kleinpächter werden können wie vor mir schon mein Vater. Und ich wäre zufrieden damit gewesen. Aber er hat uns in ein stinkendes Elendsviertel in Glasgow abgeschoben, hat alles Land für sich genommen, um Earl of Struan zu werden, und den Clan zerschlagen. Fast verhungert sind wir. Und ich bin zur See gegangen, und der Joss hat uns gerettet. Jetzt geht es der Familie gut. Allen. Weil ich zur See gegangen bin. Und weil ich Noble House gegründet habe.
Struan hatte sehr rasch gelernt, daß Geld Macht bedeutete. Und er würde seine Macht gebrauchen, um den Earl of Struan zu vernichten und einen Teil der Ländereien des Clan zurückzukaufen. Nein, er bereute nichts in seinem Leben. Er hatte China gefunden, und China hatte ihm gegeben, was

seine Heimat ihm niemals hätte geben können. Nicht etwa nur Reichtum – Reichtum um seiner selbst willen war etwas Unanständiges. Sondern Reichtum und eine Aufgabe für den Reichtum. Er stand in Chinas Schuld.

Und er wußte: Auch wenn er jetzt nach Hause zurückkehrte, Mitglied des Parlaments und Kabinettsminister würde, dem Earl das Genick bräche und Hongkong als Juwel in die britische Krone einfügte – er würde stets zurückkehren. Denn sein eigentliches Vorhaben – vor allen geheimgehalten, beinahe sogar vor sich selber – würde Jahre zu seiner Verwirklichung brauchen.

»Niemals hat man Zeit genug.« Er blickte zum hoch aufragenden Berg empor: »Wir werden ihn den ›Peak‹ nennen«, sagte er in Gedanken verloren, und wieder überkam ihn dieses seltsame Gefühl, daß die Insel ihn haßte und seinen Tod wünschte. Er konnte den Haß um sich her spüren und fragte sich verwundert: Warum?

»In sechs Monaten regierst du im Nobel House«, fuhr er mit rauher Stimme fort.

»Das kann ich nicht. Nicht allein.«

»Ein Tai-Pan ist immer allein. Das ist das Schöne und das Schlimme dran.« Über Robbs Schulter hinweg sah er den Bootsmann nahen. »Was ist, Mr. McKay?«

»Bitte um Verzeihung, Sir. Darf ich die Extraration Rum an die Leute ausgeben?« McKay war ein untersetzter, klobiger Mann, der das Haar zu einem dünnen, mit Teer gesteiften Zopf geflochten trug.

»Richtig. Eine doppelte für alle Mann. Und richten Sie alles her wie vorgesehen.«

»Zu Befehl, Sir.« McKay eilte davon.

Struan wandte sich Robb wieder zu, und Robb wurde sich nur der seltsamen grünen Augen bewußt, die ein Licht über ihn auszustrahlen schienen. »Am Ende des Jahres schickte ich Culum hinaus. Bis dahin hat er die Universität hinter sich gebracht. Ian und Lechie gehen zur See, dann kommen sie nach. Bis dahin ist auch dein Junge – Roddy – alt genug. Gott sei Dank haben wir genug Söhne, die unsere Arbeit fortsetzen können. Bestimme einen von ihnen zu deinem Nachfolger. Der Tai-Pan muß stets den auswählen, der ihm folgen soll – und den Zeitpunkt festlegen.« Dann wandte er dem chinesischen Festland, als sei es endgültig, den Rücken und sagte: »Sechs Monate!« Damit entfernte er sich.

Robb blickte ihm nach, haßte ihn plötzlich, haßte sich selber und die Insel. Er wußte, daß er als Tai-Pan versagen würde.

»Würden Sie uns bei einem Umtrunk Gesellschaft leisten, meine Herren?« rief Struan einer Gruppe von Kaufleuten zu. »Ein Hoch auf unsere neue Heimat? Dort haben wir Branntwein, Rum, Bier, trockenen Südwein, Whisky und Champagner.« Er deutete auf sein Langboot, wo seine Leute kleine Fässer ausluden und Tische aufstellten. Andere schleppten sich mit kaltem, gebratenem Fleisch ab – Hühnern und Schweinskeulen, zwanzig Spanferkeln und einer ganzen Ochsenlende –, dazu Brotlaiben, kalten Pasteten aus Pökelfleisch, Schüsseln mit kaltem, in Hammelfett geschmortem Kohl, dreißig oder

vierzig geräucherten Schinken, Bündeln von Kanton-Bananen, Torten mit eingelegten Früchten, schönen Gläsern und Zinnkrügen und sogar Kübeln mit Eis – das Lorchas und Klipper aus dem Norden gebracht hatten – für den Champagner. »Ein Frühstück für jeden, der hungrig ist!«
Fröhliche Zustimmung wurde laut, und die Kaufleute sammelten sich um die Tische. Als alle mit Gläsern oder Krügen versehen waren, hob Struan sein Glas. »Ein Hoch, meine Herren!«
»Trinke schon noch mit Ihnen, aber nicht auf diesen elenden Felsen. Ich trinke auf Ihren Sturz!« rief Brock und hielt einen Krug Ale hoch. »Vielleicht trink' ich auch noch auf Ihren kleinen Felsen. Gebe ihm auch einen Namen: ›Struans Torheit‹.«
»Na, klein ist er ja«, erwiderte Struan. »Aber groß genug für die Struans und die übrigen Chinahändler. Ob er aber groß genug ist für die Struans und die Brocks zusammen – das ist eine andere Frage.«
»Kann ich Ihnen ganz genau sagen, Dirk, alter Junge: Nich' mal ganz China is' es.« Brock leerte den Krug und warf ihn ins Land hinein. Dann ging er breitbeinig zu seinem Langboot. Einige der Händler folgten ihm.
»Wahrhaftig, entsetzliche Manieren«, sagte Quance. Dann rief er ins Gelächter hinein: »Los, Tai-Pan, den Trinkspruch! Mr. Quance hat einen unsterblichen Durst! Hier soll Geschichte gemacht werden.«
»Entschuldigen Sie, Mr. Struan«, mischte sich Horatio Sinclair ein. »Wäre es nicht angebracht, vor dem Trinkspruch Gott für die Gnadenbeweise am heutigen Tag zu danken?«
»Natürlich, mein Junge. Dumm von mir, es zu vergessen. Würden Sie das Gebet sprechen?«
»Reverend Mauss ist auch hier, Sir.«
Struan zögerte, offensichtlich überrumpelt. Er sah den jungen Mann prüfend an, und der tiefe Ernst in diesen hellen grauen Augen gefiel ihm. Dann rief er: »Reverend Mauss, wo sind Sie? Wir wollen beten.«
Mauss stand, alle überragend, in einer Gruppe von Händlern. Hinkend trat er an den Tisch und stellte sein leeres Glas ab, wobei er den Eindruck zu erwecken versuchte, es sei nie gefüllt gewesen. Die Männer nahmen ihre Hüte ab und warteten barhäuptig im kalten Wind.
Auf dem Strand wurde es ganz still. Struan blickte zu einem kahlen Felsen in den Vorbergen hinüber, wo die Kirche stehen sollte. In Gedanken sah er sie bereits vor sich, ebenso die Stadt, die Kaianlagen, Lagerschuppen, Häuser und Gärten. Das Große Haus, in dem der Tai-Pan Generationen hindurch hofhalten würde. Andere Häuser für die führenden Leute des Unternehmens und ihre Familien. Und für ihre Mädchen. Er dachte an seine gegenwärtige Geliebte, T'chung Jen May-may. Er hatte May-may vor fünf Jahren, als sie fünfzehn war und noch unberührt, gekauft.
Ajiii jah, dachte er vergnügt und bediente sich dabei eines ihrer kantonesischen Ausdrücke, der Freude, Zorn, Widerwillen, Glückseligkeit oder Hilflosigkeit bedeuten konnte – je nach dem Tonfall. Wenn es jemals eine Wildkatze gegeben hatte, so war sie es.
»Guter Gott, Herr über die wilden Stürme, die Brandung und die Schönheit der Liebe, Gott der großen Schiffe, des Polarsterns und der Lieblichkeit der

Heimat, Gott und Vater des Christuskindes, sieh uns an und hab Erbarmen mit uns.« Mauss hob mit geschlossenen Augen die Hände. Er hatte eine warme Stimme, und die Eindringlichkeit seiner Worte nahm die Männer gefangen. »Wir sind die Söhne von Männern, und unsere Väter sorgten sich um uns, wie auch Du Dich um Deinen gesegneten Sohn Jesus gesorgt hast. Die Heiligen werden auf Erden gekreuzigt, und die Sünder vermehren sich. Wir betrachten die Herrlichkeit einer Blume, aber Dich sehen wir nicht. Wir trotzen den mächtigen Winden, aber von Dir wollen wir nichts wissen. Wir überqueren die gewaltigen Ozeane und fühlen Dich nicht. Wir ernten die Früchte der Erde, aber Dich berühren wir nicht. Wir essen und trinken, aber Dich schmecken wir nicht. Du bist alle diese Dinge und noch mehr. Du bist Leben und Tod, Erfolg und Mißerfolg. Du bist Gott ...«

Er hielt inne, mit verzerrtem Gesicht, und rang mit seiner gequälten Seele. Oh, Gott, verzeih mir meine Sünden. Laß mich meine Sünden wiedergutmachen, indem ich die Heiden bekehre. Laß mich Märtyrer sein für Deine heilige Sache. Verwandle mich aus dem, der ich jetzt bin, in den, der ich einst war ...

Aber Wolfgang Mauss wußte, daß es für ihn keine Umkehr gab, daß in dem Augenblick, in dem er begonnen hatte, Struan zu dienen, der Frieden ihn verlassen und die Bedürfnisse seines Körpers ihn überwältigt hatten. Aber was ich getan habe, war gewiß richtig, o mein Gott. Es gab gar keine andere Möglichkeit, nach China zu gelangen.

Er öffnete die Augen und blickte hilflos um sich. »Ich beklage es, verzeiht mir, aber ich finde die Worte nicht. Ich sehe sie vor mir, große Worte, um Ihn euch nahezubringen, wie ich Ihn einst kannte, aber diese Worte vermag ich nicht mehr auszusprechen. Verzeiht mir. O Herr, segne diese Insel. Amen.«

Struan ergriff ein volles Glas Whisky und reichte es Mauss. »Ich finde, das haben Sie sehr gut gesagt. Ein Hoch, meine Herren. Ein Hoch auf die Königin!«

Sie tranken, und Struan ließ ihre Gläser erneut füllen.

»Wenn Sie gestatten, Kapitän Glessing, möchte ich Ihren Leuten einen Trunk anbieten. Selbstverständlich auch Ihnen ein Glas. Ein Hoch auf die neueste Besitzung der Königin! Sie sind heute in die Geschichte eingegangen.« Zu den Kaufleuten gewandt rief er: »Wir sollten dem Kapitän eine Ehre erweisen. Nennen wir diesen Strand ›Glessing's Point‹.«

Stürmischer Beifall folgte seinen Worten.

»Inseln oder dem Teil einer Insel Namen zu geben, ist das Vorrecht des rangältesten Offiziers«, erwiderte Glessing.

»Ich werde es Seiner Exzellenz gegenüber erwähnen.«

Glessing nickte unverbindlich und rief dem Stabswachtmeister barsch zu: »Seeleute ein Schluck, gestiftet von Struan & Co. Marinesoldaten nichts. Rührt euch!«

Trotz seines Zornes auf Struan vermochte Glessing doch einen gewissen Stolz bei der Vorstellung nicht zu unterdrücken, daß sein Name, solange es eine Kolonie Hongkong gäbe, nicht in Vergessenheit geraten würde. Denn Struan hatte noch niemals etwas leichtfertig hingesagt.

Es wurde auf Hongkong getrunken, und es wurden drei Hochrufe ausgebracht. Dann nickte Struan dem Dudelsackspieler zu, und die Melodie des Struanclans klang über den Strand hin.
Robb trank nichts. Struan nippte an einem Glas Branntwein und ging durch die Menge, wobei er diejenigen begrüßte, die er zu begrüßen wünschte, und den anderen nur zunickte.
»Du trinkst nicht, Gordon?«
»Nein, danke, Mr. Struan.«
Gordon Tschen verneigte sich nach Art der Chinesen, sehr stolz darauf, angesprochen worden zu sein.
»Wie steht es bei dir?«
»Sehr gut, danke, Sir.«
Der Bursche hat sich zu einem netten jungen Mann gemausert, dachte Struan. Wie alt ist er jetzt? Neunzehn. Wie schnell die Zeit vergeht.
Voller Zärtlichkeit dachte er an Kai-sung, die Mutter des Jungen. Sie war seine erste Geliebte gewesen und sehr schön. Ajiii jah, sie hat dich eine Menge gelehrt.
»Wie geht es deiner Mutter?« fragte er.
»Es geht ihr ausgezeichnet.« Gordon Tschen lächelte. »Sie läßt Ihnen sagen, daß sie stets für Ihre Sicherheit betet. Jeden Monat verbrennt sie Joss-Stäbchen Ihnen zu Ehren in der Pagode.«
Struan fragte sich, wie sie jetzt wohl aussehen mochte. Er hatte sie seit siebzehn Jahren nicht mehr gesehen, konnte sich aber ihres Gesichts sehr deutlich entsinnen. »Grüße sie herzlich von mir.«
»Sie tun ihr zuviel Ehre an, Mr. Struan.«
»Tschen Scheng hat mir erzählt, daß du ihn sehr unterstützt.«
»Er ist mir gegenüber allzu gütig, Sir.«
Tschen Scheng war keinem Menschen gegenüber gütig, der nichts weiter tat, als sich seinen Lebensunterhalt verdienen. Tschen Scheng ist ein alter Dieb, dachte Struan, aber ohne ihn wären wir wahrhaftig verloren.
»Du könntest keinen besseren Lehrmeister haben als Tschen Scheng. In den nächsten Monaten wird es viel zu tun geben. Wir werden so manchem etwas Geld in die Hand drücken müssen und dafür kleine Gegenleistungen erwarten dürfen.«
»Ich hoffe, Noble House nützlich sein zu können, Sir.«
Struan spürte, daß sein Sohn etwas auf dem Herzen hatte, aber er nickte nur freundlich und ging weiter. Er wußte, daß Gordon, wenn die Zeit reif war, eine Gelegenheit finden würde, ihm davon zu sprechen.
Gordon Tschen verbeugte sich, begab sich dann einen Augenblick später zu einem der Tische und wartete höflich im Hintergrund, bis er Platz fand. Er wußte, daß sich viele Blicke auf ihn richteten, aber es störte ihn nicht. Solange Struan *der* Tai-Pan war, hatte er nichts zu befürchten. Die Kaufleute und Matrosen hatten sich über den Strand verstreut, rissen die Hühner auseinander, zerlegten Stücke vom Schwein mit den Händen und schlugen sich den Bauch mit Fleisch voll. Das Fett rann ihnen über das Kinn. Ein Haufen von Wilden, dachte Gordon Tschen und dankte seinem Gott, daß er als Chinese und nicht als Europäer aufgewachsen war.

Ja, dachte er, mein Joss war riesig. Joss hatte ihm vor ein paar Jahren seinen chinesischen Lehrer gebracht, der ihn insgeheim unterrichtete. Niemandem hatte er von diesem Lehrer erzählt, nicht einmal seiner Mutter. Von diesem Mann hatte er gelernt, daß nicht alles, was Pfarrer wie Sinclair und Mauss ihn gelehrt hatten, unbedingt wahr sein mußte. Er wußte nun vieles über Buddha, China und seine Vergangenheit. Man hatte ihn gelehrt, wie man sich für das Geschenk des Lebens dankbar erweisen und wie man dieses Leben zum Ruhme seines Vaterlandes einsetzen konnte. Im vergangenen Jahr hatte ihn schließlich der Lehrer in den mächtigsten, geheimsten und militantesten aller chinesischen Geheimbünde, den Hung Mun Tong, eingeführt, der über ganz China verbreitet war und sich durch heilige Eide der Blutsbrüderschaft verpflichtet hatte, die verhaßten Mandschus, die ausländischen Ts'ing, die in China herrschende Dynastie, zu stürzen.
Zwei Jahrhunderte hindurch hatte der Bund unter verschiedenen Tarnungen und Namen den Aufstand vorbereitet. Es war auch immer wieder zu Erhebungen im ganzen Chinesischen Reich gekommen – von Tibet bis Formosa, von der Mongolei bis Indochina. Wo immer eine Hungersnot ausbrach, Unterdrückung oder Unzufriedenheit herrschte, sammelte der Hung Mun die Bauern und führte sie gegen die Ts'ing und deren Mandarine. Aber alle Erhebungen waren in sich zusammengebrochen und von den Ts'ing grausam niedergeschlagen worden. Der Geheimbund jedoch hatte alles überlebt.
Gordon Tschen fühlte sich geehrt, daß man ihn, der doch nur zu einem Teil Chinese war, für würdig befunden hatte, ein Hung Mun zu werden. Tod den Ts'ing. Er dankte seinem Joss, daß er gerade in dieser Zeit geboren war, in diesem Teil Chinas und daß er einen solchen Vater hatte, denn er wußte, die Zeit war für eine Erhebung ganz Chinas fast reif.
Und er segnete den Tai-Pan, denn er hatte dem Hung Mun ein unschätzbares Kleinod geschenkt: Hongkong. Endlich hatte der Bund eine Operationsbasis, wo er vor der ständigen Unterdrückung durch die Mandarine sicher war. Hongkong stand von nun an unter der Herrschaft der Barbaren, und er wußte, daß der Bund auf dieser kleinen Insel gedeihen würde. Von Hongkong, aus ihrer Sicherheit und Verborgenheit heraus, konnten sie das Festland sondieren und den Ts'ing bis zum Tag der Entscheidung zusetzen. Und mit etwas Joss, dachte er, kann ich mich der Macht des Noble House für unsere Sache bedienen.
»Verschwinde, du wilder Heide!«
Gordon Tschen blickte verblüfft auf. Ein untersetzter muskulöser kleiner Matrose starrte ihn an. Er hielt ein Stück Spanferkel, an dem er mit abgebrochenen Zähnen nagte, in den Händen.
»Verschwinde, oder ich schlinge dir deinen Rattenschwanz um deinen verfluchten Nacken!«
Bootsmann McKay kam herbeigestürzt und stieß den Matrosen zur Seite. »Halt's Maul, Ramsey, du elender Schweinehund!« rief er. »Er hat sich nichts Böses dabei gedacht, Mr. Tschen.«
»Ja. Ich danke Ihnen, Mr. McKay.«
»Was zu essen?« McKay spießte ein Huhn auf und hielt es ihm hin.

Gordon Tschen brach mit spitzen Fingern das äußerste Stück Flügel ab; er fühlte sich von McKays barbarischen Manieren abgestoßen. »Vielen Dank.«
»Ist das alles?«
»Ja. Es ist das zarteste Stück.« Tschen verbeugte sich. »Nochmals vielen Dank.« Damit entfernte er sich.
McKay ging zum Matrosen zurück. »Was ist denn in dich gefahren, Mann?«
»Hätte dem Kerl das Herz herausschneiden sollen. Ist er etwa dein chinesischer Lustknabe, McKay?«
»Mann, nur nicht so laut. Laß diesen Chinesen in Ruh. Wenn du dir unbedingt einen heidnischen Bastard vornehmen willst, gibt es viele andere. Aber um Himmels willen nicht ihn. Er ist der uneheliche Sohn des Tai-Pan, verstanden?«
»Warum trägt er dann nicht irgendein verdammtes Abzeichen – oder warum schneidet er sich nicht sein verdammtes Haar ab?« Ramsey senkte die Stimme und grinste lüstern. »Ich habe mir erzählen lassen, daß sie ganz anders gebaut sind, die chinesischen Lustknaben.«
»Keine Ahnung. Bin niemals einem von der Sorte nahegekommen. Es gibt genug Weiße in Macao.«

Struan beobachtete einen Sampan, der vor der Küste ankerte. Es war ein kleines Schiff mit einer behaglichen Kajüte aus dünnen Schilfmatten, die über gebogene Bambusstangen gespannt waren. Der Fischer und seine Familie waren Hoklos, Menschen, die ihr ganzes Leben auf Booten verbrachten und nur selten, wenn überhaupt jemals, an Land gingen. Er konnte erkennen, daß sich vier Erwachsene und acht Kinder im Sampan befanden. Einige der Kinder waren mit Stricken um die Hüften am Boot festgebunden. Das waren die Söhne. Töchter wurden nicht angebunden, denn sie waren wertlos.
»Wann, meinen Sie, können wir nach Macao zurückkehren, Mr. Struan?«
Er wandte sich um und lächelte Horatio an. »Wahrscheinlich morgen, mein Junge. Aber ich nehme an, daß Seine Exzellenz Sie für die Besprechung mit Ti-sen morgen braucht. Es wird noch mehr Dokumente zu übersetzen geben.«
»Wann ist die Besprechung?«
»Ich glaube, in drei Tagen.«
»Wenn Sie ein Schiff hätten, das nach Macao ausläuft, könnten Sie dann meiner Schwester einen Platz an Bord verschaffen? Die arme Mary ist nun seit zwei Monaten auf einem Schiff.«
»Nur zu gern.« Struan fragte sich, was wohl Horatio tun würde, wenn er die Wahrheit über Mary erführe? Struan wußte seit etwas mehr als drei Jahren über sie Bescheid ...
Er war über einen von Menschen wimmelnden Marktplatz in Macao gegangen, als ein Chinese ihm plötzlich ein Stück Papier in die Hand schob und davoneilte. Es war eine Mitteilung auf chinesisch. Er hatte Wolfgang Mauss das Papier gezeigt.
»Es ist die Beschreibung des Weges zu einem bestimmten Haus, Mr. Struan.

Und die Botschaft lautet: ›Der Tai-Pan von Noble House braucht um seines Hauses willen besondere Informationen. Kommen Sie heimlich zum Nebeneingang und zwar in der Stunde des Affen.‹ «
»Wann ist die Stunde des Affen?«
»Um drei Uhr nachmittags.«
»Und wo ist das Haus?«
Wolfgang Mauss erklärte es ihm und fügte dann hinzu: »Gehen Sie nicht hin. Es ist eine Falle, verstehen Sie. Vergessen Sie nicht, daß eine Prämie von hunderttausend Taels auf Ihren Kopf ausgesetzt ist.«
»Das Haus liegt nicht im Chinesenviertel«, hatte Struan geantwortet. »Bei hellichtem Tag könnte es gar keine Falle sein. Trommeln Sie meine Schiffsmannschaft zusammen. Falls ich in einer Stunde nicht wieder heil draußen bin, kommen Sie mich holen.«
So war er hingegangen und hatte Mauss und die bewaffnete Schiffsmannschaft in der Nähe und, falls notwendig, bereit zum Einschreiten zurückgelassen. Das Haus lag mit anderen in einer Reihe in einer stillen, mit Bäumen bestandenen Straße. Struan hatte es durch eine Tür in einer hohen Mauer betreten und war in einen Garten gelangt. Eine chinesische Dienerin erwartete ihn, adrett gekleidet in schwarze Hose und schwarze Jacke, das Haar zu einem Knoten aufgesteckt. Sie verneigte sich und machte ihm ein Zeichen, sich still zu verhalten und mit ihr zu kommen. Sie ging ihm voraus durch den Garten ins Haus hinein, eine Treppe hinauf und in ein Zimmer. Das Zimmer war luxuriös eingerichtet: Die getäfelten Wände waren mit Teppichen behängt, Stühle, Tisch und Möbel bestanden aus chinesischem Teakholz. In diesem Zimmer roch es eigentümlich sauber, und ein feiner Hauch zarten Räucherwerks lag in der Luft. Das Fenster ging auf den Garten hinaus.
Die Frau durchquerte den Raum und entfernte an der einen Längswand ein Stück der Täfelung. In der Wand war ein winziges Guckloch. Sie lugte hindurch und machte ihm dann ein Zeichen, es ebenfalls zu tun. Er wußte, daß es eine alte chinesische List war, einen Feind dazu zu verleiten, sein Auge an ein solches Loch in der Wand zu drücken, während auf der anderen Seite jemand mit einer Nadel wartete. So hielt er mit seinem Auge etwas Abstand vom Loch. Trotzdem konnte er das andere Zimmer deutlich übersehen.
Es war ein Schlafzimmer. Wang Tschu, der beleibte Hauptmandarin von Macao, ruhte nackt auf dem Bett und schnarchte. Neben ihm lag Mary, ebenfalls nackt. Sie hatte die Arme unter dem Kopf verschränkt und starrte zur Decke empor.
Struan beobachtete sie fasziniert und entsetzt. Nun stieß Mary Wang Tschu träge in die Seite, streichelte ihn wach, lachte und unterhielt sich mit ihm. Struan hatte bisher keine Ahnung davon gehabt, daß sie Chinesisch konnte, und dabei kannte er sie so gut wie kaum ein anderer – mit Ausnahme ihres Bruders. Sie läutete mit einer kleinen Glocke, und ein Dienstmädchen kam herein und begann dem Mandarin beim Ankleiden zu helfen. Wang Tschu konnte sich nicht selber anziehen, denn seine Fingernägel waren etwa fingerlang und mit juwelenbesetzten Hüllen geschützt. Voller Abscheu wandte sich Struan ab.

Aus dem Garten stieg plötzlich ein Geschnatter hoher Stimmen auf. Er blickte vorsichtig zum Fenster hinaus. Wangs Wächter versammelten sich im Garten; damit versperrten sie ihm den Rückzug. Aber die Dienerin machte ihm ein Zeichen, es sei kein Anlaß zur Sorge, und er solle warten. Sie trat an den Tisch und schenkte ihm Tee ein; dann verneigte sie sich und ging hinaus.
Eine halbe Stunde später verließen die Männer den Garten, und Struan sah, wie sie sich um eine Sänfte auf der Straße scharten. Wang Tschu wurde in die Sänfte gehoben und davongetragen.
»Hallo, Tai-Pan.«
Struan fuhr herum und griff nach seinem Messer. In einer Tür, die in der Wand verborgen war, stand Mary. Sie trug ein Gewand aus durchsichtigem Stoff, das nichts von ihr verbarg. Langes, blondes Haar umrahmte das Gesicht mit den blauen Augen und dem Grübchen im Kinn. Die Beine waren lang, die Taille schmal, die Brüste klein und fest. Ein wertvolles Stück aus geschnitzter Jade hing an einer Goldkette um ihren Hals. Mary betrachtete Struan mit einem unergründlichen Lächeln.
»Stecken Sie nur Ihr Messer weg, Tai-Pan. Hier lauert keine Gefahr auf Sie.« Ihre Stimme war ruhig und klang spöttisch.
»Sie sollten ausgepeitscht werden«, erklärte er.
»Was das Auspeitschen betrifft, so kenne ich mich damit aus. Sollten Sie das vergessen haben?« Sie machte mit der Hand eine Bewegung auf das Schlafzimmer zu. »Dort drüben haben wir es bequemer.« Sie trat an eine Kommode und goß Branntwein in zwei Gläser.
»Was ist denn los?« fragte sie mit dem gleichen unnatürlichen Lächeln. »Sind Sie denn noch niemals im Schlafzimmer einer Frau gewesen?«
»Sie meinen wohl, im Schlafzimmer einer Hure?«
Sie reichte ihm ein Glas, und er nahm es. »Wir sind einander ganz ähnlich, Tai-Pan. Beide ziehen wir Chinesen als Bettgefährten vor.«
»Bei Gott, Sie verdammtes Luder, Sie ...«
»Spielen Sie nur nicht den Heuchler; es steht Ihnen nicht. Sie sind verheiratet und Sie haben Kinder. Dennoch haben Sie auch viele andere Frauen. Chinesische Frauen. Ich weiß ganz genau Bescheid. Ich habe es mir zur Aufgabe gemacht, diese Dinge festzustellen.«
»Es ist doch ganz unmöglich, daß Sie Mary Sinclair sind«, sagte er – fast nur zu sich selber.
»Unmöglich nicht. Aber überraschend mag es wohl sein.« Ruhig trank sie von ihrem Branntwein. »Ich habe Sie kommen lassen, weil Sie mich so sehen sollten, wie ich bin.«
»Warum?«
»Zunächst einmal wäre es besser, wenn Sie Ihre Leute wegschickten.«
»Wieso wissen Sie von ihnen?«
»Sie sind doch so vorsichtig. Ebenso wie ich. Sie würden doch niemals ohne Leibwächter heimlich hierher kommen.« Ihre Augen betrachteten ihn spöttisch.
»Was haben Sie vor?«
»Wie lange sollen Ihre Leute warten?«
»Eine Stunde.«

»Ich brauche aber mehr von Ihrer Zeit. Schicken Sie sie nach Hause.« Sie lachte auf. »Ich warte.«

»Das würde ich Ihnen auch raten. Und ziehen Sie sich etwas an.«

Er verließ das Haus und erklärte Mauss, er solle noch weitere zwei Stunden auf ihn warten und ihn dann holen kommen. Er berichtete ihm von der Geheimtür, aber sagte nichts von Mary.

Bei seiner Rückkehr lag Mary auf dem Bett. »Schließen Sie bitte die Tür, Tai-Pan«, sagte sie.

»Ich habe Ihnen doch gesagt, Sie sollten sich etwas anziehen.«

»Und ich habe Ihnen gesagt, Sie sollten die Tür schließen.«

Zornig warf er die Tür zu. Mary zog das dünne Gewand aus und warf es beiseite. »Finden Sie mich hübsch?«

»Nein. Sie widern mich an.«

»Aber Sie widern mich nicht an, Tai-Pan. Sie sind der einzige Mann auf dieser Welt, den ich bewundere.«

»Horatio sollte Sie jetzt sehen.«

»Ach, Horatio«, erwiderte sie unergründlich. »Wie lange sollen Ihre Leute jetzt warten?«

»Zwei Stunden.«

»Sie haben ihnen von der Geheimtür erzählt. Aber nicht von mir.«

»Wieso sind Sie dessen so sicher?«

»Ich kenne Sie, Tai-Pan. Deswegen habe ich Sie auch in mein Geheimnis eingeweiht.« Sie spielte mit dem Branntweinglas und senkte die Augen. »Waren wir eigentlich schon fertig, als Sie durch das Guckloch blickten?«

»Du lieber Himmel! Sie sollten ...«

»Haben Sie etwas Geduld mit mir, Tai-Pan«, entgegnete sie. »Waren wir fertig?«

»Ja.«

»Das freut mich. Es freut mich und es tut mir auch leid. Ich lege solchen Wert darauf, daß Sie ganz sicher sind.«

»Ich verstehe nicht ganz.«

»Sie sollten ganz sicher sein, daß Wang Tschu mein Geliebter ist.«

»Warum?«

»Weil ich Informationen habe, die Ihnen nützlich sein können. Sie würden mir niemals glauben, falls Sie nicht gesehen hätten, daß ich mit ihm schlafe.«

»Was für Informationen?«

»Ich habe viele Informationen, die nützlich sein können, Tai-Pan, denn ich habe viele Liebhaber. Tschen Scheng kommt zuweilen hierher. Viele der Mandarine aus Kanton. Einmal kam auch der alte Jin-kwa.« Ihre Augen wurden kalt und schienen die Farbe zu verändern. »Ihnen bin ich nicht widerlich. Sie mögen die Farbe meiner Haut, und ich gefalle ihnen. Und sie gefallen mir. Ich muß Ihnen das alles erzählen, Tai-Pan. Damit zahle ich nur meine Schuld an Sie ab.«

»Welche Schuld?«

»Sie haben dafür gesorgt, daß ich nicht mehr verprügelt wurde. Sie haben zu spät eingegriffen, aber das war nicht Ihre Schuld.« Sie stand vom Bett auf

und zog einen dicken Morgenmantel an. »Ich möchte Sie nicht länger reizen. Hören Sie mich bitte bis zu Ende an, und dann können Sie tun, was Sie wollen.«
»Was wollen Sie mir erzählen?«
»Der Kaiser hat einen neuen Statthalter für Kanton ernannt. Ling, dieser Statthalter, hat ein kaiserliches Dekret bei sich, durch das dem Opiumschmuggel ein Ende gesetzt werden soll. In zwei Wochen trifft er ein, und nach drei Wochen wird er die Niederlassung in Kanton umzingeln lassen. Kein Europäer darf Kanton mehr verlassen, falls nicht das ganze Opium abgeliefert wird.«
Struan lachte verächtlich auf. »Das glaube ich nicht.«
»Wenn das Opium abgeliefert und vernichtet wird, machen alle, die außerhalb von Kanton noch über Opiumvorräte verfügen, ein Vermögen«, sagte Mary.
»Es wird nicht abgeliefert.«
»Angenommen, die ganze Niederlassung würde nur gegen Opium als Lösegeld freigelassen. Was könnten Sie tun? Es sind keine Kriegsschiffe hier. Sie sind wehrlos. Oder etwa nicht?«
»Allerdings.«
»Schicken Sie ein Schiff nach Kalkutta mit dem Auftrag, zwei Monate nach seinem Einlaufen so viel Opium wie nur möglich einzukaufen. Falls sich meine Information als falsch erweist, bleibt Ihnen noch genügend Zeit, den Auftrag zu stornieren.«
»Hat Wang Ihnen das gesagt?«
»Nur die Sache mit dem Statthalter. Das andere war meine Idee. Ich wollte doch meine Schuld an Sie zurückzahlen.«
»Sie schulden mir nichts.«
»Sie sind niemals geschlagen worden.«
»Warum haben Sie nicht jemand zu mir geschickt, um mich unter vier Augen davon zu unterrichten? Warum haben Sie mich hierher geholt? Damit ich Sie so sehe? Warum muß ich so etwas erleben?«
»Ich wollte es Ihnen sagen. Persönlich. Ich wollte auch, daß jemand außer mir weiß, wer ich bin. Sie sind der einzige Mann, dem ich vertraue«, erklärte sie mit unerwarteter kindlicher Harmlosigkeit.
»Sie sind wahnsinnig. Man sollte Sie einsperren.«
»Weil es mir Spaß macht, mit Chinesen ins Bett zu gehen?«
»Großer Gott! Begreifen Sie denn nicht, was Sie sind?«
»Ja. Eine Schmach für England.« Zorn verzerrte ihr Gesicht, machte es hart, machte es älter. »Die Männer tun immer, was ihnen gefällt, aber wir Frauen dürfen es nicht. Guter Gott, wie kann ich denn mit einem Europäer ins Bett gehen! Er hätte nichts Eiligeres zu tun, es anderen zu erzählen und mich vor euch allen zu erniedrigen. Aber so nimmt niemand Schaden. Vielleicht bis auf mich, aber das liegt schon lange zurück.«
»Wie ist es dazu gekommen?«
»Sie sollten sich lieber über einige Tatsachen im Leben klarwerden, Tai-Pan. Eine Frau braucht Männer ebenso dringend wie ein Mann Frauen. Und warum sollten wir uns mit nur einem Mann zufriedengeben? Warum?«

»Wie lange geht das schon so?«
»Seit meinem vierzehnten Lebensjahr. Seien Sie nicht so empört! Wie alt war denn May-may, als Sie sie kauften?«
»Das war etwas ganz anderes.«
»Für einen Mann ist es stets etwas ganz anderes.« Mary setzte sich an den Tisch vor dem Spiegel und begann ihr Haar zu bürsten. »Übrigens verhandelt Brock insgeheim mit den Spaniern in Manila wegen der Zuckerernte. Er hat Carlos de Silvera zehn Prozent für das Monopol angeboten.«
Struan fühlte, wie der Zorn in ihm aufwallte. Wenn Brock dieser Schlag mit dem Zucker gelang, konnte er den ganzen Markt auf den Philippinen beherrschen. »Woher wissen Sie das?«
»Sze-tsin hat es mir erzählt.«
»Noch einer von Ihren – Ihren Kunden?«
»Ja.«
»Noch etwas, was Sie mir sagen möchten?«
»Sie könnten hunderttausend Silbertaels mit dem gewinnen, was ich Ihnen erzählt habe.«
»Sind Sie jetzt fertig?«
»Ja.«
Struan erhob sich.
»Was haben Sie vor?«
»Ich werde es Ihrem Bruder sagen. Er schickt Sie am besten nach England zurück.«
»Lassen Sie mich auf meine Art leben, Tai-Pan. Mir gefällt es, die zu sein, die ich bin, und ich werde mich niemals ändern. Kein Europäer und nur wenige Chinesen wissen, daß ich Kantonesisch und den Mandarindialekt spreche – mit Ausnahme von Horatio und jetzt Ihnen. Aber nur Sie allein kennen mein wahres Ich. Ich verspreche, Ihnen sehr, sehr nützlich zu sein.«
»Sie machen, daß Sie nach Hause kommen, raus aus Asien.«
»Asien ist meine Heimat.« Sie furchte die Stirn, und ihre Augen wurden sanfter. »Lassen Sie mich doch wie ich bin. Nichts hat sich verändert. Vor zwei Tagen haben wir uns auf der Straße getroffen, und Sie waren nett und freundlich zu mir. Ich bin noch immer die gleiche Mary.«
»Sie sind nicht die gleiche. Ist das alles hier vielleicht nichts?«
»Wir können gleichzeitig die verschiedensten Menschen sein. Ich bin diese hier, und das andere Mädchen – die süße, unschuldige, nichtssagende Jungfrau, die törichte Konversation treibt und Kirche, Harfenspiel, Singen und Näharbeiten liebt, die bin ich auch. Ich weiß nicht, warum es so ist, aber es ist wahr. Sie sind der Tai-Pan Struan – Teufel, Schmuggler, Fürst, Mörder, Ehemann, Hurenbock, Heiliger und unzählige andere Persönlichkeiten. Und welcher von ihnen sind Sie nun wirklich?«
»Ich werde Horatio nichts davon sagen. Nur fahren Sie nach England. Ich gebe Ihnen das Geld.«
»Ich habe Geld genug, um meine Reise selber zu bezahlen, Tai-Pan. Ich bekomme viele Geschenke. Mir gehört dieses Haus und das daneben. Und ich reise, wann es mir paßt, und so, wie es mir gefällt. Bitte, überlassen Sie mich meinem eigenen Joss, Tai-Pan. Ich bin die, die ich bin, und was Sie auch

unternähmen, ändern könnten Sie mich nicht. Einmal – da hätten Sie mir helfen können. Nein, auch das stimmt nicht ganz. Niemand hätte mir jemals helfen können. Was ich bin, bin ich gern. Ich schwöre Ihnen, ich werde mich niemals ändern. Ich werde die sein, die ich bin: entweder heimlich, so daß niemand außer Ihnen und mir es weiß – oder ganz offen. Warum aber anderen weh tun? Warum Horatio weh tun?«

Struan blickte zu ihr hinab. Er wußte, sie meinte es genauso, wie sie es gesagt hatte. »Sind Sie sich über die Gefahr im klaren, der Sie sich aussetzen?«

»Ja.«

»Angenommen, Sie bekämen ein Kind?«

»Die Gefahr ist die Würze des Lebens, Tai-Pan.« Sie sah ihn eindringlich an, und ein Schatten legte sich über ihre blauen Augen. »Und wenn ich Sie hierher geholt habe, so bedaure ich dabei nur eins: Jetzt kann ich niemals mehr Ihre Geliebte sein. Und ich wäre so gern Ihre Geliebte geworden.«

Struan hatte sie ihrem Joss überlassen. Sie hatte ein Recht darauf, so zu leben, wie es ihr gefiel, und sie vor ihren Kreisen bloßzustellen, würde auch nichts bessern. Im Gegenteil, dadurch würde man nur dem Bruder den Boden unter den Füßen wegziehen. Denn der Bruder liebte sie.

Struan hatte ihre Informationen benutzt und dadurch einen riesigen Gewinn eingestrichen. Mary war es zu verdanken, wenn Noble House ein Jahr lang fast das absolute Monopol im Opiumhandel innehatte und die Verluste für das Opium, das als Lösegeld für Kanton hatte herhalten müssen, mehr als wettgemacht wurden. Zwölftausend Kisten waren es gewesen. Und Marys Mitteilungen über Brock hatten sich ebenfalls als richtig erwiesen, und er hatte Brock in die Quere kommen können. Struan hatte in England für Mary ein geheimes Konto eröffnet und einen Teil des Gewinns auf dieses Konto eingezahlt. Sie hatte sich bei ihm bedankt, schien aber nicht im geringsten an diesem Geld interessiert. Von Zeit zu Zeit gab sie ihm weitere Informationen. Aber nie wollte sie ihm erzählen, wie sie ihr Doppelleben begonnen hatte – oder warum. Großer Gott, dachte er, ich werde die Menschen niemals verstehen …

Jetzt, dort am Strand, fragte er sich, was wohl Horatio tun würde, käme er jemals dahinter. Es war unmöglich, daß Mary ihr zweites Leben auf die Dauer geheimhalten konnte – irgendwann einmal unterlief ihr bestimmt ein Fehler.

»Was ist los, Mr. Struan?« fragte Horatio.

»Nichts, mein Junge. Ich denke nur nach.«

»Läuft heute oder morgen eins Ihrer Schiffe aus?«

»Bitte?«

»Ich meine, nach Macao«, sagte Horatio und lachte. »Damit Mary nach Macao zurück kann.«

»Ja, richtig. Mary.« Struan riß sich zusammen. »Wahrscheinlich morgen. Ich werde Ihnen noch Bescheid geben, mein Junge.«

Er bahnte sich seinen Weg zwischen den Kaufleuten hindurch, auf Robb zu, der neben einem der Tische stand und aufs Meer hinausstarrte.

»Was kommt als nächstes, Mr. Struan?« rief Skinner.

»Bitte?«

»Jetzt haben wir die Insel. Was unternimmt Noble House als nächstes?«
»Natürlich bauen. Wer als erster hier baut, verdient auch als erster, Mr. Skinner.« Struan nickte freundlich und setzte seinen Weg fort. Er fragte sich, was wohl die anderen Kaufleute – sogar Robb – sagen würden, wenn sie wüßten, daß ihm die *Oriental Times* gehörte und Skinner sein Angestellter war.
»Ißt du nichts, Robb?«
»Später, Dirk. Zeit genug dazu.«
»Tee?«
»Danke.«
Cooper hob sein Glas. »Auf ›Struans Torheit‹?«
»Wenn's soweit ist, Jeff«, erwiderte Struan, »dann schwimmt ihr alle mit uns die Gosse runter.«
»Stimmt«, sagte Robb. »Und es wird eine ziemlich teure Gosse werden, wenn Struan seine Hand im Spiel hat.«
»Noble House tut alles in großem Stil! Whisky, Branntwein und Champagner – alles hervorragend. Und venezianische Gläser.« Cooper klopfte mit seinem Fingernagel an das Glas. Der Klang war klar und rein. »Schön.«
»In Birmingham hergestellt. Haben gerade ein neues Verfahren entdeckt. Eine Fabrik stellt bereits tausend Stück in der Woche her. In einem Jahr wird es ein Dutzend solcher Fabriken geben.« Struan hielt einen Augenblick inne. »Ich kann Ihnen jede nur gewünschte Menge nach Boston liefern. Zehn amerikanische Cents das Glas.«
Cooper musterte das Glas genauer. »Zehntausend. Sechs Cents.«
»Zehn Cents. Brock wird zwölf von Ihnen verlangen.«
»Fünfzehntausend zu sieben Cents.«
»Abgemacht – dazu ein garantierter Auftrag auf dreißigtausend Stück zum gleichen Preis heute in einem Jahr und die Zusicherung, daß Sie nur durch die Firma Struan importieren.«
»Abgemacht – wenn Sie eine Ladung Baumwolle mit dem gleichen Schiff von New Orleans nach Liverpool übernehmen.«
»Wieviel Tonnen?«
»Dreihundert. Zu den üblichen Bedingungen.«
»Einverstanden – wenn Sie für den Tee aus dieser Ernte in Kanton als unser Kommissionär auftreten. Falls nötig.«
Cooper war sofort auf der Hut. »Aber der Krieg ist doch vorbei. Warum sollten Sie da einen Kommissionär brauchen?«
»Abgemacht oder nicht?«
In Coopers Kopf ging es zu wie in einem Bienenkorb. Seine Gedanken schwirrten durcheinander. Der Vertrag von Tschuenpi öffnete Kanton sofort dem Handel. Schon am nächsten Tag würden sie alle in die Niederlassung von Kanton zurückkehren und wieder dort wohnen. Auch ihre Faktoreien wurden wieder eröffnet – die Hongs, wie die Handelshäuser im Osten genannt wurden. Bis Mai, wenn das Geschäft der Saison abgewickelt war, würden sie in der Niederlassung bleiben. Wenn Noble House jetzt einen Kommissionär in Kanton brauchte, so schien das ebenso verrückt, als wollte man behaupten, die Vereinigten Staaten brauchten eine königliche Familie.

»Abgemacht oder nicht, Jeff?«
»Ja. Glauben Sie denn, daß es schon wieder Krieg gibt?«
»Das ganze Leben besteht aus Unruhe, stimmt's nicht? Hat nicht auch Mauss das vorhin sagen wollen?«
»Möglich.«
»Wie lange dauert es noch, bis Ihr neues Schiff fertig ist?« fragte Struan unvermittelt.
Coopers Augen verengten sich. »Wie haben Sie denn das herausbekommen? Außerhalb unserer Firma weiß niemand etwas davon.«
Robb lachte auf. »Das gehört zu unserem Geschäft, so was zu wissen, Jeff. Es könnte ja auf unlauteren Wettbewerb hinauslaufen. Wenn das Schiff die Routen segelt, die Dirk meint, dann werden wir es auf kaltem Weg auskaufen. Vielleicht. Oder wir bauen vier neue vom gleichen Typ.«
»Das wäre mal etwas Neues, wenn Briten amerikanische Schiffe kauften«, erwiderte Cooper gereizt.
»Kaufen würden wir sie nicht, Jeff«, entgegnete Struan. »Wir haben bereits eine Kopie von der Konstruktion. Wir ließen sie dort bauen, wo wir immer gebaut haben. In Glasgow. Wäre ich Sie, würde ich ihre Masten noch ein bißchen schräger nach hinten stellen, und an den Groß- und Besanmast gehört noch ein Oberbramsegel. Wie soll es denn heißen?«
»*Independence.*«
»Dann nennen wir das unsere *Independent Cloud.* Falls es ein tüchtiges Schiff ist.«
»Wir werden Sie von den Ozeanen heruntersegeln. Wir haben euch Engländer in zwei Kriegen geschlagen und jetzt schlagen wir euch dort, wo es euch am meisten weh tut. Wir werden euch euren Handel nehmen.«
»Völlig aussichtslos.« Struan bemerkte, daß Tillman sich entfernte. Jäh verhärtete sich seine Stimme. »Und schon gar nicht, wenn Ihr Land zur Hälfte von der Sklavenarbeit lebt!«
»Das wird sich mit der Zeit ändern. Angefangen haben mit dem Sklavenhandel die Engländer.«
»Abschaum war's.«
Ja, und Wahnsinnige halten daran fest, dachte Cooper verbittert und dachte dabei an die heftigen Auseinandersetzungen, die er immer wieder mit seinem Partner unter vier Augen hatte, da dieser Plantagensklaven besaß und sie verschacherte. Wie konnte Wilf nur so blind sein? »Bis vor acht Jahren hatten Sie Ihre Finger auch noch im Sklavenhandel.«
»Struan & Co. hat niemals mit menschlicher Ware gehandelt, weiß Gott nicht. Und beim Allmächtigen, ich werde jedes Schiff, das ich dabei erwische, auf den Grund des Meeres schicken. Innerhalb oder außerhalb britischer Gewässer. Wir sind der Welt mit gutem Beispiel vorangegangen. Die Sklaverei ist in Acht und Bann getan. Herrgott und Vater, bis 1833 hat es gedauert, als das schließlich geschafft war. Aber es ist geschafft. Jedes Schiff, denken Sie dran!«
»Dann noch etwas anderes. Machen Sie Ihren Einfluß geltend, daß wir von der verdammten Ostindischen Kompanie Opium kaufen können. Warum sollen alle, mit Ausnahme der britischen Händler, von den Auktionen völlig

ausgeschlossen bleiben? Warum zwingt man uns, minderwertiges türkisches Opium zu kaufen, wenn es in Bengalen mehr als genug für uns alle gibt?«
»Sie wissen ganz genau, daß ich mehr als genug getan habe, um die Kompanie zu zerschlagen. Lassen Sie ein bißchen Geld springen, Freundchen. Wagen Sie einen Einsatz. Agitieren Sie in Washington. Stecken Sie sich hinter den Bruder Ihres Partners. Ist er nicht Senator für Alabama? Oder ist er zu sehr damit beschäftigt, sich um vier verdammte Sklavenschiffe und ein paar ›Märkte‹ in Mobile zu kümmern?«
»Sie kennen meine Ansicht in dieser Sache«, entgegnete Cooper heftig. »Machen Sie die Opiumauktionen allen zugänglich, und ihr seid für alle Zeiten raus aus dem Geschäft. Ich glaube, in Wirklichkeit habt ihr bloß alle Angst vor dem freien Wettbewerb. Warum wird denn sonst die Navigationsakte beibehalten? Warum hat man das Gesetz erlassen, daß nur britische Schiffe Waren nach England bringen dürfen? Mit welchem Recht haben Sie ein Monopol auf dem größten Absatzmarkt der Welt?«
»Nicht nach jenem göttlichen Recht, Freundchen«, rief Struan scharf, »das das Denken und die Außenpolitik der Amerikaner zu durchdringen scheint.«
»In manchen Dingen aber haben wir recht und ihr unrecht. Schaffen wir doch den freien Wettbewerb! Zum Teufel mit den Zöllen! Freier Handel und freie Meere – darauf kommt es an!«
»Struan & Co. stimmen da völlig mit Ihnen überein. Lesen Sie denn nicht die Zeitungen? Ich kann Ihnen ruhig eingestehen, daß wir zehntausend Stimmen im Jahr kaufen, um sechs Parlamentsmitglieder zu stützen, die für Freihandel stimmen. Wir geben uns wirklich alle Mühe.«
»Jedem Mann seine Stimme. Wir kaufen keine Stimmen.«
»Sie haben Ihr System und wir das unsere. Und ich will Ihnen noch etwas anderes sagen. Die *Briten* waren nicht für die Kriege in Amerika, für keinen. Und auch nicht für die gottverdammten hannoveranischen Könige. Es ist auch nicht so, daß ihr die Kriege gewonnen habt, wir haben sie nur verloren. Sogar gern. Warum sollten wir gegen Freunde und Verwandte Krieg führen? Aber wenn das Volk der Britischen Inseln sich jemals zu einem Krieg gegen die Staaten entschließt, dann gnade euch Gott.«
»Ich glaube, jetzt wäre ein Trunk angebracht«, sagte Robb.
Die Blicke der beiden Männer lösten sich jäh voneinander. Sie starrten Robb an. Zu ihrem Erstaunen schenkte er drei Gläser ein.
»Robb, du wirst nicht trinken!« rief Struan. Seine Stimme war wie ein Peitschenhieb.
»Ich werde trinken. Zum erstenmal auf Hongkong. Soll auch das letztemal gewesen sein.« Robb reichte ihnen die Gläser. Der Whisky war goldbraun; er wurde in Loch Tannoch, wo beide geboren waren, ausschließlich für Noble House gebrannt. Robb hatte diesen Trunk nötig; das ganze Faß hätte er gebraucht.
»Du hast einen heiligen Eid geschworen!«
»Ich weiß. Aber es bringt Unglück, mit Wasser ein Hoch auszubringen.« Robbs Hand zitterte, als er das Glas hob. »Auf unsere Zukunft. Auf die *Independence* und die *Independent Cloud.* Auf die Freiheit der Meere. Auf die Freiheit und gegen alle Tyrannen.«

Er nahm einen Schluck, fühlte den Alkohol in seinem Mund, empfand sein Brennen, und sein Körper zog sich vor Verlangen zusammen. Dann spuckte er ihn aus und goß den Rest auf die Steine.
»Wenn ich das jemals wieder tue, schlag mir das Glas aus der Hand.« Von Ekel geschüttelt wandte er sich ab und entfernte sich mit dem Rücken zum Meer.
»Das kostet mehr Kraft, als ich habe«, sagte Cooper.
»Robb ist verrückt, den Teufel auf diese Weise zu versuchen«, rief Struan.
Vor sechs Jahren hatte Robb zu trinken begonnen – fast bis zum Wahnsinn. Das Jahr zuvor war Sarah mit den Kindern aus Schottland nach Macao gekommen. Eine Zeitlang ging alles großartig, aber dann hatte sie von Robbs langjähriger chinesischer Geliebten gehört, von Ming Soo und von der Tochter der beiden. Struan mußte wieder an Sarahs Zorn und Robbs Seelenqualen denken. Beide hatten ihm leid getan. Sie hätten sich schon vor Jahren scheiden lassen sollen, dachte er, und er verfluchte die Tatsache, daß eine Scheidung nur durch Parlamentsbeschluß zu erreichen war. Nach längerer Zeit hatte sich Sarah bereitgefunden, Robb zu verzeihen, jedoch nur, wenn er bei Gott schwor, sich sofort von seiner angebeteten Geliebten und ihrer Tochter zu trennen. Voller Haß auf sich selber hatte Robb nachgegeben. Heimlich hatte er Ming Soo viertausend Silbertaels gegeben, und sie und ihre Tochter hatten Macao verlassen. Er hatte sie niemals wiedergesehen, niemals mehr von ihnen gehört.
Aber obwohl Sarah besänftigt war, konnte sie die sehr schöne Frau und das Kind nicht vergessen und nahm jede Gelegenheit wahr, Salz in die niemals heilende Wunde zu streuen. Robb hatte angefangen, fürchterlich zu trinken, und bald war er dem Alkohol völlig verfallen. Mehrere Monate lang wurde er überhaupt nicht mehr nüchtern. Eines Tages war er dann verschwunden. Schließlich hatte Struan ihn in einer der dreckigen Ginkneipen in Macao aufgestöbert, ihn nach Hause geschleppt und gewartet, bis er nüchtern wurde. Dann hatte er ihm eine Pistole gegeben.
»Erschieß dich oder schwör bei Gott, daß du keinen Alkohol mehr anrührst. Für dich ist er Gift, Robb. Jetzt warst du fast ein Jahr lang immerzu besoffen. Du mußt an die Kinder denken. Die armen Würmer leben nur noch in Furcht vor dir, und ich kann es verstehen. Außerdem bin ich es müde, dich aus der Gosse aufzulesen. Sieh dich doch einmal an, Robb! Los!«
Struan hatte ihn gezwungen, in einen Spiegel zu blicken. Robb hatte seinen Eid abgelegt, und dann hatte Struan ihn einen Monat auf hohe See geschickt, mit dem Befehl, es sei ihm kein Alkohol zu geben. Robb hätte es fast umgebracht. Im Laufe der Zeit jedoch hatte er wieder zu sich gefunden und war seinem Bruder dankbar gewesen. Er lebte wieder mit Sarah zusammen und versuchte, in Frieden mit ihr auszukommen. Aber es gab keinen Frieden mehr zwischen ihnen und auch keine Liebe. Armer Robb, dachte Struan. Und arme Sarah. Entsetzlich, als Mann und Frau so miteinander leben zu müssen.
»Warum in aller Welt hat Robb das eigentlich getan?«
»Ich glaube, er wollte einem Streit die Spitze abbrechen«, erklärte Cooper. »Ich war in Zorn geraten. Es tut mir leid.«

»Sie brauchen sich nicht zu entschuldigen, Jeff. Es war meine Schuld. Jetzt soll aber Robbs Mühe nicht umsonst gewesen sein, was?« fügte Struan hinzu. »Jetzt trinken wir, worauf er getrunken hat!«
Schweigend tranken sie. Am Strand lärmten ringsum die Händler und Seeleute.
»He, Tai-Pan! Und Sie da, Sie verfluchter Kolonist! Kommen Sie mal her!«
Es war Quance, der sich in der Nähe des Flaggenmastes niedergelassen hatte. Er winkte ihnen zu und begann erneut zu brüllen. »Hol's der Teufel, kommen Sie hierher!« Er nahm eine Prise Schnupftabak, nieste zweimal und staubte sich mit seinem französischen Spitzentaschentuch ungeduldig ab.
»Bei Gott, Sir«, sagte er zu Struan und blickte ihn über seine randlose Brille hinweg an, »in Teufels Namen, wie soll denn ein Mann bei dem Lärm und dem Tumult noch arbeiten? Sie und Ihr verdammter Alkohol!«
»Haben Sie einmal den Branntwein versucht, Mr. Quance?«
»Tadellos, mein lieber Freund. Wie Miss Tillmans Brüste.« Er nahm das Bild von der Staffelei und hielt es hoch. »Was halten Sie davon?«
»Von Shevaun Tillman?«
»Nein, vom Bild! Dummes Geschwätz! Wie kann man denn in Gegenwart eines Meisterwerkes an so irdische Dinge denken?« Quance nahm noch eine Prise Schnupftabak, erstickte fast daran, trank einen riesigen Schluck ›Napoleon‹ aus seinem Krug und nieste.
Das Gemälde, ein Aquarell, zeigte die Flaggenparade dieses Tages. Die Einzelheiten kamen gut heraus, und es war sehr wirklichkeitsgetreu. Sogar etwas mehr als das. Brock und Mauss waren gut zu erkennen, und Glessing stand da, die Proklamation in den Händen.
»Es ist sehr gut gelungen, Mr. Quance«, sagte Struan.
»Fünfzig Guineen.«
»Ich habe schon in der vergangenen Woche ein Bild gekauft.«
»Zwanzig Guineen.«
»Ich bin nicht drauf.«
»Fünfzig Guineen, und ich mal Sie, wie Sie die Proklamation verlesen.«
»Nein.«
»Mr. Cooper! Ein Meisterwerk. Zwanzig Guineen.«
»Abgesehen vom Tai-Pan und von Robb bin ich es, der die größte Quance-Sammlung im Fernen Osten hat.«
»Verdammt, meine Herren, aber ich muß mir von irgendwoher Geld beschaffen.«
»Verkaufen Sie es doch an Brock. Ihn sieht man doch schön deutlich«, schlug Struan vor.
»Die Pest über Brock!« Quance trank noch einen großen Schluck und sagte mit rauher Stimme: »Hol ihn der Teufel, er hat mich schon abgewiesen!« Und damit fuhr er zornig mit dem Pinsel über das Bild und wischte Brock weg. »Warum soll ich ihm eigentlich zur Unsterblichkeit verhelfen? Und die Pest über Sie beide. Ich schicke es an die Königliche Akademie. Auf Ihrem nächsten Schiff, Tai-Pan.«
»Wer wird die Fracht bezahlen? Und die Versicherung?«
»Ich, mein Freund.«

»Womit denn?«
Quance betrachtete das Bild. Er wußte, daß er immer besser wurde. Daß er immer würde malen können. Daß sein Talent weiter reifte.
»Ja, womit, Mr. Quance?«
Quance winkte Struan mit einer herrischen Handbewegung ab. »Mit Geld. Mit Taels, Moneten, Dollars. Mit Bargeld!«
»Haben Sie etwa eine neue Kreditquelle, Mr. Quance?«
Aber Quance antwortete ihm nicht. Er bewunderte weiterhin sein Werk, denn er wußte, der andere hatte nun angebissen.
»Los, Aristoteles, wer ist es?« bohrte Struan weiter.
Quance nahm einen gewaltigen Schluck, noch eine Prise Schnupftabak und nieste, dann flüsterte er geheimnisvoll: »Setzen Sie sich.« Er blickte um sich, um festzustellen, ob kein anderer zuhörte. »Ein Geheimnis.« Er hielt das Bild hoch. »Zwanzig Guineen?«
»Einverstanden«, sagte Struan. »Aber ich hoffe, es ist die Sache wert.«
»Sie sind ein Fürst unter den Menschen, Tai-Pan. Eine Prise?«
»Schießen Sie nur los.«
»Eine gewisse Dame scheint sich selber sehr zu bewundern. Im Spiegel. Ohne Kleider. Ich habe den Auftrag erhalten, sie so zu malen.«
»Allmächtiger! Wer denn?«
»Sie beide kennen sie sehr gut.« Dann fügte Quance mit gespielter Traurigkeit hinzu: »Ich habe geschworen, ihren Namen nicht preiszugeben. Aber ich werde ihr Gesäß der Nachwelt überliefern. Ein prächtiges Stück.« Noch ein Schluck. »Ich, na ja, habe darauf bestanden, sie ganz zu sehen, bevor ich mich bereit erklärte, den Auftrag anzunehmen.« Er küßte verzückt seine Fingerspitzen. »Makellos, meine Herren, makellos! Und ihre Titten! Du lieber Gott im Himmel, es hätte mir fast den Atem verschlagen!» Noch ein Schluck.
»Uns können Sie es doch sagen. Los, wer war es?«
»Die Hauptregel bei der Aktmalerei wie bei der Hurerei: niemals den Namen der Dame preisgeben.« Quance leerte bedauernd den Krug. »Da ist keiner unter Ihnen, der nicht seine tausend Guineen bezahlen würde, um dieses Bild zu besitzen.« Er erhob sich, rülpste kräftig, klopfte sich ab, klappte seinen Malkasten zu und griff, äußerst zufrieden mit sich selber, nach seiner Staffelei. »Na, für diese Woche haben wir genug getan. Ich werde mir bei Ihrem Kommissionär die dreißig Guineen abholen.«
»Zwanzig Guineen«, entgegnete Struan.
»Ein echter Quance vom bedeutendsten Tag in der Geschichte des Ostens«, erklärte Quance verächtlich, »für knapp den Preis eines Oxhoftfasses mit ›Napoleon‹.« Er kehrte zu seinem Langboot zurück und machte ein paar Tanzschritte, als er an Bord mit Jubelrufen begrüßt wurde.
»Großer Gott, wer kann das nur sein?« sagte Cooper schließlich.
»Sicher Shevaun«, meinte Struan und lachte kurz auf. »Zu der würde das passen.«
»Niemals. Sie ist ein wildes Ding, das stimmt, aber doch nicht so wild.« Cooper blickte beunruhigt zu dem Vorratsschiff von Cooper-Tillman hinüber, auf dem Shevaun Tillman wohnte. Sie war die Nichte seines Partners

und vor einem Jahr aus Washington nach Asien gekommen. In kurzer Zeit war sie zu der am meisten umworbenen Schönheit in den Handelskreisen des Ostens geworden. Neunzehnjährig, sehr hübsch und abenteuerlustig, war sie zudem eine gute Partie. Aber keinem gelang es, sie einzufangen – sie ging weder mit einem Mann ins Bett noch ließ sie sich heiraten. Jeder Junggeselle in Asien, einschließlich Coopers, hatte ihr einen Antrag gemacht. Alle hatte sie abgewiesen, aber nicht weggeschickt: Sie hielt sie weiter am Zügel, alle ihre Freier. Cooper aber machte das nichts aus; er wußte, eines Tages würde sie seine Frau werden. Ihr Vater, Senator in Alabama, hatte sie unter der Obhut von Wilf Tillman hinausgeschickt, weil er hoffte, Cooper würde Gefallen an ihr finden und sie an ihm. Auf diese Weise sollte das Familienunternehmen noch mehr gefestigt werden. Cooper hatte sich auf den ersten Blick in sie verliebt.

»Dann werden wir die Verlobung sofort bekanntgeben«, hatte Tillman vor einem Jahr begeistert erklärt.

»Nein, Wilf. Nur keine Eile. Soll sie sich erst einmal an Asien und an mich gewöhnen.«

Als sich Cooper nun Struan wieder zuwandte, lächelte er vor sich hin. Es lohnte sich gewiß, auf eine solche Wildkatze zu warten. »Es wird eine von den ›jungen Damen‹ von Mrs. Fortheringill sein.«

»Diese Häschen wären zu allem fähig.«

»Kein Zweifel. Aber sie würden Aristoteles nichts dafür zahlen.«

»Das Alte Pferdegesicht brächte das fertig. Hebt das Geschäft.«

»Die hat jetzt Geschäft genug. Sie hat die beste Kundschaft in ganz Asien. Können Sie sich vorstellen, daß die alte Hexe Aristoteles Geld dafür gibt?« Cooper zupfte ungeduldig an seinem Backenbart. »Bestenfalls würde sie ihn *in natura* entschädigen. Vielleicht erlaubt er sich einen Scherz mit uns?«

»Der macht zwar über alles Witze, aber bei der Malerei versteht er keinen Spaß.« – »Eine von den Portugiesinnen?«

»Unmöglich. Wäre sie verheiratet, würde ihr Mann ihr eine Kugel durch den Kopf schießen. Wäre sie Witwe – geriete die ganze katholische Kirche in Wallung.« Die Falten in Struans von Wind und Wetter gegerbtem Gesicht verzogen sich zu einem breiten Lächeln. »Ich werde die ganze Macht von Noble House einsetzen, um festzustellen, wer es ist. Ich wette mit Ihnen um zwanzig Guineen, daß ich es als erster herausbekomme!«

»Abgemacht. Wenn ich gewinne, bekomme ich das Bild.«

»Hol's der Teufel, seitdem Brock übermalt ist, gefällt es mir eigentlich ganz gut.«

»Der Gewinner bekommt das Bild, und wir werden Aristoteles bitten, den Verlierer auf das Bild zu setzen.«

»Abgemacht.« Sie drückten einander die Hände.

Ein jäher Kanonenschuß. Sie blickten aufs Meer hinaus.

Unter vollen Segeln brauste ein Schiff durch den östlichen Meeresarm. Groß- und Bramsegel, Oberbram- und Marssegel waren nach Lee gebläht. Gordings und Geitaue teilten sie in regelmäßige, pralle Felder. Die gespannte Takelage dröhnte und sang im scharfen Wind. Der Klipper mit seinen nach hinten geneigten Masten befand sich auf Leeschlag über eine weite Wasserfläche hin-

weg. Die Bugwelle rauschte hoch empor, Wasser flutete über das Schandeck, und über dem weißen Schaum des Kielwassers stießen Möwen ihre gellenden Willkommensschreie aus.
Wieder bellte das Geschütz, und eine Rauchwolke zog über die Leeseite, über den Union Jack am Heck und den Löwen und Drachen am Topp des Besanmastes hinweg. Die Männer an Land, die ihre Wetten gewonnen hatten, brachen in laute Jubelrufe aus, denn es wurden immer gewaltige Summen darauf gesetzt, welches Schiff als erstes in der Heimat einträfe und welches als erstes wieder in China einliefe.
»Mr. McKay!« rief Struan, aber der Bootsmann kam mit dem doppelten Fernrohr bereits angestürzt.
»Drei Tage früher als sonst, Sir, eine Rekordzeit!« stieß Bootsmann McKay hervor und lächelte mit dem zahnlosen Mund. »Ach je, sehen Sie nur mal, wie es fliegt. Das kostet Brock ein Tönnchen Silber!« Er eilte landeinwärts davon.
Das Schiff, die *Thunder Cloud*, kam aus dem Meeresarm hervorgeschossen. Jetzt, wo das offene Wasser vor ihr lag, lief sie mit allem Zeug vor dem Wind und gewann an Fahrt.
Struan setzte das kurze doppelte Fernglas an die Augen und stellte es auf die Signalflaggen ein. Die Nachricht lautete: »Krise nicht überstanden. Neuer Vertrag mit dem Ottomanischen Reich gegen Frankreich. Kriegsgerüchte.«
Dann musterte Struan das Schiff: der Anstrich war in Ordnung, die Takelage fest und die Kanonen standen an ihren Plätzen. In einer Ecke des Oberbramsegels der Fock war ein kleines, schwarzes Rechteck zu erkennen, ein Kodezeichen, das nur in besonderen Fällen gegeben wurde. Es bedeutete: »Wichtige Nachrichten an Bord.«
Er senkte sein Fernglas und reichte es Cooper. »Wollen Sie einmal sehen?«
»Danke.«
»Man nennt es auch ein Binokular oder Binokel. Für zwei Augen. Eingestellt wird mit der Mittelschraube«, erklärte Struan. »Es ist eine Spezialanfertigung für mich.«
Cooper blickte durch das Glas und sah die Signalflaggen. Er wußte, daß jeder Mann in der Flotte versuchte, die Nachrichten zu entziffern, und alle Firmen viel Zeit und Geld darauf verwendeten, den Kode von Noble House zu entschlüsseln. Das Fernglas war stärker als die üblichen Fernrohre. »Wo könnte ich zwölf Dutzend von diesen Dingern bekommen?«
»Hundert Guineen das Stück. Ein Jahr Lieferzeit.«
Nimm es oder laß es bleiben, dachte Cooper verbittert, denn er kannte diesen Ton. »Abgemacht.« Neue Signalflaggen gingen in die Toppen, und Cooper gab das Fernglas zurück.
Die zweite Nachricht bestand aus einem einzigen Wort: ›Zenit‹, ein Kodewort innerhalb des Hauptkodes.
»An Ihrer Stelle«, sagte Struan zu Cooper, »würde ich das, was Sie von der letzten Baumwollernte noch haben, abstoßen. Und zwar schnell.«
»Wieso?«
Struan zuckte die Achseln. »Ich wollte Ihnen nur einen Dienst erweisen. Würden Sie mich jetzt entschuldigen?«

Cooper blickte ihm nach, wie er sich entfernte und Robb entgegenging, der sich ihm zusammen mit dem Bootsmann näherte. Was haben nur diese verdammten Signalflaggen bedeutet? fragte er sich. Und was hat er mit unserer Baumwolle gemeint? Und warum in aller Welt ist das Postschiff noch nicht eingetroffen?
Das war es, was den Handel so aufregend machte. Man kaufte und verkaufte für eine Marktsituation, wie sie in vier Monaten zutraf, und wußte dabei nur über die augenblicklichen Marktverhältnisse Bescheid. Ein einziger Fehler, und man konnte ein Schuldgefängnis von innen kennenlernen. Ein Glücksspiel, dessen Risiken man einkalkuliert hatte, und wenn man erfolgreich war, konnte man sich von den Geschäften zurückziehen und dem Osten für immer den Rücken kehren. Ein wilder Schmerz durchzuckte seine Eingeweide, ein Schmerz, der ihn im Osten niemals verließ – wie die meisten anderen auch. Er gehörte zum Leben, das man dort führte. War das nun ein freundschaftlicher Tip des Tai-Pan gewesen, oder war es Berechnung, war es eine List?
Kapitän Glessing, der sich in Horatios Begleitung befand, betrachtete voller Neid die *Thunder Cloud.* Und auch voller Ungeduld. Das war eine Prise, die sich lohnte, und da es das erste Schiff war, das in diesem Jahr die Reise von England und von Kalkutta gemacht hatte, waren seine Laderäume wahrscheinlich mit Opium vollgepfropft. Glessing fragte sich, was wohl die Signalflaggen bedeutet hatten. Und warum saß dieses schwarze Rechteck auf dem Oberbramsegel der Fock?
»Wunderbares Schiff«, sagte Horatio.
»Das kann man wohl sagen.«
»Obwohl es ein Pirat ist?« fragte Horatio spöttisch.
»Seine Ladung und seine Eigner machen es zu einem Piratenschiff. Aber ein Schiff bleibt ein Schiff, und dieses da ist eine der großartigsten Damen, die jemals einem Menschen gedient haben«, antwortete Glessing kurz angebunden, ohne auf Horatios Scherz einzugehen. »Und da wir gerade von Damen sprechen«, fuhr er fort und versuchte dabei, nicht allzu interessiert zu wirken, »würden Sie und Miss Sinclair mir die Freude machen, heute abend mit mir zu essen? Ich würde Ihnen gern mein Schiff zeigen.«
»Sehr nett von Ihnen, George, ich komme gern. Ich könnte mir denken, daß Mary begeistert ist. Sie war noch niemals an Bord einer Fregatte.«
Vielleicht findet sich heute abend eine Gelegenheit festzustellen, wie Mary mir gegenüber empfindet, dachte Glessing. »Ich schicke Ihnen ein Langboot. Wäre Ihnen drei Glasen recht – die letzte Hundewache?«
»Acht Glasen wäre mir lieber«, antwortete Horatio lächelnd. Er wollte damit nur zeigen, daß er wußte, drei Glasen bedeuteten in dieser Wache sieben Uhr dreißig, während acht Uhr dasselbe war wie acht Glasen.
»Einverstanden«, sagte Glessing. »Miss Sinclair wird die erste Dame sein, die bei mir an Bord zu Gast ist.«
Mein Gott, dachte Horatio, wäre es denn möglich, daß Glessing mehr als nur ein oberflächliches Interesse für Mary hat? Natürlich! Die Einladung galt in Wirklichkeit ihr und nicht mir. Ziemlich unverschämt! Eingebildeter Affe! Zu glauben, Mary würde eine solche Verbindung überhaupt ernstlich

in Betracht ziehen! Oder daß ich ihr erlauben würde, jetzt schon zu heiraten.
Einc Muskete schepperte auf die Steine. Sie wandten sich um. Einer der Marinesoldaten war ohnmächtig geworden und lag am Boden.
»Was, zum Teufel, ist denn mit dem los?« rief Glessing.
Der Stabswachtmeister drehte den jungen Marinesoldaten um. »Weiß nicht, Sir. Es ist Norden, Sir. Schon seit ein paar Wochen benimmt er sich etwas seltsam. Vielleicht hat er das Fieber.«
»Lassen Sie ihn liegen. Sammeln Sie die Seeleute ein, die Marinesoldaten zu den Booten! Sobald alles eingebootet ist, kommen Sie zurück und holen ihn.«
»Jawohl, Sir.« Der Stabswachtmeister hob Nordens Muskete auf, warf sie einem anderen Marinesoldaten zu und ließ die Leute abrücken.
Als er sich bewegen konnte, ohne daß es auffiel, verkroch sich Norden, der nur so getan hatte, als sei er bewußtlos, in den Schutz einiger Felsen und versteckte sich. Oh, lieber Gott, hilf mir, bis ich zum Tai-Pan gelange, betete er verzweifelt. Niemals wieder bekomme ich eine solche Gelegenheit. Schütze mich, lieber Jesus, und hilf mir, daß ich zu ihm gelange, bevor sie kommen, um mich zu holen.

Brock stand auf dem Achterdeck seines Schiffes, das Fernrohr auf die Flaggen gerichtet. Schon vor sechs Monaten war es ihm gelungen, Struans Kode zu entschlüsseln, und so verstand er die erste Nachricht. Was aber war mit ›Zenit‹? Was hatte das zu bedeuten? fragte er sich. Und was war an dem Vertrag mit dem Ottomanischen Reich so wichtig, daß Struans Leute es wagten, es zu signalisieren, so ganz offen, wenn auch verschlüsselt, anstatt die Sache geheimzuhalten, bis Struan an Bord kam? Vielleicht wissen sie auch, daß ich den Kode entschlüsselt habe. Vielleicht legen sie es darauf an, daß ich das Zeug verstehe, und ›Zenit‹ bedeutet, daß diese Nachricht falsch ist. Krise und Krieg bedeuten, daß der Preis für Tee und Seide steigen wird. Und für Baumwolle. Er sollte sich lieber ordentlich eindecken. *Falls* es wahr ist. Und vielleicht stecke ich damit meinen Kopf in Struans Falle. Wo, zum Teufel, bleibt denn die *Gray Witch*? Blödsinn, sich so schlagen zu lassen. Verdammter Gorth! Er hat mich tausend Guineen gekostet.
Gorth war sein ältester Sohn und Kapitän auf der *Gray Witch* – ein Sohn, auf den er stolz sein konnte. So groß wie er, so hart, so kräftig, und einer der besten Seeleute, die jemals die Meere befahren hatten. Ja, ein Sohn, der ein würdiger Nachfolger war und auch würdig, in ein paar Jahren, Tai-Pan zu sein. Brock sprach leise ein Gebet für Gorths Sicherheit und verfluchte ihn dann erneut, weil er erst hinter der *Thunder Cloud* als zweiter einlaufen würde. Er stellte sein Fernrohr auf das Ufer ein, wo Struan nun mit Robb zusammentraf, und wünschte sich, er könnte hören, was sie einander zu sagen hatten.
»Entschuldigen Sie mich, Mr. Brock.« Nagrek Thumb war Kapitän auf der *White Witch*, ein breitschultriger, stämmiger Mann von der Insel Man mit riesigen Händen und einem Gesicht von der Farbe gebeizter Eiche.
»Was ist, Nagrek?«

»Es geht ein Gerücht in der Flotte um. Ich halte nicht viel davon, aber man weiß ja nie. Es heißt, daß die Marine Befehl erhält, unseren Opiumschmuggel zu unterbinden. Daß man uns als Piraten aufbringen darf.«
Brock lachte höhnisch auf. »Das wär' aber 'n Ding!«
»Zuerst habe ich auch gelacht, Mr. Brock. Dann aber habe ich gehört, daß der Befehl um vier Glasen ausgegeben werden soll. Und ich habe gehört, Struan hätte zu Longstaff gesagt, wir alle sollten eine Frist von sechs Tagen eingeräumt bekommen, um die Vorräte, die wir haben, abzustoßen.«
»Sind Sie sicher?« Brock hatte kaum Zeit, diese aufregende Nachricht in sich aufzunehmen, als er auch schon von einem Geräusch auf der Gangway abgelenkt wurde. Eliza Brock betrat schwer und gewichtig das Deck. Sie war eine kräftige Frau mit dicken Armen und stark wie ein Mann; ihr eisengraues Haar trug sie in einem lockeren Knoten. Sie war von ihren beiden Töchtern, Elizabeth und Tess, begleitet.
»Guten Morgen, Mr. Brock«, sagte Liza, trat mit festen Schritten, ihre Arme über ihrem gewaltigen Busen verschränkt, auf ihn zu. »Wird wahrhaftig ein schöner Tag!«
»Wo bist 'n du gewesen, meine Liebe? Guten Morgen, Tess. Hallo, Lillibet, mein Liebling«, rief Brock, von Bewunderung für seine Töchter überwältigt.
Elizabeth Brock war sechs Jahre alt und braunhaarig. Sie rannte auf Brock zu, machte einen Knicks und fiel dabei fast hin; dann warf sie sich in seine Arme und drückte sich an ihn. Er lachte auf.
»Wir waren drüben bei Mrs. Blair«, sagte Liza. »Geht ihr ziemlich dreckig.«
»Wird sie's Baby verlieren?«
»Nein, so Gott will«, antwortete Liza. »Guten Morgen, Nagrek.«
»Guten Morgen, Madam«, erwiderte Thumb und wandte seine Augen von Tess ab, die am Schandeck stand und zur Insel hinüberblickte. Tess Brock war sechzehn, groß und üppig und schlank in der Taille, wie die Mode es verlangte. Ihre Gesichtszüge waren zu scharf, um hübsch zu sein. Aber es war ein charaktervolles Gesicht, das durch seine Lebhaftigkeit anziehend wirkte. Und sehr begehrenswert.
»Ich gehe jetzt was essen.« Liza hatte bemerkt, wie Nagrek Tess angesehen hatte. Höchste Zeit, daß sie heiratete, dachte sie. Aber nicht Nagrek Thumb, bei Gott. »Komm herunter, Tess. Los, Lillibet, rühr dich«, fuhr sie fort, als Elizabeth die Arme nach ihr ausstreckte, um sich von ihr tragen zu lassen.
»Bitte, bitte, bitte, Mama. Bitte, bitte.«
»Gebrauch deine eigenen Beine, Mädchen.« Aber dennoch drückte Liza sie an ihren üppigen Busen und trug sie nach unten. Tess folgte, nachdem sie ihren Vater angelächelt und Nagrek selbstbewußt zugenickt hatte.
»Sind Sie in der Sache Struan und Longstaff so sicher?« fragte Brock.
»Ja.« Nagrek wandte sich Brock zu und bemühte sich, seine Gedanken von dem Mädchen zu lösen. »Eine goldene Guinee in der Hand eines Mannes macht seine Ohren lang. Ich habe auf dem Flaggschiff einen Lauscher.«
»Struan wäre mit so was nie einverstanden. Das kann er gar nich'. Es würde ihn ebenso wie uns alle ruinieren.«
»Trotzdem ist davon gesprochen worden. Heute morgen noch.«
»Was wurde sonst noch gesagt, Nagrek?«

»Mehr hat mein Zuträger nicht gehört.«
»Dann steckt was anderes dahinter – wieder so 'ne ausgekochte Teufelei.«
»Ja. Aber was?«
Brock begann die Möglichkeiten abzuwägen. »Geben Sie den Lorchas Bescheid. Jede Kiste Opium die Küste hinauf. Inzwischen schicken Sie unserem Lauscher an Bord der *China Cloud* eine Börse mit zwanzig Guineen. Sagen Sie ihm, daß er noch zwanzig bekommt, wenn er feststellt, was hinter der ganzen Geschichte steckt. Aber vorsichtig soll er sein. Wir dürfen ihn nich' verlieren.«
»Wenn Struan ihn einmal erwischt, schickt er uns seine Zunge.«
»Zusammen mit seinem Kopf. Ich wette fünfzig Guineen, daß Struan bei uns einen Mann an Bord hat.«
»Und ich hundert, daß Sie unrecht haben«, entgegnete Thumb. »Jeder einzelne Mann an Bord ist zuverlässig!«
»Ist besser, ich erwisch' ihn nicht lebend vor Ihnen, Nagrek.«

»Aber warum sollte er ›Zenit‹ gesetzt haben?« fragte Robb. »Wir wären ja ohnehin sofort an Bord gekommen.«
»Ich weiß es nicht«, antwortete Struan. Zenit bedeutete: »Eigner an Bord kommen – dringend.« Mit gefurchter Stirn betrachtete er die *Thunder Cloud*. Bootsmann McKay stand außer Hörweite in einiger Entfernung am Strand und wartete geduldig.
»Geh du an Bord, Robb. Sprich Isaac meine Glückwünsche aus und sag ihm, er soll an Land kommen. Führ ihn ins Tal.«
»Warum?«
»Zu viele Ohren an Bord. Es könnte sehr wichtig sein.« Dann rief er: »Bootsmann McKay!«
»Jawohl, Sir!« McKay eilte zu ihm.
»Bringen Sie Mr. Struan zur *Thunder Cloud* hinüber. Dann fahren Sie zu meinem Schiff hinüber. Holen Sie ein Zelt, ein Bett und meine Sachen. Ich bleibe heute nacht an Land.«
»Jawohl, Sir! Bitte um Verzeihung, Sir«, fuhr Bootsmann McKay verlegen fort, »aber da ist ein junger Mann, Ramsey, an Bord der *H. M. S. Mermaid*, Glessings Schiff. Die Ramseys sind mit den McKays verwandt. Der Erste Offizier hat was gegen den armen Kerl. Dreißig Hiebe gestern und weitere für morgen. Er ist in Glasgow gepreßt worden.«
»Na und?« fragte Struan ungeduldig.
»Ich habe gehört, Sir«, sagte der Bootsmann zögernd, »daß er gern woanders anheuern würde.«
»Herrgott und Vater, sind Sie schwachsinnig geworden? Wir nehmen keine Deserteure an Bord unserer Schiffe. Wenn wir einen wissentlich nehmen, könnten wir unser Schiff verlieren – und das zu Recht!«
»Gewiß! Aber ich hatte gedacht, Sie könnten ihn vielleicht auskaufen«, sagte McKay hastig. »Käpt'n Glessing ist doch ein Freund von Ihnen. Ich würde meine Prisengelder mit dazu geben, um zu helfen, Sir. Er ist ein guter Kerl, aber er läuft davon, wenn sich ihm nichts bietet.«
»Ich werde es mir überlegen.«

»Ich danke Ihnen, Sir.« Der Bootsmann führte die Hand zur Mütze und eilte davon.
»Wenn du Tai-Pan wärst, Robb, was würdest du dann tun?«
»Gepreßte Leute sind immer gefährlich, man kann ihnen niemals trauen«, antwortete Robb ohne Zaudern. »Ich würde ihn also niemals auskaufen. Außerdem behielte ich von nun an McKay im Auge. Vielleicht ist McKay von jetzt ab Brocks Mann und zu allem entschlossen. Ich würde McKay auf die Probe stellen. Ich würde Zwischenträger einschalten – wahrscheinlich McKay, das gehört mit zu der Probe, und außerdem einen Feind McKays. Dann würde ich einiges aus Ramsey herauslocken, aber seinen Informationen trotzdem in keiner Weise trauen.«
»Du hast mir genau das gesagt, was ich täte«, rief Struan leicht belustigt.
»Aber ich habe dich gefragt, was du tun würdest.«
»Ich bin nicht der Tai-Pan, also ist es nicht meine Angelegenheit. Wäre ich es, würde ich wahrscheinlich ohnehin nicht davon sprechen. Oder ich würde davon sprechen, aber dann das Gegenteil tun. Um dich auf die Probe zu stellen.« Robb war froh, daß er seinen Bruder von Zeit zu Zeit zu hassen vermochte. Dadurch erhielt seine Zuneigung zu ihm einen um so größeren Wert.
»Warum hast du Angst, Robb?«
»Das werde ich dir in einem Jahr sagen.« Robb folgte dem Bootsmann.
Struan grübelte eine Weile über seinen Bruder und die Zukunft von Noble House nach; dann griff er zu einer Flasche Branntwein und schritt die Felsspalte entlang in Richtung auf das Tal.
Die Reihen der Kaufleute lichteten sich. Einige fuhren bereits in ihren Langbooten ab. Andere waren noch immer mit Essen und Trinken beschäftigt. Irgendwo brachen sie in schallendes Gelächter aus: Man amüsierte sich über ein paar Betrunkene, die schwankend zu acht einen schottischen Volkstanz aufzuführen versuchten.
»Sir!«
Struan blieb stehen und starrte den jungen Marinesoldaten an. »Was ist?«
»Ich brauche Ihre Hilfe, Sir. Ich bin verzweifelt«, stieß Norden hervor. Seine Augen blickten irr, sein Gesicht war grau.
»Was für Hilfe?« Struan streifte mit einem finsteren Blick das Bajonett des Marinesoldaten.
»Ich habe die Seuche – die Lustseuche. Sie können mir helfen. Geben Sie mir das Heilmittel, Sir. Ich tue alles, alles für Sie.«
»Ich bin kein Arzt, mein Junge«, erwiderte Struan, und er hatte ein Gefühl, als sträubten sich die Haare in seinem Nacken. »Solltest du jetzt nicht bei deinem Boot sein?«
»Sie haben sie auch gehabt, Sir. Aber Sie hatten das Heilmittel. Ich verlange ja nichts weiter als das Heilmittel. Dafür tue ich alles.« Nordens Stimme war nur noch ein Krächzen, und Schaum trat auf seine Lippen.
»Ich habe sie niemals gehabt, mein Junge.« Struan bemerkte den Stabswachtmeister, der auf sie zukam und etwas rief, wahrscheinlich seinen Namen.
»Mach lieber, daß du zu deinem Boot kommst, Junge. Man wartet schon auf dich.«

»Das Heilmittel. Sagen Sie mir, wie. Ich habe Ersparnisse, Sir.« Norden holte ein schmutziges, zusammengeknüpftes Tuch hervor und hielt es ihm stolz hin. Der Schweiß rann ihm über das Gesicht. »Ich bin fleißig, und da sind ... da sind fünf ganze Schillinge und vier Pence drin, Sir, und das ist alles, was ich auf der Welt besitze, und dann kommt noch mein Sold hinzu, zwanzig Schilling im Monat, die können Sie auch haben. Sie können alles haben, Sir, das schwöre ich Ihnen bei unserm Herrn Jesus, Sir!«

»Ich hatte noch niemals die Lustseuche, mein Junge. Niemals«, wiederholte Struan, und sein Herz zog sich in der Erinnerung an seine Kindheit zusammen, als Reichtum aus Pennys, Schillingen und halben Schillingen bestand und nicht aus Silber in Zehntausenden von Taels. Wieder durchlebte er die Schreckenszeit seiner Jugend, die ihm für immer ins Gedächtnis gebrannt war – diese Zeit ohne Hoffnung und ohne Essen, ohne Wärme und ohne Dach über dem Kopf, diese Zeit der halbverhungerten Kinder mit den aufgetriebenen Bäuchen. Du lieber Gott, ich kann wohl meinen eigenen Hunger vergessen, aber niemals die Kinder, niemals ihr Jammern, das ein müder Wind über den Dreckpfuhl einer Elendsstraße trug.

»Ich tue alles, alles, Sir. Da. Ich kann zahlen. Ich will nich' was für nichts. Nehmen Sie, Sir.«

Der Stabswachtmeister kam mit raschen Schritten über den Strand heran. »Norden!« brüllte er zornig. »Du bekommst fünfzig Hiebe wegen unerlaubten Wegtretens, bei Gott!«

»Heißt du Norden?«

»Jawohl, Sir. Bert Norden. Ich möchte ja nur das Heilmittel. Helfen Sie mir, Sir. Da. Nehmen Sie das Geld. Es gehört alles Ihnen, und es kommt noch mehr. In Christi Namen, helfen Sie mir!«

»Norden!« Der Stabswachtmeister schrie den Namen mit zorngerötetem Gesicht auf hundert Schritt Entfernung. »Herrgottdonnerwetter noch mal, komm her, du gottverdammter Lump!«

»Bitte, Sir!« stieß Norden in immer größerer Verzweiflung hervor. »Ich habe erfahren, daß ein Heide Sie kuriert hat. Sie haben das Heilmittel von den Heiden gekauft!«

»Dann war es eine Lüge, was du gehört hast. Es gibt kein chinesisches Heilmittel, von dem ich wüßte. Es gibt keine Heilung. Keine. Mach lieber, daß du zu deinem Boot kommst.«

»Natürlich gibt es ein Heilmittel!« kreischte Norden. Er riß sein Bajonett heraus. »Sagen Sie mir, wo ich es bekomme, oder ich schlitze Ihnen Ihren verfluchten Wanst auf!«

Der Stabswachtmeister begann entsetzt zu rennen. »Norden!«

Einige der Männer am Strand wandten sich verwundert um: Cooper, Horatio und noch ein anderer. Auch sie begannen zu laufen.

Dann setzte in Nordens Gehirn etwas aus; stammelnd und schäumend stürzte er sich auf Struan und stieß wie rasend nach ihm. Aber Struan sprang zur Seite und wartete ohne jede Furcht, denn er wußte, er konnte Norden umbringen, wenn er es wollte.

Norden war es, als sei er von riesigen Teufeln umringt, die alle das gleiche Gesicht hatten, aber es wollte ihm nicht gelingen, einen von ihnen zu fassen zu bekommen. Die Luft entwich pfeifend aus seinen Lungen, der Boden krachte gegen sein Gesicht. Dann schwebte er losgelöst von allem in schmerzloser Agonie. Die Finsternis nahm ihn auf.

Der Stabswachtmeister wälzte sich von Nordens Rücken herab, schlug aber noch einmal mit der Faust zu. Er packte ihn und schüttelte ihn wie eine Stoffpuppe. Dann warf er ihn wieder zu Boden. »Was, zum Teufel, ist denn in den gefahren?« rief er und erhob sich mit vor Zorn fleckigem Gesicht. »Ist Ihnen nichts passiert, Mr. Struan?«

»Nein.«

Cooper und Horatio und einige der Kaufleute kamen herbeigeeilt. »Was ist los?«

Struan drehte Norden mit dem Fuß vorsichtig um. »Der arme Kerl hat die Lustseuche.«

»Mein Gott!« stieß der Stabswachtmeister angewidert hervor.

»Vorsicht, Tai-Pan«, sagte Cooper. »Wenn Sie etwas von seinen Ausscheidungen einatmen, könnten Sie sich anstecken.«

»Der arme Irre glaubte, ich hätte mal die Seuche gehabt und wäre geheilt worden. Verdammt noch mal, wäre mir das Heilmittel bekannt, ich wäre der reichste Mann der Welt.«

»Ich lasse den Kerl in Eisen legen, Mr. Struan«, sagte der Stabswachtmeister. »Käpt'n Glessing wird ihm schon einiges beibringen, bis er sich wünscht, er wäre niemals geboren.«

»Für den brauchen Sie nur noch einen Spaten«, erwiderte Struan. »Er ist tot.«

Cooper brach das Schweigen. »Blut am ersten Tag. Ein schlechter Joss.«

»Nicht nach chinesischer Anschauung«, entgegnete Horatio zerstreut und bedrückt. »Sein Geist wird jetzt über diesem Ort wachen.«

»Gutes oder schlechtes Omen«, meinte Struan, »der arme Kerl ist auf jeden Fall tot.«

»Warum wirkt ein Leichnam immer so abstoßend?« fragte Horatio.

Niemand antwortete ihm.

»Möge der Herr seiner Seele gnädig sein«, sagte Struan. Dann ging er nach Westen, am Ufer entlang, auf den Höhenrücken zu, der sich fast bis zum Meer hinzog. Als er die kräftige, reine Luft und den herben Geruch der See einsog, stiegen düstere Ahnungen in ihm auf. Schlechter Joss, sagte er zu sich selber. Sehr schlechter.

Dieses unheimliche Gefühl verstärkte sich, als er sich dem Höhenrücken näherte, und als er schließlich auf die Talsohle gelangte, wo nach seinem Willen die Stadt entstehen sollte, fühlte er sich zum drittenmal von grenzenlosem Haß umgeben.

»Du lieber Gott«, sagte er laut. »Was ist in mich gefahren?« Niemals zuvor hatte ihn so schreckliche Angst befallen. Er versuchte sich darüber hinwegzusetzen und blickte zu dem Hügel empor, auf dem das Große Haus liegen sollte. Plötzlich wurde ihm bewußt, warum sich die Insel ihm gegenüber so feindselig verhielt. Er lachte laut auf.

»An deiner Stelle, Insel, würde ich mich ebenfalls hassen. Du haßt den ganzen Plan! Aber ich sage dir, diese Idee ist wahrhaftig gut. Gut, hast du mich gehört? China braucht die Welt, und die Welt braucht China. Du bist der Schlüssel, mit dem man die Tore Chinas öffnet, und wir beide wissen es. Aber ich werde es fertigbringen, und du wirst mir dabei helfen!«

Hör auf, sagte er zu sich. Du benimmst dich wie ein Irrer. Freilich würden sie dich alle für einen Irren halten, wenn du ihnen erzähltest, daß deine geheimsten Absichten nicht allein darauf hinauslaufen, durch den Handel reich zu werden und dann zu verschwinden. Sondern daß du deinen Reichtum und deine Macht dazu benutzen willst, China der Welt und insbesondere britischer Kultur und britischem Recht zu öffnen, so daß jeder vom anderen lernen und sich jeder zum Wohl des anderen entwickeln könnte. Ach ja. Es ist der Traum eines Irren.

Er war überzeugt davon, daß China der Welt etwas Besonderes zu geben hatte. Was es war, wußte er nicht. Aber eines Tages würde er es vielleicht herausbekommen.

»Und auch wir haben etwas Besonderes zu bieten«, fuhr Struan laut fort, »falls du es annimmst. Und falls es nicht schon beim Geben verdorben wird. Ob du willst oder nicht, Insel, das hier ist britischer Boden. Wir werden dich hegen und pflegen und dich zum Mittelpunkt Asiens machen – und Asien ist die Welt. Ich stelle Noble House in den Dienst dieser Idee. Wenn du uns den Rücken kehrst, wirst du wieder zu dem, was du jetzt bist – ein Nichts von einem unfruchtbaren Fliegendreck, ein Nichts von einem elenden Felsen, und du wirst sterben. Und noch eins: wenn Noble House dir jemals den Rücken wenden sollte – dann vernichte es, und mein Segen ist dir dabei gewiß.«

Er ging den Hügel hinauf, zog sein Messer hervor und schnitt zwei lange Äste ab. Den einen spaltete er ein Stück auf und stieß ihn in den Boden, den anderen schob er in den Schlitz, so daß eine Art Kreuz entstand. Er übergoß das Holz mit Branntwein und zündete es an.

Die Seeleute, die Einblick in das Tal hatten und den Rauch und die Flamme bemerkten, holten ihre Fernrohre und entdeckten das brennende Kreuz und den Tai-Pan, der daneben stand. Unbewußt erschauerten sie, von Aberglauben geschüttelt, und fragten sich, welche Teufelei er nun wieder im Sinn haben mochte. Die Schotten wußten, daß das Verbrennen eines Kreuzes die Anrufung des Clans und aller Verwandten der versippten Clans bedeutete: ein Aufruf, sich zum Kampf um das Kreuz zu scharen.

Das brennende Kreuz wurde nur vom Führer eines Clans errichtet. Nach altem Gesetz verpflichtete das brennende Kreuz, war es erst einmal aufgerichtet, den Clan, dieses Land bis zur Vernichtung des Clans zu verteidigen.

2

»Willkommen an Bord, Robb«, sagte Kapitän Isaac Perry. »Tee?«

»Danke, Isaac.« Robb ließ sich bedächtig in dem tiefen, lederbezogenen Kajütensessel nieder, sog den herben Geruch ein und wartete. Niemand vermochte Perry zur Eile anzutreiben, nicht einmal der Tai-Pan.

Perry goß den Tee in Porzellantassen.

Er war mager, aber unglaublich stark. Sein Haar hatte die Farbe alten Hanfes, braun und hier und dort mit schwarzen und silbernen Fäden durchzogen. Sein Bart war ergraut und sein Gesicht voller Narben; er roch nach geteertem Hanf und Salzwasser.
»Gute Reise gehabt?« fragte Robb.
»Ausgezeichnet.«
Robb fühlte sich wie stets in der Kapitänskajüte sehr wohl. Sie war groß und wie alle Wohnräume an Bord luxuriös eingerichtet. Das Holzwerk war aus Mahagoni und alle Metallteile aus Kupfer oder Messing. Die Segel bestanden aus dem festesten Leinen, und das Tauwerk war stets neu. Die Kanonen waren ausgezeichnet und das Pulver das beste, das es gab. Es war das Bestreben des Tai-Pan, seinen Offizieren – aber auch den Mannschaften – die besten Unterkünfte, die beste Verpflegung und einen Anteil am Gewinn zu geben. Stets war ein Arzt an Bord. Auspeitschen war verboten. Es gab für Feigheit oder Ungehorsam, ob bei Offizieren oder Mannschaften, nur eine einzige Strafe: man wurde im nächstbesten Hafen an Land gesetzt und erhielt niemals mehr eine zweite Chance. So drängten sich Seeleute und Offiziere zum Dienst in der Flotte des Tai-Pan, und niemals stand eine Kajüte leer.
Der Tai-Pan hatte seine ersten Schiffe, die Mannschaftsräume auf ihnen und die Auspeitschungen, die er am eigenen Leibe gespürt hatte, niemals vergessen. Auch nicht die Männer, die sie befohlen hatten. Einige von ihnen waren gestorben, bevor er sie wiedergefunden hatte. Die er fand, machte er fertig. Nur Brock hatte er noch nicht angerührt.
Robb wußte nicht, warum sein Bruder Brock geschont hatte. Er erschauerte bei dem Gedanken, daß, gleichgültig aus welchem Grund, der Tag der Abrechnung noch bevorstand. Und er würde kommen.
Perry gab einen Löffel Zucker und etwas Milch hinein, reichte Robb eine Tasse, setzte sich dann an seinen festgeschraubten Tisch aus Mahagoni und blickte ihn aus Augen an, die unter buschigen Brauen tief in ihren Höhlen lagen. »Ist Mr. Struan bei guter Gesundheit?«
»So wie immer. Hatten Sie erwartet, daß er krank ist?«
»Nein.« Es wurde an die Kajütentür geklopft.
»Herein!«
Die Tür ging auf, und Robb starrte den jungen Mann an, der dort stand. »Großer Gott, Culum, mein Junge, wo kommst denn du her?« Erregt sprang er auf und stieß dabei seine Tasse um. »Wahrhaftig ›Wichtige Nachrichten‹ – und selbstverständlich Zenit!« Culum Struan betrat die Kajüte und schloß die Tür. Robb packte ihn freundschaftlich an den Schultern, aber dann fielen ihm seine Blässe und seine eingefallenen Wangen auf. »Was ist los, mein Junge?« fragte er besorgt.
»Es geht mir schon viel besser, danke, Onkel«, antwortete Culum, aber seine Stimme klang noch recht schwach.
»Wieso besser, mein Junge?«
»Besser nach der Seuche. Nach der Indischen Seuche«, sagte Culum.
Robb fuhr zu Perry herum. »Sie haben die Seuche an Bord? Um Himmels Willen, warum haben Sie dann nicht den Gelben Jack gesetzt?«

»Selbstverständlich haben wir nicht die Seuche an Bord! Die hat vor Monaten in Schottland geherrscht.« Perry hielt inne. »Ist denn die *Scarlet Cloud* niemals angekommen?«

»Vier Wochen überfällig. Keine Nachricht, nichts. Was ist geschehen? Los, Mensch!«

»Soll ich es ihm sagen, Culum, oder wollen Sie es tun?«

»Wo ist Vater?« fragte Culum Robb.

»An Land. Er erwartet euch an Land. Drüben im Tal. Aber was ist denn um Gottes Willen geschehen, Culum?«

»Im Juni ist die Seuche nach Glasgow gekommen«, berichtete Culum mit dumpfer Stimme. »Man sagt, sie sei wieder durch ein Schiff eingeschleppt worden. Aus Indien – Bengalen. Erst nach Sutherland, dann Edinburgh, und dann kam sie zu uns nach Glasgow. Mutter ist tot, Ian, Lechie, Großmama – und Winifred ist so schwach, daß sie es nicht durchstehen wird. Großpapa pflegt sie.« Er machte eine hilflose Handbewegung und setzte sich auf die Seitenlehne des Kajütensessels. »Großmama ist tot. Mutter. Tante Uthenia, ihre kleinen Kinder und ihr Mann. Zehntausend, zwanzigtausend sind von Juni bis September gestorben. Dann verschwand die Seuche. Sie verschwand ganz einfach.«

»Roddy? Was ist mit Roddy? Ist mein Sohn auch tot?« rief Robb in tiefer Besorgnis.

»Nein, Onkel. Roddy ist gesund. Er ist überhaupt nicht krank geworden.«

»Stimmt das auch, Culum? Mein Sohn ist gesund?«

»Ja. Ich habe ihn noch am Tag vor meiner Abreise gesehen. In seiner Schule haben nur sehr wenige die Seuche bekommen.«

»Gott sei Dank!« Robb erschauerte. Er mußte an die Welle der Seuche denken, die vor zehn Jahren so überraschend über Europa hinweggegangen war. Fünfzigtausend Tote hatte es allein in England gegeben. Eine Million in Europa. Tausende in New York und New Orleans. Manche nannten sie mit ihrem neueren Namen – Cholera.

»Und deine Mutter ist tot?« fragte Robb ungläubig. »Ian, Lechie und Großmama?«

»Ja. Und Tante Susan, Vetter Clair und Tante Uthenia, Vetter Donald und der kleine Stewart und ...«

Es folgte eine bedrückende Stille.

Schließlich wurde sie von Perry gebrochen, der nervös sagte: »Als ich in Glasgow lag, war Culum ganz allein. Ich wußte nicht, was ich tun sollte, und so habe ich es für das beste gehalten, ihn an Bord zu nehmen. Wir sind einen Monat nach der *Scarlet Cloud* ausgelaufen.«

»Sie haben ganz richtig gehandelt, Isaac«, hörte Robb sich sagen. Wie sollte er Dirk diese Nachricht überbringen? »Ich gehe jetzt wohl am besten. Ich gebe dir ein Signal, sobald du an Land kommen sollst, bleib einstweilen an Bord.«

»Nein.« Culum hatte es laut hervorgestoßen; er hatte es lange mit sich herumgetragen. »Ich gehe als erster an Land. Allein. Das ist besser. Ich will Vater allein sprechen. Ich muß es ihm sagen. Ich gehe allein.« Er erhob sich und ging ruhig zur Tür; das Schiff wiegte sich leicht in der Dünung, man hörte das sanfte Plätschern der an den Schiffsrumpf schlagenden Wellen. Er trat hinaus. Dann fiel ihm etwas ein, und er kam in die Kajüte zurück. »Ich nehme die Berichte mit«, sagte er mit seiner müden Stimme. »Er wird die neuesten Berichte sehen wollen.«

Als das Langboot von der *Thunder Cloud* ablegte, stand Struan auf dem Hügel, wo das Große Haus stehen sollte. Als er seinen ältesten Sohn mitten im Boot stehen sah, machte sein Herz einen Sprung.

»Culummm!« brüllte er jubelnd vom Hügel herab. Er riß sich den Gehrock herunter und schwenkte ihn heftig hin und her wie ein Mann, der sechs Jahre als Schiffbrüchiger auf einer Insel gesessen hat und zum erstenmal ein Schiff erblickt. »Culummm!« Er stürzte mitten durch das rauhe Gestrüpp zum Ufer hinunter, ohne auf die Dornen zu achten. Nicht einmal an den Pfad dachte er, der vom Ufer über den Höhenzug bis zum Fischerdorf und zu den Piratennestern auf der Südseite der Insel führte. Er wußte nur noch eines: Sein geliebter Sohn war an diesem ersten Tag auf der Insel aufgetaucht. Nur schneller! Und nun rannte er wie von Sinnen am Ufer entlang.

Culum hatte ihn zuerst erblickt. »Dort drüben. Gehen Sie dort an Land!« Er deutete auf den nächstgelegenen Landungsplatz.

Bootsmann McKay drückte das Ruder herum. »Legt euch ins Zeug, Jungs!« rief er und nahm genau Kurs auf das Land. Alle wußten es jetzt. Die Nachricht verbreitete sich wie ein Lauffeuer durch die Flotte – und in ihrem Kielwasser zog die Sorge. Zwischen Sutherland und Glasgow lebten viele Angehörige und die meisten in London.

Culum erhob sich und ließ sich über den Bootsrand in das seichte Wasser gleiten. »Laßt uns allein.« Er watete ans Ufer.

Struan rannte in die auslaufende Brandung und unmittelbar auf seinen Sohn zu. Er sah seine Tränen und rief: »Culum, mein Junge!« Culum blieb einen Augenblick hilflos stehen, von der überschwenglichen Freude seines Vaters überwältigt. Dann rannte auch er durch die brandenden Wellen und lag schließlich geborgen in den Armen seines Vaters. Alles Entsetzliche der vergangenen Monate brach auf. Er weinte und klammerte sich verzweifelt an seinem Vater fest. Struan beschwichtigte seinen Sohn, schleppte ihn an Land und murmelte dabei: »Culum, mein Junge«, und »Mach dir keine Sorgen mehr« und »Oh, mein Kind.« Und Culum schluchzte: »Sie sind tot – sie sind alle tot – Mama, Ian, Lechie, Großmama, die Tanten, Vetter Clair – sie sind alle tot, Vater. Nur ich und Winifred sind noch übrig, und sie wird inzwischen auch tot sein.« Er wiederholte stets von neuem die Namen, und sie trafen Struan wie Messerstiche.

Später sank Culum erschöpft in Schlaf, von dem Bewußtsein erfüllt, endlich in Sicherheit zu sein. Zum erstenmal seit Ausbruch der Seuche schlief er traumlos. Er verschlief den ganzen Tag und die Nacht und einen Teil des darauffolgenden Tages, und Struan behütete ihn und drückte ihn zuweilen sanft an sich.

Struan bemerkte nicht, wie die Zeit verstrich. Zuweilen redete er mit seiner Frau und den Kindern – mit Ronalda und Ian, Lechie und Winifred. Sie saßen dort neben ihm am Ufer. Zuweilen, wenn sie sich entfernen wollten, rief er sie an, leise, damit er Culum nicht weckte, und später kamen sie dann wieder. Zuweilen summte er die sanften Wiegenlieder vor sich hin, mit denen Ronalda ihre Kinder in Schlaf gesungen hatte. Oder er sang auf gälisch wie seine Mutter oder Catherine, seine zweite Mutter. Zuweilen schlug das Dunkel über seiner Seele zusammen, und er sah nichts mehr.

Als Culum erwachte, hatte er sich beruhigt. »Hallo, Vater.«

»Wie geht es dir, mein Junge?«

»Jetzt geht's mir gut.« Er erhob sich.

Im Schatten des Felsens war es kalt, aber die Sonne wärmte schon. Die Flotte lag ruhig vor Anker, und Versorgungsboote fuhren hin und her. Es waren jetzt weniger Schiffe als zuvor.

»Soll dort das Große Haus stehen?« fragte Culum und deutete auf den Hügel.

»Ja. Dort könnten wir vom Herbst bis zum Frühjahr leben. Das Klima ist dann herrlich.«

»Wie heißt das Tal?«

»Es hat keinen Namen.« Struan trat in die Sonne und versuchte, den dumpfen Schmerz in Schultern und Rücken zu vertreiben.

»Es sollte aber einen Namen haben.«

»Die kleine Karen, deine Kusine Karen – Robbs Jüngste –, möchte es Happy Valley nennen. Hier hätten wir glücklich sein können.« Struans Stimme wurde dumpf. »Haben sie sehr gelitten?«

»Ja.«

»Erzählst du mir einmal davon?«

»Nicht jetzt.«

»Die kleine Winifred. Sie war also noch am Leben, als du abreistest?«

»Ja. Aber sie war sehr schwach. Die Ärzte sagten, da sie so schwach sei ... die Ärzte haben nur mit den Achseln gezuckt und sind weggegangen.«

»Und Großpapa?«

»Er ist überhaupt nicht krank geworden. Er kam sofort zu uns, und dann nahm er Winifred mit. Ich bin zu Tante Uthenia gegangen und wollte ihr helfen. Aber ich konnte ihr nicht mehr helfen.«

Struan starrte auf die Hafenbucht hinaus, ohne sie zu sehen. »Hast du Onkel Robb das alles berichtet?«

»Ja. Ja, ich glaube wohl.«

»Armer Robb. Ich gehe jetzt am besten an Bord.« Struan beugte sich nieder und hob die Berichte auf, die halb vom Sand bedeckt waren. Sie waren nicht geöffnet. Er klopfte den Sand ab.

»Entschuldige«, sagte Culum, »ich habe vergessen, sie dir zu geben.«

»Nein, mein Junge. Du hast sie mir gegeben.« Struan sah ein Langboot, das sich dem Ufer näherte. Achtern saß Isaac Perry.

»Guten Tag, Mr. Struan«, sagte Perry. »Ich bedauere Ihren Verlust.«

»Wie geht es Robb?«

Perry antwortete nicht. Er trat ans Wasser und brüllte die Mannschaft an: »Bißchen schneller!« Und Struan fragte sich trotz der Dumpfheit seines gequälten Geistes, wieso Perry Angst vor ihm hatte. Es gab gar keinen Grund für eine solche Angst. Nicht den geringsten.

Die Männer trugen einen Tisch, Bänke und Verpflegung, Tee, Branntwein und Kleidung an Land.
»Bißchen schneller!« wiederholte Perry gereizt. »Und verschwindet! Macht zum Teufel, daß ihr von hier wegkommt! Verschwindet!«
Die Matrosen stießen das Langboot schnell wieder ins Wasser, ruderten durch die Brandung und warteten dann, froh, außer Reichweite zu sein.
Struan half Culum, trockene Kleidung anzuziehen, und zog dann selber ein sauberes, gefälteltes Hemd und eine warme Seemannsjacke an. Perry war ihm behilflich, seine durchnäßten Stiefel herunterzuzerren.
»Danke«, sagte Struan.
»Tut es weh?« fragte Culum, als er den Fuß sah.
»Nein.«
»Nun zu Mr. Robb, Sir«, sagte Perry. »Nachdem Culum gegangen war, hat er sich über den Alkohol hergemacht. Ich habe ihm gesagt, er solle es bleiben lassen, aber er wollte nicht auf mich hören.« Zögernd fuhr er fort. »Sie hatten Befehl gegeben. Es ist dann in der Kajüte etwas heiß hergegangen, aber ich habe ihm den Alkohol abgenommen. Als er wieder zu sich kam, hatte er es überstanden. Ich habe ihn an Bord der *China Cloud* gebracht und ihn seiner Frau übergeben.«
»Sie haben ganz richtig gehandelt, Isaac. Danke.« Struan legte Culum Essen vor – gekochtes Rindfleisch, Klöße, kaltes Huhn, Kartoffeln und Schiffszwieback. Für sich nahm er einen Zinnkrug mit heißem, süßem Tee.
»Seine Exzellenz übermittelt Ihnen sein Beileid. Er würde, sobald es Ihnen genehm ist, gern an Bord kommen.«
Struan rieb sich sein Gesicht und fühlte die Stoppeln seines Bartes. Er fragte sich, warum er sich stets schmutzig vorkam, wenn er unrasiert war und seine Zähne nicht geputzt hatte.
»Ihr Rasierzeug ist hier«, sagte Perry und deutete auf einen Nebentisch. Der Tai-Pan war, was seine persönliche Sauberkeit betraf, von fanatischer Besessenheit. »Hier ist heißes Wasser.«
»Danke.« Struan machte ein Handtuch naß und fuhr sich damit über Gesicht und Kopf. Dann seifte er sich das Gesicht ein und rasierte sich geschickt ohne Spiegel. Danach tauchte er eine kleine Bürste in seinen Krug mit Tee und begann sich kräftig die Zähne zu putzen.
Muß auch so ein heidnischer Aberglaube sein, dachte Perry verächtlich. Zähne werden nun einmal alt, faulen und fallen aus. Das ist nun mal so.
Struan spülte sich den Mund mit Tee und spie ihn aus. Er füllte den Krug mit frischem Tee und tat einen tiefen Zug. Zu seinem Rasierzeug gehörte auch eine kleine Flasche mit Kölnischem Wasser; er goß sich ein paar Tropfen in die Hand und verrieb sie im Gesicht.
Erfrischt setzte er sich nieder. Culum stocherte in seinem Essen herum. »Solltest essen, mein Junge.«
»Danke, bin nicht hungrig.«
»Iß trotzdem.« Der Wind zauste an Struans rotblondem Haar, das er lang und glatt trug. Er strich es zurück. »Ist mein Zelt aufgestellt, Isaac?«
»Selbstverständlich. Sie haben es doch befohlen. Es steht auf dem Hügel oberhalb des Flaggenmastes.«

»Richten Sie Tscheng Scheng von mir aus, er soll nach Macao segeln und Honig und frische Eier kaufen. Außerdem soll er chinesische Kräuter kaufen, die man gegen Mattigkeit und die Nachwirkungen der Indischen Seuche nimmt.«

»Mir geht es schon sehr gut, Vater, vielen Dank«, widersprach Culum schwach. »Ich brauche kein heidnisches Hexengebräu.«

»Das sind keine Hexen, wie wir sie kennen, mein Junge«, entgegnete Struan. »Außerdem sind sie Chinesen und keine Heiden. Ihre Kräuter haben mich schon so manches Mal gerettet. Der Osten ist mit Europa nicht zu vergleichen.«

»Du brauchst dir um mich keine Sorgen zu machen, Vater.«

»Doch. Der Osten ist nicht der richtige Ort für Schwache. Isaac, lassen Sie die *China Cloud* mit Tschen Scheng nach Macao auslaufen, und wenn sie nicht in kürzester Zeit zurück ist, können Kapitän Orlov und alle Offiziere abmustern. Rufen Sie das Langboot heran.«

»Vielleicht sollte Culum mit dem Schiff nach Macao fahren, Mr. Struan.«

»Er bleibt unter meinen Augen, bis ich weiß, daß er wirklich gesund ist.«

»In Macao würde er gut gepflegt. An Bord haben wir doch nicht . . .«

»Verdammt noch mal, Isaac, tun Sie jetzt, was ich Ihnen sage! Lassen Sie das Langboot kommen!«

Perry erstarrte für einen Augenblick und rief dann das Langboot an Land.

»Flaggschiff!« befahl Struan, wobei er gewohnheitsmäßig die Lage der Schiffe musterte, den Geruch des Windes einzog, die Wolken prüfend betrachtete und das Wetter zu erkennen suchte. Die See war ruhig. Aber er witterte die Unruhe in der Luft.

Unterwegs zum Flaggschiff las Struan die Berichte. Gewinne beim Tee des letzten Jahres, gut. Perry hatte eine einträgliche Fahrt gemacht, gut. Eine Kopie der Frachtpapiere der *Scarlet Cloud*, die Perry aus Kalkutta mitgebracht hatte; schlecht: Opium im Wert von zweihundertzehntausend Pfund Sterling verloren. Ein Glück, daß das Schiff versichert war – aber das ersetzte nicht den Ausfall an Mannschaft und Frachtraum, bis ein neues Schiff gebaut war. Die Opiumfracht war Bannware und daher nicht versichert gewesen. Der Gewinn eines Jahres war dahin. Was war dem Schiff zugestoßen? Sturm oder Piraten? Sturm war wahrscheinlicher. Es sei denn, daß es einem der spanischen, französischen, amerikanischen – oder auch englischen – Freibeuter begegnet war, die das Meer verseuchten. Schließlich zerbrach er das Siegel auf dem Brief seines Bankiers. Er las ihn, und Zorn loderte in ihm empor.

»Was ist?« fragte Culum erschrocken.

»Ein alter Ärger. Nichts weiter. Gar nichts.« Struan tat so, als läse er den nächsten Bericht, während er vor Wut kochte. Herrgott und Vater! ›Wir bedauern, Ihnen mitteilen zu müssen, daß unser Kredit zeitweilig überzogen worden ist und daß, von böswilligen Konkurrenten ausgelöst, ein Sturm auf die Bank eingesetzt hat. Wir sind daher leider gezwungen, unser Haus zu schließen. Das Direktorium hat entschieden, daß für jedes Pfund ein Sixpence ausbezahlt wird. Ich habe die Ehre, Sir, mich Ihnen als Ihr sehr ergebener Diener zu empfehlen . . .‹ Und wir haben fast eine Million Sterling in ihren

Papieren angelegt. Fünfundzwanzigtausend Pfund Sterling für eine Million, und dazu unsere Schulden, die sich fast auf eine Million belaufen. Wir sind bankrott. Großer Gott, ich habe Robb davor gewarnt, das gesamte Geld auf eine Bank zu legen. Das kann man in Anbetracht all der wilden Spekulationsgeschäfte in England einfach nicht, wo eine Bank Papiere für jeden beliebigen Betrag ausgeben darf.
»Aber diese Bank ist sicher«, hatte Robb gesagt, »und wir müssen das ganze Geld beisammen haben, für Nebenbürgschaften.« Robb hatte ihm dann die Einzelheiten eines komplizierten Finanzierungssystems auseinandergesetzt, in das spanische, französische und deutsche Obligationen und Staatliche Schuldverschreibungen in England einbezogen waren. Dadurch erhielt Struan & Co. am Ende eine sichere Bankgrundlage im internationalen Handel und eine gewaltige Kaufkraft, mit der man die Flotte vergrößern und sie auf den von Struan gewünschten Stand bringen konnte. Außerdem konnte sich Noble House auf diese Weise besondere Vergünstigungen auf den einträglichen deutschen, französischen und spanischen Märkten einhandeln.
»Na gut, Robb«, hatte er gesagt, ohne diese komplizierten Vorgänge durchschaut zu haben. Aber er hatte sich darauf verlassen, daß Robbs Vorschläge Hand und Fuß hatten.
Und jetzt sind wir ruiniert. Bankrott.
Er war noch zu benommen, als daß er über eine Lösung hätte nachdenken können. Er konnte nur über den furchteinflößenden Charakter dieses neuen Zeitalters nachgrübeln. Über seine komplizierten Verästelungen. Über die unglaubliche Schnelligkeit, mit der sich alles vollzog. Eine neue Königin – Victoria, seit Jahrhunderten der erste beliebte Herrscher. Und Albert, ihr Gemahl – von ihm vermochte er sich noch kein Bild zu machen, ein verfluchter Ausländer aus Sachsen-Coburg, aber das Parlament war jetzt stark, hatte das Heft fest in der Hand, und das war immerhin eine neue Entwicklung. Frieden seit sechsundzwanzig Jahren und kein größerer Krieg zu befürchten – seit Hunderten von Jahren hatte es so etwas nicht mehr gegeben. Der Teufel Bonaparte endlich tot und das gewalttätige Frankreich glücklich in seine Schranken verwiesen. Zum erstenmal, daß Britannien eine weltbeherrschende Stellung innehatte. Die Sklaverei seit acht Jahren abgeschafft. Kanäle, eine neue Transportmöglichkeit, Zollstraßen mit unerhört glatter, dauerhafter Straßendecke, Fabriken, Industrien, mechanische Webstühle, Massenproduktion, Eisen, Kohle und Aktiengesellschaften und so viele andere neue Dinge innerhalb der letzten zehn Jahre: die Pennypost, die erste billige Postbeförderung auf der Welt, die erste Polizeitruppe der Welt, ein Dampfhammer, eine Arbeiterschutzgesetzgebung und ein Parlament, das zum erstenmal nicht mehr von wenigen aristokratischen Grundbesitzern beherrscht wurde, so daß jetzt, so unglaublich es klang, jeder Mann in England, der ein Haus besaß, dessen Wert einer Rendite von zwanzig Pfund im Jahr entsprach, wählen durfte, tatsächlich wählen durfte und es sogar zum Premierminister bringen konnte. Und die unglaubliche Industrielle Revolution, der phantastische Reichtum Britanniens, der überallhin floß. Neue Vorstellungen vom Staat und von der Menschheit, die jahrhundertealte Schranken niederrissen. Und nun auch noch die Lokomotive!

»Das ist eine Erfindung, die die Welt umkrempeln wird«, murmelte er.
»Was hast du gesagt, Vater?« fragte Culum.
Struan kehrte in die Wirklichkeit zurück. »Ich habe nur eben an unsere erste Fahrt mit der Eisenbahn gedacht«, antwortete er aus dem Stegreif.
»Sind Sie schon mal mit der Eisenbahn gefahren, Sir?« fragte McKay. »Wie ist das? Wann war es?«
»Wir haben die Jungfernfahrt von Stephensons Lokomotive mitgemacht«, antwortete Culum, »der *Rocket*. Ich war damals zwölf Jahre alt.«
»Nein, mein Junge«, warf Struan ein, »du warst elf. Es war 1830. Vor elf Jahren. Es war die Jungfernfahrt der *Rocket* mit dem ersten Personenzug der Welt. Von Manchester nach Liverpool. Eine Tagereise mit der Kutsche, aber wir legten die Strecke in eineinhalb Stunden zurück.« Und wieder begann Struan über das Schicksal von Noble House nachzugrübeln. Dann fiel ihm sein Auftrag an Robb ein, so viel Geld, wie sie nur bekommen konnten, zu leihen, um Opium aufzukaufen.
Überlegen wir mal – wir könnten dabei einen Gewinn von fünfzig- oder hunderttausend Pfund einstreichen. Hm, das ist nur ein Tropfen auf den heißen Stein. Die drei Millionen, die man uns für das gestohlene Opium schuldet. Aber die können wir erst bekommen, wenn der Friedensvertrag unterzeichnet ist – also in sechs bis neun Monaten –, und innerhalb von drei Monaten müssen wir unsere Wechsel einlösen.
Wo kriegen wir Bargeld her? Wir haben eine starke Stellung und einen guten Ruf. Nur daß Schakale uns auf den Fersen sind, denen schon das Wasser im Maul zusammenläuft. Brock ist einer von ihnen. Cooper-Tillman gehören auch dazu. Hat etwa Brock den Sturm auf die Bank ausgelöst? Oder war es Morgan, sein Sohn? Die Brocks haben genügend Macht und genügend Geld. Bargeld ist es, was wir brauchen. Oder einen grenzenlosen Kredit. Und dazu Bargeld, keine Papiere. Wir sind bankrott, wenn sich unsere Gläubiger auf uns stürzen.
Er fühlte die Hand seines Sohnes auf seinem Arm. »Was hast du eben gesagt, mein Junge? Hast du *Rocket* gesagt?«
Culum war von Struans Blässe und dem harten, funkelnden Grün seiner Augen beunruhigt. »Das Flaggschiff. Wir sind da.«
Culum folgte seinem Vater an Deck. Er war noch niemals an Bord eines Kriegsschiffes gewesen, geschweige an Bord eines solchen Linienschiffs. *H. M. S. Titan* war riesig – ein Dreimaster –, mit vierundsiebzig Kanonen auf drei Batteriedecks. Aber auf Culum machte das keinen Eindruck. Schiffe waren ihm gleichgültig, und er haßte die See. Er fürchtete ihre Gewalt, ihre Gefährlichkeit und ihre ungeheure Ausdehnung. Außerdem konnte er nicht schwimmen. Es war ihm unverständlich, wie sein Vater die See lieben konnte.
Es gibt so vieles bei meinem Vater, wovon ich nichts weiß, dachte er. Aber das ist schließlich nicht ungewöhnlich. Ich habe ihn ja nur ein paarmal in meinem Leben gesehen, das letztemal vor sechs Jahren. Vater hat sich nicht verändert, aber ich. Jetzt weiß ich auch, wie ich mir mein Leben einrichten werde. Und jetzt, wo ich allein übriggeblieben bin ... ich bin gern allein und bin's auch wieder nicht.

Er folgte seinem Vater den Niedergang hinunter auf das Erste Batteriedeck. Die Decke war niedrig, und sie mußten die Köpfe einziehen, als sie nach achtern zu einer postenbewachten Kajüte gingen. Das ganze Schiff roch nach Schießpulver und Teer, Hanf und Schweiß.

»Tag, Sir«, sagte der Marinesoldat zu Struan und richtete seine Muskete zum vorgeschriebenen Gruß auf ihn. »Stabswachtmeister!«

Der Stabswachtmeister in scharlachroter Uniform mit schimmernden weißen Tressen stampfte aus der Wachkajüte heraus. Er sah so hart aus wie eine Kanonenkugel, und sein Kopf war auch ebenso rund.» Tag, Mr. Struan. Einen Augenblick, Sir.« Er klopfte ehrerbietig an die Eichentür der Kajüte. Eine Stimme antwortete: »Herein«, und er schloß die Tür hinter sich.

Struan holte einen Stumpen hervor und bot auch Culum einen an. »Rauchst du jetzt, mein Junge?«

»Ja. Danke, Vater.«

Struan zündete Culums Stumpen und seinen eigenen an. Er lehnte sich an eine der zwölf Fuß langen Kanonen. Daneben lagen ordentlich aufgeschichtet und gefechtsbereit die Kugeln. Sechzigpfünder.

Die Kajütentür öffnete sich. Longstaff, ein schlanker, lebhafter Mann mit hoher Stirn und dunklen Augen, trat heraus. Sein Haar war dunkel und nach der Mode gekräuselt; er trug einen dichten Backenbart. Der Posten präsentierte, und der Stabswachtmeister kehrte in die Wachkajüte zurück.

»Hallo, Dirk, mein lieber Freund. Wie geht es Ihnen? Ich war von den Nachrichten sehr bestürzt. Es tut mir leid.« Longstaff schüttelte nervös Struans Hand, lächelte dann Culum an und streckte ihm ebenfalls seine Hand hin. »Sie sind sicher Culum. Mein Name ist William Longstaff. Ich bedauere es, daß Sie unter so entsetzlichen Umständen hierhergekommen sind.«

»Ich danke Ihnen, Exzellenz«, antwortete Culum, darüber verwundert, daß der Generalbevollmächtigte für den Handel noch so jung war.

»Haben Sie etwas dagegen, einen Augenblick zu warten, Dirk? Besprechung des Admirals mit den Kapitänen. In ein paar Minuten bin ich fertig«, sagte Longstaff mit einem Gähnen. »Ich habe sehr viel mit Ihnen zu besprechen. Falls Sie sich dazu imstande fühlen.« – »Ja.«

Longstaff warf besorgt einen Blick auf seine mit Edelsteinen besetzte goldene Taschenuhr, die an einer Kette über seiner Brokatweste hing. »Fast elf Uhr! Stets scheint einem die Zeit davonzulaufen. Würden Sie lieber in die Offiziersmesse hinuntergehen?«

»Nein. Wir warten hier.«

»Ganz wie Sie wollen.« Longstaff kehrte rasch in die Kajüte zurück.

»Er ist noch sehr jung für einen Generalbevollmächtigten, nicht wahr?« fragte Culum.

»Ja und nein. Er ist sechsunddreißig. Weltreiche werden von jungen Männern geschaffen, Culum. Alte Männer verlieren sie.«

»Er sieht so gar nicht englisch aus. Ist er aus Wales?«

»Seine Mutter ist Spanierin.« Und das erklärt den grausamen Zug bei ihm, dachte Struan. »Sie war eine Gräfin. Sein Vater war Diplomat am spanischen Hof. Eine dieser ›standesgemäßen‹ Eheschließungen. Seine Familie ist mit den Earls of Toth verwandt.«

Wenn man nicht als Aristokrat geboren ist, dachte Culum, gibt es nicht die geringste Hoffnung, da kann man noch so tüchtig sein. Oder es muß eine Revolution geben. »Die Zustände in England sind sehr schlimm«, erklärte er seinem Vater.

»Wieso, mein Junge?« fragte Struan.

»Die Reichen sind zu reich und die Armen zu arm. Weil sie Arbeit suchen, strömen die Menschen in die Städte. Aber es gibt mehr Menschen als Arbeitsplätze, und so bezahlen die Arbeitgeber immer weniger. Die Menschen verhungern. Die Führer der Chartisten sitzen noch immer im Gefängnis.«

»Das gehört sich auch so. Dieser demagogische Pöbelhaufen gehört überhaupt aufgehängt oder deportiert und nicht einfach nur ins Gefängnis gesteckt.«

»Billigst du etwa den Chartismus nicht?« Culum war plötzlich auf der Hut. Die Charta des Volkes war vor weniger als drei Jahren verfaßt worden und war inzwischen zum gemeinsamen Symbol der Freiheit für alle Unzufriedenen in Britannien geworden. Die Charta verlangte das Stimmrecht für jeden Mann, die Abschaffung des Eigentumsnachweises für Parlamentsmitglieder, Wahlbezirke von gleicher Größe, geheime Wahl, jährliche Parlamentssitzungen und Diäten für Parlamentsmitglieder.

»Ich billige sie als ein Dokument berechtigter Forderungen. Aber ich billige weder die Chartisten noch ihre Führer. Die Charta ist eine Sammlung von im Grunde guten Ideen – nur sind sie in die Hände der falschen Führer geraten.«

»Es ist kein Verbrechen, für Reformen einzutreten. Das Parlament muß Veränderungen herbeiführen.«

»Für Reformen eintreten, bitte sehr. Man kann reden, diskutieren, Petitionen verfassen, aber man soll nicht zur Gewalttätigkeit aufrufen und auf eine Revolution hinarbeiten. Die Regierung war völlig im Recht, als sie die Unruhen in Wales und in den Midlands niedergeschlagen hat. Aufstand ist wahrhaftig keine Lösung. Es geht das Gerücht, daß die Chartisten noch immer nichts dazugelernt haben, Waffen kaufen und Geheimversammlungen abhalten. Weiß Gott, sie gehören ausgerottet.«

»Du wirst die Chartisten nicht ausrotten können. Es gibt zu viele, die die Charta wollen und bereit sind, für sie zu sterben.«

»Dann wird es viele Tote geben, mein Junge, wenn die Chartisten sich nicht in Geduld fassen.«

»Du weißt ja gar nicht, wie es heute auf den Britischen Inseln zugeht, Vater. Du bist schon zu lange hier draußen. Bei leerem Magen fällt es einem schwer, Geduld zu üben.«

»In China ist es genau dasselbe. Auf der ganzen Welt – überall dasselbe. Aber Revolten und Aufstände sind nicht Sache der Briten.«

Aber es wird bald dahin kommen, dachte Culum zornig, wenn keine Veränderungen eintreten. Jetzt bedauerte er, daß er Glasgow verlassen hatte und in den Fernen Osten gereist war. Glasgow war das Zentrum der schottischen Chartisten, und er war der Führer der Studenten, die sich insgeheim verschworen hatten, für die Sache der Chartisten zu arbeiten, sich dafür einzusetzen – und falls nötig zu sterben.

Die Kajütentür öffnete sich erneut, und der Posten nahm Haltung an. Der Admiral, ein stämmiger Mann, trat heraus. Sein Gesicht war verschlossen und zornig. Er entfernte sich, von seinen Kapitänen gefolgt, in Richtung auf den Niedergang. Die meisten Kapitäne waren jung, aber es gab auch einige mit grauen Haaren. Alle trugen Marineuniform und Dreispitz; ihre Degen klirrten.

Kapitän Glessing kam als letzter. Er blieb vor Struan stehen. »Darf ich Ihnen mein Beileid aussprechen, Mr. Struan? Ein großes Unglück!«

»Danke.« Ist es ganz einfach nur ein Unglück, fragte sich Struan, eine gute Frau und drei gute Kinder zu verlieren? Oder hat Gott – oder der Teufel – hier die Hand mit im Joss? Oder sind Gott, Teufel, Glück und Joss ganz einfach nur verschiedene Namen für die gleiche Sache?

»Im übrigen haben Sie völlig richtig gehandelt, als Sie diesen verdammten Marinesoldaten töteten«, sagte Glessing.

»Ich habe ihn nicht angerührt.«

»Wahrhaftig? Ich hatte geglaubt. Von dort aus, wo ich stand, konnte ich es nicht richtig beobachten. Aber es ist ohne Bedeutung.«

»Haben Sie ihn an Land beerdigt?«

»Nein. Es wäre töricht, die Insel mit einer solchen Krankheit zu besudeln. Sagt Ihnen übrigens der Name Ramsey irgend etwas, Mr. Struan?« fragte Glessing, wobei er jede Liebenswürdigkeit jäh fallenließ.

»Ramsey ist ein recht verbreiteter Name.« Struan war vorsichtig.

»Gewiß. Aber Schotten hängen wie die Kletten zusammen. Ist das nicht eine Erklärung für den Erfolg der von Schotten geleiteten Unternehmungen?«

»Es ist immer schwer, vertrauenswürdige Leute zu finden«, sagte Struan. »Aber was hat es mit dem Namen Ramsey auf sich?«

»Es ist der Name eines Mannes, der von meinem Schiff desertiert ist«, erklärte Glessing mit Nachdruck. »Er ist ein Vetter Ihres Bootsmanns, McKay heißt er, glaube ich.« – »Was weiter?«

»Nichts weiter. Es ist nur eine Information, die ich Ihnen gebe. Wie Ihnen selbstverständlich bekannt ist, kann jeder Kauffahrer, bewaffnet oder nicht, der Deserteure an Bord hat, als Prise aufgebracht werden. Von der Royal Navy.« Glessing lächelte. »Sehr dumm zu desertieren. Er kann doch immer nur auf ein anderes Schiff gehen. Wo sollte er sonst hin?«

»Nirgends.« Struan fühlte sich in die Enge getrieben. Er war überzeugt, daß sich Ramsey irgendwo an Bord eines seiner Schiffe befand, und er war sicher, daß da Brock seine Hände im Spiel hatte – und vielleicht auch Glessing.

»Wir werden heute die Schiffe durchsuchen. Sie haben doch nichts dagegen einzuwenden?«

»Natürlich nicht. Wir achten sehr darauf, was wir für Leute an Bord haben.«

»Sehr klug von Ihnen. Der Admiral war der Ansicht, Noble House sollte auch hier den Vorrang haben, so daß Ihre Schiffe umgehend durchsucht werden.«

In diesem Fall, dachte Struan, kann ich ohnehin nichts mehr tun. Und so verdrängte er die ganze Sache aus seinem Bewußtsein.

»Kapitän, ich möchte Ihnen meinen ältesten ... meinen Sohn vorstellen,

Culum. Culum, das ist unser berühmter Kapitän Glessing, der für uns die Schlacht von Tschuenpi gewonnen hat.«
»Guten Tag.« Glessing drückte ihm höflich die Hand. Culums Hand mit den langen, schlanken Fingern fühlte sich weich an. Sie war ein wenig feminin. Er hat etwas von einem Stutzer an sich, dachte Glessing. Gehrock mit Weste, hellblaue Krawatte und hoher Kragen. Muß Student sein. Seltsam, jemandem die Hand zu geben, der die Indische Seuche gehabt und sie überlebt hat. Ob ich sie wohl überstehen würde? »Das war gar keine Schlacht.«
»Zwei kleine Fregatten gegen zwanzig Kriegsdschunken und dreißig oder mehr Brander? Ist das etwa keine Schlacht?«
»Ein Gefecht, Mr. Struan. Es hätte eine Schlacht sein können . . .« Wäre nicht dieser gottverdammte Feigling Longstaff gewesen, und Sie, Sie gottverdammter Pirat, hätte er am liebsten gesagt.
»Wir Kaufleute betrachten es als eine Schlacht, Culum«, sagte Struan spöttisch. »Wir kennen den Unterschied zwischen einem Gefecht und einer Schlacht nicht. Wir sind nichts weiter als friedliche Händler. Aber wenn sich die Waffen Englands zum erstenmal mit denen Chinas messen durften, dann darf man wohl von ›Schlacht‹ sprechen. Das war vor einem Jahr. Wir haben als erste geschossen.«
»Und was hätten Sie getan, Mr. Struan? Es war die richtige taktische Entscheidung.«
»Selbstverständlich.«
»Der Generalbevollmächtigte für den Handel war mit meinem Vorgehen völlig einverstanden.«
»Selbstverständlich. Es ist ihm auch nicht viel anderes übriggeblieben.«
»Wärmen Sie alte Schlachten auf, Kapitän Glessing?« fragte Longstaff. Er stand in der Tür zur Kajüte und hatte unbemerkt zugehört.
»Nein, Exzellenz, wir führen nur eine alte Auseinandersetzung fort. Mr. Struan und ich haben, wie Sie wissen, Tschuenpi niemals mit den gleichen Augen betrachtet.«
»Und warum sollten Sie? Wenn Mr. Struan Ihr Kommando innegehabt hätte, wäre seine Entscheidung vielleicht genauso ausgefallen wie die Ihre; wären Sie an Mr. Struans Stelle gewesen, so hätten Sie vielleicht mit Sicherheit angenommen, die anderen würden nicht angreifen, und Sie hätten es darauf ankommen lassen.« Longstaff gähnte und spielte mit seiner Uhrkette. »Was hätten Sie getan, Culum?«
»Ich weiß es nicht, Sir. Ich kenne die Komplikationen nicht, die dabei eine Rolle gespielt haben.«
»Gute Antwort. ›Komplikationen‹ ist das richtige Wort.« Longstaff lachte in sich hinein. »Würden Sie uns bei einem Glas Südwein Gesellschaft leisten, Kapitän?«
»Danke, Sir, aber es ist besser, wenn ich auf mein Schiff zurückkehre.« Glessing grüßte forsch und entfernte sich.
Longstaff führte die Struans in den Besprechungsraum, der zur Unterkunft des Generalbevollmächtigten gehörte. Die Einrichtung war spartanisch und zweckentsprechend; die tiefen Ledersessel und die Kartentische, die Kommoden und der schwere Eichentisch waren alle am Boden festgeschraubt.

Hinter dem reichgeschnitzten Eichentisch lag das Halbrund der pfostenunterteilten Fenster des Achterschiffes. In der Kajüte roch es nach Teer und abgestandenem Tabakrauch, nach Meer und selbstverständlich nach Schießpulver.
»Steward!« rief Longstaff.
Sofort wurde die Kajütentür aufgerissen. »Jawohl, Sir?«
Longstaff wandte sich Struan zu. »Sherry? Branntwein? Portwein?«
»Trockenen Sherry, bitte.«
»Das gleiche bitte für mich, Sir«, sagte Culum.
»Ich nehme einen Portwein.« Wieder gähnte Longstaff.
»Jawohl, Sir.« Der Steward nahm die Flaschen von einer Anrichte und schenkte die Weine in feine Kristallgläser.
»Ist das Ihre erste Reise nach Übersee, Culum?« fragte Longstaff.
»Ja, Sir.«
»Aber ich nehme an, daß Sie über unsere ›Komplikationen‹ aus jüngster Zeit unterrichtet sind?«
»Nein, Exzellenz. Vater hat nicht viel geschrieben, und in den Zeitungen wird China nicht erwähnt.«
»Aber es wird bald der Fall sein, was, Dirk?«
Der Steward hielt das Tablett mit den Gläsern erst Longstaff und dann seinen Gästen hin.
»Sorgen Sie dafür, daß wir nicht gestört werden.«
»Jawohl, Sir.« Der Steward stellte die Flaschen in Reichweite ab und ging hinaus.
»Jetzt wollen wir auf etwas trinken«, sagte Longstaff, und Struan mußte an Robbs Trinkspruch denken. Er bedauerte, daß er zuerst zum Flaggschiff gefahren war. »Auf einen angenehmen Aufenthalt, Culum, und auf eine glückliche Heimreise!«
Sie tranken. Der trockene Sherry war ausgezeichnet.
»Hier draußen wird jetzt Geschichte gemacht, Culum. Und niemand wäre besser in der Lage, Ihnen darüber zu berichten, als Ihr Vater.«
»Es gibt ein altes chinesisches Sprichwort, Culum: ›Die Wahrheit hat viele Gesichter‹«, sagte Struan.
»Das verstehe ich nicht.«
»Es bedeutet, daß meine Darstellung der ›Tatsachen‹ nicht notwendigerweise die einzig mögliche ist.« Das erinnerte ihn an den früheren Statthalter Ling, der nun in Ungnade gefallen war und in Kanton saß, weil seine Maßnahmen den Ausbruch des offenen Konfliktes mit den Briten herbeigeführt hatten. Man hatte ihn zum Tode verurteilt. »Ist Ling, dieser Teufel, noch immer in Kanton?«
»Ich glaube wohl. Seine Exzellenz Ti-sen lächelte, als ich ihn vor drei Tagen nach ihm fragte, und erklärte geheimnisvoll: ›Der Zinnober ist der Sohn des Himmels. Wie vermag der Mensch zu wissen, was der Wille des Himmels ist?‹ Der Kaiser von China wird der Sohn des Himmels genannt«, erklärte Longstaff zu Culum gewandt. »Man nennt ihn auch Zinnober, da er stets mit zinnoberfarbiger Tinte schreibt.«
»Eigenartige, höchst eigenartige Menschen, diese Chinesen, Culum«, sagte

Struan. »So ist es zum Beispiel unter dreihundert Millionen Menschen nur dem Kaiser gestattet, Zinnobertinte zu benutzen. Stell dir das einmal vor. Wenn Königin Victoria sagte: ›Von jetzt ab ist es nur noch mir erlaubt, Zinnober zu verwenden.‹ Sosehr wir sie lieben – die meisten Briten würden doch sofort auf jede Art von Tinte außer der zinnoberroten verzichten. Ich selber würde es tun.«

»Und jeder Chinahändler«, fuhr Longstaff in einem unbewußt spöttischen Tonfall fort, »würde ihr sofort ein Faß mit dieser Farbe, zahlbar bei Lieferung, schicken und Ihrer Britannischen Majestät erklären, es wäre ihm ein Vergnügen, die Krone zu günstigen Preisen zu beliefern. Er würde auch den Brief mit Zinnober schreiben. Und das wohl zu Recht. Denn wo wären wir ohne Handel?«

Es folgte ein kurzes Schweigen, und Culum fragte sich, warum sein Vater diese beleidigende Äußerung hingenommen hatte. Oder war es vielleicht gar keine Beleidigung? War es nicht einfach so, daß sich Aristokraten eben über alle lustig machten, die keine Aristokraten waren? Na ja, die Charta würde mit den Aristokraten ein für allemal aufräumen.

»Sie wollten mich sprechen, Will?« Struan fühlte sich zu Tode erschöpft. Sein Fuß schmerzte, und auch seine Schultern taten ihm weh.

»Tja, es hat da ein paar kleinere Sachen gegeben, seit . . . in den letzten zwei Tagen. Culum, würden Sie uns für einen Augenblick entschuldigen? Ich möchte mit Ihrem Vater allein reden.«

»Gewiß, Sir.« Culum erhob sich.

»Das ist nicht nötig, Will«, entgegnete Struan. Wäre nicht Longstaffs spöttisches Lächeln gewesen, er hätte Culum hinausgehen lassen. »Culum ist jetzt Kompagnon bei Struan. Eines Tages wird er als Tai-Pan regieren. Sie können ihm ebenso vertrauen wie mir.«

Am liebsten hätte Culum erwidert: Ich werde mich niemals daran beteiligen, niemals. Ich habe andere Pläne. Aber er blieb stumm.

»Ich muß Sie beglückwünschen, Culum«, sagte Longstaff. »Kompagnon von Noble House – das ist ein unschätzbarer Glückstreffer.«

Nicht, wenn man bankrott ist, wäre es Struan beinah entfahren. »Setz dich, Culum.«

Longstaff begann in der Kajüte auf und ab zu gehen und sagte schließlich: »Für morgen ist eine Zusammenkunft mit dem chinesischen Bevollmächtigten anberaumt, bei der die Einzelheiten des Vertrages besprochen werden sollen.«

»Hat er Zeit und Ort vorgeschlagen, oder waren Sie es?«

»Er.«

»Vielleicht sollten Sie lieber absagen. Wählen Sie einen anderen Ort und eine andere Zeit.«

»Warum?«

»Weil er und alle Mandarine es als ein Zeichen von Schwäche auslegen werden, wenn Sie auf seinen Vorschlag eingehen.«

»Gut. Wenn Sie glauben. Wie wäre es dann mit übermorgen? In Kanton?«

»Einverstanden. Nehmen Sie Horatio und Mauss mit. Wenn Sie wollen, begleite ich Sie. Außerdem müssen wir vier Stunden zu spät kommen.«

»Zum Teufel, Dirk, warum sollen wir es so lächerlich übertreiben? Vier Stunden? Das ist ein starkes Stück!«
»Es ist nicht lächerlich. Wenn man sie von oben herab behandelt, manövriert man sie in eine ungünstige Position hinein.« Struan streifte Culum mit einem Blick. »Das orientalische Spiel muß man nach orientalischen Regeln spielen. Nebensächlichkeiten erhalten dabei eine große Bedeutung. Seine Exzellenz befindet sich hier in einer sehr schwierigen Lage. Macht man jetzt einen kleinen Fehler, werden die Folgen noch nach fünfzig Jahren zu spüren sein. Er muß mit äußerster Vorsicht vorgehen.«
»Ja. Und ohne die geringste Unterstützung!« Longstaff leerte sein Glas und goß sich noch eins ein. »Warum in aller Welt können sich die anderen nicht wie zivilisierte Menschen benehmen, möchte ich wissen. Außer Ihrem Vater gibt es niemanden, der mir hilft. Das Kabinett zu Hause kennt die Probleme nicht, mit denen ich mich herumzuschlagen habe, und außerdem sind sie ihm gleichgültig. Ich bin hier ganz allein auf mich gestellt. Man gibt mir unmögliche Anweisungen und erwartet von mir, daß ich mit einem unmöglichen Volk verhandle. Da müssen wir nun wahrhaftig vier Stunden zu spät kommen, nur um zu beweisen, daß wir die ›Überlegenen‹ sind; dabei weiß doch jeder, daß wir es sind!« Gereizt nahm er eine Prise und nieste.
»Wann werden Sie Land verkaufen, Will?«
»Nun ja, ich dachte, nachdem das Kabinett den Vertrag gebilligt hat. Wir haben reichlich Zeit. Sagen wir im September.«
»Haben Sie Ihre alten Pläne vergessen? Ich hatte geglaubt, Sie wollten in Hongkong sofort mit dem Bauen anfangen.«
Longstaff versuchte sich zu erinnern. Es schien, als ob er sich entsinne, mit Struan darüber geredet zu haben. Was war es doch gleich? »Ach ja, natürlich, aber die Abtretung von Hongkong wird doch erst offiziell gültig, nachdem beide Regierungen den Vertrag gebilligt haben – ich meine, das ist doch der übliche Ablauf, oder nicht?«
»Ja. Aber hier liegen nicht die üblichen Umstände vor.« Struan spielte mit seinem Glas. »Hongkong gehört uns. Je eher wir mit dem Bauen beginnen, desto besser. Haben Sie das nicht gesagt?«
»Natürlich gehört es uns.« Worin hatte eigentlich der Plan bestanden? Longstaff unterdrückte wieder ein Gähnen.
»Sie hatten gesagt, das ganze Land solle der Königin gehören. Bis Sie offiziell als erster Gouverneur von Hongkong eingesetzt seien, liege alle Regierungsgewalt bei Ihnen als dem Bevollmächtigten. Wenn Sie eine Proklamation für diesen besonderen Fall erlassen, verläuft alles, wie Sie es geplant haben. An Ihrer Stelle würde ich im nächsten Monat einen Landverkauf vornehmen. Vergessen Sie nicht, Will, daß Sie Einkünfte aus der Kolonie brauchen. Das Kabinett ist Kolonien gegenüber, die sich nicht selber erhalten, empfindlich.«
»Stimmt. Ja. Ganz richtig. Selbstverständlich. Wir sollten so früh wie möglich damit anfangen. Im nächsten Monat halten wir den ersten Landverkauf ab. Soll es freier Grundbesitz, Erbpacht oder was sonst sein?«
»Erbpacht auf neunundneunzig Jahre. Das mit der Krone übliche Abkommen.«

»Ausgezeichnet.« Longstaff machte eine hilflose Bewegung. »Als hätten wir nicht schon genügend Sorgen, Culum! Jetzt müssen wir uns auch noch wie verdammte Händler aufführen. Wie in aller Welt zieht man eine solche Kolonie auf? Da braucht man eine Kanalisation und Straßen und Gebäude und Gott weiß was noch alles. Ein Gericht und ein Gefängnis, du meine Güte!« Er blieb vor Culum stehen. »Haben Sie eine juristische Ausbildung?«

»Nein, Exzellenz«, antwortete Culum. »Nichts weiter als das erste Examen in den Geisteswissenschaften.«

»Macht nichts. Ich brauche einen Kolonialsekretär, einen Adjutanten für die allgemeinen Fragen, einen Schatzmeister und Gott weiß was noch alles. Wir müssen auch eine Art Polizeitruppe haben. Hätten Sie nicht Lust, die Polizeitruppe zu übernehmen?«

»Nein, vielen Dank, Sir.« Culum versuchte das Entsetzen, das in ihm aufstieg, nicht zu verraten.

»Bestimmt gibt es irgendeinen Posten, für den Sie sich eignen. Alle müssen irgendwo einspringen. Ich kann mich nicht um alles kümmern. Überlegen Sie sich einmal, was Ihnen Spaß machen würde, und dann lassen Sie's mich wissen. Wir brauchen Leute, auf die wir uns verlassen können.«

»Warum nehmen Sie ihn nicht als Referenten in Ihren Stab?« schlug Struan vor. »Wir leihen ihn Ihnen auf sechs Monate.«

»Ausgezeichnet.« Longstaff lächelte Culum an. »Gut. Sie werden bei mir Stellvertretender Kolonialsekretär. Überlegen wir mal. Sie treffen die Vorbereitung für den Landverkauf. Das ist Ihre erste Aufgabe.«

»Aber ich verstehe doch nichts von Landverkauf, Sir. Ich habe überhaupt keine Ahnung . . .«

»Sie verstehen so viel davon wie jeder andere auch, und Ihr Vater kann Sie beraten. Sie sind eben Stellvertretender Kolonialsekretär. Ausgezeichnet. Also diese Angelegenheit wäre erledigt. Stellen Sie fest, was man tun muß und wie, und berichten Sie mir, wie man dem Ganzen einen offiziellen Anstrich geben kann. Machen Sie eine Versteigerung. Ich könnte mir vorstellen, daß das der richtige Weg wäre.« Longstaff füllte erneut sein Glas. »Übrigens fällt mir gerade ein, Dirk, ich habe die Räumung der Insel Tschuschan angeordnet.«

Struan hatte das Gefühl, als drehe sich ihm der Magen um. »Warum haben Sie das getan, Will?«

»Ich habe ein Sonderschreiben von Seiner Exzellenz Ti-sen erhalten. Vor zwei Tagen. Er hat mich darum gebeten, als Zeichen unseres guten Willens.«

»Damit hätten Sie warten können.«

»Er verlangte umgehend Antwort, und es gab keine Möglichkeit, mich mit Ihnen in Verbindung zu setzen.«

»Umgehend – das kann, nach chinesischer Tradition, alles bedeuten: bis zu einem Jahrhundert.« Ach, Willie, du armer Trottel, dachte er, wie oft muß ich das alles noch erklären?

Longstaff fühlte Struans durchbohrenden Blick auf sich ruhen. »Er wollte eine Abschrift des Vertrages an den Kaiser schicken und dabei auch die Tatsache erwähnen können, daß wir die Räumung angeordnet hätten. Wir wollten doch die Insel ohnehin zurückgeben, nicht wahr? Hol's der Teufel, was macht es denn aus, ob das jetzt oder später geschieht?«

»Bei den Chinesen spielt der Zeitpunkt eine sehr große Rolle. Ist der Befehl schon ausgegeben?«

»Ja. Er ging gestern hinaus. Ti-sen war so freundlich, uns die Benutzung des kaiserlichen berittenen Botendienstes mit Wechselpferden anzubieten. Ich habe den Befehl auf diesem Weg übermittelt.«

Hol dich der Teufel, dachte Struan. Du bist ein hoffnungsloser Narr. »Das war sehr unklug, ihre Dienste für unsere Befehlsübermittlung in Anspruch zu nehmen. Wir haben dadurch an Gesicht verloren, und sie haben uns einen Punkt voraus. Es wäre jetzt auch sinnlos, ein Schiff zu schicken.« Seine Stimme war kalt und hart. »Bis es nach Tschuschan kommt, ist die Räumung bereits beendet. Na gut, die Sache ist nun einmal passiert, daran läßt sich nichts mehr ändern. Aber klug war das nicht. Die Chinesen werden das Ganze nur als Schwäche auslegen.«

»Ich hatte geglaubt, dieser Beweis guten Willens sei eine ganz großartige Idee«, fuhr Longstaff fort, bemüht, seine Nervosität zu beherrschen. »Schließlich haben wir alles bekommen, was wir uns wünschten. Der Schadenersatz, den sie zahlen, ist zwar gering – nur sechs Millionen Dollar, aber damit decken wir mehr als nur die Kosten des Opiums, das sie vernichtet haben. Kanton steht dem Handel wieder offen. Und wir haben Hongkong. Endlich.« Jetzt funkelten seine Augen. »Alles verläuft genau nach Plan. Die Insel Tschuschan ist bedeutungslos. Sie sagten einmal, wir sollten sie nur im Notfall nehmen. Aber jetzt haben wir Hongkong. Und Ti-sen sagte, er würde innerhalb eines Monats einen Mandarin für Hongkong ernennen . . .«

»Er würde was?« Struan verschlug es den Atem.

»Er würde einen Mandarin für Hongkong ernennen. Was ist los?«

Beherrsch dich, sagte Struan warnend zu sich. Es kostete ihn eine gewaltige Anstrengung. Du hast die ganze Zeit über Geduld gehabt. Dieser unfähige Schwachkopf ist das wichtigste Werkzeug, das du besitzt. »Will, wenn Sie ihm das gestatten, räumen Sie ihm Macht über Hongkong ein.«

»Ganz und gar nicht, mein Lieber, wieso denn? Hongkong ist doch britisch. Der Heide wird hier unter unserer Flagge stehen und unserer Regierung unterstellt sein. Jemand muß sich doch um diese Teufel kümmern, oder etwa nicht? Es muß doch auch jemanden geben, an den man die Zollgebühren abführt. Was wäre dazu besser geeignet als Hongkong? Sie werden ihre eigenen Zollgebäude und Häuser und ...«

»Was werden sie?« Die Worte prallten von den Eichenholzwänden zurück. »Herrgott und Vater, ich hoffe doch, daß Sie dem nicht zugestimmt haben?«

»Ich wüßte nicht, was daran falsch ist, Dirk? Dadurch ändert sich doch nicht das mindeste. Und es spart uns viel Mühe. Wir müssen nicht in Kanton sitzen. Jetzt können wir alles von hier aus regeln.«

Um der Versuchung zu entgehen, Longstaff wie eine Wanze zu zerdrücken, trat Struan an die Anrichte und schenkte sich ein Glas Branntwein ein. Halt dich zurück. Laß ihn jetzt noch am Leben. Es wäre der falsche Zeitpunkt. Du mußt dich seiner noch bedienen. »Haben Sie mit Ti-sen vereinbart, daß er einen Mandarin für Hongkong ernennen *kann*?«

»Mein lieber Freund, ich habe es nicht im einzelnen präzisiert. Es ist nicht Teil des Vertrages. Wie ich eben sagte, habe ich mich einverstanden erklärt, denn es schien mir ein sehr guter Gedanke zu sein.«
»Haben Sie es schriftlich getan?«
»Ja. Gestern.« Longstaff war von Struans Heftigkeit verblüfft. »Wollen wir denn nicht gerade das schon lange erreichen? Mit den Mandarinen unmittelbar verhandeln und nicht durch die Vermittlung der chinesischen Hong-Händler?«
»Richtig. Aber nicht auf unserer Insel, weiß Gott nicht!« Struan gelang es, mit ruhiger Stimme zu sprechen, aber er dachte: Du gottverdammte Karikatur eines Führers, du aristokratischer Schwachkopf, du entschlußloser Dreckskerl, der immer nur Fehlentscheidungen trifft. »Wenn wir das zulassen, unterminieren wir Hongkong. Dann verlieren wir alles.«
Longstaff zupfte an seinem Ohrläppchen und schrumpfte unter Struans Blick sichtlich zusammen.
»Warum, Vater?« fragte Culum.
Longstaff fühlte sich erleichtert, als sich die Augen Culum zuwandten, und er dachte: Ja, warum eigentlich? Warum sollen wir alles verlieren? Ich hielt das Ganze für eine wirklich großartige Lösung.
»Weil sie Chinesen sind.«
»Das verstehe ich nicht.«
»Das weiß ich, mein Junge.« Um den Kummer über den Verlust seiner Familie, der plötzlich in ihm aufwallte, niederzuringen und um seine Gedanken von der schweren Sorge über den Verlust ihres Vermögens abzulenken, beschloß er – Longstaff wie Culum – die Sache zu erklären. »Zunächst muß man sich folgendes vor Augen halten: Seit fünfzig Jahrhunderten haben die Chinesen China das Reich der Mitte genannt – das Land, das die Götter zwischen dem Himmel darüber und der Erde darunter erschaffen haben. Nach chinesischen Begriffen ist der Chinese ein einzigartiges, höheres Wesen. Alle glauben, daß jeder andere ein Barbar ist, dem keinerlei Bedeutung zukommt. Sie allein hätten das von Gott ihnen als der einzigen zivilisierten Nation übertragene Recht, über die Erde zu herrschen. So wie sie die Dinge betrachten, ist Königin Victoria ein barbarischer Vasall, der Tribut entrichten sollte. China hat keine Flotte und keine Armee, und wir können nach Belieben mit ihm umspringen – aber die Chinesen *glauben*, daß sie die zivilisierteste, die mächtigste und die reichste Nation der Welt sind – im letzten Punkt mögen sie meiner Ansicht nach im wesentlichen sogar recht haben. Weißt du etwas von den Acht Verordnungen?«
Culum schüttelte den Kopf.
»So wurden die Bedingungen genannt, unter denen sich der Kaiser von China vor hundertfünfzig Jahren bereit erklärt hat, mit ›Barbaren‹ Handel zu treiben. Durch die Acht Verordnungen wurde der gesamte Handel der ›Barbaren‹ auf den Hafen Kanton beschränkt. Tee und Seide mußten in Silber bezahlt werden, Kredit war unter gar keinen Umständen erlaubt, Schmuggeln war verboten. Den ›Barbaren‹ wurde gestattet, Lagerhäuser und Faktoreien auf einem Grundstück von einer halben Meile Länge und zweihundert Yards Breite in Kanton zu errichten; die ›Barbaren‹ blieben völlig

auf dieses von Mauern eingeschlossene Gebiet – die Niederlassung in Kanton – beschränkt und durften nur während der Schiffahrtssaison im Winter dort bleiben – von September bis März; danach mußten sie abreisen und nach Macao gehen. Unter keinen Umständen durften sich in der Niederlassung die Familien von ›Barbaren‹ aufhalten. Frauen war die Einreise überhaupt verboten. Man durfte in der Niederlassung keinerlei Waffen führen. Die Erlernung des Chinesischen, Bootsfahrten zum Vergnügen, der Gebrauch von Sänften und der Verkehr mit Chinesen waren verboten. In die Mündung des Perlflusses zu segeln war Kriegsschiffen der ›Barbaren‹ untersagt. Alle Kauffahrer der ›Barbaren‹ hatten vor Whampoa zu ankern, dreizehn Meilen flußabwärts, wo die Frachten umgeladen und die Ausfuhrzölle in Silber bezahlt werden mußten. Alle Geschäfte der ›Barbaren‹ sollten ausschließlich über eine Monopolgesellschaft abgewickelt werden, eine Gilde von zehn chinesischen Kaufleuten, die wir die Co-hongs nennen. Die Co-hongs waren auch die einzigen, die Lebensmittel beschaffen konnten, und sie waren die einzigen, die Bedienstete, Ruderer und Kommissionäre vermitteln konnten. Und schließlich die eine Verordnung, die uns allen das Wasser abgrub – und die jetzt durch den Vertrag aufgehoben wurde: in ihr wurde bestimmt, daß die Co-hongs als einzige alle Gesuche, Anträge und Beschwerden der ›Barbaren‹ entgegennehmen durften, die dann von ihnen – aber von ihnen allein, an die Mandarine weitergeleitet wurden.

Der Sinn dieser Bestimmungen war, sich uns möglichst weit vom Leib zu halten, uns Schwierigkeiten zu bereiten, aber trotzdem den letzten Penny aus uns herauszuholen. Über noch etwas muß man sich bei den Chinesen im klaren sein: sie lieben das Geld. Aber nur die herrschende Mandschu-Klasse, nicht etwa alle Chinesen, hatten ihre Vorteile von diesen ›Erpressungen‹. Die Mandschus halten unseren Ideen – Christentum, Parlament, Stimmrecht und vor allem die Gleichheit vor dem Gesetz und vor der Justiz – für revolutionär. Aber sie wollen nun einmal unser Silber haben.

Nach den Bestimmungen waren wir wehrlos, unser Handel wurde kontrolliert, und es konnten nach Belieben Erpressungsgelder aus uns herausgeholt werden. Aber trotz allem machten wir Geld.« Er lächelte. »Wir machten eine Menge Geld, und sie auch. Die meisten Bestimmungen verloren durch die Geldgier der Beamten ihre Wirksamkeit. Die wichtigsten allerdings, keine Kriegsschiffe, keine offiziellen Kontakte außer durch die Co-hong-Kaufleute, keine Frauen in Kanton und kein Aufenthalt über den März hinaus und vor September – blieben in Kraft.

Und, was so typisch chinesisch ist, die armen Co-hong-Kaufleute wurden für uns verantwortlich gemacht. Irgendeine ›Komplikation‹, und schon traf sie der Zorn des Kaisers. Was wiederum so völlig chinesisch ist. Die Co-hongs wurden ausgepreßt und werden auch weiterhin ausgepreßt, bis die meisten von ihnen bankrott gehen. Wir besitzen sechshunderttausend Guineen in ihren wertlosen Papieren. Brock hat etwa genausoviel. Nach chinesischem Brauch müssen sich die Co-hongs ihre Stellungen vom Kaiser erkaufen, und man erwartet, daß sie den Oberen immer wieder riesige ›Geschenke‹ machen – fünfzigtausend Taels in Silber am Geburtstag des Kaisers sind das übliche.

Über dem Co-hong sitzt der persönliche Obererpresser des Kaisers. Wir nennen ihn den Hoppo. Seine Aufgabe besteht darin, die Mandarine in Kanton, die Co-hongs und jeden, den er nur zwischen die Finger bekommt, auszuquetschen. Auch der Hoppo hat sich seine Stellung gekauft – er ist übrigens der größte Opiumhändler und macht damit ein Vermögen.
Wenn Sie also einen Mandarin in Hongkong zulassen, führen Sie damit das ganze System hier ein. Der Mandarin wird ein Hoppo sein. Jeder Chinese wird ihm unterstehen. Jeder chinesische Händler, der zu Geschäften nach Hongkong kommt, wird Lizenzen ›kaufen‹ müssen, man wird ihn erpressen, und er wird sich wiederum bei uns schadlos halten. Der Hoppo wird alle vernichten, die uns helfen wollen, und er wird die unterstützen, die uns hassen. Und sie werden damit nicht aufhören, bis sie uns wieder vertrieben haben.«
»Aber warum?«
»Weil sie Chinesen sind.« Struan streckte sich, um seine verkrampften Schultern zu lockern; er fühlte, wie die Müdigkeit in ihm hochkroch. So trat er an die Anrichte und schenkte sich noch einen Branntwein ein. Könnte ich nur einmal für ein paar Stunden ein Chinese sein, dachte er erschöpft. Dann wäre ich in der Lage, von irgendwoher ohne jede Schwierigkeit eine Million Taels herbeizuzaubern. Wenn das die Lösung ist, sagte er zu sich, dann versuch doch, wie ein Chinese zu denken. Du bist der Tai-Pan der ›Barbaren‹, der Mandarin mit grenzenloser Macht. Was ist der Sinn der Macht, wenn du sie nicht dazu verwendest, dem Joss so hart zuzusetzen, daß er dir hilft? Wie aber kannst du deine Macht einsetzen? Wer hat denn eine Million Taels? Wen kannst du so unter Druck setzen, daß du sie bekommst? Wer ist dir Dank schuldig?
»Was sollen wir tun, Dirk? Ich meine, ich gebe Ihnen da völlig recht«, sagte Longstaff.
»Am besten, Sie senden Ti-sen umgehend eine Botschaft. Erklären Sie ihm … nein, befehlen Sie ihm …«
Struan hielt jäh inne. Nun sah er wieder klar. Seine Müdigkeit war verschwunden. Du bist ein törichter, geschwätziger Aufschneider, der seiner Sinne nicht mehr ganz mächtig ist! Ti-sen! Ti-sen ist die Lösung für dich. Ein Mandarin. Mehr brauchst du gar nicht zu tun. Zwei simple Schritte genügen: zunächst Longstaffs Vereinbarung mit ihm widerrufen, da sie ohnehin widerrufen werden muß; zweitens in ein paar Wochen Ti-sen heimlich das Angebot machen, daß du bereit bist, für eine Million in Silber Longstaff dazu zu bewegen, seinen Standpunkt zu ändern und zu gestatten, daß sich in Hongkong ein Mandarin niederläßt. Ti-sen wird sofort auf dieses Angebot eingehen, weil er auf diese Weise alles zurückerhält, was er durch den Krieg herzugeben gezwungen war; er wird die Million von den Co-hongs erpressen, und sie werden nur zu gern zahlen, da sie die Ausgabe sofort auf den Preis des Tees aufschlagen, den sie unbedingt an uns verkaufen wollen und den wir ebenso unbedingt von ihnen zu kaufen suchen. Unser armer kleiner Willie ist dabei kein Problem, und keiner der anderen Kaufleute wird gegen einen Mandarin etwas einzuwenden haben. Nur werden wir diesen Mann nicht ›Mandarin‹ nennen, sondern einen neuen Namen für ihn erfin-

den, damit auch die Schlauesten von dieser Fährte abgelenkt werden. ›Handelskommissar‹ vielleicht. Die Kaufleute werden keine Einwendungen gegen einen chinesischen ›Handelskommissar‹ erheben, weil durch ihn der Handel erleichtert und das Zahlen der Zollgebühren vereinfacht wird. Wer aber soll nun dieses geheime Angebot machen? Auch das liegt klar auf der Hand: der alte Jin-kwa. Er ist der reichste und der listigste der Co-hongs und dein Hauptlieferant; außerdem kennst du ihn seit zwanzig Jahren.
Ein Mandarin wird die Zukunft von Noble House gewährleisten. Gut. Aber er wird Hongkong unterminieren. Er wird den Plan vereiteln. Oder spielst du mit dem Gedanken, dieses Abkommen zu treffen, weil du weißt, daß du die anderen später einmal übers Ohr hauen wirst? Das ist ein fürchterliches Risiko – du weißt genau, daß ein Mandarin gleichbedeutend ist mit dem ganzen System. Du kannst ein so verteufeltes Vermächtnis weder Robb noch Culum oder ihren Kindern hinterlassen. Aber ohne das Silber gibt es auch kein Noble House und keine Zukunft mehr.
»Was hatten Sie sagen wollen, Dirk?«
»Befehlen Sie Ti-sen im Namen der Königin, er solle jeden Gedanken an einen Mandarin in Hongkong aufgeben.«
»Völlig meine Ansicht.« Longstaff setzte sich zufrieden an den Schreibtisch und griff nach dem Federkiel. »Was soll ich also sagen?«
Und was soll ich tun, armer Willie, wie führe ich den zweiten Schritt aus? fragte sich Struan. Heiligt der Zweck wirklich die Mittel? »Schreiben Sie folgendes: ›An Ti-sen in Kanton. Wir übermitteln Ihnen hiermit eine grundsätzliche Erklärung: Nur Ihrer Britannischen Majestät, Königin Victoria, steht das Recht zu, Beamte auf der britischen Insel Hongkong zu ernennen. Es wird dort weder chinesische Beamte noch Zollgebäude geben.‹ « Er zögerte und fuhr dann entschlossen fort, denn er spürte, daß dies der richtige Zeitpunkt war, es auszusprechen: » ›Alle Chinesen, die in Ihrer Majestät Kolonie Hongkong ihren Wohnsitz haben, sind künftig britische Untertanen und unterstehen ausschließlich den Gesetzen Englands.‹ «
»Aber das geht doch über meine Vollmachten hinaus!«
»Es ist bei Bevollmächtigten üblich, daß sie ihre Vollmachten überschreiten. Deshalb werden sie auch mit solcher Sorgfalt ausgewählt, Will. Deshalb haben wir auch ein Empire. Deshalb gab es einen Raffles, einen Hastings, Clive, Raleigh und Wellington. Sie, Will, sind von der Regierung Ihrer Majestät mit der Vollmacht ausgestattet, einen Vertrag mit China abzuschließen. Was wissen denn die zu Hause von China, und was kümmert es sie? Sie aber sind ein Neuerer, ein Mann, der Geschichte macht, Will. Sie sind bereit, sich mit einer kleinen, öden, fast unbewohnten Insel zufriedenzugeben, während es doch in der Welt zum guten Ton gehört, sich ganze Kontinente zu schnappen, Sie könnten ganz China in die Tasche stecken, wenn Sie nur wollten. Aber Sie sind viel schlauer.«
Longstaff zögerte und saugte am Ende des Federkiels. »Ja, aber ich habe mich bereits damit einverstanden erklärt, daß die Chinesen auf Hongkong chinesischem Gesetz unterstehen, wobei alle Arten der Folter ausgeschlossen sind.« Ein Schweißtropfen bildete sich auf seinem Kinn. »Das war eine Klausel des Vertrages, und ich habe diesbezüglich eine besondere Erklärung abgegeben.«

»Sie haben es sich jetzt eben anders überlegt, Will. Ebenso wie Ti-sen es sich anders überlegt hat. Es gab jedoch keine Klausel, der zufolge ein Mandarin ernannt werden sollte.«
»Aber wir hatten es so besprochen. Es war vereinbart.«
»Aber es entsprach nicht Ihren Vorstellungen. Auch nicht den meinen. Er versucht, Sie hereinzulegen. Wie er es auch mit Tschuschan gemacht hat.«
»Ganz richtig«, räumte Longstaff ein. Er war froh, sich überzeugen lassen zu können. »Sie haben recht, Dirk. Absolut. Wenn wir erst einmal eine Kontrolle zulassen ... nein, Sie haben recht. Die Kerle werden zu ihren alten Teufeleien zurückkehren, nicht wahr? Natürlich. Und es ist höchste Zeit, daß die Chinesen sehen, was Gerechtigkeit wirklich ist. Gesetz und Ordnung. Ja. Sie haben recht.«
»Schließen Sie den Brief, so wie's der Kaiser tun würde: ›Fürchte dies und gehorche zitternd‹, und dann unterschreiben Sie mit Ihrem vollen Titel«, sagte Struan und öffnete die Tür der Kajüte.
»Stabswachtmeister!«
»Jawohl, Sir?«
»Mr. Sinclair, der Sekretär Seiner Exzellenz, soll sich hier einfinden.«
»Jawohl, Sir.«
Longstaff beendete das Schreiben und las es noch einmal durch. »Ist das nicht ein bißchen schroff, Dirk? Ich meine, keiner seiner Titel und dieses Ende, das wie ein Dekret des Kaisers klingt?«
»Darauf kommt es ja gerade an. Sie werden es doch in der Zeitung veröffentlichen wollen.«
»Aber es ist ein geheimes Dokument.«
»Es ist ein historisches Dokument, Will. Eins, auf das Sie stolz sein können. Außerdem eins, das Ihnen die Anerkennung des Admirals einbringen wird. Warum war er übrigens so zornig?«
»Ach, das übliche.« Longstaff ahmte den Admiral nach. »›Hol mich der Teufel, Sir, man hat uns hierher geschickt, damit wir gegen die Heiden kämpfen. Nach zwei Landungen, bei denen wir auf keinen nennenswerten Widerstand gestoßen sind, haben Sie einen schändlichen Vertrag abgeschlossen, durch den wir weit weniger erhalten als das, was Sie im Auftrag des Außenministers hatten verlangen sollen. Wo sind die offenen Häfen, die zu fordern man Ihnen befohlen hatte?‹ Wissen Sie ganz sicher, Dirk, daß es die richtige Methode ist, weniger zu verlangen? Ich weiß, daß Sie schon früher diesen Standpunkt vertreten haben, aber die Händler scheinen der Ansicht zu sein, es sei ein schwerer Fehler. Ich meine, keine offenen Häfen zu haben.«
»Hongkong ist wichtiger, Will.«
»Gut, wenn Sie so sicher sind. Der Admiral ist auch wegen einiger Desertionen verärgert und auch über die Verzögerung bei der Durchführung der Verordnung gegen den Schmuggel. Außerdem haben alle Händler stürmisch protestiert.«
»Unter Brocks Führung?«
»Ja. Ein übler Kerl mit schlechten Manieren.«
Struans Herz zog sich zusammen. »Haben Sie den Händlern etwa gesagt, daß Sie den Befehl zurückziehen werden?«

»Ich habe es nicht so deutlich ausgesprochen, Dirk, aber ich habe durchblicken lassen, ich würde widerrufen.«
»Und Sie haben auch dem Admiral gegenüber durchblicken lassen, Sie würden den Befehl widerrufen?«
»Nun, ich habe nur zu verstehen gegeben, es sei nicht ratsam, die Sache durchzuführen. Er war äußerst gereizt und erklärte, er würde seine Ansicht der Admiralität zur Kenntnis bringen.« Longstaff seufzte auf und gähnte. »Wahrhaftig, er hat keine Ahnung von den Problemen. Nicht die geringste. Ich wäre Ihnen äußerst dankbar, Dirk, wenn Sie ihm einmal erklärten, was ›Handel‹ wirklich ist. Ich habe es versucht, aber es ist mir nicht gelungen, seinem Schädel etwas Vernunft einzuhämmern.«
Und mir gelingt es bei dir auch nicht, Willie, dachte Struan. Wenn Robb das Opium gekauft hat, stecken wir noch tiefer im Dreck. Hat er es nicht gekauft, sind wir trotzdem erledigt. Es sei denn, ein gutes Geschäft ... ein verfluchter Mandarin gegen eine verfluchte Million.
»Ich wüßte wirklich nicht, was ich ohne den Rat Ihres Vaters anfangen sollte, Culum.« Longstaff nahm sich eine Prise aus einer mit Juwelen besetzten Schnupftabaksdose. Verdammt, dachte er, ich bin ein Diplomat und kein Kriegstreiber. Gouverneur von Hongkong ist nichts weiter als ein Sprungbrett. Bin ich erst einmal Gouverneur von Hongkong, muß etwas des Weges kommen, was sich lohnt. Vielleicht Bengalen. Jamaika ... das wäre eine gute Sache. Kanada? Nein, viel zu kalt. Bengalen oder ein anderer der indischen Staaten. »In Asien ist alles sehr kompliziert, Culum. Man hat es mit so vielen verschiedenen Ansichten und Interessen zu tun – mit denen der Krone, der Händler, der Missionare, der Königlichen Marine, der Armee und der Chinesen, und sie alle liegen im Widerstreit miteinander. Und, hol mich der Teufel, die Chinesen sind auch noch in verschiedene feindliche Gruppen aufgesplittert. Die Kaufleute, die Mandarine und die Mandschu-Oberherren.« Er zog in beiden Nasenlöchern eine Prise Schnupftabak hoch und nieste. »Ich nehme an, Sie wissen, daß die Herrscher über China keine Chinesen sind?«
»Nein, Sir.«
»Die Hälfte aller Schwierigkeiten rührt daher, heißt es. Es sind Mandschus. Aus der Mandschurei. Wilde Barbaren aus der Gegend nördlich der ›Großen Mauer‹. Sie sollen seit zweihundert Jahren über China herrschen. Die Chinesen müssen uns wohl für Idioten halten. Da haben sie uns von einer riesigen Mauer erzählt – ähnlich dem Hadrianswall –, eine Befestigung quer durch den ganzen Norden Chinas, der sie vor wilden Stämmen schützen soll. Sie ist angeblich über dreieinhalbtausend Meilen lang, vierzig Fuß hoch und dreißig Fuß dick, und oben so breit, daß acht Reiter nebeneinander Platz finden. Alle dreihundert Yards soll sich ein Wachtturm erheben. Das Material besteht aus Ziegeln und Granit. Errichtet wurde sie vor zweitausend Jahren.« Er schnaufte verächtlich. »Lächerlich!«
»Meiner Ansicht nach gibt es sie«, sagte Struan.
»Hören Sie, Dirk«, rief Longstaff. »Es war doch vor zweitausend Jahren völlig unmöglich, eine solche Befestigung zu bauen.«
»Es heißt, Culum, daß jeder dritte Mann in China zur Arbeit an der Mauer eingezogen wurde. Es dauerte zehn Jahre, bis sie fertig war. Eine Million

Menschen sollen dabei umgekommen sein; sie sind in der Mauer bestattet. Ihre Seelen bewachen sie ebenfalls.«

Culum lächelte. »Wenn sie so gewaltig ist, Vater, hätten die Mandschus sie niemals überwinden können. So etwas kann es doch gar nicht geben.«

»Der Überlieferung nach sind die Mandschus durch eine List über die Mauer gelangt. Der chinesische General, dem die Mauer unterstand, hat sein eigenes Volk verraten.«

»Das ist mehr als wahrscheinlich«, warf Longstaff angewidert ein. »Diese Asiaten kennen doch keine Ehrbegriffe. Der General hatte geglaubt, er könne den Feind benutzen, um selbst auf den Thron zu gelangen. Aber die Mandschus nutzten ihn aus und ließen ihn später umbringen. So wird jedenfalls berichtet.«

»Eine tolle Geschichte, Sir«, sagte Culum.

Struans Blick wurde hart. »Du solltest dich rechtzeitig daran gewöhnen, daß es hier eine Menge tolle Geschichten gibt. Und noch eine ganz neue Vorstellung, Culum – die Chinesen haben eine fünftausend Jahre alte Kultur. Bücher, Druckpressen, Kunst, Dichter, Staatsverwaltung, Seide, Tee und tausend andere Dinge. Das alles seit Tausenden von Jahren. Wir haben seit etwa fünfhundert Jahren eine Kultur. Wenn man da überhaupt von Kultur reden kann.«

Ein Klopfen an der Tür. Horatio kam hereingeeilt. »Sie haben mich rufen lassen, Exzellenz?«

»Ja. Ich möchte Sie bitten, dieses Schriftstück sofort ins Chinesische zu übersetzen und es durch Sonderkurier abzusenden. Und schicken Sie auch eine Abschrift zur Veröffentlichung an Mr. Skinner.«

»Jawohl, Sir.« Horatio nahm das Schreiben und wandte sich Struan zu. »Es hat mir sehr leid getan, von den furchtbaren Ereignissen zu hören, Mr. Struan.«

»Danke. Dies ist mein Sohn Culum. Horatio Sinclair.«

Sie gaben einander die Hand und waren sich sofort sympathisch.

Horatio las das Schreiben. »Ich werde etwas Zeit brauchen, um es in die am Hof übliche Sprache zu übertragen, Sir.«

»Seine Exzellenz wünscht, daß es genau in dieser Form abgesendet wird«, sagte Struan. »Genau.«

Horatio sah ihn verblüfft an und nickte dann zaghaft. »Ja, ich erledige es gleich«, stammelte er. »Aber Ti-sen wird es auf keinen Fall entgegennehmen, Mr. Struan. Niemals, Exzellenz. Dadurch würde er zu sehr an Gesicht verlieren.«

Longstaff brauste auf. »Gesicht? Damit wird diesem verschlagenen Heiden erst richtig das Gesicht gezeigt. Meine Empfehlung an den Admiral, und bitten Sie ihn, das Schreiben mit einem Linienschiff nach Whampoa zu schikken, mit dem Befehl, sofort bis nach Kanton weiter vorzustoßen, falls das Schreiben nicht umgehend angenommen wird!«

»Jawohl, Sir.«

»Wird es nicht entgegennehmen, hat man jemals so etwas gehört!« stieß Longstaff aus, nachdem Horatio gegangen war. »Verdammte Unverschämtheit. Alles nur heidnische Barbaren. Alle miteinander. Chinesen. Mandschus.

Haben keinen Sinn für Recht und Gesetz, und ihre Verachtung gegenüber dem menschlichen Leben ist unvorstellbar. Sie verkaufen ihre Töchter, Schwestern und Brüder. Unglaublich!«
Culum mußte plötzlich an seine Mutter und seine Brüder denken – daran, wie sie gestorben waren. Das Erbrochene und der Stuhl so wässerig, der Gestank, die Krämpfe, die Qualen, die sie ausstanden, die eingesunkenen Augen und die Zuckungen; die sich vor Schmerzen windenden Leiber, noch mehr Gestank und dann das röchelnde Sterben. Und nach dem Tod die plötzlichen Muskelzuckungen, und seine Mutter, die sich eine Stunde nach ihrem Tod auf dem Bett jäh zusammenzog, Augen und Mund weit aufgerissen.
Die alte Furcht begann ihn krank zu machen, und er suchte nach etwas, woran er denken konnte – irgend etwas, das ihn sein Entsetzen vergessen ließ.
»Was nun das Land betrifft, Sir, so müßte es zunächst einmal vermessen werden. Wer soll das tun, Sir?«
»Wir werden schon jemand finden, nur keine Sorge.«
»Vielleicht Glessing«, meinte Struan. »Er hat Erfahrungen mit Vermessen und dem Anlegen von Karten.«
»Guter Gedanke. Ich werde mit dem Admiral reden. Ausgezeichnet.«
»Sie könnten auch in Erwägung ziehen, den Strand, an dem die Flagge geheißt wurde, ›Glessing's Point‹ zu nennen.«
Longstaff war verwundert. »Sie werde ich niemals verstehen. Warum geben Sie sich auch noch die Mühe, den Namen eines Mannes, der Sie haßt, zu verewigen?«
Weil gute Feinde auch ihren Wert haben, dachte Struan. Und weil ich eine gute Verwendung für Glessing habe. Er würde in den Tod gehen, um Glessing's Point zu verteidigen, und das bedeutet Hongkong.
»Es würde bei der Marine guten Eindruck machen«, erklärte Struan. »Nur ein Vorschlag.«
»Eine gute Idee. Ich freue mich, daß Sie das vorgeschlagen haben.«
»Ich denke, wir kehren jetzt auf unser Schiff zurück«, sagte Struan. Er war müde. Und es blieb noch immer viel zu tun.

Isaac Perry stand auf dem Achterdeck der *Thunder Cloud* und sah den Marinesoldaten zu, die unter den Persennings, in den Rettungsbooten und in den Segelkästen herumstöberten. Er haßte Marinesoldaten und Marineoffiziere. Ihn selber hatte man einmal zur Marine gepreßt. »Es sind keine Deserteure an Bord«, erklärte er erneut.
»Selbstverständlich«, erwiderte der junge Offizier.
»Befehlen Sie bitte Ihren Leuten, keinen solchen Saustall zu hinterlassen. Wir werden eine ganze Woche brauchen, um hinter ihnen aufzuräumen.«
»Ihr Schiff würde eine hübsche Prise abgeben, Kapitän Perry. Das Schiff und seine Ladung«, sagte der Offizier spöttisch.
Perry starrte McKay finster an, der von Posten unter Gewehr bewacht neben der Laufplanke stand. Du bist ein toter Mann, McKay, dachte Perry, wenn du Ramsey an Bord geholfen hast.
»Langboot am Fallreep achtern«, rief der Dritte Offizier. »Der Schiffseigner kommt an Bord.« Perry eilte davon, um Struan zu begrüßen.

»Sie glauben, wir hätten einen Deserteur an Bord, Sir.«
»Ich weiß«, antwortete Struan, als er das Deck betrat. »Warum ist mein Bootsmann unter Arrest?« fragte er den arroganten jungen Offizier, und in seiner Stimme lag eine gefahrdrohende Heiserkeit.
»Nur eine Vorsichtsmaßnahme. Er ist ein Verwandter von Ramsey und ...«
»Zum Teufel mit Vorsichtsmaßnahmen! Bei Gott, bis zum Beweis seiner Schuld ist er unschuldig«, brüllte Struan. »Sie sind hier an Bord, um das Schiff zu durchsuchen, aber nicht um meine Leute zu belästigen und zu verhaften.«
»Ich weiß von nischt, Sir!« stieß McKay hervor. »Wenn Ramsey an Bord is', hab' ich damit nischt zu tun. Und er is' nich' an Bord.«
»Sei Gott Ihnen gnädig, wenn er es ist«, erwiderte Struan. »Sie haben, bis ich anderes anordne, das Schiff nicht mehr zu verlassen. Gehen Sie nach unten!«
»Jawohl, Sir«, sagte McKay und verzog sich eiligst.
»Herrgott und Vater, Isaac!« tobte Struan weiter, »Sie sollen doch hier Kapitän auf diesem Schiff sein. Wo steht, daß die Marine einen Mann ohne Haftbefehl festnehmen kann – nur als Vorsichtsmaßnahme?«
»Steht nirgends, Sir.« Perry zitterte vor Erregung und hielt es für besser, sich auf keinerlei Auseinandersetzung einzulassen.
»Machen Sie, daß Sie von meinem Schiff runterkommen, zum Teufel. Sind entlassen!«
Perry erblaßte. »Aber, Sir ...«
»Bis Sonnenuntergang sind Sie von meinem Schiff herunter.« Struan schritt zum Gang, der in das Innere des Schiffes führte. »Komm, Culum.«
Culum holte seinen Vater auf dem Durchgang zur großen Kajüte ein.
»Das ist nicht gerecht«, sagte er. »Das ist nicht anständig. Kapitän Perry ist der beste Kapitän, den du hast. Du hast es immer gesagt.«
»Er war es, mein Junge«, erwiderte Struan. »Er hat die Interessen eines Untergebenen nicht wahrgenommen. Außerdem hat er Angst. Wovor weiß ich nicht. Aber Leute, die sich fürchten, sind gefährlich, und wir können sie nicht brauchen.«
»McKay ist doch nichts zugestoßen.«
»Er hat es zugelassen, daß die Marine gesetzwidrig McKay festgenommen hat«, entgegnete Struan scharf. »Ein Kapitän muß sich auf mehr verstehen, als nur ein Schiff zu segeln, bei Gott! Isaac hätte diesem jungen Schnösel entgegentreten sollen. Aber er hatte Angst und ließ im entscheidenden Augenblick McKay im Stich. Das nächstemal könnte er sein Schiff im Stich lassen. Das Risiko gehe ich nicht ein.«
»Aber er ist doch schon seit Jahren bei dir. Zählt denn das alles nicht?«
»Doch. Es bedeutet, daß wir Jahre hindurch Glück hatten. Jetzt aber traue ich ihm nicht mehr. So muß er eben gehen, und Strich drunter!« Struan öffnete die Tür der Kajüte.
Robb saß am Schreibtisch und starrte zu den Achterfenstern hinaus. Schachteln und Kästen, Kinderkleider und Spielzeug waren über den Boden verstreut. Sarah, Robbs Frau, saß halb zusammengekauert in einem der Kajütensessel und war eingenickt. Im Schlaf war ihr Gesicht gefurcht und wirkte

erschöpft. Als Robb Struan und Culum bemerkte, versuchte er sich zu einem Lächeln zu zwingen. Aber vergeblich.
»Hallo, Dirk. Culum.«
»Tag, Robb.« Er ist in zwei Tagen um zehn Jahre gealtert, dachte Struan.
Sarah fuhr jäh aus ihrem Schlummer auf. »Guten Tag, Dirk.« Sie erhob sich schwerfällig und kam zur Tür. »Guten Tag, Culum.«
»Wie geht es dir, Tante Sarah?«
»Müde, mein Lieber. Sehr müde. Und ich finde es schrecklich, auf einem Schiff zu wohnen. Möchtest du Tee?«
»Nein, danke.«
Robb beobachtete Struan besorgt. »Was soll ich dir noch sagen, Dirk?«
»Nichts, Robbie. Sie sind tot, und wir leben. Das ist alles.«
»Ist es das wirklich, Dirk?« Sarahs blaue Augen waren hart. Sie strich sich über ihr kastanienbraunes Haar und glättete ihr langes, grünes, zerknittertes Kleid. »Ist es das wirklich?«
»Ja. Würdest du uns jetzt bitte allein lassen, Sarah? Ich habe mit Robb zu reden.«
»Ja, selbstverständlich.« Sie sah ihren Mann an; sie verachtete seine Schwäche.
»Wir reisen ab, Dirk. Wir verlassen den Osten für immer. Mein Entschluß steht fest. Ich habe Struan & Co. fünf Jahre meines Lebens und ein Baby geopfert. Jetzt ist es an der Zeit zu gehen.«
»Das ist klug von dir gehandelt, Sarah. Der Osten ist zur Zeit kein Aufenthaltsort für Familien. In einem Jahr, wenn Hongkong erst einmal gebaut ist, wird es hier sehr angenehm zu leben sein.«
»Für manche Leute vielleicht, aber nicht für uns. Nicht für meinen Roddy, nicht für Karen, Naomi oder Jamie. Und nicht für mich. Wir werden niemals in Hongkong leben.« Und damit ging sie aus der Tür.
»Hast du Opium gekauft, Robb?«
»Etwas schon. Ich habe unser ganzes Bargeld verbraucht und mir etwa hunderttausend geliehen – ich weiß es nicht so genau. Die Preise sind nicht sehr gefallen. Na ja, und dann habe ich das Interesse daran verloren.«
Also sitzen wir noch tiefer im Dreck, dachte Struan.
»Warum unsere Familie? Es ist furchtbar, furchtbar«, brachte Robb mit gequälter Stimme hervor. »Warum unsere ganze Familie?«
»Joss.«
»Hol der Teufel den Joss.« Robb starrte die Kajütentür an. »Brock möchte dich sobald wie möglich sprechen.«
»Warum?«
»Hat er nicht gesagt.«
Struan setzte sich und rutschte für einen Augenblick aus seinem Stiefel heraus. Er dachte über Brock nach. Dann sagte er: »Ich habe Culum zu unserem Kompagnon gemacht.«
»Gut«, antwortete Robb. Aber seine Stimme war tonlos. Noch immer starrte er die Tür an.
»Vater«, mischte sich Culum ein, »ich möchte mit dir über die Sache reden.«
»Später, mein Junge. Robb, da wäre noch etwas. Wir befinden uns in einer ganz schlimmen Lage.«

»Ich muß dir sofort etwas sagen.« Robb riß seinen Blick von der Tür los. »Dirk, ich verlasse mit Sarah und den Kindern zusammen den Osten. Mit dem nächsten Schiff.«
»Bitte?«
»Ich werde niemals ein Tai-Pan sein und will es auch nicht.«
»Du gehst, weil Culum Kompagnon geworden ist?«
»Du solltest mich eigentlich besser kennen. Sicher hättest du mit mir erst darüber sprechen können, aber das ist unwesentlich. Ich will weg.«
»Warum?«
»All die Toten zu Hause haben mich zum Nachdenken gebracht. Sarah hat recht. Das Leben ist zu kurz, als daß man sich hier draußen abschindet und krepiert. Ich sehne mich nach etwas Frieden. Und Geld haben wir mehr als genug. Du kannst mich auskaufen. Ich möchte mit dem nächsten Schiff reisen.«
»Aber warum?«
»Ich bin müde. Müde!«
»Du bist ganz einfach ein Schwächling, Robb. Sarah hat dir wohl wieder zugesetzt, wie?«
»Ja, ich bin ein Schwächling, und sie hat mir auch wieder zugesetzt, aber ich war es, der den Entschluß gefaßt hat. Zu viele Tote. Zu viele.«
»Ich kann dich gar nicht auskaufen. Wir sind bankrott.« Struan reichte ihm den Brief der Bank.
Robb las das Schreiben, und sein Gesicht wurde noch älter.
»Soll sie doch alle der Teufel holen!«
»Richtig. Aber wir bleiben trotz allem bankrott.« Struan zog den Stiefel wieder hoch und stand auf. »Es tut mir leid, Culum, die Teilhaberschaft ist wertlos. Es hat einen Sturm auf die Bank gegeben.«
Die Luft in der Kajüte schien sich zu verdichten.
»Wir haben noch hunderttausend in Schottland«, sagte Robb. »Gib mir die Hälfte davon, und du nimmst das übrige.«
»Danke, Robbie. Das war wie ein Mann gesprochen.«
Robb knallte seine Faust auf den Tisch. »Es ist nicht meine Schuld, wenn die Bank ihre Tore geschlossen hat!«
»Gewiß. Aber dann verlang auch nicht in dem Augenblick, in dem wir jeden Penny brauchen, daß ich dir die Hälfte des Geldes ausbezahle.«
»*Du* brauchst ihn, nicht ich. An dir ist es, eine Lösung zu finden, es ist dir immer gelungen.«
»Mit fünfzigtausend Pfund hält Sarah keine fünf Jahre durch.«
»Laß das meine Sorge sein. Das Geld steht nicht in den Büchern der Firma, und so ist es zu Recht unser Geld. Ich nehme die Hälfte. Mein Anteil im Geschäft ist zwanzigmal soviel wert!«
»Wir sind bankrott! Bekommst du das nicht in deinen Schädel hinein? *Bankrott*!«
Die Kajütentür wurde geöffnet, und ein kleines, blondes Mädchen trat ein. Es hielt eine Puppe aus geflochtenem Stroh in den Händen und runzelte nun die Stirn. »Hallo, Daddy. Hallo, Onkel Dirk.« Sie blickte zu Struan auf. »Bin ich häßlich?« Es kostete Struan Mühe, seine Augen von Robb abzuwenden.

»Was ist, Karen, meine Kleine?«
»Bin ich häßlich?«
»Nein. Nein. Natürlich nicht, Karen.« Struan hob sie hoch. »Wer hat denn so etwas Böses zu dir gesagt, Kindchen?«
»Wir spielten Schule auf der *Resting Cloud*. Es war Lillibet.«
»Lillibet Brock?«
»Aber nein. Die ist meine beste Freundin. Es war eine Lillibet Soundso.«
»Nein, du bist nicht häßlich. Aber sag Lillibet Soundso, daß es nicht nett ist, so etwas zu sagen. Du bist sehr hübsch.«
»Oh, wie schön!« Karen lächelte befriedigt. »Mein Daddy sagt immer, ich sei hübsch, aber ich wollte dich fragen, weil du es wissen mußt. Du weißt alles.« Sie schmiegte sich an ihn. »Ich danke dir, Onkel Dirk. Laß mich jetzt wieder runter.«
Sie hüpfte zur Tür. »Ich bin so froh, daß ich nicht häßlich bin.«
Robb sank in seinen Sessel zurück. Schließlich sagte er: »Zur Hölle mit den Bankiers. Entschuldige – und es tut mir leid, was ich vorhin sagte.«
»Es tut mir ebenfalls leid, mein Junge.«
Robb bemühte sich vergeblich nachzudenken. »Was können wir tun?«
»Ich weiß es nicht. Willst du jetzt folgendes für mich tun, Robb? Gib mir ein paar Monate Zeit. Wir schicken Sarah und die Kinder mit dem ersten Schiff nach Hause. Je eher, desto besser, denn dann kommen sie nicht in die Zeit der Taifune.«
»Vielleicht kann ich irgendwie einen Kredit erlangen. Wir müssen die Sichtwechsel zahlen. Sonst verlieren wir die Schiffe und alles.« Robb zwang sich, nicht mehr an Sarah zu denken. »Aber wie sollen wir das in der kurzen Zeit, die uns bleibt, schaffen?« Seine Finger zuckten nervös. »Das Postschiff ist gestern eingetroffen. Nichts von Bedeutung für uns dabei. Keine Nachricht von zu Hause. Vielleicht wissen andere ebenfalls von dem Sturm auf die Bank. Wir haben einen kleinen Posten Papiere von Brocks Bank gekauft, um etwas Einblick zu haben. Vielleicht weiß er etwas von dem Sturm auf unsere Bank. Vielleicht will er uns deswegen sprechen.«
»Vielleicht. Auf jeden Fall wird er uns, sobald er es erfährt, gewaltig im Nacken sitzen. Wenn nicht überhaupt er es ist, der die ganze Sache ausgelöst hat. Er wird dann unsere Schuldscheine aufkaufen und uns ruinieren.«
»Warum?« fragte Culum.
»Weil ich ihn auch ruinieren würde, wenn sich mir nur eine kleine Gelegenheit böte.«
Culum wollte auch hier nach dem Grund fragen und ihnen erklären, daß er ebenfalls auf dem nächsten Schiff nach Hause fahren wollte. Aber sein Vater sah so abgehärmt aus und Robb war so niedergeschlagen. Morgen würde er es ihm sagen.
»Ich muß ein paar Stunden schlafen«, sagte Struan. »Ich fahre jetzt an Land. Ihr kehrt auf die *Resting Cloud* zurück, du und Sarah? Perry hat bis Sonnenuntergang das Schiff zu verlassen. Ich habe ihn an die Luft gesetzt.«
»Wer wird an seine Stelle treten?«
»Weiß ich nicht«, sagte Struan, während er schon hinausging. »Teil Brock mit, daß ich mich mit ihm bei Sonnenuntergang am Ufer treffen werde.«

3

Struan hatte nur wenig geschlafen. Das Essen auf dem Tisch hatte er nicht angerührt. Er starrte durch die Öffnung des Zeltes auf die Schiffe, die vor Anker lagen. Die Sonne sank, ein verschwommener Mond hing tief am Horizont. Gewaltig aufgetürmte Kumuluswolken trieben am Himmel. Im Wind war das Nahen eines Sturmes zu spüren.

Ti-sen, wiederholte er sich in Gedanken stets von neuem. Ti-sen ist der einzige, der dich retten kann. Aber das bedeutet Verrat an allem, woran du geglaubt hast, an allem, wofür du gearbeitet hast.

McKay trat mit einer brennenden Laterne ein und stellte sie auf den Tisch. Das Zelt war geräumig und bequem; auf dem steinigen Boden waren Teppiche ausgebreitet.

»Brocks Langboot nähert sich dem Land, Sir.«

»Nehmen Sie Ihre Leute und gehen Sie mit Ihnen außer Hörweite.«

»Jawohl, Sir.«

»Ist Meldung gekommen, daß man Ramsey gefunden hat?«

»Nein, Sir.«

»Wo ist er?«

»Ich weiß es nich', Sir.«

Struan nickte zerstreut. »Setzen Sie morgen alle unsere Spitzel ein, um festzustellen, wo er ist.«

»Bitte um Verzeihung, Sir, ich habe bereits herumhorchen lassen, Sir.«

McKay versuchte, seine Unruhe zu verbergen. »Wenn er an Bord ist, dann hat sich jemand einen bösen Streich erlaubt.« Er fügte noch hinzu: »Die Sache mit Käpt'n Perry tut mir leid, Sir.«

Struans Augen wurden plötzlich hart. »Ich gebe Ihnen vierzehn Tage, um festzustellen, daß ich im Fall Isaac recht hatte. Vierzehn Tage, oder Sie werden ebenfalls an die Luft gesetzt.«

»Jawohl, Sir.« McKay durchzuckte ein stechender Schmerz; er fuhr ihm durch alle Gedärme, und er verwünschte sich selber, weil er den Mund nicht hatte halten können. Wirst du es denn niemals lernen, du Idiot?

Brocks schwere Schritte waren auf dem Sand zu hören. Er stand in der Öffnung des Zeltes. »Darf man an Bord kommen, Dirk?«

»Bitte, Tyler.«

McKay ging hinaus. Brock setzte sich an den Tisch, und Struan goß ihm ein großes Glas Branntwein ein.

»War schon ein schwerer Schlag, Ihre Familien zu verlieren. Kann mir vorstellen, wie Sie sich fühlen – habe selbst zwei Frauen im Kindbett verloren und die Kinder dazu. Schlimm.«

»Ja.«

»Nicht besonders großartig, die Unterkunft«, sagte Brock und blickte sich um.

»Hunger?« Struan deutete aufs Essen.

»Danke bestens.« Brock nahm ein Huhn, riß es in zwei Teile und zog die eine Hälfte des weißen Fleisches vom Gerippe. Am kleinen Finger der einen Hand trug er einen großen, in Gold gefaßten Smaragd. »Sieht ganz so aus, als ob dem Joss vom Noble House die Luft ausgeht.«

»›Joss‹ ist ein großes Wort.«
Brock lachte auf. »Dirk, hören Sie mal, eine Firma muß Silberbarren haben, wenn sie ihren Kredit stützen will. Sogar Noble House.«
»Richtig.«
»Ich habe viel Zeit und 'ne Menge Moneten verplempert, um Ihnen auf die Spur zu kommen.« Brock griff nach der anderen Hälfte der Hühnerbrust und schlang sie hinunter. »'n guten Koch haben Sie. Können ihm von mir ausrichten, er kann bei mir 'ne Stellung haben.«
»Ihm gefällt es, wo er jetzt ist.«
»Keine Moneten, keine Arbeit, alter Schlauberger. Keine Bank, kein Kredit, keine Schiffe, kein Garnischt!« Brock riß noch ein Huhn auseinander. »Haben Sie vielleicht Champagner hier? Wäre jetzt doch die richtige Gelegenheit dafür, meinen Sie nicht?«
Struan öffnete geschickt die Flasche und goß für Brock und sich selber ein.
»Ah, schön kalt. Gerade richtig.« Brock schnalzte mit den Lippen. »Fünfundzwanzigtausend sind nicht gerade viel für 'ne Million, was?«
Struan antwortete nicht. Sein Gesicht war ungerührt.
»Sixpence aufs Pfund, haben sie gesagt. Gestern kam 'n Brief mit der Post. Ich hab' zehntausend Pfund verloren. Schlimm. Sehr übel von der Bank, so mit dem Geld ihrer Kunden zu spielen.« Brock lachte in sich hinein. »Bin zufällig dem Kerl, dem Skinner, begegnet. Hat auch gefunden, wär' 'ne üble Sache. Schreibt 'n Artikel – bestimmt mit dicker Überschrift.«
Er schnitt sich ein Stück Apfeltorte ab und verzehrte es voller Behagen. »Ach ja, übrigens, ich hab' da achthunderttausend in Sichtwechseln von Struan & Co. Habe schon die ganzen sechs Monate für so 'nen Augenblick gekauft. Oder richtiger, mein Sohn Morgan und unsere Agenten in London Town haben's gemacht.«
»Eine gute Geldanlage, Tyler. Ausgezeichnet.«
»Ja. Skinner war auch der Meinung. War ziemlich erschüttert von Ihrem schlechten Joss, aber hab' ihm schon gesagt, daß ich die Namen Ihrer Schiffe beibehalte. Is'n schlechter Joss, Namen zu ändern. Werden aber unter meiner Flagge mehr Glück haben.«
»Dazu müßten Sie sie erst haben.«
»In dreißig Tagen hab' ich sie, mein Junge. Dann platzen nämlich die Wechsel. Wird sich auch allgemein rumsprechen. Und dann gibt Ihnen im ganzen Osten kein Aas mehr Kredit. Sind dann erledigt, mein Junge.«
»Vielleicht vernichte ich meine Schiffe, bevor ich sie Ihnen lasse.«
»Sie nicht, Dirk. Sie kenne ich besser. Andere täten's vielleicht, Sie nicht. Da sind wir zwei uns zu ähnlich. Schiffe sind was Besonderes. Besser als jede Hure.« Er trank seinen Champagner aus, und Struan füllte erneut sein Glas.
Brock rülpste. »'zeihung.« Dann nahm er wieder einen Schluck. »Champagner is' das richtige Rülpswasser, finden Sie nich'?«
»Haben Sie den Sturm auf die Bank ausgelöst?«
»Nein. Wenn's mir rechtzeitig eingefallen wäre, hätte ich's schon lange getan. Verdammt schlauer Einfall. Schon ein Witz, daß Sie so mit den Eiern in die Schlinge geraten sind.«

»Wenn das geplant war, werde ich es herausfinden.«
»War geplant, mein Freund.« – »Wer war es?«
»Morgan«, sagte Brock. »Das muß ich ihm lassen – der junge Spritzer is' erwachsen geworden. Jawohl. Mein Junge is' derjenige, und ich bin mächtig stolz.« Er kratzte sich befriedigt – Läuse gehörten nun einmal zu ihm. »Jetzt sind Sie also bankrott, Dirk. Nach so langer Zeit. Erledigt.«
»In dreißig Tagen kann viel geschehen.«
»Ja, es kann. Hab' gehört, daß sich Ihr Sohn um den Landverkauf kümmert.«
»Ja. Aber es wird alles seine Ordnung haben. Das Land fällt an den Meistbietenden. Wir betrügen nicht, Tyler. Andere wohl. Aber wir haben das nicht nötig.«
»Hol Sie der Teufel!« brüllte Brock. »Soll das vielleicht heißen, daß ich betrüge?«
»Sie betrügen unaufhörlich«, erwiderte Struan in auflodernden Zorn. »Sie betrügen Ihre Leute und Ihre Schiffe, und das wird Ihnen mal das Genick brechen. Sie können sich nicht ewig auf Ihre Peitsche verlassen.«
»Ich mach auch nichts anderes als die anderen, Herrgott noch mal. Nur weil Sie blutarme, neumodische Ideen haben, heißt das noch lange nich', daß die andern unrecht haben. Die Peitsche hält nur den Pöbel bei der Stange, den Sauhaufen!«
»Sie leben von der Peitsche, und Sie werden durch sie sterben.«
»Wollen wir gleich miteinander abrechnen? Peitsche gegen Peitsche? Messer gegen Messer? Jetzt gleich! Oder sind Sie noch immer 'n Feigling?«
»Ich habe es Ihnen einmal schon gesagt und sage es Ihnen jetzt ein letztes Mal. Der Tag wird kommen, an dem ich mit einer Peitsche hinter Ihnen her bin – vielleicht heute nacht, vielleicht morgen, vielleicht übermorgen. Aber, bei Gott, eines Tages werde ich hinter Ihnen her sein. Und noch etwas will ich Ihnen sagen. Sollten Sie zufällig sterben, bevor ich soweit bin, dann nehme ich mir Gorth und Morgan vor und ruiniere Ihre Firma.«
Brock hatte sein Messer schon draußen. »Vielleicht, mein Junge, schneide ich Ihnen die Kehle jetzt schon durch.«
Struan schenkte erneut Champagner ein. Die Flasche war jetzt leer. »Machen Sie noch eine Flasche auf. Es ist genug da.«
Brock lachte auf. »Sie sind schon 'ne seltsame Nummer, Dirk. Sind am Ende und reißen das Maul noch immer auf. Sind doch erledigt, hören Sie? Ihr Noble House is' völlig abgebrannt. Und Sie sind ein Feigling!«
»Ich bin kein Feigling, Tyler. Das wissen Sie.«
»Kennen Sie schon den Hügel, auf dem Ihr Großes Haus stehen wird?« fragte Brock, und seine Augen funkelten.
»Natürlich.«
»Gehört mir, mein Junge. Werde ihn kaufen. Was immer Sie bieten, ich biete mehr.«
Struan fühlte, wie ihm das Blut in den Kopf schoß, denn er wußte, daß er nicht genug Silberbarren besaß, um jetzt mit Brock konkurrieren zu können. Es sei denn, er machte das Geschäft mit Ti-sen. Es sei denn, er verhökerte Hongkong. »Scheren Sie sich zur Hölle!«

»Wird mir gehören, mein Freund. Und der ganze elende Felsen dazu.« Brock leerte sein Glas und rülpste erneut. »Sobald Ihre Firma hin ist, hetze ich Sie und Ihr Pack aufs Meer hinaus.« Er holte eine Geldbörse hervor und zählte sich zwanzig Goldguineen in die Hand. Dann warf er sie auf den Boden des Zeltes. »Kaufen Sie sich davon 'nen Sarg!«
Damit stampfte er hinaus.

»Bitte, um Verzeihung, Sir«, sagte McKay.
Struan tauchte aus seiner Träumerei empor. »Was ist?«
»Mr. Culum ist an Land gekommen. Er möchte Sie sprechen.«
Struan war überrascht, als er sah, daß der wäßrige Mond schon hoch am Himmel stand und es tiefe Nacht war.
»Ich will mit ihm reden.«
»Sind noch andere gekommen, Sir. Dieser Chinese, Gordon Tschen. Miss Sinclair. Ein Paar, das ich nicht kenne. Der alte Quance. Habe ihnen gesagt, Sie werden morgen mit ihnen reden. Ich hoffe, ich habe es richtig gemacht, Mr. Culum nicht vorzulassen, ohne vorher zu fragen.« McKay sah die goldenen Guineen am Boden, sagte aber nichts weiter.
»Solange Sie Befehlen gehorchen, machen Sie nie etwas falsch, McKay.«
Culum stand vor der Zeltöffnung. »Störe ich dich, Vater?«
»Nein, mein Junge. Setz dich.«
Culum sah die Goldstücke am Boden und begann sie einzusammeln.
»Laß sie liegen, wo sie sind.«
»Warum?«
»Weil ich will, daß sie dort liegen bleiben.«
Culum setzte sich. »Ich wollte mit dir reden.«
»Ich bin nicht in der Stimmung zu reden, mein Junge.«
»Meintest du es ernst damit, mich zum Teilhaber zu machen?«
»Gewiß.«
»Ich will aber kein Teilhaber sein. Ich will auch nicht im Osten bleiben. Ich möchte nach Hause.«
»Ich übersehe das besser als du, Culum. Laß dir Zeit.«
»Die Zeit wird nichts ändern.«
»Du bist noch sehr jung, mein Junge. Es liegt viel Zeit vor dir. Hab Geduld mit mir. Und mit China. Hat Robb dir gesagt, wie du die Sache mit dem Landverkauf aufziehen sollst?«
»Ja.« Verfluchter Onkel Robb, dachte Culum. Hätte er nur nicht Vater gegenüber die Nerven verloren und gesagt, er reiste ab. Verdammt, verdammt, verdammt. Sollte der Teufel die Bank holen. Sie hatte alles ruiniert. Armer Vater. »Ich glaube, daß ich es schaffen werde.«
»Du wirst keine Schwierigkeiten haben, solange alles ordnungsgemäß vor sich geht. Der Meistbietende erhält das Land.«
»Ja, selbstverständlich.« Culum starrte die Guineen an. »Warum sollen die Münzen da liegen bleiben?«
»Sie sind das Geld für meinen Sarg.«
»Das verstehe ich nicht.«
Struan erklärte ihm, was sich mit Brock ereignet hatte. »Es ist besser, du

weißt über ihn Bescheid, Culum. Nimm Rückendeckung, denn er wird ebenso hinter dir her sein, wie ich hinter Gorth her bin.«
»Die Sünden der Väter sind nicht Schuld der Söhne.«
»Gorth Brock ist ein genaues Abbild seines Vaters.«
»Hat nicht Christus das Vergeben gelehrt?«
»Gewiß, mein Junge. Aber ich kann ihnen nicht vergeben. Sie sind das Übelste, was auf dieser Erde herumläuft. Sie sind Tyrannen und glauben, daß die Peitsche alle Probleme löst. Eine unumstößliche Tatsache auf dieser Erde: Geld ist Macht – ob du nun König oder Grundherr, Häuptling oder Kaufmann oder Kleinpächter bist. Ohne Macht kannst du nicht das beschützen, was du hast, oder das Los der anderen verbessern.«
»Willst du damit sagen, daß Christi Lehren falsch sind?«
»Nicht falsch, mein Junge. Ich meine, daß einige Menschen Heilige sind. Einige sind glücklich dabei, wenn sie bescheiden, demütig und ohne Ehrgeiz leben. Manche Menschen sind dazu geboren, nur die Zweitbesten zu sein und sich damit zufriedenzugeben – aber das kann ich nicht. Brock auch nicht. Und du?«
»Ich weiß es nicht.«
»Eines Tages wirst du auf die Probe gestellt. Dann wirst du dir über dich selbst klar sein.«
»Meinst du etwa, daß Geld alles bedeutet?«
»Ich behaupte nur, daß du ohne Macht in unserer Zeit, in unserem Zeitalter kein Heiliger sein kannst. Macht um ihrer selbst willen ist eine Sünde. Geld um seiner selbst willen ist eine Sünde.«
»Ist es so wichtig, Geld und Macht zu haben?«
»Nein, mein Junge«, erwiderte Struan mit einem ironischen Lächeln. »Aber der Mangel an Geld ist etwas – Entscheidendes.«
»Warum strebst du nach Macht?«
»Warum tust du es, Culum?«
»Vielleicht tue ich es gar nicht.«
»Na ja. Vielleicht. Möchtest du was trinken?«
»Ich hätte gern ein bißchen Champagner.«
»Hast du gegessen?«
»Ja, danke. Ich weiß noch nicht viel von mir selber«, sagte Culum.
»Hast noch Zeit genug, mein Junge. Ich bin so froh, daß du hier bist.«
Culum streifte die Münzen erneut mit einem Blick. »Die ganze Frage der Teilhaberschaft und das alles ist wirklich nicht mehr so wichtig, nicht wahr? Die Firma ist erledigt. Was hast du nun vor?«
»Wir sind noch neunundzwanzig Tage nicht erledigt. Falls Joss gegen uns ist, dann stirbt Noble House in seiner jetzigen Form. Dann fangen wir von vorn an.« Mach dir nur nichts vor, dachte er. Du wirst niemals mehr von vorn anfangen können.
»Ein niemals endender Kampf?«
»Wozu sonst lebt man deiner Ansicht nach überhaupt, mein Junge?«
»Kann ich als Teilhaber zurücktreten, wenn es mir nicht gefällt oder wenn ich glaube, daß ich dazu nicht tauge und der Sache nicht würdig bin? Auf meinen eigenen Wunsch hin?«

»Selbstverständlich. Aber nicht, wenn du jemals Tai-Pan bist. Der Tai-Pan kann niemals zurücktreten, es sei denn, er ist sicher, daß er das Haus in guten Händen zurückläßt. Und er *muß* seiner Sache sicher sein. Darin liegt seine letzte Verantwortung.«

»Wenn die chinesischen Kaufleute uns soviel schulden, können wir es dann nicht eintreiben? Dann hätten wir doch das Geld, um Brock zu bezahlen.«

»Sie haben es nicht.« Hol's der Teufel, sagte Struan zu sich, du sitzt in der Falle. Sei dir darüber im klaren: entweder Ti-sen oder das Ende.

»Wie steht es mit Seiner Exzellenz? Könnte er uns nicht einen Vorschuß geben? Von der Entschädigung?«

»Das Geld gehört der Krone. Vielleicht wird das Parlament seine Unterschrift anerkennen, es kann aber auch sein, daß es diese Schuldurkunde ablehnt. Jedenfalls wird es noch fast ein Jahr dauern, bis diese Silberbarren ihren Eigentümer wechseln.«

»Aber wir bekommen es. Bestimmt wird Brock es doch als Sicherheit gelten lassen?«

Struans Stimme wurde schroff und abweisend. »Ich habe dir bereits über das Ausmaß von Brocks Mitgefühl die Augen geöffnet. Ihm würde ich auch keine zwanzig Guineen geben, wenn ich ihn genauso in der Falle sitzen hätte. Hol ihn der Teufel zusammen mit seiner gottverdammten Brut!«

Culum setzte sich unruhig in seinem Sessel zurecht. Sein Schuh berührte dabei eine der Guineen, die plötzlich auffunkelte. »Seine Exzellenz ist nicht besonders ... nun ja, ist er nicht recht einfältig?«

»Hier draußen in Asien ist er nicht am richtigen Platz, das ist alles. Der falsche Mann für diese Aufgabe. Ich wäre an den Höfen Europas ebenfalls verloren. Aber er ist der Generalbevollmächtigte. Und das allein zählt. Ach ja, er ist schon einfältig – aber laß auch ihn nicht aus den Augen. Laß niemand aus den Augen.«

»Tut er immer alles, was du ihm sagst?«

Struan blickte durch die Zeltöffnung in die Nacht hinaus. »Meistens befolgt er meine Ratschläge. Vorausgesetzt, daß ich der letzte war, der mit ihm gesprochen hat.«

Culum berührte noch eine Guinee mit dem Fuß. »Aber es muß doch irgend etwas geben – irgendeinen Menschen, an den du dich wenden kannst.«

Unerbittlich hatte sich in Struans Gedanken der Name des einzigen Menschen festgekrallt, der die Falle öffnen konnte: Ti-sen. Brock wird nur zu gern die Schiffe nehmen, dachte er, und er kochte in ohnmächtigem Zorn. Ohne die Schiffe bist du verloren, mein Freund. Das Haus, Hongkong, der Plan. Du kannst wieder von vorn anfangen, aber mach dir nichts vor. Du kannst eine solche Flotte nicht nochmals bauen und bemannen. Du wirst Brock niemals wieder einholen. Niemals. Du wirst der Zweitbeste sein. Du wirst für immer der Zweitbeste bleiben.

Struan fühlte, wie es in den Adern an seinem Hals pochte. Seine Kehle war ausgedörrt. Ich will nicht der Zweitbeste sein. Beim Allmächtigen, das kann ich nicht. Ich kann es nicht. Kann es nicht. Weder neben Brock noch irgendeinem anderen. »Wenn morgen die *China Cloud* zurückkehrt, reise ich nach Kanton. Du begleitest mich.«

»Was ist mit dem Landverkauf? Sollte ich nicht Vorbereitungen treffen?«
»Hol der Teufel den Landverkauf! Zunächst müssen wir die Firma retten. Geh an Bord der *Resting Cloud*, mein Junge. Wir reisen sobald wie möglich ab.«
»Na gut.« Culum erhob sich.
»Gute Nacht, mein Junge.«
Die Münzen stachen Culum in die Augen, sie schlugen ihn in ihren Bann. Er begann sie aufzuheben.
»Ich habe dir doch gesagt, du sollst sie liegenlassen!«
»Ich kann nicht.« Schweißperlen standen auf Culums Stirn. Die Münzen schienen in seinen Fingern zu brennen. »Ich ... ich muß sie haben.«
»Warum in aller Welt?«
»Ich weiß es nicht. Ich ... ich möchte sie ganz einfach nur haben.« Er steckte die Münzen in seine Tasche. »Jetzt gehören sie mir. Gute Nacht, Vater.«

4

Struan aß in dem geräumigen Speisezimmer ihrer stattlichen Faktorei in der Niederlassung Kanton allein zu Abend. Die Ostindische Kompanie hatte das große dreistöckige Gebäude vor vierzig Jahren errichtet. Struan hatte es stets als den vollkommenen Rahmen für Noble House betrachtet, und es war schon immer sein Wunsch gewesen, es zu erwerben. Vor acht Jahren hatte er es nun gekauft.
Das Eßzimmer lag im zweiten Stock und ging auf den Perlfluß hinaus. Unter diesem Stockwerk befand sich ein Labyrinth von Büros, Lager- und Vorratsräumen. Darüber lagen die Wohnräume und die privaten Gemächer des Tai-Pan, diese mit Vorbedacht ganz von den anderen getrennt. Im Innern gab es Höfe und lange Gänge, einzelne Wohnungen und Schlafsäle. Vierzig bis fünfzig portugiesische Angestellte lebten und arbeiteten in diesem Haus, und zehn bis fünfzehn andere Europäer. Dazu kamen etwa hundert chinesische Diener. Die Einstellung weiblichen Personals war nach chinesischem Gesetz nicht gestattet.
Struan stieß seinen geschnitzten Stuhl vom Tisch zurück und zündete sich gereizt einen Stumpen an. Ein gewaltiges Kaminfeuer wärmte den Marmor, der die Wände und den Fußboden bedeckte. Am Tisch konnten vierzig Personen sitzen, das Silber stammte aus dem 18. Jahrhundert, der Kronleuchter war aus Kristall und funkelte im Licht der Kerzen. Er trat an ein Fenster und blickte auf die Händler hinunter, die im Garten umherschlenderten.
Jenseits des Gartens lag ein Platz, der sich an der Niederlassung in ihrer ganzen Länge hinzog und auf der anderen Seite an die Anlegestelle am Fluß angrenzte. Auf dem Platz wimmelte es wie üblich von chinesischen Straßenhändlern, Passanten, Käufern und Verkäufern, Wahrsagern, Briefschreibern, Bettlern und Hunden. Außerhalb ihrer Faktoreien konnten sich die Chinahändler nur in dem sogenannten Englischen Garten verhältnismäßig ungestört bewegen. Chinesen, die keine Bediensteten waren, war der Zutritt zum Garten und zu den Faktoreien untersagt. Dreizehn Gebäude lagen hin-

ter dem Grünstreifen und den Kolonnaden, die an der Niederlassung entlangliefen, und von denen nur zwei schmale Gassen abzweigten – Hog Street und Old China Lane. Nur Struan und Brock besaßen jeder ein Haus für sich allein. Die anderen Kaufleute teilten sich in die übrigen; sie hatten nur so viel Raum, wie sie für ihre Zwecke brauchten, und zahlten Miete an die Ostindische Kompanie, die die Niederlassung vor einem Jahrhundert gebaut hatte.

Im Norden war die Niederlassung von der Thirteen Factory Street begrenzt. Die Mauern der eigentlichen Stadt Kanton waren eine viertel Meile entfernt. Zwischen den Stadtmauern und der Niederlassung zog sich ein Ameisenhaufen von Häusern und elenden Hütten hin. Der Fluß war von den unvermeidlichen schwimmenden Häusern der Flußbewohner verstopft. Über allem lag ein unablässig pulsierendes, eintönig leierndes Gemurmel, ein Brausen wie von einem riesigen Bienenkorb.

Struan entdeckte auf der einen Seite des Gartens Brock, in ein Gespräch mit Cooper und Tillman vertieft. Er fragte sich, ob sie wohl Brock in die Kniffe bei der Durchführung des spanischen Tee-Opium-Geschäftes einweihten. Wünsche ihnen alles Gute, dachte er ohne jede Erbitterung. In der Liebe und beim Geschäft ist alles erlaubt.

»Gottverdammt noch mal, wo bleibt eigentlich Jin-kwa?« stieß er hervor.

Seit vierundzwanzig Tagen hatte Struan sich darum bemüht, Jin-kwa zu sprechen, aber Tag für Tag brachte sein Bote die gleiche Auskunft in die Niederlassung. »Er noch immer nicht zurück. Sie warten können. Morgen er zurück nach Kanton, keine Sorge.«

Culum war zehn Tage in der Niederlassung in Kanton bei ihm geblieben. Am elften Tag war von Longstaff ein Schreiben eingetroffen, in dem ihn dieser dringend aufforderte, nach Hongkong zurückzukehren. Im Zusammenhang mit dem Landverkauf war eine Reihe von Fragen aufgetaucht.

Zugleich mit dem Schreiben Longstaffs traf auch ein Brief von Robb ein. Robb schrieb, Skinners Leitartikel über den Zusammenbruch von Struan & Co. habe bei den Chinahändlern Bestürzung hervorgerufen; die meisten von ihnen hätten sofort entsprechende Anweisungen nach England geschickt und ihre Gelder auf verschiedene Banken verteilen lassen. Alle warteten sie nun auf den dreißigsten Tag; Kredit sei überhaupt keiner mehr zu haben, und alle Vorschläge, die er Brocks Feinden unterbreitet habe, seien erfolglos geblieben; die Marine sei wütend, seitdem Longstaffs offizieller Widerruf der Verordnung über den Opiumschmuggel bekanntgegeben worden sei; der Admiral habe eine Fregatte nach Hause entsandt und darum ersucht, daß die Regierung ihn unmittelbar mit der von ihm gewünschten Vollmacht ausstatte; und schließlich: Tschen Scheng, ihr Kommissionär, werde von Gläubigern bestürmt; sie verlangten die Bezahlung aller kleineren Schuldbeträge, die man normalerweise längere Zeit liegenließ.

Struan wußte, daß er erledigt war, wenn es ihm nicht gelang, innerhalb der nächsten sechs Tage mit Jin-kwa in Verbindung zu treten. Wieder fragte er sich, ob Jin-kwa ihm tatsächlich aus dem Weg gehe oder ob er wirklich nicht in Kanton sei. Er ist ein alter Gauner, dachte Struan, aber aus dem Weg gehen würde er mir nie. Und wenn du ihn sprechen würdest, mein

Freund, würdest du denn Ti-sen, diesem Teufel, wirklich dieses Angebot machen?
Draußen waren plötzlich hohe, zornig keifende Stimmen zu vernehmen, und schon sprang die Tür auf. Eine verdreckte junge Hoklo-Flußfrau und ein Diener, der vergeblich versuchte, sie zurückzuhalten, stürzten herein. Die Frau trug den üblichen großen, spitzen Sampanhut, schwarze schmutzige Hosen und eine wattierte Jacke – ebenfalls schmutzig.
»Niemand könn' aufhalten dieses Stück Cow Chillo, Maste'«, rief der Diener auf Pidgin-Englisch und hielt das um sich schlagende Mädchen fest. Nur auf Pidgin konnten sich die Händler mit ihren Dienern verständigen und umgekehrt. »Cow« bedeutete Frau«. »Chillo« war eine Verballhornung des englischen Wortes für »Kind«. »Cow Chillo« war also »junge Frau«.
»Cow Chillo hinaus! Schnell hopp-hopp, du verstehn?« befahl Struan.
»Sie nicht wollen Cow Chillo, he? Cow Chillo gewaltig gut in Bett-hupp-hupp. Zwei Dolla' mit zufrieden«, kreischte das Mädchen.
Der Diener packte fester zu, der Hut fiel ihr herunter. Nun erst konnte Struan ihr Gesicht richtig sehen. Sie war vor Dreck kaum wiederzuerkennen – er brach in schallendes Gelächter aus. Der Diener starrte ihn an, als habe er den Verstand verloren, und gab das Mädchen frei.
»Dieses Stück Cow Chillo«, rief Struan noch immer lachend, »bleiben können, schon gut.«
Das Mädchen ordnete zornig seine speckige Kleidung und bedachte den sich entfernenden Diener mit einem weiteren Schwall von Beschimpfungen. »Cow Chillo mächtig freuen dich sehen, Tai-Pan.«
»Und dich, May-may!« Struan blickte auf sie hinab. »Was, zum Teufel, aber treibst du hier, und was soll dieser ganze Dreck?«
»Cow Chillo denken, du tun Hupp-hupp mit neue Cow Chillo, he?«
»Du lieber Himmel, Mädchen, wir sind doch jetzt allein. Hör mit dem Pidgin auf! Ich habe doch genügend Zeit und Geld darauf verwandt, dir gutes Englisch beizubringen!« Struan hob sie mit ausgestreckten Armen hoch. »Großer Gott, May-may, du stinkst zum Himmel!«
»Das würdest du auch, wenn du dieses Stinkzeug anhast.«
»Wenn du dieses *stinkende Zeug anhättest*«, sagte er und verbesserte sie, wie es seine Gewohnheit war. »Was tust du eigentlich hier, und wozu dieses Stinkzeug?«
»Laß mich runter, Tai-Pan.« Er tat es, und sie verneigte sich zum Zeichen ihres Mitgefühls. »Ich bin heimlich hierhergekommen und in großer Trauer, denn du hast deine Erste Dame und alle Kinder von ihr bis auf einen Sohn verloren.« Tränen zogen ihre Spuren im Schmutz des Gesichts. »So sehr traurig.«
»Ich danke dir, meine Kleine. Ach ja. Aber das ist jetzt vorbei, und kein Kummer vermag sie mir zurückzubringen.« Er strich ihr übers Haar und streichelte, von ihrem Mitleid gerührt, ihre Wange.
»Ich kenne eure Sitten nicht. Wie lange soll ich Trauerkleidung tragen?«
»Keine Trauerkleidung, May-may. Sie sind nicht mehr da. Keine Tränen und keine Trauer.«
»Ich habe für ihre glückliche Wiedergeburt Räucherwerk verbrannt.«

»Ich danke dir. Aber was tust du hier und warum hast du Macao verlassen? Ich habe dir doch gesagt, daß du dort bleiben sollst.«

»Erst Bad, dann umziehen und dann reden.«

»Wir haben keine Kleidung für dich hier, May-may.«

»Meine unwürdige Amah, Ah Gip, ist unten. Keine Sorge, sie hat Kleidung für mich und alle meine Sachen bei sich. Wo ist Bad?«

Struan zog an der Glockenkordel, und sofort erschien mit weit aufgerissenen Augen der Diener.

»Cow Chillo mein Bad, du verstehn? Amah kann machen. Hol Essen!« Und dann zu May-may gewandt: »Sag du, was für Essen.«

May-may redete im Befehlston auf den Diener ein, der sie noch immer anstarrte, und entfernte sich dann.

Der ihr eigene unsicher trippelnde Gang rührte Struan immer wieder. May-may hatte bandagierte Füße. Sie waren nur etwa eine Handbreit groß. Als Struan sie vor fünf Jahren kaufte, hatte er die Binden durchschnitten und war entsetzt gewesen von der Mißbildung, die nach dem unerbittlichen alten Brauch ein wesentliches Merkmal der Schönheit eines Mädchens war – winzige Füße. Nur ein Mädchen mit gebundenen Füßen – ›Lotusfüßen‹ – konnte Ehefrau oder Konkubine werden. Die anderen, die normale Füße hatten, waren Bäuerinnen, Dienerinnen, arme Prostituierte, Amahs oder Arbeiterinnen und wurden verachtet.

May-mays Füße waren verkrüppelt. Ohne den festen Halt der Bandagen hatte sie schreckliche Schmerzen gelitten. So hatte Struan erlaubt, daß ihr die Bandagen wieder angelegt wurden, und nach einem Monat hatten die Schmerzen nachgelassen; May-may hatte wieder gehen können. Erst im hohen Alter wurden solche Füße unempfindlich und bereiteten keine Schmerzen mehr.

Struan hatte sie damals gefragt, wobei er sich Gordon Tschens als Dolmetscher bediente, wie das Bandagieren überhaupt vor sich gehe. Stolz hatte sie ihm erzählt, daß ihre Mutter, als sie sechs Jahre alt war, mit dem Binden begonnen hatte. »Die Binden waren zwei Zoll breit und zwölf Fuß lang, und sie waren feucht. Meine Mutter band sie fest um meine Füße – um die Ferse, über den Spann und unter dem Fuß hindurch, so daß die vier kleineren Zehen unter die Sohle des Fußes gebogen wurden. Die große Zehe aber blieb frei. Sobald die Bandagen trockneten, zogen sie sich zusammen, und der Schmerz war furchtbar. Im Verlauf von Monaten und Jahren kommt die Ferse den Zehen immer näher, und der Spann wölbt sich. Einmal in der Woche werden die Bandagen für ein paar Minuten abgenommen und die Füße gewaschen. Nach einigen Jahren schrumpfen die kleinen Zehen ganz ein, sterben ab und werden entfernt. Mit fast zwölf Jahren konnte ich noch ganz gut laufen, aber meine Füße waren noch immer nicht klein genug. Da fragte meine Mutter eine Frau um Rat, die sich auf die Kunst des Bindens der Füße verstand. An meinem zwölften Geburtstag kam die weise Frau in unser Haus; sie hatte ein scharfes Messer und Salben bei sich. Mit dem Messer machte sie quer über meine Fußsohlen einen Einschnitt. So konnte sie die Ferse noch dichter an die Zehen herandrücken, nachdem die Bandagen wieder angelegt waren.«

»Wie grausam! Frag sie doch, wie sie diesen Schmerz hat ertragen können?«
Struan entsann sich ihres spöttischen Ausdrucks, als Tschen ihr die Frage übersetzte. In ihrem bezaubernden singenden Tonfall antwortete sie.
»Sie sagt: ›Jedes Paar gebundener Füße kostet einen See von Tränen. Aber was haben Schmerzen und Tränen zu bedeuten? Jetzt brauche ich mich nicht mehr zu schämen und kann mir von jedem die Füße messen lassen.‹ Sie möchte, daß Sie ihre Füße nachmessen, Mr. Struan.«
»Ich denke nicht daran.«
»Bitte, Sir. Es wird sie sehr stolz machen. Sie sind nach chinesischer Auffassung vollkommen. Wenn Sie es nicht tun, wird sie glauben, daß Sie sich ihrer schämen. Sie wird vor Ihnen entsetzlich ihr Gesicht verloren haben.«
»Wieso?«
»Sie glaubt, Sie hätten ihr die Bandagen deshalb abgenommen, weil Sie der Meinung waren, sie habe gemogelt.«
»Warum hätte ich das annehmen sollen?«
»Weil Sie ... die Sache ist die, sie hat noch nie einen Europäer gekannt. Bitte, Sir. Nur wenn Sie ihr zeigen, daß Sie stolz auf sie sind, kann sie das für alle ihre Tränen entschädigen.«
Da hatte er ihre Füße gemessen und einer Freude Ausdruck gegeben, die er gar nicht empfand, und dreimal hatte sie Kotau vor ihm gemacht. Er konnte es nicht leiden, wenn Männer und Frauen Kotau machten, niederknieten und mit ihrer Stirn den Boden berührten. Aber der alte Brauch verlangte diese Huldigung des Niedrigeren dem Höheren gegenüber, und Struan konnte es nicht verbieten. Eine Ablehnung mußte May-may nur abermals verängstigen, und sie hätte nun ihr Gesicht vor Gordon Tschen verloren.
»Frag sie, ob die Füße ihr jetzt weh tun.«
»Sie werden ihr immer weh tun, Sir. Aber ich kann Ihnen versichern, daß es ein sehr viel größerer Schmerz für sie wäre, wenn sie große, widerliche Füße hätte.«
Da hatte May-may etwas zu Tschen gesagt, und Struan hatte das Wort *fan-quai* herausgehört, was nichts anderes bedeutete als ›fremder Teufel‹.
»Sie möchte wissen, wie sie einem Nicht-Chinesen gefallen kann«, antwortete Gordon.
»Sag ihr, daß die fan-quais sich nicht von den Chinesen unterscheiden.«
»Jawohl, Sir.«
»Und sag ihr auch, daß du ihr Englisch beibringen wirst. Sofort. Sag ihr, niemand soll wissen, daß sie es von dir lernt. Niemand soll erfahren, daß sie Englisch kann. Vor anderen soll sie immer nur Chinesisch reden, oder Pidgin, das du ihr ebenfalls beibringen wirst. Und schließlich noch eins: Du stehst mir mit deinem eigenen Leben für das ihre ein.«

»Darf ich jetzt hereinkommen?« May-may stand auf der Schwelle und verneigte sich anmutig.
»Bitte.«
Ihr Gesicht war oval, die Augen waren mandelförmig, und die Augenbrauen bildeten einen ebenmäßig geschwungenen Bogen. Ein Hauch Parfüm

umgab sie; ihr langes, fließendes Gewand war aus feinstem blauem Seidenbrokat. Das Haar trug sie auf dem Kopf hoch aufgetürmt und mit Jadenadeln geschmückt. Für eine Chinesin war sie groß, und ihre Haut schimmerte hell, fast durchsichtig. Sie stammte aus der Gegend von Sutschou.
Struan hatte sie von Jin-kwa gekauft und viele Wochen lang wegen des Preises mit ihm gefeilscht; aber er wußte, daß T'chung May-may tatsächlich ein Geschenk Jin-kwas an ihn war – ein Dank für viele Vergünstigungen im Laufe der Jahre; er wußte auch, daß Jin-kwa sie ohne Schwierigkeit an den reichsten Mann in China, an einen Mandschuprinzen oder sogar an den Kaiser hätte verkaufen können; als Preis hätte er ihr Gewicht in Jade bekommen – abgesehen von den fünfzehntausend Silbertaels, auf die sie sich schließlich geeinigt hatten. Sie war einzigartig und unbezahlbar.
Struan hob sie hoch und küßte sie zärtlich. »Und nun erzähl mir, was vor sich geht.« Er setzte sich in einen tiefen Sessel und nahm sie in die Arme.
»Erstens kam ich verkleidet wegen Gefahr. Nicht nur für mich, sondern für dich. Auf deinen Kopf ist noch immer die Prämie ausgesetzt. Und einen Mann wegen eines Lösegeldes entführen, ist noch immer Brauch.«
»Wo hast du die Kinder gelassen?«
»Bei Älterer Schwester natürlich«, antwortete sie. Ältere Schwester nannte May-may Struans ehemalige Geliebte Kai-sung, denn das entsprach der alten Sitte, auch wenn sie nicht verwandt waren. Und nun war Kai-sung die dritte Frau von Struans Kommissionär. Dennoch bestand zwischen May-may und Kai-sung eine tiefe Zuneigung, und Struan wußte, daß die Kinder gut bei ihr aufgehoben waren und von ihr ebenso liebevoll behandelt wurden, als wären sie ihre eigenen.
»Gut«, sagte er. »Wie geht es ihnen?«
»Duncan hat ein blaues Auge. Er ist hingefallen, und so habe ich seine Amah, diese dreckige Schildkröte, geschlagen, bis mein Arm er mir runtergefallen ist. Duncan hat einen hitzigen Charakter von barbarischem Blut.« – »Von dir – aber nicht von mir. Kate?«
»Sie hat ihren zweiten Zahn. Das große Glück. Vor zweitem Geburtstag.« Sie schmiegte sich einen Augenblick in seine Arme. »Dann habe ich Zeitung gelesen. Skinner, dieser Kerl. Noch mehr schlimmer Joss, heja? Dieser Haufen Hundefleisch, dieser Brock, zerbricht dich durch große Menge geschuldetes Geld. Ist es wahr?«
»Zum Teil wahr. Ja, wenn sich unser Joss nicht ändert, sind wir bankrott. Keine Seide und keine Parfüms, keine Jade und keine Häuser mehr«, sagte er, um sie zu necken.
»Ajiii jah!« rief sie und schüttelte den Kopf. »Du bist nicht der einzige Mann in China.«
Er versetzte ihr einen Klaps hintendrauf, und sie ging mit ihren langen Nägeln auf ihn los. Mit einem Griff hatte er ihre Handgelenke gepackt.
»Sag so etwas nicht mehr«, drohte er und küßte sie leidenschaftlich.
»Allmächtiger«, rief sie und versuchte, wieder zu Atem zu kommen. »Sieh dir an, was du mit meinem Haar angestellt hast. Diese faule Hure Ah Gip hat eine Stunde dazu gebraucht, aber es macht nichts.«
Sie wußte, daß sie ihm ungemein gefiel, und sie war stolz darauf, daß sie

jetzt, mit zwanzig Jahren, Englisch und Chinesisch lesen und schreiben konnte; außerdem sprach sie Englisch und Kantonesisch, dazu ihren eigenen Dialekt, der in Sutschou gesprochen wurde, und auch das Mandarinchinesisch beherrschte sie, die Sprache Pekings und des kaiserlichen Hofes. Und stolz war sie auch darauf, daß sie so viel von dem wußte, was Gordon Tschen in der Schule gelernt hatte, denn er hatte ihr guten Unterricht gegeben, und zwischen ihnen bestand große Zuneigung. May-may wußte, daß es in ganz China keine zweite gab wie sie.
Es wurde leise an die Tür geklopft. »Ein Europäer?« flüsterte sie.
»Nein, meine Kleine. Es ist nur ein Diener. Meine Leute sind beauftragt, mir erst jeden zu melden. Ja?«
Dem einen Diener folgten zwei weitere; sie alle vermieden es, Struan und das Mädchen anzusehen. Aber ihre Neugier war ganz offensichtlich, und sie ließen sich viel Zeit damit, die Schüsseln mit chinesischen Gerichten und mit den Eßstäbchen hinzustellen.
May-may ließ eine Flut von Kantonesisch über ihnen niedergehen, und sie verneigten sich nervös und eilten davon.
»Was hast du zu ihnen gesagt?« fragte Struan.
»Ich habe sie nur gewarnt: Wenn sie jemandem erzählten, daß ich hier sei, so würde ich ihnen persönlich die Zungen aufschlitzen und die Ohren abschneiden. Außerdem würde ich dich dazu überreden, sie in einem deiner Schiffe anzuketten und sie zusammen mit ihren gottverdammten Frauen, Kindern und Eltern im Meer zu versenken. Zuvor aber würdest du deinen Bösen Blick auf diesen gottverdammten Abschaum und ihren gottverdammten Abschaum von Nachkommen richten – für alle Zeit.«
»Hör mit diesem Gefluche auf, du blutrünstiger kleiner Teufel! Und mach keine Scherze mehr über den Bösen Blick.«
»Das ist kein Scherz. Das ist es nämlich, was du hast, du fremder Teufel. Allen gegenüber außer mir. Ich weiß, wie ich mit dir umspringen muß.«
»Der Teufel hole dich, May-may.« Er fing ihre Hände und ihre leidenschaftliche Liebkosung ab. »Iß, solange das Essen warm ist, und später kommst dann du dran.« Er hob sie hoch und trug sie zum Tisch hinüber.
Sie legte ihm knusprig gebratene Garnelen, mageres Schweinefleisch und mit Soja und Muskatnuß, Senf und Honig leicht gedünstete Pilze auf, und nahm dann sich selber.
»Bei Gottes Tod, bin ich hungrig!« rief sie.
»Willst du endlich mit deinem Fluchen aufhören!«
»Du hast dein ›bei Gott‹ vergessen, Tai-Pan!« Sie strahlte ihn an und begann mit großem Appetit zu essen.
Er griff zu den Eßstäbchen und bediente sich ihrer mit großem Geschick. Der Tai-Pan fand das chinesische Essen wunderbar. Monate hatte er gebraucht, um auf den Geschmack zu kommen. Keiner der Europäer außer ihm aß chinesische Gerichte. Auch Struan hatte früher einmal die solide Hausmannskost Alt-Englands vorgezogen, aber May-may hatte ihn gelehrt, es sei gesünder, so zu essen wie die Chinesen.
May-may suchte sich eine große Garnele aus, die erst gebraten und hinterher in einem mit Soja und Kräutern gewürzten Sirup gedünstet worden

war, enthauptete sie mit spitzen Fingern und begann sie aus der Schale zu lösen. »Ich habe mir einen Platz auf einer Lorcha besorgt. Es war eine phantastisch billige Überfahrt im Zwischendeck, und ich habe mich der Sicherheit halber ordentlich schmutzig gemacht. Du schuldest mir jetzt fünfzig in bar.«

»Das kannst du von deinem Unterhaltsgeld bezahlen. Ich habe dich nicht hergebeten.«

»Diese Cow Chillo kann machen leicht Bargeld, keine Sorge.«

»Hör damit auf und benimm dich anständig.«

Sie lachte, reichte ihm die Garnele und begann eine neue zurechtzumachen.

»Danke, für mich keine mehr.«

»Iß nur. Sie sind sehr gut für dich. Ich sage dir so oft, sie machen dich sehr gesund und sehr stark.«

»Dann gib her, Kleines.«

»Sie tun es wirklich«, sagte sie sehr ernst. »Garnelen sind sehr gut für deine Manneskraft. Sehr wichtig, viel Manneskraft zu haben! Eine Frau muß für ihren Mann sorgen.« Sie säuberte ihre Finger an einer bestickten Serviette und spießte dann mit ihren Eßstäbchen einen der Garnelenköpfe auf.

»Verdammt, May-may, mußt du denn auch die Köpfe essen?«

»Ja, bei Gott, weißt du denn nicht, daß sie das Beste sind?« rief sie, ahmte seinen Tonfall nach und lachte so sehr, daß sie sich verschluckte. Er klopfte ihr auf den Rücken, allerdings sehr sanft, und dann trank sie etwas Tee.

»Soll dir eine Lehre sein«, sagte er.

»Trotzdem sind die Köpfe das Beste daran, schon gut.«

»Trotzdem sehen sie scheußlich aus, schon gut.«

Eine Weile aßen sie schweigend. »Ist es schlimm mit Brock?«

»Schlimm.«

»Es ist schrecklich einfach, dieses Schlimme aus der Welt zu schaffen. Töte Brock. Es ist jetzt an der Zeit.«

»Das wäre ein Weg.«

»Ein Weg oder ein anderer, du wirst einen Weg finden.«

»Wieso bist du dessen so sicher?«

»Weil du mich nicht verlieren willst.«

»Warum sollte ich dich verlieren?«

»Mir macht es auch keinen Spaß, Zweitbeste zu sein. Ich gehöre zu *dem* Tai-Pan. Ich bin keine gottverdammte Hakka oder Flußfrau oder kantonesische Hure. Tee?«

»Bitte.«

»Tee zum Essen zu trinken ist sehr gut für dich. Dann wirst du niemals dick werden.« Sie schenkte den Tee ein und reichte ihm mit einer anmutigen Bewegung die Tasse. »Ich mag dich, wenn du zornig bist, Tai-Pan. Aber du hast mich nicht erschreckt. Ich weiß, daß ich dir viel zu sehr gefalle, ebenso wie du mir viel zu sehr gefällst. Wenn ich Zweitbeste werde, wird eine andere meine Stelle einnehmen, macht nichts. So ist der Joss. Für mich. Und auch für dich.«

»Vielleicht bist du jetzt schon Zweitbeste, May-may.«

»Nein, Tai-Pan, jetzt nicht. Später ja, aber nicht jetzt.« Sie beugte sich zu ihm vor, küßte ihn und entzog sich ihm, als er sie festzuhalten versuchte.

»Ajiii jah, ich darf dich nicht mit so viel Garnelen füttern!« Lachend rannte sie vor ihm davon, aber er fing sie ein, und sie schlang ihre Arme um seinen Nacken und küßte ihn. »Du schuldest mir fünfzig in bar!«

»Hol dich der Teufel!« Er küßte sie und begehrte sie so stark wie sie ihn.

»Du schmeckst so sehr gut. Aber erst spielen Tricktrack.«

»Nein.«

»Erst spielen Tricktrack, dann spielen wir Liebe. Wir haben viel Zeit. Ich bleiben jetzt bei dir. Wir spielen ein Dreieck ein Dollar.«

»Nein.«

»Ein Dreieck ein Dollar. Vielleicht kriege ich Kopfschmerzen, zu müde.«

»Vielleicht gebe ich dir Neujahrsgeschenk nicht, an das ich gedacht hatte.«

»Was für ein Geschenk?«

»Schon gut.«

»Bitte, Tai-Pan, ich will dich auch nicht mehr necken. Was für Geschenk?«

»Schon gut.«

»Bitte, sag mir. Bitte. Ist es Jadenadel? Oder Goldarmband? Oder Seide?«

»Was machen deine Kopfschmerzen?«

Verärgert schlug sie nach ihm, um dann ihre Arme noch fester um seinen Nacken zu schlingen. »Du bist so böse zu mir, und ich bin so gut zu dir. Komm, spielen wir Liebe.«

»Jetzt spielen wir vier Spiele. Tausend Dollar für ein Dreieck.«

»Aber das ist zu hoher Einsatz!« Sie sah den Spott und die Herausforderung in seinem Blick, und ihre Augen funkelten auf. »Vier Spiele. Ich schlage dich, bei Gott.« – »O nein, bei Gott!«

So spielten sie vier Spiele, und sie fluchte und jubelte, weinte, lachte und keuchte vor Erregung, als ihr Glück sich wandte. Sie verlor achtzehntausend Dollar.

»Gottes Tod, ich bin ruiniert, Tai-Pan. Ruiniert. O weh, weh, weh. Alle meine Ersparnisse und mehr. Mein Haus ... Noch ein Spiel«, bettelte sie. »Du mußt mich versuchen lassen, mein Geldchen zurückzubekommen.«

»Morgen. Gleicher Einsatz.«

»Niemals wieder will ich mit solchem Einsatz spielen. Niemals, niemals, niemals. Nur morgen noch ein einziges Mal.«

Nach ihrem Liebesspiel stieg May-may aus dem Bett mit dem Baldachin und ging zum Kamin. Ein eiserner Kessel zischte leise auf dem eisernen Gestell in der Nähe der Flammen.

Sie kniete nieder und goß heißes Wasser aus dem Kessel über die sauberen weißen Handtücher. Der Schein der Flammen tanzte über ihren makellosen Körper. An den Füßen trug sie winzige Bettschuhe, die Bandagen schlossen fest um ihre Knöchel ab. Ihre Beine waren lang und schön. Sie strich sich das glänzende blauschwarze Haar auf den Rücken und kehrte zum Bett zurück.

Struan streckte eine Hand nach den Tüchern aus.

»Nein«, sagte May-may. »Laß mich. Es macht mir Freude, und es ist meine Aufgabe.«

Nachdem sie ihn abgetrocknet hatte, wusch sie sich selber und legte sich friedlich neben ihn unter die Daunendecke. Ein frischer Wind bewegte raschelnd die Damastvorhänge und ließ die Flammen auf dem Feuerrost zischend hochzüngeln. Schatten tanzten über die Wände und die hohe Decke.
»Sieh mal, da ist Drachen«, sagte May-may.
»Nein. Es ist ein Schiff. Ist dir warm genug?«
»Neben dir immer. Da ist Pagode.«
»Ja.« Er legte einen Arm um sie und genoß die sanfte Kühle ihrer Haut.
»Ah Gip macht Tee.«
»Gut. Tee wird jetzt etwas sehr Gutes sein.«
Nach dem Tee fühlten sie sich erfrischt; sie ließen sich auf das Bett zurücksinken, und er blies die Lampe aus. Dann beobachteten sie wieder die Schatten.
»Bei euch ist Sitte, daß man nur eine Frau haben darf, heja?«
»Ja.«
»Chinesische Sitte ist besser. *Tai-tai* ist weiser.«
»Was ist das, Kleines?«
»›Die Höchste der Höchsten‹. Der Ehemann ist der Höchste in der Familie, selbstverständlich, aber im Haus ist die erste Frau die Höchste der Höchsten. Das ist chinesisches Gesetz. Viele Frauen sind auch Gesetz, aber nur eine Tai-tai.« Sie legte ihr langes Haar bequemer zurecht. »Wie bald wirst du heiraten? Was ist bei euch Sitte?«
»Ich glaube nicht, daß ich wieder heirate.«
»Du solltest es. Eine Schottin oder Engländerin. Aber erst du mich heiraten.«
»Möglich«, sagte Struan. »Vielleicht sollte ich wirklich.«
»Möglich, vielleicht solltest du wirklich. Ich bin deine Tai-tai«, und dann schmiegte sie sich dichter an ihn und ließ sich in einen tiefen, friedlichen Schlaf sinken.
Noch lange beobachtete Struan die Schatten. Dann schlief auch er ein.
Kurz nach Tagesanbruch erwachte er, Gefahr witternd. Er nahm das Messer unter dem Kopfkissen hervor, ging leise zum Fenster und zog die Vorhänge zurück. Zu seinem Erstaunen sah er, daß der Platz menschenleer war. Jenseits des Platzes über den schwimmenden Dörfern auf dem Fluß schien eine beklemmende Stille zu schweben.
Dann vernahm er gedämpfte Schritte auf sein Zimmer zutappen. Er blickte zu May-may hinüber. Sie schlief noch immer friedlich. Das Messer in der Hand, lehnte sich Struan an die Wand hinter der Tür und wartete.
Die Schritte hielten inne.
Ein leises Klopfen.
»Bitte?«
Der Diener betrat fast unhörbar das Zimmer. Er schien verängstigt, und als er Struan nackt und mit dem Messer in der Hand vor sich sah, stieß er atemlos hervor: »Maste'! Hakennase-Maste' und Schwa'zes-Haa'-Maste' sein hie'. Sagen schnell-schnell bitte können.«
»Sagen ich schnell-schnell tun.«

Struan zog sich rasch an. Dabei ließ er eine Haarbürste fallen, und May-may erwachte halb aus ihrem Schlummer. »Es ist zu früh, um aufzustehen. Komm zurück ins Bett«, sagte sie schläfrig, kuschelte sich tiefer in die Kissen und war sofort wieder eingeschlafen.
Struan öffnete die Tür. Ah Gip kauerte gelassen auf dem Gang, wo sie geschlafen hatte. Struan hatte den Versuch aufgegeben, sie dazu zu bringen, irgendwo anders zu schlafen, denn Ah Gip lächelte nur, nickte und sagte: »Ja, Maste'«, und schlief trotzdem weiter draußen vor der Tür. Sie war klein und untersetzt, und stets lag ein Lächeln auf ihrem rundlichen, pockennarbigen Gesicht. Seit drei Jahren war sie May-mays persönliche Sklavin. Struan hatte drei Silbertaels für sie gezahlt.
Er machte ihr ein Zeichen, ins Zimmer hineinzugehen. »Missie schlafen tun. Warten dies Zimmer, kapiert?«
»Kapiert, Maste'.«
Cooper und Wolfgang Mauss warteten im Eßzimmer auf ihn. Mauss überprüfte gerade mürrisch seine Pistolen.
»Es tut mir leid, Sie zu stören, Tai-Pan. Irgend etwas stinkt«, sagte Cooper.
»Was denn?«
»Es geht das Gerücht, daß zweitausend Mandschu-Soldaten – Bannermänner – heute nacht in Kanton eingerückt sind.«
»Sind Sie sicher?«
»Nein«, meinte Cooper, »aber wenn es stimmt, gibt es Ärger.«
»Hau-kwa hat mich heute früh kommen lassen«, sagte Mauss ernst.
»Hat er gesagt, ob Jin-kwa schon zurück ist?«
»Nein, Tai-Pan. Er behauptet noch immer, sein Vater sei unterwegs. Ich selber glaube es nicht. Hau-kwa war sehr verängstigt. Er erzählte, er sei heute in aller Frühe geweckt worden. Es wurde ihm ein kaiserliches Edikt überreicht, in dem es heißt, jeder Handelsverkehr mit uns sei unverzüglich einzustellen. Ich habe es gelesen. Die Siegel stimmten. Der ganze Co-hong ist in Aufruhr.«
Auf dem Platz war ein Klirren zu hören. Sie eilten ans Fenster. Genau unter ihnen trabte eine Abteilung berittener Mandschu-Soldaten zur Ostseite, wo die Leute absaßen. Es waren große Männer, schwer bewaffnet mit Musketen, langen Bogen, Säbeln und bewimpelten Lanzen. Einige waren bärtig. Man nannte sie Bannermänner, weil sie kaiserliche Soldaten waren und die kaiserlichen Banner trugen. Chinesen durften in ihre Regimenter nicht eintreten; sie waren die Elite der Armee des Kaisers. »Es gibt mindestens vierzig oder fünfzig von ihnen in Kanton«, sagte Struan.
»Und wenn es zweitausend wären?« fragte Cooper.
»Dann sollten wir lieber Vorbereitungen treffen, die Niederlassung zu räumen.«
»Bannermänner sind ein schlechtes Zeichen«, sagte Mauss. Aber er wollte die Niederlassung nicht verlassen; er wollte bei seinen bekehrten Chinesen bleiben und weiterhin den Heiden predigen, eine Tätigkeit, die seine ganze Zeit in Anspruch nahm, soweit er nicht für Struan dolmetschte. »Schrecklich schlecht.«

Struan überlegte sich die Möglichkeiten, die ihnen blieben, und klingelte dann nach einem Diener. »Groß Essen schnell-schnell! Kaffee – Tee – Eier – Fleisch – schnell-schnell!«
»Die Bannermänner stehen auf dem Platz, und Sie denken nur daran zu frühstücken?« fragte Cooper.
»Es wäre sinnlos, sich mit einem leeren Magen mit allen möglichen Sorgen herumzuschlagen«, erwiderte Struan. »Heute morgen bin ich hungrig.«
Mauss lachte. Er hatte das Geflüster unter der Dienerschaft gehört, die legendäre Geliebte des Tai-Pan sei heimlich eingetroffen. Auf Struans Vorschlag hin hatte er vor zwei Jahren May-may zum Christentum bekehrt. Ja, dachte er stolz, der Tai-Pan vertraut mir. Ihm ist es zu verdanken, o Herr, daß zumindest einer erlöst wurde. Ihm ist es zu verdanken, daß auch noch andere Deiner Barmherzigkeit teilhaftig werden. »Frühstück ist eine gute Idee.«
Cooper stand neben dem Fenster und sah die Händler, die durch den Garten in ihre Faktoreien eilten. Die Bannermänner bildeten einen unordentlichen Haufen; sie hatten sich niedergekauert und schwatzten. »Vielleicht wird es genauso sein wie das letztemal. Der Mandarin wird uns festhalten und ein Lösegeld für uns verlangen«, sagte Cooper.
»Diesmal nicht, mein Freund. Wenn sie etwas vorhaben, werden sie als erstes versuchen, uns aufzuschlitzen.«
»Warum?«
»Warum sollten sie sonst Bannermänner nach Kanton schicken? Das sind Kämpfer – sie sind mit der hiesigen chinesischen Armee nicht zu vergleichen.«
Diener kamen herein und begannen den großen Tisch zu decken. Dann wurde das Essen hereingetragen. Es gab kalte Hühner und gekochte Eier, warme Schmorgerichte und Klöße, heiße Fleischpasteten, Brot, Butter, Marmelade und Gelee.
Struan langte ebenso wie Mauss kräftig zu. Aber Cooper aß nur lustlos.
»Maste'?« sagte ein Diener.
»Ja?«
»Einauge-Maste' sein hie'. Können?«
»Können.«
Brock kam in den Raum gestampft. Sein Sohn Gorth war bei ihm. »Morgen, meine Herren. Morgen, Dirk, mein Freund.«
»Frühstück?«
»Herzlichen Dank.«
»Hatten Sie eine gute Reise, Gorth?«
»Ja, danke, Mr. Struan.«
Gorth war ebenso groß wie sein Vater, ein hartgesottener Mann mit narbigem Gesicht und eingeschlagener Nase; Haar und Bart waren ergraut. »Das nächstemal schlage ich die *Thunder Cloud*.«
»Das nächstemal, mein Junge«, rief Brock und lachte auf, »bist du ihr Kapitän.« Er setzte sich und begann sich den Bauch vollzuschlagen. »Würden Sie mir mal das Schmorfleisch rüberreichen, Mr. Cooper?« Dann deutete er mit dem abgespreizten Daumen zum Fenster: »Diese Bastarde bedeuten nischt Gutes.«

»Richtig. Was ist denn Ihre Meinung, Brock?« fragte Struan.
»Die Co-hongs reißen sich ihre Rattenschwänze aus. Der Handel is' wohl für einige Zeit erledigt. Habe zum ersten Male diese elenden Bannermänner gesehen.«
»Sollen wir die Niederlassung räumen?«
»Lasse mich weder von Chinamännern noch von Bannermännern rausjagen.« Brock legte sich noch eine Portion Schmorfleisch auf. »Natürlich ziehe ich mich vielleicht 'n bißchen zurück. Wann's mir paßt. Die meisten von uns reisen morgen sowieso zum Landverkauf ab. Wäre aber gut, recht bald 'n Kriegsrat einzuberufen. Haben Sie Waffen hier?«
»Nicht genug.«
»Wir haben massenhaft für 'ne Belagerung. Gorth hat sie mitgebracht. Dieses Haus wird am besten zu verteidigen sein. Is' ja ohnehin bald unsers«, fügte er hinzu.
»Wie viele Kerle haben Sie bei sich?«
»Zwanzig. Gorths Burschen. Da nimmt jeder hundert Chinesen auf sich.«
»Ich habe dreißig. Einschließlich der Portugiesen.«
»Streichen Sie die Portugiesen. Besser wir allein.« Brock wischte sich den Mund ab, brach ein kleines Brot auseinander und beschmierte es mit Butter und Orangenmarmelade.
»Sie können doch die Niederlassung nicht verteidigen, Brock«, entgegnete Cooper.
»Wir können diese Faktorei verteidigen, mein Junge. Machen Sie sich um uns keine Sorgen. Sie und die übrigen Amerikaner bleiben bei sich. Ihnen werden sie nischt tun – wir sind es, auf die sie scharf sind.«
»Richtig«, sagte Struan. »Und wir werden Sie brauchen, um ein Auge auf unsere Geschäfte zu halten, wenn wir hier heraus müssen.«
»Das war noch 'n Grund, warum ich hergekommen bin, Dirk. Wollte mit Ihnen ganz offen über Geschäfte und Copper-Tillman reden. Habe einen Vorschlag gemacht, der angenommen worden ist.«
»Der Vorschlag wurde unter der Voraussetzung angenommen, daß Struan & Co. nicht in der Lage ist, frühere Verbindlichkeiten zu erfüllen«, sagte Cooper. »Wir geben Ihnen dreißig Tage, Dirk, über die dreißig Tage hinaus.«
»Danke Ihnen, Jeff. Das war großzügig.«
»Das war dumm, mein Junge. An der Zeit soll's nich' liegen, ich werde auch großzügig mit Ihrer Zeit sein. Noch fünf Tage, Dirk, na?«
Struan wandte sich an Mauss. »Gehen Sie zum Co-hong zurück und sehen Sie zu, daß Sie soviel wie nur möglich herausbekommen. Aber seien Sie vorsichtig und nehmen Sie einen meiner Leute mit.«
»Ich brauche keinen Mann zu meiner Begleitung.« Mauss erhob sich schwerfällig vom Stuhl und ging hinaus.
»Wir werden unsere Besprechung unten abhalten«, sagte Struan.
»Einverstanden. Vielleicht sollten wir alle hier einziehen. Platz genug is' ja.«
»Dadurch würden wir uns verraten. Es ist besser, wir bereiten alles vor und warten dann. Möglicherweise ist das alles nur eine List.«

»Richtig, alter Junge. Wir sind sicher, bis die Diener abhauen. Los, Gorth. Besprechung in einer Stunde? Unten?«
»Ja.«
Brock und Gorth gingen hinaus. Cooper brach das Schweigen. »Was hat das alles zu bedeuten?«
»Ich glaube, es ist ein Täuschungsmanöver von Ti-sen, um uns weich zu machen. Damit wir zu einigen Konzessionen bereit sind, die er haben möchte.« Struan legte eine Hand auf Coopers Schulter. »Ich danke Ihnen für die dreißig Tage. Das werde ich Ihnen nicht vergessen.«
»Moses hatte vierzig Tage. Ich habe gedacht, dreißig würden Ihnen reichen.«

Die Besprechung verlief laut und erregt, aber Brock und Struan waren Herren der Lage.
Alle Händler – mit Ausnahme der Amerikaner – waren in dem großen Saal versammelt, den Struan als sein Privatkontor benutzte. Fäßchen mit Kognak, Whisky, Rum und Bier standen entlang der einen Wand, Regale mit Büchern und Hauptbüchern an der anderen. Gemälde von Quance schmückten den Raum – Landschaften von Macao, Porträts und Schiffsbilder. Es gab Vitrinen mit Zinnbechern und Silberkrügen, Gestelle mit Entermessern und Musketen, Schießpulver und Bleikugeln.
»Es hat nichts zu bedeuten, das sage ich Ihnen«, schnaubte Masterson verächtlich. Er war ein Mann mit gerötetem Gesicht und Doppelkinn, etwa Anfang Dreißig, Chef der Firma Masterson, Roach & Roach. Er war ebenso gekleidet wie die anderen Männer – Gehrock aus dunklem feinem Wollstoff, helle Weste und Zylinder aus glattem Filz. »Die Chinesen haben die Niederlassung, solange sie besteht, nicht ein einziges Mal belästigt, wahrhaftig nicht.«
»Richtig. Aber das war, bevor wir Krieg mit ihnen geführt und ihn gewonnen haben.« Struan wünschte, sie würden alle zustimmen und verschwinden. Er hielt sich ein parfümiertes Taschentuch vor die Nase, um den widerlichen Gestank ihrer Körper nicht riechen zu müssen.
»Und ich sage, vertreiben wir doch jetzt gleich diese elenden Bannermänner vom Platz«, rief Gorth und füllte seinen Krug erneut mit Bier.
»Das werden wir schon tun, wenn's notwendig wird.« Brock spie in den Spucknapf aus Zinn. »Bin müde von all dem Gerede. Sind wir nun mit Dirks Plan einverstanden oder nich'?«
Finster blickte er sich im Saal um.
Die meisten von den Händlern blickten genauso finster zurück. Sie waren etwa vierzig – Engländer und Schotten, nur Eliksen, der Däne, der für eine Londoner Firma Handel trieb, und ein beleibter Parse aus Indien, Rumajee, der weit wallende Gewänder trug, bildeten eine Ausnahme. MacDonald, Kerney, Maltby aus Glasgow und Messer, Vivien, Tobe, Smith aus London waren die wichtigsten, alles Draufgänger in den Dreißigern – hart wie Eichenholz.
»Ich ahne Unheil, Sir«, sagte Rumajee und zupfte an seinem langen Schnurrbart. »Ich rate zu umgehendem Rückzug.«
»Um Himmels willen, das Wesentliche bei dem ganzen Plan, Rumajee, liegt

doch gerade darin, daß wir uns nicht zurückziehen«, erwiderte Roach scharf. Nur im äußersten Fall sich zurückziehen. Ich stimme für diesen Vorschlag. Und ich schließe mich Mr. Brocks Ansicht an. Viel zuviel blödes Gerede, ich bin dessen müde.« Struans Plan war einfach. Alle sollten in ihren eigenen Faktoreien die weitere Entwicklung abwarten; sobald sich die Lage verschärfte, sollten sich alle auf ein Signal Struans hin und, falls notwendig, gedeckt durch das Feuer seiner Leute, in seine Faktorei zurückziehen. »Den Heiden das Feld räumen? Niemals, bei Gott!«

»Darf ich etwas vorschlagen, Mr. Struan?« fragte Eliksen.

Struan nickte dem hochgewachsenen, blonden, schweigsamen Mann zu. »Selbstverständlich.«

»Vielleicht sollte einer von uns sich freiwillig auf den Weg machen und Whampoa benachrichtigen. Von dort aus könnte eine schnelle Lorcha die Flotte in Hongkong alarmieren. Nur für den Fall, daß man uns hier umzingelt und wie das letztemal von jeder Verbindung abschneidet.«

»Guter Gedanke«, meinte Vivien. Er war groß, bleich und im Augenblick sehr betrunken. »Melden wir uns alle freiwillig. Kann ich noch einen Whisky haben? Danke, bist 'n guter Kerl.«

Dann redeten sie plötzlich alle wieder durcheinander und stritten sich darüber, wer die Aufgabe übernehmen solle. Struan gelang es schließlich, sie zu beruhigen. »Es war Mr. Eliksens Vorschlag. Warum soll nicht er die Ehre haben, falls er einverstanden ist?«

Sie drängten in den Garten hinaus und beobachteten, wie Struan und Brock Eliksen über den Platz zu der Lorcha begleiteten, die Struan ihm zur Verfügung gestellt hatte. Die Bannermänner beachteten sie nicht weiter, außer daß sie mit den Fingern auf sie deuteten und sich über sie lustig machten.

Die Lorcha trieb flußab davon.

»Vielleicht sehen wir ihn nie wieder«, sagte Brock.

»Ich glaube nicht, daß sie ihn anrühren, sonst hätte ich ihn niemals abfahren lassen.«

Brock brummte. »Für einen Ausländer is' er kein schlechter Kerl.« Von Gorth begleitet kehrte er in seine eigene Faktorei zurück. Die anderen Händler strömten zu den ihren.

Nachdem sich Struan von der Aufstellung bewaffneter Posten im Garten und am hinteren Tor, das auf die Hog Street führte, überzeugt und alles zu seiner Zufriedenheit gefunden hatte, kehrte er in seine Gemächer zurück.

May-may war verschwunden. Auch Ah Gip.

»Wo Missie?«

»Nicht wissen, Maste'. Cow Chillo ich nicht sehen.«

Er durchsuchte das ganze Haus, aber sie blieben verschwunden. Es war fast so, als seien sie niemals dagewesen.

5

Struan stand im Garten. Es war kurz vor Mitternacht. Die Luft war von einer bedrückenden Stille erfüllt. Er wußte, daß die meisten Kaufleute in ihren Kleidern schliefen, die Waffen griffbereit. Er lugte durch das Tor zu den Bannermännern hinüber. Einige von ihnen schliefen; andere kauerten schwatzend um ein Feuer, das sie auf dem Platz angezündet hatten. Die Nacht war kühl. Vom Fluß her war kaum ein Laut zu vernehmen.
Struan trat vom Tor zurück und schlenderte nachdenklich durch den Garten. Wo, zum Teufel, war May-may? Er wußte, daß sie die Niederlassung nicht ohne weiteres verlassen würde. Vielleicht hatte man sie weggelockt. Vielleicht – Allmächtiger, so etwas durfte er gar nicht denken. Aber er wußte, daß auch der reichste Kriegsherr in China nicht zögern würde, sie sich zu nehmen, sobald er sie gesehen hatte, notfalls sogar mit Gewalt.
Ein Schatten schwang sich über die Mauer, und schon hatte Struan das Messer in der Hand.
Es war ein Chinese, der ihm zitternd ein Stück Papier hinhielt. Er war ein kleiner, schmächtiger Mann mit abgebrochenen Zähnen, das Gesicht ausgezehrt und gelb vom Opium. Auf dem Papier war Jin-kwas Handelsmarke aufgedrückt, ein Stempel, der nur bei Verträgen und besonderen Dokumenten verwendet wurde.
»Maste'«, sagte der Chinese leise. »Mir folgen. Allein.«
Struan zögerte. Es war gefährlich, sich aus dem Schutz der Niederlassung und seiner Leute herauszuwagen. Tollkühn. »Nicht können. Jin-kwa hierher können.«
»Nicht können. Folgen tun.« Der Chinese deutete auf den Stempel. »Jin-kwa wollen so, schnell-schnell.«
»Morgen«, antwortete Struan.
Der Chinese schüttelte den Kopf. »Jetzt. Schnell-schnell, verstehen?«
Struan war sich darüber im klaren, daß Jin-kwas Stempel möglicherweise in andere Hände gefallen war und dies sehr leicht eine Falle sein konnte. Aber er wagte es nicht, Mauss oder irgendeinen anderen seiner Leute mitzunehmen, weil diese Rücksprache geheim bleiben mußte. Und je eher, desto besser.
Er betrachtete prüfend das Papier unter der Laterne, um sich zu vergewissern, daß an der Echtheit des Stempels kein Zweifel war.
Er nickte. »Gut.«
Der Chinese ging ihm voraus bis zur Umfassungsmauer und kletterte hinüber. Struan folgte ihm, jederzeit eines Verrats gewärtig. Der Chinese eilte an der Längswand der Faktorei entlang und bog in die Hog Street ein. Seltsamerweise war die Straße menschenleer, aber Struan hatte das Gefühl, daß er beobachtet wurde.
Am Ende der Hog Street wandte sich der Chinese nach Osten. Zwei verhangene Sänften erwarteten sie. Die Kulis, die zu den Sänften gehörten, waren offensichtlich verängstigt. Aber als sie Struan erblickten, nahm ihre Furcht noch zu.
Struan stieg in die eine der beiden Sänften ein, der Chinese in die andere.

Sofort hoben die Kulis die Sänften vom Boden und trotteten die Thirteen Factory Street entlang. Sie wandten sich nach Süden in enge, verödete Gassen, die Struan unbekannt waren. Schon bald hatte er jedes Gefühl für die Richtung verloren. Er lehnte sich zurück und verfluchte seine Torheit, während er gleichzeitig diesen Vorgeschmack der Gefahr genoß. Schließlich blieben die Kulis in einer schmutzigen, von hohen Mauern gesäumten Gasse stehen, auf der verfaulender Abfall umherlag. Ein räudiger Hund stöberte in den Abfällen.

Der Chinese gab den Kulis Geld. Nachdem sie in der Dunkelheit verschwunden waren, klopfte er an eine Tür. Sie wurde geöffnet; er trat zur Seite, um Struan eintreten zu lassen. Struan machte ihm ein Zeichen voranzugehen und folgte ihm in einen von scharfem Gestank erfüllten Stall, wo ein zweiter Chinese mit einer Laterne sie erwartete. Dieser Mann drehte sich um und ging stumm durch den Stall bis zu einer anderen Tür, ohne sich ein einziges Mal nach ihm umzusehen. Nun schlängelten sie sich durch ein riesiges Lagerhaus, wacklige Treppen hinauf, andere Treppen hinunter in ein zweites Lagerhaus. Ratten huschten durch die Finsternis.

Struan wußte, daß sie sich irgendwo in der Nähe des Flusses befanden, denn er hörte das Plätschern von Wasser und das Knarren von Tauen. Er war darauf gefaßt, daß er sich vielleicht im nächsten Augenblick seiner Haut wehren mußte, und hielt das Heft seines Messers in der Hand, die Klinge im Ärmel verborgen.

Der Mann mit der Laterne duckte sich unter einer Brücke aus Kisten durch und führte Struan zu einer halbverborgenen Tür. Er klopfte an und öffnete sie.

»Halloa, Tai-Pan«, sagte Jin-kwa. »Nicht sehen langen Zeit.«

Struan trat ein. Auch hier befand er sich wieder in einem vor Schmutz starrenden, von Kerzen nur trübe erhellten und mit Kisten und stockigen Fischnetzen angefüllten Lagerhaus.

»Halloa, Jin-kwa«, antwortete er erleichtert. »Nicht sehen langen Zeit.«

Jin-kwa war uralt, gebrechlich und sehr klein. Seine Haut war wie Pergament. Dünne Strähnen des ergrauten Bartes fielen ihm bis auf die Brust herab. Seine Kleidung war aus reichem Brokat, der Hut mit Juwelen besetzt. Er trug bestickte Schuhe mit dicken Sohlen, sein Zopf war lang und glänzend. Die Nägel der kleinen Finger steckten in edelsteingeschmückten Futteralen.

Jin-kwa nickte befriedigt und schlurfte in eine Ecke des Lagerhauses, wo er sich an einen Tisch setzte, auf dem Speisen und Tee standen.

Struan ließ sich ihm gegenüber mit dem Rücken zur Wand nieder. Jin-kwa lächelte. Er hatte nur drei Zähne mit goldenen Kronen. Jin-kwa sagte etwas auf Chinesisch zu dem Mann, der Struan hergeführt hatte; der Mann ging durch eine andere Tür hinaus.

»Tee-ah?« fragte Jin-kwa. »Können.«

Jin-kwa nickte dem Diener zu, der die Laterne getragen hatte; dieser schenkte Tee ein und reichte Jin-kwa und Struan einige Speisen. Dann trat er zur Seite und beobachtete Jin-kwa. Struan stellte fest, daß der Mann muskulös war und ein Messer am Gürtel trug.

»Biitte!« sagte Jin-kwa und machte Struan ein Zeichen, er solle essen.

»Danke.«
Struan stocherte in seinem Essen herum, trank einen Schluck Tee und wartete. Er mußte Jin-kwa den ersten Schritt tun lassen.
Nachdem sie schweigend gegessen hatten, sagte Jin-kwa: »Sie wollen sehen mich?«
»Jin-kwa machen gut Handel außerhalb Kanton?«
»Geschäfte gut, schlecht, immer dasselbe, macht nichts.«
»Handel stoppen jetzt?«
»Stoppen jetzt. Hoppo sehr schlechter Mandarin. Soldaten viele, viele. Mich zahlen große Erpressung für Soldaten. Ajii jah!«
»Schlimm.« Struan trank seinen Tee. Jetzt oder nie, sagte er sich. Und nun, da der richtige Augenblick endlich gekommen war, wußte er, daß er Hongkong niemals würde verhökern können. Hol der Teufel den Mandarin! Solange ich lebe, wird kein gottverdammter Mandarin in Hongkong sitzen. Brock muß weg. Aber Mord ist keine Lösung bei einem Bankrott. Also hat Brock nichts zu fürchten, weil alle erwarten, daß ich das Problem auf diese Weise löse. Aber hat er wirklich nichts zu fürchten? Wo in aller Welt mag May-may sein?
»Hören, Einauge-Teufel Brock haben Tai-Pan an Kehle.«
Hören, Teufel Hoppo haben Co-hong an Kehle«, erwiderte Struan. Jetzt, nachdem er entschlossen war, sich nicht auf den üblen Handel einzulassen, fühlte er sich sehr viel wohler. »Ajii jah!«
»Macht nichts. Mandarin Ti-sen Zorn-Zorn bekommen haben.«
»Warum?«
»Maste' ›Widerlicher Penis‹ schreiben bösen-bösen Brief.«
»Tee-ah sehr Nummer-eins gut-ah«, antwortete Struan.
»Maste' ›Widerlicher Penis‹ tun, was Tai-Pan sagen, heja?«
»Zuweilen können.«
»Schlimm, wenn Ti-sen Zorn kriegen.«
»Schlimm, wenn Maste' Longstaff Zorn kriegen.«
»Ajii jah.« Jin-kwa pickte wählerisch in seinem Essen herum und aß, wobei sich seine Augen noch mehr verengten. »Verstehen Kung Hay Fat Choy?«
»Chinesisches Neujahr? Versteh'.«
»Neues Jahr bald beginnen. Co-hong haben schlimme Schulden von alten Jahren. Guter Joss beginnen neues Jahr, wenn keine Schulden. Tai-Pan haben viele Co-hong-Schuldscheine.«
»Macht nichts. Können warten.« Jin-kwa und die anderen Co-hong-Kaufleute schuldeten Struan sechshunderttausend.
»Einauge-Teufel können warten?«
»Jin-kwa Schuldscheine können warten. Schluß. Essen sehr Nummer-eins gut-ah.«
»Sehr schlecht.« Jin-kwa schlürfte von seinem Tee. »Hören, Tai-Pan Erste Dame und Chillos tot. Schlimmer Joss. Traurig.«
»Menge schlimmer Joss«, sagte Struan.
»Macht nichts. So viel jung, viel neue Cow Chillo. Sie nur ein Stück Cow Chillo May-may. Warum Tai-Pan nur haben einen Stier-Chillo? Tai-Pan vielleicht wollen Medizin. Ich haben.«

»Wenn wollen, ich fragen«, antwortete Struan freundlich. »Hören, Jin-kwa haben bekommen neuen Stier-Chillo. Welche Nummer Sohn dieser?«
»Zehn und sieben«, erwiderte Jin-kwa strahlend.
Großer Gott, dachte Struan. Siebzehn Söhne – und wahrscheinlich die gleiche Menge Töchter, die Jin-kwa jedoch nicht zählt. Er senkte den Kopf und stieß anerkennend einen Pfiff aus.
Jin-kwa lachte auf. »Wieviel Tee-ah wollen diese Saison?«
»Handeln stopp. Wie können handeln?«
Jin-kwa zwinkerte. »Können.«
»Nicht wissen. Sie Brock verkaufen. Wenn ich wollen Tee-ah, ich Ihnen sagen. Heja?«
»Muß wissen zwei Tage.«
»Nicht können.«
Jin-kwa sagte in scharfem Ton etwas zu seinem Diener, der an eine der mit Schimmel bedeckten Kisten trat und den Deckel abnahm. Sie war voller Silberbarren. Jin-kwa deutete auf die nächste Kiste. »Hier vierzig Lac Dolla'.«
Ein Lac entsprach rund fünfundzwanzigtausend Pfund Sterling. Vierzig Lac waren also eine Million Sterling.
Jin-kwas Augen verengten sich noch mehr. »Ich leihen. Sehr hart. Sehr teuer. Sie wollen? Jin-kwa leihen vielleicht.«
Struan versuchte seine Bestürzung zu verbergen. Er wußte, daß jeder Kredit mit harten Bedingungen verknüpft war. Er wußte auch, daß Jin-kwa sein Leben, seine Seele, sein Haus, seine Zukunft und die seiner Freunde und seiner Söhne als Einsatz gewagt haben mußte, um so viel Silber heimlich anzusammeln. Dieser Schatz mußte geheim sein, oder der Hoppo hätte ihn gestohlen, und Jin-kwa wäre ganz einfach verschwunden. Und wenn in die Piraten- und Banditennester, von denen es in oder nahe Kanton so viele gab, durchgesickert wäre, daß auch nur ein Hundertstel eines solchen Schatzes so griffbereit dort lag, wäre Jin-kwa ebenfalls ausgelöscht worden.
»Viele Lac-Dolla'«, sagte Struan. »Mann Vergünstigung tun, muß wiederhaben Vergünstigung.«
»Dies Jahr kaufen doppelten Tee-ah vergangenes Jahr, selbe Preis vergangenes Jahr. Können?«
»Können.«
»Verkaufen doppeltes Opium dies Jahr, selbe Preis vergangenes Jahr. Können?«
»Können.« Struan mußte für den Tee zwar mehr als den Marktpreis bezahlen und das Opium zu einem geringeren Preis als dem augenblicklich gültigen abstoßen, aber trotzdem würde er noch einen gewaltigen Gewinn einstreichen. Vorausgesetzt, die anderen Bedingungen sind erträglich, sagte er zu sich. Vielleicht war er doch noch nicht erledigt. Wenn Jin-kwa nur nicht den Mandarin haben wollte. Struan sprach in Gedanken ein Stoßgebet, daß der Mandarin nicht zu den Bedingungen dieses Geschäfts gehören möge. Aber er wußte auch, wenn es keinen Mandarin in Hongkong gäbe, würde es auch keinen Co-hong geben. Und gab es keinen Co-hong und kein Monopol, würden Jin-kwa und alle anderen Kaufleute keine Geschäfte mehr machen. Auch sie brauchten dieses System.

»Nur kaufen Jin-kwa oder Jin-kwa Sohn zehn Jahre. Können?«
Allmächtiger Gott, dachte Struan, wenn ich ihm ein Monopol auf unsere Firma einräume, kann er uns nach Belieben erpressen. »Können – wenn Teepreis, Seidenpreis selbe wie anderer Co-hong.«
»Zwanzig Jahr. Marktpreis zehn Prozent dazu.«
»Plus fünf Prozent – fünf Prozent dazu. Können.«
»Acht.«
»Fünf.«
»Sieben.«
»Fünf.«
»Sieben.«
»Nicht können. Kein Gewinn. Zu sehr viel«, sagte Struan.
»Ajii jah. Zu sehr viel Gewinn. Sieben!«
»Zehn Jahr sechs Prozent – zehn Jahr fünf Prozent.«
»Ajii jah«, erwiderte Jin-kwa heftig. »Schlecht viel schlecht.«
Er wies mit seiner ausgemergelten Hand auf die Kisten. »Riesig' Kosten! Hohe Zinsen. Sehr viel. Zehn Jahr sechs, zehn Jahr fünf und neue zehn Jahr dazu fünf.«
Struan fragte sich, ob sein Zorn echt war oder gespielt. »Angenommen kein Jin-kwa, kein Jin-kwa Sohn?«
»Menge Sohn – Menge Sohn von Sohn. Können?«
»Neue zehn Jahr vier Prozent dazu.«
»Fünf.«
»Vier.«
»Schlecht, schlecht. Sehrr hohe Zinsen, sehrr. Fünf.«
Struan zwang sich, nicht zu dem Silber hinzusehen, aber er spürte es geradezu körperlich. Sei kein Idiot. Nimm es. Erklär dich mit allem einverstanden. Es kann dir nichts geschehen, mein Freund. Damit hast du alles.
»Mandarin Ti-sen sagen, ein Mandarin Hongkong«, fuhr Jin-kwa unvermittelt fort. »Warum Sie sagen nein?«
»Jin-kwa Mandarin mögen tun, heja? Warum ich Mandarin mögen, heja?« erwiderte Struan und hatte das Gefühl, als ziehe sich ihm der Magen zusammen.
»Vierzig Lac Dolla', ein Mandarin. Können?«
»Nicht können.«
»Mächtig leicht. Warum Sie sagen nicht können? Können.«
»Nicht können.« Struans Augen blieben fest. »Mandarin nicht können.«
»Vierzig Lac Dolla'. Ein Mandarin. Billig.«
»Vierzigmal zehn Lac Dolla' nicht können. Vorher sterben.« Struan hatte sich entschlossen, das Feilschen zu einem Ende zu bringen. »Schluß«, erklärte er schroff. »Bei meinen Vätern, Schluß.« Er erhob sich und ging zur Tür.
»Warum gehen?« fragte Jin-kwa.
»Kein Mandarin – keine Dolla'. Wozu reden, heja?«
Zu Struans Erstaunen kicherte Jin-kwa und sagte: »Ti-sen Mandarin wollen. Jin-kwa nicht leihen Geld Ti-sen gehören. Jin-kwa leihen Jin-kwa-Geld. Dazu neue zehn Jahre fünf Prozent. Können?«
»Können.« Struan setzte sich wieder. Es erschien ihm alles sehr wirr.

»Um fünf Lac Dolla' kaufen Jin-kwa Land in Hongkong. Können?«
Warum? fragte sich Struan ratlos. Wenn Jin-kwa mir das Geld leiht, muß er wissen, daß der Co-hong erledigt ist. Warum sollte er sich selber vernichten? Warum Land in Hongkong kaufen?
»Können?« fragte Jin-kwa noch einmal.
»Können.«
»Fünf Lac Dolla' sicherstellen.« Jin-kwa öffnete einen kleinen Kasten aus Teakholz und nahm zwei Stempel heraus. Die Stempel waren kleine rechteckige Stäbe aus Elfenbein, zwei Zoll lang. Der alte Mann nahm sie geschickt zwischen die Finger und tauchte die Enden, auf die ein kompliziertes Muster eingeschnitzt war, in dickflüssige Tusche. Er drückte zwei Stempel auf einen Bogen Papier. Jin-kwa gab Struan einen der Stempel und legte den anderen in das Kästchen zurück. »Mann bringen dieses Stück Stempel, geben Land und Dolla', fünf Lac, versteh'?«
»Versteh'.«
»Nächstes Jahr ich schicken einen meinen Stier-Chillo Hongkong. Sie schikken gleiche Zeit Ihren Sohn Schule London. Können?«
»Können.«
»Ihren Stier-Chillo, Gord'n Tschen. Gut? Schlecht vielleicht?«
»Guter Chillo. Tschen Scheng sagen viel gut denken-denken.« Ganz offensichtlich wurde von Struan erwartet, er solle etwas mit Gordon Tschen anfangen. Aber warum und in welcher Weise gehörte Gordon zu Jin-kwas Überlegungen? »Ich denken-denken vielleicht Gord'n größere Stellung geben.«
»Was für größere Stellung?« sagte Jin-kwa verächtlich. »Ich denken, Sie leihen einen Lac Dolla' Tschen Stier-Chillo.«
»Welcher Zins?«
»Halber Gewinn.«
Gewinn woraus? Struan merkte, daß Jin-kwa mit ihm spielte wie mit einem Fisch an der Angel. Aber ich habe mich losgerissen! hätte er am liebsten geschrien. Ich bekomme das Silber ohne den Mandarin. »Können.«
Jin-kwa seufzte auf, und Struan nahm an, das Geschäft sei nun abgeschlossen, aber das war es nicht. Jin-kwa steckte die Hand in seine Ärmeltasche und holte acht Münzhälften hervor, die er auf den Tisch legte. Jede der vier Münzen war roh in zwei Teile gebrochen. Mit einem seiner Nagelfutterale schob Jin-kwa jeweils die Hälfte einer Münze ihm über den Tisch hinweg zu. »Letztes. Vier Gefälligkeiten. Wenn Mann bringen eine von Hälften, Sie Gefälligkeit erweisen.«
»Was für Gefälligkeit?«
Jin-kwa lehnte sich auf seinem Stuhl zurück. »Nicht wissen, Tai-Pan«, antwortete er. »Vier Gefälligkeiten irgendwann. Nicht mein Leben vielleicht, Sohn vielleicht. Nicht wissen, wann, aber vier Gefälligkeiten erbitten. Eine halbe Münze eine Gefälligkeit. Können?«
Der kalte Schweiß brach Struan aus, und er erschauerte. Auf ein solches Verlangen einzugehen, bedeutete, dem Unheil Tür und Tor öffnen. Aber wenn er es ablehnte, ging ihm das Silber verloren. Du steckst deinen Kopf in eine teuflische Falle, sagte er zu sich. Ja, aber entscheide dich jetzt. Willst du noch

eine Zukunft haben oder nicht? Du kennst Jin-kwa seit zwanzig Jahren. Er hat immer redlich gehandelt. Und dabei ist er der gerissenste Mann in ganz Kanton. Seit zwanzig Jahren hilft er dir und hat dir die Wege geebnet – und miteinander seid ihr immer mächtiger und reicher geworden. Du mußt ihm also vertrauen; du kannst ihm vertrauen. Nein, du kannst niemandem vertrauen, am allerwenigsten Jin-kwa. Du hast es mit ihm zusammen nur deswegen zu Wohlstand gebracht, weil du immer den letzten Trumpf in der Hand behalten hast. Und jetzt wird von dir verlangt, du sollst Jin-kwa aus deinem Kartenspiel, das über Leben und Tod entscheidet, vier Trümpfe herausgeben.

Wieder einmal wurde Struan mit einem Gefühl des Grauens die Gerissenheit und teuflische Durchtriebenheit des chinesischen Denkens bewußt. Es war erhaben und erbarmungslos. Aber sie spielten ja beide mit ungeheurem Einsatz, sagte er zu sich. Beide spekulierten sie auf die Redlichkeit des anderen, denn es gab keine Gewähr dafür, daß das Verlangen nach einer Gefälligkeit auch erfüllt wurde. Nur daß du es eben doch erfüllen wirst und erfüllen mußt, denn Übereinkunft ist und bleibt nun einmal Übereinkunft.

»Können«, sagte er und streckte seine Hand aus. »Mein Brauch, Hand geben. Nicht chinesischer Brauch, macht nichts.« Niemals zuvor hatte er Jin-kwa die Hand gegeben. Er wußte, daß dieses Händeschütteln als barbarisch betrachtet wurde.

Jin-kwa sagte: »Gefälligkeit vielleicht gegen Gesetz. Meins, Ihrs, versteh'?«

»Versteh'. Ihr Freund. Sie oder Sohn nicht schicken Münze und böse Gefälligkeit verlangen.«

Jin-kwa schloß für einen Augenblick die Augen und dachte über die europäischen Barbaren nach. Sie waren behaart und affenähnlich. Ihr Benehmen war widerwärtig und häßlich. Sie stanken unvorstellbar. Sie hatten keine Bildung, keine Kultur und keinen Anstand. Noch der niedrigste Kuli war zehntausendmal besser als der beste Europäer. Und was für die Männer galt, traf für die Frauen in noch höherem Maße zu. Er dachte an seinen einzigen Besuch bei der chinesisch sprechenden, englischen, barbarischen Hure in Macao. Er hatte sie mehr aus Neugier als zur Befriedigung seiner Lust aufgesucht, von Freunden ermutigt, die ihm erzählt hatten, es sei ein unvergeßliches Erlebnis, denn es gebe keine Perversität, zu der sie nicht bereit sei, wenn man sie dazu ermuntere.

Er erschauerte bei der Erinnerung an ihre haarigen Arme, die behaarten Achselhöhlen, die behaarten Schenkel und die von Haaren bedeckte Spalte, an ihre grobe Haut und ihr grobes Gesicht und an den Gestank von Schweiß, der sich mit dem widerlichen Parfüm mischte.

Und die Speisen, die diese Barbaren zu sich nahmen – scheußlich. Er war häufig zum Essen bei ihnen gewesen und hatte die unzähligen Gerichte über sich ergehen lassen müssen, fast ohnmächtig vor Übelkeit. Immer hatte er so getan, als sei er nicht hungrig. Entsetzt hatte er die unvorstellbaren Mengen halbroher Fleischgerichte betrachtet, die sie sich mit ihren Messern in den Mund schoben, während blutiger Fleischsaft und Sauce über ihr Kinn herabrannen. Und die Unzahl berauschender alkoholischer Getränke, die sie in sich hineingossen. Und die ekelhaften ausgelaugten Gemüse und die unverdaulichen schweren Pasteten. Das alles in ungeheuren Massen. Wie Schweine – nein, nicht wie Schweine: eben wie schwitzende, gefräßige, unmäßige Teufel. Unglaublich!

Sie haben keine Eigenschaften, die für sie sprechen, dachte er, keine. Es sei denn, ihre Neigung zum Töten, denn darauf verstehen sie sich und bringen dazu eine unwahrscheinliche Brutalität mit, allerdings nicht die geringste Raffinesse. Und ihre Eigenschaft, Geld zu machen. Zumindest erhalten wir durch sie die Möglichkeit, Geld zu verdienen.

Die Barbaren sind das personifizierte Böse. Alle mit Ausnahme dieses Mannes – dieses Dirk Struan. Früher war Struan genauso wie die anderen Barbaren. Jetzt ist er zum Teil Chinese. Im Geist. Der Geist ist wichtig, denn Chinese zu werden setzt zum Teil einen geistigen Prozeß voraus. Und er ist sauber und riecht auch sauber. Er hat auch einige unserer Gewohnheiten angenommen. Zwar ist er noch immer gewalttätig, barbarisch und ein Totschläger. Aber dennoch ist er ein wenig verändert. Und wenn sich ein Barbar in einen zivilisierten Menschen verwandeln läßt, weshalb sollte es dann nicht auch bei vielen möglich sein? Der Plan, den du verfolgst, ist ein kluger Plan, sagte Jin-kwa zu sich. Er öffnete die Augen, griff über den Tisch hinüber und berührte leicht Struans Hand mit der seinen. »Freun'.«

Jin-kwa machte dem Diener ein Zeichen, Tee einzugießen.

»Männer meine bringen Silber Ihre Faktorei. Zwei Tage. Nacht. Sehrr geheim«, sagte Jin-kwa. »Masse Gefahr, versteh'? Sehrr Masse.«

»Versteh'. Ich gebe Papier und Stempel gegen Silber. Schicken morgen.«

»Nicht Stempel, nicht Papier. Wort besser, heja?«

Struan nickte. Wie sollte man es – zum Beispiel Culum – erklären, daß Jinkwa bereit war, einem Mann eine Million in Silber zu geben und einem ein anständiges Geschäft anzubieten, obwohl er wußte, er hätte jede nur denkbare Bedingung stellen können? Wie sollte er es erklären, daß er einem Mann alles, was er brauchte, auf einen symbolischen Händedruck hin gab?

»Dreimal zehn Lac Dolla' Jin-kwa zahlen, Co-hong Schulden. Jetzt neues Jahr, keine Schulden. Guter Joss«, sagte Jin-kwa.

»Ja«, antwortete Struan. »Guter Joss für mich.«

»Sehrr viel Gefahr, Tai-Pan. Niemand können helfen.«

»Ja.«

»Sehrr sehrr viel Gefahr. Müssen warten zwei Nächte.«

»Ajiii jah Gefahr!« sagte Struan. Er sammelte die vier halben Münzen ein. »Ich danke Ihnen, Tschen-tse Jin Arn. Ich danke Ihnen sehr.«

»Kein Dank, Dir' Str'n. Freun'.«

Plötzlich kam der Mann, der Struan zu Jin-kwa geführt hatte, hereingestürzt. Er redete hastig auf Jin-kwa ein, der sich erschrocken zu Struan umwandte. »Diener gehen! Gegangen aus Niederlassung. Alle gegangen!«

Struan saß in der Sänfte und schwankte im Rhythmus der Trägerkulis, die durch die stillen Gassen trotteten, hin und her. Das Innere der verhangenen Sänfte war schmutzig und von Schweiß verfärbt. Von Zeit zu Zeit lugte er hinter den Vorhängen hervor durch das Seitenfenster auf die Gassen hinaus. Den Himmel konnte er nicht sehen, aber er wußte, daß die Dämmerung nahte. Der Wind trug den Gestank von verfaulenden Früchten, Fäkalien, Abfällen, Kochdünsten und Gewürzen mit sich, vermischt mit dem Geruch des Schweißes der Kulis.
Er hatte mit Jin-kwa einen Plan ausgearbeitet, der ihm sicherer dünkte, um das Silber nach Hongkong zu schaffen. Das Silber, so hatte er mit Jin-kwa abgemacht, sollte in den Kisten auf eine bewaffnete Lorcha geschafft und diese zwei Nächte später heimlich an das Bollwerk der Niederlassung verholt werden. Genau um Mitternacht. Falls dies nicht möglich war, sollte die Lorcha nahe der Südseite des Kais liegen bleiben, eine Laterne am Fockmast, eine zweite am Bug. Um jeden Irrtum auszuschalten, hatte Jin-kwa erklärt, er würde als Erkennungszeichen das dem Land zugewandte Auge der Lorcha rot anmalen. Jede Lorcha hatte zwei Augen, die in das Teakholz ihres Bugs geschnitzt waren. Die Augen waren des Joss wegen da und auch, um der Seele des Bootes zu helfen, weit vorauszuschauen. Die Chinesen wußten, daß es für ein Boot wichtig war, Augen zu haben, mit denen es sehen konnte.
Aber warum sollte Jin-kwa mir Hongkong so uneingeschränkt überlassen? fragte er sich selber. Bestimmt ist ihm doch die Wichtigkeit eines Mandarins an dieser Stelle klar. Und warum sollte er den Wunsch haben, einen Sohn in London erziehen zu lassen? War Jin-kwa etwa unter all den Chinesen, die er kannte, der einzige, der so weitblickend war, endlich zu begreifen, daß das Schicksal und das Wohlergehen Chinas für alle Zeit mit dem Schicksal und dem Wohlergehen Britanniens verbunden sein würden?
Er hörte Hunde bellen und sah durch die Spalten der Vorhänge, wie sie nach den Beinen des vorderen Kulis schnappten. Aber der Kuli, der mit der Laterne der Sänfte vorausging, kam zurückgelaufen und schlug mit seinem eisenbeschlagenen Stock auf die Tiere ein. Man sah ihm an, daß er darin Übung und Erfahrung besaß. Die Hunde verschwanden kläffend in der Finsternis.
Dann bemerkte Struan einen Haufen von bewaffneten und mit Laternen versehenen Bannermännern – vielleicht hundert –, die an einer entfernten Kreuzung hockten. Sie waren unheimlich still. Einige der Männer erhoben sich und kamen auf die Sänfte zu. Die Kulis bogen, zu Struans großer Erleichterung, in eine Gasse ab. Jetzt bleibt dir nur noch, das Silber sicher bis Hongkong zu schaffen, sagte er zu sich. Oder wenigstens bis Whampoa, wo du es auf die *China Cloud* verladen kannst. Aber solange es noch nicht glücklich an Bord ist, hast du es noch nicht geschafft.
Die Sänfte schwankte, als ein Kuli fast in eins der großen Löcher gestürzt wäre, mit denen die Straße übersät war. Struan wandte sich in dem engen Raum nach allen Seiten, um festzustellen, wo er sich befand. Etwas später erblickte er die Maste von Schiffen, von Hütten halb verdeckt. Voraus war

noch immer nichts zu erkennen. Die Sänfte bog um eine Ecke und auf den Fluß zu; dann überquerte sie eine schmale Gasse und gelangte wiederum in ein enges Gäßchen. Schließlich konnte er über Hüttendächer hinweg einen Teil der Gebäude der Niederlassung erkennen, die im Mondschein schimmerten.

Plötzlich blieb die Sänfte stehen und wurde heftig abgesetzt, wobei Struan zur Seite fiel. Er riß die Vorhänge weg und sprang, das Messer in der Hand, gerade in dem Augenblick hinaus, als drei Speere die dünne Wand der Sänfte durchstießen.

Die drei Männer mit den Speeren bemühten sich noch verzweifelt, ihre Waffen herauszureißen, als sich Struan schon auf den ihm nächsten stürzte und ihm sein Messer in die Seite stieß. Als er herumwirbelte, traf ihn die doppelschneidige Kriegsaxt des zweiten an der Schulter. Er verzog vor Schmerz das Gesicht, sprang aber zu und rang mit dem Mann um den Besitz der Axt. Er entriß sie seinen Händen, und der Mann schrie auf, als ein für Struan bestimmter Speer ihn durchbohrte. Struan zog sich bis an die Mauer zurück. Der eine Gegner, der noch übrig war, näherte sich ihm keuchend und fluchend. Struan machte einen Scheinangriff, schlug dann mit der Axt nach ihm, verfehlte ihn jedoch, und der Mann stürzte vor. Sein Speer durchbohrte Struans Rock, aber Struan riß sich los und stieß dem Mann das Messer bis zum Heft in den Bauch, drehte es herum und schlitzte ihn auf.

Struan machte einen Satz, weg von den Körpern, mit dem Rücken noch immer gegen die Mauer, und wartete. Der Mann, dem er das Messer in die Seite gestoßen hatte, brüllte. Ein zweiter lag regungslos da, der dritte, den er aufgeschlitzt hatte, hielt sich den Bauch und kroch davon.

Struan wartete einen Augenblick und sammelte seine Kräfte, als ein Pfeil über seinem Kopf die Mauer traf. Er ergriff einen der Speere und rannte die Gasse entlang zur Niederlassung. Hinter sich hörte er Schritte und lief schneller. Als er um die Ecke kam, sah er die Thirteen Factory Street unmittelbar vor sich liegen. Er ließ den Speer fallen und stürzte im Zickzack über die Straße, dann die Hog Street entlang und über den Platz, auf dem noch mehr Bannermänner versammelt waren als zuvor.

Bevor die Bannermänner ihn abfangen konnten, sprang er durch die Gartentür. Eine Muskete stieß ihm in den Magen.

»Ach, sind Sie es, Dirk«, rief Brock. »Wo, zum Teufel, sind Sie gewesen?«

»Aus.« Struan holte keuchend Luft. »Allmächtiger, gemeine Banditen haben mich überfallen.«

»Ist das Ihr Blut oder das von denen?«

Im Licht der Laterne riß sich Struan Rock und Hemd von der verwundeten Schulter herunter. Es war eine glatte, nicht allzu tiefe Fleischwunde quer über den Schultermuskel.

»Nischt weiter als ein Mückenstich«, rief Brock verächtlich. Er holte eine Flasche Rum, goß etwas in die Wunde und lächelte, als Struan zusammenzuckte.

»Wie viele waren's?«

»Drei.«

»Und Sie lassen sich erwischen? Werden alt!« Brock schenkte Rum ein.

Struan trank und fühlte sich schon wohler.
»Ich dachte, Sie schlafen. Ihre Tür war verschlossen. Wo sind Sie gewesen?«
»Was geht hier vor?«
»Die Diener sind vor etwa 'ner Stunde verschwunden. Das ist alles. Ich dachte, es ist am besten, nicht vor Tagesanbruch die anderen hier zusammenzutrommeln. Müssen an die hundert Gewehre gewesen sein, die auf Sie gerichtet waren, als Sie gerannt sind.«
»Warum, zum Teufel, stoßen Sie mir da eine Muskete in den Bauch?«
»Hab' Sie nur richtig willkommen heißen wollen.« Brock goß einen Schluck Rum hinunter. »Sollt'n nur wissen, daß wir wach sind.«
»Weiß jemand, warum sich die Diener verdrückt haben?«
»Nein.« Brock trat ans Tor. Die Bannermänner sanken wieder in Schlaf. Die Morgendämmerung, von geheimer Unruhe erfüllt, kroch langsam herauf. »Sieht gottverdammt übel aus«, sagte er, und sein Gesicht war verschlossen. »Das Ganze gefällt mir nich' im geringsten. Die Kerle tun nischt weiter als rumsitzen und hin und wieder auf ihre Trommeln schlagen. Ich glaube, wir ziehen uns besser zurück, solange der Rückzugsweg offen ist.«
»Ein paar Tage ist nichts zu befürchten.«
Brock schüttelte den Kopf. »Habe so 'ne schlimme Ahnung. Irgendwo stinkt's gewaltig. Sollten lieber verduften.«
»Nur ein Druckmittel, Brock.« Struan riß ein Stück seines Hemdes ab und wischte sich den Schweiß vom Gesicht.
»Kann sein. Aber ich hab' nu' mal diese Ahnung, und wenn ich die Ahnung habe, is' es Zeit zu verduften.« Mit dem Daumen machte er eine heftige Bewegung zu den Bannermännern hin. »Hab' sie gezählt. Hundertfünfzig. Han-kwa hat gesagt, sind mehr als tausend um die ganze Niederlassung rum verteilt.«
»Ich habe vielleicht an die zwei- oder dreihundert gesehen. Östlich der Niederlassung.«
»Wo sind Sie denn gewesen?«
»Aus.« Struan fühlte sich versucht, es ihm zu sagen. Aber das hilft alles nichts, dachte er. Brock wird alles tun, was in seiner Macht steht, um das ungehinderte Eintreffen des Silbers zu hintertreiben. Und ohne Silber bist du ein toter Mann. »Gleich um die Ecke rum wohnt ein Mädchen«, antwortete er leichthin.
»Quatsch, ein Mädchen. Sind doch nich' so blöde, wegen 'ner Dirne rauszugehen.« Brock zupfte mürrisch an seinem Bart. »Lösen Sie mich in 'ner Stunde ab?«
»Ja.«
»Um zwölf rücken wir ab.«
»Nein.«
»Ich sage, um zwölf.«
»Nein.«
Brock furchte die Stirn. »Was hält Sie denn hier?«
»Wenn wir abrücken, bevor sich die Lage ernstlich verschärft, haben wir das Gesicht allzu sehr verloren.«

»Ja. Weiß ich. Gefällt mir auch nich', davonzulaufen. Aber etwas sagt mir, es is' besser.«
»Wir warten noch ein paar Tage.«
Brock war sehr mißtrauisch. »Sie wissen, hab' mich noch nie geirrt, hab' immer gewußt, wann es richtig is' zu laufen. Warum woll'n Sie bleiben?«
»Weil es wieder so einer von Ti-sens Schlichen ist. Diesmal irren Sie. Ich löse Sie in einer Stunde ab«, sagte Struan und trat ins Haus.
Was hat Dirk vor? grübelte Brock. Er räusperte sich laut. Er haßte den Geruch der Gefahr, diesen Gestank, der aus der Nacht aufzusteigen schien.

Struan stieg durch das marmorne Treppenhaus in seine Gemächer hinauf. An den Wänden hingen Gemälde von Quance und chinesische Wandbehänge. Auf den Treppenabsätzen standen riesige Teakdrachen aus der Mingzeit und Truhen, ebenfalls aus Teakholz. Die Gänge, die vom ersten Treppenabsatz abzweigten, waren mit Bildern von Schiffen und Seeschlachten geschmückt, und auf einem Sockel stand das maßgetreue Modell der *H.M.S. Victory*.
Struan fand seine Tür verriegelt.
»Aufmachen«, sagte er und wartete. Ah Gip ließ ihn ein.
»Wo, zum Teufel, bist du denn gewesen, May-may?« rief er und bemühte sich, seine Erleichterung nicht zu sehr zu verraten.
Sie stand im Schatten in der Nähe des Fensters. Dann sagte sie etwas zu Ah Gip und machte ihr ein Zeichen, hinauszugehen.
Struan verriegelte die Tür. »Wo in aller Welt bist du gewesen?«
Sie trat ins Licht der Laterne, und er erschrak, so blaß war sie.
»Wo fehlt's?«
»Es gehen viele Gerüchte um, Tai-Pan. Es heißt, alle Barbaren sollen durch Schwert hingerichtet werden.«
»Das wäre nichts Neues. Wo bist du gewesen?«
»Die Bannermänner sind etwas Neues. Es geht Gerücht, daß Ti-sen in Ungnade ist. Daß er zum Tod verurteilt ist.«
»Das ist doch Unsinn. Er ist ein Vetter des Kaisers und der zweitreichste Mann in China.«
»Das Gerücht sagt, der Kaiser so gottverdammt zornig, weil Ti-sen einen solchen Vertrag machen, daß Ti-sen soll öffentlich gefoltert werden.«
»Das ist doch Wahnsinn.« Struan stand am Feuer und zog sich Rock und Hemd aus. »Wo bist du gewesen?«
»Was dir zugestoßen?« rief sie, als sie die Wunde sah.
»Banditen haben mich überfallen.«
»Hast du Jin-kwa gesprochen?«
Struan war verblüfft. »Wieso weißt du von Jin-kwa?«
»Ich war dort, um Kotau zu machen und der Ersten Dame meine Ehrerbietung zu bezeigen. Sie erzählte mir, er gerade zurückgekommen und dich holen lassen.«
Struan hatte nichts davon gewußt, daß May-may Jin-kwas Erste Dame kannte, aber er war so zornig, daß er sich nicht weiter damit befaßte. »Warum, zum Teufel, hast du mir nicht gesagt, wohin du gehst?«

»Weil du es mir dann verboten hättest«, entgegnete May-may heftig. »Ich sie sehen wollen. Außerdem wollte ich mir mein Haar frisieren lassen und den Astrologen befragen.«
»Bitte?«
»Es gibt einen fürchterlich guten Friseur, zu dem Jin-kwas Damen gehen. Fürchterlich gut für Haar. Diese Frau ist in ganz Kuangtung bekannt. Sehr teuer. Der Astrologe hat gesagt, Joss ist gut. Sehr gut.«
»Du riskierst dein Leben, nur um mit Wahrsagern zu reden und dir dein Haar behandeln zu lassen?« stieß er hervor. »Was, zum Teufel, soll denn deinem Haar fehlen? Es ist doch gut, wie es ist!«
»Du verstehst dich nicht auf diese Dinge, Tai-Pan«, antwortete sie kühl. »Dort ich die Gerüchte hören. Beim Friseur.« Sie nahm seine Hand und ließ ihn ihr Haar berühren. »Da, siehst du. Es ist doch viel weicher.«
»Nein! Das ist es nicht! Hol's der Teufel, wenn du noch einmal weggehst, ohne mir zuvor zu sagen, wohin du gehst, verhaue ich dich so sehr, daß du eine Woche lang nicht mehr sitzen kannst.«
»Versuch es nur, Tai-Pan, bei Gott!« rief sie und sah ihn mit funkelnden Augen an.
Schon hatte er sie gepackt und trug sie, trotz ihrer Gegenwehr, zum Bett, riß ihr Gewand und ihre Unterkleider hoch und gab ihr einen Schlag aufs Gesäß, so stark, daß seine Hand brannte, und warf sie aufs Bett. Niemals zuvor hatte er sie geschlagen. May-may sprang vom Bett herunter und ging, aufs äußerste gereizt, mit ihren langen Nägeln auf sein Gesicht los. Eine Laterne krachte zu Boden, als Struan sie wieder herumdrehte und erneut zu verhauen begann. Sie entwand sich seinem Griff und fuhr mit ihren Nägeln auf seine Augen los, verfehlte sie knapp, zerkratzte ihm aber dafür das Gesicht. Er ergriff ihre Handgelenke, legte sie über, riß ihr Gewand und Wäsche herunter und klatschte ihr mit der bloßen Hand auf die Gesäßbacken. Sie setzte sich ungestüm zur Wehr, stieß ihm mit dem Ellbogen in den Unterleib und zielte mit den Nägeln wieder nach seinem Gesicht. Er nahm seine ganze Kraft zusammen und drückte sie aufs Bett, aber es gelang ihr, den Kopf freizubekommen. Sie schlug ihre Zähne in seinen Unterarm. Der Schmerz benahm ihm den Atem, und wieder klatschte seine freie Hand auf ihr Gesäß nieder. Da biß sie noch stärker zu.
»Bei Gott, mich wirst du niemals mehr beißen«, stieß er zwischen zusammengebissenen Zähnen hervor. Ihre Zähne drangen noch tiefer ins Fleisch, aber er war fest entschlossen, den Arm nicht wegzuziehen. Der Schmerz war so stark, daß ihm die Tränen in die Augen traten, aber er schlug nur noch härter zu, bis ihn die Hand schmerzte. Schließlich gab sie seinen Arm frei.
»Halt – nicht mehr – bitte – bitte«, wimmerte sie und weinte wehrlos ins Kissen hinein.
Struan holte tief Atem. »Sag, daß es dir leid tut, ohne Erlaubnis weggegangen zu sein.«
Ihre geröteten Gesäßbacken zogen sich zusammen, und sie zuckte in Erwartung des Schlages, aber er hatte nicht einmal die Hand erhoben. Er wußte, daß das Feuer eines Vollbluts nur gezügelt, doch niemals sein Wille gebrochen werden durfte. »Ich gebe dir drei Sekunden.«

»Es tut mir leid – es tut mir leid. Du mir so weh getan, so sehr weh«, schluchzte sie.
Er stand vom Bett auf, hielt den Unterarm ins Licht und betrachtete prüfend die Wunde. May-mays Zähne waren tief eingedrungen, und das Blut quoll hervor.
»Komm einmal her«, sagte er ruhig. Sie rührte sich nicht von der Stelle, sondern weinte noch immer. »Komm her«, wiederholte er, aber diesmal war seine Stimme wie ein Peitschenhieb, und sie richtete sich auf. Er sah sie nicht an. Rasch zog sie die Fetzen ihres Gewandes um sich und rutschte vom Bett herunter.
»Ich habe nicht gesagt, daß du dich anziehen sollst! Ich habe gesagt: komm her!«
Sie eilte zu ihm; ihre Augen waren gerötet, Puder und Augentusche verschmiert.
Er stemmte seinen Unterarm gegen den Tisch, tupfte das rinnende Blut weg und goß Branntwein in jede Wunde. Er zündete ein Streichholz an und gab es ihr. »Halt die Flamme in die Wunden, eine nach der anderen.«
»Nein!«
»Eine nach der anderen«, befahl er. »Der Biß eines Menschen ist ebenso giftig wie der eines tollen Hundes. Beeil dich.«
Sie verbrauchte drei Streichhölzer, und jedesmal weinte sie ein wenig mehr, angewidert vom Geruch des verbrannten Fleisches, aber ihre Hand zitterte nicht. Und jedesmal, wenn sich der Branntwein entzündete, knirschte Struan mit den Zähnen, aber er sagte nichts.
Nachdem alles beendet war, goß er noch mehr Branntwein über die geschwärzten Wunden. May-may holte den Nachttopf hervor und übergab sich. Struan ließ rasch heißes Wasser aus dem Kessel über ein Handtuch laufen und klopfte damit sanft auf May-mays Rücken. Als sie fertig war, wischte er ihr zärtlich das Gesicht ab und ließ sie den Mund mit warmem Wasser ausspülen. Dann hob er sie auf, legte sie ins Bett und wollte sie verlassen. Aber sie klammerte sich an ihn und begann zu weinen – ein Weinen, das aus der Tiefe der Brust aufstieg und allen Haß wegschwemmte.
Struan beschwichtigte und beruhigte sie, bis sie eingeschlafen war. Dann stand er auf und löste Brock bei der Wache ab.

Um zwölf Uhr wurde noch eine Besprechung abgehalten. Viele sprachen den Wunsch aus, sofort aufzubrechen. Aber Struan setzte sich Brock gegenüber durch und überredete die Kaufleute dazu, bis zum nächsten Tag zu warten. Nur widerwillig erklärten sie sich einverstanden und beschlossen, um der gemeinsamen Sicherheit willen in Struans Faktorei überzusiedeln. Cooper und die anderen Amerikaner kehrten in ihre eigene Faktorei zurück.
Struan stieg in seine Wohnung hinauf.
May-may empfing ihn leidenschaftlich. Später schliefen sie friedlich ein. Einmal erwachten sie gleichzeitig, und sie küßte ihn schläfrig und flüsterte: »Du recht, mich zu schlagen. Ich unrecht, Tai-Pan. Aber schlag mich niemals, wenn ich nicht im Unrecht bin. Denn auch du mußt einmal schlafen, und dann ich dich umbringen.«

Zur Zeit der Mittelwache wurde ihre Ruhe jäh gestört. Wolfgang Mauss donnerte an die Tür. »Tai-Pan! Tai-Pan!«
»Was ist?«
»Schnell! Herunterkommen! Sofort!«
Nun hörten sie die Menschenmenge, die auf den Platz drängte.

7

»Mein Vater hat Sie alle gewarnt, verdammt noch mal!« sagte Gorth, wandte sich vom Fenster des Speisesaals ab und drängte sich zwischen den Händlern hindurch.
»Wir haben schon früher mit Pöbelhaufen zu tun gehabt«, entgegnete Struan scharf. »Und Sie wissen, daß sie stets unter Kontrolle sind und nur von den Mandarinen auf die Straße geschickt werden.«
»Ja, aber die waren nicht so wie diese da«, entgegnete Brock.
»Es muß ein besonderer Grund vorliegen. Noch kein Anlaß zur Sorge.«
Auf dem Platz unten stand eine wogende Masse von Chinesen. Einige trugen Laternen, andere Fackeln. Ein paar von ihnen waren auch bewaffnet. Und alle brüllten sie.
»Es müssen zwei- bis dreitausend von den Kerlen sein«, sagte Brock und rief dann: »He, Wolfgang! Was schreien eigentlich diese heidnischen Teufel?«
»›Tod den teuflischen Barbaren!‹«
»Verdammte Unverschämtheit!« stieß Roach hervor. Er war ein kleiner Mann, der mit einem Sperling Ähnlichkeit hatte; seine Muskete war größer als er selber.
Mauss warf wieder einen Blick auf die Menge, sein Herz schlug dumpf und unruhig, sein Körper war mit Schweiß bedeckt. Ist dies Deine Stunde, o Herr? Die Zeit Deines unvergleichlichen Märtyrertums? »Ich gehe hinaus und rede mit ihnen, predige zu ihnen«, erklärte er mit belegter Stimme. Er sehnte sich nach dem Frieden, den ein solches Opfer schenken würde, und fürchtete es gleichzeitig.
»Ein anerkennenswerter Gedanke, Mr. Mauss«, sagte Rumajee freundlich, und seine schwarzen Augen bewegten sich nervös zwischen der Menschenmenge und Mauss hin und her. »Sie werden einem Menschen mit Ihrer Überzeugungskraft gewiß lauschen, Sir.«
Struan bemerkte die Schweißperlen auf Mauss' Stirn und seine unheimliche Blässe und fing ihn in der Nähe der Tür ab. »Das werden Sie schön bleibenlassen.«
»Es ist die Zeit gekommen, Tai-Pan.«
»So leicht werden Sie sich die ewige Seligkeit nicht erkaufen.«
»Steht es Ihnen zu, darüber zu urteilen?« Mauss wollte sich an ihm vorbeidrängen, aber Struan trat ihm in den Weg.
»Ich wollte damit sagen, daß der Weg zur Erlösung langwierig und voller Schmerzen ist«, fuhr er begütigend fort. Schon zweimal früher hatte er ein so sonderbares Verhalten bei Mauss beobachtet. Jedesmal war es vor einem Kampf mit Piraten geschehen, und später hatte dann Mauss während des

Kampfes seine Waffen weggeworfen und war in religiöser Ekstase dem Feind entgegengegangen – er suchte den Tod. »Die Erlösung ist ein langwieriger Vorgang.«

»Der Friede des Herrn ist ... ist schwer zu finden«, murmelte Mauss, und die Worte blieben ihm in der Kehle stecken. Er war froh, daß ihm einer entgegentrat, und haßte sich selber, weil er froh war. »Ich wollte nur ...«

»Ganz richtig. Ich selber kenne mich auf dem Weg des Heils genau aus«, mischte sich Masterson ein. Er faltete die Hände und senkte gottesfürchtig den Kopf. »Der Herr bewahre uns vor den gottverdammten Heiden! Bin ganz Ihrer Meinung, Tai-Pan. Hol der Teufel diesen ganzen Tumult!«

Mauss riß sich nur mit Mühe zusammen. Er hatte das Gefühl, nackt vor Struan zu stehen, der wieder einmal in die Tiefe seiner Seele geblickt hatte. »Sie sind ... Sie haben recht. Ja. Recht.«

»Denn würden wir Sie verlieren, wer sollte uns dann noch das Wort Gottes predigen?« sagte Struan und beschloß, sollte es wirklich zu Zusammenstößen kommen, auf Mauss zu achten.

»Ganz richtig«, stimmte Masterson ihm bei und schneuzte sich mit den Fingern. »Wäre es nicht sinnlos, einen wertvollen Christen den Wölfen vorzuwerfen? Dieses verfluchte Gesindel ist bis zum Äußersten aufgehetzt worden und nicht in der Stimmung, sich eine Predigt anzuhören. Möge uns der Herr schützen! Gottverdammt, Tai-Pan, ich habe Ihnen gesagt, sie würden angreifen.«

»Den Teufel haben Sie!« brüllte Roach von der anderen Seite des Raumes her.

»Wer, zum Donnerwetter, hat denn Sie um Ihre Meinung gefragt? Ich unterhalte mich hier ganz ruhig mit dem Tai-Pan und Reverend Mauss«, brüllte Masterson zurück. Dann zu Mauss gewandt: »Wie wäre es, wenn Sie ein Gebet für uns sprechen würden? Schließlich sind ja wir hier die Christen, bei Gott!« Er eilte zum Fenster hinüber. »Sieht denn keiner, was da draußen vor sich geht, he?«

Mauss wischte sich den Schweiß von der Stirn. O Allmächtiger Gott und lieber Jesus, Dein einziger Sohn, gib mir Deinen Frieden. Schicke mir Jünger und Missionare, so daß ich Deine Bürde ablegen kann. Und ich segne Dich, weil Du mir den Tai-Pan gesandt hast, denn er ist mein Gewissen, und er sieht mich, wie ich bin. »Ich danke Ihnen, Tai-Pan.«

Die Tür wurde aufgestoßen, und noch mehr Händler strömten in den Raum. Alle waren bewaffnet. »Was in aller Welt geht eigentlich vor? Was ist los?«

»Das weiß niemand«, antwortete Roach. »Zuerst sah es noch ganz friedlich aus, aber im nächsten Augenblick kamen sie von allen Seiten herbeigeströmt.«

»Den guten Eliksen werden wir bestimmt niemals wiedersehen. Dem armen Teufel haben sie wahrscheinlich die Kehle bereits durchgeschnitten«, meinte Masterson und machte grimmig seine Muskete schußfertig. »Wir werden heute nacht in unseren Betten sterben.«

»Ach, halt's Maul, ich bitte dich«, entgegnete Roach.

»Sie sind wahrhaftig ein Mensch, der Frieden und Seelenruhe um sich her verbreitet!« Vivien, ein stiernackiger Händler, blickte finster auf Masterson hinab. »Warum pissen Sie nicht gleich in Ihren Hut?«

Die anderen Händler brüllten, und dann drängte sich Gorth zur Tür. »Ich nehme meine Leute und jage die Bande zum Teufel!«

»Nein!« Struans Stimme klang schneidend. Es wurde sehr still. »Noch tun sie uns nichts Böses. Was ist los, Gorth? Haben Sie etwa vor ein paar Männern Angst, die Sie beschimpfen?«

Gorth schoß das Blut ins Gesicht, und er ging auf Struan zu, aber Brock trat ihm in den Weg. »Geh runter«, befahl er. »Geh in den Garten und paß auf, und dem ersten Chinesen, der hereinkommt, bläst du den Kopf herunter!«

Nur mit Mühe gelang es Gorth, seinen Zorn zu beherrschen, und er ging hinaus. Alle begannen wieder durcheinanderzureden.

»Nich' ratsam, den Burschen zu reizen, Dirk.« Brock schenkte sich einen Krug Ale ein und trank es in durstigen Zügen. »Könnte Ihnen sonst mal den Kopf vor die Füße legen.«

»Könnte sein. Und es könnte auch vorkommen, daß man ihm etwas Manieren beibringt.«

»Entschuldigen Sie, Mr. Struan«, unterbrach sie Rumajee, der vor Nervosität seine gute Erziehung vergaß. »Sind eigentlich Wachen am Hintereingang aufgestellt?«

»Ja. Drei meiner Leute. Den können sie gegen eine Armee dieses Gesindels halten.«

Unter den Händlern brach plötzlich heftiger Streit aus, und Roach rief: »Gorth hat recht. Meiner Meinung nach sollten wir uns jetzt sofort den Weg freikämpfen.«

»Das werden wir auch. Falls notwendig«, entgegnete Struan.

»Ja«, sagte auch Brock. »Es jetzt zu tun, wäre nur eine Herausforderung. Wir warten und halten uns, bis es Tag ist, zu allem bereit. Vielleicht sind sie bis dahin verduftet.«

»Und wenn sie es nicht sind? Was dann? Das würde ich gern mal wissen!«

»Dann werden wir 'ne Menge Blut vergießen. Ich schmuggle drei meiner Leute auf unsere Lorcha und lasse sie sie mitten im Fluß verankern. Wir haben einen Zehnpfünder an Bord.«

Struan lachte auf. »Ich glaube, Mr. Brock hat ein Vertrauensvotum verdient.«

»Bei Gott, Mr. Brock, Sie sind wirklich gerissen«, rief Masterson. »Ein dreifaches Hoch auf Mr. Brock!«

Alle brüllten, und Brock lächelte. »Danke euch herzlich, Männer. Und nun holen wir uns am besten noch 'n bißchen Schlaf. Wird jetzt nicht viel passieren.«

»Gott im Himmel! Sehen Sie mal!« Mauss deutete zum Fenster hinaus.

Aus der Hog Street strömte ein Zug von Menschen mit Gongs, Trommeln und Laternen auf den Platz. Bannermänner mit vielschwänzigen Geißeln gingen vor ihm her und bahnten ihm mit wuchtigen Schlägen einen Weg durch die Menge. An der Spitze des Zuges schritt ein Mann von mächtigem Umfang. Er trug zwar kostbare Gewänder, war aber barfuß und ohne Hut und schwankte unter der Last schwerer Ketten.

»Allmächtiger Gott!« stieß Struan hervor. »Das ist doch Ti-sen!«
Der Zug wand sich bis zur Mitte des Platzes, wo er anhielt. Mit Ausnahme Jin-kwas nahmen alle Co-hong-Händler an diesem Umzug teil. Keiner von ihnen trug jedoch die Zeremonialknöpfe am Hut, die den Rang anzeigten. Schlotternd standen sie da. Die Menge begann höhnisch zu schreien und zu zischen. Da schlug der Anführer der Bannermänner, ein großer, schwarzbärtiger Krieger, auf einen riesigen Gong, und die Menge schwieg augenblicklich.
Eine offene Sänfte, vor und hinter ihr Bannermänner zu Pferd, wurde auf den Platz getragen. In ihr saß, in feierlichem Ornat in Grau und Scharlachrot, Hi'pia-kho, der kaiserliche Hoppo. Er war ein vierschrötiger, fetter Mandschu-Mandarin, dem der Kopf unmittelbar auf den Schultern zu sitzen schien. In der Hand trug er als Zeichen seines Amtes den elfenbeinernen, jadebesetzten kaiserlichen Fächer.
Die Sänfte des Hoppo wurde mitten auf dem Platz abgestellt, und der Anführer der Bannermänner schrie einen Befehl. Alle Leute auf dem Platz machten dreimal Kotau und erhoben sich dann wieder.
Der Hoppo entrollte ein Papier und begann es im Schein einer Laterne, die ein Bewaffneter hochhielt, mit hoher Stimme zu verlesen.
»Was sagt er?« fragte Brock zu Mauss gewandt.
»Seht mal, da ist ja der alte Hau-kwa!« rief Masterson und lachte in sich hinein. »Und wie er zittert, hat sich wahrscheinlich schon ...«
»Ruhe bitte! Kann nichts verstehen!« rief Mauss nervös. Er beugte sich weit zum Fenster hinaus, und alle lauschten.
»Es ist ein kaiserliches Edikt«, erklärte Mauss hastig. »›Und der Verräter Tisen, unser ehemaliger Vetter, ist sofort in Ketten zu legen und als zum Tode Verurteilter in unsere Hauptstadt zu bringen und ...‹ – ich kann nichts mehr verstehen. Augenblick mal – ›und der schändliche Vertrag, der als Konvention von Tschuenpi bezeichnet wird und den er ohne unsere Vollmacht unterzeichnet hat, wird hiermit widerrufen. Den Barbaren wird befohlen, unser Reich unter Androhung sofortiger, jedoch langsamer Hinrichtung zu verlassen, was für Kanton ebenso wie für Hongkong gilt, und ...‹«
»Das kann ich nicht glauben!« rief Roach spöttisch.
»Halt's Maul. Wie soll Mauss denn etwas verstehen?«
Mauss lauschte angespannt der unheimlichen, hohen Stimme, die sich über das drückende Schweigen erhob. »Wir werden ausgewiesen«, sagte er. »Und wir haben für alle Mißhelligkeiten, die wir verursacht haben, Schadenersatz zu zahlen. Handel nur im Rahmen der Acht Verordnungen. Königin Victoria wird befohlen, sich in Trauerkleidung in Kanton einzustellen – und nun noch etwas ... klingt nach Belohnung, die auf unsere Köpfe ausgesetzt ist – ›und zum Zeichen unserer Ungehaltenheit wird Ti-sen, der Verbrecher, öffentlich ausgepeitscht und sein gesamtes Vermögen eingezogen. Fürchtet dies und gehorcht zitternd!‹«
Der Anführer der Bannermänner näherte sich Ti-sen und deutete mit seiner Geißel auf den Boden. Kreideweiß kniete Ti-sen nieder; der Anführer der Bannermänner hob seine Geißel und ließ sie auf Ti-sens Rücken niedersausen. Immer und immer wieder. Auf dem weiten Platz war nichts weiter

mehr zu hören als dieses Niedersausen der Geißel. Ti-sen fiel vornüber aufs Gesicht, und der Bannermann schlug immer weiter zu.

»Es ist nicht zu glauben«, sagte Masterson.

»Das ist doch unmöglich!« stieß Mauss hervor.

»Wenn sie Ti-sen das antun, werden sie uns wahrhaftig alle umbringen.«

»Unsinn! Wir können ganz China erobern – jederzeit.«

Brock brach in wieherndes Gelächter aus.

»Was ist denn da so komisch?« fragte Mauss ungeduldig.

»Das bedeutet wieder Krieg«, erklärte Brock. »Nä gut, sage ich.« Er blickte spöttisch zu Struan hinüber. »Hab' ich Ihnen doch gleich gesagt. Das haben Sie nun davon – einen milden Vertrag mit so einem Gesindel abzuschließen.«

»Das ist nur irgendeine List«, erwiderte Struan ruhig. Aber in seinem Innern war er von dem, was geschah, wie betäubt. »Ti-sen ist der reichste Mann in China. Der Kaiser hat sich nur einen Sündenbock geholt. Und dazu Ti-sens ganzes Vermögen. Hier handelt es sich nur darum, wieder einmal das Gesicht zu wahren, und der Kaiser wahrt hiermit sein Gesicht.«

»Sie und Ihr Gesicht!« rief Brock, nun keineswegs mehr belustigt. »Rot anlaufen wird Ihr Gesicht! Vertrag zu Ende, kein Handel mehr, kein Hongkong mehr, Sie auch erledigt, und da reden Sie mir noch davon, das Gesicht zu wahren.«

»Sie sehen das völlig verkehrt, Tyler. Hongkong hat gerade erst angefangen«, entgegnete Struan. »Es gibt sehr viel, was gerade erst angefangen hat.«

»Richtig. Der Krieg, zum Beispiel.«

»Und wenn es einen Krieg gibt, wo hat die Flotte ihren Stützpunkt? Macao ist heute ebenso nutzlos wie früher – es gehört zum Festland, und die Chinesen können ganz nach Belieben darüber herfallen. Aber nicht über unsere Insel! Nicht, wenn unsere Flotte sie schützt. Ich gebe zu, daß wir ohne Hongkong erledigt wären. Daß wir ohne die Insel nicht wieder im Norden Krieg führen könnten. Niemals. Und daß wir auch die Festlandhäfen oder die Niederlassungen, die wir später irgendwann mal bauen, nicht beschützen könnten. Hören Sie gut zu, Tyler: Hongkong ist der Schlüssel zu China. Hongkong wird sich über kurz oder lang bezahlt machen.«

»Weiß ich doch alles, is' immer gut, 'ne Inselfestung zu haben, bei Gott!« brüllte Brock über das Gewirr der Zustimmung hinweg. »Hongkong is' aber nich' der einzige Ort, behaupte ich. Tschuschan wäre besser.«

»Tschuschan läßt sich nicht so verteidigen wie Hongkong«, entgegnete Struan triumphierend, denn er wußte, daß Brock mit ihm im gleichen Boot saß – wie alle anderen auch. »Dieser ›unfruchtbare, triefende Felsen‹, wie Sie ihn nennen, ist unsere ganze gottverdammte Zukunft.«

»Vielleicht, vielleicht auch nicht«, erwiderte Brock mürrisch. »Werd'n wir noch sehen. Aber Sie werden auf keinen Fall Ihre Freude an Hongkong haben. Ich bekomme den Hügel, und Sie sind erledigt.«

»Seien Sie sich dessen nur nicht zu sicher.« Struan beobachtete erneut die Vorgänge auf dem Platz. Noch immer hob und senkte sich die Geißel. Er hatte Mitleid mit Ti-sen, der unverdient in eine Falle geraten war. Er hatte sich ja nicht die Stellung als Chinesischer Bevollmächtigter ausgesucht – er hatte lediglich den Befehl erhalten, diese Aufgabe zu übernehmen. Er war ein Gefangener der Zeit, in der er lebte. Und ebenso wurden Struan, Longstaff, Brock, der Hoppo und sie alle von der Strömung mitgerissen, nachdem sie nun einmal hineingeraten waren. Die Folgen würden genauso unerbittlich sein wie die Geißel. Genau wie beim erstenmal würde man gegen Kanton vorrücken, zunächst die Befestigungen im Vorfeld Kantons einnehmen und dann die Stadt bedrohen. Man brauchte die Stadt nicht einmal einzunehmen, denn Kanton würde schon vorher ein Lösegeld zahlen. Wehten dann im Sommer die günstigen Winde, segelte man erneut nach Norden, zur Mündung des Peiho, und würde dort landen; und wieder einmal würde der Kaiser, auch er ein Gefangener der Umstände, sofort um Frieden bitten. Der Vertrag behielte seine Gültigkeit, weil er allen Seiten gerecht wurde. Im Verlauf der Jahre würden dann die Chinesen nach und nach ihre Häfen freiwillig öffnen – denn sie mußten sehen, daß die Briten viel anzubieten hatten: Gesetz, Gerechtigkeit, Unantastbarkeit des Eigentums und Freiheit.

Der gewöhnliche Chinese will doch genau dasselbe, was auch wir wollen, dachte er, und es gibt zwischen uns überhaupt keine Unterschiede. Miteinander können wir zum Wohle aller arbeiten. Vielleicht werden wir den Chinesen helfen, die barbarischen Mandschus hinauszuwerfen. Das alles wird geschehen, wenn wir jetzt einen vernünftigen Vertrag zustande bringen. Wir sind geduldig und spielen das chinesische Spiel nach chinesischen Regeln. Hier wird die Zeit nicht nach Tagen oder Jahren gemessen, sondern nach Generationen. Und alles ist in Ordnung, solange wir Handel treiben können, während wir warten. Ohne den Handel würde die Welt wieder zu dem werden, was sie einst war – eine Hölle, in der nur der stärkste Arm und die schärfste Peitsche das Gesetz diktieren. Die Sanftmütigen werden niemals die Erde besitzen. Aber zumindest können sie durch das Gesetz geschützt werden, damit sie ihr Leben so leben können, wie sie wollen.

Nachdem Ti-sen hundert Schläge erhalten hatte, hoben die Bannermänner ihn auf. Blut strömte ihm über Gesicht und Nacken, und der Rücken seines Gewandes war zerfetzt und blutig. Die Menge jubelte und johlte. Ein Bannermann schlug auf den Gong, aber die Menge achtete nicht darauf; da prügelten und peitschten die Bannermänner auf die Leute ein. Schreie stiegen aus der Menge auf, sie wich zurück und verfiel von neuem in Schweigen.

Der Hoppo machte eine gebieterische Handbewegung zum Garten hin. Die Sänfte wurde angehoben; die Bannermänner gingen voraus und bahnten ihr mit den Peitschen einen Weg zu den Chinahändlern.

»Kommen Sie mit«, sagte Struan zu Mauss und Brock. »Die anderen halten sich für den Fall eines Angriffs bereit.« Er eilte in den Garten hinaus, Brock und Mauss dicht hinter ihm.

»Haben Sie den Verstand verloren?« rief Brock.

Sie beobachteten gespannt, wie die Menge auseinanderwich und die Bannermänner am Gartentor erschienen. Der Hoppo blieb in seiner Sänfte, rief ihnen aber mit anmaßender Stimme etwas zu.

»Er befiehlt Ihnen, eine Abschrift des Ediktes entgegenzunehmen, Mr. Struan«, sagte Mauss.

»Erklären Sie ihm, daß wir keine zeremonielle Kleidung angelegt haben. Eine so bedeutsame Angelegenheit bedarf eines großen Zeremoniells, um ihr die ihr gemäße Würde zu verleihen.«
Der Hoppo schien verblüfft. Nach einer Weile begann er erneut zu reden.
»Er sagt: ›Barbaren kennen kein Zeremoniell und können sich daher auch nicht seiner Mißachtung schuldig machen. Jedoch hat der Sohn des Himmels all denen Gnade zugesichert, die ihn fürchten. Eine Deputation wird am Morgen zur Stunde der Schlange in meinen Palast kommen.‹ «
»Wann, zum Teufel, ist denn das?« fragte Brock.
»Neun Uhr früh«, antwortete Mauss.
»Werd'n doch unseren Kopf nich' in so 'ne gottverdammte Schlinge legen. Antworten Sie ihm, er soll verduften.«
»Sagen Sie ihm«, fuhr Struan fort, »daß es uns nach den Acht Verordnungen nicht gestattet ist, uns persönlich dem erhabenen Hoppo zu nähern, sondern daß wir die Dokumente vom Co-hong hier in der Niederlassung entgegennehmen müssen. Die Stunde der Schlange läßt uns auch nicht genügend Zeit.« Er blickte auf; die Dämmerung kroch am Himmel empor. »Wie heißt die elfte Nachtstunde?«
»Die Stunde der Ratte«, antwortete Mauss.
»Dann sagen Sie ihm, daß wir das Dokument vom Co-hong hier und mit dem ›schuldigen Zeremoniell‹ zur Stunde der Ratte entgegennehmen werden. *Morgen* nacht.«
»›Schuldiges Zeremoniell‹ is' 'ne feine Sache, Dirk«, sagte Brock. »Gibt uns Zeit genug, ihnen einen blutigen Empfang zu bereiten!«
Mauss lauschte dem Hoppo. »Er sagt, daß der Co-hong das Edikt zur Stunde der Schlange abgeben wird – das wäre heute neun Uhr früh. Alle britischen Barbaren haben die Niederlassung zur Stunde des Schafes – heute ein Uhr nachmittags – zu verlassen.«
»Sagen Sie ihm, daß uns bis ein Uhr nachmittags nicht genügend Zeit bleibt. Morgen zur Stunde des Schafes.«
»Er sagt, wir hätten die Niederlassung heute bis drei Uhr zu räumen – das wäre die Stunde des Affen –, und daß unser Leben bis zu dieser Stunde verschont wird und wir unbehelligt abziehen dürfen.«
»Sagen Sie ihm: morgen zur Stunde des Affen.«
Der Hoppo gab Mauss eine Antwort und stieß dann barsch einen Befehl aus. Seine Sänfte wurde angehoben, und der Zug formierte sich von neuem.
»Er hat gesagt, wir müßten heute aufbrechen. Zur Stunde des Affen. Heute nachmittag drei Uhr.«
»Soll ihn der Teufel holen!« rief Struan zornig. Der Zug näherte sich nun der Hog Street. Einer der Bannermänner stieß Ti-sen hinter die Sänfte und peitschte den Taumelnden vorwärts. Andere gingen gegen die Menge vor, die vom Platz strömte. Die Bannermänner blieben in zwei Gruppen aufgestellt. Die eine rückte näher an die Niederlassung heran und schnitt sie von der Hog Street ab; die andere wurde im Westen aufgestellt. Damit war die Niederlassung umzingelt.
»Warum haben Sie so energisch auf 'nen Aufschub gedrängt?« fragte Brock.
»Nichts weiter als normale Verhandlungstaktik.«

»Wissen doch ganz genau, daß ein Aufschub nach dem, was Ti-sen zugestoßen ist, noch mehr kosten würde, als was das Leben des Hoppo wert is'. Is' es denn so wichtig, noch 'ne Nacht zu bleiben? Die meisten von uns wollten heute ohnehin aufbrechen wegen des Landverkaufs.«
Du lieber Gott! dachte Struan, denn er wußte, daß Brock recht hatte. Wie kann ich nur auf das Silber warten?
»Na?« rief Brock fragend.
»Kein besonderer Grund.«
»Wird schon 'n Grund sein«, entgegnete Brock und betrat die Faktorei.

Pünktlich zur Stunde der Schlange erschien das ganze Aufgebot der Co-hong-Kaufleute auf dem Platz, von Bannermännern mit dröhnenden Gongs und Trommeln begleitet. Die Wachmannschaften der Bannermänner ließen sie durch und schlossen dann wieder ihre Reihen. Auch diesmal war Jin-kwa nicht mit dabei, dafür aber Hau-kwa, sein Sohn, der tonangebende Co-hong-Kaufmann. Hau-kwa war ein rundlicher Mann mittleren Alters, der ständig lächelte. An diesem Tag aber blickte er finster und schwitzte vor Erregung; er hatte solche Angst, daß er das ordentlich zusammengerollte und mit einem zinnoberroten Band umwickelte kaiserliche Edikt beinahe fallen gelassen hätte. Die anderen Kaufleute waren ebenso verängstigt wie er.
Struan und Brock in ihren besten Gehröcken, mit weißen Kragen und Zylindern, warteten unten im Garten auf ihn, um ihn zu empfangen. Struan war frisch rasiert, und Brock hatte sich seinen Bart gekämmt. Beide hatten sich ostentativ Blumen ins Knopfloch gesteckt. Sie wußten, daß sie durch ein Zeremoniell viel an Gesicht gewinnen konnten, während der Hoppo dadurch an Gesicht verlieren mußte.
»Ganz richtig«, hatte Brock mit rauhem Lachen erklärt, »Struan und ich werden das gottverdammte Edikt entgegennehmen, und wenn wir nicht ganz genau nach ihrer Pfeife tanzen, werd'n sie uns vielleicht wie Ratten in 'ner Falle verbrennen und nich' mal die Zeit abwarten, die sie uns gegeben haben. Jetzt machen wir erst mal genau, was Struan sagt.«
Die Gruppe blieb am Tor stehen. Mauss öffnete es, und Struan und Brock traten auf die Schwelle. Die Bannermänner sahen sie finster an. Struan und Brock waren sich in diesem Augenblick sehr genau bewußt, daß auf ihre Köpfe Belohnungen ausgesetzt waren. Aber sie zeigten keinerlei Furcht, denn sie fühlten sich von den unsichtbaren Gewehren in den Fenstern hinter ihnen und von der Kanone auf Brocks Lorcha, die mitten im Fluß ankerte, gedeckt.
Der Anführer der Bannermänner sprach erregt ein paar Worte und fuchtelte mit seiner Peitsche herum.
»Er sagt, Sie sollen sich das Edikt holen«, dolmetschte Mauss.
Struan hob lediglich den Hut an, streckte eine Hand aus und blieb breitbeinig stehen. »Der Hoppo hat erklärt, das Edikt sollte überreicht werden. Also soll er es überreichen.« Noch immer hielt er die Hand ausgestreckt.
Mauss übersetzte, was er gesagt hatte. Nach einem Augenblick nervösen Zögerns beschimpfte der Bannermann Hau-kwa, und Hau-kwa trat eilig vor und übergab Struan das zusammengerollte Papier.

Struan, Brock und Mauss setzten sogleich ihre Zylinder ab und schrien aus vollem Hals: »Gott schütze die Königin!« Auf dieses Zeichen hin hielt Gorth eine Kerze an die Feuerwerkskörper und warf diese in den Garten hinaus. Die Co-hong-Kaufleute sprangen zurück, die Bannermänner griffen zu Bogen und Säbel. Struan und Brock aber blieben mit feierlichen Gesichtern regungslos stehen und hielten ihre Hüte hoch.
Die explodierenden Feuerwerkskörper füllten den Garten mit Rauch. Als das Krachen aufhörte, schrien Mauss, Struan und Brock zum Entsetzen der Co-hongs: »Gott verderbe alle Mandschus!«, während aus dem Innern der Faktorei drei schallende Hochrufe aufstiegen.
Die drei Bannermänner traten streitlustig vor und richteten hitzig ein paar Worte an Mauss.
»Er fragt, was das alles zu bedeuten hat, Tai-Pan.«
»Antworten Sie ihm so, wie wir es schon besprochen haben.« Struan gelang es, Hau-kwas Blick auf sich zu lenken, und er blinzelte ihm verstohlen zu, denn er wußte, wie sehr dieser die Mandschus haßte.
Mauss sagte laut, klar und im reinsten Mandarin-Chinesisch: »Das ist bei uns anläßlich sehr bedeutsamer Ereignisse so üblich. Nicht jeden Tag ist es uns vergönnt, ein so wertvolles Dokument entgegennehmen zu dürfen.«
Die Bannermänner bedachten ihn eine kurze Weile mit Beschimpfungen, befahlen dann aber den Co-hongs, sich zu entfernen. Die Co-hongs gingen, aber jetzt hatten sie ein wenig Mut gefaßt.
Brock brach in Lachen aus. Das Gelächter pflanzte sich durch die ganze Faktorei fort und fand am anderen Ende des Platzes, wo die amerikanische Faktorei lag, ein Echo. In einem der Fenster erschien ein Union Jack und flatterte tapfer im Wind.
»Jetzt treffen wir lieber unsere Vorbereitungen zum Aufbruch«, sagte Brock. »Is' wohl das beste.«
Struan antwortete ihm nicht. Er warf Mauss das Edikt zu. »Fertigen Sie mir eine genaue Übersetzung von dem Ding an, Wolfgang«, sagte er und kehrte in seine Privaträume zurück.
Ah Gip ließ ihn unter Verneigungen eintreten und ging wieder zu ihren Kochtöpfen. May-may war angezogen, lag aber auf dem Bett.
»Was ist los, May-may?«
Sie sah ihn zornig an, wandte ihm den Rücken zu, zog ihr Gewand hoch und entblößte ihr von den Schlägen verfärbtes Gesäß.
»Das ist los!« rief sie, aber ihr Zorn war gespielt. »Sieh dir an, was du machen, du brutaler barbarischer *fan-kwai*! Ich muß entweder stehen oder auf mein Bauch liegen.«
»›Auf meinem Bauch‹«, verbesserte er sie und warf sich mißmutig in einen Sessel.
May-may zog ihr Gewand wieder herunter und stand vorsichtig vom Bett auf. »Warum du nicht lachen? Ich hatte gedacht, das dich zum Lachen bringen.«
»Tut mir leid, Kleines. Hätte lachen sollen. Aber ich habe an so viel zu denken.«
»Woran?«

Er machte Ah Gip ein Zeichen. »Du tun draußen, heja, versteh'?« und verriegelte die Tür. May-may kniete neben dem Topf nieder und rührte den Inhalt mit einem Stäbchen um.
»Um drei Uhr müssen wir aufbrechen«, erklärte Struan. »Angenommen, du wolltest bis morgen in der Niederlassung bleiben, was würdest du tun?«
»Mich verstecken«, erwiderte sie ohne Zögern. »In einem – wie sagt ihr? – in einem kleinen Oben-Raum dicht unterm Dach.«
»Dachkammer?«
»Ja. Dachkammer. Warum willst du bleiben?«
»Meinst du, sie würden nach unserem Abzug die Faktorei durchsuchen?«
»Warum bleiben? Sehr unklug zu bleiben.«
»Glaubst du, die Bannermänner zählen uns bei unserem Abzug?«
»Dieses gottverdammte Gesindel kann gar nicht zählen.« Sie räusperte sich laut und spuckte ins Feuer.
»Wirst du wohl aufhören zu spucken!«
»Ich dir so oft gesagt haben, Tai-Pan, es ist wichtig, weiser chinesischer Brauch«, erwiderte sie. »Das ist immer Gifte im Hals. Du wirst krank, wenn du sie nicht ausspuckst. Es ist sehr klug, sie auszuspucken. Je lauter du dich räusperst, desto größere Angst bekommt der Spuck-Gift-Gott.«
»Das ist doch alles Unsinn, außerdem ist es eine ekelhafte Angewohnheit.«
»Ajii jah«, rief sie ungeduldig. »Verstehst du denn kein Englisch? Zuweilen frage ich mich, warum ich mir die Mühe gebe, dir so viele zivilisationierte chinesische Weisheiten zu erklären. Warum sollen wir uns eigentlich hier verstecken? Es ist gefährlich, nicht mit den anderen wegzugehen. Es wird gefährlich schlimm, wenn die Bannermänner mich sehen. Wir werden Schutz brauchen. Warum sollen wir uns verstecken?«
Er erzählte ihr von der Lorcha. Und vom Silber.
»Du mußt großes Zutrauen zu mir haben«, sagte sie sehr ernst.
»Ja.«
»Was mußt du Jin-kwa dafür geben?«
»Geschäftliche Zugeständnisse.«
»Natürlich. Aber was sonst noch?«
»Nichts weiter als geschäftliche Zugeständnisse.«
Es folgte ein Schweigen.
»Jin-kwa ist ein gerissener Mann. Er würde mehr als nur geschäftliche Zugeständnisse verlangen«, sagte sie nachdenklich. »Was für Zugeständnisse ich verlangen würde, wenn ich Jin-kwa wäre! Du mußt zu allem ja sagen. Zu allem.«
»Was würdest du verlangen?«
Sie starrte in die Flammen und fragte sich, was wohl Struan sagen würde, wenn er wüßte, daß sie Jin-kwas Enkelin war – zweite Tochter der fünften Frau seines ältesten Sohnes Hau-kwa. Und sie fragte sich, warum man ihr verboten hatte, es Struan zu sagen – unter der Androhung, ihr Name würde für immer aus den Schriftrollen gelöscht. Seltsam, sagte sie zu sich und erschauerte bei dem Gedanken, aus der Familie ausgestoßen zu werden, denn dies würde bedeuten, daß nicht nur sie, sondern auch ihre Nachkommen und deren Nachkommen und alle noch folgenden für alle Zeit aus dem großen

Strom verbannt und damit der gegenseitigen Hilfe, des gemeinschaftlichen Schutzes beraubt waren – der Familie, des unerschütterlichen Felsens, der die Basis der chinesischen Gesellschaft bildete, dem einzig wirklich Wertvollen, das sich in fünftausend Jahren der Zivilisation und des Experimentierens als sicher und als ein kostbarer Besitz erwiesen hatte.

Und sie fragte sich, warum man sie eigentlich Struan gegeben hatte.

»Zweite Tochter von fünfter Mutter«, hatte ihr Vater an ihrem fünfzehnten Geburtstag zu ihr gesagt. »Mein erhabener Vater hat dir eine große Ehre zugedacht. Du sollst dem Tai-Pan der Barbaren übergeben werden.«

Das Entsetzen hatte sie gepackt. Niemals zuvor hatte sie einen Barbaren gesehen, und so stellte sie sich alle als unsaubere, ekelerregende Kannibalen vor. Sie hatte geweint und um Erbarmen gefleht, und heimlich hatte man ihr dann Struan gezeigt, als dieser mit Jin-kwa zusammen war. Struan, dieser Riese, hatte sie erschreckt, aber immerhin hatte sie gesehen, daß er kein Affe war. Dennoch hatte sie noch immer darum gebeten, einen Chinesen heiraten zu dürfen.

Ihr Vater war jedoch unerbittlich geblieben und hatte sie vor die Wahl gestellt: »Gehorche, oder du hast dieses Haus zu verlassen und bleibst für immer aus ihm verbannt.«

So war sie nach Macao und in Struans Haus gegangen, und es war ihr eingeschärft worden, ihm Freude zu machen. Auch sollte sie die Sprache der Barbaren erlernen und Struan mit der Art und Weise der Chinesen vertraut machen, ohne ihn merken zu lassen, daß er in diesem Fall der Schüler war.

Einmal im Jahr schickten Jin-kwa und ihr Vater jemand zu ihr, der sich von ihren Fortschritten überzeugen und ihr Nachrichten von ihrer Familie bringen mußte.

Alles sehr seltsam, dachte May-may. Bestimmt wurde ich nicht als Spionin in sein Haus geschickt, sondern um Struans Konkubine zu werden. Und ganz gewiß hatten ihr Vater und ihr Großvater dies nicht leichten Herzens getan – nicht mit einem Mädchen ihres eigenen Blutes. War ich nicht Jinkwas Lieblingsenkelin?

»So viel Silber«, sagte sie und wich damit seiner Frage aus. »So viel ist eine fürchterlich große Versuchung. Riesig. Und alles an einer Stelle – nur einmal das Risiko, ein Angriff oder Diebstahl, und zwanzig, vierzig Generationen hätten keine Sorgen mehr.« Wie töricht ich war, den Tai-Pan zu fürchten. Er ist ein Mann wie jeder andere und mein Gebieter. Er ist sogar sehr Mann. Und ich werde bald Tai-tai sein. Endlich. Und endlich werde ich ein Gesicht haben.

Sie verneigte sich tief. »Ich fühle mich geehrt, daß du mir vertraust. Ich segne deinen Joss, Tai-Pan, für alle Zeit. Du tust mir große Ehre an und gibst mir soviel Gesicht. Denn jede würde darüber nachdenken, wie man es stehlen könnte. Jede.«

»Und wie würdest du das anstellen?«

»Ah Gip zum Hoppo schicken«, erklärte sie, ohne zu zögern, und begann erneut den Inhalt des Kochtopfes umzurühren. »Bei einer Garantie von fünfzig Prozent er sich sogar über den Kaiser hinwegsetzen. Er dir erlauben zu bleiben, wenn du es wünschst sogar heimlich, bis Lorcha da wäre. Sobald er

sich davon überzeugt hätte, daß es richtige Lorcha ist, würde er dich heimlich an Bord gehen lassen und dich weiter flußab abfangen. Und dir die Kehle durchschneiden. Aber damit er mich um meinen Anteil betrügen, und ich müßte seine Frau werden. Er ist ein dreckiges Stück Schildkrötenmist! Nicht um allen Tee in China diesen schweinischen Hurenbock! Er hat so schmutzige Gewohnheiten. Weißt du, daß er fast impotent ist?«
»Ach was!« sagte Struan, obwohl er ihr nicht recht zugehört hatte.
»Es ist allgemein bekannt«, meinte sie. Sie kostete vorsichtig von ihrem Fleischgericht und fügte ein wenig Sojasauce hinzu. »Er muß zwei Mädchen gleichzeitig haben. Das eine muß mit ihm spielen, während das andere die Arbeit tut. Außerdem ist er so klein, daß er sich Dinger draufsetzt, riesige Dinger. Außerdem treibt er es auch gern mit Enten.«
»Hör jetzt lieber mit diesem Gefasel auf!«
»Was bedeutet ›Gefasel‹?« fragte May-may.
»Unsinn.«
»Ha, das ist kein Unsinn. Das wissen alle.« Sie warf mit einer anmutigen Bewegung den Kopf zurück, und ihre lange Mähne tanzte. »Ich verstehe dich überhaupt nicht, Tai-Pan. Du bist empört, wenn ich dir von ganz gewöhnlichen Dingen erzähle. Viele Leute benutzen Sachen, um das Spiel zu verbessern. Sehr wichtig, es zu verbessern, wenn man kann. Das richtige Essen und die richtigen Medikamente. Wenn man klein ist, ajiii jah, nicht so schlecht, deinen Joss zu verbessern und deinem Mädchen mehr Vergnügen zu schenken. Aber nicht wie dieses dreckige Schwein! Er macht es nur, um weh zu tun.«
»Hör jetzt damit auf, du Frauenzimmer!«
Sie hörte mit dem Rühren auf und sah ihn an. Ihre Stirn furchte sich ein wenig. »Sind alle Europäer wie du, Tai-Pan? Wollen nicht offen reden über Männer-Frauen-Dinge, heja?«
»Über gewisse Dinge wird eben nicht geredet, und damit Schluß.«
Sie schüttelte den Kopf. »Das ist falsch. Es ist gut zu reden. Wie sollte man sich sonst verbessern? Mann ist Mann und Frau ist Frau. Du hast doch auch nicht Empörung bekommen wegen des Essens! Warum so verdreht, eh? Liebesspiel ist auch Essen, bestimmt.« Ihre Augen zogen sich kokett zusammen, sie musterte ihn von oben bis unten. »Heja, alle Maste' tun hupphupp wie du, alle dasselbe können, heja?«
»Sind alle chinesischen Mädchen wie du, heja?«
»Ja«, antwortete sie gelassen. »Die meisten. So wie ich, aber nicht so gut. Ich hoffe es.« Sie lachte. »Ich glaube, du mußt sehr besonders sein. Ich bin auch besonders.«
»Und bescheiden.«
»Der Teufel hole diese Art von bescheiden. Ich bin aufrichtig, Tai-Pan. Chinesen sind aufrichtig. Warum sollte ich mich nicht zu würdigen wissen? Und dich auch. Ich habe Lust an dir, wie du an mir. Doch dumm, so zu tun, als wäre es nicht so.« Sie blickte in den Topf hinein, nahm ein Stück Fleisch mit den Eßstäbchen heraus und kostete es. Dann schob sie den Topf vom Feuer, ließ ihn aber neben den Flammen stehen, um ihn warm zu halten. Sie öffnete die Tür und flüsterte Ah Gip etwas zu. Ah Gip trottete davon.

»Wohin geht sie?«
»Sie sucht uns ein Versteck.«
»Überlaß das mir.«
»Das sie besser verstehen. Zuerst wir essen, und dann entscheiden du wegen Brock.«
»Was ist mit ihm?«
»Er doch nicht so leicht zulassen, daß du dich versteckst und bleibst, heja?«
»Ich habe mich bereits entschieden, wie ich mich ihm gegenüber verhalte.«
Struans Gesicht verzog sich zu einem breiten Lächeln. »Du bist sehr, sehr besonders, May-may.«
»Besonders genug, daß du mich zur Tai-tai machst? Zur Ersten Dame, wie es bei dir Sitte ist?«
»Darüber entscheide ich, nachdem ich drei Dinge getan habe.«
»Welche drei Dinge?«
»Erstens: das Silber glücklich auf die *China Cloud* schaffen.«
»Dann?«
»Das zweite wäre, Hongkong absolut sicher zu machen.«
»Und das letzte?«
»Das weiß ich noch nicht genau. Du mußt etwas Geduld haben.«
»Bei den ersten beiden ich dir helfen. Vom letzten weiß ich nichts. Ich bin Chinesin. Die Chinesen sind sehr geduldig. Aber ich bin auch eine Frau.«
»Ja«, sagte er nach einer Weile.

8

Struan saß in seinem Privatkontor im Erdgeschoß und schrieb einen Bericht an Robb. Es war fast zwei Uhr. Draußen schleppten die Händler, deren Schreiber, Kulis und Diener ihre Habe aus den Faktoreien in die Lorchas. Der Hoppo hatte den Befehl, daß alle Diener die Händler zu verlassen hatten, abgemildert. Diener und Kulis durften bis zur Stunde des Affen – drei Uhr – bleiben, also bis zu der Zeit, zu der die Niederlassung geräumt sein sollte. Noch immer standen Bannermänner auf dem Platz und versperrten den Zugang zur amerikanischen Faktorei.
Struan beendete den Brief, setzte seinen Sonderstempel drauf und versiegelte das Ganze mit Wachs und einem Siegelring. Er hatte Robb erklärt, er solle sich keine Sorgen machen, er bringe gute Nachrichten mit nach Hongkong, und wenn er sich verspätete, solle sich Robb dennoch zum Landverkauf einfinden und das ganze Land kaufen, wie schon früher beschlossen. Außerdem solle er den Hügel kaufen, wieviel er auch kosten mochte. Was Brock auch biete, Robb solle einen Dollar mehr bieten.
Nun lehnte sich Struan zurück, rieb sich die Müdigkeit aus den Augen und begann, seinen Plan zu überprüfen, in dem Versuch, schwache Stellen zu finden. Wie bei allen Plänen, in denen die Reaktionen anderer Leute eine Rolle spielten, bedurfte es stets eines gewissen Maßes an Joss. Aber er hatte das Gefühl, als ob die Wetterfahne seines Joss wieder in die alte Richtung wiese.

Die hohe Großvateruhr schlug zweimal. Struan erhob sich von seinem Platz an dem geschnitzten Teakholzschreibtisch und trat zu den Dienern, die unter der Aufsicht der portugiesischen Handlungsgehilfen aus der Faktorei strömten oder in sie hineingingen.
»Wir sind fast fertig, Mr. Struan«, sagte Manoel de Vargas. Er war ein älterer, grauhaariger, blasser Portugiese mit sehr würdevollem Betragen. Er arbeitete seit elf Jahren im Noble House und war der Vorsteher des Kontors. In früheren Jahren hatte er eine eigene Firma mit dem Sitz in Macao gehabt, doch war es ihm nicht gelungen, mit den britischen und amerikanischen Kaufleuten zu konkurrieren. Er trug es ihnen nicht nach. Es ist der Wille Gottes, hatte er ohne jeden Groll erklärt, hatte seine Frau und seine Kinder um sich versammelt, war zur Messe gegangen und hatte der Madonna für alle ihre Segnungen gedankt. Er war wie die weitaus meisten Portugiesen – treu, ruhig, zufrieden und kannte keine Eile. »Sobald Sie es sagen, können wir aufbrechen«, erklärte er müde.
»Fühlen Sie sich auch wohl, Vargas?«
»Ein wenig fiebrig, Senhor. Aber wenn wir zur Ruhe kommen, erhole ich mich wieder.« Vargas schüttelte den Kopf. »Immer schlimm, ständig weiterzuziehen.« Er fuhr auf kantonesisch einen Kuli scharf an, der unter einer Last von Hauptbüchern vorbeischwankte, und deutete auf eine Lorcha.
»Das wäre der letzte Posten Bücher, Mr. Struan.«
»Gut.«
»Es ist ein trauriger Tag, traurig. Viele schlimme Gerüchte. Einige von ihnen auch dumm.«
»Was für Gerüchte?«
»Daß wir unterwegs alle abgefangen und umgebracht werden. Daß es mit Macao ebenfalls zu Ende sein soll und wir ein für allemal aus dem Osten hinausgeworfen werden. Und die üblichen Gerüchte, daß wir in einem Monat wieder zurück sind und die Geschäfte dann besser gehen als zuvor. Es geht sogar ein Gerücht, daß in Kanton vierzig Lac Silber liegen.«
Struan zwang sich zu lächeln. »So viele Lac gibt es in der ganzen Provinz Kuangtung nicht!«
»Selbstverständlich nicht. Es ist dumm, aber es ist ganz amüsant zu erzählen. Dieses Silber soll von den Co-hongs als Geschenk gesammelt worden sein, um den Kaiser zu besänftigen.«
»Unsinn.«
»Natürlich Unsinn. Niemand würde es wagen, so viel Silber an einem Ort anzusammeln. Die Banditen von ganz China würden darüber herfallen.«
»Nehmen Sie diesen Brief und übergeben Sie ihn Mr. Robb persönlich. Sobald wie möglich«, sagte Struan. »Dann begeben Sie sich sofort nach Macao. Dort sollen Sie Gruppen von Bauarbeitern zusammenstellen. Ich brauche sie heute in zwei Wochen auf der Insel Hongkong. Fünfhundert Mann.«
»Jawohl, Senhor.« Vargas seufzte auf und fragte sich, wie lange er sich so verstellen müßte. Wir wissen doch alle, dachte er, daß Noble House erledigt ist. Fünfhundert Mann? Wozu brauchen wir diese Leute, wenn nicht einmal Geld da ist, um Land zu kaufen? »Es wird schwierig sein, Senhor.«
»In zwei Wochen«, wiederholte Struan.

»Es wird schwierig sein, gute Arbeiter zu finden«, erwiderte Vargas höflich. »Alle Händler werden sich um ihre Dienste reißen – und durch das Edikt des Kaisers ist der Vertrag aufgekündigt. Vielleicht werden sie nicht einmal bereit sein, auf der Insel Hongkong zu arbeiten.«
»Gute Löhne werden sie umstimmen. Ich brauche fünfhundert Mann. Die besten. Bezahlen Sie, falls notwendig, doppelte Löhne.«
»Ja, Senhor.«
»Wenn wir kein Geld für die Löhne haben«, fuhr Struan mit einem bitteren Lächeln fort, »Brock wird Sie gut bezahlen. Kein Anlaß zur Sorge.«
»Ich mache mir keine Sorgen um meine eigene Position«, erwiderte Vargas mit großer Würde, »aber ich sorge mich um den Bestand der Firma. Ich wünsche mir nicht, daß Noble House schließen müßte.«
»Ja, ich weiß. Sie haben mir treu gedient, Vargas, und ich erkenne das hoch an. Jetzt nehmen Sie alle Handlungsgehilfen mit sich an Bord. Ich gehe mit Mauss und meinen Leuten.«
»Soll ich abschließen oder tun Sie das, Senhor?«
»Sie tun es, sobald Ihr gesamtes Personal an Bord ist.«
»Jawohl. Gehen Sie mit Gott, Senhor.«
»Sie auch, Vargas.«
Struan überquerte den Platz. Um ihn her eilten Männer, die in letzter Minute Frachtstücke brachten und sie auf die bereits schwer beladenen Lorchas schafften, die nebeneinander am Landeplatz vertäut lagen. Ein Stück weiter den Kai entlang sah er Brock und Gorth, die mit Flüchen ihre Schiffsbesatzungen und Angestellten anfeuerten. Einige der Kaufleute hatten bereits abgelegt, und er winkte fröhlich einer Lorcha zu, die flußab steuerte. Am anderen Ufer beobachteten die Flußbewohner diesen Aufbruch und boten lärmend ihre Sampans an, um die Lorchas in die Mitte des Flusses zu schleppen, da der Wind so stand, daß das Ablegen vom Kai schwierig war.
Struans Lorcha war ein Zweimaster, vierzig Fuß lang und sehr geräumig. Mauss stand bereits auf dem Achterdeck.
»Alles verstaut, Tai-Pan. Es geht das Gerücht, daß der Hoppo Ti-sens Haus besetzt hat. Fünfzig Lac Silber lagen dort im Haus.«
»Ach was?«
»Nichts weiter, Tai-Pan. Ein Gerücht.« Mauss sah müde aus. »Alle von mir Bekehrten sind verschwunden.«
»Sie kommen wieder zurück; keine Sorge. Und es wird in Hongkong mehr als genug Leute geben, die Sie bekehren können«, sagte Struan.
»Hongkong ist unsere einzige Hoffnung, nicht wahr?«
»Ja.« Struan ging die Landungsstelle entlang. Er sah, wie ein großer Kuli aus der amerikanischen Faktorei trat und sich unter die Menge auf dem Platz mischte. Nun änderte er seine Richtung.
»Heja, was du Yankee tun können?« rief er dem Kuli zu.
»Verdammt, Tai-Pan«, sagte Cooper unter dem Kulihut hervor. »Ist meine Verkleidung so schlecht?«
»Es ist Ihre Größe, mein Freund.«
»Hatte Ihnen nur eine gute Reise wünschen wollen. Wir wissen nicht, wann wir einander wiedersehen. Sie haben natürlich die dreißig Tage.«

»Aber Sie glauben nicht, daß der Aufschub viel Wert hat.«
»Das weiß ich in rund dreißig Tagen genauer, meinen Sie nicht?«
»In der Zwischenzeit kaufen Sie bitte acht Millionen Pfund Tee für uns.«
»Womit denn, Tai-Pan?«
»Womit bezahlen Sie denn für gewöhnlich den Tee?«
»Gewiß, wir sind Ihre Kommissionäre. Für die nächsten dreißig Tage. Aber ich kann ohne Silber nicht für Sie einkaufen.«
»Haben Sie Ihre ganze Baumwolle verkauft?«
»Noch nicht.«
»Sie täten gut daran, sie schnell abzustoßen, mein Lieber.«
»Warum?«
»Vielleicht ist der Markt gefährlich im Abrutschen.«
»Wenn das der Fall ist, dann ist auch die *Independence* im Eimer.«
»Wär' das nicht ein Jammer?«
»Ich hoffe, daß Sie mit Brock irgendwie zu Rande kommen. Und daß Sie Ihre *Independent Cloud* bauen. Ich möchte mir die Genugtuung nicht entgehen lassen, Sie selber zu schlagen.«
»Nur nicht zu hitzig, mein Freund«, antwortete Struan gutmütig. »Und halten Sie sich bereit, unter Umständen große Mengen und schnell kaufen zu müssen. Ich gebe Ihnen Bescheid.«
»Ohne Sie wird es nicht mehr dasselbe sein, Tai-Pan. Wenn Sie gehen, verlieren wir alle ein wenig.«
»Vielleicht werde ich trotz allem nicht gehen.«
»Die eine Hälfte meines Ichs wünscht, Sie auf dem trockenen sitzen zu sehen. Sie haben allzulange einen riesigen Anteil vom Markt allein geschluckt. Es wäre höchste Zeit für die Freiheit der Meere.«
»Freiheit für amerikanische Schiffe?«
»Und für andere auch. Aber nicht zu britischen Bedingungen.«
»Wir werden stets das Meer beherrschen, mein Lieber. Es bleibt uns gar nichts anderes übrig. Amerika ist auf Landwirtschaft eingestellt, wir auf Industrie. Wir brauchen das Meer.«
»Der Tag wird kommen, an dem wir Herrscher auf dem Meer sind.«
»Bis dahin brauchen wir das Meer vielleicht gar nicht mehr, weil wir den Himmel beherrschen.«
Cooper lachte in sich hinein. »Vergessen Sie unsere Wette nicht.«
»Da fällt mir übrigens etwas ein. Vor ein paar Tagen bekam ich einen Brief von Aristoteles. Er bat mich um einen Kredit, damit er über eine Durststrecke hinwegkommt. Denn ›dieser erfreuliche Auftrag muß bis zum Sommer warten, da sie zur Zeit an einem Hautausschlag leidet‹. Uns bleibt also noch reichlich Zeit, sie zur Strecke zu bringen – oder vielleicht sogar ins Bett.«
»Shevaun kann es nicht sein. Die hat Eis in den Adern.«
»Hat sie Ihnen wieder einen Korb gegeben?«
»Ja. Legen Sie ein gutes Wort für mich ein?«
»In diese Verhandlungen misch' ich mich lieber nicht ein.«
Über Struans Schulter hinweg sah Cooper Brock und Gorth nahen. »Wenn die Brocks niemals bis Hongkong kämen, hätten Sie die Zeit, die Sie brauchen. Nicht wahr?«

»Raten Sie etwa zu einem kleinen Mord?«

»Ein kleiner wäre es ja gerade nicht. Wäre sogar ein ganz großer, Tai-Pan. Guten Tag, Mr. Brock.«

»Hab' mir doch gedacht, das sind Sie, Mr. Cooper«, rief Brock lebhaft. »Nett von Ihnen, sich von uns zu verabschieden.« Dann zu Struan gewandt: »Legen Sie jetzt ab?«

»Ja. Ich werde Gorth auf der ganzen Strecke bis Whampoa das Heck meines Schiffes zeigen. Und dann das der *China Cloud* auf dem ganzen Weg bis Hongkong. Wie üblich.«

»Das einzige Heck, das Sie zeigen werden, is' Ihr eigenes, wenn Sie in vier Tagen ins Schuldgefängnis fliegen, wohin Sie gehören«, entgegnete Gorth heiser.

»Auf der ganzen Strecke nach Hongkong, Gorth. Aber es ist eigentlich sinnlos, mit Ihnen eine Wettfahrt zu veranstalten. Sie sind ein so schlechter Seemann, daß Sie nicht mal ein Boot rudern können.«

»Da bin ich besser als Sie, verdammt!«

»Hätten Sie nicht Ihren Vater, würde ganz Asien über Sie lachen.«

»Bei Gott, Sie Schweine . . .«

»Halt's Maul!« fuhr Brock ihn an. Er wußte, daß man Struan keinen größeren Gefallen tun konnte, als ihn in aller Öffentlichkeit einen Schweinehund zu nennen, denn dann könnte er Gorth zu einem Kampf herausfordern. »Warum reizen Sie den Burschen auch so?«

»Reize ihn nicht, Tyler. Stelle nur eine Tatsache fest. Es wäre besser, Sie brächten ihm außer der Seemannskunst auch noch Manieren bei.«

Brock beherrschte sich. Gorth konnte es mit Struan noch immer nicht aufnehmen. Noch nicht. In ein paar Jahren, wenn er erst einmal gerissener war, dann war's etwas anderes. Aber doch nicht jetzt, um Gottes willen. Außerdem gehörte es sich für einen Engländer nicht, dem Feind in die Gedärme zu treten, wenn er hilflos am Boden lag. Wie dieser gottverdammte Struan. »Eine Wette in aller Freundschaft. Um hundert Guineen! Mein Junge sagt, er kann Sie schlagen. Wer als erster den Flaggenmast in Hongkong anfaßt.«

»Zwanzigtausend Guineen. Und von seinem Geld, nicht von Ihrem«, rief Struan, und seine Augen forderten Gorth spöttisch heraus.

»Wie woll'n Sie denn das bezahlen, Tai-Pan?« erwiderte Gorth verächtlich, und Brock kochte vor Zorn über die Dummheit seines Sohnes.

»War ja nur 'n Scherz, Dirk«, fiel Brock rasch ein. »Zwanzigtausend, einverstanden?«

»Natürlich, nur ein Scherz. Wenn Sie es sagen, Tyler.« Struan blieb nach außen hin kühl, aber innerlich frohlockte er. Sie hatten den Köder geschluckt. Nun würden Gorth und Brock nach Hongkong eilen – immerhin waren zwanzigtausend Guineen ein ganz nettes Vermögen, aber nichts im Vergleich zu vierzig Lac, die sicher verstaut in der *China Cloud* lagen. Brock war glücklich aus dem Weg geschafft. Allerdings war es ein gefährliches Spiel. Gorth war fast zu weit gegangen, und dann wäre Blut geflossen. Es war zu einfach, Gorth zu töten.

Er streckte Cooper die Hand hin. »Ich verlasse mich also auf Ihre dreißig

Tage.« Sie drückten einander die Hände. Dann sah Struan Gorth an. »Der Flaggenmast in Hongkong! Gute Fahrt, Tyler!« Damit eilte er zu seiner Lorcha, die die Leinen bereits losgeworfen hatte und ihren Bug auf die Mitte des Flusses richtete.
Er sprang auf das Schandeck, drehte sich um und winkte spöttisch zurück.
»Enschuldigen Sie uns jetzt, Mr. Cooper?« sagte Brock und packte Gorths Arm. »Wir bleiben in Verbindung.«
Er zog Gorth mit sich zu ihrer Lorcha. Auf dem Achterdeck stieß er ihn rasend vor Zorn gegen das Schandeck. »Du verfluchte schwachsinnige verseuchte Speigattratte! Willste dir etwa deine gottverdammte Kehle von einem gottverdammten Ohr bis zum anderen durchschneiden lassen? Wenn du 'n Mann in diesen Gewässern 'nen Schweinehund nennst, mußt du kämpfen. Nennst du ihn so, hat er 'n Recht, dich zu töten!« Er schlug Gorth mit dem Handrücken ins Gesicht, und Blut sickerte aus Gorths Mundwinkeln. »Fünfzigmal hab' ich dir gesagt, nimmt dich vor diesem Teufel in acht. Is' wohl richtiger, nur auf dich achtzugeben!«
»Ich kann ihn töten, Vater, ich weiß, ich kann es!«
»Fünfzigmal hab' ich zu dir gesagt, zu dem da sei höflich. Wartet nur drauf, dich aufzuschlitzen, du Idiot. Und er kann's. Mit dem Teufel kämpfst du nur einmal! Verstanden?«
»Ja.« Gorth schmeckte das Blut in seinem Mund, und das steigerte seinen Zorn.
»Das nächstemal lass' ich dich totschlagen, du Idiot. Und noch was! Forder' niemals einen Mann wie den auf eine Spielschuld raus. Und tritt ihm nich' in die Weichteile, wenn er geschlagen und hilflos is'. Das is' nich' der Ehrenkodex!«
»Pfeife auf den Ehrenkodex!«
Wieder schlug Brock ihm mit dem Handrücken ins Gesicht. »Die Brocks leben nach dem Kodex. Offen. Mann gegen Mann. Stell dich dagegen und du bist raus aus *Brock and Sons*!«
Gorth wischte sich das Blut vom Mund.
»Schlag mich nich' noch mal, Vater!«
Brock hörte die Schärfe und Gereiztheit in der Stimme seines Sohnes, und sein Gesicht verfinsterte sich.
»Tu's nicht, Vater. Beim Herrn Jesus, ich schlag' zurück!« stieß Gorth hervor, stemmte die Beine gegen den Boden und ballte die harten Fäuste. »Hast mich 'n letztes Mal geschlagen. Schlägst du mich noch mal, hör' ich nich' mehr auf. Beim Herrn Jesus, hast mich ein letztes Mal geschlagen!«
Die Adern an Brocks Hals waren dunkel angeschwollen, als er nun zum Kampf bereit vor seinem Sohn stand, der nicht mehr sein eigenes Fleisch und Blut war, sondern ein Feind. Nein, kein Feind. Nur ein Sohn, der kein Junge mehr war. Ein Sohn, der seinen Vater herausgefordert hatte, wie alle Söhne alle Väter herausfordern. Brock und Gorth wußten, daß Blut fließen würde, wenn sie miteinander kämpften, und daß es mit einer Verstoßung enden würde. Keiner von ihnen wollte dieses Ende, aber Vater und Sohn waren sich darüber im klaren, daß sie Todfeinde für alle Zeit wären, wenn es zu diesem Kampf käme.

Brock haßte Gorth, weil er ihn sein Alter fühlen ließ. Und liebte ihn gerade deswegen, weil er sich gegen ihn auflehnte, obwohl Brock mit völliger Sicherheit wußte, daß er in einem Kampf auf Leben und Tod erfahrener war, als Gorth es jemals sein würde.

»Mach lieber, daß du nach Hongkong kommst.«

Es kostete Gorth Überwindung, seine Fäuste wieder zu öffnen. »Ja«, sagte er mit rauher Stimme. »Aber sieh zu, daß du diesen Hund richtig fertigmachst, wenn du 'n Mut zu hast – oder ich mach' es das nächstemal auf meine Art.« Er starrte den Bootsmann tückisch an. »Worauf, zum Teufel, wartet ihr denn noch, Gesindel? Werd' euch Beine machen!«

Er wischte sich das Blut vom Kinn und spuckte über Bord. Aber sein Herz klopfte noch immer heftig, und er bedauerte, daß es nicht doch noch zu einem dritten Schlag gekommen war. Ich war bereit, dachte er, bei Gott, und ich hätte ihn schlagen können – genauso wie ich diesen grünäugigen Schweinehund schlagen kann. Ich weiß, daß ich es kann.

»Welchem Kurs sollen wir folgen, Vater?« fragte er, denn es gab viele verschiedene Möglichkeiten. Näherte man sich Kanton vom Fluß her, so mußte man sich seinen Weg durch ein Gewirr großer und kleiner Inseln und eine Unzahl von Wasserstraßen suchen.

»Hast dich selber in diese Patsche hineinmanövriert. Such dir auch selber deinen Kurs.« Brock ging zum Schandeck auf Backbord. Er fühlte sich sehr alt und sehr müde. Er dachte an seinen eigenen Vater, der in einer Eisenhütte gearbeitet hatte. Als Junge hatte er die Prügel und die Ratschläge hinnehmen, seine eigene Gereiztheit zügeln und immer alles tun müssen, was man ihm auftrug – bis zu dem Tag, als er fünfzehn war und das Blut seine Augen verdunkelte. Und als er wieder klar gesehen hatte, sah er, daß er über dem leblosen Körper seines Vaters stand.

Allmächtiger dort oben, dachte er, das war ziemlich knapp. Bin froh, daß ich nich' richtig mit ihm kämpfen muß. Will nich' meinen Sohn verlieren.

»Laß dich nur nich' mit Dirk Struan ein, Gorth«, sagte er, und seine Stimme klang nicht unfreundlich.

Gorth antwortete ihm nicht. Brock rieb sich die Augenhöhle und zog die Binde wieder zurecht. Er beobachtete Struans Lorcha. Sie lag bereits mitten im Strom, aber Struan war nirgends zu erblicken. Der Sampan drückte den Bug herum und glitt dann rasch und mit kräftigen Schlägen zur anderen Seite. Ein Haufen von Struans Leuten hängte sich in die Falle und setzte unter rhythmischem Singen die Segel. Der Sampan wurde zu Vargas' Lorcha hinübergestakt.

Is' eigentlich Dirk nich' ähnlich, so schnell abzulegen, dachte Brock. Paßt so gar nich' zu ihm. Er warf einen Blick zurück zur Landungsstelle und sah, daß Vargas und Struans Handlungsgehilfen noch immer dort waren und ihre Lorcha am Kai vertäut lag. Nein, das sah Dirk so gar nicht ähnlich. Vor seinen Kontorangestellten abzusegeln. Dirk war in diesen Dingen immer sehr eigen.

Struan hatte sich in der Kabine des Sampans verborgen. Als das Boot um den Bug von Vargas' Lorcha herumkam, drückte sich Struan den Kulihut tiefer in die Stirn und zog die wattierte chinesische Jacke dichter um sich. Der Eigentümer des Sampans und seine Familie schienen ihn nicht zu bemerken. Sie waren dafür, daß sie nichts hörten und nichts sahen, gut bezahlt worden. Der Plan, den er mit Mauss zusammen ausgearbeitet hatte, schien unter den gegebenen Umständen der sicherste zu sein. Er hatte Mauss beauftragt, sich so schnell wie möglich zur *China Cloud* zu begeben, die dreizehn Meilen entfernt vor der Insel Whampoa vor Anker lag; dort sollte er die kürzere nördliche Durchfahrt benutzen und dann Kapitän Orlow den Befehl geben, das ganze Zeug zu setzen und flußab bis zum Ende der Insel zu jagen; dort sollte er den Kurs ändern, die Insel umfahren und durch den südlichen Sund wieder Kurs auf Kanton nehmen; er hatte darauf hingewiesen, es sei von entscheidender Wichtigkeit, daß dieses Manöver von Brock nicht beobachtet wurde. Inzwischen sollte Struan auf die Lorcha mit dem Silber warten, dann den längeren Weg nehmen und sich auf verschlungenen Wasserstraßen bis zur Südseite der Insel schleichen, wo sie sich treffen würden. Vor der Marmorpagode. Die Pagode war zweihundert Fuß hoch und leicht zu sehen.

»Aber warum, Tai-Pan?« hatte Mauss gefragt. »Das ist gefährlich. Wozu dieses ganze Risiko?«

»Hauptsache, Sie sind da, Mauss«, hatte er geantwortet.

Als der Sampan an die Landestelle gelangte, ergriff Struan ein paar große Körbe, die er sich schon zurechtgestellt hatte, und eilte durch die Menge zum Gartentor. Niemand beachtete ihn. Kaum war er drinnen, warf er die Körbe weg, trat ans Fenster des Speisesaals und spähte vorsichtig hinaus.

Seine Lorcha hatte sich schon ein gutes Stück entfernt. Brock befand sich im mittleren Wasserarm, nahm Fahrt auf, und seine Segel blähten sich, als die Brise einfiel. Gorth stand auf dem Achterdeck, und Struan konnte seine Schimpfworte noch ganz schwach vernehmen. Brock lehnte auf Backbord am Schandeck und starrte flußab. Vargas hatte soeben überprüft, ob die Kontorangestellten vollzählig waren, und ging nun zum Garten zurück.

Struan schlich rasch aus dem Speisesaal hinaus und lief leise nach oben. Vom Treppenabsatz aus sah er Vargas die Diele betreten, sich ein letztes Mal umschauen und wieder hinausgehen. Struan hörte, wie der Schlüssel in der Tür herumgedreht wurde. Er atmete erleichtert auf und stieg eine schmale Treppe zum Speicher hinauf. Er drängte sich an alten Kisten vorbei und ging vorsichtig bis zum vorderen Teil des Hauses.

»Hallo, Tai-Pan!« rief May-may. Wieder trug sie ihre schmutzige Hoklo-Hose und die wattierte Jacke, hatte sich aber diesmal das Gesicht nicht verschmiert. Sie kniete hinter ein paar Kisten auf einem Kissen. Ah Gip erhob sich, verneigte sich und kauerte sich dann erneut neben dem Bündel mit Kleidern und den Kochgeräten nieder. May-may deutete auf ein anderes Kissen ihr gegenüber und auf das Tricktrackbrett, das bereitstand. »Wir spielen, gleicher Einsatz, heja?«

»Nur einen Augenblick, Kleines.«

Der Speicher hatte eine Dachluke und noch ein Fenster in der Giebelwand. Ohne sich zu gefährden, konnte Struan den ganzen Platz überblicken. Die Leute eilten noch immer hin und her, fluchten und nahmen im letzten Augenblick Veränderungen vor. »Hast du mich gesehen?«

»Oh, ja, sehr sogar«, antwortete sie. »Aber wir haben dich von oben beobachtet. Vielleicht unten niemand hat etwas gesehen. Warum hat Brock seinem Sohn ins Gesicht geschlagen, heja?«
»Ich weiß gar nicht, daß er es getan hat.«
»Ja. Zweimal. Und was für Schläge! Wir haben gelacht, bis wir beinahe erstickten. Der Sohn hat fast zurückgeschlagen. Ich hoffe, sie kämpfen – bringen sich gegenseitig um –, dann kein Geld zurückzahlen müssen. Ich finde dich noch immer phantastisch verrückt, nicht einfach einen Piraten zu bezahlen, ihn aufzumorden.« Sie setzte sich aufs Kissen und wechselte dann wieder mit einem Fluch auf die Knie zurück.
»Was ist los?«
»Mein Po, sie tut noch immer weh.«
»*Er* tut noch immer weh«, verbesserte er.
»Sie. Ich habe Scherz gemacht. Ajiii jah, diesmal gewinne ich, jage dich zum Teufel und hole alle meine Dolla' zurück.« Sie fügte mit unschuldigem Gesicht hinzu: »Wieviel schulde ich? Vierzehntausend?«
»Du erinnerst dich sehr gut.«
Er setzte sich und griff zum Würfelbecher. »Vier Spiele. Dann schlafen. Wir haben eine lange Nacht vor uns.« Er warf die Würfel, und sie fluchte.
»Was einen Joss du hast! Zweimal sechs, zweimal sechs, die Pest über zweimal sechs!« Sie warf die Würfel, erzielte das gleiche Ergebnis, knallte den Becher hin und jubelte laut auf: »Gute, liebe, süße doppelte Sechs!«
»Schrei nicht so, oder wir spielen nicht weiter.«
»Hier sind wir sicher, Tai-Pan. Würfel! Mein Joss ist gut heute!«
»Hoffen wir, daß er sehr gut ist«, meinte er. »Und morgen auch.«
»Ajii jah, morgen, Tai-Pan! Heute. Nur heute zählt.« Wieder würfelte sie. Noch einmal eine doppelte Sechs. »Lieber, süßer Würfel, ich bete dich an.« Dann furchte sie die Stirn. »Was bedeutet eigentlich ›anbeten‹?«
»So ähnlich wie lieben.«
»Und ›lieben‹?«
Struan kniff die Augen zusammen und drohte ihr mit einem Finger. »Darauf, dir das zu erklären, werde ich mich nicht mehr einlassen.« Einmal hatte er versucht, ihr auseinanderzusetzen, was Liebe bedeutete. Aber es gab kein chinesisches Wort für die europäische Auffassung von Liebe.

Die Großvateruhr begann elf zu schlagen. Struan versuchte, steif und erschöpft neben dem Fenster in der Wand Wache haltend, eine andere Stellung einzunehmen. May-may hatte sich im Schlaf zusammengerollt, und Ah Gip schlummerte an eine verschimmelte Kiste gelehnt. Vor ein paar Stunden war er für einen Augenblick eingeschlafen, aber seine Träume waren seltsam und vermischten sich mit der Wirklichkeit. Er war an Bord der *China Cloud* gewesen und lag erdrückt unter einer Ladung Silberbarren. Jin-kwa hatte den Raum betreten, das Silber von ihm weggerückt und das Ganze im Austausch für einen Sarg und zwanzig goldene Guineen an sich genommen. Und dann war er nicht mehr auf seinem Schiff, sondern befand sich in dem Großen Haus auf dem Hügel. Winifred brachte ihm drei Eier, er frühstückte, und May-may hatte hinter ihm gesagt: »Allmächtiger, wie kannst du die ungeborenen Kinder einer Henne essen?« Er hatte sich zu ihr umgedreht und gesehen, daß sie keine Kleider trug und schmerzlich schön war. Winifred hatte gesagt: »War Mutter ohne Kleider ebenso schön?« Und er hatte geantwortet: »Ja, aber in anderer Weise«, und da war er plötzlich erwacht.

Der Traum von seiner Familie hatte ihn traurig gemacht. Ich muß bald nach Hause reisen, hatte er gedacht. Ich weiß nicht einmal, wo sie begraben sind.

Er streckte sich, beobachtete die Bewegungen auf dem Fluß und dachte an Ronalda und May-may. Sie sind verschieden, sehr verschieden. Ich habe sie beide gleich stark geliebt. Ronalda hätte es in London gefallen; es hätte ihr Spaß gemacht, ein großes Haus dort zu führen und in der Saison zur Kur nach Brighton oder Bath zu fahren. Sie wäre bei all den großen Essen und Bällen eine vollkommene Gastgeberin gewesen. Aber jetzt bin ich allein. Werde ich May-may mit mir nach Hause nehmen? Vielleicht. Als Tai-tai? Unmöglich. Denn das würde mich aus dem Kreis der Leute ausschließen, deren ich mich bedienen muß.

Er unterbrach seine Grübeleien und konzentrierte sich auf den Platz, der jetzt verlassen dalag. Kurz vor Anbruch der Nacht waren die Bannermänner abgezogen. Nur verschwommene Schatten im blassen Mondlicht waren dort zu erkennen, und diese Leere erschien Struan unheimlich und schauerlich.

Er sehnte sich nach Schlaf. Du darfst jetzt nicht schlafen, sagte er sich. Mein Gott, aber ich bin so schrecklich müde.

Er stand auf und streckte sich, ließ sich dann aber wieder nieder. Die Uhr schlug Viertel und halb, und er beschloß, May-may und Ah Gip in einer Viertelstunde zu wecken. Es eilt nicht, dachte er. Er zwang sich, nicht darüber nachzudenken, was geschehen würde, wenn Jin-kwas Lorcha nicht einträfe. Seine Finger berührten die vier halben Münzen in seiner Tasche, und wieder machte er sich Gedanken über Jin-kwa. Was für Gefälligkeiten und wann?

Zum Teil verstand er jetzt Jin-kwas Motive. Die Ungnade, in die Ti-sen gefallen war, ließ sie klarer hervortreten. Offensichtlich kam es zum Krieg. Es war klar, daß die Briten ihn gewinnen würden. Ebenso klar war es, daß der Handel wieder aufleben würde. Aber auf keinen Fall im Rahmen der Acht Verordnungen. Der Co-hong würde also seine Monopolstellung verlieren und jeder auf sich selbst gestellt sein. Daher auch die Zeitspanne von dreißig Jahren in ihrer Geschäftsverbindung: Jin-kwa hatte ganz einfach diese geschäftliche Verbindung für die nächsten drei Jahrzehnte sichern wollen. Das entsprach der Mentalität der Chinesen, dachte er: sich nicht um den unmittelbaren Gewinn zu sorgen, sehr wohl aber um den in fernerer Zukunft.

Was aber geht wirklich in Jin-kwas Kopf vor? Warum will er Land in Hongkong erwerben? Warum einen Sohn nach Art der ›Barbaren‹ ausbilden und mit welchem Ziel? Und worin werden die vier Gefälligkeiten bestehen? Und wie wirst du sie ausführen, nachdem du dich auf sie eingelassen und Zusicherungen gemacht hast? Wie wirst du außerdem gewährleisten, daß Robb und Culum diese Abmachung erfüllen?

Struan begann über diesen Teil der Angelegenheit nachzudenken. Er erwog ein Dutzend Möglichkeiten, bevor er zu einer Lösung gelangte. Nun wußte er, was er zu tun hatte, aber es widerstrebte ihm. Nachdem er aber seinen Entschluß gefaßt hatte, wandte er seine Gedanken anderen Problemen zu.

Und was sollte er Brock gegenüber unternehmen? Und Gorth? Auf dem Landeplatz war er einen Augenblick versucht gewesen, sich auf Gorth zu stürzen. Wenn noch ein Wort gefallen wäre – er hätte ihn vor aller Augen herausfordern müssen. Sein Ehrgefühl hätte ihn dazu gezwungen – und es ihm erlaubt, Gorth zu demütigen. Durch ein Messer, das er ihm ins Gekröse stieß. Oder durch die Peitsche.

Da war noch Culum. Was hatte er inzwischen angestellt? Warum hatte er nicht geschrieben? Ach, und auch Robb. Und welchen Unfug hatte sich Longstaff inzwischen erlaubt?

Das Glockenspiel schlug dreiviertel zwölf. Struan weckte May-may. Sie gähnte und streckte sich gemächlich wie eine Katze. Ah Gip war in dem Augenblick, in dem sich Struan gerührt hatte, aufgestanden und sammelte bereits die Sachen ein.

»Ist die Lorcha gekommen?« fragte May-may.

»Nein. Aber wir können hinuntergehen und uns bereithalten.«

May-may flüsterte Ah Gip etwas zu, die daraufhin die Nadeln aus May-mays Haaren nahm und diese kräftig bürstete. May-may schloß genießerisch die Augen. Dann flocht Ah Gip das Haar so, wie es eine Hoklo trug, und band es mit einem roten Band zusammen.

May-may rieb ihre Hände im Staub und machte sich das Gesicht schmutzig. »Was ich alles für dich tue, Tai-Pan! Dieser dreckige Schmutz wird die Schönheit meiner Haut zerstören. Ich werde viel Silber brauchen, um das in Ordnung zu bringen. Wieviel, heja?«

»Mach, das du weiterkommst!«

Vorsichtig ging er ihnen voraus die Treppe hinunter in den Speisesaal, machte ihnen ein Zeichen, sich wieder geduldig niederzulassen, und trat ans Fenster. Der Platz war noch immer menschenleer. Auf den zusammengedrängten Sampans der schwimmenden Dörfer brannten hier und dort Öllampen. Von Zeit zu Zeit bellte ein Hund, Feuerwerkskörper krachten, streitende Stimmen erhoben sich und wurden wieder zum Schweigen gebracht. Dazwischen waren auch fröhliche Stimmen zu vernehmen – und das stets gegenwärtige Klack-klack von Mah-Jongg-Steinen, die auf ein Deck oder einen Tisch geknallt wurden, und eintöniges Geschwätz. Rauch stieg von Herdfeuern auf. Dschunken, Lorchas und Sampans schwammen in der Mündung. Alles – die Laute, die Gerüche, das wenige, was die Nacht ihn sehen ließ – erschien Struan normal, ausgenommen vielleicht die Leere auf dem Platz. Er hatte geglaubt, er würde von Menschen wimmeln. Nun aber mußten sie einen freien Raum überqueren, und bei diesem Mondschein waren sie auf Hunderte von Yards zu sehen.

Die Glocke schlug Mitternacht.

Er wartete, beobachtete und wartete.

Die Minuten zogen sich in die Länge, und nach einer Ewigkeit schlug die Uhr Viertel. Dann halb.

»Vielleicht liegt die Lorcha weiter südlich«, sagte May-may und unterdrückte ein Gähnen.
»Ja. Wir warten noch eine halbe Stunde, und dann sehen wir uns um.«
Fast auf den Glockenschlag der vollen Stunde erblickte er die beiden Laternen auf einer Lorcha, die den Fluß herabkam. Das Schiff war zu weit von ihm entfernt, als daß er das rot gemalte Auge hätte erkennen können. Er hielt den Atem an und wartete. Die Lorcha trieb vor dem Wind sanft und träge dahin. Sie lag tief im Wasser. Das war ein gutes Zeichen, denn das Silber mußte viele Tonnen wiegen. Nachdem das Schiff das Nordende der Niederlassung passiert hatte, änderte es die Richtung und schlich an den Kai heran. Zwei Chinesen von der Mannschaft sprangen mit Leinen an Land und machten das Schiff fest. Zu seiner Erleichterung trat ein anderer Chinese an die Laterne am Bug, blies sie aus und zündete sie, wie dies als Signal verabredet war, erneut an.
Struan spähte in das Halbdunkel hinein, ob nicht irgendwo Gefahren lauerten. Es war nichts zu erkennen. Er überprüfte noch einmal seine Pistolen und steckte sie sich in den Gürtel. »Folgt mir jetzt, schnell!«
Leise ging er bis zur Eingangstür, schloß sie auf und führte sie vorsichtig durch den Garten. Er öffnete das Tor, und sie eilten über den Platz. Struan hatte das Gefühl, als ob ganz Kanton sie beobachtete. Bei der Lorcha angelangt, erblickte er das rot gemalte Auge und erkannte auf dem Achterdeck den Mann, der ihn zu Jin-kwa geführt hatte. Er half May-may an Bord. Ah Gip sprang ohne Mühe hinüber.
»Für was zwei Cow Chillo, heja? Nicht können!« sagte der Mann.
»Dein Name, was können?« fragte Struan.
»Wung, heja!«
»Cow Chillo mein. Ablegen, Wung!«
Wung bemerkte May-mays winzige Füße, und seine Augen verengten sich. May-mays Gesicht vermochte er nicht zu sehen, denn sie hatte sich den Sampanhut tief in die Stirn gedrückt. Struan gefiel es nicht, daß Wung gezögert hatte, auch nicht die Art und Weise, in der er May-may ansah. »Ablegen!« rief er schroff und ballte die Faust. Wung gab einen kurzen Befehl. Die Leinen wurden losgeworfen, und die Lorcha löste sich vom Kai. Struan führte May-may und Ah Gip die Treppe hinab auf das untere Deck. Dort wandte er sich nach achtern, wo die große Kajüte liegen mußte, und öffnete die Tür. Drinnen saßen fünf Chinesen. Er machte ihnen ein Zeichen, sie sollten hinausgehen. Widerstrebend erhoben sich sich, traten hinaus und musterten dabei May-may von oben bis unten. Auch sie bemerkten ihre Füße.
Die Kajüte war klein, hatte vier Kojen und war mit einem plumpen Tisch und einem ebenso plumpen Schemel eingerichtet. Es roch nach Hanf und verfaulendem Fisch. Wung stand an der Kajütentür und betrachtete forschend May-may.
»Für was Cow Chillo? Nicht können.«
Struan beachtete ihn nicht. »May-may – du Tür verschließen, heja? Tür nur öffnen mein Klopfen, versteh'?«
»Versteh', Maste'.«

Struan trat zur Tür und machte Wung ein Zeichen, ihm zu folgen. Er hörte, wie hinter ihm abgeriegelt wurde, und sagte dann: »Gehen Laderaum!«
Wung führte ihn in den Laderaum. Die vierzig Kisten standen in zwei ordentlichen Reihen an den Schiffsseiten entlang, so daß ein breiter Gang zwischen ihnen blieb.
»Was in Kiste, heja?« fragte Struan.
Wung schien verblüfft. »Für was Sie das sagen, heja? Ganz gleich, Maste' Jin-kwa sagen.«
»Wieviel Männer wissen?«
»Nur mich! Wenn alle wissen, ajii jah!« sagte Wung und fuhr sich mit einem Finger über die Kehle.
Struan brummte. »Bewachen Tür.« Er suchte sich auf gut Glück eine Kiste heraus und öffnete sie mit einem Stemmeisen. Er blickte auf das Silber hinab und hob dann einen der Silberbarren der obersten Schicht heraus. Er spürte Wungs Erregung, und das steigerte seine eigene. Er legte den Barren zurück und setzte den Deckel wieder auf die Kiste.
»Für was Cow Chillo, heja?« fragte Wung.
»Cow Chillo mein. Schluß.« Struan überzeugte sich davon, daß der Deckel wieder fest saß.
Wung steckte die Daumen in den Gürtel seiner zerlumpten Hose. »Essen? Können?« – »Können.«
Struan stieg an Deck und überprüfte die Takelage und die Segel. Ein Vierpfünder stand auf dem Vorschiff und noch einer am Heck. Er stellte fest, ob die beiden geladen und schußbereit waren, das Pulverfaß voll und das Pulver trocken. Kartätsche und Kugeln lagen griffbereit. Er befahl Wung, die Mannschaft antreten zu lassen, und ergriff einen Belegnagel. Es waren acht Mann an Bord.
»Du sagen«, befahl er Wung, »alle Messer, alle Bum-bum an Deck, viel schnell-schnell.«
»Ajii jah, nicht können«, widersprach Wung. »Viel Pirat in Fluß. Menge . . .«
Struans Faust traf ihn an der Kehle und warf ihn gegen das Schandeck. Die Männer redeten zornig miteinander und sahen so aus, als wollten sie sich auf Struan stürzen, aber der erhobene Belegnagel entmutigte sie.
»Alle Messer, alle Bum-bum an Deck, viel schnell«, wiederholte Struan, und seine Stimme war hart.
Wung richtete sich benommen auf und murmelte etwas auf kantonesisch. Einen Augenblick blieb es unheimlich still. Dann warf er sein Messer aufs Deck, und die anderen folgten mürrisch seinem Beispiel. Struan befahl ihm, die Messer einzusammeln und sie in ein Stück Sackleinwand zu wickeln, das an Deck lag. Dann ließ er die Mannschaft sich umdrehen und begann jeden einzelnen von ihnen zu durchsuchen. Beim dritten Mann fand er eine kleine Pistole und schlug ihm das Kolbenende von der Seite her gegen den Kopf. Die anderen Männer ließen noch vier Messer auf das Deck fallen, und Struan bemerkte, wie Wung eine kleine Kriegsaxt über Bord warf.
Nachdem die Durchsuchung beendet war, befahl er den Männern, an Deck zu bleiben. Er nahm die Waffen mit sich und durchsuchte sorgfältig das

ganze übrige Schiff. Unter Deck war niemand verborgen. Aber er fand in einem Versteck vier Musketen, sechs Säbel, vier Bogen mit den dazugehörigen Pfeilen und hinter einigen Kisten drei Kampfeisen, die er alle in die Kajüte trug.

»Heja, May-may, du hören, was oben geschehen?« flüsterte er.

»Ja«, sagte sie ebenso leise. »Du sagen, wir können reden Englisch, sicherer vor Ah Gip. Du jetzt nicht wollen?«

»Ich vergaß es. Gewohnheit. Nein, meine Kleine, alles in Ordnung.«

»Warum hast du Wung geschlagen? Er ist doch Jin-kwas Vertrauensmann, nein?«

»Die Ladung ist der Magnetstein auf dieser Reise.«

»Magnetstein?«

»Du könntest auch Magnet sagen oder Kompaßnadel oder Anziehungskraft.«

»Oh, ich verstehe.« May-may setzte sich auf den Rand einer Koje. Ihre Nasenflügel bebten, weil es so stark nach verfaultem Fisch stank. »Mir wird sehr übel werden, wenn hier bleiben. Darf ich an Deck gehen?«

»Warte, bis wir Kanton ganz hinter uns haben. Hier unten bist du sicherer. Viel sicherer.«

»Wie lange wir brauchen, bis wir *China Cloud* begegnen?«

»Kurz nach Tagesanbruch – wenn Mauss sich nicht im Treffpunkt irrt.«

»Ist das möglich?«

»Bei dieser Ladung ist ohnehin alles möglich.« Struan hob eine der Musketen auf. »Weißt du, wie man mit so einem Ding umgeht?«

»Für was sollte ich Gewehre schießen? Ich bin eine zivilisationierte, angsterfüllte alte Frau – von großer Schönheit, zugegeben, aber nix Gewehre.«

Er zeigte es ihr. »Wenn außer mir jemand die Kajüte betritt, bring ihn um.« Er nahm noch eine Muskete und stieg zurück an Deck.

Die Lorcha befand sich nun im mittleren Fahrwasser, in strahlendem Mondschein; sie lag schwer und tief im Wasser und machte etwa vier Knoten. Noch immer kamen sie an den Vorstädten von Kanton vorbei. Beide Ufer des Flusses waren dicht mit schwimmenden Dörfern besetzt. Von Zeit zu Zeit begegneten sie Booten, Sampans und Dschunken, die sich flußauf arbeiteten. Der Fluß war dort eine halbe Meile breit; vor und hinter ihnen trieben Boote aller Größen flußab.

Struan erkannte am Himmel, daß das Wetter schön bleiben würde, aber der Wind war weich und trocken, irgendwie körperlos, und hatte nichts Erfrischendes an sich. Er wußte, daß dieser Wind nachlassen und ihre Geschwindigkeit noch geringer werden würde. Aber er machte sich keine Sorgen; diese Strecke hatte er so viele Male zurückgelegt, daß er die Untiefen, die Strömungen, die Einmündungen der Nebenflüsse und die Orientierungspunkte genau kannte.

Das Gebiet um Kanton bestand aus einem Gewirr von Wasserstraßen und großen und kleinen Inseln, die eine Fläche von rund fünf zu zwanzig Meilen bedeckten. Es gab viele verschiedene Möglichkeiten, flußauf und flußab zu fahren.

Struan war glücklich, wieder auf einem Schiff zu stehen. Und er war froh, daß ihre Fahrt zur Marmorpagode begonnen hatte. Er fing das leichte Schwanken der Lorcha mit dem Körper auf. Wung stand neben dem Mann am Ruder, und die Mannschaft hatte sich feindselig und mürrisch über das Deck verteilt. Struan vergewisserte sich, daß der Ausguckposten auf dem Vorschiff stand.

Vor ihnen, etwa eine halbe Meile entfernt, gabelte sich der Fluß vor einer Insel. In der Nähe dieser Gabelung lag eine Untiefe, der man ausweichen mußte. Struan sagte nichts und wartete. Er hörte, wie Wung etwas zu dem Mann am Ruder sagte, der es herumdrückte und die Lorcha in sicherem Abstand von der Untiefe hielt. Gut, dachte Struan. Zumindest kannte Wung einen Teil dieser Wasserstraßen. Nun war er neugierig, welchen Weg Wung um die Insel herum einschlagen würde. Beide Strecken waren gut, aber die im Norden besser als die südliche. Die Lorcha blieb bei ihrem Kurs und nahm Richtung auf den nördlichen Wasserarm. Struan wandte sich um, schüttelte den Kopf und deutete auf die südliche Wasserstraße, für den Fall, daß Wung einen Hinterhalt gelegt haben sollte.

Der Mann am Ruder sah, um eine Bestätigung zu erhalten, zu Wung hinüber. Struan machte nur eine kleine Bewegung auf den Mann zu. Das Ruder wurde sogleich hinübergedrückt, und die Segel schlugen eine kurze Weile, bis die Lorcha auf ihrem neuen Kurs lag.

»Für was diesen Weg nehmen, heja? Für was mich schlagen? Viel schlimm. Sehr viel.« Wung trat ans Schandeck und starrte in die Nacht hinein.

Der Wind frischte ein wenig auf, und die Lorcha machte etwas mehr Fahrt, als sie in den südlichen Wasserarm einfuhren. Als sie sich dem Ende dieses Schlags näherten, machte Struan dem Mann am Ruder ein Zeichen, das Ruder herumzudrücken. Langsam gehorchte das Schiff, und die Segel schlugen, bis der Wind sie auf dem neuen Kurs erneut blähte. Die Großbäume schwenkten knarrend über das Deck hinweg, das Schiff legte sich ein wenig auf die Seite und begann erneut Fahrt zu machen.

Er befahl, die Segel zu trimmen, und eine halbe Stunde lang segelten sie inmitten der anderen Schiffe auf dem Fluß glatt dahin. Dann erblickte Struan plötzlich am Rand seines Gesichtsfeldes eine große Lorcha, die auf Luvseite mit hoher Geschwindigkeit auf sie zukam. In ihrem Bug stand Brock. Struan duckte sich, stürzte zum Ruder hinüber und stieß den Rudergast zur Seite. Wung und der Rudergast waren bestürzt und redeten erregt aufeinander ein. Die ganze Mannschaft beobachtete Struan.

Er drückte die Ruderpinne hart nach Steuerbord und betete, daß die Lorcha dem Ruder rasch gehorchte. Schwach vernahm er Brocks Stimme: »Ruder hart Steuerbord, rum damit!« – und er fühlte, wie der Wind aus seinen Segeln genommen wurde. Struan stieß das Ruder zur anderen Seite hinüber, um das Schiff herumzudrücken und auf anderen Kurs zu gehen; aber die Lorcha gehorchte nicht mehr, und Brocks Lorcha kam längsseits. Er sah, wie die Enterhaken zuschlugen und sich festbissen. Er hob die Muskete.

»Ach, Sie sind es, Dirk, bei Gott!« rief Brock und tat erstaunt.

»Einschlagen von Enterhaken bildet einen Tatbestand der Seeräuberei, Brock!« Struan warf sein Messer, Griff voran, Wung zu. »Entertrossen durchschneiden, schnell-schnell!«

»Ganz richtig, Struan. Bitte wegen der Enterhaken um Entschuldigung«, erwiderte Brock. »Ich dachte, es wär' 'ne Lorcha, die ein Schlepp braucht. Habe keine Flagge von Ihnen am Topp gesehen. Sollten Sie sich etwa ihrer schämen?«
Struan sah, daß Brocks Mannschaft bewaffnet war und die Leute auf Gefechtsstation standen. Gorth stand auf dem Achterdeck neben einer kleinen schwenkbaren Kanone, und obwohl die Kanone nicht auf ihn gerichtet war, wußte er doch, daß sie geladen und schußfertig war. »Wenn Sie das nächstemal ein Schiff von mir zu entern versuchen, gehe ich davon aus, daß es sich um Piraten handelt, und knalle Ihnen den Kopf runter.«
»Erlaubnis, an Bord zu kommen, Dirk?«
»Ja.«
Brock wand sich durch das Tauwerk seines Schiffes hindurch und sprang an Bord. Drei Mann schwangen sich aufs Schandeck, um ihm zu folgen, aber Struan riß nochmals die Muskete hoch und brüllte: »Zurück! Wer ohne Erlaubnis an Bord kommt, den jage ich zur Hölle.«
Die Männer blieben stehen.
»Ganz richtig«, sagte Brock spöttisch. »Das Gesetz der Meere. Der Kapitän lädt den ein, den er mag, die anderen nich'. Bleibt, wo ihr seid!«
Struan versetzte Wung einen Stoß. »Los! Entertrossen durchschneiden!«
Der verängstigte Chinese stürzte vor und begann an den Trossen herumzusäbeln. Gorth schwenkte die drehbare Kanone herum, und Struan richtete seine Muskete auf ihn.
»Laß bleiben, Gorth!« rief Brock scharf.
Das Gesetz der Meere war auf Struans Seite: Entern war nun einmal Seeräuberei. Bewaffnet und ohne Erlaubnis ein Schiff zu betreten, war ebenfalls Seeräuberei. Von allen Gesetzen Englands wurde keins so eifrig geschützt und notfalls erzwungen wie jene, die den Schiffen auf hoher See und den Befugnissen des Kapitäns an Bord galten. Für Seeräuberei gab es nur eine Strafe: den Strang.
Wung durchschnitt die letzte der Trossen, und die Schiffe begannen auseinanderzutreiben. Als Brocks Lorcha dreißig Fuß entfernt war, setzte Struan die Muskete ab und brüllte zu ihr hinüber: »Wenn Sie sich mir ohne Erlaubnis auf weniger als fünfzig Fuß nähern, klage ich Sie der Seeräuberei an!« Dann lehnte er sich ans Schandeck. »Was soll das alles, Tyler?«
»Das könnte ich Sie auch fragen, Dirk«, antwortete Brock unbekümmert. »Hab' Sie gestern in dem Sampan verschwinden sehen.« Seine Augen schimmerten im Licht der Laterne. »Dann hab' ich Sie gesehen, richtig komisch verkleidet wie 'n Kuli, und hol mich doch der Teufel, Sie sind zurück in die Faktorei. Seltsam, hab' ich mir gesagt. Vielleicht dreht der alte Dirk durch. Oder vielleicht braucht der alte Dirk Hilfe, um heil aus Kanton rauszukommen. So sind wir erst mal flußab gesegelt, dann zurückgeschlichen und haben nördlich der Niederlassung geankert. Und dann ham wir Sie an Bord dieses elenden Kahns steigen sehen. Sie und zwei Weiber.«
»Was ich tue, ist meine Sache.«
»Tja, mag sein.«
Struan versuchte Ordnung in seine Gedanken zu bringen. Er wußte, daß

Brocks Lorcha schneller war als die seine. Brock hatte eine gefährliche und gut bewaffnete Mannschaft. Er allein konnte es mit diesen Leuten gar nicht aufnehmen. Er verfluchte sich, denn er war viel zu zuversichtlich gewesen und hatte nicht genügend aufgepaßt.
Aber wie hätte er Brock beobachten können, als dieser flußaufwärts wieder zurückschlich? Und wie konnte er Brock jetzt zu seinem Vorteil ausnutzen? Es mußte eine Möglichkeit geben. In der Nacht konnte dieser ihn ohne Schwierigkeit überrennen, und selbst wenn er es überlebte, könnte er doch kaum etwas beweisen. Brock würde immer behaupten, es habe sich um ein Unglück gehandelt. Außerdem, May-may konnte nicht schwimmen.
»Dieser alte Kasten liegt aber tief im Wasser. Hat vielleicht 'n Leck? Oder is' es das Gewicht der Ladung?«
»Was meinen Sie damit, Tyler?«
»Nichts weiter als 'n paar Gerüchte, mein Freund. Den ganzen Vormittag gestern nischt als Gerüchte. Bevor wir ablegten. Gerüchte über Ti-sens Silberbarren. Haben Sie nich' von gehört?«
»Gab Dutzende von Gerüchten.«
»Richtig. Aber alle besagten, da läge ein riesiger Silberschatz in Kanton. Habe nich' weiter drüber nachgedacht. Bis ich Sie hab' zurückkehren sehen. Da hab' ich gedacht, is' doch interessant. Nach dieser Wette von zwanzigtausend Guineen. Sehr interessant. Dann gehen Sie wie 'n Dieb in der Nacht an Bord einer tiefliegenden Lorcha und fahren durch die falsche Wasserstraße nach Süden.« Brock streckte sich und kratzte sich heftig den Bart. »Der alte Jin-kwa war doch gar nich' da, oder war er?«
»Er ist nicht in Kanton, stimmt.«
»Der alte Jin-kwa ist Ihr Hund. Zumindest«, rief Brock mit einem tückischen Seitenblick, »ist er doch Ihr Mann! Oder etwa nicht?«
»Kommen Sie zur Sache.«
»Hat keine Eile, mein Freund. Nein, bei Gott nich'!« Er streifte den Bug seiner Lorcha mit einem Blick. »Is' ganz leicht im Bug, was?« Brock spielte auf den an der Basis etwa einen Fuß im Durchmesser starken eisernen Rammsporn an, der unterhalb der Wasserlinie rund sechs Fuß lang war. Struan hatte diesen Rammsporn vor vielen Jahren bei seinen Schiffen eingeführt. Es war eine einfache Methode, ein Schiff leck zu schlagen und es zu versenken. Viele Chinahändler waren seinem Beispiel gefolgt.
»Gewiß, ihr seid leicht und wir sind schwer. Aber wir sind gut bewaffnet.«
»Schon bemerkt. Kanone auf dem Vorschiff und achtern, aber nicht schwenkbar.« Gespanntes Schweigen. »Fünf Tage, und Ihre Wechsel sind fällig. Stimmt's?«
»Ja.«
»Werden Sie einlösen?«
»In fünf Tagen werden Sie das wissen.«
»Vierzig oder fünfzig Lac sind 'ne Menge Silber.«
»Könnte ich mir denken.«
»Habe Gorth gefragt, was, meinst du, wird der alte Dirk tun, wenn er 'n bißchen schlimmen Joss hat? Und Gorth hat gesagt, wird versuchen, ihn zu

ändern. Ja, hab' ich gesagt, aber wie? Sich was leihen, hat er gesagt. Ach, habe ich gesagt, meinst du. Aber wo? Und dann, Dirk, mein Freund, hab' ich an den alten Jin-kwa gedacht und an Ti-sen. Ti-sen war erledigt, blieb also nur Jin-kwa.« Er überlegte einen Augenblick. »Sind zwei Frauen an Bord. Gebe ihnen gern die Überfahrt nach Whampoa oder Macao. Wohin sie wollen.«
»Für ihre Überfahrt ist bereits gesorgt.«
»Ja. Aber dieses alte Wrack könnte sinken. Hab' für die Vorstellung nischt übrig, daß Frauen ertrinken, wo's nich' nötig ist.«
»Wir werden nicht sinken, Tyler.«
Wieder reckte sich Brock und rief zu seiner Lorcha hinüber, ein Langboot solle zu Wasser gelassen werden. Dann schüttelte er traurig den Kopf. »Na ja, mein Freund, hab' nur den Frauen 'nen Platz an Bord anbieten wollen. Und Ihnen selbstverständlich auch. Dieser Kasten is' doch alles andere als seetüchtig.«
»Sind viele Piraten in diesen Gewässern. Wenn mir ein Schiff zu nah kommt, schieße ich mit der Kanone.«
»Sehr klug von Ihnen, Dirk. Aber in der Finsternis der Nacht sehe ich plötzlich 'n Schiff vor mir auftauchen und mach 'n Manöver, um ihm auszuweichen, und das Schiff is' so unverschämt, mit der Kanone nach mir zu schießen, da weiß ich nich', was ich tun würde. Angenommen, sind Piraten und ich schicke das Schiff auf den Grund. Na, was dann?«
»Wenn Sie nach dem ersten Schuß noch am Leben wären.«
Brock nickte.
»Tja. Is 'ne grausame Welt, in der wir leben. Is' nich' sehr klug, mit der Kanone zu schießen.«
Das Langboot kam längsseits.
»Herzlichen Dank, Dirk. Besser, Sie setzen Ihre Flagge, solange Sie noch eine haben. Dann kann es nich' zu so gottverdammten Irrtümern kommen. Bitte um Entschuldigung wegen der Enterhaken. In Hongkong sehen wir uns wieder.«
Brock ließ sich über die Reling der Lorcha hinabgleiten und stand im Langboot. Er winkte ihm spöttisch zu, und das Boot entfernte sich mit raschen Schlägen.
»Was Einauge-Maste' wollen?« fragte Wung zitternd. Die Mannschaft war nach dem Erlebnis mit Brocks Lorcha vor Schreck wie erstarrt.
»Was du glauben, heja? Du tun, alles ich sagen, dann nicht totgemacht werden können«, erwiderte Struan kurz. »Alle Segel, sehr schnell-schnell. Seh-Licht löschen, heja!«
Sie rissen sich zusammen, löschten die Laternen und entflohen vor dem Wind segelnd.

Nachdem sich Brock an Bord seiner Lorcha geschwungen hatte, starrte er in die Dunkelheit. Unter den vielen Booten und Schiffen, die gespenstisch flußab und nach Süden segelten, vermochte er Struans Lorcha nicht auszumachen.
»Siehst du sie?« fragte er Gorth.

»Ja, Vater.«
»Ich geh' jetzt nach unten. Wenn du zufällig 'ne Lorcha rammen solltest, is' das 'ne schlimme Sache. Sehr schlimm.«
»Die Barren an Bord?«
»Barren, Gorth?« fragte Brock und tat so, als sei er überrascht. »Weiß wirklich nich', was du meinst.« Er senkte die Stimme. »Wenn du Hilfe brauchst, ruf mich. Aber keine Kanonen, vergiß nich', oder er schießt auf uns. Wir machen uns keiner Seeräuberei schuldig. Haben genug Feinde, die uns nur zu gern Seeräuberei anhängen würden.«
»Schlaf gut, Vater«, sagte Gorth.

Drei Stunden lang schlängelte sich Struan durch den Verkehr auf dem Fluß, änderte häufig den Kurs, segelte ein Stück zurück, fuhr gefährlich dicht an Sandbänken entlang und achtete ständig darauf, daß andere Schiffe zwischen ihm und Brocks Lorcha lagen, die ihm unablässig auf den Fersen war. Nun kamen sie aus dem südlichen Fahrwasser wieder heraus, um die Insel herum und in den großen Arm des Flusses hinein. Er wußte, daß es dort mehr Platz zum Manövrieren gab, aber davon würde Brock mehr Nutzen haben als er.
Befanden sie sich erst einmal im südlichen Fahrwasser, war es für Brock ein leichtes, gegen den Wind anzukreuzen und ihn anzugreifen, sobald er ihn auf Lee hatte. Struan würde der Wind aus den Segeln genommen, und damit wäre er manövrierunfähig. Der Stoß konnte ihn also mittschiffs rammen. Ein Stoß im rechten Winkel, oder auch schräg, würde seine Seite aufreißen, und er würde sinken wie ein Stein. Da seine Kanonen auf dem Vorschiff und achtern fest montiert waren, konnte er sie auch nicht mittschiffs aufstellen, um sich auf diese Weise zu verteidigen. Hätte er seine eigene Mannschaft, dann läge die Sache anders; dann könnte er sich bis Sonnenaufgang halten, in der Gewißheit, daß seine Leute mit ihren Waffen jeden Versuch einer Annäherung abschlagen würden. Aber der chinesischen Besatzung war er sich nicht sicher, und was nun die uralten chinesischen Musketen betraf, so konnte man fast damit rechnen, daß sie einen, sobald man auf den Abzug drückte, ins Gesicht explodierten. Außerdem hatte Brock in einem recht: Falls er in der Dunkelheit als erster schösse, durfte Brock das Feuer erwidern. Eine kräftige Breitseite würde sie in die Luft jagen.
Er blickte wohl zum tausendsten Male zum Himmel auf, in der verzweifelten Hoffnung, es könne plötzlich Sturm aufkommen oder Wolken könnten den Mond verhüllen. Aber nichts deutete auf Sturm, Regen oder Wolken hin.
Er blickte hinter sich und sah, daß die Lorcha aufholte. Sie mochte etwa hundert Yards hinter ihnen liegen, ging härter an den Wind als sie und legte noch Geschwindigkeit zu.
Struan zermarterte sich den Kopf nach einem durchführbaren Plan; er wußte, er konnte ohne weiteres entkommen, wenn er das Schiff erleichterte, indem er die Barren über Bord warf. Eine halbe Meile weiter teilte sich der Fluß von neuem vor der Insel Whampoa. Wenn er die nördliche Fahrrinne wählte, war er sicherer, denn die meisten anderen Schiffe benutzten sie

ebenfalls, so daß er, wenn er Glück hatte, einem Rammversuch entgehen konnte. Keinesfalls aber würde es ihm gelingen, den Abstand zwischen den beiden Schiffen so lange zu wahren, bis er die Insel Whampoa in ihrer ganzen Länge umsegelt und den verabredeten Treffpunkt mit der *China Cloud* an der Südküste erreicht hatte. So sah er sich gezwungen, sich für die südliche Durchfahrt zu entscheiden.

Er sah keinen Ausweg aus dieser Falle. Die Dämmerung kam in zwei oder drei Stunden, und dann war er verloren. Es mußte ihm gelingen, in der Dunkelheit zu entkommen, sich zu verstecken und sich von dort aus bis zum verabredeten Treffpunkt heranzuarbeiten. Aber wie?

In der Dunkelheit sah er die Gabelung des Flusses vor sich, der silbrig schimmernd die Insel Whampoa umfaßte. Dann bemerkte er Ah Gip an der Treppe, die von unten heraufführte. Sie machte ihm ein Zeichen. Achtern folgte Brocks Lorcha noch immer in größerem Abstand. Sie ging jetzt härter an den Wind heran, um dann mit raumem Wind zu laufen, falls er in das südliche Fahrwasser einböge, oder immer noch luvseitig zu liegen, falls er sich für das nördliche Fahrwasser entschied.

Er deutete auf eine kleine Pagode an der Südküste und gab sie dem Rudergast als Landmarke. »Kapiert?« – »Versteh', Maste'!«

»Versteh', sehr gut!« Struan fuhr sich mit dem Finger über die Kehle. Dann eilte er hinunter.

May-may war schrecklich seekrank. Der Fischgestank und die drückende Luft in der Kabine, dazu das Schlingern des Schiffes, hatten ihr solche Übelkeit bereitet, daß sie fast hilflos war. Aber sie hielt noch immer die Muskete umklammert. Struan hob sie auf und wollte sie an Deck tragen.

»Nein«, sagte May-may mit schwacher Stimme. »Ich habe wegen Ah Gip nach dir gefragt.«

»Was ist mit ihr?«

»Ich habe sie heimlich nach vorn geschickt. Um die Mannschaft zu lauschen.« May-may würgte, und es dauerte eine Weile, bis die Magenkrämpfe überstanden waren. Dann sagte sie: »Sie hat einen Mann mit einem anderen reden hören. Sie sprachen von den Silberbarren. Ich glaube, sie wissen alle Bescheid.«

»Bestimmt«, antwortete Struan. »Ich bin sicher, daß sie Bescheid wissen.« Er klopfte Ah Gip auf die Schulter. »Du viel große Zahlung, bald können.«

»Ajii jah«, antwortete Ah Gip. »Was für Zahlung, heja?«

»Ist Brock noch immer hinter uns her?« fragte May-may.

»Ja.«

»Vielleicht wird Blitzstrahl ihn treffen.«

»Ja, vielleicht. Ah Gip, Missie Essen machen können! Suppe. Versteh'? Suppe.«

Ah Gip nickte. »Nicht Suppe. Tee-ah gut!«

»Suppe!«

»Tee-ah.«

»Meinetwegen«, sagte Struan gereizt, denn er wußte, daß es auf jeden Fall Tee sein würde, wie oft er auch Suppe sagte.

Er trug May-may an Deck und setzte sie auf das Pulverfaß. Wung, der

Rudergast und die übrige Mannschaft sahen nicht zu ihr hin. Aber Struan war es klar, daß sie sich ihrer Gegenwart sehr bewußt waren und sie die Spannung an Bord verschärfte. Dann fiel ihm ein, was sie vom Blitzstrahl gesagt hatte, und das brachte ihn auf einen Gedanken. Plötzlich vermochte er seine Sorge abzuschütteln. Er lachte laut auf.

»Was für Ha-ha, heja?« rief May-may und zog die Seeluft tief ein. Ihr Magen begann sich zu beruhigen.

»Glaube, guter Weg. Einauge-Maste' zu schlagen«, sagte Struan. »Heja, Wung! Du kommen mich.« Struan gab May-may eine seiner Pistolen. »Mann nah, töten, versteh'?«

»Versteh', Maste'!«

Struan machte Wung ein Zeichen, ihm zu folgen, und ging nach vorn. Als er behende das Deck entlangeilte, wich die chinesische Mannschaft vor ihm zurück. Auf dem Vorschiff blieb er noch einmal stehen, um sich zu vergewissern, daß Brocks Lorcha noch ein gutes Stück entfernt war, und stieg dann, Wung dicht hinter sich, nach unten. Die Unterkunft der Mannschaft bestand aus einer einzigen großen Kajüte, so breit wie das Schiff, mit Kojen auf beiden Seiten. Unter einer offenen, vergitterten Luke stand ein aus Ziegeln grob gemauerter Herd. Über der dunkelrot glühenden Holzkohle schwang ein Kessel hin und her. In der Nähe lagen Kräuterbündel, getrocknete Pilze, getrocknete und frische Fische, frisches Gemüse, ein Sack Reis, große und kleine irdene Töpfe und allerlei Pfannen.

»Maste' wollen Essen? Können.«

Struan schüttelte den Kopf. Im ersten Topf befand sich Soja. Im nächsten Ingwer in Sirup. Dann Ginsengwurzel in Essig und mit Gewürzen. Es gab verschiedene Öle zum Kochen: einen Topf mit Erdnußöl und einen mit Maisöl. Struan spritzte ein paar Tropfen aus jedem der beiden Töpfe auf das Feuer. Das Maisöl brannte länger als das Erdnußöl.

»Wung, du nehmen oben«, sagte er und deutete auf den Topf mit Maisöl.

»Für was, heja?«

Struan eilte an Deck zurück. Die Lorcha näherte sich nun dem Punkt der Gabelung, wo er sich für das nördliche oder das südliche Fahrwasser entscheiden mußte. Struan deutete nach Süden.

»Für was langer Weg, heja?« fragte Wung und stellte den Topf ab.

Struan sah ihn an, und Wung trat ein wenig zurück. Der Rudergast hatte die Pinne bereits hinübergedrückt. Sie liefen in das südliche Fahrwasser ein. Brocks Lorcha folgte ihnen auf der gleichen Strecke. Noch immer lagen viele Schiffe und Boote zwischen den beiden Lorchas, und Struan befand sich für einige Zeit noch in Sicherheit.

»Du bleiben«, sagte er zu Wung. »Heja, Cow Chillo. Du bleiben. Bum-bum, trotzdem benutzen.«

»Versteh', Maste'«, rief May-may. Sie fühlte sich schon viel wohler.

Struan ging in die große Kajüte hinein, holte alle Waffen und brachte sie aufs Achterdeck. Dort suchte er sich eine Muskete heraus, zwei Bogen mit Pfeilen und ein Kampfeisen; die restlichen Waffen warf er über Bord.

»Piraten kommen, nicht mehr haben Bum-bum«, brummte Wung mürrisch.

Struan ergriff das Kampfeisen und schwenkte es über dem Kopf. Es war ein aus einzelnen Teilen zusammengesetzter eiserner Flegel, im Nahkampf eine tödliche Waffe – drei Eisenstücke von je einem Fuß Länge und am äußersten Ende eine mit Stacheln versehene eiserne Kugel. Die kurze Eisenstange lag gut in der Hand, das Handgelenk war von einer breiten Lederschlaufe geschützt.

»Piraten kommen, viel tot-tot bekommen«, erwiderte Struan barsch.

Wung deutete wütend auf Brocks Lorcha. »Er nicht stoppen können, heja?« Er zeigte hinüber aufs Ufer. »Dort. Wir laufen Küste – wir sicher!«

»Ajii jah!« Struan wandte ihm verächtlich den Rücken zu. Er setzte sich aufs Deck, die Schlaufe des Kampfeisens noch immer ums Handgelenk. Die verängstigte Besatzung beobachtete ihn verwundert, als er den Ärmel seiner wattierten Kulijacke abriß, ihn zu Streifen zerfetzte und diese Streifen in das Öl tauchte. Er nahm einen der Streifen und band ihn vorsichtig um die eiserne Spitze eines Pfeils. Sie wichen zurück, als er den Pfeil auf die Sehne des Bogens setzte, über das Deck hinweg auf den Mast zielte und losließ. Der Pfeil verfehlte zwar den Mast, bohrte sich jedoch in die Teakholztür des Vorschiffs. Nur mit Mühe gelang es ihm, den Pfeil wieder herauszuziehen.

Als er zurückkam, löste er den Streifen der Wattierung und tunkte ihn wieder in das Öl. Dann bestreute er ihn mit Schießpulver, band ihn erneut um die Pfeilspitze und wickelte einen zweiten Streifen herum.

»Hola!« rief achtern der Mann am Ausguck. Brocks Lorcha kam ihnen gefährlich näher.

Struan übernahm das Ruder und führte eine Weile das Schiff. Er schoß in einem gewagten Manöver hinter einer schwerbeladenen Dschunke vorbei und änderte dann gewandt den Kurs, so daß er, als er klargekommen war, auf der anderen Schot weiterkreuzte. Brocks Lorcha setzte ebenfalls rasch zur Wende an, um ihn abzufangen, mußte aber einen Umweg machen, um einer nach Norden segelnden kleinen Flotte von Dschunken auszuweichen. Struan gab das Ruder wieder an einen Mann aus der Mannschaft ab und machte sich vier Pfeile zurecht. Wung konnte sich nicht mehr zurückhalten. »Heja, Maste', was können?«

»Holen Seh-Licht, heja?«

Verwünschungen murmelnd eilte Wung davon und kehrte mit einer Laterne zurück. »Seh-Licht!«

Struan tat so, als tauche er den Pfeil in die Flamme der Laterne und schieße ihn brennend auf das Großsegel von Brocks Lorcha ab.

»Viel Feuer, heja? Sie stoppen, wir gehen, heja?«

Wung starrte ihn mit offenem Mund an. Dann brach er in Lachen aus. Als er wieder reden konnte, erklärte er es der Mannschaft, und die Leute sahen Struan strahlend an. »Sie viel-viel Tai-Pan sein! Ajiiiii jah!« rief Wung.

»Mächtig phantastisch dua«, sagte May-may und fiel in das Lachen der anderen ein.

»Hopp-hopp, Einauge-Maste' sehr-sehr!«

»Hola!« rief der Ausguckposten.

Brocks Lorcha hatte den Umweg vollendet und holte nun wieder auf. Struan ergriff das Ruder und begann sich durch den Verkehr immer tiefer in das südliche Fahrwasser hineinzuschlängeln. Brocks Lorcha kam unerbittlich näher und blieb dabei stets auf Luvseite. Struan wußte, Brock wartete nur darauf, daß der Verkehr schwächer würde, um dann zu einem entscheidenden Stoß anzusetzen. Struan war nun etwas zuversichtlicher. Wenn der Pfeil das Segel trifft, sagte er zu sich, und wenn er es nicht durchschlägt und wenn er im Fluge nicht erlischt und das Großsegel trocken genug ist, um Feuer zu fangen, und wenn sie nur vier Meilen warten, bevor sie zum ersten Angriff vorgehen, und wenn mein Joss gut ist, dann kann ich sie abschütteln. »Die Pest über Brock!« sagte er.

Der Verkehr auf dem Fluß wurde nun merklich schwächer. Struan drückte das Ruder herum und ging hart an den Wind, um so nah wie möglich an das Südufer des Flusses zu gelangen, damit er, sobald er wieder wendete, raumen Wind hatte und vor dem Wind laufen konnte.

Das Südufer des Flusses wies viele Untiefen auf und war gefährlich. Eine so lange Strecke hart an den Wind zu gehen, war für Struan gefährlich, denn er bot seinem Gegner eine offene Flanke. Brocks Lorcha wartete noch, bevor sie zustieß. Aber Struan legte es darauf an, daß der Angriff jetzt erfolgte. Es war der günstigste Zeitpunkt. Schon lange war ihm in Fleisch und Blut übergegangen, daß das erste Gesetz, wenn man überleben wollte, hieß: Bring deinen Feind dazu, sich dann zum Kampf zu stellen, wenn du's für richtig hältst.

»Heja, May-may, geh unten!«

»Mich zusehen. Können, macht nichts.«

Struan ergriff die zweite Muskete und reichte sie Ah Gip. »Geh unten, jetzt!«

Beide Frauen gingen nach unten.

»Wung-ah, holen Seh-Licht zwei.«

Wung brachte eine zweite Laterne, und Struan zündete beide an. Dann legte er sich die Pfeile und die beiden Bogen zurecht. Jetzt bleibt uns nichts anderes mehr übrig, sagte er zu sich.

Brocks Lorcha befand sich zweihundert Yards entfernt luvwärts. Allmählich wurde der Verkehr auf dem Fluß dünner. Die beiden Schiffe waren allein. Sogleich legte sich Brocks Lorcha über und schoß auf ihn zu. Struans Mannschaft fuhr auseinander und rannte zum Schandeck auf Backbord hinüber. Die Männer hängten sich in die Wanten, jederzeit bereit, über Bord zu springen. Nur Wung blieb mit Struan auf dem Achterdeck stehen.

Struan konnte Gorth jetzt deutlich erkennen; er stand am Ruder, und seine Mannschaft war auf die Gefechtsstationen verteilt. Mit den Blicken suchte er das Deck nach Brock ab, konnte ihn aber nirgends entdecken und fragte sich, welche Teufelei er jetzt ausheckte. Als die Lorchas nur noch fünfzig Yards voneinander entfernt waren, drückte Struan die Ruderpinne herum, so daß die Lorcha träge dümpelnd im Wind lag und Gorth das Heck zuwandte. Gorth, der auf der Luvseite blieb, holte rasch auf, und Struan wußte, daß Gorth viel zu schlau war, um ihn leeseitig anzugehen. Er machte Wung ein Zeichen, das Ruder zu übernehmen und den Kurs zu halten, nahm

sich den Bogen und die Pfeile und duckte sich hinter dem Schandeck nieder. Dann steckte er die Spitze des einen Pfeils in die Flamme der Laterne. Die ölgetränkten Streifen flammten sofort auf; er erhob sich und zielte. Die Lorcha war dreißig Yards entfernt. Von Warnrufen begleitet, flog der Pfeil in einem flammenden Bogen durch die Luft und traf mitten auf das Großsegel. Durch den Aufprall aber wurde die Flamme gelöscht.
Gorth brüllte seiner Mannschaft etwas zu. Die Lorcha kam noch näher heran. Da traf der zweite Pfeil. Er bohrte sich in das Großsegel, blieb stecken, und ein Funkenregen ging über dem Deck nieder. Das Schießpulver, das sich in der getränkten Polsterung befand, zündete und explodierte mit Stichflammen. Unwillkürlich drückte Gorth das Ruder herum, und das Schiff fiel ab, wobei es unter der Heftigkeit des Manövers erbebte.
Struan hatte schon einen dritten Pfeil bereit. Als die Lorcha vorbeirauschte, schoß er auch diesen ab und sah, wie er sich in das große Vorsegel bohrte. Flammen begannen an der Leinwand entlangzulecken. Erleichtert drückte er die Ruderpinne herum und ging wieder schärfer an den Wind. Er sah, wie Brock von unten an Deck gestürzt kam, Gorth beiseite stieß, das Ruder ergriff und das Schiff herumholte. Dann riß Brock das Ruder scharf herum, richtete sein Schiff mittschiffs auf Struans Steuerbordseite und schnitt ihm so den Fluchtweg ab.
Struan hatte wohl Brocks Manöver erwartet, aber seine Lorcha gehorchte dem Ruder nicht. Er wußte, dies war das Ende. Er zündete den letzten Pfeil an und wartete, mit seinem ganzen Gewicht gegen die Ruderpinne gepreßt; hoffentlich würde die Lorcha dem Druck gehorchen. Brock stand auf dem Achterdeck und brüllte die Mannschaft an, die sich verzweifelt bemühte, das Feuer zu ersticken. Ein Haufen brennender Takelage fiel neben Brock auf Deck, aber er beachtete es nicht, sondern konzentrierte sich ausschließlich auf die Stelle mittschiffs an Steuerbord, die er sich für den Rammstoß ausgesucht hatte.
Struan zielte sorgfältig, und als die Lorcha nur noch fünfzehn Yards entfernt war, schoß er. Der Pfeil schlug in die Aufbauten neben Brocks Kopf, aber Brocks Lorcha hielt Kurs. Struans Schiff begann nun träge herumzukommen, aber es war schon zu spät. Struan verspürte den Stoß, unter dem alles erbebte, und hörte das entsetzliche Krachen splitternden Holzes, als der Rammsporn von Brocks Lorcha die Steuerbordseite aufriß. Struans Schiff legte sich schwer auf die Seite und wäre fast gekentert. Struan wurde zu Boden geschleudert.
In einem Funkenregen, der aus der brennenden Takelage auf ihn herabstob, rappelte sich Struan wieder auf. Die von Panik ergriffenen Chinesen kreischten, Brocks Leute stießen ein wildes Gebrüll aus, als sich beide Mannschaften aus dem brennenden Wirrwarr zu befreien versuchten. Durch den entsetzlichen Tumult hörte Struan Brocks Stimme: »Bitte um Entschuldigung!«
Dann trennten sich die beiden Schiffe wieder. Brocks Lorcha trieb mit brennenden Segeln weiter voraus. Struans Schiff richtete sich langsam auf, legte sich dann wie betrunken nach steuerbord über, rollte wieder zurück, blieb einen Augenblick so liegen und senkte sich dann gefährlich nach backbord.

Struan ergriff die Ruderpinne und drückte sie mit aller Kraft zur Seite. Nur widerwillig gehorchte die Lorcha. Als der Wind in die Segel einfiel, nahm Struan Kurs auf die Küste, in der verzweifelten Hoffnung, daß er sie auf Grund setzen könnte, bevor sie sank.

Beide Segel von Brocks Schiff brannten. Struan wußte, daß man die Taue kappen und neue Segel setzen mußte. Plötzlich bemerkte er, daß sein Deck um zehn Grad nach backbord überhing – nach der Seite also, die nicht aufgerissen worden war. Er arbeitete sich das schräge Deck hinauf und starrte den riesigen Riß an, den der Rammsporn hinterlassen hatte. Die untere Grenze des Lecks befand sich nur knapp einen Zoll unterhalb der Wasserlinie, und Struan wurde klar, daß der Rammstoß die Kisten mit den Silberbarren auf die andere Seite des Laderaums befördert hatte. Das Gewicht des Silbers hielt nun das Schiff unverändert in dieser Lage. Er brüllte Wung zu, das Ruder zu ergreifen und das Schiff auf dem gleichen Kurs zu halten.

Dann packte er das Kampfeisen, kroch nach vorn und jagte, seine Waffe schwingend, ein paar Mann unter Deck. Auf dem Weg in den Laderaum warf er einen Blick auf May-may und Ah Gip, die unverletzt, aber etwas mitgenommen in den Trümmern der großen Kajüte hockten.

»Geht nach oben! Bum-bum nehmen!«

Im Laderaum sah es wüst aus. Kisten waren zerbrochen, und überall lagen Silberbarren verstreut. Die noch heilen Kisten waren an Backbord zusammengeschoben, und durch das Leck strömte Wasser ein. Die Männer drehten am Eingang um, aber er trieb sie tiefer in den Laderaum hinein und ließ sie die kleinen Brände, die durch verschüttete Kohlenglut entstanden waren, löschen.

Fluchend und gestikulierend machte er ihnen klar, sie sollten die Kisten noch weiter nach backbord hinüberschieben und sie dort aufstapeln. Bis zu den Knöcheln im Wasser befolgten die Chinesen seine Anweisungen. Die Angst zu ertrinken saß ihnen zwar im Nacken, aber eine noch größere Furcht jagte ihnen die gefährliche eiserne Peitsche ein. Die Lorcha legte sich bedenklich auf die Seite, sie ächzte in ihren Verstrebungen, aber das Leck hob sich langsam aus dem Wasser. Struan holte das Reserve-Kreuzsegel hervor und begann, das Leinen in die aufgerissene Seite des Schiffes hineinzustopfen, wobei er ein paar Silberbarren als Keile benutzte.

»Zum Teufel noch mal!« brüllte er. »Schnell-schnell!«

Die übrige Mannschaft eilte zur Hilfe herbei, und bald war das Leck abgedichtet. Struan machte den Leuten ein Zeichen, das Reserve-Großsegel mitzunehmen, und trieb sie an Deck zurück.

May-may hielt noch immer die Pistole und Ah Gip die Muskete umklammert. Wung, von Furcht gelähmt, hatte das Schiff auf dem richtigen Kurs gehalten. Struan drängte die Männer aufs Vorschiff, zog mit ihrer Hilfe das Großsegel unter Bug und Rumpf des Schiffes durch und befestigte es dann an den Seiten. Der Sog des Wassers straffte das Segel über dem Leck.

Noch einmal zwang er die Leute, nach unten zu gehen. Nachdem die Leinwand, mit der er das Leck verstopft hatte, noch fester verkeilt war, ließ er sie die übrigen Kisten erneut verschieben, um die Schlagseite nach backbord etwas auszugleichen.

Dann kehrte er an Deck zurück und überprüfte das Tauwerk des Großsegels. Nachdem er sich vergewissert hatte, daß es noch fest verzurrt war und hielt, atmete er erleichtert auf. »Du in Ordnung, May-may?«

»Was-ah?« fragte sie.

»Du verletzt?«

»Können.« Sie zeigte auf ihr Handgelenk. Es war wund geschlagen und blutete. Er untersuchte es sorgfältig. Es schmerzte zwar, schien aber nicht gebrochen. Er goß Rum über die Wunde, trank dann selber einen tiefen Schluck und blickte geradeaus. Brocks Lorcha trieb mit der Strömung. Groß- und Vorsegel und das Takelwerk brannten lichterloh. Er beobachtete, wie die Mannschaft die Takelage durchhieb und die Segel über Bord gingen. Sie brannten noch einen Augenblick im Wasser weiter. Dann herrschte völlige Finsternis. In der Nähe befanden sich ein paar Dschunken und Sampans, aber keins dieser Boote war der brennenden Lorcha zur Hilfe gekommen.

Struan spähte voraus. Six Rock Channel – ein nur wenig bekannter Wasserweg – lag leewärts von ihm. Vorsichtig bediente er das Ruder, und das Schiff fiel um ein paar Strich ab. Der Wind drückte auf die Segel, und das Schiff legte sich scharf über, wobei das Leck unter Wasser tauchte.

Die Männer schrien warnend, und Struan glich die Schlagseite ein wenig aus. Gefährlich, so zu segeln, dachte er. Ich kann es nicht wagen, einen Schlag über Steuerbord zu segeln. Schon leichter Wellengang reißt die Abdeckung herunter, und wir gehen wie ein Stein unter. Wenn ich durch den Six Rock Channel fahre, wird Brock mich niemals finden, aber ich kann mir kein solches Manöver erlauben. Also muß ich im Hauptstrom bleiben. So gerade wie möglich vor dem Wind laufen.

Er stellte seine Position fest. Die Marmorpagode mußte acht oder neun Meilen flußab liegen.

Mit dem unter dem Kiel durchgezogenen Segel, das wie ein Sturmanker wirkte, legte die Lorcha nur etwa zwei oder drei Knoten zurück. Da er vor dem Wind bleiben mußte, um jedes Kreuzen zu vermeiden, würde das Schiff noch mehr an Geschwindigkeit verlieren. Der Fluß zog sich in vielen Windungen hin. Mit ein wenig Joss, dachte er, kann ich jetzt auf Steuerbordhalsen einen Schlag weiterkommen. Dann lasse ich die Segel herunter, treibe in der Strömung und setze erneut Segel, sobald ich in günstiger Position bin.

Er überließ Wung die Ruderpinne, ging nach unten und überprüfte die Leinwand im Leck. Mit Joss wird sie eine Weile halten, dachte er. Er nahm einige Teetassen mit und kehrte an Deck zurück.

Die Leute von der Mannschaft hatten sich auf der einen Seite in einer Gruppe zusammengekauert und hielten sich verbissen fest. Es waren nur sechs Mann.

»Heja! Nur sechs Bullen! Wo sind zwei?«

Wung deutete über die Reling hinaus und lachte. »Krach-bum, fallen!« Dann machte er eine Handbewegung nach achtern und zuckte die Achseln. »Macht nichts.«

»Zum Teufel noch mal, warum nicht retten, heja?«

»Wozu retten, heja?«

Struan wußte, daß es sinnlos war, auch nur den Versuch einer Erklärung zu machen. Nach Auffassung der Chinesen war es Joss, daß die Männer über Bord gegangen waren. Es war nichts weiter als Joss – ihr Joss – zu ertrinken, und außerdem war es der Wille der Götter. Es wäre sehr unklug, sich gegen den Willen der Götter aufzulehnen. Rettete man einen Menschen vor dem Tode, so war man selbst für ihn verantwortlich, solange er lebte. Das war nicht mehr als recht und billig. Denn wenn man den Willen der Götter durchkreuzt, mußte man auch bereit sein, ihre Pflichten auf sich zu nehmen.

Struan goß Rum in eine Tasse und reichte sie May-may. Dann bot er jedem der Mannschaft nacheinander einen Schluck an, ohne Dank zu erwarten oder zu erhalten. Seltsam, sagte er zu sich, aber eben chinesisch. Warum sollten sie mir auch dafür danken, daß ich ihnen das Leben gerettet habe? Es war nur Joss, daß wir nicht gesunken sind.

Gott, ich danke dir für meinen Joss. Ich danke dir.

»Hola!« rief einer der Seeleute besorgt und blickte dabei über die Schiffsseite hinab.

Die Leinwand im Leck begann sich zu lösen. Struan stürzte unter Deck. Mit dem Kampfeisen stieß er das mit Wasser vollgesogene Segel tiefer in die Wunde des Schiffes hinein. Drei Fuß tief schwappte das Wasser in der Bilge. Er stemmte eine Kiste fester gegen die Leinwand und stopfte noch mehr Silberbarren in die Risse.

»Das wird halten«, sagte er laut. »Ja, vielleicht.«

Er ergriff das Kampfeisen und kehrte in die große Kajüte zurück, in der ein fürchterliches Durcheinander herrschte. Sehnsüchtig sah er zur Koje hinüber, nahm dann eine mit Gras gefüllte Matratze und stieg die Treppe wieder nach oben.

Auf den oberen Stufen angelangt, erstarrte er. Wung hielt die Pistole auf ihn gerichtet. Ein zweiter Chinese zielte mit der Muskete auf ihn, und zu seinen Füßen lag regungslos Ah Gip. Ein Mann der Besatzung hatte seinen Arm um May-mays Hals geschlungen und hielt ihr mit der anderen Hand den Mund zu. Als Wung abdrückte, riß Struan instinktiv die Matratze hoch und warf sich zur Seite. Er fühlte, wie die Kugel seinen Hals streifte. Dann stürzte er an Deck. Das Gesicht brannte ihm vom Schießpulver, die Matratze hielt er sich als dürftigen Schild vor. Der zweite Chinese schoß aus nächster Nähe, aber die Muskete explodierte und riß ihm die Hände ab. Verwundert starrte er seine Armstümpfe an und schrie.

Als Wung und die Mannschaft ihn angriffen, schlug Struan mit dem Kampfeisen zu. Der Morgenstern traf Wung seitlich und zerfetzte ihm die Hälfte des Mundes. Er torkelte und stürzte zu Boden. Struan schwang seine Waffe wie einen Dreschflegel. Noch ein Mann ging zu Boden, aber ein anderer sprang ihm auf den Rücken und versuchte ihn zu erdrosseln, wobei er seinen eigenen Zopf als Schlinge benutzte. Struan schüttelte ihn ab. Der Mann, der May-may festgehalten hatte, stürmte heran, und Struan stieß ihm die Stange des Kampfeisens ins Gesicht. Als der Mann aufschrie und in sich zusammensank, trampelte Struan auf ihm herum. Die beiden noch unverletzten Männer flohen aufs Vorschiff. Struan holte tief Atem und eilte hinter ihnen her. Da sprangen sie über Bord. Vom Achterdeck stieg ein Schrei auf. Wung, dem das Blut über das Gesicht strömte, tappte blindlings nach May-may. Sie entzog sich seinem Griff und suchte hinkend Deckung.

Struan rannte zurück und tötete ihn.

Der Mann ohne Hände stieß entsetzliche Schreie aus. Struan erschlug ihn rasch und schmerzlos. An Deck herrschte nun tiefe Stille.

May-may starrte die eine abgerissene Hand an und mußte sich heftig übergeben. Struan fegte die Hand mit dem Fuß über Bord. Nachdem er wieder zu Kräften gekommen war, warf er alle Körper bis auf einen ins Wasser. Dann untersuchte er Ah Gip. Sie atmete durch den Mund, und Blut rann ihr aus der Nase.

»Ich glaube, sie wird sich erholen«, sagte er und wunderte sich, wie dumpf seine Stimme klang. Er tastete sein Gesicht ab. Der Schmerz durchlief ihn in heftigen Wellen. Er warf sich neben May-may nieder. »Was ist geschehen?«

»Ich nicht wissen«, antwortete sie, zu entsetzt, um weinen zu können. »Eben noch war ich mit Pistole, dann hatten sie Hand über meinem Mund und haben auf dich geschossen. Wieso du nicht getötet?«

»Mir ist ganz so zumut«, antwortete er. Die linke Seite seines Gesichts war übel verbrannt. Sein Haar war versengt, die Hälfte einer Augenbraue fehlte, aber der Schmerz in seiner Brust ließ nach.

»Für was haben sie das getan, Wung und die anderen? Für was? Er ist doch Jin-kwas Vertrauensmann«, sagte sie.

»Du hast selber gesagt, daß jeder versuchen würde, das Silber zu stehlen. Jawohl. Jeder. Ich mache ihnen keinen Vorwurf daraus. Es war sehr unvorsichtig von mir, nach unten zu gehen.«

Er spähte nach vorn und kontrollierte den Kurs. Sie trieben noch immer schwerfällig in der gleichen Richtung dahin.

May-may sah den Streifschuß an seinem Hals. »Noch ein Zoll, ein halber Zoll«, flüsterte sie. »Sag den Göttern Dank für diesen Joss. Ich werde ihnen ein riesiges Geschenk machen.«

Struan stieg der süßliche Blutgeruch in die Nase, und jetzt, nachdem er gerettet war, drehte sich ihm der Magen um. Er griff nach der Reling und würgte. Danach holte er einen Holzeimer und spülte das Deck ab. Und schließlich säuberte er auch das Kampfeisen.

»Für was läßt du diesen Mann hier?« fragte May-may.

»Er ist nicht tot.«

»Wirf ihn über Bord.«

»Wenn er tot ist. Oder wenn er wieder erwacht, dann kann er springen.«

Struan atmete tief, und die Übelkeit verging. Seine Beine schmerzten vor Erschöpfung, als er zu Ah Gip trat und sie auf die Hüsing hob. »Hast du gesehen, wo sie getroffen wurde?«

»Nein.«

Struan öffnete ihre wattierte Jacke und untersuchte sie aufmerksam. Brust und Rücken wiesen keinerlei Verletzungen auf, aber am Haaransatz im Nacken war eine blutige Stelle. Er zog sie wieder an und legte sie so bequem zurecht, wie es unter diesen Umständen möglich war. Ihr Gesicht war grau und fleckig, und ihr Atem klang erstickt. Sie sieht nicht sehr gut aus.«

»Wie weit wir müssen noch fahren?« fragte May-may.

»Zwei oder drei Stunden.« Er ergriff das Ruder. »Ich weiß es nicht genau. Vielleicht auch mehr.«

May-may lehnte sich zurück und ließ den Wind und die frische Luft ihren Kopf kühlen.

Struan sah die zerbrochene Rumflasche im Speigatt rollen. »Geh nach unten. Sieh nach, ob noch eine Flasche Rum da ist, bitte. Ich glaube, es waren zwei, nicht wahr?«

»Es tut mir so leid, Tai-Pan. Ich habe uns fast durch meine Dummheit umgebracht.«

»Nein, meine Kleine. Es war das Silber. Und sieh im Laderaum nach dem Rechten.«

Mühsam suchte sie sich den Weg nach unten. Es dauerte lange, bis sie wiederkehrte.

Als sie zurückkam, trug sie eine Teekanne und zwei Tassen.

»Ich machen Tee«, sagte sie stolz. »Ich machen Feuer und ich machen Tee. Die Rumflasche, sie war zerbrochen. So haben wir Tee.«

»Ich wußte nicht einmal, daß du Tee machen kannst, geschweige denn Feuer anzünden«, sagte er, um sie zu necken.

»Wenn ich alt und zahnlos bin, werde ich eine Amah.« Zerstreut nahm sie wahr, daß auch der letzte der chinesischen Seeleute nicht mehr an Deck lag. Sie schenkte den Tee ein und bot ihm mit einem schwachen Lächeln die Tasse an.

»Danke.«

Ah Gip kam zum Bewußtsein. Sie übergab sich und sank dann in sich zusammen. »Ihr Aussehen gefällt mir ganz und gar nicht«, sagte Struan.

»Sie ist eine treue Sklavin.«

Dankbar trank er den Tee. »Wieviel Wasser ist im Laderaum?«

»Der Boden wird vom Wasser überspült.« May-may trank einen Schluck Tee. »Ich glaube, es wäre klug, jetzt . . . wie sagt ihr doch? . . . den Meeresgott auf unsere Seite zu ziehen. Ihn zu ›kaufen‹.«

»Ihn bitten? Meinst du das?«

Sie nickte. »Ja. Klug, den Meeresgott zu besänftigen. Durch eine Art Bittschrift.«

»Wie macht man das?«

»Es ist viel Silber unten. Ein Barren wäre schon sehr gut.«

»Das wäre sehr schlimm. Eine große Vergeudung von Silber. Dergleichen haben wir doch schon tausendmal gemacht. Es gibt keine Götter außer Gott.«

»Stimmt. Aber bitte. Bitte, Tai-Pan. Bitte.« Ihre Augen flehten ihn an. »Wir brauchen phantastische Menge Hilfe. Ich rate, sofort besonderen Segen des Meeresgottes zu erbitten.«

Struan hatte den Versuch aufgegeben, ihr verständlich zu machen, daß es nur einen Gott gab, daß Jesus der Sohn Gottes war und das Christentum die einzig wahre Religion. Vor zwei Jahren hatte er versucht, ihr das Christentum zu erklären.

»Du willst, ich soll Christin sein? Dann bin ich Christin«, hatte sie fröhlich erklärt.

»Aber so einfach ist es nicht, May-may. Du mußt glauben.«

»Natürlich. Ich glaube, woran ich nach deinem Willen glauben soll. Es gibt den einen Gott. Den christlichen barbarischen Gott, den neuen Gott.«

»Es ist kein barbarischer Gott und auch kein neuer Gott. Es ist...«

»Dein Herr Jesus war doch kein Chinese, heja? Dann ist er ein Barbar. Und für was erzählst du mir, dieser Herr Jesus ist nicht neu, wo er vor zweitausend Jahren nicht einmal geboren war, heja? Dann ist er eine Menge sehr neu. Ajii jah, unsere Götter sind fünf-, sind zehntausend Jahre alt.«

Struan fühlte sich verloren. Er war zwar Christ, ging in die Kirche, betete hin und wieder und kannte die Bibel ebenso gut wie die meisten anderen, doch fehlte ihm das Wissen oder die Fähigkeit, sie zu lehren. So hatte er Wolfgang Mauss damit beauftragt, ihr das Evangelium in der Mandarinsprache zu erklären. Aber nachdem Mauss sie unterrichtet und getauft hatte, mußte Struan feststellen, daß sie noch immer in die chinesische Pagode ging.

»Warum nur gehst du dahin? Damit bist du wieder Heidin. Du verneigst dich vor Götzen.«

»Aber für was ist die Holzschnitzerei des Herrn Jesus am Kreuz in der Kirche, ist das kein Götzenbild? Oder das Kreuz selber? Sind das alles nicht auch Götzenbilder?«

»Das ist nicht dasselbe.«

»Der Buddha ist nur Symbol von Buddha. Ich bete nicht Götzen an, mein Freund. Ich bin Chinesin. Chinesen beten keine Götzen an, nur die Idee einer Statue. Wir Chinesen sind nicht dumm. Wir sind furchtbar klug in diesen Gott-Dingen. Und wieso weiß ich, daß der Herr Jesus, der ein Barbar war, die Chinesen liebt, heja?«

»Du darfst so etwas nicht sagen! Das ist Gotteslästerung. Wolfgang Mauss hat dir in den vergangenen Monaten das ganze Evangelium erklärt. Selbstverständlich liebt Jesus alle Menschen in gleicher Weise.«

»Warum sagen die christlichen Männer-Priester, die lange Röcke tragen und keine Frauen haben, daß andere christliche Priester, die sich wie Männer anziehen und viele Kinder zeugen, verrückt sind, heja? Master Mauss hat gesagt, früher hat es viele Kriege und viel Totschlag gegeben. Ajii jah, die Teufel in langen Röcken haben Männer und Frauen auf Scheiterhaufen verbrannt.« Sie schüttelte energisch den Kopf. »Es ist besser, wir ändern uns jetzt gleich, Tai-Pan. Besser, wir sind Christen in langen Röcken; wenn wir dann verlieren, werden wir nicht verbrannt. Deine Art Christen hat doch Menschen nicht verbrannt, oder hat sie, heja?«

»Man ändert seinen Glauben doch nicht einfach nur aus dem Grund. Die Katholiken irren. Sie haben...«

»Und ich sage dir, Tai-Pan, wir sollten lieber Christen in langen Röcken sein. Und ich finde auch, du kümmerst dich sehr aufmerksam um deinen neuen Gott Jesus, und ich kümmere mich, so gut ich kann, um den Gott

Jesus, aber gleichzeitig werde ich auch unsere eigenen chinesischen Götter für uns beide sehr aufmerksam beobachten.« Sie hatte ihm sehr bestimmt zugenickt und ihn dann mit einem strahlenden Lächeln bedacht. »Welcher Gott der stärkste ist, wird dann für uns sorgen.«

»So etwas kannst du doch nicht tun. Es gibt nur einen Gott. Einen!«

»Beweis es!« hatte sie gesagt.

»Das kann ich nicht.«

»Da siehst du es. Wie können sterbliche Menschen Gott beweisen, irgendeinen Gott? Aber ich bin ein Christ wie du. Glücklicherweise jedoch auch Chinesin, und in diesen Gott-Dingen ist es besser, ein wenig chinesisch zu denken. Sehr klug, nach allen Seiten in seinen Gedanken frei zu sein. Sehr klug. Für dich ist es ein Joss, daß ich Chinesin bin; denn dann kann ich auch für uns chinesische Götter bitten.« Hastig hatte sie hinzugefügt: »Die es natürlich nicht gibt.« Sie hatte ihn angelächelt. »Ist das nicht schön?«

»Nein.«

»Selbstverständlich, hätte ich die Wahl – ich habe sie nicht, da es nur einen Gott gibt –, würde ich die chinesischen Götter vorziehen. Sie wollen nicht, daß ihre Gläubigen andere Götter schlachten oder alle Leute töten, die sich nicht beugen.« Wieder war sie hastig fortgefahren: »Aber der christliche barbarische Gott, der allein ist und der einzige Gott, erscheint mir, einer armen, einfachen Frau, sehr blutdürstig und schwierig, um mit ihm auszukommen, aber natürlich glaube ich an ihn. So ist es«, hatte sie mit Nachdruck geendet.

»Das ist überhaupt nichts.«

»Ich glaube, euer Himmel ist ein verdammt seltsamer Ort, Tai-Pan. Alle fliegen herum wie Vögel und alle tragen Bärte. Kennt man im Himmel auch Liebesspiele?«

»Das weiß ich nicht.«

»Wenn wir uns nicht lieben können, gehe ich nicht in deinen Himmel. O nein, bestimmt nicht. Wahrer Gott oder nicht. Das wäre ein sehr schlimmer Ort. Das muß ich feststellen, bevor ich hingehe. Ja, bestimmt. Und noch etwas, Tai-Pan. Wofür sollte der einzige wahre Gott, der aus diesem Grund unerhört tüchtig sein muß, sagen, nur eine einzige Frau, heja, was entsetzlich dumm ist? Und wenn du ein Christ bist, wofür sind wir wie Mann und Frau, wenn du schon Frau hast? Ehebruch, he? Sehr schlimm. Wofür brichst du so viele der Zehn Gebote, heja, und nennst dich doch noch immer sehr selbstverständlich einen Christen?«

»May-may, einige von uns sind Sünder und schwach. Der Herr Jesus wird uns vergeben. Einigen von uns. Er hat versprochen, uns zu vergeben, wenn wir bereuen.«

»Das würde ich nicht«, hatte sie sehr energisch erklärt. »Nein, wenn ich der Allerhöchste Eine Gott wäre. Nein, bestimmt nicht. Und noch etwas, Tai-Pan. Wie kann Gott ›Dreieinigkeit‹ sein und doch Nummer-Eins-Sohn haben, der auch Gott ist, der geboren wurde von richtiger Frau, ohne Hilfe vom richtigen Mann, die dann Mutter von Gott wird? Das ist es, was ich nicht begreife. Aber versteh mich nicht falsch, Tai-Pan, ich bin Christin wie jede andere auch, bei Gott, heja?«

Viele solche Gespräche hatten sie miteinander geführt, und jedesmal hatte er sich in eine Auseinandersetzung verwickelt gesehen, die kein Ende und keinen Anfang hatte, nur daß er wußte, es gebe lediglich einen Gott, den wahren Gott, und ebenso wußte er, daß May-may dies niemals verstehen würde. Er hatte gehofft, daß Er vielleicht, wenn die Zeit gekommen sei, sich ihr verständlich machen würde . . .

»Bitte, Tai-Pan«, sagte May-may nochmals, »ein bißchen Sotun wird niemand schaden. Ich habe bereits ein Gebet zu dem Einen Gott gesprochen. Vergiß aber nicht, daß wir in China sind und dies ein chinesischer Fluß ist.« – »Aber es nützt ganz und gar nichts.«

»Ich weiß. O ja, Tai-Pan, ich weiß es bestimmt. Aber ich bin nur eine zweijährige Christin, und so müßt ihr etwas Geduld mit mir haben, du und Gott. Er wird mir ja vergeben«, schloß sie triumphierend.

»Also meinetwegen«, sagte Struan.

Sie ging nach unten. Als sie zurückkam, hatte sie sich Gesicht und Hände gewaschen und das Haar aufgesteckt. In den Händen hielt sie einen in Papier gewickelten Silberbarren. Das Papier war mit chinesischen Schriftzeichen bedeckt.

»Hast du diese Schriftzeichen geschrieben?«

»Ja. Ich habe einen Pinsel und Tinte gefunden. Ich habe ein Gebet an den Meeresgott geschrieben.«

»Wie heißt es?«

»›O Großer, Weiser, Mächtiger Meeresgott, als Gegengabe für dieses sehr große Geschenk, das fast hundert Silbertaels wert ist, bring uns bitte sicher zu einem Barbarenschiff mit Namen *China Cloud*, das meinem Barbaren gehört, und von dort zur Insel Hongkong, die die Barbaren uns geraubt haben.‹«

»Ich halte nicht viel von diesem Gebet«, sagte er. »Aber immerhin, meine Kleine, ist es mein Silber, und ich mag es nicht, wenn man mich einen Barbaren nennt.«

»Es ist ein höfliches Gebet und es sagt die Wahrheit. Es ist ein chinesischer Meeresgott. Für einen Chinesen bist du ein Barbar. Es ist äußerst wichtig, in Gebeten die Wahrheit zu sagen.« Sie ging mit Trippelschritten über das schräge Deck, hielt mit großer Mühe den schweren, in Papier gewickelten Silberbarren auf Armlänge von sich gestreckt, schloß die Augen und sprach das Gebet, das sie geschrieben hatte. Dann packte sie, die Augen noch immer geschlossen, den Silberbarren vorsichtig aus, ließ das Papier ins Wasser fallen und versteckte den Barren rasch in den Falten ihrer Jacke. Sie öffnete die Augen und beobachtete, wie das Papier vom Kielwasser des Schiffes in den Fluß hinabgesogen wurde.

Dann arbeitete sie sich fröhlich wieder zurück, das Silber wohlbehalten in den Armen. »So. Jetzt können wir uns ausruhen.«

»Bei Gott, das ist doch ein Betrug!« rief Struan empört.

»Was?«

»Du hast das Silber nicht über Bord geworfen.«

»Pssst! Nicht so laut! Du uns alles verderben!« Dann flüsterte sie ihm zu: »Natürlich nicht. Hältst du mich für wahnsinnig?«

»Ich hatte geglaubt, du wolltest ein Opfer bringen?«

»Habe ich gerade getan«, flüsterte sie verwundert. »Du doch nicht etwa glauben, daß ich das Silber wirklich in den Fluß werfe, oder? Bei Gottes Blut, bin ich denn ein Stück Hundefleisch? Bin ich verrückt?«

»Warum dann aber das ganze Theater?«

»Pssst!« machte May-may beschwichtigend. »Nicht so laut! Der Meeresgott könnte dich hören.«

»Warum tust du so, als ob du das Silber über Bord wirfst? Das ist kein Opfer.«

»Ich schwöre bei Gott, Tai-Pan, jetzt ich dich überhaupt nicht mehr verstehen. Wofür brauchen Götter richtiges Silber, heja? Wofür sollten sie echtes Silber verwenden? Um richtige Kleidung und richtige Nahrung zu kaufen? Götter sind Götter. Und Chinesen sind Chinesen. Ich habe das Opfer dargebracht und dir das Silber gerettet. Ich schwöre bei Gott, die Barbaren sind seltsame Menschen.«

Dann ging sie wieder nach unten und murmelte im Dialekt von Sutschou vor sich hin: »Als ob ich so viel Silber vernichten würde! Bin ich eine Kaiserin, daß ich Silber wegwerfen kann? Ajiii jah«, rief sie und betrat den Gang, der zum Laderaum führte. »Nicht einmal die Teufelskaiserin würde so verrückt sein!« Sie legte das Silber in die Bilge zurück, wo sie es weggenommen hatte, und stieg wieder an Deck.

Struan hörte sie zurückkommen. Noch immer murmelte sie gereizt etwas auf chinesisch.

»Was sagst du da?« fragte er.

»Bin ich so verrückt, so viel schwerverdientes Geld zu vergeuden? Bin ich eine Barbarin? Bin ich eine Verschwenderin?«

»Schon gut. Aber ich verstehe noch immer nicht, wieso du glauben kannst, der Meergott würde auf deine Gebete eingehen, wenn er so offensichtlich betrogen wird. Das Ganze ist doch ungemein töricht.«

»Wirst du wohl so etwas nicht so laut sagen«, entgegnete sie. »Er hat sein Opfer. Jetzt wird er uns schützen. Es ist doch nicht das echte Silber, das sich ein Gott wünscht, nur die Idee als solche. Und die hat er bekommen.« Sie warf den Kopf zurück. »Die Götter sind wie die Menschen. Sie glauben alles, wenn man es ihnen nur richtig sagt.« Dann fügte sie hinzu: »Vielleicht ist der Gott auch unterwegs und hilft uns also auf keinen Fall. Dann werden wir sinken, macht nichts.«

»Noch etwas«, fuhr Struan hartnäckig fort, »warum sollen wir eigentlich flüstern? Es ist doch ein chinesischer Meergott. Wie, zum Teufel, kann er Englisch verstehen, heja?«

Das verwirrte May-may. Sie furchte die Stirn und dachte angestrengt nach. Dann zuckte sie die Achseln. »Ein Gott ist ein Gott. Vielleicht sprechen Götter die Barbarensprache. Möchtest du noch etwas Tee?«

»Bitte.«

Sie schenkte seine und ihre Tasse voll. Dann schlang sie die Hände um ihre Knie, ließ sich auf einer Luke nieder und summte ein kleines Lied.

Die Lorcha wiegte sich schwerfällig in der Strömung des Flusses. Die Dämmerung kam.

»Du bist schon eine tolle Frau, May-may«, sagte Struan.
»Ich mag dich auch.« Sie schmiegte sich an ihn. »Wie viele Menschen gibt es in deinem Land?«
»Ungefähr zwanzig Millionen. Männer, Frauen und Kinder.«
»Man sagt, es gibt dreihundert Millionen Chinesen.«
»Das würde bedeuten, daß jeder vierte Mensch auf der Erde ein Chinese ist.«
»Ich Angst haben um mein Volk, wenn alle Barbaren so sind wie du. Ihr tötet so viele – und so leicht.«
»Ich habe sie getötet, weil sie versucht haben, mich umzubringen. Außerdem sind wir keine Barbaren.«
»Ich freue mich, daß ich dir zugesehen habe, wie du getötest«, sagte sie unergründlich. Ihre Augen leuchteten, ihr Kopf zeichnete sich dunkel vor dem heller werdenden Himmel ab. »Und ich mich sehr freuen, daß du nicht getotmacht bist.«
»Eines Tages bin auch ich tot.«
»Natürlich. Aber ich freue mich, daß ich dir zugesehen habe, wie du getötest. Duncan, unser Sohn, wird deiner würdig sein.«
»Bis er herangewachsen ist, wird man nicht mehr töten müssen.«
»Wenn die Kinder der Kinder seiner Kinder herangewachsen sind, wird man noch immer töten. Der Mensch ist ein Mordtier. Die meisten Menschen. Wir Chinesen wissen das. Aber die Barbaren sind schlimmer als wir.«
»Das glaubst du, weil du Chinesin bist. Ihr habt weit mehr barbarische Bräuche als wir. Die Menschen verändern sich, May-may.«
Darauf erwiderte sie nur: »Lern von uns, lern aus den Erfahrungen Chinas, Dirk Struan. Die Menschen sich niemals verändern.«
»Lern lieber von uns, lern aus den Erfahrungen, die England hat, meine Kleine. Die Welt kann sich zu einer Stätte der Ordnung entwickeln, wo alle vor dem Gesetz gleich sind. Und das Gesetz ist gerecht. Das Gesetz ist die Redlichkeit selber. Es ist unbestechlich.«
»Ist das so wichtig, wenn man verhungern muß?«
Darüber dachte er lange nach.
Die Lorcha trieb schwerfällig flußab. Andere Schiffe zogen an ihnen vorbei, flußauf und flußab, und die Mannschaften starrten die Lorcha neugierig an, blieben aber stumm. Ein Stück voraus machte der Fluß eine Biegung, und Struan steuerte die Lorcha vorsichtig in die Fahrrinne. Die Leinwanddichtung schien zu halten.
»Ich glaube wohl«, antwortete er schließlich. »Doch. Ich glaube, das ist sogar sehr wichtig. Ach ja, das hatte ich dich schon die ganze Zeit fragen wollen: Du sagtest, du hättest die Erste Dame Jin-kwas aufgesucht. Wo hast du sie kennengelernt?«
»Ich war Sklavin in ihrem Haus«, antwortete May-may ruhig. »Kurz bevor Jin-kwa mich an dich verkaufen.«
Sie blickte ihm in die Augen. »Du hast mich doch kaufen, nicht wahr?«
»Ich habe dich eurem Brauch entsprechend erworben, stimmt. Aber du bist keine Sklavin. Du kannst ganz nach deinem Belieben weggehen oder bleiben. Das habe ich dir schon am ersten Tag gesagt.«

»Da habe ich es dir nicht glauben. Aber jetzt glaube ich es dir, Tai-Pan.« Sie betrachtete das Ufer und die vorbeiziehenden Schiffe. »Niemals zuvor ich habe Menschen sich töten sehen. Ich liebe das Töten nicht. Liegt es daran, daß ich Frau bin?«
»Ja. Und nein. Ich weiß es nicht.«
»Tötest du gern?«
»Nein.«
»Schade, daß dein Pfeil Brock verfehlen.«
»Ich habe nicht auf ihn gezielt. Ich wollte ihn nicht umbringen, sondern ihn nur veranlassen, das Ruder herumzudrücken.«
Sie sah ihn verwundert an. »Ich schwöre bei Gott, Tai-Pan, du bist schon seltsam phantastisch.«
»Und ich schwöre bei Gott, May-may«, sagte er, und um seine Augen erschienen Lachfältchen, »auch du bist seltsam phantastisch.«
Sie lag auf der Seite und betrachtete ihn zärtlich. Dann schlief sie ein.
Als sie erwachte, war die Sonne aufgegangen. Das Land neben dem Fluß war niedrig und verlor sich am nebligen Horizont. Ein üppiges Land, in zahllose Reisfelder aufgeteilt, auf denen grün der Winterreis wogte. In der Ferne umwölkte Berge.
Genau vor ihnen erhob sich die Marmorpagode. Und unterhalb von ihr lag die *China Cloud*.

Zweites Buch

9

Vier Tage später war die *China Cloud* in der Deepwater Bay, am Südufer der Insel Hongkong, heimlich vor Anker gegangen. Es war ein kalter Morgen, der Himmel war bedeckt, die See grau.

Struan stand an den rautenförmigen Fenstern der großen Kajüte und blickte zur Insel hinüber. Die kahlen Berge, die die Bucht umgaben, fielen steil ins Meer ab, ihre Gipfel waren von Wolken verhüllt. Im Innern der Bucht lag ein kleiner Sandstrand, und von dort stieg das Land zerklüftet und öde zu den Wolken auf. Möwen kreischten. Die Wellen plätscherten leise am Schiffsrumpf, und sechsmal erklang die Schiffsglocke.

»Ja?« rief Struan als Antwort auf ein Klopfen an der Tür.

»Der Kutter ist zurück«, meldete Kapitän Orlow brummig. Er war ein kleiner, buckliger Mann, aber breitschultrig, mit mächtigen Armen und einem riesigen Kopf. Um das eine Handgelenk trug er die Schlinge eines Kampfeisens. Seitdem das Silber an Bord war, hatte er das Kampfeisen Tag und Nacht getragen und sogar damit geschlafen. »Bei Odins Bart, unsere Ladung ist schlimmer als die Pest.«

»Noch mehr Ärger?«

»Ärger, sagen Sie? Niemals auf einem meiner Schiffe, beim Haupt der Mutter von Jesus Christus!« Der kleine mißgestaltete Mann kicherte boshaft. »Zumindest nicht, solange ich wach bin, was, Grünauge?«

Struan war Orlow vor vielen Jahren begegnet, als dieser durch die Hafengegend von Glasgow irrte. Er war Norweger, der sein Schiff vor den gefährlichen Orkneyinseln verloren hatte und kein neues finden konnte. Obwohl die Nationalität auf See keine Rolle spielt, wollte doch kein Reeder einem so seltsamen Mann ein Schiff anvertrauen, der niemanden mit ›Sir‹ oder ›Mister‹ anredete und nur als Kapitän und nichts Geringeres Dienst tun wollte.

»Ich bin der Beste von der ganzen Welt«, brüllte er zuweilen, und sein fleckiges Gesicht mit der Hakennase erbebte bei diesen Worten vor Zorn. »Ich habe meine Zeit vor dem Mast abgedient – niemals wieder! Probieren Sie's mit mir, und ich werde es beweisen, bei Thors Blut!«

Struan hatte Orlows Kenntnisse von der See und den Winden, seine Tatkraft und seinen Mut geprüft und nichts an ihm auszusetzen gefunden. Orlow sprach Englisch, Französisch, Russisch, Finnisch und Norwegisch. Er hatte einen klaren Kopf und ein erstaunliches Gedächtnis. Und obwohl er wie ein Kobold aussah und notfalls wie ein Hai zu töten verstand, war er doch ein redlicher und völlig vertrauenswürdiger Mann. Struan hatte ihm erst ein kleines und später ein größeres Schiff anvertraut. Dann einen Klipper. Vor einem Jahr hatte er ihn zum Kapitän auf der *China Cloud* ernannt; er wußte, Orlow hatte alles, was er von einem Mann verlangte.

Struan goß sich erneut Tee ein, heißen, süßen, mit einem Schuß Rum. »Sobald Mr. Robb und Culum an Bord sind, nehmen Sie Kurs auf den Hafen von Hongkong.«

»Je früher, desto besser, was?«
»Wo ist Mauss?«
»In seiner Kajüte. Wollen Sie ihn sprechen?«
»Nein. Und sorgen Sie dafür, daß wir nicht gestört werden.«
Beim Hinausgehen zerrte Orlow gereizt sein feuchtes Seezeug zurecht. »Je eher wir diese gottverdammte Ladung loswerden, desto besser. Die schlimmste, die ich jemals hatte.«
Struan antwortete ihm nicht. Er war erschöpft, aber sein Kopf war völlig klar. Fast geschafft, dachte er. Noch ein paar Stunden, und wir sind im sicheren Hafen. Gott sei gedankt für die Royal Navy. Längsseits einer ihrer Fregatten wirst du dir Ruhe gönnen dürfen.
Die große Kajüte, luxuriös eingerichtet und geräumig, war mit Musketen und Messern, Kampfeisen, Säbeln und Entermessern vollgestopft. Struan hatte die ganze Mannschaft entwaffnen lassen, ehe die Silberbarren an Bord gebracht wurden. Nun trugen nur noch er und Kapitän Orlow Waffen. Struan konnte die bösartig gespannte Atmosphäre, die das ganze Schiff beherrschte, geradezu körperlich spüren. Das Barrensilber hatte jeden einzelnen Mann verseucht. Ja, dachte er, es wird nicht einen unberührt lassen. Nicht einmal Robb. Nicht einmal Culum. Vielleicht nicht einmal Orlow.

Auf der Seereise, nachdem sie vor der Marmorpagode Anker gelichtet hatten, war Ah Gip in tiefe Bewußtlosigkeit gesunken und gestorben. Struan hatte sie auf See beisetzen wollen, aber auf May-mays Bitten hin hatte er davon abgesehen.
»Ah Gip war eine treue Sklavin«, hatte sie gesagt. »Es würde bösen Joss bedeuten, sie ihren Eltern nicht zurückzugeben und sie nicht wie eine Chinesin zu bestatten, oh, absolut sehr schlimm, sehr fürchterlich, Tai-Pan.«
So hatte Struan den Kurs geändert und war nach Macao gesegelt. Dort hatte er mit Mauss' Hilfe einen schönen Sarg erstanden und ihn Ah Gips Eltern gegeben. Außerdem hatte er ihnen zehn Silbertaels für die Bestattung überreicht. Ihre Eltern waren Hoklos, Flußbewohner; sie hatten sich bei ihm bedankt und ihn gedrängt, Ah Gips jüngere Schwester, Ah Sam, an ihrer Stelle zu nehmen. Ah Sam war fünfzehn, ein fröhliches Mädchen mit rundlichem Gesicht; sie sprach auch Pidgin und hatte, bei einer Hoklo höchst ungewöhnlich, gebundene Füße. May-may kannte Ah Sam bereits und mochte sie, und so war Struan einverstanden. Die Eltern hatten dreihundert Silbertaels für Ah Sam verlangt. Struan hätte ihnen das Geld ohne weiteres gegeben, aber May-may hatte ihm erklärt, er und sie würden sehr an Gesicht verlieren, wenn sie den zu Anfang geforderten Preis zahlten. So hatte sie mit den Eltern gefeilscht und den Preis auf einhundertundsechzehn Silbertaels heruntergehandelt.
Struan hatte diese Formalität beim Kauf des Mädchens mitgemacht, weil es dort so Brauch war. Aber als der Handel abgeschlossen war und er sie nach chinesischem Gesetz als Sklavin besaß, hatte er das Schriftstück vor Ah Sams Augen zerrissen und ihr erklärt, sie sei keine Sklavin, sondern eine Magd. Ah Sam hatte nichts verstanden. Struan wußte, daß sie May-may später fragen würde, warum er das Papier zerrissen hatte, und May-may würde ihr

antworten, die Barbaren benähmen sich manchmal recht seltsam. Ah Sam würde ihr beistimmen und noch mehr Furcht vor ihm haben.
Struan hatte seiner Besatzung verboten, die *China Cloud* zu verlassen, solange das Schiff vor Macao lag. Nur Mauss machte eine Ausnahme. Er befürchtete, daß Berichte über das Barrensilber durchgesickert sein könnten, und wenn er sonst seiner Mannschaft auch vertraute – wo solche Schätze griffbereit lagen, war höchste Vorsicht am Platze. Er rechnete mit räuberischen Übergriffen von innen oder von außen. In Macao war es fast zur Meuterei gekommen. Zum ersten Male hatten er und seine Offiziere von der Peitsche reichlich Gebrauch machen müssen; außerdem hatte er Posten auf dem Achterdeck aufgestellt und das Schiff in dem seichten Hafen weit draußen vor Anker gehen lassen. Die Sampans hatten sich der *China Cloud* nur auf hundert Yards nähern dürfen.

Er hatte Cudahy, seinen Ersten Offizier, im Kutter nach Hongkong vorausgeschickt, um Robb und Culum zur heimlichen Zusammenkunft in der Deepwater Bay abzuholen – mit dem strengen Befehl, kein Wort über die Silberbarren verlauten zu lassen. Er hatte gewußt, daß das Risiko dadurch noch erhöht wurde, doch war ihm klar, daß er auch diese Gefahr auf sich nehmen mußte. Nachdem er das Silber sicher in der *China Cloud* verstaut hatte, war ihm Zeit genug geblieben, über Jin-kwa und Noble House, Robb und Culum nachzudenken und darüber, was in Zukunft zu tun war. Er wußte, daß nun der Augenblick gekommen war, die zukünftigen Aufgaben und die zukünftige Gestalt festzulegen. Mit oder ohne Robb und Culum. Um jeden Preis.
Er hatte May-may in Macao zurückgelassen, in dem Haus, das er ihr geschenkt hatte. Vor seiner Abreise waren er und May-may zu Tschen Schengs Haus gegangen.
Duncan, sein dreijähriger Sohn, hatte angefangen, vor ihm Kotau zu machen, aber er hatte ihn aufgehoben und ihm gesagt, das dürfe er niemals wieder tun, keinem Menschen gegenüber. »Ja, Tai-Pan«, hatte Duncan geantwortet und sich an ihn und May-may geschmiegt.
Kate, das Baby, hatten sie ebenso zärtlich an sich gedrückt wie Duncan, und Tschen Scheng war wie ein altes Huhn um sie herumgeflattert. Speisen und Tee wurden aufgetragen, und dann hatte Tschen Scheng um die Erlaubnis gebeten, Kai-sung hereinzuführen, da sie den Wunsch hatte, vor dem Tai-Pan Kotau zu machen.
Kai-sung war jetzt sechsunddreißig Jahre alt. Sie trug sehr schöne goldrote Gewänder und hatte das pechschwarze Haar mit Nadeln aus Jade und Silber geschmückt. Fast schien es, als sei die Zeit siebzehn Jahre stillgestanden. Ihr Gesicht war alabasterweiß, die Augen noch ebenso tiefdunkel wie in ihrer Jugend.
Nun aber rannen ihr Tränen über die Wangen. Sie flüsterte etwas auf kantonesisch, und May-may übersetzte heiter und ungerührt: »Ältere Schwester ist so traurig, daß deine Tai-tai tot ist, Tai-Pan. Ältere Schwester sagt, wenn du jemals willst, daß die Kinder hier sind, dann sind sie wie die ihren. Und sie dankt dir, daß du so gütig zu ihr und zu ihrem Sohn bist.«
»Sag ihr, daß sie sehr hübsch aussieht, und danke ihr.«

May-may tat es, weinte ein wenig mit Kai-sung, und dann waren sie fröhlich. Kai-sung verneigte sich erneut und ging hinaus.
Tschen Scheng hatte Struan beiseite gezogen. »Hören, vielleicht Sie guten Joss bekommen haben, Tai-Pan.« Sein breites Gesicht war ein einziges Lächeln.
»Vielleicht.«
»Ich kaufen Männer zum Bauen Hongkong. Sehr billig gegen guten Joss!« Tschen Scheng drückte seine Hände auf seinen gewaltigen Bauch und brüllte vor Lachen. »Heja, Tai-Pan! Habe Jungfrausklavin. Sie wollen? Ich kaufen Ihnen, heja? Billig-billig.«
»Ajii jah, Jungfrau! Genug Ärger haben!«
Struan und May-may hatten ihre Kinder mit sich genommen und waren in ihr Haus zurückgekehrt. Der Betrag, den May-may an Struan verloren hatte, überstieg den Wert des Hauses. Sie übergab ihm förmlich und mit großem Zeremoniell die Urkunde für das Haus und hielt ihm gleichzeitig ein Päckchen Karten hin. »Doppelt oder nichts, Tai-Pan, auf Schulden hin.«
Er hatte einen Buben gezogen, und sie hatte gejammert und sich das Haar gerauft. »Wuh-wuh-wuh! Was bin ich für ein Stück Hundefleisch-Huren-Dirne! Ich wofür öffnen meinen glattzüngigen Mund?«
In tiefstem Schmerz hatte sie die Augen geschlossen, eine Karte herausgezogen, sich zusammengekrümmt und dann die Augen halb geöffnet. Es war eine Königin, und sie kreischte vor Glückseligkeit und warf sich in seine Arme.
Er hatte mit May-may abgemacht, daß er entweder bald aus Hongkong zurückkehren oder die *China Cloud* schicken würde, um sie abzuholen, und dann war er zur Deepwater Bay abgesegelt.

Die Kajütentür wurde geöffnet.
»Hallo, Vater«, sagte Culum.
»Hallo, Dirk«, rief Robb.
»Willkommen an Bord. Hattet ihr eine gute Reise?«
»Recht gut.« Robb warf sich in einen Sessel. Er hatte dunkle Ringe unter den Augen. »Du siehst erschöpft aus, Robb.«
»Bin ich auch. Ich habe alles versucht, alles.« Er schlüpfte aus seinem schweren, dampfenden Mantel. »Niemand will uns Kredit geben. Wir sind verloren. Was für Nachrichten bringst du denn, Dirk?« Er fuhr mit der Hand in die Tasche seiner Seemannsjacke und holte einen Brief heraus. »Ich fürchte, ich bringe keine guten. Das ist mit der Post von gestern gekommen. Von Vater.«
Struans Erregung und Begeisterung über das, was er geschafft hatte, waren wie mit einem Schlag verschwunden. Winifred, dachte er, um sie wird es sich handeln. Er nahm den Brief. Das Siegel war unverletzt. Er erkannte die dünnen Schriftzüge seines Vaters. »Was haben wir sonst für Nachrichten von zu Hause?« fragte er und versuchte, gelassen zu sprechen.
»Das war alles, Dirk, was gekommen ist. Ich hatte nichts. Leider. Aber was ist mit dir los? Was ist denn mit deinem Gesicht? Hast du dich verbrannt? Es tut mir leid, daß ich dir so wenig helfen konnte.«

Struan legte den Brief auf den Tisch. »Hast du das Land gekauft?«
»Nein. Der Landverkauf ist verschoben worden.« Robb versuchte, seine Augen von dem Brief abzuwenden.
»Er findet morgen statt, Vater. Es war nicht genügend Zeit, um das Land zu vermessen. So wurde die ganze Sache verschoben.« Culum schwankte, als sich das Schiff unter dem Druck der Segel neigte. Er hielt sich am Schreibtisch fest. »Soll ich den Brief für dich öffnen?«
»Nein, danke. Habt ihr Brock gesehen?«
»Die *White Witch* ist vor zwei Tagen von Whampoa zurückgekehrt«, antwortete Robb. »Ihn selber habe ich nicht gesehen. Haben wir tatsächlich wieder Krieg?«
»Ja«, sagte Struan. »Liegt die Flotte noch immer vor Hongkong?«
»Ja. Aber als Eliksen mit der Nachricht eintraf, hat sie Gefechtspositionen bezogen. Es wurden Vorpostenschiffe entsandt, um die östliche und die westliche Einfahrt abzusichern. Werden sie Hongkong angreifen?«
»Mach dich doch nicht lächerlich, Robbie.«
Robb blickte auf das Kielwasser des Schiffes hinunter. Dirk hat sich verändert, dachte er. Dann fiel ihm der Wirrwarr in der Kajüte auf. »Warum liegen denn hier so viele Waffen, Dirk? Was ist los?«
»Was hat Longstaff getrieben, Culum?« fragte Struan.
»Ich weiß es nicht«, erwiderte Culum. »Ich habe ihn nur ein einziges Mal gesehen, und da ging es lediglich darum, seine Einwilligung für die Verschiebung des Termins einzuholen.«
»Ich habe ihn auch nicht gesehen, Dirk. Nach dem Artikel über uns in der Zeitung hatte ich große Schwierigkeiten, manche Leute überhaupt nur zu sprechen. Besonders Longstaff.«
»So? Was ist denn passiert?«
»Ich habe ihn am nächsten Tag aufgesucht, und er sagte: ›Stimmt das wirklich?‹ Und als ich antwortete: ›Ja‹, nahm er eine Prise Schnupftabak und erklärte: ›Schade. Aber ich habe viel zu tun, Robb. Leben Sie wohl.‹ Und damit schenkte er sich noch ein Glas Portwein ein.«
»Was hattest du denn erwartet?«
»Ich weiß nicht, Dirk. Wahrscheinlich hatte ich mit etwas Mitgefühl gerechnet. Oder sogar mit Unterstützung.«
»Longstaff hat immerhin Culum nicht den Stuhl vor die Tür gesetzt. Das spricht noch für ihn.«
»Er hat mich nur deswegen behalten, weil im Augenblick niemand da ist, der die Arbeit für ihn tun könnte«, erklärte Culum. Er hatte während der letzten zwei Wochen zugenommen und seine kränkliche Blässe etwas verloren. »Meiner Ansicht nach freut es ihn, daß wir ruiniert sind. Zumindest«, fügte Culum rasch hinzu, »bin ich für ihn unwichtig. Ich meine, daß Noble House ruiniert ist.«
»Wenn wir es nicht sind, ist es ein anderes Unternehmen, Culum.«
»Ja, ich weiß, Vater, ich meinte nur ... nun ja, ich glaube, du hattest ein ganz ungewöhnliches Verhältnis zu Longstaff. Weil du reich warst, hat er vor deinem Wissen Kotau gemacht. Aber ohne Reichtum bist du nur ein armer Teufel ohne Erziehung und nicht von ›Familie‹. Und ohne das bist du

ihm nicht ebenbürtig. Und wenn du mit ihm nicht auf einer Stufe stehst, kannst du auch kein Wissen haben. Gar keins. Das ist schon recht traurig, muß ich sagen.«

»Wo hast du ›Kotau‹ gelernt?«

»Warte, bis du Hongkong siehst.«

»Was soll das heißen, mein Junge?«

»In ein paar Stunden sind wir dort. Dann kannst du es selber sehen.« Culums Stimme wurde schärfer. »Öffne doch bitte den Brief, Vater.«

»Die Nachrichten können warten. Winifred war bei deiner Abreise schon schwer krank. Erwartest du ein Wunder?«

»Ja, ich erhoffe eins. Ich habe so sehr darum gebetet.«

»Kommt mit mir nach unten«, sagte Struan.

Die säuberlich aufgestapelten Reihen von Silberbarren schimmerten matt im Schein der schwingenden Laterne im Laderaum. Die Luft war dumpf und von dem unangenehm süßlichen Geruch rohen Opiums durchsetzt. Es wimmelte von Kakerlaken.

»Das ist doch unmöglich«, flüsterte Robb und berührte das Silber.

»Ich habe mir nicht vorstellen können, daß es an einem einzigen Ort auf der Erde so viel Silber geben könnte«, stieß Culum benommen hervor.

»Aber da ist es, wirklich und greifbar«, sagte Struan.

Robb nahm einen der Barren in die Hand, als wollte er sich überzeugen, und seine Hand zitterte. »Nicht zu glauben.«

Struan erzählte ihnen, wie er in den Besitz des Silbers gelangt war. Er berichtete von allem, was Jin-kwa gesagt hatte, nur von dem Stempel und den vier halben Münzen, den fünf Lac, die in den Grundstückskauf in Hongkong gesteckt werden sollten, den fünf Lac, die als Sicherheit dienten, und dem einen Lac für Gordon Tschen erzählte er nichts. Er schilderte das Seegefecht mit Brock. Aber May-may erwähnte er nicht.

»Dieser verfluchte Pirat!« tobte Culum. »Wenn Longstaff davon erfährt, wird er Brock und Gorth aufhängen lassen.«

»Warum?« fragte Struan. »Brock hat nicht mehr getan als ich. Er ist nur ganz einfach mit mir zusammengestoßen.«

»Aber das ist doch gelogen. Du kannst beweisen, daß er ...«

»Ich kann und werde gar nichts beweisen. Brock hat es versucht, und es ist ihm mißlungen, das ist alles. Das ist eine Sache unter uns, die niemand sonst etwas angeht.«

»Das gefällt mir nicht«, erwiderte Culum. »Ein solcher Standpunkt gegenüber einem vorsätzlich begangenen Akt der Seesäuberei ist mit dem Gesetz unvereinbar.«

»Es wird noch eine Abrechnung geben. Zu einem Zeitpunkt, der mir paßt.«

»Gott helfe uns, wir sind gerettet«, stieß Robb mit schwacher Stimme hervor. »Jetzt müssen alle unsere internationalen Finanzierungspläne gelingen. Wir werden das reichste Unternehmen in ganz Asien sein. Gott segne dich, Dirk, du bist unglaublich.« Nun, da die Zukunft gesichert war, jubelte Robb innerlich. Jetzt gab es auch für Sarahs ausgefallenste Wünsche Geld genug. Ich kann sofort nach Hause reisen. Vielleicht wird Dirk seine Meinung ändern und niemals von hier weggehen, niemals nach England zurückkehren und das Parlament vergessen. Keine Sorgen mehr. Jetzt kann ich mir ein Schloß kaufen und wie ein Großgrundbesitzer in Ruhe und Frieden leben. Die Kinder werden heiraten und ein angenehmes Leben führen, und es wird noch genug für ihre Kindeskinder übrigbleiben. Roddy kann die Universität beenden, in eine Bank eintreten und braucht sich nicht mehr um den Fernen Osten zu kümmern. »Gott segne dich, Dirk!«

Auch Culum war völlig außer sich. In seinem Kopf herrschte Aufruhr. Das war nicht einfach nur Silber, sondern Macht. Macht genug, um Gewehre zu kaufen oder Stimmen, mit denen man das Parlament beherrschte. Hier war die Lösung des Problems für die Bewegung der Charter und der Chartisten. Als Tai-Pan kann ich die Macht dieses ganzen Vermögens – und noch mehr – zur Erreichung eines guten Ziels einsetzen. Ich danke Dir, o Herr, betete er inbrünstig, daß Du uns in der Stunde unserer Not beigestanden hast.

Culum sah seinen Vater nun mit ganz anderen Augen. In den letzten Wochen hatte er über das, was sein Vater über Reichtum und Macht und die Art und Weise, wie man sich ihrer bedienen könne, viel nachgedacht. Da er häufig mit Glessing und anderen Leuten, die noch zu Longstaffs Machtbereich gehörten, zusammen war, hatte er das heimliche Schmunzeln oder auch die unverhohlene Freude am Untergang von Noble House beobachten können, und ihm war bewußt geworden, daß ein gänzlich auf sich selbst gestellter Mann ohne die Rechte, die eine gute Herkunft verleiht, oder ohne Macht wehrlos war.

Struan witterte Robbs und Culums Habgier. Sei doch ehrlich, sagte er zu sich, so wirkt Silber auf alle. Sieh dich selber an. Du hast acht oder zehn Menschen umgebracht, um es zu verteidigen. Und du würdest noch hundert weitere töten. Sieh, zu was es dich deinem Sohn und deinem Bruder gegenüber zwingt. Was du ihnen antun mußt.

»Ich habe euch etwas mitzuteilen«, sagte er. »Diese Silberbarren hat man mir geliehen. Auf mein Wort hin. Ich bin Jin-kwa gegenüber dafür verantwortlich. *Ich* bin es. Und nicht etwa Noble House.«

»Ich verstehe das nicht ganz, Dirk«, stammelt Robb.

»Was hast du da gesagt, Vater?«

Struan holte eine Bibel hervor. »Zuerst müßt ihr mir auf die Heilige Schrift schwören, daß das, was ich euch zu sagen habe, ein Geheimnis zwischen uns dreien bleibt.«

Ist es denn nötig zu schwören?« entgegnete Robb. »Selbstverständlich würde ich keinem Menschen jemals etwas davon sagen.«

»Und wirst du das beschwören, Robb?«

»Natürlich.«

Er und Culum gelobten Stillschweigen.

Struan legte die Bibel auf das Silber. »Diese Barren werden nur dann zur Rettung von Noble House verwendet, wenn ihr beide euch, falls und sobald einer von euch Tai-Pan wird, einverstanden erklärt, das Unternehmen voll und ganz für die Erhaltung Hongkongs und des Chinahandels einzusetzen. Das war der erste Punkt. Zweitens, der Hauptsitz des Unternehmens hat sich ständig in Hongkong zu befinden. Drittens, ihr habt meine Verantwortung

Jin-kwa und seinen Nachfolgern gegenüber zu übernehmen und für mein Wort einzustehen. Ihr habt zu gewährleisten, daß der Nachfolger, den ihr als Tai-Pan einsetzt, ein Gleiches tut. Und schließlich« – Struan deutete auf die Bibel – »habt ihr dem zuzustimmen, daß nur ein Christ, einer aus unserer Sippe, jemals Tai-Pan wird. Schwört dies auf die Heilige Schrift, wie ihr euch auch verpflichtet, euren Nachfolger diese Bedingungen beschwören zu lassen, bevor ihr die Führung abgebt.«
Es folgte ein Schweigen. Dann sagte Robb, der seinen Bruder nur allzu gut kannte: »Sind uns alle Bedingungen bekannt, die Jin-kwa gestellt hat?«
»Nein.«
»Wie lauten die übrigen?«
»Das sage ich euch, nachdem ihr geschworen habt. Ihr könnt mir vertrauen oder ihr laßt es bleiben, ganz wie ihr wollt.«
»Das ist eine schwierige Sache.«
»Mit diesem Barrensilber ist es ebenfalls schwierig, Robb, ich muß mich absichern. Das ist kein Kinderspiel. Ich sehe in euch in diesem Augenblick keine Blutsverwandten. Wir müssen in Zeiträumen von hundert, ja zweihundert Jahren denken.« Struans Augen waren in dem trüben Licht der schwankenden Laterne von leuchtendem Grün. »Ich stelle Noble House auf chinesische Zeit um. Mit euch beiden zusammen, aber auch ohne euch.«
Die Luft schien sich zu verdichten. Robb fühlte, wie ihm Schultern und Nakken feucht wurden. Culum starrte seinen Vater zutiefst verwundert an.
»Was verstehst du unter ›das Unternehmen voll und ganz für die Erhaltung Hongkongs einzusetzen‹?« erwiderte Robb.
»Das bedeutet, hinter ihm zu stehen, es zu beschützen und es zu einem dauerhaften Stützpunkt für den Handel auszubauen. Und Handel bedeutet, China zu erschließen. Ganz China. China in die Familie der Nationen einzuführen.«
»Das ist unmöglich«, rief Robb. »Unmöglich!«
»Vielleicht. Aber genau das ist es, was Noble House zu versuchen gedenkt.«
»Du meinst, es will China helfen, eine Weltmacht zu werden?« fragte Culum.
»Ja.«
»Das ist gefährlich!« stieß Robb hervor. »Das ist Wahnsinn! Es gibt ohnehin schon Schwierigkeiten genug auf der Welt, da müssen wir nicht noch diesem heidnischen Haufen unter die Arme greifen! Sie werden uns alle überschwemmen. Ganz Europa!«
»Jeder vierte Mensch auf der Erde ist jetzt ein Chinese, Robb. Heute haben wir die große Chance, ihnen zu helfen. Sie mit unserer Art zu leben bekannt zu machen. Mit britischen Vorstellungen. Mit Gesetz, Ordnung und Gerechtigkeit. Mit dem Christentum. Eines Tages werden sie ohne unser Zutun ausschwärmen. Und ich sage euch, wir müssen ihnen zeigen, wie *wir* leben.«
»Das ist unmöglich. Du wirst sie niemals ändern. Niemals.«
»So lauten die Bedingungen. In fünf Monaten bist du Tai-Pan. Im Lauf der Zeit wird Culum dir nachfolgen – falls er sich als würdig erweist.«
»Großer Gott!« entfuhr es Robb. »Und dafür hast du all die Jahre gearbeitet?«

»Ja.«
»Ich habe immer gewußt, daß du deine Träume hattest, Dirk. Aber das – das ist einfach zuviel. Ich weiß nicht, ob es ungeheuerlich oder wunderbar ist. Es geht über meinen Verstand, meine Vorstellungen hinaus.«
»Vielleicht«, antwortete Struan. Seine Stimme klang hart. »Aber es ist eine Voraussetzung, wenn du überleben willst, Robbie, du und deine Familie. In fünf Monaten bist du Tai-Pan. Für mindestens ein Jahr.«
»Ich habe dir schon früher gesagt, daß ich das für eine unkluge Entscheidung halte!« Robb loderte auf, sein Gesicht war verzerrt. »Ich habe weder die Erfahrung noch die Verschlagenheit, um mit Leuten wie Longstaff umzugehen oder Noble House sicher durch diese kriegerischen Intrigen durchzusteuern. Oder mit den Chinesen fertig zu werden.«
»Das weiß ich. Und ich kenne auch das Risiko, das ich damit eingehe. Aber jetzt gehört Hongkong uns. Der Krieg wird ebenso schnell vorbei sein wie der vorige.« Struan wies auf die Silberbarren. »Dies ist ein Felsen, der sich nicht so leicht abtragen läßt. Von jetzt ab geht es darum, damit Handel zu treiben. Und du bist ein guter Händler.«
»Es ist ja nicht der Handel allein! Da sind Schiffe, die bemannt werden müssen; da sind Piraten, gegen die man kämpfen muß; da gibt es Brock, mit dem wir uns auseinandersetzen müssen, und tausend andere Dinge.«
»In fünf Monaten sind die wichtigsten erledigt. Was dann noch bleibt, ist deine Sorge.«
»Ist es das wirklich?«
»Natürlich. Mit diesen Silberbarren im Hintergrund sind wir heute mehr als drei Millionen wert. Wenn ich von hier wegreise, nehmen ich eine mit. Und zwanzig Prozent der Gewinne auf Lebenszeit. Du machst das gleiche.« Er streifte Culum mit einem Blick. »Wenn deine Zeit als Tai-Pan um ist, werden wir zehn Millionen wert sein, denn ich werde euch und Noble House vom Parlament aus schützen und es unvorstellbar reich machen. Wir brauchen uns nicht länger auf Sir Charles Crosse, Donald MacDonald, McFee, Smythe, Ross verlassen, oder wie sie alle miteinander heißen, die wir unterstützen, damit sie sich für uns verwenden – das mach' ich von nun an selber. Und ich komme immer wieder nach Hongkong, so daß ihr beiden euch keine Sorgen zu machen braucht.«
»Ich möchte nur so viel Vermögen haben, daß ich ruhig vor mich hin träumen und friedlich aufwachen kann«, erklärte Robb, »und zwar in Schottland. Nicht im Fernen Osten. Ich will nicht hier sterben. Ich reise mit dem nächsten Schiff ab.«
»Ein Jahr und fünf Monate, ist das zuviel erbeten?«
»Es ist keine Bitte, Dirk, es ist eine Forderung.«
»Ich zwinge dir nichts auf. Vor einem Monat, Robb, wärst du noch bereit gewesen, fünfzigtausend auf die Hand anzunehmen und deines Weges zu ziehen. Meinetwegen. Dieses Angebot halte ich aufrecht. Wenn du das haben willst, worauf du von Rechts wegen Anspruch hast – mehr als eine Million –, so erhältst du es innerhalb von zwei Jahren.« Struan wandte sich Culum zu. »Und von dir, mein Junge, erbitte ich zwei Jahre deines Lebens. Wenn du Tai-Pan wirst, weitere drei Jahre. Alles in allem fünf Jahre.«

»Habe ich von hier zu verschwinden, wenn ich auf die Bedingungen nicht eingehe?« fragte Culum. Seine Lippen waren trocken, und sein Herz schlug zum Zerspringen.
»Nein. Dann bist du immer noch ein Kompagnon, wenn auch nur ein kleiner. Tai-Pan wirst du dann nie. Dann werde ich einen anderen suchen und auf seine Aufgabe vorbereiten müssen. Ein Jahr ist das höchste, was ich von Robb erbitten – fordern – kann. Er ist schon elf Jahre mit dabei.« Er nahm einen der Barren in die Hand. »Du mußt dich erst noch bewähren, Culum, selbst wenn du jetzt deine Zustimmung gibst. Du bist zwar der rechtmäßige Erbe. Aber du sollst dich nicht an meinem noch an Robbs Schweiß mästen. Das ist das Gesetz unseres Clans, und es ist ein brauchbares Gesetz. Jeder Mann muß auf eigenen Füßen stehen. Selbstverständlich werde ich dir nach besten Kräften helfen – solange ich am Leben bin –, aber du mußt beweisen, was du taugst. Nur ein echter Mann hat das Recht, auf dem Gipfel zu stehen.«
Culum schoß das Blut ins Gesicht.
Robb starrte Struan an. Er haßte ihn. »Du willst gar keinen Tai-Pan in fünf Monaten, Dirk. Du brauchst ein Jahr lang ein Kindermädchen.«
»Wenn du mir zusicherst, die Sache für fünf Jahre zu übernehmen, dann kannst du dir aussuchen, wen du willst.«
»Ich kann also Culum sofort ausbooten, wenn ich dir dafür ein Versprechen auf fünf Jahre gebe?«
»Richtig«, antwortete Struan ohne Zögern. »Meiner Ansicht nach wäre es Zeitvergeudung, aber die Entscheidung läge bei dir.«
»Siehst du, was die Macht aus einem Mann zu machen vermag, Culum?« stieß Robb mühsam hervor.
»Noble House in seiner gegenwärtigen Gestalt ist ohne diese Silberbarren tot«, erklärte Struan ohne jeden Groll. »Ich habe euch meine Bedingungen mitgeteilt. Nun müßt ihr euch entscheiden.«
»Jetzt verstehe ich, warum du in diesen Gewässern so verhaßt bist«, sagte Culum.
»Wirklich, mein Junge?«
»Ja.«
»Wirklich verstehen wirst du das erst, wenn die fünf Jahre um sind.«
»Dann bleibt mir also keine andere Möglichkeit, Vater. Fünf Jahre oder nichts?«
»Es ist nichts oder alles, Culum. Wenn du bereit bist, dich mit einem zweiten Platz zufriedenzugeben, der Zweitbeste zu sein, kannst du gleich nach oben gehen. Ich habe nur versucht, dir verständlich zu machen, daß du, um *der* Tai-Pan von Noble House zu sein, auch bereit sein mußt, ganz allein zu stehen, gehaßt zu werden, ein Ziel von Ewigkeitswert zu haben und willens zu sein, jeden zu opfern, dessen du nicht sicher bist. Weil du mein Sohn bist, biete ich dir heute, obwohl du dich noch nicht bewährt hast, die Möglichkeit, eine gewaltige Macht in Asien auszuüben. Eine Macht, die dir fast alles auf dieser Welt ermöglicht. Ich mache dieses Angebot nicht leichten Herzens, denn ich *weiß*, was es bedeutet, *der* Tai-Pan zu sein. Aber entscheide dich, bei Gott!«

Culums Blicke waren starr auf die Bibel gerichtet. Auch auf das Silber. Ich will nicht der Zweitbeste sein, sagte er zu sich. Soviel weiß ich jetzt. Ein Zweitbester kann niemals Dinge vollbringen, die der Mühe wert sind. Ich habe mehr als reichlich Zeit, mir den Kopf über die Bedingungen, über Jinkwa, die Chinesen und die übrigen Probleme dieser Welt zu zerbrechen. Vielleicht brauche ich mir überhaupt nie Sorgen darum zu machen, wie ich mich als Tai-Pan benehme; vielleicht hält Robb mich nicht für tüchtig genug. Oh, mein Gott, gib mir die Möglichkeit, mich zu bewähren, um Tai-Pan zu werden, so daß ich meine Macht im Dienst des Guten gebrauchen kann. Laß dies ein Mittel sein, Deine Ziele zu erreichen. Die Charter muß verwirklicht werden. Es ist der einzige Weg.

Schweiß trat ihm auf die Stirn. Er griff nach der Bibel. »Ich schwöre bei Gott dem Herrn, mich an diese Bedingungen zu halten. Falls und sobald ich Tai-Pan werde. So wahr mir Gott helfe.« Seine Finger zitterten, als er die Bibel wieder hinlegte.

»Robb?« sagte Struan, ohne aufzublicken.

»Fünf Monate als Tai-Pan, und ich darf Culum nach Schottland zurückschicken? Alles und jedes nach meinem Willen ändern?«

»Ja, bei Gott . . . habe ich es nötig, mich zu wiederholen? In fünf Monaten tust du, was dir beliebt. Falls du auf die anderen Bedingungen eingehst.«

Im Laderaum wurde es totenstill.

»Warum solltest du mich ausbooten wollen, Onkel?« fragte Culum.

»Um deinem Vater weh zu tun. Du bist der Letzte seines Stammes.«

»Richtig, Robb. Das ist er.«

»Aber das ist ja fürchterlich, was du da sagst! Fürchterlich.« Culum war entsetzt. »Wir sind doch verwandt. Verwandt!«

»Ja«, antwortete Robb gequält. »Aber wir haben einander die Wahrheit gesagt. Dein Vater ist bereit, mich, dich und meine Kinder seinen Zielen zu opfern. Warum sollte ich nicht das gleiche tun?«

»Vielleicht wirst du es tun, Robb. Vielleicht«, sagte Struan.

»Du weißt doch, daß ich nichts unternehmen werde, was dir weh täte. Herrgott im Himmel, was ist nur mit uns los? Da haben wir etwas Silber erworben, und schon stinken wir vor Habgier nach weiß Gott was. Laß mich bitte gehen. In fünf Monaten. Bitte, Dirk.«

»Ich *muß* von hier weg. Nur im Parlament kann ich wirklich Longstaff und seine Nachfolger an den Zügel bekommen – so wie du es tun wirst, sobald du aus Asien weg bist. Dort können wir unsere Pläne verwirklichen. Aber zunächst muß Culum ausgebildet werden. Ein Jahr als Tai-Pan, und du darfst gehen.«

»Wie soll er das denn in so kurzer Zeit lernen?«

»In fünf Monaten weiß ich, ob er Tai-Pan werden kann. Wenn nicht, muß ich andere Vorkehrungen treffen.« – »Was für Vorkehrungen?«

»Willst du nun auf die Bedingungen eingehen, Robb? Wenn ja, dann schwöre auf die Bibel und laß uns nach oben gehen.«

»Was für Vorkehrungen?«

»Mein Gott! Bist du einverstanden, Robb, oder nicht? Ein Jahr oder fünf? Oder überhaupt nicht?«

Robb verlagerte sein Gewicht, als sich das Schiff bei auffrischendem Wind überlegte. Sein Instinkt warnte ihn davor, diesen Eid abzulegen. Aber es blieb ihm nichts anderes übrig. Um seiner Familie willen mußte er es tun. Er nahm die Bibel. Sie wog schwer. »Obwohl ich den Osten und alles, was mit ihm zusammenhängt, hasse, schwöre ich bei Gott, mich nach besten Kräften an die Bedingungen zu halten, so wahr mir Gott helfe.« Er reichte Struan die Bibel. »Ich glaube, du wirst es bereuen, mich als Tai-Pan hier zurückzulassen – auf ein Jahr.«

»Ich vielleicht. Hongkong nicht.« Struan schlug die Bibel auf und zeigte ihnen die vier halben Münzen, die er auf dem Innendeckel mit Siegellack befestigt hatte. Dann zählte er alle Bedingungen Jin-kwas auf – mit Ausnahme des einen Lac für Gordon Tschen. Das ist meine eigene Angelegenheit, sagte sich Struan, und dabei schoß ihm der Gedanke durch den Kopf, was Culum wohl von seinem Halbbruder – und von May-may – halten würde, wenn er von ihnen hörte. Robb wußte von May-may, war ihr jedoch niemals begegnet. Struan fragte sich, ob seine Feinde Culum bereits von Gordon und May-may berichtet hatten.

»Ich glaube, du hattest recht, uns schwören zu lassen, Dirk«, sagte Robb. »Gott allein weiß, welche Teufeleien diese Münzen bedeuten mögen.«

Nachdem sie in die Kajüte zurückgekehrt waren, trat Struan an den Schreibtisch und riß das Siegel des Briefes auf. Er las den ersten Absatz und brach in Jubel aus. »Sie lebt! Winifred lebt, bei Gott! Sie wird gesund werden!«

Robb griff nach dem Brief. Struan war ganz außer sich, drückte Culum an sich und begann, einen Jig zu tanzen. Aus dem Jig wurde ein Reel. Struan hakte Culum unter, und sie rissen Robb mit sich. Plötzlich waren Haß und Mißtrauen verschwunden.

Dann packte Struan sie mit seiner gewaltigen Kraft. »Jetzt zusammen! Eins, zwei, drei!« Und sie brüllten aus vollen Lungen den lateinischen Schlachtruf des Clans.

»Feri!« Ins Ziel treffen!

Dann drückte er sie an sich und brüllte: »Steward!«

Der Seemann kam herbeigestürzt. »Jawohl, Sir?«

»Eine doppelte Ration Rum für alle Mann an Bord. Befiehl den Dudelsackpfeifer aufs Achterdeck! Dann bring eine Flasche Champagner und noch eine Kanne Tee, bei Gott!«

»Jawohl, Sir!«

So schlossen die drei Männer Frieden miteinander. In den geheimsten Tiefen ihrer Herzen aber wußten sie, daß sich zwischen ihnen alles verändert hatte. Zuviel war gesagt worden. Schon bald würden sie getrennte Wege gehen – allein.

»Was für ein Glück, daß du den Brief erst hinterher geöffnet hast«, sagte Robb. »Danken wir Gott für diesen Brief. Mir war entsetzlich zumut. Ganz schrecklich.«

»Und mir erst«, sagte Culum. »Lies ihn ganz vor, Vater.«

Struan ließ sich in dem tiefen Ledersessel nieder und las ihnen den Brief vor. Er war gälisch geschrieben, das Datum war vier Monate alt.

Parlan Struan schrieb, daß Winifreds Leben zwei Wochen lang an einem Faden gehangen habe. Dann aber hätte sie sich zu erholen begonnen. Die Ärzte wußten keinen Grund dafür anzugeben, sondern hatten nur die Achseln gezuckt und erklärt: »Es ist Gottes Wille.« Sie wohnte bei ihm in der kleinen Kate, die Struan ihm vor vielen Jahren gekauft hatte.

»Dort wird sie sich wohl fühlen«, sagte Culum. »Aber dort gibt es nur Jagdaufseher und Ziegen, mit denen sie reden kann. Wo wird sie in die Schule gehen?«

»Soll sie erst einmal gesund werden. Dann ist es noch immer Zeit, sich darüber Sorgen zu machen«, meinte Robb. »Lies weiter, Dirk.«

Der Brief enthielt Nachrichten über die Familie. Parlan Struan hatte zwei Brüder und drei Schwestern gehabt, und alle waren sie verheiratet gewesen. Nun hatten deren Kinder geheiratet und hatten ebenfalls Kinder. Und auch seine eigenen Kinder, Dirk und Flora aus seiner ersten Ehe und Robb, Uthenia und Susan aus seiner zweiten, hatten Familien gegründet.

Viele seiner Nachkommen waren ausgewandert: in die Kolonien in Kanada und in die Vereinigten Staaten von Amerika. Ein paar waren auch über Indien und das spanische Südamerika verstreut.

Parlan Struan schrieb, daß Alastair McCloud, der Robbs Schwester Susan geheiratet hatte, mit seinem Sohn Hector aus London zurückgekehrt war und wieder in Schottland lebte – der Verlust Susans und seiner Tochter Clair durch die Cholera lastete schwer auf ihm und hatte ihn fast gebrochen. Außerdem hatte Parlan einen Brief von den Kerns erhalten – Flora, Dirks Schwester, hatte Farran Kern geheiratet, und im vergangenen Jahr waren sie nach Norfolk, Virginia, ausgewandert. Die Reise war ohne Zwischenfälle verlaufen. Sie und ihre drei Kinder waren bei guter Gesundheit und glücklich.

Im Brief hieß es weiter: »Sag Robb, daß Roddy gestern die Universität bezogen hat. Ich habe ihn in die Postkutsche nach Edinburgh gesetzt mit sechs Schillingen in der Tasche und Verpflegung für vier Tage. Dein Vater Dougall Struan hat geschrieben, daß er ihn während der Ferien zu sich nimmt und Vaterstelle an ihm vertritt, bis Robb nach Hause kommt. Ich habe mir erlaubt, einen Sichtwechsel in Robbs Namen über fünfzig Guineen zu schikken, für das Zimmer und die Verpflegung für ein Jahr und einen Schilling Taschengeld die Woche. Ich habe ihm auch eine Bibel mitgegeben und ihn vor losen Weibern, Trunkenheit und dem Spiel gewarnt. Außerdem habe ich ihm eine Stelle aus Will Shakespeares *Hamlet*, Geld weder zu borgen noch sich welches zu leihen, vorgelesen. Ich habe sie den jungen Burschen niederschreiben lassen und diesen Zettel in das Buch der Bücher gelegt. Er schreibt übrigens eine gute Handschrift.

Deine liebe Ronalda und die Kinder sind in einer der Seuchengruben beigesetzt. Es tut mir leid, Dirk, mein Junge. Aber das Gesetz schrieb vor, daß alle Verstorbenen um der Sicherheit der Lebenden willen auf diese Weise beerdigt werden mußten, erst durch Verbrennen und dann noch durch Löschkalk. Aber die Beisetzung wurde unserem Glauben gemäß vollzogen, sie wurden eingesegnet und das Gelände als heiliger Grund abgegrenzt. Möge Gott ihren Seelen Frieden schenken.

Um Winnie mach Dir keine Sorgen. Das Mädchen ist jetzt wirklich wohlauf, und hier am Loch Lomond, wo Gott seinen Fuß hingesetzt hat, wird sie sich zu einer kräftigen, gottesfürchtigen Frau entwickeln. Und jetzt nimm Dir dies zu Herzen: laß nicht die barbarischen Heiden im indischen Kathay Dir Deine Seele rauben, und verschließ sorgfältig die Tür gegen das Übel, das in diesen teuflischen Ländern brütet. Kommst Du jetzt nicht bald heim? Meine Gesundheit ist sehr gut, und der Herr in seiner Güte hat mich gesegnet. Nur noch sieben Jahre bis zu den dreimal zwanzig und zehn, die der Herr verheißen hat, aber nur einer unter vierhundert erlebt diese bösen Tage. Mir geht es sehr gut. In Glasgow, Birmingham und Edinburgh ist es, so steht in den Zeitungen, zu schlimmen Tumulten gekommen. Weitere Tumulte der Chartisten. Die Fabrikarbeiter haben mehr Geld für ihre Arbeit verlangt. Vor zwei Tagen war in Glasgow eine Hinrichtung durch Erhängen wegen Diebstahl von Schafen. Hol der Teufel die Engländer! In was für einer Welt leben wir, wo ein guter Schotte nur deswegen gehenkt wird, weil er ein englisches Schaf gestohlen hat, und das durch einen schottischen Richter. Entsetzlich. Vor dem gleichen Geschworenengericht wurden Hunderte wegen Aufruhr, Streik und Niederbrennens einer Fabrik zur Deportation ins australische Vandiemensland verurteilt. Culums Freund, Bartholomew Angus, wurde zu zehn Jahren Deportation nach New South Wales verurteilt, weil er einen Aufruhr der Chartisten in Edinburgh angeführt hatte. Die Menschen sind . . .«

»Mein Gott!« stieß Culum hervor.

»Wer ist Bartholomew, Culum?« fragte Struan.

»Wir haben miteinander im selben Zimmer gewohnt. Armer Bartholomew.«

»Hast du gewußt, daß er Chartist war?« fragte Struan scharf.

»Natürlich.« Culum trat ans Fenster und blickte aufs Kielwasser des Schiffes hinaus.

»Bist du Chartist, Culum?«

»Du hast selber gesagt, die Charter sei etwas Gutes.«

»Richtig. Aber ich habe dir auch meine Ansichten über Rebellionen nicht verheimlicht. Bist du aktiver Chartist?«

»Wäre ich zu Hause, würde ich es sein. Die meisten Studenten sympathisieren mit der Charter.«

»Dann ist es ein Segen, daß du hier draußen bist. Wenn Bartholomew einen Aufruhr angeführt hat, hat er auch die zehn Jahre verdient. Wir haben gute Gesetze und das beste parlamentarische System der Welt. Rebellion, Aufruhr und Streiks sind nicht die richtigen Methoden, um Veränderungen herbeizuführen.«

»Was steht sonst noch in dem Brief, Vater?«

Struan betrachtete einen Augenblick den Rücken seines Sohnes. Es war ihm, als habe er den Klang von Ronaldas Stimme vernommen. Er nahm sich vor, sich in Zukunft eingehender mit den Angelegenheiten der Chartisten zu befassen. Dann las er weiter: »Noch immer treffen täglich Leute aus dem Hochland in Glasgow ein; im Hochland zäunen die Grundherren weiterhin die Ländereien der Clans ein und nehmen den Männern der Clans die ihnen zu-

stehenden Rechte. Dieser schwarzherzige Unhold, der Earl of Struan, möge der Herr ihn tot niederstrecken, stellt ein Regiment zusammen, das in den indischen Kolonien kämpfen soll. Die Männer strömen zu seiner Fahne, angelockt von den Versprechungen auf Beute und Land. Es geht das Gerücht, daß wir wegen der kanadischen Kolonie erneut mit den verfluchten Amerikanern werden Krieg führen müssen, und es wird auch berichtet, Krieg sei wegen der ottomanischen Türken zwischen den Franzosen, diesen Teufeln, und den Russen ausgebrochen. Diese verfluchten Franzosen. Als hätten wir nicht schon genug unter diesem Erzbösewicht Bonaparte gelitten.
Es ist eine traurige Welt, in der wir leben, mein Junge. Ach, ich vergaß zu erwähnen, daß man Pläne für eine Eisenbahn gemacht hat, die in fünf Jahren Glasgow mit Edinburgh verbinden soll. Wäre das nicht großartig? Dann könnten wir Schotten uns vielleicht zusammentun, die teuflischen Engländer hinauswerfen und unseren eigenen König haben. Ich drücke Dich und Deinen Bruder an mich, und umarm auch Culum von mir. Mit Hochachtung, Dein Vater, Parlan Struan.«
Struan blickte mit einem etwas verzerrten Lächeln auf. »Noch ebenso blutrünstig wie früher.«
»Wenn der Earl ein Regiment für Indien auf die Beine stellt, kommt es vielleicht hierher«, sagte Robb.
»Ja. Mir ist der gleiche Gedanke gekommen. Na schön, mein Junge, wenn er jemals in das Herrschaftsgebiet von Noble House vordringt, wird dieses Regiment, so wahr mir Gott helfe, ohne Köpfe nach Hause abziehen.«
Es klopfte an die Tür. Der Steward kam mit dem Champagner, den Gläsern und dem Tee herein. »Käpt'n Orlow spricht Ihnen im Namen der Mannschaft seinen Dank aus, Sir.«
»Bitten Sie ihn und Mauss, uns am Ende der Wache Gesellschaft zu leisten.«
»Jawohl, Sir.«
Nachdem Champagner und Tee eingeschenkt waren, hob Struan sein Glas. »Trinken wir auf Winifred, die von den Toten zurückgekehrt ist!«
Sie tranken, und Robb sagte: »Bringen wir noch einen Trinkspruch aus. Auf Noble House. Vielleicht werden wir niemals mehr etwas Böses übereinander denken und niemals mehr etwas Böses einander antun.«
»Ganz recht.«
Wieder tranken sie.
»Sobald wir in Hongkong sind, Robb, schreibst du an unsere Vertreter. Bitte sie, festzustellen, wer die verantwortlichen Direktoren unserer Bank waren und wer für die Ausweitung des Kredits zur Rechenschaft zu ziehen ist.«
»Gut, Dirk.«
»Und dann, Vater?« fragte Culum.
»Dann vernichten wir die Männer, die dafür verantwortlich sind«, antwortete Struan. »Und ihre Familien dazu.«
Culum fühlte sich von der Unerbittlichkeit und Endgültigkeit dieser Worte abgestoßen. »Warum denn ihre Familien?«
»Was hat denn ihre Habgier mit den unseren gemacht? Mit uns selber? Unserer Zukunft? Jahrelang werden wir für ihre Habgier bezahlen müssen. Und darum zahlen wir ihnen mit gleicher Münze heim.«

Culum erhob sich und ging zur Tür.
»Wohin willst du, mein Junge?«
»Zur Latrine.«
Die Tür schloß sich hinter ihm.
»Tut mir leid, daß ich das gesagt habe.« Struan seufzte auf. »Aber anders ging es nicht.«
»Ich weiß. Mir tut's auch leid. Aber mit dem, was du über das Parlament gesagt hast, hast du recht. Das Parlament wird immer mehr an Macht gewinnen, und dort werden in Zukunft die großen Geschäfte entschieden. Ich werde mich um die Finanzierung kümmern, und wir beide wollen Culum beobachten und ihm helfen. Was sagst du zu Winifred – ist es nicht wie ein Wunder?«
»Ja.«
»Culum hat sehr bestimmte Ansichten über gewisse Dinge, findest du nicht?«
»Er ist noch sehr jung. Ronalda hat die Kinder erzogen – sie hat die Heilige Schrift sehr wörtlich genommen, wie du ja selber weißt. Auch Culum wird eines Tages erwachsen werden müssen.«
»Was wirst du mit Gordon Tschen tun?«
»Du meinst, mit ihm und Culum?« Struan blickte den kreischenden Möwen nach. »Sobald wir wieder in Hongkong sind, muß auch dieses heiße Eisen angefaßt werden.«
»Armer Culum. Es ist nicht so leicht, erwachsen zu werden, was?«
Struan schüttelte den Kopf. »Das ist niemals leicht.«
Nach einer Weile sagte Robb: »Erinnerst du dich noch meiner kleinen Freundin, Ming Soo?«
»Und ob.«
»Ich frage mich oft, was wohl aus ihr und dem Kind geworden ist.«
»Mit dem Geld, das du ihr gegeben hast, müßte sie wie eine Prinzessin leben können und einen guten Mann gefunden haben, Robb. Bestimmt ist sie die Frau eines Mandarins geworden. Um sie brauchst du dir keine Sorgen zu machen.«
»Die kleine Isabel müßte jetzt zehn Jahre alt sein.« Robb gab sich den angenehmen Erinnerungen an das Lachen Ming Soos und an die Glückseligkeit hin, die sie ihm geschenkt hatte. Wie reich war er gewesen. Sie hatte ihm an einem einzigen Tag mehr Liebe und Güte, mehr Freundlichkeit und Verständnis gegeben als Sarah während all der Jahre ihrer Ehe. »Du solltest wieder heiraten, Dirk.«
»Es ist noch Zeit genug, darüber nachzudenken.« Struan warf zerstreut einen Blick auf das Barometer. Es stand hoch und zeigte auf Schön. »Du mußt Culum hart an die Kandare nehmen, Robb, wenn du Tai-Pan bist.«
»Das werde ich«, antwortete Robb.

Als Culum an Deck trat, legte sich die *China Cloud* gerade über und rauschte aus dem schmalen Meeresarm, der durch die kleine, der Küste vorgelagerte Insel Tung Ku Tschau gebildet wurde, hinaus auf die offene See und nahm Kurs auf Südwest. Eine etwas größere Insel, Pokliu Tschau, lag zwei Meilen

entfernt backbords. Ein steifer Nordostmonsun fegte über die Wellen, der Himmel war von düsteren Wolken überzogen.
Culum bahnte sich einen Weg zum Vorschiff, wobei er den ordentlich aufgeschossenen Taue und Trossen aus dem Weg ging. Er kam an den glänzenden Reihen der Kanonen vorbei und wunderte sich, wie sauber alles war. Im Hafen von Hongkong war er an Bord anderer Kauffahrer gewesen, und alle waren sie schmutzig.
Die Latrine auf Backbord war von zwei Seeleuten besetzt, und so stieg er zur anderen Seite hinüber, in die Latrine auf Steuerbord. Er klammerte sich an die Halteleinen, zog mit großer Mühe seine Hose herunter und kauerte sich über dem Netz nieder. Es war eine anstrengende Haltung.
Ein junger, rothaariger Matrose kam herangeschlendert, schwang sich mühelos über das Schandeck in die Latrine und zog sich die Hose herunter. Er war barfuß und brauchte sich, als er sich niederhockte, nicht an Tauen festzuhalten.
»Einen recht schönen Morgen, Sir«, sagte der Matrose.
»Ihnen auch«, antwortete Culum und hielt sich verzweifelt an den Tauen fest.
Der Seemann war bald fertig. Er lehnte sich zum Schandeck vor, holte ein Stück Zeitungspapier aus einem Kasten, wischte sich ab, warf dann das Papier vorsichtig hinunter und zog die Hose um seine Hüfte wieder hoch.
»Was tun Sie denn da?« fragte Culum.
»Wie? Och, das Papier, Sir? Soll mich der Teufel holen, wenn ich das weiß, Sir. Ist dem Tai-Pan sein Befehl. Wisch den Arsch mit Papier, oder du verlierst zwei Monate Heuer und kommst zehn Tage ins verfluchte Loch.« Der Seemann lachte auf. »Der Tai-Pan ist schon der Richtige, Verzeihung. Aber is' ja sein Schiff, und so wischt man sich eben den verfluchten Arsch.«
Er schwang sich leichtfüßig wieder an Bord zurück, tauchte seine Hände in einen Eimer mit Seewasser und schwappte sich Wasser über die Füße. »Man muß auch seine verfluchten Hände waschen, bei Gott, dann die Füße, oder ab ins verfluchte Loch! Schon richtig seltsam. Völlig verdreht . . . bitte um Verzeihung, Sir. Aber mit all dem Gewasche der verfluchten Hände und dem Gewische des verfluchten Arsches und mit dem einmal in der Woche Baden und dem sauberen Zeug einmal in einer verfluchten Woche ist das Leben 'ne richtige Last.«
»Was heißt da Last?« erwiderte ein anderer Matrose, der sich über das Schandeck lehnte und an einem Stück Kautabak kaute. »Die Heuer in gutem Silber. Und dann, wenn sie verdammt noch eins fällig ist. Und ist das Fressen nicht fürstlich? Und darüber hinaus Prämiengelder. Was willste denn mehr, Charlie?« Dann zu Culum gewandt: »Versteh selber nich', wie das der Tai-Pan anstellt, Sir, aber auf seinen Schiffen gibt's weniger Krankheiten und Skorbut als auf allen anderen auf hoher See.« Er spuckte Tabaksaft gegen den Wind. »So wisch ich mir den Arsch und bin froh, daß ich's mache. Bitte um Verzeihung, Sir, würde es aber an Ihrer Stelle auch tun, Sir. Der Tai-Pan ist schrecklich scharf darauf, daß ihm seine Befehle befolgt werden!«
»Mars- und Bramsegel reffen!« brüllte Kapitän Orlow vom Achterdeck her. Für einen so kleinen Mann war die Stimme gewaltig.

Die Matrosen tippten mit der Hand zum Gruß an die Mütze und schlossen sich den Männern an, die in die Wanten enterten.
Culum wischte sich mit Papier ab, wusch sich die Hände und ging wieder nach unten. Dort wartete er auf eine Gelegenheit, sich wieder in die Unterhaltung einzumischen.
»Worin liegt eigentlich der Sinn, Papier zu benutzen?«
»Bitte?« entgegnete Struan.
»Ich meine, auf der Latrine. Entweder Papier benutzen oder zehn Tage ins Loch.«
»Ach ja. Ich habe vergessen, es dir zu sagen, mein Junge. Die Chinesen sind der Ansicht, daß es eine Beziehung zwischen Kot und Krankheiten gibt.«
»Das ist doch lächerlich!« rief Culum spöttisch.
»Die Chinesen sind da anderer Meinung. Ich auch.« Struan wandte sich Robb zu. »Ich habe es drei Monate lang auf der *China Cloud* ausprobiert. Die Krankheiten sind zurückgegangen.«
»Sogar verglichen mit der *Thunder Cloud*?« fragte Robb. – »Ja.«
»Das ist ein Zufall«, warf Culum ein.
»Du wirst eine Menge von Zufällen auf unseren Schiffen finden, Culum«, brummte Robb. »Es sind erst rund fünfzig Jahre her, seitdem Kapitän Cook festgestellt hat, daß man mit Zitronen und frischen Gemüsen den Skorbut heilen konnte. Vielleicht hat der Kot doch etwas mit Krankheiten zu tun.«
»Wann hast du das letztemal gebadet, Culum?« fragte Struan.
»Ich weiß nicht – vor einem Monat – nein, ich erinnere mich nicht. Kapitän Perry bestand darauf, daß ich auf der *Thunder Cloud* einmal in der Woche mit der Mannschaft badete. Ich hätte mir bei der Kälte fast den Tod geholt.«
»Wann hast du das letztemal deine Kleider gewaschen?«
Culum sah seinen Vater verwundert an und blickte auf seine Hose aus dikkem braunem Wollstoff und seinen Gehrock. »Die sind niemals gewaschen worden! Warum sollte man sie waschen?«
Struans Augen funkelten. »Von jetzt ab, an Land oder an Bord, badest du einmal in der Woche deinen ganzen Körper. Du benutzt Papier und wäschst dir die Hände. Du läßt dir dein Zeug einmal in der Woche waschen. Du trinkst auch kein Wasser mehr, sondern Tee. Und täglich bürstest du dir die Zähne.«
»Warum? Kein Wasser? Das ist doch Wahnsinn. Und meine Kleider waschen? Die werden ja eingehen, ihre Form verlieren und Gott weiß, was noch alles!«
»Genau das wirst du tun. Wir sind hier im Osten. Ich möchte, daß du am Leben bleibst. Und gesund bist.«
»Ich denke nicht daran. Ich bin doch kein Kind, keiner deiner Seeleute!«
»Du tust besser, was dein Vater sagt«, meinte Robb. »Ich habe mich ebenfalls gegen ihn aufgelehnt. Gegen jede neue Idee, die er ausprobiert hat. Bis er bewies, daß diese Dinge ihren Sinn haben. Gewiß, niemand weiß etwas Genaues. Aber wo andere Leute wie die Fliegen gestorben sind, blieben wir gesund.«
»Das bist du ganz und gar nicht«, entgegnete Culum. »Du hast mir gesagt, daß du ständig krank bist.«

»Ja. Aber der Anfang liegt Jahre zurück. Ich habe deinem Vater die Sache mit dem Wasser nicht glauben wollen und habe es weiter getrunken. Nun bluten meine Gedärme, und sie werden immer bluten. Für mich ist es zu spät, aber, bei Gott, mir wäre es lieber, ich hätte deinem Vater gefolgt. *Vielleicht* wäre ich von der Darmseuche verschont geblieben. Dirk trinkt niemals Wasser. Nur Tee.«

»So machen es die Chinesen, mein Junge.«

»Das kann ich nicht glauben.«

»Na schön, während du feststellst, ob es stimmt oder nicht«, fuhr Struan ihn an, »wirst du diesen Befehlen gehorchen. Denn das *sind* Befehle.«

Culum stieß das Kinn vor. »Nur wegen einiger heidnischer Bräuche soll ich meine ganze Lebensweise ändern? Das willst du?«

»Ich bin bereit, von den Chinesen zu lernen. Ich werde alles versuchen, um mir meine Gesundheit zu erhalten. Und du tust es auch, bei Gott! Steward!« brüllte Struan.

Die Tür wurde geöffnet. »Jawohl, Sir?«

»Richten Sie für Mr. Culum ein Bad her. In meiner Kajüte. Und frische Kleider.« – »Jawohl, Sir.«

Struan durchquerte die Kabine und beugte sich über Culum. Er betrachtete den Kopf seines Sohnes. »Du hast Läuse.«

»Ich verstehe dich überhaupt nicht mehr!« stieß Culum hervor. »Jeder Mensch hat doch Läuse. Wir alle haben Läuse, ob es uns gefällt oder nicht. Man kratzt sich ein bißchen, und damit ist die Sache erledigt.«

»Ich habe keine Läuse. Robb auch nicht.«

»Dann bist du was Besonderes. Was Einzigartiges.« Gereizt trank Culum einen Schluck Champagner. »Durch Baden setzt man törichterweise nur seine Gesundheit aufs Spiel, das weiß doch jeder.«

»Culum, du stinkst.«

»Das tun doch alle«, entgegnete Culum ungeduldig. »Wozu benutzen wir denn sonst ständig Pomaden? Auch das Stinken gehört mit zum Leben. Läuse sind für die Menschen eine Plage, aber das ist auch alles.«

»Ich stinke nicht, Robb und seine Familie auch nicht, meine Leute ebenfalls nicht, und wir sind die Gesündesten in ganz Asien. Du tust, was ich dir sage. Läuse sind nicht unvermeidlich, auch das Stinken nicht.«

»Am besten, du gehst nach London, Vater. Das ist das größte Stinkloch der Welt. Wenn dich die Leute dort gegen Läuse und Gestank wettern hören, halten sie dich für verrückt.«

Vater und Sohn starrten einander an. »Du wirst den Befehlen gehorchen. Du wirst dich sauberhalten, bei Gott, oder ich beauftrage den Bootsmann, es an deiner Stelle zu tun. Oben an Deck!«

»Tu es doch, Culum«, mischte sich Robb beschwichtigend ein. Er spürte Culums Groll und Struans Unbeugsamkeit. »Was macht es denn schon aus. Schließ einen Kompromiß. Versuch es doch mal fünf Monate lang! Wenn du dich bis dahin nicht wohler fühlst, kehrst du eben zu deiner gewohnten Lebensweise zurück.«

»Und wenn ich es ablehne?«

Struan sah ihn unversöhnlich und finster von oben herab an. »Ich liebe dich

mehr als mein Leben, Culum. Aber in gewissen Dingen hast du dich zu fügen. Oder ich behandle dich wie einen ungehorsamen Seemann.«
»Und das wäre?«
»Ich schleppe dich zehn Minunten lang hinter dem Schiff her und wasche dich auf diese Weise.«
»Warum sagst du nicht auch einmal zur Abwechslung ›bitte‹, anstatt immer nur zu befehlen?« stieß Culum empört hervor.
Struan lachte schallend auf. »Bei Gott, du hast recht, mein Junge.« Er schlug Culum auf den Rücken. »Würdest du bitte tun, worum ich dich ersucht habe? Wirklich, du hast recht. Ich werde öfter ›bitte‹ sagen. Und um deine Kleidung mach dir keine Sorgen. Wir besorgen dir den besten Schneider, den es hier im Fernen Osten gibt. Du brauchst ohnehin mehr Sachen.« Struan blickte zu Robb hinüber. »Dein Schneider, Robb?«
»Ja. Sobald wir uns in Hongkong niedergelassen haben.«
»Wir lassen ihn morgen mit seinem Personal aus Macao kommen. Falls er nicht überhaupt schon in Hongkong ist. Also auf fünf Monate, mein Junge?«
»Einverstanden. Aber ich halte es noch immer für sonderbar.«
Struan schenkte ihre Gläser wieder voll.
»Und jetzt, finde ich, sollten wir die Wiedergeburt von Noble House feiern.«
»Wie denn, Dirk?« fragte Robb.
»Wir geben einen Ball.«
»Bitte?« Culum blickte erregt auf, seine Empörung war vergessen.
»Ja, einen Ball für die gesamte europäische Bevölkerung. In fürstlichem Stil. Heute in einem Monat.«
»Es wird sein, als ob ein Falke in einen Taubenschwarm stößt!« rief Robb.
»Was meinst du damit, Onkel?«
»Unter den Damen wird die größte Panik ausbrechen, die du jemals erlebt hast. Sie werden miteinander darum wetteifern, wer das schönste Kleid hat – nach neuester Mode! Sie werden ihre Männer schikanieren und versuchen, sich gegenseitig die Schneider wegzuschnappen! Mein Gott, ein Ball ist ein wunderbarer Einfall. Was wird wohl Shevaun tragen?«
»Nichts – wenn ihr das gerade am besten gefällt!« Struans Augen funkelten. »Ja, ein Ball. Wir werden für die eleganteste Dame einen Preis aussetzen. Ich denke, dieser Preis . . .«
»Solltest du noch nichts vom Urteil des Paris gehört haben?« fragte Robb entsetzt.
»Doch. Aber Aristoteles wird den Richter spielen.«
»Er ist viel zu schlau, um eine solche Aufgabe zu übernehmen.«
»Das werden wir ja sehen.« Struan überlegte einen Augenblick. »Der Preis muß unser würdig sein. Sagen wir: tausend Guineen.«
»Das ist doch wohl ein Scherz!« rief Culum.
»Tausend Guineen.«
Culum verschlug es fast den Atem, als er sich eine solche Verschwendung vorstellte. Das war ja geradezu unanständig. Ein Verbrechen! Mit tausend Guineen konnte man heute in England wie ein König leben – jedenfalls fünf oder zehn Jahre lang. Der Lohn eines Fabrikarbeiters, der von Sonnenauf-

gang bis Sonnenuntergang und bis tief in die Nacht hinein schuftete, und das sechs Tage in der Woche, das ganze Jahr hindurch, betrug fünfzehn bis zwanzig Pfund im Jahr – und damit mußte eine Familie gegründet werden, die Kinder mußten davon aufgezogen und eine Frau unterhalten werden, dazu kamen die Kosten für Miete, Ernährung, Kleidung und Kohlen. Mein Vater ist verrückt, dachte er, das Geld hat ihm den Kopf verdreht. Man denke nur einmal an die zwanzigtausend Guineen, die er mit dieser albernen Wette gegen Brock und Gorth verpinkelt hat – ja, richtig weggepinkelt! Aber das war immerhin noch ein Spiel, mit dem er Brock hatte weglocken wollen. Ein Spiel, das den Einsatz lohnte, falls es gelänge, und es war ja wohl gelungen – das Barrensilber lag in der *China Cloud*. Wir sind wieder reich, dachte er. Reich.

Culum wußte ganz genau, daß reich zu sein bedeutete, nicht mehr arm zu sein. Er wußte auch, daß sein Vater recht hatte – nicht auf das Geld kam es an. Wichtig war Geld nur dann, wenn es fehlte.

»Das ist zuviel, einfach zuviel«, sagte Robb entsetzt.

»Richtig. In gewisser Weise ist es das.« Struan zündete sich einen Stumpen an. »Aber Noble House hat die Pflicht, sich fürstlich zu benehmen. Diese Nachricht wird sich verbreiten wie keine vorher. Und noch nach hundert Jahren wird man davon sprechen.« Er legte seine Hand auf Culums Schulter. »Merk dir auch noch eine andere Regel, mein Junge: Wenn es bei deinem Spiel um hohen Einsatz geht, muß auch das Risiko hoch sein. Wenn du nicht bereit bist, ein hohes Risiko einzugehen, laß die Hände vom Spiel.«

»Ein so – ein so gewaltiger Betrag wird oder könnte doch einige Leute dazu treiben, mehr Geld zu riskieren, als sie sich leisten können. Das ist doch nicht richtig, oder?«

»Sinn des Geldes ist, sich seiner zu bedienen. Ich möchte behaupten, daß diese Ausgabe sich lohnen wird.«

»Aber was gewinnst du durch diesen Einsatz?«

»Ich gewinne an Gesicht, mein Junge.« Struan wandte sich an Robb. »Wer wird Siegerin?«

Robb schüttelte hilflos den Kopf. »Ich weiß es nicht. Die Schönheit wird siegen – Shevaun. Aber ist sie die Eleganteste? Es gibt einige, die ein Vermögen riskieren würden, um diese Ehre zu gewinnen, ganz zu schweigen vom ausgesetzten Preis.«

»Hast du Shevaun schon kennengelernt, Culum?«

»Nein, Vater. Ich sah sie einmal auf der Straße, die George – George Glessing – von Glessing's Point bis zum Happy Valley angelegt hat, spazierengehen. Miss Tillman ist eine Schönheit. Aber ich finde Miss Sinclair viel anziehender. Sie ist besonders reizend. George und ich sind einige Zeit mit ihr zusammen gewesen.«

»Ach was, erst kürzlich?« Struan unterdrückte sein jäh aufflammendes Interesse.

»Ja«, antwortete Culum unbefangen. »Wir waren zu einem Abschiedsessen mit Miss Sinclair und Horatio auf Georges Schiff zusammen. Dem armen George hat man sein Schiff weggenommen. Er war äußerst aufgebracht. Willst du übrigens wirklich diesen Ball geben?«

»Wieso hat denn Glessing sein Schiff verloren?«
»Longstaff hat ihn zum Hafenkommandanten und zum leitenden Vermessungsbeamten ernannt. Der Admiral hat ihm befohlen, diese Stellungen anzunehmen. Miss Sinclair war mit mir einer Meinung, daß dies seine beruflichen Aussichten verbesserte – aber er war da anderer Ansicht.«
»Magst du ihn?«
»O ja. Er war mir gegenüber sehr nett.« Fast hätte Culum hinzugefügt: obwohl ich der Sohn des Tai-Pan bin. Er betrachtete es als einen Glücksfall, daß Glessing und er die gleichen Interessen hatten. Beide waren sie gute Kricketspieler – Culum war Mannschaftskapitän an der Universität gewesen und hatte im vergangenen Jahr für seine Grafschaft gespielt.
»Bei Gott«, hatte Glessing gesagt, »Sie müssen verdammt gut sein. Ich selber habe immer nur für die Marine gespielt. Was waren Sie denn?«
»Erster Schläger.«
»Mensch – ich habe es nur bis zum zweiten gebracht. Hol mich der Teufel, Culum, vielleicht sollten wir einen Platz als Kricketfeld abstecken, was? Dann könnten wir da ein bißchen üben, was meinen Sie?«
Culum lächelte in sich hinein; er war sehr froh, Kricketspieler zu sein. Wäre er es nicht gewesen, hätte Glessing auf ihn herabgesehen; dann hätte er nicht das Vergnügen gehabt, Mary nahe zu sein. Er fragte sich, ob er sie wohl auf den Ball würde führen dürfen. »Miss Sinclair und Horatio mögen dich sehr, Vater.«
»Ich hatte geglaubt, Mary sei in Macao.«
»Dort war sie, Vater. Aber sie ist vor etwa einer Woche auf einige Tage nach Hongkong zurückgekehrt. Sie ist ein sehr nettes Mädchen, nicht wahr?«
Plötzlich erklang die Schiffsglocke, ein Getrampel von Füßen und der Ruf: »Alle Mann an Deck!« Struan stürzte aus der Kajüte.
Robb wollte ihm folgen, blieb jedoch an der Kajütentür stehen. »Noch zwei Dinge, die ich dir rasch sagen möchte, solange wir allein sind, Culum. Erstens, tu, was dein Vater dir sagt, und sei ihm gegenüber geduldig. Er ist ein sonderbarer Mann und hat sonderbare Ideen, aber die meisten von ihnen erweisen sich als richtig. Zweitens, ich werde dir nach besten Kräften helfen, Tai-Pan zu werden.« Dann eilte er, von Culum gefolgt, aus der Kajüte und nach oben.
Als Struan auf das Achterdeck gelangte, war die Besatzung bereits auf Gefechtsstation und öffnete die Geschützpforten, während die übrigen Seeleute in die Wanten enterten.
Unmittelbar voraus nahte über den ganzen Horizont verteilt eine drohende Flotte von Kriegsdschunken.
»Bei Thors linker Arschbacke, das ist aber eine verdammte Flotte!« rief Kapitän Orlow. »Ich habe schon mehr als hundert gezählt, Tai-Pan. Wenden und ihnen davonfahren?«
»Halten Sie Ihren Kurs, Kapitän. Wir sind schneller als sie, das ist ein Vorteil. Alles klar zum Gefecht! Wir gehen dichter ran und sehen uns das etwas an. Bram- und Oberbramsegel setzen!«
Orlow brüllte nach oben: »Vor- und Großbramsegel setzen! Alle Mann auf!«

Die Offiziere gaben die Befehle weiter, und die Männer jagten in die Wanten hinauf. Die *China Cloud* lief schneller und pflügte durch die Wellen.

Das Schiff befand sich in der Wasserstraße zwischen der großen Insel Pokliu Tschau, zwei Meilen backbords, und der kleineren Insel Ap Li Tschau, eine halbe Meile steuerbords. Ap Li Tschau, eine viertel Meile vor der Küste der Insel Hongkong gelegen, hatte eine schöne Bucht, die Aberdeen genannt worden war. Am Ufer der Aberdeen-Bucht lag ein kleines Fischerdorf. Struan bemerkte dort mehr Sampans und Fischerdschunken als vor einem Monat.

Nun betraten auch Robb und Culum das Achterdeck. Als Robb die Dschunken erblickte, verspürte er ein jähes Prickeln auf der Kopfhaut. »Wer sind denn die, Dirk?«

»Weiß nicht, mein Junge. Obacht, aus dem Weg mit euch!«

Culum und Robb sprangen zur Seite, als eine Schar von Seeleuten aus den Wanten herunterkam und unter rhythmischem Gesang die Fallen steif holte, um dann achtern auf ihre Gefechtsstationen zu eilen. Struan reicht Mauss, der neben ihm aufgetaucht war, das Fernglas. »Können Sie die Flagge ausmachen, Mauss?«

»Nein, noch nicht, Tai-Pan.« Mauss starrte mit trockenem Mund eine riesige Kriegsdschunke an, die an der Spitze lag; es war die größte, die er jemals gesehen hatte – ein Fahrzeug von etwa fünfhundert Tonnen, über zweihundert Fuß lang. Das hochaufragende Heck legte sich unter dem Druck der drei großen Segel langsam über. »Gott im Himmel, für eine Piratenflotte sind das zu viele. Sollte es etwa eine Invasionsflotte sein? Aber die Chinesen würden es doch bestimmt nicht wagen, Hongkong anzugreifen, wo unsere Flotte so nah ist.«

»Das werden wir bald feststellen«, antwortete Struan. »Zwei Strich nach steuerbord abfallen!«

»Zwei Strich nach steuerbord abfallen«, rief der Mann am Ruder.

»Kurs halten!« Struan blickte zu den Segeln auf und überprüfte ihre Stellung. Das Brausen des Windes erfüllte ihn mit Erregung.

»Sehen Sie mal dort!« rief Kapitän Orlow und deutete achteraus.

Eine weitere Flottille von Dschunken tauchte hinter der Südspitze von Pokliu Tschau auf, um ihnen den Rückzug abzuschneiden.

»Das ist ein Hinterhalt! Klar zur Wende ...«

»Befehl zurück, Kapitän! Ich stehe auf dem Achterdeck!«

Mürrisch trat Kapitän Orlow zum Rudergast und blieb neben dem Kompaß stehen, während er im stillen die Bestimmung verfluchte, nach der der Tai-Pan, wenn er auf dem Achterdeck eines Schiffes von Noble House stand, der Kapitän war.

Na schön, dachte Orlow, viel Glück auf die Reise, Tai-Pan. Wenn wir nicht wenden und machen, daß wir davonkommen, werden diese vermaledeiten, gottverfluchten Dschunken uns den Weg abschneiden, und die vor uns werden über uns herfallen, und mein schönes Schiff wird nicht mehr sein. Zum Teufel damit! Wir könnten dreißig von ihnen in die Feuergruben von Walhall hineinfegen.

Zum erstenmal seit vier Tagen vergaß er das Barrensilber und dachte voller Freude nur an den bevorstehenden Kampf.

Die Schiffsglocke schlug acht Glasen.
»Bitte um die Erlaubnis, nach unten gehen zu dürfen, Kapitän!« sagte Orlow.
»Bitte. Nehmen Sie Mr. Culum mit und zeigen Sie ihm, was zu tun ist.«
Orlow ging Culum behende in die Tiefe des Schiffes voran. »Um acht Glasen bei der Vormittagswache – das wäre nach Küstenzeit Mittag – ist es die Aufgabe des Kapitäns, das Chronometer aufzuziehen«, erklärte er. Er fühlte sich erleichtert, jetzt, da der Tai-Pan das Kommando an sich gerissen hatte, vom Achterdeck herunter zu sein. Aber, so sagte er sich, wärst du Tai-Pan, du tätest das gleiche. Niemals würdest du in deiner Gegenwart irgendeinem anderen erlauben, diese schönste Aufgabe der Welt an sich zu reißen.
Mit seinen kleinen blauen Augen betrachtete er prüfend Culum. Er hatte dessen unwillkürliche Abneigung sofort gespürt, auch die verstohlenen Blicke auf seinen Rücken und seine kurzen Beine bemerkt. Selbst heute noch, nachdem er vierzig Jahre solche Blicke hatte ertragen müssen, verletzte es ihn noch immer, für eine Mißgeburt gehalten zu werden. »Ich wurde in einem Schneesturm auf einer Eisscholle geboren. Meine Mutter hat gesagt, ich sei so schön gewesen, daß der böse Geist Vorg mich eine Stunde nach meiner Geburt mit seinen Hufen zertrampelt hat.« Culum bewegte sich unruhig durch das Halbdunkel. »Soso!«
»Vorg hat gespaltene Hufe.« Orlow lachte leise in sich hinein. »Glauben Sie an Geister?«
»Nein. Nein, gewiß nicht.«
»Aber Sie glauben an den Teufel, wie alle guten Christen?«
»Ja.« Culum versuchte, sich seine Angst nicht ansehen zu lassen. »Was muß mit dem Chronometer geschehen?«
»Es muß aufgezogen werden.« Wieder lachte Orlow leise. – »Wenn Sie unter den Umständen auf die Welt gekommen wären wie ich, würden Sie vielleicht Culum der Bucklige sein und nicht etwa Culum der Große oder Culum der Schöne, was? Mit meinem Körper betrachtet man die Dinge etwas anders.«
»Es tut mir leid – für Sie muß es sehr schwer sein.«
»Schwer nicht – Ihr Shakespeare hatte dafür bessere Worte. Aber machen Sie sich darum keine Sorgen, Culum der Starke. Ich kann einen Mann, der doppelt so groß ist wie ich, ohne Mühe umbringen. Soll ich Ihnen Unterricht geben, wie man tötet? Sie könnten keinen besseren Lehrmeister haben.«
»Nein. Nein, danke.«
»Es wäre klug, wenn Sie's lernten. Sehr klug. Fragen Sie Ihren Vater. Eines Tages brauchen Sie solche Kenntnisse. Vielleicht schon bald. Wissen Sie, daß ich das Zweite Gesicht habe?«
Culum erschauerte. »Nein.«
Orlows Augen funkelten. Wenn er lächelte, sah er noch gnomenhafter und bösartiger aus. »Sie werden noch viel lernen müssen. Sie wollen doch Tai-Pan werden, nicht wahr?«
»Ja. Ich hoffe es zu werden. Eines Tages.«
»An dem Tag werden Sie Blut an den Händen haben.«
Culum bemühte sich, der jähen Erregung Herr zu werden. »Was wollen Sie damit sagen?«

»Sie haben es ja gehört. An dem Tag werden Sie Blut an den Händen haben. Und bald brauchen Sie auch einen Menschen, dem Sie immer vertrauen können. Solange Norstedt Stride Orlow, der Bucklige, Kapitän Ihres Schiffes ist, können Sie ihm vertrauen.«
»Ich werde daran denken, Kapitän Orlow«, antwortete Culum. Insgeheim schwor er sich, daß Orlow, falls er Tai-Pan würde, niemals einer seiner Kapitäne wäre. Als er dem Mann wieder ins Gesicht blickte, hatte er das unheimliche Gefühl, Orlow habe seine Gedanken gelesen.
»Was ist los, Kapitän?«
»Das müssen Sie sich selber fragen.« Orlow schloß das Gehäuse des Chronometers auf. Dazu mußte er sich auf die unterste Sprosse einer Leiter stellen. Dann begann er, die Uhr vorsichtig mit einem großen Schlüssel aufzuziehen. »Diese Uhr braucht dreiunddreißig Umdrehungen.«
»Warum machen eigentlich Sie das und nicht einer der Offiziere?« fragte Culum, aber im Grunde war es ihm gleichgültig.
»Das ist Aufgabe des Kapitäns. Eine seiner Aufgaben. Die Navigation gehört mit zu den geheimen Dingen. Wenn alle an Bord wüßten, wie sie gehandhabt wird, nähmen die Meutereien kein Ende. So ist es am besten, wenn nur der Kapitän und einige der Offiziere sich darauf verstehen. Denn ohne sie wären die Matrosen verloren und hilflos. Aus Sicherheitsgründen wird das Chronometer verschlossen hier aufbewahrt. Ist es nicht ein schönes Stück? Das reine Kunstwerk, finden Sie nicht? Von klugen englischen Köpfen ersonnen und von geschickten englischen Händen hergestellt. Es gibt genau die Londoner Zeit an.«
Culum fühlte sich von der stickigen Luft in dem engen Raum unter Deck bedrückt. Ein Gefühl der Übelkeit stieg in ihm auf – überlagert von der Furcht vor Orlow und vor dem bevorstehenden Kampf. Es gelang ihm jedoch, sich zu beherrschen. Er war entschlossen, Orlow keine Gelegenheit dazu zu geben, seinen Zorn zu reizen. Eines Tages würde es zur Abrechnung kommen, das gelobte er sich. »Ist denn ein Chronometer etwas so Wichtiges?«
»Sie sind auf der Universität gewesen, und da stellen Sie mir eine solche Frage? Wir wären verloren ohne das schöne Instrument. Haben Sie nicht von Kapitän Cook gehört? Er hat es als erster vor sechzig Jahren ausprobiert. Bis zu diesem Zeitpunkt konnte man niemals mit Sicherheit den Längengrad bestimmen. Heute wissen wir auf eine Meile genau, wo wir uns befinden, seitdem wir die genaue Londoner Zeit und den Sextanten haben.« Orlow schloß das Gehäuse wieder ab und streifte Culum mit einem schnellen Blick. »Verstehen Sie, mit einem Sextanten umzugehen?«
»Nein.«
»Wenn wir die Dschunken versenkt haben, zeige ich es Ihnen. Glauben Sie etwa, Sie können Tai-Pan von Noble House an Land sein?«
Oben an Deck war das Getrampel eilender Füße zu vernehmen, und sie fühlten, daß die *China Cloud* jetzt noch schneller durch die Wogen jagte. Hier unten schien das ganze Schiff von lebendiger Kraft zu pulsieren.
Culum fuhr sich mit der Zunge über die trockenen Lippen. »Können wir denn so viele versenken und entkommen?«
»Wenn es uns nicht gelingt, werden wir im Wasser schwimmen.« Der kleine

Mann blickte mit strahlenden Augen zu Culum auf. »Waren Sie jemals bei einem Schiffbruch dabei oder auf einem sinkenden Schiff?«
»Nein. Ich kann auch nicht schwimmen.«
»Für einen Seemann ist es am besten, wenn er nicht schwimmen kann. Das Schwimmen schiebt nur das Unvermeidbare hinaus – wenn die See einen haben will und die Zeit erfüllt ist.« Orlow zog an der Kette, um sich zu vergewissern, daß das Gehäuse wirklich verschlossen war. Seit dreißig Jahren fahre ich zur See, aber ich kann nicht schwimmen. Ich bin öfter als zehnmal mit einem Schiff untergegangen, zwischen dem Chinesischen Meer und der Beringstraße, aber immer habe ich ein Stück Holz oder ein Boot gefunden. Eines Tages wird die See mich holen. Wann es ihr gefällt.« Er lockerte das Kampfeisen an seinem Handgelenk. »Dann werde ich mich freuen, endgültig in den Hafen einzulaufen.«
Culum war froh, als sie wieder nach oben gingen. »Den Leuten an Bord trauen Sie nicht?«
»Ein Kapitän verläßt sich auf sein Schiff, nur auf sein Schiff. Und auf sich ganz allein.«
»Verlassen Sie sich auf meinen Vater?«
»Er ist der Kapitän.«
»Das versteh' ich nicht.«
Orlow gab keine Antwort. Sobald er das Achterdeck betreten hatte, warf er einen prüfenden Blick auf die Segel und runzelte die Stirn. Zu viele Segel, zu dicht an der Küste. Zu viele unbekannte Riffe, und irgendwie roch es nach Sturm. Zwei Meilen voraus zog sich die Linie der Dschunken hin, die ihnen den Weg abschnitten: unerbittlich, schweigend näherten sie sich.
Das Schiff lief unter vollen Segeln, aber Fock- und Großsegel waren noch immer gerefft. Das ganze Schiff erbebte vor Freude, und diese Freude teilte sich der Besatzung mit. Als Struan den Befehl gab, die Reffe herauszunehmen, eilten die Matrosen in die Wanten, machten die Segel unter Gesang los und vergaßen ganz und gar das Silber, das sie vergiftet hatte. Der Wind frischte auf, und die Segel knatterten. Das Schiff legte sich über und lief noch schneller; das Seewasser schäumte in den Speigatts wie Bier.
»Mr. Cudahy! Nehmen Sie eine Wache mit nach unten und bringen Sie die Waffen an Deck!«
»Jawohl, Sir!« Cudahy, der Erste Offizier, war ein schwarzhaariger Ire mit unsteten Augen; er trug einen goldenen Ohrring.
»Kurs halten! Deckwache! An die Geschütze! Mit Kartätschen laden!«
Die Männer stürzten an die Kanonen, zogen sie aus den Geschützpforten heraus, luden sie mit Kartätschen und rollten sie wieder vor.
»Geschütz Nummer drei eine Extraration Rum! Nummer achtzehn reinigt die Bilge!«
Jubelrufe und Verwünschungen folgten.
Es war ein Brauch, den Struan vor vielen Jahren eingeführt hatte. Wenn es zum Kampf kam, wurde die Geschützmannschaft, die als erste fertig war, belohnt, während die letzte die schmutzigste Arbeit an Bord erhielt.
Struan betrachtete prüfend den Himmel und die gefüllten Segel. Dann richtete er sein Fernglas auf die große Kriegsdschunke. Sie hatte viele Geschütz-

pforten, einen Drachen als Galionsfigur und eine Flagge, die auf diese Entfernung noch immer nicht deutlich zu erkennen war. Struan beobachtete Dutzende von Chinesen, die auf den Decks herumwimmelten, und sah brennende Fackeln.

»Die Wasserfässer bereithalten!« brüllte Orlow.

»Wozu Wasserfässer?« fragte Culum.

»Zum Feuerlöschen, mein Junge. Auf den Dschunken haben sie brennende Fackeln. Und außerdem sind sie wahrscheinlich mit Feuerraketen und Stinktöpfen gut ausgerüstet. Die Stinktöpfe werden aus Pech und Schwefel hergestellt. Wenn man nicht auf sie vorbereitet ist, können sie an einem Klipper schwere Zerstörungen anrichten.« Er blickte achteraus. Die anderen Dschunkenflottille lief jetzt hinter ihnen in den Meeresarm ein.

»Wir sind abgeschnitten, nicht wahr?« fragte Culum, und der Magen drehte sich ihm um.

»Ja. Aber nur ein Narr würde in diese Richtung auszuweichen suchen. Paß auf den Wind auf. Auf diesem Kurs müßten wir gegen ihn kreuzen, und etwas sagt mir, daß er sich bald noch weniger gegen uns drehen würde. Aber voraus haben wir den richtigen Wind und sind schneller als jede Dschunke. Sieh nur, wie schwerfällig sie sind! Mit uns verglichen wie Ackergäule gegen einen Windhund. Und überdies haben wir das Zehnfache an Feuerkraft.«

Eins der Fallen an der Spitze des Hauptmastes riß plötzlich los. Die Spiere ächzte, schlug gegen den Mast, und das Segel flatterte frei im Wind.

»Backbordwache in die Wanten!« brüllte Struan. »Heiß auf Oberbramfall!«

Culum sah zu, wie die Seeleute auf die Rah fast an der Spitze des Hauptmastes hinausstiegen; der Wind zerrte an ihnen, während sie sich mit Nägeln und Zehen festklammerten, und er wußte, daß er das niemals würde tun können. Er spürte, wie sich sein Magen vor Angst zusammenkrampfte, und er konnte nicht vergessen, was Orlow gesagt hatte: Blut an Ihren Händen. Wessen Blut? Er stürzte ans Schandeck und übergab sich.

»Hier, mein Junge«, sagte Struan und bot ihm den Wassersack an.

Culum stieß ihn zur Seite. Er haßte seinen Vater, weil dieser bemerkt hatte, daß ihm übel geworden war.

»Spül deinen Mund aus!« Struans Stimme war schroff.

Culum gehorchte niedergeschlagen und bemerkte nicht, daß das Wasser eigentlich kalter Tee war. Er trank ein paar Schluck und mußte sich erneut erbrechen. Dann spülte er sich den Mund aus und nahm vorsichtig ein paar kleine Schlucke. Er fühlte sich äußerst elend.

»Als ich zum erstenmal in ein Gefecht geriet, war mir so übel wie einem betrunkenen Schiffsjungen – übler als du dir vorstellen kannst. Außerdem hatte ich eine Todesangst.«

»Das glaube ich dir nicht«, antwortete Culum schwach. »Niemals in deinem Leben hast du Angst gehabt und niemals war dir übel.«

»Du kannst es mir glauben«, brummte Struan. »Es war bei Trafalgar.«

»Ich habe gar nicht gewußt, daß du überhaupt dabei warst!« In seiner Verwunderung vergaß Culum vorübergehend, wie übel ihm war.

»Ich war Pulverträger. Die Marine verwendet auf den Linienschiffen Kinder, die das Pulver aus dem Magazin auf die Geschützdecks tragen müssen. Der Gang muß so eng wie möglich sein, damit die Feuersgefahr nicht so groß ist. Sonst fliegt unter Umständen das ganze Schiff in die Luft.« Struan erinnerte sich der donnernden Geschütze, der Schreie der Verwundeten, des Decks, das glitschig von Blut war, der abgerissenen Gliedmaßen, des Blutgeruchs und der geröteten Speigatts. Der Gestank von Erbrochenem, auf dem man in dem endlosen, engen schwarzen Gang ausglitt. Er tappte mit Pulverfässern zu den krachenden Geschützen hinauf und tappte wieder hinunter in die entsetzliche Finsternis; seine Lungen brannten, sein Herz war eine zum Zerspringen pochende Maschine, die Angsttränen liefen ihm herunter – Stunde um Stunde. »Ich stand Todesängste aus.«

»Du warst wirklich bei Trafalgar dabei?«

»Ja. Ich war sieben Jahre alt. Ich war der älteste aus meiner Gruppe, aber ich hatte die größte Angst.« Struan klopfte seinem Sohn freundlich auf die Schulter. »Mach dir also keine Sorgen. Es ist nichts Schlimmes dabei.«

»Ich habe auch keine Angst, Vater. Es war der Gestank unter Deck.«

»Mach dir nichts vor. Es ist der Gestank des Blutes, den du zu riechen glaubst – und die Furcht davor, es könnte dein eigenes sein.«

Culum beugte sich rasch über die Reling, als ihn erneut das Würgen überfiel. Die steife Brise blies nicht den widerlichen, süßlichen Geruch aus seinem Kopf, und sie vertrieb auch nicht Orlows Worte aus seinem Gehirn.

Struan trat an das Branntweinfäßchen, zapfte einen Schluck ab, reichte Culum den Becher und beobachtete ihn, während er trank.

»Bitte um Entschuldigung, Sir«, sagte der Steward, der zu ihnen trat. »Das befohlene Bad ist bereit, Sir.«

»Danke.« Struan wartete, bis der Steward zu seiner Geschützmannschaft getreten war, dann sagte er zu Culum: »Geh nach unten, mein Junge.«

Culum spürte, wie das Gefühl der Demütigung in ihm aufwallte. »Nein. Hier geht es mir gut.«

»Geh nach unten!« Dies war ein Befehl, aber er klang freundlich, und Culum wußte, daß ihm damit die Möglichkeit gegeben wurde, nach unten zu gehen und dennoch sein Gesicht zu wahren.

»Bitte, Vater«, rief er, den Tränen nahe. Laß mich bleiben. Es tut mir leid.«

»Es gibt nichts, was dir leid tun müßte. Ich bin tausendmal in einer ähnlichen Gefahr gewesen, darum ist dies hier für mich nichts Besonderes. Ich weiß, was ich zu erwarten habe. Geh nach unten, mein Junge. Du hast Zeit genug, zu baden und wieder an Deck zu kommen. Und am Kampf teilzunehmen, wenn es dazu kommt. Bitte, geh nach unten.«

Niedergeschlagen gehorchte Culum.

Struan wandte nun seine Aufmerksamkeit Robb zu, der mit grauem Gesicht am Schandeck lehnte. Struan überlegte einen Augenblick und trat dann zu ihm. »Würdest du mir einen Gefallen tun, Robb, und dem Jungen Gesellschaft leisten? Ihm ist ganz und gar nicht wohl in seiner Haut.«

Robb zwang sich zu einem Lächeln. »Danke, Dirk. Aber diesmal muß ich oben bleiben. Krank oder nicht. Ist es eine Invasionsflotte?«

»Nein, mein Junge. Aber mach dir keine Sorgen. Falls notwendig, können wir uns unseren Weg freischießen.«

»Ich weiß. Ich weiß.«
»Wie geht es Sarah? Es ist doch bei ihr bald soweit, nicht wahr? Entschuldige, ich hatte ganz vergessen, mich nach ihr zu erkundigen.«
»Es geht ihr so gut wie den meisten Frauen, die nur noch ein paar Wochen vor sich haben. Jedenfalls bin ich froh, wenn dieses Warten vorüber ist.«
»Das glaub' ich dir.« Struan wandte sich ab und korrigierte den Kurs ein wenig.
Robb zwang sich, nicht mehr an die Dschunken zu denken, die das ganze Meer vor ihnen zu bedecken schienen. Ich hoffe, es ist wieder ein Mädchen, dachte er, Mädchen sind so viel leichter aufzuziehen als Jungen. Ich hoffe, sie wird wie Karen. Die liebe kleine Karen!
Robb konnte es sich nicht verzeihen, daß er sie an diesem Morgen angeschrien hatte – war es überhaupt erst heute morgen gewesen, daß sie alle zusammen an Bord der *Thunder Cloud* gegessen hatten? Karen war auf einmal verschwunden gewesen, und Sarah und er hatten geglaubt, sie sei über Bord gefallen. Es hatte eine fürchterliche Aufregung gegeben, aber gerade, als man sich auf die Suche nach ihr machte, war Karen munter aus dem Laderaum herausgestiegen, in dem sie gespielt hatte. Robb hatte sich so erleichtert gefühlt, daß er sie angeschrien hatte. Karen war daraufhin davongerannt und hatte sich schluchzend in die Arme ihrer Mutter geworfen. Robb hatte seine Frau beschimpft, weil sie sich nicht genügend um Karen kümmerte, obwohl er ganz genau wußte, daß es nicht Sarahs Schuld war, aber er hatte es einfach nicht fertiggebracht, sich zu beherrschen. Einige Minuten später war alles wieder vergessen; Karen war wie alle anderen Kinder auch und lachte unbeschwert. Und er und Sarah waren wie so viele andere Eltern auch noch von Groll gegeneinander erfüllt; sie hatten nichts vergessen ...
Voraus und achtern blockierten die Flotten der Dschunken die Fluchtwege der *China Cloud*. Robb sah, wie sich sein Bruder an den Kompaß lehnte und sich mit einer glimmenden Geschützlunte gelassen einen Stumpen anzündete. Er wünschte, er könnte ebenso ruhig sein.
Ach, mein Gott, gib mir die Kraft, die nächsten fünf Monate durchzustehen, auch noch die nächsten zwölf und die Reise nach Hause, und bitte, hilf Sarah in ihrer schweren Stunde.
Er beugte sich über die Reling und mußte sich heftig erbrechen.
»Zwei Strich backbord abfallen«, befahl Struan und beobachtete dabei aufmerksam die Küste der Insel Hongkong. Er war jetzt ziemlich dicht an den Felsen, die wie Finger steuerbordseitig aufragten, und befand sich im Luv der Dschunken. Noch ein paar Minuten, und er würde wenden, sich auf die Dschunke stürzen, der er bereits den Tod bestimmt hatte, und ungeschoren die Linie durchbrechen – vorausgesetzt, daß keine Brander da waren, der Wind nicht nachließ und kein verborgenes Riff, keine unsichtbare Sandbank sein Schiff zum Krüppel machte.
Im Norden verdunkelte sich der Himmel. Der Monsun war zuverlässig, aber Struan wußte, daß der Wind in diesen Gewässern mit erschreckender Plötzlichkeit umspringen oder eine heftige Bö aufstehen konnte. Da das Schiff so viel Segel gesetzt hatte, befand er sich in einem solchen Fall in großer Gefahr: Der Wind konnte ihm die Segel wegreißen, bevor man Zeit hatte, sie

zu reffen, oder er konnte ihm die Maste brechen. Riffe und Untiefen, die hier sehr zahlreich waren, konnten den Rumpf des Schiffes aufschlitzen. Von diesen Gewässern gab es noch keine Seekarten. Aber Struan wußte auch, daß nur Geschwindigkeit sie in Sicherheit zu bringen vermochte. Und Joss.

»Gott im Himmel!« Mauss starrte durch das Fernglas. »Es ist der Lotus! Der Silberlotus!«

Struan entriß ihm das Fernglas und richtete es auf die Flagge, die an der Mastspitze der riesigen Dschunke flatterte: eine silberne Blüte auf rotem Feld. Kein Zweifel. Es war der Silberlotus, die Flagge Wu Fang Tschois, des Piratenkönigs, von dessen Sadismus man sich Furchtbares erzählte. Seine zahllosen Flotten plünderten und beherrschten die Küsten des ganzen südlichen China und trieben auf Tausende von Meilen nördlich und südlich Tribute ein. Man nahm an, daß sich sein Hauptquartier auf Formosa befand.

»Was treibt denn Wu Fang Tschoi in diesen Gewässern?« fragte Mauss. Wieder verspürte er diese seltsame Mischung von Furcht und Hoffnung in sich aufsteigen. Dein Wille geschehe, o Herr.

»Das Silber«, antwortete Struan. »Es müssen unsere Silberbarren sein, denn sonst würde Wu Fang Tschoi sich niemals bis hierher vorwagen, wo unsere Flotte so nah ist.«

Jahre hindurch hatten die Portugiesen und alle Kauffahrer Wu Fang Tschoi Tribut gezahlt, um mit ihren Schiffen ungehindert passieren zu können. Dieser Tribut war billiger als der Verlust der Schiffe, und seine Dschunken hielten die Gewässer des südlichen China frei von anderen Piraten – jedenfalls die meiste Zeit. Als aber im vergangenen Jahr das Expeditionskorps eingetroffen war, hatten die britischen Händler ihre Tributzahlungen eingestellt. Darauf hatte eine von Wu Fangs Piratenflotten begonnen, die Gewässer und die Küste um Macao unsicher zu machen und die Schiffe zu plündern. Vier Fregatten der Royal Navy hatten die meisten dieser Piratendschunken aufgestöbert und vernichtet und waren jenen gefolgt, die in die Biasbucht geflohen waren – einen Piratenhafen an der Festlandsküste vierzig Meilen nördlich von Hongkong. Dort hatten die Fregatten die Dschunken und Sampans der Piraten zerstört und zwei Piratendörfer eingeäschert. Seitdem hatte sich die Flagge Wu Fang Tschois niemals mehr in der Nähe gezeigt.

Auf dem Flaggschiff der Piraten krachte ein Geschütz, und erstaunlicherweise drehten alle Dschunken bis auf eine in den Wind, zogen die Großsegel ein und ließen nur die kurzen Achtersegel stehen, damit die Schiffe noch dem Ruder gehorchten. Dann löste sich eine kleine Dschunke aus der Flotte und nahm Kurs auf die *China Cloud*.

»Ruder in Lee!« befahl Struan, und die *China Cloud* drehte in den Wind. Die Segel flatterten unruhig, das Schiff verlor an Fahrt und blieb fast regungslos liegen. »Halt sie im Wind!« – »Jawohl, Sir!«

Struan beobachtete die kleine Dschunke durch das Fernglas. An der Mastspitze wehte eine weiße Flagge. »Himmel noch mal! Was haben die denn vor? Chinesen bedienen sich doch sonst nie einer Parlamentärflagge!« Das Schiff kam näher, und Struan war noch verblüffter, als er einen gewaltigen schwarzbärtigen Europäer erblickte, der schweres Seemannszeug trug, ein

Entermesser am Gürtel hängen hatte und die Dschunke steuerte. Neben dem Mann stand ein junger Chinese, reich gekleidet, in einem Gewand aus grünem Brokat, Hosen aus dem gleichen Stoff und weichen schwarzen Stiefeln. Struan sah, wie der Europäer sein langes Fernrohr auf die *China Cloud* richtete. Nach einem Augenblick setzte der Mann das Fernrohr ab, lachte heftig auf und winkte.

Struan reichte Mauss das Fernglas. »Was halten Sie von dem Mann?« Er beugte sich zu Kapitän Orlow vor, der ein Fernrohr auf die Dschunke gerichtet hatte. »Käpt'n?«

»Ein Pirat, soviel steht fest.« Orlow reichte Robb sein Fernrohr. »Damit bestätigt sich noch ein Gerücht, daß nämlich Wu Fang Tschoi Europäer in seiner Flotte hat.«

»Aber warum haben sie alle die Segel eingeholt, Dirk?« rief Robb verwundert.

»Das wird uns der Abgesandte sagen.« Struan trat bis an den Rand des Achterdecks. »Mister!« rief er Cudahy zu. »Halten Sie sich bereit, ihm einen Schuß vor den Bug zu geben!«

»Jawohl, Sir!« Cudahy sprang zum ersten Geschütz und richtete es.

»Käpt'n! Lassen Sie das Langboot fertigmachen. Sie werden das Boot übernehmen. Wenn wir das Schiff nicht vorher versenken.«

»Warum schickst du ein Boot aus, Dirk?« fragte Robb und trat zu Struan.

»Ich lasse keine Piratendschunke näher als fünfzig Yards heran. Es könnte sich um einen Brander handeln, oder sie ist vielleicht mit Pulver vollgestopft. In solchen Zeiten ist es besser, auf jede Teufelei vorbereitet zu sein.«

Etwas verlegen tauchte in diesem Augenblick im Niedergang Culum auf. Er trug jetzt Seemannskleidung – ein dickes wollenes Hemd, wollene Jacke, eine Hose mit weiten Beinen und geflochtene Schuhe.

»Hallo, mein Junge«, rief Struan. – »Was geht denn hier vor?«

Struan berichtete ihm und fügte hinzu: »Diese Kluft steht dir. Du siehst weit besser darin aus.«

»Es geht mir auch viel besser«, antwortete Culum, aber er fühlte sich in dieser Kleidung keineswegs wohl; sie war ihm fremd.

Als die Piratendschunke hundert Yards entfernt war, gab die *China Cloud* einen Schuß vor ihren Bug ab, und Struan griff nach einem Sprachrohr. »Beidrehen!« brüllte er. »Oder ich schicke euch auf den Grund!«

Gehorsam drehte die Dschunke in den Wind, holte die Segel ein und trieb nun in der kräftigen Strömung.

»*China Cloud*, ahoi! Bitte um die Erlaubnis, an Bord zu kommen!« brüllte der schwarzbärtige Mann zurück.

»Warum, und wer sind Sie?«

»Käpt'n Scragger, ehemals aus der Stadt London«, rief der Mann zurück und lachte schallend. »Ein Wort unter vier Augen, Mylord Struan, sozusagen privat!«

»Kommen Sie allein an Bord. Unbewaffnet!«

»Parlamentärflagge, Kamerad?«

»Jawohl!« Struan trat an die Reling des Achterdecks. »Behalten Sie die Dschunke im Ziel, Mr. Cudahy!«

»Ist genau im Ziel, Sir!«
Ein kleines Beiboot wurde von der Dschunke aus zu Wasser gelassen, Scragger stieg behende hinein und begann in Richtung auf die *China Cloud* zu rudern. Als er sich näherte, stimmte er mit fröhlicher Stimme ein Lied an. Es war ein Seemannslied: »Schieß den Mann nieder.«
»Verrückter Hund«, sagte Struan, dem der Mann trotz allem Spaß machte.
»Scragger ist ein ungewöhnlicher Name«, meinte Robb. »Hat nicht Großtante Ethel einen Scragger aus London geheiratet?«
»Richtig, daran habe ich auch schon gedacht.« Struan lächelte. »Vielleicht haben wir da einen Verwandten, der unter die Piraten gegangen ist.« – »Sind wir nicht alle Piraten?«
Struans Lächeln verstärkte sich. »Noble House wird in deinen Händen sicher sein, Robb. Du bist ein weiser Mann – weiser, als du selber wahrhaben möchtest.« Er blickte wieder zum Beiboot hinüber. »Völlig verrückt!«
Scragger schien ein Mann in den Dreißigern zu sein. Sein langes ungekämmtes Haar und sein Bart waren pechschwarz, die Augen hellblau und klein, seine Hände mächtige Pranken. Er trug goldene Ringe in den Ohren, die linke Gesichtshälfte war durch eine gezackte Narbe entstellt.
Er belegte sein Beiboot und kletterte die Strickleiter mit der Geschicklichkeit, wie sie lange Übung gibt, hinauf. Als er an Bord sprang, grüßte er mit gespielter Unterwürfigkeit und verbeugte sich tief zum Achterdeck hin. »Guten Morgen, Euer Gnaden!« Dann wandte er sich zu den Seeleuten, die ihn anstarrten: »Guten Morgen, Kameraden! Mein Herr und Gebieter, Wu Fang Tschoi, wünscht euch eine glückliche Heimreise!« Er grinste und ließ dabei abgebrochene Zähne sehen; dann kam er aufs Achterdeck und blieb vor Struan stehen. Er war kleiner als Struan, aber stämmiger. »Gehen wir nach unten!«
»Mr. Cudahy, durchsuchen Sie ihn!«
»Ich habe die Parlamentärflagge gesetzt und bin nicht bewaffnet, das ist die volle Wahrheit. Ich schwöre es, so wahr mir Gott helfe!« rief Scragger mit dem Ausdruck tiefster Unschuld.
»Sie werden trotzdem durchsucht.«
Scragger ließ die Durchsuchung über sich ergehen. »Jetzt zufrieden, Tai-Pan?«
»Für den Augenblick, ja.«
»Dann gehen wir nach unten. Allein. Wie ich es erbeten habe.«
Struan überprüfte die Zündladung seiner Pistole und ließ Scragger den Niedergang betreten. »Ihr anderen bleibt an Deck.«
Zu Struans Verwunderung suchte sich Scragger seinen Weg durch das Schiff mit der Vertrautheit eines Mannes, der schon früher einmal an Bord gewesen war. In die Kajüte gelangt, warf er sich in einen der bequemen Sessel und streckte zufrieden seine Beine aus. »Ich würde meine Kehle gern anfeuchten, bevor ich anfange, wenn Sie nichts dagegen haben. Rudern ist eine Arbeit, die Durst macht.«
»Rum?«
»Branntwein. Ach, Branntwein! Und wenn Sie ein Fäßchen übrig hätten, dann will ich Ihnen gern auch mal gefällig sein.«

»Wobei denn?«
»Beim Geduld haben.« Scraggers Augen waren hart wie Stahl. »Sie sind genauso, wie ich Sie mir vorgestellt habe.«
»Sie sagten vorhin, Sie stammten aus London?«
»Ja, stimmt. Aber es ist lange her. Ach, danke«, sagte Scragger und nahm den Becher mit duftendem Branntwein entgegen. Genießerisch roch er an ihm, stürzte ihn hinunter, seufzte auf und wischte sich seinen fettigen Bart ab. »Ach, Branntwein, Branntwein! Das einzige, was mir an meiner gegenwärtigen Stellung nicht gefällt, ist der Mangel an Branntwein. Tut meiner Seele gut.«
Struan füllte erneut seinen Becher.
»Danke, Tai-Pan.«
Struan spielte mit seiner Pistole. »Aus welchem Teil Londons sind Sie?«
»Shoreditch, Kamerad. Dort bin ich aufgewachsen.«
»Wie heißen Sie mit Vornamen?«
»Dick. Wieso?«
Struan zuckte die Achseln. »Kommen wir zur Sache«, sagte er. Er dachte, daß er sich mit der nächsten Post erkundigen wollte, ob Dick Scragger der Name eines Nachkommens seiner Großtante sei.
»Soll geschehen, Tai-Pan, soll geschehen. Wu Fang Tschoi möchte mit Ihnen reden. Allein und jetzt.«
»Worüber?«
»Habe ich ihn nicht gefragt, und er hat es mir auch nicht gesagt. ›Holen Sie mir den Tai-Pan‹, hat er gesagt. Also bin ich hier.« Er leerte seinen Becher und fragte mit einem breiten Schmunzeln: »Sie haben Barrensilber an Bord, wie man sich erzählt. Nicht wahr?«
»Sagen Sie ihm, ich werde ihn hier empfangen. Er darf allein und unbewaffnet an Bord kommen.«
Scragger brüllte vor Lachen und kratzte sich ohne Hemmungen, wo es ihn biß. Er hatte unzählige Läuse. »Daß er so was nicht macht, können Sie sich wohl denken, Tai-Pan. Sie würden ja auch nicht allein und ohne Schutz sein Schiff betreten. Haben Sie den Jungen an Bord meiner Dschunke gesehen?«
»Ja.«
»Es ist sein jüngster Sohn. Sie behalten ihn als Geisel. Sie werden an Bord gehen, bewaffnet, wenn Sie wollen, und der Junge bleibt hier.«
»Und dann stellt sich heraus, daß er nichts weiter ist als der verkleidete Sohn eines Kulis, und ich selber muß den Kopf hinhalten!«
»Aber nein«, rief Scragger verletzt. »Ich schwöre es Ihnen, bei Gott, und er auch. Wir sind doch kein Piratengesindel. Unsere Flotte besteht aus dreihundert Schiffen, und das wissen Sie ja, daß wir die ganze Küste hier beherrschen. Ich schwöre es Ihnen, bei Gott, und er auch.«
Struan bemerkte die weißen Narben an Scraggers Handgelenken und wußte, daß er die gleichen Narben auch an seinen Knöcheln hatte. »Warum sind Sie als Engländer bei ihm im Dienst?«
»Ja, warum, Kamerad? Warum eigentlich?« antwortete Scragger und erhob sich. »Darf ich mir noch etwas von dem Branntwein einschenken? Herzlichen Dank.« Er nahm die Flasche mit an den Tisch zurück und ließ sich

wieder nieder. »Sind mehr als fünfzig Mann von uns Engländern in seiner Flotte. Und rund fünfzehn andere, die meisten von ihnen Amerikaner, und ein Franzmann. Kapitäne, Geschützgießer, Artilleristen und Seeleute. Ich war von Beruf Bootsmannsmaat«, fuhr er redselig und vom Branntwein angeregt fort. »Vor zehn oder mehr Jahren bin ich als Schiffbrüchiger auf einer der Inseln im Norden gelandet. Die dreckigen, kleinen heidnischen Schweinehunde haben mich als Sklaven eingefangen. Japaner waren es. Die haben mich dann an andere heidnische Hunde verkauft, aber ich bin ausgerissen und zu Wu Fang gekommen. Er bot mir eine Koje an, als er erfuhr, ich sei Bootsmannsmaat und verstünde mich auf die meisten Dinge, die es so an Bord gibt.« Er leerte seinen Becher, rülpste und goß sich erneut ein. »Gehen wir jetzt oder gehen wir nicht?«

»Warum bleiben Sie jetzt nicht bei mir an Bord? Ich kann mir ohne Mühe einen Weg durch Wu Fangs Flotte freischießen.«

»Danke, Kamerad, aber es gefällt mir, wo ich bin.«

»Wie lange waren Sie Sträfling?«

Scraggers Becher blieb auf dem Weg zum Mund stehen, und sein Gesicht bekam einen verschlossenen Ausdruck. »Ziemlich lange, Kamerad.« Er blickte auf die Narben an seinen Handgelenken. »Das Zeichen der Ketten, was? Das sind Erkennungszeichen, die werde ich noch nach zwölf Jahren mit mir herumschleppen.«

»Von wo sind Sie ausgerissen? Von Botany Bay?«

»Genau. Es war in der Botany Bay«, antwortete Scragger, jetzt wieder freundlich und aufgeschlossen. »Fünfzehn Jahre Deportation habe ich aufgebrummt bekommen als ganz junger Kerl, zumindest war ich jünger als jetzt. Ungefähr fünfundzwanzig. Wie alt sind Sie?«

»Ziemlich alt.«

»Ich habe es selber nie ganz sicher gewußt. Vielleicht fünfunddreißig oder fünfundvierzig. Fünfzehn Jahre, weil ich einen beschissenen Offizier auf einer beschissenen Fregatte geschlagen habe.«

»Sie können von Glück sagen, daß Sie nicht aufgehängt wurden.«

»Ja, das kann ich wohl.« Scragger rülpste noch einmal zufrieden. »Es macht mir Spaß, mit Ihnen zu reden, Tai-Pan. Ist mal 'ne Abwechslung, nach meinen Kameraden. Jawohl, wurde aus Blighty wegtransportiert. Neun Monate zur See mit vierhundert anderen armen Teufeln angekettet und ungefähr die gleiche Zahl Weiber. Unter Deck waren wir angekettet. Neun Monate oder mehr. Wasser und Schiffszwieback und niemals Fleisch. Das ist keine Art, einen Menschen zu behandeln, nein, ganz und gar nicht. Hundert von uns haben es überstanden und den Hafen erreicht. Im Hafen von Sydney haben wir gemeutert und unsere Ketten zerbrochen. All die Dreckskerle von Seeleuten umgebracht. Dann für ein Jahr in den Busch, und dann habe ich ein Schiff gefunden. Einen Kauffahrer.« Scragger lachte bösartig in sich hinein. »Zumindest haben wir uns von Kauffahrern ernährt.« Er blickte in die Tiefe seines Bechers, und sein Lächeln verschwand. »Tja, Galgenvögel, das sind wir alle. Hol der Teufel all diese Arschlöcher, all diese Polizeischnüffler«, knurrte er. Einen Augenblick lang verfiel er in Schweigen, in Erinnerungen verloren. »Aber dann war ich schiffbrüchig, und alles übrige.«

Struan zündete sich einen Stumpen an. »Warum dienen Sie einem so tollwütigen Piratenhund wie Wu Fang?«
»Will ich Ihnen sagen, Kamerad. Ich bin frei wie der Wind. Ich habe drei Weiber und soviel zu fressen, wie ich nur will, und Sold und bin Kapitän eines Schiffes. Er behandelt mich besser als meine gottverdammte Verwandtschaft. Gottverdammte Verwandtschaft! Jawohl. Für die wäre ich nur reif für den Galgen. Aber für Wu Fang bin ich es nicht, und wo sonst und wie sonst könnte einer wie ich Weiber haben und zu fressen und genug Beute und keine Polizei und keinen Galgen, was? Selbstverständlich bleibe ich bei ihm – oder bei jedem, der mir das bietet.« Er erhob sich. »Kommen Sie nun mit, wie er gebeten hat, oder müssen wir Sie entern?«
»Entern Sie, Kapitän Scragger. Aber erst trinken Sie Ihren Branntwein zu Ende. Es wird das letzte sein, was Sie auf dieser Erde zu schmecken bekommen.«
»Wir haben mehr als hundert Schiffe gegen Sie.«
»Sie müssen mich wohl für einen großen Narren halten. Wu Fang würde sich niemals persönlich in diese Gewässer wagen. Jedenfalls nicht, wenn unsere Kriegsschiffe gerade auf der anderen Seite von Hongkong liegen. Wu Fang befindet sich gar nicht bei Ihrer Flotte.«
»Sind wirklich mächtig schlau, Tai-Pan«, rief Scragger und lachte in sich hinein. »Man hat mich schon gewarnt. Jawohl. Wu Fang ist nicht bei uns, aber sein Admiral. Wu Kwok, sein ältester Sohn. Und der Junge ist auch sein Sohn. Das ist die Wahrheit.«
»Die Wahrheit trägt viele Gesichter, Scragger«, erwiderte Struan. »Und nun machen Sie, daß Sie, zum Teufel noch mal, von meinem Schiff herunterkommen. Die Parlamentärflagge gilt nur für Ihr Schiff. Ich werde Ihnen zeigen, was ich von Ihrer gottverdammten Piratenflotte halte.«
»Das werden Sie, Tai-Pan, falls Sie Gelegenheit dazu erhalten. Ach ja, das hatte ich ganz vergessen«, sagte er und holte einen kleinen Lederbeutel hervor, den er um den Hals trug. Er nahm ein zusammengefaltetes Stück Papier heraus und schob es Struan über den Tisch hinweg hin. »Das sollte ich Ihnen noch geben«, erklärte er spöttisch.
Struan entfaltete das Papier. Es trug Jin-kwas Stempel. Und es enthielt die eine der halben Münzen.

10

Struan stand gelassen im Bug seines Langbootes, die Hände tief in den Taschen der dicken Seejacke, die Schlinge eines Kampfeisens um das eine Handgelenk und Pistolen im Gürtel. Seine schwerbewaffneten Leute ruderten angespannt. Mitten im Boot saß Scragger und sang selig vom Alkohol ein Seemannslied. Hundert Yards vor ihnen lag das Flaggschiff der Piraten. Nach der Verabredung mit Scragger hatte sich – auf Struans Verlangen hin – das Flaggschiff aus dem Schutz der Dschunkenflotte gelöst und sich dem Ufer genähert, nur ein paar hundert Yards leewärts der *China Cloud*. Dort lag das Flaggschiff, das nur das kleine Achtersegel gesetzt hatte, um manövrierfähig zu bleiben, im Bereich der Geschütze der *China Cloud* und ihr auf Gedeih und Verderb ausgeliefert. Aber der Rest der Dschunkenflotte befand sich noch immer in Blockadepositionen und hatte die beiden Schiffe umringt.

Struan wußte sehr wohl, wie gefährlich es war, das Piratenschiff allein zu betreten, aber die Münzenhälfte ließ ihm keine Wahl. Er hätte Mauss gern mitgenommen – er brauchte einen Dolmetscher, und Mauss war in einem Kampf ein verteufelter Kerl. Scragger jedoch hatte dies mit den Worten abgelehnt: »Allein, Tai-Pan. Sind Leute dort an Bord, die die Heidensprache und auch Englisch reden. Allein. Bewaffnet, wenn Sie wollen, aber allein. Das ist die Bedingung.«

Bevor Struan von Bord der *China Cloud* ging, hatte er vor Scragger seine letzten Befehle gegeben.

»Wenn das Flaggschiff Segel setzt, schießt es in Grund und Boden. Wenn ich in einer Stunde dort nicht von Bord gehe, schießt es in Grund und Boden.«

»Aber, Tai-Pan«, hatte Scragger unangenehm berührt und mit erzwungenem Lachen erwidert, »das ist doch nicht die richtige Art, die Sache anzusehen. Ist doch gewissermaßen 'ne Einladung. Parlamentärflagge, Kamerad.«

»Schießt es in Grund und Boden, aber zuerst hängt ihr den Jungen an der Nock auf.«

»Keine Sorge«, antwortete Orlow verbissen. »Der Junge wird aufgehängt und, bei Christi Blut!, ich werde diese Gewässer nicht verlassen, solange auch nur eine Dschunke noch auf dem Meer schwimmt.«

»Riemen streichen!« befahl Struan, als der Kutter längsseits der Dschunke ging. Rund hundert chinesische Piraten drängten sich an der Reling. Sie redeten aufgeregt miteinander, und einige begrüßten das Boot mit spöttischen Worten. Struan bemerkte die Geschützpforten. Zwanzig auf jeder Seite. Vierzig Geschütze.

Er stieg das Fallreep hinauf. An Deck angelangt, sah er, daß sich die Kanonen in gutem Zustand befanden; die Pulverfässer standen allerdings unordentlich herum, aber Stinktöpfe und Brandbomben waren zahlreich vorhanden; außerdem war die Besatzung des Piratenschiffs schwer bewaffnet. Es war überall schmutzig, doch gab es keine Anzeichen von Skorbut oder anderen Krankheiten. An den Segeln war nichts auszusetzen, die Takelage war stramm. Schwierig – wenn nicht unmöglich –, ein solches Schiff in einem Kampf Mann gegen Mann zu entern. Aber von der *China Cloud* – mit einigem Joss – ohne Schwierigkeit zu versenken.

Er folgte Scragger nach unten in die Hauptkajüte unter dem Achterdeck, wobei er sich unbewußt die Gänge und Winkel für den Fall eines plötzlichen Rückzugs einprägte.

Sie gelangten in einen schmutzigen Vorraum, der vollgestopft war mit Männern. Scragger drängte sich zwischen ihnen hindurch bis zu einer Tür am anderen Ende, die von einem wild aussehenden Chinesen bewacht wurde. Er deutete auf Struans Waffen und fuhr Scragger hart an. Dieser aber brüllte auf kantonesisch zurück, stieß den Posten mit einer Hand beiseite und öffnete die Tür.

Die Kajüte war riesig. Auf einem erhöhten Platz, auf dem schmutzige Kissen umherlagen, stand ein niedriger, scharlachrot lackierter Tisch. Dieser Raum stank ebenso wie das ganze Schiff nach Schweiß, verfaultem Fisch und Blut. Hinter dem erhöhten Platz befand sich eine reichgeschnitzte Gitterwand vom Deck bis zum Schott. An der anderen Seite, wo der Kriegsherr schlief, war ein Vorhang vorgezogen. Unmöglich, von dieser Seite hineinzublicken, dachte Struan, aber einfach, hindurchzuschießen oder mit einem Säbel durchzustoßen. Er bemerkte auch die vier verschlossenen Fensterluken und die sechs Öllaternen, die von den Deckbalken herabhingen. In der Gitterwand öffnete sich eine Tür.

Wu Kwok, ein Mann in mittleren Jahren, war klein und untersetzt. Das runde Gesicht hatte grausame Züge, der Zopf war lang und fettig. Das kostbare Gewand aus grüner Seide, das ein Gürtel über dem Wanst zusammenhielt, wies Fettflecken auf. Er trug Seestiefel aus feinem Leder und an den Handgelenken zahlreiche Armreifen aus Jade.

Eine Weile musterte er Struan, machte ihm dann ein Zeichen, den erhöhten Platz zu betreten, und ließ sich auf der anderen Seite des Tisches nieder. Struan setzte sich ihm gegenüber. Scragger lehnte sich an die geschlossene Tür und kratzte sich gewohnheitsmäßig, ein spöttisches Lächeln auf dem Gesicht.

Struan und Wu Kwok sahen einander fest und regungslos an. Schließlich hob Wu Kwok leicht die Hand. Ein Diener brachte Eßstäbchen, Tee, Mondkuchen – kleine, wohlschmeckende, mit Mandelmasse gefüllte Kuchen aus Reismehl – und eine Schüssel mit *dim sum.*

Dim sum waren kleine, leichte Pasteten aus Reismehl, gefüllt mit Krabbenfleisch, gebratenem Schwein, Huhn, Gemüsen oder Fisch. Ein Teil war gedünstet, ein anderer im Fett schwimmend gebacken.

Der Diener goß den Tee ein.

Wu Kwok hob seine Tasse und machte Struan ein Zeichen, ein Gleiches zu tun. Schweigend tranken sie, ohne einander aus den Augen zu lassen. Dann griff der Pirat zu seinen Eßstäbchen und suchte ein *dim sum* aus. Er legte es auf Struans kleinen Teller und forderte ihn zum Essen auf. Struan wußte, daß Wu Kwok erwartete, er würde, obwohl auch er Eßstäbchen erhalten hatte, mit den Händen essen – ganz wie ein Barbar. Und damit würde er an Gesicht verlieren.

Du schmutziger Dreckskerl, dachte er und dankte seinem Joss für May-may. Geschickt nahm er die Eßstäbchen in die Hände und steckte sich das *dim sum* in den Mund. Dann legte er die Eßstäbchen auf ihre Porzellanunterlage zurück und aß mit Genuß. Mit tiefer Genugtuung verspürte er das Erstaunen des Piraten darüber, daß ein Barbar wie ein zivilisierter Mensch zu essen verstand.

Wieder griff Struan zu seinen Eßstäbchen und suchte sich mit Kennerblick ein neues *dim sum*: das kleinste und zarteste, das am schwersten zu halten war. Es war eins von den gedünsteten, mit Krabbenfleisch gefüllten Pastetchen, dessen Teig so dünn war, daß er fast durchsichtig wirkte. Rasch und mühelos hob er es heraus und flehte inbrünstig darum, daß es ihm gelänge, es nicht fallen zu lassen. Dann streckte er den Arm aus und bot es Wu Kwok an.

Wu Kwoks Eßstäbchen näherten sich, er nahm das *dim sum* ab und legte es auf seinen kleinen Teller. Unterwegs aber fiel ein kleines Stückchen Krabbenfleisch auf den Tisch. Obwohl Wu Kwok seine Gelassenheit behielt, wußte Struan doch, daß er innerlich tobte, denn er hatte an Gesicht verloren.

Struan versetzte ihm den Gnadenstoß. Er beugte sich vor, nahm das Stückchen Krabbenfleisch, legte es auf seinen Teller und suchte noch ein kleines *dim sum* heraus. Wieder bot er es an, und Wu Kwok nahm es entgegen. Diesmal ließ er nichts fallen.

Er bot auch Struan wieder ein Stück an. Struan nahm es ihm mühelos auf halbem Weg ab und aß es mit Genuß, lehnte jedoch das nächste, das ihm angeboten wurde, ab. Es war bei den Chinesen ein Zeichen höchsten Anstandes, dem Gastgeber gegenüber so zu tun, als sei das Essen so gut gewesen, daß man nichts mehr zu sich nehmen konnte. Gastgeber wie Gast wußten natürlich, daß sie mit größtem Appetit hätten weiteressen können.

»Nehm' Sie nur mehr von dem Futter, Kamerad! Haben noch 'nen Haufen davon«, erklärte Wu Kwok plötzlich und redete ihm zu, wie dies von einem Gastgeber erwartet wurde.

Als Struan diesen groben Cockneyakzent ausgerechnet aus Wu Kwoks Mund vernahm, dämpfte das ein wenig seine Freude darüber, daß er noch etwas an Gesicht gewonnen hatte, indem er Wu Kwok dazu gebracht hatte, als erster zu reden.

»Danke. Ich freue mich, daß Sie englisch reden. Dadurch wird manches erleichtert«, antwortete Struan. »Erheblich erleichtert.«

»Ja, das bestimmt.« Wu Kwok war sehr stolz darauf, die Barbarensprache zu beherrschen.

»Wo haben Sie Ihr Englisch gelernt?« Struan beugte sich nieder und kratzte sich am Knöchel. Der Boden und die Kissen wimmelten von Flöhen.

»Wo hat denn einer von Ihrer Sorte gelernt, wie ein Chinamann zu essen, he?«

Struan holte sich noch eine Pastete. »Ich habe schon wiederholt versucht, Kantonesisch zu lernen. Aber ich bin kein guter Schüler, und meine Zunge bringt die Laute nicht richtig hervor.« Er aß die Pastete mit geschickten Bewegungen und trank etwas Tee. »Der Tee ist ausgezeichnet. Aus Sutschou?«

Wu Kwok schüttelte den Kopf: »Aus Lin Tin. Mögen Sie Tee aus Sutschou?«

»Der aus Lin Tin ist besser.«

»Ich habe mein Englisch im Laufe der Jahre von Scragger und anderen gelernt.« Er aß eine Weile und drängte Struan dann noch mehr von dem köstlichen Gericht auf. »Langen Sie nur zu, Kamerad. Sind schon ein seltsamer Vogel. Freut mich mächtig, einen Mann von Ihrer Sorte kennenzulernen. Geht nicht ganz mit rechten Dingen zu, hol's der Teufel. Sie würden so manchen Tag zum Sterben brauchen, so manchen Tag.«

Struans Augen wurden noch grüner und funkelnder. »Sie würden sehr rasch sterben. Meine Methoden sind anders als die Ihren. In diesem Augenblick noch am Leben, im nächsten tot.« Er schnipste mit den Fingern. »Das ist das Beste – ob Freund oder Feind. Oder auch das Beste für einen tollen Hund!«

»Warum reden Sie so seltsam?« fragte Wu Kwok nach einer gefährlichen Stille.
»Bitte?«
»Sie reden nich' so wie ich. Sind schwer zu verstehen. Klingt irgendwie anders.«
»Es gibt im Englischen viele verschiedene Dialekte«, antwortete Struan ruhig, um Wu Kwok die Gelegenheit zu geben, wieder ein bißchen an Gesicht zu gewinnen.
»Hab's doch schon gesagt, Wu Kwok, is' ein feiner Herr«, erklärte Scragger.
»Feine Herren reden anders. Gehen zur Schule, wie ich Ihnen schon sagte.«
»Sagt dieser Galgenvogel Scragger die Wahrheit, Kamerad? Is' mein Englisch nich' in Ordnung?«
»Wer spricht das bessere Kantonesisch – ein Bauer oder ein Lehrer? Die Sprache des Bauern ist richtig für die Felder und die des Lehrers richtig für die Schule.«
Wu Kwok lehnte sich in die Kissen zurück und trank von seinem Tee. Dann brach er das Schweigen. »Wir haben gehört, daß Sie Barrensilber an Bord haben. Vierzig Lac.«
»Wo haben Sie das Ding her?« Struan öffnete seine Hand und legte die halbe Münze auf den Tisch.
»Eine halbe Münze, eine Gefälligkeit, stimmt's, Kamerad?«
»Jawohl«, antwortete Struan voller Zorn gegen sich selber, daß er Jin-kwa so in die Falle gegangen war. »Woher haben Sie die?«
»Von meinem Vater.«
»Und er? Woher hat er sie?«
»Wie, glauben denn Sie, hat dieser alte Bandit Jin-kwa seine dreckigen Pfoten auf vierzig Lac Silber legen können, Kamerad? Was? Natürlich kann er sie nur von seinen alten Bordkameraden haben. Sie haben zehn Lac von meinem Vater an Bord.«
Wu Kwoks Bauch wurde von Gelächter erschüttert. »Gieß Seiner Gnaden was zu trinken ein, Scragger. Er wird's brauchen.«
»Sind denn Wu Fang Tschoi und Jin-kwa Bordkameraden?« fragte Struan erregt.
»In gewisser Weise wohl, Kamerad. Wir schützen seinen Handel auf See vor beschissenen Piraten. Wir sind die Wächter des Meeres. Is' doch nichts weiter als recht und billig, für solche Dienste zu zahlen, was? Ein kluger Mann legt sein Geld so an, daß er 'nen Gewinn rausschlägt, nich'? So legen wir gelegentlich auch Geld bei ihm an. Tee, Seide, Opium. Kredite.« Wu Kwok drückte sich die Hände auf den Bauch, und vor Lachen liefen ihm die Tränen aus den geschlitzten Augen. »So sind wir jetzt sozusagen Partner, wir und Noble House. Gibt's 'ne bessere Geldanlage, he, Kamerad?«
»Und worin soll die ›Gefälligkeit‹ bestehen, Wu Kwok?«
»Wir trinken erst mal auf das Silber und Ihren Joss, Tai-Pan.«
»Er hat gesagt, der Junge wird aufgehängt, wenn er nich' innerhalb 'ner Stunde wieder an Bord ist«, warf Scragger ein, während er drei Becher mit Rum füllte. »Und wenn Sie Segel setzen, soll'n seine Leute uns in Grund und Boden schießen und den Jungen aufhängen.«

»Wie lang is' 'ne Stunde, Käpt'n?«
»Ziemlich lang.«
Wu Kwok aß eine Weile schweigend. »Würden Sie den Jungen aufhängen?«
»Sie etwa nicht?« Struan holte seine Uhr aus der Tasche und legte sie auf den Tisch. »Die Hälfte der Zeit ist verstrichen.«
Wu Kwok nahm einen Becher von Scragger entgegen und trank langsam. Struan fühlte, wie ihm vor Erregung ein Schauer über den Nacken lief. Er hörte das gedämpfte Geschwätz der Chinesen, die ächzende Takelage und das knarrende Holz.
Auf dem Deck über ihnen war das leise Prasseln von Regen zu hören. Wu Kwok nahm einen Zahnstocher und säuberte sich die Zähne, wobei er den Mund höflich mit einer Hand bedeckte. Der Regen verstärkte sich.
»Die Vergünstigung für Wu Fang Tschoi«, begann Wu Kwok. »Ihre Flotte besteht aus zwanzig Klippern, stimmt's?«
»Neunzehn.«
»Neunzehn. Auf jeden setzen wir einen unserer Leute. Sie bilden sie als Kapitäne aus. Als Seeoffiziere. Neunzehn Mann. Sie bilden sie richtig aus. Wie immer Sie wollen, um richtige Kapitäne aus ihnen zu machen. Sie können sie auspeitschen, Sie können sie kielholen – wenn sie nicht gehorchen, ganz wie Sie wollen, aber Sie soll'n sie nich' töten. Fünf Jahre lang sind sie bei Ihnen, dann kommen sie nach Hause. Als nächstes: heute in einem Jahr wünschen wir einen Klipper wie die *China Cloud*. Wir zahlen in Silber, was es kostet. Sie geben uns die Rechnungen und dergleichen, und wir zahlen in Silber. Bestückt und getakelt wie die *China Cloud*. Zehn von unseren Leuten gehen nach Blighty, um zuzusehen, wie er gebaut wird, und kommen mit dem Schiff nach Hause. Wo und wie wir das Schiff übernehmen, das kommt später dran – stimmt's, Scragger?«
»Ja.«
»Und zum Schluß: wir geben Ihnen einen Jungen – drei Jungen – zum Ausbilden. Drei Jungen, die wie Herren ausgebildet werden sollen. Beste Schule in London«, erklärte Wu Kwok. »Was immer es kostet.«
»Beste Kleidung und Kutschen und Unterbringung und Essen«, fügte Scragger hinzu, »alles bestens. Sollen erzogen werden wie diese verdammten Herrensöhnchen. Fein behandelt. Universitäten in Oxford oder Cambridge. Jawohl. Die Universität durchmachen und dann nach Hause.«
»Das ist nicht *eine* Gefälligkeit«, erwiderte Struan. »Das sind viele.«
»Viele – wenige – sind eine Gefälligkeit«, entgegnete Wu Kwok boshaft. »Aber, bei Gott, das is' die Forderung. Vielleicht nehme ich die zehn Lac zurück und die anderen dreißig auch gleich mit dazu. Dann Schiff kaufen. Wenn Geld, dann alles kaufen, stimmt's, Kamerad? Ja, ich nehme vielleicht die Lac Silber und mache Geschäft mit Teufel Ein-Auge. Wie heißt er doch?«
»Brock«, warf Scragger ein.
»Richtig, Brock. Mache Geschäft mit Brock oder anderen. Geschäft is' Geschäft. Nur Männer ausbilden. Ein Schiff. Nich' zuviel verlangt. Recht 'n billig. Sie sagen ja oder nein.«

»Ich mache ein neues Abkommen mit Ihnen. Nehmen Sie die halbe Münze zurück und versuchen Sie doch, mit mir oder ohne mich an Bord der *China Cloud*, sich das ganze Silber zu holen. Gott verdammt!«
»Sind an die zweihundert Schiffe über 'n ganzen Horizont. Ich verliere hundert, zweihundert Schiffe, macht nichts. Ich hole mir die Lac, Tai-Pan. Ich hole mir die Lac Silber!«
Struan nahm die halbe Münze und erhob sich. »Einverstanden?«
»Nicht einverstanden. Gefälligkeit – Sie einverstanden mit Gefälligkeit? Hat der Tai-Pan von Noble House kein Gesicht, heja? Ja, nein?«
»In einem Monat bringen Sie mir hundert Mann, von denen keiner von den Mandarinen eines Verbrechens wegen gesucht wird. Sie müssen alle lesen und schreiben können. Von denen suche ich neunzehn aus, die das Zeug zum Kapitän haben. Und zehn Mann, die den Schiffbau beobachten sollen. Und dann bringen Sie auch gleich die drei Jungen mit.«
»Zu gefährlich, Kamerad«, sagte Wu Kwok, »so viele auf einmal. Stimmt's, Scragger?«
»Nicht, wenn wir sie, sagen wir, nach Aberdeen bringen. Sie auszusuchen, ist nicht mehr als recht und billig. Kann nichts schaden. Was? Heimlich?«
Wu Kwok dachte eine Weile nach. »Einverstanden. In einem Monat. Aberdeen.«
»Den Klipper übergebe ich nur Ihnen persönlich – oder Wu Fang Tschoi«, sagte Struan. »Keinem anderen.«
»Jedem, den ich schicke.«
»Nein.«
»Oder mir, Kamerad?« schlug Scragger vor.
»Nein. Wu Kwok oder Wu Fang Tschoi. Auf hoher See.«
»Warum?« fragte Wu Kwok. »He, warum? Was für 'ne beschissene Teufelei geht in Ihrem Kopf vor, Kamerad?«
»Es soll doch Ihr Schiff sein. Eine solche Schönheit übergebe ich nicht jedem Beliebigen. Wo bliebe da Ihr Gesicht?«
»Einverstanden«, antwortete Wu Kwok schließlich. »Kein Verrat, oder Sie werden dafür zahlen.«
Struan erhob sich verächtlich und ging zur Tür, aber Scragger vertrat ihm den Weg. »Ihr heiliger Eid, Tai-Pan?«
»Den habe ich bereits Jin-kwa abgelegt, Scragger. Sie kennen doch, bei Gott, den Wert meines Eides!«
Scragger nickte Wu Kwok zu und trat zur Seite. »Danke, Tai-Pan.«
»Da Sie so nett und freundlich zugestimmt haben, Tai-Pan«, sagte Wu Kwok, »schickt mein Vater Ihnen ein Geschenk und eine Nachricht.« Er machte Scragger mit der Hand ein Zeichen, und dieser öffnete eine Seekiste, holte aus ihr ein Bündel heraus und reichte es Struan.
Das Bündel enthielt eine Flagge – den mit dem Drachen verschlungenen Löwen. Dazu das Logbuch eines Schiffes: das Logbuch der überfälligen *Scarlet Cloud*.
Struan öffnete das Buch und schlug die letzte Seite auf: »16. November. Mittag. N 11° 23′ 11″ O 114° 9′ 8″. Sturm hält an, Orkanstärke. Um drei Glasen der Mittelwache in der vergangenen Nacht wurden die Sturmsegel weg-

gerissen, und die Maste sind gebrochen. Unser Schiff wurde hilflos hier auf Tizard Riff geworfen, wo es dank der göttlichen Gnade liegenblieb, mit aufgerissenem Kiel und leckem Rumpf.
18. November. Vier Uhr. Vier Dschunken Nordost zu Ost gesichtet. Die letzten Vorbereitungen für Verlassen des Schiffes durchgeführt.
18. November. Fünf Uhr. Die vier Dschunken haben Kurs geändert und nähern sich uns. Ich habe Musketen ausgegeben. Ich habe versucht, ein Geschütz in Stellung zu bringen, aber die Schlagseite des Schiffes hat es verhindert. Wir haben uns, so gut wir können, vorbereitet.
18. November. Acht Uhr. Überrannt. Piraten. Haben die erste Welle getötet, aber sie sind schon hier.«
Struan klappte das Buch zu. »Sie haben sie alle umgebracht?«
»Die Dschunken haben nicht unserer regulären Flotte angehört, Kamerad. Zumindest die meisten nicht.«
»Sie haben sie alle umgebracht?«
»Sie haben sich selber umgebracht, Tai-Pan. Ich war nicht da.«
»Sie wissen doch, wie manche von diesen Lumpen sind, Tai-Pan«, sagte Scragger. »Wenn es Wu Fang Tschois Leute gewesen wären, würde er Ihnen dann das Logbuch geben? Wu Fang Tschoi erhielt Nachricht davon. Er schickte mich hin, um mir die Sache anzusehen. Als ich hinkam, waren keine Männer an Bord. Auch keine Leichen. Keine.«
»Haben Sie das Schiff geplündert?«
»Sie kennen doch das Gesetz des Meeres, Tai-Pan. Das Schiff hat Schiffbruch erlitten und war verlassen. Die Hälfte der Ladung wurde geborgen. Sechzehn Geschütze und eine Menge Pulver und Blei.«
»Wo ist das Chronometer?«
Scragger zog die Augenbrauen hoch. »Natürlich an Bord meiner Dschunke. Nicht, daß ich damit umgehen könnte. Noch nicht. Wer findet, behält, he? Is doch in Ordnung, was? Aber wissen Sie, Tai-Pan, wissen Sie, was diese gottverdammten Lumpen gemacht haben? Sie haben es ablaufen lassen. Stellen Sie sich das vor! Wirklich wahr. Haben es ablaufen lassen. Wir haben Wochen gebraucht, um einen Kauffahrer mit der Londoner Zeit zu finden. Einen Amerikaner, die *Boston Skylark*.« Er lachte in der Erinnerung in sich hinein und fügte dann hinzu: »Vier von den Männern der *Boston Skylark* haben sich dafür entschieden, bei uns zu bleiben.«
»Und die übrigen?«
»Die haben wir vor den Philippinen abgesetzt. Nahe der Küste. Ich schwöre es Ihnen. Vor etwa drei, vier Wochen.«
Wu Kwok rutschte auf den Kissen herum und kratzte sich bedächtig. »Zum Schluß, Tai-Pan, hat mein Vater gesagt: ›Zehn Taels für ein Schiff ist nicht viel für ungehinderte Fahrt. Zehn Taels für ein Schiff, und die englische Flagge wird von Wu Fang Tschoi geschützt.‹ Wie wir hörten, haben Sie jetzt einen neuen Liegeplatz vor Hongkong. Sie können es Ihrem Mandarin auszahlen.«
»Vielleicht würde ich ihm einen Tael zahlen.«
»Sechs wäre das wenigste. Das wenigste. Das hat mein Vater gesagt, denn er weiß, daß Sie ein zäher Händler sind. Sechs.« – »Einen.«

»Setzen Sie sich. Wir trinken noch mehr Rum und lassen uns noch mehr Essen kommen«, sagte Wu Kwok.
»In fünf Minuten wird dieses Schiff in Grund und Boden geschossen, und die Geisel hängt.«
Wu Kwok rülpste. »Sie hängen nicht meinen Sohn auf, Kamerad.«
»Natürlich nicht«, erwiderte Struan verächtlich. »Nur einen armen, aufgeputzten Burschen.«
Wu Kwok lachte in sich hinein und trank einen großen Schluck. »Sind wirklich sehr schlau, Tai-Pan. Also zwei Taels für ein Schiff. Zahlen Sie es an Ihren Mandarin, verstanden? Und ich sage Ihnen noch was. Behalten Sie den Burschen – hängen Sie ihn auf, werfen Sie ihn ins Meer – er gehört Ihnen. Oder bringen Sie ihn zu uns an Bord zurück und ich hänge ihn für Sie auf.«
»Was?« stieß Scragger hervor. »Der Bursche ist nicht Ihr Sohn?«
»Natürlich nicht, Scragger. Halten Sie mich denn für einen Idioten?« rief Struan schroff. »Ich kenne doch den Wert eines Eides, den solch ein Gesindel einem leistet.« Damit ging er hinaus.
»Aber es war Ihr Eid und der meine«, rief Scragger und sah Wu Kwok entsetzt an. »Wir haben ihm unser Wort gegeben. Sie haben gesagt, es sei Ihr Sohn. Das haben Sie mir gesagt, bei Gott.«
»Der Tai-Pan hätte seinen Sohn niemals zu uns an Bord geschickt – warum sollte ich den meinen zu ihm an Bord schicken?«
»Aber ich habe ihm mein Wort drauf gegeben, bei Gott. Das ist Betrug!«
Wu Kwok erhob sich sehr langsam. »Nennst du mich einen Betrüger?«
»Nein, Herr, nein«, rief Scragger hastig und versuchte, sich den blinden Zorn, der in ihm aufwallte, nicht anmerken zu lassen. »Aber es war eben mein Eid. Wir halten unsere Eide. Das war nicht anständig von uns gehandelt, was wir da getan haben. Nicht anständig. Das ist alles.«
Wu Kwok schüttelte träge den Kopf, als er sich in sein Schlafquartier zurückzog. »Barbaren sind schon recht seltsame Leute, Kamerad. Wirklich recht seltsam.« Die Gittertür schloß sich hinter ihm.
Scragger stieg an Deck. Bei Gott, dachte er, und vor Zorn kamen ihm fast die Tränen. Bei Gott, jetzt reicht es mir. Ich werde es diesem versumpften Enten-Hurenbock, diesem Heiden, heimzahlen, bei Gott, und ob ich es tun werde! Aber erst nachdem die Männer ausgesucht sind. O nein, vorher nicht. Vorher wage ich es nicht, bei Gott, denn das würde alles verderben.
Aber danach, wahrhaftig, danach ...

11

Die *China Cloud* jagte durch den heftigen Regen an der Südküste der Insel Hongkong entlang, unterwegs zu dem Haupthafen an der Nordseite.
Die Struans aßen in der Hauptkajüte zu Abend: es gab geschmorte Austern, geräucherte Würste, Lachs, gekochten Kohl mit Speck, kalte Brathühner, Schiffszwieback und Auflauf mit Äpfeln und eingelegtem Obst. Dazu einen trockenen, von der See gekühlten Weißwein, Champagner und Tee.

»Vierzig Lac – vier Münzen«, sagte Robb und stocherte in seinem Essen herum. »Die eine ging an Wu Fang Tschoi. Wer hat die anderen drei?«
»Jin-kwa hat bestimmt eine behalten. Vielleicht zwei«, sagte Struan. Er griff über den Tisch hinweg und legte sich noch einmal Lachs auf.
»Wir haben uns zu einer grenzenlosen Gefälligkeit verpflichtet«, sagte Robb. »Jede Gefälligkeit ist diesen Teufeln zehn Lac wert. Mit einem Klipper wie der *China Cloud* lassen sich sogar Fregatten plündern. Auf diese Weise könnte man die Seewege des ganzen Empire in Asien abschneiden. Ein Schiff – und zehn Mann, die gelernt haben, weitere Schiffe zu bauen. Neunzehn Mann als Kapitäne ausgebildet – um noch mehr auszubilden. Uns sind die Hände gebunden, und unsere ganze Zukunft ist verpfändet. Entsetzlich.«
»Jin-kwa hat dich betrogen. Er hat dich betrogen«, sagte Culum.
»Nein. Er hat mich übers Ohr gehauen, das wohl, aber nicht einmal das trifft ganz den Kern der Sache. Ich war nicht gerissen genug. Ich, mein Junge! Nicht er. Wenn man sich an einen Tisch setzt, um ein Geschäft auszuhandeln, ist jede Seite verpflichtet, das Bestmögliche herauszuschinden. Eine ganz einfache Sache. Tja, ich war schwächer als er, das ist die ganze Geschichte. Aber selbst wenn ich daran gedacht hätte, daß die Münzen an andere Leute weitergegeben werden, dann hätte ich diesen Handel trotzdem so abschließen müssen, wie er gewollt hat. Denn uns blieb überhaupt keine andere Wahl.«
»Wenn du dich übers Ohr hauen läßt, Dirk, welche Chancen bleiben mir dann noch? Und Culum?«
»Nicht die geringsten. Es sei denn, ihr seid bereit, selber zu denken und aus den Fehlern anderer zu lernen. Und außerdem dürft ihr die Chinesen nicht wie einen von uns behandeln. Sie sind anders.«
»Ja, das sind sie«, rief Culum. »Gemeine, widerliche Heiden. Außerdem ist es unmöglich, den einen vom anderen zu unterscheiden.«
»Ich bin da anderer Meinung. Ich wollte damit nur sagen, daß sie anders denken als wir«, erklärte Struan.
»Wie geht man also mit ihnen um, Vater?«
»Wenn ich das wüßte, dann täte ich jedesmal das Richtige. Sie haben ganz einfach eine Erfahrung von fünftausend Jahren, das ist alles. Nun sei so gut und gib mir mal die Austern rüber.«
Culum reichte ihm die Schüssel, und Struan legte sich eine dritte Portion auf.
»Du scheinst gar nicht beunruhigt zu sein, Dirk«, sagte Robb. »Das könnte uns ruinieren. Es könnte den Handel mit Asien untergraben.«
»Du ißt ja nichts, Robb. Auch du sollst essen, Culum.« Struan riß ein Hühnerbein ab und legte es sich auf den Teller. »Die Situation ist keineswegs so trostlos. Zunächst einmal die neunzehn Mann: Gewiß, sie werden für Wu Fang Tschoi und sein Gesindel Spitzeldienste leisten. Aber damit wir ihnen etwas beibringen können, müssen sie Englisch lernen, nicht wahr? Und wenn wir mit ihnen *reden* können, warum sollen wir sie dann nicht auch verändern? Warum sollen wir sie nicht aus Piraten zu nützlichen Bürgern machen? Vielleicht sogar zu Christen? Neunzehnmal die Chance, sie auf unsere Seite zu ziehen. Gar kein so schlechter Einsatz, meine ich. Und sind

sie auf unserer Seite – oder auch nur einer von ihnen –, dann wissen wir auch, wo sich die Schlupfwinkel der Piraten befinden. Dann haben wir sie in unserer Hand und können sie nach Belieben vernichten. Zweitens, der Klipper: Heute in einem Jahr wird eben ein Seegefecht stattfinden, das ist alles. Ich werde das Schiff übergeben und dann versenken. Ich habe nicht versprochen, daß ich's nicht versenke.«

»Warum übergibst du es denn nicht angefüllt mit Pulverfässern im Laderaum und einer langsam glimmenden Zündschnur daran?« fragte Robb.

»Dazu ist Wu Kwok zu schlau.«

»Gibt es denn keine Möglichkeit, Sprengladungen an der Außenseite des Rumpfes anzubringen, unterhalb der Wasserlinie?«

»Das wäre vielleicht möglich und könnte sogar ihrer Aufmerksamkeit entgehen. Aber selbst wenn man in einer Falle sitzt, muß man versuchen, wieder herauszukommen, ohne einen heiligen Eid zu brechen. Es gibt da keine Winkelzüge. Wir würden auf hundert Jahre hinaus unser Gesicht verlieren. Ich werde Wu Kwok umbringen.«

»Warum?«

»Um ihm den Wert eines Eides beizubringen. Und um uns für die nächste Generation zu schützen.«

Es folgte ein Schweigen. »Ich hatte geglaubt, du wolltest in fünf Monaten nach Hause fahren«, sagte Robb.

»Das tue ich auch. Aber sobald das neue Schiff fertig ist, überführe ich es. Wir werden es *Lotus Cloud* taufen.« Struan wischte sich den Mund mit einer Serviette ab. »Die Sache mit den Männern und dem Schiff kann ich noch verstehen. Aber wozu drei Jungen als ›Herrensöhne‹ ausbilden? Das verstehe ich nicht. Diese Jungen machen mir Sorgen, und ich weiß nicht recht, warum.«

»Bestimmt sind es Söhne von Wu Kwok.«

»Ja, gewiß. Söhne oder Neffen. Aber warum? Was können sie damit gewinnen?«

»Alles Englische, alle unsere Geheimnisse«, sagte Culum.

»Nein, mein Junge. Für die Männer und für die Jungen gilt nämlich das gleiche, für die Jungen sogar in höherem Maße, denn es wird noch einfacher sein, die Jungen zu unserem Leben, zu unserem Denken zu bekehren. Wu Fang und Wu Kwok müssen doch daran gedacht haben. Wie könnten sie bereit sein, drei Söhne zu verlieren? Und warum als ›Herrensöhne‹ – und nicht als Kapitäne oder Soldaten, als Schiffbauer oder Waffenschmiede oder etwas dergleichen, was ihnen Nutzen bringt? Warum ausgerechnet als ›Herrensöhne‹?«

Die anderen konnten ihm darauf keine Antwort geben.

Als die *China Cloud* durch das westliche Fahrwasser in den Hafen von Hongkong einlief, trat Struan zu Culum und Robb aufs Achterdeck. Der Regen hatte aufgehört, und es ging eine frische Brise. Die Dämmerung sank herab. Struan fühlte sich erholt und war heiterer Stimmung. Sobald er aber an Deck trat, war diese Stimmung wie weggeblasen.

»Allmächtiger Gott!« Der Hafen war überfüllt mit den Kauffahrteischiffen Asiens und mit der Flotte der Royal Navy. Der Strand war mit Zelten übersät, in denen die viertausend Soldaten des Expeditionskorps untergebracht waren.

Was jedoch Struan wirklich umwarf, waren die Hunderte von chinesischen Sampans, die sich nördlich von Glessing's Point versammelt hatten. Ganze Schwärme von Dschunken und Sampans liefen aus und trafen ein. An den Hängen eines der Hügel waren Tausende von winzigen Hütten wie üppig wuchernde Pilze aus der Erde geschossen.

»Seit meiner Rückkehr aus Kanton sind die Chinesen hereingeströmt«, erklärte Culum. »Gott allein weiß, wie viele es sind. Mindestens vier- oder fünftausend. Sie überschwemmen uns. Sie treffen haufenweise mit Sampans oder Dschunken ein und strömen an Land. Dann gehen sie in diesem Durcheinander unter. Bei Nacht schleichen diese Teufel umher und stehlen alles, was nicht niet- und nagelfest ist.«

»Allmächtiger Gott!«

»Anfänglich haben sie sich über die ganze Insel verbreitet. Dann habe ich Longstaff veranlaßt, ihnen diesen Hang vorläufig zuzuweisen. Sie nennen ihn Tai Pin Schan oder so ähnlich.«

»Warum hast du mir nicht davon erzählt?«

»Wir, Onkel und ich, wollten, daß du es mit eigenen Augen siehst. Ob ein paar Stunden früher oder später, macht ja nichts aus. Die europäische Bevölkerung – abgesehen von den Soldaten – beläuft sich auf rund hundertfünfzig. Longstaff rauft sich die paar Haare, die er noch hat. Jede Nacht werden im Hafen zehn bis fünfzehn Leichen von Chinesen angeschwemmt. Ermordet oder ertrunken.«

»Und du müßtest den unglaublichen Schmutz dort oben sehen«, fügte Robb hinzu. »Die Verhältnisse, unter denen sie leben! Es gab Platz genug, aber jetzt kommen sie mit jeder Flut an.«

»Jedenfalls wird es uns nicht an Kulis und Hilfskräften fehlen«, meinte Struan. Er wandte sich an Orlow. »Grüßen Sie das Flaggschiff und setzen Sie ein Signal in Ihrem Namen: ›Bitten um Erlaubnis, auf acht Kabellängen Entfernung zu ankern.‹ Alle Mann an Deck, und achtern antreten!«

Orlow nickte.

Die Geschütze der *China Cloud* dröhnten, und ein Geschütz antwortete ihnen. Die Erlaubnis wurde erteilt. Die Mannschaft war versammelt, und Struan trat an die Reling des Achterdecks. »Bis morgen mittag hat keiner das Schiff zu verlassen. Und bis morgen mittag hat niemand das Schiff zu betreten. Kein Wort über unsere Ladung. Oder daß ich an Bord bin. Ich werde jeden, der etwas durchsickern läßt, kielholen lassen. Doppelte Monatsheuer für alle, morgen bei Dämmerung in Silber auszahlbar. Offiziere werden bei der Wache auf dem Achterdeck als bewaffnete Posten aufziehen. Wegtreten.«

Drei Hochrufe wurden auf den Tai-Pan ausgebracht, und die Männer verstreuten sich.

»Für wieviel Uhr ist der Landverkauf angesetzt, Culum?«

»Für drei Uhr, Vater, morgen. Im Happy Valley.«

»Sorg dafür, Robb, daß wir die richtigen Grundstücksnummern frühzeitig genug in Händen haben.«

»Ja. Wir haben eine Liste mitgebracht. Kaufen wir die Kuppe?«
»Natürlich.«
Robb dachte einen Augenblick nach. »Wenn Brock ebenso unnachgiebig ist wie du, müssen wir vielleicht unsere ganze Zukunft auf diesen verdammten Hügel setzen.«
»Richtig.« Struan machte Orlow ein Zeichen. »Um zwei Glasen während der Vormittagswache lassen Sie in Robbs Namen Brock signalisieren und bitten ihn, um vier Glasen an Bord zu kommen. Wecken Sie mich um zwei Glasen. Bis dahin will ich nicht gestört werden. Sie haben jetzt das Kommando.« – »Gut«, sagte Orlow.
»Ich werde jetzt etwas schlafen. Robb, du und Culum macht es ebenso. Wir haben morgen einen langen Tag vor uns. Ach ja, und du denkst vielleicht ein bißchen über den Ball nach, Culum. Wo und wie. In einunddreißig Tagen.« Damit ging er nach unten.
Als sich die *China Cloud* dem Flaggschiff näherte, trat Culum zu Orlow. »Sobald wir vor Anker liegen, bringen Sie bitte das Langboot zu Wasser.«
»Der Tai-Pan hat gesagt, daß alle an Bord zu bleiben haben. Ohne seine Erlaubnis gibt es kein Langboot.«
»Das hat sich doch ganz offensichtlich nicht auf uns bezogen, nicht auf Mr. Struan und mich«, entgegnete Culum scharf.
Orlow lachte leise auf. »Sie kennen Ihren Vater nicht, Culum der Starke. ›Keiner‹ hat er gesagt. Und dabei bleibt es.«
Culum wandte sich dem Niedergang zu, aber Orlow hielt ihn auf. Das Kampfeisen pendelte leicht in seiner Hand. »Er darf auch nicht gestört werden. So lautete sein Befehl.«
»Gehen Sie mir aus dem Weg!«
»Wenn er einen Befehl gibt, dann meint er ihn auch so. Fragen Sie Ihren Onkel. Solange ich Kapitän der *China Cloud* bin, geht keiner an Land. Hätte er gewollt, daß Sie an Land gehen, hätte er es gesagt.«
»Wir müssen bis Mittag an Bord bleiben, Culum«, mischte sich Robb ein.
Culum unterdrückte seinen Zorn und fragte sich, ob man ihm, wenn er Tai-Pan wäre, auch mit solcher Bedingungslosigkeit gehorchen würde. Er wußte, daß ein solcher Gehorsam nicht einfach dem Titel gezollt wurde. Man mußte ihn sich erst verdienen. »Na gut, Kapitän.« Er entfernte sich und trat neben Robb ans Schandeck. Schweigend beobachteten sie, wie die Insel näher kam. Bald konnten sie die Kuppe entdecken.
»Die wird uns das Genick brechen«, sagte Robb.
»Jetzt, da wir das Silber haben, wird Brock nicht mit uns in Wettbewerb treten.«
»Er wird bieten und bieten, denn er weiß ganz genau, daß Dirk sie haben will, was immer sie kostet. Brock wird erst dann aufhören zu bieten, wenn der Preis ins Astronomische gestiegen ist. Dirk ist mit dieser Kuppe verbunden wie wir mit Noble House. Jetzt geht es darum, das Gesicht zu wahren, dieses gottverdammte Gesicht! Der gottverdammte Haß zwischen den beiden wird am Ende beide vernichten.«
»Vater hat gesagt, er würde in fünf Monaten mit ihm abrechnen, nicht wahr?«

»Ja, mein Junge. Das muß er. Ich kann es nicht. Ebensowenig wie du.«
Culum richtete seine Augen auf die Kuppe und Hongkong. Ob es dir gefällt oder nicht, sagte er zu sich, während sich sein Magen verkrampfte, aber dort liegt dein Reich. Falls du die Kraft dazu aufbringst. Und den Mut, es in Besitz zu nehmen.
Plötzlich überkam ihn tiefe Furcht.

In der Morgendämmerung ließ Orlow alle Mann antreten und das makellose Schiff mit Sand scheuern und säubern. Um zwei Glasen setzte er das Signal und ging nach unten.
»Guten Morgen. Zwei Glasen«, sagte Orlow vor der verriegelten Tür.
»Guten Morgen, Käpt'n«, antwortete Struan und öffnete die Tür. »Treten Sie ein.« Er trug einen Morgenmantel aus grünem Seidenbrokat und nichts darunter. In Hitze und Kälte schlief Struan nackt. »Bestellen Sie das Frühstück für mich. Und bitten Sie Mr. Robb und Culum, mir in einer halben Stunde dabei Gesellschaft zu leisten.«
»Es ist schon bestellt.«
»Wo ist Mauss?«
»An Deck.«
»Und der junge Chinese?«
»Bei ihm. Er folgt ihm wie ein Hund.« Orlow reichte Struan eine säuberlich geschriebene Liste. »Diese Boote sind in der vergangenen Nacht oder heute früh längsseits gekommen, um nach Ihnen zu fragen. Die Frau Ihres Bruders hat ein Boot geschickt, um ihn zu bitten, so bald wie möglich an Bord zu kommen. Kapitän Glessing hat nach Ihrem Sohn gefragt – auch Sinclair und seine Schwester haben nach ihm gefragt. Sie hat auch nach Ihnen gefragt, darum steht sie auch auf Ihrer Liste. Das Flaggschiff hat signalisiert. Ihr Sohn soll baldmöglichst an Bord kommen. Kapitän Glessing hat, als ich ihn wegschickte, wie eine Kloakenratte geflucht.«
»Ich danke Ihnen.«
An der Tür klopfte es.
»Bitte?«
»Guten Morgen, Sir!« sagte der Seemann. »Signal von der *White Witch*: ›Mit Vergnügen.‹«
»Danke Ihnen, Signalgast.«
Der Mann eilte davon. Struan reichte Orlow eine Bankanweisung über eintausend Guineen. »Mit unseren besten Glückwünschen, Kapitän.«
Orlow las den Betrag. Er blinzelte und las ihn noch einmal. »Das ist fürstlich. Fürstlich.« Er gab das Papier zurück. »Ich habe nur meine Pflicht getan.«
»Mit dieser Silbermenge im Schiff war es etwas anderes. Nehmen Sie es. Sie haben es sich verdient.«
Orlow zögerte und steckte dann die Anweisung in die Tasche. Er löste die Schlaufe des Kampfeisens und schob es nachdenklich zu den anderen aufs Regal. »Ihren Sohn«, sagte er schließlich, »sollten Sie am besten gut im Auge behalten. Große Schwierigkeiten erwarten ihn.«
»Bitte?« Struan hob jäh den Blick von der Liste.
»Ja.« Orlow rieb sich die Bartstoppeln.

»Was soll das? Wieder etwas von Ihrer verteufelten Hexenkunst?«
»Wieder etwas von meinem Zweiten Gesicht, jawohl.«
»Was für Schwierigkeiten?« Struan wußte aus langer Erfahrung, daß Orlow nicht leichtfertig etwas voraussagte. Zu oft hatte dieser seltsame kleine Mann recht behalten.
»Ich weiß nicht.« Ein plötzliches Lächeln erhellte sein Gesicht. »Er denkt, wenn er Tai-Pan ist, würde er mir mein Schiff wegnehmen.«
»Dann werden Sie sich seine Achtung verdienen müssen und ihn dazu bringen, seine Meinung zu ändern, sonst sind Sie das Schiff los.«
Orlow lächelte. »Jawohl. Und das werde ich tun, keine Angst.« Aber dann erstarb sein Lächeln. »Er wird an einem schlimmen Tag die Nachfolge antreten. Es wird Blut an seinen Händen sein.«
Nach einer Pause sagte Struan: »Wessen? Meins?«
Orlow zuckte die Achseln. »Das weiß ich nicht. Aber er wird Ihnen große Schwierigkeiten bereiten. Dessen bin ich sicher.«
»Welcher Sohn tut das nicht?«
»Da haben Sie recht.« Orlow dachte an seine Familie in Narvik, an seine beiden Söhne, zwei gesunde, kräftige junge Männer von rund zwanzig Jahren. Beide haßten und verachteten ihn, obwohl er sie vergötterte, ebenso wie seine Frau Leka, eine Lappin. Sie waren glücklich miteinander gewesen, bis die Söhne sie gegen ihn aufgehetzt hatten. »Ja«, sagte er und fühlte sich dabei sehr müde. »Sie haben recht. Wie gewöhnlich.«
»Am besten, Sie schlafen jetzt ein bißchen«, riet ihm Struan. »Ich brauche Sie um acht Glasen.«
Orlow ging hinaus.
Lange Zeit starrte Struan ins Leere. Was für Schwierigkeiten? Wessen Blut? Warum ein ›schlimmer Tag‹? Dann wandte er seine Gedanken von dem Unbeantwortbaren ab und begnügte sich damit, an den heutigen Tag zu denken, vielleicht an den morgigen. »Du wirst mit jedem Tag immer chinesischer«, sagte er laut zu sich. Er lächelte sich selber zu und überflog noch einmal die Liste. Gorth Brock. Miss Tillman. Quance. Gordon Tschen. Skinner. Bootsmann McKay. McKay?
»Steward!« rief er.
»Jawohl, Sir.« Der Steward setzte den Krug mit dem heißen Wasser auf dem Waschtisch neben dem Rasierzeug ab.
»Richten Sie Mr. Cudahy aus: Wenn Bootsmann McKay längsseits geht, soll er an Bord kommen.«
»Jawohl, Sir.« Der Steward verschwand.
Struan stand am Kajütenfenster. Er sah das pulsierende Leben in der chinesischen Niederlassung von Tai Ping Schan. Aber mit seinen Gedanken war er woanders: Warum war Shevaun Tillman längsseits gekommen? Wenn's jemals eine Königin gegeben hat, die allen den Kopf verdreht, dann ist sie's. Ob sie wohl Jungfrau ist? Bestimmt! Muß sie sein. Würdest du mit ihr ins Bett gehen, wenn du wüßtest, daß sie es ist? Ohne sie zu heiraten? Nein. Dann würde ich mit ihr nicht ins Bett gehen. Ein Mann braucht Jungfräulichkeit nur zweimal in seinem Leben. Einmal bei seiner Frau. Und das andere Mal auf der Höhe seines Lebens bei einer jungen Geliebten, die er

mit großer Umsicht ausgesucht hat. Dann nämlich, wenn der Mann Geduld und Mitgefühl erlernt hat und es versteht, ein Mädchen schmerzlos in eine Frau zu verwandeln.

Selbstverständlich ist Shevaun eine Jungfrau; du hast Gedanken wie ein Narr. Aber das Glitzern in ihren Augen und ihr herausfordernder Gang sind für ihren künftigen Mann vielversprechend. Sie würde eine interessante Geliebte abgeben. Möchtest du Shevaun heiraten? Oder nur mit ihr ins Bett gehen?

Wärst du Chinese, könntest du ganz offen viele Frauen haben. Und sie würden alle in Frieden unter dem gleichen Dach leben. Struan lachte in sich hinein. Ich würde Shevaun und May-may gern zusammen unter einem Dach sehen. Wer würde diesen Kampf gewinnen? Denn einen Kampf gäbe es, beide sind sie solche Höllenkatzen.

»Guten Morgen, Vater.« Culum stand in der Tür.

»Gut geschlafen, mein Junge?«

»Ja, danke.« Culum hatte schlimme Träume gehabt: Orlow vermischte sich mit der Kuppe und prophezeite erneut Armut. Ach, mein Gott, laß uns nicht wieder verlieren. Hilf mir, das zu tun, was ich tun muß. »Übrigens, wenn wir die Gastgeber bei diesem Ball sind, sollten wir uns nicht jemand als Dame des Hauses einladen?«

»Mary Sinclair?«

Culum versuchte ohne Erfolg, gleichgültig zu erscheinen. »Ja.«

Struan sagte sich, daß er gut daran täte, für seinen Sohn bald ein Mädchen zu finden. »Da wir die Gastgeber sind, wäre es vielleicht besser, wenn wir alle empfingen, ohne eine besonders auszuzeichnen. Es werden an die zwanzig junge Damen dasein, auf die du dein Auge werfen kannst.«

»Orlow hat mir gesagt, es sei vom Flaggschiff eine Nachricht signalisiert worden. Ich soll an Bord kommen. Darf ich jetzt gehen? Ich möchte Longstaff wegen der letzten Einzelheiten des Landverkaufs sprechen. Mir liegt daran, daß diese Arbeit ordentlich erledigt wird.«

»Tja«, meinte Struan nach einer Weile, »aber an deiner Stelle würde ich Orlow nicht an die Luft setzen.«

Culum errötete. »Ach, hat er dir davon erzählt? Ich mag ihn nicht. In seiner Anwesenheit überläuft mich eine Gänsehaut.«

»Söhne dich mit ihm aus als dem besten Kapitän, der auf einem Schiff steht – sei geduldig mit ihm. Er könnte dir ein wertvoller Verbündeter sein.«

»Er behauptet, er habe das Zweite Gesicht.«

»Hat er auch. Manchmal. Viele Menschen haben es. ›Blut an den Händen‹ kann sehr vieles oder nichts bedeuten. Mach dir keine Sorgen, mein Junge.«

»Das tue ich auch nicht, Vater. Darf ich jetzt an Bord des Flaggschiffes gehen?«

»Ja. Sobald Brock verschwunden ist.«

»Glaubst du nicht, daß ich Stillschweigen bewahren kann?«

»Es gibt Männer, die brauchen einem anderen nur ins Gesicht zu sehen, dann wissen sie, was sie wissen wollen. Orlow ist einer von ihnen. Brock ein anderer. Seitdem du das Barrensilber gesehen hast, bist du verändert.«

»Nein, das bin ich nicht.«

Struan griff nach seinem Rasierpinsel. »Das Frühstück wird in zwanzig Minuten serviert.«
»Inwiefern habe ich mich verändert?«
»Es ist ein großer Unterschied zwischen einem jungen Mann, der weiß, daß er ruiniert ist, und einem jungen Mann, der weiß, daß er es nicht ist. Jetzt hast du Wind in den Segeln, mein Junge, und man sieht es dir schon auf Entfernung an.« Struan begann sich sein Gesicht einzuseifen. »Hast du jemals eine Geliebte gehabt, Culum?«
»Nein«, antwortete Culum unruhig. »Ich bin allerdings einmal in einem Bordell gewesen, falls du das meinst. Wieso?«
»Die meisten Männer hier draußen haben eine Geliebte.«
»Eine Gelbe?«
»Eine *Chinesin*. Oder eine Eurasierin.«
»Hast du eine?«
»Natürlich.« Struan nahm sein Rasiermesser. »Es gibt Bordelle in Macao. Asiatische und europäische. Aber es gibt nur sehr wenige, die gefahrlos sind, die meisten sind verseucht. Das ist das übliche – weißt du Bescheid mit der sogenannten ›Weiberkrankheit‹, der Französischen oder Spanischen Seuche, wie immer es man nennt?«
»Ja – ja gewiß.«
Struan begann sich zu rasieren. »Man sagt, sie sei zum erstenmal von Kolumbus und seinen Seeleuten in Europa eingeschleppt worden, die sich bei den Indianern auf Westindien angesteckt hatten. Es ist ein Witz, daß wir diese Krankheit die Franzosenkrankheit oder die Spanische Seuche nennen. Die Franzosen sprechen jedenfalls von ihr als der Spanischen oder Englischen Seuche, und die Spanier bezeichnen sie als die Franzosenkrankheit. Dabei trifft uns alle die Schuld. Wie ich erfahren habe, hat es sie in Indien und Asien schon immer gegeben. Und du weißt auch, daß es keine Heilung gibt?«
»Ja.«
»Dann weißt du wohl auch, daß es nur *eine* Möglichkeit gibt, sie sich von einer Frau zu holen?«
»Ja.«
»Weißt du auch über Schutzmittel Bescheid?«
»Ja – ja, natürlich.«
»Man braucht diese Dinge wirklich nicht totzuschweigen. Es tut mir leid, daß ich so viel weg gewesen bin. Mir wäre es lieber gewesen, ich hätte selber zu dir vom – vom Leben sprechen können. Vielleicht weißt du Bescheid, vielleicht bist du auch nur verlegen, scheust vor diesen Dingen zurück. Auf jeden Fall werde ich es dir sagen. Schutzmittel sind unbedingt notwendig. Die besten werden aus Seide hergestellt – sie kommen aus Frankreich. Es gibt auch eine neue Art, aus so etwas Ähnlichem wie Fischhaut. Ich werde dafür sorgen, daß du welche bekommst.«
»Ich glaube kaum, daß ich sie brauche . . .«
»Kann durchaus sein«, unterbrach ihn Struan. »Aber es schadet nichts, einen kleinen Vorrat zu haben. Für alle Fälle. Ich habe nicht die Absicht, mich in deine Lebensgewohnheiten einzumischen oder dir zu raten, ein Wüstling

zu werden. Ich möchte nur sicher sein, daß du über einige einfache Dinge Bescheid weißt – und vor allem, daß dir nichts passieren kann. Wenn du Schutzmittel trägst, wirst du dich nicht anstecken. Und du kannst verhindern, daß das Mädchen ein Kind bekommt – und damit ersparst du ihm große Schwierigkeiten und dir selber Unannehmlichkeiten.«

»Verstößt es nicht gegen alle göttlichen Gesetze? Ich meine, so etwas zu verwenden – ist es nicht Sünde? Wird nicht dadurch der ganze Sinn der Liebe aufgehoben? Liegt er nicht darin, Kinder zu bekommen?«

»So denken die Katholiken, gewiß, und sehr fromme Protestanten.«

»Du hast Zweifel an der Heiligen Schrift?« Culum war entsetzt.

»Nein, mein Junge. Nur an einigen der – wie sagt man doch? – der Auslegungen.«

»Ich hatte geglaubt, fortschrittlich zu denken, aber du – was du da sagst, ist doch reine Ketzerei.«

»In den Augen einiger Leute. Aber das Haus Gottes hat für mich eine große Bedeutung – es geht allem vor: mir, dir, jedem, sogar dem Noble House.« Struan rasierte sich weiter, während er sprach. »Hier draußen ist es Sitte, seine eigene Freundin zu haben. Für einen selber – ganz allein. Du unterhältst sie, bezahlst ihre Rechnungen, versorgst sie mit Nahrung und Kleidung, mit einer Dienerin und dergleichen. Wenn du sie nicht länger haben willst, gibst du ihr etwas Geld und entläßt sie.«

»Ist das nicht ziemlich herzlos?«

»Ja – wenn man dabei sein Gesicht nicht wahrt. Für gewöhnlich ist das, nach unseren Maßstäben, bißchen Geld, das du ihr gibst, mehr als ausreichend, so daß sich das Mädchen eine Mitgift besorgen und einen passenden Mann finden kann. Die Auswahl eines solchen Mädchens geht ganz reibungslos vor sich. Man beauftragt einen ›Makler‹ – einen Ehestifter –, und das alles vollzieht sich nach altem chinesischem Brauch.«

»Ist das nicht Sklaverei der schlimmsten Art?«

»Wenn du dabei die Absicht hast, dir eine Sklavin zu kaufen, dann ja, und wenn du sie wie eine Sklavin behandelst. Was tust du denn, wenn du dir Dienstboten durch Vertrag verpflichtest? Auch da zahlst du Geld und kaufst sie dir für eine Reihe von Jahren. Das ist das gleiche.« Struan tastete sein Kinn ab und seifte die Stellen erneut ein, die noch immer rauh waren. »Wir fahren nach Macao, und wenn du willst, kann ich dort alles für dich erledigen.«

»Ich danke dir, Vater, aber ...« Es ist widerlich und eine Sünde, eine Frau, eine Hure, eine Sklavin oder Geliebte zu kaufen, wollte er sagen, sagte aber statt dessen: »... ich danke dir vielmals, es ist jedoch nicht nötig.«

»Solltest du es dir anders überlegen, dann sag es mir, mein Junge. Du brauchst in diesen Dingen nicht so scheu zu sein. Ich glaube, es ist etwas völlig Normales, ›Begierden‹ zu haben, und durchaus keine Sünde. Aber hüte dich vor Bordellen. Und geh niemals betrunken in ein solches Haus. Geh niemals ohne Schutz mit einem Mädchen ins Bett. Und benimm dich hier draußen, im Fernen Osten, niemals der Frau oder der Tochter eines Europäers gegenüber herausfordernd – vor allem, wenn es sich um eine Portugiesin handelt – oder du bist sehr rasch ein toter Mann – und das zu Recht.

Nenn niemals einen Mann einen Schweinehund, es sei denn, du bist bereit, mit Stahl oder Kugel für deine Worte einzustehen. Und geh niemals, niemals in ein Haus, das dir nicht von einem vertrauenswürdigen Mann empfohlen wurde. Wenn du weder mich noch Robb fragen willst, dann frag Aristoteles. Auf ihn kannst du dich verlassen.«

Sehr verstört beobachtete Culum seinen Vater, der sich mit festen, energischen Bewegungen zu Ende rasierte. Er scheint in allem so sicher zu sein, dachte Culum. Aber er hat unrecht – in vielem. Er irrt. Die Heilige Schrift ist völlig unzweideutig – die Gelüste des Fleisches sind vom Teufel gesandt. Die Liebe kommt von Gott, und der Liebesakt ohne den Willen, Kinder zu zeugen, ist nichts als Wollust. Und damit eine Sünde. Ich wollte, ich hätte eine Frau. Und könnte die Wollust vergessen. Oder eine Geliebte. Aber das verstößt gegen das Gebot Gottes.

»Hast du dir deine Geliebte gekauft?« fragte er. – »Ja.«

»Wieviel hast du für sie bezahlt?«

»Ich möchte sagen, daß dich das nichts angeht, mein Junge«, antwortete Struan freundlich.

»Entschuldige. Ich wollte nicht aufdringlich sein – es geschah nicht aus Neugierde oder . . .« Culum errötete.

»Ich weiß. Aber das ist keine Frage, die man einem anderen Mann stellt.«

»Gewiß. Ich wollte auch nur fragen, was eine Frau eigentlich kostet, wenn man sie kauft?«

»Das hängt von deinem Geschmack ab. Es fängt mit einem Tael an – das ist sehr wenig – und von da an aufwärts.« Struan bedauerte nicht, dieses Thema angeschnitten zu haben. Es ist schon besser, du tust es selber, sagte er zu sich, als wenn andere damit anfangen. »Übrigens, Culum, da wäre noch eins. Wir haben dein Gehalt noch nicht festgelegt. Du beginnst mit fünfzig Guineen im Monat. Das ist fast ausschließlich Taschengeld, denn für alles andere ist gesorgt.«

»Das ist sehr, sehr großzügig«, stieß Culum hervor. »Ich danke dir.«

»Nach fünf Monaten werden wir diesen Betrag erheblich hinaufsetzen. Sobald wir Eigentümer des Landes sind, werden wir mit dem Bauen beginnen. Lagerhäuser, das Große Haus – und natürlich auch ein Haus für dich.«

»Das wird herrlich sein. Niemals habe ich ein Haus besessen – ich meine, niemals hatte ich auch nur ein eigenes Zimmer. Nicht einmal an der Universität.«

»Ein Mann sollte einen Raum für sich selber haben, und sei er noch so klein. Abgeschiedenheit ist sehr wichtig, wenn man einen klaren Kopf behalten will.«

»Fünfzig Guineen im Monat sind eine Menge Geld«, sagte Culum.

»Du wirst sie dir verdienen.«

Das genügt, um zu heiraten, dachte Culum. Leicht. Für ihn würde es keine Freudenhäuser und keine stinkenden Eingeborenen geben. Er erinnerte sich voller Widerwillen an die drei Male, als er in das Haus gegangen war, das die Studenten der Universität vornehmlich aufsuchten und das auch ihrem Geldbeutel entsprach. Er hatte halb betrunken sein müssen, um sich wie ein Mann zu benehmen und diesen von Gestank erfüllten Raum zu betreten.

Man mußte einen Schilling hinlegen und durfte dann in ein nach saurem Schweiß riechendes Bett mit einer kuhähnlichen Hure taumeln, die doppelt so alt war wie er. Und das nur, um sich von der vom Teufel gesandten Unruhe zu befreien, von dieser Plage des Mannes. Und hinterher stets die Wochen tiefer Angst, in denen man auf das Ausbrechen der Seuche wartete. Gott schütze mich und behüte mich davor, nochmals zu sündigen, dachte er.

»Fühlst du dich auch wohl, Culum?«

»Ja, danke. Aber ich glaube, ich werde mich vor dem Frühstück noch rasieren. Entschuldige. Ich hatte nicht die Absicht, ich meine ... ich hatte vorhin nicht aufdringlich oder unverschämt sein wollen.«

»Das weiß ich.«

»Brock ist längsseits gekommen, Sir«, meldete der Seemann.

»Führen Sie ihn nach unten«, sagte Struan. Dabei blickte er von dem Katalog der Grundstücke, den Robb ihm gegeben hatte, nicht auf.

Während sie warteten, spürten Culum und Robb, wie die Spannung in der Kajüte zunahm.

Brock kam mit einem breiten Lächeln hereingestampft. »Da sind Sie ja wirklich, Dirk. Ich hatte mir schon gedacht, daß Sie an Bord sind!«

»Rum?«

»Danke. Guten Morgen, Robb. Morgen, Culum.«

»Guten Morgen«, antwortete Culum und ärgerte sich über die Furcht, die in ihm aufstieg.

»Dieses Zeug steht Ihnen richtig gut. Werden Sie jetzt ein Seefahrer werden wie Ihr Vater?«

»Nein.«

Brock ließ sich in dem bequemen Sessel nieder. »Als ich das letztemal Ihren Vater gesehen habe, Culum, hatte er 'ne schreckliche Schlagseite. War im Sinken. War ein schlimmes Zusammentreffen – dieses Unglück.« Er nahm einen Becher Rum von Struan entgegen. »Danke. Bis ich das gottverfluchte Feuer an Bord gelöscht hatte, das mich wie ein Blitz aus der Tiefe angesprungen hatte, und ihm helfen wollte, war er schon weg. Verschwunden. Hab' die ganze Nacht und 'nen guten Teil des nächsten Tages mit Suchen verbracht.«

»Das war sehr rücksichtsvoll von Ihnen, Tyler«, anwortete ihm Struan.

»Ich habe gestern nacht noch Gorth rübergeschickt, damit er sich nach Ihnen erkundigt. Richtig und mächtig seltsam, was, Culum?«

»Was ist so seltsam, Mr. Brock?«

»Daß dieser Teufelszwerg nich' hat wissen wollen, daß Ihr Papa an Bord ist. Und niemand darf bis Mittag an Land, so hab' ich's gehört. Und genau unter den Geschützen des Flaggschiffs ankern – wenn das nicht mächtig seltsam ist?«

»Hat Gorth den Flaggenmast berührt?« fragte Struan.

»Natürlich. War richtig traurig. Sagte, wär' so, als ob er noch 'n Nagel in Ihren Sarg geschlagen hat. Is' ihm richtig gegen den Strich gegangen.«

Struan reichte eine Bankanweisung hinüber – zwanzigtausend Guineen.

»Danke, Dirk«, sagte Brock, ohne das Papier anzurühren oder es auch nur

anzusehen. »Aber gehört nicht mir. Vielleicht geben Sie's am besten Gorth. Oder schicken es an Bord. Is' nich' für mich.«
»Ganz wie Sie wollen, Tyler. Wird er beim Landverkauf dabeisein?«
»Aber natürlich.«
Struan ergriff den Katalog. »Die besten Küstengrundstücke sind die Nummern 7 und 8 westlich des Tales, 16 und 17 in der Mitte und 22 und 23 nach Osten hin. Welche wollen Sie haben?«
»Lassen Sie mir freie Wahl, Dirk?«
»Es ist genug da für uns beide. Suchen Sie sich die aus, die Sie haben wollen. Wir werden nicht gegen Sie bieten. Und Sie nicht gegen uns.«
»Hatte denselben Gedanken. Wäre in Ordnung. Und klug. 16 und 17 von den Küstengrundstücken und 6 und 7 von späteren Vorortgrundstükken.«
»Gut, dann nehmen wir die Küstengrundstücke 7 und 8. Und die Vorortgrundstücke 3 und 4.«
»Einverstanden. Bleibt uns noch die Kuppe. Da woll'n Sie bieten, was?«
»Ja.«
Brock trank einen Schluck Rum. Er spürte Culums Unruhe. »Die Flotte läuft morgen aus, Dirk. Hab'n Sie schon gewußt?«
»Nein. Wohin denn?«
»Nach Norden. Um Krieg zu spielen«, antwortete Brock spöttisch.
»Ach ja, den Krieg habe ich ganz vergessen«, rief Struan und lachte kurz auf. »Um wieder auf Peking einzuhacken? Im Winter?«
»Ja. Unser Führer schickt sie nach Norden. Ihr Lakai hat Kanonenkugeln im Kopf. Habe gehört, daß der Admiral gebrüllt hat, aber Longstaff hat nur getobt: ›Nach Norden, bei Gott, ich befehle sie nach Norden! Wir werden diesem heidnischen Gesindel schon beibringen, Verträge zu brechen! Wird ihnen eine richtige Lehre sein!‹«
»Die Flotte wird nicht nach Norden auslaufen.«
»Wo Sie jetzt zurück sind, vielleicht nich'. Wär' doch 'n trauriger Zustand, wo doch der Tai-Pan der gute Freund von Longstaff ist. Lächerlich. Und wo Sie doch sein gottverdammtes Ohr haben. Wo wir uns doch auf Sie verlassen müssen, um unsere Flotte zu retten.« Er räusperte sich geräuschvoll und schnüffelte herum. »Hier an Bord riecht es aber richtig und mächtig seltsam.«
»Wahrhaftig?«
»Riecht richtig nach Silber. Tja, bestimmt nach Barrensilber.« Brock streifte Culum mit einem jähen Blick. »Seid also nicht pleite, was, mein Junge?«
Culum antwortete nicht, aber das Blut schoß ihm ins Gesicht.
Brock brummte. »Hab es schon gerochen, als ihr vor Anker gegangen seid, Dirk. Ja, sogar schon, als ihr in den Hafen rein seid. Seid also nicht untergegangen, könnt wieder in klingender Münze zahlen, und ich bin wieder geschlagen.«
»Wann sind die Wechsel fällig?«
»Heute, wie Sie genau wissen.«
»Wollen Sie prolongieren?«
»Wär' nicht das Gesicht Ihres Jungen und die Gesichter von den Leuten an

Bord, würde mich fragen, ob Sie nich' nur so tun. Daß vielleicht das Silber gar nich' in Ihrem Laderaum is'. Aber ich weiß Bescheid. Steht in jedem Gesicht an Bord geschrieben, mit Ausnahme des Ihren – und Robbs. Ich nehme heute Ihre Bankanweisung, bei Gott. Kein Kredit.« – »Nach dem Landverkauf werden wir das ordnen.«

»Vorher. Jawohl, vorher. Ist besser, Sie werden Ihre Schulden los vor der Versteigerung«, sagte er. Seine Augen funkelten, und sein unterdrückter Zorn brach durch. »Würden mich wieder schlagen. Soll Gott Sie und den Teufel, dem Sie dienen, in die Hölle verbannen! Aber die Kuppe wird mir gehören. Die gehört mir.«

»Sie gehört dem Noble House. Nicht etwa dem zweiten Mann am Platz.«

Brock sprang mit geballten Fäusten auf. »Ich werd' noch auf Ihr Grab spucken, bei Gott.«

»Und ich werde, bei Gott, noch vor Sonnenuntergang von meiner Kuppe aus auf Ihr Haus spucken.«

»Vielleicht gibt es in ganz Asien nich' so viel Schätze, um den Preis zu bezahlen, bei Gott! Wünsche allen einen guten Tag.«

Brock stürmte davon, und das Stampfen seiner Seestiefel, als er den Niedergang hinauftrampelte, war noch lange zu hören.

Culum wischte sich den Schweiß von den Händen.

»Die Kuppe ist eine Falle, Dirk. Er wird am Ende nicht mehr mitbieten, und das wird uns ruinieren«, sagte Robb.

»Ja, Vater. Das tut er bestimmt. Er steigt am Ende aus.«

Struan öffnete die Kajütentür. »Steward!«

»Jawohl, Sir!«

»Mr. Cudahy sofort zu mir!«

»Jawohl, Sir.«

»Paß auf, Dirk«, sagte Robb, »jetzt kommt deine große Chance. Tu ihm das an, was er dir gegenüber beabsichtigt. Hör mitten im Bieten auf. Laß ihn die Suppe auslöffeln. Dann ist er ruiniert. Dann ist *er* es! Und nicht *wir*!«

Struan antwortete nicht. Es wurde geklopft, und Cudahy stürzte herein.

»Jawohl, Sir?«

»Bringen Sie den Kutter längsseits. Sagen Sie dem Bootsmann, er soll Mr. Robb und Mr. Culum zur *Thunder Cloud* fahren. Dort soll er auf Mr. Culum warten und ihn dann zum Flaggschiff bringen. Dann melden Sie sich wieder bei mir. Alle Mann an Deck und vor dem Achterdeck antreten!«

Cudahy schloß wieder die Tür hinter sich.

»Onkel hat recht, Vater. Um Himmels willen, siehst du denn nicht, daß dieser verdammte Pirat dich in eine Falle lockt?«

»Dann müssen wir eben zusehen, daß wir, unterstützt vom Willen des Himmels, wieder aus der Falle herauskommen. Es handelt sich darum, das Gesicht zu wahren!«

»Dirk«, flehte Robb, »bist du denn allen Vernunftgründen gegenüber unzugänglich?«

»Sarah möchte dich drüben an Bord haben. Noch kein Wort von dem Silber. Und Culum, mein Junge, wenn Longstaff nach mir fragt, dann antworte ihm nur, ich sei an Bord. Nichts weiter.«

»Dirk, hier ist deine eine Chance . . .«
»Beeil dich lieber, Robb. Grüße Sarah und die Kinder von mir.« Er wandte sich wieder dem Haufen von Papieren auf seinem Schreibtisch zu.
Robb wußte, daß es nutzlos war, noch länger über diese Dinge zu reden, und ging wortlos hinaus. Culum folgte ihm zutiefst beunruhigt. Er wußte, daß nichts auf der Welt seinen Vater ändern konnte – auch Brock nicht. Noble House hatte sich in einen wertlosen Hügel auf einem wertlosen Felsen verrannt. Welche Dummheit, schrie es in ihm. Warum nur ist Vater so verflucht stur?

12

Am Nachmittag dieses Tages stand Struan neben dem großen Zelt, das er auf der dem Happy Valley vorgelagerten Küste errichtet hatte. Er beobachtete Kapitän Orlow, unter dessen Leitung Matrosen Fässer aus dem Langboot an Land schleppten und im Innern des Zeltes ordentlich aufstapelten. Er war von diesem Anblick so sehr in Anspruch genommen, daß er Mary Sinclair nicht hörte, die von hinten an ihn herangetreten war.
Ihr Gesicht war von einer Haube eingerahmt, die mit Bändern unter dem Kinn zusammengebunden war. Das kastanienfarbene Kleid aus feinem Wollstoff, eng in der Taille, damit die Figur, der Mode entsprechend, einer Sanduhr glich, schleppte über den Sand. Aber der Stoff war von billiger Qualität und der Schnitt nicht mehr allerletzte Mode. Sie trug einen abgegriffenen Muff, und um ihre Schultern lag ein grauer Schal, der zu ihren Augen paßte. Sie wirkte sauber, einfach und bescheiden, gesetzt und damenhaft. »Hallo, Tai-Pan«, rief sie.
Struan wurde aus seiner Träumerei gerissen. »Ach, guten Tag, Mary. Wie hübsch Sie sind!«
»Ich danke Ihnen, Sir, für Ihre Güte«, antwortete Mary mit einem flüchtigen Lächeln und machte einen anmutigen Knicks. »Das ist wahrhaftig ein großes Lob.«
Strand und Tal füllten sich nun mit den Händlern, ihren Frauen und Kindern, festlich gestimmt und in ihren besten Kleidern; sie begrüßten einander und tauschten redselig Nachrichten aus. Überall standen Soldaten und Matrosen in Gruppen herum. Die Offiziere glänzten in ihren besten Uniformen. Langboote brachten noch mehr Familien und Offiziere an Land. Dicht vor dem Ufer dümpelten unzählige Sampans, auf denen gefischt wurde, und im Westen drängte sich eine Menge lärmender, neugieriger Chinesen, die durch eine Kette von Soldaten am Betreten des Tals gehindert wurde.
Das Podium des Versteigerers hatte man fünfzig Yards entfernt auf einer leichten Anhöhe errichtet, und Struan bemerkte, daß Gordon Tschen in der Nähe stand. Als er hinüberblickte, verbeugte sich sein Sohn. Struan war klar, daß der junge Mann mit ihm reden wollte und geduldig auf eine unauffällige Gelegenheit gewartet hatte.
»Guten Tag, Gordon«, rief er hinüber. »Ich habe gleich Zeit für dich.«

»Ich danke Ihnen, Sir«, antwortete Gordon Tschen und verbeugte sich nochmals.
Struan sah Robb mit der hochschwangeren Sarah umherschlendern. Ihr Gesicht wirkte angestrengt. Karen sprang neben ihnen herum. Struan blickte sich nach Culum um, konnte ihn aber nicht entdecken. Wahrscheinlich befand er sich noch immer an Bord des Flaggschiffes. Dann aber bemerkte er ihn, in ein Gespräch mit Glessing vertieft. Er fand es sonderbar, daß Culum ihn nicht sofort aufgesucht hatte, sobald er an Land gekommen war.
»Entschuldigen Sie mich, Tai-Pan, Miss Sinclair«, sagte Orlow, »das wären alle.«
»Das möchte ich hoffen, Kapitän Orlow«, rief Mary scherzend. »Wie ich höre, haben Sie während der letzten zwei Stunden nur Fässer an Land gebracht. Wollen Sie denn die ganze europäische Bevölkerung betrunken machen, Mr. Struan?«
Struan lachte kurz auf. »Nein. Ich danke Ihnen, Käpt'n.«
Orlow hob die Hand, um sich von Mary zu verabschieden, und betrat mit einigen Seeleuten das Zelt. Andere standen außen herum, ein paar hatten sich an den Strand gesetzt und zu würfeln begonnen.
»Sie sind früh dran, Mary. Die Versteigerung beginnt erst in einer Stunde.«
»Kapitän Glessing war so freundlich, mir seine Begleitung anzubieten«, antwortete sie. »Wollen wir ein paar Schritte gehen?« schlug sie vor.
»Gern«, erwiderte Struan, als er eine gewisse Erregung in ihrer Stimme bemerkte. So gingen sie langsam ein Stück landeinwärts.
Der Boden des Tals war feucht. Der Regen vom vergangenen Tag hatte Pfützen gebildet. Unterhalb des kleinen Wasserfalls wand sich ein schmaler Bach dahin. Das Summen der Fliegen und Libellen, Bienen und Mücken bildete die Untermalung für das Rauschen der Brandung. Im Sonnenschein war schon ein erster Hauch Frühling zu spüren.
Nachdem sie sich etwas weiter von der Menge entfernt hatten, blieb Mary stehen. »Zunächst wollte ich Ihnen nur sagen, wie traurig ich über Ihren Verlust gewesen bin.«
»Ich danke Ihnen, Mary.«
»Ich habe noch versucht, Sie vor Ihrer Abreise nach Kanton zu sprechen.«
»Ich erinnere mich. Es war sehr nett von Ihnen.«
»In der vergangenen Nacht habe ich auch versucht, zu Ihnen an Bord zu kommen. Ich wollte wissen, wie es Ihnen geht. Das war ein schlimmer Joss.«
»Ja. Aber das ist nun vorbei. Überstanden.«
»Gewiß. Aber ich sehe Ihrem Gesicht auch an, was Sie haben durchmachen müssen. Andere werden es nicht bemerken, aber ich kann es sehen.«
»Und wie steht es bei Ihnen?« fragte er, wie stets davon verblüfft, daß Mary so alltäglich wirken konnte – so sanft, so freundlich und so brav –, obwohl sie es doch ganz und gar nicht war. Ich dürfte sie eigentlich nicht mögen, dachte er, aber trotzdem tue ich's.
»Das Leben macht mir Spaß. Jedenfalls vorläufig.« Mary warf einen Blick zurück auf den Strand. Brock, Gorth und Nagrek Thumb, Eliza Brock und

ihre Töchter stiegen gerade aus ihrem Langboot aus. »Ich freue mich, daß Sie Brock wieder geschlagen haben. Ich freue mich so sehr.«
»Habe ich das wirklich?«
Mary zwinkerte ihm zu. »Vierzig Lac in Silberbarren? Vier Münzen?«
»Woher wissen Sie denn das?«
»Sollten Sie vergessen haben, Tai-Pan, daß ich Freunde an den höchsten Stellen habe?« Sie sagte es leichthin. Aber wenn sie mit dem Tai-Pan zusammen war, verachtete sie diese ›Freunde‹.
»Wer hat die anderen Hälften der Münzen?«
»Soll ich versuchen, es festzustellen?«
»Vielleicht bin ich der Meinung, daß Sie es bereits wissen.«
»Ach, Tai-Pan, was sind Sie doch für ein Mann!« Wieder fühlte sie seine starke Anziehungskraft. »Ich weiß, wo zwei von ihnen sind. Sobald ich erfahren habe, wo die beiden anderen sind, werde ich es Ihnen sagen.«
»Wer hat die beiden?«
»Wie viele würden Sie behalten, wenn Sie einen so riesigen Kredit vergäben?«
»Alle. Ja, bei Gott, alle. Jin-kwa hat zwei?«
»Eine.« Sie zupfte an ihrem Schal und drapierte ihn etwas gefälliger. »In Kanton stehen jetzt viertausend Bannermänner. Dazu eine große Flotte von Brandern. Falls unsere Flotte versucht, die Bogue-Befestigungen einzunehmen, wird sie angegriffen. Eine weitere Flotte liegt fünfzig Meilen weiter nördlich vor Anker. Sagt Ihnen der Name Wu Kwok etwas?«
Struan tat so, als denke er nach, aber er war wie von einem Schwindel erfaßt. Vor seiner Zusammenkunft mit Scragger hatte er noch niemals von Wu Kwok gehört – wohl von Wu Fang Tschoi, dem Vater, selbstverständlich, aber nicht vom Sohn. Mauss hatte er nicht berichtet, was sich auf der Dschunke zugetragen oder was Scragger gesagt hatte. Nur Robb und Culum wußten Bescheid. Es war unmöglich, daß Mary von ihnen etwas über Wu Kwok erfahren haben sollte. So mußte sie es also von Wu Kwok oder von Jin-kwa wissen. Aber wie? »Es ist ein ziemlich gebräuchlicher Name«, antwortete er. »Wieso?«
»Es ist Wu Fang Tschois ältester Sohn.«
»Der Sohn des Piraten und Kriegsherrn? Des Weißen Lotus?« Struan gab sich erstaunt.
»Es macht mir richtig Spaß, Ihnen einen Schreck einzujagen«, rief sie fröhlich. »Die Sache ist nun die: der Kaiser hat durch den Hoppo in Kanton Wu Kwok und Wu Fang Tschoi insgeheim Mandarinate angeboten. Und dazu die Statthalterschaften der Provinz Fukien und Formosas als Gegenleistung für einen Angriff auf die im Hafen von Hongkong versammelten Schiffe. Ihre gesamte Flotte soll eingesetzt werden.«
»Wann soll der Angriff sein?« Jetzt war sein Schreck nicht gespielt.
»Sie haben noch nicht angenommen. Wie die Chinesen sagen: ›Die Verhandlungen sind im Gange‹.«
Könnten die Gefälligkeiten, die Wu Kwok gefordert hatte, nur eine Tarnung sein? fragte sich Struan. Ein teuflisches Spiel innerhalb eines noch größeren Spiels – um ihn in Sicherheit zu wiegen und in die Falle gehen zu lassen?

Wozu dann aber die Münze? Würden sie ihre gesamte Flotte aufs Spiel setzen? Viertausend Dschunken, mit diesem Piratengesindel bemannt, könnten uns schon erledigen – vielleicht!

»Würden Sie es erfahren, wenn sie darauf eingehen – und wann ein Angriff stattfinden soll?«

»Sicher bin ich natürlich nicht – aber ich glaube wohl. Aber das ist noch nicht alles, Tai-Pan. Sie müssen auch wissen, daß man die Belohnung, die auf Ihren Kopf ausgesetzt ist, verdoppelt hat. Auch auf Culums Kopf ist jetzt eine Belohnung ausgesetzt. Zehntausend Dollar. Auf alle Engländer. George Glessing, Longstaff, Brock.« Ihre Stimme wurde dumpf. »Und auf May-may, Duncan und Kate. Falls sie lebend entführt werden.«

»Was?«

»Ich habe es erst vor drei Tagen erfahren. Sie waren nicht hier, so habe ich das erste Schiff nach Macao genommen, das ich bekommen konnte, aber da waren Sie gerade aufgebrochen. Da bin ich zu May-may gegangen. Ich habe ihr gesagt, Sie hätten mich geschickt, denn Sie hätten gehört, sie und die Kinder seien in Gefahr. Dann bin ich zu Ihrem Kommissionär gegangen und habe ihm in Ihrem Namen gesagt, er solle May-may und die Kinder in sein Haus nehmen; falls ihnen etwas zustoße, bevor Sie zurückkämen, würden Sie ihn, seine Kinder und seine Enkel aufhängen.«

»Was hat Tschen Scheng darauf geantwortet?«

»Er hat gesagt, ich solle Ihnen ausrichten, Sie brauchten nichts zu befürchten. Dann habe ich May-may und die Kinder in sein Haus begleitet und bin nach Hongkong zurückgekehrt. Ich glaube, daß sie vorläufig in Sicherheit sind.«

»Weiß er von dem Barrensilber?«

»Natürlich. Ein Teil davon, ein kleiner Teil, ist von ihm. Könnte er sich eine bessere Anlage denken?«

»Wer hat sonst noch Silber beigesteuert?«

»Ich weiß von Tschen Scheng, Jin-kwa und den Co-hong-Kaufleuten – sie alle sind beteiligt. Alle zusammen haben etwa fünfzehn Lac aufgebracht. Was das übrige anbelangt, bin ich nicht sicher. Wahrscheinlich waren es die Mandschu-Mandarine.«

»Ti-sen?«

»Nein. Er ist in tiefe Ungnade gefallen. Sein gesamtes Vermögen ist konfisziert. Die Co-hongs haben es auf etwa zweitausend Lac geschätzt. In Gold.«

»Hat Tschen Scheng gesagt, daß er für May-may und die Kinder sorgen wird?«

»Ja. Jetzt, da Sie wieder reich sind, wird er sie sogar unter Einsatz des Lebens seiner Mutter schützen. Jedenfalls vorläufig.«

»Warten Sie hier, Mary.« Struan entfernte sich in Richtung zum Strand. Er entdeckte Mauss, rief ihn an, winkte ihm und eilte auf ihn zu.

»Mauss, suchen Sie sich Orlow und segeln Sie mit der *China Cloud* nach Macao. Holen Sie May-may und die Kinder und bringen Sie sie mit der Amah hierher zurück. Setzen Sie alle Segel. Cudahy soll die Aufsicht über das Zelt übernehmen.«

»Soll ich sie hierherbringen?«
»Ja. Morgen können Sie zurück sein. Sie sind bei Tschen Scheng.«
»Sie hierherbringen? Ganz offen?«
»Ja, bei Gott! Brechen Sie sofort auf.«
»Das mache ich nicht, Tai-Pan. Nicht offen. Damit ruinieren Sie sich selber. Sie wissen, man wird Sie aus der Gesellschaft ausstoßen.«
»Die Mandarins haben eine Belohnung auf ihre Köpfe ausgesetzt. Beeilen Sie sich!«
»Gott im Himmel!« Mauss zupfte nervös an seinem Bart. »Ich werde sie heimlich an Bord bringen und Orlow zu strengstem Stillschweigen verpflichten. Gott im Himmel, vergib diesem armen Sünder.«
Struan kehrte zu Mary zurück. »Wer hat Ihnen von der Entführung erzählt, Mary?« – »Niemand, den Sie kennen.«
»Sie haben sich selber in große Gefahr gebracht, meine Liebe. Erst haben Sie Informationen herausgelockt und dann auf eigene Faust diesen Informationen entsprechend gehandelt.«
»Ich bin sehr vorsichtig.«
»Verlassen Sie Macao für immer. Hören Sie mit diesem Leben auf, solange Sie noch am Leben sind. Ihr Joss wird nicht ewig dauern.«
»Reden wir jetzt lieber von Ihnen, Tai-Pan. Sie können hier nicht mit ihrer chinesischen Geliebten auftreten.«
»Sie und die Kinder werden an Bord in Sicherheit sein, und das ist das einzige, worauf es ankommt.«
»Nicht in unserer Gesellschaft, und das wissen Sie ganz genau. Sie wird Ihnen das Genick brechen, Tai-Pan – sogar Ihnen –, wenn Sie sich gegen ihr verfluchtes Gesetz vergehen. Es bleibt dieser Gesellschaft gar nichts anderes übrig. May-may ist Chinesin.«
»Die Pest über die Gesellschaft!«
»Meinetwegen. Aber Sie fluchen ganz allein. Zuallererst müssen Sie jetzt an Ihre Familie denken. Solange May-may im Hintergrund bleibt, stellt sie keine Bedrohung für die Gesellschaft dar – was man nicht sieht, existiert nicht. Es kommt mir weiß Gott nicht zu, Ihnen Ratschläge zu erteilen – das wissen Sie besser als jeder andere –, aber ich bitte Sie, halten Sie May-may im Hintergrund.«
»Natürlich tue ich das und werde es auch in Zukunft tun – es sei denn, sie und die Kinder sind in Gefahr. Sie haben einen Wunsch frei, Mary.«
»Ja.« In ihren Augen erschien ein eigentümliches Licht. »Es ist schön, einen Wunsch frei zu haben.«
»Nennen Sie ihn.«
»Ganz gleich, worum ich bitte?«
»Sagen Sie es nur.«
»Nicht jetzt. Wenn ich meinen Wunsch erfüllt haben möchte, dann werde ich Sie darum bitten. Bestimmt. Eines Tages werde ich mir etwas erbitten.« Dann fügte sie heiter hinzu: »Sie sollten vorsichtiger sein, Tai-Pan. Ich bin eine Frau, und Frauen denken erheblich anders als Männer.«
»Schon gut«, sagte er und lächelte.
»Sie haben ein so nettes Lächeln, Tai-Pan.«

»Ich danke Ihnen, Sie sind sehr gütig«, antwortete er und verbeugte sich formvollendet. »Das ist wahrhaftig ein großes Lob!« Er schob seinen Arm unter den ihren, und sie kehrten zum Strand zurück. »Wer hat Ihnen von May-may und den Kindern erzählt?«
»Vor zwei Jahren haben wir uns darauf geeinigt, daß die Quellen meiner Informationen ungenannt bleiben müssen.«
»Reden Sie doch nicht um die Sache herum.«
»Ich freue mich, daß ich May-may nun endlich kennengelernt habe. Sie ist so schön. Auch die Kinder.« Die Berührung durch ihn und seine Nähe taten ihr wohl.
»Wäre es möglich, daß diese Information nicht stimmte?«
»Nein. Entführung gegen Belohnung ist eine in China von alters her gebräuchliche Methode.«
»Ist das gemein. Sich an Frauen und Kindern zu vergreifen.« Struan schwieg eine Weile. »Wie lange wollen Sie hierbleiben?«
»Ein paar Tage. Horatio ... Horatio fühlt sich immer ein wenig vereinsamt, wenn er allein ist. Übrigens weiß Tschen Scheng nun natürlich, daß ich Kantonesisch spreche. Und May-may auch. Ich habe sie gebeten, es geheimzuhalten. Das wird sie doch wohl tun, nicht wahr?«
»Bestimmt. Da brauchen Sie nichts zu befürchten. Aber ich werde sie daran erinnern.« Er zwang sich, nicht mehr an May-may und die Kinder, an Wu Kwok, die Brander und die noch übrigen drei halben Münzen zu denken. »Sie haben mir ein Geheimnis verraten, nun erfahren Sie von mir auch eins. Noble House gibt in etwa dreißig Tagen einen Ball. Selbstverständlich sind Sie eingeladen.«
»Was für ein großartiger Einfall!«
»Auch wir setzen einen Preis aus. Tausend Guineen für die eleganteste Frau.«
»Guter Gott, Tai-Pan, man wird Ihnen noch die Augen auskratzen!«
»Aristoteles wird ja der Richter sein.«
»Trotzdem wird man Ihnen die Augen auskratzen.« Ihre Augen schienen die Farbe zu verändern. »Vergessen Sie nicht: Sie sind jetzt der begehrteste Mann in Asien.«
»Bitte?«
Ihr Lachen klang ein wenig spöttisch. »Am besten suchen Sie sich eine Frau aus, solange es noch Zeit ist. So manche Hure wird Sie noch mit ihrer Unterwäsche zu reizen versuchen und so manche Mutter ihre Tochter aufputzen und sie Ihnen ins Bett legen.«
»Reden Sie doch kein so gottloses Zeug daher!«
»Sagen Sie nur nicht, man hätte Sie nicht gewarnt, mein Freund. Tausend Guineen? Den Preis würde ich gern gewinnen.« Jäh schlug ihre Stimmung um. »Sie wissen ja, ich hätte das Geld, mir ein solches Kleid zu kaufen – aber wenn ich das täte, würde es den Eindruck zerstören, den die Leute von Mary Sinclair haben. Alle wissen, daß wir arm sind wie Kulis.«
»Aber niemand kann etwas dagegen haben, daß ich Ihnen ein Kleid schenke. Zumindest kann niemand etwas dagegen haben, daß ich Ihnen dieses Angebot durch Horatio mache. Oder?«

»Teufel noch mal, Tai-Pan, würden Sie das wirklich tun? Ich gebe Ihnen das Geld zurück.«

»Nur, wenn Sie mit Ihrem verfluchten Gefluche aufhören. Aber Geschenk bleibt Geschenk.« Er betrachtete sie nachdenklich. »Haben Sie jemals an Ihre Großtante Wilhelmina gedacht?«

»An wen?«

»An die Kusine zweiten Grades Ihrer Mutter, die nach Holland gezogen ist.«

»Wer ist denn das?«

»Die Erbtante – die Ihnen eine Menge Geld hätte hinterlassen können.«

»Ich habe keine Verwandten in Holland.«

»Vielleicht hat Ihre Mutter vergessen, es Ihnen zu erzählen. Vielleicht könnte Ihnen ein Notar aus Amsterdam schreiben, daß dort eine Erbschaft auf Sie wartet.« Er zündete sich eine Zigarre an. »Als Erbin könnten Sie Ihr Geld ganz offen ausgeben. Wäre das nicht möglich?«

»Aber ... aber ...« Ihre Stimme wurde unsicher. »Was ist mit Horatio?«

»Tante Wilhelmina könnte ihm zweitausend Guineen hinterlassen haben. Den Hauptteil Ihnen. Sie hatte immer nur etwas für weibliche Verwandte übrig. Ihre Mutter war ihr besonderer Liebling – seltsam, daß niemand Ihnen oder Horatio von ihr erzählt hat. Arme Tante Wilhelmina. Sie ist gestern gestorben.«

Mary riß vor Aufregung die Augen weit auf. »Könnten Sie das tun, Tai-Pan? Würden Sie es tun?«

»Ein Brief nach London braucht drei Monate. Ein weiterer Monat ist notwendig, um die erforderlichen Schritte in Holland zu unternehmen. Drei Monate zurück. In sieben Monaten sind Sie eine Erbin. Aber bis dahin spielen Sie am besten noch immer die arme Kirchenmaus. Und dann müssen Sie sehr erstaunt sein, wenn es geschieht.«

»Ja. Entschuldigen Sie, ich bin ... es überwältigt mich. Ach ... Denken Sie sich nichts dabei, wenn ich jetzt etwas verrückt werde und in Tränen ausbreche oder schreie – ich vergöttere Sie, Tai-Pan.«

Sein Lächeln erstarb. »So etwas dürfen Sie nicht sagen!«

»Ich habe es niemals zuvor gesagt und werde es vielleicht niemals wieder sagen. Aber für mich sind Sie Gott.« Sie wandte sich um und ging allein landeinwärts zurück.

Struan sah ihr einen Augenblick nach und ging dann auf Gordon Tschen zu. Mit jedem Tag sieht er chinesischer aus, dachte Struan. Draußen auf See war das Langboot mit Orlow und Mauss an Bord noch immer ein gutes Stück von der *China Cloud* entfernt. Beeilt euch, bei Gott!

Skinner schnitt ihm geschäftig den Weg ab. »Guten Tag, Mr. Struan.«

»Ach, hallo, Mr. Skinner.«

»Ein großer Tag für uns in Asien, nicht wahr?«

»Bestimmt. Aber würden Sie mich jetzt bitte entschuldigen, ich habe ...«

»Es dauert nur einen Augenblick, Mr. Struan. Ich habe versucht, Sie gestern nacht noch zu sprechen.« Skinner senkte seine Stimme. Er schwitzte mehr als üblich und roch schlecht wie immer. »Die Wechsel von Noble House sind heute fällig, wenn ich mich recht entsinne.«

»Tatsächlich?«
»Werden sie eingelöst?«
»Haben Sie jemals daran gezweifelt, Mr. Skinner?«
»Es gehen Gerüchte um. Gerüchte um Barrensilber.«
»Ich habe davon gehört.«
»Ich hoffe, daß sie zutreffen. Ich würde es bedauern, wenn die *Oriental Times* den Eigentümer wechselte.«
»Ich auch. Heute abend werde ich Ihnen etwas Interessantes mitzuteilen haben. Aber würden Sie mich jetzt bitte entschuldigen?«
Skinner beobachtete Struan, der auf Gordon Tschen zuging, und hätte diesem Gespräch gern heimlich gelauscht. Dann bemerkte er Brock und seine Familie, die sich mit Nagrek Thumb unterhielten. Dies ist wirklich ein großer Tag, dachte er fröhlich, als er auf sie zuschlenderte. Wer wird wohl die Kuppe bekommen?
»Es hat mir so leid getan, als ich von Ihrem Verlust hörte, Sir«, sagte Gordon Tschen. »Ich habe versucht, Sie zu sprechen, habe aber meine Pflicht nicht erfüllen können. Ich habe ein Gebet gesprochen.«
»Ich danke dir.«
»Meine Mutter hat mich gebeten, Ihnen auszurichten, sie würde die üblichen hundert Tage der Trauer einhalten.«
»Sag ihr bitte, es sei nicht nötig«, erwiderte Struan, aber er wußte, sie würde es trotzdem tun. »Was hast du in der Zeit, seitdem ich dich das letztemal gesehen habe, unternommen?«
»Nicht sehr viel. Ich habe versucht, Tschen Scheng dabei zu helfen, für die Firma Kredit aufzutreiben, Sir. Aber ich fürchte, wir hatten damit keinen Erfolg.« Der Wind zerrte an seinem Zopf und schüttelte ihn.
»Es ist sehr schwer, Kredit zu erhalten«, meinte Struan.
»Ja, das ist es wirklich. Ich bedauere es.« Gordon Tschen dachte an die gewaltige Menge Silberbarren im Laderaum der *China Cloud* und war voller Bewunderung für seinen Vater. Er hatte an diesem Morgen Gerüchte gehört, und sie hatten andere bestätigt, die in Tai Ping Schan durchgesickert waren: Der Tai-Pan habe unter den Augen der verhaßten Mandschus das Silber aus Kanton hinausgeschmuggelt. Aber er sagte nichts von der Wiedergeburt von Noble House, denn das wäre unhöflich gewesen.
»Vielleicht wäre es an der Zeit, daß du ein wenig Kredit bekommst. Möglicherweise kann ich ihn dir verschaffen. Sagen wir ein Lac Silber.«
Gordon Tschens Augen flackerten. Erregt stieß er hervor: »Das ist ein gewaltig großer Kredit, Sir.«
»Du bekommst ein Viertel des Gewinns und ich drei.«
»Das wäre sehr großzügig, Sir«, antwortete Gordon Tschen, und es gelang ihm, seiner Verwirrung rasch Herr zu werden. »Sehr großzügig. In so schwierigen Zeiten ist es äußerst anständig. Aber wenn ich zwei Drittel bekäme und Sie ein Drittel, so würde mir das helfen, Ihren Gewinn noch ganz erheblich zu erhöhen.«
»Ich gehe davon aus, daß der Gewinn beträchtlich sein wird.« Struan warf seine Zigarre weg. »Wir werden Kompagnons. Du bekommst die eine Hälfte und ich die andere. Das ist eine private Abmachung zwischen uns. Sie bleibt

geheim. Du legst mir die Bücher und die Abrechnungen monatlich vor. Einverstanden?«
»Einverstanden. Sie sind mehr als nur etwas großzügig, Sir. Ich danke Ihnen.«
»Komm heute abend zu mir, und ich gebe dir die notwendigen Papiere. Ich bin an Bord der *Resting Cloud*.«
Gordon Tschen war so glücklich, daß er vor Freude am liebsten umhergesprungen wäre und geschrien hätte. Er verstand nicht, warum sein Vater so großzügig war. Aber er wußte, daß dieses eine Lac große Sicherheit bedeutete und sich tausendfach vermehren würde. Mit Joss, fügte er in Gedanken rasch hinzu. Dann fiel ihm die Hung Mun Tong ein, und er fragte sich, ob die Loyalität diesem Bund gegenüber mit der, die er seinem Vater schuldete, in Widerspruch stünde. Und wenn sie es täte, welche Loyalität hätte dann den Vorrang? »Ich kann Ihnen nicht genug danken, Sir. Gilt diese Abmachung ab sofort?«
»Ja. Ich nehme an, daß du ein Stück Land ersteigern möchtest.«
»Ich hatte daran gedacht . . .« Gordon Tschen unterbrach sich.
Culum näherte sich ihnen. Sein Gesicht war verschlossen.
»Hallo, Culum«, sagte Struan.
»Guten Tag, Vater.«
»Ich möchte dir Gordon Tschen vorstellen. Mein Sohn Culum«, sagte Struan und war sich der Blicke und des Schweigens der Menge am Strand bewußt.
Gordon Tschen verneigte sich. »Es ist mir eine Ehre, Sie kennenzulernen, Sir.«
»Gordon ist dein Halbbruder, Culum«, sagte Struan.
»Ich weiß.« Culum streckte die Hand aus. »Es freut mich, dich kennenzulernen.«
Noch immer wie benommen, weil Struan ihn als Sohn vorgestellt hatte, drückte Gordon die angebotene Hand nur schwach. »Ich danke Ihnen. Ich danke Ihnen sehr.«
»Wie alt bist du, Gordon?« fragte Culum.
»Zwanzig, Sir.«
»Halbbrüder sollten einander beim Vornamen nennen, findest du nicht?«
»Ganz wie du willst.«
»Wir müssen uns noch besser kennenlernen.« Culum wandte sich Struan zu, der von dieser Anerkennung Gordons durch seinen Sohn sehr beeindruckt war. »Entschuldige, daß ich dich gestört habe, Vater. Ich hatte nur Gordon kennenlernen wollen«, sagte er und entfernte sich.
Struan fühlte, wie das Schweigen zerbrach und wieder Bewegung in das lebende Bild am Strand kam. Und er war erstaunt, als er die Tränen sah, die Gordon übers Gesicht liefen.
»Entschuldigen Sie – ich bin . . . ich habe mein ganzes Leben darauf gewartet, Mr. Struan. Danke. Ich danke Ihnen«, brachte Gordon mühsam hervor.
»Die meisten Menschen nennen mich Tai-Pan, mein Junge. Wollen wir doch den Mr. Struan vergessen.«
»Ja, Tai-Pan.« Gordon verbeugte sich und ging weg.
Als Struan Culum folgte, sah er Longstaffs Kutter auf den Strand auflaufen.

Der Admiral und eine Gruppe von Seeoffizieren befanden sich in seiner Begleitung. Auch Horatio.
Gut, dachte Struan. Und jetzt Brock. Er winkte Robb zu und machte ihm ein Zeichen zu Brock hin. Robb nickte, ließ Sarah stehen und holte Culum ein. Miteinander gingen sie Struan entgegen.
»Hast du die Papiere, Robb?«
»Ja.«
»Dann komm. Holen wir uns unsere Wechsel zurück.« Struan sah Culum an. »Kein Grund zur Nervosität, mein Junge.«
»Ja.«
Sie gingen eine Weile nebeneinanderher, und Struan sagte: »Ich freue mich, daß du Gordon kennengelernt hast, Culum. Und ich danke dir.«
»Ich... ich wollte ihn gern heute kennenlernen. Mit dir zusammen. Und... in aller Öffentlichkeit.«
»Warum?«
»Gibt dir das nicht das Gesicht, von dem du sagst, es sei so wichtig?«
»Wer hat dir von Gordon erzählt?«
»Nach meiner Rückkehr aus Kanton hörte ich Gerüchte. Die Menschen sind immer bereit, unangenehme Nachrichten zu verbreiten.« Er dachte daran, mit welch zynischem Behagen die meisten Händler, die er kennengelernt hatte, ihre Beileidsbekundungen vorgebracht hatten. »Es tut mir so leid, mein Junge, daß Sie gerade jetzt hierhergekommen sind. Ein Jammer, daß das Haus zugrunde geht. Ohne Noble House wird es niemals wieder das gleiche sein.«
Das hatten sie ihm in den verschiedensten Variationen zu verstehen gegeben. Aber Culum wußte, welche Schadenfreude sie darüber empfanden, daß Noble House gedemütigt worden war. Tante Sarah hatte ihm, dem naiven Jungen, als erste die Augen geöffnet. Sie waren die Queen's Road entlanggegangen und einigen Eurasiern begegnet, den ersten, die er gesehen hatte, einem Jungen und einem Mädchen, und er hatte sie gefragt, welcher Nationalität sie seien und woher sie kämen.
»Von hier«, hatte sie geantwortet. »Es sind Mischlinge, halb englisch, halb heidnisch. Viele Händler haben solche Bastarde von heidnischen Geliebten. Natürlich wird alles vertuscht, aber doch weiß jeder Bescheid. Dein Onkel Robb hat auch eine.«
»Bitte?«
»Ich habe sie und ihren Wurf schon vor Jahren weggeschickt. Es wäre wahrscheinlich nicht so schlimm für mich gewesen, wäre die Frau Christin und hübsch. Das hätte ich noch verstehen können. Aber die – nein.«
»Hat... hat Vater andere Kinder?«
»Von Kindern weiß ich nichts, Culum. Aber er hat einen Sohn, der für seinen Kommissionär arbeitet. Er heißt Gordon Tschen. Dein Vater hat ihm einen Vornamen gegeben, der beim Clan üblich ist. Eine merkwürdige Art von Humor. Wie ich erfahren habe, wurde er auch christlich getauft. Ich finde, das ist immerhin etwas. Vielleicht hätte ich dir das nicht erzählen sollen, Culum, aber jemand muß es doch tun, und vielleicht ist es besser, wenn du die Wahrheit von einer Verwandten zu hören bekommst und sie

nicht zufällig aufschnappst, wenn hinter deinem Rücken darüber getuschelt wird. Ja, du hast also mindestens einen Halbbruder in Asien.«

In jener Nacht hatte er nicht schlafen können. Am nächsten Tag war er verzweifelt an Land gegangen. Einige Seeoffiziere, unter ihnen Glessing, spielten Kricket, und man hatte ihn aufgefordert, die Mannschaft zu vervollständigen. Als er zum Schlagen an die Reihe kam, hatte er seinen ganzen Zorn an dem Ball ausgelassen, hatte ihn geschmettert, als wolle er ihn umbringen und mit ihm seine Scham. Er hatte großartig gespielt, aber es hatte ihm keine Freude gemacht. Später hatte Glessing ihn beiseite genommen und ihn gefragt, was ihm denn über die Leber gelaufen sei. Da war es aus ihm hervorgebrochen.

»Ich billige das Verhalten Ihres Vaters nicht – das wissen Sie wahrscheinlich«, hatte Glessing gesagt. »Aber das hat nichts mit seinem Privatleben zu tun. Ich habe das gleiche Problem wie Sie. Ich weiß, daß mein Vater eine Geliebte in Maida Vale hat. Und zwei Söhne und eine Tochter. Mir gegenüber hat er niemals davon gesprochen, obwohl ich glaube, er weiß, daß es mir nicht unbekannt geblieben ist. Verdammt schwierig, aber was soll ein Mensch tun? Wahrscheinlich tue ich einmal das gleiche, wenn ich so alt bin. Warten wir ab. Natürlich ist es nicht angenehm zu wissen, daß man einen Mischlingsbruder hat, da verstehe ich Sie vollkommen.«

»Kennen Sie ihn?«

»Ich habe ihn gesehen, aber nie mit ihm gesprochen. Er soll aber, wie ich höre, ein netter Kerl sein. Ich gebe Ihnen einen Rat – lassen Sie sich durch das, was Ihr Vater in seinem Privatleben macht, nicht gegen ihn aufbringen. Schließlich hat man ja nur einen Vater.«

»Sie mißbilligen sein Verhalten, nehmen aber trotzdem seine Partei. Warum?«

Glessing hatte die Achseln gezuckt. »Vielleicht, weil es meiner Erfahrung nach Sache der Väter ist, mit ihren ›Sünden‹ fertig zu werden, und nicht der Söhne. Vielleicht weil der Tai-Pan ein besserer Seemann ist, als ich es jemals sein werde, und weil ihm die beste Flotte mit den schönsten Schiffen dieser Welt gehört – weil er seine Seeleute so behandelt, wie sie es verdienen, ihnen gute Verpflegung, gute Bezahlung und anständige Unterkünfte gibt –, während wir mit dem auskommen müssen, was das verfluchte Parlament uns gibt: beschränkte Mittel und als Mannschaften gepreßte Leute und Galgenvögel. Vielleicht wegen Glessing's Point – oder weil er *der* Tai-Pan ist. Vielleicht weil die Sinclairs ihn bewundern. Ich weiß es nicht. Ich gebe Ihnen gern zu: Wenn ich jemals den Befehl erhalten sollte, ihn zu verhaften, dann würde ich diesen Befehl unter allen Umständen befolgen. Aber trotzdem hoffe ich, daß es ihm gelingt, diesen widerlichen Strolch Brock wieder einmal zu übertrumpfen. Einen solchen Schweinehund könnte ich als *den* Tai-Pan nicht ertragen.«

Von diesem Tag an war Culum sehr häufig mit Glessing zusammen gewesen. Zwischen ihnen hatte sich eine Freundschaft entwickelt.

»Heute«, fuhr Culum sehr verlegen zu Struan gewandt fort, »habe ich, als ich dich und Gordon Tschen zusammen sah, George Glessing gefragt. Er war so anständig, es mir zu sagen.«

Struan blieb stehen. »Meinst du damit, ich hätte dir gegenüber nicht anständig gehandelt, als ich dir nicht davon erzählt habe?«
»Nein. Du brauchst dich mir gegenüber nicht zu rechtfertigen. Es gibt überhaupt nichts, weswegen sich ein Vater vor seinem Sohn rechtfertigen müßte, oder?«
»Gordon ist ein netter Bursche«, warf Robb unruhig ein.
»Warum wolltest du wissen, wie alt er ist?« fragte Struan.
»Er ist etwa so alt wie ich, nicht wahr?«
»Na und?«
»Es ist nicht wichtig, Vater.«
»Doch, das ist es. Für dich wohl. Wieso?«
»Ich möchte lieber nicht . . .«
»Wieso?«
»Wahrscheinlich eine Frage der Moral. Wenn wir gleich alt sind, war seine Mutter eine Rivalin der meinen. Ist nicht Rivalin das richtige Wort?«
»Ja. Rivalin wäre das richtige Wort.«
»Ehebruch wäre ebenfalls ein richtiges Wort, nicht wahr?«
»Eine der Wahrheiten im menschlichen Leben ist die, daß Ehebruch ebenso unvermeidlich ist wie der Tod und der Sonnenaufgang.«
»Nicht nach den Geboten Gottes.« Culum wich den Blicken seines Vaters aus. »Longstaff ist gekommen, der Verkauf wird jetzt wohl beginnen.«
»Macht dich das so unruhig? Daß du Gordon begegnet bist und mir jetzt die Zehn Gebote vorhältst?«
»Du brauchst mich jetzt wohl nicht bei Brock, Vater? Wenn du nichts dagegen hast, kümmere ich mich jetzt darum, ob alles bereit ist.«
»Ganz wie du willst, mein Junge. Ich meine zwar, du solltest bei uns bleiben. Dies ist ein ganz besonderes und seltenes Erlebnis. Aber ganz wie du willst.« Struan setzte seinen Weg fort. Culum zögerte und holte ihn dann ein.
Die Queen's Road verlief vom Tal aus genau in westlicher Richtung an der Küste entlang und zog nach einer Meile an den Zelten der Seesoldaten vorbei, die die immer umfangreicheren Vorräte für die Marine bewachten. Eine Meile weiter lagen die Zeltreihen der Soldaten in der Nähe von Glessing's Point, wo die Queen's Road endete.
Oberhalb von Glessing's Point breitete sich Tai Ping Schan aus, das durch eine niemals abreißende Kette von Chinesenleibern, die unter der Last ihrer Habe keuchten, mit der Küste verbunden war. Diese Kette befand sich in ständiger Bewegung und erhielt durch das unaufhörliche Einlaufen von Dschunken und Sampans ständig neuen Nachschub.
»Guten Tag, Exzellenz«, sagte Struan und lüftete seinen Hut, als sie Longstaff und seinen Begleitern begegneten.
»Oh, guten Tag, Dirk. Guten Tag, Robb.« Longstaff vermied es, stehenzubleiben. »Können wir noch nicht anfangen, Culum?«
»Noch einen Augenblick, Exzellenz.«
»Dann beeilen Sie sich. Ich muß an Bord zurück.« Und zu Struan gewandt, fügte er von oben herab hinzu: »Es ist schön, Sie wieder hier zu haben, Dirk.« Dann setzte er, andere begrüßend, seinen Weg gemächlich fort.

»In etwa drei Minuten wird er sich verändert haben«, sagte Struan.
»Welch dummer, verächtlicher, widerlicher Narr.« Culums Stimme klang rauh und besänftigt zugleich. »Gott sei Dank ist dies der letzte Tag, an dem ich ihm diene.«
Struan schüttelte den Kopf. »An deiner Stelle würde ich diesen Titel eines ›Stellvertretenden Kolonialsekretärs‹ zu meinem Vorteil ausnutzen.« – »Wie denn?«
»Wir haben unsere Macht zurückgewonnen. Aber es ist noch immer seine Hand, die durch ihre Unterschrift einem Papier Gesetzeskraft verleiht. Und seine Hand muß noch immer geführt werden. Meinst du nicht?«
»Ja, wahrscheinlich ... so ist es wohl«, erwiderte Culum.
Als sich die Struans den Brocks näherten, senkte sich Stille über den Strand, und die Erregung nahm zu.
Gorth und Nagrek Thumb standen neben Brock, Liza und den Kindern.
Skinner begann leise vor sich hin zu pfeifen und trat näher.
Aristoteles Quance hielt mitten in einem Pinselstrich inne.
Nur die ganz Kleinen spürten nichts von der Erregung und paßten weder auf noch hörten sie zu.
»Guten Tag, meine Damen und Herren«, sagte Struan und zog den Hut.
»Tag, Mr. Struan«, antwortete Liza Brock höflich. »Sie kennen doch wohl Tess und Lillibet, nicht wahr?«
»Aber natürlich. Guten Tag, meine Damen«, sagte Struan, als die Mädchen einen Knicks machten. Er stellte fest, daß sich Tess, seit er sie das letztemal gesehen hatte, sehr entwickelt hatte. »Können wir jetzt unsere geschäftlichen Angelegenheiten regeln?« fuhr er zu Brock gewandt fort.
»Wär' jetzt ein recht geeigneter Zeitpunkt. Lizy, du und die Mädchen, zurück aufs Schiff mit euch. Und, Lillibet, daß du mir die Hände nich' ins Meer hältst, holst dir sonst noch 'n Tod. Und fall mir nich' über Bord. Und du, Tess-Liebling, paß auf dich und Lillibet auf. Jetzt ab mit euch.«
Hastig machten sie einen Knicks und liefen vor ihrer Mutter her, froh, der strengen Aufsicht zu entkommen.
»Kinder und Bordleben passen nu' mal nich' zusammen, was?« sagte Brock. »Man weiß nie, wo sie sich rumtreiben. Genügt, um einen verrückt zu machen.«
»Ganz richtig.« Struan reichte Gorth die Bankanweisung. »Jetzt sind wir quitt, Gorth.«
»Danke«, antwortete Gorth und betrachtete das Papier sehr genau.
»Vielleicht möchten Sie es verdoppeln?«
»Wie denn?«
»Weitere zwanzigtausend, wenn eins unserer Schiffe Sie auf der Heimreise schlägt.«
»Danke. Aber man sagt, ein Narr bringt bald sein Geld durch. Bin kein Narr – auch nicht auf Wetten versessen.« Er warf noch einen Blick auf die Anweisung. »Kommt mir gerade gelegen. Vielleicht kann ich mir von dem da ein bißchen was von der Kuppe kaufen.«
Das Grün von Struans Augen wurde dunkler. »Gehen wir zum Zelt hinüber«, schlug er vor und ging voraus.

Robb und Culum folgten. Robb war sehr froh, daß sein Bruder der Tai-Pan vom Noble House war. Seine alte Furcht erwachte erneut. Wie soll ich je mit Brock fertig werden? Wie? dachte er.
Struan blieb vor dem Zelt stehen und nickte Cudahy zu.
»Kommt, Männer«, rief Cudahy der kleinen Gruppe wartender Seeleute zu. »Im Laufschritt.«
Zum Erstaunen aller ließen die Männer das Zelt in sich zusammenfallen.
»Bitte, unsere Sichtwechsel, Tyler.«
Bedachtsam holte Brock die Wechsel aus seiner Tasche. »Achthundertundvierundzwanzigtausend Pfund.«
Struan reichte Robb die Wechsel, der sie sorgfältig mit den Duplikaten verglich.
»Danke«, sagte Struan. »Würden Sie bitte hier unterschreiben?«
»Was soll das sein?«
»Eine Quittung.«
»Und wo is' meine Bankanweisung?« fragte Brock argwöhnisch.
»Wir haben beschlossen, bar zu zahlen«, erklärte Struan.
Die Seeleute zogen das in sich zusammengefallene Zelt weg. Säuberlich aufgeschichtete Wände aus Silberbarren verbargen fast den Stapel der leeren Fässer. Hunderte von Silberbarren, die in der matten Sonne schimmerten. Brock starrte sie wie gebannt an, und eine unheimliche Stille senkte sich über Hongkong.
»Noble House hat beschlossen, in bar zu zahlen«, erklärte Struan leichthin. Er zündete ein Streichholz an und hielt es an die zusammengerollten Sichtwechsel. Er holte drei Zigarren hervor, bot sie Robb und Culum an und gab ihnen mit dem brennenden Papier Feuer. »Es ist alles abgewogen. Aber wir haben eine Waage mitgebracht, falls Sie den Wunsch haben sollten, die Menge zu überprüfen.«
Das Blut schoß Brock ins Gesicht. »Hol Sie der Teufel!«
Struan ließ das verkohlte Papier zu Boden fallen und trat es in den Sand. »Ich danke Ihnen, Mr. Cudahy. Bringen Sie Ihre Leute an Bord.«
»Jawohl, Sir.« Cudahy und seine Leute warfen einen letzten verlangenden Blick auf die Silberbarren und eilten zu ihren Booten.
»So, das wäre erledigt«, sagte Struan zu Robb und Culum. »Jetzt können wir uns mit den Grundstücken befassen.«
»Das war wirklich ein ganz besonderes und seltenes Erlebnis, Dirk«, sagte Robb. »Das war eine großartige Idee.«
Culum ließ seine Blicke über den Strand wandern. Er sah die Habgier und den Neid in den Augen, die sie verstohlen beobachteten. Ich danke Dir, mein Gott, sagte er in Gedanken, daß Du mich ein Teil von Noble House sein läßt. Ich danke Dir, daß Du mich als Dein Werkzeug benutzt.
Brock hatte endlich seinen Schock überwunden. »Gorth, hol deine Raufbolde an Land, und ein bißchen schnell.«
»Bitte?«
»Gott verdammt schnell sogar!« stieß er hervor. Seine Stimme war leise und heftig. »Bewaffnet. In ein paar Minuten können wir schon jeden heidnischen Piraten in Asien im Nacken haben.«

Gorth stürmte davon.
Brock holte seine Pistolen hervor und gab sie Nagrek. »Wenn sich jemand bis auf fünf Yards nähert, blasen Sie ihm den Kopf runter.« Er stampfte zu Longstaff hinüber. »Kann ich mir Ihre Soldaten ausleihen, Exzellenz? Sonst werden wir bald 'nen schönen Haufen Schwierigkeiten hier haben.«
»Was? Soldaten? Soldaten?« Longstaff blinzelte das Silber an. »Hol mich der Teufel, ist das alles echtes Silber? Das alles? Hol mich der Teufel, ein Wert von achthunderttausend Pfund haben Sie gesagt?«
»Bißchen mehr sogar«, rief Brock ungeduldig. »Was ist mit den Soldaten? Seesoldaten, Matrosen. Jeder, der nur 'ne Waffe trägt. Um es zu bewachen, bei Gott!«
»Oh, mit Waffe! Natürlich. Admiral, würden Sie das bitte in die Hand nehmen?«
»Alles hierher!« brüllte der Admiral. Die Habgier, die sich auf allen Gesichtern spiegelte, sogar auf denen der Offiziere der Royal Navy, ließ seinen Zorn auflodern. Seesoldaten, Soldaten und Matrosen kamen herbeigestürzt. »Bildet einen Kreis in fünfzig Schritt Abstand um diesen Silberschatz. Niemand darf ihm nahe kommen. Verstanden?« Gereizt sah er Brock an. »Ich bin für die Sicherheit dieses Silbers eine Stunde lang verantwortlich. Dann müssen Sie sich selbst drum kümmern.«
»Ich danke Ihnen sehr, Admiral«, sagte Brock und unterdrückte einen Fluch. Er blickte aufs Wasser hinaus. Gorths Beiboot wurde mit aller Kraft auf die *White Witch* zu gerudert. Eine Stunde soll genügen, dachte er und verfluchte dabei Struan und das Silber. Wie in aller Welt kann ich denn so viel Silber verfrachten? Wessen Empfangsbestätigungen könnte ich denn anzunehmen wagen? Wo jetzt ein Krieg bevorsteht und der ganze Handel vielleicht zum Erliegen kommt. Könnte man jetzt Handel treiben – der ganze Tee einer Saison ließe sich damit bezahlen. Aber solange wir nicht wissen, wie's mit dem Handel weitergeht, sind die Empfangsbestätigungen der Handelshäuser nichts weiter als Papierfetzen. Mit Ausnahme dieses verdammten Noble House.
Es gibt keine Bank, keinen Tresor und damit keine Sicherheit, bis du das Silber nicht wieder los bist. Jetzt liegst du ständig auf der Folter. Hättest dir's ja denken können, daß dieser gemeine Hurenbock genau das tun wird. Hat dich richtig in eine Falle hineingelockt.
Brock riß seine Gedanken von den Silberbarren los und sah Struan an. Er bemerkte das spöttische Lächeln, und der Zorn wallte in ihm auf. »Der Tag ist noch nicht vorbei, bei Gott!«
»Ganz richtig, Tyler«, antwortete Struan. »Es gibt noch etwas zu erledigen.«
»Ja, bei Gott.« Brock drängte sich durch die schweigende Menge zum Podium vor.
Jäh packte Culum wieder die Unruhe, und sie war quälender als zuvor. »Hör mich an, Vater«, stieß er mit verhaltener, erregter Stimme hervor. »Onkel Robb hat recht. Brock wird dich hängen lassen, sobald die Versteigerung…«
»Fang doch nicht wieder damit an, mein Junge, ich bitte dich. Diese Kuppe gehört dem Noble House.«

Culum starrte seinen Vater hilflos an. Dann entfernte er sich.

»Was, zum Teufel, ist denn in ihn gefahren?« fragte Struan zu Robb gewandt.

»Ich weiß es nicht. Den ganzen Tag war er schon so unruhig wie eine läufige Hündin.«

Dann bemerkte Struan Sarah, die am Rand der Menge stand, Karen neben sich, statuengleich mit schneeweißem Gesicht. Er ergriff Robbs Arm und zog ihn mit sich. »Du hast Sarah noch nichts gesagt, Robb? Wegen des Hierbleibens?«

»Nein.«

»Jetzt wäre der richtige Augenblick dafür. Jetzt, da du wieder reich bist.«

Sie traten auf Sarah zu, aber sie bemerkte sie nicht.

»Hallo, Onkel Dirk«, rief Karen. »Darf ich mit deinen hübschen Barren spielen?«

»Sind sie wirklich echt, Dirk?« fragte Sarah.

»Ja, Sarah«, antwortete Robb.

»Gott allein weiß, wie du das geschafft hast, Dirk. Aber ich danke dir.« Sie krümmte sich, als sie die Bewegungen des Kindes in ihrem Leib spürte, und holte ihr Riechsalz hervor. »Das bedeutet ... das bedeutet, daß wir gerettet sind, nicht wahr?«

»Ja«, sagte Struan.

»Darf ich damit spielen gehen, Mami?« fragte Karen mit heller Stimme.

»Nein, meine Kleine. Aber lauf herum und spiel«, sagte Sarah. Sie trat dicht an Struan heran und küßte ihn. Die Tränen liefen ihr übers Gesicht. »Ich danke dir.«

»Dank mir lieber nicht, Sarah. Der Preis für solches Metall ist hoch.« Struan griff an seinen Hut und ging weiter.

»Was hat er damit gemeint, Robb?«

Robb erklärte es ihr.

»Ich werde trotzdem reisen«, sagte sie. »Sobald das Baby geboren ist.«

»Ja. Das ist wohl am besten.«

»Und ich bete darum, daß du *sie* niemals findest.«

»Ach, fang doch nicht wieder damit an, Sarah. Bitte. Es ist ein so schöner Tag, und wir sind wieder reich. Jetzt kannst du alles auf Erden haben, was du dir nur wünschst.«

»Vielleicht wünsche ich mir nur einen Mann als Ehegatten.« Sarah ging mit schweren Schritten auf das Langboot zu, und als Robb ihr folgen wollte, fuhr sie ihn an: »Ich danke dir, aber ich kann allein an Bord gelangen. Komm jetzt, Karen, meine Kleine.«

»Ganz wie du willst«, sagte Robb und eilte wieder den Strand hinauf. Eine Zeitlang vermochte er Struan in der Menge nicht zu entdecken. Als er sich jedoch dem Podium näherte, bemerkte er ihn. Er unterhielt sich mit Aristoteles Quance. Robb trat zu ihnen.

»Hallo, Robb, mein lieber Junge«, rief Quance freundlich. »Eine großartige Geste, das habe ich gerade zum Tai-Pan gesagt. Großartig. Des Noble House würdig.« Dann zu Struan gewandt, während es in seinem häßlichen Gesicht vor Freude zuckte: »Übrigens schulden Sie mir fünfzig Guineen.«

»Wie käme ich dazu?«
»Culums Porträt. Es ist fertig. Das haben Sie doch nicht etwa vergessen?«
»Dreißig Guineen sollte es kosten, und zehn habe ich Ihnen als Vorschuß gegeben, bei Gott.«
»Wirklich? Hol' mich der Teufel! Sind Sie sicher?«
»Wo ist Shevaun?«
»Wie ich höre, ist die Arme krank.« Quance nahm eine Prise. »Wie ein Fürst benehmen Sie sich, mein Freund. Kann ich einen Kredit haben? Es handelt sich um eine gute Sache.«
»Was fehlt ihr denn?«
Quance blickte um sich und senkte die Stimme: »Liebeskrank.«
»Und wer ist es?«
Quance zögerte: »Sie, mein Freund.«
»Ach, hol Sie doch der Teufel, Aristoteles«, erwiderte Struan verdrießlich.
»Ob Sie mir glauben oder nicht, ich habe einen Blick für so etwas. Sie hat sich mehrmals nach Ihnen erkundigt.«
»Während der Sitzungen?«
»Während welcher Sitzungen?« entgegnete Quance mit unschuldigem Gesicht.
»Sie wissen ganz genau, welche Sitzungen.«
»Liebeskrank, mein Freund.« Der kleine Mann lachte auf. »Und jetzt, da Sie wieder reich sind, müssen Sie damit rechnen, daß man Ihnen den Boden unter den Füßen wegreißt und Sie ins Bett zieht. Bei den unsterblichen Hoden des Jupiter! Bestimmt ist sie unvergleichlich im Bett. Nur fünfzig Guineen, und ich werde Sie einen Monat lang in Frieden lassen.«
»Um was für eine ›gute Sache‹ handelt es sich denn?«
»Um mich, mein lieber Junge. Ich habe eine Kur nötig. Ich war kränklich.«
»Ich kann mir schon vorstellen, was für eine Kur Sie brauchen. Sie sticht der Hafer. Ekelhaft bei einem Mann Ihres Alters!«
»Hoffentlich wird auch Ihnen dieses Glück zuteil, mein Lieber. Ich muß ja zugeben, daß es bei mir an Wunder grenzt. Aber fünfzig sind doch für einen verarmten Unsterblichen nicht viel.«
»Sie bekommen Ihre zwanzig Guineen, sobald ich das Bild habe.« Struan beugte sich vor und flüsterte bedeutungsvoll: »Aristoteles, wollen Sie sich eine Provision verdienen? Sagen wir hundert Pfund? In Gold?«
Sofort streckte Quance die Hand aus. »Sie können über mich verfügen. Meinen Handschlag darauf. Wen muß ich umbringen?«
Struan lachte und erzählte ihm von dem Ball und der ihm zugedachten Rolle als Richter.
»Um nichts in der Welt!« stieß Quance hervor. »Bin ich denn ein Narr? Wollen Sie, daß ich kastriert werde? Daß ich in ein frühes Grab sinke? Von jeder Hure in Asien zu Tode gehetzt? Geächtet? Niemals!«
»Nur ein Mann mit Ihrem Wissen, ein Mann von Ihrem Format, von ...«
»Niemals, auf keinen Fall! Sie, ehedem mein Freund, wollen mich jetzt wegen elender hundert Pfund tödlicher Gefahr aussetzen! Ja, gewiß, tödlicher Gefahr! Nur um von allen verteufelt und gehaßt zu werden, ruiniert und vorzeitig ins Grab zu sinken ... Erhöhen Sie auf zweihundert?«

»Einverstanden!« sagte Struan.

Quance warf seinen Hut in die Luft, tanzte einen Jig und hielt sich den Bauch. Dann zog er seine Weste aus roter Seide zurecht, hob seinen Hut auf und setzte sich ihn schief auf den Kopf. »Tai-Pan, Sie sind ein Fürst. Wer außer mir, Aristoteles Quance, würde sich an so etwas heranwagen? Wer außer mir käme für eine solche Aufgabe in Frage und wäre so vollkommen dafür geeignet? Vollkommen! Ach, prächtiger Quance! Fürst der Maler! Zweihundert. Im voraus zu zahlen.«

»Erst nach dem Urteil.«

»Nein. Sie könnten abreisen. Oder an einer eingebildeten Krankheit leiden.«

»Noch von meinem Sterbebett würde ich mich erheben, um bei diesem Wettbewerb den Richter zu spielen. Tatsächlich, ich hätte mich aus freien Stücken dazu gemeldet. Ja, bei Rembrandts Blut, ich würde freiwillig hundert Guineen zahlen, und wenn ich vor Brock im Staube kriechen müßte, um sie mir von ihm zu leihen und dieses Privilegs teilhaftig zu werden.« – »Bitte?«

Quance warf noch einmal seinen Hut in die Luft. »Oh, welch glücklicher, glücklicher Tag! Vollkommener Quance, unsterblicher Quance. Du hast deinen Platz in der Geschichte gefunden. Unsterblicher, vollkommener Quance.«

»Jetzt verstehe ich Sie überhaupt nicht mehr, Aristoteles«, sagte Robb. »Wollen Sie denn wirklich diese Aufgabe übernehmen?«

Quance hob seinen Hut auf und klopfte den Sand ab. Seine Augen funkelten. »Haben Sie die Vorteile bedacht, die ein solches Amt mir einbringt? Noch nicht? Jedes Weibsbild in Asien wird – wie soll ich mich ausdrücken? – bereit sein, den Richter zu bestechen, oder etwa nicht? Und zwar vorher.«

»Und Sie wären bereit, sich bestechen zu lassen!« sagte Struan.

»Natürlich. Aber es wird ein ehrliches Urteil sein. Das vollkommene Urteil. Ich weiß jetzt schon, wer Siegerin wird.«

»Wer ist es?«

»Noch hundert Pfund? Heute«?«

»Was tun Sie nur mit all dem Geld? Robb, Cooper und ich geben Ihnen ja schon ein Vermögen. Nur wir drei allein!«

»Geben, sagten Sie? Geben? Für Sie ist es ein besonderes Vorrecht, der Unsterblichkeit unter die Arme zu greifen. Ein Vorrecht, bei Luzifers hinterer Zitze! Übrigens, ist überhaupt kein Branntwein in diesen Fässern? Ich habe einen unsterblichen Durst.«

»Keiner. Nicht ein Tropfen.«

»Wie unzivilisiert! Ekelhaft!« Quance nahm noch eine Prise und erblickte dann Longstaff, der auf sie zukam. »Jetzt mache ich, daß ich wegkomme. Auf Wiedersehen, meine Freunde.« Pfeifend entfernte er sich, und als er an Longstaff vorbeiging, zog er feierlich den Hut.

»Ach, Dirk«, sagte Longstaff, ein breites Lächeln auf dem Gesicht, »warum ist Aristoteles denn so guter Laune?«

»Er freut sich ganz einfach nur, ebenso wie Sie, daß wir noch immer Noble House sind.«

»Und ganz zu Recht, nicht wahr?« Longstaff war jovial und von großer

Hochachtung erfüllt. »Ich habe nicht gewußt, daß es überhaupt so viel Silber in Asien gibt. Großartig, auf diese Weise zu zahlen. Würden Sie übrigens heute abend mit mir speisen? Es gibt da einige Fragen, in denen ich mir Ihre Ansichten anhören möchte.«

»Ich fürchte, heute abend bin ich verhindert, Will. Wie wäre es mit morgen? Warum kommen Sie nicht an Bord unseres Hauptquartiers auf der *Resting Cloud?* Um die Mittagszeit?«

»Mittags würde mir ausgezeichnet passen. Ich bin so froh ...«

»Übrigens, Will, warum ziehen Sie nicht den Befehl zurück, durch den die Flotte nach Norden geschickt wird?«

Longstaff furchte die Stirn. »Aber diese Teufel haben doch gegen unseren Vertrag verstoßen, oder etwa nicht?«

»Das hat der Mandschukaiser getan, sicher. Aber wir haben Taifunwetter. Da ist es besser, die Flotte zusammenzuhalten. Und fest in Ihrer Hand.«

Longstaff nahm eine Prise Schnupftabak und klopfte die Falten seiner prächtigen Weste leicht ab. »Der Admiral macht sich keine Sorgen wegen des Wetters. Aber wenn Sie es sagen.« Er nieste. »Aber wenn wir schon nicht nach Norden segeln, was machen wir denn dann?«

»Darüber reden wir morgen, wenn es Ihnen recht ist?«

»Sehr weise. Eine Sache beschlafen. Immer ein guter Rat, was? Ich freue mich, Sie wieder als Berater zu haben. Es sieht jetzt ganz danach aus, als könnten wir anfangen. Ihre andere große Geste hat mir auch riesig gefallen.« Longstaff entfernte sich heiter und zufrieden.

»Was hat er denn damit gemeint?« fragte Robb.

»Weiß ich nicht. Wahrscheinlich das Silber. Paß auf, Robb, morgen bist du es, der ihn empfängt«, sagte Struan. »Erklär ihm, was er zu tun hat.«

»Was soll denn das?« Robbs Gesicht verzog sich zu einem Lächeln.

»Erst die Bogue-Befestigungen einnehmen. Dann Vorstoß auf Kanton. Sofort. Kanton ein Lösegeld auferlegen. Sechs Millionen Silbertaels. Und dann, sobald der Wind günstig ist, weiter nach Norden. Genauso wie das erstemal.«

»Aber er möchte doch mit dir reden.«

»Jetzt kannst du ihn um den Finger wickeln. Er hat das Silber gesehen.«

»Mir wird er nicht so glauben wie dir.«

»In rund fünf Monaten muß er es ohnehin tun. Wie hat sich Sarah verhalten?«

»So, wie du es erwartet hast. Sie wird auf jeden Fall abreisen.« Da sich ein Brausen der Unruhe erhob, blickte Robb zum Podium hinüber. Longstaff betrat gerade die Stufen. »Du bist ihm gegenüber so nett, Dirk, obwohl er sich so verletzend und beleidigend verhalten hat. Aber ich weiß, daß du ihm jetzt die Krallen einschlägst. Stimmt doch?«

»Er ist der erste Gouverneur von Hongkong. Gouverneure bleiben vier Jahre. Also noch Zeit genug, sich mit Longstaff zu befassen.«

»Was ist mit der Kuppe?«

»Das ist doch schon beschlossene Sache.«

»Du wirst sie Brock überlassen?«

»Aber nein.«

»Meine Herren«, sagte Longstaff, zu den versammelten Kaufleuten gewandt, »ich möchte, bevor wir beginnen, hier auf die grundsätzlichen Gesichtspunkte, betreffend den Besitz von Grundstücken und deren Verwertung, hinweisen, die ich der Regierung Ihrer Majestät empfohlen habe.« Er begann aus einem amtlichen Schriftstück vorzulesen. »Das ganze Land ist Eigentum Ihrer Majestät. Zuweisungen auf Pachtbasis sollen bei einer öffentlichen Versteigerung an denjenigen erfolgen, der die höchste jährliche Grundstückspacht bietet – die Jahrespacht ist also Gegenstand dieser Versteigerung. Die Pachtzeit beläuft sich auf neunundneunzig Jahre. Innerhalb eines Jahres ist ein Gebäude im Mindestwert von tausend Dollar zu errichten, wobei der Dollarkurs auf vier Schilling, vier Pence festgesetzt wird. Andernfalls verfällt die Zuweisung. Die Hälfte des gebotenen Betrages ist sofort in bar zu entrichten.« Er blickte auf. »Ursprünglich hatten wir die Absicht, heute hundert Grundstücke anzubieten. Es war jedoch nicht möglich, sie alle zu vermessen. So werden rund fünfzig angeboten und der Rest so bald wie möglich. Ich habe auch empfohlen, daß Erwerber die Gelegenheit erhalten, ihre Grundstücke als freien Grundbesitz zu kaufen, sofern dies Ihrer Majestät genehm ist. Ja, und Erwerber von ›Küstengrundstücken‹ können auch Grundstücke am ›Stadtrand‹ oder draußen auf dem ›Lande‹ erhalten. Küstengrundstücke sind auf eine Breite von hundert Fuß festgelegt, Straßenfront an der Queen's Road bis hinunter zur See.« Er blickte auf und lächelte zufrieden. »Die zum Kauf angebotenen Grundstücke lassen uns schon heute eine ungefähre Vorstellung von der Anlage der künftigen Stadt gewinnen. So sind Grundstücke für das Gerichtsgebäude, für die staatlichen Behörden, für die Residenz des Gouverneurs, das Gefängnis, ein Kricketfeld, einen Marktplatz und für das Chinesenviertel vorgesehen. Ich habe unserer künftigen Stadt offiziell den Namen Queen's Town gegeben!«
Jubelrufe brachen aus.
»Ich habe heute seit langer Zeit erstmals wieder Gelegenheit, mich an Sie alle zu wenden. Wir werden es nicht leicht haben in Zukunft. Aber laßt uns nicht verzagen. Wir müssen alle an einem Strang ziehen. Wir müssen uns selbst vor den Pflug spannen, und dann werden wir, mit Gottes gütiger Hilfe, zum Ruhme Ihrer Britannischen Majestät und zum Ruhme der Kolonie Hongkong, die Heiden besiegen.«
Drei Hochrufe wurden auf die Königin, drei auf die Kolonie und drei auf Longstaff ausgebracht. Die chinesischen Zuschauer schwatzten, sahen zu und lachten.
»Und wenn Mr. Brock jetzt so freundlich ist, seine Gedanken von dem Bargeld von Noble House zu lösen, werde ich die Versteigerung für eröffnet erklären!«
Brock und Gorth kochten vor Zorn, als das Gelächter über sie hinwegbrandete.
Longstaff trat vom Podium herunter, und Glessing näherte sich ihm.
»Ich muß Ihnen gegenüber wiederholen, Exzellenz«, erklärte Glessing, »daß wegen der Kürze der Zeit nicht alle Grundstücke genau haben vermessen werden können.«
»Nebensache. Nebensache, mein Lieber. Was machen denn ein paar Fuß aus?

Es gibt genug Land für alle. Machen Sie bitte weiter, Culum, mein lieber Freund. Ich wünsche Ihnen gute Verrichtung.« Longstaff entfernte sich in Richtung auf sein Boot, und als er an Struan vorbeiging, lächelte er und zog den Hut. »Also morgen mittag, Dirk.«

Culum wischte sich den Schweiß von der Stirn und sah den kleinen Mann neben sich an. »Mr. Hibbs?«

Henry Hardy Hibbs richtete sich zu seiner ganzen Größe auf, wenn es auch nur fünfeinhalb Fuß waren, und bestieg das Podium. »Guten Tag, meine Herren«, rief er mit einem salbungsvollen Lächeln. »'Enry 'Ardy 'Ibbs. Aus London, früher in der Firma 'Ibbs, 'Ibbs & 'Ibbs. Versteigerer und Immobilienmakler, offizieller Versteigerer Seiner Exzellenz, des Ehrenwerten Longstaff. Jetzt zu Ihren Diensten.« Er war ein schmutziger, verlauster Kobold mit Glatze und kriecherischem Auftreten. »Grundstück Nummer eins. Wer bietet was?«

»Wo, zum Teufel, hast du denn den aufgetrieben, Culum?« fragte Struan.

»Ich habe ihn von einem der Kauffahrer«, hörte Culum sich selber sagen. Er wünschte, dieser Tag wäre schon vorbei. »Er hat für die Überfahrt von Singapur nach hier gearbeitet. Dort war er nämlich Räubern in die Hände gefallen, und man hatte ihm sein ganzes Geld gestohlen.«

Struan hörte zu, wie Hibbs mit der Gewandtheit des Fachmanns den Preis immer höher trieb. Er musterte die Menge und furchte die Stirn.

»Was ist, Dirk?« fragte Robb.

»Ich habe nur Gordon gesucht. Hast du ihn gesehen?«

»Als ich ihn das letztemal sah, ging er auf Glessing's Point zu. Warum?«

»Nichts weiter«, antwortete Struan und dachte, es sei doch recht seltsam, daß Gordon nicht da war. Ich hatte geglaubt, er würde selber ein Stück Land ersteigern. Eine bessere Anlage konnte er sich doch gar nicht wünschen.

Die Angebote für die Grundstücke kamen in rascher Folge. Alle Händler wußten, daß eine Kolonie Dauer bedeutete. Dauer aber hieß nichts anderes, als daß die Grundstückswerte in die Höhe schnellen würden. Insbesondere in einer Inselkolonie, wo Mangel an Baugrundstücken auf ebenem Gelände herrschte. Land bedeutete Sicherheit; Land konnte man niemals verlieren. Ein Vermögen würde man mit ihm machen.

Je länger die Versteigerung dauerte, desto stärker wurde Struans Erregung. Auf der anderen Seite der sich drängenden Menge stand Brock und wartete, ebenfalls aufs äußerste gespannt. Gorth befand sich in seiner Nähe, und seine Blicke gingen hastig zwischen Struan und seinen Leuten hin und her, die sich in einem Kreis um das Silber aufgestellt hatten. Struan und Brock kauften die Grundstücke, auf die sie sich geeinigt hatten. Aber die Preise waren höher als erwartet, denn zwischen den Käufern herrschte scharfe Rivalität. Jetzt wurde auf mehrere kleinere Grundstücke geboten. Einige von ihnen kaufte Struan, bei anderen gab er auf. Die Erregung unter den Händlern wuchs.

Das letzte der Küstengrundstücke wurde angeboten und gekauft. Dann kamen die Grundstücke am Stadtrand und auf dem Lande zur Versteigerung. Auch sie erzielten hohe Preise. Es blieb nur noch die Kuppe – das größte Grundstück und das beste.

»So, meine Herren, das hätten wir«, rief Hibbs mit vom Ausrufen heiserer

Stimme. »Alle, die etwas gekauft haben, rücken jetzt mit der Pinke heraus. Quittungen werden vom Stellvertretenden Kolonialsekretär ausgestellt. Darf ich bitten!«

Ein verwundertes Raunen ging durch die Menge.

»Die Versteigerung ist noch nicht abgeschlossen!« Struans Stimme klang scharf.

»Ja, bei Gott!« stieß Brock hervor.

»Bitte, meine Herren?« antwortete Hibbs vorsichtig, denn er spürte die Gefahr.

»Was ist mit der Kuppe?«

»Welche Kuppe, meine Herren?«

Struan stieß mit dem Finger vor. »Diese Kuppe!«

»Die ... die is' gar nicht auf der Liste, Chef. Hat nichts mit mir zu tun, Chef«, fügte Hibbs hastig hinzu und stand schon im Begriff, davonzulaufen. Er sah Culum an, der regungslos dastand. »Stimmt es, Euer Ehren?«

»Ja.« Culum zwang sich dazu, seinem Vater ins Gesicht zu blicken, und die Stille um ihn her erstickte ihn fast.

»Warum steht sie nicht auf der Liste, mein Gott?«

»Weil ... weil sie bereits erworben wurde.« Die Haare in Culums Nacken sträubten sich, als er – wie in einem Traum – seinen Vater auf sich zukommen sah. Alle sorgfältig überlegten Worte waren aus seinem Kopf verschwunden, alle guten Gründe, die ihn dazu veranlaßt hatten, an diesem Vormittag in seiner Verzweiflung Longstaff zu erklären, sein Vater habe die Absicht, dort eine Kirche zu bauen. Zum Wohle von ganz Hongkong. Es war die einzige Möglichkeit, wollte Culum brüllen. Siehst du es nicht ein? Du hättest uns alle ruiniert. Wenn ich mit dir gesprochen hätte, hättest du mir nicht zugehört. Siehst du es nicht ein?

»Erworben – von wem?«

»Von mir. Für die Kirche«, stammelte Culum. »Für ein Pfund im Jahr. Die Kuppe gehört der Kirche.«

»Du hast *meine* Kuppe genommen?« Die Worte waren leise, aber von gefährlicher Schärfe, und Culum witterte die Grausamkeit dahinter.

»Für die Kirche, jawohl«, brachte er mühsam und rauh hervor. »Die ... Urkunde ... die Urkunde wurde heute vormittag unterzeichnet. Ich ... Seine Exzellenz hat die Urkunde unterzeichnet. Unveräußerlich für alle Zeit.«

»Du hast gewußt, daß ich dieses Land haben wollte?«

»Ja.« Culum sah nur noch das blendende Licht, das aus den Augen seines Vaters hervorzuströmen schien, ihn durchdrang und Macht über seine Seele gewann. »Ja. Aber ich bin zu dem Schluß gelangt, es müsse der Kirche gehören. Die Kuppe gehört dem Haus Gottes.«

»Dann hast du gewagt, meine Pläne zu vereiteln?«

Es folgte eine beängstigende Stille. Sogar Brock war bestürzt von der Autorität, die von Struan auszustrahlen schien und die alle in ihren Bann schlug.

Culum wartete auf den Schlag, der fallen mußte – alle wußten, daß dieser Schlag kommen mußte.

Aber Struans Fäuste lockerten sich, er drehte sich nur schroff um und ging aus dem Tal hinaus.

Brocks brüllendes Gelächter durchdrang die entsetzliche Stille, und alle zuckten unwillkürlich zusammen.

»Still, Brock!« rief Quance. »Halt's Maul!«

»Das werde ich auch, Aristoteles«, antwortete Brock. »Das werde ich.«

Die Händler zerstreuten sich in kleinen, flüsternden Gruppen, und Hibbs rief mit zitternder Stimme: »Würden bitte die Herren, die gekauft haben, vortreten. Bitte, meine Herren.«

Brock betrachtete Culum fast mitleidig. »Ich möchte behaupten, deine Tage sind gezählt, mein Junge«, sagte er. »Kennst den Teufel nicht, wie ich ihn kenne. Sieh dich vor!« Dann trat er zu Hibbs, um seine Grundstücke zu bezahlen.

Culum zitterte. Er fühlte, wie die anderen ihn beobachteten. Er spürte auch ihre Benommenheit. Oder war es Entsetzen?

»Um Himmels willen, warum hast du ihn nicht gefragt?« stieß Robb leise hervor, obwohl er den Schock noch kaum überwunden hatte. »Warum bloß nicht? Bevor du es getan hast?«

»Er hätte ja doch nicht zugestimmt, oder?«

»Ich weiß nicht. Vielleicht doch. Oder er hätte Brock sich festrennen lassen ...« Verzagt hielt er inne. »Du mußt nichts auf das geben, was Brock vorhin zu dir gesagt hat. Er versucht nur, dir Angst einzujagen. Keinerlei Anlaß zur Sorge. Nicht der geringste.«

»Ich glaube, Vater ist wirklich der Teufel.«

Ein Schauer durchlief Robb unwillkürlich. »Das ist doch töricht, mein Junge. Ganz dumm. Du bist einfach überreizt. Das sind wir alle. Das Silber und ... na ja, die Erregung des Augenblicks. Kein Anlaß zur Sorge. Selbstverständlich wird er es einsehen, wenn ...« Robbs Worte erstarben. Dann eilte er hinter seinem Bruder her.

Culum fiel es sehr schwer, sich auf das Nächstliegende zu konzentrieren. Der Lärm schien stärker als zuvor, aber die Stimmen drangen wie aus größerer Entfernung zu ihm, und die Farben und die Menschen erschienen ihm so seltsam. Er erblickte Mary Sinclair und ihren Bruder. Sie waren noch weit weg. Plötzlich aber sprachen sie mit ihm.

»Verzeihung«, sagte er, »aber ich habe Sie nicht gehört.«

»Ich habe nur gesagt, es sei ein schöner Platz für die Kirche.« Horatio zwang sich zu einem Lächeln. »Es gibt keinen besseren.«

»Ja.«

»Ihr Vater hat immer diese Kuppe haben wollen. Seitdem er Hongkong zum erstenmal gesehen hat«, warf Mary ein.

»Ja. Aber jetzt gehört sie dem Gotteshaus.«

»Ja«, antwortete sie niedergeschlagen. »Aber um welchen Preis?«

Dann verschwanden sie aus seinem Gesichtskreis, und Hibbs tauchte vor ihm auf.

»Was ist?«

»Bitte um Verzeihung, Sir, aber es handelt sich um die Quittungen. Für die Leute, die das Land gekauft haben«, erklärte Hibbs unruhig.

»Quittungen?«

»Ja. Die Quittungen für die Grundstücke. Sie müssen sie unterschreiben.«

Culum hatte das Gefühl, sich selbst zuzusehen, als er Hibbs wieder zum Podium folgte. Mechanisch unterschrieb er mit seinem Namen.
Robb eilte die Queen's Road entlang, ohne auf die bestürzten Blicke zu achten, die ihm folgten. Die Brust schmerzte ihn von der Anstrengung des Laufens. »Dirk, Dirk!« rief er.
Struan blieb einen Augenblick stehen. »Du kannst ihm ausrichten, daß ich mich bei Sonnenaufgang mit ihm auf *seiner* Kuppe treffen will.«
»Aber, Dirk, Culum wollte doch nur . . .«
»Richte ihm aus, er soll allein kommen.«
»Aber, Dirk, hör mir einen Augenblick zu. Geh nicht weiter. Warte. Der arme Junge hat doch nur . . .«
»Sag ihm, er soll allein kommen.«

13

In jener Nacht sprang während der Mittelwache der Wind von Ostnordost auf Ost um und ließ um einen Knoten nach. Die Feuchtigkeit nahm zu, die Temperatur stieg um einen Grad. Die Kapitäne der Flotte bewegten sich unruhig im Schlaf und wachten zwischendurch auf, denn sie spürten, daß ein neuer Monsun heraufkam. Jetzt würde der Wind drei Monate lang bis Mai feuchtwarm aus Osten wehen, dann ebenso plötzlich auf Süd umspringen und Hitze und Feuchtigkeit bringen. Dann im Herbst wieder auf Ostnordost, trocken und kühl, bis zum Frühling des nächsten Jahres, wo er erneut auf Ost drehen und um einen Knoten nachlassen würde.
Die Kapitäne schliefen wieder ein, aber ihr Schlummer war weniger leicht. Der Ostwind kündete die Zeit der Taifune an.
Brock wälzte sich unruhig in seiner Koje und kratzte sich.
»Was ist dir, Tyler?« fragte Liza. Sie war augenblicklich hellwach und klar im Kopf, wie es eine Frau ist, wenn ihr Mann von Unruhe geplagt wird oder ihr Kind krank ist. Sie lag in ihrer Koje auf der anderen Seite der übelriechenden Kajüte.
»Nichts weiter, Liza. Der Wind is' umgesprungen, das is' alles. Schlaf nur.«
Er rückte seine Schlafmütze aus Flanell zurecht und gähnte heftig.
Liza erhob sich schwerfällig und stampfte durch die Kajüte.
»Was tust du?«
»Ein Bullauge öffnen. Schlaf du nur.«
Brock drehte sich auf die Seite und schloß die Augen, aber er wußte, mit dem Schlafen war es vorbei. Er zog den Geruch des Windes ein, der hereinwehte.
»Wird bald Nebel sein«, sagte er.
Liza legte sich wieder in ihre Koje; die mit Stroh gefüllte Matratze raschelte. Unter den Decken fühlte sich sich wohlig und geborgen. »Is' das Silber, das dir Sorgen macht, nich'?«
»Ja.«
»Zerbrich dir nich' jetzt den Kopf. Morgen bleibt Zeit genug dafür.« Sie gähnte und kratzte sich einen Wanzenbiß. »Wird herrlich sein, wieder an Land zu leben. Dauert es lange, bis ein Haus gebaut ist?«

»Nicht lange«, antwortete er und drehte sich auf die andere Seite.
»Dieser Ball, den Struan geben will«, sagte sie und suchte dabei nach den richtigen Worten, »is' für dich 'n Schlag ins Gesicht.«
»Lächerlich. Schlaf jetzt.« Brock war sofort auf der Hut.
»Natürlich, wenn wir richtig gekleidet wären, wär' das ein Schlag zurück, was, Tyler?«
Brock ächzte, achtete aber darauf, daß Liza es nicht hörte. Wie ein Lauffeuer war die Nachricht von dem Ball, kaum daß Struan zu Skinner davon gesprochen hatte, durch die Flotte gegangen. Jeder Ehemann in Asien verfluchte den Tai-Pan, denn er wußte, daß es um seinen Seelenfrieden geschehen war. Aber auch ihnen lief das Blut rascher durch die Adern. Die Wetten hatten begonnen. Shevaun Tillman war die große Favoritin. »Du meinst, Eleganz gegen seine Kanonen?« sagte Brock. »Gute Idee, Liza. Siehst richtig fein aus in deinem roten Seidenkleid, das ich ...«
»Dieser alte Fetzen?« erwiderte Liza mit einem verächtlichen Schnaufen. »Is' wohl nicht dein Ernst?«
»›Alt‹ hast du gesagt? Wieso denn, haste doch nur drei- oder viermal getragen. Ich finde, du siehst ...«
»Drei Jahre trage ich das Ding nun schon. Und auch du brauchst einen neuen Gehrock und 'ne Hose, eine elegante Weste und wer weiß was noch.«
»Die, die ich habe, gefallen mir«, erwiderte er. »Ich finde ...«
»Es is' an der Zeit, Einkäufe zu machen. Bevor noch der letzte Ballen guter Seide in Asien aufgekauft – und jede Näherin vergeben ist. Morgen reise ich nach Macao. Auf der *Gray Witch*.«
»Aber Liza! Nur wegen eines albernen Balles, den Dirk ...«
»Ich reise, wenn mittags die Tide kentert.«
»Gut, Liza«, sagte Brock. Er hatte jenen gewissen Ton in ihrer Stimme erkannt und wußte, daß er reden konnte, was er wollte, sie würde jedenfalls nicht mehr lockerlassen. Hol der Teufel diesen Struan! Aber trotz seines Zornes ließen ihm die Gedanken an den ausgesetzten Preis und den Wettbewerb keine Ruhe mehr. Wirklich eine fabelhafte Idee! Fabelhaft! Warum ist nur mir nicht so etwas eingefallen? Hol Struan der Teufel mit Haut und Haar!
Liza rückte ihr Kissen zurecht und dachte weiter über den Ball nach. Sie hatte sich bereits in den Kopf gesetzt, daß Tess den Preis gewinnen mußte. Und die Ehre dazu. Was immer es kosten mochte. Wie aber sollte sie Tyler dazu überreden, Tess zum Ball gehen zu lassen? Was sie betraf, würde er entsetzlich stur sein.
»Es wäre auch an der Zeit, über unsere Tess nachzudenken«, begann sie.
»Was soll mit ihr sein?«
»Es wär' an der Zeit, daß du über einen Mann für sie nachdenkst.«
»Was?« Brock setzte sich jäh in seiner Kajüte auf. »Hast du den Verstand verloren? Tess is' ja kaum aus 'n Windeln raus. Sie is' kaum sechzehn.«
»Und wie alt war ich, als du mich geheiratet hast?«
»Is' doch ganz was anderes, bei Gott! Warst erwachsen für dein Alter, wahrhaftig! Zeiten haben sich geändert. Noch reichlich Zeit für so leichtfertiges Geschwätz. Ein Mann für Tess? Bist wohl nicht mehr ganz richtig im Kopf, Weib? Und noch dazu mitten in der Nacht so was zu sagen! Will jetzt kein

Wort mehr davon hören, sonst bekommst du meinen Gürtel auf deinem Hintern zu spüren.« Wütend wandte er ihr den Rücken zu, knuffte sich das Kissen zurecht und schloß die Augen.
»Ganz recht, Tyler«, sagte Liza und lächelte. Sie war ihm nicht böse wegen der Schläge, die er ihr im Verlauf eines Lebens gegeben hatte. So viele waren es übrigens gar nicht gewesen – und niemals war es aus Gewalttätigkeit oder im Rausch geschehen. Übrigens lag das alles auch lange zurück. Sie lebte nun seit zwanzig Jahren mit ihm zusammen und war mit ihrem Mann zufrieden.
»Liza, meine Liebe«, begann Brock vorsichtig tastend, das Gesicht noch immer zur Wand gekehrt, »weiß eigentlich Tess ... weiß sie über gewisse Dinge Bescheid?«
»Natürlich nich'«, erwiderte sie empört. »Sie is' doch anständig erzogen worden!«
»Tja, aber bei Gott, wär' doch jetzt an der Zeit, daß du vertraulich mit ihr sprichst!« stieß er ungeduldig hervor. »Und du solltest lieber gut auf sie aufpassen. Himmel noch eins, wenn ich einen erwische, der um unsere Tess herumschnüffelt ... wie kommst du eigentlich darauf, daß sie alt genug is'? Hat das Mädel was gesagt? Hat sie sich anders benommen als sonst?«
»Natürlich hab' ich ein Auge auf sie. Is' ja lächerlich, was anderes zu denken. Lächerlich!« Liza schnaubte vor Zorn. »Ihr Männer seid doch alle gleich. Pah! ›Tu dies und tu das!‹ und Drohungen und was noch alles, nur weil ein Mädchen ranwächst und langsam heiratsfähig wird! Und ich wär' dir sehr dankbar, wenn du nich' soviel fluchen tätst, Mr. Brock. Es is' nich' schön und gehört sich nich'!«
»Und du hörst jetzt auf, darüber zu reden. Das ist das letzte Wort in der Sache, bei Gott!«
Liza lächelte zufrieden vor sich hin. Ja, wer würde es sein? Nicht Nagrek Thumb, auf keinen Fall. Aber wer? Der junge Sinclair? Keine Moneten und allzu eingebildet und fromm. Aber zuverlässig wie ein Goldstück, ein Mann mit Zukunft, der im Büro des gottverdammten Longstaff saß. Gab nichts Besseres, als den Sohn eines Geistlichen in der Familie zu haben. Also möglich. Jefferson Cooper, der Amerikaner? Schon besser. Auch reich genug. Mächtig genug. Aber ein verdammter Ausländer, der uns Engländer haßt. Aber trotzdem, Brock und Cooper-Tillman zusammen würden dem Noble House schön das Messer ins Gekröse jagen. Gorth wäre großartig, aber der war ihr Halbbruder, schied also aus. Schade.
In ihren Gedanken ließ sie die vielen, die gute Ehemänner abgeben würden, an sich vorbeiziehen. Ein solcher Mann mußte über Geld, Macht und Einfluß verfügen. Und außerdem brauchte er einen eisernen Willen und einen starken Arm, um sie im Zaum zu halten. Ja, dachte Liza, das Mädchen wird von Zeit zu Zeit eine kräftige Tracht Prügel mit dem Gürtel auf den Hintern nötig haben. Tess wird ganz besonders eigensinnig sein. Nicht leicht zu zähmen. Longstaff wäre das Ideal. Aber der ist verheiratet – ich habe jedoch gehört, seine Frau soll kränkeln. Sie sitzt in London. Vielleicht sollte man abwarten.
Die Liste schmolz auf zwei Namen zusammen.

»Tyler?«
»Barmherziger Himmel, kannste denn einen Mann nich' schlafen lassen? Was is' es denn jetzt?«
»Was wird dieser Teufel Culum antun?«
»Weiß ich doch nich'. Vielleicht ihn umbringen. Weiß nich'. Wird schon was Furchtbares anstellen, soviel steht fest.«
»Culum muß schon Mumm in den Knochen haben, um sich so aufzulehnen.«
Brock lachte auf. »Schade, hättest Dirk sein Gesicht sehen sollen! Hat ihn so richtig bis ins Mark erschüttert. Bis in die Grundfesten hinein.«
»War richtig gerissen von dem Jungen, das Land der Kirche zu geben. Hat seinen Papa aus 'ner Gefahr befreit. Und dich auch.«
»Lächerlich, Weib! Mich doch nich'! Dirk war wie besessen von dieser Kuppe. Der hätte geboten und geboten, und ich hätt' erst aufgehört, wenn der Preis ihm das Genick gebrochen hätte. Wär' dieser Hosenscheißer nich', dann wäre Dirk jetzt auf die Knie gezwungen. Erledigt!«
»Oder Struan hätte dich das Genick brechen lassen. Genauso.«
»Nein. Dazu war er zu sehr auf diesen Hügel versessen.«
»Aber noch viel mehr ist er darauf versessen, dich zu ruinieren.«
»Nein. Da irrst du. Schlaf jetzt.«
»Was wird er mit Culum machen?«
»Weiß ich nich'. Is' ein rachsüchtiger Mann. Jetzt steht der Haß zwischen ihnen. Hab' den Dirk noch niemals so aufgebracht gesehen. Streit zwischen den beiden könnte sich für uns ganz günstig auswirken.«
Einen Augenblick lang stieg Angst in Liza auf. Angst um ihren Mann. Angst vor den möglichen Gewalttätigkeiten zwischen ihm und Struan. Eine Feindschaft, die nur mit dem Tod des einen enden konnte. Oder beider. Lieber Gott im Himmel, betete sie wie schon früher so oft, laß Frieden zwischen ihnen werden. Dann verging die Angst, und sie sagte sich, wie es ihre Gewohnheit war: »Was sein soll, soll sein.« Und das erinnerte sie an ›Hamlet‹ und an Will Shakespeare, den sie vergötterte.
»Warum nicht ein Theater bauen, Tyler? Auf der Insel Hongkong. Wir bleiben doch jetzt hier, nicht wahr?«
»Ja.« Brocks Stimmung besserte sich, sobald seine Gedanken von Struan abgelenkt wurden. »Das wäre eine gute Idee, Liza. Wirklich gut. Bevor dieser Gauner auf den Gedanken kommt. Ja, werde gleich morgen mit Skinner drüber sprechen. Ich beginne mit dem Fonds. Und dann lassen wir uns 'ne Theatertruppe kommen. Schon für Weihnachten wird ein Stück angesetzt. Was könnte es denn sein?«
Liza hütete sich, etwas zu sagen. Sie hätte ›Romeo und Julia‹ vorgeschlagen, aber das wäre dumm gewesen. Denn ihr Mann, das wußte sie, hätte sie sofort durchschaut. Er hätte erkannt, was sie sich dabei gedacht hatte. Sicher. Tess als die Verbindung zwischen den Brocks und den Struans. Aber das brauchte nicht in einer Tragödie zu enden. Nicht so wie zwischen den Montagues und den Capulets.
»Wenn Gorth dir das angetan hätte, dir dein Land genommen, was hättest du da getan?«

»Weiß nicht, meine Liebe. Bin nur froh, daß es nicht Gorth war. Aber schlaf jetzt.«
Liza Brock ließ ihre Gedanken wandern. Wer von den beiden wäre der beste? Der beste für uns und der beste für Tess? Culum Struan oder Dirk Struan?

Der Nebel senkte sich langsam über die Schiffe herab, die ruhig vor Anker lagen. In den Schwaden erschien, in der Dunkelheit nur als Schatten erkennbar, ein Sampan. Er stieß leicht an das vordere Ankertau der *White Witch*. Hände packten das Tau, eine Axt hob und senkte sich, und der Sampan verschwand ebenso leise, wie er gekommen war.
Die Leute an Deck, die bewaffneten Matrosen und Nagrek, der Offizier der Wache war, bemerkten nichts Ungewöhnliches. Im Nebel, in dem man weder die Küste noch andere Schiffe sehen konnte, an denen man sich hätte orientieren können, war bei dem schwachen Wind, der ruhigen See und einer sanften Tide keine Bewegung festzustellen. Die *White Witch* trieb auf die Küste zu.
Der Bootsmann schlug acht Glasen, und Nagrek war bei dem Gedanken, welche Gefahr er auf sich zu nehmen im Begriff stand, voller Angst. Du verdammter Idiot, dachte er. Du begibst dich in Lebensgefahr, wenn du dich zu einem solchen Stelldichein mit Tess einfindest. Geh nicht! Bleib an Deck – oder leg dich in deine Koje und schlaf. Aber geh nicht zu ihr. Vergiß sie und vergiß den heutigen Tag und vergiß die vergangene Nacht. Schon seit Monaten war sich Nagrek ihrer bewußt geworden, aber in der vergangenen Nacht hatte er während seiner Wache durch das Bullauge der Kammer, die sie mit ihrer Schwester teilte, gelugt. Er hatte sie im Nachthemd gesehen, betend mit geschlossenen Augen neben der Koje kniend, wie ein Engel. Die Knöpfe des Nachthemdes waren offen, und die weiße Seide spannte sich über ihren jungen Brüsten. Als sie ihr Gebet beendet hatte, öffnete sie die Augen, und fast hatte er geglaubt, sie habe ihn entdeckt. Aber sie hatte die Augen vom Bullauge abgewandt und das Nachthemd enger um den Körper zusammengezogen, so daß sich ihre Gestalt deutlich abzeichnete. Dann hatte sie mit den Händen über ihren Körper gestrichen, liebkosend und zärtlich. Über Brüste, Hüften und Schenkel. Schließlich hatte sie ihr Hemd ausgezogen und war vor den Spiegel getreten. Ein Zittern überlief ihren Körper; sie zog sich rasch wieder an, seufzte auf, blies die Laterne aus und schlüpfte ins Bett.
Heute hatte er sie beobachtet, wie sie mit fliegenden Röcken den Strand entlanglief; er hatte ihre Beine gesehen und sich gewünscht, zwischen ihnen zu liegen, und da war der Wunsch in ihm aufgesprungen, sie zu besitzen. Hilflos vor Angst und Verlangen hatte er sich ihr nachmittags an Bord genähert und ihr etwas zugeflüstert. Er sah ihr Erröten und hörte ihre geflüsterte Antwort: »Ja, Nagrek, heute nacht um acht Glasen.« Die neue Wache kam an Deck.
»Geh nach unten, Nagrek«, sagte Gorth, als er aufs Achterdeck gestampft kam. Er verrichtete seine Notdurft ins Speigatt, gähnte dann, nahm seinen Platz auf dem Achterdeck neben dem Ruder ein und schüttelte sich fast wie ein Hund.
»Der Wind ist nach Osten umgesprungen.«

»Ich habe es gespürt.« Gereizt schenkte sich Gorth einen Schluck Rum ein. »Verdammter Nebel!«

Nagrek ging in seine Kajüte hinunter. Er zog die Schuhe aus und setzte sich auf den Rand der Koje. Er war verschwitzt und fröstelte. Von seiner Torheit fast erstickt und doch unfähig, ihrer Herr zu werden, schlich er aus der Kajüte hinaus und ging auf Zehenspitzen lautlos den Gang entlang. Vor der Kammer blieb er stehen. Seine Hand war feucht, als er die Klinke vorsichtig niederdrückte. Mit angehaltenem Atem trat er ein und schloß die Tür hinter sich.

»Tess?« flüsterte er, und dabei hoffte er beinahe, sie möge ihn nicht gehört haben.

»Pst«, antwortete sie, »oder du weckst Lillibet.«

Seine Angst nahm zu – der Verstand sagte ihm, er müsse sofort umkehren, aber sein Verlangen zwang ihn zu bleiben.

»Das ist schrecklich gefährlich«, sagte er. Er fühlte, wie ihre Hand sich ihm aus der Dunkelheit entgegenstreckte, die seine ergriff und ihn bis zur Koje geleitete.

»Du wolltest mit mir sprechen? Was wolltest du?« fragte sie, von der Dunkelheit, dem Geheimnisvollen und von Nagreks Anwesenheit entflammt und von diesem Feuer gleichzeitig entsetzt und entzückt.

»Jetzt ist nicht die richtige Zeit dafür, mein Liebling.«

»Aber du wolltest doch heimlich mit mir reden. Wo könnte es denn sonst heimlich sein?« Sie richtete sich in der Koje auf, zog das Hemd fester um sich und ließ ihre Hand kraftlos in der seinen ruhen.

Er setzte sich auf die Koje, und das Verlangen verschlug ihm die Sprache. Er streckte seine Hand aus, berührte ihr Haar und dann ihren Hals.

»Laß das«, murmelte sie und erschauerte, als er ihre Brüste streichelte.

»Ich will dich heiraten, mein Liebling.«

»Ach ja, ach ja.«

Ihre Lippen berührten einander. Nagreks Hände folgten ihren Formen, tasteten über sie hin. Und diese Berührung ließ Furcht und Leidenschaft in ihm emporlodern, die sich auf ein Ziel konzentrierten!

Gorth hörte auf, in den Nebel zu starren, als der Bootsmann ein Glasen schlug, und schlenderte zum Kompaß hinüber. Er sah im flackernden Schein der abgeschirmten Laterne auf ihn nieder und traute seinen Augen nicht. Er schüttelte den Kopf, um völlig wach zu werden, und sah noch einmal hin.

»Das ist doch unmöglich!«

»Was ist los, Sir?« fragte der Bootsmann bestürzt.

»Der Wind, bei Gott. Er kommt von Westen! Westen!«

Der Bootsmann rannte zum Kompaß, aber Gorth jagte bereits, Seeleute auf seinem Weg beiseite stoßend, an Deck entlang.

Er beugte sich über die Reling und entdeckte das durchschnittene Tau. »Achtung!« brüllte er in jähem Erschrecken. »Wir treiben!« Entsetzen packte die Männer an Deck. »Klar bei Heckanker! Anker fallen! Schnell!«

Noch während die Matrosen zum Tau des Heckankers stürzten, schurrte der Kiel über Felsboden. Das Schiff erbebte und ächzte.

Dieses Ächzen durchlief dic Holzbalken und war auch in der Kammer zu spüren, in der die Glut der Leidenschaft loderte. Nagrek und das Mädchen waren einen Augenblick wie gelähmt. Dann riß er sich aus ihrer Wärme, ihrer Umarmung los, rannte den Gang entlang und auf Deck. Brock riß seine Kajütentür auf und erblickte gerade noch Nagrek, der den Niedergang hinaufstürmte, und aus dem Augenwinkel bemerkte er, daß die Tür zur Kammer des Mädchens offenstand, vergaß es jedoch beim blindwütigen Hinaufstürmen. Liza stürzte aus der großen Kajüte hinaus.

Als Brock aufs Achterdeck gelangte, war der Anker ausgeworfen, aber zu spät. Die *White Witch* stieß ein letztes endgültiges Ächzen aus, legte sich leicht nach backbord über und ging mit einem mächtigen Stoß auf Grund. In diesem Augenblick schwärmten Sampans aus dem Nebel hervor, stürmten mit Enterhaken auf sie zu, und schon kletterten Piraten an Bord.

Die Piraten waren mit Musketen, Messern und Entermessern bewaffnet, und der erste an Deck war Scragger. Die Leute der *White Witch* mußten um das nackte Leben kämpfen.

Gorth wich einem Chinesen aus, der nach ihm stach, packte den Mann an der Kehle und brach ihm das Genick. Nagrek hob ein Kampfeisen auf und schlug auf die von allen Seiten auf ihn eindringende Horde ein, und dabei bemerkte er Scragger und andere Europäer unter den Chinesen. Er machte einen Mann kampfunfähig und eilte Brock zu Hilfe, der den Niedergang zu den Quartieren unten und zu den Silberbarren im Laderaum verteidigte.

Scragger schlug einen Mann nieder, sprang zurück und beobachtete seine Leute beim Angriff.

»Nach unten, zum Teufel!« brüllte er und führte den Angriff gegen Brock. Andere stürmten vor und schlugen die ersten Leute von der Freiwache nieder, die aus den Unterkünften heraufkamen.

Brock schoß einem Europäer das Gesicht weg, stieß einem anderen die leergeschossene Pistole in den Unterleib und holte wie ein Berserker mit dem Entermesser aus. Er sprang auf Scragger los, der ihm auswich und den Hahn seiner hochgerissenen Pistolc spannte, aber in dieser Sekunde stürzte sich Nagrek auf ihn, und die Kugel pfiff, ohne Schaden anzurichten, in den Nebel hinaus. Scragger wirbelte fauchend herum und schlug mit seinem Entermesser nach Nagrek, verletzte ihn leicht, warf sich dann wieder in das Handgemenge und stürzte erneut auf Brock los. Mit seinem Entermesser durchstieß er einen Matrosen; dann aber hatte Brock ihn am Hals gepackt, und sie gingen mit Fäusten und Knien kämpfend zu Boden. Brock stöhnte auf, als ihm Scraggers Entermesser ins Gesicht stieß. Aber er raffte sich auf, schleuderte Scragger zur Seite und hieb auf ihn ein. Scragger warf sich noch gerade rechtzeitig herum, und das Entermesser zerbrach, als es auf Deck aufprallte. Brock stieß das zerbrochene Messer einem Chinesen, der ihm an die Kehle gesprungen war, in den Leib, und Scragger brachte sich hinter seinen Männern in Sicherheit.

Gorth stürzte, um sich hackend und schlagend, in das Kampfgewühl auf dem Hauptdeck, da riß ihm ein Messer die Seite auf, und er fiel röchelnd zu Boden. Brock sah seinen Sohn fallen, aber er blieb kämpfend und tötend am Niedergang stehen.

Unten trieb Liza Brock Tess und Lillibet in die große Kajüte. »Regt euch nicht auf, Kinder!« rief sie und warf die Tür von außen zu.
Eine Pistole in jeder Hand, zwei weitere als Reserve in der Tasche, trat sie in den Gang. Sollte der Feind, bevor der Kampf zu Ende war, den Niedergang herunterkommen, bedeutete es, daß ihr Mann tot oder bewußtlos war. Aber vier Piraten würden sterben müssen, bevor sie an ihr vorbeikämen.
Unter Scraggers Führung warfen sich die Piraten wieder gegen Brocks Besatzung und wurden erneut zurückgeschlagen. Immer mehr Seeleute kämpften sich nun den Weg aus dem Vorschiff frei. Drei von ihnen kamen Brock beim Niedergang zu Hilfe, stürzten sich auf die Piraten und trieben sie zurück.
Ein Belegnagel traf Scragger in den Rücken, und da wußte er, daß der Kampf verloren war. Sofort brüllte er etwas auf chinesisch, und seine Leute brachen den Kampf ab. Wie Ratten kletterten die Piraten über die Schiffsseite hinab, sprangen in die Sampans und flohen. Scragger schwang sich über die Reling am Bug und verschwand im Wasser. Brock entriß einem seiner Leute die Muskete und rannte dorthin, wo Scragger verschwunden war. Als dessen Kopf einen Augenblick aus dem Wasser auftauchte, schoß Brock, traf aber nicht, und der Kopf verschwand. Brock fluchte und schleuderte die leere Muskete in die Dunkelheit.
Seine Leute schossen auf die Sampans, die rasch im Nebel entkamen. Als die fliehenden Piraten außer Schußweite waren, befahl Brock, die toten und verwundeten Feinde über Bord zu werfen, und wandte seine Aufmerksamkeit Gorth zu.
Blut strömte aus der Wunde, die Gorth mit der geballten Faust zu verstopfen suchte. Brock drückte die Hand seines Sohnes weg. Das Messer war unter dem Arm tief in den Rücken eingedrungen. »Hast du Blut gehustet, mein Junge?« – »Nein, Vater.«
»Gut.« Brock wischte sich den Schweiß vom Gesicht und erhob sich. »Holt mir Pech. Und Rum. Beeilt euch, zum Teufel! Wer verwundet ist, aufs Achterdeck. Alle übrigen in die Boote zum Flottmachen. Die Flut hat ihren höchsten Stand, beeilt euch!«
Nagrek versuchte, während er die Boote zu Wasser bringen ließ, der Schmerzen in seinem Kopf Herr zu werden. Blut strömte aus seiner Schulterwunde.
Brock gab Gorth einen Becher Rum, und sobald das Pech auf dem Kohlenbecken zu sieden begann, tauchte er einen Belegnagel hinein und schmierte das Pech in die Wunde. Gorths Gesicht verzerrte sich, aber kein Laut kam über seine Lippen. Dann behandelte Brock die anderen mit Rum und Pech.
»Mich, Sir, mich haben Sie vergessen«, stöhnte einer der Matrosen. Er preßte die Hände auf die Brust. Auf seinen Lippen stand blutiger Schaum, und durch die Wunde in seinem Brustkasten gurgelte die Luft herein und schoß zischend wieder hinaus.
»Du bist schon tot. Am besten, du machst deinen Frieden mit deinem Schöpfer«, antwortete Brock.
»Nein! Nein, ich flehe Sie an! Geben Sie mir das Pech, Sir. Bitte, bei Gott im Himmel!« Und er begann zu schreien. Brock schlug ihn bewußtlos, und der

Matrose blieb regungslos liegen. Eine Weile zischte und gurgelte die Luft noch weiter.
Brock half Gorth auf die Beine. Als er sich aufgerichtet hatte, vermochte er auch allein zu stehen. »Jetzt schaffe ich es schon selber!«
Brock verließ ihn und ging achtern, um nach dem Rechten zu sehen. Die Boote zogen, und die Männer legten sich in die Riemen. Die Ebbe hatte noch nicht eingesetzt.
»Jungs, holt fast!« brüllte er. »Klar beim Buganker, Nagrek!«
Sie schleppten das Schiff in sicheres Wasser, ein Mann im ersten Boot rief die geloteten Tiefen nach hinten, und als Brock mit Sicherheit damit rechnen konnte, daß sie aus der Gefahr heraus waren, gab er Befehl, den Anker auszuwerfen. Das Schiff schwojte nun im einsetzenden Ebbstrom und blieb liegen.
»Segelmacher!«
»Jawohl, Sir«, antwortete der Alte.
»Mußt Leichentücher für die da nähen«, sagte er und deutete auf die sieben Toten. »Nimm das alte Großsegel. Eine Kette unten an die Füße und bei Sonnenaufgang über Bord mit ihnen. Ich werde wie üblich den Gottesdienst abhalten.«
»Jawohl, Sir.«
Brock wandte seine Aufmerksamkeit Gorth zu. »Wie lange hat es, nachdem du die Wache übernommen hattest, gedauert, bis wir auf Grund gelaufen sind?«
»Kaum ein paar Minuten. Nein. Es war gerade erst ein Glasen. Ich erinnere mich genau.«
Brock dachte einen Augenblick nach. »In der kurzen Zeit haben wir kaum von unserem Ankerplatz bis an die Küste treiben können. Dann müssen wir in der Wache vorher gekappt worden sein und sind dann getrieben.« Brock sah zu Nagrek hinüber, und dieser zuckte zusammen. »Deine Wache. Zwanzig Hiebe bei Sonnenaufgang für alle, die an Deck waren.«
»Jawohl, Sir«, antwortete Nagrek entsetzt.
»Wärst du nicht gewesen, hätte mich die gottverdammte Pistole des Piraten erledigt, ich werde also über dich noch nachdenken, Nagrek.«
Damit ging er nach unten.
»Alles in Ordnung, meine Liebe«, sagte er. Liza stand wie ein Felsen vor der Kabine der Kinder.
»Ich danke dir, Tyler«, sagte sie und senkte die Pistolen. »War es schlimm?«
»Ziemlich schlimm. Ging ums Silber. Im Hafen von Piraten überfallen! Im Hafen! Waren Engländer unter den Piraten. Einen habe ich umgebracht, aber der Führer, hol ihn der Teufel, ist entkommen. Den Kindern fehlt nichts?«
»Nein. Sind jetzt drinnen. Schlafen schon.« Liza zögerte. »Ich glaube, ich muß mit dir reden.«
»Haben wir nicht schon geredet?«
Sie ging ernst den Gang entlang und in die große Kajüte. Er folgte ihr, und sie schloß die Tür.

Um drei Glasen kam Brock wieder an Deck. Der Nebel hatte sich etwas gelichtet und der Wind nachgelassen. Er hob prüfend die Nase in die Luft und wußte, daß der Wind bald auffrischen und der Nebel gegen Morgen verschwinden würde. Gorth, gehen wir nach unten und überprüfen wir die Ladung.«

»Keiner von diesen Galgenvögeln und Hurenböcken ist nach unten gelangt, Vater.«

»Wir sehen trotzdem nach. Du kommst auch mit, Nagrek.«

Brock ergriff eine Laterne, und sie stiegen in den Laderaum hinab.

»Da siehst du! Die Tür ist noch immer verriegelt«, sagte Gorth, den seine Wunde quälte.

Brock schloß die Tür auf, und sie gingen hinein. Er stellte die Laterne auf einem Stapel der Silberbarren ab und verschloß erneut die Tür.

»Hast du den Verstand verloren, Vater?« fragte Gorth.

Brock starrte Nagrek an.

»Was ist los, Mr. Brock?« Nagrek war wie versteinert.

»Es scheint, daß Nagrek deine Schwester berührt hat, Gorth. Tess.«

»Das habe ich nicht – ich habe es nicht getan, bei Gott nicht!« stieß Nagrek hervor. »Ganz und gar nicht.«

Brock nahm die neunschwänzige Katze herunter, die an der Wand des Laderaums hing. »Er ist in ihre Kabine gegangen, während sie schlief, hat sie dann geweckt und mit ihr gespielt.«

»Ich habe sie nicht angerührt, ich habe ihr nichts Schlimmes getan, wahrhattig nicht!« stieß Nagrek hervor. »Sie hat mich in ihre Kabine gebeten. Sie hat mich gebeten. Heute nachmittag hat sie mich darum gebeten. Das hat sie getan, bei Gott!«

»Dann warst du also in ihrer Kabine!«

Gorth stürzte auf ihn zu und fluchte vor Schmerz, als seine Wunde wieder aufbrach. Nagrek flüchtete zur Tür, aber Brock stieß ihn zurück.

»Du bist ein toter Mann, Nagrek!«

»Ich habe ihr nichts Böses angetan, ich schwöre es bei Gott ...«

»Du hast deine stinkenden Hände unter ihr Hemd gelegt!«

Die Peitsche traf Nagrek erbarmungslos wieder und wieder, während Brock ihn immer tiefer in den Laderaum trieb. »Getan hast du's bei Gott! Oder etwa nicht?«

»Ich schwöre bei Gott, ich habe sie nicht angerührt. Tun Sie mir nichts, Mr. Brock. Bitte. Es ist nichts Schlimmes geschehen ... Es tut mir leid ... ich habe sie nur berührt ... mehr ist es nicht gewesen ... weiter nichts.«

Brock hielt inne; sein Atem ging keuchend. »Dann ist es also wahr. Hast du es gehört, Gorth?« Beide Männer stürzten sich auf Nagrek, aber Brock war schneller, und seine Faust schlug Nagrek bewußtlos. Er stieß Gorth beiseite. »Warte!«

»Aber, Vater ... dieser Lump ...«

»Warte nur! Deine Mutter hat gesagt, das arme Kind hätte sich anfänglich gefürchtet, irgend etwas zu sagen. Tess hatte geglaubt, weil er sie berührt hat, würde sie nun ein Kind bekommen. Aber Liza hat festgestellt, daß Tess noch immer Jungfrau ist. Gott sei Dank hat er sie nur berührt!«

Als Brock wieder zu Atem gekommen war, zog er Nagrek aus und wartete, bis er das Bewußtsein wieder erlangte. Dann schnitt er ihm die Hoden weg. Und peitschte ihn zu Tode.

14

»Du hattest mich sprechen wollen, Vater?« Culums Gesicht war wie erstarrt.
Struan stand oben auf der Kuppe, das Fernglas um den Hals, ein Messer im Gürtel und ein zusammengeklapptes Kampfeisen vor sich am Boden. Er hatte Culum an Land kommen, das Tal betreten und den Weg nach oben gehen sehen. Der Wind hatte den Himmel klar gefegt, und die Sonne am Horizont verhieß einen schönen Tag.
Struan zeigte nach unten. »Von hier hat man einen schönen Blick, was?«
Culum antwortete nicht. Seine Knie wurden ihm unter den flammenden Blicken seines Vaters weich.
»Bist du nicht der Ansicht?«
»Die Kirche wird . . . alle werden . . .«
»Von der Kirche habe ich jetzt genug«, unterbrach ihn Struan. »Hast du schon von Brock gehört?« Seine Stimme klang allzu sanft, allzu ruhig.
»Was ist mit ihm?«
»Er wurde heute nacht von Piraten überfallen. Sie haben sein Ankertau gekappt, und er ist an Land getrieben. Da haben sie ihn geentert. Hast du nicht die Schießerei gehört?«
»Ja.« Culum fühlte sich bedrückt und erschöpft. Schlaflose Nächte und dann die Erkenntnis, daß er allein sie alle retten konnte. Das Ringen um den Entschluß und seine Bemühungen, Longstaff zu überlisten. »Aber ich habe nicht gewußt, worum es ging.«
»Ja. Im Hafen von Hongkong von Seeräubern überfallen. Sobald sich der Nebel gelichtet hatte, bin ich längsseits gegangen. Brock hat mir gesagt, er habe sieben Mann und den Kapitän verloren.«
»Gorth?«
»Nein. Nagrek Thumb. Der Arme ist seinen Verletzungen erlegen. Auch Gorth wurde verwundet, aber nicht zu schwer.« Struans Gesicht schien sich zu verhärten. »Der Kapitän hat bei der Verteidigung seines Schiffes sein Leben gelassen. Ein schöner Tod.«
Culum biß sich auf die Lippe und blickte auf der Kuppe um sich. Sein Herz klopfte stark. »Willst du damit sagen, daß dies hier mein Golgatha ist?«
»Ich kann dir nicht ganz folgen.«
»Kapitäne, die bei der Verteidigung ihres Schiffes ihr Leben lassen? Und dies ist nun mein Schiff – diese Kuppe –, ist es nicht das, was du hast sagen wollen? Willst du mich nicht fragen, ob ich bei der Verteidigung dieser Kuppe meinen Tod finden möchte?«
»Möchtest du?«
»Ich fürchte dich nicht.« Die Worte drangen rauh aus Culums trockener Kehle. »Es gibt Gesetze gegen Mord. Ich kann nicht gegen dich kämpfen,

und du kannst mich umbringen, aber dafür wirst du hängen. Ich bin unbewaffnet.«
»Du glaubst, ich würde dich töten?«
»Wenn ich dir in die Quere komme, ja, und ich bin dir in die Quere gekommen, nicht wahr?«
»Bist du?«
»Für mich warst du einmal ein Gott. Aber in den dreißig Tagen, die ich nun hier bin, habe ich dich als den erkannt, der du bist. Ein Totschläger. Ein Mörder, Pirat, Opiumschmuggler. Und ein Ehebrecher. Du kaufst und verkaufst Menschen. Du hast Bastarde gezeugt, bist stolz auf sie, und dein Name ist anständigen Menschen ein Greuel.«
»Welche anständigen Menschen sind das?«
»Du wolltest mich sprechen. Da bin ich. Sag mir, was du willst, damit wir es hinter uns bringen. Ich bin dieses Katze-und-Maus-Spiels müde.«
Struan hob seinen Proviantbeutel auf und hängte ihn sich über die Schulter. »Komm mit.«
»Wozu?«
»Ich möchte unter vier Augen mit dir reden.«
»Jetzt sind wir doch allein.«
Struan machte mit seinem Kopf eine Bewegung auf die vor Anker liegenden Schiffe zu. »Dort sind genug Augen. Ich fühle, wie sie uns beobachten.« Er deutete auf den Küstenstreifen, auf dem es von Chinesen und Europäern wimmelte. Händler schritten ihre Grundstücke ab. Schon spielten Kinder dort. »Wir werden von allen Seiten beobachtet.« Er deutete auf eine Anhöhe im Westen. »Dorthin gehen wir.«
Diese Anhöhe war fast ein Berg, der sich felsig, kahl und düster dreizehnhundert Fuß hoch erhob.
»Nein.«
»Ist es dir zu weit?« Struan bemerkte den Haß in Culums Gesicht und wartete auf eine Antwort. Aber es kam keine. »Ich habe geglaubt, du hättest keine Angst.«
Er wandte sich ab, ging die Kuppe hinunter und auf den ansteigenden Hang des Berges zu. Culum zögerte, von Furcht verzehrt. Dann folgte er, von Struans Willen beherrscht.
Während Struan bergan stieg, wurde ihm bewußt, daß er wiederum ein gefährliches Spiel spielte. Erst als er den Gipfel des Berges erklommen hatte, blieb er stehen und blickte zurück. Dieser Gipfel war vom Wind kahlgefegt und öde. Weit unten sah er Culum sich abmühen.
Er wandte seinem Sohn den Rücken zu.
Ein Bild von gewaltiger Weite bot sich seinen Blicken. Es war furchterregend und schön zugleich. Die Sonne stand nun schon hoch am blauen Himmel, und der Stille Ozean lag wie ein blaugrüner Teppich hingebreitet. Aus diesem Teppich des Meeres hoben sich die braunen und grünen Berge der Inseln heraus: Pokliu Tschau im Westen; Lan Tao, die gewaltige Insel, größer als Hongkong, fünfzehn Meilen weiter westlich; und die Hunderte von kleinen unfruchtbaren Inseln und öden Felsen, die zu dieser Inselwelt um Hongkong gehörten. Deutlich sah er im Fernglas die Schiffe im Hafen und im Norden

das chinesische Festland. Er erblickte ganze Flotten von Dschunken und Sampans, die im Sund von Lan Tao kreuzten und Kurs auf Hongkongs westliche Einfahrt nahmen. Eine noch größere Zahl segelte in die Mündung des Perlflusses. Im Norden und Süden, im Osten und Westen herrschte reger Schiffsverkehr: Fregatten im Vorpostendienst, Fischerdschunken, Sampans, aber keine Kauffahrer. Noch ein paar Wochen, dachte er, dann ist der zweite Krieg zu Ende, und die Kauffahrer beherrschten wieder die See.
Culum arbeitete sich auf dem von Struan getretenen Pfad vorwärts. Er war zu Tode erschöpft, und nur sein zäher Wille zwang seine Füße dazu, sich zu bewegen. Seine Kleider waren von dem dornigen Gestrüpp zerrissen, sein Gesicht zerkratzt. Aber er stieg weiter.
Schließlich gelangte auch er auf den Gipfel; seine Brust hob und senkte sich heftig. An seinen Kleidern zerrte der Wind.
Einige Schritte weiter unterhalb saß Struan im Windschatten. Vor ihm war ein Tischtuch ausgebreitet, auf dem Speisen und eine Flasche Wein standen.
»Hier, mein Junge«, sagte Struan und bot ihm ein halbes Glas Wein an.
Noch immer keuchend nahm Culum das Glas entgegen und versuchte zu trinken, aber das meiste rann ihm über das Kinn. Er wischte es ab und holte keuchend Atem.
»Setz dich«, sagte Struan.
Zu Culums Erstaunen lächelte Struan freundlich.
»Los, mein Junge, setz dich. Bitte, setz dich doch.«
»Ich ... ich verstehe nicht.«
»Von hier aus ist der Blick schöner, findest du nicht?«
»Eben noch warst du ein Teufel«, antwortete Culum, während seine Lungen von der Anstrengung schmerzten, »und schon ... schon ... ich verstehe überhaupt nichts mehr ...«
»Ich habe kaltes Huhn und Brot mitgebracht«, sagte Struan. »Und noch eine Flasche Wein. Bist du damit zufrieden?«
Erschöpft ließ sich Culum zu Boden sinken. »Kaltes Huhn?«
»Du hast doch wohl nicht gefrühstückt, oder? Du mußt ganz ausgehungert sein.«
»Was diese Kuppe anlangt, so habe ich ...«
»Komm erst einmal zu Atem, ruh dich aus und dann iß, bitte. Du wirst in den letzten beiden Nächten nicht viel geschlafen haben. Mit leerem Magen redet sich's nicht gut. Aber iß langsam, sonst wird dir schlecht. Der Anstieg hier herauf war steil. Ich bin selber müde.«
Culum lehnte sich mit dem Rücken an einen Felsen, schloß die Augen und sammelte seine Kräfte. Sein Körper verlangte nach Ruhe. Aber er zwang sich, die Augen offen zu halten, und hatte das Gefühl, dies alles sei ein Traum. Aber da saß er, sein Vater, und betrachtete den Stillen Ozean durch sein Fernglas.
Was diese Kuppe anlangt, so habe ich ...«
»Iß«, unterbrach ihn Struan und bot ihm etwas kaltes Huhn an.
Culum nahm sich ein Bein. »Ich kann erst essen, wenn ich das gesagt habe. Ich habe es tun müssen. Ich *mußte* es tun. Niemals hättest du zugestimmt, und es war die einzige Möglichkeit. Brock hätte dich vernichtet. Er hätte dich

beim Bieten hängen lassen. Ich wußte, daß er das machen wollte. Wenn er dich nicht so sehr haßte, ebenso wie du ihn, hättest du die Kuppe bekommen. *Du* hast es dazu kommen lassen. Du allein. Es ist deine Schuld. Jetzt gehört die Kuppe der Kirche, und so ist es richtig. Du hast es selber soweit gebracht.«

»Gewiß«, sagte Struan. »Natürlich. Ich bin sehr stolz auf dich. Dazu gehörte großer Mut. Robb hätte es niemals getan; selbst wenn ihm der Gedanke gekommen wäre, dann hätte er nicht gewagt, ihn auszuführen. Dazu hat er ganz einfach nicht das Zeug.«

Culum verschlug es fast die Sprache. »Du ... du hast es darauf angelegt, daß ich das tue? Du hast es gewollt?«

»Natürlich, mein Junge. Es war in dieser hoffnungslosen Lage doch die einzige Lösung.«

»Du ... du hattest es wirklich darauf angelegt, daß ich das tue?«

»Ja, ich habe darauf gesetzt, daß du es tun würdest. Ich habe dir einmal eine Andeutung gemacht. Als du so versessen darauf warst, mit Longstaff zu sprechen, und so nervös – und als du mir im Happy Valley so aus dem Weg gingst –, da dachte ich mir schon, daß du es eingefädelt hättest. Dann aber ließ ich mich durch deine Reaktion Gordon gegenüber irreführen. Aber später sagte Longstaff: ›Ihre *andere* große Geste hat mir auch riesig gefallen!‹ Da habe ich gewußt, daß dir die einzige andere mögliche Lösung gelungen war. Ich bin sehr stolz auf dich, mein Junge. Brock hätte uns bestimmt das Fell über die Ohren gezogen. Ich selber konnte nichts unternehmen, um das zu verhindern. Für mich war diese Kuppe eine Angelegenheit, bei der es darauf ankam, das Gesicht zu wahren.«

»Du ... du hast mich zwei Tage und zwei Nächte lang die Hölle erleben lassen und dabei gewußt, daß es eine ganz einfache Lösung gab?«

»War sie denn so einfach?«

»Für dich war sie es!« stieß Culum hervor. Er war aufgesprungen.

»Ach was!« sagte Struan. Plötzlich war er schroff und abweisend. »Für mich also. Aber nicht für dich. Doch du hast die Entscheidung gefällt, und dir kommt sie zugute. Jetzt bist du ein Mann. Hätte ich dir dieses ›Gotteshaus‹ vorgeschlagen, wär's dir niemals gelungen, die Sache durchzuführen. Du hättest dich verraten. Du mußtest an das glauben können, was du tatest. Wenn Brock einen einzigen Augenblick angenommen hätte, ich steckte mit dir unter einer Decke, hätte er uns zur Zielscheibe des Spottes von ganz Asien gemacht. Dann hätten wir für alle Zeit unser Gesicht verloren.«

»Du würdest mich also opfern, um das Gesicht wahren zu können?« schrie Culum. »Dein gottverdammtes Gesicht?«

»Unser Gesicht, Culum«, erwiderte Struan. »Und es freut mich, dich endlich fluchen zu hören. Du entwickelst dich zu deinem Vorteil, mein Junge.«

»Dann war dein ganzer Zorn nur gespielt?«

»Selbstverständlich«, antwortete Struan. »Der war nur für Brock bestimmt. Und für die anderen.«

»Auch für Robb?«

»Für Robb ganz besonders. Aber iß jetzt etwas.«

»Rutsch mir doch den Buckel runter mit deinem Essen! Du bist der Teufel

selber! Du wirst's noch fertigbringen, daß wir alle mit dir zusammen in die Hölle fahren. Beim Allmächtigen Gott, ich schwöre, daß ich ...«
Struan war aufgesprungen und packte Culum an den Schultern. »Bevor du etwas sagst, was du später vielleicht bereust, hör mir zu. Ich habe darauf gesetzt, daß du den Mut aufbringst, einen Entschluß zu fassen, und das hast du getan. Ganz allein. Ohne Hilfe von mir. Und dafür habe ich dich gesegnet. Jetzt bist du Culum Struan, der Mann, der es gewagt hat, die Pläne des Tai-Pan zu durchkreuzen. Der Mann, der ihm seine geliebte Kuppe weggenommen hat. Damit stehst du jetzt allein da. Du hast an einem Tag mehr an Gesicht gewonnen, als du es in zwanzig Jahren hättest tun können. Wie, in Gottes Namen, glaubst du denn, Menschen beherrschen und sie an der Nase herumführen zu können? Nur mit der Kraft deines Armes? Nein. Aber mit deinem Verstand. Und durch Zauberei.« Er ließ Culum wieder los.
»Zauberei?« Culum verschlug es den Atem. »Aber das hier ist schwarze Magie, Hexenkunst.«
Struan lachte leise auf, setzte sich wieder hin und schenkte sich ein Glas Wein ein. »Die Leute, die ein bißchen Verstand haben, werden sehen, wie klug du bist. ›Dieser Culum ist ein schlauer Bursche. Er hat die Kuppe der Kirche in die Hände gespielt. Auf diese Weise hat er Struan, diesen Teufel, daran gehindert, Noble House dadurch zu ruinieren, daß er sein Vermögen in diesen wertlosen Hügel investiert. Aber gleichzeitig damit hat Culum auch dem Tai-Pan das Gesicht gerettet – denn dieser Teufel kann doch Culum Struan nicht deswegen umbringen, weil er das Land der Kirche gegeben hat.‹«
Struan trank einen Schluck von seinem Wein. »Sogar Brock wird davon beeindruckt sein – ob er nun glaubt, daß es sich dabei um eine geheime Abmachung handelt oder nicht –, weil es dir gelungen ist. Die frommen Leute werden dich segnen, weil du der Kirche das ›Beste‹ gegeben hast. Narren wie Longstaff werden dich fürchten und deinen Rat einholen. Und die Zyniker werden deine elegante Lösung mit ehrfurchtsvoller Bewunderung hinnehmen, einen Bogen um dich machen und sagen: ›Culum hat den Teufel seines Vaters in sich. Am besten, man sieht sich vor ihm vor.‹ Ich möchte sagen, daß du an Format gewonnen hast, mein Junge.«
»Aber ... aber wenn das der Fall ist, dann hast doch du an Gesicht verloren?«
»Allerdings. Aber ich habe noch genug davon, ich kann noch einiges zusetzen. Für dich und für Robb. Und es bleibt mir nicht mehr viel Zeit, dir eine sichere Stellung zu schaffen. Wirst schon sehen. Alle werden sie denken: Culum ist einmal damit weggekommen, aber wird er es noch einmal versuchen? Und sie werden hoffen, wir könnten einander so sehr hassen, daß wir uns gegenseitig vernichten. Und genau das werden wir zu tun versuchen. Jedenfalls nach außen hin. Vor aller Öffentlichkeit.«
»Bitte?«
»Selbstverständlich. Kalte Feindseligkeit, wann immer wir einander begegnen. Es wird nicht lange dauern, bis Brock versuchen wird, dich auf seine Seite zu ziehen. Cooper wird es ebenfalls tun – auch Tillman. Sie werden dir alle möglichen Lügen auftischen – oder nach ihren Wünschen zurechtgebogene Wahrheiten –, in der Hoffnung, dein Haß würde solche Ausmaße

annehmen, daß du mich zu Fall bringst und dich auch gleich mit dazu. Und Noble House. Denn alle Chinahändler haben dieses eine Ziel. Aber jetzt werden sie es niemals erreichen. Du hast deine Feuerprobe bestanden, wahrhaftig.«
»Ich will damit nichts mehr zu tun haben«, entgegnete Culum ruhig.
»Du kannst dich dem gar nicht entziehen. Fünf Monate und fünf Jahre wird es dich nicht mehr loslassen. Du hast einen heiligen Eid geleistet.«
»Du betrachtest mich als an ihn gebunden? Auch jetzt noch?«
»Du wirst dich selber als daran gebunden betrachten. Dein Gehalt ist verdreifacht.«
»Hältst du Geld in einer solchen Sache für wichtig?«
»Es ist nur ein kleines Entgelt für zwei Tage in der Hölle.«
»Ich will kein Geld. Und ich werde auch nicht mitmachen. Ich kann nicht.«
Struan suchte sich bedächtig ein Hüherbein aus. »Ich habe sehr gründlich über dich nachgedacht. Ich war auch in Versuchung, dir von all dem überhaupt nichts zu sagen. Dich deine Rolle unbewußt spielen zu lassen. Dann aber habe ich dich mir genau angesehen und bin zu dem Schluß gelangt, daß du es – auch wenn du weißt, welche Rolle du spielst – schaffen kannst. Für uns beide wird es erfreulicher sein, wenn auch du Bescheid weißt.«
»Du würdest mir also bis zu meiner letzten Stunde ein Leben zumuten, das von Haß gegen dich erfüllt ist? Nur damit Noble House blüht und gedeiht?«
»Du kennst die Antwort darauf.«
»Du bist entsetzlich!«
»Durchaus deiner Meinung. In gewisser Hinsicht bestimmt«, fuhr Dirk Struan an seinem Huhn kauend fort. »Ich bin alles, was du mir vorwirfst, und noch weit mehr. Ich breche viele der Zehn Gebote, aber doch nicht alle. Ich weiß, was ich tue, und bin bereit, für das, was ich tue, einzustehen. Aber ich bin der einzige Mensch auf dieser Erde, dem du völlig vertrauen kannst – vorausgesetzt, daß du dich nicht mit Vorbedacht gegen unser Haus stellst. Ich bin *der* Tai-Pan. Und du wirst auch Tai-Pan, genauso wie ich – unter Leiden und Schurkenstreichen.«
»Lohnt denn ein solches Leben – mit dieser Heuchelei und Verleumdung?«
»Ach, mein Junge, du tust meinem Herzen wohl«, erwiderte Dirk Struan und warf den Hühnerknochen weg. »Du bist noch so jung. Ich beneide dich um die Jahre, die vor dir liegen. Ob es lohnt, hast du gesagt. Ob es lohnt, der Erste zu sein? Durch deine Persönlichkeit Brock und die anderen zu beherrschen? Auch Longstaff und durch ihn die Krone? Den Kaiser von China? Und durch ihn dreihundert Millionen Chinesen?« Der Tai-Pan trank einen Schluck Wein. »Es ist der Mühe wert. Viel Haß und ein wenig Schauspielerei sind ein sehr geringer Preis.«
Culum lehnte sich an den Felsen. In ihm wüteten die erbarmungslosen Worte, die Fragen und unerbittlichen Antworten weiter. War das der Wille Gottes? fragte er sich. Sollen nur die Stärksten auf Kosten der Schwächeren überleben? Denn Gott hat alle Dinge erschaffen, und sein Wille steht hinter allem. Aber Jesus hat gesagt, den Sanftmütigen solle die Erde gehören. Hat er wirklich die Erde gemeint oder das Reich Gottes?

Mit Sanftmut hätte man die Silberbarren nicht erlangen oder verteidigen können. Mit Sanftmut allein wäre Noble House diesmal nicht über den Berg gekommen. Sanftmut würde niemals zu einem Fortschritt führen, niemals die Grausamen und Habgierigen zu überwinden vermögen. Wenn ich Tai-Pan bin, wird die Bewegung der Charter erfolgreich vordringen. Reichtum, der einen Sinn hat – ein bewegendes Ziel, sagte er zu sich. Also gut.
Culums Haß seinem Vater gegenüber schwand dahin. Und mit dem Haß auch seine Liebe. Es blieb nichts zurück als respektvolle Anerkennung.
»Warum bist du hier heraufgegangen?« fragte Culum.
Struan wußte, daß er seinen Sohn verloren hatte. Es machte ihn traurig als Vater, jedoch nicht als Mann. Er hatte seinen Feind unter Umständen und zu einem Zeitpunkt, den er für richtig hielt, zum Kampf gestellt. So hatte er seine Pflicht als Vater erfüllt.
»Damit du so müde wirst, daß ich mit dir reden und dich dazu bringen konnte, das alles zu begreifen«, sagte er. »Und um dir zu zeigen, daß der Blick von der Kuppe aus zwar schön ist, von hier aus aber großartig.«
Zum erstenmal sah nun auch Culum Land und Meer mit anderen Augen.
»Ja. Ja, das ist er.« Dann beugte er sich vor, suchte sich ein Stück Huhn aus und begann zu essen.
Dirk Struan wollte nicht, daß sein Gesicht seinen Schmerz verriet. Der Junge wird auch wieder lächeln lernen, dachte er. Du mußt ihm Zeit lassen. Es ist immer schlimm, so schnell erwachsen zu werden. Gib dem Jungen Zeit.
Er fühlte sich sehr müde, lehnte sich an den Felsen, richtete sein Fernglas nach Süden und spähte nach der *China Cloud* aus. Aber sie war nirgends in Sicht. Gemächlich suchte er den Horizont ab. Dann richteten sich seine Blicke auf einen Punkt.
»Sieh mal! Da kommt die *Blue Cloud!*«
Culum nahm das Fernglas und entdeckte den Klipper. Er war ein Schwesterschiff der *Thunder Cloud*, mit achtzehn Kanonen bestückt, ebenso schnittig und ebenso schön. Auch Culum vermochte diese Schönheit zu sehen.
»Sie wird Opium für hunderttausend Guineen an Bord haben«, sagte Struan. »Was würdest du jetzt tun? Wir haben drei Schiffe hier liegen, und weitere sechzehn werden im Verlauf des Monats eintreffen.«
»Nach Norden schicken? Und dort ihre Fracht verkaufen?«
»Ja.« Struans Gesicht verdüsterte sich. »Da fällt mir übrigens etwas ein. Erinnerst du dich an Isaac Perry?«
»Ja. Obwohl ein Jahrhundert seitdem verstrichen zu sein scheint.«
»Ich habe ihn damals an die Luft gesetzt, weiß du noch? Weil er McKay im Stich gelassen hat, Angst vor mir hatte, und ich den Grund dieser Angst nicht kannte. Ich habe McKay zwei Wochen Zeit gegeben, um diesem Rätsel auf die Spur zu kommen, aber er ist nicht mehr nach Kanton zurückgekehrt. Gestern abend habe ich nun mit McKay gesprochen. Er hat jetzt einen Posten an Land – als Gehilfe des Polizeirichters.« Er zündete sich einen Stumpen an, wobei er die Flamme mit der hohlen Hand gegen den Wind schützte, reichte ihn Culum und zündete auch sich selbst einen an. »Es scheint, daß Perry jetzt bei Cooper-Tillman fährt. In ihrem Virginia-Afrika-Dienst. Sklavenhandel.«

»Das kann ich mir nicht vorstellen.«
»Wilf Tillman hat es mir bestätigt. Gestern abend. Er hat die Achseln gezuckt und erklärt, Perry habe nicht länger im Chinadienst fahren wollen. So hat er Perry ein Sklavenschiff angeboten. Perry hat angenommen. In der vorigen Woche ist er abgereist. Aber kurz vor seiner Abreisen hat McKay ihn aufs Kreuz gelegt. Sie haben sich miteinander betrunken. McKay hat ihm erzählt, ich hätte ihn entlassen – was ja stimmt –, hat mich verflucht, um eine Heuer auf Perrys neuem Schiff gebeten und geschworen, sich eines Tages noch an mir zu rächen. Alkohol löst jede Zunge, und Perry hat losgelegt. Er hat McKay anvertraut, er habe eine Abschrift der Liste unserer geheimen Handelsplätze an der Küste – genaue Längen- und Breitengrade – und der Namen unserer Opiumhändler an Morgan Brock verkauft.«
»Dann kennt also Brock alle diese geheimen Plätze?«
»Jedenfalls die, die Perry immer angelaufen hat. Zehn Jahre hat er diesen Handel betrieben. Und damit sind die meisten für uns wertlos.«
»Was können wir dagegen tun?«
»Wir müssen uns neue Handelsplätze suchen und neue Leute, denen wir vertrauen können. Du siehst also, mein Junge, auf keinen kann man sich allzu sehr verlassen.« – »Das ist furchtbar.«
»Es ist ein Gesetz im Kampf ums Dasein. Ruh dich jetzt eine Stunde aus. Dann brechen wir wieder auf.«
»Wohin?«
»Aberdeen. Wir werden uns dort in aller Stille umsehen. Unter den Überresten von Wu Kwoks Leuten.« Er öffnete seinen Proviantbeutel und reichte Culum eine Pistole. »Verstehst du, mit den Dingern umzugehen?«
»Nicht sehr gut.«
»Kann nichts schaden, wenn du ein wenig damit übst.«
»Gut.« Culum betrachtete die Waffe. Einmal hatte er anläßlich einer törichten Auseinandersetzung auf der Universität eine Duellpistole benutzt; aber er und sein Gegner hatten solche Angst gehabt, daß die Kugeln ihr Ziel weit verfehlten.
»Wir können sofort gehen«, sagte Culum. »Ich bin nicht mehr müde.«
Struan schüttelte den Kopf. »Ich möchte warten, bis die *China Cloud* überm Horizont auftaucht.«
»Wo war sie denn?«
»In Macao.«
»Warum?«
»Ich habe sie hingeschickt.« Struan klopfte sich Krümel von seiner Jacke. »Es ist gerade eine Belohnung auf den Kopf meiner Geliebten ausgesetzt worden. Auf den Sohn und die Tochter, die ich mit ihr habe, falls sie lebendig gefangen werden. Ich habe Mauss und die *China Cloud* entsandt, um sie herzubringen. An Bord sind sie sicher.«
»Aber Gordon ist doch schon hier. Ich habe ihn gestern noch gesehen.«
»Diese Frau ist nicht seine Mutter.«
Culum empfand es als seltsam, daß ihm die Vorstellung, sein Vater habe zwei, nein, sogar drei Familien, nichts mehr ausmachte. Drei, wenn er sich und Winifred mitzählte. »Entführung ist etwas Entsetzliches«, sagte er.

»Auch auf deinen Kopf ist jetzt eine Belohnung ausgesetzt. Zehntausend Dollar.«
»Ich frage mich, ob ich wirklich so viel wert bin?«
»Wenn ein Chinese zehn anbietet, kannst du dich darauf verlassen, daß du hundert wert bist.« Wieder stellte Struan sein Fernglas auf die *Blue Cloud* ein. »Meiner Ansicht nach würden hunderttausend eher den wahren Verhältnissen entsprechen. Was dich betrifft.«
Culum beschattete mit der Hand seine Augen. Er hatte die Anerkennung wohl verstanden, die in den Worten seines Vaters lag, ging aber nicht darauf ein. Er war mit seinen Gedanken bei der anderen Geliebten und fragte sich, wie sie wohl sein mochte. Auch Gordons Mutter. Es gelang ihm, völlig kühl, leidenschaftslos und ohne Groll daran zu denken, aber er war voller Verachtung für die Schwäche und Haltlosigkeit seines Vaters. Er wunderte sich selbst, daß er dies alles mit solcher Ruhe aufnahm.
»Was wird Brock mit seinem Barrensilber anfangen? Solange er es hat, ist er doch nie vor Seeräubern sicher.«
»Er wird uns bitten müssen, einen Teil zurückzunehmen. Gegen Quittung. Das tun wir dann auch. Aber zu geringeren Zinsen als üblich. Sag Robb, er soll die Sache in diesem Sinn durchführen.«
»Dann werden doch wir von Piraten überfallen.«
»Vielleicht.« Struan beobachtete die *Blue Cloud*, die zwischen Lan Tao und Hongkong langsam gegen den Wind kreuzte. »Sobald die *China Cloud* zurück ist, breche ich auf. Ich begleite das Expeditionskorps und kehre erst am Tag vor dem Ball nach Hongkong zurück.«
»Warum?«
»Um dir Zeit zu geben, dich an unsere ›Feindschaft‹ zu gewöhnen. Du brauchst etwas Übung darin. Ihr werdet mit dem Bau der Häuser beginnen. Die Pläne liegen bereits vor. Mit Ausnahme von dem für das Große Haus. Da muß ich mich erst noch entscheiden. Fang auch mit dem Bau einer Kirche auf der Kuppe an. Laß dir den Entwurf von Aristoteles machen. Zahl ihm ein Zehntel von dem, was er auf Anhieb verlangt. Du und Robb – ihr beide müßt das jetzt alles allein machen.«
»Jawohl, Tai-Pan«, sagte Culum. Tai-Pan. Nicht Vater. Beiden Männern war klar, daß dies etwas Endgültiges bedeutete, und sie fanden sich damit ab.
»Mein Landhaus errichtest du auf dem Vorortgrundstück Nummer siebzehn. Robb hat die Pläne. In drei Wochen muß es stehen, der Garten angepflanzt und mit einer zehn Fuß hohen Mauer umgeben sein.«
»Das ist unmöglich.«
»Soll es kosten, was es mag. Falls notwendig, setzt du eben hundert oder zweihundert Mann beim Bau ein. Eingerichtet und der Garten so angelegt, wie im Plan vorgesehen. Außerdem wünsche ich, daß alle unsere Gebäude innerhalb von drei Monaten stehen.«
»Wir haben Bauarbeiten für mindestens zehn Monate hier vorliegen. Sogar für ein Jahr oder noch mehr.«
»Na, dann brauchen wir eben mehr Leute. Und mehr Geld. Dann werden wir auch früher fertig.«

»Warum die Eile?«
»Warum nicht?«
Culum blickte aufs Meer hinaus. »Was ist mit dem Ball?«
»Du wirst alles vorbereiten. Zusammen mit Robb und Tschen Scheng, unserm Kommissionär.«
»Und Robb? Darf er nicht erfahren, daß unsere Feindschaft nur vorgetäuscht ist?«
»Diese Entscheidung überlasse ich dir. Wenn du willst, kannst du es ihm ja in der Ballnacht sagen.«
Die *China Cloud* tauchte am Horizont auf.
»Jetzt können wir gehen«, sagte Struan.
»Gut.«
Struan legte die Gläser und die restliche Verpflegung in den Proviantbeutel zurück. »Schick heimlich ein paar Leute hier herauf, die tagsüber Dauerwache beziehen.«
»Warum?«
»Wegen der Schiffe. Von hier aus sind wir vier oder fünf Stunden früher über das Einlaufen von Schiffen unterrichtet. Vor allem der Postschiffe. Dann schicken wir ihnen ein schnelles Boot entgegen, fangen sie ab und haben unsere Post noch vor den anderen.«
»Und dann?«
»Dann sind wir allen voraus. In vier Stunden läßt sich viel kaufen und verkaufen. Vier Stunden vor den anderen Bescheid zu wissen, kann über Leben und Tod entscheiden.«
Culums Achtung vor dem Vater nahm noch zu. Sehr klug, dachte er. Er ließ seine Blicke nach Westen schweifen zur Insel Lan Tao hinüber. »Sieh mal!« rief er plötzlich und deutete auf eine Stelle genau südlich der Insel. »Da steigt Rauch auf. Ein Schiff, das brennt!«
»Du hast scharfe Augen, mein Junge«, antwortete Struan und schwenkte sein Fernglas in diese Richtung. »Zum Teufel, es ist ein Dampfer!«
Das Schiff war schwarz, kahl und häßlich und hatte einen scharfen Bug. Rauch quoll aus seinem gedrungenen Schornstein. Es hatte zwei Maste und Takelage, jedoch keine Segel gesetzt und dampfte stur gegen den Wind. Achtern flatterte rot die Flagge.
»Sie dir nur dieses stinkende, ausgeschlackerte Hurenstück von einem Schiff der Royal Navy an!«
Culum war von seiner Heftigkeit betroffen. »Was ist denn los?«
»Diese verfluchte, eisengepanzerte Hure – das ist los! Sieh dir nur diesen Qualm an!«
Culum starrte durch das Glas hinüber. Für ihn sah das Schiff ganz harmlos aus. Ähnliche Raddampfer hatte er schon früher gesehen. Im Postdienst nach Irland verkehrten solche Schiffe schon seit zehn Jahren. Er konnte jetzt die beiden riesigen Räder zu beiden Seiten des Schiffs erkennen, den herausquellenden Rauch und das aufgewühlte Kielwasser. Das Schiff führte Geschütze an Bord. Viele.
»Ich wüßte nicht, was an diesem Schiff auszusetzen wäre.«
»Sieh dir nur dieses Kielwasser an. Und seinen Kurs! Mitten hinein in den

Wind, wahrhaftig! Liegt genau auf Ostkurs. In den Wind hinein. Sieh dir das nur an! Überholt unser Schiff, als ob die *Blue Cloud* eine verluderte Brigg in den Händen von gottverdammten Affen wäre – und nicht eine der besten Besatzungen der Erde an Bord hätte!«

»Aber was hast du gegen das alles einzuwenden?«

»Alles. Jetzt ist ein Dampfer in Asien. Er hat das Unmögliche geschafft. Diese rostige, von Stephenson erfundene, von Eiter verseuchte Hure mit eisernem Rumpf und einer Maschine im Bauch ist von England hierher gefahren, hat sich gegen den gesammelten Abscheu aller Meere und die Widerstände der Winde durchgesetzt. Wenn das einem Schiff gelingt, können es auch tausend andere schaffen. Da hast du den Fortschritt. Und den Beginn eines neuen Zeitalters!«

»Natürlich sind sie häßlich, wenn man sie mit einem Segelschiff wie der *Blue Cloud* vergleicht. Aber da sie gegen den Wind fahren können, den Wind gar nicht zu berücksichtigen brauchen, sind sie schneller und wirtschaftlicher und sie werden . . .«

»Niemals! Nicht schneller, wenn man mit rauhem Wind segelt, und auch nicht so seetüchtig. Bestimmt nicht bei Sturm. Diese stinkenden Pötte kentern wie nichts und sinken wie ein Stein. Und wirtschaftlich sind sie auch nicht. Für ihre Kessel müssen sie Holz oder Kohle haben und für den Teehandel taugen sie überhaupt nicht.«

Culum machten diese Ausfälle Spaß, aber er ließ es sich nicht anmerken. »Sicher. Aber im Lauf der Zeit werden auch die Dampfer bestimmt verbessert werden. Und wenn eins dieser Schiffe die Strecke hierher zurücklegen kann, können es auch tausend andere, wie du sagst. Meiner Ansicht nach sollten wir Dampfer kaufen.«

»*Du* kannst es tun und wirst recht damit haben. Aber hol mich der Teufel, wenn ich jemals eins dieser stinkenden Ungeheuer kaufe. Hol mich der Teufel, wenn die Flagge mit Löwen und Drachen, solange ich lebe, jemals über einem solchen Kasten weht!«

»Denken eigentlich alle Seeleute so wie du?« Culum fragte scheinbar unbefangen, aber dieses Thema reizte ihn.

»Ist das eine dumme Frage! Was steckt denn dahinter, Culum?« erwiderte Struan herausfordernd.

»Ich denke nur an den Fortschritt, Tai-Pan.« Culum warf einen Blick zurück auf das Schiff. »Möchte wohl wissen, wie es heißt.«

Struan musterte Culum argwöhnisch. Diesen Mann, das spürte er, beschäftigte irgend etwas, aber er konnte sich nicht vorstellen, was es war. Sonderbar, sagte er zu sich. Nun hast du das erstemal an Culum als Mann gedacht und hast nicht deinen Sohn in ihm gesehen; du hast auch nicht in Gedanken ›Culum‹ oder ›mein Junge‹ zu ihm gesagt. »Gott sei Dank muß ich den Tod der Segelschiffe nicht mehr erleben. Aber diese Hure dort draußen kündigt bereits den Tod der Chinaklipper an. Der schönsten Schiffe, die jemals über die Meere gesegelt sind.«

Er ging vor Culum den Berghang hinab in Richtung auf Aberdeen. Später kam der Dampfer der Küste so nahe, daß sie seinen Namen lesen konnten. Es war die *Nemesis*, H.M.S. *Nemesis*.

Die beiden Fregatten schossen eine Breitseite nach der anderen in die erste der Befestigungen, die den Bogue absperrten, einen zehn Meilen langen Wasserlauf, der die Zufahrt nach Kanton schützte. Der Bogue war schwer befestigt und gefährlich eng an seiner Mündung. Die Fregatten schienen in geradezu selbstmörderischer Weise benachteiligt. Die Möglichkeiten zu manövrieren waren minimal, und die Geschütze der Befestigungen konnten die Angreifer, die hin und her kreuzten und versuchten, sich flußauf durchzuschlagen, mühelos auf Schußweite fernhalten. Aber die Geschütze waren fest eingerichtet und konnten den Bewegungen der Schiffe nicht folgen, und eine korrupte Staatsverwaltung hatte seit Jahrhunderten die Befestigungen verfallen lassen. So schlugen die recht harmlosen Kanonenkugeln der Festungsanlagen, ohne Schaden anzurichten, back- oder steuerbords der Fregatten ein.
Von den Fregatten wurden die Beiboote zu Wasser gelassen, und die Seesoldaten stürmten an Land. Die Befestigungen wurden leicht und ohne Verluste eingenommen, denn die Verteidiger, die sehr wohl wußten, wie hilflos sie waren, hatten sich klugerweise zurückgezogen. Die Seesoldaten machten die Geschütze unbrauchbar, und ein paar blieben dort und hielten die Forts besetzt. Die übrigen kehrten an Bord zurück, und die Fregatten segelten eine Meile weiter nach Norden, nahmen die nächsten Befestigungen unter Beschuß und bezwangen sie ebenso mühelos.
Später wurden ihnen Dschunken und Brander entgegengeschickt, aber diese Flotte wurde versenkt.
Die beiden Fregatten konnten deshalb so ohne weiteres eine ganze Dschunkenflotte versenken, weil sie dieser an Feuerkraft und Geschicklichkeit im Manövrieren weit überlegen waren. Dschunken konnten weder kreuzen noch hart am Winde segeln. Dschunken waren für chinesische Gewässer und für Monsunwinde gebaut, die Fregatten hingegen für das elende Geheul der Stürme im Kanal, in der Nordsee oder im Atlantik, wo dergleichen an der Tagesordnung war und die Orkane mit zum Leben gehörten.

15

»Wie lahme Enten«, sagte der Admiral verächtlich.
»Richtig«, antwortete Struan. »Aber ihre Verluste sind gering und die unseren unbedeutend.«
»Ein entscheidender Sieg, darauf käme es an«, meinte Longstaff. »Das brauchen wir. Horatio, erinnern Sie mich daran, Aristoteles zu bitten, die heutige Erstürmung der Bogue-Festungen im Bild festzuhalten.«
»Jawohl, Exzellenz.«
Sie standen auf dem Achterdeck des Flaggschiffes H.M.S. *Vengeance*, eine

Meile hinter den Fregatten, die ihm den Weg freischossen. Achtern befand sich die Hauptmacht des Expeditionskorps, darunter auch die *China Cloud* – May-may und die Kinder waren heimlich an Bord.
»Wir fallen zurück, Admiral«, sagte Longstaff. »Können Sie die Fregatten nicht einholen?«
Der Admiral beherrschte sich, aber es fiel ihm schwer, Longstaff gegenüber höflich zu sein. Monate, in denen man ihn zurückgehalten hatte, Monate, in denen sich Befehle und Gegenbefehle gejagt hatten, und ein schmählicher Krieg hatten seinen ganzen Widerwillen geweckt. »Wir kommen aber gut vorwärts, Sir.«
»Ganz und gar nicht. Wir kreuzen nur hin und her, hin und her. Eine Zeitvergeudung, wie sie schlimmer nicht sein kann. Signalisieren Sie der *Nemesis*. Sie kann uns stromauf schleppen.«
»Mein Flaggschiff schleppen?« brüllte der Admiral mit hochrot angelaufenem Gesicht. »Diese dreckige Wurstmaschine? Mein Linienschiff mit seinen vierundsiebzig Geschützen? Schleppen, haben Sie gesagt?«
»Ja, schleppen, mein lieber Freund«, antwortete Longstaff, »um so früher werden wir in Kanton sein!«
»Niemals! So wahr mir Gott helfe!«
»Dann werde ich mein Hauptquartier auf die *Nemesis* verlegen! Lächerlich, diese Eifersüchteleien. Schiff bleibt Schiff, ob unter Segeln oder unter Dampf. Außerdem geht es hier um den Sieg in einem Kriege. Sie können an Bord kommen, wann immer es Ihnen beliebt. Ich würde mich freuen, wenn Sie mich begleiten, Dirk. Kommen Sie, Horatio.« Longstaff stampfte davon. Der Admiral und sein an Wahnwitz grenzendes Verhalten brachten ihn zur Verzweiflung. Diese ewigen Fehden zwischen Armee und Marine: Streitereien um den Oberbefehl, um die Frage, wessen Rat der wertvollste sei, wem der Vorrang beim Kielholen der Schiffe oder bei der Unterbringung auf der Insel Hongkong gebührte, und ob der Krieg ein See- oder Landkrieg sei, und wer daher wem zu befehlen habe. Und insgeheim war er auch noch immer wütend auf Culum, diesen kleinen verschlagenen Teufel, weil dieser ihn bei der Kuppe des Tai-Pan überlistet hatte. Er, Longstaff, hatte sie durch seine Unterschrift weggegeben, weil Culum ihm eingeredet hatte, der Tai-Pan billige das. Nun war das angenehme Verhältnis zum Tai-Pan gefährdet, das im Verlauf vieler Jahre mühsam aufgebaute, wodurch der gefährliche Mann seinen Zwecken dienstbar gemacht worden war.
Und außerdem hatte Longstaff genug davon, eine Kolonie zu gründen; er war es müde, umschmeichelt und gleichzeitig beschimpft, rettungslos in die schmutzigen Konkurrenzkämpfe der Händler verwickelt zu werden. Und die Chinesen brachten ihn zur Weißglut, weil sie es gewagt hatten, diesen hervorragenden Vertrag zurückzuweisen, den er, er ganz allein, ihnen in seiner Großmut gewährt hatte. Hol mich der Teufel, dachte er, hier stehe ich, trage die Last des gesamten Asien auf meinen Schultern, treffe alle Entscheidungen, verhindere, daß sie sich alle an die Gurgel fahren, führe einen Krieg zu Englands Ruhm und Ehre, rette seinen Handel, und welchen Dank erhalte ich? Vor Jahren schon hätte ich geadelt werden müssen! Dann aber ließ sein Zorn nach, denn er wußte, daß Asien bald zur Ruhe kommen

würde; aus der gesicherten Kolonie Hongkong heraus würde die britische Macht ihre Fäden spinnen und ihre Netze auslegen. Nach dem alles beherrschenden Willen des Gouverneurs. Gouverneure wurden geadelt. Sir William Longstaff – das hatte einen guten Klang. Und da Kolonialgouverneure Oberbefehlshaber aller kolonialen Streitkräfte waren, und außerdem, kraft ihres Amtes und kraft Gesetz, auch Gesetzgeber – dazu die unmittelbaren Vertreter der Königin –, würde er mit eitlen Admirälen und Generälen ganz nach Lust und Laune umspringen können. Die Pest über alle, dachte er, und fühlte sich schon wohler.

So begab sich also Longstaff an Bord der *Nemesis*.

Struan schloß sich ihm an. Dampfschiff hin oder her, er würde als erster in Kanton eintreffen.

Fünf Tage später lag die Flotte vor Whampoa vor Anker; das Flußgebiet hinter ihnen war erobert und fest in ihrer Hand. Eine Abordnung der Cohong-Kaufleute, von neuem Statthalter Tsching-so abgesandt, traf sogleich ein, um die Verhandlungen einzuleiten. Aber auf Struans Rat hin wurde die Abordnung, ohne empfangen worden zu sein, wieder weggeschickt, und am nächsten Tag wurde die Niederlassung erneut besetzt.

Als die Chinahändler an Land gingen, erwarteten sie alle ihre alten Bediensteten vor den Eingangstoren der Faktoreien. Es war alles, als habe man die Niederlassung niemals aufgegeben. Nichts war während ihrer Abwesenheit angerührt worden. Nichts fehlte.

Auf dem Platz wurden die Zelte einer Abteilung Soldaten aufgeschlagen. Longstaff ließ sich mit seinem Hauptquartier in der Faktorei von Noble House nieder. Als eine weitere Abordnung der Co-hongs eintraf, wurde auch diese wie die erste abgewiesen. Man traf umfangreiche Vorbereitungen für die Belagerung Kantons.

Bei Tag und bei Nacht drängte sich in der Hog Street und in der Thirteen Factory Street eine brodelnde, quirlende Menge, in der gekauft und verkauft, gestritten und gestohlen wurde. Bordelle und Kneipen machten glänzende Geschäfte. Viele Männer soffen sich zu Tode, einigen wurden die Kehlen durchgeschnitten, und andere verschwanden ganz einfach. Ladenbesitzer kämpften um Platz für ihre Waren, und die Preise stiegen und fielen je nach Angebot und Nachfrage.

Wieder suchte eine Abordnung um eine Audienz bei Longstaff nach, und wieder setzte sich Struan bei Longstaff durch und ließ sie abziehen. Die Linienschiffe gingen im Perlfluß vor Anker, und die *Nemesis* dampfte gemächlich hin und her und hinterließ Schrecken, wo sie aufgetaucht war. Dschunken und Sampans aber gingen flußauf, flußab weiter ihren Geschäften nach. Der Tee der letzten Ernte und Seidenstoffe wurden aus dem Hinterland gebracht und überschwemmten die Lagerhäuser der Co-hongs, die an den Flußufern lagen.

Dann erschien Jin-kwa, bei Nacht und in aller Heimlichkeit.

»Hola, Tai-Pan«, rief er, als er, gestützt auf die Arme seiner Leibsklaven, Struans privates Eßzimmer betrat. »Gut, Sie wieder sehen. Warum Sie mich nicht kommen sehen, heja?« Die Sklaven halfen ihm, sich hinzusetzen, verbeugten sich und gingen hinaus. Der alte Mann wirkte älter als jemals zu-

vor, und seine Haut war noch runzliger. Aber seine Augen waren jung und zugleich sehr weise. Er trug ein langes, blaßblaues Seidengewand, eine blaue Seidenhose und an den kleinen Füßen weiche Hausschuhe. Eine leicht grüne, daunengefütterte Seidenjacke schützte ihn vor der Feuchtigkeit und der Kühle der Frühlingsnacht. Auf dem Kopf trug er einen vielfarbigen Hut.
»Hola, Jin-kwa. Mandarin Longstaff mächtig böse geworden. Nicht wollen, daß dieses Stück Tai-Pan den Freund spricht. Ajii jah! Tee?« Struan hatte ihn ganz bewußt in Hemdsärmeln empfangen, denn Jin-kwa sollte sich sofort darüber im klaren sein, daß er ihm wegen Wu Fang Tschois halber Münze sehr böse war. Der Tee wurde eingegossen, und Diener trugen Tabletts mit Leckerbissen auf, die Struan für diesen besonderen Anlaß hatte zubereiten lassen.
Struan legte Jin-kwa und sich selber etwas *dim sum* auf.
»Essen außerordentlich sehr gut«, sagte Jin-kwa, der sehr steif auf seinem Stuhl saß.
»Essen sehr schlecht«, antwortete Struan, als wolle er sich entschuldigen, obwohl er wußte, daß in ganz Kanton kein besseres zu finden war. Ein Diener kam mit Holzkohle herein und schüttete sie auf das Feuer, wobei er ein paar Späne wohlriechenden Holzes dazu legte. Der köstliche Geruch des Holzes durchzog den kleinen Raum.
Jin-kwa aß sehr wählerisch vom *dim sum* und trank dazu in kleinen Schlukken den chinesischen Wein, der wie alle chinesischen Weine genau auf die richtige Temperatur erhitzt worden war. Der Wein wärmte ihn und tat ihm wohl, noch mehr jedoch das Bewußtsein, daß Struan, sein Schützling, ein tadelloses Benehmen an den Tag legte. Er benahm sich so, wie sich ein gewandter chinesischer Gegner benommen hätte: ließ ihm *dim sum* am Abend servieren, während es doch traditionsgemäß nur am frühen Nachmittag gegegessen werden durfte, und deutete dadurch nicht nur sein Mißfallen an, sondern wollte ihn auch auf die Probe stellen, um zu erfahren, wieviel er von Struans Begegnung mit Wu Kwok wußte.
Und obwohl Jin-kwa entzückt davon war, daß seine Erziehung – oder richtiger die seiner Enkelin T'chung May-may – so köstliche Frucht trug, war er dennoch von dumpfer Unruhe und schlimmen Vorahnungen erfüllt. Das ist das grenzenlose Risiko, das man eingeht, sagte er zu sich selber, wenn man einem Barbaren zivilisierte Manieren beibringt. Der Schüler lernt vielleicht allzu gut, und ehe man sich's versieht, beherrscht er den Lehrer.
So tat Jin-kwa nicht das, was er zunächst beabsichtigt hatte: das kleinste der mit Krabbenfleisch gefüllten gedünsteten Gebäckstücke auszusuchen und es ihm zu reichen, womit er wiederholt hätte, was Struan auf dem Schiff Wu Kwok gegenüber getan hatte, denn dadurch hätte er mit einem Höchstmaß an Subtilität zu verstehen gegeben, genau über alles orientiert zu sein, was sich in Wu Kwoks Kajüte abgespielt hatte. Statt dessen spießte er eins der in schwimmendem Fett gebackenen Stücke auf, legte es sich auf den Teller und verzehrte es bedächtig. Er wußte, daß es vorläufig klüger war, dieses Wissen zu verbergen. Später konnte er dann immer noch dem Tai-Pan helfen, der Gefahr auszuweichen, in der dieser sich befand, und ihm zeigen, wie er sich aus seiner unheilvollen Lage befreien konnte.

Während er an dem *dim sum* kaute, dachte er über die maßlose Dummheit der Mandarine und der Mandschus nach. Narren! Nichtswürdige, im Kot wühlende, hergelaufene Narren! Mochten doch ihre Mannsglieder einschrumpfen und sich ihre Gedärme mit Würmern füllen!
Alles war mit solchem Scharfsinn durchdacht und ausgeführt worden, dachte er. Wir hatten die Barbaren zu einem Zeitpunkt und an einem Ort unserer eigenen Wahl in den Krieg hineinmanövriert, wodurch zwar ihre wirtschaftlichen Probleme gelöst wurden, aber nach der Niederlage haben wir ihnen nichts von Bedeutung zugestanden. Der Handel wurde wie bisher abgewickelt, nur über Kanton. Auf diese Weise wird das Reich der Mitte weiterhin vor den herandringenden Barbaren geschützt. Und wir haben nichts weiter hergegeben als eine stinkende, von Fliegendreck bedeckte Insel, die wir durch den ersten Kuli, der dort seinen Fuß an Land gesetzt hat, schon wieder begonnen haben, in Besitz zu nehmen.
Und Jin-kwa dachte über die Vollkommenheit dieses Planes nach, der erlaubte, die Habgier des Kaisers und seine Furcht, Ti-sen könne eine Bedrohung für den Thron darstellen, zu nutzen. Der Kaiser war gezwungen worden, seinen eigenen Verwandten zu vernichten. Ein göttlicher Spaß! Ti-sen war mit einer solchen Sicherheit in die Falle gegangen, die man ihm schon seit langem gestellt hatte. Er war das ideale Werkzeug gewesen, mit dem sich das Gesicht des Kaisers und Chinas wahren ließ. Aber nach Jahren des Planens und der Geduld und nach einem völligen Sieg über die Feinde des Reiches der Mitte hatte doch dieses von Habgier zerfressene, nach Hurerei stinkende Stück Hundefleisch – der Kaiser – die unvorstellbare Dummheit begangen, einen so hervorragenden Vertrag nicht anzuerkennen!
Nun waren die barbarischen Briten ganz zu Recht zornig. Sie hatten vor ihrer teuflischen Königin und deren törichten Vertrauten das Gesicht verloren. Und jetzt müssen wir alles wieder von vorn einfädeln, und das alte Ziel des Reiches der Mitte – die Welt der Barbaren zu zivilisieren und sie aus der Finsternis ins Licht zu führen, eine Welt zu schaffen unter einer Regierung und einem Kaiser – ist dadurch verzögert worden, dachte er.
Jin-kwa hatte nichts dagegen, wieder von vorn anfangen zu müssen, denn er wußte, daß es sich bei diesen Zeiträumen um Jahrhunderte handelte. Nur ärgerte es ihn ein wenig, daß man unnütz Zeit verloren hatte und eine großartige Gelegenheit vertan war.
Als erstes Kanton, sagte er zu sich. Als erstes muß unser geliebtes Kanton wieder ausgelöst werden. Mit welcher Summe werde ich im besten Fall wegkommen? Mit wie wenig? ...
Struan kochte vor Zorn. Er hatte erwartet, Jin-kwa würde ein mit Krabbenfleisch gefülltes Stückchen Gebäck auswählen und es ihm anbieten. Sollte dies heißen, er wüßte noch nichts davon, daß Wu Kwok ihm die erste halbe Münze überreicht hatte? Ganz gewiß war er sich doch über die Bedeutung des *dim sum* im klaren. Nimm dich in acht, mein Freund.
»Mächtig viele Bum-bum-Schiffe, heja?« sagte Jin-kwa nach einer Weile.
»Longstaff mächtig viel mehr haben, keine Sorge. Sehr schlimm, wenn Mandarin so verrückt.«
»Ajii jah«, antwortete Jin-kwa. »Mandarin Tsching-so mächtig böse. Kaiser

sonst sagen, genau wie Ti-sen.« Er fuhr sich mit einem Finger über die Kehle und lachte auf. »Pfft! Wenn L'ngst'ff nicht weggehen, Krieg haben – nicht Handel haben.«

»Krieg haben, Handel nehmen. Longstaff mächtig böse sein.«

»Wieviel Taels helfen gegen mächtig böse, heja?« Jin-kwa schlüpfte mit seinen Händen in die Ärmel seiner grünen Seidenjacke, lehnte sich zurück und wartete geduldig.

»Nicht wissen. Vielleicht hundert Lac.«

Jin-kwa wußte, daß man sich freundschaftlich auf fünfzig einigen konnte, wenn man hundert verlangte. Und fünfzig Lac für Kanton waren keine ungebührliche Forderung, hilflos wie die Stadt war. Trotzdem gab er sich zutiefst entsetzt. Dann hörte er Struan sagen: »Hundert Lac hinzufügen. Gebühr.«

»Hundert wozu hinzufügen?« entgegnete er, und diesmal war sein Entsetzen nicht gespielt.

»Gebühr meine«, erklärte Struan rundheraus. »Nicht wie Gebühr auf Kopf von Cow-Chillo, meine Sklavin und meine kleinen Chillos. Mandarin Tsching-so sehr mächtig böse.«

»Gebühr auf Kopf von Chillo! Ajii jah! Mächtig sehr böser gottverdammter Mandarin, sehr!« rief Jin-kwa und tat verwundert. Er dankte seinem Joss, daß er rechtzeitig von dieser Belohnung gehört und die Angelegenheit rasch und geschickt erledigt hatte, indem er durch einen Zwischenträger die englische Hure – und auf diese Weise Struan – benachrichtigte, für den Fall, daß jemand versuchen sollte, diese Belohnung, die auf May-may und die Kinder ausgesetzt war, einzuheimsen, bevor sie in Sicherheit waren.

»Jin-kwa in Ordnung bringen! Keine Sorge, heja? Jin-kwa für Freund in wenigen Tagen in Ordnung bringen. Sehr gottverdammter Mandarin Tsching-so. Böse, böse, böse.«

»Mächtig böse«, antwortete Struan. »Vielleicht schwer in Ordnung bringen, kosten viele Lac. Nicht nur hundert Lac hinzufügen. Zweihundert hinzufügen!«

»Jin-kwa für Freund in Ordnung bringen«, erklärte Jin-kwa beschwichtigend. »Nicht ein hinzufügen, nicht zwei! Schnell-schnell mächtig in Ordnung bringen.« Er lächelte beglückt über die hervorragende Lösung, die er bereits ins Werk gesetzt hatte. »Sehr leicht. Anderen Namen auf Liste von Tsching-so setzen. Cow-Chillo von Master Einauge und zwei kleine Cow-Chillos.«

»Was?« stieß Struan hervor.

»Was schlimm, heja?« Was in aller Welt ist eigentlich los? fragte sich Jin-kwa. Er hatte einen ganz einfachen Tausch vorgeschlagen – eine nichtswürdige barbarische Frau und zwei nichtswürdige Mädchen, die dem Mann gehörten, der sich Struans Vernichtung in den Kopf gesetzt hatte, um die Sicherheit seiner eigenen Familie zu gewährleisten. Was war dagegen einzuwenden? Würde man denn niemals begreifen, was in den Köpfen dieser Barbaren vor sich ging?

Du lieber Himmel, überlegte Struan, wie soll man jemals diese heidnischen Teufel verstehen können? »Ich Liste nicht mögen«, erklärte er. »Kein Chillo von ich, kein Chillo von Teufel Einauge, kein Chillo überhaupt. Sehr gottverdammt böse.«

Entführung von Kindern ist wirklich sehr, sehr schlimm, dachte Jin-kwa und gab Struan recht, denn er selber lebte in ständiger Furcht davor, daß er, seine Kinder oder die Kinder seiner Kinder entführt werden könnten, um gegen Lösegeld freigelassen zu werden. Aber einige Namen mußten doch als Ersatz auf die Liste gesetzt werden. Wessen? »Jin-kwa nicht Cow-Chillo auf Liste setzen, keine Sorge. Ich in Ordnung bringen. Nicht sich sorgen, heja?«

»Zweihundert für meine Gebühr hinzufügen, dann keine Sorge«, entgegnete Struan.

Jin-kwa trank in kleinen Schlucken Tee. »Morgen Co-hong mit L'ngst'ff reden können?«

»Tsching-so können.«

»Tsching-so hinzufügen Co-hong, heja?«

»Morgen Tsching-so können. Nächsten Tag Co-hong können. Reden, wieviel Tael. Während reden, wir kaufen Tee trotzdem.«

»Reden enden, dann handeln können.«

»Trotzdem über Handel reden.«

Jin-kwa machte Ausflüchte, flehte, raufte sich das Haar und erklärte sich schließlich doch einverstanden. Er hatte bereits die Genehmigung des Tsching-so für die sofortige Wiederaufnahme der Handelsbeziehungen eingeholt und die Hälfte der ausgehandelten Zwangsprovision übergeben – die andere Hälfte sollte in sechs Monaten fällig sein. Er hatte auch bereits das weitere Vorgehen auf beiden Seiten umrissen, das Tsching-so erlauben sollte, das Gesicht zu wahren und sich vor dem Zorn des Kaisers wegen Nichtbefolgung der Befehle zu schützen: So sollten die Verhandlungen in die Länge gezogen werden, bis das letzte Schiff mit Tee beladen und der letzte Silbertael bezahlt war; dann sollte Tsching-so über die Niederlassung herfallen, sie niederbrennen und ausplündern, Brander gegen die barbarischen Kauffahrer entsenden und sie aus dem Perlfluß verdrängen. Der Handel würde die Barbaren in trügerische Sicherheit wiegen und ließ genügend Zeit für das Eintreffen der offensichtlich notwendigen chinesischen Verstärkungen. So würden die Barbaren nicht in der Lage sein, sich zu verteidigen, und Tsching-so hätte damit einen großen Sieg errungen.

Jin-kwa war von der Eleganz dieser Lösung begeistert, denn er wußte, daß die Barbaren keineswegs hilflos sein würden. Das Plündern und Niederbrennen der Siedlung würde ihren Zorn wecken. Von Kanton aus würden sie sofort nach Norden segeln und den Peiho entlang erneut den entscheidenden Stoß gegen Peking führen. In dem Augenblick, in dem die Flotte am Peiho erschien, würde der Kaiser auch diesmal um Frieden bitten, und damit wäre der Vertrag wieder in Kraft. Jener Vertrag, den man als vollkommen bezeichnen konnte. So mußte alles ablaufen, weil der Tai-Pan den ›vollkommenen‹ Vertrag anstrebte und Longstaff nur der Hund des Tai-Pan war.

Und so vermeide ich es, daß unserem geliebten Kanton jetzt ein Lösegeld auferlegt wird, und die andere Hälfte des Schmiergeldes brauche ich auch nicht zu zahlen, denn selbstverständlich sind durch unsere Listen Tsching-so und seine Familie schon heute zu den unterirdischen Särgen verurteilt, in die sie gehören – und möge dieser widerliche Wucherer aus Fukien während der letzten paar Monate, die ihm auf dieser Erde bleiben, von Impotenz geschlagen sein! Das ›Lösegeld‹, das wir aufbringen müssen, um den Kaiser jetzt und die Barbaren später zu befriedigen, läßt sich aus den Gewinnen vom Tee-, Seide- und Opiumhandel dieser Saison herausschlagen. Und dabei wird noch ein reichlicher Gewinn übrigbleiben. Wie großartig und erregend das Leben doch ist!

»Nicht sorgen um Chillo, heja? Jin-kwa regeln.«

Struan erhob sich. »Zweihundert hinzufügen, meine Gebühr.« Und er fuhr ironisch fort: »Jin-kwa zu Tsching-so sagen: ›Ein Haar krümmen von meiner Cow-Chillo, Tai-Pan kommt mit feuerspeienden Seedrachen. Frißt Kanton, ohne weiteres!‹«

Jin-kwa lächelte, erschauerte jedoch bei dieser Drohung. Auf dem ganzen Weg nach Hause fluchte er. Jetzt werde ich noch mehr Spitzel und Wachen einsetzen und noch mehr Geld aufbringen müssen, um Struans Kinder nicht nur gegen verkommene Entführer zu schützen, sondern auch gegen jeden kleinen Verbrecher, der in seiner Dummheit glaubt, er könne sich leicht einen Dollar verdienen. Ach, ach, ach!

Kaum war er wieder in der Sicherheit seines Hauses, als er seiner Lieblingskokubine einen Tritt versetzte und zwei Sklavinnen Daumenschrauben anlegen ließ. Danach fühlte er sich sehr viel wohler. Später schlich er aus seinem Haus und begab sich an einen geheimen Versammlungsort, wo er die scharlachroten Zeremonialgewänder anlegte, die seiner Stellung entsprachen. Er war der Tai Schan Tschu – der Oberste Führer der Hung Mun Tong in Südchina. Zusammen mit anderen ihm untergebenen Führern hörte er sich den ersten Bericht über die neugebildete Zelle auf Hongkong an. Dann bestätigte er Gordon Tschen als ihren Führer.

So begann zur überschwenglichen Freude und Erleichterung der chinesischen Kaufleute und der Chinahändler erneut der Handel zu blühen. Alle Soldaten, mit Ausnahme einer symbolischen Besatzung von fünfzig Mann, wurden abgezogen und nach Hongkong zurückgeschickt. Die Flotte suchte ihren Heimathafen Hongkong wieder auf. Nur H.M.S. *Nemesis* blieb im Wachdienst auf dem Fluß, erkundete die Wasserstraßen nach Kanton und legte Karten von allen an, die sie erforscht hatte.

Tag und Nacht herrschte in der Niederlassung und auf den Wasserstraßen bei Whampoa fieberhafte Tätigkeit. Die Schiffe mußten für die empfindlichen Teeladungen hergerichtet werden: die Laderäume wurden neu gestrichen, die Bilgen gesäubert und geschrubbt. Außerdem mußte man sich um Ladung für die Heimreise umsehen. Die Absprachen über Frachtraum bedurften genauer Festlegung.

Die Händler, die keine eigenen Schiffe besaßen – und von ihnen gab es viele –, stürzten sich auf die Schiffseigner und stritten sich um besonders begehrte Plätze in den Laderäumen der besten Schiffe. Fast unerschwinglich hohe Frachtpreise wurden verlangt und ohne weiteres bezahlt.

Noble House und Brock and Sons hatten Tee, Seide und Gewürze stets auf eigene Rechnung gekauft. Als kluge Rechner übernahmen die Struans und Brocks jedoch auch Frachten von anderen und waren nicht nur Verlader, sondern traten auch als Makler, Bankiers und Provisionsvertreter auf, sowohl für Fracht nach England als auch in umgekehrter Richtung. Auch auf der Ausreise übernahmen sie Fracht für andere – in erster Linie Baumwollwaren, Baumwollgarne und Alkohol, im übrigen jedoch alles und jedes, was Englands Industrie hervorbrachte und ein Händler für verkäuflich hielt. Zuweilen wurden ihnen Schiffe anderer englischer Firmen anvertraut, und sie übernahmen dann die Verantwortung für den Verkauf der Fracht, gleichgültig, woraus diese bestand. Diese Verkäufe erfolgten auf Kommissionsbasis. Danach mußten sie zusehen, ebenfalls auf Kommissionsbasis eine Ladung für die Heimreise aufzutreiben. Für die Ausreise übernahmen die Firmen Struan und Brock als Fracht lediglich Kanonen, Schießpulver und Kugeln.

Barrensilber wechselte von einer Hand in die andere, und Struan und Brock machten kleine Vermögen dadurch, daß sie die anderen Händler mit Bargeld versorgten und dafür Bankanweisungen in Zahlung nahmen. Das Bargeld wurde allerdings erst zur Verfügung gestellt, wenn ein Schiff mit seiner Fracht die Bogue-Festungen sicher hinter sich hatte und sich eine Tagereise weit auf hoher See befand.

In diesem Jahr setzte sich Struan Robb gegenüber durch und verwendete den ganzen Frachtraum der *Blue Cloud* ausschließlich für Noble House, wie er auch den gesamten Tee und alle Seidenstoffe allein für die Firma behielt. Vierhundertundneunundfünfzigtausend Pfund Tee, in mit Zedernholz ausgeschlagenen Fünfzigpfund-Kisten fest verpackt, und fünfeinhalbtausend Seidenballen füllten nach und nach die Laderäume der *Blue Cloud*. Es wurde Tag und Nacht gearbeitet. Das bedeutete sechshunderttausend Pfund Sterling, falls die Fracht unversehrt in London eintraf und das Schiff das erste war.

In diesem Jahr behielt sich auch Brock den ganzen Frachtraum der *Gray Witch* vor. Sie sollte eine halbe Million Pfund Tee und viertausend Ballen Seide an Bord nehmen. Wie Struan wußte auch Brock, daß er nicht mehr würde ruhig schlafen können, bis sechs Monate später mit der Post die Nachricht von der glücklichen Ankunft des Schiffs – und von einem glückhaften Verkauf eintraf.

Longstaff war von Stolz erfüllt, daß es ihm, und ihm allein, gelungen war, die Handelsbeziehungen so mühelos wieder anzuknüpfen und den Statthalter Tsching-so persönlich an den Verhandlungstisch zu bringen. »Aber, mein lieber Admiral, warum hätte ich denn sonst die drei Abordnungen weggeschickt, ich bitte Sie? Doch nur um das Gesicht zu wahren. Man muß dieses Problem des Gesichtwahrens und überhaupt die ganze heidnische Mentalität verstehen. Verhandlungen und Handel, und dabei ist kaum ein einziger Schuß abgefeuert worden! Und der Handel, mein lieber Sir, der Handel ist Englands Herzblut.«

Er blies die Belagerung von Kanton ab und brachte dadurch Armee und Marine noch mehr gegen sich auf. Und er wiederholte, woran Struan ihn erinnert hatte: daß nämlich er, Longstaff, schon früher erklärt hatte: »Wir müssen den Besiegten gegenüber großherzig sein, meine Herren. Wir müssen die Schwachen beschützen. Der Handel Englands kann doch nicht auf dem Blut der Hilflosen gedeihen, oder? In einigen Tagen werden die Verhandlungen abgeschlossen und Asien ein für allemal gesichert sein.«

Aber die Verhandlungen kamen zu keinem Abschluß. Struan wußte ganz genau, daß es in Kanton gar keinen Abschluß geben konnte. Nur in Peking oder vor Pekings Toren. Und ihm lag auch noch gar nichts an einem Abschluß. Nur am Handel. Es kam vor allem darauf an, den Tee und die Seidenstoffe dieser Saison einzukaufen und das Opium dieses Jahres abzustoßen. Mit dem Gewinn aus den Handelsgeschäften dieses einen Jahres würden alle Handelshäuser ihre Verluste wieder ausgleichen. Mit den Gewinnen könnten sie ein weiteres Jahr durchhalten und ihre Kapazität erweitern. Der einzige Ort aber, an dem sich dies durchführen ließ, war Hongkong. Durch den Handel wurde Zeit gewonnen, die von entscheidender Wichtigkeit war – um Lagerhäuser, Kaianlagen und Wohnhäuser auf ihrer Zufluchtsinsel zu bauen. Zeit, bis die Sommerwinde den erneuten Vorstoß nach Norden ermöglichten. Zeit, um jeden Sturm bis zur Handelssaison des kommenden Jahres glücklich zu überstehen. Zeit und Geld, um Hongkong zu einem sicheren Ort zu machen – und damit zum Sprungbrett nach Asien.

So beschwichtigte Struan Longstaffs Ungeduld, sorgte dafür, daß die Verhandlungen nicht einschliefen, und stürzte sich in ein scharfes Rennen mit Brock um die besten Teesorten, die feinste Seide und die günstigsten Frachtgeschäfte. Achtzehn Klipper mußten beladen und auf den Weg geschickt werden. Achtzehn Besatzungen und ihre Kapitäne waren abzufertigen.

Brock ließ die *Gray Witch* als erste Anker lichten. Sie segelte flußabwärts davon, mit zum Bersten gefüllten Laderäumen. Die letzte Luke auf der *Blue Cloud* wurde einen halben Tag später verkeilt, und dann machte sie sich an die Verfolgung. Damit hatte das Rennen begonnen.

Gorth tobte und schimpfte, weil auf seinem Schiff ein neuer Kapitän das Kommando hatte, aber Brock war unerbittlich. »Mit deiner Wunde wäre es nicht ratsam, außerdem wirst du hier gebraucht.« So setzte sich Gorth in den Kopf, es im Lauf der Zeit zum Tai-Pan zu bringen. Er wollte *der* Tai-Pan werden, bei Gott. Mit diesem Gedanken kehrte er an Bord der *Nemesis* zurück. Seitdem das Schiff in den Hafen gedampft war, hatte er jeden freien Augenblick an Bord verbracht; er lernte, wie man mit einem solchen Schiff umging, wie man seine Tücken überwand, was man aus ihm herausholen konnte und was nicht. Denn er wußte ebensogut wie sein Vater, daß die *Nemesis* den Tod der Segler bedeutete – und mit etwas Joss den Tod von Noble House. Beide kannten Struans Abscheu vor Dampfern, und obwohl ihnen klar war, daß der Übergang vom Segel zum Dampf Risiken in sich barg, beschlossen sie dennoch, einen hohen Einsatz auf die Zukunft zu wagen. Mit dem gleichen Wind und der gleichen Tide, gegen die sich die *Nemesis* beim Einlaufen in den Hafen von Hongkong durchgesetzt hatte, lief später das Postschiff nach England aus. In diesem Schiff befand sich ein Brief von Brock an seinen Sohn Morgan. In diesem Brief wurden zwei Aufträge für bereits bestellte Klipper zurückgezogen. Dafür wurden zwei Dampfer in Auftrag gegeben, für die neue Dampfschifflinie der Firma Brock and Sons – die *Orient Queen Line*.

»Tai-Pan«, sagte May-may in der Dunkelheit ihres Schlafzimmers und in der Geborgenheit ihres Bettes, »darf ich nach Macao zurückkehren? Nur für ein paar Tage? Ich nehme die Kinder mit.«
»Hast du genug von der Niederlassung?«
»Nein. Aber so schwierig hier ohne alle Kleider und ohne die Spielsachen der Kinder. Nur für ein paar Tage, heja?«
»Ich habe dir bereits von den Belohnungen erzählt, und ich . . .«
Sie erstickte seine Worte mit einem Kuß, rückte näher an ihn heran und schmiegte sich in seine Wärme. »Du riechst so gut.«
»Du auch.«
»Diese Mary Sinclair hat mir gefallen.«
»Sie – sie hat großen Mut.«
»Seltsam, daß du Frau schickst. Gar nicht deine Art.«
»War keine Zeit mehr, jemand anders zu schicken.«
»Ihr Kantonesisch und Mandarin-Chinesisch ist phantastisch gut.«
»Das ist ein Geheimnis. Du darfst es niemandem erzählen.«
»Natürlich, Tai-Pan.«
Die Dunkelheit hüllte sie immer tiefer ein. Sie hingen ihren Gedanken nach.
»Du schon immer unbekleidet geschlafen?« fragte sie. – »Ja.«
»Wieso du keine Erkältung bekommen?«
»Weiß ich nicht. Im schottischen Hochland ist es kälter als hier. Als kleiner Bengel war ich sehr arm.«
»Was ist ein kleiner Bengel?«
»Ein Kind.«
Sie lächelte. »Ich dich mir so gern als Kind vorstellen. Aber jetzt du nicht mehr arm. Und zwei der drei Dinge sind geschafft. Nicht wahr?«
»Welche Dinge?« fragte er und war sich dabei ihres Duftes und der Berührung mit der Seide, die sie einhüllte, bewußt.
»Das erste, das Silber zu bekommen, erinnerst du dich? Das zweite, Hongkong sichern. Was war drittes?«
Sie legte sich auf die Seite und schob ein Bein über seine Beine. Er blieb regungslos liegen. Aber er fühlte ihre Haut durch die Seide hindurch und wartete. Seine Kehle war ausgedörrt. »Hongkong ist noch nicht sicher«, sagte er.
Ihre Hand begann ihn zu umschmeicheln. »Mit dem Handel dieses Jahres ganz gesichert, nicht wahr? So also das zweite bald erledigt sein.«
»Mit Joss.«
Seine Hand löste ohne jede Hast ihr Schlafgewand und begann sie zu liebkosen. Er half ihr das Gewand ablegen, zündete die Kerze an und schlug die seidenen Decken beiseite. Er betrachtete sie, von ihrem Anblick beglückt – von dem matten Schimmer ihrer Haut, die an den Schmelz von Porzellan erinnerte.

»So erregend – wenn du mich ansiehst, und ich weiß, daß ich dir gefalle«, sagte sie.
Und dann gaben sie sich ohne jede Hast dem Liebesspiel hin.
Später fragte sie: »Wann kehrst du nach Hongkong zurück?«
»In zehn Tagen.« Zehn Tage, dachte er. Dann das Auswählen von Wu Kwoks Leuten in Aberdeen, und am nächsten Abend der Ball.
»Soll ich dich begleiten?«
»Ja.«
»Wird das neue Haus bis dahin fertig?«
»Ja. Dort wirst du in Sicherheit sein.« Er hatte den Arm um ihre Hüften gelegt und liebkoste mit der Zungenspitze Wange und Hals.
»So schön, in Hongkong leben. Dann ich meinen Lehrer öfter sehen können. Schon Monate her, seitdem ich mich mit Gordon längere Zeit unterhalten habe. Vielleicht wir wieder wöchentlichen Unterricht haben? Ich muß mehr und bessere Wörter lernen. Wie geht es ihm?«
»Gut. Kurz vor seiner Abreise habe ich ihn noch gesprochen.«
Nach einer Weile sagte sie sanft: »Es ist nicht gut, mit deinem Sohn Nummer-Eins streiten.«
»Ich weiß.«
»Ich drei Kerzen verbrennen, damit dein Zorn nach Java fliegt und du ihm vergibst. Sobald du ihm vergibst, möchte ich ihn kennenlernen.«
»Das wirst du. Alles zu seiner Zeit.«
»Darf ich noch vor Hongkong nach Macao reisen? Bitte! Ich auch sehr vorsichtig sein. Ich die Kinder hierlassen. Hier sind sie sicher.«
»Warum ist Macao so wichtig?«
»Ich brauche einige Dinge und – das ist geheim, ein schönes, ein überraschendes Geheimnis. Nur ein paar Tage? Bitte. Du Mauss und ein paar von deinen Leuten mitschicken, wenn du magst.«
»Es ist zu gefährlich.«
»Jetzt nicht gefährlich«, antwortete May-may, denn sie wußte, daß ihre Namen von der Liste gestrichen waren. Wieder wunderte sie sich darüber, daß Struan nicht die Hände vor Vergnügen zusammengeschlagen hatte – so wie sie –, als er ihr von Jin-kwas Vorschlag bezüglich der Liste erzählt hatte. Ajiii jah, dachte sie, die Europäer sind sehr seltsam. Sehr. »Jetzt keine Gefahr mehr. Aber ich trotzdem sehr vorsichtig sein.«
»Was gibt's denn so Wichtiges? Was ist geheim?«
»Überraschendes Geheimnis. Ich sage es dir sehr bald. Aber jetzt geheim.«
»Ich werde darüber nachdenken. Schlaf jetzt.«
May-may streckte sich zufrieden. Sie wußte, daß sie in ein paar Tagen nach Macao reisen konnte; sie wußte auch, daß es für eine Frau viele Möglichkeiten gab, ihren Willen bei ihrem Mann durchzusetzen – gute oder schlechte, gescheite oder dumme, starke oder schwache. Mein Ballkleid wird das besteste sein, sagte sie sich, das wirklich besteste. Mein Tai-Pan wird stolz auf mich sein. So sehr stolz. Stolz genug, um mich zu heiraten und mich zu seiner Ersten Dame zu machen.
Und ihr letzter Gedanke, bevor der Schlaf sie umfing, galt dem Kind, das in ihrem Schoß keimte. Seit ein paar Wochen wußte sie, daß sie schwanger

war. Mein Kind wird ein Sohn, versicherte sie sich. Ein Sohn, auf den er stolz sein kann. Zwei wunderbare, überraschende Geheimnisse, auf die er stolz sein kann.

»Das weiß ich nicht, Vargas«, erklärte Struan mürrisch. »Besprechen Sie das lieber mit Robb. Er kennt sich mit den Zahlen besser aus als ich.«
Sie befanden sich in Struans Privatkontor und hatten das Hauptbuch vor sich liegen. Durch die offenen Fenster schlug das Brausen von Kanton herein; Schwärme von Fliegen summten. Es war ein warmer Frühlingstag, und so war der Gestank bereits merklich stärker geworden.
»Jin-kwa legt großen Wert darauf, unsere endgültige Order zu erhalten, Senhor, und ...«
»Das weiß ich. Aber bevor er uns nicht seine endgültige Order für Opium gibt, können wir nichts Genaues sagen. Wir bieten den höchsten Preis für Tee und den höchsten für Opium, was soll also die Verzögerung?«
»Ich ahne es nicht, Senhor«, antwortete Vargas. Er fragte jedoch nicht, obwohl es ihm auf der Zunge lag, warum nämlich Noble House für Jin-kwas Tee zehn Prozent mehr bezahlte als andere Händler und warum es das beste indische Padwa-Opium um zehn Prozent unter dem gültigen Marktpreis an Jin-kwa verkaufte.
»Hol's der Teufel!« rief Struan und goß sich Tee ein. Nun machte er sich Vorwürfe, daß er May-may erlaubt hatte, nach Macao zu reisen. Er hatte ihr Ah Sam zur Begleitung mitgegeben, außerdem Mauss und einige seiner Leute zu ihrem Schutz. Eigentlich hätte sie am Tag vorher zurückkehren sollen, war aber noch nicht eingetroffen. Selbstverständlich war dies nicht ungewöhnlich – denn die Reise nach Macao zur Niederlassung in Kanton ließ sich niemals genau berechnen. Das war bei keiner Seereise möglich. Nicht, wenn man vom Wind abhängig ist, dachte er mit bitterer Ironie. Säße sie in einem solchen Stinkkasten, einem Dampfer, wäre es etwas anderes. Dampfer konnten einen Fahrplan genau einhalten und brauchten sich weder um Winde noch Gezeiten zu kümmern, hol's der Teufel!
»Ja?« stieß er barsch hervor, als es an der Tür klopfte.
»Entschuldigen Sie, Mr. Struan«, sagte Horatio, während er die Tür öffnete. »Seine Exzellenz bittet Sie, ihn aufzusuchen.«
»Wo fehlt's?«
»Vielleicht sollte Seine Exzellenz es Ihnen selber sagen, Sir. Er befindet sich in seinen Gemächern.«
Struan klappte das Hauptbuch zu. »Wir werden diese Angelegenheit, sobald wir zurück sind, mit Robb besprechen, Vargas. Kommen Sie zum Ball?«
»Ich hätte die nächsten zehn Jahre keinen Frieden mehr, Senhor, wenn meine Frau, mein Sohn und meine älteste Tochter nicht hingehen dürften.«
»Holen Sie sie aus Macao ab?«
»Nein, Senhor. Sie werden von Freunden nach Hongkong begleitet. Ich gehe direkt von hier aus.«
»Sobald Mauss zurück ist, lassen Sie es mich wissen.« Struan ging hinaus, und Horatio folgte ihm.

»Ich kann Ihnen nicht genug für das Geschenk danken, das Sie Mary gemacht haben, Mr. Struan.«
»Wofür denn?«
»Für das Ballkleid, Sir.«
»Ach so. Haben Sie gesehen, was sie sich hat machen lassen?«
»Aber nein, Sir. Sie ist am Tag nach dem Landverkauf nach Macao abgereist. Gestern habe ich einen Brief von ihr erhalten. Sie läßt Sie vielmals grüßen.« Horatio wußte, daß Mary durch dieses Kleid eine große Chance hatte, den Preis zu gewinnen. Wäre nicht Shevaun. Wenn nur Shevaun erkrankte! Nichts Ernsthaftes, aber gerade so viel, daß sie an *diesem* Tag ausgeschaltet war. Dann würde Mary die tausend Guineen gewinnen. Und mit ihnen könnten sie sich wunderbare Dinge leisten! Für die Dauer der Londoner Season nach Hause reisen. Im Luxus leben. O mein Gott, laß sie den Preis gewinnen! Ich bin froh, daß sie nicht in Hongkong ist, während ich hier bin. So befindet sie sich außerhalb von Glessings Reichweite. Hol' ihn der Teufel! Ob er wirklich um ihre Hand anhalten möchte? Welche Dreistigkeit! Er und Culum . . . Ach, Culum . . . armer Culum.
Horatio ging hinter Struan her, als sie die Treppe hinaufstiegen, und so brauchte er seine Unruhe vor ihm nicht zu verbergen. Armer, tapferer Culum. Er mußte daran denken, wie seltsam sich Culum am Tag nach dem Landverkauf benommen hatte. Er und Mary hatten Culum an Bord der *Resting Cloud* aufgesucht. Culum hatte sie gebeten, zum Abendessen dazubleiben, aber jedesmal, wenn sie versucht hatten, das Gespräch auf den Tai-Pan zu lenken, in der Hoffnung, eine Aussöhnung zwischen ihnen herbeizuführen, war Culum auf ein anderes Thema übergegangen. Schließlich hatte Culum erklärt: »Können wir nicht meinen Vater vergessen? Ich habe es bereits getan.«
»Das dürfen Sie nicht, Culum«, hatte Mary erwidert. »Er ist ein großartiger Mann.«
»Wir sind jetzt Feinde, Mary, ob es Ihnen gefällt oder nicht. Ich glaube nicht, daß er sich ändern wird, und bevor er sich nicht ändert, bleibt es bei meiner jetzigen Einstellung zu ihm.«
Armer, tapferer Culum, dachte Horatio. Ich weiß, was es bedeutet, einen Vater zu hassen.

»Tai-Pan«, sagte er nun, als sie auf den Treppenabsatz gelangten, »Mary und ich haben das, was wegen der Kuppe geschehen ist, entsetzlich bedauert. Aber noch trauriger waren wir über das, was sich zwischen Ihnen und Culum ereignet hat. Wir haben uns mit Culum sehr angefreundet, und . . .«
»Ich danke Ihnen für Ihre gute Absicht, Horatio, aber mir wäre es lieber, wenn Sie die Sache mir gegenüber nicht mehr erwähnen würden.«
Horatio und Struan gingen schweigend den Gang entlang und betraten Longstaffs Arbeitszimmer. Es war groß und luxuriös ausgestattet. Ein gewaltiger Kronleuchter beherrschte die reichverzierte Decke und den schimmernden Konferenztisch. Longstaff saß am oberen Ende des Tisches, der Admiral und General Lord Rutledge-Cornhill links und rechts von ihm.
»Guten Tag, meine Herren.«
»Ich danke Ihnen, daß Sie gekommen sind, Dirk«, sagte Longstaff. »Setzen

Sie sich, mein lieber Freund. Ich war der Ansicht, daß Ihr Rat uns nützlich sein könnte.«
»Um was handelt es sich, Exzellenz?«
»Die Sache ist die, ich habe auch Mr. Brock gebeten zu kommen. Warten wir also, bis er da ist, dann brauche ich mich nicht zu wiederholen, nicht wahr? Ein Sherry?«
»Danke.«
Die Tür öffnete sich, und Brock trat ein. Als er Struan und die beiden Offiziere in ihren prächtigen Uniformen erblickte, war er sogleich auf der Hut.
»Sie wollten mich sprechen, Exzellenz?«
»Ja. Nehmen Sie bitte Platz.«
Brock nickte Struan zu. »Guten Tag, Dirk. Guten Tag, *gents*«, fügte er hinzu, denn er wußte, daß er damit den General zur Weißglut treiben konnte. Das kühle Kopfnicken, das er zur Antwort erhielt, machte ihm einen Mordsspaß.
»Ich habe Sie beide gebeten, an unserer Beratung teilzunehmen«, begann Longstaff, »weil, abgesehen von der Tatsache, daß Sie beide die führenden Handelsunternehmen hier repräsentieren, Ihr Rat für uns wertvoll ist. Wie es scheint, hat sich eine Gruppe von Anarchisten auf Hongkong niedergelassen.«
»Was?« stieß der General hervor.
»Ist denn so was möglich!« rief Brock gleichfalls überrascht.
»Nichtswürdige Anarchisten, kann man sich so etwas vorstellen. Aber wie es scheint, sind sogar die Heiden von dieser Teufelei nicht verschont geblieben. Ja, wenn wir uns nicht vorsehen, wird aus Hongkong ein Treibhaus der Anarchie. Verdammt unangenehm, was?«
»Welche Art von Anarchisten?« fragte Struan. Anarchisten bedeuteten Unruhen. Und Unruhen störten den Handel.
»Wie hießen sie doch noch, Horatio? ›Tang‹? ›Tung‹?«
»›Tong‹, Sir.«
»Diese Tongs sind bereits unter unseren Augen aktiv. Entsetzlich.«
»In welcher Weise aktiv?« fragte Struan ungeduldig.
»Vielleicht sollten Sie am besten mit dem Anfang beginnen, Sir«, meinte der Admiral.
»Guter Vorschlag. Bei der heutigen Besprechung war der Statthalter Tsching-so äußerst erregt. Er erklärte mir, die chinesischen Behörden hätten soeben erfahren, daß diese Anarchisten, ein Geheimbund, ihr Hauptquartier an diesem Schandfleck, Tai Ping Schan, aufgeschlagen haben. Die Anarchisten haben viele, viele Namen, und sie sind ... Horatio, fahren Sie am besten fort.«
»Tsching-so hat erklärt, es handle sich dabei um eine Gruppe revolutionärer Fanatiker, die sich verschworen haben, den Kaiser zu stürzen«, begann Horatio. »Er nannte Seiner Exzellenz rund fünfzig Namen, unter denen dieser Bund auftritt – Rote Partei, Rote Bruderschaft, Gesellschaft des Himmels und der Erde und so weiter –, es ist zuweilen fast unmöglich, einige der Namen ins Englische zu übersetzen. Manche nennen diese Bewegung ganz

einfach nur ›Hung Mun‹ oder ›Hung Tong‹ – wobei ›Tong‹ eine ›geheime Bruderschaft‹ bedeutet.« Er dachte einen Augenblick nach. »Auf jeden Fall sind diese Männer Anarchisten der schlimmsten Sorte, Diebe, Piraten und Revolutionäre. Seit Jahrhunderten haben sich die Behörden darum bemüht, sie auszulöschen, jedoch ohne Erfolg. In Südchina allein soll es eine Million Mitglieder geben. Sie sind in Zellen organisiert, und ihre Einweihungszeremonien sind barbarisch. Unter jedem nur denkbaren Vorwand fördern sie die Rebellion und nähren sich von der Furcht ihrer Mitmenschen. So verlangen sie ›Schutzgelder‹. Jede Prostituierte, jeder Kaufmann, Bauer, Grundbesitzer oder Kuli – von allen wird erwartet, daß sie Schmiergelder bezahlen. Wird nicht bezahlt, ist die Antwort darauf Tod oder Verstümmelung. Jedes Mitglied zahlt Beiträge – ähnlich wie bei einer Gewerkschaft. Wo immer es Unzufriedene gibt, hetzen die Tongs zum Aufstand. Es sind Fanatiker. Sie vergewaltigen, foltern und breiten sich wie eine Seuche aus.«

»Haben Sie jemals von chinesischen Geheimgesellschaften gehört?« fragte Struan. »Ich meine, bevor Tsching-so mit Ihnen davon gesprochen hat?«

»Nein, Sir.«

»Anarchisten sind wahrhaftig richtige Teufel«, erklärte Brock besorgt. »Das wäre die Art von Teufelei, zu der die Chinesen neigen.«

Longstaff schob eine kleine, rote dreieckige Fahne über den Tisch. Sie wies zwei chinesische Schriftzeichen auf. »Der Statthalter hat mir erklärt, daß dieses Dreieck stets ihr Symbol ist. Die Schriftzeichen auf dieser Fahne bedeuten ›Hongkong‹. Auf jeden Fall haben wir mit Schwierigkeiten zu rechnen, soviel steht fest. Tsching-so hat die Absicht, Bannermänner und Mandarine nach Tai Ping Schan zu entsenden, die dort mit dem Schwert etwas aufräumen sollen.«

»Sie haben sich doch nicht etwa einverstanden erklärt?« rief Struan.

»Du lieber Himmel, nein. Wir werden auf unserer Insel keine Einmischung dulden, wahrhaftig nicht. Ich habe ihm erklärt, daß unter unserer Flagge Anarchisten nichts zu bestellen haben und wir uns auf unsere Weise und umgehend mit ihnen befassen. Was aber sollen wir nun unternehmen?«

»Jeden Asiaten von der Insel runterwerfen. Damit wäre das erledigt«, sagte der Admiral.

»Das ist unmöglich, Sir«, entgegnete Struan. »Und es wäre nicht zu unserm Vorteil.«

»Richtig«, warf auch Brock ein. »Wir müssen doch Arbeiter, Kulis und Bedienstete haben. Wir brauchen sie dringend.«

»Die Antwort darauf ist ganz einfach«, erklärte der General und nahm eine Prise Schnupftabak. Er war ein grauhaariger, ungeschlachter Mann mit rötlichem verwittertem Gesicht. »Erlassen Sie eine Verordnung, nach der jeder, der diesem – wie nannten Sie es doch noch? – diesem Dingsda angehört, diesem Tong, aufgehängt wird.« Er nieste. »Ich werde schon dafür sorgen, daß eine solche Verordnung durchgeführt wird.«

»Sie können keinen Chinesen aufhängen, Mylord, nur weil er eine ausländische Dynastie abschütteln will. Das verstieße gegen englisches Gesetz«, erwiderte ihm Struan.

»Ausländische Dynastie hin oder her«, rief der Admiral, »den Aufstand gegen den Kaiser einer ›befreundeten Macht‹ zu begünstigen – und er wird mit uns schon sehr bald befreundet sein, wenn wir endlich die Aufgaben erfüllen dürfen, zu deren Lösung uns unsere Regierung hierher entsandt hat –, das verstieße gegen alle international gültigen Gesetze. Auch gegen englisches Gesetz. Sehen Sie sich doch nur einmal dieses Gesindel von Chartisten bei uns an!«

»Wir hängen sie aber nicht auf, weil sie Chartisten sind. Nur wenn man sie eines Aktes der Rebellion oder eines Verstoßes gegen die Gesetze überführt. Und das zu Recht!« Struan sah den Admiral finster an. »Nach englischem Gesetz hat ein Mensch das Recht, seine Meinung frei zu äußern. Und das Recht zu politischem Zusammenschluß.«

»Aber nicht zu einem Zusammenschluß, der auf Vorbereitung eines Aufstands hinausläuft!« erwiderte der General. »Billigen Sie etwa die Auflehnung gegen die rechtmäßige Regierung?«

»Das ist so lächerlich, daß ich auf eine Antwort verzichten möchte!«

»Aber meine Herren, meine Herren«, suchte Longstaff zu beschwichtigen. »Selbstverständlich können wir niemand aufhängen, der ... der also irgendeiner Sache angehört. Aber auf der anderen Seite können wir es auch nicht zulassen, daß Hongkong von Anarchisten verseucht wird, oder? Auch nicht von diesen verfluchten Gewerkschaftsgedanken.«

»Es könnte auch eine List Tsching-sos sein, der unsere Aufmerksamkeit ablenken will.« Struan sah Brock an. »Haben Sie jemals von den Tongs gehört?«

»Nein. Aber ich könnte mir vorstellen, daß diese Leute mit der Dreiecksfahne, wenn sie schon alle erpressen, sehr bald auch den Handel und damit uns erpressen werden.«

Verdrießlich schnippte der General nichtvorhandenen Staub von seinem tadellos sauberen scharlachroten Waffenrock. »Hier handelt es sich ganz offensichtlich um eine Frage aus dem Bereich der militärischen Zuständigkeit, Exzellenz. Warum erlassen Sie nicht eine Verordnung und erklären diese Organisation für gesetzwidrig? Das übrige erledigen dann schon wir. Das heißt, wir werden die Richtlinien befolgen, die sich in Indien bewährt haben. Man bietet Belohnungen für Informationen an. Eingeborene sind stets bereit, für eine zugeworfene Guinee eine rivalisierende Gruppe ans Messer zu liefern. Mit dem ersten Dutzend werden wir ein Exempel statuieren, und dann haben Sie keine Schwierigkeiten mehr.«

»Hier lassen sich die in Indien gültigen Regeln nicht anwenden«, erwiderte Struan.

»Sie haben keine Erfahrung in der Verwaltung, mein lieber Sir, und so können Sie auch kaum zu diesen Dingen Stellung nehmen. Eingeborene bleiben Eingeborene, und damit hat sich's.« Der General sah Longstaff an. »Das ist für die Militärs eine einfache Sache, Sir. Da Hongkong schon bald den Status einer Garnison erhält, gehört dies in unseren Zuständigkeitsbereich. Erlassen Sie nur eine Verordnung, durch die diese Bewegung verboten wird, und wir werden für die Einhaltung der Gesetze sorgen.«

Der Admiral schnaufte. »Ich habe schon tausendmal erklärt, daß Hongkong der Jurisdiktion der Kriegsmarine zu unterstellen ist. Wenn wir die Gewässer nicht beherrschen, ist Hongkong erledigt. Daher ist die Stellung der Marine von entscheidender Bedeutung, und daher gehört dies in unsere Zuständigkeit.«

»Immer ist es die Armee, die einen Krieg entscheidet, mein lieber Admiral – ich habe schon wiederholt darauf hingewiesen. Es sind die Landschlachten, die Kriege beendigen. Ganz gewiß war es die Marine, die Bonapartes Flotten zerschlagen und Frankreich ausgehungert hat. Aber dennoch blieb noch immer die Aufgabe, diesem Konflikt ein für allemal ein Ende zu bereiten. So wie es dann bei Waterloo geschehen ist.«

»Ohne Trafalgar hätte es kein Waterloo gegeben.«

»Darüber ließe sich streiten, mein lieber Admiral. Nehmen Sie doch mal Asien als Beispiel. Schon bald werden wir die Franzosen und Holländer, die Spanier und Russen im Nacken haben. Sie möchten uns die uns rechtmäßig zukommende Vorherrschaft in diesem Gebiet streitig machen. Jawohl, Sie können die Schiffahrtswege beherrschen, und danken wir Gott, daß Sie es tun, aber falls Hongkong militärisch nicht unangreifbar ist, besitzt England keine Basis, von der aus es seine Flotten beschützen oder gegen den Feind zum Sprung ansetzen kann.«

»Die Hauptaufgabe Hongkongs, Mylord, besteht darin, ein Handelszentrum für Asien zu sein«, entgegnete Struan.

»Oh, ich verstehe sehr wohl die Wichtigkeit des Handels, mein guter Mann«, erwiderte der General gereizt. »Hier aber handelt es sich um die Erörterung strategischer Fragen, die Sie kaum etwas angehen.«

»Gäbe es den Handel nicht«, rief Brock, und sein Gesicht rötete sich, »hätten die Armeen und Flotten jede Daseinsberechtigung verloren.«

»Unsinn, mein guter Mann. Ich möchte Sie darauf hinweisen . . .«

»Strategie oder nicht«, unterbrach Struan ihn laut, »Hongkong ist eine Kolonie und fällt somit in den Zuständigkeitsbereich des Außenministers. Darüber wird die Krone entscheiden. Seine Exzellenz ist in dieser Hinsicht sehr klug vorgegangen, und ich bin davon überzeugt, er weiß, daß sowohl der Royal Navy wie der Armee der Königin eine wesentliche Rolle in der Zukunft Hongkongs zufällt. Als Marinearsenal, militärischer Stützpunkt und Handelszentrum« – er stieß Brock verstohlen unter dem Tisch an – »und als freier Hafen ist seine Zukunft gesichert.«

Brock unterdrückte einen Laut und fügte rasch hinzu: »So is' es genau! Ein freier Hafen bedeutet 'ne Menge Moneten für die Krone, das bestimmt. Und Einnahmen, um die besten Marinearsenale und die besten Kasernen der Welt zu unterhalten. Seine Exzellenz steht für die Interessen aller ein, meine Herren. Die Armee ist sehr wichtig und auch die Marine. Und ein offener Hafen wird allen Vorteile bringen. Am meisten der Königin, Gott segne sie.«

»Ganz richtig, Mr. Brock«, antwortete Longstaff. »Selbstverständlich brauchen wir die Flotte wie die Armee. Der Handel ist Englands Lebensblut, und im Freihandel liegt eine große Zukunft. Es ist unser aller Interesse, Hongkongs Entwicklung zu fördern.«

»Seine Exzellenz hat die Absicht, Asien allen zivilisierten Nationen zu öffnen, ohne Begünstigung einzelner«, fuhr Struan fort, seine Worte sorgfältig wählend. »Gibt es etwas Besseres als einen Freihafen, um das zu erreichen? Geschützt von den besten Truppen der Königin?«

»Ich bin dagegen, daß sich Ausländer auf unsere Kosten mästen«, erwiderte der Admiral schroff, und Struan lächelte verstohlen, weil er auf diesen Köder angebissen hatte. »Wir führen die Kriege und gewinnen sie, und wir werden noch mehr kämpfen müssen, weil der Frieden durch das Gerede der Zivilisten immer wieder in Frage gestellt wird. Hol der Teufel die Ausländer, sage ich.«

»Eine bemerkenswerte Ansicht, Admiral«, erklärte Longstaff ebenso schroff. »Jedoch in der Praxis nicht besonders empfehlenswert. Was nun das ›Gerede der Zivilisten‹ betrifft, so ist es doch ein rechtes Glück, daß die Diplomaten die Dinge unter anderen Aspekten betrachten. Schließlich ist ein Krieg doch nur der verlängerte Arm der Diplomatie. Nachdem alles andere versagt hat.«

»Aber hier hat die ›Diplomatie‹ versagt«, entgegnete der General, »und je eher wir mit starken Streitkräften in China landen und englischem Gesetz und englischer Ordnung im ganzen Land zum Durchbruch verhelfen, desto besser.«

»Die Diplomatie hat nicht versagt, mein lieber General. Die Verhandlungen werden vorsichtig und mit Erfolg weitergeführt. Ach, übrigens, es gibt dreihundert Millionen Chinesen in China.«

»Ein englisches Bajonett, Sir, wiegt tausend Speere der Eingeborenen auf. Hol mich der Teufel, wir beherrschen Indien mit einer Handvoll Leuten, und hier können wir das gleiche tun. Sehen Sie sich doch nur einmal an, welche Vorteile unsere Herrschaft in Indien diesen Wilden eingebracht hat! Wo die Flagge erscheint, muß die Macht hinter ihr stehen – darauf kommt es jetzt an. Und zwar sofort.«

»China ist eine einzige Nation, Mylord«, antwortete Struan. »Sie besteht nicht aus Dutzenden Nationen wie Indien. Daher gelten hier auch nicht die gleichen Regeln.«

»Ohne gesicherte Schiffahrtswege könnte die Armee Indien nicht eine Woche lang halten«, rief der Admiral.

»Ist ja lächerlich! Wir könnten ...«

»Aber, meine Herren, meine Herren«, rief Longstaff erschöpft, »hier stehen doch die Anarchisten zur Diskussion. Was würden denn Sie raten, Admiral?«

»Vertreiben Sie jeden Asiaten von der Insel. Wenn Sie Arbeiter brauchen, dann suchen Sie sich tausend oder zweitausend aus – so viele, wie man eben auf der Insel braucht – und alle anderen werfen Sie hinaus.«

»Mylord?«

»Ich habe meine Ansicht bereits geäußert, Sir.«

»Ach ja. Mr. Brock?«

»Ich denke wie Sie, Exzellenz, daß nämlich Hongkong ein freier Hafen werden sollte und wir die Chinesen brauchen und mit diesen Tongs selber fertig werden müssen. Ich denke wie der General: jeden dieser Tongs aufhängen, den man dabei erwischt, daß er zur Rebellion hetzt. Und ich denke wie der Admiral: daß wir keine geheime Verräterei, die sich gegen den Kaiser richtet, auf der Insel haben wollen. Als gesetzwidrig erklären, jawohl. Und ich denke wie Sie, Dirk, daß es gesetzwidrig is', die Leute aufzuhängen, solange sie sich friedlich benehmen. Aber Leute, die anderen die Augen auskratzen und als Tong geschnappt werden – die soll man auspeitschen, brandmarken und für immer hinausschmeißen.«

»Dirk?« fragte Longstaff.

»Da bin ich mit Mr. Brock einig. Aber kein Auspeitschen und kein Brandmarken. Diese Dinge gehören ins finstere Mittelalter.«

»Nach allem, was ich von diesen Heiden gesehen habe«, erklärte der General voller Abscheu, »befinden sie sich noch immer im finsteren Mittelalter. Selbstverständlich müssen sie bestraft werden, wenn sie einer durch das Gesetz verbotenen Gruppe angehören. Das Auspeitschen gehört zu den üblichen Strafen. Ich würde sie auf fünfzig Hiebe festsetzen. Und das Brandmarken auf der Wange stellt bei gewissen schweren Verbrechen eine nach englischem Gesetz durchaus zulässige Bestrafung dar. Ich würde sie auch brandmarken. Aber noch besser ist es, das erste Dutzend, das wir fangen, aufzuhängen, und dann werden sie sich wie Derwische in Luft auflösen.«

»Wenn man sie für ihr ganzes Leben brandmarkt«, stieß Struan heftig hervor, »nimmt man ihnen jede Möglichkeit, wieder gute Staatsbürger zu werden.«

»Gute Staatsbürger rotten sich nicht zu anarchistischen Geheimbünden zusammen, mein lieber Herr«, entgegnete der General. »Jedoch könnte wohl nur ein Gentleman die Richtigkeit einer solchen Ansicht ganz ermessen.«

Struan fühlte, wie ihm das Blut ins Gesicht schoß. »Wenn Sie noch einmal eine solche Bemerkung machen, Mylord, dann schicke ich Ihnen meine Sekundanten. Und dann werden Sie sich mit einer Kugel zwischen den Augen wiederfinden.«

Es folgte unheimliche Stille. Bleich vor Entsetzen klopfte Longstaff auf den Tisch. »Ich verbiete Ihnen beiden, in dieser Weise weiterzusprechen. Ich verbiete es.« Er nahm sein Spitzentaschentuch heraus und wischte sich den Schweiß von der Stirn, der ihm plötzlich ausgebrochen war. Er hatte einen trockenen, widerlichen Geschmack im Mund.

»Ganz Ihrer Meinung, Exzellenz«, sagte der General. »Auch möchte ich darauf hinweisen, daß dieses Problem einzig und allein von den *Behörden* zu entscheiden ist: Sie sollten, in Zusammenarbeit mit dem Admiral und mir, Fragen dieser Art entscheiden. Keinesfalls gehören sie zu den – Aufgaben von Kaufleuten.«

»Sie sind so aufgeblasen, M'lord General«, rief Brock, »daß, wenn Sie hier in Kanton einen Furz lassen, er das Tor vom Tower in London wegfegt!«

»Mr. Brock!« begann Longstaff, »werden Sie hier nicht ...«

Der General sprang hoch. »Ich wäre Ihnen dankbar, mein lieber Herr, wenn Sie derartige Bemerkungen für sich behielten.«

»Bin nich' Ihr lieber Herr. Bin ein Chinahändler, bei Gott, und je eher Ihnen das klar wird, desto besser. Die Zeiten sind bald für immer dahin, wo meinesgleichen Ihnen den Arsch hat lecken müssen nur wegen so einem Scheißtitel, der mit ziemlicher Sicherheit aus 'ner Ehe mit so 'ner Königshure

stammt, von so 'nem Königsbastard oder mit 'nem Messer in'n Rücken von 'nem König erkauft ist.«
»Bei Gott, ich verlange Genugtuung. Meine Sekundanten werden Sie heute aufsuchen!«
»Sie werden nichts dergleichen tun, Mylord«, entgegnete Longstaff und schlug mit der flachen Hand krachend auf den Tisch. »Wenn es zwischen Ihnen beiden hier zu Streitigkeiten kommt, schicke ich Sie beide unter Bewachung nach Hause und stelle Sie vor dem Geheimen Kronrat unter Anklage. Ich bin der Generalbevollmächtigte Ihrer Majestät in Asien und ich bin das Gesetz. Hol mich der Teufel, aber dieses Benehmen ist höchst ungebührlich. Sie werden sich beide beieinander entschuldigen! Ich befehle es Ihnen. Sofort.«
Der Admiral verbiß sich seine Schadenfreude. Horatio blickte ungläubig von einem zu anderen. Brock erinnerte sich widerstrebend daran, daß Longstaff über die Macht verfügte, ihm zu schaden. Außerdem wünschte er sich keineswegs ein Duell mit dem General. Er war wütend auf sich selber, daß er sich zu so offener Feindseligkeit hatte hinreißen lassen. »Ich entschuldige mich, Mylord, dafür, Sie einen Sack voll Fürze genannt zu haben.«
»Und ich entschuldige mich, weil es mir befohlen wird.«
»Ich glaube, wir sollten diese Sitzung vorläufig beenden.« Longstaff sagte es sehr erleichtert. »Ich danke Ihnen für Ihre Ratschläge, meine Herren. Wir werden die Entscheidung vertagen. Das wird uns allen Zeit zum Nachdenken geben, nicht wahr?«
Der General setzte seine Bärenfellmütze auf, grüßte und eilte zur Tür. Sporen und Säbel klirrten.
»Ach, General«, bemerkte Struan beiläufig, »wie ich höre, hat die Marine die Armee zu einem Wettkampf herausgefordert.«
Der General blieb jäh stehen, die Hand auf der Türklinke, und bei der Erinnerung an die Bemerkungen, die der Admiral angeblich über seine Soldaten gemacht haben sollte, stieg der Zorn erneut in ihm auf. »Ja. Ich fürchte nur, es wird kein großer Kampf werden.«
»Wieso, General«, rief der Admiral gereizt, denn nun erinnerte auch er sich der Bemerkungen, die dem General bezüglich seiner tüchtigen Teerjacken in die Schuhe geschoben wurden.
»Weil ich behaupten möchte, daß unser Mann gewinnen wird, Mylord. Und zwar ohne allzu große Mühe.«
»Wie wäre es, wenn dieser Kampf an dem Tag meines Balles ausgetragen würde?« schlug Struan vor. »Wir würden es uns als eine Ehre anrechnen und uns freuen, eine Börse auszusetzen. Sagen wir fünfzig Guineen.«
»Das ist sehr großzügig, Struan, aber ich glaube kaum, daß die Armee bis dahin schon bereit ist.«
»Einverstanden, am Tag des Balles!« rief der General hochrot. »Ich setze hundert Guineen auf unseren Mann!«
»Abgemacht«, riefen der Admiral und Brock gleichzeitig.
»Hundert gegen jeden von Ihnen!« Der General drehte auf dem Absatz um und stolzierte hinaus.
Longstaff schenkte sich etwas Sherry ein. »Admiral?«

»Nein, danke, Sir. Ich glaube, ich gehe jetzt auf mein Schiff zurück.« Der Admiral griff zu seinem Säbel, nickte Struan und Brock zu, grüßte und ging hinaus.

»Sherry, meine Herren? Horatio, wären Sie so gut, dies zu übernehmen?«

»Gewiß, Exzellenz«, antwortete Horatio, der froh war, etwas zu tun zu haben.

»Danke.« Brock leerte sein Glas und hielt es wieder hin. »Schmeckt ausgezeichnet. Sie haben 'ne feine Zunge, Exzellenz. Was, Dirk, mein Freund?«

»Ich muß Ihnen wirklich Vorwürfe machen, Mr. Brock. Solche Dinge zu sagen, ist unverzeihlich. Lord . . .«

»Tja, Sir«, sagte Brock und spielte den Zerknirschten. »Sie hatten schon recht. Und ich hatte unrecht. Wir haben Glück, daß Sie die Sache hier in Händen haben. Wann werden Sie die Proklamation über den Freihafen bekanntgeben?«

»Na ja, damit hat es keine Eile. Zunächst müssen wir uns mit diesen verfluchten Anarchisten befassen.«

»Warum nicht beides zusammen erledigen?« meinte Struan. »Sobald Sie nach Hongkong zurückgekehrt sind. Warum sollten wir nicht unsere britischen Untertanen chinesischer Herkunft im Zweifelsfalle für unschuldig ansehen? Sie ausweisen, das wohl, aber doch nicht auspeitschen und brandmarken. Finden Sie das nicht richtiger, Tyler?«

»Wenn Sie es sagen und Seine Exzellenz einverstanden ist«, antwortete Brock großzügig. Der Handel hatte einen gewaltigen Umfang angenommen. Die *Gray Witch* war schon ein gutes Stück unterwegs und lag in Führung. Im Happy Valley schossen die Gebäude in die Höhe. Zwischen Struan und Culum herrschte offene Feindschaft. Und jetzt sollte Hongkong Freihafen werden. Dirk, mein Junge, sagte er überschwenglich zu sich selber, dich wird man noch immer gut brauchen können. Bist ein gerissener Hund. Ein Freihafen wird alle deine Teufeleien ausgleichen. Und in zwei Jahren werden unsere Dampfer dich bankrott machen. »Ja«, fügte er hinzu, »wenn Sie beide einverstanden sind. Aber Sie werden sie schon bald auspeitschen und brandmarken lassen müssen.«

»Ich hoffe nicht«, erwiderte Longstaff. »Das ist eine abscheuliche Sache. Aber dennoch muß dem Gesetz Geltung verschafft und trotzdem müssen Verbrecher zur Rechenschaft gezogen werden. Eine ausgezeichnete Lösung, meine Herren, für diese ... wie haben Sie sie noch genannt, Mr. Brock? Ach ja, Tongs. Wir werden sie in Zukunft nur Tongs nennen. Horatio, stellen Sie in chinesischen Schriftzeichen eine Liste mit den Namen der Tongs zusammen, die Seine Exzellenz Tsching-so uns genannt hat. Wir werden sie zusammen mit der Proklamation anschlagen. Da es mir gerade einfällt, notieren Sie: ›Alle oben genannten Tongs werden hiermit geächtet. Die Strafe für die Zugehörigkeit zum Tong-Bund besteht in sofortiger Ausweisung und Auslieferung an die chinesischen Behörden. Aufforderung zur offenen Auflehnung gegen die Regierung Ihrer Britannischen Majestät – oder gegen Seine Hoheit, den Kaiser der Chinesen – wird mit dem Tod durch Erhängen bestraft.‹«

Das Dorf Aberdeen lag dunkel, feucht und still im Licht des Vollmondes da. Die Straßen waren verödet, die Hütten fest verschlossen. Hunderte von Sampans ankerten in dem ruhigen, trüben Wasser. Und obwohl sie ebenso wie die Hütten mit Menschen vollgestopft waren, war kein Laut zu vernehmen, keine Bewegung zu entdecken.

Struan stand am verabredeten Platz, an der Weggabelung gerade außerhalb des Dorfes, neben dem Brunnen. Der Brunnen war mit Steinen eingefaßt, an die Struan drei Laternen gehängt hatte. Er war allein. Auf seiner goldenen Taschenuhr sah er, daß es fast an der Zeit war. Er fragte sich, ob Wu Kwok und seine Leute aus dem Dorf, von den Sampans oder aus den kahlen Bergen kommen würden. Oder von See her.

Er betrachtete prüfend das Meer. Abgesehen von den tanzenden Wellen war keine Bewegung wahrzunehmen. Irgendwo draußen in der Finsternis lag die *China Cloud* hart am Wind, die Besatzung war auf Gefechtsstation. Zu weit draußen, als daß die Leute an Bord ihn genau hätten beobachten können, aber doch nah genug, um das Licht der Laternen zu erkennen. Struans Befehl lautete, falls die Laternen jäh gelöscht würden, sollten seine Leute in die Boote steigen und mit Musketen und Entermessern an Land stürmen.

Die gedämpften Stimmen der Handvoll Männer, die er mitgebracht hatte, waren vom Strand her schwach zu vernehmen. Sie warteten neben den beiden Kuttern, bewaffnet und bereit, und beobachteten ebenfalls das Licht der Laternen. Er lauschte angespannt, vermochte aber nicht zu verstehen, wovon sie sprachen. Ganz allein bin ich am sichersten, hatte er sich gedacht. In dieser Sache will ich unbeobachtet von neugierigen Augen sein. Aber ohne jeden Schutz an Land zu gehen, würde an Wahnsinn grenzen. Noch schlimmer, ich würde meinen Joss herausfordern.

Er blieb regungslos stehen, als in der Stille des Dorfes ein Hund zu knurren begann. Er horchte aufmerksam und spähte nach sich bewegenden Schatten aus. Aber er sah keine und wußte nun, daß der Hund lediglich nach Aas suchte. Er lehnte sich mit dem Rücken an den Brunnen, und seine Spannung löste sich ein wenig. Er war froh, wieder auf der Insel zu sein. Froh, daß May-may und die Kinder in der Sicherheit des Hauses lebten, das er für sie im Happy Valley gebaut hatte.

Während seiner Abwesenheit hatten Robb und Culum alles, was zu tun war, ausgezeichnet erledigt. Das kleine Haus, mit einer Umfassungsmauer und festen Toren, war fertig geworden. Zweihundertfünfzig Mann hatten Tag und Nacht daran gearbeitet.

Noch immer gab es viele Einzelheiten, die einer letzten Hand bedurften, außerdem mußte der Garten angelegt werden. Aber das Haus selber war bewohnbar und zum größten Teil eingerichtet. Es war aus Ziegeln, hatte einen Kamin und ein hölzernes Dach. Die Zimmer hatten Balkendecken. Viele Wände waren mit Tapeten bedeckt, einige waren auch gestrichen, und alle Zimmer hatten Glasfenster.

Das Haus sah aufs Meer. Es befanden sich darin die Privatgemächer des

Hausherrn, ein Eßzimmer und ein großer Wohnraum. Nach Westen zu lagen, durch ein Gitter abgetrennt, um einen Gartenhof May-mays Zimmer und die der Kinder und dahinter die Räume der Bediensteten.
Struan hatte May-may, die Kinder und Ah Sam, die Amah, vor zwei Tagen ins Haus gebracht und ihnen ihre Zimmer angewiesen. Ein vertrauenswürdiger Koch mit Namen Lim Din, eine Wasch-Amah und eine *makee-learnee* – wie man die Küchenmädchen, die angelernt wurden, nannte – hatte er aus Kanton mitgebracht.
Kein Europäer hatte May-may gesehen. Dennoch waren die meisten überzeugt, daß der Tai-Pan seine Geliebte in das erste feste Haus auf Hongkong gebracht hatte. Sie tuschelten darüber oder zogen über ihn her, weil sie neidisch waren. Ihren Frauen gegenüber erwähnten sie nichts. Im Laufe der Zeit wollten sie ihre eigenen Geliebten mit hinüberbringen, und je weniger über diese Dinge gesprochen wurde, desto besser. Die Frauen, die wohl Verdacht hegten, verhielten sich still. Sie hätten doch nichts dagegen unternehmen können.
Struan war mit seinem Haus und den Fortschritten beim Bau der Lagerhäuser und der Faktorei sehr zufrieden. Auch mit den Ergebnissen seiner zur Schau getragenen Kühle Culum gegenüber. Culum hatte ihm vertraulich erzählt, daß Brock bereits die ersten tastenden Fühler ausgestreckt und Wilf Tillman ihn an Bord von Cooper-Tillmans riesigem Lagerschiff für Opium eingeladen und dort üppig bewirtet hatte.
Culum hatte berichtet, sie hätten sich ganz allgemein über Fragen des Handels unterhalten – daß die Zukunft Asiens weitgehend von der Zusammenarbeit insbesondere zwischen den angelsächsischen Völkern abhinge. Er hatte auch erzählt, daß Shevaun beim Essen zugegen und sehr schön und lebhaft gewesen war.
Ein Fisch sprang aus dem Wasser, hing einen Augenblick in der Luft und fiel wieder zurück. Struan lauschte. Dann streckte er sich behaglich aus und ließ seine Gedanken wandern.
Shevaun würde gut zu Culum passen, dachte Struan leidenschaftslos. Oder auch zu dir. Sie würde eine gute Gastgeberin sein und eine interessante Zugabe bei den Banketten, die du in London geben wirst. Interessant für die Lords mit ihren Damen und die Mitglieder des Parlaments. Und für die Kabinettsminister. Wirst du dir den Titel eines Baronets kaufen? Das könntest du dir zehnmal erlauben. Falls die *Blue Cloud* als erste zu Hause eintrifft. Oder auch als zweite, sogar noch als dritte – solange sie nur unversehrt ankommt. Wenn die Handelsgeschäfte dieser Saison glücklich beendet sind, kannst du dir sogar den Titel eines Earls kaufen.
Shevaun ist jung genug. Sie würde eine nützliche Mitgift und interessante politische Verbindungen mitbringen. Was ist mit Jeff Cooper? Er ist unsterblich in sie verliebt. Wenn sie ihn abweist, so ist das eine Sache, mit der er sich herumschlagen muß.
Wie steht es mit May-may? Würde eine Chinesin als Frau dich dem inneren Kreis fernhalten? Bestimmt. Sie würde die Waagschale zu deinen Ungunsten beeinflussen. Also kommt sie nicht in Frage.
Wenn du nicht die richtige Frau hast, wird das englische Gesellschaftsleben

für dich unmöglich sein. Politische Fragen werden zumeist in privaten Salons und in wohlhabenden Häusern entschieden. Vielleicht die Tochter eines Lords, eines Earls oder eines Ministers? Warte, bis du zu Hause bist, verstanden? Es bleibt noch Zeit genug. Wirklich?

Ein Hund kläffte zwischen den Sampans und jaulte, als andere über ihn herfielen. Die Geräusche eines Kampfes auf Leben und Tod wurden stärker, dann schwächer und verstummten schließlich ganz. Wieder senkte sich die Stille herab, nur unterbrochen von flüchtigem Knurren, Schnaufen und Zerren in der Dunkelheit, als die Sieger zu fressen begannen.

Mit dem Rücken zu den Laternen beobachtete Struan die Sampans. Er sah einen Schatten sich bewegen und noch einen, und bald verließ ein schweigender Zug von Chinesen das schwimmende Dorf und versammelte sich am Ufer. Er erkannte Scragger.

Struan hielt seine Pistole locker in der Hand und wartete ruhig; in der Dunkelheit spähte er nach Wu Kwok. Lautlos kamen die Männer den Pfad herauf, Scragger vorsichtig in der Mitte. In der Nähe des Brunnens blieben sie stehen und starrten Struan an. Alle waren jung, etwa Anfang Zwanzig, und alle trugen sie schwarze weite Jacken und schwarze Hosen, Sandalen aus gekreuzten Riemen und große Kulihüte, die ihre Gesichter verbargen.

»Guten Abend, Tai-Pan«, sagte Scragger leise. Er war auf der Hut und bereit, sich jederzeit zurückzuziehen.

»Wo ist Wu Kwok?«

»Er bittet Sie um Entschuldigung, aber er hat mächtig viel zu tun. Da wären die hundert. Treffen Sie Ihre Wahl, damit wir wieder verschwinden können.«

»Sagen Sie ihnen, sie sollen sich in Gruppen von zehn Mann aufstellen und ausziehen.«

»Ausziehen, haben Sie gesagt?«

»Jawohl. Ausziehen, bei Gott!«

Scragger blinzelte Struan an. Dann zuckte er die Achseln, kehrte zu den Männern zurück und sprach leise in singendem Ton auf sie ein. Die Chinesen redeten ruhig miteinander, fanden sich dann zu Zehnergruppen zusammen und zogen sich aus.

Struan machte den ersten zehn ein Zeichen, und sie traten ins Licht. Aus einigen der Gruppen suchte er sich nur einen Mann aus, aus anderen zwei oder drei, und aus manchen überhaupt keinen. Er traf seine Wahl mit äußerster Vorsicht. Er wußte, daß er sich damit eine Sturmtruppe zusammenstellte, die Vorhut für seinen Vorstoß in das Herz Chinas. Falls es ihm gelänge, sie seinem Willen zu unterwerfen. Die Männer, die seinem Blick auswichen, schloß er sogleich aus. Jene, deren Zöpfe ungeflegt und ungekämmt waren, übersah er. Auch die Leute von schwächlicher Konstitution kamen nicht in Frage. Dann gab es Männer, deren Gesichter Pockennarben aufwiesen: das war ein Punkt zu ihren Gunsten, denn Struan wußte, daß die Pocken die Schiffe auf allen Meeren heimsuchten und ein Mann, der diese Krankheit durchgemacht und sie überstanden hatte, immun und kräftig war, ein Mensch, der den Wert des Lebens zu schätzen wußte. Auch die, die gut verheilte Stichwunden aufwiesen, wurden begünstigt; ebenso ließ er solche gelten, die ihre Nacktheit unbekümmert hinnahmen. Die anderen, die ihre Nacktheit nur feindselig ertrugen, musterte er sehr genau, denn er wußte, daß Gewalttätigkeiten aus dem Seemannsleben nicht wegzudenken waren. Einige wählte er wegen des Hasses in ihren Augen, andere wiederum nur aus einer Art Vorgefühl, das ihn überkam, als er ihnen ins Gesicht blickte.

Scragger beobachtete diese Musterung mit steigender Ungeduld. Er zog sein Messer und warf es wiederholt in die feuchte Erde.

Endlich war Struan fertig. »Das wären die Leute, die ich haben will. Sie können sich alle wieder anziehen.«

Scragger stieß einen Befehl aus, und die Männer zogen sich an. Struan holte ein Bündel Papiere aus der Tasche und reichte eins davon Scragger. »Das können Sie ihnen vorlesen.«

»Was ist es denn?«

»Das ist der übliche Dienstvertrag. Die Heuer und die Bedingungen für fünfjährige Dienstzeit. Sie müssen alle einen Vertrag unterschreiben.«

»Kann nich' lesen. Und wozu denn so ein Papier? Wu Fang Tschoi hat ihnen gesagt, daß sie Ihnen für fünf Jahre gehören.«

Struan gab ihm einen anderen Bogen mit chinesischen Schriftzeichen. »Geben Sie das einem, der lesen kann. Die Leute unterschreiben das, oder ich nehme sie nicht in meinen Dienst. Damit wäre dieser Teil der Angelegenheit erledigt.«

»Wollen immer alles ganz genau machen, was?« Scragger nahm das Papier und rief einen untersetzten, pockennarbigen Chinesen heran, der zu den Auserwählten gehörte. Der Mann trat vor, nahm das Papier entgegen und studierte es im Schein der Laternen. Scragger machte den anderen, die abgelehnt waren, mit dem Daumen ein Zeichen, und sie verschwanden.

Der Mann begann zu lesen.

»Wie heißt er?«

»Fong.«

»Fong und wie weiter?«

»Fong und wie Sie sonst noch wollen. Wer weiß denn, unter was für Namen diese Affen rumlaufen?«

Die Chinesen lauschten Fong aufmerksam. An einer bestimmten Stelle stieg gedämpftes, nervöses Gelächter auf. »Was ist da so komisch?« fragte Scragger auf kantonesisch. Fong brauchte lange Zeit, um es ihm zu erklären.

Scragger wandte sich Struan zu. »Was soll das alles? Sie sollen versprechen, fünf Jahre lang nicht zu huren und nicht zu heiraten? Das ist eine unlautere Forderung. Für was halten Sie denn die Leute?«

»Das ist eine der üblichen Bedingungen, Scragger. Alle Dienstverträge weisen sie auf.«

»Nicht die Verträge von Seeleuten, bei Gott nicht.«

»Sie sollen Kapitäne und Seeoffiziere werden, also müssen sie auch die regulären Dienstverträge haben. Damit die Sache vor dem Gesetz vertretbar ist.«

»Sehr ungebührlich, wenn Sie mich fragen. Wollen Sie damit sagen, sie dürften fünf Jahre lang mit keiner Dirne ins Bett gehen?«

»Nur eine Formsache. Aber heiraten dürfen sie nicht.«
Scragger wandte sich um und hielt eine kurze Rede. Wieder stieg Gelächter auf. »Ich habe ihnen gesagt, sie hätten Ihnen wie Gott dem Allmächtigen zu gehorchen. Mit Ausnahme der Hurerei.« Er wischte sich den Schweiß vom Gesicht. »Wu Fang hat ihnen gesagt, daß sie Ihnen fünf Jahre gehören. Also kein Anlaß zur Sorge.«
»Warum sind Sie denn so unruhig?«
»Nichts. Gar nichts.«
Fong las weiter. Wieder wurde es still, und nur ab und zu bat einer darum, daß eine Bedingung wiederholt wurde. Scraggers Interesse nahm zu. Es handelte sich um die Heuer. Die Kapitänsanwärter sollten im ersten Jahr fünfzig, im zweiten und dritten siebzig beziehungsweise hundert Pfund erhalten, wenn sie das Patent des Ersten Offiziers besaßen. Hundertfünfzig nach dem Kapitänspatent. Außerdem sollten sie ein Sechzigstel vom Gewinn des Schiffes bekommen, auf dem sie Kapitän waren. Zudem eine Prämie von zwanzig Pfund, wenn sie Englisch innerhalb von drei Monaten lernten.
»Hundertundfünfzig Pfund ist mehr als das, was sie in zehn Jahren verdienen würden«, sagte Scragger.
»Wollen Sie bei mir eine Stellung?«
»Vielen Dank, aber ich bin mit meiner gegenwärtigen zufrieden.« Er verzog das Gesicht, als ihm plötzlich ein Gedanke kam. »Wu Fang wird nicht so viel Geld bezahlen wollen«, erklärte er vorsichtig.
»Er wird nicht danach gefragt werden. Diese Männer werden sich jeden Penny verdienen müssen, darauf können Sie sich verlassen. Oder sie werden an die Luft gesetzt.«
»Solang, wie ich es nicht zu bezahlen brauche, zahlen Sie ihnen, was Sie wollen. Es ist ja Ihr Geld, das Sie hinauswerfen.«
Nachdem Fong das Schriftstück verlesen hatte, ließ Struan jeden einzelnen seinen Namen in chinesischen Schriftzeichen auf eine Abschrift setzen. Jeder dieser Leute konnte schreiben. Dann ließ er jeden seine linke Handfläche in Stempeltinte tauchen und die Hand auf die Rückseite des Papiers drücken.
»Wozu das?«
»Jede Handfläche ist anders. Jetzt kenne ich jeden Mann – ganz gleich, wie er heißt. Wo sind die Jungen?«
»Sollen die Männer zu den Booten?«
»Ja.« Struan gab Fong eine Laterne und deutete zum Strand. Die anderen folgten ihm schweigend.
»Ihre Auswahl und die Sache mit dem Papier war richtig klug, Tai-Pan. Sie sind ein gerissener Hund.« Scragger lutschte nachdenklich am Griff seines Messers. »Ich habe gehört, daß Sie Brock richtig ausgeschmiert haben. Noch dazu mit dem Silber.«
Struan musterte Scragger, denn plötzlich war ein Verdacht in ihm aufgestiegen. »Es waren doch Europäer neulich bei dem Angriff mit dabei, hat Brock gesagt. Waren Sie einer von ihnen?«
»Hätte mir Wu Fang den Befehl gegeben, daß ich mit dabei bin, Tai-Pan, wär' die Sache nich' schiefgegangen. Wu Fang Tschoi liebt keine Miß-

erfolge. Müssen ein paar idiotische Einheimische gewesen sein. Schrecklich.« Scragger blickte forschend in die Dunkelheit hinein. Nachdem er sich vergewissert hatte, daß sie allein waren, fuhr er vertraulich fort. »Wu Kwok ist aus Fukien. Er kommt von Quemoy, ein Stück die Küste rauf. Sie kennen die Insel?«
»Ja.«
»In der Mittsommernacht wird dort ein Fest stattfinden. Wu Kwok ist bestimmt da. Hat was mit seinen Vorfahren zu tun.« Scraggers Augen funkelten bösartig. »Wenn ein paar Fregatten dort kreuzten, könnte man ihn wie eine gemeine Kanalratte in einem Faß fangen.«
Struan lächelte verächtlich. »Bestimmt!«
»Is' die Wahrheit, die ich Ihnen da sage, bei Gott. Ich schwöre es Ihnen. Dieser Hund hat mich überlistet, als ich Ihnen was geschworen habe, was 'ne Lüge war, und das verzeihe ich ihm nicht. Scraggers Eid ist so gut wie der Ihre!«
»Ja. Natürlich. Aber glauben Sie, ich könnte einem Mann trauen, der seinen Herrn wie eine Ratte verkauft?«
»Is' nich' mein Herr. Wu Fang Tschoi is' mein Herr und kein anderer. Nur ihm habe ich Treue geschworen, keinem anderen. Da haben Sie meinen Eid drauf.«
Struan sah Scragger prüfend an. »Ich werde über diese Mittsommernacht nachdenken.«
»Sie haben meinen Eid. Will den Kerl tot sehen. Was liegt denn schon zwischen einem Mann und der Hölle – doch bloß sein Eid. Das Schwein hat mir den meinen gestohlen, hol' ihn der Teufel, und drum will ich ihn tot sehen, damit er mir dafür zahlt.«
»Wo sind die Jungen?«
»Sollen sie zu feinen Herren erzogen werden, wie Sie sagten?«
»Beeilen Sie sich, ich will weg.«
Scragger wandte sich um und pfiff in die Finsternis. Drei kleine schattenhafte Gestalten tauchten aus den Sampans auf. Vorsichtig gingen die Jungen die schwankende Laufplanke entlang auf festen Boden und eilten dann den Pfad hinauf. Struan betrachtete die Jungen erstaunt, als sie ins Licht traten. Der eine von ihnen war Chinese. Einer war Eurasier.
Und der letzte war ein verwahrloster kleiner Bengel, ein Engländer. Der Chinese trug kostbare Gewänder, sein Zopf war dick und sorgfältig geflochten. Er hatte eine Tasche bei sich. Die beiden anderen hatten schmutzige Anzüge nach dem Vorbild der englischen Knabenkleidung an. Aber die Gehröcke waren aus selbstgewobener Wolle, die kleinen Zylinder zerbeult, und auch Hosen und Schuhe waren hausgemacht und grob zusammengenäht. Über den Schultern trug jeder von ihnen einen Stock, an dessen Ende ein Bündel baumelte.
Alle Jungen versuchten verzweifelt – und ohne Erfolg, ihre Unruhe zu verbergen.
»Das ist Wu Pak Tschuk«, erklärte Scragger. Der Chinese verbeugte sich ängstlich. »Er is' Wu Fang Tschois Enkel. Einer von seinen Enkeln, aber nicht von Wu Kwok. Und diese da sind meine eigenen Kinder.« Er deutete

stolz auf den kleinen Bengel, der unwillkürlich zusammenzuckte. »Das is' Fred. Er ist sechs. Und der da is' Bert, sieben.«
Er machte eine leichte Handbewegung. Beide Jungen nahmen ihre Hüte ab, verbeugten sich und murmelten in ihrer Angst irgend etwas Unverständliches. Dann blickten sie ihren Vater wieder an, um festzustellen, ob sie es richtig gemacht hatten. Bert, der Mischling, hatte seinen Zopf unter dem Hut zusammengerollt getragen; jetzt hatte er sich gelöst und fiel ihm über den Rücken. Das Haar des anderen Jungen war schmutzig und wie das seines Vaters mit einem Stück geteerter Hanfschnur im Nacken zusammengebunden.
»Kommt mal her, Jungs«, sagte Struan mitleidig.
Der kleine Engländer ergriff die Hand seines Halbbruders, und die beiden traten langsam auf ihn zu. Dann blieben sie stehen und wagten kaum zu atmen. Der Engländer wischte sich mit dem Handrücken etwas Rotz von der Oberlippe.
»Bist du Fred?«
»Ja, Euer Gnaden«, flüsterte er kaum hörbar.
»Sprich lauter, Junge«, rief Scragger, und der Junge stieß hervor: »Jawohl, Euer Gnaden, ich bin Fred.«
»Ich bin Bert, Euer Gnaden.« Der Mischling begann zu zittern, als Struan ihn ansah. Er war ein großer, hübscher Junge mit schönen Zähnen und goldener Haut, der größte von den dreien.
Nun sah Struan Wu Pak an. Der Junge senkte die Augen und trat nervös hin und her.
»Spricht er kein Englisch?«
»Nein. Aber Bert spricht seine Sprache. Und Fred kennt einige Wörter. Berts Mutter ist aus Fukien.« Scragger wurde es immer unbehaglicher zumut.
»Wo ist deine Mutter, Fred?«
»Tot, Euer Gnaden«, brachte der Junge mühsam hervor. »Sie ist tot, Sir.«
»Sie ist vor zwei Jahren gestorben. Der Skorbut hat sie erwischt«, erklärte Scragger.
»Gibt es Engländerinnen bei Ihnen in der Flotte?«
»Einige schon. Zurück mit euch, Jungen«, befahl er, und seine Söhne flüchteten sich dorthin, wo er hingedeutet hatte, und blieben außer Hörweite regungslos stehen. Wu Pak zögerte, dann rannte auch er zurück.
Scragger senkte die Stimme. »Freds Mutter war 'n Sträfling. Auf zehn Jahre deportiert, weil sie mitten im Winter Kohlen gestohlen hatte. Ein Priester in Australien hat uns getraut, aber er war ein Abtrünniger, so gilt es vielleicht nich'. Trotzdem – wir wurden getraut. Bevor sie starb, habe ich ihr geschworen, alles für den Jungen zu tun.«
Struan holte noch mehr Papiere hervor. »Dies ist die Vormundschaft über die Jungen. Bis sie einundzwanzig sind. Sie können für Ihre Söhne unterschreiben, aber was ist mit Wu Pak? Das müßte doch ein Verwandter machen.«
»Ich werde für alle unterschreiben. Haben Sie eine Abschrift, die ich Wu Fang zeigen kann, wo ich unterschrieben habe?«

»Ja. Eine können Sie bekommen.«

Struan wollte die Namen eintragen, aber Scragger hielt ihn zurück. »Tai-Pan, hängen Sie den Jungen nicht Scragger an. Schreiben Sie 'nen Namen hin. Was Ihnen gerade gefällt – nein, sagen Sie auch mir nicht, was für einen«, fügte er rasch hinzu. »Irgendein Name. Lassen Sie sich 'nen guten einfallen.« Der Schweiß stand in Tropfen auf seiner Stirn, und seine Finger zitterten, als er die Feder ergriff und sein Zeichen hinkritzelte. »Fred soll mich vergessen. Und seine Mutter. Tun Sie Ihr Bestes für Bert, ja? Seine Mutter is' noch immer meine Frau und nich' übel für 'ne Heidin. Tun Sie Ihr Bestes für sie, und Sie haben einen Freund fürs Leben. Das schwör' ich. Sollen beide lernen, ihre Gebete richtig zu sprechen.« Er schnaubte sich mit den Fingern die Nase und wischte sie sich an der Hose ab. »Wu Pak soll einmal im Monat an Jin-kwa schreiben. Ach ja, und Sie sollen Jin-kwa die Kosten für die Schule und alles in Rechnung stellen. Einmal im Jahr. Sie sollen alle auf die gleiche Schule gehen und zusammen leben.«

Er machte dem kleinen Chinesen ein Zeichen. Widerstrebend näherte sich Wu Pak. Scragger deutete mit dem Daumen zu den Booten hinüber, und der Junge entfernte sich gehorsam. Dann rief er seine Söhne heran.

»Ich verschwinde jetzt, Jungs.«

Die Jungen liefen auf ihn zu, klammerten sich an ihn und flehten ihn an, sie nicht wegzuschicken. Die Tränen liefen ihnen übers Gesicht, und sie fürchteten sich entsetzlich. Aber er stieß sie zurück und zwang seine Stimme zur Härte. »Macht jetzt, daß ihr wegkommt. Gehorcht dem Tai-Pan. Er wird wie 'n Vater zu euch sein.«

»Schick uns nicht weg, Papa«, bettelte Fred jämmerlich. »Ich werde auch immer artig sein. Bert und ich werden immer artig sein, Papa, schick uns nicht weg.«

Sie standen da, von ihrem Kummer überwältigt, und ihre Schultern bebten.

Scragger räusperte sich geräuschvoll und spuckte aus. Er zögerte eine Sekunde, riß dann sein Messer heraus und packte Berts Zopf. Der Mischling schrie vor Entsetzen auf und versuchte, sich ihm zu entwinden. Aber Scragger schnitt den Zopf ab und versetzte dem Jungen, der völlig außer sich war, einen Knuff, gerade so stark, daß er über den Schrecken wegkam.

»Ach, Papa«, stieß Fred mit seiner kleinen, hohen Stimme zitternd hervor, »du weißt doch, daß Bert seiner Mama versprochen hat, auf sein Haar zu achten.«

»Besser, ich tue es, Fred, bevor es ein anderer tut«, erwiderte Scragger, und seine Stimme brach. »Bert braucht den Zopf jetzt nicht mehr. Er wird ein feiner Herr wie du.«

»Will kein feiner Herr werden, will zu Hause bleiben.«

Scragger zauste Berts Haar ein letztes Mal. Auch Freds.

»Lebt wohl, meine Söhne«, sagte er. Er eilte davon, und die Nacht verschlang ihn.

17

»Warum gehst du so früh, Tai-Pan?« fragte May-may und unterdrückte ein Gähnen. »Zwei Stunden Schlaf letzte Nacht ist für dich nicht genug. Du wirst noch all deine Kraft verlieren.«
»Was du nicht sagst, meine Kleine! Im übrigen habe ich dir befohlen, nicht aufzusitzen und auf mich zu warten.« Struan schob seinen Frühstücksteller weg, und May-may goß ihm nochmals Tee ein. Es war ein herrlicher Morgen. Die Sonnenstrahlen fielen durch die vergitterten Fenster und zeichneten zarte Muster auf den Boden.
May-may versuchte, das Hämmern und Sägen zu überhören, das von den Baustellen hereindrang. Den ganzen Küstenstreifen des Happy Valley entlang wurde nun gebaut, und der Lärm war, seitdem sie vor drei Tagen eingetroffen waren, nicht einen Augenblick abgeflaut und hatte alles übertönt. Aber es gelang ihr nicht, ihre Ohren zu verschließen.
»Es ist noch viel zu tun, und ich möchte sichergehen, daß für den Ball alles richtig vorbereitet ist«, erklärte Struan. »Eine Stunde nach Sonnenuntergang soll er beginnen.«
May-may erzitterte vor Freude, als sie an ihr schönes Kleid dachte, das sie noch niemandem gezeigt hatte. »Frühstück bei Sonnenaufgang ist Barbarismus.«
»›Barbarisch‹«, verbesserte er. »Außerdem ist es nicht Sonnenaufgang, sondern neun Uhr.«
»Es kommt einem vor wie Sonnenaufgang.« Sie zog ihr hellgelbes Seidengewand bequemer um ihren Körper und fühlte dabei die Berührung des Stoffes auf ihren festen Brüsten. »Wie lange soll dieser erschreckendste Lärm so weitergehen?«
»Vielleicht einen Monat noch. Selbstverständlich wird an Sonntagen nicht gearbeitet«, antwortete er, wobei er ihr kaum noch zuhörte, da er an all die Dinge dachte, die er an diesem Tag noch erledigen mußte.
»Es ist zuviel Lärmen«, sagte sie. »Und etwas ist schlecht mit diesem Haus.«
»Was denn?« fragte er zerstreut, ohne ihre Worte besonders zu beachten.
»Es fühlt sich schlecht an, schrecklich schlecht. Bist du sicher, daß der fêng schui richtig ist, heja?«
»Was für ein fêng?« Überrascht blickte er auf und schenkte ihr nun wieder seine ganze Aufmerksamkeit.
May-may war entsetzt. »Du hast keinen fêng-schui-Herrn gehabt?«
»Wer ist denn das?«
»Mein Himmel, Tai-Pan!« rief sie verzweifelt. »Du baust Haus und hast fêng schui nicht befragt! Wie schrecklich verrückt! Ajii jah! Gleich heute werde ich mich darum kümmern.«
»Was tut denn der fêng-schui-Herr?« fragte Struan mürrisch. »Abgesehen davon, daß er Geld kostet?«
»Er überzeugt sich davon, daß der fêng schui richtig ist.«
»Und was, um Himmels willen, ist fêng schui?«
»Wenn der fêng schui böse ist, kommen die Teufelsgeister ins Haus, und

du wirst entsetzlich schlechten Joss und schreckliche Krankheiten haben. Ist der fêng schui gut, kommen keine Teufelsgeister herein. Jeder weiß doch, was ein fêng schui ist.«

»Du bist doch eine gute Christin und glaubst nicht an böse Geister und all den Hokuspokus.«

»Ich gebe dir völlig recht, Tai-Pan, aber in Häusern ist fêng schui unwahrscheinlich wichtig. Vergiß nicht, hier sind wir in China, und in China ...«

»Schon gut, May-may«, antwortete er ergeben. »Laß dir einen fêng-schui-Herrn kommen, damit er seinen Zauberspruch sagt, wenn es schon sein muß.«

»Er sagt keine Zaubersprüche«, entgegnete sie mit Nachdruck. »Er überzeugt sich nur, daß das Haus für die Himmel-Erde-Luft-Ströme richtig liegt. Und daß es nicht auf dem Nacken eines Drachen sitzt.«

»Bitte?«

»Gütiger Gott, wie du manchmal sagst! Das wäre erschrecklich, denn dann könnte der Drache, der in der Erde schläft, nicht länger friedlich schlafen. Mein Himmel, ich hoffe nur, wir sitzen nicht auf seinem Nacken! Oder auf seinem Kopf! Könntest etwa du mit einem Haus auf deinem Nacken oder deinem Kopf schlafen? Natürlich nicht! Wenn der Schlaf des Drachen gestört wird, werden selbstverständlich phantastisch schlimme Dinge geschehen. Dann müssen wir sofort ausziehen!«

»Lächerlich!«

»Phantastisch lächerlich, aber trotzdem ziehen wir aus. Ich, ich beschütze uns. O ja. Es ist sehr wichtig, daß man seinen Mann und seine Familie beschützt. Falls wir auf einem Drachen gebaut haben, ziehen wir aus.«

»Dann sagst du am besten deinem fêng-schui-Herrn, daß er gut daran tut, keine Drachen hier zu finden, bei Gott!«

Sie stieß das Kinn vor. »Die fêng-schui-Herren werden dir nicht beibringen, wie man ein Schiff segelt – warum solltest du also ihnen etwas über Drachen beibringen wollen, heja? Es ist sehr erbärmlich schwer, ein fêng-schui-Herr zu sein.«

Struan war froh, daß May-may allmählich wieder zu ihrem alten Ich zurückfand. Er hatte bemerkt, daß sie seit ihrer Rückkehr aus Macao nach Kanton und während der Reise nach Hongkong gereizt und zerstreut gewesen war. Vor allem während der letzten paar Tage. Und sie hatte recht, der Lärm war entsetzlich.

»Ich muß jetzt gehen.«

»Ist es dir recht, wenn ich Mary Sinclair heute einlade?«

»Ja. Aber ich weiß nicht, wo sie ist – oder ob sie überhaupt schon angekommen ist.«

»Sie ist auf dem Flaggschiff. Gestern ist sie mit ihrer Amah, Ah Tat, und ihrem Ballkleid eingetroffen. Es ist schwarz und sehr hübsch. Es wird dich zweihundert Dollar kosten. Ajiii jah, hättest du mich das mit dem Kleid machen lassen, hätte ich dir sechzig, siebzig Dollar gespart, aber macht nichts. Ihre Kabine liegt neben der ihres Bruders.«

»Wieso weißt du das alles?«

»Ihre Amah ist die vierte Tochter der Schwester der Mutter von Ah Sam.

Was nützt einem eine glattzüngige Sklavin wie Ah Sam, wenn sie ihre Mutter nicht auf dem laufenden hält und Verbindungen hat?«

»Wie hat denn Ah Sams Mutter ihr das mitgeteilt?«

»Oh, Tai-Pan, du bist so komisch«, rief May-may. »Doch nicht Ah Sams wirkliche Mutter, *ich.* Alle chinesischen Sklaven nennen ihre Herrin ›Mutter‹. Ebenso wie Ah Sam dich ›Vater‹ nennt.«

»Tut sie das?«

»Alle Sklaven nennen den Herrn des Hauses ›Vater‹. Es ist eine alte Sitte und etwas sehr Höfliches. So hat also Ah Tat, Marys Sklavin, Ah Sam erzählt. Ah Sam, die eine nichtsnutzige, faule Made ist und die Peitsche verdient, hat es ihrer ›Mutter‹ erzählt. Also mir. Es ist wirklich ganz einfach. O ja, und um absolut korrekt zu sein, müßtest du, wenn du Chinesisch sprechen könntest, Ah Sam ›Tochter‹ nennen.«

»Warum willst du eigentlich mit Mary sprechen?«

»Es ist so einsam, wenn man sich nicht unterhält. Ich werde nur kantonesisch reden, keine Sorge. Sie weiß, daß ich hier bin.«

»Woher denn?«

»Ah Sam hat es Ah Tat erzählt«, antwortete sie, als müßte sie es einem Kind erklären. »Es ist ganz natürlich, daß Ah Tat eine so interessante Nachricht ihrer Mutter – also Mary – mitgeteilt hat. Diese alte Hure Ah Tat ist ein Jadebergwerk von Geheimnissen.«

»Ist Ah Tat eine Hure?«

»Mein Himmel, Tai-Pan, ist doch nur eine Redensart. Du solltest wirklich ins Bett zurück. Heute früh bist du sehr einfältig.«

Er trank seinen Tee aus und schob seine Tasse weg. »Kein Wunder, wenn man sich all diesen Unsinn anhören muß. Ich werde mit Longstaff zu Mittag essen, dabei kann ich Mary benachrichtigen. Um wieviel Uhr soll ich sagen?«

»Danke, Tai-Pan, nicht nötig. Ah Sam wird besser sein. Dann weiß niemand außer den Dienstboten, und sie alle wissen es ohnehin.«

Lim Din öffnete die Tür. Er war Struans persönlicher Diener und gleichzeitig Koch, ein kleiner, untersetzter Mann, etwa Mitte Fünfzig, sehr ordentlich und appetitlich in seiner schwarzen Hose und der weißen, weiten Jacke. Er hatte ein rundliches, zufriedenes Gesicht und lebhafte, listige Augen. »Maste'. Missie und Maste' kommen sehen. Können?«

»Was für ein Master?« Struan war erstaunt, daß jemand so unhöflich sein konnte, uneingeladen zu erscheinen.

Lim Din zuckte die Achseln. »Maste' und Missie.«

»Ach, schon gut«, antwortete Struan und erhob sich vom Tisch.

»Erwartest du Besuch?« fragte May-may.

»Nein.« Struan ging aus dem Zimmer und in das kleine Vorzimmer. Er öffnete die Tür auf der anderen Seite und schloß sie wieder hinter sich. Nun befand er sich im Gang, der zu einer Diele und zu den in sich abgeschlossenen Räumen im vorderen Teil des Hauses führte. In dem Augenblick, in dem er den Gang betrat, wußte er, daß der eine der Besucher Shevaun war. Ihr Duft, ein besonderes türkisches Parfüm, hatte einen zarten Hauch in der Luft zurückgelassen und sie verändert.

Sein Herz schlug schneller, und sein Ärger verflog, während er den Gang entlangging. Seine Halbstiefel aus weichem Leder klangen hart auf den Steinplatten. Dann bog er in das Wohnzimmer ab.
»Hallo, Tai-Pan«, sagte Shevaun.
Shevaun war zwanzig und graziös wie eine Gazelle. Sie trug das dunkelrote Haar, dunkler als das Struans, in langen Locken. Die üppigen Brüste unter dem grünen Samt des nicht allzu tief ausgeschnittenen Kleides ließen ihre schlanke Taille noch graziler erscheinen. Ihre schmalen Knöchel und kleinen Füße waren unter dem Dutzend Unterröcke kaum zu sehen. Die Schute war ebenfalls grün, der Sonnenschirm von leuchtendem Orangerot. Wahrhaftig, dachte Struan, mit jedem Tag wird sie hübscher.
»Guten Morgen, Shevaun. Guten Morgen, Wilf.«
»Guten Morgen. Ich bitte zu entschuldigen, daß wir uneingeladen hier erscheinen.« Wilf Tillman schien sich in seiner Haut nicht wohl zu fühlen.
»Aber ich bitte dich, Onkel«, sagte Shevaun vergnügt, »es ist doch eine gute, alte amerikanische Sitte, jemanden zu einem Haus zu beglückwünschen?«
»Aber wir sind nicht in Amerika, meine Liebe.« An diesem Tag wünschte Tillman, er wäre es. Und Shevaun glücklich mit Jeff Cooper verheiratet und er die Verantwortung für sie los. Hol' der Teufel Shevaun. Und hol' der Teufel Jeff, dachte er. Ich wünsche mir, daß dieser Mann endlich offiziell um ihre Hand anhielte. Dann könnte ich ganz einfach die Heirat bekanntgeben, und damit wäre auch das erledigt. Aber diese ewige Unentschlossenheit ist lächerlich. ›Man muß ihr Zeit lassen. Wir haben reichlich Zeit‹, sagt Jeff ständig. Aber, hol's der Teufel, ich weiß ganz genau, wie wenig Zeit wir noch haben, jetzt – da Struan keine Frau mehr hat. Ich bin fest davon überzeugt, daß sich Shevaun den Tai-Pan in den Kopf gesetzt hat. Aus welchem Grund sollte sie sonst heute morgen darauf bestanden haben, hierherzukommen? Warum auch sollte sie mir ständig Fragen stellen, die sich auf ihn beziehen?
Auf dem ganzen Weg zu Struans Haus hatte er darüber nachgegrübelt, ob es klug sei, eine solche Verbindung zwischen Struan und Shevaun anzustreben. Selbstverständlich würden durchaus greifbare finanzielle Vorteile die Folge sein, aber Struan wollte von ihrem amerikanischen Lebensstil nichts wissen; er bemühte sich nicht einmal um Verständnis dafür.
Bestimmt würde er Shevaun gegen uns aufhetzen, dachte Tillman. Er würde sie zum Werkzeug seiner Anschauungen machen, Jeff wäre wütend, wenn er sie verlöre, und würde wahrscheinlich die Partnerschaft Cooper-Tillman aufkündigen. Und ich könnte nichts tun, um das zu verhindern. Und wenn unsere Firma auf Grund läuft, ist kein Geld mehr da für Bruder John, der in Washington mit seinen Gesellschaften das Geld zum Fenster hinauswirft. Politik ist ein sehr teurer Spaß, aber ohne politischen Einfluß wird das Leben für unsere Familie sehr schwer, und dabei brauchen wir jede nur mögliche Unterstützung gegen die verdammten Nordstaaten. Nein, bei Gott, Shevaun soll Jeff und nicht den Tai-Pan heiraten. Erledigt der Fall.
»Ich bitte zu entschuldigen, daß wir uneingeladen hier erscheinen«, wiederholte er.

»Ich freue mich sehr, Sie beide zu sehen.« Struan machte Lim Din ein Zeichen, die Karaffe und Gläser zu bringen. »Sherry?«
»Vielen Dank, aber ich glaube, wir sollten jetzt gehen«, antwortete Tillman.
Shevaun lachte und krauste die zierliche Nase. »Aber wir sind doch gerade erst gekommen. Ich wollte die erste sein, die Ihnen in Ihrem Haus Glück wünscht, Tai-Pan«, sagte sie.
»Und Sie sind es auch. Nehmen Sie doch Platz. Ich freue mich, Sie zu sehen.«
»Wir haben einige Geschenke für das Haus mitgebracht.« Sie öffnete ihre Tragtasche und holte einen kleinen Laib Brot, ein winziges Salzfaß und eine Flasche Wein heraus. »Es ist ein alter Brauch, der einem Haus Glück bringen soll. Ich wäre auch allein gekommen, aber mein Onkel meinte, das wäre höchst unpassend. Es ist also keineswegs seine Schuld.«
»Ich freue mich, daß Sie gekommen sind.« Struan griff nach dem Brot. Es war goldbraun, knusprig und duftete.
»Ich habe es gestern abend gebacken.«
Struan brach ein Stück ab und kostete es. »Es schmeckt ausgezeichnet!«
»Sie brauchen es wirklich nicht zu essen. Es ist doch nur symbolisch.« Wieder lachte sie, nahm dann ihre Tragtasche und ihren Sonnenschirm. »Nachdem ich jetzt meine Pflicht getan habe, werden wir uns wieder verabschieden.«
»Meine ersten Gäste werden nichts dergleichen tun. Ich bestehe darauf – zumindest einen Sherry.«
Lim Din bot die Gläser an. Shevaun nahm eines und lehnte sich behaglich zurück. Wilf Tillman schaute noch immer finster drein. Lim Din entfernte sich lautlos.
»Haben Sie es wirklich selber gebacken? Ganz allein?« fragte Struan.
»Ein Mädchen muß kochen und backen können, das ist sehr wichtig«, antwortete sie und erwiderte herausfordernd seinen Blick.
Tillman trank von seinem Sherry. »Shevaun ist eine gute Köchin.«
»Ich nehme Ihnen täglich ein Brot ab«, sagte Struan. Er saß in dem großen Ledersessel und hob sein Glas. »Auf ein langes Leben!«
»Das wünsche ich Ihnen auch.«
»Ihr Haus gefällt mir, Tai-Pan.«
»Danke. Sobald es ganz fertig ist, werde ich Ihnen alles zeigen.« Struan wußte, daß sie neugierig war und feststellen wollte, ob das Gerücht über May-may der Wahrheit entsprach. »Aristoteles hat mir, als ich ihn das letztemal sah, erzählt, Sie hätten sich nicht wohl gefühlt.«
»Es war nichts weiter als eine Erkältung«, antwortete sie.
»Lassen Sie sich wieder porträtieren?«
»Vielleicht, ich weiß noch nicht«, erwiderte sie gelassen. »Ich bewundere Mr. Quance und seine Bilder so sehr. Mein Onkel und ich versuchen ihn dazu zu überreden, doch einmal für eine Saison nach Washington zu kommen. Ich glaube, er würde ein Vermögen machen.«
»In diesem Fall möchte ich behaupten, daß Sie einen Besucher hätten.« Struan fragte sich, ob die Unschuld in ihrem Gesicht echt oder gespielt war.

Er blickte zu Tillman hinüber. »Wie gehen die Geschäfte?«

»Ausgezeichnet, danke. Jeff kommt heute nachmittag aus Kanton zurück. In der Niederlassung herrscht Hochkonjunktur. Reisen Sie wieder hin?«

»In ein paar Tagen.«

»Wie ich höre, liegen die *Blue Cloud* und die *Gray Witch* Nase an Nase. Eins unserer Schiffe, das von Singapur herüberkam, ist ihnen vor zwei Tagen begegnet. Da hatten sie alles Zeug gesetzt. Ich wünsche Ihnen das Beste.«

Während die beiden sich höflich über geschäftliche Dinge unterhielten, wobei keiner an der Ansicht des anderen wirklich interessiert war, trank Shevaun von ihrem Sherry und beobachtete Struan. Er trug einen Anzug aus leichtem Wollstoff, erstklassige Schneiderarbeit und sehr elegant.

Du bist ein richtiger Mann, dachte sie; du weißt es noch nicht, Dirk Struan, aber ich werde dich heiraten. Gern wüßte ich, wie deine chinesische Geliebte aussieht; ich spüre ihre Anwesenheit in diesem Haus. Geliebte oder nicht, ich bin die richtige Frau für dich. Bin ich erst einmal deine Frau, wirst du lange Zeit nicht mehr herumzustreunen brauchen. Sehr lange nicht.

»Ich glaube, ich muß jetzt gehen«, sagte Tillman und erhob sich. »Entschuldigen Sie nochmals, daß wir uneingeladen gekommen sind.«

»Ich freue mich immer, Sie zu sehen.«

»Ach, da wäre noch etwas, Tai-Pan«, rief Shevaun. »Wie ich gehört habe, sind die Damen zu dem Wettkampf heute nachmittag nicht eingeladen. Würden Sie für mich eine Guinee auf den Mann von der Marine setzen?«

»Du lieber Gott, Shevaun«, stieß Tillman empört hervor, »so etwas geht doch nicht. Das ist ganz und gar nicht damenhaft!«

»Und du hast solche Hemmungen«, sagte sie, »und bist so altmodisch. Wenn ihr Männer Spaß an einem Wettkampf habt, warum sollten wir es dann nicht auch? Wenn ihr Männer gern einmal wettet, warum sollten wir es nicht dürfen?«

»Eine sehr berechtigte Frage, Shevaun.« Struan hatte sein Vergnügen an Tillmans Verlegenheit.

»Immerhin ist es eine asiatische Gewohnheit.« Sie sah Struan unschuldig an. »Wie ich höre, spielen und wetten die Chinesen ständig, besonders die Frauen.«

Struan überhörte diese Bemerkung ganz einfach.

»Spielen und wetten ist eine üble Gewohnheit«, erklärte Tillman.

»Ganz deiner Meinung, Onkel. Wieviel hast du denn gesetzt?«

»Das hat nichts damit zu tun.«

Struan lachte. »Wenn Sie erlauben, Wilf, lassen wir's ihr diesmal durchgehen. Also eine Guinee auf die Marine?«

»Vielen Dank, Tai-Pan«, sagte sie, bevor Tillman antworten konnte, und reichte Struan ihre behandschuhte Hand. »Es geht nur um das Prinzip. Sie sind jedenfalls sehr verständnisvoll.«

Er ließ ihre Hand einen Augenblick länger als nötig in der seinen ruhen und küßte sie dann, fasziniert von dem Gedanken, sie zu zähmen. Dann geleitete er sie bis zur Tür. »Heute abend werde ich Sie beide ja wiedersehen.«

»Wenn ich den Preis nicht gewinne, dann werde ich totenblaß. Außerdem wirft man mich dann in den Schuldturm.«
»Dich bestimmt nicht, Shevaun, dafür aber könnten dein seit langem leidgeprüfter Vater und dein Onkel dort landen«, meinte Tillman.
Nachdem sie gegangen waren, kehrte Struan in May-mays Gemächer zurück.
Sie sah ihn mit kalten Augen an.
»Was ist los?«
»Diese glattzüngige, gottverdammte Dirne ist hinter dir her. Das ist los.«
»Sei doch nicht albern und fluch nicht so! Wieso hast du sie überhaupt gesehen?«
»Habe ich etwa keine Augen? Keine Nase? Für was sollte ich denn über Plänen vom Haus sitzen, he, eine gottverdammte Stunde nach der anderen? Dann wird es so geplant, daß ich sehen kann, wer hereinkommt und wer vorbeigeht, ohne daß ich gesehen werde. Ha! Dieses Weibsbild, dieses Miststück, dieser von Maden zerfressene Haufen von Unterröcken ist hinter dir her, um dich zu heirat.«
»Zu heiraten«, verbesserte er.
»Die Hand küssen, was? Für was du nicht küssen meine Hand, he?« Sie setzte die Teekanne hart auf. »Für was du herumlaufen mit Kuhaugen, he? Ajiii jah!«
»Ajiii jah für dich selber! Noch eine solche Bemerkung, und ich verhaue dich. Willst du verhauen werden?«
»Männers!« Sie warf den Kopf zurück. »Männers!«
» ›Männer‹ – und nicht ›Männers‹. Wie oft soll ich dir das noch sagen?«
»Männer!« Mit zitternder Hand goß sich May-may Tee ein, knallte dann die Tasse hin und stand auf. » ›Wie ich höre, spielen und wetten die chinesischen Männers gewaltig, besonders die Frauens‹ «, rief sie, Shevaun nachahmend, hob ihre Brüste an, damit sie üppiger wirkten, und wackelte mit dem Hinterteil. »Und da sitzt du und verschlingst ihren Busen. Für was du meinen Busen nicht anstarren, heja?«
Ruhig setzte Struan seine Tasse ab und erhob sich. May-may zog sich auf die andere Seite des Tisches zurück.
»Ich nichts gesagt haben, schon gut«, rief sie hastig.
»Genau das habe ich mir auch gedacht.« Gelassen trank er seinen Tee aus; sie beobachtete ihn regungslos, war aber auf der Hut.
Er setzte die Tasse ab. »Komm hier herüber.«
»Ha! Ich dir nicht trauen, wenn deine Augen sprechen grünes Feuer.«
»Komm hier herüber. Bitte«, fügte er so einschmeichelnd wie möglich hinzu.
Vor Zorn schielte sie fast. Sie kam ihm wie eine dieser siamesischen Katzen vor, die er in Bangkok gesehen hatte. Und ebenso tückisch, dachte er.
Vorsichtig näherte sie sich ihm, jederzeit bereit, sich zurückzuziehen oder ihm mit ihren Nägeln das Gesicht zu zerkratzen. Freundlich streichelte er ihre Wange und wandte sich dann der Tür zu. »So bist du ein braves Mädchen.«
»Tai-Pan!« Gebieterisch hielt ihm May-may die Hand hin, damit er sie

küßte. Dann, ehe sie wußte, wie ihr geschah, drehte er sie herum und versetzte ihr einen kräftigen Schlag aufs Gesäß. Sie keuchte, entwand sich seinen Händen und brachte sich hinter dem Tisch in Sicherheit. Und schon warf sie eine Tasse nach ihm. Sie zerschellte an der Wand dicht neben seinem Ohr, und May-may griff nach der nächsten.

»Nicht werfen!«

Sie setzte sie nieder.

»Braves Mädchen. Eine Tasse ist komisch. Zwei wären extravagant.« Wieder wandte er sich der Tür zu.

»Ich nur sagen, dich zu beschützen«, rief sie. »Dich beschützen vor glattzüngiger, häßlicher, alter Dirne mit Kuhbusen!«

»Ich danke dir, May-may«, antwortete er und schloß die Tür hinter sich. Er tat so, als gehe er den Gang entlang, lauschte aber in die Stille und versuchte, nicht zu lachen. Die Tasse krachte gegen die andere Seite der Tür. Dem Splittern folgte ein Strom von Verwünschungen, Ah Sams Name und weitere Verwünschungen.

In bester Laune schlich Struan auf Zehenspitzen davon.

Das ganze Happy Valley war von brausendem Leben erfüllt, und als Struan den flachen Abhang vor seinem Haus zum Ufer hinabging, war er nicht wenig stolz. Zahlreiche Gebäude befanden sich schon im Bau. Die beiden größten waren die dreistöckigen Faktoreien von Noble House und Brock and Sons, deren Fronten auf die Queen's Road hinausgingen – sie enthielten Lagerräume, Kontore und Unterkünfte, wie sie den Chinahändlern zusagten, ähnlich denen in der Niederlassung von Kanton. Augenblicklich bestanden sie noch aus nichts weiter als aus Gerippen von himmelwärts strebenden Bambusgerüsten, auf denen es von Hunderten von chinesischen Arbeitern wimmelte. Um diese Riesenbauten herum lagen Dutzende von anderen Gebäuden, Wohnhütten und Lagerhäusern.

In größerer Entfernung, auf halbem Weg zu Glessing's Point, hatte man bereits, wie Struan erkennen konnte, mit den Arbeiten am Marinearsenal begonnen; ein nicht endender Strom von Kulis warf Steine und Felsbrocken ins Wasser. Sie legten die erste Pier für Schiffe mit großem Tiefgang an. Gegenüber dem kleinen Haus des Hafenkommandanten, das bis auf das Dach fertiggestellt war, erhoben sich die Steinmauern des Gefängnisses, das schon zu drei Vierteln fertig war. Und hinter dem Marinearsenal ragten eingerüstet die ersten Kasernen der Armee auf. Struan wandte sich nach Westen einer Reihe großer Zelte zu, in denen vorläufig ihr Hauptquartier untergebracht war. Man hatte sie am Rand des Tales errichtet. Mit dem Bau der Kirche war noch nicht begonnen worden, aber Struan entdeckte Männer, die den oberen Teil der Kuppe vermaßen.

»Guten Morgen, Robb«, sagte er, als er eins der Zelte betrat.

»Ich freue mich, dich wiederzusehen.« Robb war unrasiert und hatte dunkle Schatten unter den Augen. »Hast du die Sache in Aberdeen erledigt?«

»Ja. Und wie steht es hier?«

»Gut und schlecht. Man kann die Queen's Road nicht entlanggehen, ohne daß man von einem stinkenden Schwarm von Bettlern überfallen wird.

Aber schlimmer als das: wir bringen täglich zehntausend Ziegel mit Sampans und Dschunken aus Macao hierher, und bis zum nächsten Morgen sind an die zweitausend verschwunden.« Erregt warf er die Arme hoch. »Und nicht nur Ziegel – Bauholz, Schreibtische, Zement, Schreibgeräte, Papier –, sie stehlen alles. Wenn es so weitergeht, werden sich unsere Baukosten verdoppeln.« Er warf ihm eine Liste mit Zahlen hinüber. »Ein Geschenk für dich: die Aufstellung für dein Haus – bisher. Dreimal soviel, wie Vargas geschätzt hat.«

»Warum so viel?«

»Du wolltest doch, daß es in drei Wochen steht.«

»Für tausend Pfund kann ich mir, verflucht noch eins, fast ein Fünftel eines Klippers kaufen.«

»Wenn die *Blue Cloud* nicht in London eintrifft, geraten wir in fürchterliche Schwierigkeiten. Schon wieder.«

»Sie wird ankommen.«

»Ich wollte, meine Zuversicht wäre ebenso groß wie die deine«, erwiderte Robb erregt.

Struan setzte sich an seinen Schreibtisch. »Was ist dir denn nun wirklich über die Leber gelaufen, mein Junge?«

»Ach, ich weiß nicht. Dieses Stehlen und dieses Betteln – und es ist einfach zuviel zu tun. Dann dieser ständige, verdammte Lärm. Wahrscheinlich bin ich müde. Nein, das stimmt nicht. Es geht um zwei Dinge. Erstens Sarah. Sie ist schon zwei Wochen über die Zeit, und du kannst dir nicht vorstellen, wie reizbar eine Frau dann ist. Das arme Ding fürchtet, sterben zu müssen. Verständlich. Man kann ja nichts tun, um ihr zu helfen, außer daß man sagt, es würde schon alles werden. Dann die Sache, daß ich noch hierbleibe. Seitdem haben wir nichts als furchtbare Auseinandersetzungen. Sie hat es sich in den Kopf gesetzt, etwa in einem Monat abzureisen – jedenfalls, sobald sie wieder kräftig genug ist.«

»Soll ich mit ihr reden?«

»Nein. Da hilft gar nichts. Sie ist fest entschlossen, und bei Sarah ist dann nichts mehr zu machen. Natürlich ist sie hoch erfreut, daß wir wieder reich sind, aber trotzdem fährt sie nach Hause. Der Ball hat auch nicht gerade zur Hebung ihrer Stimmung beigetragen, sie ist wütend, daß sie schwanger und ›dick und häßlich‹ ist, wie sie sich selber nennt. Was man auch sagt, nichts hilft.«

»Das wäre also ›erstens‹. Was wäre das zweite?«

»Culum. Du und Culum.«

Struan warf einen Blick aus dem Zelteingang hinaus auf den Hafen und die vielen Schiffe, die wie aufgereiht vor Anker lagen. »Er scheint sich doch ganz wohl zu fühlen.«

»Das meine ich gar nicht.«

»Laß das vorläufig erst einmal ruhen.«

»Es ist eine sehr üble Situation. Schlecht für euch beide und schlecht für das Unternehmen.«

»Laß es ruhen, Robb.«

»Ich bitte dich. Bitte, vergib ihm. Bitte.«

»Du mußt der Sache Zeit lassen, Robb.« Struan wandte sich wieder um. »Ein wenig Zeit.«
»Na schön, Dirk.« Robb schob die Hände in die Taschen. »Wie ist das gestern abend in Aberdeen verlaufen?«
Struan berichtete ihm und übergab ihm die Dienstverträge und die Vormundschaftspapiere. Aber er sagte nichts von Wu Kwok, Quemoy und der Mittsommernacht. Die Mittsommernacht würde noch in seine Zeit als Tai-Pan fallen. Was er in dieser Angelegenheit zu tun gedachte, war Sache des Tai-Pan – sie ging also nur ihn allein an.
Robb war besorgt. »Wo sind die Jungen jetzt?«
»An Bord der *Resting Cloud.* Ich habe sie Mauss' Fürsorge überlassen. Die Männer befinden sich an Bord der *China Cloud.*«
»Wir sollten die Jungen so bald wie möglich nach England schaffen. Wenn es sich herumspricht, daß wir Beziehungen zu diesem Piratengesindel unterhalten – weiß Gott, was wir dann für Ärger bekommen.«
»Die *Thunder Cloud* hat fast fertig geladen. In vier oder fünf Tagen wird sie auslaufen. Und die Jungen reisen mit.«
»Ich schicke sie heute noch nach Whampoa.«
»Nein, mein Junge. Ich bringe sie selber morgen hin. Das ist sicherer. In Kanton steht zuviel auf dem Spiel, da ist es besser, wenn ich sogleich zurückkehre. Willst du mitkommen?«
»Das kann ich nicht, Dirk, jetzt, wo Sarah ihrer Stunde so nah ist. Warum nimmst du nicht Culum mit?«
»Hier gibt es genug zu tun.«
»Es gibt auch genug, was du ihm noch über Teesorten, über die verschiedenen Seiden und die Verschiffung beibringen mußt. Es sind nur noch vier Monate.«
»Meinetwegen.«
»Was hast du mit den Männern vor?«
»Mauss und Gordon sollen ihnen zunächst einmal Englisch beibringen. In drei Monaten werden wir sie auf die Klipper verteilen. Niemals mehr als einer auf einem Schiff. Überleg dir mal in deinem klugen Kopf, wie wir sie auf unsere Seite ziehen könnten.«
»Ich will es versuchen. Nur frage ich mich noch immer, welche Teufelei Wu Kwok und Scragger im Schilde führen. Ich habe den beiden niemals über den Weg getraut.«
Struan überlegte. Was würdest du wohl tun, Robb, wenn du etwas von dieser Mittsommernacht wüßtest? Bestimmt würdest du ein paar Schiffe hinschicken. Und vielleicht würdest du sie in eine Falle jagen. Werde ich es tun? Ich weiß es noch nicht.
Robb blickte zum Zelteingang und auf die emsige Bautätigkeit hinaus. »Wenn Gott in diesem Jahr auf unserer Seite ist, werden wir Brock weit hinter uns lassen.«
»Ja. Aber was soll man mit ihm anfangen? Und mit Gorth?«
»Ich glaube, wir sollten noch ein Stück Land trockenlegen, damit die Piere weiter ins tiefe Wasser hinauskommen«, sagte Robb. »Wir können das ebensogut in diesem Jahr machen wie im nächsten.«

»Ein guter Gedanke, mein Freund.«
»Entschuldigen Sie, Sir«, rief Cudahy, der herbeigeeilt kam, »aber Sie haben gesagt, ich solle mich sofort melden.«
»Kommen Sie nur herein, Mr. Cudahy«, antwortete Robb. »Wie ist es gegangen?«
»Ging wie der Sturm, Sir. Das Postschiff war genau dort, wo Sie sagten. Ich ließ mir eine Liste der Passagiere geben, so wie Sie es wollten. Wir fingen das Schiff bei Pokliu Tschau ab. In drei Stunden ist es im Hafen.« Cudahy lächelte und setzte einen kleinen Postsack ab. »Ich bitte um Verzeihung, Sir, aber wieso haben Sie gewußt, daß das Postschiff so nahe war? Es kommt ohnehin einen Tag zu früh.«
»Nur so eine Ahnung, Mr. Cudahy«, antwortete Robb. »Würden Sie bitte draußen warten?« Damit begann er die Post durchzusehen.
»Großartiger Einfall von dir«, sagte Robb, »eine Wache auf den Berg zu stellen.«
»Hat Culum es nicht vergessen?« Struan war erfreut, aber noch mehr freute es ihn, daß Robb und Culum den Plan in aller Heimlichkeit verwirklicht hatten. »Wie habt ihr denn signalisiert?«
»Wir haben einen der Buchhalter, einen Neffen des alten Vargas, Jesús de Vargas, beauftragt, jede Viertelstunde zum Gipfel hinaufzuschauen, mit dem Fernrohr, versteht sich, und selbstverständlich heimlich. Culum hat ein System von geheimen Flaggensignalen ausgearbeitet. Wir können erkennen, ob ein Postschiff kommt, eins der unseren, eins von Brock oder eins von Cooper-Tillman.«
Sie gingen die Post durch. Die drei Monate alten Zeitungen und Zeitschriften legten sie beiseite, um sie später in aller Ruhe zu genießen – Bücher, Noten, Spiele, Modeblätter für Sarah, Verbesserungen im Schiffbau für Struan und Nachrichten aus dem Bankwesen für Robb.
Das Geschäftliche hatte den Vorrang.
Die Preise am Londoner Markt für Gewürze – Ingwer, Muskat, Pfeffer und Zimt – hatten erheblich angezogen. Melasse war gesunken. Der Einkaufspreis für Tee war wegen Verknappung im Angebot um fünfzig Prozent gestiegen – und das bedeutete, daß der Gewinn der *Blue Cloud*, falls sie als erste einlief, mehr als zweihundertundvierzigtausend Pfund betragen würde. Ernsthafte Zusammenstöße mit den Chartisten hatten die Kapazität der Baumwollindustrie in Lancashire empfindlich geschädigt, was bedeutete, daß die Kosten für Baumwollstoffe höher liegen würden als erwartet. Der Preis für Opium war in Kalkutta gesunken, weil die Ernte sehr gut gewesen war. So änderte Struan die Anweisungen für die *Sea Cloud*, einen seiner Klipper im Hongkong-Dienst, und schickte ihn nach Manila, um dort Gewürze zu laden, anstatt bei Whampoa Tee an Bord zu nehmen. Er beorderte dieses Schiff nach England; es sollte, so schnell es ihm möglich war, um das Kap der Guten Hoffnung nach Hause segeln. Außerdem gab Robb Vargas Anweisungen, jede angebotene Menge an Baumwollstoffen, Garnen und Nähzwirnen aufzukaufen, die gesamte Melasse wieder auszuladen, ihre Kauforder für Opium in Kalkutta zu erhöhen und die noch vorhandenen Opiumvorräte so schnell wie möglich abzustoßen.

Noch bevor das Postschiff im Hafen ankerte, war die *Sea Cloud* nach Manila unterwegs, und die drei Stunden Vorsprung hatten sie um rund vierzigtausend Guineen reicher gemacht. In diesen drei Stunden hatten sie den Markt in Baumwollwaren, Garnen, Nähzwirnen und Gewürzen aufgekauft und im voraus den gesamten Frachtraum, der außer bei Brock and Sons auf amerikanischen und englischen Schiffen zur Verfügung stand, für sich gebucht. Sie wußten, sobald das Postschiff vor Anker ging und die Nachrichten sich verbreiteten, würden die Aufkäufer an ihre Türen klopfen, um Baumwollwaren und Gewürze einzuhandeln und Schiffe zu chartern, die die Waren schleunigst nach England schaffen sollten. Niemand außer den Brüdern wußte dann, daß die *Sea Cloud* bereits unterwegs war, mit mindestens einem Tag Vorsprung, und den Londoner Markt abschöpfen würde.

»Ein Jammer, daß wir mindestens zwei Tage brauchen, um alle Orders unserer Kunden entgegenzunehmen und die Manila-Schiffe abzufertigen«, rief Robb fröhlich.

»Traurig, Robb, sehr traurig.«

»Ich glaube, wir haben heute morgen gute Arbeit geleistet.«

Sie standen an der Tür ihres Zeltes und sahen zu, wie das Postschiff Anker warf. Es war von Schwärmen von Kuttern umgeben, deren Besatzungen voller Spannung ihre Post erwarteten. Struan warf einen Blick auf die Liste der eintreffenden Passagiere. »Du lieber Gott, schau mal her!« Er schob Robb das Papier zu.

Robb überflog die Liste mit den Namen. Seine Blicke blieben an Seiner Kaiserlichen Hoheit Großfürst Sergejew hängen. »Was hat denn ein russischer Großfürst in Asien zu suchen, he?«

»Nein, ihn meine ich nicht, obwohl auch das recht seltsam ist. Geh die Liste bis ans Ende durch.«

Robb las weiter. Frauen von Kaufleuten, drei zurückkehrende Kaufleute, Namen von Männern, die ihm nichts bedeuteten. Schließlich aber stieß er darauf. »Maureen Quance und Familie?« Er lachte schallend auf.

»Hol's der Teufel, das ist gar nicht zum Lachen!« rief Struan. »Was ist mit unserem Preisgericht?«

»Ach, mein Gott!«

Vor sechs Jahren hatte Aristoteles' Frau in Macao wütend ein Schiff nach Hause bestiegen, in dem Glauben – alle glaubten es im übrigen –, daß Aristoteles, der in Todesangst vor ihr lebte, nach England geflüchtet sei. Aber anstatt zu fliehen, hatte er sich in Mrs. Fortheringills Institut für Vornehme junge Damen verborgen gehalten – dem ›F und I‹, wie das Bordell von den Eingeweihten auch genannt wurde. Aristoteles war eine Woche, nachdem Maureen abgereist war, aus seinem Versteck herausgekrochen. Es hatte Monate gedauert, bis er wieder der alte war.

»Was machen wir jetzt?« fragte Robb.

»Wenn Aristoteles es erfährt, wird er bestimmt untertauchen. Dann geht er nach Kanton, und wir sind mit unserem Latein zu Ende. Zunächst einmal müssen wir ihn finden und ihn bis heute abend verstecken.«

»Wo ist er denn?«

»Keine Ahnung. Man muß Suchtrupps ausschicken. Jeden entbehrlichen Mann. Dann laß ihn an Bord der *Thunder Cloud* bringen – unter irgendeinem Vorwand –, und dort muß er bleiben, bis der Wettbewerb beginnt. Schick sofort Cudahy an Bord des Postschiffes. Laß Maureen sagen, daß sie und ihre Familie unsere Gäste sind – sie soll an Bord des kleinen Proviantschiffes gehen. Vielleicht können wir sie bis morgen beschäftigen.«

»Das schaffst du niemals. Sie riecht einfach, wo Aristoteles ist.«

»Wir müssen's versuchen. Oder willst etwa du den Richter spielen?«

»Was ist mit dem Wettkampf? Den wird er sich doch nicht entgehen lassen wollen!«

»Für ein Porträt von Sarah oder von einem der Kinder wird er es tun.«

Robb eilte hinaus.

Struan warf einen Blick auf seine Uhr. Erst in einer Stunde wurde er an Bord des Flaggschiffes erwartet. Er ließ Gordon Tschen kommen und bat ihn, dreißig Chinesen als Wächter anzuwerben.

»Ich glaube, es ist auch ratsam, Tai-Pan, Ihr Haus ebenfalls bewachen zu lassen. Es ist eine zusätzliche Sicherheitsmaßnahme«, meinte Gordon. »Ich wäre ruhiger, wenn Sie es täten.«

»Ein guter Gedanke, Gordon. Nehmen Sie also fünfunddreißig Mann.«

»Ich fürchte, daß die meisten Chinesen, die nach Tai Ping Schan gekommen sind, sehr üble Elemente sind. Sehr viele von ihnen werden wegen Verbrechen in Kuangtung gesucht, aber hier in Hongkong befinden sie sich außerhalb der Reichweite der Mandarine.« Er holte aus der Tiefe eines seiner Ärmel eine Pergamentrolle hervor. »Übrigens habe ich für Ihren Ball heute abend eine Vereinbarung mit dem König der Bettler getroffen.« Er legte die Rolle auf den Schreibtisch. »Das wäre seine Quittung. Vielleicht könnte mir der Kommissionär der Firma das Geld zurückzahlen?«

»Quittung? Wofür?«

»Eine Quittung über drei Taels. Dieses bescheidene Schmiergeld gewährleistet, daß keiner Ihrer Gäste heute nacht belästigt wird. Ich habe auch eine äußerst günstige monatliche Vereinbarung für Sie getroffen – drei Taels, damit sich die Bettler der Schwelle Ihres Hauses und von Noble House fernhalten.«

»Das zahle ich nicht!« stieß Struan empört hervor. »Es ist mir gleich, ob Macao oder jede andere Stadt in China einen Bettlerkönig hat. Hier in Hongkong fangen wir damit gar nicht erst an.«

»Aber er ist bereits hier, und es ist alles organisiert«, erwiderte Gordon Tschen ruhig. »Wer sonst würde denn Bettler konzessionieren? Wer denn sonst würde die Verantwortung übernehmen? Wem sonst kann man denn Schmiergelder zahlen, um sich eine Sonderbehandlung zu sichern, die wohlhabende, einflußreiche Menschen wie wir erwarten können? Ich bitte Sie, Tai-Pan, es sich nochmals zu überlegen. Ich möchte mit allem Nachdruck dazu raten. Ich kann Ihnen versichern, daß dieses Geld richtig angelegt ist. Versuchen Sie es mindestens einen Monat lang. Das ist nicht zuviel verlangt. Dann werden Sie auch einsehen, wie weise solche Bräuche sind. Auch Ihr Eigentum wird dadurch geschützt, denn die Bettler passen auf Diebe auf. Es ist sehr notwendig, glauben Sie mir.«

»Meinetwegen«, antwortete Struan schließlich. »Aber nur für einen Monat, nicht länger.« Er zeichnete die Quittung ab, aber er wußte sehr wohl, daß es sich hierbei um eine ständige Zahlung an den Bettlerkönig handelte. Es gab keine Möglichkeit, sich diesem Brauch entgegenzustellen – oder man müßte alle Chinesen aus Hongkong ausweisen.

»Du kannst es dir morgen von Tschen Scheng zurückzahlen lassen.«

»Danke.«

»Was gibt eigentlich gerade diesem Mann das Recht, sich König der Bettler zu nennen?«

»Ich nehme an, daß die anderen ihm trauen, Tai-Pan.« Gordon Tschen beschloß insgeheim, noch an diesem Nachmittag mit dem Mann zu reden, um sicherzustellen, daß im nächsten Monat alles so lief wie verabredet. Er war sehr zufrieden, nicht nur mit dem geringen Betrag des Schmiergeldes, den er für Struan ausgehandelt hatte – zwei Taels für diesen Abend und zwei Taels im Monat, wobei der restliche Tael der ihm zustehende Anteil war –, sondern auch damit, daß er so vorausschauend gewesen war, Jin-kwa zu bitten, ihm einen ›König‹ aus Kanton zu besorgen. Dieser Mann war der jüngere Bruder des Bettlerkönigs von Kanton, was bedeutete, daß er ein Berufsbettler war, also ein Mann, der sich darauf verstand, das Größtmögliche mit einem Minimum an Aufwand zu erzielen. Und dieser Mann war selbstverständlich auch als ein kleinerer Funktionär der Hung Mun Tong in der Zelle von Hongkong eingesetzt worden. Die Schmiergelder der Bettler würden eine bedeutende, ständig fließende Quelle der Einkünfte für die Tongs bilden. Eine sehr zufriedenstellende Lösung, sagte sich Gordon. Dann hörte er seinen Vater die Frage stellen, auf die er schon gewartet hatte.

»Hast du eigentlich jemals von den Tongs gehört, Gordon?«

»Selbstverständlich habe ich die Proklamation gelesen«, antwortete Gordon ruhig. »Wieso?«

»Weißt du etwas über sie?«

»Ich habe gehört, Tai-Pan, daß, geschichtlich betrachtet, Geheimbünde stets eine Form der Verteidigung gegenüber fremden Eindringlingen darstellten. Sie haben viele Namen.«

»Halt die Ohren offen und informiere mich unter vier Augen über ihre Aktivität, falls es eine solche gibt. Noch etwas: Ich habe neunzehn chinesische Volontäre für meine Flotte. Sie sollen als Schiffsoffiziere ausgebildet werden. Mit Mr. Mauss zusammen sollst du ihnen Englisch beibringen. Und zehn andere gehen nach England und lernen dort als Schiffsbauer.«

»Jawohl, Sir.« Gordon strahlte. Neunundzwanzig Mann. Das waren selbstverständlich neunundzwanzig neue Tongs. Neunzehn dieser Leute an strategisch wichtige Stellen auf den Schiffen von Noble House gestellt, würden die Macht der Zelle ganz erheblich erweitern. Sie waren eine wertvolle Bereicherung. Er war ungeheuer zufrieden mit sich selber. Die Anwerbung war außerordentlich gut verlaufen. Alle Tong-Bediensteten unterstanden seiner Kontrolle – denn seitdem die Barbaren in Asien waren, wurden die Bediensteten unter besonders ausgewählten Tong-Mitgliedern ausgesucht. Als nächstes würde Gordon eine Innung der Schiffskulis bilden, die alle Tongs sein würden. Die Arbeiterinnung war schon weitgehend organisiert.

Bald würden alle Arbeiter und alle Chinesen auf der Insel Hongkong zahlende Mitglieder sein – zur Ehre und zum Ruhm ihres Landes und zum Wohl aller. Ja, dachte er erregt, hier auf Hongkong, frei von der Furcht vor den Mandarinen, werden wir uns zur mächtigsten Zelle von ganz China entwickeln. Und sobald wir die Mandschus hinausgeworfen haben, wird sich die Führung der Zelle schon im Vorhof derjenigen befinden, denen der neue Kaiser verpflichtet ist. Tod den Ts'ings! Die Zeit der rechtmäßigen Herrschaft unserer früheren chinesischen Dynastie, der Mings, kommt immer näher. »Wann darf ich anfangen?«

»Morgen.«

»Ausgezeichnet. Sie können sich darauf verlassen, daß mich dies sehr interessiert.« Er machte eine leichte Verbeugung. »Vielleicht ist es mir, Ihr Einverständnis vorausgesetzt, gestattet, der Dame T'chung meinen Kotau und meine Aufwartung zu machen. Auch den Kindern. Ich habe sie schon seit vielen Monaten nicht mehr gesehen.«

»Natürlich, Gordon«, antwortete Struan. »Komm doch morgen mittag. Willst du nicht wieder mit den wöchentlichen Unterrichtsstunden beginnen? Ich glaube, es wäre gut für sie.«

»Es würde mir eine große Freude sein. Auch mit den Kindern zu reden.« Gordon holte noch zwei weitere Rollen aus seinem Ärmel. »Hier habe ich die Abrechnungen bezüglich unserer persönlichen Vereinbarung. Es sind die Abrechnungen für den letzten Monat. Möchten Sie die Zahlen einmal durchsehen?«

»Ja.«

Gordon öffnete die Rollen. Die eine war mit chinesischen Schriftzeichen bedeckt, die andere in Englisch abgefaßt. »Ich freue mich, Ihnen berichten zu können, Tai-Pan, daß wir auf der Basis eines Anfangskapitals von zehntausend Dollar einen gemeinsamen Gewinn von sechstausendachtundfünfzig Dollar und zweiundvierzig Cents herausgewirtschaftet haben.«

Struan riß die Augen auf. »Allerhand Gewinn für einen Monat.«

»Ich bin auch recht stolz darauf. Unsere Investitionen in Grundstücken sind ebenfalls hervorragend. Sie versprechen großen Gewinn.«

»Aber du hast doch gar keine Grundstücke gekauft!«

»Nicht bei Ihrem Landverkauf. Aber ich habe einige Parzellen in der Siedlung von Tai Ping Schan erworben. Sie wurden in der vergangenen Woche vom Grundstücksamt genehmigt. Außerdem besitzen wir ausgedehnte Grundstücke um das Dorf Aberdeen herum und an der Deepwater Bay.«

»Aber sie sind doch noch gar nicht zum Verkauf angeboten!«

»Hier handelt es sich um Grundstücke, die Einheimischen gehört haben, Tai-Pan. Alte Grundrechte. Ich habe alles aufgekauft, alle bestehenden Grundstücksverträge, zumindest alle, die ich bislang habe auftreiben können.«

»Aber das ist nicht legal, mein Junge. Das ganze Land gehört der Krone.«

»Natürlich. Aber selbstverständlich müssen auch gewisse Maßnahmen getroffen werden, um die einheimischen Dorfbewohner zu entschädigen. Das Dorf besteht schon seit Jahren, und die Krone ist doch großzügig.« Seine Augen blickten arglos. »Mr. Culum schien der Ansicht zu sein, daß Seine

Exzellenz Grundstücksverträge wohlwollend betrachten würde, die von den Dorfältesten für ›rechtsgültig‹, glaube ich, war sein Ausdruck, erklärt würden.«

Ich möchte wohl wissen, wieviel von diesem ›urkundlich übertragenen‹ Land gar keinem Dorf oder gar keiner Privatperson gehört und niemals gehört hat, fragte sich Struan. »Und sind alle ›unsere‹ Urkunden auch ›rechtsgültig‹?«

»Absolut, Tai-Pan. Da war ich sehr vorsichtig. Denn sonst wären sie doch völlig wertlos, nicht wahr?« Gordon lächelte. »Unser Besitz ist auf die Namen verschiedener ›Beauftragter‹ eingetragen. Selbstverständlich besitzen wir nach außen hin kein Land. Nur die Urkunde als solche. Die anderen übertragenen Rechte wurden nochmals und nochmals und nochmals übertragen und können der schärfsten Überprüfung standhalten. Ich bin in allem ungemein vorsichtig vorgegangen.«

»Du hast bestimmt eine große Zukunft im Geschäftsleben vor dir, Gordon.« Er sah sich die Abrechnung gründlich an. »Was bedeutet dieser Posten? Zweitausendneunhundertundachtundsiebzig Dollar?«

»Pacht von unseren Besitzungen in Tai Ping Schan.«

»Da ist dir ein Fehler unterlaufen. Nach deinen Angaben beläuft sich dieser Betrag auf eine Pachtzeit von zwei Monaten, aber du besitzt das Land erst seit einem Monat.«

»Die Sache ist die, Tai-Pan: Sobald die Chinesen sich auf unserem Land in Tai Ping Schan niedergelassen haben, habe ich Pacht von ihnen verlangt. Daß wir dieses Land tatsächlich erst einen Monat später erwarben, geht sie ja nichts an. Nicht wahr?«

»Nein. Nur daß es sich dabei eben um einen Betrug handelt.«

»Aber nein, Sir. Das entspricht nicht den Tatsachen. Der neue Pächter wollte selbstverständlich das beste Land mieten, das zur Verfügung stand. So nahmen wir von ihm eine Anzahlung – und stellten ihm in gutem Glauben das Land schon im voraus zur Verfügung. Er war froh, weil er ›Pacht‹ zahlte, denn jeder muß ja schließlich Pacht zahlen. In Wirklichkeit aber ist dieser Betrag eine Gebühr für geleistete Dienste. Wäre es mir nicht gelungen, diese Grundstücke zu kaufen und den Leuten auf diese Weise den Vorteil langfrister Verträge zu bieten, wären sie bestimmt in die Hände von Wucherern, Dieben und Räubern gefallen.«

Struan brummte etwas Unverständliches. »Was beabsichtigst du mit dem restlichen Geld zu tun?«

»Wenn ich solange Ihre Geduld in Anspruch nehmen darf, dann möchte ich das bis zum nächsten Monat aufschieben. Ich möchte weiterhin den Kredit in Anspruch nehmen, den Sie mir freundlicherweise eingeräumt haben, jedoch mit größter Vorsicht.«

Struan rollte das Papier zusammen und gab es zurück.

»Aber nein, Tai-Pan. Das ist doch Ihr Exemplar.«

»Na gut.«

Struan dachte einen Augenblick nach; dann sagte er leise: »Wie ich gehört habe, ist es bei den Chinesen üblich, Geld gegen sehr hohe Zinsen auszuleihen. Ich möchte darauf vertrauen, daß nichts von unseren Geldern in

dieser Weise verwendet wird.« Er blickte Gordon fest in die Augen. Es folgte ein langes Schweigen. »Der Wucher ist ein sehr übles Geschäft.«
»Aber das Ausleihen von Geld ist ein sehr wichtiges Geschäft.«
»Zu vernünftigen Zinsen.«
Gordon spielte mit den Enden seines Zopfes. »Ein Prozent unter dem üblichen?«
»Zwei.«
»Eineinhalb wäre sehr, sehr anständig.«
»Also gut. Sehr anständig. Du bist ein tüchtiger Geschäftsmann, Gordon. Vielleicht erhöhe ich im nächsten Jahr den Kredit.«
»Ich werde mich bemühen, Ihre Entscheidung durch glänzende Gewinne zu rechtfertigen.«
»Ich möchte wetten, daß du das tust, Gordon«, sagte Struan. Er sah zum Zelteingang hinaus und war überrascht, als er den Schiffsprofos auf sie zueilen sah.
»Mr. Struan?« Der Schiffsprofos grüßte militärisch. »Mit den besten Empfehlungen Seiner Exzellenz. Er bittet Sie, ihn umgehend auf dem Flaggschiff aufzusuchen.«
Struan blickte auf seine Uhr. Es war noch immer Zeit, aber er antwortete nichts weiter als: »Natürlich.«

18

Longstaff stand mit dem Rücken zur Tür und starrte durch die Fenster der großen Kajüte zum Postschiff hinüber. Struan bemerkte, daß der Eßtisch für vier Personen gedeckt war. Auf dem Schreibtisch lag ein Haufen amtlicher Schreiben. »Guten Tag, Will.«
»Hallo, Dirk.« Longstaff wandte sich um und streckte die Hand aus. Struan fiel es auf, daß er so jung aussah wie seit Monaten nicht. »Das ist doch seltsam, nicht wahr?«
»Was denn?« fragte Struan. Aber er wußte, daß es sich nur um den Russen handeln konnte. Er wollte jedoch Longstaff nicht die Freude verderben, es ihm selbst zu sagen. Außerdem interessierte ihn, wie Longstaff die Lage beurteilte. Denn obwohl dieser in Asien völlig im dunkeln tappte und als Generalbevollmächtigter unbrauchbar für den Handel war, wußte Struan doch, daß er mit seinen Ansichten über die politischen Verhältnisse in Europa immer wieder ins Schwarze traf. Es lohnte sich, ihn anzuhören.
Seitdem Struan das drängendste Problem – nämlich Aristoteles – gelöst und beobachtet hatte, wie Robb ihn sicher an Bord brachte, dachte er über die Gründe für das Auftauchen des Russen nach. Er empfand es als außergewöhnlich beunruhigend, obwohl er keinen vernünftigen Grund dafür anzugeben vermochte.
»Sie werden es noch nicht gehört haben, aber wir haben einen nicht geladenen Gast.« – »Wen denn?«
»Keinen Geringeren als einen russischen Großfürsten, Alexej Sergejew. Er ist mit dem Postschiff eingetroffen.«

Struan war gebührend beeindruckt. »Warum sollte man uns hier in Asien diese ›Ehre‹ antun?«
»Tja, warum?« Longstaff rieb sich fröhlich die Hände. »Er kommt nachher zum Essen her. Clive wird ihn begleiten.«
Clive Monsey war Longstaffs Stellvertreter in seiner Eigenschaft als Generalbevollmächtigter für den Handel. Er war Berufsbeamter und ebenso wie Longstaff aus dem Auswärtigen Dienst hervorgegangen. Für gewöhnlich wurde Monsey durch seine Tätigkeit in Macao festgehalten, wo Longstaff sein Hauptquartier aufgeschlagen hatte.
»Wir haben auch einige interessante Berichte erhalten«, fuhr Longstaff fort, und Struans Spannung stieg. Es war ihm klar, daß keines dieser Schreiben die offizielle Anerkennung des Vertrages von Tschuenpi und die Ernennung Longstaffs zum ersten Gouverneur der Kolonie Hongkong enthielt, da die Nachricht von der glücklichen Beendigung des Krieges gerade erst nach England gelangt sein konnte.
Struan nahm ein Glas Sherry entgegen. »Der Mittlere Osten?« fragte er und hielt den Atem an.
»Ja. Die Krise ist Gott sei Dank überstanden! Frankreich hat sich mit der vom Außenminister vorgeschlagenen Regelung einverstanden erklärt. So ist die Gefahr eines allgemeinen Krieges gebannt. Der türkische Sultan ist uns für unsere Unterstützung so dankbar, daß er einen Handelsvertrag mit uns unterzeichnet hat, der alle türkischen Handelsmonopole beseitigt und das ganze Ottomanische Reich dem britischen Handel öffnet.«
Struan stieß einen Freudenschrei aus. »Bei allen Heiligen! Das ist die beste Nachricht, die wir seit Jahr und Tag erhalten haben!«
»Daß Ihnen das gefallen würde, habe ich mir gedacht«, sagte Longstaff.
Die schon seit langem schwelende Krise stand im Zusammenhang mit den Dardanellen, jener Meerenge, die vom Ottomanischen Reich beherrscht wurde. Sie war der Schlüssel zum Mittelmeer und bildete einen ständigen Anlaß zu Konflikten zwischen den Großmächten – England, Frankreich, Rußland, Österreich-Ungarn und Preußen –, denn für russische Kriegsschiffe stellten die Dardanellen die kürzeste Verbindung dar, wenn sie bis zu den neuralgischen Punkten des Mittelmeers vorstoßen wollten. Umgekehrt aber konnten auch Schiffe anderer Nationen durch die Dardanellen auf schnellstem Wege ins Schwarze Meer vordringen und von dort aus das ungeschützte Südrußland bedrohen. Vor acht Jahren hatte Rußland die Türkei zur Unterzeichnung eines Vertrages gezwungen, der Rußland gemeinsam mit den Türken die Oberhoheit über die Dardanellen einräumte. Seitdem hatten sich die internationalen Spannungen verschärft. Vor drei Jahren hatte Mehmed Ali, ein von den Franzosen unterstützter Emporkömmling und Soldatenpascha von Ägypten, einen Angriff gegen die Meerenge unternommen und sich selber zum Kalifen des Ottomanischen Reiches ernannt. Frankreich hatte ihm ganz offen gegen den Sultan Unterstützung geleistet. Aber ein französischer Verbündeter hätte die Interessen der übrigen Großmächte bedroht, und so war ganz Europa in die Gefahr kriegerischer Verwicklungen geraten.
Der britische Außenminister, Lord Cunnington, hatte die Großmächte unter

Ausschluß Frankreichs und ohne dessen Ansicht einzuholen dazu bewogen, ihren Einfluß zugunsten des Sultans gegen Mehmed Ali geltend zu machen. Frankreich war wütend und drohte mit Krieg. Die vorgeschlagene Regelung lief darauf hinaus, daß sich Mehmed Ali nach Ägypten zurückziehen, auf Lebenszeit die Oberhoheit über Syrien erhalten und als unabhängiger Herrscher über Ägypten anerkannt werden sollte. Dem türkischen Sultan war ein lediglich nomineller jährlicher Tribut zu entrichten; ferner sollte, und das war der wichtigste Teil dieses Vertrages, die Herrschaft über die Meerenge von allen Mächten ein für allemal den Türken garantiert werden: das bedeutete, daß die Dardanellen, solange sich die Türkei nicht im Kriegszustand befand, für *alle* Kriegsschiffe *aller* Nationen gesperrt waren.

Daß Frankreich dieser Regelung und dem Abzug seines ägyptischen Verbündeten zugestimmt hatte, konnte Noble House nur weiteren Vermögenszuwachs einbringen. Jetzt konnte man den komplizierten finanziellen Transaktionen, auf die Robb und Struan seit zwei Jahren so hoch gesetzt hatten, eine festere Grundlage geben. Selbst die Großmächte würden nun ihre wirtschaftliche Macht zu spüren bekommen. So war es ihnen möglich, in den ständigen internationalen Krisen zu bestehen und sich riesige neue Märkte für Tee und Seide zu erschließen. Wenn überdies jetzt britische Interessen das Ottomanische Reich beherrschten, kam dadurch vielleicht sogar die türkische Opiumerzeugung zum Erliegen. Gab es kein türkisches Opium mehr, so sähen sich die amerikanischen Unternehmen gezwungen, den Handel mit England zu verstärken, und damit würden auch die engeren Bindungen an Amerika, die Struan anstrebte, der Verwirklichung näherkommen. Ach, dachte Struan beglückt, heute ist ein wirklich guter Tag. Ihm war es nur rätselhaft, daß Longstaff diese offiziellen Nachrichten noch vor ihm erhalten hatte; für gewöhnlich wurde Struan durch seine Mittelsmänner im Parlament von solchen wichtigen Entwicklungen sehr frühzeitig in Kenntnis gesetzt. »Das ist ausgezeichnet«, sagte er.

»Jetzt werden wir auf lange Zeit hinaus Frieden haben. Solange Frankreich keine neuen Schwierigkeiten ausheckt.«

»Oder Österreich-Ungarn. Oder Preußen. Oder Rußland.«

»Richtig. Und das bringt uns zu Sergejew zurück. Weshalb reist ein so einflußreicher Russe gerade zu diesem Zeitpunkt in den Fernen Osten? Und wie kommt es, daß man uns weder offiziell noch inoffiziell davon unterrichtet hat? Immerhin kontrollieren wir doch alle Schiffahrtswege östlich von Afrika.«

»Vielleicht unternimmt er nur einen Staatsbesuch im russischen Alaska und hat den Weg über das Kap der Guten Hoffnung gewählt.«

»Ich möchte hundert Guineen wetten, daß er genau das als Grund angeben wird«, meinte Longstaff. Er ließ sich in einem Sessel nieder und streckte die Füße aus. »Sergejew ist in St. Petersburg ein wichtiger Mann. Als Kind habe ich fünf Jahre dort gelebt – mein Vater war Diplomat am Zarenhof. Sind alle Tyrannen. Der gegenwärtige Zar, Nikolaus I., ist dafür typisch.«

»In welcher Hinsicht ist Sergejew ein wichtiger Mann?« fragte Struan. Es wunderte ihn, daß Longstaff während all der Jahre, in denen er ihn kannte, ihm gegenüber St. Petersburg niemals erwähnt hatte.

»Er besitzt unermeßliche Ländereien. Außerdem ist er natürlich mit dem Zaren verwandt. Diese Leute ›besitzen‹ Zehntausende von Leibeigenen und Hunderte von Dörfern, wenn ich mich recht erinnere. Ich entsinne mich, daß mein Vater vom Fürsten Sergejew sagte – es muß die gleiche Familie sein –, daß er am Zarenhof dem inneren Kreis der Berater angehörte und einer der mächtigsten Männer in Rußland war. Immerhin seltsam, ausgerechnet hier einem solchen Mann wieder zu begegnen, nicht wahr?«
»Glauben Sie, daß Rußland versuchen wird, sich hier in Asien einzumischen?«
»Ich möchte behaupten, daß dieser Mann zu bedeutend ist, als daß nur ein Zufall ihn hierherführen könnte. Jetzt, nachdem der Status quo im Mittleren Osten wiederhergestellt und die Dardanellen-Frage geregelt ist, taucht plötzlich ein Großfürst hier auf!«
»Meinen Sie, es gäbe da irgendwelche Verbindungen?«
Longstaff lachte leise. »Die Regelung im Mittleren Osten hat dem Vordringen Rußlands nach Westen einen Riegel vorgeschoben; aber es kann es sich leisten, in Ruhe abzuwarten. Frankreich ist kriegslüstern, und das gleiche gilt für Preußen. Metternich, dieser österreichisch-ungarische Teufel, hat Schwierigkeiten damit, die italienischen Besitzungen am Zügel zu halten; außerdem ist er Frankreich und England böse, daß sie die Belgier darin unterstützen, auf Kosten der Niederländer eine eigene Nation zu bilden. Wegen der spanischen Erbfolge wird es zwischen England und Frankreich zu großen Auseinandersetzungen kommen – die spanische Königin ist zwölf Jahre alt und soll schon bald verheiratet werden. Louis Philippe möchte seinen Kandidaten als ihren Gemahl sehen, aber wir können bei einer Verbindung der Throne Frankreichs und Spaniens nicht ruhig zusehen. Preußen strebt danach, seine Herrschaft über Europa auszudehnen, die jedoch Frankreich im Verlauf seiner Geschichte stets als sein ausschließliches und ihm allein zustehendes Recht betrachtet hat. Ach ja«, fügte er mit einem Lächeln hinzu, »Rußland kann es sich leisten zu warten. Wenn erst einmal das Ottomanenreich auseinanderbricht, wird es in aller Ruhe den ganzen Balkan an sich reißen – Rumänien, Bulgarien, Bessarabien und Serbien – und so viel von Österreich-Ungarn, wie es gerade noch verdauen kann. Selbstverständlich können wir das nicht zulassen, und so wird ein allgemeiner Krieg die Folge sein, falls es sich nicht auf eine vernünftige Regelung einläßt. So stellt also, von Rußland aus betrachtet, Europa gegenwärtig keine Gefahr dar. Rußland ist zwar wirksam abgeriegelt worden, aber das macht nichts. Seine Politik war in der Vergangenheit stets darauf ausgerichtet gewesen, durch Arglist zu erobern – die Führer eines Landes zu bestechen, auch die Führer der Opposition, falls es eine gab. Es legt es darauf an, sich durch ›Einflußsphären‹ und nicht durch Kriege auszudehnen, dann die Führer zu beseitigen und die Völker zu schlucken. Wenn es vom Westen her keine Gefahr für Rußland gibt, wird es meiner Ansicht nach seine Blicke nach Osten wenden. Denn auch Rußland glaubt an eine göttliche Sendung auf Erden, auch Rußland glaubt – ebenso wie Frankreich und Preußen –, daß es von Gott dazu auserkoren ist, die Welt zu beherrschen. Nach Osten zu steht keine Großmacht zwischen Rußland und dem Stillen Ozean.«

»Mit Ausnahme Chinas.«
»Und wir beide wissen, daß China schwach und hilflos ist. Aber das ist für uns kein Vorteil, nicht wahr? Bei einem schwachen China und einem sehr starken Rußland könnte dieses vielleicht beherrschenden Einfluß auf China gewinnen, meinen Sie nicht?«
»Gewiß«, antwortete Struan, »das wäre nicht zu unserem Vorteil. Denn dann könnte es uns nach Belieben das Messer an die Kehle setzen. Und Indien auch.«
Die beiden Männer verfielen in Schweigen, jeder in seine eigenen Gedanken verloren.
»Warum aber sollte Rußland einen so wichtigen Mann hierher schicken?« fragte Struan.
»Um uns auf den Zahn zu fühlen. Historisch betrachtet ist die Antwort völlig klar. Rußland sät immer Unzufriedenheit aus, und es wird mit dieser Methode fortfahren, bis es die ihm seiner Meinung nach zustehenden natürlichen Grenzen gefunden hat. Es grenzt an die Türkei an – in der Türkei sind Unruhen. Es grenzt an Indien an – auch dort ist es unruhig. Es grenzt an China an – jedenfalls soviel wir wissen –, und so muß eben auch dort für Unruhe gesorgt werden. Sergejew ist hier, um zu sehen, was es mit unserem Erfolg auf sich hat. Je schwächer China seiner Ansicht nach ist, desto mehr Grund für die Russen, ihre Expansion nach Osten zu beschleunigen. Unsere Aufgabe ist es daher, ihn zu neutralisieren, von der Fährte abzubringen und in ihm den Glauben zu erwecken, daß China sehr stark ist. Dafür werde ich Ihre Unterstützung brauchen. Könnten wir ihn zum Ball heute abend einladen?«
»Selbstverständlich.«
»Auf jeden Fall müssen wir ihm zu verstehen geben, daß China zur geheimen Einflußsphäre Ihrer Majestät gehört – und daß die Regierung Ihrer Majestät hier keine Einmischung dulden wird.«
Struans Gedanken stießen weit in die Zukunft vor. Wenn sich die Krone in Asien stärker engagierte – um so besser für seinen großen Plan, China als Großmacht in die Familie der Nationen einzuführen. Ein starkes, von England unterwiesenes und unterstütztes China wird der ganzen Welt nützen. Und wir können uns die Einmischung eines despotischen Rußland jetzt, da wir an der Schwelle zum Erfolg stehen, nicht leisten.
Es klopfte an der Tür, und auf der Schwelle erschien Clive Monsey, ein hagerer Mann etwa Mitte der Vierzig, still und unauffällig, mit schütterem Haar und großer, knolliger Nase.
»Exzellenz«, sagte er, »darf ich Ihnen Seine Hoheit Großfürst Alexej Sergejew vorstellen?«
Longstaff und Struan erhoben sich. Longstaff ging auf den Großfürsten zu und sagte in tadellosem Russisch: »Es freut mich, Sie kennenzulernen, Hoheit. Treten Sie bitte näher und nehmen Sie Platz. Wie war Ihre Reise? Angenehm?«
»Sehr angenehm, Exzellenz«, antwortete Sergejew ohne jedes Zeichen von Erstaunen, drückte die Hand, die sich ihm entgegenstreckte, und verneigte sich mit weltmännischer Gewandtheit. »Es ist sehr gütig von Ihnen, mich

zum Essen einzuladen, obwohl ich mir die Unhöflichkeit habe zuschulden kommen lassen, Sie von meiner Ankunft nicht zu verständigen. Um so mehr, als mein Besuch inoffiziell und in keiner Weise geplant war.«

»Wir betrachten es als ein großes Glück für uns, Hoheit.«

»Ich hatte bereits gehofft, Sie könnten der Sohn des hochverehrten Freundes Rußlands, Sir Roberts, sein. Dies ist wirklich ein äußerst glückliches Zusammentreffen.«

»Ja, wahrhaftig«, antwortete Longstaff trocken. »Und wie geht es Ihrem Vater, dem Fürsten?« fragte er auf gut Glück.

»Bei bester Gesundheit, Gott sei Dank. Und dem Ihren?«

»Er ist vor ein paar Jahren gestorben.«

»Das tut mir leid. Aber Ihrer Mutter, Lady Longstaff?«

»Glücklicherweise geht es ihr gesundheitlich ausgezeichnet.«

Struan betrachtete prüfend den Russen. Sergejew war ein gutaussehender, hochgewachsener Mann, breitschultrig und schmal in den Hüften, tadellos gekleidet, ein Herr, der nur das Teuerste trug. Hoch angesetzte Backenknochen und schräge blaue Augen gaben seinem Gesicht etwas Fremdartiges. Der Zierdegen, den er unter dem aufgeknöpften Gehrock am Gürtel hängen hatte, paßte zu ihm. Um den Hals, unterhalb der makellos weißen Krawatte, hing an einem schmalen scharlachroten Band ein unauffälliger Orden. Kein Mann, mit dem man sich auf einen Streit einlassen sollte, dachte Struan. Ich könnte mir vorstellen, daß er mit dem Säbel ein Teufel und, wenn seine ›Ehre‹ angetastet wird, ein böser Dämon ist. »Darf ich Ihnen Mr. Dirk Struan vorstellen?« sagte Longstaff auf englisch.

Der Großfürst streckte seine Hand aus, lächelte und sagte mit einem kaum wahrnehmbaren Akzent: »Ach, Mr. Struan, es ist mir eine Freude.«

Struan und er gaben einander die Hände, und Struan empfand Sergejews Händedruck wie eine stählerne Umklammerung. »Ich befinde mich Ihnen gegenüber im Nachteil, Hoheit«, sagte er, ganz bewußt ungezwungen und undiplomatisch. »Ich habe den festen Eindruck, daß Sie sehr viel über mich wissen, während ich von Ihnen nichts weiß.«

Sergejew lachte. »Der Tai-Pan von Noble House steht in einem Ruf, der sogar bis St. Petersburg gedrungen ist. Ich hatte schon immer gehofft, daß ich eines Tages Gelegenheit hätte, Sie kennenzulernen. Ich freue mich darauf, mich mit Ihnen zu unterhalten, und dabei werde ich Ihnen auch von mir erzählen, falls es Sie interessiert.« Er lächelte Longstaff zu. »Sie sind mir gegenüber wirklich allzu gütig, Exzellenz. Ich versichere Ihnen, ich werde Seine Hoheit den Zaren davon unterrichten, daß der Bevollmächtigte Ihrer Britannischen Majestät mir gegenüber eine geradezu außergewöhnliche Gastfreundschaft an den Tag legt. Nachdem ich das Vergnügen hatte, Sie kennenzulernen, möchte ich mich jetzt verabschieden, um Sie Ihren Staatsgeschäften zu überlassen.«

»Aber nein, Eure Hoheit, ich bitte Sie, wir haben Sie doch zum Essen erwartet.« Longstaff warf sich leidenschaftlich in die Aufgabe, für die er erzogen war und auf die er sich verstand. »Wir wären äußerst enttäuscht. Und wie Sie sehen, sind wir nur im kleinsten Kreis.«

»Ich bedanke mich und betrachte es als eine Ehre.«

Die Tür wurde geöffnet, und herein trat ein Steward mit eisgekühltem Champagner und Gläsern. Er bot das Tablett erst Sergejew, dann Longstaff, Struan und Monsey an.
»Auf eine glückliche Heimreise!« sagte Longstaff.
Sie tranken.
»Ausgezeichneter Champagner, Exzellenz. Wirklich ausgezeichnet.«
»Nehmen Sie doch bitte Platz.«
Das Essen wurde nach allen Regeln des Protokolls serviert; Sergejew saß rechts von Longstaff, Struan links. Stewards brachten geräucherte Würste und Austern, Yorkshire-Schinken, ein noch brodelndes Schmorgericht aus dem Fleisch eines frisch geschlachteten Ochsen, eine gebratene Lammkeule, gekochte Kartoffeln und sauer eingelegten Kohl.
»Ich bedaure, daß wir keinen Kaviar haben«, sagte Longstaff.
»Es wird mir ein Vergnügen sein, Sie damit zu versorgen, Exzellenz, sobald mein Schiff hier eintrifft. Wir hatten das Unglück, in der Sundastraße in einen Sturm zu geraten. Dabei schlugen wir leck und mußten Ihren Hafen Singapur anlaufen. Da das Postschiff zur gleichen Zeit auslief, bin ich dort an Bord gegangen.«
Und auf diese Weise haben Sie es vermieden, daß Ihr Kommen vorzeitig bekannt wurde, dachte Longstaff. Die Sundastraße – das bedeutete also, daß er um das Kap der Guten Hoffnung gesegelt war. Was, zum Teufel, führte er im Schilde?
»Ich habe gehört, daß das Klima in Singapur zu dieser Jahreszeit recht unerfreulich ist, Mr. Struan«, sagte Sergejew.
»Ja, das ist es«, antwortete Struan. »Sind Sie zum erstenmal in Asien, Hoheit?«
»Ja.«
»Vielleicht gelingt es uns, Ihnen einen angenehmen Aufenthalt zu bereiten. Heute abend gebe ich einen Ball, es wäre mir eine große Ehre, wenn Sie kämen. Damit erhielten Sie auch Gelegenheit, alle kennenzulernen.«
»Sie sind wirklich zu freundlich.«
»Wie lange beabsichtigen Sie zu bleiben?«
»Nur bis zum Eintreffen meines Schiffes. Ich mache unseren Besitzungen in Alaska einen inoffiziellen Besuch.«
»War Ihr Schiff stark beschädigt?«
»Ich weiß es wirklich nicht, Mr. Struan. In diesen Dingen habe ich keine allzu große Erfahrung. Jedenfalls wird es so bald wie möglich hierher kommen.«
»Dann brauchen Sie doch ein Quartier«, meinte Struan. Er hegte den Verdacht, daß Sergejew eine Menge von ›diesen Dingen‹ verstand und daß die ›Seeuntüchtigkeit‹ seines Schiffes nichts weiter als ein bequemer Vorwand war, um die Länge seines Aufenthaltes nach Belieben zu bestimmen. Struan hatte auch den Verdacht, daß Singapur nach der Abreise aus St. Petersburg der erste Hafen war, der überhaupt angelaufen wurde. »Wir würden uns freuen, Ihnen Räume an Bord eines unserer Depotschiffe anbieten zu dürfen. Luxuriös werden sie nicht sein, aber wir werden uns die größte Mühe geben, es Ihnen behaglich zu machen.«

»Das ist außerordentlich freundlich von Ihnen. Ich bin allein und habe nur vier Diener bei mir, die können überall schlafen.«
»Ich werde dafür sorgen, daß sie eine anständige Unterkunft bekommen. Danke«, sagte Struan zum Steward, als dieser sein Glas wieder füllte. »Ist es ein Viermaster?« – »Drei.«
»Ich selber ziehe ebenfalls die Dreimaster vor. In schwerer See sehr viel leichter zu manövrieren. Die Segel sind auch leichter zu reffen. Fahren Sie Bram- und Oberbramsegel?«
»Mir scheint es eine ausreichende Zahl von Segeln zu sein, Mr. Struan, wie immer sie heißen mögen.«
Struan hatte das kaum spürbare Zögern wohl bemerkt, und nun wußte er, daß Sergejew Seemann war. Warum wollte er das wohl verbergen?
»Wie ich höre, ist die Krise im Mittleren Osten beigelegt worden«, sagte Sergejew.
»Ja«, antwortete Longstaff. »Wir erhielten die Nachricht mit dem Postschiff.«
»Ein großes Glück. Frankreich war gut beraten, als es seine militante Haltung aufgab.«
»Die Bedeutung der Dardanellen für England liegt auf der Hand«, sagte Longstaff. »Es gereicht uns allen zum Vorteil, wenn der Friede erhalten bleibt.«
»Es ist nur schade, daß Frankreich und Preußen anderer Meinung zu sein scheinen. Und die Habsburger. England und Rußland sind alte Verbündete, und ihre Interessen decken sich. Es ist ein beglückender Gedanke, daß wir in Zukunft enger zusammenarbeiten werden.«
»Ja«, antwortete Longstaff ausweichend. »Allerdings liegt Paris sehr nah an London.«
»Ist es nicht ein Jammer, daß diese glorreiche Stadt immer wieder höchst seltsame Führer zu finden scheint?« sagte Sergejew. »Ein herrliches Volk, wirklich herrlich. Aber seine Führer sind immer von Eitelkeit aufgeblasen und scheinen entschlossen, die Welt auseinanderzureißen.«
»Das ist das große Problem, Hoheit. Europa und die Frage, wie man der Eitelkeit der Fürsten Herr werden soll. In England haben wir allerdings das Glück, ein Parlament zu besitzen, und so kann das mächtige Britannien nicht mehr um der Laune eines einzigen Mannes willen in einen Krieg hineingerissen werden.«
»Ja. Das ist ein großartiges, rühmliches Experiment, der glänzenden Eigenschaften Ihres Landes würdig, Sir. Aber es ist nicht auf alle Nationen übertragbar. Waren es nicht die alten Griechen, die zu dem Schluß gelangten, die vollkommenste Staatsform sei eine menschenfreundliche Diktatur? Die Herrschaft eines einzigen Mannes?«
»Menschenfreundlich, das wohl. Aber doch gewählt. Nicht ein Herrscher von Gottes Gnaden.«
»Wer vermag mit absoluter Sicherheit zu sagen, daß es ein Gottesgnadentum nicht gibt?«
»Ach, Hoheit«, entgegnete Longstaff, »niemand bezweifelt die Existenz Gottes. Bezweifelt wird nur das Recht eines Königs, zu tun, was ihm be-

liebt, wann es ihm beliebt, ohne nach dem Willen des Volkes zu fragen. Wir blicken auf eine lange Reihe englischer Könige von ›Gottes Gnaden‹ zurück, die wir nicht als unfehlbar erkannt haben. Die Fehler eines Führers sind etwas sehr Unangenehmes. Sie kosten das Blut zahlloser anderer Menschen.«

Sergejew lachte leise vor sich hin. »Mir gefällt der Humor der Engländer.« Er sah Struan an. »Sie sind Schotte, Mr. Struan?«

»Nein, Brite. Heute gibt es keinen Unterschied mehr zwischen Schotten und Engländern.« Er trank einen Schluck Wein. »Wir sind es müde geworden, den Engländern die Rinder zu stehlen. Da haben wir es für besser gehalten, uns das ganze Land in die Tasche zu stecken, haben Schottland verlassen und sind nach Süden gezogen.«

Alle lachten und tranken.

Longstaff bemerkte belustigt, daß Monsey, von Struans Ungezwungenheit beunruhigt, während des ganzen Mahles geschwiegen hatte.

»Was meinen Sie, Mr. Struan?« fragte Sergejew. »Könnten Sie Noble House leiten, wenn Sie sich mit einem ›Parlament‹ auseinandersetzen müßten?«

»Nein, Hoheit. Aber ich reiße nur eine *Firma* in einen Konflikt oder in einen Konkurrenzkampf mit anderen Kaufleuten hinein. Ich setze nur mich selber und mein Unternehmen aufs Spiel, aber nicht das Leben anderer.«

»Trotzdem ist jetzt ein Krieg mit China ausgebrochen. Weil der Heide die Kühnheit hatte, Ihren Handel zu stören. Trifft das den Kern der Sache?«

»Nur zum Teil. Denn natürlich habe nicht ich entschieden, daß Krieg geführt wird.«

»Natürlich. Ich wollte damit nur deutlich machen, daß Sie das Recht für sich in Anspruch nehmen, ein großes Handelsunternehmen ganz allein zu leiten, und das ist auch zweifellos das Wirksamste. Die Herrschaft eines Mannes. Sie ist richtig für ein Handelsunternehmen, eine Flotte, eine Nation.«

»Gewiß. Vorausgesetzt, man hat Erfolg«, erwiderte Struan und zog die Sache damit ins Scherzhafte. Dann fügte er ernst hinzu: »Vielleicht ist ein parlamentarisches Regierungssystem gegenwärtig nicht das Richtige für Rußland – auch nicht für einige andere Länder, aber ich bin davon überzeugt, daß diese Erde erst dann in Frieden leben wird, nachdem alle Nationen die parlamentarische Regierungsform der Engländer angenommen, alle Menschen das Stimmrecht haben und es keinem einzelnen mehr möglich ist, allein das Schicksal einer Nation zu bestimmen, sei es von Gottes Gnaden oder auf Grund der Stimmabgabe einer dummen Wählerschaft.«

»Da gebe ich Ihnen recht«, antwortete Sergejew. »Ihre Theorie ist ganz richtig, sie hat aber einen schwachen Punkt. Sie geht von der Voraussetzung einer aufgeklärten Weltbevölkerung aus – alle gleich gut ausgebildet, alle in gleichem Wohlstand lebend –, aber so etwas gibt es eben nicht. Sie sollten einmal durch Rußland reisen und sich davon überzeugen, daß es das nicht gibt. Und Sie berücksichtigen die nationalistischen Tendenzen und die Glaubensunterschiede nicht. Wenn Sie hinzufügen, ›bis alle Nationen christlich sind‹, dann kämen Sie der Wahrheit um einiges näher. Und doch – können Sie sich vorstellen, daß französische Katholiken mit protestantischen

Engländern einer Meinung wären? Oder sehen Sie etwa, wie die russische orthodoxe Kirche mit spanischen Jesuiten einer Meinung sein könnte? Oder gar, wie alle diese Menschen mit den Massen ungläubiger Mohammedaner und diese mit den unglückseligen Juden übereinstimmen könnten und alle zusammen wiederum mit Götzendienern und Heiden?«
Struan tat einen tiefen Atemzug. »Ich freue mich, daß Sie diese Frage aufgeworfen haben«, erklärte er und verfiel dann in Schweigen.
»Wie ich sehe, wird es viele interessante Diskussionen geben«, sagte Longstaff leichthin. »Etwas Tee, Hoheit? In einer Stunde findet ein Wettkampf statt. Vielleicht hätten Sie Lust, ihn sich anzusehen, falls Sie nicht zu müde sind? Es scheint ein recht spannender Kampf zu werden. Die Marine gegen die Armee.«
»Mit Freuden, Exzellenz. Auf wen setzen Sie? Ich setze dann auf die Gegenseite.«
»Eine Guinee auf die Marine.«
»Einverstanden.«
Nach dem Essen gab es Tee und Zigarren, und schließlich geleitete Monsey den Großfürsten auf das Postschiff zurück. Longstaff entließ die Stewards.
»Meiner Ansicht nach sollte eine Fregatte sofort ganz ›zufällig‹ eine Reise nach Singapur unternehmen«, sagte er zu Struan.
»Ich hatte genau den gleichen Gedanken, Will. Außerdem versteht er etwas von der Seefahrt, dessen bin ich sicher.«
»Ja. Das war sehr gerissen von Ihnen, Dirk.« Longstaff spielte mit seiner Teetasse. »Und er ist ein äußerst schlauer Bursche. Ein solcher Mann würde wahrscheinlich mit amtlichen Schriftstücken sehr vorsichtig umgehen.«
»Genau das habe ich mir auch gedacht.«
»Ich war sehr gern in St. Petersburg. Nur die vielen Stunden in der Schule! Ich mußte Russisch lesen und schreiben lernen, selbstverständlich auch Französisch. Russisch ist eine sehr schwierige Sprache.«
Struan schenkte sich etwas Tee ein. »Wettkämpfe haben Sie niemals gemocht, nicht wahr, Will?«
»Richtig. Ich glaube, ich werde ihn nur an Land begleiten und dann an Bord zurückkehren. Einen kleinen Mittagsschlaf halten.« Longstaff lachte. »Mich auf das nächtliche Fest vorbereiten, meinen Sie nicht?«
Struan erhob sich. »Und ich sollte besser über einige Samenkörner der Unzufriedenheit nachdenken, die ich selber ausstreuen werde.«
Als die Stewards den Tisch abdeckten, starrte Longstaff versonnen auf die Teeblätter in seiner Tasse. »Nein«, sagte er zum Steward und hielt seine Tasse und die Teekanne fest. »Sorgen Sie dafür, daß ich nicht gestört werde. Wecken Sie mich in einer Stunde.«
»Jawohl, Sir.«
Er unterdrückte ein Gähnen. In der Stille der Kajüte hing er seinen Gedanken nach. Wahrhaftig, ich bin froh, daß Sergejew hier ist. Nun können wir uns ein wenig des Lebens freuen. In der Fechtkunst der Diplomatie. Ausfall und Parade. Jetzt käme es darauf an, festzustellen, wes Geistes Kind er ist. Und dabei den unaufhörlichen Ärger mit der Kolonie vergessen – die verfluchten Händler und diesen verdammten Haufen von Dieben.

Er öffnete die Tür zu seiner Schlafkammer und streckte sich behaglich in der Koje aus, die Hände hinter dem Kopf gefaltet. Was hatte Dirk doch gesagt? fragte er sich. Ach ja, Samenkörner der Unzufriedenheit. Nicht dumm, es so zu nennen. Was für Samenkörner könnten wir aussäen? Erschreckende Andeutungen über Chinas Macht? Über seine riesige Bevölkerung? Oder daß die Regierung Ihrer Majestät das ganze Land an sich reißen würde, falls sich irgendeine andere Macht einmischte? Die Schwierigkeiten beim Opiumhandel? Beim Tee?
Er hörte das Getrampel von Füßen an Deck, als die Wache abgelöst wurde und die Kapelle der Marine zu üben begann. Wieder gähnte er und schloß zufrieden die Augen. Es gab nichts Besseres als einen kleinen Schlummer nach Tisch. Gott sei Dank bin ich ein Gentleman – ich brauche keine echten Samenkörner auszustreuen wie ein stinkender Bauer oder ein dreckiger Farmer. Verdammt, es muß schon seltsam sein, den ganzen Tag mit den Händen zu arbeiten! Saatgut auszusäen. Dann das Zeug zum Wachsen zu bringen. Den Mist auszubreiten. Entsetzlicher Gedanke. Diplomatische Samenkörner auszusäen ist viel wichtiger und eine einem Herrn angemessene Arbeit. Wo war ich stehengeblieben? Ach ja, Tee. Das Leben muß entsetzlich gewesen sein, bevor wir den Tee hatten. Ich kann nicht verstehen, wie Menschen ohne Tee haben existieren können. Ein Jammer, daß er nicht in England wächst. Das würde uns sehr viel Ärger ersparen.
»Großer Gott im Himmel!« stieß er plötzlich hervor und richtete sich auf. »Tee! Natürlich Tee! Seit Jahren liegt's dir vor der Nase, und doch hast du es noch niemals gesehen! Du bist ein Genie!« Er war von seinem Gedanken so erregt, daß er aus dem Bett sprang und einen Jig tanzte. Dann verrichtete er seine Notdurft in den Nachttopf, ging in die große Kajüte hinüber und setzte sich mit klopfendem Herzen an seinen Schreibtisch. Du weißt, wie man den englisch-chinesischen Angsttraum hinsichtlich der unausgeglichenen Handelsbilanz mit Tee, Edelmetallen und Opium zum Verschwinden bringt. Du weißt es! sagte er zu sich, verwundert und völlig überwältigt davon, wie einfach und großartig diese Überlegung war, die Struans letzte Bemerkung bei ihm ausgelöst hatte. »Mein Gott, Dirk«, rief er frohlockend, »wenn du nur wüßtest! Du hast dir selber die Kehle durchgeschnitten und die aller Chinahändler mit dazu. Zu Britanniens Ruhm und Ehre und um meiner Unsterblichkeit willen!«
Ja, wirklich, so ist es. Aber du solltest lieber den Mund halten, warnte er sich. Wände haben Ohren.
Der Gedanke war so einfach: Chinas Tee-Export untergraben. In aller Heimlichkeit eine Tonne mit Samen von Teepflanzen kaufen, erbitten oder stehlen. Dieses Saatgut heimlich nach Indien schaffen. Es müßte doch Dutzende von Gegenden geben, in denen man große Pflanzungen anlegen konnte. Noch zu meinen Lebzeiten könnten die Pflanzungen gedeihen – wir könnten unseren eigenen Tee auf unserem eigenen Boden anbauen. Haben wir erst einmal unseren eigenen Tee, dann brauchen wir weder Silber noch Opium, um damit den chinesischen Tee zu bezahlen. Die Gewinne aus dem Verkauf indischen Tees werden denen aus dem Opiumhandel bald nicht mehr nachstehen, sie werden sogar das Doppelte und Dreifache betragen,

das ist also kein Problem. Wir werden den Tee anbauen, den die Welt verlangt, und wir werden ihn der Welt verkaufen. Die Krone wird durch die vermehrten Einkünfte aus der Teeabgabe großartige Gewinne erzielen, denn selbstverständlich wird unser Tee besser und billiger sein als der chinesische. Britischer Unternehmungsgeist! Und außerdem steigt unser moralisches Ansehen, weil wir dem Opiumhandel das Lebenslicht ausblasen. Die verfluchten Opiumschmuggler sind raus aus dem Geschäft, denn ohne Opium haben sie ihre Funktion verloren, und wir können den Handel mit Opium verbieten. Indien wird dabei gewaltig gewinnen. Auch China gewinnt, denn es wird keinen Opiumschmuggel mehr geben, und seinen Tee verbraucht es ohnehin im eigenen Land.
Und du, William Longstaff – der einzige Mann, der einen solchen Plan durchzuführen vermag –, du wirst gleichfalls mächtig an Ansehen gewinnen. Auch bei nur mäßigem Glück wird ein dankbares Parlament dir die Herzogswürde verleihen, denn du und nur du allein bist es, der die Lösung für dieses unlösbare Problem gefunden hat.
Aber wem kann ich die Aufgabe anvertrauen, mir dieses Saatgut zu verschaffen? Und wie kann man die Chinesen dazu veranlassen, es zu verkaufen? Selbstverständlich werden sie sich über die Folgen sofort im klaren sein. Und auf wen ist ein solcher Verlaß, daß man sagen könnte, er würde das Saatgut sicher an seinen Bestimmungsort bringen? Einen der Händler kann ich dazu nicht gebrauchen – die Händler würden beim geringsten Verdacht mir sofort Knüppel zwischen die Beine werfen. Und wie könntest du jetzt den Vizekönig von Indien auf deine Seite ziehen, ohne daß er dich um die Anerkennung bringt, der Vater dieses Gedankens eines Großanbaus in Indien zu sein?

19

Als die zwei Männer und ihre Sekundanten in den Ring stiegen, den man in der Nähe der Fahne am Glessing's Point errichtet hatte, senkte sich atemlose Stille über die dichtgedrängten Zuschauer.
Es waren stämmige große Burschen, beide etwa Anfang Zwanzig. Beide hatten sich den Schädel rasieren lassen, um dem Gegner keine Möglichkeit zum Zupacken zu bieten. Und als sie ihre groben Hemden auszogen, wiesen beide die gleichen eisenharten Muskelpakete und auf dem Rücken die vernarbten Striemen auf, die die Schläge mit der neunschwänzigen Katze zurückgelassen hatten.
Die beiden Ringer paßten hervorragend zueinander, und jeder der beiden wußte, daß viel auf dem Spiel stand. Der Admiral wie der General hatten persönlich die Auswahl der Kämpfer gutgeheißen und sie zum Sieg ermuntert. Die Ehre der Marine beziehungsweise der Armee liege auf ihren Schultern, die gesamten Ersparnisse ihrer Kameraden seien in ihren Händen. Dem Sieger winkte eine angenehme Zukunft. Für den Besiegten jedoch würde es überhaupt keine Zukunft mehr geben.
Henry Hardy Hibbs kletterte unter dem einen Seil hindurch und trat in die

Mitte des Rings, wo mit Kreide das innere Viereck eingezeichnet war. »Exzellenz, Hoheit, Mylords und Euer Ehren«, begann er, »ein Kampf bis zum Ende zwischen Bootsmann Jem Grum von der Royal Navy in dieser Ecke …«

Stürmischer Jubel brauste aus der Menge der Matrosen auf der Ostseite auf, Geheul und Schimpfworte aus den dichtgedrängten Reihen der englischen und indischen Soldaten auf der Westseite. Longstaff, der Großfürst, der Admiral und der General saßen auf der Ehrentribüne an der Nordseite des Rings, umgeben von einer Ehrenwache regungsloser Seesoldaten. Hinter dem Großfürsten standen seine beiden livrierten Leibwächter, bewaffnet und wachsam. Struan, Brock, Cooper, Tillmann, Robb, Gorth und alle sonstigen kleinen Tai-Pane saßen auf der Südseite und hinter ihnen die kleineren Händler, die Armee- und Marineoffiziere, die sich mit den Ellbogen stießen, um bessere Sicht zu haben. Und an der Peripherie versammelte sich eine ständig größer werdende Menge von Chinesen, die schwätzend aus den Hütten von Tai Ping Schan herbeiströmten und nun warteten.

»Und in dieser Ecke der Vertreter der Royal Army, Feldwebel Bill Tinker …«

Wieder unterbrach ihn rauhes Gebrüll. Hibbs hob die Arme, und sein schäbiger Gehrock zog sich über seinem ballähnlichen Wanst zusammen. Als schließlich die Jubelrufe und das Geheul verstummt waren, rief er: »Es gelten die Londoner Regeln für den Wettkampf: Jede Runde wird erst durch Niederschlag beendet. Zwischen den Runden liegen dreißig Sekunden; wenn die Glocke ertönt, hat der Mann acht Sekunden, um sich zu erheben und wieder zum Kampf anzutreten. Nicht erlaubt sind Treten, Stoßen mit dem Kopf, Schläge unterhalb des Gürtels und Würgen. Der Mann, der nicht aus seiner Ecke herauskommt oder der, dessen Betreuer das Handtuch wirft, ist der Verlierer.«

Er machte den beiden Betreuern gewichtig ein Zeichen; die untersuchten nun die Fäuste des gegnerischen Kämpfers, um festzustellen, daß sie wie üblich in Walnußsaft getaucht waren und keinen Stein verbargen; dann inspizierten sie die Kampfstiefel, um festzustellen, ob die Sohlen nur die vorgeschriebenen drei Dornen aufwiesen.

»Und nun gebt euch die Hände. Der beste Mann soll siegen!«

Die Preiskämpfer traten in die Mitte des Rings; ihre Schultermuskeln zitterten in zurückgestauter Erregung, die Bauchmuskeln waren fest zusammengezogen, ihre Nasenflügel bebten, als sie den scharfen, bitteren Schweiß des anderen einsogen.

Sie traten mit den Zehen bis an die Linie und berührten sich mit den Händen. Dann ballten sie die Fäuste, die wie Felsbrocken wirkten, und warteten. Ihre Nerven waren zum äußersten gespannt.

Hibbs und die Betreuer duckten sich unter den Seilen durch und traten aus dem Weg.

»Hoheit?« fragte Longstaff und überließ Sergejew die Ehre.

Der Großfürst erhob sich und trat zur Schiffsglocke in der Nähe des Rings. Er schlug sie mit dem Klöppel an, und sofort bemächtigte sich eine wilde Erregung der Menschenmasse auf dem Küstenstreifen.

Mit dem Glockenschlag begannen die Kämpfer aufeinander einzuschlagen, die Beine wie Eichenstämme fest in den Boden gerammt, die Zehen auf der Grundlinie verkrampft. Grums Knöchel prallten Tinker ins Gesicht und hinterließen eine blutige Spur, während Tinkers Faust einen schweren Schlag gegen Grums Magen landete. Unaufhörlich hämmerten sie mit den Fäusten auf den Gegner ein, vom Toben der Menge, von ihrem Zorn und ihrem Haß getrieben. Sie kannten keine durchdachte Technik, und keiner machte auch nur den geringsten Versuch, den Schlägen auszuweichen.
Nach acht Minuten waren ihre Körper von roten Flecken bedeckt und ihre Gesichter blutig. Beiden Männern war die Nase gebrochen, ihre Knöchel waren wund und glitschig von Schweiß und Blut. Beide rangen sie keuchend um Atem, ihre Brustkästen hoben sich wie mächtige Blasebälge, und beide spuckten sie Blut. In der neunten Minute landete Tinker einen rechten Haken, der Grum an der Kehle traf und ihn zu Boden schickte. Die Armee jubelte, die Marine fluchte. Grum sprang auf, außer sich vor Zorn und Schmerz, und stürzte auf seinen Gegner zu; er hatte völlig vergessen, daß die erste Runde vorbei war, hatte alles vergessen, außer daß er diesen Teufel umbringen mußte. Er packte Tinker an der Kehle, und sie traten und würgten einander. Die Armee brüllte: »Foul!« Die Betreuer stürzten in den Ring und versuchten, die Kämpfer zu trennen, und zwischen den Soldaten und den Matrosen und ihren Offizieren wäre es fast zur Keilerei gekommen.
»Zum Teufel!« brüllte Glessing. »Dieser Hund hat unseren Mann gewürgt!«
»Und wer hat mit den Gemeinheiten angefangen? Die Runde war schon vorbei!« entgegnete Major Turnbull in äußerstem Zorn, die Hand am Säbel. Er war oberster Polizeirichter von Hongkong, ein fünfunddreißigjähriger Mann von straffer Haltung. »Nur weil Sie zum Hafenkommandanten ernannt sind, glauben Sie wohl, daß Sie es sich erlauben können, ein Foul zu vertuschen?«
»Nein, wahrhaftig nicht! Aber versuchen Sie nur nicht, die Würde *Ihres* Amtes bei einer solchen Veranstaltung in die Waagschale zu werfen.« Glessing wandte ihm den Rücken zu und drängte sich weiter in die Menge vor.
»Hallo, Culum!«
»Hallo, George. Spannender Kampf, nicht wahr?«
»Haben Sie gesehen, wie dieser gemeine Kerl unseren Mann gewürgt hat?«
»Ich glaube, er ist dafür ebenfalls gewürgt worden, oder nicht?«
»Darum geht es doch nicht, Mensch!«
Wieder war die halbe Minute verstrichen, und die Kämpfer stürzten erneut aufeinander los.
Die zweite und die dritte Runde waren fast so lang wie die erste, und die Zuschauer wußten, daß niemand solche Schläge lange hinnehmen konnte. In der vierten Runde traf ein harter linker Haken den Soldaten unter dem Ohr, und er krachte zu Boden. Die Glocke erklang, die Betreuer holten ihre Leute zurück. Nach der grausam kurzen halben Pausenminute stürmte der

Soldat bis zum Strich vor, schlug auf den Matrosen ein, packte ihn dann um den Leib und schleuderte ihn mit einem wilden Ruck zu Boden. Wieder zurück in die Ecke, wieder dreißig Sekunden Pause, und der Kampf ging weiter.

Runde um Runde. Beide gingen sie immer wieder zu Boden; einmal hatte der Soldat die Führung, einmal der Matrose.

In der fünfzehnten Runde traf Tinkers Faust Grums gebrochene Nase. In Grums Kopf loderte ein Feuer, das ihn blind machte; er brüllte auf und schlug in seiner Panik wild um sich. Mit seiner linken Faust landete er einen Treffer. Für einen Augenblick sah er klar und entdeckte, daß sein Gegner die Arme sinken ließ und schwankte. Er hörte, wie ganz in seiner Nähe und doch wie in weiter Ferne Jubel und ein gewaltiges Gebrüll aufbrandeten. Grum stieß seine rechte Faust mit aller Kraft vor. Er sah, wie sie im Magen des Soldaten landete. Seine Linke traf den Gegner seitlich am Gesicht. Er spürte, wie ein kleiner Knochen in seiner Hand brach, und dann war er allein. Wieder einmal die gottverfluchte Glocke und Hände, die nach ihm griffen. Jemand schob ihm die Schnapsflasche in den zerschundenen Mund, und er trank einen großen Schluck. Dann spie er den mit Blut vermischten Alkohol aus und brachte rauh und mühsam hervor: »Welche Runde, Kamerad?« Und jemand antwortete ihm: »Neunzehnte.« Wieder mußte er sich stellen, wieder stand der Gegner vor ihm, der ihm schmerzhafte Schläge beibrachte, ihn umzubringen suchte, aber dennoch mußte er es durchstehen und siegen oder sterben.

»Guter Kampf, he, Dirk?« brüllte Brock über die erregte Menge hinweg.

»Ja.«

»Haben Sie es sich anders überlegt und wetten Sie?«

»Nein, danke, Tyler«, gab Struan zurück, von der Tapferkeit der Kämpfer beeindruckt. Beide waren, völlig zerschlagen, an der Grenze ihrer Leistungsfähigkeit angekommen. Grums rechte Hand war fast unbrauchbar, während Tinker kaum die Augen öffnen konnte. »Ich möchte nicht gegen einen von ihnen im Ring antreten müssen!«

»Die wildesten Kerle, die es gibt!« Brock lachte auf und zeigte seine braunen, abgebrochenen Zähne. »Wer wird siegen?«

»Sie haben die Wahl. Aber ich möchte wetten, daß keiner von beiden aufgibt; auch für keinen von beiden wird das Handtuch geworfen werden.«

»Bestimmt nicht, bei Gott!«

»Vierundzwanzigste Runde!« rief Hibbs, und die Kämpfer schwankten schwerfällig in die Mitte des Rings, mit Gliedern wie Blei. Wieder schlugen sie aufeinander ein. Nur ihre Willenskraft hielt sie noch auf den Beinen. Tinker stieß eine gewaltige Linke vor, die einen Ochsen zu Fall gebracht hätte, aber der Schlag glitt an Grums Schulter ab, so daß er ausrutschte und zu Boden ging. Die Marine jubelte, und die Armee brüllte, als die Betreuer den Soldaten in seine Ecke trugen. Als die halbe Minute verstrichen war, sah die Armee atemlos zu, wie Tinker in die Seile griff und sich hochzog. Die Adern an seinem Hals schwollen vor Anstrengung, aber er kam auf die Beine und schwankte zur Linie zurück.

Struan hatte das Gefühl, als ob jemand ihn beobachtete. Er drehte sich um

und sah den Großfürsten, der ihm ein Zeichen machte. Er bahnte sich einen Weg um den Ring herum und fragte sich nervös, ob es Orlow, den er mitgeschickt hatte, um beim Umzug des Großfürsten auf das Depotschiff zu ›helfen‹, gelungen sei, die Diener zu übertölpeln und irgendwelche Schriftstücke von Wert an sich zu bringen.
»Haben Sie schon den Sieger ermittelt, Mr. Struan?« fragte Sergejew.
»Nein, Hoheit.« Struan blickte zum Admiral und zum General hinüber. »Beide Männer gereichen Ihren Waffengattungen zur Ehre, meine Herren.«
»Der Marinemann hat wirklich den Teufel im Leib, ganz bemerkenswerter Kerl«, erklärte der General jovial, »aber ich glaube, daß unser Mann das bessere Stehvermögen hat.«
»Nein. Unser Mann wird auf der Linie stehen. Aber, wahrhaftig, Ihr Mann ist tüchtig, Mylord. Ein Gewinn für jede Waffengattung.«
»Warum setzen Sie sich nicht zu uns, Mr. Struan?« fragte Sergejew und deutete auf einen freien Stuhl. »Vielleicht würden Sie mir die Einzelheiten eines solchen Preiskampfes erklären?«
»Wenn Sie gestatten, meine Herren«, sagte Struan höflich und setzte sich. »Wo ist Seine Exzellenz?«
»Er ist schon verdammt früh weggegangen«, antwortete der General. »Handelt sich um irgendwelche Berichte.« Wieder ertönte die Glocke.
Sergejew rutschte unruhig auf seinem Stuhl herum. »Was war denn jemals die höchste Zahl von Runden bei einem solchen Kampf?«
»Ich habe den Burke-Byrne-Kampf im Jahr 1833 gesehen«, antwortete der Admiral. »Neunundneunzig Runden. Bei Gott, das war ein königlicher Kampf. Unglaublich mutig. Byrne starb an den Folgen der Schläge, die er eingesteckt hatte. Aber aufgegeben hat er nicht.«
»Von diesen hier wird auch keiner aufgeben – sie haben einander so geschlagen, daß sie kaum mehr bei Bewußtsein sind«, erklärte Struan. »Wäre es nicht eine sinnlose Opferung von Menschen, wenn einer von ihnen den Tod fände – oder auch beide, meinen Sie nicht, meine Herren?«
»Den Kampf abbrechen?« fragte der Großfürst ungläubig.
»Der Sinn eines solchen Kampfes liegt doch darin, Kraft und Mut auf die Probe zu stellen, Mann gegen Mann«, sagte Struan. »Sie sind gleich stark und gleich tapfer. Ich möchte behaupten, daß sie beide bewiesen haben, was sie taugen.«
»Aber dann haben Sie doch keinen Sieger. Das ist doch gewiß unbefriedigend, ein Zeichen von Schwäche, und es wird nichts bewiesen.«
»Aber es ist auch nicht anständig, einen tapferen Mann umzubringen«, entgegnete Struan ruhig. »Nur die Tapferkeit hält die beiden aufrecht.« Er wandte sich den anderen zu. »Schließlich sind sie ja beide Engländer. Es wäre besser, sie für einen richtigen Feind aufzusparen.«
Ein jähes Aufbrausen von Jubel lenkte den Admiral und den General von dem Gespräch ab, jedoch nicht Sergejew.
»Das klingt fast wie eine Herausforderung, Mr. Struan«, sagte er leise.
»Nein, Hoheit«, erwiderte Struan verbindlich, »es ist nur eine Tatsache. Wir ehren den Mut, die Tapferkeit eines Mannes, aber in einem solchen Fall hat der Sieg hinter dem Schutz der Menschenwürde zurückzustehen.«

»Was sagen Sie dazu, Admiral?« rief der General. »Struan hat nicht so unrecht, was? Welche Runde haben wir? Die fünfunddreißigste?«
»Die sechsunddreißigste«, antwortete Struan.
»Ich schlage vor, daß wir den Kampf auf fünfzig begrenzen. Einer wird ohnehin vorher in die Knie gehen, so lange kann keiner auf den Beinen bleiben. Aber wenn beide bei der einundfünfzigsten Runde noch immer an der Linie antreten, werfen wir zusammen das Handtuch, was? Erklären den Kampf für unentschieden. Hibbs kann das Urteil dann verkünden.«
»Einverstanden. Aber Ihr Mann wird es nicht durchstehen.«
»Noch weitere hundert Guineen, daß er es durchsteht!«
»Abgemacht!«
»Eine Wette, Mr. Struan?« fragte der Großfürst, als der Admiral und der General sich verbissen abwandten und Hibbs ein Zeichen machten. »Sie nennen den Einsatz und suchen sich den Mann aus.«
»Sie sind unser Gast, Hoheit, so steht es Ihnen zu, Ihre Wahl als erster zu treffen. Und als Einsatz, wenn es Ihnen genehm ist, eine Frage – beantwortet von dem Verlierer, heute abend unter vier Augen. Vor Gott.«
»Welche Art von Frage?« erkundigte sich Sergejew vorsichtig.
»Irgend etwas, das der Sieger zu wissen wünscht.«
Es reizte den Großfürsten, aber dennoch erfüllten ihn böse Ahnungen. Es war eine ungeheuerliche Wette, aber eine, die es wert war. Es gab vieles, was er vom Tai-Pan vom Noble House gern erfahren hätte. »Abgemacht!«
»Welcher von beiden ist Ihr Mann?«
Sergejew deutete sogleich auf Bootsmann Grum. »Ich setze meine Ehre auf ihn!« Und noch im gleichen Atemzug brüllte er dem Seemann zu: »Bring ihn um, bei Gott!«
Der Kampf ging Runde um Runde weiter. Dreiundvierzig, vierundvierzig. Fünfundvierzig, sechsundvierzig. Siebenundvierzig, achtundvierzig, neunundvierzig. Die Zuschauer waren nun fast ebenso erschöpft wie die Kämpfer.
Schließlich stürzte der Soldat zu Boden. Er fiel um wie eine gefällte Eiche, und das dumpfe Krachen seines Sturzes dröhnte über den Strand hin. Benommen vom Schmerz drosch der Seemann noch in der Luft herum und suchte kraftlos seinen Gegner. Dann ging auch er zu Boden und blieb ebenfalls regungslos liegen. Die Betreuer schleppten die Männer in ihre Ecken, die halbe Minute verstrich, die Armee schrie ihren Mann an, sich zu erheben; der General trommelte mit seinen Fäusten auf den Boden des Kampfrings und flehte mit gerötetem Gesicht Tinker an: »Steh auf, um Himmels willen, Mann, steh auf!« Und der Admiral war ebenso rot angelaufen wie Grum, als dieser sich unter größter Kraftanstrengung erhob und schwankend in der Ecke stand. »Ran an die Linie, Mann, ran an die Linie!« Struan bemühte sich, den Soldaten aufzumuntern, während der Großfürst in einem Wortschwall aus Russisch, Französisch und Englisch den Seemann anzufeuern suchte, wieder an die Linie zu treten.
Beide Kämpfer wußten voneinander, daß sie erschöpft waren. Beide taumelten sie zur Linie vor und blieben schwankend dort stehen. Arme und Beine waren wie abgestorben. Trotzdem hoben beide ihre Arme und ver-

suchten zuzuschlagen. Aber alle Kraft hatte sie verlassen, und sie stürzten zu Boden.
Letzte Runde.
Die Menge tobte, denn offensichtlich war keiner der Kämpfer imstande, nach einer halben Minute seine Ecke zu verlassen und zur Grundlinie zurückzukehren.
Die Glocke ertönte, und wieder breitete sich unheimliche Stille aus. Die Kämpfer zogen sich mühsam hoch, blieben in den Seilen hängen und standen schwankend in ihren Ecken. Der Seemann wimmerte auf und machte den ersten qualvollen Schritt auf die Linie zu. Nach einer atemlosen Ewigkeit den zweiten. Noch immer stand der Soldat fröstelnd, schwankend und dem Zusammenbruch nah in seiner Ecke. Dann hob er kläglich einen Fuß, und tosender Lärm brach los – die Männer forderten stürmisch die Fortsetzung des Kampfes, sie flehten, beteten, fluchten, und alle diese Stimmen brandeten zu einem letzten Gebrüll hoch, als beide Männer Schritt für Schritt vorwärts taumelten. Plötzlich schwankte der Soldat hilflos hin und her. Fast wäre er ausgerutscht, und auch der General wäre beinahe zusammengebrochen. Dann torkelte der Seemann wie betrunken, und nun war es der Admiral, der die Augen schloß und betete, während ihm der Schweiß übers Gesicht strömte.
Ein Höllenlärm brach aus, als beide Männer an die Grundlinie traten und die Handtücher über die Seile flogen. Erst als der Ring nur noch ein Gewühl von Männern war, die wie entfesselt auf- und niedersprangen, dämmerte es den Kämpfern, daß die Schlägerei endgültig ihr Ende gefunden hatte. Und nun erst überfiel sie der Schmerz wie ein wildes Tier. Sie wußten nicht, ob sie Sieger waren oder Besiegte, ob lebendig oder tot, ob dies alles nur ein Traum war oder Wirklichkeit. Sie wußten nur, daß sie ihr Bestes getan, ihr Äußerstes hergegeben hatten.
»Beim Bart von St. Peter!« rief der Großfürst mit heiserer, überanstrengter Stimme, »das war mal ein Kampf!« Seine eigenen Kleider waren schweißgetränkt.
Struan, ebenfalls schweißüberströmt und erschöpft, zog eine flache Reiseflasche heraus und bot sie dem Großfürsten an. Sergejew setzte an und trank einen großen Schluck Rum. Auch Struan trank und gab die Flasche an den Admiral weiter, der sie dem General reichte. Miteinander leerten sie die Flasche.
»Mein Gott«, stieß Struan mit rauher Stimme hervor, »mein Gott!«

20

Die Sonne war bereits hinter die Berge gesunken, aber noch immer war der Hafen in goldenes Licht getaucht. Ah Sam nahm das Fernglas von den Augen und entfernte sich ängstlich und mit trippelnden Schritten von dem Guckloch in der Gartenmauer. Sie lief zwischen den Haufen von Felsbrocken und Erde hindurch, die bald einen richtigen Garten bilden sollten, und eilte durch eine Tür in das Wohnzimmer.

»Mutter! Vaters Boot ist nah der Küste«, rief sie. »Ach, er sieht wirklich sehr zornig aus.«
May-may, mit dem Nähen eines Unterkleides beschäftigt, hielt inne. »Ist er von der *China Cloud* oder der *Resting Cloud* gekommen?«
»Von der *Resting Cloud.* Aber Sie sollten lieber selber einmal durchsehen.«
May-may ergriff das Fernglas und lief in den Garten hinaus. Sie trat hinter das kleine vergitterte Fenster und blickte auf die Brandung. Nun stellte sie das Glas auf Struan ein. Er saß in der Mitte des Beiboots; achtern wehte die Flagge mit dem Löwen und dem Drachen. Ah Sam hatte recht. Er sah wirklich sehr böse aus.
Sie schloß und verriegelte den Laden des kleinen Guckfensters und rannte zurück. »Räum das alles weg, und daß wirklich alles gut versteckt ist.« Und als Ah Sam das Ballkleid und die Unterröcke nachlässig zusammenraffte, kniff sie ihr heftig in die Wange. »Zerknitter doch nicht die Kleider, du glattzüngige Hure. Sie sind ein Vermögen wert. Lim Din!« schrie sie. »Mach Vater rasch das Bad zurecht und sieh nach, ob seine Kleider richtig ausgelegt sind und nichts vergessen ist. Ach ja, und wenn du weißt, was zu deinem Besten ist, dann überzeuge dich auch davon, ob das Bad wirklich heiß ist. Und leg die neue parfümierte Seife hin.«
»Ja, Mutter.«
»Und paß auf. Es sieht so aus, als ob Vaters Zorn vor ihm her reitet!«
»Oh-ko!«
»Oh-ko, das ist alles, was du sagen kannst! Macht nur alles für Vater zurecht, oder ihr werdet beide ausgepeitscht. Und wenn mit meinen Plänen irgend etwas schiefgeht, werden euch beiden Daumenschrauben angelegt, und ich peitsche euch aus, bis euch die Augäpfel herausfallen. Und nun vorwärts mit euch!«
Ah Sam und Lim Din eilten davon. May-may begab sich in ihr Schlafzimmer und überzeugte sich davon, daß von ihrem Ballkleid nichts mehr zu sehen war. Sie tupfte sich ein wenig Parfüm hinter die Ohren und versuchte, sich zu sammeln. Mein Gott, dachte sie, ich möchte nicht, daß er heute abend schlechter Laune ist.
Mit zornigen Schritten näherte sich Struan dem Tor in der hohen Mauer.
Er streckte die Hand nach der Klinke aus, aber es wurde bereits von einem strahlenden, sich verneigenden Lim Din aufgerissen.
»Schönes Stückchen Sonnenuntergang, heja, Maste'?«
Struan antwortete nur mit einem mürrischen Brummen.
Lim Din verschloß das Tor und eilte dann zur Eingangstür voraus, wo er seinen Herrn noch strahlender anblickte und sich noch tiefer verneigte.
Gewohnheitsmäßig warf Struan einen Blick auf das Schiffsbarometer, das an der Wand der Eingangshalle in Kardanringen aufgehängt war. Die dünne Quecksilbersäule zeigte recht schönes Wetter an.
Leise schloß Lim Din die Tür und hastete vor Struan den Gang entlang. Er öffnete ihm die Tür zum Schlafzimmer. Struan trat ein, warf die Tür mit einem Fußtritt zu und verriegelte sie. Lim Din verdrehte die Augen himmelwärts. Er brauchte einen Augenblick, um sich zu fassen, und verschwand dann in der Küche. »Irgend jemand wird die Peitsche zu fühlen bekom-

men«, flüsterte er Ah Sam verängstigt zu. »So sicher wie Tod und Schmiergeld.«
»Mach du dir keine Sorgen um unseren teuflischen barbarischen Vater«, antwortete ihm Ah Sam flüsternd. »Ich wette dein Gehalt von der nächsten Woche, daß Mutter ihn in einer Stunde in eine Turteltaube verwandelt hat.«
»Abgemacht!«
May-may stand an der Tür. »Was habt ihr zwei Stücke Hundefleisch, ihr mutterlosen Sklaven, miteinader zu flüstern?« zischte sie.
»Wir beten nur darum, daß unser Vater unserer armen schönen lieben Mutter gegenüber nicht zornig wird«, antwortete Ah Sam mit flatternden Augenlidern.
»Dann beeil dich, du glattzüngige Hure. Für jedes böse Wort, das er mir sagt, werde ich dich einmal kneifen!«

Struan stand in der Mitte des Schlafzimmers und starrte das große, schmutzige zusammengeknüpfte Taschentuch an, das er aus seiner Tasche geholt hatte. Hol's der Teufel, was tue ich jetzt? fragte er sich.
Nach dem Kampf hatte er den Großfürsten zu seiner neuen Unterkunft auf der *Resting Cloud* begleitet. Er war erleichtert, als Orlow ihm verstohlen berichtete, er habe ohne Mühe das Gepäck des Großfürsten durchstöbern können.
»Papiere waren jedoch nicht zu finden«, erklärte ihm Orlow. »Eine kleine Kassette war da, aber Sie hatten mir eingeschärft, ich solle nichts aufbrechen, so habe ich alles gelassen, wie es war. Ich hatte reichlich Zeit, denn meine Leute haben solange die Diener beschäftigt.«
»Danke. Kein Wort irgend jemand gegenüber.«
»Halten Sie mich denn für einen Irren?« hatte Orlow mit verletzter Würde geantwortet. »Übrigens, Mrs. Quance mit ihren fünf Kindern ist jetzt auf dem kleinen Depotschiff untergebracht. Ich habe ihr erklärt, Quance sei in Macao und müßte morgen mit der Mittagsflut einlaufen. Ich hatte alle Mühe, ihren verdammten Fragen auszuweichen. Die würde auch noch aus einer Muschel eine Antwort herausholen.«
Struan hatte nach seinem Gespräch mit Orlow die Kammer der Jungen aufgesucht. Sie waren jetzt sauber und hatten neue Kleider. Mauss war noch immer mit ihnen zusammen, und vor ihm fürchteten sie sich nicht. Struan hatte ihnen erklärt, daß er sie am nächsten Tag nach Kanton bringen würde, wo sie ein Schiff nach England besteigen sollten.
»Euer Gnaden«, hatte der kleine Engländer zu ihm gesagt, als er sich zum Gehen wandte, »dürfte ich Sie einmal sprechen? Unter vier Augen?«
»Natürlich«, hatte Struan geantwortet und war mit ihm in eine andere Kammer gegangen.
»Mein Papa hat gesagt, dies sollte ich Ihnen geben, Euer Gnaden, und niemand was davon sagen, nicht Mr. Wu Pak und nicht einmal Bert.« Freds Finger zitterten, als er das Kleiderbündel aufknotete, das noch immer am Stock befestigt war, und es ausbreitete. Es enthielt ein kleines Messer, einen Stoffhund und ein großes zusammengeknotetes Taschentuch. Er reichte ihm

nervös das Taschentuch, schloß zu Struans Erstaunen die Augen und wandte ihm den Rücken zu.
»Was soll denn das, Fred?«
»Mein Papa hat gesagt, ich dürfte nicht hinsehen und sollte mich umdrehen, Euer Gnaden. Auf keinen Fall hinsehen«, antwortete Fred und hielt die Augen fest geschlossen.
Struan knüpfte das Taschentuch auf und starrte den Inhalt an: Rubinohrringe, Diamantenanhänger, mit Diamanten besetzte Ringe, eine große Smaragdbrosche und viele zerbrochene oder verbogene Gürtelschnallen aus Gold, dicht mit Diamanten und Saphiren besetzt. Das alles mochte einen Wert von vierzig- bis fünfzigtausend Pfund haben. Piratenbeute.
»Darf ich die Augen wieder öffnen, Euer Gnaden? Ich werde bestimmt nicht hinsehen.«
Struan knüpfte das Tuch wieder zusammen und ließ es in die Tasche seines Gehrocks gleiten. »Ja. Hat nun dein Vater auch gesagt, was ich damit anfangen soll?«
»Er hat gesagt, es gehört mir, ich hab' das Wort vergessen. Es wär' so was wie 'ne Sache mit ... schaft am Ende.« Freds Augen füllten sich mit Tränen. »Ich will ja artig sein, Euer Gnaden, aber ich hab' es vergessen.«
Struan kauerte sich nieder und drückte den Jungen fest und sanft an sich. »Brauchst nicht zu weinen, mein Junge. Denken wir nach. War es vielleicht ›Erbschaft‹?«
Der Junge starrte Struan an, als sei er ein Zauberer. »Ja. Erbschaft. Wie haben Sie das gewußt?«
»Brauchst nicht zu weinen, bist doch ein Mann. Männer weinen nicht.«
»Was ist 'ne Erbschaft?«
»Eine Art Geschenk, für gewöhnlich Geld, vom Vater an den Sohn.«
Fred grübelte lange darüber nach. Dann sagte er: »Warum hat mein Papa gesagt, daß ich meinem Bruder Bert nichts davon verraten darf?«
»Weiß ich nicht.«
»Bitte, Euer Gnaden?«
»Vielleicht wollte er, daß du es bekommst und nicht Bert.«
»Kann 'ne Erbschaft für 'ne Menge Söhne sein?«
»Ja.«
»Können mein Bruder Bert und ich 'ne Erbschaft teilen, wenn wir eine bekommen?«
»Ja. Wenn ihr eine bekommt.«
»Das ist gut«, rief der Junge und trocknete sich seine Tränen. »Bruder Bert is' mein bester Freund.«
»Wo haben denn du und dein Papa gewohnt?« fragte Struan.
»In einem Haus. Mit Berts Mama zusammen.«
»Wo war das Haus, mein Junge?«
»Nahe dem Meer. In der Nähe der Schiffe.«
»Hatte dieser Ort einen Namen?«
»O ja, ›Hafen‹ hieß er. Wir wohnten in einem Haus im Hafen«, erklärte der Junge stolz. »Mein Papa hat gesagt, ich sollte Ihnen alles erzählen, alles, was wahr ist.«

»Wollen wir jetzt wieder zurückgehen? Falls du nicht noch etwas zu sagen hast?«

»O ja.« Fred knüpfte rasch das Bündel zusammen. »Mein Papa hat gesagt, ich soll es so wieder zusammenbinden, wie es war. Ganz geheim. Und niemandem was sagen. Wär' soweit, Euer Gnaden.«

Struan öffnete das Taschentuch. Mein Gott, was soll ich mit diesem Schatz anfangen? Ihn wegwerfen? Das kann ich nicht. Die Eigentümer finden? Wie denn? Es können Spanier, Franzosen, Amerikaner oder Engländer sein. Und wie soll ich einem Menschen erklären, wie ich zu diesen Schmuckstücken gekommen bin?

Er trat an das große Bett mit den vier Pfosten und rückte es von der Wand ab. Dabei bemerkte er, daß sein Abendanzug mit großer Sorgfalt ausgelegt war. Neben dem Bett kniete er nieder. Im Fußboden war ein eiserner Geldschrank eingelassen. Er öffnete ihn und legte das Bündel zusammen mit seinen privaten Papieren hinein. Dabei fiel sein Blick auf die Bibel, die die drei anderen Münzhälften enthielt, und er fluchte. Er verschloß den Geldschrank wieder, schob das Bett an seinen Platz zurück und ging zur Tür.

»Lim Din!«

Sofort erschien Lim Din mit glasigen Augen. Er strahlte.

»Bad ganz schnell!«

»Bad schon bereit, Maste'! Schon gut!«

»Tee!«

Lim Din verschwand. Struan ging quer durchs Schlafzimmer und betrat den Nebenraum, der ihm nur als Badezimmer und Toilette diente. Robb hatte gelacht, als er die Pläne sah. Trotzdem hatte Struan darauf bestanden, daß diese Neuerung so eingebaut wurde, wie er es sich gedacht hatte.

Die hochwandige Badewanne aus Kupfer stand auf einer niedrigen Plattform; ein Abflußrohr führte durch die Wand und in eine mit groben Felsbrocken gefüllte Grube, die er im Garten hatte ausheben lassen. Über der Badewanne war an den Deckenbalken ein eiserner Behälter mit Löchern aufgehängt. Vom Frischwassertank auf dem Dach führte ein Rohr, das mit einem Hahn versehen war, in diesen Behälter. Die Toilette bestand aus einem fest eingebauten Sitz mit abnehmbarem Deckel und einem Eimer, der sich für das nächtliche Bedürfnis herausheben ließ.

Die Badewanne war bereits mit heißem Wasser gefüllt. Struan zog sich seine scharf nach Schweiß riechende Kleidung aus und stieg in die Badewanne. Er genoß diese Bäder. Er lehnte sich zurück und blieb eine Weile ruhig im Wasser liegen.

Die Tür zum Schlafzimmer wurde geöffnet, und May-may trat ein, gefolgt von Ah Sam, die ein Tablett mit Tee und heißem *dim sum* trug. Ihr dicht auf den Fersen kam Lim Din. Alle betraten das Badezimmer, und Struan schloß die Augen in stiller Verzweiflung; man hatte Ah Sam noch so oft erklären und sie deswegen bestrafen können, sie begriff trotzdem nicht, daß sie das Badezimmer nicht betreten durfte, während er badete.

»Hallo, Tai-Pan«, rief May-may mit einem strahlenden Lächeln, und seine ganze Gereiztheit verflüchtigte sich. »Wir werden zusammen Tee trinken.«

»Sehr schön«, antwortete er.
Lim Din sammelte die schmutzige Kleidung ein und verschwand. Ah Sam setzte das Tablett fröhlich ab, denn sie wußte, daß sie ihre Wette gewonnen hatte. Sie sagte ein paar Worte auf kantonesisch zu May-may, die diese zum Lachen brachten. Ah Sam kicherte, lief aus dem Badezimmer und schloß die Tür.
»Was, zum Teufel, hat sie gesagt?«
»Weibergeschwätz!«
Er hob den Schwamm hoch, um nach ihr zu werfen, aber May-may fügte hastig hinzu: »Sie hat gesagt, du wärst ein mächtig gebautes Stück von einem Mann.«
»Warum, um Himmels willen, kann Ah Sam nicht begreifen, daß ein Bad eine private Angelegenheit ist?«
»Ah Sam ist doch sehr privat, schon gut. Warum bist du so scheu, he? Sie hat eine Menge Stolz in dich. Du hast nichts, für was du scheu sein müßtest.« Sie zog ihr Gewand aus, stieg in die Badewanne und setzte sich ihm gegenüber ans andere Ende. Dann schenkte sie Tee ein und bot ihm die Tasse an.
»Danke.« Er trank den Tee, streckte dann seine Hand aus und aß ein Stück von dem *dim sum.*
»War es ein schöner Kampf?« fragte sie. Ihr Blick fiel auf die gut verheilten Narben, die ihre Zähne in seinem Unterarm hinterlassen hatten. Sie verbarg ein Lächeln.
»Ein sehr schöner Kampf.«
»Warum warst du so verärgert?«
»Kein besonderer Grund. Sie sind sehr gut«, sagte er und aß noch eine der kleinen Pasteten. Dann lächelte er sie an. »Du bist schön, und ich kann mir nichts Netteres denken, als auf diese Weise Tee zu trinken.«
»Auch du bist schön.«
»Ist das Haus fêng-schuit worden?«
»Wann ist denn der Kleiderwettbewerb?«
»Um Mitternacht. Wieso?«
Sie zuckte die Achseln. »Halb bevor Mitternacht kommst du noch einmal hierher?«
»Warum?«
»Ich möchte meinen Mann sehen. Ihn wegnehmen von diesem kuhbusigen Rüsselkäfermund.« Ihr Fuß glitt unter Wasser auf ihn zu. Struan wich diesem gefährlich-intimen Angriff aus und hätte fast seine Tasse Tee fallen lassen. »Willst du das wohl sein lassen. Nimm dich in acht!« Er fing ihre Hand ab und lachte. »Jetzt sei mal artig.«
»Ja, Tai-Pan. Wenn du dich auch in acht nimmst.« May-may lächelte ihn einschmeichelnd an und ließ ihre Hand in der seinen ruhen. »Du tust mich nicht ansehen wie dieses Teufelsweib, obwohl ich keine Kleider anhabe. Was ist an meinen Busens auszusetzen?«
»Sie sind vollkommen. Du bist auch vollkommen. Natürlich bist du es. Und nun hör mit dieser Neckerei auf.«
»Du kommst hierher zurück, eine halbe Stunde vorher?«

»Ich tue alles um des Friedens willen.« Struan trank noch eine Tasse Tee. »Ach ja, du hast mir ja noch nicht geantwortet. Ist das Haus fêng-schuit worden?«

»Ja.« Sie nahm die Seife und begann sich einzuseifen. Aber mehr sagte sie nicht.

»Ist es nun oder ist es nicht?«

»Doch.« Wieder schwieg sie; eine aufreizende Sanftheit ging von ihr aus.

»Und was ist geschehen?«

»Es tut mir erschrecklich leid, Tai-Pan, aber wir sitzen mitten auf dem Augapfel des Drachen, und wir müssen ausziehen.«

»Wir denken nicht daran auszuziehen, und damit Schluß.«

Sie summte ein kleines Lied, während sie sich weiter einseifte. Dann spülte sie den Seifenschaum herunter und sah ihn mit großen, unschuldigen Augen an. »Dreh dich um, ich werde dir den Rücken einseifen«, sagte sie.

»Wir werden nicht aussziehen«, erklärte er argwöhnisch.

»Mary ist heute nachmittag hiergewesen, und wir uns sehr nett unterhalten.«

»Wir werden nicht ausziehen! Und mehr ist darüber nicht zu sagen.«

»Wirklich, Tai-Pan, ich bin nicht taub. Ich habe dich schon das erstemal phantastisch gut gehört. Willst du nun deinen Rücken geschrubbt haben oder nicht?«

Er wandte ihr den Rücken zu, und sie seifte ihn ein. »Wir werden ausziehen, und damit Schluß. Weil deine alte Mutter es so entschieden hat«, erklärte sie auf kantonesisch.

»Was?« rief er und drehte den Kopf ein wenig zur Seite, wobei er die tastende Berührung genoß, als ihre Hände seine Schultermuskeln geschickt zu massieren begannen.

»Ein altes kantonesisches Sprichwort: ›Wo Schwalben nisten, lächelt die Morgensonne.‹ «

»Was soll denn das bedeuten?«

»Genau das, was es sagt.« Sie war sehr zufrieden mit sich. »Es ist nichts weiter als ein heiterer Gedanke.« Sie schöpfte Wasser mit den Händen und spülte die Seife herunter. »Ah Sam, ahh!«

Ah Sam, große, dicke Badetücher in den Armen, kam hereingeeilt. May-may erhob sich. Ah Sam hüllte sie in eins der Badetücher und hielt dann das andere Struan hin.

»Sag ihr, daß ich das selber mache!« rief er May-may zu.

May-may übersetzte. Ah Sam legte das Badetuch hin, kicherte und rannte hinaus.

Struan stieg aus der Badewanne, und May-may legte ihm das Badetuch um. Zu seiner Überraschung stellte er fest, daß es angewärmt war.

»Ich werde Ah Sam sagen, die Badetücher in Zukunft ein bißchen zu kochen«, erklärte May-may. »Das ist gut für Gesundheit.«

»Ich fühle mich herrlich«, sagte er, während er sich trocken rieb. Er öffnete die Tür und bemerkte, daß das Bett zurückgeschlagen war und seine neuen Kleidungsstücke auf der Kommode lagen.

»Du Zeit genug zu einem kurzen Ausruhen«, sagte May-may, und als er ihr widersprechen wollte, fügte sie gebieterisch hinzu: »Du wirst dich jetzt ausruhen!«

Struan warf einen Blick auf seine Uhr. Noch reichlich Zeit, dachte er. So legte er sich ins Bett und streckte sich wohlig aus.

May-may machte Ah Sam ein Zeichen. Die Dienerin ging ins Badezimmer hinüber und schloß die Tür. Dann kniete sie nieder, löste die Bandagen um May-mays Füße und trocknete sie ab. Sie puderte die Füße ein, nahm saubere, trockene Bandagen und zog ihr neue, bestickte Hausschuhe an. »Sie sind so schön, Mutter«, sagte sie.

»Danke, Ah Sam.« May-may kniff Ah Sam zärtlich in die Wange. »Aber mach bitte nicht so viele Bemerkungen über Vaters Anhängsel.«

»Ich habe nur höflich sein wollen; außerdem verdienen sie weit mehr als nur ein bißchen Respekt.« Ah Sam nahm die Nadeln aus May-mays Haaren und begann sie zu bürsten. »Normalerweise wäre ein Vater sehr stolz über eine solche Anerkennung. Ich verstehe unsern barbarischen Vater wirklich nicht ein bißchen. Nicht ein einziges Mal ist er mit mir ins Bett gegangen. Bin ich denn so widerlich?«

»Ich habe dir doch immer wieder erklärt, daß bei den Barbaren die Väter nicht mit allen Frauen des Hauses ins Bett gehen«, sagte May-may gelangweilt. »Er tut es ganz einfach nicht. Es widerspricht seiner Religion.«

»Das ist wirklich ein sehr schlimmer Joss«, meinte Ah Sam, »einen solchen Vater zu haben, so befähigt, und dann verstößt er gegen seine Religion.«

May-may lachte auf und gab ihr das Tuch. »Jetzt lauf, kleines Ölmaul. In einer Stunde bringst du Tee, und wenn du zu spät kommst, erhältst du eine ordentliche Tracht Prügel!«

Ah Sam eilte hinaus.

May-may betupfte sich mit etwas Parfüm und dachte voller Erregung an ihr Ballkleid und an ihre andere Überraschung. Dann ging sie ins Schlafzimmer hinüber.

Liza Brock öffnete die Tür der Kammer und ging zur Koje. Sie fühlte, wie ihr der kalte Schweiß aus den Achselhöhlen herablief, denn sie wußte, für Tess war dies eine entscheidende Stunde. Jetzt oder nie. »Komm jetzt, mein Lieber«, sagte sie und rüttelte Brock erneut. »Es ist an der Zeit, aufzustehen.«

»Laß mich doch liegen.« Brock drehte sich auf die andere Seite, sanft gewiegt von der Strömung, die am Rumpf der *White Witch* entlangleckte. »Ich werd' mich noch rechtzeitig genug anziehen.«

»Das sagst du nun schon seit einer halben Stunde oder noch länger. Steh jetzt auf, oder du kommst zu spät.«

Brock gähnte, streckte sich und richtete sich in seiner Koje auf. »Die Sonne is' noch nich' mal untergegangen«, sagte er verschlafen und blickte zum Bullauge hinaus.

»Gorth wird bald eintreffen, und du wolltest doch früh fertig sein. Außerdem wolltest du mit dem Kommissionär die Bücher durchgehen. Du hast mich drum gebeten, daß ich dich wecke.«

»Schon gut, hör nur auf, Liza.« Wieder gähnte er und sah sie an. Sie trug

ein neues Kleid aus dunkelrotem Seidenbrokat mit enggeschnürter Taille. Der Rock bauschte sich über zahllosen Unterkleidern. Ihr Haar hatte sie zu einem festen Knoten aufgesteckt. »Siehst richtig hübsch aus«, sagte er.
Liza spielte mit dem riesigen Federhut, den sie in den Händen hielt, und legte ihn dann hin. »Ich helfe dir beim Anziehen«, sagte sie.
»Was soll denn das? Habe dir doch gesagt, mein alter Anzug is' noch gut genug!« stieß er hervor, als er seine neuen Kleider auf dem Stuhl erblickte. »Glaubst du denn, man kommt so leicht zu Moneten, daß du sie vergeuden kannst wie Salzwasser?«
»Nein, mein Lieber, aber du hast einen neuen Anzug gebraucht, und du mußt wirklich gut aussehen.« Sie hielt ihm das schmale Korsett hin, das ein Mann der Mode gehorchend tragen mußte, um eine schlanke Taille zu haben. Brock fluchte und stieg aus dem Bett. Nachdem er das Korsett über seinem langen, wollenen Unterzeug angelegt hatte, ließ er es murrend zu, daß sie ihm in die Kleider half.
Aber als er dann in den Spiegel blickte, war er höchst erfreut. Das neue Hemd mit den Rüschen bauschte sich auf seiner Brust, und der kastanienbraune samtene Gehrock mit den goldbestickten Aufschlägen saß hervorragend: breit an den Schultern und schmal in den Hüften. Die enge weiße Hose wurde durch Stege unter den glänzenden schwarzen Abendstiefeln straff gehalten. Eine orangefarbene modische Weste, eine goldene Uhrkette mit einem Petschaft als Anhänger vervollständigten den Anzug.
»Du siehst wirklich aus wie der König von England, mein Lieber!«
Er strich sich den Bart, der sich unter seinem kraftvollen Griff sträubte. »Na«, sagte er barsch, in dem Versuch, seine Befriedigung zu verbergen, »vielleicht hattest du doch recht.« Er drehte sich herum und betrachtete sich von der Seite. Dabei drückte er den Samt etwas fester an seine Brust. »Sollte vielleicht etwas enger an der Brust anliegen, was?«
Liza lachte. »Jetzt hör aber auf, mein Freund«, sagte sie, nun weniger ängstlich. »Ich glaube übrigens, daß deine Rubinnadel besser zu deiner Krawatte paßt als die mit dem Brillanten.«
Er steckte die andere Nadel hinein und fuhr fort, sich zu bewundern. Dann lachte er und packte sie um die Taille, summte einen Walzer und zwang sie, mit ihm zu tanzen. »Du wirst die Schönste auf dem Ball sein«, rief er.
Liza bemühte sich, in diesem Augenblick fröhlich zu wirken, aber Brock sah es ihren Augen an, daß etwas nicht stimmte. »Was is' los?«
Sie nahm ein Taschentuch heraus, wischte sich den Schweiß von der Stirn und setzte sich. »Es geht … es handelt sich um Tess.«
»Is' sie krank?«
»Nein. Nur … wir nehmen sie mit zum Ball!«
»Hast du 'n Verstand verloren?«
»Ich habe ihr ein Kleid machen lassen – ein wirklich hübsches Kleid – und ihr das Haar frisiert, und nun ist sie fertig, damit du sie dir ansiehst und einverstanden mit allem bist, bevor …«
»Dann sag ihr, soll zu Bett gehen! Die wird mir zu keinem Ball nich' gehen! Weißt ganz genau, was ich darüber denken tu'! Hast ihr ein Kleid machen lassen, was?« Er hob die Hand zum Schlag.

»Hör mich erst mal an!« rief Liza, und ihr Wille überwand ihre Furcht. »Hör mich erst mal an. Nagrek und sie ...«
Der Schlag blieb in der Luft hängen. »Was is' mit Nagrek?«
»Nur ein Glück, daß er in jener Nacht gefallen ist. Tess ... Tess ist ...« Ihr kamen die Tränen. »Hab' dich nich' beunruhigen wollen, aber sie ...«
»Is' sie schwanger?«
»Nein. Aber ich hab' diesen vergangenen Monat so 'ne Angst ausgestanden, seitdem du in Kanton warst. Falls ich mich geirrt haben sollte. Aber vorige Woche hat sie endlich ihre Tage gehabt. Gott sei Dank, so ist wenigstens die Angst behoben.«
»Aber sie ist keine Jungfrau mehr?« fragte er von Entsetzen gepackt.
»Sie ist noch Jungfrau.« Die Tränen rannen ihr übers Gesicht.
»Dann, um Himmels willen, wenn sie noch immer Jungfrau ist, wozu zum Teufel das ganze Gejammer? Aber, nu' aber, Liza«, sagte er und streichelte ihr die Wange.
Liza war es klar, daß sie ihm niemals gestehen durfte, daß Tess tatsächlich nicht mehr unberührt war. Aber sie dankte dem Herrn, daß es ihr gelungen war, das Mädchen davon zu überzeugen, es habe alles nur auf ihrer Einbildung beruht und sie sei noch genauso keusch, wie ein Mädchen sein soll.
»Der letzte Monat war entsetzlich«, sagte sie, »entsetzlich. Aber es soll uns eine Warnung sein, Tyler. Ich habe mir auch solche Sorgen darum gemacht, daß du es nicht siehst, wie sie herangewachsen ist. Davor habe ich Angst. Du siehst wahrhaftig nicht, was du vor den Augen hast.« Er wollte reden, aber sie ließ sich nicht mehr aufhalten. »Bitte, Tyler, ich flehe dich an. Sieh sie dir nur an, und wenn du dich dann davon überzeugt hast, daß sie erwachsen ist, dann nehmen wir sie mit. Bist du anderer Ansicht, bleibt sie hier. Ich habe ihr gesagt, es ist an dir, das zu entscheiden.«
»Wo is' Tess jetzt?«
»In der großen Kajüte.«
»Du wartest hier.«
»Ja, mein Lieber.«

21

Als sich die Dunkelheit über Hongkong herabgesenkt hatte, trat Culum an die Reling des Achterdecks auf der *Thunder Cloud* und gab das Zeichen. Das Geschütz krachte. Danach lag die Flotte für einen Augenblick in tiefer Stille da. Nervös sah er zum Ufer des Happy Valley hinüber. Seine Erregung nahm zu, als er ein Licht aufflackern sah und bald darauf ein zweites. In kurzer Zeit war das ganze Ufergrundstück Nummer acht ein Meer tanzender Lichter. Die Diener eilten am Ufer umher, um die übrigen Laternen anzuzünden. Hunderte hatte man um den großen Kreis glattgehobelter Bretter aufgestellt, die den Tanzboden bildeten, und ihr Licht war warm und verlockend. Tische und Stühle bildeten kleine Gruppen, und auf jedem Tisch standen eine Lampe und Blumen aus Macao. Weitere Laternen hingen an Stricken zwischen schlanken Bambusstangen in der Nähe der langen, auf Böcken ruhenden Tischplatten, die unter der Vielzahl der Gerichte zu brechen schienen. Laternen beleuchteten die Fässer mit portugiesischen und französischen Weinen, mit Rum und Branntwein, Whisky, Südweinen und Bier. Vierzig Kisten mit Champagner lagen in der Nähe auf Eis.

Überall eilten Diener umher, alle gleich gekleidet, in schwarzen Hosen und weiten weißen Jacken. Ihre Zöpfe tanzten. Sie unterstanden der strengen Aufsicht Tschen Schengs, des Kommissionärs von Noble House. Er war ein Mann mit gewaltigem Leibesumfang und in kostbare Gewänder gehüllt. Sein Hut war mit Juwelen besetzt. Ein sehr wertvolles Stück reiner weißer Jade bildete seine Gürtelschnalle, seine Füße steckten in schwarzen Seidenstiefeln mit weißen Sohlen. Wie eine riesige Spinne saß er auf einem Stuhl in der Mitte der Tanzfläche und spielte mit den langen Haaren, die aus einer kleinen Warze auf seinem Kinn hervorsprossen. Ein Leibsklave fächelte ihn, denn die Nachtluft war mild.

Als alles zu seiner Befriedigung erledigt war, stand er gewichtig auf und hob seine Hand. Die Diener eilten an die ihnen zugewiesenen Plätze und standen wie die Götzenbilder, während er sie ein letztes Mal inspizierte. Noch ein Wink mit seiner Hand, und ein Diener, eine Fackel in der Hand, lief aus dem Lichtkreis in die Dunkelheit am Ufer.

Gleich darauf brach eine gewaltige Kanonade von Knallfröschen los, die mehrere Minuten währte, und alle Menschen auf den Schiffen und am Ufer eilten herbei, um sich das Schauspiel anzusehen. Als nächstes stiegen Feuerkugeln und bunte Lichtfontänen auf, es krachte, rauchte und donnerte, und danach kamen wieder Knallfrösche, Feuerräder und speiende Vulkane aus buntlodernden Flammen. Das Donnern währte noch einige Minuten, und dann dröhnte es, als ob eine ganze Flotte eine Breitseite abgegeben habe: Hunderte von Raketen explodierten am Himmel. Sie schossen mit feurigen Schweifen hinauf und entschwanden den Blicken. Nach einem Augenblick der Stille zerbarst der ganze Himmel in Büschel von Rot und Grün, Weiß und Gold. Majestätisch sanken die Lichtstrahlen herab und stürzten schließlich ins Meer.

Der Diener entzündete die letzte Lunte und rannte davon. Rote und grüne Flammen schlängelten sich an dem riesigen Bambusgerüst entlang, das gleich darauf auflodernd das Bild des Löwen und des Drachens zeigte. Diese Flagge aus Feuer brannte einige Minuten lang und erlosch mit einer gewaltigen Explosion ebenso plötzlich, wie sie aufgelodert war.

Einen Augenblick herrschte tiefe Finsternis. Dann barst die eingetretene Stille unter dem mächtigen Aufbrausen des Jubels, der von den umliegenden Bergen zurückgeworfen wurde. Während sich die Augen wieder an die Dunkelheit gewöhnten, glühten die einladenden Lichter der Tanzfläche erneut auf. Freudige Erwartung ergriff Hongkong.

Shevaun wimmerte vor Schmerz. »Nicht mehr«, flehte sie.

Ihre Dienerin packte die Korsettbänder noch fester und drückte ihr Knie gegen Shevauns Gesäß. »Atmen Sie aus«, befahl sie. Und als Shevaun gehorchte, zog sie die Bänder ein letztes Mal an und band sie zur Schleife.

»So, mein Liebling«, erklärte das Mädchen, das eine Haube trug. »Das wäre getan.« Sie war eine kleine, adrette Irin mit stählernen Handgelenken und hieß Kathleen O'Rourke. Sie war erst Shevauns Kinderfrau und später ihre Dienerin gewesen, und sie vergötterte ihre Herrin. Braunes Haar umrahmte ein freundliches Gesicht mit lachenden Augen und einem Grübchen im Kinn. Sie war achtunddreißig Jahre alt.

Shevaun stützte sich auf einen Stuhl in der Kammer und stöhnte auf. Sie war kaum fähig zu atmen. »Ich werde ohnmächtig, noch ehe der Ball zu Ende ist.«

Kathleen suchte das Bandmaß und maß Shevauns Taille. »Bei der Heiligen Mutter Gottes, siebzehneinhalb Zoll! Und wenn Sie ohnmächtig werden, mein Liebling, achten Sie darauf, daß Sie anmutig sind wie eine Wolke und alle Sie beobachten.«

Shevaun trug rüschenbesetzte Hosen und Seidenstrümpfe. Das Korsett mit den Fischbeinstäben preßte ihre Hüften, zwängte die Taille gewaltsam zusammen und drängte ihre Brüste nach oben. »Ich muß mich einen Augenblick hinsetzen«, sagte sie schwach.

Kathleen suchte das Riechsalz und hielt es Shevaun unter die Nase. »Bitte, mein liebes Herzchen. Sobald diese Frauenzimmer Sie sehen, werden Sie sich nicht mehr im geringsten schwach fühlen. Nicht im geringsten. Bei der heiligen Mutter Gottes, beim heiligen Joseph! Sie werden die Schönste auf dem Ball sein.«

An der Tür wurde hart angeklopft. »Bist du noch nicht fertig, Shevaun?« rief Tillman.

»Nein, Onkel. Aber es dauert nicht mehr lange.«

»Dann beeil dich, meine Liebe. Wir müssen vor Seiner Exzellenz dort sein!« Er stampfte davon.

Kathleen lachte still vor sich hin. »Welch törichter Mann, mein Herzchen. Er hat noch nicht begriffen, daß eine Frau ihren großen Auftritt braucht.«

Quance legte seine Farben beiseite. »Das hätten wir!«

»Ausgezeichnet, Aristoteles«, sagte Robb und hielt die kleine Karen hoch, damit sie sich ihr Porträt ansähe. »Findest du nicht, Karen?«

»Seh' ich denn so aus?« rief Karen enttäuscht. »Es ist scheußlich.«

»Unsterblich ist es, Karen«, antwortete Quance empört. Er nahm sie aus Robbs Armen und drückte sie fest an sich. »Sieh dir nur an, wie wunderbar deine Wangen glühen, sieh das Licht in deinen schönen Augen und die Glückseligkeit, die dich wie ein Heiligenschein umgibt. Beim Barte Alkasabedabras, es ist großartig gelungen, ganz du selber.«

»Doch, es ist hübsch.« Sie umarmte ihn, und er stellte sie auf den Boden. Noch einmal betrachtete sie das Bild. »Wer ist dieser Alkasa?«

»Ein Freund von mir«, antwortete Quance ernst. »Ein bärtiger Freund, der über Maler und hübsche Kinder wacht.«

»Es ist sehr, sehr hübsch«, sagte Sarah. Ihr Gesicht wirkte abgespannt. »Lauf jetzt, es ist schon längst Zeit zum Schlafengehen.«

»Es ist doch noch früh«, antwortete Karen schmollend. »Und du hast mir versprochen, ich darf aufbleiben, bis Papa weggeht.«

Quance lächelte, säuberte sich seine Finger mit Terpentin und zog seinen Kittel aus. »Ich hole mir meine Farben morgen ab, Robb.«
»Selbstverständlich.«
»Aber jetzt sollten wir wohl besser aufbrechen.« Quance strich sich über seine prächtig bestickte purpurrote Weste und zog seinen Gehrock aus goldschimmernder Seide an.
»Ich mag dich, Mr. Quance«, sagte Karen. »Du bist sehr hübsch, obwohl das Bild doch scheußlich ist.«
Er lachte, drückte sie noch einmal an sich und setzte seinen Zylinder auf. »Ich warte auf Sie im Beiboot, Robb.«
»Warum zeigst du nicht Mr. Quance den Weg?« fragte Robb.
»Ach ja«, antwortete sie und tänzelte zur Tür. Quance folgte ihr und sah in diesem Augenblick aus wie ein Pfau.
»Fühlst du dich einigermaßen, Sarah?« fragte Robb besorgt.
»Nein«, erwiderte Sarah kühl. »Aber das macht nichts. Du solltest jetzt lieber gehen. Sonst kommst du zu spät.«
»Ich bleibe, wenn es dir etwas hilft«, erwiderte Robb verbissen.
»Das einzige, das mir helfen kann, ist die Ankunft des Babys und das Schiff nach Hause.« Sarah strich sich mürrisch eine Haarsträhne aus den Augen. »Weg von dieser verwünschten Insel!«
»Sei doch nicht lächerlich!« entgegnete er. Er konnte sich nicht mehr beherrschen, sein Zorn war stärker als seine Entschlossenheit, nicht mit ihr zu streiten. »Das hat doch nichts mit Hongkong zu tun!«
»Seitdem wir diese Insel haben, gibt es nur noch Ärger«, erwiderte sie. »Du hast dich verändert, Dirk hat sich verändert, Culum ebenfalls, und auch ich bin anders geworden. Um Himmels willen, was geht eigentlich hier vor? Endlich hatten wir uns entschlossen abzureisen – dann machten wir Bankrott. Wir alle waren zu Tode erschrocken und stritten uns entsetzlich – und schließlich die arme Ronalda und Dirks Familie, die der Tod holte. Danach hat uns der Silberschatz wieder gerettet, aber Dirk hat dich in die Ecke getrieben, und du warst zu schwach, um wieder herauszukommen, und da hast du versprochen, zu bleiben. Culum haßt Dirk, und Dirk haßt Culum, und du stehst wie ein Idiot mitten zwischen ihnen und bringst nicht den Mut auf, dir das zu nehmen, was uns von Rechts wegen gehört, und abzureisen, damit wir von diesem Geld etwas haben – in der Heimat. Niemals zuvor habe ich ein Kind so lange ausgetragen wie diesmal. Niemals zuvor habe ich mich dabei so elend gefühlt, aber jetzt ist es mir, als müßte ich sterben. Wenn du den genauen Tag wissen willst, an dem alle unsere Schwierigkeiten begannen: Es war der 26. Januar 1841!«
»Das alles ist doch völliger Unsinn«, entgegnete er, wütend darüber, daß sie das aussprach, was seit langem in seinen Gedanken gärte. Er wurde sich bewußt, daß er diesen Tag in den grüblerischen Stunden einer Nacht verflucht hatte. »Alles abergläubischer Unsinn«, fügte er hinzu, jedoch mehr, um sich selbst als um sie zu überzeugen. »Die Seuche war im vergangenen Jahr. Der Sturm auf die Bank setzte im vergangenen Jahr ein. Nur erhielten wir die Nachricht erst, als wir in Hongkong waren. Und ich bin doch nicht dumm: wir müssen Geld haben, wir müssen eine Menge Geld zwi-

schen die Finger bekommen, und ein Jahr ist wahrhaftig nicht so lang. Ich denke an dich, unsere Kinder und Enkel. Ich muß bleiben. Das ist alles abgesprochen.«

»Hast du unsere Passage nach Hause gebucht?«

»Nein.«

»Dann würde ich mich freuen, wenn du es sofort tätest. Ich werde jedenfalls meinen Entschluß nicht ändern, wenn du dir das etwa einbilden solltest!«

»Nein, Sarah«, entgegnete Robb mit eisiger Stimme, »ich glaube nicht, daß du deinen Entschluß ändern wirst. Ich wollte nur warten, um zu sehen, wie du dich fühlst. Wir haben eine Menge Schiffe da, mit denen du reisen kannst. Das weißt du doch selber.«

»Heute in einem Monat habe ich mich genügend erholt, und dann wird es nichts ...«

»Das hast du nicht, und so früh abzureisen ist gefährlich. Für dich wie für das Kind.«

»Dann ist es vielleicht besser, wenn du uns nach Hause begleitest.«

»Das kann ich nicht.«

»Natürlich nicht. Du hast Wichtigeres zu tun.« Sarah verlor plötzlich die Beherrschung. »Vielleicht hast du wieder eine heidnische Hure zu deiner Verfügung, die auf dich wartet.«

»Ach, sei doch still, um Himmels willen. Ich habe dir doch schon tausendmal gesagt ...«

»Dirk hat bereits eine auf der Insel. Warum solltest du anders sein?«

»So, hat er eine?«

»Etwa nicht?«

Sie starrten einander voller Haß an.

»Du solltest jetzt lieber gehen«, sagte sie und wandte sich ab.

Die Tür wurde geöffnet, und Karen kam ins Zimmer gehüpft. Sie sprang ihrem Vater in die Arme, lief dann zu Sarah und umarmte sie.

»Papa sucht uns ein Schiff aus, damit wir nach Hause fahren können«, sagte Sarah, und dabei fühlte sie, wie sich das Kind in ihrem Leib heftig bewegte. Endlich schien ihre Stunde nah zu sein, aber plötzlich überfiel sie jähe Furcht. »Wir werden Weihnachten zu Hause feiern. Wird das nicht herrlich sein? Es wird Schnee liegen, wir werden Weihnachtslieder singen, und es wird schöne Geschenke geben. Und der Weihnachtsmann kommt.«

»Wie schön! Den Weihnachtsmann liebe ich. Aber was ist Schnee?«

»Alles wird weiß – die Bäume und die Häuser, es ist Regen, der sich in Eis verwandelt. Es ist sehr hübsch, und die Läden sind voll von Spielzeug und anderen schönen Dingen.« Sarahs Stimme zitterte, und Robb fühlte, wie alles sie quälte. »Es wird so schön sein, wieder in einer richtigen Stadt zu leben. Nicht ... nicht in einer solchen Wildnis.«

»Ich gehe jetzt«, sagte Robb, von seinen Gefühlen hin und her gerissen. Er gab Sarah einen flüchtigen Kuß, und sie wandte fast unmerklich ihr Gesicht ab, wodurch sie ihn noch mehr reizte. Er drückte Karen an sich und ging hinaus.

Mary Sinclair legte letzte Hand an ihre Frisur und steckte den kleinen Kranz aus wild wachsenden Blumen, den Glessing ihr geschickt hatte, fest. Ihr Kleid – tiefschwarze fließende Schantungseide mit einer weiten Krinoline –, wurde über vielen Unterröcken getragen, die bei jedem Schritt raschelten. Es war sehr elegant gearbeitet und hob ihre bloßen schönen Schultern und ihre üppigen Brüste vorteilhaft hervor.
Kühl betrachtete sie ihr Spiegelbild.
Das Gesicht, das sie aus dem Spiegel anblickte, war neu und fremd. Abwehr und Lockung zugleich sprach aus diesen Augen. Die Wangen waren von durchsichtiger Blässe, die Lippen tiefrot und leuchtend.
Mary wußte, daß sie niemals schöner ausgesehen hatte.
Sie seufzte auf und griff nach dem Kalender. Aber sie wußte, daß sie die Tage nicht noch einmal nachzuzählen brauchte. Sie gelangte stets zum gleichen Ergebnis, und die Entdeckung, die sie an diesem Morgen so grausam angefallen hatte, würde immer die gleiche bleiben: Du erwartest ein Kind.
O mein Gott, mein Gott!

22

Culum verneigte sich höflich. »Guten Abend«, sagte er mechanisch, und ein weiterer Gast verlor sich in der festlichen Menge. Seit fast einer Stunde stand er neben Vater und Onkel und hatte die Gäste willkommen geheißen. Nun erwartete er voller Ungeduld, daß dieses Ritual ein Ende nehmen möge.
Seine Blicke streiften die Tanzfläche. Inmitten der bloßen Schultern, der bunten Kleider, der prächtigen Uniformen und der ständig zitternden Fächer entdeckte er Mary Sinclair. Einen Augenblick lang verstimmte es ihn, sie mit Glessing plaudern zu sehen. Aber du solltest nicht eifersüchtig sein, dachte er. Mary ist ganz offensichtlich die schönste Frau auf diesem Fest, und George hat durchaus recht, sich um sie zu kümmern. Ich kann es ihm nicht verdenken.
Zu beiden Seiten der kreisförmigen Fläche hatte man zwei Podien errichtet, das eine für die Kapelle der Marine, das andere für die der Armee. Als der General erfahren hatte, daß der Admiral bereit war, seine Kapelle für diesen Abend zur Verfügung zu stellen, hatte er das gleiche getan.
Nun spielten die Soldaten in ihren scharlachroten Uniformen den Gästen auf. Alles wartete jedoch voller Ungeduld auf den Beginn des Tanzes, doch mußte damit bis zu Longstaffs Ankunft gewartet werden. Er war bereits verspätet, aber dies gehörte zu seinen Vorrechten.
Culum verbeugte sich vor einem Gast und vor noch einem und bemerkte mit einem Gefühl der Erleichterung, daß sich die Reihe der Neuankommenden lichtete. Er blickte zum Ufer, wo eine Kette von Laternen den Weg der Gäste von den Booten an geleitete, und sah nun auch Longstaffs Kutter auf den Strand auflaufen. Man half Longstaff, dem Großfürsten und dem Admiral an Land. Gott sei Dank, dachte Culum, jetzt dauert es nicht mehr lange. Wieder wanderten seine Blicke auf der Tanzfläche umher und blieben dies-

mal an Manoelita de Vargas hängen. Sie beobachtete ihn über ihren Fächer hinweg. Culum lächelte und machte eine leichte Verbeugung. Manoelitas Augenlider sanken halb herab; sie bewegte leicht ihren Fächer und wandte sich dann ab. Culum nahm sich vor, mindestens einen Tanz mit ihr zu tanzen.

Er klopfte sich ein wenig Staub von seinen Aufschlägen und wurde sich bewußt, daß er nach der letzten englischen Mode gekleidet war; damit war er den meisten anwesenden Männern an diesem Abend voraus. Sein Gehrock, eng in der Taille und geschweift an den Hüften, war himmelblau und hatte dunkelblaue Seidenaufschläge. Hellblaue, hauteng anliegende Hosen steckten in weichen schwarzen Halbstiefeln. Sein Haar lockte sich über den Ohren und dem hohen, gestärkten Kragen. Robbs Schneider hatte, wie er fand, sehr gute Arbeit geleistet. Und so billig! Mit hundertundfünfzig Guineen im Monat konnte er sich wahrhaftig Dutzende von schönen Anzügen und Stiefeln leisten. Das Leben war herrlich.

Er verbeugte sich, als wiederum eine Gruppe von Gästen vorbeiging, die einen muffigen Geruch nach altem Schweiß verbreiteten, der von Parfüm nur schlecht überdeckt war. Seltsam, dachte er, jetzt auf einmal roch er andere Menschen und merkte, daß sie stanken. Es wunderte ihn, daß er das nicht schon früher gekonnt hatte. Ganz gewiß fühlte er sich wohler, sehr viel wohler, seitdem er täglich ein Bad nahm und täglich seine Kleider wechselte. Der Tai-Pan hatte recht.

Er sah zu seinem Vater hinüber, der in ein Gespräch mit Morley Skinner vertieft war. Culum wußte wohl, daß die Leute ihn beobachteten und daß sein Gesichtsausdruck feindselig wirkte. Soweit die Gäste dies zu beurteilen vermochten, deutete nichts darauf hin, daß die Feindschaft zwischen Vater und Sohn geringer geworden wäre. Sie hatte sich sogar noch vertieft – unter der Maske kühler Höflichkeit. Im Laufe der Zeit war es Culum immer leichter gefallen, bei dieser Irreführung der Öffentlichkeit mitzumachen. Sei ehrlich, Culum, sagte er zu sich, du vergötterst ihn nicht mehr. Du bringst ihm zwar immer noch Achtung entgegen – aber für dich ist er ein Ketzer, ein Ehebrecher, und sein Einfluß ist gefährlich. So ist es bei dir gar keine Täuschung – du bist ihm gegenüber tatsächlich kühl. Kühl und vorsichtig.

»Ich bitte dich, Culum, Junge«, flüsterte Robb ihm unruhig zu.

»Was ist denn, Onkel?«

»Nichts weiter, ich dachte nur, der heutige Abend sei ein Freudenfest.«

»Das ist er ja auch.« Culum erkannte die Beunruhigung in Robbs Augen, sagte aber nichts, sondern wandte sich ab, um weitere Gäste zu begrüßen und Mary, gelegentlich aber auch Manoelita zu beobachten. Er war zu dem Entschluß gelangt, Robb nichts von dem zu erzählen, was sich zwischen dem Tai-Pan und ihm an jenem gewissen Tag auf dem Berg abgespielt hatte.

»Sie haben Culum, meinen Neffen, noch nicht kennengelernt«, hörte er Robb sagen. »Culum, ich möchte dich Miss Tess Brock vorstellen.«

Culum drehte sich um. Sein Herz machte einen Sprung. In diesem Augenblick hatte er sich verliebt.

Tess machte einen Knicks. Der Rock ihres Kleides – weißer Silberbrokat über kaskadenartigen Unterröcken, die wie Schaum unter dem Saum hervorquol-

len – war sehr weit. Ihre Taille unter dem tief dekolletierten Mieder wirkte zerbrechlich. In sanften Locken fiel das blonde Haar auf die nackten Schultern herab. Culum sah, daß ihre Augen blau und ihre Lippen verlockend waren. Sie erwiderte seinen Blick.
»Es ist mir eine Ehre, Sie kennenzulernen«, hörte er sich mit einer ihm völlig fremden Stimme sagen. »Würden Sie mir auch noch die Ehre des ersten Tanzes schenken?«
»Ich danke Ihnen, Mr. Struan«, antwortete sie. Ihre Stimme klang hübsch und angenehm. Aber schon war sie weitergegangen.
Liza hatte alles aufmerksam beobachtet. Weder Culums Ausdruck noch Tess' Reaktion waren ihr entgangen. Ach, mein Gott, laß es geschehen, laß es geschehen, dachte sie, während sie Brock folgte.
»Ich habe die kleine Tess gar nicht wiedererkannt, du etwa?« sagte Struan zu Robb. Auch er hatte die Blicke zwischen seinem Sohn und der Tochter der Brocks gesehen. Und schon befaßte er sich in Gedanken mit den Vorteilen und Gefahren, die eine Verbindung zwischen Culum und Tess mit sich bringen mochte. Du lieber Himmel!
»Nein. Sieh dir mal Brock an. Er platzt fast vor Stolz.«
»Ja.«
»Und was sagst du zu Mary? Niemals hätte ich geglaubt, daß sie so ... so atemberaubend aussehen könnte.«
»Wirklich?« Struan betrachtete Mary einen Augenblick. Das schwarze Kleid hob die durchscheinende, schimmernde Blässe ihrer Haut hervor. Dann musterte er Manoelita. Danach nochmals Tess. Sie lächelte Culum an, der ebenso selbstvergessen ihr Lächeln erwiderte. Guter Gott, dachte er, Culum Struan und Tess Brock.
»Verdammter Shakespeare«, stieß er unwillkürlich hervor.
»Bitte, Dirk?«
»Nichts weiter. Ich möchte aber annehmen, daß Mary große Chancen hat, den Preis zu erringen.«
»Sie ist nicht dieselbe Klasse«, rief ihm Quance zu, der an ihm vorbeischlenderte und ihm zuzwinkerte. »Verglichen mit Manoelita de Vargas.«
»Oder mit Shevaun, möchte ich meinen«, fuhr Struan fort, »wenn sie uns mit ihrer Anwesenheit beehrt.«
»Die reizende Miss Tillman! Wie ich gehört habe, trägt sie nur Hosen und Tüll. Nichts weiter! Beim alten Jupiter!«
»Ach, Aristoteles«, rief Jeff Cooper, der zu ihnen trat. »Darf ich Sie einen Augenblick mal sprechen? Es handelt sich um einen Auftrag.«
»Gott segne meine unsterbliche Seele! Ich begreife wirklich nicht, was heute in alle Leute gefahren ist«, rief Quance argwöhnisch. »Den ganzen Tag nichts anderes als Aufträge.«
»Wir sind uns plötzlich darüber klargeworden, wie großartig Ihre Arbeiten sind«, antwortete Cooper hastig.
»Das wäre auch an der Zeit, kann man wohl sagen. Aber meine Preise sind im Steigen. Fünfzig Guineen.«
»Bereden wir es mal bei einem Glas Champagner?« Cooper zwinkerte Struan über Quances Kopf hinweg verstohlen zu und entführte ihn.

Struan lachte in sich hinein. Er hatte diese Parole ausgegeben, um Quance zu beschäftigen und ihn lästernden Zungen fernzuhalten – bis seine Aufgabe als Preisrichter erledigt wäre. Maureen Quance hatte er an Bord des kleinen Depotschiffs erfolgreich isoliert, indem er alle Rettungsboote von dort abgezogen hatte.
In diesem Augenblick traten Longstaff, der Großfürst und der Admiral ins Licht.
Die Trommeln schlugen einen Wirbel, und alle erhoben sich, als die Kapellen ›God Save the Queen‹ spielten. Als nächstes folgte, wenn auch zögernd, die russische Nationalhymne und schließlich ›Rule Britannia‹. Beifall brandete auf.
»Das war sehr aufmerksam von Ihnen, Mr. Struan«, sagte Sergejew.
»Es ist uns eine Freude, Hoheit. Wir möchten gern, daß Sie sich hier wohl fühlen.« Struan wußte, daß sich alle Blicke auf sie beide gerichtet hatten, und er wußte auch, daß er bei der Auswahl seiner Kleidung klug gehandelt hatte. Im Gegensatz zu allen anderen war er völlig schwarz gekleidet, abgesehen von einem schmalen grünen Band, mit dem er sein langes Haar im Nacken zusammengebunden hatte. »Würde es Ihnen vielleicht Spaß machen, den ersten Tanz anzuführen?«
»Es wäre mir eine Ehre. Aber leider kenne ich keine der Damen.« Sergejew trug eine prächtige Kosakenuniform und am juwelenbesetzten Gürtel einen Zierdegen. Zwei livrierte Diener folgten ihm unterwürfig.
»Das ließe sich leicht beheben«, antwortete Struan lebhaft. »Vielleicht legen Sie Wert darauf, selber Ihre Wahl zu treffen? Ich werde Sie dann gern vorstellen.«
»Das wäre sehr unhöflich von mir. Ist es nicht besser, wenn Sie die Entscheidung treffen, welche der Damen mir die Ehre gibt?«
»Um mir dann die Augen auskratzen zu lassen? Aber gut.« Er wandte sich um und überquerte die Tanzfläche. Manoelita wäre die beste Wahl. Damit würde er der portugiesischen Gesellschaft, von der Noble House und alle Kaufleute dort im Fernen Osten sehr abhängig waren, denn aus ihren Reihen kamen die Sekretäre, Buchhalter und Lagerverwalter, ohne die keines der Unternehmen existieren konnte, eine große Ehre und Freude antun. Mary Sinclair zu wählen, wäre fast ebenso gut, denn sie war an diesem Abend seltsam erregend und die schönste Frau auf der Tanzfläche. Aber nichts ließe sich durch eine solche Wahl gewinnen, es sei denn Glessings Unterstützung. Struan hatte schon bemerkt, wie Glessing ihr ständig den Hof machte. Seit seiner Ernennung zum Hafenkommandanten war sein Einfluß gestiegen. Und er würde ein sehr nützlicher Verbündeter sein.
Struan bemerkte, wie sich Manoelitas Augen weiteten und Mary Sinclair den Atem anhielt, als er auf sie zuging. Dann jedoch blieb er vor Brock stehen.
»Dürfte mit Ihrer Erlaubnis, Tyler, Tess vielleicht den ersten Tanz mit dem Großfürsten anführen?« Struan genoß dieses Knistern der Verwunderung, das er um sich her verspürte.
Brock nickte, hochrot vor Stolz. Liza war hingerissen. Tess errötete und wäre fast in Ohnmacht gesunken, und Culum verfluchte seinen Vater. Er

haßte ihn. Und segnete ihn dennoch, weil er Tess diese Ehre zuteil werden ließ. Und alle Chinahändler fragten sich, ob der Tai-Pan etwa Frieden mit Brock schließen wollte. Wenn ja, aus welchem Grund?
»Ich kann es mir nicht vorstellen«, sagte Glessing.
»Richtig«, stimmte Cooper ihm besorgt zu, denn ihm war bewußt, daß Friede zwischen Brock und Struan sich nicht zu seinen Gunsten auswirken würde. »Es wäre eigentlich unverständlich.«
»Die Sache ist völlig klar«, mischte sich Mary ein. »Sie ist die jüngste, und so kommt ihr diese Ehre zu.«
»Da steckt mehr dahinter, Miss Sinclair«, erwiderte Glessing. »Der Tai-Pan tut niemals etwas ohne Hintergedanken. Vielleicht hofft er, sie könnte hinfallen und sich ein Bein brechen oder etwas dergleichen. Er haßt Brock.«
»Ich finde, das ist eine sehr unfreundliche Unterstellung, Kapitän Glessing!« rief Mary scharf.
»Das ist es auch, und ich bitte um Entschuldigung dafür, das ausgesprochen zu haben, was doch jeder denkt.« Glessing bereute seine Unvorsichtigkeit; er hätte sich klar darüber sein müssen, daß ein so unschuldiges Wesen wie Mary diesen Teufel verteidigen würde. »Es ärgert mich nur, weil Sie die Schönste hier sind und zweifellos Ihnen diese Ehre hätte zufallen sollen.«
»Das war sehr nett gesagt. Aber trotzdem dürfen Sie nicht glauben, daß der Tai-Pan jemals aus Bösartigkeit handelt. Bestimmt nicht.«
»Sie haben recht, und ich habe unrecht«, sagte Glessing. »Aber dürfte ich um den ersten Tanz bitten – und Sie nachher als meine Tischdame zum Essen hineinführen? Dann wüßte ich, daß mir verziehen ist.«
Seit mehr als einem Jahr hatte sie sich daran gewöhnt, George Glessing als einen möglichen Ehemann zu betrachten. Sie mochte ihn gern, aber sie liebte ihn nicht. Nun aber hatte sie sich alles verdorben, dachte sie.
»Danke«, sagte sie. Sie senkte die Augen und spielte mit ihrem Fächer. »Wenn Sie mir versprechen, weniger ... weniger schroff zu sein.«
»Schon geschehen«, rief Glessing erleichtert.
Struan führte Tess über die Tanzfläche. »Kannst du auch Walzer tanzen, Kleines?«
Sie nickte und bemühte sich, den Sohn des Tai-Pan nicht anzusehen.
»Darf ich Ihnen Miss Tess Brock vorstellen, Hoheit? Großfürst Alexej Sergejew.«
Tess stand wie gelähmt, und ihre Knie zitterten. Aber der Gedanke an Culum und seine Blicke stärkten ihr Selbstvertrauen und ließen sie ihre Fassung wiederfinden.
»Es ist mir eine Ehre, Hoheit«, sagte sie und machte einen Knicks.
Der Großfürst verbeugte sich und küßte ihr galant die Hand. »Die Ehre liegt ganz auf meiner Seite, Miss Brock.«
»Hatten Sie eine angenehme Reise?« fragte sie, während sie sich fächelte.
»Ja, danke.« Er sah Struan an. »Sind bei den Engländern alle jungen Damen so schön?«
Er hatte diese Worte kaum gesprochen, da rauschte an Tillmans Arm Shevaun heran. Ihr Kleid war ein Hauch aus grünem Tüll; weit, einer Glocke ähnlich, bauschte sich der Rock. Das Überkleid war nur knielang, damit das

Dutzend kaskadengleicher smaragdgrüner Unterröcke besonders aufreizend zur Geltung kam. Dazu trug sie lange grüne Handschuhe und im roten Haar ein Gesteck aus Paradiesvogelfedern.

»Ich bitte zu entschuldigen, daß wir uns verspätet haben, Exzellenz, Mr. Struan«, sagte sie, knicksend, in der plötzlich eingetretenen Stille. »Aber gerade in dem Augenblick, als wir weggehen wollten, ist mir eine Schuhschnalle zerbrochen.«

Longstaff riß seine Blicke von ihrem Ausschnitt los und fragte sich – ebenso wie alle anderen –, wie, zum Teufel, dieses Kleid eigentlich hielt, und ob es wohl heruntergleiten würde? »Wann Sie auch kommen, es ist immer richtig, Shevaun.« Er wandte sich Sergejew zu. »Darf ich Ihnen Miss Shevaun Tillman aus Amerika vorstellen, Hoheit? Ach, und Mr. Tillman. Seine Hoheit, Großfürst Alexej Sergejew.«

Vergessen stand Tess da und sah zu, wie Shevaun nochmals einen Hofknicks machte. Sie haßte sie, weil sie ihr den Glanz ihres großen Auftritts zerstört hatte. Zum erstenmal in ihrem Leben war sie eifersüchtig auf eine Frau. Und es war auch das erste Mal, daß sie sich selber als Frau und nicht mehr als Mädchen empfand.

»Was für ein schönes Kleid, Miss Tillman«, sagte sie mit falscher Freundlichkeit. »Haben Sie das selber gemacht?«

In Shevauns Augen funkelte es, aber sie antwortete ebenso süßlich: »Aber nein, meine Liebe, dazu fehlt mir leider Ihr Talent.«

»Darf ich um die Ehre des ersten Tanzes bitten, Shevaun?« sagte Longstaff.

»Nur zu gern, Exzellenz.« Sie fühlte sich von dem Neid und der Eifersucht, die sie geweckt hatte, angenehm erregt. »Was ist das für ein schönes Bild, Tai-Pan!« Sie lächelte Struan an.

»Ich danke Ihnen«, antwortete Struan ein wenig zerstreut. Dann drehte er sich um und machte dem Kapellmeister der Marine ein Zeichen.

Der Dirigentenstab senkte sich, und schon erklangen die ersten mitreißenden Takte eines Wiener Walzers. Obwohl der Walzer noch nicht als ganz gesellschaftsfähig galt, war er doch der beliebteste aller Tänze.

Der Großfürst führte Tess auf die Mitte der Tanzfläche, und Shevaun wünschte sich, Tess würde stolpern und hinfallen oder, noch besser, wie eine Kuh tanzen. Aber Tess schwebte wie ein Blatt im Wind dahin. Longstaff bot Shevaun den Arm. Als sie sich mit bezaubernder Anmut zu drehen begann, bemerkte sie, daß Struan auf eine dunkeläugige portugiesische Schönheit zuging, die sie niemals zuvor gesehen hatte, und sie war wütend. Aber bei der nächsten Drehung entdeckte sie, daß Struan Liza Brock auf die Tanzfläche geführt hatte, und sie dachte: Tai-Pan, du bist wahrhaftig sehr gerissen. Aber gerade deswegen liebe ich dich. Dann beobachtete sie, daß Tess und der Großfürst in der Mitte der Tanzfläche tanzten, und sie führte Longstaff, der ein sehr guter Tänzer war, ebenfalls in die Mitte, ohne ihn merken zu lassen, daß er geführt wurde.

Culum stand am Rande und sah zu. Er nahm ein Glas Champagner und stürzte es hinunter. Schließlich aber durfte er sich vor Tess verbeugen und sie um den zweiten Tanz bitten.

Brocks Stirnrunzeln entging ihm, auch, daß Liza in aller Eile Brock abzulenken suchte. Und ebenso blieb ihm Gorths plötzliche Neugier verborgen. Walzer und Polka, schottischer Reel und Galopp folgten einander. Am Ende jedes Tanzes war Shevaun umringt, auch Manoelita – wenn auch weniger stürmisch. Culum tanzte mit Tess ein drittes Mal, und viermal an einem Abend war das Höchste, was der gute Ton erlaubte.
Beim letzten Tanz vor dem Abendessen drängte sich Struan durch den Kreis um Shevaun. »Meine Herren«, erklärte er mit ruhiger Entschlossenheit, »es tut mir leid, aber dieser Tanz ist das Vorrecht des Gastgebers.« Die Männer seufzten auf und überließen sie ihm. Er wartete nicht erst auf das Einsetzen der Musik, sondern führte sie sogleich auf die Tanzfläche hinaus. Jeff Cooper beobachtete die beiden eifersüchtig. Es war sein Tanz gewesen.
»Die beiden passen gut zueinander«, sagte er zu Tillman.
»Allerdings. Warum machen Sie ihr nicht etwas energischer den Hof? Sie kennen doch meine Ansicht. Und die meines Bruders.«
»Es ist ja noch Zeit.«
»Jetzt nicht mehr, wo Struan unverheiratet ist.«
Coopers Augen verengten sich. »Würden Sie eine solche Eheschließung begünstigen?«
»Natürlich nicht. Aber mir ist völlig klar, daß sich Shevaun besinnungslos in diesen Mann verliebt hat.« Dann fügte Tillman gereizt hinzu: »Es ist höchste Zeit, daß sie zur Ruhe kommt. Seit ihrer Ankunft habe ich nichts als Aufregungen, und ich bin es müde, den Wachhund zu spielen. Ich kenne Ihre Wünsche, halten Sie also offiziell um ihre Hand an, damit wir die Sache hinter uns bringen.«
»Erst, wenn ich sicher bin, daß sie mich nicht zurückweist – und daß sie's aus freien Stücken und gern tut. Sie ist keine Sklavin, die man nach Belieben kaufen und verkaufen kann.«
»Richtig. Aber sie ist noch immer ein weibliches Wesen, und nicht volljährig; sie wird das tun, was ihr Vater und ich für gut halten. In ihrem eigenen Interesse. Ich muß schon sagen, daß ich Ihre Haltung nicht billige, Jeff. Damit fordern Sie das Unheil nur heraus.«
Cooper antwortete ihm nicht. Er starrte Shevaun an, und sein Verlangen nach ihr war fast schmerzhaft.

»Sie würden ein vollkommenes Paar abgeben«, sagte Mary und wünschte sich verzweifelt, sie könnte an Shevauns Stelle stehen. In diesem Augenblick fühlte sie sich plötzlich unrein: Sie dachte an ihr heimliches Leben, an das Kind und an Glessing. Er war an diesem Abend so zärtlich gewesen, zärtlich und männlich zugleich, sehr englisch und sehr sauber. Und fast weinte sie vor Kummer über ihre hoffnungslose Liebe zum Tai-Pan.
»Bestimmt«, antwortete Glessing. »Aber wenn es überhaupt noch eine Gerechtigkeit gibt, werden Sie den Preis gewinnen, Miss Sinclair.«
Sie brachte mühsam ein Lächeln zustande und versuchte sich zu überlegen, wer wohl der Vater des Kindes sein mochte – an sich eine völlig nutzlose Überlegung, denn der Vater war auf jeden Fall Chinese. Einen chinesischen Bastard zur Welt zu bringen! Eher werde ich sterben, sagte sie zu sich. In

zwei oder drei Monaten wird man es mir schon ansehen. Aber das werde ich nicht erleben; ich werde das Entsetzen und die Vorwürfe auf ihren Gesichtern nicht abwarten. Tränen traten ihr in die Augen.
»Aber, Mary, was ist denn?« sagte Glessing und berührte beschwichtigend ihren Arm. »Sie dürfen doch nicht weinen, weil ich Ihnen ein Kompliment gemacht habe. Sie sind wirklich die Schönste hier – die Schönste, die ich jemals gesehen habe. Wirklich.«
Hinter ihrem Fächer verborgen, wischte sie sich die Tränen ab. Und durch den dunklen Schleier hindurch, den die tiefe Angst vor ihre Augen legte, kam ihr der Gedanke an May-may. Vielleicht könnte May-may ihr helfen? Vielleicht hatten die Chinesen Mittel, mit denen man ein Kind abtreiben konnte? Aber das ist Mord, dachte sie. Mord. Nein. Es ist mein Körper, und es gibt keinen Gott. Wenn ich dieses Kind bekomme, bin ich für immer geächtet. »Entschuldigen Sie, George«, sagte sie, jetzt ein wenig getröstet, nachdem sie diesen Entschluß gefaßt hatte. »Ich habe mich nur einen Augenblick etwas schwach gefühlt.«
»Geht es Ihnen jetzt bestimmt wieder besser?« – »Ja, bestimmt.«
Glessing fühlte sich von einer alles andere verdrängenden Liebe zu ihr beseelt und von dem Willen, sie zu beschützen. Armes, schwaches, kleines Ding, dachte er, sie braucht jemanden, der für sie sorgt. Und das bin ich. Ich allein.

Struan blieb in der Mitte der Tanzfläche stehen.
»Ich habe mich schon gefragt, wann mir diese Ehre zuteil würde, Tai-Pan.«
Shevaun schien von dämonischer Ausgelassenheit. Ihre Augen funkelten.
»Diesen Tanz spielen wir Ihnen zu Ehren, Shevaun«, antwortete er höflich.
Und schon setzte der erste Takt der mitreißendsten Musik auf Erden ein. Der Cancan. Ein wilder, ausgelassener, hemmungsloser Tanz, bei dem man die Beine hochwarf. Er war in den dreißiger Jahren in Paris in Mode gekommen und hatte die Hauptstädte Europas im Sturm genommen. In den höheren Kreisen war er jedoch als empörend abgelehnt worden.
»Tai-Pan!« rief sie verblüfft.
»Ich habe den Kapellmeister bestochen«, flüsterte Struan ihr zu.
Sie zögerte, aber als sie alle Blicke gespannt auf sich gerichtet fühlte, nahm sie unbekümmert seinen Arm. Der tolle Rhythmus der Musik peitschte sie vorwärts.
»Es wird wohl nichts herunterrutschen?« fragte Struan.
»Wenn es das tut, dann werden Sie mich hoffentlich beschützen?«
Und dann begannen sie zu tanzen. Shevaun löste sich aus Struans Armen, hob ihre Röcke hoch, warf die Beine und ließ ihre Hosen sehen. Fröhlicher Jubel brach aus, als die Männer davoneilten, um sich Partnerinnen zu suchen. Jetzt tanzten alle und warfen die Beine, von dem ansteckenden, mitreißenden Rhythmus besessen.
Die Musik verwandelte sie. Alle.
Als der Tanz vorbei war, folgte stürmischer Beifall, und die Rufe nach einer Wiederholung wollten nicht enden, so daß die Kapelle erneut einsetzte.

Mary vergaß das Kind, und Glessing beschloß, daß er noch in dieser Nacht Horatio bitten – nein, von ihm verlangen – würde, er solle die Heirat gutheißen. Die Tänzer wirbelten und strampelten, sie jubelten und keuchten, und dann war alles vorbei. Die jungen Leute umschwärmten Struan und Shevaun, dankten ihm und beglückwünschten sie. Sie hielt seinen Arm fest, als gehöre er ihr, und fächelte sich, sehr mit sich zufrieden. Er wischte sich den Schweiß von der Stirn und war sehr froh, daß ihm seine beiden Wagnisse gelungen waren: Tess und der Cancan.

Alle kehrten zu ihren Plätzen zurück, und die Diener trugen nun Tabletts mit verschiedenen Speisen an die Tische. Es gab geräucherten Lachs, geräucherten Schinken, Fisch, Austern, Muscheln und Würste, frisches Obst, das Tschen Scheng einer Lorcha abgehandelt hatte, die die gefährliche Seereise von Manila her gewagt hatte, ganze Lendenstücke von frisch geschlachteten Rindern, der Marine abgekauft und über offenem Feuer gebraten, Spanferkel, Schweinsfüße in Sülze.

»Ich muß schon sagen«, rief Sergejew, »niemals habe ich so viel Essen auf einmal gesehen. Und so gut amüsiert habe ich mich schon seit Jahren nicht mehr, Mr. Struan.«

»Ach, Hoheit«, erwiderte Shevaun und zog eine Augenbraue hoch, »wir sind von Noble House nichts anderes gewohnt.«

Struan und die anderen lachten. Der Tai-Pan setzte sich ans Kopfende der Tafel. Sergejew saß zu seiner Rechten, Longstaff zu seiner Linken, Shevaun neben dem Großfürsten und Mary Sinclair neben Longstaff; Glessing, sehr um sie bemüht, kam als nächster. Am gleichen Tisch waren auch noch Horatio, Aristoteles, Manoelita und der Admiral versammelt, außerdem Brock, Liza und Jeff Cooper. Robb und Culum spielten die Gastgeber an ihren eigenen Tischen.

Struan streifte Aristoteles mit einem Blick und fragte sich, wie in aller Welt es diesem gelungen sei, Vargas zu überreden, ihm Manoelita als Tischdame zu überlassen. Großer Gott, dachte er, ist etwa Manoelita diejenige, die ihm für das Porträt sitzt?

»Ausgerechnet der Cancan!« rief Longstaff. »Wahrhaftig, ein verteufelt gefährliches Wagnis, Tai-Pan.«

»Nicht für moderne Menschen, Exzellenz. Ich hatte den Eindruck, daß es allen einen Mordsspaß gemacht hat.«

»Aber hätte Miss Tillman nicht die Initiative ergriffen«, mischte sich Sergejew ein, »ich bezweifle, ob irgend jemand den Mut dazu aufgebracht hätte.«

»Was blieb mir denn sonst übrig, Hoheit?« erwiderte Shevaun. »Die Ehre stand auf dem Spiel.« Sie wandte sich Struan zu. »Sehr ungezogen von Ihnen, so etwas zu machen, Tai-Pan.«

»Gewiß, gewiß«, antwortete er. »Aber wenn Sie mich jetzt einen Augenblick entschuldigen wollen, ich muß mich darum kümmern, ob meinen Gästen nichts fehlt.«

Er ging zwischen den Tischen hindurch und begrüßte alle. Als er an Culums Tisch trat, setzte jähe Stille ein, und Culum blickte auf. »Hallo«, sagte er. »Alles in Ordnung, Culum?«

»Ja, ich danke.« An Culums Höflichkeit war nichts auszusetzen, aber sie war kühl. Gorth, der Tess gegenüber an Culums Tisch saß, lachte in sich hinein. Struan ging weiter.

Als das Essen vorbei war, zogen sich die Damen in das große Zelt zurück, das man etwas abseits für sie aufgeschlagen hatte. Die Männer saßen in Gruppen an den Tischen, rauchten und tranken Portwein, zufrieden, eine Weile allein zu sein. Jetzt konnten sie sich gehenlassen und über den steigenden Verkaufspreis der Gewürze reden, und Robb und Struan tätigten dabei vorteilhafte Geschäftsabschlüsse in Gewürzen und Frachtraum. Alle schienen davon überzeugt, daß Shevaun der erste Preis gebührte, aber Aristoteles schien dessen nicht so sicher.

»Wenn Sie ihr den Preis nicht geben«, erklärte Robb, »wird sie Sie umbringen.«

»Ach, Robb, Sie Unschuldslamm!« rief Aristoteles. »Ihr alle seid ja nur von ihren Titten verhext – gewiß, die sind auch großartig –, aber bei diesem Wettbewerb handelt es sich um die am besten angezogene und nicht um die am meisten ausgezogene Frau!«

»Aber ihr Kleid ist doch fabelhaft. Bei weitem das schönste.«

»Sie Armer, Sie haben eben nicht das Auge des Malers – auch fühlen Sie nicht die Verantwortung einer unsterblichen Entscheidung auf Ihren Schultern.«

So verschlechterten sich allmählich Shevauns Chancen. Mary rückte vor, und Manoelita hatte ebenfalls ihre Fürsprecher.

»Wen würden Sie wählen, Culum?« fragte Horatio.

»Selbstverständlich Miss Sinclair«, antwortete Culum höflich, obwohl es in seinen Augen nur eine Dame auf diesem Ball gab, die einer solchen Ehre würdig war.

»Das freut mich zu hören«, sagte Horatio. Er wandte sich ab, als Mauss ihn anrief. »Entschuldigen Sie mich einen Augenblick.«

Culum setzte sich an einen der Tische, zufrieden damit, eine Weile mit seinen Gedanken allein zu bleiben. Tess Brock. Was für ein hübscher Name! Wie schön sie war. Was für ein reizendes Geschöpf! Er sah Gorth auf sich zukommen.

»Darf ich Ihnen mal was im Vertrauen sagen, Struan«, begann Gorth.

»Selbstverständlich. Wollen Sie sich nicht setzen?« Culum versuchte, seine Unruhe zu verbergen.

»Danke.« Gorth nahm Platz und legte seine mächtigen Hände auf den Tisch. »Seien wir mal ganz offen. Das ist meine Art. Handelt sich um Ihren Vater und den meinen. Sind doch Feinde, und das is' 'ne Tatsache. Nich' daß wir etwas dagegen tun könnten, Sie und ich. Aber nur weil die Feinde sind, brauchen's wir doch nicht auch zu sein. So denke jedenfalls ich. China ist groß genug für Sie und mich. Es hängt mir zum Hals raus, daß die beiden sich so idiotisch benehmen. Wie damals wegen der Kuppe – da hätte doch jeder von den beiden, nur aus heiliger Angst davor, das Gesicht zu verlieren, sein ganzes Unternehmen aufs Spiel gesetzt. Wenn wir nich' vorsichtig sind, werden auch wir in diese Feindschaft hineingerissen, Sie und ich, obwohl wir gar keinen Grund zum Haß nich' haben. Was meinen denn Sie? Nehmen wir doch selber unsere Angelegenheiten in die Hand. Was mein Vater denkt oder Ihr Vater denkt – soll ihre Sache sein. Sie und ich können einander gegenüber anständig sein, einen vernünftigen Anfang machen. Ganz offen, vielleicht können wir sogar Freunde werden, wer weiß? Aber ich finde es unchristlich, wenn wir einander nur wegen unserer Väter hassen. Was meinen Sie?«

»Ich bin einverstanden«, antwortete Culum, von diesem Freundschaftsangebot verwirrt.

»Will gar nich' behaupten, mein Vater hätte unrecht und der Ihre recht. Will damit nur sagen, daß wir als Männer versuchen sollten, unser eigenes Leben nach bestem Vermögen zu leben.« Gorths grobes Gesicht verzog sich zu einem Lächeln. »Sie sehen ja richtig entsetzt aus!«

»Entschuldigen Sie. Es ist nur, mir wäre es lieb, wenn wir Freunde sein könnten. Niemals habe ich erwartet, daß ... daß Sie so unbefangen an die Sache rangehen könnten.«

»Da sehen Sie's mal. Darauf will ich ja hinaus. Wir haben in unserem ganzen Leben kaum mehr als vier Worte zueinander gesagt, und doch glauben Sie, ich könnte Sie nich' ausstehen. Lächerlich.«

»Ja.«

»Wird auch nich' einfach sein, was wir da versuchen. Vergessen Sie nur nich', daß wir aus zwei völlig verschiedenen Kisten kommen. Meine Schule war ein Schiff. Mit zehn hab' ich schon vor dem Mast gestanden. Sie müssen mir also in meinem Benehmen und dem, was ich sage, manches nachsehen. Trotzdem versteh' ich mehr vom ganzen Chinahandel als die meisten und bin der beste Seemann in diesen Gewässern. Mit Ausnahme meines Vaters – und dieses Kerls, dieses Orlow.«

»Ist denn Orlow so tüchtig?«

»Ja. Den Lumpen hat ein Hai gezeugt und eine Seejungfrau geworfen.« Gorth nahm etwas Salz, das auf dem Tisch verschüttet war, und warf es abergläubisch über seine Schulter.

»Bei dem Kerl überläuft es mich heiß und kalt.«

»Mich auch«, gestand Culum.

Gorth schwieg eine Weile und fuhr dann fort: »Unseren beiden Alten wird es ganz und gar nich' gefallen, wenn wir uns vertragen.«

»Das weiß ich.«

»Will Ihnen gegenüber ganz offen sein, Struan. Tess war es, die gesagt hat, heut' abend wär' 'ne Gelegenheit, mit Ihnen zu reden, so unter vier Augen. War zuerst gar nich' mein Gedanke, heut' abend so offen zu reden. Bin aber richtig froh, daß es raus ist. Was meinen denn Sie? Wollen wir's mal versuchen? Hier meine Hand drauf.«

Culum drückte froh die ihm dargebotene Hand.

Auf der anderen Seite der Tanzfläche trank Glessing gereizt seinen Branntwein und wartete ungeduldig. Er hatte gerade Horatio und Culum in ihrem Gespräch unterbrechen wollen, als Mauss ihn zu sich rief. Warum bist du so verflucht nervös, fragte er sich. Das bin ich nicht. Ich möchte es nur end-

lich ausgesprochen haben. Wirklich, Mary sieht prachtvoll aus. Wirklich prachtvoll.
»Entschuldigen Sie, Kapitän Glessing«, sagte Major Turnbull, auf ihn zutretend. Er war ein grauäugiger, in allem peinlich genauer Mann, der sein Amt als Polizeirichter von Hongkong sehr ernst nahm. »Schönes Fest, finden Sie nicht?«
»Ja.«
»Meiner Ansicht nach wäre jetzt der richtige Augenblick, falls Sie nichts dagegen haben. Seine Exzellenz ist gerade frei, und wir sollten ihn festnageln, solange die Gelegenheit günstig ist.«
»Einverstanden.« Automatisch rückte Glessing seinen Degen zurecht und folgte Turnbull zwischen den Tischen hindurch, bis sie Longstaff abgefangen hatten.
»Dürften wir Sie einen Augenblick stören, Exzellenz?« fragte Turnbull.
»Selbstverständlich.«
»Es tut mir leid, daß ich bei einem Fest Ihnen mit amtlichen Dingen kommen muß, aber es hat doch eine gewisse Bedeutung. Eine unserer Vorposten-Fregatten hat einen Haufen von Piratengesindel aufgebracht.«
»Ausgezeichnet. Also ein einfacher Fall?«
»Ja, Exzellenz. Die Marine hat die Kerle an der Südküste vor dem Ort Aberdeen geschnappt. Sie waren gerade dabei, eine Dschunke auszurauben. Die Mannschaft hatten sie niedergemacht.«
»Verdammte Lumpen!« rief Longstaff. »Haben Sie sie schon vor Gericht gestellt?«
»Hier eben liegt das Problem«, antwortete Turnbull. »Kapitän Glessing ist der Meinung, es sollte ein Gericht der Admiralität sein – aber meiner Ansicht nach handelt es sich hier um einen Fall für die zivile Gerichtsbarkeit. Andererseits jedoch fallen nur kleinere Delikte und ganz bestimmt keine Kapitalverbrechen in meine Zuständigkeit. Dieser Fall jedoch sollte einem Geschworenengericht zur Aburteilung überlassen werden.«
»Ganz richtig. Aber solange wir noch nicht offiziell Kolonie sind, haben wir auch keinen Richter. Das wird noch Monate dauern. Und wir können niemanden, ganz gleich, welches Verbrechen wir ihm zur Last legen, so lange in einem Gefängnis einsperren, ohne ihm den Prozeß zu machen – alles andere wäre gesetzwidrig.« Longstaff dachte einen Augenblick nach. »Ich möchte sagen, daß es doch eher die Angelegenheit eines zivilen Gerichts ist. Wenn die Geschworenen zu einer Verurteilung gelangen, schicken Sie mir die Akten zu, dann bestätige ich den Urteilsspruch. Aber Sie täten gut daran, vor dem Gefängnis den Galgen zu errichten.«
»Das kann ich aber nicht tun, Exzellenz. Das würde auch nicht mit dem Gesetz in Einklang stehen. Das Gesetz ist in dieser Hinsicht völlig eindeutig – nur ein ordentlicher Richter darf einen solchen Prozeß durchführen.«
»Aber wir können doch nicht Menschen endlose Zeit einsperren, die eines Verbrechens bezichtigt werden, ohne ihnen die Möglichkeit zu geben, sich in einem gerechten und alle Möglichkeiten berücksichtigenden Verfahren zu verantworten. Was würden denn Sie vorschlagen?«

»Ich weiß es nicht, Sir.«
»Verdammt ärgerlich so etwas!« sagte Longstaff. »Aber natürlich haben Sie recht.«
»Vielleicht sollten wir sie den chinesischen Behörden übergeben, damit diese sie aburteilen«, schlug Glessing vor. Ihm lag daran, der Sache jetzt ein Ende zu setzen, damit er mit Horatio sprechen konnte.
»Dem muß ich aufs schärfste widersprechen«, erklärte Turnbull. »Das Verbrechen ist in britischen Gewässern begangen worden.«
»Ganz recht«, meinte Longstaff. »Behalten Sie vorläufig alle derartigen Leute in Haft. Ich werde inzwischen eine dringende Eingabe ans Außenministerium machen und um Verhaltungsmaßregeln bitten.«
»Jawohl, Exzellenz.« Turnbull hielt inne. »Dann möchte ich aber auch Mittel zum Ausbau des Gefängnisses zur Verfügung gestellt bekommen. Ich habe Dutzende von räuberischen Überfällen und einen schweren Einbruch.«
»Na schön«, erklärte Longstaff gelangweilt, »bereden wir das morgen.«
»Vielleicht könnte ich für morgen einen Termin erhalten, Exzellenz«, sagte Glessing. »Ich brauche Geld, um Lotsen anzuheuern, außerdem sollten wir Hafen- und Liegegebühren festlegen. Auch bitte ich um die Genehmigung, einige schnelle Piratenjäger anzuwerben. Es gehen Gerüchte um, daß Wu Fang Tschoi, dieser Teufel, weiter nördlich mit einer Flotte liegt. Außerdem brauche ich die Genehmigung, unsere Gerichtsbarkeit über alle Gewässer von Hongkong auszudehnen. Es ist auch dringend nötig, einheitliche Regelungen für die Ausklarierungen und ähnliche Dinge zu treffen.«
»Sehr schön, Kapitän«, sagte Longstaff, »morgen mittag also.« Und dann zu Turnbull gewandt: »Um neun Uhr?«
»Danke, Exzellenz.«
Zu Glessings Kummer drehte sich Longstaff um und ging auf Horatio zu. Du lieber Gott, dachte er, ihn werde ich heute abend niemals allein sprechen können.

Struan betrachtete die Schiffe, die vor Anker lagen, und blickte prüfend zum Himmel auf. Gutes Wetter, dachte er.
»Ein sehr schöner Hafen, Mr. Struan«, bemerkte Sergejew, der auf ihn zuschlenderte, höflich.
»Ja. Es ist schön, daß wir endlich unsere eigenen Gewässer haben.« Struan war auf der Hut, gab sich nach außen hin aber völlig unbekümmert. »Im Lauf der Zeit wird Hongkong ein strahlendes Juwel in der königlichen Krone werden.«
»Wollen wir ein bißchen spazierengehen?«
Struan ging neben dem Großfürsten in Richtung aufs Meer.
»Wenn ich mich nicht irre, haben Sie die Insel kaum länger als zwei Monate.« Der Großfürst deutete mit der Hand auf die angefangenen Gebäude, die über das ganze Happy Valley verstreut waren. »Und dennoch ist hier schon fast eine Stadt entstanden. Ihre Energie und Ihr Fleiß sind erstaunlich.« – »Wenn etwas getan werden muß, wäre es doch sinnlos zu warten, Hoheit, finden Sie nicht?«

»Ja. Aber ich finde es seltsam, daß England, da China so schwach ist, sich nur einen öden Felsen genommen hat. Es muß doch viele weit günstigere Beutestücke geben.«

»Wir haben es in China nicht auf Beutestücke abgesehen. Wir hatten nur einen kleinen Stützpunkt nötig, wo wir unsere Schiffe kielholen können. Ich möchte meinen, daß man eine Nation von dreihundert Millionen Menschen kaum als schwach bezeichnen kann.«

»Und da der Krieg noch nicht beendet ist, nehme ich an, daß Sie hier draußen erhebliche Verstärkungen erwarten. Ganze Armeen und nicht etwa ein paar tausend Mann. Flottenverbände – und nicht nur rund dreißig Schiffe.«

»Seine Exzellenz dürfte darüber wohl mehr wissen als ich. Aber ich möchte behaupten, daß jede Macht, die sich mit China auf eine Auseinandersetzung einläßt, mit einem sehr langen Kampf rechnen müßte. Nicht zu reden von den dazu notwendigen Vorbereitungen und den dazu notwendigen Leuten.«

Struan machte eine Handbewegung über den Hafen hin auf das Festland zu. »Dieses Land ist grenzenlos.«

»Auch Rußland ist grenzenlos«, antwortete Sergejew. »Aber doch nur symbolisch. In Wirklichkeit ist auch Rußland begrenzt. Von der Arktis und vom Himalaja. Von der Ostsee und vom Stillen Ozean.«

»Sie haben sich Land im Norden geholt?« Struan bemühte sich, die Verwunderung in seiner Stimme zu unterdrücken. Wo denn, um Himmels willen, dachte er. Nördlich der Mandschurei? Die Mandschurei selber? Oder etwa China, mein China?

»Mütterchen Rußland erstreckt sich von Meer zu Meer. Und es ist Gottes Willen unterworfen, Tai-Pan«, fuhr Sergejew fort. »Sie sollten die Erde dieses Mütterchen Rußland sehen, um zu begreifen, was ich meine. Sie ist schwarz, fruchtbar und voller Leben. Und trotzdem haben wir fünfzehnhundert Meilen weit diese Erde verbrannt, um Bonaparte und seine *Grande Armée* aufzuhalten. *Sie* gehören aufs Meer. Aber ich gehöre aufs Land. Ich gebe Ihnen das Meer zu eigen, Tai-Pan.« Sergejews Augen schienen sich zu verdüstern. »Heute nachmittag haben wir einen großartigen Kampf gesehen. Und eine interessante Wette abgeschlossen. Höchst interessant.«

Die Falten in Struans Gesicht vertieften sich, als er nun lächelte. »Nur schade, daß es ein Unentschieden wurde. Nun werden wir niemals erfahren, wer eigentlich der Bessere von den beiden war, nicht wahr, Hoheit?«

»Sie gefallen mir, Mr. Struan. Ich wäre gern Ihr Freund. Wir könnten einander manchen großen Dienst erweisen.«

»Es wäre mir eine Ehre, Ihnen in jeder nur denkbaren Hinsicht zu Diensten zu sein.«

Sergejew lachte. Seine weißen Zähne blitzten. »Es wird uns Zeit genug dazu bleiben. Asien hat Europa eins voraus: seine Einstellung zur Zeit. Meine Familie stammt aus Karaganda. Das liegt auf dieser Seite des Ural, und so bin ich vielleicht zu einem Teil Asiate. Wir sind Kasaken. Manche nennen uns auch Kosaken.«

»Ich habe vorhin nicht ganz recht verstanden. Sagten Sie der Ural?«

»Ja, eine Gebirgskette, die von der Arktis bis zum Kaspischen Meer verläuft. Sie teilt Rußland in eine östliche und eine westliche Hälfte.«

»Ich weiß so wenig über Rußland – und von Europa überhaupt«, sagte Struan.
»Sie sollten einmal nach Rußland kommen. Schenken Sie mir sechs Monate Ihrer Zeit und lassen Sie mich Ihr Gastgeber sein. Es gibt so viel zu sehen, Städte – und wogende Grasmeere. Es könnte eine sehr nützliche Erfahrung für Sie sein. Riesige Märkte für Tee, Seide und Waren aller Art.« Er zwinkerte Struan zu. »Und die Frauen sind sehr schön.«
»Ich bin diese Woche sehr beschäftigt, aber vielleicht in der nächsten?«
»Das ist kein Scherz, ich meine es ganz ernst. Bitte überlegen Sie es sich. Im nächsten Jahr oder im Jahr darauf. Ich halte es für sehr wichtig. Für Sie, für Ihr Land, für die Zukunft. Rußland und England haben niemals miteinander Krieg geführt. Jahrhunderte hindurch waren wir Verbündete, und beide liegen wir mit Frankreich im Streit, mit unserem Erbfeind. Rußland verfügt über gewaltige Landreserven und über Millionen von Menschen, von kräftigen, gesunden Menschen. Sie haben zuwenig Land, darum brauchen Sie Ihr Empire. Dagegen haben wir nichts. Beherrschen Sie die Meere, und wir werden auch dagegen nichts haben. Sie haben Ihr erstaunliches Industriepotential und den Reichtum, den dieses einbringt. Das ist für uns nur von Vorteil. So haben Sie Handelsgüter und zugleich die Möglichkeiten, sie zu verfrachten. Und wir haben die Märkte. Aber auch wir verfügen über Handelsgüter, die *Sie* brauchen können: die Rohstoffe, die Sie benötigen, um Ihre Maschinen zu versorgen, und Nahrung für Ihr tüchtiges Volk. Miteinander wären wir nicht zu schlagen. Miteinander könnten wir Frankreich im Zaum halten. Und das Heilige Römische Reich, Preußen, und die ungläubigen Türken dazu. Zusammen können wir den Frieden der Welt bewahren. Und wir können zum Wohl aller wachsen und gedeihen.«
»Gewiß«, sagte Struan ebenso ernst. »Ich bin ganz dafür. Aber Sie betrachten das alles von einem nationalen Gesichtspunkt aus. Von einem bestimmten Punkt in der historischen Entwicklung. Aber eine solche Betrachtungsweise ist heute nicht mehr angebracht. Auch bin ich nicht der Ansicht, daß man den Franzosen den Ehrgeiz ihrer Könige zur Last legen darf. Ebensowenig ist es zu rechtfertigen, wenn man mit Hilfe des Schwertes die Türken in Christen verwandeln will. Schon beim Mittagessen habe ich diesen Standpunkt vertreten. Auf internationalem Gebiet wird es ohne eine bestimmte Art der Kontrolle über Könige – oder auch Königinnen – stets Kriege geben. Seine Exzellenz hat das ganz richtig ausgedrückt. Könige – und Führer aller Art – vergießen das Blut anderer Menschen. Bleiben wir bei den Tatsachen: Ich selber könnte nur wenig tun. Ich habe keine Nation hinter mir – und wie Sie sehr wohl wissen, verfüge ich auch im Parlament nicht über wirkliche Macht.«
»Aber man hört sich Ihre Meinung über Asien sehr genau an. Und ich selber besitze in St. Petersburg großen Einfluß.«
Struan zog lange an seiner Zigarre und stieß dann den Rauch aus. »Was haben Sie in Asien vor?«
»Was haben Sie in China vor?«
»Handel treiben«, antwortete Struan, ohne zu zögern, war aber sehr auf der Hut und achtete darauf, daß er sein eigentliches Ziel nicht verriet. Es gibt

einen höllischen Unterschied zwischen Asien und China, sagte er zu sich selber.
»Ich könnte vielleicht dafür sorgen, daß Noble House eine exklusive Konzession für den Handel mit Tee auf dem gesamten russischen Markt erhielte. Und im Außenhandel eine Konzession für den Export aller Pelze und allen Getreides aus Rußland.«
»Und die Gegenleistung?« fragte Struan, vom Umfang dieses Angebots überwältigt. Ein solches Monopol bedeutete Millionen. Und eine derartige Machtposition würde ihm in den politischen Kreisen Englands von größtem Nutzen sein und ihn gewaltig an Gesicht gewinnen lassen.
»Freundschaft«, sagte Sergejew.
»Dieses Wort umschließt eine Unzahl von Bedeutungen, Hoheit.«
»Es besitzt nur eine einzige Bedeutung, Mr. Struan. Selbstverständlich gibt es für einen Freund viele Möglichkeiten, einem Freund zu helfen.«
»Welche besondere Unterstützung würden Sie als Gegenleistung für ein besonderes Handelsabkommen mit meinem Unternehmen erwarten?«
Sergejew lachte. »Das sind zu viele Besonderheiten für einen Abend, Mr. Struan. Aber es wäre doch der Mühe wert, einmal darüber nachzudenken und die Sache in Erwägung zu ziehen. Und zu einem besonderen Zeitpunkt miteinander zu erörtern, was?« Er blickte über den Hafen weg und an den Schiffen vorbei zum Festland hinüber.

»Bis wann wollen Sie es übersetzt haben, Exzellenz?« Horatio blickte von dem Schreiben auf, das Longstaff ihm gereicht hatte.
»Ich brauche es im Verlauf der nächsten Tage, mein Lieber. Aber setzen Sie die chinesischen Schriftzeichen über die englischen Wörter, ja?«
»Jawohl, Sir. Soll es an jemand geschickt werden?«
»Nein. Sie brauchen es nur an mich zurückzugeben. Selbstverständlich ist es eine Sache, die unter uns bleibt.« Longstaff entfernte sich, sehr zufrieden damit, wie sich sein Plan entwickelte. In dem Schreiben hieß es: ›Seine Exzellenz, der englische Generalbevollmächtigte für den Handel, hat die Absicht, fünfzig Pfund Samen vom Maulbeerbaum oder tausend junge Pflanzen zu kaufen. Lieferung so bald wie möglich.‹ Nachdem Horatio ihm das Schreiben zurückgegeben hatte, brauchte er nur das Wort ›Tee‹ anstelle von ›Maulbeerbaum‹ einzusetzen. Das konnte er selber tun; auf jeder Exportkiste standen die chinesischen Schriftzeichen für Tee. Dann mußte er sich darüber klarwerden, wer vertrauenswürdig genug war, ein solches Schreiben zu empfangen.
Horatio war allein zurückgeblieben und las noch einmal das Schreiben durch. Warum in aller Welt wollte Longstaff Maulbeeren haben? Im Süden Frankreichs gab es Zehntausende von Maulbeerbäumen mit Seidenraupen, und es wäre ziemlich einfach, sich das Saatgut von dort zu beschaffen. Aber es war keineswegs einfach, es sich aus China zu holen. Hatte Longstaff etwa die Absicht, einen Hain von Maulbeerbäumen hier anzulegen? Wozu aber fünfzig Pfund? Das war eine ungeheure Menge Saatgut, und er war doch kein Gärtner. Und warum hatte er ausdrücklich gesagt: ›Selbstverständlich ist es eine Sache, die unter uns bleibt‹?

»Horatio?«
»Ach, hallo, George. Wie geht es Ihnen?«
»Danke, gut.«
Horatio bemerkte, daß Glessing schwitzte und sich offensichtlich nicht wohl in seiner Haut fühlte. »Was ist los?«
»Nichts weiter. Nur daß im Leben jedes Mannes ein Augenblick kommt, an dem er ... nun ja, eines Tages lernt man jemanden kennen, der ... ach nein, ich drücke mich wohl nicht ganz richtig aus. Es handelt sich um Mary. Ich möchte sie heiraten und Sie um Ihr Einverständnis bitten.«
Horatio bewahrte nur mit Mühe seine Ruhe und sagte, was er sich schon vorher für diesen Fall zurechtgelegt hatte. Er hatte Glessings Interesse für Mary an diesem Abend sehr genau beobachtet und entsann sich auch seines Gesichtsausdrucks an jenem ersten Tag. Er haßte Glessing, weil er es wagte, sein und Marys Leben zu komplizieren, und weil er die Unverschämtheit besaß anzunehmen, Mary könnte ihn auch nur einen Augenblick in die engere Wahl ziehen. »Ich bin äußerst geschmeichelt, George. Und Mary wird es ebenfalls sein. Aber sie ... nun, ich glaube nicht, daß sie bereits ans Heiraten denkt.«
»Aber selbstverständlich denkt sie daran. Ich habe gute berufliche Aussichten, und mein Großvater überläßt mir einmal das Gut. Ich werde recht wohlhabend sein, und meine beruflichen Aussichten sind ausgezeichnet.«
»Nur langsam, George. Wir müssen diese Dinge sehr sorgfältig überlegen. Haben Sie bereits mit Mary darüber gesprochen?«
»Guter Gott, nein. Ich wollte zunächst einmal hören, was Sie meinen.«
»Warum wollen wir es nicht dabei belassen? Ich hatte ja keine Ahnung, daß Sie so ernste Absichten haben. Ich fürchte, daß Sie mit mir Geduld haben müssen – ich habe Mary stets als sehr viel jünger betrachtet, als sie eigentlich ist. Aber natürlich ist sie noch nicht mündig«, fügte er beiläufig hinzu.
»Dann wären Sie also ganz allgemein einverstanden?«
»Gewiß – aber niemals wäre mir der Gedanke gekommen, daß ... ist sie erst einmal mündig, dann wird sie Ihren Antrag bestimmt begrüßen und sich davon geehrt fühlen.«
»Sie sind der Ansicht, ich solle warten, bis sie einundzwanzig ist?«
»Ich habe nur Marys Interessen im Sinn. Sie ist meine einzige Schwester, und wir stehen einander sehr nah. Seit dem Tod meines Vaters war ich es, der sie erzogen hat.«
»Ja«, sagte Glessing sehr niedergeschlagen. »Und da haben Sie auch etwas Großartiges vollbracht. Sehr nett von Ihnen, mich überhaupt in Erwägung zu ziehen; sie ist so ... wie soll ich mich ausdrücken, ich finde sie ganz einfach wunderbar.«
»Und trotzdem ist es am besten, Geduld zu haben. Die Eheschließung ist etwas so Endgültiges. Insbesondere für einen Menschen wie Mary.«
»Ja. Ganz richtig. Also gut, wollen wir jetzt auf die Zukunft trinken? Ich habe es ja auch nicht so eilig – aber dennoch wäre mir eine formelle Antwort lieb. Man muß Pläne machen, nicht wahr?«
»Gewiß. Trinken wir also auf die Zukunft.«

»Hol's der Teufel«, sagte Brock, als Gorth zu ihm trat. »Struan hat sich jeden verdammten Fuß Frachtraum gesichert. Wie hat er denn das geschafft? Heute vormittag? Das ist doch nicht zu verstehen!«
»Es ist fast so, als hätte er die Nachrichten im voraus erhalten – aber das ist doch unmöglich.«
»Na ja, nichts zu machen!« rief Brock, zufrieden in dem Bewußtsein, daß eins seiner Schiffe unterwegs nach Manila war; allerdings ahnte er nicht, daß Struans Schiff bereits Stunden Vorsprung hatte. »Das is n wirklich schönes Fest, was?«
»Culum hat sich richtig in unsere Tess verknallt, Vater.«
»Tja – habe ich auch bemerkt. Höchste Zeit, daß sie nach Hause geht.«
»Nicht vor der Preisverteilung.« Gorths Blicke brannten sich in die seines Vaters. »Eine Verbindung zwischen den beiden wär' gerade das Richtige für uns.«
»Niemals, bei Gott!« stieß Brock mit gepreßter Stimme hervor. Sein Gericht rötete sich.
»Und ich sage ja, bei Gott. Ich habe ein Gerücht gehört – von einem unserer portugiesischen Schreiber, der es von einem von Struans Schreibern hat: daß der Tai-Pan in einem halben Jahr nach Hause reist.«
»Was?«
»Für immer.«
»Das glaube ich nicht.«
»Wenn der Teufel weg ist, wer ist dann Tai-Pan, he? Robb.« Gorth spuckte kräftig aus. »Mit Robb werden wir im Handumdrehen fertig. Vor dem Landverkauf hätte ich noch gesagt, wir könnten Culum wie Pökelfleisch runterschlingen. Jetzt bin ich nich' so sicher. Wenn aber Tess seine Frau wäre – dann heißt es Brock-Struan & Co. Nach Robb wird Culum Tai-Pan.«
»Niemals geht Dirk weg. Niemals. Bist ja verdreht. Nur weil Culum mit ihr tanzt, heißt das noch nich' …«
»Hämmer es dir nur in deinen Kopf, Vater«, unterbrach ihn Gorth, »eines Tages wird Struan abreisen. Wissen doch alle, daß er ins Parlament rein will. So wie du dich zurückziehen willst. Eines Tages.«
»Dazu bleibt noch lange Zeit genug!«
»Ja. Aber eines Tages wirst du dich zurückziehen, nicht wahr? Dann bin ich Tai-Pan.« Gorths Stimme klang nicht schroff, sondern ruhig und entschlossen. »Dann bin ich der Tai-Pan von Noble House, bei Gott, und nicht vom zweiten Haus am Platz. Culum und Tess – das setzt den Strich drunter.«
»Dirk wird niemals abziehen«, erklärte Brock. Er konnte Gorth in diesem Augenblick nicht leiden, weil er ihm zu verstehen gegeben hatte, daß er dort Erfolg haben würde, wo er selbst – Tyler Brock – gescheitert war.
»Ich habe über uns nachgedacht, Vater! Und über unser Haus. Wie du und ich Tag und Nacht uns angestrengt haben, um ihn zu schlagen. Und über die Zukunft. Culum – Tess, das wäre das Richtige«, fügte Gorth beharrlich hinzu.
Brock lehnte sich gegen diese Herausforderung auf. Er wußte zwar, daß er im Lauf der Zeit das Ruder aus der Hand geben mußte. Aber doch nicht so bald. Denn ohne das Haus und ohne Tai-Pan des Hauses Brock zu sein,

würde er einschrumpfen und sterben. »Wie kommst du auf den Gedanken, es würde Brock-Struan sein? Warum nicht Struan-Brock und er der Tai-Pan und du draußen?«
»Mach dir nur keine Sorgen, Vater. Mit dir und Struan, dem Teufel, war es immer so wie der Kampf heute nachmittag. Ihr beide wart einander gewachsen. Beide gleich stark, beide gleich schlau. Aber ich und Culum? Da wird es schon anders aussehen.«
»Ich werd' mal drüber nachdenken. Und dann fass' ich meinen Entschluß.«
»Natürlich, Vater. Du bist der Tai-Pan. Mit etwas Joss wirst du noch vor mir der Tai-Pan vom Noble-House sein.« Gorth lächelte und ging auf Culum und Horatio zu.
Brock rückte die Binde auf seinem Auge zurecht und blickte seinem Sohn nach: so groß, so energisch und so stark war er. Und so jung. Er sah auch Culum an und spähte dann umher. Seine Augen suchten Struan. Er entdeckte den Tai-Pan, der ganz allein unten am Ufer stand und auf den Hafen hinausblickte. Brocks Liebe zu Tess und sein sehnlichster Wunsch, sie möge glücklich werden, hielten sich mit den anderen Wahrheiten, die Gorth ihm gegenüber geäußert hatte, die Waage. Und er wußte mit Sicherheit, daß Gorth Culum verschlingen würde, käme es jemals zu einem Konflikt zwischen ihnen – und daß Gorth diesen Streit dann herbeiführen würde, wenn es ihm paßte. Wäre das nun richtig? Gorth den Mann verschlingen zu lassen, den Tess vielleicht liebte?
Er fragte sich, was er wirklich tun würde, falls diese Liebe erwachen sollte – und was unternähme wohl Struan? Es würde die Dinge zwischen uns in Ordnung bringen, sagte er zu sich, und das wäre wohl kein Fehler, was? Ja. Aber du weißt ganz genau, daß der alte Dirk Kathay niemals verlassen wird – und du auch nicht – und die Sache zwischen dir und ihm ausgetragen werden muß.
Sein Herz verhärtete sich, und er haßte Gorth, weil er in ihm das Gefühl geweckt hatte, alt zu sein. Aber er wußte, daß er sich trotzdem mit dem Tai-Pan auseinandersetzen mußte. Denn Gorth gegen Culum war, solange Struan lebte, ein aussichtsloser Kampf.

Als die Damen zurückkamen, wurde weitergetanzt, aber der Cancan wurde nicht wiederholt. Struan tanzte zuerst mit Mary, und sie genoß es sehr; es ging eine Kraft von ihm aus, die sie beruhigte, sie läuterte und ihr Mut gab.
Die nächste, die er aufforderte, war Shevaun. Sie schmiegte sich so eng an ihn, daß es erregend war, aber doch nicht so eng, um anstößig zu wirken. Ihre Wärme und ihr Duft hüllten ihn ein. Dabei bemerkte er, daß Horatio Mary von der Tanzfläche führte. Bei der nächsten Drehung sah er, daß sie zum Ufer hinabschlenderten. Bald darauf vernahm er das Anschlagen der Schiffsglocken. Halb zwölf. Höchste Zeit, May-may aufzusuchen.
Als der Tanz zu Ende war, geleitete er Shevaun zurück zum Tisch. »Würden Sie mich einen Augenblick entschuldigen, Shevaun?«
»Natürlich, Dirk. Aber beeilen Sie sich.«
»Das werde ich«, antwortete er.

»Wie schön die Nacht ist«, sagte Mary, die neben Horatio dahinschritt, ein wenig beklommen.

»Ja.« Horatio drückte leicht ihren Arm. »Ich wollte dir etwas Amüsantes erzählen. George hat mich beiseite gezogen und in aller Form um deine Hand angehalten.«

»Und du warst erstaunt, daß überhaupt jemand mich heiraten will?« fragte sie kühl.

»Natürlich nicht, Mary. Ich fand nur, daß es eine Frechheit von ihm ist, sich einzubilden, du würdest einen so aufgeblasenen Esel wie ihn in Erwägung ziehen.«

Sie betrachtete ihren Fächer und blickte dann voll tiefer Unruhe in die Nacht.

»Ich habe ihm gesagt, ich sei der Meinung, er ...«

»Ich weiß genau, was du gesagt hast, Horatio.« Sie unterbrach ihn schroff. »Du warst sehr freundlich zu ihm und hast ihn mit der ›Zeit‹ und Redensarten wie ›meine liebe, einzige Schwester‹ abgefertigt. Aber ich glaube, ich heirate George.«

»Das kannst du nicht tun! Du kannst unmöglich diesen langweiligen Menschen so mögen, daß du ihn auch nur einen Augenblick in die engere Wahl ziehst.«

»Ich glaube aber, daß ich George heirate. Zu Weihnachten. Wenn es noch ein Weihnachten gibt.«

»Was willst du damit sagen – wenn es noch ein Weihnachten gibt?«

»Nichts weiter, Horatio. Ich habe ihn gern genug, um ihn heiraten zu können, und ich ... schon gut, ich glaube, es ist an der Zeit, Asien zu verlassen.«

»Das kann ich nicht glauben.«

»Ich glaube es selber nicht.« Ihre Stimme zitterte. »Aber wenn George mich heiraten will – ich bin zu der Entscheidung gelangt, daß er mir genügt.«

»Aber, Mary, ich brauche dich doch. Ich liebe dich, und du weißt ...«

Ihre Augen flammten plötzlich auf. Die ganze zurückgestaute Verbitterung, die Qualen vieler Jahre preßten ihr die Kehle zusammen. »Sprich du mir nicht von Liebe!«

Sein Gesicht wurde totenbleich, und seine Lippen zitterten. »Ich habe Gott unzählige Male gebeten, uns zu verzeihen.«

»Gott zu bitten, ›uns‹ zu verzeihen, kommt ein wenig spät, findest du nicht?«

Es hatte nach einer Züchtigung begonnen, als er noch jung und sie sehr jung war. Sie waren miteinander ins Bett gekrochen und hatten sich aneinander geklammert, um Schrecken und Schmerz auszulöschen. Die Wärme ihrer Körper war tröstlich gewesen, und Mary hatte eine neue Art von Schmerz verspürt, der sie die Prügel vergessen ließ. Es hatte noch andere Stunden gegeben, glückliche Stunden – sie war noch zu jung gewesen, das zu verstehen, nicht aber Horatio; dann war er nach England abgereist, um dort zur Schule zu gehen. Nach seiner Rückkehr hatten sie niemals mehr erwähnt, was zwischen ihnen geschehen war. Denn nun wußten sie beide, was es bedeutete.

»Ich schwöre bei Gott, daß ich um Verzeihung gefleht habe.«

»Das freut mich sehr, mein lieber Bruder. Aber es gibt keinen Gott«, und ihr Stimme klang dumpf und erbarmungslos. »Ich verzeihe dir, aber das macht keine Jungfrau mehr aus mir, oder?«

»Mary, ich bitte dich, um der Liebe Gottes willen ...«

»Ich vergebe dir alles, lieber Bruder. Nur nicht deine erbärmliche Heuchelei. Wir haben nicht gesündigt – du hast es getan. Bete für deine eigene Seele, nicht für die meine.«

»Ich bete für die deine mehr als für die meine. Wir haben gesündigt, und möge Gott uns beistehen. Aber der Herr wird verzeihen. Er wird es tun, Mary.«

»Noch in diesem Jahr werde ich mit einigem Joss George heiraten und dich und Asien vergessen.«

»Du bist noch gar nicht mündig. Du kannst gar nicht gehen. Ich bin vor dem Gesetz dein Vormund. Ich kann dich nicht gehen lassen. Im Laufe der Zeit wirst du einsehen, wie klug es war. Für dich ist es das beste. Ich verbiete dir abzureisen. Dieser elende Kerl ist für dich nicht gut genug, hast du mich verstanden? Du wirst nicht abreisen!«

»Wenn ich mich dazu entschließe, Glessing zu heiraten«, zischte sie, und ihre Stimme traf ihn wie ein vernichtender Schlag, »wirst du gut daran tun, mir deine verdammte ›Genehmigung‹ sehr schnell zu geben. Denn wenn du es nicht tust, erzähle ich es allen – nein, zuerst sage ich es dem Tai-Pan, und er wird sich mit einer Peitsche deiner annehmen. Ich habe nichts mehr zu verlieren – nichts. Und dein ganzes gottverdammtes Gebete zu deinem Gott, den es nicht gibt, und zu Vaters liebem Christus wird dir nicht ein bißchen helfen. Denn es gibt keinen Gott, hat niemals einen gegeben und wird niemals einen geben, und Christus war nur ein Mensch – ein Heiliger, aber doch nur ein Mensch!«

»Du bist nicht mehr Mary! Du bist ...« Seine Stimme zerbrach. »Du bist das Böse selber. Natürlich gibt es Gott. Natürlich haben wir Seelen. Du bist eine Abtrünnige! Du bist der böse Geist! Du warst es, und nicht ich! Oh, Herrgott, schenk uns Deine Gnade ...«

Mary schlug ihm mit der flachen Hand ins Gesicht. »Hör auf, lieber Bruder. Ich bin deines nutzlosen Betens müde. Hörst du mich? Jahre hindurch bin ich bei deinem Anblick erschauert. Denn ich sehe an der Lust in deinen Augen, daß du noch immer mit mir ins Bett gehen willst. Obwohl du heute die Blutschande begreifst und sie schon begriffen hattest, bevor du anfingst.« Sie lachte, und dieses Lachen war grauenvoll. »Du bist schlimmer als Vater. Er war von seinem Glauben besessen, aber du – du gibst nur vor, zu glauben. Ich kann nur hoffen, daß es deinen Gott gibt, denn dann wirst du für ewig im Höllenfeuer brennen. Und ich wünsche dir eine fröhliche Erlösung.«

Damit ging sie. Ihr Bruder starrte hinter ihr her und rannte dann blindlings in die Nacht hinaus.

23

»Heja, Maste'!« sagte Lim Din und stieß die Tür schwungvoll vor dem Tai-Pan auf.
»Heja, Lim Din«, antwortete Struan und warf einen Blick auf das Barometer. Schönes Wetter. Ausgezeichnet.
Er ging ein paar Schritte den Gang hinunter, als Lim Din ihm den Weg vertrat und wichtigtuerisch zum Wohnzimmer zeigte. »Missie gesagt haben, hier-ah können. Können?«
»Können«, brummte Struan.
Lim Din reichte ihm den bereits eingeschenkten Branntwein, trieb ihn mit seinen Verbeugungen in den Ledersessel mit der hohen Lehne und enteilte. Struan streckte die Beine aus. Der Sessel roch scharf nach Juchten, alt und gemütlich, und dieser Geruch vermischte sich angenehm mit Shevauns Parfüm, das ihm noch immer anzuhaften schien.
Auf der Uhr, die auf dem Kaminsims stand, war es zwanzig Minuten vor zwölf.
Struan begann ein Seemannslied vor sich hin zu summen. Er hörte, wie eine Tür geöffnet wurde, und das Rascheln von Seide. Während er noch auf May-mays Erscheinen in der Tür wartete, verglich er sie nochmals mit Shevaun. Den ganzen Abend hindurch hatte er sie miteinander verglichen und versucht, sie in ihren Qualitäten kühl und leidenschaftslos abzuwägen. Shevaun war ein sehr schönes Spielzeug, voller Schwung, gewiß, und sehr vital. Eine Frau, die er gern gezähmt hätte. Und als Ehefrau würde Shevaun eine ausgezeichnete Gastgeberin sein – selbstsicher und umsichtig, eine Frau, die sich und ihm viele Türen öffnen würde. In England wäre May-may – als Ehefrau – ein Glücksspiel mit hohem Einsatz. Nicht als Geliebte. So ist es, sagte er sich. Trotzdem aber werde ich sie heiraten. Mit der Macht von Noble House hinter mir und einer Monopolkonzession für Rußland in der Tasche kann ich es wagen, mich über alle Konventionen hinwegzusetzen und die fast unübersteigbare Schranke zwischen Okzident und Orient niederzureißen. May-may wird über allen Zweifel hinaus – und für alle Zeit – den Menschen, die in der Gesellschaft wirklich zählen, beweisen, daß der Asiate ebenbürtig ist und es sich lohnt, ihn kennenzulernen. May-may wird durch ihre Persönlichkeit den Tag der Gleichstellung und Anerkennung schneller herbeiführen. Es wird noch zu meinen Lebzeiten geschehen.
Ach, dachte er überschwenglich, May-may ist ein wunderbares Glücksspiel. Zusammen können wir es schaffen. Für alle Zeit. Mit etwas Joss wird ganz London ihr zu Füßen liegen.
Dann brach seine Freude in sich zusammen.
May-may stand in der Tür, ein strahlendes Lächeln auf dem Gesicht, als sie sich hin und her wendete. Ihr Kleid nach europäischer Mode, mit einem weitbauschigen, juwelenbesetzten Rock, war schreiend bunt. Das Haar hing in Locken auf die bloßen Schultern herab, auf dem Kopf trug sie einen Federhut. Sie sah entsetzlich aus – ein Alptraum.
»Mein Himmel, nein!«
Es folgte ein furchtbares Schweigen, während sie einander anstarrten.

»Es ist … es ist sehr … hübsch«, sagte er, von dem Schmerz in May-mays Augen niedergeschmettert. Aber es klang nicht überzeugend.

May-mays Haut war plötzlich von durchscheinender Blässe; nur auf den Wangen brannten noch zwei hellrote Flecken. Sie wußte, daß sie Struan gegenüber in grausamer Weise an Gesicht verloren hatte. Schwankend stand sie da, einer Ohnmacht nahe. Dann stieß sie einen wimmernden Laut aus und flüchtete.

Struan eilte ihr nach. Er stürzte durch ihre privaten Gemächer, aber das Schlafzimmer war bereits verriegelt.

»May-may, meine Kleine. Öffne die Tür.«

Es erfolgte keine Antwort, und er wurde sich dessen bewußt, daß Lim Din und Ah Sam hinter ihm standen. Als er sich umwandte, waren sie bereits verschwunden.

»May-may! Öffne die Tür!«

Noch immer keine Antwort. Er war wütend auf sich selber, weil er unfähig gewesen war, seine Gefühle zu verbergen. Er hatte sich dumm benommen und sich überrumpeln lassen. Selbstverständlich wollte auch May-may an dem Ball teilnehmen, und alle ihre Fragen hätten ihn bereits warnen sollen. Selbstverständlich hatte sie sich ein Ballkleid machen lassen und … ach, du lieber Gott!

»Öffne die Tür!«

Wieder keine Antwort. Er trat mit dem Fuß gegen die Tür. Sie sprang auf. May-may stand neben dem Bett und blickte zu Boden.

»Du hättest die Tür nicht verriegeln sollen. Du … du – das Kleid und du haben mich nur für einen Augenblick so verblüfft.« Er wußte, daß er ihr das Gesicht zurückgeben mußte, oder sie würde sterben. Sterben vor Kummer oder von ihrer eigenen Hand. »Komm jetzt«, sagte er, »wir gehen auf den Ball.«

Als sie auf die Knie fiel, um Kotau zu machen und seine Verzeihung zu erflehen, trat sie auf das Kleid und taumelte. Sie öffnete den Mund, um etwas zu sagen, brachte aber keinen Laut hervor. Der Hut mit den Federn war ihr vom Kopf gerutscht.

Struan eilte auf sie zu und wollte ihr aufhelfen. »Komm, May-may, meine Kleine, das darfst du nicht tun.«

Aber sie wollte sich nicht aufhelfen lassen. Sie senkte das Gesicht noch tiefer auf den Teppich und versuchte, sich mit ihren Nägeln in ihm festzukrallen.

Mit Mühe hob er sie auf und drückte sie an sich, aber sie wollte ihn nicht ansehen. Er hielt ihre Hand fest.

»Komm jetzt.«

»Was ist?« antwortete sie dumpf.

»Jetzt gehen wir auf den Ball.« Er wußte, daß es für ihn wie für sie eine Katastrophe werden würde. Er wußte, daß es ihn gesellschaftlich vernichten und sie sich lächerlich machen würde. Aber es war ihm auch klar, daß er sie mitnehmen mußte, oder ihre Seele würde sterben. »Komm jetzt«, wiederholte er, und in seiner Stimme schlug seine Gereiztheit durch. Aber sie starrte noch immer zitternd den Boden an.

Er zog sie sanft mit sich, aber sie wäre fast gestürzt. Da hob er sie in grimmiger Entschlossenheit auf, und sie lag wie leblos in seinen Armen. Er ging mit ihr auf die Tür zu. »Jetzt gehen wir, und keine Widerrede.«
»Warte«, ächzte sie mit rauher Stimme. »Ich ... ich ... ich muß, der ... der Hut.«
Er ließ sie zu Boden gleiten, und sie kehrte in das Schlafzimmer zurück; ihr trippelnder Gang wirkte häßlich in dem europäischen Kleid. Struan wußte, daß es zwischen ihnen niemals mehr so sein würde wie früher. Er hatte einen furchtbaren Fehler begangen. Er hätte dies alles voraussehen müssen, aber ...
Er bemerkte, daß sie auf den rasiermesserscharfen Schnürlochstecher zustürzte, den sie für Stickereiarbeiten benutzte. Er erreichte sie gerade in dem Augenblick, als sie ihn gegen sich selbst richtete, und packte den Griff des Stechers. Die Spitze glitt an dem Fischbein von May-mays Korsett ab. Er warf das Werkzeug weg und versuchte sie festzuhalten, aber sie stieß ihn unter einem Schwall chinesischer Worte zurück, schlug die Nägel in das Kleid und zerriß es. Struan drehte sie schnell herum und löste die Haken. May-may aber riß den ganzen vorderen Teil auf, wand sich aus dem Kleid, heraus aus dem Korsett und begann die Spitzenhose zu zerfetzen. Als sie endlich frei war, trampelte sie auf dem Kleid herum und schrie gellend.
»Hör auf!« brüllte er und ergriff ihren Arm, aber sie stieß ihn wie eine Besessene von sich. *»Hör auf!«*
Er schlug ihr mit der flachen Hand ins Gesicht. Sie taumelte kraftlos zurück und fiel aufs Bett. Ihre Augenlider zitterten, und sie verlor das Bewußtsein.
Struan brauchte eine Weile, um das Hämmern in seinen Ohren zu überwinden. Er zog die Bettdecke hoch und bedeckte May-may.
»Ah Sam! Lim Din!«
Die beiden entsetzten Gesichter tauchten neben der zerstörten Tür auf.
»Tee – schnell-schnell! Nein. Holt Branntwein.«
Lim Din kehrte mit der Flasche zurück. Struan hob May-mays Kopf sanft an und half ihr trinken. Sie verschluckte sich ein wenig. Dann zuckten ihre Lider, und sie schlug die Augen auf. Ohne ihn zu erkennen, starrte sie ihn an.
»Geht es dir besser, meine Kleine? Wie fühlst du dich, May-may?«
Nichts verriet, daß sie ihn gehört hatte. Ihr Blick fiel auf das zerrissene Kleid, und sie zog sich erschauernd in sich zusammen. Ein Stöhnen entrang sich ihr; sie murmelte etwas auf chinesisch. Widerstrebend und furchtsam näherte sich Ah Sam. Sie kniete nieder und begann die Kleider einzusammeln.
»Was hat sie gesagt? Was Missie sagen-ah?« Struan hielt seine Augen unverwandt auf May-may gerichtet.
»Teufelskleider Feuer, Maste'.«
»Nicht Feuer, Ah Sam. In mein Zimmer legen. Verstecken. Verstecken. Versteh'?«
»Versteh', Maste'.«
»Dann zurückkommen.«

»Versteh', Maste'.«
Struan entließ Lim Din mit einer Handbewegung. Er eilte davon.
»Komm jetzt, meine Kleine«, sagte er sanft, entsetzt von ihrem starren, irren Blick. »Zieh jetzt deine gewohnten Kleider an. Du mußt mit auf den Ball kommen. Ich möchte dich doch meinen Freunden dort vorstellen.«
Er trat einen Schritt auf sie zu. Sie sprang jäh auf, wie eine in die Enge getriebene Schlange. Da blieb er stehen. In ihrem Gesicht zuckte es, und ihre Finger waren wie die Krallen eines Raubvogels. Ein Tropfen Speichel sammelte sich in einem Mundwinkel. In ihren Augen war der Wahnsinn.
Angst um sie packte ihn. Denselben Blick hatte er schon einmal gesehen – in den Augen jenes Seesoldaten, der den Verstand verloren hatte, an jenem ersten Tag auf Hongkong.
Er schickte ein schweigendes Gebet zum Allmächtigen empor und nahm seinen ganzen Willen zusammen. »Ich liebe dich, May-may«, wiederholte er sanft, während er langsam durch das Zimmer auf sie zuging. Langsam, ganz langsam. Nun beugte er sich über sie und sah die zum Stoß bereiten Krallen. Er hob seine Hände und berührte sanft ihr Gesicht. »Ich liebe dich«, wiederholte er. Seine Augen, schutzlos der Gefahr preisgegeben, zwangen ihr die ganze Macht seines Willens auf. »Ich brauche dich doch, meine Kleine, ich brauche dich.«
Das Irre in ihren Augen verwandelte sich in Schmerz, und schluchzend fiel sie in seine Arme. Er hielt sie an sich gedrückt und dankte erschöpft seinem Gott.
»Ich ... es tut mir so leid«, wimmerte sie.
»Nichts braucht dir leid zu tun, mein Kleines. Schon gut, schon gut, es ist ja alles gut, hörst du?«
Er trug sie zum Bett zurück, setzte sich, nahm sie in seine Arme und wiegte sie wie ein Kind hin und her. »Schon gut, schon gut.«
»Laß ... laß mich jetzt allein. Es geht schon.«
»Ich denke nicht daran«, erwiderte er. »Jetzt mußt du erst wieder zu dir kommen, dich erholen, dann ziehen wir uns an und gehen zusammen auf den Ball.«
Unter Tränen schüttelte sie den Kopf. »Nein ... kann nicht. Ich ... bitte ...«
Sie hörte auf zu weinen, löste sich aus seinen Armen und erhob sich schwankend. Struan legte einen Arm um sie, zwang sie ins Bett zurück und half ihr, die restlichen zerrissenen Kleidungsstücke auszuziehen. Dann breitete er die Bettdecke über sie. Kraftlos lag sie da.
»Bitte. Es geht schon wieder. Muß ... schlafen. Geh du nur.«
Sanft streichelte er ihr den Kopf und strich ihr die scheußlichen Locken aus dem Gesicht.
Später wurde ihm bewußt, daß Ah Sam in der Tür stand. Sie trat ins Zimmer, und Tränen strömten ihr über die Wangen. »Sie gehen, Maste'«, flüsterte sie. »Ah Sam aufpassen, schon gut. Nicht Angst. Können.«
Er nickte kraftlos. May-may lag in tiefem Schlaf. Ah Sam kniete neben dem Bett nieder und berührte sanft und zärtlich May-mays Kopf. »Nicht Angst, Maste'. Ah Sam wachen sehr, bis Maste' kommen.«
Auf Zehenspitzen ging Struan aus dem Zimmer.

Culum war der erste, der auf Struan zutrat, als dieser auf den Ball zurückkehrte.

»Können wir jetzt mit der Schönheitskonkurrenz beginnen?« fragte er schroff. Nichts vermochte sein Glücksgefühl zu zerstören. Er war mit allen seinen Gedanken bei dem Mädchen, das er liebte, und bei dessen Bruder, seinem neuen Freund. Aber noch beteiligte er sich an dem Spiel.

»Ihr hättet nicht warten sollen«, antwortete Struan rauh. »Wo ist Robb? Mein Gott, muß denn alles ich tun?«

»Er mußte weg. Es kam die Nachricht, daß Tante Sarahs Wehen begonnen haben. Es scheint da Komplikationen zu geben.«

»Was für welche?«

»Ich weiß es nicht. Aber Mrs. Brock hat ihn begleitet; sie wollte sehen, ob sie helfen kann.«

Culum entfernte sich. Struan bemerkte sein Verschwinden kaum. Wieder erwachte seine Sorge um May-may, nun noch von der um Sarah und Robb verstärkt. Aber Liza Brock war die beste Hebamme in ganz Asien, und wenn wirklich Hilfe vonnöten war, würde Sarah sie erhalten.

Shevaun näherte sich ihm und brachte ihm ein Glas Branntwein. Ohne ein Wort reichte sie ihm das Glas und legte ihren Arm leicht in den seinen. Sie wußte, daß es keiner Worte bedurfte. In einer solchen Stunde war es am besten, nichts zu sagen: denken konnte man, soviel man wollte, aber nur nicht fragen. Denn sogar die mächtigste Persönlichkeit brauchte zuweilen Schweigen und Verständnis, Geduld und Freundlichkeit. Das wußte sie. So wartete sie und ließ nur ihre Gegenwart auf ihn wirken.

Langsam trank Struan den Branntwein. Seine Blicke streiften die Menge, und er sah, daß alles in Ordnung war: hier und dort ein fröhliches Lachen, flatternde Fächer, ein Aufblitzen von Degen. Er beobachtete, daß Brock in ein Gespräch unter vier Augen mit dem Großfürsten vertieft war. Brock lauschte, nickte hin und wieder und schien sich sehr zu konzentrieren. Bot etwa Sergejew ihm die Konzession an? Mary stand neben Glessing und fächelte sich. Zwischen den beiden war etwas nicht ganz in Ordnung, dachte er. Tess, Culum und Gorth lachten miteinander. Um so besser.

Und als Struan den Branntwein getrunken und wieder zu sich gefunden hatte, sah er Shevaun an. »Ich danke Ihnen«, sagte er und verglich May-mays groteskes Auftreten in europäischer Kleidung und Haartracht mit der Vollkommenheit von Shevauns Erscheinung. »Sie sind sehr schön und sehr verständnisvoll.«

Seine Stimme klang niedergeschlagen, und sie wußte, daß da ein Zusammenhang mit seiner Geliebten bestehen mußte. Macht nichts, dachte sie und drückte mitfühlend seinen Arm.

»Es geht schon wieder«, sagte er.

»Mr. Quance kommt auf uns zu«, warnte sie ihn leise. »Es ist höchste Zeit für den Wettbewerb.«

Das Hellgrün seiner Augen verdunkelte sich. »Sie sind nicht nur schön, Shevaun, Sie sind auch sehr klug.«

Es lag ihr auf der Zunge, ihm zu danken, doch sagte sie nichts, sondern bewegte nur ein wenig ihren Fächer. Sie spürte, daß der Branntwein, ihr Schweigen und ihr Verständnis – und vor allem ihr Verzicht auf alle Fragen – sehr viel dazu beigetragen hatten, ihn einer Entscheidung näher zu bringen.

»Ach, Tai-Pan, mein lieber Freund«, rief Quance, als er zu ihnen trat. Seine Augen funkelten lustig, und er strahlte alkoholische Wärme aus. »Es ist an der Zeit, mein Richteramt anzutreten!«

»Sehr schön, Aristoteles!«

»Dann kündigen Sie die Sache an und beginnen wir.«

»Mr. Quance!« Wie ein Donnerschlag zerrissen die Worte die Nacht.

Alle drehten sich verwundert um.

Quance stieß ein gewaltiges Stöhnen aus.

Da stand Maureen Quance, und der Blick ihrer Augen zermalmte ihn zu Staub. Sie war eine hochgewachsene, starkknochige Irin mit einem Gesicht wie Leder, einer großen Nase und Beinen, die wie Eichenstämme in der Erde zu wurzeln schienen. Sie war ebenso alt wie Quance, aber stark wie ein Ochse. Das eisengraue Haar war zu einem unordentlichen Knoten aufgesteckt. Als junges Mädchen war sie ganz hübsch gewesen. Nun aber, mit ihrem Leibesumfang, den sie dem Genuß von Kartoffeln und Bier verdankte, wirkte sie vernichtend. »Einen schönen guten Abend wünsche ich, Mr. Quance, mein lieber Mann«, rief sie. »Ja, ich bin's selbst, Gott sei's gedankt!«

Sie stampfte über die Tanzfläche, ohne auf die Blicke und das betretene Schweigen zu achten, und trat vor ihren Mann hin. »Ich habe nach dir gesucht, mein lieber Junge!«

»Ach?« stieß er mit zitternder Fistelstimme aus.

»Ach, das kann man wohl sagen.« Sie wandte den Kopf. »Einen schönen guten Abend, Mr. Struan, und ich danke Ihnen auch für die Unterbringung und Verflegung. Gott sei's gedankt, sie selber hat den armen Tropf gefunden.«

»Sie sehen prächtig aus, Mrs. Quance.«

»Fühle mich auch so wohl, wie ein Mensch sich nur fühlen kann. Es war nur ein gesegnetes Wunder, das St. Patrick persönlich vollbracht hat, als er ihr ein Boot mit Eingeborenen geschickt und ihre Schritte zu diesem unsterblichen Ort gelenkt hat.« Wieder wandte sie ihre leidgeprüften Augen Aristoteles zu, und er zitterte. »Jetzt werden wir allen gute Nacht wünschen, mein geliebter Mann.«

»Aber, Mrs. Quance«, rief Struan hastig, denn er dachte an den bevorstehenden Wettbewerb, »Mr. Quance hat hier noch etwas ...«

»Wir wünschen eine gute Nacht«, brummte sie. »Sag gute Nacht, mein Junge.«

»Gute Nacht, Tai-Pan«, quäkte Aristoteles. Lammfromm überließ er Maureen seinen Arm und wurde von ihr weggeführt.

Nachdem sie verschwunden waren, brachen alle in schallendes Gelächter aus.

»Du lieber Himmel«, sagte Struan, »armer, alter Aristoteles.«

»Was ist Mr. Quance zugestoßen?« fragte Sergejew.
Struan erklärte ihm Aristoteles' häusliche Drangsal.
»Vielleicht könnten wir ihn retten«, meinte Sergejew. »Ich mag ihn sehr.«
»Wir können uns wohl kaum zwischen Mann und Frau stellen, oder?«
»Wahrscheinlich nicht. Aber wer soll nun bei dem Wettbewerb das Urteil sprechen?«
»Ich werde es wohl selbst tun müssen.«
Sergejew kniff die Augen zusammen. »Darf ich mich als Freiwilliger zur Verfügung stellen? Als Ihr Freund?«
Struan sah ihn prüfend an. Dann wandte er sich auf dem Absatz um und trat in die Mitte der Tanzfläche. Die Kapellen spielten einen lauten Tusch.
»Exzellenz, Hoheit, meine Damen und Herren! Wir hatten für den heutigen Abend einen Wettbewerb und eine Preisverteilung für die am besten gekleidete Dame vorgesehen. Leider ist nun unser unsterblicher Quance anderweitig in Anspruch genommen. Aber Seine Hoheit, Großfürst Sergejew, hat sich freiwillig zur Verfügung gestellt, um das Urteil zu sprechen.« Struan sah Sergejew an und begann zu klatschen. Die anderen folgten seinem Beispiel, und stürmischer Jubel brauste auf, als Sergejew vortrat.
Sergejew nahm den Beutel mit den tausend Guineen. »Wen soll ich auswählen, Tai-Pan?« fragte er verstohlen. »Die Tillman für Sie, die Vargas für mich oder die Sinclair, weil sie die Geheimnisvollste ist? Entscheiden Sie, wer gewinnen soll.«
»Das Urteil liegt bei Ihnen, mein Freund«, erwiderte Struan und entfernte sich mit einem stillen Lächeln.
Sergejew wartete einen Augenblick und genoß die Erregung, die in einer solchen Entscheidung lag. Er wußte, daß er die Dame wählen mußte, die der Tai-Pan als Siegerin sehen wollte. Er traf seine Entscheidung, überquerte die Tanzfläche, verneigte sich und legte den Beutel mit Gold zu ihren Füßen nieder. »Ich glaube, dies gebührt Ihnen, Miss Brock.«
Tess sah den Großfürsten fassungslos an. Dann aber, als die Stille zerriß, errötete sie.
Es folgte lauter Beifall, und alle, die gegen große Übermacht für Tess gewesen waren, schrien vor Freude.
Shevaun klatschte mit den anderen zusammen und unterdrückte ihre Enttäuschung. Sie wußte, daß es eine kluge Entscheidung war. »Das ideale, politisch kluge Urteil, Tai-Pan«, flüsterte sie ruhig. »Sie sind sehr geschickt.«
»Es war das Urteil des Großfürsten und nicht das meine.«
»Noch ein Grund mehr dafür, daß ich Sie mag, Tai-Pan. Sie sind ein ganz großer Spieler, und Ihr Joss ist unglaublich.«
»Und Sie sind eine ganz großartige Frau.«
»Ja«, antwortete sie ohne Eitelkeit. »Ich verstehe mich sehr gut auf politische Dinge. Mein Vater – oder einer meiner Brüder – wird eines Tages Präsident der Vereinigten Staaten sein.«
»Sie sollten in Europa leben«, sagte er. »Hier draußen bleiben Ihre Fähigkeiten ungenutzt.«
»Meinen Sie?« Ihre Augen forderten ihn heraus.

Struan betrat leise das Haus. Lim Din schlief neben der Tür und fuhr erschreckt aus dem Schlaf auf.

»Tee, Maste'? Frühstück?« fragte er schläfrig.

»Lim Din ins Bett«, sagte Struan freundlich.

»Ja, Maste'.« Er patschte davon.

Auf dem Weg den Flur entlang warf Struan einen Blick ins Wohnzimmer und blieb jäh stehen. Bleich und regungslos saß May-may im Ledersessel und blickte ihm entgegen.

Als er das Zimmer betrat, erhob sie sich und verneigte sich anmutig. Ihr Haar war aus der Stirn frisiert und hoch aufgesteckt. Die dunklen Augen schimmerten, die Augenbrauen waren hohe schwarze Bögen. Sie trug ein langes, weich fallendes chinesisches Gewand.

»Wie geht es dir, meine Kleine?« fragte er.

»Ich danke dir, dieser Sklavin geht es nun gut.« Ihre Blässe und das kühle Grün ihres seidenen Gewandes unterstrichen ihre grenzenlose Würde.

»Möchtest du Branntwein haben?«

»Nein, danke.«

»Tee?«

Er schüttelte den Kopf, beeindruckt von ihrem majestätischen Auftreten. »Ich bin nur froh, daß es dir besser geht. Du solltest aber im Bett liegen.«

»Diese Sklavin bittet dich, ihr zu verzeihen. Diese Sklavin ...«

»Du bist keine Sklavin, bist niemals eine gewesen. Und es gibt nichts zu verzeihen, meine Kleine, und jetzt ab ins Bett.«

Sie wartete geduldig, bis er fertig war. »Diese Sklavin bittet dich, ihr zuzuhören. Sie muß auf eigene Weise sagen, was gesagt werden muß. Bitte setzen.«

Zwei Tränen rollten aus ihren Augen über ihre blassen Wangen hinab.

Fast wie unter einem Bann setzte er sich.

»Diese Sklavin bittet ihren Herrn, sie zu verkaufen.«

»Du bist keine Sklavin und kannst weder verkauft noch gekauft werden.«

»Bitte zu verkaufen. An irgend jemand. An Hurenhaus oder anderen Sklaven.«

»Du bist nicht zu verkaufen.«

»Diese Sklavin hat dich über alles Erträgliche hinaus beleidigt. Bitte zu verkaufen.«

»Du hast mich nicht beleidigt.« Er erhob sich, und seine Stimme war von stählerner Härte. »Jetzt gehst du ins Bett.«

Sie fiel auf die Knie nieder und machte Kotau. »Diese Sklavin hat kein Gesicht mehr vor ihrem Herrn und Besitzer. Sie kann hier nicht leben. Bitte zu verkaufen!«

»Steh auf!« Struans Gesicht verhärtete sich.

Sie erhob sich. Ihr Gesicht war überschattet und wirkte durchsichtig und fast unkörperlich.

»Du bist nicht zu verkaufen, weil niemand dich besitzt. Du wirst hierbleiben. Du hast mich nicht beleidigt. Du hast mich nur überrascht, das war die ganze

Geschichte. Europäische Kleider stehen dir nicht. Ich liebe die Kleider, die du sonst trägst. Und ich liebe dich so, wie du bist. Aber wenn du nicht bleiben willst, darfst du jederzeit gehen.«

»Bitte verkaufen. Dies ist deine Sklavin. Solange ein Besitzer nicht verkauft, kann eine Sklavin nicht gehen.«

Struan war nah daran, die Beherrschung zu verlieren. Nimm dich zusammen, mahnte er sich verzweifelt. Wenn du dich jetzt nicht zusammenreißt, hast du sie für immer verloren. »Geh zu Bett!«

»Du mußt diese Sklavin verkaufen. Verkauf diese Sklavin oder befiehl ihr, wegzugehen.«

Struan erkannte, daß es nutzlos war, sich mit May-may zu streiten oder ihr vernünftig zuzureden. Du kannst sie nicht wie eine Europäerin behandeln, sagte er zu sich. Behandle sie so, als seist du Chinese. Aber wie macht man das? Ich weiß es nicht. Behandle sie als Frau, befahl er sich und hatte sich schon zu einer bestimmten Taktik entschlossen.

Jäh brach der Zorn bei ihm durch. Aber er war nur gespielt. »Du bist wahrhaftig eine elende Sklavin! Ich habe nicht übel Lust, dich in die Straße der Blauen Laternen zu verkaufen«, brüllte er. Die Straße der Blauen Laternen war die übelste von allen Seemannsgassen in Macao. »Wer allerdings ein so dreckiges Stück Sklavin wie dich kaufen möchte, kann ich mir nicht vorstellen. Mit dir hat man nichts als Ärger, ich werde dich wohl am besten an die Leprakranken verkaufen. Bei Gott! Achttausend Silbertaels habe ich für dich gezahlt, und da wagst du es noch, mich zu erzürnen? Man hat mich wirklich übers Ohr gehauen! Du bist völlig nutzlos! Du schmutzige Sklavin – wie ich es all die Jahre hindurch mit dir habe aushalten können, ist mir ein Rätsel!« Er schüttelte seine Faust vor ihrem Gesicht, und sie wich zurück. »War ich nicht gut zu dir? He? Großzügig? He? Was?« brüllte er und war froh, als er nun Angst in ihren Augen bemerkte. »Nun?«

»Ja, mein Herr«, flüsterte sie und biß sich auf die Lippe.

»Du wagst es, dir hinter meinem Rücken Kleider machen zu lassen, und du wagst es, sie ohne meine Erlaubnis zu tragen! Hast du das getan?«

»Ja, mein Gebieter.«

»Morgen werde ich dich verkaufen. Vielleicht werfe ich dich auch jetzt gleich hinaus, du elende Hure. Mach Kotau! Los, los, ein bißchen schneller!«

Sie wurde angesichts seines Zornes noch bleicher und warf sich rasch zu Boden.

»Und jetzt bleibst du da unten, bis ich zurückkomme!«

Er stürzte aus dem Zimmer und hinaus in den Garten. Dort riß er sein Messer heraus und suchte sich aus einem frisch gepflanzten Hain ein dünnes Bambusrohr heraus. Er schnitt es ab, hieb damit durch die Luft und stürmte ins Wohnzimmer zurück.

»Zieh deine Kleider aus, du dreckige Sklavin. Ich werde dich schlagen, bis mich mein Arm schmerzt.«

Zitternd zog sie sich aus. Er riß ihr das Kleid aus der Hand und warf es beiseite. »Dort legst du dich hin!« Er deutete auf das Sofa.

Sie tat, was er ihr befahl. »Schlag mich bitte nicht zu fest – ich bin seit zwei Monaten schwanger.« Sie drückte ihr Gesicht auf das Sofa.

Struan wollte sie in die Arme nehmen, aber er wußte, daß er damit sein Gesicht vor ihr verlieren würde. Und eine Tracht Prügel war die einzige Möglichkeit, ihr ihre Würde zurückzugeben.
So schlug er sie mit dem Bambusstock auf das Gesäß. Fest genug, um ihr weh zu tun, aber ohne daß es sie verletzte. Schon bald schrie sie auf, weinte und wand sich, aber er hielt nicht inne. Zweimal verfehlte er sie absichtlich und schlug wild auf das Leder ein, so daß es einen fürchterlichen Laut gab. Lim Din und Ah Sam, die, wie er wußte, lauschten, sollten ihn hören.
Nach zehn Schlägen machte er eine Pause und befahl ihr, liegenzubleiben. Dann holte er sich eine Flasche Branntwein. Er trank einen großen Schluck, schleuderte die Flasche gegen die Wand und setzte die Züchtigung fort. Aber noch immer mit großer Vorsicht.
Schließlich hörte er auf und zerrte sie an den Haaren hoch. »Zieh deine Kleider an, elende Sklavin!« Nachdem sie sich angezogen hatte, brüllte er: »Lim Din! Ah Sam!«
Schon im nächsten Augenblick standen sie zitternd an der Tür.
»Warum nicht Tee, nicht Essen, ihr verfluchten Sklaven! Holt Essen!«
Er warf den Bambus neben der Tür an die Wand und wandte sich erneut May-may zu.
»Kotau, du mutterloses Wrack!«
Von der Grenzenlosigkeit seines Zornes entsetzt, befolgte sie hastig seinen Befehl.
»Säubere dich und komm hierher zurück. In dreißig Sekunden, oder ich fange wieder von vorn an.«
Lim Din reichte ihm den Tee, und obwohl er genau richtig war, rief Struan, er sei zu kalt, und warf die Teekanne an die Wand. May-may, Lim Din und Ah Sam stürzten davon und brachten in aller Eile frischen Tee.
Auch das Essen wurde mit unglaublicher Geschwindigkeit aufgetragen, und Struan ließ sich von May-may bedienen. Sie wimmerte vor Schmerz, und er brüllte: »Schweig, oder ich werde dich pausenlos schlagen!«
Dann versank er in unheildrohendes Schweigen, aß und überließ sie der quälenden Stille.
Als er fertig war, schrie er: »Heb den Bambusstock auf!«
May-may holte den Bambusstock und reichte ihn ihm. Er bohrte ihr den Stock mit einer jähen Bewegung in den Leib. »Bett!« befahl er grob, und Lim Din und Ah Sam entflohen, von dem Wissen beruhigt, daß der Tai-Pan seiner Tai-tai verziehen hatte. Weil sie seinen berechtigten Zorn über sich hatte ergehen lassen, hatte sie grenzenlos an Gesicht gewonnen.
May-may wandte sich unter Tränen um und ging den Flur entlang auf ihre Zimmer zu, aber er fauchte sie an: »Mein Bett, verdammt!«
Sie lief in sein Zimmer. Er folgte ihr, warf die Tür hinter sich zu und verriegelte sie.
»So, du erwartest also ein Kind. Wessen Kind?«
»Deins, Herr«, antwortete sie kläglich.
Er setzte sich hin und streckte ein Bein aus. »Los, beeil dich!«
Sie fiel auf die Knie, zog ihm die Stiefel aus und trat dann neben das Bett.
»Wie kannst du es wagen, anzunehmen, ich wollte dich mit meinen Freun-

den bekannt machen? Wenn ich dich ausführen möchte, werde ich es dir schon sagen.«
»Jawohl, mein Gebieter.«
»Der Platz einer Frau ist im Haus. Hier!«
»Ja, mein Herr.«
Er erlaubte seinem Gesicht einen etwas sanfteren Ausdruck. »Wahrhaftig, das klingt schon besser.«
»Ich habe gar nicht auf den Ball gehen wollen«, sagte sie flüsternd. »Wollte mich nur anziehen, wie ... Ich niemals Ball wollen. Wieso zum Ball gehen – niemals, niemals wollen. Nur um zu gefallen. Traurig, sehr traurig.«
»Warum sollte ich dir vergeben, he?« Er begann sich auszuziehen. »Warum?«
»Kein Grund – keiner.«
Sie weinte jetzt leise und erbarmungswürdig vor sich hin. Aber er wußte, daß es noch zu früh war, sich ganz erweichen zu lassen.
»Da du schwanger bist, werde ich dir vielleicht noch eine Chance einräumen. Aber dann sollte es lieber ein Sohn sein und nicht ein wertloses Mädchen.«
»Ach ja – bitte, bitte. Bitte, verzeih mir.« Sie warf sich vor ihm nieder und schlug mit dem Kopf auf den Boden.
Ihr Weinen tat ihm weh, aber er zog sich weiterhin in mürrischem Schweigen aus. Dann löschte er das Licht und legte sich ins Bett.
Sie ließ er stehen.
Nach einer kurzen Weile sagte er schroff: »Leg dich ins Bett, ich friere.«
Später, als er ihr Weinen nicht mehr zu ertragen vermochte, schlang er zärtlich seine Arme um sie und küßte sie. »Es ist dir verziehen, meine Kleine.«
In seinen Armen weinte sie sich in Schlaf.

Die Wochen verstrichen, der Frühling ging in den Frühsommer über. Die Sonne nahm an Kraft zu, und die Luft war mit Feuchtigkeit gesättigt. Die Europäer in ihren gewöhnlichen Anzügen, dem langen wollenen Unterzeug, den bauschigen Kleidern und den Fischbeinkorsetts, litten sehr unter der Hitze. Der Schweiß trocknete in den Achselhöhlen und zwischen den Beinen, und dort bildeten sich eitrige Wunden. Die üblichen Sommerkrankheiten setzten ein – die Kantonruhr, der Macaofluß und das Asiatische Fieber. Die Verstorbenen wurden beweint. Die Lebenden ertrugen stoisch ihre Leiden als unvermeidliche Plagen, die Gott der Herr geschickt hatte, um die Menschheit zu züchtigen, und schlossen weiterhin ihre Fenster gegen die Luft ab, von der alle glaubten, sie verbreite die schädlichen Gase, die die Erde im Sommer ausströme; sie nahmen weiterhin Abführmittel und ließen sich zur Ader, denn alle wußten, daß darin die einzige Möglichkeit lag, von diesen Krankheiten geheilt zu werden; sie tranken auch weiterhin von Fliegen verseuchtes Wasser und aßen Fleisch, auf das die Fliegen ihre Eier abgelegt hatten; sie mieden es nach wie vor zu baden, denn alle wußten, daß dies der Gesundheit schadete; und sie hörten nicht auf, die Kühle des Winters herbeizuflehen, der wieder einmal die Erde von ihren gefährlichen, tödlichen Giften säubern würde.

Bis zum Juni hatte das Fieber die Reihen der Soldaten dezimiert. Die Saison der Handelsgeschäfte war fast vorbei. In diesem Jahr würden riesige Vermögen gemacht werden – Joss vorausgesetzt. Denn niemals zuvor war in der Niederlassung von Kanton so unmäßig viel gekauft und verkauft worden. Die Händler, ihre portugiesischen Angestellten, ihre chinesischen Kommissionäre und die Co-hong-Kaufleute waren alle von der Hitze erschöpft, aber noch mehr von den Wochen fieberhafter Aktivität. Alle waren bereit, sich nun etwas Ruhe zu gönnen, bis die Winterkäufe einsetzten.

Und in diesem Jahr freuten sich, im Gegensatz zu allen früheren Jahren, die Europäer darauf, den Sommer in ihren eigenen Häusern und auf ihrem eigenen Grund und Boden auf Hongkong zu verleben.

Ihre Familien in Hongkong waren bereits aus den engen Unterkünften auf den Schiffen in das Happy Valley umgezogen. Es war emsig gebaut worden. Schon nahm Queen's Town deutlicher Gestalt an: Straßen, Lagerhäuser, das Gefängnis, Kaianlagen, zwei Hotels, Kneipen und Wohnhäuser.

Die Kneipen, die die Soldaten besuchten, waren in der Nähe der Zelte bei Glessing's Point entstanden. Die anderen, deren Kunden Seeleute waren, lagen der Marinewerft gegenüber an der Queen's Road. Einige von ihnen waren nichts weiter als Zelte oder rasch zusammengeschlagene behelfsmäßige Bauten. Andere wiederum hatten sich auf längere Zeit eingerichtet.

Aus England trafen Schiffe ein, die Vorräte, Verwandte, Freunde und viele Fremde brachten. Und jede Flut führte mehr Menschen aus Macao heran – Portugiesen, Eurasier und Europäer – Segelmacher, Weber, Schneider,

Schreiber, Dienstboten, Geschäftsleute, Käufer und Verkäufer, Kulis, Leute, die eine Stellung suchten, oder die anderen, deren Beruf sie nun zwang, nach Hongkong zu kommen: alle, die dem Chinahandel dienten, alle, die von ihm lebten oder sich an ihm mästeten. Zu denen, die kamen, gehörten auch die Bordellmütter, die leichten Mädchen, die Opiumraucher, die Ginbrenner, die Spieler und Schmuggler, die Taschendiebe und Entführer, die Räuber, Bettler und Piraten – der Abschaum aller Nationen. Auch sie fanden Unterkünfte oder begannen sich Unterkünfte und Räume zu bauen, in denen sie ihren verschiedenen Geschäften nachgingen. Billige Kneipen, Bordelle und Opiumhöhlen schossen in der Queen's Road und in der ganzen übrigen Stadt aus dem Boden. Die Zahl der Verbrechen nahm gewaltig zu, und die Polizei war dem nicht mehr gewachsen. Der Mittwoch wurde zum Tag des Auspeitschens bestimmt. Zur Freude der Rechtschaffenen wurden verurteilte Verbrecher vor dem Gefängnis als Warnung öffentlich ausgepeitscht.

Das britische Rechtswesen, obwohl rasch zupackend und streng, schien den Chinesen jedoch nicht grausam. Öffentliche Folter, Totprügeln, Anlegen von Daumenschrauben, Verstümmelung, Ausstechen eines oder beider Augen, Abhacken einer Hand oder beider Hände, des Fußes oder der Füße, Brandmarken, das Beibringen tiefer Fleischwunden, Erdrosselung mittels des Halseisens, das Ausreißen der Zunge und das Zerquetschen der Hoden – das alles waren durchaus übliche chinesische Strafen. Die Chinesen kannten auch kein Geschworenengericht. Da Hongkong außerhalb der chinesischen Gerichtsbarkeit lag, flohen alle Verbrecher, denen es gelang zu entkommen, vom Festland in die Sicherheit von Tai Ping Schan und machten sich über die Schwäche der Barbarengesetze lustig.

Im selben Maße, in dem die Zivilisation auf der Insel aufblühte, sammelte sich auch der Abfall. Und mit dem Abfall kamen die Fliegen.

In unbenutzten Fässern, in zerbrochenen Gefäßen, in den Bambusstangen der Gerüste, in den frisch angelegten und noch nicht vollendeten Gärten und im sumpfigen Becken des Happy Valley stand das Wasser. Und in diesen flachen Pfützen und Tümpeln regte sich Leben: Larven, aus denen Moskitos schlüpften – zarte, kleine Fiebermücken, die erst nach Sonnenuntergang ausschwärmten.

Und damit begann das Sterben im Happy Valley.

26

»Um Himmels willen, Culum, ich weiß davon nicht mehr als du. Unten in Queen's Town herrscht ein tödliches Fieber. Niemand weiß, was die Ursache ist, und jetzt hat es auch die kleine Karen bekommen.« Struan war unglücklich. Seit einer Woche hatte er nichts mehr von May-may gehört. Fast zwei Monate war er nun von Hongkong abwesend, abgesehen von einem hastigen zweitägigen Besuch vor einigen Wochen, als das Bedürfnis, May-may wiederzusehen, ihn überwältigt hatte. Sie blühte auf, ihre Schwangerschaft verlief ohne alle Beschwerden, und sie waren glücklicher miteinander als je-

mals zuvor. »Danken wir unserem Herrgott, daß wir unser letztes Schiff abgefertigt haben und morgen aus der Niederlassung abreisen können.«
»Onkel Robb sagt, es sei Malaria«, rief Culum erregt und fuchtelte mit Robbs Brief herum, der gerade eingetroffen war. Die Sorge um Tess machte ihn fast verrückt. Erst am Tag zuvor hatte er einen Brief von ihr erhalten, in dem sie ihm schrieb, sie, ihre Schwester und ihre Mutter seien vom Schiff in Brocks zum Teil fertiggestellte Faktorei umgezogen. Aber die Malaria hatte sie mit keinem Wort erwähnt. »Was tut man gegen Malaria?«
»Soviel ich weiß, gibt es nichts dagegen. Aber ich bin kein Arzt. Und Robb hat gesagt, daß nur einige von den Ärzten es für Malaria halten.« Struan schlug gereizt mit dem Fliegenwedel um sich. »›Malaria‹ ist das italienische Wort für ›schlechte Luft‹. Mehr weiß ich nicht – mehr wissen auch andere nicht. Du lieber Himmel, wenn wir im Happy Valley schlechte Luft haben, sind wir ruiniert!«
»Ich habe dir gleich geraten, dort nicht zu bauen«, tobte Culum. »Ich habe das Tal vom ersten Augenblick an gehaßt.«
»Zum Teufel noch mal, willst du etwa behaupten, du hättest von vornherein gewußt, daß die Luft dort giftig ist?«
»Nein. Das habe ich nicht gemeint. Ich wollte sagen – na ja, ich habe diesen Ort eben von Anfang an gehaßt.«
Struan schlug das Fenster zu, damit der Gestank, der vom großen Platz vor der Niederlassung aufstieg, nicht mehr herein konnte, und scheuchte wieder ein paar Fliegen weg. Insgeheim betete er, daß es sich bei diesem Fieber nicht um Malaria handeln möge. War es aber Malaria, so konnte jeder einzelne befallen werden, der im Happy Valley schlief. Es war allgemein bekannt, daß die Erde in manchen Gegenden der Welt von Malaria verseucht war und aus irgendeinem Grund in der Nacht tödliche Gase ausströmte.
Nach Robbs Mitteilungen hatte das Fieber vor vier Wochen in geheimnisvoller Weise begonnen. Zunächst einmal waren die chinesischen Arbeiter befallen worden. Dann wurden andere betroffen – hier ein europäischer Händler, dort ein Kind. Aber nur im Happy Valley, nirgends sonst auf Hongkong. Im Augenblick waren bereits vier- oder fünfhundert Chinesen erkrankt und zwanzig oder dreißig Europäer. Die Chinesen lebten in der abergläubischen Furcht, daß die Götter sie bestraften, weil sie entgegen dem Dekret des Kaisers auf Hongkong arbeiteten. Nur die Erhöhung der Löhne hatte sie zur Rückkehr bewegen können.
Und nun war auch die kleine Karen erkrankt. Am Schluß seines Briefes schrieb Robb: »Sarah und ich sind verzweifelt. Der Verlauf der Krankheit ist heimtückisch. Zunächst ein scheußliches Fieber, etwa einen halben Tag lang, dann erholt man sich, dann, nach zwei oder drei Tagen, ein noch heftigeres Aufflammen des Fiebers. Dieser Kreislauf wiederholt sich stets von neuem, und jeder Anfall ist schlimmer als der vorhergegangene. Die Ärzte haben Karen ein Abführmittel aus Kalomel eingegeben, so stark, wie sie es nur wagen konnten. Sie haben das arme Kind auch zur Ader gelassen, aber wir haben keine große Hoffnung. Die Kulis sind nach dem dritten oder vierten Anfall gestorben. Und Karen ist jetzt nach dem Abführmittel und dem Aderlaß so entsetzlich schwach. Gott helfe uns, ich glaube, Karen ist verloren.«

Struan schritt zur Tür. Guter Gott, erst das Baby und jetzt Karen! Sarah hatte am Tage nach dem Ball einen Sohn geboren, Lochlin Ross. Aber das Kind war bereits bei der Geburt schwächlich und sein linker Arm war verkrüppelt. Die Entbindung war sehr schwer gewesen. Sarah war fast dabei gestorben. Das gefürchtete Kindbettfieber hatte sie jedoch nicht bekommen. Allmählich waren ihre Kräfte wiedergekehrt, aber ihr Haar war grau geworden. Als Struan May-may besucht hatte, war er auch bei Sarah gewesen. Kummer und Verbitterung hatten tiefe Falten in ihr Gesicht gegraben. Sie sah aus wie eine alte Frau. Struan war noch trauriger geworden, als er ihr Kind gesehen hatte: den kraftlosen linken Arm, dieses kränkliche, jämmerlich schreiende Geschöpf, von dem niemand glaubte, es würde am Leben bleiben. Ob das Kind wohl inzwischen gestorben ist? dachte Struan, als er die Tür aufstieß; Robb hat es nicht erwähnt.
»Vargas!«
»Jawohl, Senhor?«
»Hatten Sie jemals Malaria in Macao?«
»Nein, Senhor.« Vargas erbleichte. Sein Sohn und sein Neffe arbeiteten für Noble House und lebten nun auf Hongkong. »Sind die Leute auch sicher, daß es Malaria ist?«
»Nein. Nur einige Ärzte sind der Ansicht. Aber nicht alle. Suchen Sie mir Mauss. Sagen Sie ihm, ich möchte umgehend mit Jin-kwa sprechen. Mit ihm zusammen.«
»Jawohl, Senhor. Seine Exzellenz möchte mit Ihnen und dem Großfürsten heute abend um neun Uhr speisen.«
»Sagen Sie für mich zu.«
»Jawohl, Senhor.«
Struan schloß die Tür und setzte sich niedergeschlagen. Er trug ein leichtes Hemd ohne Krawatte, eine leichte Hose und leichte Stiefel. Die anderen Europäer hielten ihn für verrückt, weil er es riskierte, sich eine dieser teuflischen Erkältungen zu holen, die, wie alle wußten, die Sommerwinde mit sich brachten.
»Es kann doch nicht die Malaria sein«, sagte er. »Doch nicht Malaria. Etwas anderes.«
»Die Insel ist verwünscht.«
»Jetzt redest du wie ein altes Weib«, entgegnete Struan.
»Das Fieber ist vor den Kulis nicht dagewesen. Wirf die Kulis hinaus, und du bist die Seuche los. Sie bringen sie mit. *Sie* sind daran schuld.«
»Wie sollen wir das wissen, Culum? Ich gebe zu, daß die Krankheit unter den Kulis ihren Anfang nahm. Und ich räume ein, daß sie in den tiefliegenden Teilen wohnen. Ich gestehe auch ein, daß man, soviel wir wissen, die Malaria nur bekommt, wenn man die vergiftete Nachtluft einatmet. Aber warum findet sich das Fieber nur im Tal? Hat nur Happy Valley die schlechte Luft? Luft ist Luft, du lieber Himmel, und fast den ganzen Tag und die ganze Nacht hindurch weht eine frische Brise. Das alles erscheint so rätselhaft.«
»Es ist gar nicht so rätselhaft. Es ist der Wille Gottes.«
»Hol der Teufel diesen Unsinn!«

Culum war aufgesprungen. »Ich wäre dir dankbar, wenn du nicht so gotteslästerlich reden würdest.«
»Und ich wäre dir dankbar, wenn du dich daran erinnertest, daß vor gar nicht so vielen Jahren Menschen auf dem Scheiterhaufen verbrannt wurden, nur weil sie behaupteten, die Erde drehe sich um die Sonne! Das ist bestimmt nicht der Wille Gottes!«
»Denk, was du magst. Aber Gott greift entscheidend und fortwährend in unser Leben ein. Die Tatsache, daß das Fieber gerade an der einen Stelle, die wir uns in Asien als Wohnort ausgesucht haben, aufgeflammt ist, beruht meiner Ansicht nach auf dem Willen Gottes. Du kannst es gar nicht leugnen, weil du das Gegenteil nicht beweisen kannst, ebensowenig, wie ich beweisen kann, daß es wahr ist. Aber ich glaube, daß es sich so verhält – das tun die meisten –, und meiner Ansicht nach sollten wir Happy Valley aufgeben.«
»Wenn wir das tun, geben wir auch Hongkong auf.«
»Wir könnten auf dem Land um Glessing's Point herum bauen.«
»Weißt du, wieviel Geld wir und alle Kaufleute im Happy Valley investiert haben?« – »Und weißt du, was du von deinem Geld noch hast, wenn du erst einmal sechs Fuß unter der Erde liegst?«
Struan betrachtete kühl und prüfend seinen Sohn. Seit Wochen war es ihm immer klarer geworden, daß Culums Feindseligkeit mehr und mehr seiner wahren Einstellung entsprach. Aber es machte ihm nichts aus. Er wußte, daß Culum, je größer seine Erfahrungen wurden, immer heftiger danach trachten würde, seine eigenen Ideen durchzusetzen und nach immer mehr Macht zu verlangen. Das ist ganz in Ordnung, dachte er und war mit Culums Entwicklung durchaus zufrieden. Gleichzeitig aber machte er sich Sorgen um Culums Sicherheit. Culum verbrachte viel zuviel Zeit in Gorths Gesellschaft und war ihm geistig in gefährlicher Weise ausgeliefert.
Vor zehn Tagen war es zu einem heftigen, ergebnislosen Streit zwischen ihnen gekommen. Culum hatte ein paar Theorien über Dampfer zum besten gegeben – offensichtlich Gorths Ansichten –, und Struan hatte ihm widersprochen. Dann hatte Culum die lange Fehde zwischen Brock und ihm zur Sprache gebracht und erklärt, die jüngere Generation werde nicht in die Fehler der älteren verfallen. Gorth wisse, es sei nicht nötig, daß sich die jüngere Generation von der älteren für ihre Zwecke einfangen lasse. Gorth und er seien übereingekommen, jede Feindschaft zu begraben, und beide würden versuchen, den Frieden zwischen ihren Vätern herbeizuführen. Als Struan dann begonnen hatte, ihm seinen Standpunkt zu erklären, hatte Culum nicht zuhören wollen und war davongestürmt.
Als weiteres Problem gab es nun auch Tess Brock.
Culum hatte sie Struan gegenüber niemals erwähnt. Auch er hatte nicht von ihr gesprochen. Aber er wußte, daß sich Culum verzweifelt nach ihr sehnte und diese Sehnsucht sein Denken verwirrte. Struan dachte an seine eigene Jugendzeit und wie er sich damals nach Ronalda gesehnt hatte. So klar war ihm damals alles erschienen, so wesentlich und auch so rein.
»Culum, mein Junge, reg dich doch nicht so auf«, sagte er, denn er wollte sich mit ihm nicht herumstreiten. »Es ist heiß heute, und da sind alle Menschen gereizt. Setz dich und ruh deinen Kopf aus. Die kleine Karen ist krank

und viele unserer Freunde. Wie ich hörte, hat auch Tillman das Fieber, und wer weiß, wie viele andere.«
»Miss Tillman?« – »Ich glaube nicht.«
»Gorth hat gesagt, daß sie morgen ihre Faktorei schließen. Er wird den Sommer in Macao verbringen. Alle Brocks werden dort sein.«
»Wir gehen nach Hongkong. Und die Faktorei hier bleibt geöffnet.«
»Gorth hat gesagt, es sei besser, den Sommer in Macao zu verbringen. Er hat dort ein Haus. Haben nicht auch wir dort noch Besitzungen?«
Struan bewegte sich unruhig auf seinem Stuhl. »Ja. Wenn du magst, nimm dir eine Woche Zeit. Verbring sie in Macao, aber ich brauche dich in Queen's Town. Und ich sage dir noch einmal: sieh dich vor. Gorth ist keineswegs dein Freund.«
»Und ich sage dir noch einmal: Ich glaube, daß er es ist.«
»Er versucht nur, dich aus dem Gleichgewicht zu bringen, und eines Tages wird er dich kurz und klein schlagen.«
»Du irrst. Ich verstehe ihn. Und ich mag ihn. Wir kommen sehr gut miteinander aus. Mit ihm kann ich reden, und ich bin gern mit ihm zusammen. Beide wissen wir, daß es für dich – und auch für seinen Vater – schwierig ist, manches zu verstehen, aber ... nun ja, es läßt sich schwer erklären.«
»Ich verstehe Gorth nur allzu gut, glaube mir!«
»Reden wir nicht mehr drüber«, erwiderte Culum.
»Ich meine, wir sollten darüber reden. Du bist Gorths Einfluß verfallen. Für einen Struan ist das tödlich.«
»Du siehst Gorth mit anderen Augen. Er ist mein Freund.«
Struan öffnete eine Zigarrenkiste, nahm sich eine Havanna heraus und fand, die Zeit sei nun reif. »Glaubst du, daß Brock damit einverstanden wäre, wenn du Tess heiratest?«
Culum errötete und entgegnete heftig: »Warum denn nicht? Gorth ist dafür.«
»Hast du die Sache mit Gorth besprochen?«
»Ich habe sie nicht mit dir besprochen und mit keinem anderen. Also auch nicht mit Gorth.«
»Woher weißt du dann, daß er einverstanden ist?«
»So genau weiß ich es auch nicht. Er sagt nur immer, wie gut Miss Brock und ich uns zu verstehen scheinen, wie gern sie mit mir zusammen ist, und er ermuntert mich, ihr zu schreiben. Etwa in diesem Sinn.«
»Glaubst du, ich hätte keinen Anspruch darauf, mich nach deinen Absichten Tess Brock gegenüber zu erkundigen?«
»Gewiß hast du einen Anspruch darauf. Die Sache ist nur die – nun ja, ich habe daran gedacht, sie zu heiraten. Aber Gorth gegenüber habe ich noch kein Wort davon erwähnt.« Culum hielt betreten inne und wischte sich die Stirn. Er war aus dem Gleichgewicht geraten durch die Plötzlichkeit, mit der der Tai-Pan die Dinge zur Sprache gebracht hatte, die ihn am meisten beschäftigten. Und obwohl er darüber hatte reden wollen, sollte seine Liebe nicht entweiht werden. Verflucht, dachte er, ich hätte mich darauf vorbereiten sollen, und er hörte sich selber weiterreden, unfähig, nun aufzuhören. »Aber ich glaube nicht, daß meine ... meine Zuneigung zu Miss Brock im

Augenblick irgend jemand etwas angeht. Es ist noch nichts ausgesprochen worden, und es gibt nichts ... nun, was ich für Miss Brock empfinde, ist doch wohl meine eigene Angelegenheit.«
»Es ist mir klar, daß dies deine Ansicht ist«, antwortete Struan, »aber das bedeutet noch bei weitem nicht, daß du recht hast. Ist dir jemals der Gedanke gekommen, du könntest ausgenutzt werden?«
»Von Miss Brock?«
»Von Gorth. Und von Brock.«
»Und ist dir jemals der Gedanke gekommen, daß dein Haß ihnen gegenüber alle deine Urteile verfälscht?« Culum war wütend.
»Allerdings. Dieser Gedanke ist mir schon gekommen. Aber was ist mit dir, Culum? Hast du jemals daran gedacht, sie könnten dich ausnutzen?«
»Nehmen wir einmal an, du hättest recht. Nehmen wir einmal an, ich heiratete Miss Brock. Wäre das für dich geschäftlich nicht von Vorteil?«
Struan war froh, daß nun das Problem klar zutage lag. »Nein. Weil Gorth dich auffressen wird, wenn du Tai-Pan bist. Er wird alles nehmen, was wir haben, und dich vernichten – er selbst will Noble House bekommen.«
»Warum sollte er den Mann seiner Schwester vernichten wollen? Warum sollten wir nicht unsere Firmen miteinander verbinden – Brock und Struan? Ich mache das Geschäftliche, und er kümmert sich um die Schiffe.«
»Und wer ist dann Tai-Pan?«
»Das könnten wir gemeinsam sein – Gorth und ich.«
»Es kann nur einen Tai-Pan geben. Das ist der Sinn dieses Wortes. Es ist ein Gesetz.«
»Aber dein Gesetz ist nicht notwendigerweise mein Gesetz. Oder Gorths Gesetz. Wir können aus den Fehlern der anderen lernen. Wenn wir unsere Unternehmen miteinander verschmelzen, hätten wir davon riesige Vorteile.«
»Was sind Gorths Absichten?« Struan fragte sich, ob er in bezug auf Culum einen Fehler gemacht hatte. Die Tatsache, daß Culum von Tess bezaubert war, und sein Vertrauen zu Gorth würden das Mittel sein, um Noble House zu zerstören und Brock und Gorth alles in die Hand zu spielen, wonach sie verlangten. Nur noch drei Monate bleiben mir, dachte er. Dann reise ich nach England. Grundgütiger Gott! »Was will er?« fragte er.
»Wir haben niemals darüber gesprochen. Wir haben ganz allgemein über den Handel, die Schiffahrt und die einzelnen Gesellschaften geredet. Auch darüber, wie wir Frieden zwischen euch beiden stiften könnten. Aber eine Fusion wäre doch vorteilhaft, meinst du nicht?«
»Nicht mit diesen beiden. Du bist ihnen nicht gewachsen. Noch nicht.«
»Aber eines Tages bin ich's?«
»Vielleicht.« Struan zündete sich die Zigarre an. »Glaubst du wirklich, du könntest Gorth im Zaum halten?«
»Möglicherweise wäre es gar nicht nötig, daß ich ihn im Zaum halte. So wenig wie er es nötig hätte, mich zu beherrschen. Nehmen wir einmal an, ich heiratete Miss Brock. Gorth hat sein Unternehmen, wir haben das unsere. Getrennt. Wir können trotzdem Konkurrenten bleiben. Aber freundschaftlich. Ohne jeden Haß.« Culums Stimme wurde schärfer. »Denken wir einen

Augenblick mal wie ein Tai-Pan. Brock hat eine Tochter, die er liebt. Ich schmeichle mich bei ihr und Gorth ein, heirate sie und nehme dadurch Brocks Feindseligkeit mir gegenüber die Schärfe, während ich gleichzeitig Erfahrungen sammle. Dabei halte ich die Fusion der beiden Unternehmungen ständig als Köder hin. Dann kann ich, sobald *ich* bereit bin, mich auf sie stürzen. Eine ganz sichere und sehr einträgliche List. Zum Teufel mit dem Mädchen! Ich nutze es nur aus, zur größeren Ehre von Noble House.«

Struan erwiderte nichts.

»Hast du nicht diese Möglichkeit ganz kühl und leidenschaftslos erwogen?« fuhr Culum fort. »Ich hatte ganz vergessen, daß du viel zu schlau bist, um nicht bemerkt zu haben, wie verliebt ich in sie bin.«

»Gewiß«, sagte Struan. Er klopfte die Asche von seiner Zigarre in den silbernen Aschenbecher. »Ich habe dich – und Tess – ›kühl und leidenschaftslos‹ betrachtet.«

»Und zu welchem Schluß bist du gelangt?«

»Daß für dich die Gefahren größer sind als die Vorteile.«

»Dann bist du also völlig dagegen, daß ich sie heirate?«

»Ich bin dagegen, daß du sie liebst. Aber Tatsache ist nun einmal, daß du sie liebst oder glaubst, es zu tun. Und eine weitere Tatsache ist die, daß du sie heiraten wirst, wenn du kannst.« Struan nahm einen langen Zug aus seiner Zigarre. »Glaubst du, daß Brock einverstanden ist?«

»Ich weiß es nicht. Ich glaube es kaum, möge Gott mir beistehen!«

»Meiner Ansicht nach wird er einverstanden sein, möge Gott dir beistehen.«

»Aber du wirst es nicht sein?«

»Ich habe dir schon einmal gesagt: ich bin der einzige Mann auf dieser Erde, dem du völlig vertrauen kannst. Vorausgesetzt, daß du nicht vorsätzlich gegen unser Haus arbeitest.«

»Aber du bist der Ansicht, daß eine solche Heirat gegen die Interessen unseres Hauses verstoßen würde?«

»Das habe ich nicht gesagt. Ich habe nur gesagt, du bist dir über die Gefahren nicht im klaren.« Struan zerdrückte die Zigarre und erhob sich. »Sie ist noch minderjährig. Wärst du bereit, fünf Jahre auf sie zu warten?«

»Ja«, antwortete er, entsetzt von der Länge dieses Zeitraums. »Ja, bestimmt. Du weißt nicht, was sie mir bedeutet. Sie – sie ist das einzige Mädchen, das ich wirklich jemals lieben könnte. Ich werde mich darin nicht ändern, aber das verstehst du nicht, das kannst du gar nicht verstehen. Ja, ich werde fünf Jahre warten, denn ich liebe sie.«

»Und liebt sie dich?«

»Ich weiß es nicht. Ich ... sie scheint mich zu mögen. Ich bete darum, daß sie es tut. Lieber Gott im Himmel, was soll ich tun?«

Ich danke meinem Gott, daß ich nicht mehr so jung bin, dachte Struan in einer Anwandlung von Mitleid. Jetzt weiß ich wenigstens, daß die Liebe wie das Meer ist, zuweilen still und zuweilen stürmisch; sie ist gefährlich und schön, holt zu tödlichen Schlägen aus und schenkt Leben. Niemals aber ist sie von Dauer – und einzigartig ist sie nur für eine kurze Spanne Zeit.

»Du wirst nichts unternehmen, mein Junge. Aber ich werde heute abend mit Brock reden.«

»Nein«, rief Culum erregt. »Das ist mein Leben. Ich will nicht, daß du ...«
»Was du zu tun beabsichtigst, greift sehr wohl in mein und Brocks Leben ein«, unterbrach ihn Struan. »Ich werde mit Brock sprechen.«
»Dann wirst du mir also helfen?«
Struan verjagte eine Fliege von seinem Gesicht. »Was ist mit den zwanzig Guineen, Culum?«
»Bitte?«
»Mein Sarggeld. Die zwanzig Goldmünzen, die Brock mir gegeben hat. Du hast sie damals behalten. Hast du das vergessen?«
Culum wollte schon mit einem Nein antworten, überlegte es sich dann aber anders. »Ja, ich hatte es vergessen. Zumindest war es aus meinem Bewußtsein entschwunden.« In seinen Augen standen seine Unruhe und seine Qual. »Warum sollte ich dich belügen? Fast hätte ich gelogen. Das ist furchtbar.«
»So«, sagte Struan nur. Es freute ihn, daß Culum noch eine Prüfung bestanden und wieder etwas dazugelernt hatte.
»Was ist mit den Münzen?«
»Nichts weiter. Du solltest dich ihrer nur entsinnen. Da hast du den ganzen Brock. Gorth ist schlimmer, weil er nicht einmal die Großzügigkeit seines Vaters besitzt.«

Es war fast Mitternacht.
»Nehmen Sie Platz, Dirk«, sagte Brock und strich sich den Bart. »Rum, Bier oder Branntwein?«
»Branntwein.«
»Branntwein«, befahl Brock dem Diener und machte dann eine Handbewegung auf die Gerichte zu, die im schimmernden Kerzenlicht auf dem Tisch standen. »Greifen Sie zu, Dirk.« Er kratzte sich in den Achselhöhlen, die mit einem Ausschlag bedeckt waren, den Hitzepickeln, wie man sie nannte. »Gottverdammtes Wetter! Warum, zum Teufel, leiden nicht auch Sie wie wir anderen?«
»Ich lebe eben richtig«, antwortete Struan und streckte behaglich die Beine aus. »Wie oft habe ich es Ihnen gesagt. Wenn Sie viermal am Tag baden. bekommen Sie auch keine Hitzepickel. Die Läuse verschwinden und ...«
»Das hat doch damit nichts zu tun«, erwiderte Brock. »Wär' reiner Wahnsinn. Gegen die Natur, bei Gott.« Er lachte auf. »Wer da behauptet, Sie sind dem Teufel sein Bordkamerad, hat vielleicht seinen Finger auf die ganz richtige Stelle gedrückt, warum Sie so sind, wie Sie sind. Was?« Er schob seinen leeren Silberkrug, der zwei Liter faßte, dem Diener zu, der ihn sofort aus dem kleinen Bierfaß, das an einer Wand lehnte, wieder füllte. Rechts und links davon standen Musketen und Enterhaken in Regalen aufgereiht. »Aber Sie werden schon bald Ihren Lohn erhalten, was, Dirk?« Brock deutete mit seinem breiten Daumen nach unten.
Struan griff zu dem großen kugelförmigen Kristallglas und atmete den Duft des Branntweins ein. »Wir alle werden unseren Lohn erhalten, Tyler.« Struan hielt sich den Branntwein dicht unter die Nase, damit er den Gestank im Raum nicht einzuatmen brauchte. Er fragte sich, ob wohl Tess auch so stank wie ihr Vater und ihre Mutter und ob Brock den Grund für seinen Besuch

ahnte. Die Fenster waren fest geschlossen, damit weder die Nachtluft noch das ungeheure Brausen vom Platz unten eindringen konnten.
Brock brummte, hob den vollen Krug und trank durstig. Er trug seinen üblichen Gehrock aus Wollstoff, dickes Unterzeug, ein hoch gebundenes Halstuch und eine Weste. Mit kalten, harten Augen musterte er Struan. In seinem leichten Hemd, der weißen Hose und den Halbstiefeln wirkte dieser trotz der Hitze kühl und frisch; der Kerzenschein spielte über die rotgoldenen Haare auf seinem gewaltigen Brustkorb. »Sehen schon richtig nackt aus, Mensch. Richtig widerlich.«
»Das ist die kommende Mode, Tyler. Gesundheit!« Struan hob sein Glas, und sie tranken.
»Da wir gerade vom Teufel reden, ich hab' gehört, daß Maureen Quance unseren guten alten Aristoteles stärker zusammengestaucht hat, als es eigentlich erlaubt is'. Man erzählt sich, daß sie schon mit der nächsten Ebbe nach Hause auslaufen.«
»Er wird ihr schon entkommen, oder er schneidet sich lieber die Kehle durch.«
Brock lachte. »Wie sie da auf dem Ball plötzlich angerauscht kam! Mensch, hab' ich gelacht – so hab' ich nich' mehr gelacht, seitdem meine Alte mit ihren Titten in die Mangel geraten ist.« Er machte eine Handbewegung, und der Diener ging hinaus. »Wie ich gehört habe, sind alle Schiffe weg.«
»Ja. War eine großartige Saison, was?«
»Kann man wohl sagen. Und wird noch besser, wenn die *Blue Witch* als erste in London anlegt. Soll einen Tag Vorsprung haben.« Brock trank einen großen Schluck Bier und begann noch mehr zu schwitzen. »Jeff Cooper hat gesagt, sein letztes Schiff is' ausgelaufen, also liegt nichts mehr vor der Insel Whampoa.«
»Werden Sie in Kanton bleiben?«
Brock schüttelte den Kopf. »Brechen morgen auf. Nach Queen's Town; dann Macao. Aber wir lassen den Betrieb hier weitergehen, nich' so wie früher.«
»Longstaff bleibt. Wahrscheinlich werden die Verhandlungen weitergeführt.« Struan verspürte eine gewisse Spannung, und seine Unruhe nahm zu.
»Sie wissen doch, daß hier nischt abgeschlossen werden wird.« Brock spielte an seiner Augenbinde herum. Er hatte sie abgehoben und rieb sich die schlecht vernarbte Augenhöhle. Die Schnur, die seit Jahren die Binde über seinem Auge festhielt, hatte eine gerade rote Linie in seine Stirn geschnitten.
»Gorth hat gesagt, daß Robbs Kleinste mit Fieber liegt.«
»Ja. Wahrschienlich hat er es von Culum erfahren?«
»Ja.« Brock war die Schärfe in Struans Stimme nicht entgangen. Er trank noch einen großen Schluck Bier und wischte sich mit dem Handrücken den Schaum aus dem Bart. »Tut mir leid, so was zu hören. Böser Joss.« Wieder trank er. »Ihr Junge und meiner sind genau wie alte Bordkameraden.«
»Ich bin froh, wenn ich erst wieder auf Schiffsplanken stehe.« Struan hatte den Spott überhört. »Gestern nachmittag hatte ich eine lange Unterredung mit Jin-kwa. Über das Fieber. Soviel er weiß, haben sie es niemals in Kuangtung gehabt.«
»Wenn es die Malaria wirklich is', haben wir uns ein schönes Päckchen Sor-

gen eingehandelt.« Brock streckte die Hand aus und nahm sich eine Hühnerbrust. »Greifen Sie doch zu. Wie ich höre, sind die Löhne für Kulis gestiegen. In Hongkong schießen die Preise fürchterlich in die Höhe.«
»Kann uns noch immer nicht weh tun. Das ändert sich, sobald das Fieber erloschen ist.«
Brock rückte mühsam seinen Gürtel zurecht und leerte seinen Krug. »Wollten mich doch sprechen, sozusagen privat? Doch nich' wegen dem Fieber?«
»Nein«, antwortete Struan und fühlte sich von dem Gestank, dem Parfüm, das Brock benutzte, und dem Geruch abgestandenen Biers angewidert. »Es handelt sich um ein altes Versprechen von mir; daß ich Sie mir eines Tages mit der neunschwänzigen Katze kaufen werde.«
Brock griff nach der Glocke auf dem Tisch und läutete heftig. Der scharfe Klang wurde von den Wänden zurückgeworfen. Als sich die Tür nicht sogleich öffnete, klingelte er nochmals.
»Dieser verdammte Affe«, stieß er hervor. »Dem gehört 'n ordentlicher Tritt in den Arsch.« Er ging zum Bierfaß hinüber, füllte seinen Krug, setzte sich wieder hin und musterte Struan. Er wartete ab.
»Was soll das Ganze?« fragte Brock schließlich.
»Tess Brock.«
»He?« Brock war erstaunt, daß Struan offenbar diese Entscheidung beschleunigt herbeiführen wollte, über die er – wie zweifellos auch Struan – so manche Nacht nachgegrübelt hatte.
»Mein Sohn ist in sie verliebt.«
Brock trank noch mehr Bier und wischte sich erneut den Mund ab. »Haben sich doch nur ein einziges Mal getroffen. Beim Ball. Dann waren noch 'n paar Nachmittagsspaziergänge mit Liza und Lillibet. Drei im ganzen.«
»Na gut. Aber er liebt sie. Er ist sicher, daß er sie liebt.«
»Sind Sie auch sicher?«
»Ja.«
»Und was meinen Sie?«
»Daß wir uns besser darüber aussprechen. Ganz offen.«
»Warum jetzt?« sagte Brock argwöhnisch, und seine Gedanken versuchten die wirkliche Antwort aufzuspüren. »Is' doch so jung, wie Sie wohl wissen.«
»Ja. Aber alt genug zum Heiraten.«
Nachdenklich spielte Brock mit seinem Krug und betrachtete sein Spiegelbild in dem polierten Silber. Er fragte sich, ob er Struans Absichten richtig eingeschätzt hatte. »Is' das eine formelle Anfrage, bitten Sie um Tess' Hand für Ihren Sohn?«
»Das muß er selbst tun, nicht ich – formell darum bitten. Was wir hier tun, ist nichts weiter, als daß wir ein unverbindliches Gespräch führen. Zunächst einmal.«
»Was is' nu Ihre Meinung?« fragte Brock nochmals. »Wegen der Heirat?«
»Das wissen Sie doch schon. Ich bin dagegen. Ihnen traue ich nicht. Ich traue auch Gorth nicht über den Weg. Aber Culum hat seinen eigenen Willen und zwingt mir die Sache auf. Ein Vater kann einen Sohn nicht immer dazu bewegen, das zu tun, was er selber möchte.«
Brock mußte an Gorth denken. Seine Stimme klang brüchig, als er sagte:

»Wenn Sie so scharf gegen ihn eingestellt sind, dann verprügeln Sie ihn doch, bis er zur Vernunft kommt, oder schicken Sie ihn nach Hause, schaffen Sie ihn weg. Is' doch 'ne Kleinigkeit, so 'nen jungen Spritzer abzuhalftern.«
»Sie wissen ganz genau, daß mir die Hände gebunden sind«, antwortete Struan verbittert. »Sie haben drei Söhne – Gorth, Morgan und Tom. Ich habe jetzt nur noch Culum. Was immer ich will, er bleibt trotz allem derjenige, der einmal mein Nachfolger wird.«
»Bleiben doch noch Robb und seine Söhne«, entgegnete Brock. Er war froh, Struans Gedanken richtig erraten zu haben, und spielte nun mit ihm, als sei er ein Fisch an der Angel.
»Die Antwort darauf kennen Sie. Ich habe Noble House aufgebaut, und nicht Robb. Was ist denn nun Ihre Meinung?«
Brock leerte nachdenklich seinen Krug. Wieder läutete er. Wieder erschien niemand. »Aus dem Burschen seinen Eingeweiden werde ich mir Strumpfbänder schneiden!« Er erhob sich und füllte erneut seinen Krug. »Bin genauso gegen so 'ne Verbindung«, erklärte Brock barsch. Er entdeckte plötzliche Überraschung auf Struans Gesicht. »Trotzdem«, fügte Brock hinzu, »werde ich Ihren Sohn nich' abweisen, wenn er mich fragt.«
»Genau das habe ich mir gedacht!« Mit geballten Fäusten sprang Struan auf.
»Wird die reichste Mitgift in Asien mitbekommen. Nächstes Jahr werden sie heiraten.«
»Bevor das geschieht, schicke ich Sie zur Hölle.«
Die beiden Männer standen einander finster gegenüber.
Brock starrte in die ehernen Gesichtszüge, die er vor dreißig Jahren zum erstenmal erblickt hatte. Und dieses Gesicht war von dem gleichen Lebenswillen, der gleichen Energie geprägt. Es waren noch immer die gleichen unerklärlichen Eigenschaften, die ihn damals wie heute dazu trieben, so leidenschaftlich zu reagieren. Herrgott im Himmel, fluchte er in sich hinein, versteh' Dich wirklich nicht, warum Du mir diesen Teufel übern Weg geschickt hast. Hab' nur gedacht, Du hast ihn mir zugeführt, damit ich ihm richtig das Kreuz breche, nich' etwa nur 'n Messer in den Rücken, denn das wär' zu wenig.
»Lassen Sie das mal für später, Dirk, das mit der Hölle«, gab er zurück. »Erst werden die beiden heiraten, richtig, wie sich's gehört. Ihnen sind die Hände gebunden, stimmt. Nich' daß ich was dazu getan hätte, leider nich', und ich reib' Ihnen auch nich' Ihren schlechten Joss unter die Nase. Aber habe viel über die Sache nachgedacht – ebenso wie Sie –, über die zwei und uns, und ich finde, es is' am besten für die beiden und für uns auch.«
»Ich weiß genau, was in Ihrem Kopf vorgeht. Und auch, was Gorth denkt.«
»Wer weiß schon, wozu das alles gut ist, Dirk? Vielleicht gibt es in Zukunft eine Fusion.« – »Nicht, solange ich lebe.«
»Vielleicht wird es auch keine Fusion geben, und Sie behalten das Ihre und wir das Unsere.«
»Sie werden nicht über die Röcke eines Mädchens Noble House in die Hand bekommen und ruinieren!«
»Nu hören Sie mir mal richtig zu, bei Gott! *Sie* haben das hier angeschnit-

ten. Sie haben gesagt, Sie wollen offen reden, und ich bin noch nich' fertig. Also hören Sie mir zu, verdammt noch mal! Falls Sie nich Ihren Mut ebenso verloren haben wie Ihr gutes Benehmen und Ihren Verstand.«

»Na schön, Tyler.« Struan schenkte sich noch einen Branntwein ein. »Sagen Sie, was Sie denken.«

Brock beruhigte sich ein wenig, setzte sich wieder hin und schlürfte sein Bier. »Sie hasse ich und werd' ich immer hassen. Trau' Ihnen auch nich' über den Weg. Das ganze Töten is' mir zuwider geworden, bin dessen sterbensmüde, aber ich schwöre bei Jesus Christus, ich bring' Sie um, an dem Tag, an dem ich Sie mit 'ner neunschwänzigen Katze in der Hand auf mich zukommen sehe. Ich aber werde diesen Kampf nich' vom Zaun brechen. Nein. Will Sie nich' umbringen, will Ihnen nur ganz normal das Genick brechen. Aber ich habe mir überlegt, daß vielleicht die jungen Leute das in Ordnung bringen können, was wir ... was uns nich' möglich gewesen is'. So sage ich, lassen wir kommen, was kommen soll. Kommt 'ne Fusion, soll's 'ne Fusion werden. Das ist denen ihre Sache – nich' die Ihre und nich' die meine. Und soll es keine Fusion geben – is' das auch denen ihre Sache. Was immer die tun, es geht nur sie an. Nich' uns. Und so sage ich, diese Heirat is' gut und richtig.«

Struan leerte sein Glas und stellte es auf den Tisch zurück. »Niemals hätte ich geglaubt, Sie könnten so charakterlos sein, Tess auszuspielen, wenn Sie im Grunde ebenso dagegen sind wie ich.«

Brock erwiderte seinen Blick jetzt ohne jeden Zorn. »Ich spiele Tess nich' aus, Dirk, ich nutze sie nich' aus. Das is' bei Gott wahr. Sie liebt Culum, und auch das is' die volle Wahrheit. Das is' auch der einzige Grund, daß ich so hab' reden können. Uns beiden sind die Hände gebunden. Sehen wir doch die Dinge, wie sie sind. Sie is' wie die Julia für ihren Romeo, ja, bei Gott, und das is' es, wovor ich Angst habe. Und Sie auch, wenn man Ihnen ins Herz sehen könnte. Ich will nich', daß meine Tess auf 'ner Marmorplatte endet, nur weil ich Sie nich' leiden kann. Sie liebt ihn. An sie hab' ich dabei gedacht!«

»Das glaub' ich einfach nicht!«

»Konnte es auch nich'! Aber Liza hat mir 'n dutzendmal von Tess gesprochen. Hat gesagt, Tess hätte geseufzt und geklagt und geredet, immer nur wegen dem Ball, aber es is' eigentlich nur wegen Culum gewesen. Und Tess hat unaufhörlich davon erzählt, was Culum gesagt hat und was Culum nich' gesagt hat und was sie zu Culum gesagt hat und wie Culum ausgesehen hat und was Culum geantwortet hat, bis ich beinah aus der Haut gefahren bin. Ja doch, die liebt ihn schon richtig.«

»Nichts weiter als jugendliche Schwärmerei. Hat nichts zu bedeuten!«

»Grundgütiger Gott! Ihnen Vernunft einzuhämmern, is' wirklich verdammt schwer. Sie haben unrecht, Dirk.« Brock fühlte sich plötzlich sehr müde und sehr alt. Er wollte das alles hinter sich haben. »Wär' der Ball nich' gewesen, wär' das alles nich' so gekommen. Sie haben sie ausgesucht, um den Tanz zu beginnen. Sie haben sie ausgesucht, damit sie den Preis kriegt. Sie ...«

»Stimmt nicht! Das war Sergejews Urteil und nicht das meine!«

»Is' das die Wahrheit? Wirklich?«

»Ja.«

Brock sah Struan eindringlich an. »Dann hat Gott hier vielleicht doch die Hand im Spiel. Tess is' nich' die Bestangezogene bei dem Ball gewesen. Hab' ich doch gewußt, haben alle gewußt, mit Ausnahme von Culum und Tess.« Er leerte seinen Krug und setzte ihn ab. »Ich schlag' Ihnen vor: Sie lieben zwar Ihren Culum nich' so wie ich meine Tess, aber geben Sie den beiden 'nen günstigen Wind und 'ne offene See und 'nen sicheren Hafen, und ich mache das gleiche. Der Junge verdient es, hat Ihnen damals bei der Sache mit der Kuppe den Kopf gerettet, denn ich schwöre Ihnen, ich hätte Ihnen damals das Genick gebrochen. Wenn Sie auf 'n Kampf aus sind, sollen Sie ihn haben. Wenn ich 'ne Gelegenheit habe, um Ihnen, ganz nach den Regeln, das Genick zu brechen, dann tu' ich's, so wahr ich hier sitze. Aber nich' den beiden. Geben Sie ihnen günstigen Wind, offene See und 'nen sicheren Hafen, geloben Sie's vor Gott, ja?«
Brock streckte seine Hand aus.
Struans Stimme war rauh. »Ich gebe Ihnen mein Wort für Culum und Tess. Aber nicht für Gorth.«
Es lief Brock kalt über den Rücken, als er Struan den Namen Gorth aussprechen hörte. Aber er zog seine Hand nicht mehr zurück, obwohl er wußte, daß diese Vereinbarung gefährlich war.
Sie drückten einander fest die Hand.
»Wir trinken noch einen drauf, um die Sache richtig zu besiegeln«, sagte Brock, »und dann können Sie sich zum Teufel aus meinem Haus rausscheren.« Er griff zur Glocke und läutete ein drittes Mal. Als sich noch immer niemand zeigte, warf er sie an die Wand. »Li Tang!« brüllte er.
Seine Stimme hallte seltsam wider.
Schließlich waren Schritte zu vernehmen, die die große Treppe emporeilten. Dann tauchte das verängstigte Gesicht eines portugiesischen Schreibers auf.
»Das gesamte Personal ist verschwunden, Senhor. Ich kann nirgends einen Menschen finden.«
Struan eilte ans Fenster. Die Hausierer, Straßenhändler, die Passanten und Bettler verließen schweigend den Platz. Im Englischen Garten standen Gruppen von Händlern wie angewurzelt und blickten wachsam um sich.
Struan wandte sich um und stürzte auf die Musketen zu. Er und Brock langten im gleichen Augenblick am Gestell an. »Holen Sie alle nach unten«, rief Brock dem Schreiber zu.
»In meine Faktorei, Tyler. Schlagen Sie Alarm!« schrie Struan, und schon war er verschwunden.
Innerhalb einer Stunde waren alle Kaufleute und ihre Angestellten in Struans Faktorei und im Englischen Garten, der ihr vorgelagert war, versammelt. Die Abteilung von fünfzig Soldaten war bewaffnet und gefechtsbereit neben dem Tor aufmarschiert. Ihr Offizier, der kaum zwanzigjährige Hauptmann Oxford, war ein wendiger, energischer Jüngling mit einem schmalen blonden Schnurrbart.
Struan, Brock und Longstaff standen mitten im Garten. In ihrer Nähe befanden sich Jeff Cooper und Sergejew. Es war eine feuchte, schwüle Nacht.
»Sie sollten am besten die umgehende Räumung befehlen, Exzellenz«, riet Struan.

»Ja«, stimmte Brock ihm bei.

»Es liegt doch gar keine Notwendigkeit zu überstürzten Maßnahmen vor, meine Herren«, erwiderte Longstaff. »Derartiges ist doch auch schon früher geschehen, oder etwa nicht?«

»Gewiß. Aber stets sind wir irgendwie von den Co-hongs oder den Mandarinen gewarnt worden. So plötzlich ist es niemals gekommen.« Struan lauschte gespannt in die Nacht hinaus, während er die Lorchas zählte, die am Landeplatz vertäut lagen. Genügend Schiffsraum für jeden, dachte er. »Mir gefällt die Atmosphäre dieser Nacht nicht.«

»Mir auch nicht, bei Gott!« Brock spuckte zornig aus. »An Bord, sage ich.«

»Sie glauben doch nicht etwa, daß Gefahr droht?« meinte Longstaff.

»Ich weiß es nicht, Exzellenz. Aber etwas sagt mir, wir sollten von hier verschwinden«, antwortete Struan. »Oder doch zumindest an Bord gehen. Die Handelsgeschäfte dieser Saison sind abgeschlossen, so daß wir ganz nach Belieben abreisen oder auch bleiben können.«

»Aber sie würden doch nicht wagen, uns anzugreifen«, rief Longstaff verächtlich. »Warum auch? Was würden sie dadurch gewinnen? Die Verhandlungen verlaufen so ungestört. Lächerlich!«

»Ich schlage nur vor, daß wir das in die Tat umsetzen, was Sie, Exzellenz, stets raten: daß es nämlich besser ist, sich auf jeden nur möglichen Fall vorzubereiten.«

Longstaff machte mit der Hand dem Offizier lässig ein Zeichen. »Teilen Sie Ihre Leute in drei Gruppen auf. Riegeln Sie die Zugänge im Westen und im Osten und die Hog Street ab. Lassen Sie bis auf weiteres niemanden auf den Platz.«

»Jawohl, Sir.«

Struan sah Culum, Horatio und Gorth in der Nähe einer Laterne stehen. Gorth erklärte Culum, der ihm aufmerksam zuhörte, das Laden einer Muskete. Gorth wirkte neben Culum besonders kräftig, vital und lebenstüchtig. Struan blickte zur Seite und entdeckte Mauss, der tiefer im Schatten mit einem großen Chinesen sprach, den Struan noch niemals zuvor gesehen hatte. Neugierig näherte sich Struan den beiden. »Haben Sie etwas in Erfahrung gebracht, Mauss?«

»Nein, Tai-Pan. Auch keine Gerüchte gehört, nichts. Horatio ebenfalls nicht. Gott im Himmel, ich verstehe es nicht.«

Struan musterte den Chinesen. Der Mann trug schmutzige Bauernkleidung und mochte etwa Anfang Dreißig sein. Seine Augen, von schweren Lidern überschattet, hatten einen stechenden Blick, er betrachtete Struan mit der gleichen Neugier. »Wer ist das?«

»Hung Hsu Tsch'un«, antwortete Mauss sehr stolz. »Er ist ein Hakka. Und er ist getauft, Tai-Pan. Ich habe ihn getauft. Er ist der beste Mann, den ich jemals hatte, Tai-Pan. Sehr intelligent, wißbegierig und doch ein Bauer. Endlich habe ich einen Menschen bekehrt, der Gottes Wort verbreiten und mir in Seinem Dienst helfen wird.«

»Sie sollten ihn lieber auffordern, von hier zu verschwinden. Sollte es zu Tumulten kommen und die Mandarine fangen ihn mit uns zusammen, haben Sie einen Bekehrten weniger.«

»Ich habe es ihm bereits gesagt, aber er hat mir geantwortet: ›Die Wege Gottes sind wunderbar, und Gottesmenschen wenden ihre Rücken nicht den Heiden zu.‹ Machen Sie sich nur keine Sorge. Gott wird ihn beschützen, und ich werde mit meinem eigenen Leben für ihn eintreten.«

Struan nickte dem Mann kurz zu und kehrte zu Longstaff und Brock zurück.

»Ich gehe jetzt an Bord«, erklärte Brock, »und damit Schluß!«

»Tyler, schicken Sie doch Gorth und seine Leute zu den Soldaten dort drüben, um sie zu verstärken.« Struan deutete zur Einmündung der Hog Street hinüber. »Ich übernehme die Ostseite und decke Sie, falls es ernst wird. Sie können sich dann hierher zurückziehen.«

»Sorgen Sie lieber für sich selber«, antwortete Brock. »Und ich sorge für mich. Sind hier kein Oberbefehlshaber!« Er machte Gorth ein Zeichen. »Du kommst mit mir. Almeida, Sie und die übrigen Schreiber holen die Bücher und machen, daß Sie an Bord kommen.« Er und seine Leute marschierten aus dem Garten hinaus und über den Platz.

»Culum!«

»Ja, Tai-Pan?«

»Räum den Geldschrank aus und geh an Bord der Lorcha.«

»Jawohl.« Culum senkte die Stimme. »Hast du mit Brock gesprochen?«

»Ja. Aber nicht jetzt, mein Junge. Beeil dich. Wir sprechen später darüber.«

»War es ja oder nein?«

Struan fühlte, daß die anderen ihn beobachteten, und obwohl er Culum gern berichtet hätte, was sie einander im einzelnen gesagt hatten, war doch der Garten in dieser Nacht nicht der richtige Ort für ein solches Gespräch. »Himmel noch eins, tust du jetzt, was ich dir aufgetragen habe!«

»Ich will es aber wissen!« erwiderte Culum mit blitzenden Augen.

»Und ich habe nicht die Absicht, deine Probleme jetzt zu erörtern! Tu, was ich dir gesagt habe!« Struan stampfte zur Eingangstür davon.

Jeff Cooper hielt ihn auf. »Warum abziehen? Wozu die Eile, Tai-Pan?« fragte er.

»Nichts weiter als eine Vorsichtsmaßnahme. Haben Sie eine Lorcha hier?«

»Ja.«

»Ich stelle gern allen Ihren Leuten, die keine Koje mehr haben, einen Platz auf meinem Schiff zur Verfügung.« Struan blickte zu Sergejew hinüber. »Die Aussicht vom Fluß aus ist recht hübsch, Hoheit, falls Sie Lust hätten, sich uns anzuschließen.«

»Laufen Sie immer davon, wenn sich der Platz leert und die Dienstboten verschwinden?«

»Nur wenn es mir gefällt.« Struan drängte sich durch die dichte Menge der Männer. »Vargas, bringen Sie die Bücher und alle unsere Angestellten an Bord. Bewaffnet.«

»Jawohl, Senhor.«

Als die anderen Kaufleute sahen, daß Struan und Brock tatsächlich eine rasche Räumung vorbereiteten, kehrten sie in aller Eile in ihre eigenen Faktoreien zurück, sammelten ihre Bücher, ihre Frachtpapiere und alle Unterlagen über die Geschäfte dieser Saison – und damit ihre Zukunft – ein und

begannen sie auf ihre Schiffe zu verladen. Die Kassenbestände waren so gering, daß sie sich darum keine Sorgen zu machen brauchten, die meisten Geschäfte wurden über Wechsel abgewickelt. Brock und Struan hatten ihr Barrensilber bereits nach Hongkong geschafft.
Longstaff räumte seinen privaten Schreibtisch aus, legte das Chiffrierbuch und die Geheimpapiere in seinen Depeschenkasten und trat wieder zu Sergejew in den Garten. »Haben Sie schon alles gepackt, Hoheit?«
»Ich habe nichts von Bedeutung. Aber ich finde dies alles höchst merkwürdig. Entweder es liegt eine Gefahr vor oder nicht. Aber wenn Gefahr droht, warum haben Sie dann Ihre Truppen nicht hier? Ist aber keine Gefahr, warum dann davonlaufen?«
Longstaff lachte. »Das Denken der Heiden, Hoheit, unterscheidet sich ganz erheblich von dem eines zivilisierten Menschen. Die Regierung Ihrer Majestät hat nun schon seit mehr als einem Jahrhundert unmittelbar mit diesen Leuten zu tun. So haben wir mit der Zeit gelernt, wie wir uns China gegenüber zu verhalten haben. Selbstverständlich«, fügte er sarkastisch hinzu, »sind wir nicht an Eroberungen interessiert, sondern nur an friedlichem Handel. Obwohl wir dieses Gebiet als eindeutig britische Interessensphäre betrachten.«

Struan sah seinen Geldschrank durch, um sich zu vergewissern, ob auch alle wichtigen Papiere an Bord gekommen seien.
»Das habe ich schon getan«, rief Culum, als er in das Zimmer gestürzt kam und die Tür hinter sich zugeworfen hatte. »Was hat er nun für eine Antwort gegeben?«
»Du bist ein Heiratsversprechen eingegangen«, antwortete Struan leise. Culum war zu verblüfft, um reden zu können.
»Brock ist begeistert, dich zum Schwiegersohn zu bekommen. Du kannst im nächsten Jahr heiraten.«
»Brock hat ja gesagt?«
»Natürlich. Meinen Glückwunsch.« Struan sah ruhig die Schublade in seinem Schreibtisch durch, schloß sie ab und freute sich insgeheim, daß sein Gespräch mit Brock wie geplant verlaufen war.
»Willst du damit sagen, daß er mit einem Ja geantwortet hat? Und auch du sagst ja?«
»Ja. Du mußt ihn nur noch formell um Tess' Hand bitten, aber er hat erklärt, er sei mit dir einverstanden. Mitgift und weitere Einzelheiten seien noch zu besprechen, aber er hat gesagt, du könntest nächstes Jahr heiraten.«
Culum warf seine Arme um Struans Schultern. »Oh, Vater, ich danke dir, ich danke dir.« Er hörte selber nicht, daß er ›Vater‹ gesagt hatte. Aber Struan war es nicht entgangen.
Eine Salve zerriß die Stille der Nacht. Struan und Culum rannten ans Fenster und sahen gerade noch, wie die ersten Reihen einer Menschenmenge am westlichen Zugang zum Platz unter dem Musketenfeuer ins Wanken gerieten. Die Hunderte hinter ihnen schoben die vorderen vorwärts. Die Soldaten wurden rettungslos eingekeilt, als sich der Strom schreiender Chinesen auf das entlegene Ende des Platzes hinauswälzte.

Die Menge trug Fackeln, Äxte und Speere – und die Banner der Tongs. Sie überschwemmte die am weitesten westlich gelegene Faktorei, die den Amerikanern gehörte. Eine Fackel flog durchs Fenster, die Türen wurden eingerannt. Die Menge begann zu plündern, überall Feuer zu legen und das Gebäude zu zerstören.

Struan ergriff seine Muskete. »Kein Wort Tess gegenüber – behalt es ganz für dich, bis du mit Brock gesprochen hast.« Sie stürzten auf den Gang hinaus. »Zum Teufel mit dem Zeug, Vargas!« schrie er, als er den Portugiesen unter einer Last von Rechnungsduplikaten sich abschleppen sah. »Machen Sie, daß Sie an Bord kommen!«

Vargas rannte davon.

Auf dem Platz vor Struans Faktorei und im Garten wimmelte es von Kaufleuten, die in wilder Flucht auf die Lorchas zustürzten. Ein paar Soldaten standen auf der Gartenmauer, bereit zu einem letzten Widerstand, und Struan trat zu ihnen, um ihnen zu helfen, den Rückzug zu decken. Flüchtig nahm er wahr, daß Culum in die Faktorei zurücklief, aber seine Aufmerksamkeit wurde von einem weiteren Pöbelhaufen, der sich die Hog Street entlang wälzte, abgelenkt. Die Soldaten, die dort als Sicherung standen, gaben eine Salve ab und zogen sich in guter Ordnung auf den Englischen Garten zurück. Dort deckten sie mit den anderen Soldaten den Rückzug der letzten Kaufleute, die zu den Schiffen liefen. Die Männer, die sich bereits auf den Schiffen befanden, hielten ihre Musketen bereit; aber die Menge konzentrierte sich lediglich auf die Faktoreien auf der anderen Seite des Platzes und achtete erstaunlicherweise kaum auf die Kaufleute.

Struan fühlte sich erleichtert, als er Cooper und die Amerikaner an Bord einer der Lorchas entdeckte. Er hatte befürchtet, sie befänden sich noch in ihrer Faktorei.

»Wahrhaftig, man muß dieses Gesindel gesehen haben«, murmelte Longstaff vor sich hin, als er draußen vor dem Garten stand und, den Spazierstock in der Hand, die Menge beobachtete. Er wußte, daß dies das Ende der Verhandlungen bedeutete und Krieg nun unvermeidlich war. »Die Streitkräfte Ihrer Majestät werden diesem ganzen Unsinn bald ein Ende setzen.« Er ging in den Garten zurück, wo er Sergejew antraf, der den Tumult betrachtete. Sergejew war von seinen beiden livrierten Dienern flankiert, die bewaffnet und nervös neben ihm standen.

»Vielleicht wäre es besser, wenn Sie jetzt mit mir an Bord kämen, Hoheit«, rief er über den Lärm hinweg. Longstaff wußte, daß es ein Zwischenfall von internationaler Tragweite wäre, wenn Sergejew hier etwas geschah. Der Zar erhielte damit einen ausgezeichneten Vorwand, Kriegsschiffe und Truppen in chinesische Gewässer zu entsenden, um Wiedergutmachung zu fordern. Aber so etwas wird nicht geschehen, hol mich der Teufel, sagte er zu sich.

»Es gibt nur eine Art, mit solchem Gesindel umzugehen. Glauben Sie, daß sich Ihre demokratischen Methoden gegenüber diesen Leuten bewähren werden?«

»Selbstverständlich. Man muß ihnen nur Zeit lassen«, antwortete Longstaff leichthin. »Aber gehen wir jetzt an Bord. Wir haben Glück, daß es eine so angenehme Nacht ist.«

Einer der russischen Diener sagte etwas zu Sergejew, der ihn statt jeder Antwort nur ansah. Der Diener erbleichte und verstummte.

»Ganz wie Sie wünschen, Exzellenz«, erwiderte Sergejew, um nicht hinter Longstaffs offensichtlicher Verachtung für den Pöbel zurückzustehen. »Aber ich glaube, ich warte lieber noch auf den Tai-Pan.« Er nahm seine Schnupftabaksdose heraus, bot eine Prise an und war mit sich zufrieden, als er sah, daß seine Finger nicht zitterten.

»Danke.« Longstaff nahm eine Prise. »Verdammte Schweinerei, was!« Er schlenderte zu Struan hinüber. »Wer, zum Teufel, hat die denn schon wieder aufgehetzt, Dirk?«

»Die Mandarine, soviel steht fest. Niemals zuvor waren es so viele Menschen. Niemals. Am besten, wir gehen jetzt an Bord.« Struan überflog den Platz mit einem Blick. Die letzten Kaufleute gingen gerade an Bord der Schiffe. Nur Brock war nirgends zu sehen. Gorth und seine Leute bewachten noch immer das Tor zu ihrer Faktorei. Struan war wütend, als er sah, wie Gorth in die plündernde Menge hineinschoß, obwohl sie ihn und seine Leute nicht unmittelbar bedrohte.

Er fühlte sich versucht, den sofortigen Rückzug anzuordnen. Dann könnte er im allgemeinen Durcheinander die Muskete anlegen und Gorth töten. Er wußte, daß niemand es in der allgemeinen Verwirrung bemerken würde. Und es ersparte ihm einen Mord zu einem späteren Zeitpunkt. Aber Struan schoß nicht. Er wollte sich nicht um die Freude bringen, das Entsetzen in Gorths Augen zu sehen, wenn er ihn wirklich umbrachte.

Die Lorchas legten hastig ab. Zahlreiche Schiffe glitten bereits in die Mitte des Fahrwassers hinaus. Seltsamerweise wurden sie von der Menge noch immer nicht beachtet.

Aus der Faktorei von Cooper-Tillman wirbelte Rauch. Das ganze Gebäude loderte auf, als ein Windstoß hineinfuhr. Die Funken stoben auf, die Flammen züngelten in den dunklen Nachthimmel.

Struan sah Brock aus der Faktorei hinausstürmen, eine Muskete in der Hand, ein Entermesser in der anderen, die Taschen vollgestopft mit Papieren. Sein Hauptbuchhalter, Almeida, lief vor ihm mit einer Last von Büchern auf das Schiff zu, während Brock, Gorth und seine Leute ihn deckten. Eine neue Welle drängte gegen den östlichen Eingang, schwemmte die Soldaten beiseite, und Struan wußte, daß es nun höchste Zeit war, davonzulaufen.

»An Bord!« brüllte er und wandte sich dem Gartentor zu, hielt aber plötzlich im Laufen inne. Sergejew stand an die Gartenmauer gelehnt, in der einen Hand eine Pistole, in der anderen einen Degen. Longstaff stand neben ihm.

»Höchste Zeit zur Flucht!« rief er über den Tumult hinweg.

Sergejew lachte. »In welcher Richtung?«

Eine heftige Explosion erschütterte die Luft. Die Flammen hatten das amerikanische Arsenal erreicht. Das Gebäude barst auseinander, brennende Teile flogen mitten unter die Menge. Einige Chinesen fanden den Tod, andere wurden verstümmelt. Die Banner der Tongs überquerten die Hog Street, ihnen nach folgte die entfesselte, plündernde Menge, die sich nun systematisch die Faktoreien im Osten vornahm. Struan hatte bereits das Tor pas-

siert, als ihm Culum einfiel. Er rief seinen Leuten zu, ihm den Rücken zu decken, und rannte zurück.
»Culum! Culum!«
Culum kam die Treppe herabgestürzt. »Ich hatte was vergessen«, rief er und rannte weiter zur Lorcha.
Sergejew und Longstaff standen noch immer abwartend bei den Leuten neben dem Tor. Der Fluchtweg war ihnen durch einen dritten Haufen abgeschnitten, der sich auf den Platz ergoß und die Faktorei neben der ihren stürmte. Struan deutete auf die Mauer, und sie kletterten hinüber. Culum stürzte, aber Struan riß ihn hoch, und miteinander rannten sie auf die Schiffe zu, Sergejew und Longstaff dicht neben ihnen.
Die Menge ließ sie durch; aber kaum hatten sie den Platz betreten und damit den Zugang zur Faktorei freigegeben, da stürmten die Anführer der Menge auch schon in den Garten hinein. Viele von ihnen trugen Fackeln. Jetzt stürzten sie sich auf Noble House.
Inzwischen schlugen die Flammen aus den meisten Faktoreien. Ein Dach brach mit gewaltigem Krach in sich zusammen, und über die Tausende auf dem Platz ging ein Funkenregen nieder.
Brock feuerte auf dem Hauptdeck seiner Lorcha stehend unter wüstem Fluchen seine Mannschaft an. Alle waren bewaffnet, die Geschütze waren aufs Land gerichtet.
Gorth stand auf dem Achterdeck und ließ die Leinen am Vorschiff und achtern loswerfen. Als die Lorcha sich vom Bollwerk zu lösen begann, ergriff Gorth eine Muskete, zielte auf die Chinesen, die sich im Eingang ihrer Faktorei drängten, und drückte ab. Er sah einen Mann zu Boden stürzen und grinste teuflisch. Wieder nahm er eine Muskete; da bemerkte er Struan und die anderen, die auf ihre Lorcha zuliefen – von einem Gewimmel von Chinesen vor ihnen und hinter ihnen umgeben. Er vergewisserte sich, daß niemand ihn beobachtete, und zielte sorgfältig. Struan befand sich zwischen Culum und Sergejew, Longstaff neben diesem. Gorth drückte ab.
Sergejew wirbelte herum und stürzte zu Boden.
Gorth packte noch eine Muskete, aber Brock kam aufs Achterdeck gestampft. »Mach, daß du nach vorn kommst, und bedien das vordere Geschütz«, schrie er. »Erst auf meinen Befehl hin feuern!« Er versetzte Gorth einen Stoß und brüllte seine Leute an: »Drückt das Ruder herum, verdammt. Alle Segel setzen!« Er blickte zum Ufer hinüber und sah, wie sich Struan und Longstaff über Sergejew beugten. Culum stand neben ihnen. Die Menge wälzte sich auf sie zu. Er packte die Muskete, die Gorth hatte fallen lassen, zielte und schoß. Einer der Anführer stürzte zu Boden, und die Menge zögerte.
Struan nahm Sergejew über die Schulter. »Schießt über ihre Köpfe hinweg«, befahl er. Seine Leute drehten sich um und gaben aus nächster Entfernung eine Salve ab. Die Chinesen in der ersten Reihe wichen zurück, die anderen drängten von hinten vor. In dem wilden Getümmel hatten Struan und seine Leute Zeit genug, um zu ihrem Schiff zu gelangen.
Mauss wartete auf dem Kai neben der Lorcha, den seltsamen Chinesen neben sich. Beide waren bewaffnet. Mauss hielt in der einen Hand eine Bibel, in der anderen ein Entermesser und brüllte: »Gesegnet seist Du, Herr, vergib

diesen armen Sündern!« Er schlug mit dem Messer in die Luft, und die Menge wich vor ihm zurück.
Als sie alle an Bord waren und die Lorcha die Mitte des Stromes erreicht hatte, blickten sie zurück.
Die ganze Niederlassung stand in Flammen. Das lodernde Feuer, der aufquellende Rauch und das wilde Geschrei verschmolzen zu einem höllischen Tumult.
Longstaff kniete neben Sergejew, der auf dem Achterdeck lag. Struan stürzte auf sie zu.
»Aufs Vorschiff!« brüllte er Mauss an. »Übernehmen Sie den Ausguck!«
Sergejew war weiß vor Schmerz und preßte seine rechte Hand gegen den Unterleib. Blut quoll unter seinen Fingern hervor. Die Leibwächter stöhnten vor Entsetzen. Struan stieß sie zur Seite und riß Sergejews Hose auf. Dann schnitt er das Hosenbein ab. Die Musketenkugel war schräg von der Seite, etwa einen Zoll über den Geschlechtsteilen, eingedrungen und hatte den rechten Schenkel durchschlagen. Das Blut floß zwar heftig, kam jedoch nicht stoßweise. Struan dankte Gott, daß die Kugel nicht, wie er zunächst gefürchtet, die Eingeweide zerrissen hatte. Er drehte Sergejew um. Der Russe unterdrückte ein Stöhnen. Dort, wo die Kugel ausgetreten war, war der Schenkel aufgerissen und blutig. Struan sondierte behutsam die Wunde und holte einen kleinen Knochensplitter heraus.
»Bring Decken, Branntwein und ein Kohlenbecken«, rief er einem Seemann zu. »Hoheit, können Sie Ihr rechtes Bein bewegen?«
Sergejew hob es leicht an und stöhnte vor Schmerz, aber das Bein war beweglich.
»Ihre Hüfte ist, glaube ich, in Ordnung. Liegen Sie jetzt ganz still.«
Als die Decken gebracht wurden, hüllte er Sergejew ein und setzte ihn auf dem Sitz hinter dem Rudergast bequem zurecht. Dann gab er ihm Branntwein zu trinken.
Als das Becken mit der Holzkohlenglut kam, öffnete Struan die Wunde und schüttete Branntwein hinein. Über der Kohlenglut erhitzte er sein Messer.
»Halten Sie ihn fest, Will! Culum, hilf uns mal.« Sie knieten nieder, Longstaff zu seinen Füßen, Culum neben seinem Kopf.
Struan drückte das rotglühende Messer in die Wunde am Unterleib, der Branntwein flammte auf, und Sergejew verlor das Bewußtsein. Struan brannte die Wunde aus, drückte das Messer tief und rasch hinein, denn jetzt tat Eile not, solange Sergejew bewußtlos war. Dann drehte er ihn herum und sondierte. Der Geruch verbrannten Fleisches stieg auf. Longstaff wandte sich ab und erbrach sich, aber Culum hielt durch und half. Longstaff drehte sich wieder um.
Struan erhitzte ein zweites Mal das Messer, goß Branntwein auch in die Schenkelwunde und brannte sie tief und gründlich aus. Der Kopf schmerzte ihn von dem Gestank, der Schweiß tropfte vom Kinn herab, aber seine Hände zitterten nicht. Er wußte, daß die Wunde in Fäulnis überging, wenn er dieses Ausbrennen nicht sorgfältig durchführte. Dann starb Sergejew mit Sicherheit. Mit einer solchen Wunde mußten neun Männer unter zehn dran glauben.

Endlich war er fertig.
Er verband Sergejew und spülte sich den Mund mit Branntwein aus; der Alkohol vertrieb den Geruch nach Blut und verbranntem Fleisch. Dann trank er einen großen Schluck und betrachtete Sergejew aufmerksam. Dessen Gesicht war grau und blutleer.
»Jetzt ist er seinem eigenen Joss überantwortet«, sagte er. »Wie geht es dir, Culum?«
»Danke. Ja, danke, ich glaube, ich hab's überstanden.«
»Geh nach unten. Schaff heißen Rum für alle Mann an Bord heran. Überprüf die Vorräte. Jetzt bist du die Nummer zwei an Bord. Stell fest, wer alles an Bord ist.«
Culum verließ das Achterdeck.
Die beiden russischen Diener knieten neben Sergejew. Einer von ihnen berührte Struan mit der Hand und stammelte ein paar Worte, offensichtlich einen Dank. Struan machte den beiden ein Zeichen, bei ihrem Herrn zu bleiben.
Er dehnte sich erschöpft, legte seine Hand auf Longstaffs Schulter, zog ihn auf die Seite und beugte sich dicht zu dessen Ohr vor. »Haben Sie Musketen bei den Chinesen gesehen?«
Longstaff schüttelte den Kopf. »Nein.«
»Ich auch nicht«, sagte Struan.
»Überall sind Schüsse gefallen.« Longstaff war bleich und zutiefst besorgt. »Einer dieser unglücklichen Zufälle.«
Struan sagte eine Weile nichts. »Es wird aber sehr große Unannehmlichkeiten geben, falls er sterben sollte, was?«
»Wollen wir hoffen, daß er es durchsteht, Dirk.« Longstaff biß sich auf die Lippe. »Ich muß dem Außenminister sofort von diesem Zwischenfall berichten. Und ich werde eine Untersuchung einleiten.«
»Auf alle Fälle.«
Longstaff blickte in das graue Gesicht hinüber, das dem einer Leiche ähnelte. Sergejews Atem ging nur schwach. »Verdammt unangenehm, was?«
»Nach dem Einschußwinkel und nach der Stelle zu urteilen, an der er sich befand, als er getroffen wurde, besteht kein Zweifel, daß es eine unserer Kugeln gewesen sein muß.«
»Es war eben einer dieser unglücklichen Zufälle.«
»Kann sein. Aber die Kugel hätte auch gezielt sein können.«
»Unmöglich. Wer hätte ihn denn umbringen wollen?«
»Aber vielleicht hätte Sie jemand umbringen wollen? Oder Culum? Oder mich? Wir standen alle dicht beieinander.«
»Wer?«
»Ich habe ein Dutzend Feinde.«
»Brock würde Sie nicht so kaltblütig umbringen.«
»Das habe ich auch niemals behauptet. Aber setzen Sie eine Belohnung für entsprechende Mitteilungen aus. Vielleicht gibt es doch jemand, der etwas beobachtet hat.«
Sie standen nebeneinander und blickten zur Niederlassung hinüber. Sie lag jetzt weit achteraus: nichts als Flammen und Rauch, der über die Dächer von

Kanton hintrieb. »Welch ein Wahnsinn, so zu plündern. Das ist noch niemals zuvor geschehen. Warum haben sie das wohl getan? Warum?« stieß Longstaff hervor.

»Ich kann es mir nicht vorstellen.«

»Sobald wir wieder in Hongkong sind, geht es nach Norden – diesmal bis vor die Tore Pekings! Der Kaiser wird es noch sehr bedauern, so etwas befohlen zu haben.«

»Ganz richtig. Aber führen Sie sofort einen Angriff gegen Kanton.«

»Wäre das nicht Zeitvergeudung?«

»Führen Sie den Angriff innerhalb einer Woche. Sie müssen ihnen ja nicht zu sehr zusetzen. Belegen Sie nur Kanton nochmals mit einer Buße. Sechs Millionen Taels.«

»Warum?«

»Bis die Flotte voll einsatzbereit ist, so daß Sie nach Norden vorstoßen können, dauert es noch einen Monat oder länger. Außerdem ist das Wetter noch nicht günstig. Sie müssen warten, bis die Verstärkungen eintreffen. Wann werden sie erwartet?«

»In einem Monat, vielleicht in sechs Wochen.«

»Gut.« Struans Gesicht verhärtete sich. »In der Zwischenzeit müssen die Cohongs sechs Millionen Taels zusammenkratzen. Das wird ihnen eine Lehre sein, uns nicht zu warnen! Wir müssen hier unsere Flagge zeigen, ehe wir nach Norden gehen, oder wir verlieren an Gesicht. Wenn wir das Niederbrennen der Niederlassung einfach hinnehmen, sind wir in Zukunft überhaupt nie mehr sicher. Geben Sie *Nemesis* den Befehl, sich vor die Stadt zu legen. Ein Ultimatum von zwölf Stunden, oder Kanton wird zerstört.«

Sergejew stöhnte, und Struan trat zu ihm. Der Russe stand noch immer unter Schockwirkung und kam erst langsam zu sich.

Dann bemerkte Struan Mauss' chinesischen Konvertiten, der ihn beobachtete. Der Mann stand auf dem Hauptdeck an der Steuerbordreling. Er machte über Struan das Kreuzeszeichen, schloß die Augen und begann leise zu beten.

27

Struan sprang aus dem Beiboot auf die neue Pier in Queen's Town und eilte auf das große, fast fertiggestellte dreistöckige Gebäude zu. Er hinkte heute unter diesem hitzeglühenden, weißlichen Himmel stärker als sonst. Am Mast wehte die Flagge mit dem Löwen und dem Drachen.

Er stellte fest, daß überall im Happy Valley viele kleinere Geschäfts- und Wohngebäude nun fertig waren; auch die Arbeiten an der Kirche auf der Kuppe hatten begonnen; Brocks Pier am anderen Ende der Bucht war ebenfalls vollendet, und die angrenzende Faktorei war fast unter Dach. Aber es gab noch immer viele Gebäude, die von hochragenden Bambusgerüsten umgeben waren. Die Queen's Road hatte eine Schotterdecke erhalten.

Es waren nur sehr wenige Kulis an der Arbeit, obwohl es noch früh am Nachmittag war. Der Tag war heiß und sehr feucht, aber ein angenehmer Ostwind strich leicht über das Tal hin.

Struan trat in die große Halle. Das Hemd klebte ihm am Rücken. Ein schwitzender portugiesischer Schreiber blickte auf und sah ihn verwundert an.
»*Madre de Deus*, Mr. Struan! Guten Tag, Senhor. Wir haben Sie noch nicht erwartet.«
»Wo ist Mr. Robb?«
»Oben, Senhor, aber es ...«
Struan rannte bereits die Treppe hinauf. Im ersten Stock führten Gänge nach Norden, Osten und Westen tiefer in das Gebäude hinein. Die zahlreichen Fenster blickten zum Teil aufs Meer, zum Teil aufs Binnenland. Die Flotte lag ruhig vor Anker. Seine Lorcha war als erste aus Kanton eingelaufen.
Er wandte sich nach Osten und ging an dem halb fertiggestellten Speisezimmer vorbei. Seine Schritte hallten auf dem nackten Steinboden. Er klopfte an eine Tür und öffnete sie.
Die Tür führte in eine geräumige Wohnung. Sie war erst halb eingerichtet: Sessel und Sofas, ein Steinfußboden und Bilder von Quance, dicke Teppiche und ein noch unbenutzter Kamin. In einem Sessel neben einem der Fenster saß Sarah, einen Fächer aus Bambusstäben in der Hand. Sie blickte ihm entgegen.
»Guten Tag, Sarah.«
»Guten Tag, Dirk.«
»Wie geht es Karen?«
»Karen ist tot.«
Sarahs hellblaue Augen waren starr, ihr Gesicht war gerötet und glänzte vor Schweiß. Das Haar hatte weiße Strähnen bekommen; sie war sichtbar gealtert.
»Das tut mir leid. Es tut mir sehr leid«, sagte er.
Sarah fächelte sich geistesabwesend. Der leichte Wind des Fächers trieb ihr eine lose Haarsträhne ins Gesicht, aber sie strich sie nicht zur Seite.
»Wann ist es geschehen?« fragte er.
»Vor drei Tagen. Vielleicht auch vor zwei«, sagte sie mit tonloser Stimme. »Ich weiß es nicht.«
Der Fächer bewegte sich hin und her, fast wie aus eigener Kraft.
»Wie geht es dem Kleinen?«
»Noch am Leben. Lochlin ist noch am Leben.«
Struan wischte sich mit seinen Fingern einen Schweißtropfen vom Kinn. »Wir sind die ersten, die aus Kanton zurückkommen. Die Chinesen haben die Niederlassung angezündet. Wir haben Robbs Brief kurz vor unserem Aufbruch erhalten. Ich bin gerade erst angekommen.«
»Ich habe deinen Kutter an Land kommen sehen«, sagte sie.
»Wo ist Robb?« fragte er.
Sie deutete mit dem Fächer zur Tür, und er bemerkte, wie schmal ihre blaugeäderten Handgelenke waren.
Struan ging ins Schlafzimmer. Der Raum war groß; das breite Bett mit dem Baldachin auf vier Pfosten war seinem eigenen nachgebildet.
Robb lag im Bett. Er hatte die Augen geschlossen, das Gesicht lag grau und abgemagert auf dem vom Schweiß verfärbten Kissen.
»Robb?« stieß Struan leise hervor. Aber Robb machte die Augen nicht auf;

nur seine Lippen waren leicht geöffnet. Struan zog sich das Herz zusammen.

Er berührte das Gesicht seines Bruders. Kalt. Die Kälte des Todes.

In der Nähe bellte ein Hund, eine Fliege surrte unermüdlich gegen das Fenster.

Struan wandte sich um, ging aus dem Zimmer und schloß leise die Tür.

Sarah saß noch immer in dem Sessel mit der hohen Lehne. Langsam bewegte sich der Fächer. Hin und her. Hin und her.

Er haßte sie, weil sie es ihm nicht gesagt hatte.

»Robb ist vor einer Stunde gestorben«, erklärte sie. »Vor zwei oder drei Stunden, oder war es eine Stunde? Ich kann mich nicht erinnern. Bevor er starb, hat er mir etwas für dich aufgetragen. Eine Mitteilung. Es war heute morgen, glaube ich. Vielleicht war es auch noch in der Nacht. Ich glaube doch, es war heute morgen. Robb hat gesagt: ›Sag Dirk, ich habe niemals Tai-Pan werden wollen.‹ «

»Ich werde die notwendigen Schritte unternehmen, Sarah. Es ist am besten, wenn du mit den Kindern an Bord der *Resting Cloud* gehst.«

»Ich habe ihm die Augen zugedrückt. Und ich habe Karens Augen zugedrückt. Wer wird dir die Augen zudrücken, Tai-Pan? Wer die meinen?«

Er gab die erforderlichen Anweisungen und ging dann die kleine Anhöhe zu seinem Haus hinauf. Dabei dachte er an jenen ersten Tag zurück, an dem Robb in Macao eingetroffen war.

»Dirk! Alle deine Nöte sind überstanden, denn ich bin da!« hatte Robb mit seinem fröhlichen Lächeln gerufen. »Jetzt werden wir die Ostindische Kompanie zerschlagen und Brock auslöschen. Wir werden wie große schottische Grundherren hier leben und eine Dynastie gründen, die Asien für alle Zeiten beherrschen wird! Ich kenne ein Mädchen, das ich heiraten werde! Sarah McGlenn. Sie ist jetzt fünfzehn, wir sind miteinander verlobt und wollen in zwei Jahren heiraten.«

Sag mir, Gott, fragte Struan, wo haben wir den falschen Weg eingeschlagen? Und wieso? Warum verändern sich Menschen? Wie können Streit und Gewalttätigkeit, Haß und Hader aus Sanftheit und Jugend, aus Zärtlichkeit und Liebe hervorgehen? Und warum? Weil es immer so gewesen ist. Auch bei Sarah. Auch bei Ronalda. Und es wird das gleiche zwischen Culum und Tess sein. Warum?

Er war inzwischen vor dem Tor in der hohen Mauer, die sein Haus umgab, angelangt. Er öffnete es und betrachtete das Haus. Alles war still – unheimlich still. Das Wort ›Malaria‹ schoß ihm durch den Kopf. Die hohen Bambushalme wogten im leichten Wind. Der Garten war jetzt mit Blumen und Sträuchern schön bepflanzt. Darüber Bienengesumm.

Er ging die Stufen hinauf und öffnete die Tür, trat jedoch nicht sofort ein, sondern blieb auf der Schwelle stehen und lauschte. Kein Lachen zur Begrüßung, kein gedämpftes Geschwätz der Bediensteten, kein Gemurmel hoher, singender Stimmen. Das Haus wirkte wie ausgestorben. Er warf einen Blick auf das Barometer: Es zeigte schönes Wetter an.

Langsam schritt er den Flur entlang, die Luft war von dem eigentümlichen

Duft nach Räucherwerk geschwängert. Er bemerkte Staub, wo früher keiner gelegen hatte.
Er öffnete die Tür zu May-mays Schlafzimmer. Das Bett war gemacht, das Zimmer wirkte ungewöhnlich ordentlich und aufgeräumt.
Das Kinderzimmer war leer. Keine Kinderbettchen, kein Spielzeug.
Dann erblickte er sie durch das Fenster. Sie kam aus dem anderen Teil des Gartens und hielt abgeschnittene Blumen in der Hand. Ein orangefarbener Sonnenschirm beschattete ihr Gesicht. Im nächsten Augenblick stand er draußen, und sie lag in seinen Armen.
»Mein Himmel, Tai-Pan. Jetzt hast du meine Blumen zerdrückt.« May-may legte die Blumen ab und schlang ihre Arme um seinen Nacken. »Wo kommst du her, heja? Tai-Pan, du drückst mich zu fest! Bitte. Warum ist dein Gesicht so seltsam?«
Er hob sie hoch und setzte sich mit ihr auf eine Bank in der Sonne. Zufrieden schmiegte sie sich in seine Arme, von seiner Kraft beruhigt, von seiner Erleichterung darüber, sie zu sehen.
Sie lächelte zu ihm auf. »So. Du hast mich phantastisch vermißt, heja?«
»Ich habe dich phantastisch vermißt, heja.«
»Gut. Warum du unglücklich? Und warum bist du, wenn ich dich sehe, wie vergespenstet?«
»Sorgen, May-may. Außerdem hatte ich geglaubt, ich hätte dich verloren. Wo sind die Kinder?«
»In Macao. Ich habe sie in Haus von Tschen Scheng geschickt, in die Obhut von Älterer Schwester. Als Fieberkrankheit begann, habe ich es für schrecklich klug gehalten. Ich habe sie mit Mary Sinclair geschickt. Warum glaubst du, du hast mich verloren, heja?«
»Nichts weiter. Wann sind die Kinder abgereist?«
»Vor einer Woche. Mary wollte auf sie aufpassen, ganz sicher. Sie kommt morgen zurück.«
»Wo sind Ah Sam und Lim Din?«
»Ich habe sie weggeschickt, Essen besorgen. Als wir unsere Lorcha entdecken, denke ich, ajiii jah, das Haus sie ist furchtbar schmutzig und keine Essen, so ich habe sie beeilen lassen, Haus säubern und wegschicken, um Essen zu holen. Schon gut.« Sie warf den Kopf zurück. »Diese faulen, nichtsnutzigen Huren brauchen Prügel. Ich bin erschrecklich froh, daß du zurück bist, Tai-Pan, o ja, wirklich. Haushalt ist sehr teuer geworden, ich habe kein Geld mehr, so mußt du also mir mehr geben, denn wir unterstützen auch Lim Dins und Ah Sams ganze Sippe. Hach! Ich habe nichts gegen ihre engere Familie, das ist noch erlaubte Erpressung, schon gut, aber die ganzen Sippen? Tausendmal nein, bei Gott! Wir sind reich, ja, aber nicht so reich, und wir müssen unseren Reichtum festhalten, sonst sitzen wir bald ohne einen Penny da!« Sie furchte die Stirn und sah ihn an. »Was für Sorgen?«
»Robb ist tot. Und die kleine Karen.«
Ihre Augen weiteten sich, ihre Fröhlichkeit war mit einem Schlag verschwunden. »Ich wußte vom kleinen Mädchen. Aber nicht vom Bruder Robb. Ich hören, er hat Fieber – vor drei, vier Tagen. Aber jetzt ist er tot. Wann ist es geschehen?«

»Vor ein paar Stunden.«
»Das ist ein furchtbarer Joss. Besser, wir verlassen dieses verwünschte Tal.«
»Es ist doch nicht verwünscht, meine Kleine, es herrscht hier nur das Fieber.«
»Richtig. Aber verzeih mir, daß ich es wieder erwähne, vergiß nicht, wir leben auf Augapfel von Drachen.« Sie verdrehte die Augen nach oben, und sie stieß einen Schwall von flehentlichen Bitten auf kantonesisch und mandarin-chinesisch aus. Nachdem sie sich wieder beruhigt hatte, erklärte sie: »Vergiß nicht, unser fêng schui hier ist schrecklich furchtbar böse.«
Struan mußte endlich mit den Schwierigkeiten fertig werden, die ihn nun schon seit Wochen quälten. Falls er das Tal verließ, würden alle anderen folgen; blieb er jedoch, konnte May-may das Fieber bekommen und sterben, und das durfte er auf keinen Fall riskieren. Falls er bliebe und sie nach Macao ginge, würden andere sterben, die nicht zu sterben brauchten. Wie sollte man jeden einzelnen vor dem Fieber schützen und gleichzeitig Queen's Town und Hongkong erhalten?
»Tai-Pan, wir haben gehört, du schlimme Schwierigkeiten in Kanton, heja?«
Er berichtete ihr von den Ereignissen.
»Phantastisch verrückt. Warum aber plündern, heja?«
»Ich weiß es nicht.«
»Aber erschrecklich klug von allen, die Niederlassung nicht anzuzünden, bevor nicht der Handel abgewickelt. Sehr klug. Was geschieht jetzt? Ihr gegen Peking gehen?«
»Zunächst machen wir Kanton fertig. Dann Peking.«
»Warum Kanton, Tai-Pan? Es war der Kaiser, aber doch nicht sie. Sie doch nur den Befehlen folgen.«
»Das wohl. Aber sie hätten uns vor den Tumulten warnen sollen. Sie werden uns jetzt sechs Millionen als Buße zahlen, und zwar sehr schnell, oder sie haben keine Stadt mehr. Zuerst Kanton und dann nach Norden.«
May-mays Gesicht wurde immer bedrückter, immer ernster. Sie wußte, daß sie ihrem Großvater Jin-kwa eine Nachricht senden mußte, um ihn zu warnen. Denn die Co-hongs würden das ganze Bußgeld aufbringen müssen, und wenn Jin-kwa nicht darauf vorbereitet war, konnte er von einem Tag zum andern ruiniert sein. Niemals zuvor hatte sie ihrem Großvater Informationen zukommen lassen und niemals heimlich ihr Wissen, das sie ihrer Stellung verdankte, ausgenutzt. Diesmal aber glaubte sie, handeln zu müssen. Und der Gedanke, in diese Machenschaften verwickelt zu sein, erregte sie ungemein. Ohne Intrigen und Geheimnisse verliert das Leben sehr viel von seinem Glanz, sagte sie sich. Ich frage mich nur, warum der Pöbel geplündert hat, obwohl gar keine Veranlassung zu einer solchen Plünderung vorlag. Wie dumm.
»Werden wir hundert Tage um Bruder trauern?« fragte sie.
»Ich kann nicht mehr trauern, als ich es jetzt tue«, antwortete er. Struan fühlte sich kraftlos und erschöpft wie niemals zuvor.
»Hundert Tage ist üblich. Ich werde mit Gordon Tschen zusammen chinesische Bestattung vorbereiten. Fünfzig berufsmäßig Leidtragende, mit Trom-

meln, Klappern und Bannern. Onkel Robb soll Leichenbegängnis bekommen, an das man sich noch nach Jahren erinnert. In solchen Dingen haben wir keine Angst vor Kosten. Dann wirst du zufrieden sein, wie auch die Götter zufrieden sein werden.«

»So etwas kommt überhaupt nicht in Frage«, antwortete er entsetzt. »Das ist keine chinesische Bestattung. Wir können doch keine berufsmäßig Trauernden einstellen!«

»Wie du dann aber deinen geliebten Bruder öffentlich ehren und ihm den wirklichen Menschen von Hongkong gegenüber Gesicht geben wollen? Selbstverständlich müssen da berufsmäßig Leidtragende sein. Sind wir etwa nicht Noble House? Dürfen wir dem gemeinsten Kuli gegenüber Gesicht verlieren? Wir nicht davon reden, daß es ungewöhnlich schlechte Manieren wären und schlimmen Joss bedeutete, aber du kannst so etwas einfach nicht tun.«

»Bei uns ist es aber nicht Sitte, May-may. Wir machen es eben anders.«

»Natürlich«, antwortete sie freudestrahlend. »Darauf will ich ja gerade hinaus, Tai-Pan. Du bewahrst dir Gesicht den Barbaren gegenüber, aber ich das gleiche meinen Leuten gegenüber tun. Ich ganz für mich hundert Tage trauern, denn selbstverständlich kann ich nicht öffentlich zu deiner Totenfeier gehen und auch nicht zur chinesischen Totenfeier. Ich werde weiße Kleider anziehen, denn das ist Farbe der Trauer. Ich werde mir, wie üblich, Schrein machen lassen, und jede Nacht werden wir uns vor ihm niederwerfen. Am Ende der hundert Tage verbrennen wir dann Schrein, und seine Seele wird wie immer unversehrt wiedergeboren. Das ist Joss, Tai-Pan. Die Götter haben ihn gebraucht, also gut.«

Aber er hörte ihr schon gar nicht mehr zu: Er zermarterte sich sein Hirn auf der Suche nach einer Lösung: wie konnte man das Fieber bekämpfen, das Tal retten und Hongkong schützen?

28

Drei Tage später wurde Robb neben Karens Grab beerdigt. In der Kirche, der noch das Dach fehlte, unter einem wolkenlosen Himmel, hielt Mauss den Gottesdienst ab.

Alle Tai-Pane waren anwesend, mit Ausnahme Wilf Tillmans, der noch immer mehr tot als lebendig auf dem Depotschiff von Cooper-Tillman am Happy-Valley-Fieber darniederlag. Longstaff nahm am Gottesdienst nicht teil. Er, der General und der Admiral waren bereits mit der Flotte, den Transportschiffen und allen Soldaten, die diensttauglich waren, nach Kanton abgesegelt. Die Ruhr hatte die Reihen der Soldaten dezimiert. H.M.S. *Nemesis* war bereits vorausgeschickt worden.

Sarah saß auf der ersten der primitiv zurechtgezimmerten Kirchenbänke. Sie trug schwarze Kleider und einen schwarzen Schleier. Auch Shevaun war in Schwarz, ebenso Mary und Liza, Tess und die anderen. Auch die Männer waren dunkel gekleidet und schwitzten sehr.

Struan erhob sich, um das Evangelium des Tages zu verlesen. Shevaun betrachtete ihn aufmerksam. Am Tag zuvor hatte sie ihm ihr Beileid ausgesprochen. Sie wußte, daß im Augenblick nicht mehr zu tun war. In ein paar Wochen würde alles wieder ins alte Gleis kommen. Nun, da Robb gestorben war, mußte sie ihre Pläne ändern. Ursprünglich hatte sie Struan sehr schnell heiraten und mit ihm abreisen wollen: zuerst nach Washington, um all die Leute kennenzulernen, die dort ein gewichtiges Wort zu reden hatten; und von dort wäre es nach London und ins Parlament gegangen – nun jedoch dank der engen amerikanischen Beziehungen mit einer weit größeren Macht im Hintergrund. Später wieder zurück nach Washington – als englischer Botschafter. Aber jetzt mußte dieser Plan aufgeschoben werden, denn ihr war klar, daß er erst dann aufbrechen konnte, wenn Culum bereit war, Noble House zu übernehmen.

Zur gleichen Zeit, da im Happy Valley die stille, düstere Totenfeier vor schwarzgekleideten Menschen abgehalten wurde und sich der Leichenzug anschließend über die Queen's Road zum Friedhof in Bewegung setzte, wand sich eine chinesische Leichenprozession mit ohrenbetäubendem Lärm durch die engen Gassen von Tai Ping Schan. Weißgekleidete Chinesen klagten den Göttern ihr Leid und jammerten über den schweren Verlust von Noble House. Sie schrien und stöhnten, ächzten, zerrissen ihre Kleidung und schlugen auf ihre Trommeln.
Die Einwohner von Tai Ping Schan waren vom Aufwand des Tai-Pan und der Großzügigkeit seines Hauses zutiefst beeindruckt. Im selben Maße, in dem der Tai-Pan an Gesicht gewann, verstärkte sich auch das Ansehen Gordon Tschens, denn keiner der Bewohner der Hügelstadt hätte jemals angenommen, daß der Tai-Pan ihre Götter und ihre Bräuche so ehren würde. An sich hatte Gordon Tschen es gar nicht nötig, noch mehr an Gesicht zu gewinnen. War er nicht bereits der größte Hausbesitzer von Hongkong und streckte er seine geschäftlichen Fühler nicht nach allen Richtungen aus? Gehörten nicht ihm die meisten Gebäude? Auch das Geschäft mit den Sänften? Und drei Wäschereien? Vierzehn Fischerei-Sampans? Zwei Apotheken? Sechs Restaurants? Neunzehn Schuhputzstände? Und Kleiderläden, Schuhmachereien und Messerwerkstätten? Und besaß er nicht auch einen Anteil von fünfzig Prozent an der ersten Werkstatt, in der Schmuckstücke hergestellt wurden und in der ausgezeichnete Schnitzer und Steinschneider arbeiteten, die sich auf die Bearbeitung von Edelsteinen und Holz verstanden? Diese Leute stammten sämtlich aus der Provinz Kuangtung.
Das alles lief noch neben seinem eigentlichen Geldverleihgeschäft her. Ajiiii jah, und was für ein Geldverleiher er war! Kaum zu glauben – aber er war wirklich so reich, daß er Geld um eineinhalb Prozent billiger auslieh als üblich und bald alle Verleihgeschäfte an sich riß. Man munkelte, daß er eine Partnerschaft mit dem Tai-Pan eingegangen sei und ihm nach dem Tod seines Barbaren-Onkels weitere Reichtümer zufallen würden.
Den Tongs gegenüber hatte es Gordon Tschen nicht nötig, seine Stellung zu verbessern. Sie wußten, wer er war, und gehorchten ihm ohne Widerrede. Trotzdem brauchten aber auch die Tongs im Bau- und Stauergewerbe, im Gewerbe der Straßenkehrer und der nächtlichen Exkrementensammler, die

Fischer, Köche und Hausierer, die Wäscher, Dienstboten und Kulis Geld – auch sie mußten sich von Zeit zu Zeit Geld leihen, und sie brauchten Häuser zum Wohnen; es war daher nur natürlich, daß auch sie von großem Kummer über den Tod des Barbaren-Onkels ihres Führers erfüllt waren und nur allzu gern ein zusätzliches Schmiergeld für eine Woche entrichteten. Sie wußten, daß es klug war, auf der Seite des Tai-Pan von Tai Ping Schan zu stehen; sie sahen ein, daß ein Teil des Schmiergeldes für die Opfer an die Götter verwendet werden mußte – gebratene Spanferkel, Pasteten, gekochtes Fleisch aller Art und Süßigkeiten, Hummern, Garnelen, Fische und Krabben in ganzen Sampanladungen und dazu Brote und Berge von Reis. Sie wußten auch, daß diese Opfergaben verteilt wurden, sobald die Götter all diesen Überfluß mit gnädigen Augen betrachtet hatten. Sie selber würden sich dann an diesen Dingen gütlich tun, und auch der Hungrigste konnte satt werden.
So stöhnten all diese Menschen laut und vernehmlich gemeinsam mit den berufsmäßig Leidtragenden, genossen mit allen Sinnen dieses Drama des Todes und segneten ihren Joss, daß sie am Leben sein durften, um zu trauern, zu essen, zu lieben, Geld zu verdienen, vielleicht – mit Joss – ebenso reich zu werden und auf diese Weise bei ihrem Tode gegenüber allen Nachbarn so gewaltig an Gesicht zu gewinnen.
Gordon Tschen ging mit im Zug. Er war von feierlichem Ernst, zerriß seine Kleider – freilich mit großer Würde – und klagte laut zu den Göttern über den ungeheuren Verlust, den er erlitten hatte. Der König der Bettler folgte ihm, und so gewannen sie beide an Gesicht. Und die Götter lächelten.

Nachdem das Grab mit der trockenen, unfruchtbaren Erde aufgefüllt war, begleitete Struan Sarah zum Kutter.
»Ich komme heute abend an Bord«, sagte er.
Ohne ihm zu antworten, setzte sich Sarah in das Heck des Bootes und wandte der Insel den Rücken zu.
Kaum hatte sich der Kutter vom Land gelöst, als Struan den Weg zum Happy Valley einschlug.
Bettler und Sänftenkulis überschwemmten die Straße. Den Tai-Pan aber belästigten sie nicht; er hatte weiterhin dem König der Bettler das monatliche Schmiergeld gezahlt.
Struan sah Culum neben Tess inmitten der ganzen Brock-Sippe stehen.
Er näherte sich der Gruppe und zog höflich seinen Hut, um die Damen zu begrüßen. Dann sah er Culum an. »Würdest du mich bitte begleiten?«
»Gewiß«, antwortete Culum. Seit ihrer Rückkehr hatte er noch nicht mit seinem Vater gesprochen – jedenfalls nicht über wichtige Dinge, zum Beispiel darüber, inwieweit Onkel Robbs Tod ihre Pläne beeinflussen würde. Oder wann die Verlobung öffentlich bekanntgegeben werden sollte. Es war kein Geheimnis, daß er nach dem Rückzug aus Kanton bei Brock in aller Form um Tess' Hand angehalten und dieser ihm eine mürrische Zusage gemacht hatte. Es war auch kein Geheimnis, daß man mit Rücksicht auf den plötzlichen Todesfall die öffentliche Bekanntgabe noch hinauszögerte. Struan grüßte wieder und ging mit Culum weiter.

Schweigend schritten sie die Straße entlang. Leute, die sie mit den Brocks zusammen gesehen hatten, schüttelten äußerst verwundert die Köpfe, weil Brock zu einer Eheschließung seine Zustimmung gegeben hatte, die doch ganz gewiß dem Kopf des Tai-Pan entsprungen war.
»Guten Morgen, Mary«, sagte Struan, als Mary Sinclair, von Glessing und Horatio begleitet, auf ihn zukam. Sie sah erschöpft und angegriffen aus.
»Guten Tag, Tai-Pan. Dürfte ich heute nachmittag einmal vorbeikommen?« fragte sie. »Vielleicht würden Sie mir ein paar Augenblicke Ihrer Zeit opfern?«
»Aber selbstverständlich. Gegen Sonnenuntergang? In meinem Haus?«
»Danke. Ich kann Ihnen gar nicht sagen, wie sehr ... wie sehr mich Ihr Verlust schmerzt.«
»Ja«, sagte Glessing, »das war ein furchtbarer Schlag.« Im Verlauf der letzten Wochen hatte Struan ihn immer wieder und immer wieder stärker beeindruckt. Hol's der Teufel, jeder, der einmal der Royal Navy angehört hatte, der bei Trafalgar auch nur Pulverträger gewesen war, verdiente die größte Hochachtung. Als Culum es ihm erzählt hatte, war seine erste Frage: »Welches Schiff?« und er hatte sich gewundert, als Culum ihm antwortete: »Ich weiß es nicht, ich habe ihn nicht danach gefragt.« Glessing fragte sich, ob der Tai-Pan möglicherweise unter seinem Vater gedient hatte. Die Frage hatte ihm schon auf der Zunge gelegen, aber er durfte sie nicht stellen, da Culum ihm alles unter dem Siegel der Verschwiegenheit erzählt hatte. »Es tut mir sehr leid, Tai-Pan.«
»Ich danke Ihnen. Wie steht's bei Ihnen?«
»Gut, danke. Verflucht viel Arbeit, soviel ist sicher.«
»Es wäre vielleicht ratsam, bei den Linienschiffen Sturmanker in großer Wassertiefe auszuwerfen.«
Glessing horchte auf. »Können Sie etwa nahende Stürme wittern?«
»Das nicht. Aber jetzt ist die Jahreszeit der Taifune. Zuweilen kommen sie schon früh, manchmal auch erst spät.«
»Vielen Dank für den Hinweis. Ich werde heute nachmittag alles Erforderliche veranlassen.« Verdammt klug, dachte Glessing. Und außerdem trägt dieser Mann Schicksalsschläge mit Haltung. Und ist wohl der erprobteste Seemann, der jemals die Meere befahren hat. Mary hält ungemein viel von ihm, und ihre Ansicht ist viel wert. Auf sein Betreiben führt jetzt die Flotte einen Schlag gegen Kanton, nur ein paar Tage, nachdem diese Teufel es gewagt haben, die Niederlassung in Brand zu setzen. Zum Henker mit dem Admiral! Warum, zum Teufel, gibt dieser elende Tropf mir mein Schiff nicht zurück? Ob ich wohl den Tai-Pan bitten könnte, ein gutes Wort für mich einzulegen?
»Werden Sie sich der Flotte anschließen?«
»Das weiß ich noch nicht.« Struan sah Horatio an. »Seit wann sind Sie wieder zurück, mein Junge?«
»Seit gestern abend, Tai-Pan. Seine Exzellenz hat mich zurückgeschickt, damit ich ihn bei der Beerdigung vertrete. Das gibt mir die Gelegenheit, Ihnen mein Beileid auszusprechen. Mit dem Ebbstrom kehre ich zurück.«
»Es war sehr aufmerksam von ihm und sehr freundlich von Ihnen. Richten Sie ihm bitte meine Empfehlungen aus.«

»Er legte großen Wert darauf zu erfahren, wie es Seiner Hoheit geht.«
»Gar nicht übel. Der Großfürst befindet sich an Bord der *China Cloud*. Besuchen Sie ihn doch. Ich fürchte, daß seine Hüfte verletzt ist, aber mit Sicherheit läßt sich das jetzt noch nicht sagen. Wir sehen uns dann nachher, Mary.«
Wieder zog er den Hut, und er und Culum verabschiedeten sich. Struan fragte sich, was Mary wohl von ihm wollte. Wahrscheinlich hatte sie nur die Absicht, ihm von den Kindern zu erzählen. Ich hoffe, daß alles in Ordnung ist, dachte er. Aber was ist mit Horatio und Glessing? Sie wirkten so nervös und gereizt.

»Darf ich Sie zu Ihrem Hotel begleiten, Miss Sinclair?« fragte Glessing. »Vielleicht würden Sie beide mir die Freude machen, mit mir in der Marinewerft zu speisen?«
»Ich täte es sehr gern, mein lieber George«, antwortete Mary, »aber Horatio wird uns nicht begleiten können.« Bevor Horatio irgend etwas sagen konnte, fügte sie ruhig hinzu: »Mein lieber Bruder hat mir erzählt, Sie hätten um meine Hand angehalten.«
Glessing war bestürzt. »Ja, allerdings ... ja, das habe ich getan. Ich hoffe ... nun ja.«
»Ich möchte Ihnen sagen, daß ich einverstanden bin.«
»O Gott!« Glessing ergriff ihre Hand und küßte sie. »Ich schwöre bei Gott, Mary, bei meinem Schöpfer! Ich schwöre ...« Er drehte sich um und wollte sich bei Horatio bedanken, aber seine Freude erlosch. »Mein Himmel, was ist denn los?«
Horatio starrte Mary böse an. Nun zwang er sich zu einem Lächeln, aber es blieb verzerrt, und er wandte den Blick nicht von ihr ab. »Nichts weiter.«
»Sind Sie nicht einverstanden?« Glessings Stimme klang gepreßt.
»Aber natürlich ist er einverstanden, oder etwa nicht, lieber Bruder?« warf Mary ein.
»Es ist nur ... du bist noch sehr ... sehr jung und ...«
»Aber du bist doch einverstanden, nicht wahr? Dann heiraten wir nämlich drei Tage vor Weihnachten. Wenn Ihnen das recht ist, George?«
Glessing war von der offensichtlichen Feindseligkeit zwischen Bruder und Schwester erschrocken. »Wäre Ihnen das recht, Horatio?«
»Bestimmt würde der Tai-Pan dein Einverständnis gutheißen, Horatio.«
Mary war froh, daß sie sich zur Heirat mit George entschlossen hatte. Nun mußte sie sich das Baby nehmen lassen. Wenn May-may ihr nicht helfen konnte, würde sie den Tai-Pan um die Erfüllung des einen Wunsches bitten müssen, den sie bei ihm noch frei hatte. »Ich bin einverstanden, George«, erklärte sie trotzig und unterdrückte die Furcht, die in ihr aufstieg.
»Hol euch beide der Teufel!« Horatio ging mit steifen Beinen davon.
»Was in aller Welt ist denn in ihn gefahren? Bedeutet es, daß er einverstanden ist? Oder ist er es nicht?« fragte Glessing gereizt.
»Er ist einverstanden, mein lieber George. Machen Sie sich keine Sorgen und verzeihen Sie mir bitte, daß ich es so übers Knie gebrochen habe, aber ich wollte, daß hier Klarheit besteht.«
»Aber nein, Mary. Es tut mir nur leid. Ich hatte doch keine Ahnung, daß Ihr

Bruder so dagegen ist. Wenn ich das geahnt hätte, wäre ich nicht so überstürzt vorgegangen.« Seine Freude darüber, daß sie seine Werbung angenommen hatte, wurde ihm durch den Schmerz vergällt, den er in Marys Gesicht las. Und durch den ständig schwelenden Zorn, nicht bei der Flotte zu sein. Sollte der Teufel den Admiral holen! Die Pest über diesen verfluchten Posten an Land und die Pest über Sinclair. Wie, zum Teufel, habe ich diesen elenden Hund nur jemals mögen können, dachte er? Wie kann er es wagen, so unhöflich zu sein?

»Ich bin so froh, daß Sie hier sind, George«, hörte er sie sagen.

Er sah, wie sie sich ein paar Tränen wegwischte, und wieder stieg das Gefühl in ihm auf, endlich glücklich zu sein. Ohne diesen Posten an Land könnte er niemals so viel Zeit mit Mary verbringen. Er dankte Gott für dieses Glück! Sie hatte ihn nicht abgewiesen, und das war das einzige, worauf es ankam. Er schob seinen Arm unter den ihren. »Keine Tränen mehr«, sagte er. »Dies ist der schönste Tag in meinem Leben, und jetzt werden wir zusammen essen und feiern. Wir werden auch heute abend miteinander essen – und von jetzt ab jeden Mittag und jeden Abend. Im nächsten Monat geben wir die Verlobung bekannt. Von jetzt ab werde ich für Sie sorgen. Wenn irgend jemand Ihnen Unannehmlichkeiten bereitet, wird er es fortan mit mir zu tun bekommen!«

Struan und Culum saßen im Kontor der Faktorei und tranken Branntwein. Der Raum war groß und mit Steinplatten ausgelegt. Die Einrichtung bestand aus einem Tisch von poliertem Teakholz, Schiffslaternen, einem Barometer in kardanischer Aufhängung neben der Teakholztür, mehreren Sesseln und einem Sofa, die mit geschmeidigem Leder bezogen waren. Dieses Leder strömte einen angenehm süßen Geruch aus. An den Wänden hingen Bilder von Quance.

Struan stand am Fenster und blickte auf den Hafen hinaus. Die weite Wasserfläche wirkte ohne die Flotte und die Truppentransporter verödet und verlassen. Von den Klippern waren nur die *China Cloud* und die *White Witch* zurückgeblieben. Es gab nur wenige Kauffahrteischiffe, die noch freien Frachtraum für die Heimreise hatten; dazu kamen ein paar soeben eingelaufene Schiffe, die im vergangenen Jahr bestellte Ware geladen hatten.

Culum betrachtete das Bild, das über dem Kaminsims hing. Es stellte ein chinesisches Flußmädchen in einem Umhang dar, ein Geschöpf von berückender Schönheit. Das Mädchen trug einen Korb unter dem Arm und lächelte. Culum fragte sich, ob das Gerücht zutreffe, daß diese Frau die Geliebte seines Vaters sei, die nur ein paar hundert Yards entfernt in seinem Haus lebte.

»Ich kann jetzt nicht, wie beabsichtigt, abreisen«, sagte Struan, ohne sich vom Fenster abzuwenden.

Culum verspürte eine jähe, schmerzliche Enttäuschung in sich aufsteigen. »Ich könnte es schon schaffen. Bestimmt könnte ich das.«

»Ja, gewiß. Im Lauf der Zeit schon.«

Wieder staunte Culum über die Klugheit seines Freundes Gorth. Noch am vergangenen Abend hatte Gorth auf dem Achterdeck der *White Witch* zu ihm gesagt: »Denk an meine Worte, alter Freund, jetzt reist er auf keinen Fall ab. Ich wette, was du willst, aber er wird dich zu sich rufen und dir erklären, daß er jetzt nich' abreist. Es ist schrecklich, so was zu sagen, aber du und ich, wir werden darauf warten müssen, bis sie wegsterben.«

»Aber ich könnte es ganz allein doch gar nicht schaffen, Gorth. Ich kann nicht allein den Tai-Pan spielen.«

»Selbstverständlich kannst du das. Wenn du Hilfe brauchst – du wirst sie nicht brauchen –, werde ich dir unter die Arme greifen. Mein Vater auch. Schließlich gehörst du jetzt zur Familie, Culum. Klar, das schaffst du, bei Gott. Aber wenn du das sagst, wird der Tai-Pan dir antworten: ›Bestimmt kannst du es, Culum, *im Lauf der Zeit.*‹ «

»Glaubst du wirklich, ich könnte es?«

»Da gibt es doch gar keinen Zweifel auf Gottes grüner Erde. Was wär' denn da so schwierig, was? Du kaufst und verkaufst, und dein chinesischer Kommissionär nimmt den größten Teil des Risikos auf sich. Ein Tai-Pan trifft Entscheidungen, das ist alles. Meistens nichts weiter als gesunder Menschenverstand. Denk doch nur dran, was du mit der Kuppe gemacht hast! Das war richtig klug entschieden, und du warst es, kein anderer. Und du hast ihn gezwungen, mit meinem Vater über Tess zu reden, und mein Vater hat ihn gezwungen, dir und Tess 'nen sicheren Hafen zu bieten.«

»Vielleicht könnte ich das Unternehmen leiten, solange alles ruhig ist. Aber nicht mit Longstaff, einem Krieg und Jin-kwa.«

»Die sind doch ganz unwichtig. Beim Krieg haben wir ohnehin nischt zu bestellen, was dein Alter auch immer trompetet. Und was nun Jin-kwa angeht, diesen Fuchs, so kann ich dir helfen, diesen alten Affen im Zaum zu halten. Nein, Culum, wir müssen warten, bis sie sterben, und das is' furchtbar, wenn man so jung ist und neue Gedanken hat und was sonst noch alles. Und selbst wenn sie uns jetzt die Zügel überlassen, was wäre denn so Schlimmes dabei? Unsere Väter decken uns in England den Rücken, und wir holen sie zu Hilfe, wenn's mal irgendwo stinkt. Is' doch nich' so, als ob wir sie rauswerfen. Wird doch selbstverständlich ihr Haus bleiben. Aber das werden sie uns nicht glauben. Haben doch beide Salzwasser im Gehirn. Müssen alles für sich selber behalten, nur dann sind sie glücklich. Er wird dich damit abspeisen, mit seinem ›Wirst noch Erfahrung brauchen – zwei oder drei Jahre‹, aber das bedeutet für immer ...«

Culum starrte den Rücken seines Vaters an. »Ich könnte es schaffen, Tai-Pan.«

Struan wandte sich zu ihm um. »Und Longstaff? Jin-kwa und der Krieg?«

»Beim Krieg haben wir doch nichts zu bestellen, nicht wahr?«

»An sich nicht. Aber ohne Anleitung hätte Longstaff uns hier schon vor Jahren ruiniert.«

»Wenn du abreisen würdest, wäre es doch nicht so, als ob du nun nichts mehr mit Noble House zu tun hättest? Sollte wirklich eine Situation entstehen, mit der ich nicht fertig werde, wenn es irgendwo stinkt, würde ich dich doch fragen.«

»Wenn ich weggehe, mein Junge, mußt du die Verantwortung voll und ganz übernehmen. Die Postschiffe brauchen hin und zurück sechs Monate. In die-

ser Zeit könnte zuviel geschehen. Du brauchst Erfahrung. Du bist noch nicht soweit.«
»Wann wäre das?«
»Das hängt von dir ab.«
»Du hast mir zugesichert, ich würde Tai-Pan ein Jahr nach … ein Jahr nach Onkel Robb.«
»Richtig. Wenn du soweit bist. Und du bist noch nicht soweit, daß ich, wie beabsichtigt, abreisen könnte. Brock und Gorth werden dich mit Haut und Haar verschlingen.«
Ja, dachte Culum bei sich, auch da hat Gorth wieder recht. Man kann nur in die Schuhe der Toten treten. »Na schön. Was kann ich tun, um zu beweisen, daß ich die Fähigkeit habe?«
»Nichts weiter als das, was du schon tust, mein Junge. Du brauchst ganz einfach mehr Erfahrung. Zwei Jahre, drei vielleicht.«
Culum wußte, daß sich nichts erreichen ließ, wenn er jetzt noch weiter in seinen Vater drang. »Soll ich von jetzt ab Onkel Robbs Arbeit übernehmen?«
»Ja. Aber vorläufig darfst du ohne meine Genehmigung nichts bestellen und nichts verkaufen und niemanden entlassen. Ich werde dir noch ein besonderes Schreiben mit genauen Instruktionen übergeben. Hilf Vargas, unseren Verlust in der Niederlassung wertmäßig zu erfassen, und bring die Bücher in Ordnung.«
»Wann wäre es deiner Ansicht nach richtig, unsere Verlobung bekanntzugeben?«
»Hast du schon mit Brock darüber gesprochen?«
»Nur damals, als ich ihn vor Whampoa gesehen habe. Er schlug die Mittsommernacht vor.«
Plötzlich fielen Struan Scragger und seine Worte über Wu Kwok ein: daß man Wu Kwok in der Mittsommernacht auf Quemoy leicht einen Hinterhalt legen könne. Er wußte, ihm blieb jetzt nichts anderes übrig, als darauf zu setzen, daß Scragger die Wahrheit gesprochen hatte, und Wu Kwok aufzulauern. War Wu Kwok erst einmal tot, dann gab es auch für Culum eine Gefahr weniger. Was aber war mit den anderen drei halben Münzen? Welche ›Gefälligkeiten‹ würden sie zu bedeuten haben? Und zu welchem Zeitpunkt? Er warf einen Blick auf den Kalender, der auf seinem Schreibtisch lag. Der 15. Juni. Bis zur Mittsommernacht waren es noch neun Tage. »Belassen wir es bei der Mittsommernacht. Aber nur ein kleines Fest. Niemand weiter als die Familie«, fügte er mit leichter Ironie hinzu.
»Wir haben auch schon an das Hochzeitsgeschenk gedacht, das wir von dir erbitten möchten. Es war Tess' Idee.« Er reichte Struan einen Bogen Papier.
»Was ist denn das?«
»Nichts weiter als die feierliche Verpflichtung, die Vergangenheit zu vergessen und von nun ab in Freundschaft zu leben. Es soll von den Brocks und den Struans unterzeichnet werden.«
»Den einzigen Vertrag, den ich mit den beiden jemals abschließen werde, habe ich bereits abgeschlossen«, erklärte Struan und gab das Schriftstück zurück, ohne es gelesen zu haben.

»Gorth ist bereit, und er sagt, sein Vater wäre es auch.«
»Bestimmt ist Gorth bereit. Aber Tyler wird ein solches Papier nicht unterschreiben.«
»Wenn er bereit wäre, würdest du dann unterzeichnen?«
»Nein.«
»Ich bitte dich.«
»Nein.«
»Unsere Kinder werden euch beiden gehören und ...«
»Ich habe sehr sorgfältig über die Kinder nachgedacht, Culum«, unterbrach ihn Struan, »und über eine Menge anderer Dinge. Ich bezweifle sehr, daß eure Kinder, wenn sie einmal alt genug sind, zu verstehen, was ein Onkel und ein Großvater bedeuten, einen Onkel und einen Großvater mütterlicherseits haben werden.«
Culum schritt zur Tür.
»Warte, Culum!«
»Würdest du uns bitte das Geschenk geben, um das wir dich bitten, das wir von dir erflehen?«
»Das kann ich nicht. Sie würden niemals zu ihrem Wort stehen. Gorth und Brock haben es darauf abgesehen, dir das Fell über die Ohren zu ziehen und ...«
Culum warf die Tür ins Schloß.
Struan trank noch einen Branntwein. Dann schleuderte er das Glas in den Kamin.

In dieser Nacht lag Struan in dem breiten Bett mit dem Baldachin neben May-may und konnte nicht einschlafen. Die Fenster standen offen; der Mond schien herein, und es wehte eine frische Brise, die kräftig nach Salz und Tang roch. Ein paar Moskitos suchten unablässig nach einem Durchschlupf durch die Maschen des Netzes, von dem das Bett eingehüllt war. Im Gegensatz zu den meisten Europäern hatte Struan stets ein Moskitonetz benutzt. Jin-kwa hatte es ihm schon vor Jahren als gut für die Gesundheit angeraten.
Struan grübelte über die nächtlichen Malariadünste nach, die er und May-may vielleicht nun einatmeten.
Außerdem hielt ihn die Sorge um Sarah wach. Als er sie vor ein paar Stunden gesprochen hatte, war sie entschlossen gewesen, mit dem nächsten Schiff abzureisen.
»Du bist jetzt noch nicht kräftig genug«, hatte er ihr erwidert. »Auch Lochlin nicht.«
»Trotzdem reisen wir ab. Unternimmst du die entsprechenden Schritte, oder soll ich es tun? Besitzt du übrigens eine Abschrift von Robbs Testament?«
»Ja.«
»Ich habe es soeben gelesen. Warum sollst eigentlich du der Treuhänder für seinen Firmenanteil sein? Warum nicht ich?«
»Das ist keine Aufgabe für eine Frau, Sarah! Aber du brauchst dir keine Sorgen zu machen. Du bekommst jeden Penny.«
»Meine Anwälte werden dafür sorgen, Tai-Pan.«
Nur mit Mühe hatte er seinen Zorn unterdrückt. »Wir sind jetzt mitten in

der Jahreszeit der Taifune. Eine sehr ungünstige Zeit für eine Heimreise. Warte bis zum Herbst. Bis dahin seid ihr beide kräftiger.«
»Wir reisen sofort ab.«
»Ganz wie du willst.«
Danach hatte er Sergejew besucht. Die Wunde des Russen war wohl entzündet, jedoch nicht brandig. Für ihn gab es also Hoffnung. Dann war er in sein Kontor zurückgekehrt und hatte einen Bericht an Longstaff verfaßt, in dem er ihm mitteilte, nach seinen Informationen werde sich Wu Kwok, der Pirat, in der Mittsommernacht auf Quemoy aufhalten. Er schlage vor, daß Fregatten ihm auflauern sollten; er selber wisse in diesen Gewässern gut Bescheid und werde sich einem solchen Unternehmen gern als Führer zur Verfügung stellen, falls der Admiral es wünsche. Diesen Bericht hatte er an Horatio gesandt. Kurz bevor er dann nach Hause gegangen war, hatten ihn die Militärärzte aufgesucht, um ihm mitzuteilen, daß es keine Zweifel mehr gebe: das Fieber im Happy Valley sei Malaria ...

Unruhig warf er sich im Bett hin und her.
»Möchtest du vielleicht Tricktrack spielen?« May-may war ebenso erschöpft wie er, fand aber ebensowenig Ruhe.
»Nein, ich danke dir, meine Kleine. Kannst du auch nicht schlafen?«
»Nein. Macht nichts«, antwortete sie. Sie sorgte sich um den Tai-Pan. Er war an diesem Tag so seltsam gewesen. Und sie machte sich Sorgen um Mary Sinclair. Am Nachmittag war Mary dagewesen, schon ziemlich früh, noch vor Struans Rückkehr. Mary hatte ihr von dem Baby erzählt, das sie erwartete, und auch von dem heimlichen Leben, das sie in Macao führte. Sogar von Horatio. Und von Glessing. »Entschuldigen Sie«, hatte Mary unter Tränen gesagt. Sie sprachen Mandarin-Chinesisch miteinander, das beide dem Kantonesischen vorzogen. »Ich habe es jemand sagen müssen. Ich habe niemanden, den ich um Hilfe bitten könnte. Niemanden.«
»Aber, Mary, meine Liebe«, hatte May-may erwidert. »Weinen Sie doch nicht. Zunächst einmal werden wir Tee trinken, und dann werden wir uns überlegen, was zu tun ist.«
So hatten sie also miteinander Tee getrunken. May-may hatte sich erneut sehr über die Barbaren und ihre Einstellung zum Leben und zum Verhältnis der Geschlechter gewundert. »Was für eine Hilfe brauchen Sie denn?«
»Ich muß Hilfe haben – um dieses Kind loszuwerden. Mein Gott, man sieht es mir ja schon an.«
»Aber warum haben Sie mich nicht schon vor Wochen gefragt?«
»Ich habe den Mut dazu einfach nicht aufgebracht. Hätte ich es Horatio gegenüber nicht bis zum äußersten getrieben, hätte ich auch jetzt noch nicht den Mut dazu. Aber jetzt ... was kann ich jetzt noch tun?«
»Wie lange gehen Sie schon mit dem Kind?«
»Fast drei Monate, eine Woche fehlt noch daran.«
»Das ist schlecht, Mary. Nach zwei Monaten kann es sehr gefährlich werden.« May-may hatte über die Möglichkeiten nachgedacht, die es in Marys Fall noch gab, auch über die Gefahren, die damit verbunden waren. »Ich werde Ah Sam nach Tai Ping Schan schicken. Dort soll ein Kräutersammler

wohnen, der Ihnen vielleicht helfen kann. Aber ist Ihnen klar, daß es vielleicht sehr gefährlich für Sie werden könnte?«
»Ja. Aber wenn Sie mir helfen, tue ich alles. Alles.«
»Wir sind doch befreundet. Freunde müssen einander helfen. Nur dürfen Sie es niemals, niemals irgendeinem Menschen erzählen.«
»Ich schwöre es Ihnen bei Gott!«
»Sobald ich die Kräuter habe, schicke ich Ah Sam zu Ihrer Dienerin, Ah Tat. Können Sie sich auf sie verlassen?«
»Ja.«
»Wann haben Sie Geburtstag, Mary?«
»Warum?«
»Der Astrologe wird einen günstigen Tag für das Einnehmen des Trankes errechnen müssen, das ist doch klar.«
Mary hatte ihr Tag und Stunde genannt.
»Wo werden Sie die Arznei einnehmen? Im Hotel können Sie es nicht tun – auch hier nicht. Es kann sein, daß Sie Tage brauchen, um sich davon zu erholen.«
»In Macao. Ich kehre nach Macao zurück. In mein – ich habe doch dort mein eigenes Haus. Dort kann nichts passieren. Ja. Dort kann mir nichts zustoßen.«
»Diese Mittel wirken nicht immer, meine Liebe. Und sie sind auch niemals ungefährlich.«
»Ich habe keine Angst. Sie werden schon wirken. Sie müssen wirken«, hatte Mary gesagt.
May-may bewegte sich unruhig im Bett. »Was ist los?« fragte Struan.
»Nichts. Nur das Baby rührt sich.«
Struan legte seinen Kopf auf die sanfte Rundung ihres Leibes. »Wir sollten lieber einen Arzt zuziehen, der dich untersucht.«
»Nein, danke, Tai-Pan, schon gut. Ich will keinen von diesen Barbaren-Teufeln. In dieser Sache werde ich so sein wie immer – Chinesin.«
May-may lehnte sich sacht zurück, zufrieden damit, ein Kind zu erwarten, und traurig um Marys willen. »Mary hat nicht sehr gut ausgesehen, findest du nicht?« fragte sie behutsam.
»Nein. Und irgend etwas bedrückt sie. Hat sie dir gesagt, was es ist?«
May-may wollte zwar nicht lügen, aber es widerstrebte ihr, zu Struan von etwas zu sprechen, das ihn doch eigentlich nichts anging. »Ich glaube, sie macht sich nur Sorgen um ihren Bruder.«
»Was ist mit ihm?«
»Sie hat mir erzählt, sie möchte diesen Glessing heiraten.«
»Ach so, ich verstehe.« Struan war es klar gewesen, daß Mary in erster Linie gekommen war, um mit May-may zu sprechen, und nicht mit ihm. Er hatte sich auch kaum mit ihr unterhalten und sich eigentlich nur dafür bedankt, daß sie die Kinder mit nach Macao genommen hatte. »Ich könnte mir vorstellen, daß Horatio nicht einverstanden ist, und sie möchte, ich soll mit ihm reden. Stimmt's? War das der Grund ihres Kommens?«
»Nein. Ihr Bruder ist einverstanden«, antwortete May-may.
»Das überrascht mich.«

»Wieso? Ist dieser Glessing denn ein schlimmer Mensch?«
»Nein. Nur haben sich Mary und Horatio all die Jahre hindurch sehr nahegestanden. Ohne sie wird er sehr einsam sein.« Struan fragte sich, was May-may wohl sagen würde, wenn sie von Marys heimlichem Treiben in ihrem Haus in Macao erführe. »Wahrscheinlich fühlt sie sich nicht besonders, weil sie sich um ihn Sorgen macht.«
May-may antwortete nicht und schüttelte nur traurig den Kopf über die Nöte von Mann und Frau. »Wie steht es eigentlich mit dem jungen Liebespaar?« fragte sie, um der eigentlichen Ursache seiner Niedergeschlagenheit auf den Grund zu kommen.
»Alles in Ordnung.« Niemals hatte er ihr von dem gesprochen, was er und Brock einander gesagt hatten.
»Hast du beschlossen, was tun mit dem Teufelsfieber?«
»Noch nicht. Ich glaube jedoch, du solltest lieber nach Macao zurückkehren.«
»Ja, bitte, Tai-Pan. Aber erst, nachdem du dir über Hongkong im klaren bist.«
»Hier ist es gefährlich. Ich möchte nicht, daß dir etwas zustößt.«
»Joss«, sagte sie mit einem Achselzucken. »Natürlich ist unser fêng schui sehr unwahrscheinlich schlimm.« Sie legte ihre Hand auf seine Brust, um ihn zu beruhigen, und küßte ihn dann zärtlich. »Einmal du hast zu mir gesagt, es gibt drei Dinge, die du noch tun mußt, bevor du dich für eine Tai-tai entscheidest. Zwei kenne ich. Was war drittes?«
»Noble House in zuverlässige Hände legen«, antwortete er. Dann berichtete er ihr von dem, was Brock gesagt, und von der Auseinandersetzung, die er an diesem Tag mit Culum gehabt hatte.
Sie schwieg lange Zeit und dachte über dieses dritte Problem nach. Und weil die Lösung so einfach war, verbarg sie sie tief in ihrem Herzen und fuhr in unschuldigem Ton fort: »Ich habe dir gesagt, ich werde dir helfen bei den ersten zwei, und ich werde nachdenken über drittes. Drittes ist zuviel für mich, ich kann dir da nicht helfen, so gern ich es würde tun.«
»Ja«, sagte Struan, »ich weiß auch nicht, was zu tun ist. Zumindest«, fügte er hinzu, »gibt es eigentlich dafür nur eine Lösung.«
»Die Lösung mit Totschlagen ist Unklugheit«, erklärte sie fest. »Sehr unklüglich gefährlich. Die Brocks werden nichts anderes erwarten. Ebenso wie alle anderen. Und du riskierst Rache von eurem schrecklichen Gesetz, was so dumm ist, Auge um Auge zu verlangen, wo immer noch ein Auge ist, was entsetzlich verrückt scheint. Wozu sonst der Reichtum, heja? Du darfst das nicht tun, Tai-Pan. Und ich rate dir, gib deinem Sohn und der neuen Tochter das Geschenk, das sie sich wünschen.«
»Das kann ich nicht. Das wäre so, als ob ich selber Culum die Kehle durchschneide!«
»Trotzdem ist das mein Rat. Und ich rate ferner zu einer phantastisch umgehenden Heirat.«
»Das kommt nicht in Frage«, stieß er hervor. »Das wäre sehr taktlos und eine Beleidigung von Robbs Andenken. Und lächerlich wäre es obendrein.«
»Ich stimme dir da herzlichst bei, Tai-Pan«, antwortete May-may. »Aber es

geziemt dem Andenken, daß, der Sitte der Barbaren folgend – die dieses eine Mal mit der weisen chinesischen Sitte übereinstimmt –, das Mädchen in das Haus des Mannes geht. Nicht das Gegenteil, heja? Je sofortiger das Brock-Mädchen unter dem Daumen von Gorth wegkommt, desto eher verlieren die Brocks den Einfluß auf sie.«
»Bitte?«
»Was, bitte! Warum ist dein Sohn so krankhaft verrückt in seinem Kopf? Er muß phantastisch dringend schnell mit ihr ins Bett.« Ihre Stimme erhob sich, als sich Struan im Bett aufrichtete. »Komm mir jetzt nur nicht mit Argumenten, sondern hör zu, und dann werde ich gehorsam zuhören. Das ist es, was ihn so krankhaft verrückt macht, weil der arme Junge bei Nacht kalt und erschöpft und unbeweibt ist. Das ist Tatsache. Warum du nicht offen sagen, heja? Ich sage offen. Er ist mächtig in Hitze. So lauscht er mit hängender Zunge auf Gorths ganzes dummes Gerede. Ich, wenn ich er wäre, ich würde ebenso handeln, denn Bruder hat Macht über Schwester! Aber laß Sohn Culum das Mädchen haben, wird dann noch dein Culum eine gottverdammte Stunde nach der anderen dem Bruder Gorth zuhören? Bei Gott, nein! Wird jede Minute im Bett verbringen und mit Busens herumspielen und sich erschöpfen und Babys machen und alle Störungen von dir, von Brock oder von Gorth scheußlich finden.« Sie sah ihn einschmeichelnd an. »Etwa nicht?«
»Ja«, antwortete er. »Ich liebe dich wegen deiner Klugheit.«
»Du liebst mich, weil ich dich toll verrückt mache und dann mit dir schlafe, dich zerschlafe, bis du erledigt bist.« Sie lachte, sehr zufrieden mit sich selber: »Als nächstes: treib sie dazu, *ihr* Haus zu bauen. Morgen schon. Richte ihre Gedanken darauf und weg von fan-kwai Gorth. Sie ist doch jung, he? So wird Gedanke an eigenes Haus ihr Denken phantastisch beschäftigen. Das wird die Brocks ärgern, und sie werden beginnen zu entscheiden, was für eine Art Haus und so weiter, und das wird wieder sie ärgern und sie näher zu dir führen, der ihr Haus gegeben hat. Gorth muß absolut gegen schnelle Heirat sein – so wird er Culum gegen sich wenden, und – wie nennt ihr das? – damit seine Strumpfkarte verlieren.«
»Trumpfkarte.« Er drückte sie entzückt an sich. »Du bist wirklich wunderbar! Daran hätte ich selber denken sollen. In der nächsten Woche ist wieder ein Landverkauf angesetzt. Ich werde dir ein Küstengrundstück kaufen, weil du so klug bist.«
»Puh!« rief sie böse. »Du glaubst, ich schütze meinen Mann nur, um dreckiges Hongkong-Land zu bekommen? Ein einziges elendiges Vorortgrundstück? Für Silbertaels? Für Jade? Für was glaubst du, ist diese unbezahlbare T'chung Jen May-may da, heja? Etwa ein dreckiges Stück Hundefleisch-Hure?«
Sie redete weiter und weiter und ließ sich nur widerstrebend von ihm liebkosen, stolz darauf, daß er den Wert von Grundstücken für einen zivilisierten Menschen begriffen hatte, und dankbar, daß er ihr so viel Gesicht geschenkt hatte, indem er vorgab, nicht zu wissen, wie erfreut sie war.
Im Zimmer war es jetzt ganz still, nur die Moskitos summten leise.
May-may schmiegte sich an Struan und wandte ihre Gedanken der Lösung

der dritten Frage zu. Sie beschloß, darüber auf mandarin-chinesisch nachzudenken und nicht auf englisch, weil sie in dieser Sprache nicht genügend Wörter mit den richtigen Bedeutungsnuancen kannte. Wie würde man zum Beispiel auf barbarisch so etwas wie Schattierung oder Tönung bezeichnen? Die Lösung der dritten Frage aber bedurfte echter chinesischer Schattierungen und Tönungen.

Die Lösung ist so bezaubernd einfach, sagte sie vergnügt zu sich. Gorth ermorden. Ihn so ermorden lassen, daß niemand den Verdacht hegt, die Mörder könnten etwas anderes als Räuber oder Piraten sein. Wenn es auf diese Weise ganz heimlich geschieht, ist eine Gefahr für meinen Tai-Pan aus dem Weg geräumt: Culum ist vor einer offensichtlich gefährdeten Zukunft bewahrt, und Vater Brock kann nichts unternehmen, weil er sich noch immer durch diese erstaunliche und geradezu unverständliche Unwiderruflichkeit gebunden fühlt, die die Barbaren einem solchen ›heiligen‹ Eid beilegen. So einfach. Aber voller Gefahren. Ich muß sehr vorsichtig vorgehen. Wenn mein Tai-Pan jemals dahinterkäme, würde er mich vor einen der Barbaren-Richter bringen – wahrscheinlich vor diesen widerlichen Mauss! Mein Tai-Pan würde mich beschuldigen – sogar mich, seine vergötterte Geliebte. Und mich würde man aufhängen, wie lächerlich!

Nach so langer Zeit und nachdem ich ihre Sprache erlernt und mich bemüht habe, diese Menschen zu verstehen – bleibt mir die Einstellung der Barbaren in so mancher Hinsicht noch immer völlig unbegreiflich. Wie lächerlich, ein Gesetz für alle zu haben – für die Reichen wie für die Armen. Welchen Sinn hätte es denn sonst, zu arbeiten und sich abzurackern, um reich und mächtig zu werden?

Was wäre denn nun der beste Weg, fragte sie sich. Ich verstehe so wenig von Mord. Wie macht man es? Wo? Und wann?

May-may blieb die ganze Nacht wach. Bei Sonnenaufgang hatte sie sich zu der Methode entschlossen, die sie für die beste hielt. Und nun schlief sie befriedigt ein.

29

Als der Mittsommertag herannahte, herrschte im Happy Valley tiefe Verzweiflung. Die Malaria hatte sich noch weiter ausgebreitet, aber es war bei der Epidemie keine Gesetzmäßigkeit festzustellen. Nicht alle Bewohner desselben Hauses wurden befallen. Und ebenso war nicht jedes Haus im Fiebergebiet betroffen.

Die Kulis kamen erst, wenn die Sonne hoch stand, ins Happy Valley und kehrten noch vor Dunkelheit nach Tai Ping Schan zurück. Struan, Brock und alle China-Händler waren am Ende ihres Wissens angelangt. Es blieb ihnen im Grunde nichts anderes übrig, als wegzuziehen – aber das Aufgeben von Happy Valley mußte katastrophale Folgen haben. Blieben sie jedoch, dann war die Katastrophe noch größer. Allerdings gab es viele, die sich nicht von ihrer Ansicht abbringen ließen, es könne weder die giftige Erde noch die verseuchte Nachtluft Ursache der Malaria sein, denn nur die Menschen, die im Tal schliefen, würden von ihr befallen. Die Gottesfürchtigen hingegen glaubten – so wie Culum –, das Fieber sei von Gott geschickt, und so verdoppelten sie ihre Gebete, mit denen sie den Allmächtigen anflehten, sie zu schützen; die Gottlosen hingegen zuckten, wenn auch ebenso furchtsam, die Achseln und sagten, dies sei eben ›Joss‹. Zunächst waren nur wenige Familien auf die Schiffe zurückgekehrt, aber die Zahl derer, die das Tal verließen, wuchs und wuchs, und schließlich lag Queen's Town wie eine Geisterstadt da.

Von dieser verzweifelten Stimmung wurde jedoch Longstaff nicht berührt. In der vergangenen Nacht war er auf seinem Flaggschiff aus Kanton zurückgekehrt, voller Stolz auf seine Erfolge, und da er an Bord des Schiffes wohnen blieb und nicht die Absicht hatte, sich im Happy Valley niederzulassen, wußte er, daß ihm die giftigen nächtlichen Dünste nichts anhaben konnten.
Er hatte alles, was er sich vorgenommen hatte, erreicht – und noch mehr dazu.
Einen Tag nach Beginn der Belagerung Kantons waren die sechs Millionen Taels Bußgeld, die er verlangt hatte, bezahlt worden. So hatte er den Angriff abblasen können. Gleich darauf aber hatte er befohlen, die Vorbereitungen für einen Krieg im Norden zu treffen. Und diesmal würden die Kämpfe erst enden, wenn der Vertrag ratifiziert war. In wenigen Wochen mußten die ihm zugesagten Verstärkungen aus Indien eintreffen. Und dann würde die Flotte wieder einmal nach Norden segeln, zum Peiho, nach Peking, und Asien würde ein für allemal offenstehen.
»Gewiß, so wird es sein.« Longstaff lachte in sich hinein. Er befand sich allein in seiner Kajüte auf der H.M.S. *Vengeance* und bewunderte sich im Spiegel. »Du bist wirklich recht tüchtig, mein Lieber«, sagte er laut zu sich. »Ja, wahrhaftig. Viel tüchtiger sogar noch als der Tai-Pan, und dabei ist er der Inbegriff der Tüchtigkeit.« Er legte den Spiegel hin, rieb sich das Gesicht mit Kölnisch Wasser ab und warf einen Blick auf seine Taschenuhr. In ein paar Minuten würde Struan ihn aufsuchen. »Trotzdem braucht deine Rechte nicht zu wissen, was die Linke tut, findest du nicht?« Wieder lachte er in sich hinein.
Longstaff konnte es kaum glauben, daß es ihm so mühelos gelungen war, den Ankauf von Saatgut vorzubereiten. Zumindest, so rief er sich nun zufrieden ins Gedächtnis, hatte Horatio die Vorbereitungen getroffen. Ich möchte nur wissen, warum den Mann der Wunsch seiner Schwester, Glessing zu heiraten, so erregt. Meiner Ansicht nach ist das eine ausgezeichnete Verbindung. Schließlich ist sie doch ziemlich farblos und uninteressant – auf dem Ball hat sie allerdings atemberaubend ausgesehen. Aber was für ein Glücksfall, daß er Glessing nicht leiden kann. Und ein weiterer Glücksfall, daß er den Opiumhandel stets gehaßt hat. Und die Art und Weise, wie ich ihm diesen Gedanken eingepflanzt habe, war auch ziemlich gerissen – dieser Angelhaken mit Glessings Versetzung als Köder.
»Wahrhaftig, Horatio«, hatte er vor einer Woche in Kanton gesagt, »dieser ganze Opiumhandel ist doch ein übles Geschäft, meinen Sie nicht? Und alles nur, weil wir den Tee mit Silber bezahlen müssen. Wie schade, daß es in

Britisch-Indien keine großen Pflanzungen gibt, was meinen Sie? Dann wäre das ganze Opium nicht mehr nötig. Wir könnten den Opiumhandel ganz einfach verbieten und uns die Heiden für bessere Zwecke aufsparen, was? Wir könnten den Samen des Guten einpflanzen anstatt dieser verdammten Droge. Dann könnte die Flotte nach Hause fahren, und wir würden von da ab in Ruhe und Frieden leben.«

Zwei Tage später hatte Horatio eine Gelegenheit wahrgenommen, mit ihm unter vier Augen zu sprechen. Erregt hatte er ihm seinen Plan auseinandergesetzt, sich edlen Teesamen von den Chinesen zu besorgen und diesen nach Indien zu schicken. Er, Longstaff, hatte sich ziemlich erstaunt gegeben, sich aber dann doch durch Horatio von der Möglichkeit, einen solchen Plan zu verwirklichen, überzeugen lassen.

»Aber, du lieber Himmel, Horatio«, hatte er geantwortet, »wie in aller Welt können Sie sich denn den Teesamen beschaffen?«

»Ich habe es mir folgendermaßen vorgestellt: Ich werde mit dem Statthalter Tsching-so sprechen, Exzellenz, mit ihm ganz allein. Ich werde ihm erzählen, daß Sie ein großer Gärtner sind und die Absicht haben, Hongkong in einen Garten zu verwandeln. Ich werde ihn um je fünfzig Pfund Maulbeer- und Baumwollsamen, um Samen von Frühlingsreis, Kamelien und anderen Blumen und auch um den Samen verschiedener Teesorten bitten. Dann wird er hinter dem Tee nichts Besonderes wittern.«

»Er ist doch aber ein sehr gescheiter Mann, Horatio. Er muß sich selber sagen, daß von diesen Pflanzen kaum etwas auf Hongkong gedeihen wird. Wenn überhaupt etwas davon angeht.«

»Natürlich. Aber das wird er der besonderen Torheit der Barbaren zuschreiben.« Horatio war vor Erregung ganz außer sich.

»Aber wie in aller Welt wollen Sie ihn dazu bewegen, nicht über die Sache zu reden? Tsching-so wird es doch bestimmt den Mandarinen – oder den Co-hongs – weitererzählen, und die berichten es den Chinahändlern. Das ist klar. Und Sie wissen, daß diese verdammten Piraten Himmel und Hölle in Bewegung setzen, um Ihren Plan zu durchkreuzen. Denn die werden Sie und Ihren Plan gewiß durchschauen. Was ist mit dem Tai-Pan? Was Sie da planen, wird ihm mit Sicherheit den Boden unter den Füßen wegziehen, das wissen Sie doch auch. Oder etwa nicht?«

»Er ist reich genug, Exzellenz. Aber wir müssen diesen sündhaften Opiumhandel mit Stumpf und Stiel ausrotten. Das ist unsere Pflicht.«

»Richtig. Aber Chinesen wie Europäer werden diesen Plan erbarmungslos bekämpfen. Und sobald Tsching-so klar wird, was Sie wirklich im Schilde führen – und das kann gar nicht ausbleiben –, werden Sie das Saatgut niemals erhalten.«

Horatio hatte einen Augenblick nachgedacht. Dann antwortete er: »Stimmt. Aber wenn ich ihm sage, daß er mir damit einen Gefallen erwiese – denn ich würde Sie, als meinen Vorgesetzten, gern durch ein überraschendes Geschenk für mich gewinnen –, mir, der ich den Silberschatz unter mir habe und über die einzelnen Silberkästen verfügen kann – na ja, und vielleicht würde ich auch einmal einen Kasten nicht vermissen –, ich glaube, dann würde er es bestimmt vor allen anderen geheimhalten.«

»Wieviel ist ein solcher Kasten wert?«
»Vierzigtausend Silbertaels.«
»Aber dieses Barrensilber gehört doch der Regierung Ihrer Majestät, Horatio.«
»Gewiß. Bei Ihren Verhandlungen aber könnten Sie ›unter vier Augen‹ sich versichern lassen, daß ein Kasten Silber dabei ist, der amtlich nicht verbucht wird. Auf diese Weise kann die Krone gar nichts verlieren. Das Saatgut wäre ein Geschenk an die Regierung Ihrer Majestät, Sir. Mir wäre es eine Ehre, wenn Sie sagten, es sei Ihre Idee. Das war sie ja wohl auch, denn erst eine Andeutung, die Sie mir gegenüber gemacht haben, hat diese Gedankengänge bei mir ausgelöst. Daher gebührt Ihnen auch die Anerkennung dafür. Immerhin sind Sie der Generalbevollmächtigte und haben die Verantwortung zu tragen.«
»Sollte aber Ihr Vorhaben gelingen, ruinieren Sie nicht nur die Chinahändler, sondern graben sich selber das Wasser ab. Das ist doch sinnlos.«
»Das Opium ist ein fürchterliches Laster, Sir. Das rechtfertigt jedes Risiko. Außerdem ist meine Stellung mit Ihrem Erfolg eng verbunden, aber nicht mit dem Opium.«
»Aber wenn unser Plan Erfolg hätte, würden Sie dadurch mit Sicherheit das Fundament Hongkongs untergraben.«
»Ach, bis in Indien Tee zum Export geerntet werden kann, vergehen noch viele Jahre. Solange Ihre Generation lebt, ist Hongkong gesichert, Sir. Und Hongkong wird weiterhin der Umschlagplatz für den Handel mit dem Fernen Osten bleiben. Wer weiß schon mit Sicherheit, wie sich die Dinge im Lauf der Jahre entwickeln?«
»Dann darf ich wohl annehmen, daß Sie von mir erwarten, ich solle die Möglichkeiten eines solchen Teeanbaus mit dem Vizekönig von Indien erörtern?«
»Exzellenz, wer könnte diesen Gedanken – Ihren Gedanken – besser verwirklichen als Sie selbst?«
Widerstrebend hatte er sich überzeugen lassen, hatte aber Horatio nochmals die Notwendigkeit strengster Geheimhaltung eingeschärft.
Schon am nächsten Tag hatte Horatio ihm freudestrahlend berichten können: »Tsching-so ist einverstanden! Er hat gesagt, daß innerhalb der nächsten sechs Wochen oder zwei Monate die Kisten mit dem Saatgut in Hongkong ausgeliefert werden, Exzellenz. Jetzt muß nur noch, damit ich wirklich alles erreicht habe, Glessing umgehend nach England zurückversetzt werden. Ich glaube, daß Mary nur den Kopf etwas verloren hat. Schade, daß man sie nicht ein Jahr lang seinem Einfluß entziehen kann, damit sie sich völlig darüber klar wird, was sie tut ...«
Longstaff machte sich im stillen lustig über den so offenkundigen Versuch des jungen Mannes, möglichst diplomatisch zu erscheinen. Er strich sich übers Haar, öffnete die Kajütentür und begab sich ins Kartenhaus. Dort stöberte er in den Papieren in seinem Stahlschrank umher und suchte das Schreiben hervor, das Horatio vor Wochen für ihn übersetzt hatte. »Wird nicht mehr gebraucht«, sagte er laut. Er zerriß das Papier, warf die Fetzen aus einem Fenster ins Meer und blickte ihnen nach, wie sie davontrieben.

Vielleicht sollte man Glessing wirklich nach Hause schicken. Das Mädchen ist noch nicht mündig, und Horatio befindet sich in einer sehr schwierigen Lage. Na ja, das mußte überschlafen werden. Wenn erst einmal das Saatgut unterwegs nach Indien war.
Er sah Struans Kutter nahen und entdeckte den Tai-Pan, der niedergeschlagen in der Mitte des Bootes saß. Sein Ernst erinnerte Longstaff an die Malaria. Was, zum Teufel, sollen wir in dieser Sache tun? Könnte uns wahrhaftig noch alle unsere Pläne, die wir mit Hongkong haben, durchkreuzen!

Struan blickte zu den Heckfenstern der Kajüte hinaus und wartete geduldig darauf, daß Longstaff mit seinen Ausführungen zu einem Ende käme.
»Wahrhaftig, Dirk, man hatte fast den Eindruck, als habe Tsching-so gewußt, daß wir sechs Millionen Taels verlangen würden. Das Lösegeld hat sofort zur Verfügung gestanden. Außerdem hat er sich wegen der Plünderung der Niederlassung wiederholt entschuldigt. Er behauptet, es seien diese verdammten Anarchisten, die Tongs, gewesen. Er hat eine gründliche Untersuchung angeordnet und hofft, diese Leute ein für allemal vernichten zu können. Wie es scheint, ist einer ihrer Führer in seine Hände gefallen. Aber wenn er aus diesem Mann nichts herauspreßt, wird keiner es schaffen. Er hat mir versprochen, mir sofort die Namen der hiesigen Tongs mitzuteilen.«
Struan wandte sich vom Fenster ab und ließ sich in einen tiefen Ledersessel sinken. »Das ist sehr erfreulich, Will. Ich muß schon sagen, das haben Sie ausgezeichnet gemacht. Ganz ausgezeichnet.«
Longstaff war sehr zufrieden mit sich selber. »Ich gebe zu, alles lief genau wie geplant. Ach, bevor ich es vergesse! Diese Information, die Sie uns Wu Kwok betreffend gaben. Mir wäre es ja lieber gewesen, Sie hätten die Flottille geführt. Aber da war mit dem Admiral nicht zu reden. Er hat die Sache selber in die Hand genommen.«
»Das ist sein gutes Recht. Hoffen wir nur, daß er heute nacht ganze Arbeit leistet. Ich werde sehr viel ruhiger schlafen, wenn dieser Teufel auf dem Boden des Meeres liegt.«
»Ganz richtig.«
»Jetzt bleibt Ihnen nichts anderes mehr zu tun, als Hongkong zu retten, Will. Nur Sie können es schaffen«, sagte Struan und setzte seine ganze Hoffnung darauf, es könne ihm noch einmal gelingen, Longstaff dazu zu bringen, den Plan zu verwirklichen, der, wie er sich zurechtgelegt hatte, ihrer aller Rettung bedeuten würde. »Ich halte es für ratsam, daß Sie die sofortige Räumung von Happy Valley anordnen.«
»So wahr mir Gott helfe, Dirk«, rief Longstaff, »das ist ja gleichbedeutend damit, ganz Hongkong aufzugeben!«
»In Queen's Town herrscht die Malaria. Zumindest in Happy Valley. Also muß es geräumt werden.«
Mit unsicheren Fingern nahm sich Longstaff eine Prise. »Ich kann die Räumung nicht anordnen. Dadurch würde ich die Verantwortung für alle daraus entstehenden Verluste auf mich laden.«
»Allerdings. Sie brauchen bloß zu beschließen, die sechs Millionen Taels dazu zu verwenden und jeden einzelnen zu entschädigen.«

»Du lieber Gott, das kann ich doch nicht tun!« stieß Longstaff aus. »Dieses Silber gehört der Krone. Nur die Krone – die Krone ganz allein – kann entscheiden, was damit zu geschehen hat!«

»Sie sind auch zu der Entscheidung gelangt, daß Hongkong zu kostbar ist, um aufs Spiel gesetzt zu werden. Sie wissen auch, daß eine rasche Entscheidung notwendig ist. Das ist eine Tat, die eines Gouverneurs würdig ist.«

»Das kann ich ganz und gar nicht, Dirk. Kommt nicht in Frage. Unmöglich!«

Struan trat an die Kredenz und schenkte zwei Gläser Sherry ein. »Ihre ganze Zukunft hängt aber von einer solchen Entscheidung ab.«

»Wie bitte? Wie meinen Sie das? In welcher Hinsicht?«

Struan reichte ihm ein Glas. »Ihr Ansehen und Ihr Ruf bei Hofe sind eng mit Hongkong verknüpft. Ihre ganze Asienpolitik – und das ist gleichbedeutend mit der Asienpolitik der Krone – hat sich auf Hongkong konzentriert. Und das zu Recht. Ohne Hongkong abgesichert zu haben, wird kein Gouverneur imstande sein, im Namen Ihrer Majestät den beherrschenden Einfluß auf Asien so auszuüben, wie man es von ihm erwartet. Ohne die Errichtung einer Stadt gibt es weder für Sie noch für die Krone Sicherheit. Happy Valley ist tot. Also muß eine neue Stadt gebaut werden – und das sofort.« Struan trank genießerisch seinen Sherry. »Wenn Sie umgehend alle entschädigen, die gebaut haben, werden Sie das Vertrauen sofort wiederherstellen. Alle Kaufleute stehen dann hinter Ihnen – und Sie werden in Zukunft ihre Unterstützung nötig haben. Vergessen Sie eins nicht, Will, viele von ihnen üben einen beträchtlichen Einfluß bei Hofe aus. Es wird eine großzügige Geste sein, die Ihrer würdig ist. Außerdem zahlen diesen Schadenersatz ja tatsächlich die Chinesen.«

»Das verstehe ich nicht ganz.«

»Heute in drei Monaten stehen Sie vor den Toren Pekings, als Oberbefehlshaber einer unbesiegbaren Streitmacht. Die Kosten dieses Unternehmens werden sich auf rund vier Millionen belaufen. Fügen Sie diesen vier Millionen noch sechs für die der Niederlassung zugefügten Schäden hinzu. Zehn Millionen also. Sie aber werden vierzehn Millionen verlangen, denn das wäre eine angemessene Entschädigung. Diese zusätzlichen vier Millionen sollen den Grundstock der Staatskasse der Regierung von Hongkong bilden – damit hätten Sie eins der reichsten kolonialen Schatzämter des Empire. Tatsächlich aber werden Sie statt der vierzehn eben zwanzig Millionen verlangen: Mit diesen zusätzlichen sechs Millionen zahlen Sie die sechs zurück, die Sie mit Ihrem Weitblick im Namen der Krone in Hongkong ›investiert‹ haben. Vergessen Sie nicht: Ohne einen festen Stützpunkt können Sie es gar nicht wagen, den Angriff gegen Norden zu führen. Ohne Absicherung Hongkongs ist England bereits jetzt in Asien gestorben. Ohne ein festes Hongkong sind Sie bereits tot. Sie müssen an die ferne Zukunft Englands denken, Will. So einfach liegen die Dinge!«

Struan spürte, wie Longstaff in Gedanken alle diese Möglichkeiten abwog. Es war die einzig mögliche Lösung, eine andere gab es nicht. Auf keine andere Weise vermochten alle ihr Gesicht zu wahren und die Insel zu retten. In dem Augenblick, in dem Longstaff den Mund öffnete, um ihm zu antworten,

fügte er noch hinzu: »Ein letztes Wort in dieser Sache, Will. Sie bekommen das Geld sofort zurück, jedenfalls den größten Teil.«
»Bitte?«
»Sie halten sofort einen Landverkauf ab. Es wird um die neuen Grundstücke wild geboten werden. Wohin fließt dieses Geld? Zurück in das Schatzamt der Inselregierung. Sie werden auf jeden Fall gewinnen. Das Land, das Sie verkaufen, kostet Sie nichts. Sie wissen ganz genau, wie dringend Sie Geld für alle Aufgaben der Regierung benötigen – Gehälter, Polizei, der Palast des Gouverneurs, Straßen, Gerichtsgebäude, Schiffe der Hafenverwaltung und was dergleichen mehr ist. Ganz gewiß können Sie dazu das eigentliche Bußgeld nicht verwenden. Ich möchte behaupten, daß dies ein staatsmännisches Glanzstück wäre. Und Sie müssen die Entscheidung jetzt treffen, denn Sie können gar nicht sechs Monate warten, bis Ihr Bericht in England eingetroffen und die entsprechende Genehmigung selbstverständlich erteilt worden ist. Sie retten Hongkong, ohne daß es Sie etwas kostet. Aber vor allem liefern Sie Sergejew einen schlagenden Beweis dafür, daß England die Absicht hat, sich für alle Zeit in Asien festzusetzen. Ich möchte behaupten, Will, daß Ihr kluges Vorgehen das gesamte Kabinett beeindrucken wird. Und ganz gewiß Ihre Majestät die Königin. Eine solche Anerkennung zieht stets Ehrungen von dauerhafter Wirkung nach sich.«
Es schlug acht Glasen. Longstaff holte seine Taschenuhr hervor. Sie ging nach, und er drehte die Zeiger auf Mittag, während er nach einem Fehler in Struans Überlegungen suchte. Aber er fand keinen. Es kam ihm unangenehm zum Bewußtsein, daß er, wäre der Tai-Pan nicht, hinsichtlich des Fiebers nichts unternommen hätte. Er hätte sich nur dem Tal ferngehalten und gehofft, man würde schon etwas zur Abhilfe finden. Auch ihn hatte selbstverständlich diese Epidemie beunruhigt, aber es war ihm wichtiger erschienen, zunächst einmal den Krieg gegen Kanton zu gewinnen.
Nein, er fand keinen Fehler. Hol's der Teufel, dachte er, jetzt hättest du fast eine glänzende Zukunft aufs Spiel gesetzt. Gewiß überschreitest du damit deine Instruktionen, aber Gouverneure und Generalbevollmächtigte verfügen nun einmal über Vollmachten, die ungeschriebenes Gesetz sind, und daher handelt es sich hierbei lediglich um durch die Notwendigkeit bedingte zweckdienliche Maßnahmen. Wir können nicht bis zum nächsten Jahr warten, um den Heiden den Willen Ihrer Majestät aufzuzwingen. Das geht auf keinen Fall. Außerdem fügt sich der Plan bezüglich des Teesamens ganz ausgezeichnet in diese allgemeine Entwicklung ein und beweist eine Voraussicht, die sogar die des Tai-Pan übertrifft.
Longstaff verspürte ein übermächtiges Verlangen, Struan von diesem Saatgut zu berichten. Aber er beherrschte sich. »Ich glaube, Sie haben recht. Ich werde dies sofort bekanntgeben.«
»Warum berufen Sie nicht für morgen eine Besprechung mit allen Tai-Panen ein? Räumen Sie ihnen zwei Tage ein, in denen sie Ihrem Schatzmeister die Rechnungen für die Bauten und die Grundstücke vorlegen sollen. Und dann setzen Sie den Grundstücksverkauf für heute in einer Woche an. So gewinnen Sie die erforderliche Zeit. Ich nehme an, daß es Ihren Wünschen entspricht, wenn die neue Stadt um Glessing's Point herum entsteht?«

»Ja. Genau das habe ich mir auch gedacht. Das wäre die geeignetste Stelle. Immerhin hatten wir sie ja schon ganz am Anfang in Erwägung gezogen.« Longstaff erhob sich, goß Sherry ein und zog an der Klingelkordel. »Wie stets ist es mir ein Vergnügen, Sie zum Berater zu haben, Dirk. Selbstverständlich werden wir miteinander essen.«

»Ich glaube, es ist besser, wenn ich jetzt gehe. Sarah reist morgen mit dem Ebbstrom nach England ab, an Bord der *Calcutta Maharajah*, und es bleibt noch viel zu erledigen.«

»Das war ein schwerer Schlag, die Sache mit Robb und Ihrer Nichte.«

Die Tür wurde geöffnet. »Jawohl, Sir?« fragte der Schiffsprofos.

»Fragen Sie den General, ob er mir zum Essen Gesellschaft leisten will.«

»Jawohl, Sir. Ich bitte um Verzeihung, Sir, aber Mrs. Quance möchte Sie sprechen. Und Mr. Quance. Und dann sind hier diese Personen« – er gab Longstaff eine lange Liste mit Namen –, »die sich gemeldet und um eine Unterredung gebeten haben. Soll ich Mrs. Quance ausrichten, Sie seien beschäftigt?«

»Nein. Es ist besser, wenn ich jetzt mit ihr spreche. Bitte, gehen Sie noch nicht, Dirk. Ich fürchte, ich habe Ihre moralische Unterstützung nötig.«

Maureen Quance rauschte herein, gefolgt von Aristoteles. Er hatte dunkle Ringe unter den teilnahmslos blickenden Augen. Jetzt war er nur noch ein unscheinbarer kleiner Mann; sogar seine Kleidung war schlampig und farblos.

»Guten Tag, Mrs. Quance«, sagte Longstaff.

»Mögen die Heiligen Eure Exzellenz an einem so schönen Tag beschützen.«

»Guten Tag, Eure Exzellenz«, murmelte Aristoteles mit kaum hörbarer Stimme, die Augen auf den Boden der Kajüte gerichtet.

»Auch Ihnen einen guten Tag, Tai-Pan«, sagte Maureen. »So St. Patrick es will, werde ich in ein paar Tagen Ihre Rechnung zahlen.«

»Das hat keine Eile. Guten Tag, Aristoteles.«

Langsam blickte Aristoteles Quance zu Struan auf. Seine Augen füllten sich mit Tränen, als er das Mitgefühl in Struans Gesicht erkannte. »Sie hat alle meine Pinsel zerbrochen, Dirk«, brachte er mit Mühe hervor. »Heute früh. Alle. Und dann hat sie auch noch alle meine Farben ins Meer geworfen.«

»Das ist der Grund unseres Kommens, Exzellenz«, erklärte Maureen mit belegter Stimme. »Mr. Quance hat endlich beschlossen, diesen ganzen Firlefanz mit dem Malen aufzugeben. Er sucht eine nette feste Stellung und möchte sich niederlassen. Und wegen einer solchen Stellung haben wir Eure Exzellenz um eine Unterredung gebeten.« Sie warf einen Blick zurück auf ihren Mann, und auf ihrem Gesicht erschien ein Ausdruck von Überdruß. »Irgend etwas. Wenn es sich nur um eine feste Sache handelt und ein erträgliches Gehalt gezahlt wird.« Wieder wandte sie sich Longstaff zu. »Vielleicht eine nette Stellung als Schreiber. Der arme Mr. Quance hat ja leider keine großen Erfahrungen.«

»Ist es wirklich das, was Sie sich wünschen, Aristoteles?«

»Sie hat meine Pinsel zerbrochen«, erwiderte Quance hilflos. »Sie waren alles, was ich besaß. Meine Farben und meine Pinsel.«

»Haben wir uns nicht darauf geeinigt, mein lieber Freund? Bei allem, was uns heilig ist? Was? Kein Malen mehr. Eine gute feste Stellung, damit du deine Pflichten deiner Familie gegenüber erfüllen kannst. Und Schluß mit all der Herumtreiberei.«

»Ja«, sagte Aristoteles dumpf.

»Ich würde mich freuen, ihm eine Stellung anbieten zu dürfen, Mrs. Quance«, mischte sich Struan ein. »Ich brauche einen Schreiber. Das Gehalt beträgt fünfzehn Shilling die Woche. Für ein Jahr gebe ich Ihnen auch noch freie Unterkunft auf dem Depotschiff. Danach müssen Sie auf eigenen Füßen stehen.«

»Mögen die Heiligen Sie schützen, Tai-Pan. Einverstanden. Und nun dank dem Tai-Pan«, sagte Maureen.

»Ich danke Ihnen, Tai-Pan.«

»Melden Sie sich morgen früh um sieben Uhr im Kontor, Aristoteles. Aber pünktlich.«

»Er wird da sein, Tai-Pan, da brauchen Sie sich keine Sorgen zu machen. Möge der Segen St. Patricks in diesen Zeiten der Not auf Ihnen ruhen, weil Sie sich einer armen Frau und ihrer hungernden Kinder angenommen haben. Ich wünsche Ihnen allen einen guten Tag.« Damit gingen sie hinaus.

Longstaff schenkte sich ein großes Glas ein. »Du lieber Gott! Das hätte ich niemals für möglich gehalten. Armer alter Aristoteles! Wollen Sie wirklich aus Aristoteles Quance einen Schreiber machen?«

»Ja. Besser ich als ein anderer. Außerdem fehlt es mir gerade an Leuten.« Struan setzte seinen Hut auf und war sehr zufrieden mit sich. »Ich gehöre nicht zu den Menschen, die sich in eine Angelegenheit zwischen Mann und Frau einmischen. Aber keine Frau, die das dem alten Aristoteles antut, hat das Recht, sich Ehefrau zu nennen, wahrhaftig nicht!«

Plötzlich spielte ein Lächeln über Longstaffs Gesicht. »Ich werde ein Linienschiff zur Verfügung stellen, falls das irgendwie von Nutzen sein sollte. Das gesamte Potential der Regierung Ihrer Majestät steht Ihnen zur Verfügung.«

Struan eilte an Land. Er rief eine geschlossene Sänfte herbei und gab den Kulis den Weg an.

»Warten, versteh'?« fragte er, als er an seinem Bestimmungsort eintraf.

»Versteh', Maste'.«

An dem überraschten Türhüter vorbei betrat er die Diele des Hauses. Der Raum war mit Teppichen ausgelegt und mit großen Sofas, Chintzvorhängen, Spiegeln und allerlei Nippsachen eingerichtet.

Eine kleine alte Dame trat zwischen den Perlvorhängen hervor. Sie wirkte gepflegt und adrett, hatte graues Haar, große Augen und trug eine Brille.

»Guten Tag, Mrs. Fortheringill«, sagte Struan höflich.

»Sieh einer an, Tai-Pan, wie nett, Sie zu sehen«, antwortete sie. »Es ist schon so manches Jahr her, seitdem wir das Vergnügen Ihres Besuches hatten. Für Besucher ist es zwar noch ein bißchen früh, aber die jungen Damen machen sich bereits zurecht.« Sie lächelte und zeigte ihre gelb gewordenen Zähne.

»Ja, verstehen Sie, Mrs. Fortheringill ...«

»Ich verstehe vollkommen, Tai-Pan«, unterbrach sie ihn verständnisvoll. »Im Leben eines jeden Mannes kommen Zeiten, in denen er ...«

»Es handelt sich um einen meiner Freunde.«
»Nur keine Sorge, Tai-Pan, in diesem Etablissement verstehen alle zu schweigen. Kein Anlaß zur Unruhe. Wir werden Sie sofort bedienen.« Sie erhob sich hastig. »Mädchen!« rief sie.
»Setzen Sie sich und hören Sie mir zu. Es handelt sich um Aristoteles!«
»Ach! Der arme Teufel ist in eine üble Klemme geraten.«
Struan erklärte ihr sein Anliegen; die Mädchen waren traurig, daß er wieder ging.
Kaum war er nach Hause gekommen, da fragte ihn May-may: »Für was du gehen Hurenhaus, heja?«
Er seufzte auf und erklärte es ihr.
»Meinst du, das glaube ich dir, heja?« Ihre Augen funkelten tückisch.
»Doch. Es wäre besser.«
»Ich glaube dir, Tai-Pan.«
»Dann sieh mich nicht mehr wie ein Drache an!« Er ging in sein Zimmer hinüber.
»Gut«, sagte May-may, als sie die Tür hinter ihnen schloß. »Nun wollen wir mal sehen, ob du die Wahrheit sagen. Wir spielen sofort Liebe. Ich verlange ganz verrückt nach dir, Tai-Pan.«
»Danke, aber ich habe es eilig«, erwiderte er. Es fiel ihm jedoch schwer, nicht zu lachen.
»Ajii jah, zum Teufel mit deinem eilig!« rief sie und begann ihren honigfarbenen Pyjama aufzuknüpfen. »Wir sofort ins Bett gehen. Ich werde bald sehen, ob eine glattzüngige Hure dir die Kraft genommen hat, bei Gott! Und dann wird sich deine alte Mutter mit dir befassen, bei Gott!«
»Du hast es wohl auch eilig«, sagte Struan.
»Ich habe es sehr eilig.« Sie trat aus ihrer seidenen Hose. Ihre Ohrringe klimperten wie Glöckchen. »Und du tust besser, es mächtig und sehr schnell auch eilig zu haben.«
Er betrachtete sie und bemühte sich, durch nichts zu verraten, wie glücklich er war. Ihr Leib war von der Schwangerschaft hübsch gerundet. Er nahm sie rasch in die Arme, küßte sie leidenschaftlich, legte sie aufs Bett und ließ sie unter seinem Gewicht ein wenig aufstöhnen. »Sei vorsichtig, Tai-Pan«, stieß sie atemlos hervor. »Ich bin keine von deinen beknochten, bebusten barbarischen Riesinnen! Küssen beweist überhaupt nichts. Herunter mit der Kleidung, dann werden wir schon Wahrheit wissen!«
Wieder küßte er sie. Dann sagte sie leise: »Zieh aus Kleidung.«
Er stützte sich auf seinen Ellbogen auf und blickte auf sie hinunter; dann rieb er seine Nase an der ihren, aber nun scherzte er nicht länger. »Wir haben jetzt keine Zeit. Ich muß zu einer Verlobungsfeier und du mußt packen.«
»Warum packen?« fragte sie bestürzt.
»Du ziehst auf die *Resting Cloud* um.«
»Warum?«
»Unsere fêng schuis sind hier böse, meine Kleine.«
»Oh, gut, oh, sehr furchtbarlich gut!« Sie schlang die Arme um ihn. »Wahrhaftig von hier weg? Für immer?«

»Ja.«
Sie küßte ihn, entwand sich seinen Armen und begann sich anzuziehen.
»Ich hatte geglaubt, du wolltest mit mir ein hübsches Liebesspiel spielen«, sagte er.
»Pah! Für was ist das Beweis? Ich kenne dich zu gut. Selbst wenn du Hure hattest, bist du eine Stunde später Stier genug, um zu heucheln und über die Augen deiner armen, alten Mutter Watte zu ziehen.« Sie lachte und schlang erneut die Arme um ihn. »Oh, wie gut, die bösen fêng schuis zu verlassen. Ich packe eilig, eilig.«
Sie rannte zur Tür und kreischte: »Ah Sam-ahhhh!« Besorgt kam Ah Sam herbeigelaufen, von Lim Din gefolgt, und nach einem tumultartigen Geschrei und Geschwätz eilten Ah Sam und Lim Din davon, wobei sie die Götter in grenzenloser, lärmender Erregung anriefen. May-may kam zurück, setzte sich aufs Bett und fächelte sich. »Ich packe!« rief sie fröhlich. »Und jetzt helfe ich dir ausziehen.«
»Danke, aber das kann ich noch allein.«
»Dann sehe ich zu. Und schrubbe dir Rücken. Das Bad schon warten. Ich bin so sehr froh und glücklich, daß du beschlossen hast, wegzuziehen.« Während er sich auszog, plapperte sie überschwenglich weiter. Er badete, und sie rief nach warmen Badetüchern, und als sie gebracht wurden, trocknete sie ihm den Rücken. Und die ganze Zeit über fragte sie sich, ob er wohl noch bei einer Hure gewesen sei, nachdem er für den komischen kleinen Maler, der ein so schönes Porträt von ihr gemalt hatte, alles in Ordnung gebracht hatte. Nicht daß es mir etwas ausmachte, sagte sie zu sich, während sie ihn kräftig abrieb. Nur soll er nicht in eins dieser Häuser gehen. Auf keinen Fall. Sehr schlecht für sein Gesicht. Und sehr schlecht für mein Gesicht. Sehr schlimm. Schon bald werden diese dreckigen Hundefleisch-Bediensteten Gerüchte ausstreuen, daß ich meinem Mann nichts mehr zu bieten habe. O Götter, bewahrt mich vor gemeinem Geschwätz und ihn vor gemeinen Dirnen.
Es dämmerte, bevor sie, Ah Sam und Lim Din fertig waren, und sie fühlten sich alle von der Erregung und dem atemberaubenden Gehetze eines solchen Aufbruchs erschöpft. Kulis brachten das Gepäck weg. Ein paar warteten geduldig neben der geschlossenen Sänfte, die sie zum Beiboot bringen sollte.
May-may war tief verschleiert. Einen Augenblick blieb sie mit Struan zusammen am Gartentor stehen und blickte auf ihr erstes Haus auf der Insel Hongkong zurück. Wären nicht die bösen fêng schuis gewesen – und das Fieber, das ein Teil der fêng schuis war –, wäre ihr der Aufbruch sehr schwergefallen.
Das Zwielicht war angenehm. Ein paar Moskitos summten um sie herum. Einer von ihnen ließ sich auf ihrem Fußknöchel nieder, aber sie bemerkte es nicht. Der Moskito trank sich satt und flog davon.

Struan betrat die große Kajüte der *White Witch.* Alle Brocks, mit Ausnahme Lillibets, die bereits zu Bett gegangen war, erwarteten ihn. Culum saß neben Tess.
»Guten Abend«, sagte Struan. »Sarah läßt sich entschuldigen. Sie fühlt sich nicht wohl.«

»Willkommen an Bord«, rief Brock. Seine Stimme war rauh und von Unruhe erfüllt. Sein Gesicht trug einen düsteren, grübelnden Ausdruck.

»Was ist denn los«, rief Struan lachend, »ist das etwa die richtige Art, ein Freudenfest zu begehen?«

»Is' kein Freudenfest nich', wie Sie ganz genau wissen. Sind alle bankrott – zumindest durch die gottverdammte Malaria übel geschädigt.«

»Tja«, sagte Struan. Er lächelte Culum und Tess an, und als er ihre Unruhe bemerkte, beschloß er, ihnen die guten Nachrichten sofort mitzuteilen. »Wie ich höre, hat Longstaff die Räumung von Queen's Town angeordnet«, sagte er leichthin.

»Bei Christi Blut!« stieß Gorth hervor. »Wir können doch nich' alles stehen- und liegenlassen. Dazu haben wir zuviel Geld in die Grundstücke und die Gebäude gesteckt. Wir können nicht alles im Stich lassen. Hätten nicht Sie dieses verfluchte Tal ausgesucht, wären wir jetzt nich' ...«

»Halt den Mund«, rief Brock. Er wandte sich Struan zu. »Sie werden wohl mehr verlieren als wir, aber da stehen Sie und haben noch immer 'n Lächeln im Gesicht. Wieso?«

»Vater«, rief Tess leise und voller Angst, daß ein neuer Streit diesen Abend und das unglaubliche Entgegenkommen, das Culum bei ihrer Familie gefunden hatte, überschatten könnte, »wollen wir jetzt nicht etwas trinken? Der Champagner ist kalt gestellt und steht bereit.«

»Ja, selbstverständlich, Tess, mein Liebling«, antwortete Brock. »Aber verstehst du nich', was Dirk uns da erzählt? Wir stehen im Begriff, eine Mordssumme zu verlieren. Wenn wir räumen müssen, is' unsere Zukunft schwarz wie die finstere Nacht. Und seine auch, bei Gott!«

»Die Zukunft von Noble House ist so weiß wie die Felsen von Dover«, entgegnete Struan gelassen. »Aber nicht nur die unsere, sondern auch die Ihre. Longstaff wird uns alle die Beträge ersetzen, die wir im Happy Valley investiert haben. Jeden einzelnen Penny. In bar!«

»Is' doch nich' möglich!« stieß Brock hervor.

»Is' 'ne glatte Lüge!« rief Gorth.

Struan wandte sich ihm zu. »Ein kleiner Ratschlag, Gorth. Nennen Sie mich nicht öfter als einmal einen Lügner.« Dann berichtete er ihnen, was Longstaff zu tun beabsichtigte.

Culum war von der Eleganz dieser Lösung begeistert. Er merkte deutlich, daß sein Vater, obwohl er nichts dergleichen hatte durchblicken lassen, Longstaffs Entscheidung in irgendeiner Weise beeinflußt haben mußte. Er dachte an seine erste Begegnung mit Longstaff und daran, wie sein Vater damals den Mann wie eine Marionette gegängelt hatte. Culums Selbstvertrauen war erschüttert. Jetzt wurde ihm klar, daß Gorths Worte nicht völlig der Wahrheit entsprachen: Niemals würde er imstande sein, Longstaff so um den Finger zu wickeln, wie sein Vater es verstand – um sie noch einmal zu retten.

»Das ist fast wie ein Wunder«, sagte er und drückte Tess' Hand.

»Bei allem, was mir heilig ist, Tai-Pan«, sagte Gorth, »ich nehm' zurück, was ich gesagt habe. Entschuldigung – is' mir so im Schrecken rausgefahren. Ja, es is' wirklich fast 'n Wunder.«

»Dirk«, begann Brock, in einer Mischung von Ingrimm und guter Laune,

»ich freue mich – bin richtig froh, Sie als Verwandten zu haben. Sie haben unsere Köpfe gerettet, das is' bei Gott wahr!«
»Davon kann doch keine Rede sein. Es war Longstaffs Idee.«
»Schon recht«, antwortete Brock spöttisch. »Lassen wir ihm diesen Ruhm. Liza, wo bleiben die Getränke, bei Gott! Dirk, Sie haben uns 'nen mächtig guten Grund geliefert, heute abend zu feiern. Haben uns den ganzen Abend gerettet. Jetzt wird getrunken und fröhlich gefeiert.« Er nahm ein Glas Champagner, und als alle ihre Gläser hatten, hob er das seine, um einen Trinkspruch auszubringen. »Auf Tess und Culum, und mögen sie immer 'ne ruhige See und 'nen sicheren Hafen ihr Leben lang finden.«
Alle tranken. Dann schüttelte Brock Culum die Hand, und Struan drückte Tess an sich. Zwischen ihnen allen herrschte nun Freundschaft.
Aber es war nur eine Art Waffenstillstand. Sie alle wußten es. An diesem Abend waren sie jedoch bereit, es zu vergessen. Nur Tess und Culum wiegten sich in Frieden und Sicherheit.
Dann setzten sich alle zum Essen. Tess trug ein Kleid, das ihre erblühende Gestalt vorteilhaft zur Geltung brachte, und Culum war vor Bewunderung nahezu hilflos. Wieder wurden die Gläser vollgeschenkt, es wurde fröhlich gelacht, und neue Trinksprüche wurden ausgebracht. Als es einmal etwas stiller wurde, eine kleine Flaute einsetzte, nahm Struan einen festen Umschlag heraus und reichte ihn Culum. »Ein kleines Geschenk für euch beide.«
»Was ist es?« fragte Culum und öffnete den Umschlag. Tess reckte den Hals, um ebenfalls zu sehen. Der Umschlag enthielt ein Bündel Papiere, eins davon dicht mit chinesischen Schriftzeichen bedeckt.
»Es ist eine Urkunde, durch die euch ein Stück Land oberhalb von Glessing's Point zufällt.«
»Dort ist doch niemals verkauft worden«, rief Brock argwöhnisch.
»Seine Exzellenz hat einige Eigentumsurkunden einheimischer Chinesen als gültig anerkannt, die Land bereits vor unserer Übernahme Hongkongs besessen haben. Das ist eins von diesen Grundstücken. Culum, ihr besitzt nun zusammen fast zwei Morgen Land. Ach ja, noch etwas: zu dieser Urkunde gehört auch noch Baumaterial zum Bau eines Hauses mit sieben Schlafzimmern, einem Garten und einem Sommerhäuschen.«
»Oh, Tai-Pan!« rief Tess mit strahlendem Lächeln. »Ich danke Ihnen! Ich danke Ihnen!«
»Unser eigenes Land? Unser eigenes Haus? Ist das wirklich dein Ernst?« fragte Culum, von der Großzügigkeit seines Vaters ganz benommen.
»Ja, natürlich, mein Junge. Ich habe mir gedacht, daß ihr sofort mit dem Bau anfangen wollt, und für morgen mittag eine Verabredung für euch beide mit unserem Architekten getroffen. Dann könnt ihr gleich mit dem Planen beginnen.«
»Wir reisen morgen alle nach Macao ab«, rief Gorth schroff.
»Aber, Gorth, es wird dir doch nichts ausmachen, die Reise um ein paar Tage zu verschieben?« antwortete Culum. »Schließlich ist das doch sehr wichtig ...«
»Ach ja«, bat Tess.
»... dazu kommt doch auch noch die Geschichte mit Queen's Town und dem

Landverkauf ...« Culum hielt inne und wandte sich aufgeregt seiner Verlobten zu. »Sousa ist der beste Architekt im ganzen Osten.«
»Remedios, unser Mann, is' meiner Ansicht nach viel besser«, warf Brock ein. Er ärgerte sich, weil es nicht ihm eingefallen war, die beiden jungen Leute selbst ihr Haus planen und bauen zu lassen. Seine Absicht war es gewesen, den beiden eins der Häuser der Firma in Macao zur Hochzeit zu schenken. Damit wären sie Struans unmittelbarem Einfluß entzogen gewesen.
»O ja, er ist sehr tüchtig, Mr. Brock«, antwortete Culum rasch, als er die Eifersucht des Alten spürte. »Wenn wir mit Sousa nicht zufrieden sind, könnten wir vielleicht mit ihm reden.« Zu Tess gewandt sagte er: »Bist du einverstanden?« Und dann sah er Struan an: »Ich kann dir nicht genug danken.«
»Brauchst mir nicht zu danken, Culum. Junge Menschen sollten einen guten Start im Leben und ihr eigenes Haus haben.« Struan machte es Spaß, daß es ihm gelungen war, Gorth und Brock zu ärgern.
»Ja«, mischte sich nun auch Liza versöhnlich ein, »das ist wirklich wahr.«
Brock nahm die Urkunde in die Hand und betrachtete sie argwöhnisch von oben bis unten.
»Sind Sie auch sicher, daß da alles seine Ordnung hat?« fragte er. »Sieht mir nich' so richtig echt aus.«
»Doch. Longstaff hat sie bestätigt. Amtlich bestätigt. Sein Siegel befindet sich auf der letzten Seite.«
Brock sah Gorth mit gefurchter Stirn an, und seine buschigen Augenbrauen zogen sich wie ein dicker schwarzer Strich quer über das verwitterte Gesicht.
»Ich denke, wir sollten vielleicht ein bißchen in diese Urkunden der Einheimischen hineinleuchten.«
»Ja«, antwortete Gorth und blickte Struan gerade ins Gesicht. »Vielleicht sind gar keine mehr zu verkaufen, Vater.«
»Ich könnte mir vorstellen, daß es noch mehr gibt, Gorth«, erwiderte Struan unbekümmert, »wenn Sie sich nur die Mühe geben, sie ausfindig zu machen. Übrigens, Tyler, vielleicht sollten wir unsere Kaufabsichten miteinander abstimmen, sobald die neuen Grundstücke vermessen sind.«
»Hab' ich auch gedacht«, antwortete Brock. »Wie's letztemal, Dirk. Nur diesmal haben Sie die erste Wahl.« Er reichte Tess die Urkunde zurück.
»Bist du eigentlich noch immer Stellvertretender Kolonialsekretär, Culum?«
»Ich glaube wohl.« Culum lachte. »Allerdings sind meine Aufgaben niemals scharf umrissen worden. Wieso?«
»Nichts weiter.«
Struan leerte sein Glas und fand, nun sei es an der Zeit. »Da wir Happy Valley aufgegeben haben, diese Frage also gelöst ist und die neue Stadt auf Kosten der Krone erbaut werden soll, ist Hongkongs Zukunft gesichert.«
»Richtig«, rief Brock überschwenglich, und auch seine gute Laune kehrte zurück, »jetzt, wo die Krone sich auf unserer Seite einsetzt.«
»Deshalb meine ich, daß keine Notwendigkeit vorliegt, die Hochzeit zu verschieben. Ich schlage vor, daß Tess und Culum im nächsten Monat heiraten.«

Es folgte bedrückende Stille.
Allen schien die Zeit stillzustehen. Culum fragte sich, was wohl dieses Lächeln bedeuten mochte, das so gar nicht zu Gorths Gesicht paßte, und warum sich der Tai-Pan schon für den nächsten Monat entschieden hatte – ach Gott, dachte er, laß es doch schon im nächsten Monat sein.
Gorth wußte, daß es mit seinem Einfluß auf Culum vorbei war, wenn die Hochzeit schon im nächsten Monat stattfand. Das durfte um keinen Preis geschehen. Was immer Vater jetzt antwortet, so schwor er sich, eine baldige Heirat kommt nicht in Frage. Vielleicht im nächsten Jahr. Ja, aber nur vielleicht. Was geht im Kopf dieses Teufels vor?
Auch Brock bemühte sich, Struans Absichten zu durchschauen – denn Struan mußte irgendwelche Absichten damit verbinden, und für ihn oder Gorth konnten sie nichts Gutes bedeuten. Sofort befahl ihm sein Instinkt, diese Heirat zu verzögern. Aber er hatte vor Gott geschworen, den beiden einen sicheren Hafen zu bieten – so wie Struan es getan hatte –, und er wußte, daß ein solches Gelöbnis ihn ebenso verpflichtete wie Struan.
»Wir können schon am nächsten Sonntag das erste Aufgebot verlesen lassen«, fuhr Struan fort, unbekümmert um die gespannte Stimmung. »Der nächste Sonntag würde gut passen, meine ich.« Er lächelte Tess an. »Nicht wahr, meine Kleine?«
»Ach ja. Ja«, rief sie und drückte Culums Hand.
»Nein«, rief Brock.
»Das ist zu bald«, warf Gorth ein.
»Wieso?« fragte Culum.
»Ich denke dabei nur an dich, Culum«, antwortete Gorth beschwichtigend, »an – an den Tod deines Onkels. Es ist einfach zu bald, das gehört sich nicht.«
»Liza, mein Schatz«, sagte Brock mit belegter Stimme, »du und Tess, ihr seid jetzt mal entschuldigt. Treffen uns nach dem Portwein wieder.« Tess warf ihm die Arme um den Nacken und flüsterte ihm zu: »Ach, bitte, Papa«, und dann blieben die vier Männer allein.
Brock erhob sich schwerfällig und holte die Flasche Portwein, schenkte vier Gläser ein und bot sie an.
Struan trank einen Schluck und sagte dann anerkennend: »Sehr guter Portwein, Tyler.«
»Is' einer vom Jahrgang 1831.«
»Ein wunderbares Jahr für Portwein.«
Wieder wurde es still.
»Könnten Sie es ermöglichen, Mr. Brock, Ihre Abreise um ein paar Tage zu verschieben?« fragte Culum nervös. »Ich meine, sollte es nicht möglich sein ... ich würde Tess gern das Grundstück zeigen und mit ihr zusammen mit dem Architekten reden.«
»Wegen der Räumung, dem Landverkauf und all dem Zeug werden wir jetzt nich' abreisen. Zumindest«, erklärte Brock, »nich' Gorth und ich. Liza, Tess und Lillibet sollten allerdings sobald wie möglich aufbrechen. Macao is' um die Zeit des Jahres gesünder. Und kühler. Nicht wahr, Dirk?«
»Ja. In Macao ist es jetzt schön«, sagte Struan und zündete sich eine Zigarre

an. »Wie ich gehört habe, wird die Untersuchung wegen des Zwischenfalls mit dem Großfürsten in der kommenden Woche beginnen.« Er sah Gorth prüfend an.
»Das war ein schlimmer Joss«, meinte Brock.
»Ja«, fiel Gorth ein. »Ringsum wurde geschossen.«
»Ja«, sagte Struan. »Kurz nachdem der Großfürst getroffen wurde, hat jemand den Führer des Haufens niedergeschossen.«
»Das habe ich getan«, rief Brock.
»Vielen Dank, Tyler«, antwortete Struan. »Haben Sie auch geschossen, Gorth?«
»Ich war auf 'm Vorschiff, um die Leinen loszuwerfen.«
»Richtig«, stimmte Brock ihm zu. Er versuchte sich zu erinnern, ob er jemanden gesehen hatte, der ebenfalls schoß. Aber er konnte sich nur daran erinnern, Gorth nach vorn geschickt zu haben. »Schlimmer Joss. Dieser Pöbel ist furchtbar, und in solchen Augenblicken weiß man nie, was alles geschehen kann.«
»Stimmt«, räumte Struan ein. Er wußte, wenn der Schuß gezielt war, so war Gorth der Schütze gewesen. Nicht Brock. »Immer wieder kommen solche Sachen vor.«
Die Öllampen, die vom Deckenbalken herabhingen, schaukelten leicht hin und her. Der Wind war umgesprungen, das Schiff krängte. Die Seeleute – Gorth, Brock und Struan – wurden aufmerksam. Brock öffnete ein Fenster und zog die Luft ein. Gorth blickte zu den Heckfenstern auf See hinaus, und Struan lauschte dem Geist des Schiffes.
»Is' nichts«, sagte Brock. »Der Wind is' um ein paar Grad umgesprungen, das is' alles.«
Struan trat auf den Gang hinaus, wo ein Barometer hing. Es zeigte auf beständig. In den vergangenen Wochen hatte der Luftdruck nur minimal geschwankt.
»Beständig«, sagte er.
»Ja«, antwortete Brock. »Aber bald wird es nich' mehr beständig sein, und dann machen wir die Luken dicht. Wie ich gesehen habe, haben Sie ein gutes Stück von Ihrer Pier entfernt Sturmbojen in tiefem Wasser verankert.«
»Das habe ich.« Struan goß sich nochmals Portwein ein und bot Gorth die Flasche an. »Wollen Sie auch noch welchen?«
»Danke«, erwiderte Gorth.
»Wittern Sie schon bald Sturm, Dirk?«
»Nein, Tyler. Aber ich möchte die Bojen auf jeden Fall bereit haben. Auch Glessing hat sie für die Flotte auslegen lassen.«
»Auf Ihren Rat hin?«
»Ja.«
»Ich habe gerüchtweise gehört, daß er die Schwester vom jungen Sinclair heiraten will.«
»Durchaus möglich.«
»Ich glaube, sie werden sehr glücklich«, meinte Culum. »George vergöttert sie.«
»Wird für Horatio recht schwer werden«, sagte Gorth, »wenn sie ihn so

Knall und Fall verläßt. Andere Verwandte als sie hat er doch nich'. Außerdem ist sie so jung, noch minderjährig.«
»Wie alt ist sie denn?« fragte Culum.
»Neunzehn«, antwortete Struan.
Die Spannung in der Kajüte nahm zu.
»Tess ist ebenfalls sehr jung«, sagte Culum, und seine Stimme klang bedrückt. »Ich möchte ihr um keinen Preis weh tun. Aber trotzdem ... könnten wir ... was meinen Sie, Mr. Brock? Ich meine die Heirat. Im nächsten Monat? Wenn es nur für Tess gut ist, ich bin mit allem einverstanden.«
»Sie ist noch sehr jung, mein Junge«, sagte Brock, nun vom Wein ein wenig umnebelt, »aber es freut mich, was Sie da gesagt haben.«
Gorth bemühte sich, seiner Stimme einen freundlichen, beruhigenden Ton zu verleihen. »Ein paar Monate hin oder her werden euch beiden doch nicht weh tun, was, Culum? Das nächste Jahr is' doch kaum ein halbes Jahr entfernt.«
»Bis zum Januar sind es noch sieben Monate, Gorth«, entgegnete Culum ungeduldig.
»Is' nich' meine Sache. Was euch beiden recht is', soll mir auch recht sein, sage ich.« Gorth leerte sein Glas und schenkte sich erneut ein. »Was sagst du, Vater?« fragte er und stellte Brock ganz bewußt vor die Entscheidung.
»Habe darüber nachgedacht«, antwortete Brock und betrachtete aufmerksam sein Glas. »Is' doch sehr jung. Eile macht nie 'n guten Eindruck. Kennt euch beide doch erst kaum drei Monate und ...«
»Aber ich liebe sie, Mr. Brock«, entgegnete Culum hartnäckig. »Drei Monate oder drei Jahre machen da keinen Unterschied.«
»Weiß ich ja, mein Junge, weiß ich«, antwortete Brock nicht unfreundlich. Er mußte daran denken, wie sehr sich Tess gefreut hatte, als er ihr sagte, er würde Culum nicht abweisen. »Ich denke nur an euer Bestes – für den einen wie für den anderen. Muß überlegt werden, und das braucht Zeit.« Um mir darüber klarzuwerden, was in deinem Kopf vor sich geht, Dirk, sagte er zu sich.
»Ich glaube, es wäre für die beiden und für uns sehr gut.« Struan spürte die Erregtheit, die Culum ausstrahlte. »Tess ist jung, das wohl. Aber auch Liza war jung, Culums Mutter ebenfalls. Jung zu heiraten ist heute modern. Geld haben sie genug. Und eine vielversprechende Zukunft vor sich. Mit Joss. Und so sage ich, es wäre nicht schlecht.«
Brock rieb sich mit dem Handrücken die Stirn. »Ich werde darüber nachdenken. Dann sag' ich es Ihnen, Culum. Dieser Vorschlag ist so plötzlich gekommen, und deswegen braucht 'n Mensch Zeit, das werd'n Sie doch versteh'n.«
Culum lächelte, von der Aufrichtigkeit in Brocks Stimme gerührt. Zum erstenmal mochte er ihn, und zum erstenmal brachte er ihm Vertrauen entgegen. »Ich verstehe«, sagte er.
»Wieviel Zeit werden Sie Ihrer Ansicht nach brauchen, Tyler?« fragte Struan rundheraus. Er hatte beobachtet, wie sich bei der falschen Freundlichkeit der beiden Culums Züge entspannt hatten. Seiner Überzeugung nach würden die beiden ihre wahren Absichten aufdecken, wenn er sie unter Druck setzte. »Wir sollten die jungen Leute nicht wie Fische an der Angel zappeln lassen,

außerdem gibt es noch eine Menge vorzubereiten. Das muß die größte Hochzeit werden, die Asien je gesehen hat.«
»Wenn ich mich recht erinnere«, entgegnete Brock abweisend, »is' es der Vater der Braut, der die Hochzeit herrichtet. Und ich halte mich für durchaus fähig, hier zu wissen, was richtig is' und was nich'.« Er wußte, daß Struan nun ihn an der Angel hatte und mit ihm spielte. »Alle Pläne für eine Hochzeit sind also unsere Sache.«
»Selbstverständlich«, antwortete Struan. »Und wann werden Sie es Culum wissen lassen?«
»Bald.« Brock erhob sich. »Wir gehen jetzt den Damen Gesellschaft leisten.«
»Wie bald, Tyler?«
»Sie haben doch gehört, was Vater gesagt hat«, entgegnete Gorth gereizt. »Warum ihm denn so im Nacken sitzen?«
Struan aber beachtete ihn nicht und sah Tyler unverwandt an.
Culum fürchtete, es könnte zu einem Streit oder sogar zu einem Kampf kommen, und das würde Brocks Einstellung zu dieser Heirat überhaupt von Grund auf ändern. Gleichzeitig aber lag auch ihm daran, zu erfahren, wie lange er würde warten müssen, und daher war er froh, daß Struan Brock zusetzte. »Bitte«, sagte er trotzdem, »ich bin überzeugt davon, daß Mr. Brock ... eingehend über diese Frage nachdenken wird. Lassen wir das also jetzt.«
»Was du tun willst, ist deine eigene Angelegenheit, Culum!« rief Struan und tat so, als sei er wütend. »Aber *ich* will es jetzt wissen. Ich will wissen, ob du hier ausgenutzt wirst und ob man hier mit dir Katz und Maus spielt.«
»Wie kannst du so etwas sagen!« stieß Culum hervor.
»Schon gut. Dir habe ich im Augenblick nichts mehr zu sagen. Halt also den Mund.« Struan wandte sich Brock heftig wieder zu. Er fühlte, Brock und Gorth hatte es gefallen, wie er Culum zusammenstauchte. »Wie lange also, Tyler?«
»In einer Woche. In einer Woche, nicht mehr und nicht weniger.« Brock sah zu Culum hinüber, und wieder klang seine Stimme freundlich. »Doch nichts dagegen zu sagen, sich Bedenkzeit zu erbitten, mein Junge, aber auch nichts dagegen zu sagen, eine Antwort von Mann zu Mann zu fordern. Is' ganz in Ordnung. In 'ner Woche, Dirk. Um Sie mit Ihren gottverdammt schlechten Manieren zufriedenzustellen! Genügt das?«
»Ja. Danke, Tyler.« Struan ging zur Tür und öffnete sie weit.
»Nach Ihnen, Dirk.«

In die sichere Abgeschiedenheit seiner Kajüte an Bord der *Resting Cloud* zurückgekehrt, berichtete Struan May-may von allem, was sich abgespielt hatte.
Sie lauschte ihm aufmerksam und hingerissen. »Wie schön, Tai-Pan. Wie sehr gut!«
Er zog seinen Gehrock aus, und sie nahm ihn ihm ab und hängte ihn in den Schrank. Dabei glitt eine Papierrolle aus dem Ärmel ihres weit fallenden Gewandes. Er hob sie auf und betrachtete sie.
Die Rolle wies ein zartes chinesisches Aquarell mit vielen Schriftzeichen auf: eine Landschaft am Meer und ein kleiner Mann, der sich vor einer kleinen

Frau verbeugte; hinter ihnen stiegen gewaltige, nebelverhangene Berge auf, vor der felsigen Küste wiegte sich ein Sampan.
»Wo hast du denn das her?«
»Ah Sam hat es in Tai Ping Schan bekommen«, antwortete sie.
»Hübsch«, sagte er.
»Ja«, meinte May-may ruhig, und wieder überkam sie eine fast ängstliche Verwunderung über die Raffiniertheit ihres Großvaters. Er hatte diese Rolle einem seiner Vertrauensleute in Tai Ping Schan geschickt, bei dem May-may hin und wieder Jadeschmuck kaufte. Ah Sam hatte dieses Aquarell ohne jeden Argwohn als ein kleines Geschenk für ihre Herrin angenommen. Und obwohl May-may überzeugt davon war, daß Ah Sam und Lim Din das Bild und die Schriftzeichen sehr genau betrachtet hatten, wußte sie doch, daß sie niemals auf den Gedanken verfallen würden, sie könnten eine geheime Botschaft enthalten. Dazu war alles viel zu geschickt verborgen. Sogar der Familienstempel ihres Großvaters war von einem anderen überdeckt. Auch die paar Zeilen waren ganz einfach und sehr schön: »Sechs Nester lächeln den Adlern zu, Grünfeuer durchzieht den Sonnenaufgang, und der Pfeil kündigt Nestlinge der Hoffnung an.« Wer außer ihr hätte erraten können, daß er ihr für ihre Nachrichten bezüglich der sechs Millionen Taels dankte? Daß mit ›Grünfeuer‹ der Tai-Pan gemeint war und daß er ihr einen Boten senden wollte, der eine Art Pfeil als Erkennungszeichen vorweisen und ihr in jeder nur denkbaren Weise helfen würde.
»Was haben die Schriftzeichen zu bedeuten?« fragte Struan.
»Schwierig zu übersprechen, Tai-Pan. Ich habe nicht alle Wörter entziffert, aber es bedeutet ungefähr: ›Sechs Vogelhäuser lächeln großen Vögeln zu, grünes Feuer ist im Sonnenaufgang, Pfeil bringt‹« – sie furchte die Stirn und suchte nach den englischen Wörtern – »›bringt kleine Hoffnungsvögel.‹«
»Was für ein dummes Zeug, wahrhaftig!« Struan lachte auf.
Sie seufzte glücklich. »Ich vergöttere dich, Tai-Pan.«
»Ich vergöttere dich auch, May-may.«
»Das nächstemal, wenn wir bauen unser Haus, erst fêng schui-Herrens, bitte?«

30

Bei Sonnenaufgang begab sich Struan an Bord der *Calcutta Maharajah*, des Kauffahrers, der Sarah nach Schottland bringen sollte. Das Schiff gehörte der Ostindischen Kompanie. In drei Stunden sollte es mit dem Ebbstrom auslaufen. Die Matrosen waren mit den letzten Vorbereitungen beschäftigt.
Struan ging nach unten und klopfte an die Tür von Sarahs Kammer.
»Herein«, hörte er sie sagen.
»Guten Morgen, Sarah.« Er schloß hinter sich die Tür. Die Kammer war geräumig und behaglich ausgestattet. Überall lagen Spielsachen und Bekleidungsstücke, Reisetaschen und Schuhe verstreut. Der kleine Lochlin schlief in einem Kinderbettchen in der Nähe des Bullauges.
»Bist du mit allem fertig, Sarah?«

»Ja.«
Er holte einen Umschlag heraus. »Dies ist ein Sichtwechsel über fünftausend Guineen. Du bekommst alle zwei Monate einen.«
»Das ist sehr großzügig von dir.«
»Es ist ja dein Geld – zumindest Robbs Geld und nicht das meine.« Er legte den Umschlag auf den Eichentisch. »Ich bin lediglich sein Testamentsvollstrecker. Außerdem habe ich dafür gesorgt, daß ein Treuhandfonds eingerichtet wird, so wie er es gewollt hat. Die entsprechenden Papiere erhältst du noch. Ich habe meinen Vater gebeten, dich vom Schiff abzuholen. Möchtest du in meinem Haus in Glasgow wohnen, bis du eins gefunden hast, das dir gefällt?«
»Ich möchte nichts von dir annehmen.«
»Ich habe unseren Bankiers geschrieben – wieder auf Robbs Anweisungen hin –, dir gegen Unterschrift einmal im Jahr einen Betrag von fünftausend Guineen über deine normale Abfindung hinaus auszuzahlen. Denk aber immer dran, daß du eine reiche Erbin bist. Ich kann dir nur raten, sei vorsichtig. Es wird viele geben, die versuchen werden, dir dein Vermögen zu entreißen. Du bist noch jung, und das Leben liegt vor dir ...«
»Ich brauche deine Ratschläge nicht, Dirk«, entgegnete sie schroff. »Und was den Umgang mit meinem Eigentum anbelangt, so kann ich schon allein für mich sorgen. Ich hab's immer gekonnt. Und von meiner Jugend sprichst du? Ich habe mich im Spiegel angeschaut. Ich bin alt und häßlich. Ich weiß es, und du weißt es auch. Ich bin verbraucht! Aber du sitzt in aller Ruhe im Hintergrund und spielst Männer gegen Männer und Frauen gegen Frauen aus. Du bist ja froh, daß Ronalda tot ist – sie hatte mehr als nur ihr Tagewerk geleistet. Und damit wird der Weg für die nächste frei. Wer wird es sein? Shevaun? Mary Sinclair? Vielleicht die Tochter eines Herzogs? Du hast dir ja immer hohe Ziele gesteckt. Aber wer es auch sein mag, auf alle Fälle ist sie jung und reich. Und du wirst sie aussaugen wie jede andere auch. Du nährst dich von anderen und gibst selber nichts. Ich verfluche dich vor Gott und flehe darum, daß ich noch den Tag erlebe, an dem ich auf dein Grab spucken kann.«
Das Kind begann kläglich zu weinen, aber sie hörten beide sein Jammern nicht, während sie einander anstarrten.
»Eins hast du nur vergessen, um ganz bei der Wahrheit zu bleiben, Sarah. Deine Verbitterung entspringt nämlich lediglich deiner Überzeugung, dir den falschen Bruder ausgesucht zu haben. Und deshalb hast du auch Robb das Leben zur Hölle gemacht.«
Struan öffnete die Tür und ging hinaus.
»Ich hasse die Wahrheit«, schrie Sarah in die Leere hinein, die sie umgab.

Struan saß mürrisch und in sich zusammengesunken an seinem Schreibtisch im Kontor der Faktorei. Er haßte Sarah, aber er verstand sie, und ihre Verwünschungen plagten ihn. »Nähre ich mich von anderen?« fragte er laut, ohne sich dessen bewußt zu werden. Er betrachtete May-mays Porträt. »Tja, wahrscheinlich wohl. Ist das so schlimm? Nähren sich die anderen nicht auch von mir? Immer und ständig? Wer hat unrecht, May-may? Wer hat recht?«

Dann fiel ihm Aristoteles Quance ein. »Vargas!«
»Ja, Senhor.«
»Wie geht es Mr. Quance?«
»Eine sehr traurige Sache, Senhor. Sehr traurig.«
»Schicken Sie ihn bitte her.«
Gleich darauf erschien Quance in der Tür.
»Kommen Sie herein, Aristoteles«, forderte Struan ihn auf. »Und schließen Sie die Tür.«
Quance tat, wie ihm befohlen, trat dann näher und blieb niedergeschlagen vor dem Schreibtisch stehen.
»Aristoteles, Sie haben keine Zeit zu verlieren«, sagte Struan hastig. »Schleichen Sie sich aus der Faktorei hinaus und gehen Sie hinunter zur Pier. Dort erwartet Sie ein Sampan. Begeben Sie sich an Bord der *Calcutta Maharajah* – sie läuft in ein paar Minuten aus.«
»Was meinen Sie, Tai-Pan?«
»Es wird jemand da sein, der Ihnen hilft, mein Freund. Nur, wenn Sie an Bord der *Calcutta Maharajah* gehen, müssen Sie einen großen Auftritt daraus machen – winken und brüllen Sie, während Sie zum Hafen hinaussegeln. Alle müssen wissen, daß Sie sich an Bord befinden.«
»Gott segne Sie, Tai-Pan.« Ein schon erloschenes Licht flackerte in seinen Augen auf. »Aber ich möchte Asien nicht verlassen. Ich kann nicht abreisen.«
»Auf dem Sampan liegt Kulikleidung für Sie. Außerhalb des Hafens können Sie sich dann an Bord der Lorcha des Lotsen schleichen. Ich habe die Mannschaft bestochen, aber nicht den Lotsen, also kommen Sie ihm nicht unter die Augen.«
»Du lieber Himmel!« Quance schien bereits um ein paar Zoll gewachsen. »Aber ... aber wo kann ich mich verstecken? In Tai Ping Schan?«
»Mrs. Fortheringill erwartet Sie. Ich habe einen Aufenthalt von zwei Monaten mit ihr vereinbart. Aber Sie schulden mir das Geld, das ich für Sie dort ausgelegt habe!«
Quance umarmte Struan und ließ dabei ein Geheul hören, das von Struan sogleich energisch unterbrochen wurde. »Zum Teufel mit Ihnen, beherrschen Sie sich. Wenn Maureen auch nur den geringsten Verdacht schöpft, macht sie uns das Leben zur Hölle und wird niemals abreisen.«
»Sie haben ja so recht«, antwortete Quance mit einem rauhen Flüstern und eilte zur Tür. Aber jäh wandte er sich um. »Geld! Ich werde Geld brauchen. Können Sie mir einen kleinen Kredit einräumen, Tai-Pan?«
Struan hielt ihm bereits den kleinen Beutel mit Gold hin. »Hier haben Sie hundert Guineen. Ich rechne sie zu unserer Abrechnung dazu.«
Der Beutel verschwand in Quances Tasche. Noch einmal umarmte Aristoteles Struan und warf dem Porträt über dem Kamin einen Handkuß zu. »Zehn Porträts von der unvergleichlichen Schönheit May-mays. Zehn Guineen unter meinem normalen Preis! Oh, du unsterblicher Quance, ich bete dich an! Frei! Frei, bei Gott!«
Er tanzte ein paar Schritte Cancan, machte einen Luftsprung und war verschwunden.

May-may betrachtete das Jadearmband, hielt es in das Sonnenlicht, das zum offenen Fenster hereinströmte, und unterwarf es einer genauen Prüfung. Sie hatte den Pfeil, der ganz fein eingeritzt war, und auch die Schriftzeichen nicht übersehen, die bedeuteten: »Nestlinge der Hoffnung.«

»Es ist ein sehr schönes Jadestück«, sagte sie auf mandarin-chinesisch.

»Ich danke Ihnen, Erhabenste der Erhabenen«, antwortete Gordon Tschen in derselben Sprache.

»Ja, sehr schön«, erwiderte May-may und gab ihm das Armband zurück. Er nahm es, ließ seinen Finger darüber hingleiten und genoß die Berührung. Aber er zog es nicht mehr über sein Handgelenk. Statt dessen warf er es geschickt zum Fenster hinaus und folgte ihm mit den Blicken, bis es im Meer verschwunden war.

»Es wäre mir eine Ehre gewesen, wenn Sie es als Geschenk angenommen hätten, Erste Dame. Aber gewisse Geschenke gehören der Finsternis des Meeres an.«

»Sie sind sehr weise, mein Sohn«, antwortete sie. »Aber ich bin keine Erste Dame. Nur eine Konkubine.«

»Vater hat keine Frau. Daher sind Sie die Erhabenste der Erhabenen, seine Erste Dame.«

May-may antwortete ihm nicht. Sie war sehr bestürzt gewesen, als sich Gordon Tschen als der von ihr erwartete Bote erwiesen hatte. Und trotz des Jadearmbands beschloß sie, sehr vorsichtig zu sein und in Rätseln zu sprechen, für den Fall, daß er sich unrechtmäßig in den Besitz des Armbands gebracht hatte – denn sie wußte sehr wohl, daß auch Gordon Tschen ebenso vorsichtig sein und in Rätseln sprechen würde.

»Möchten Sie Tee?«

»Das wären zu viele Umstände, Mutter.«

»Gar keine Umstände, mein Sohn«, antwortete sie. Sie begab sich in die angrenzende Kajüte. Gordon Tschen folgte ihr und war von der Schönheit ihres Ganges und ihren kleinen Füßen entzückt. Der zarte Hauch ihres Parfüms erregte ihn. Du hast sie vom ersten Augenblick an geliebt, dachte er. In gewisser Weise ist sie dein Geschöpf, denn du bist es gewesen, der ihr die Sprache der Barbaren und das Denken der Barbaren beigebracht hat.

Er segnete seinen Joss, weil der Tai-Pan sein Vater war und seine Achtung vor ihm keine Grenzen kannte. Er wußte auch, daß seine Liebe zu May-may ohne diese Achtung nicht die eines Sohnes hätte bleiben können. Der Tee wurde serviert, und May-may entließ Lim Din. Aber um des Anstandes willen erlaubte sie Ah Sam zu bleiben. Sie wußte, daß Ah Sam den Dialekt von Sutschou, in dem sie sich nun mit Gordon Tschen unterhielt, nicht verstand.

»Ein Pfeil kann sehr gefährlich sein.«

»Jawohl, Erste Dame, in den falschen Händen. Interessieren Sie sich für die Kunst des Bogenschießens?«

»Als ich noch sehr klein war, ließen meine Brüder und ich Drachen aufsteigen. Einmal habe ich auch mit einem Bogen geschossen, aber das hat mich erschreckt. Ich könnte mir jedoch vorstellen, daß es Zeiten gibt, in denen ein Pfeil ein Geschenk der Götter und nicht gefährlich ist.«

Gordon Tschen dachte einen Augenblick nach. »Ja. Wenn er in den Händen eines verhungernden Mannes läge, der auf ein Wild zielte und seine Beute träfe.«

Ihr Fächer bewegte sich anmutig. Sie war froh, daß sie nun wußte, in welcher Richtung seine Gedanken liefen; das erleichterte die Übermittlung von Informationen und machte sie andererseits noch aufregender. »Ein solcher Mann müßte aber äußerst vorsichtig sein, wenn ihm nur noch eine Chance bliebe, sein Ziel zu treffen.«

»Gewiß, Erste Dame. Aber ein kluger Jäger hat viele Pfeile im Köcher.« Welches Wild soll hier gejagt werden, fragte er sich.

»Eine arme Frau vermag niemals die Freude des Mannes an der Jagd zu empfinden«, erwiderte sie ruhig.

»Der Mann ist das Yang-Prinzip – er ist nach dem Willen der Götter der Jäger. Die Frau ist das Yin-Prinzip – sie ist es, der der Jäger die Beute bringt, damit sie sie zubereite.«

»Die Götter sind sehr weise. Sehr. Sie lehren den Jäger, welches Wild eßbar ist und welches nicht.«

Gordon Tschen nippte von seinem Tee. Meinte sie nun damit, es solle jemand gefunden werden? Oder jemand gejagt und getötet? Wer sollte nach ihrem Willen gefunden werden? Vielleicht Onkel Robbs ehemalige Geliebte und seine Tochter? Vielleicht nicht, denn da wäre eine solche Geheimhaltung nicht erforderlich – und ganz gewiß würde Jin-kwa niemals mich damit beauftragen. Bei allen Göttern, welche Macht hat diese Frau über Jin-kwas Kopf? Was hat sie für ihn getan, das ihn zwingen kann, mir zu befehlen – und durch mich der gesamten Macht der Tongs –, alle ihre Wünsche zu erfüllen, was immer sie verlangt?

Da fiel ihm plötzlich ein Gerücht ein, von dem er gehört hatte, das Gerücht nämlich, Jin-kwa habe vor allen anderen erfahren, daß die Flotte sofort nach Kanton zurückkehren und nicht nach Norden segeln werde, wie alle angenommen hatten. Sie mußte Jin-kwa insgeheim eine Nachricht geschickt und ihn sich auf diese Weise verpflichtet haben! Nun war er in ihrer Schuld! Ajiiii jah! Eine solche Schuld! Daß er vor allen anderen davon wußte, hatte Jin-kwa bestimmt drei oder vier Millionen Taels erspart.

Seine Hochachtung vor May-may nahm zu. »Zuweilen muß ein Jäger auch seine Waffen benutzen, um sich gegen die wilden Tiere des Waldes zu schützen«, fuhr er fort und gab ihr damit die Möglichkeit, auf einer ganz anderen Linie dieses Spiel fortzusetzen.

»Ganz richtig, mein Sohn.« Sie klappte den Fächer zusammen und erschauerte. »Die Götter beschützen eine Frau vor solchen schlimmen Gefahren.«

Sie wünscht also, daß jemand umgebracht wird, dachte Gordon. Er betrachtete die Porzellantasse und fragte sich, wer es wohl sein mochte. »Es ist Joss, daß das Übel so viele Orte aufsucht. Die Hohen und die Niedrigen. Auf dem Festland und auf dieser Insel.«

»Ja, mein Sohn«, sagte May-may, ihr Fächer erbebte, und ihre Lippen zitterten. »Sogar auf See. Sogar unter den Hochwohlgeborenen und den sehr Reichen. Furchtbar sind die Wege der Götter.«

Gordon Tschen hätte fast seine Tasse fallen lassen. Er wandte May-may den

Rücken zu und versuchte, seiner Verwirrung Herr zu werden. ›See‹ und ›Hochwohlgeborene‹ konnten sich nur auf zwei Menschen beziehen. Auf Longstaff oder den Tai-Pan selber. Drachen des Todes, eine Massenvernichtung würde die Folge sein, wer von den beiden auch den Tod fand! Ihm drehte sich der Magen um. Aber warum? Und war es wirklich der Tai-Pan? Nicht mein Vater, o Götter. Laßt das nicht zu!

»Ja, Erste Dame«, sagte er, und in seiner Stimme klang seine Trauer an, denn er wußte, daß sein Eid ihn verpflichtete, alles zu tun, was sie ihm auftrug. »Furchtbar sind die Wege der Götter.«

May-may hatte die plötzliche Veränderung, die mit Gordon Tschen vorgegangen war, wohl bemerkt, wußte sie aber nicht zu deuten. Verwirrt hielt sie inne. Dann erhob sie sich und trat zu den Heckfenstern.

Still und friedlich lag das Flaggschiff im Hafen vor Anker, umschwirrt von Sampans auf einem schimmernden Meer. Weiter im Hintergrund lag die *China Cloud* vor Anker, in ihrer Nähe die *White Witch*. »Diese Schiffe sind so schön«, sagte sie. »Welches gefällt Ihnen am besten?«

Er trat dicht an eins der Fenster. Daß Longstaff gemeint sein konnte, glaubte er nicht. Das wäre sinnlos, jedenfalls für sie, wenn auch vielleicht nicht für Jin-kwa. »Ich glaube, dies da«, antwortete er und nickte zur *China Cloud* hinüber.

May-may verschlug es für einen Augenblick die Stimme, und der Fächer entfiel ihren Händen. »Gottes Blut!« rief sie auf englisch. Ah Sam blickte kurz auf, und May-may hatte sich gleich wieder in der Gewalt. Gordon Tschen hob den Fächer auf und verneigte sich tief, als er ihn ihr zurückgab.

»Danke«, fuhr sie im Dialekt von Sutschou fort. »Aber ich ziehe dieses Schiff vor.« Mit ihrem Fächer deutete sie auf die *White Witch*. Die entsetzliche Vorstellung, daß Gordon Tschen geglaubt haben konnte, sie wolle ihren geliebten Tai-Pan ermordet sehen, ließ sie noch immer zittern. »Das andere ist unschätzbare Jade. Unschätzbar, haben Sie mich verstanden? Unverletzbar bei allen Göttern. Wie können Sie es wagen, die Schamlosigkeit aufzubringen, etwas anderes zu denken?«

Seine Erleichterung war offensichtlich. »Verzeihen Sie mir, Erste Dame. Ich möchte am liebsten tausendmal Kotau machen, um meine tiefe Zerknirschung zu beweisen, gleich hier und sofort, aber Ihre Sklavin könnte es seltsam finden«, antwortete er in einem Gemisch von Sutschou-Dialekt und Mandarin-Chinesisch. »Einen Augenblick lang hat sich ein Dämon meines törichten Kopfes bemächtigt, so daß ich Sie nicht richtig zu verstehen vermochte. Selbstverständlich würde ich niemals, niemals einen Vergleich zwischen diesen beiden Schiffen auch nur für möglich halten.«

»Ja«, erwiderte sie. »Wenn nur eine Faser eines Hanfstrickes, wenn nur ein Holzsplitter auf dem anderen Schiff angerührt würde, werde ich demjenigen, der es gewagt hat, ein solches Jadestück zu schänden, bis in das Innerste der Hölle folgen, und dort werde ich ihm die Hoden zerfetzen, die Augen ausreißen und sie ihm zusammen mit seinen Gedärmen zu essen geben!«

Gordon Tschen zuckte zusammen, aber seine Stimme behielt den gewohnten höflichen Plauderton bei. »Es ist nichts zu befürchten, Erste Dame. Nichts zu befürchten. Ich werde hundertmal Kotau machen, zur Strafe, weil ich den

Unterschied zwischen Jade und Holz nicht begriffen habe. Ich möchte niemals auch nur andeutungsweise – ich möchte nicht, daß Sie jemals zu der Ansicht gelangen könnten, ich hätte nicht verstanden.«
»Um so besser.«
»Wenn Sie mich jetzt entschuldigen wollen, Erste Dame, ich glaube, daß hiermit mein Auftrag erledigt ist.«
»Ihre Aufgabe ist noch nicht beendet«, erwiderte sie. »Und die Sitte erfordert, daß wir noch mehr Tee miteinander trinken.« Sie klatschte, zu Ah Sam gewandt, majestätisch in die Hände und bestellte frischen Tee. Und angewärmte Tücher. Als Ah Sam zurückkehrte, sprach May-may kantonesisch. »Wie ich gehört habe, segeln sehr bald viele Schiffe nach Macao«, sagte sie, und Gordon Tschen war es sofort klar, daß Brock in Macao umgehend und in aller Heimlichkeit umgebracht werden sollte.
Ah Sams Gesicht strahlte auf. »Glauben Sie, wir werden reisen? Ach, wie gern wäre ich wieder in Macao.« Sie lächelte Gordon Tschen schüchtern an. »Kennen Sie Macao, geehrter Herr?«
»Natürlich«, antwortete er. Normalerweise hätte es eine Sklavin nicht gewagt, ihn anzureden. Aber er wußte, daß Ah Sam May-mays persönliche Vertraute und ihre Leibsklavin war und als solche mannigfache Vorrechte besaß. Auch fand er sie sehr hübsch – jedenfalls für ein Flußmädchen der Hoklos. Er sah May-may wieder an. »Leider werde ich in diesem Jahr nicht hinreisen können. Allerdings fahren viele meiner Freunde zwischen Hongkong und Macao hin und her.«
May-may nickte. »Haben Sie davon gehört, daß gestern abend Vaters Barbarensohn seine Verlobung gefeiert hat? Er wird heiraten. Können Sie sich das vorstellen – die Tochter seines Feindes? Sehr merkwürdige Leute, diese Barbaren.«
»Ja«, erwiderte Gordon Tschen und wunderte sich über May-may, die es für nötig hielt, noch deutlicher darauf hinzuweisen, daß Brock das Opfer sein sollte. Sie wird doch gewiß nicht die Ausrottung der ganzen Familie gemeint haben? »Unglaublich.«
»Gegen den Vater hätte ich eigentlich nichts weiter – er ist alt, und wenn die Götter gerecht denken, wird sein Joss bald ausgelaufen sein.« May-may warf den Kopf zurück, so daß ihr Schmuck aus Jade und Silber klimperte. »Was das Mädchen betrifft, so nehme ich an, daß es gute Söhne gebären wird – obwohl ich nicht zu verstehen vermag, was ein Mann an diesem dickbeinigen, kuhbusigen Ding findet.«
»Auch meine Meinung«, sagte Gordon zuvorkommend. Also soll Brock nicht umgebracht werden, dachte er. Auch die Tochter nicht. Bleiben nur noch die Mutter und der Bruder. Die Mutter kommt mir höchst unwahrscheinlich vor; also muß es der Bruder sein. Gorth. Aber warum nur der Bruder, warum nur Gorth Brock? Warum nicht Vater und Bruder? Denn offensichtlich sind doch beide eine Gefahr für den Tai-Pan. Gordons Hochachtung vor seinem Vater war überwältigend. Wie raffiniert, die Sache so aufzuziehen, daß es aussah, als sei May-may die Urheberin des Plans! Wie geschickt, May-may eine Andeutung zu machen, die sich an Jin-kwa wandte, der dann seinerseits mich beauftragte! Wie listig eingefädelt. Selbstverständlich, so sagte

er sich, wußte der Tai-Pan, daß May-may geheime Informationen weitergab – er mußte May-may absichtlich diese Information gegeben haben, damit Jin-kwa in ihrer Schuld war. Aber besagt dies, daß er nun auch über die Tongs auf dem laufenden ist? Und über mich? Bestimmt nicht.
Er fühlte sich sehr müde. Sein Gesicht war so vielen Erregungen und Gefahren nicht mehr gewachsen. Außerdem war er sehr beunruhigt von dem zunehmenden Druck, den die Mandarine auf die Tongs von Kuangtung ausübten. Auch auf die Tongs in Macao. Und sogar auf Tai Ping Schan. Die Mandarine hatten viele Agenten unter den Leuten auf dem Hügel, und obwohl die meisten bekannt waren und vier bereits aus dem Weg geräumt, bedrückte ihn die Unruhe doch sehr, die ihre Anwesenheit in ihm auslöste. War erst einmal bekannt, daß er der Führer der Tongs von Hongkong war, so konnte er nie mehr nach Kanton zurückkehren, und sein Leben in Hongkong war nicht einmal soviel wert wie die Fäkalien eines Sampanbesitzers.
Seine Sinne waren von May-mays ungewöhnlichem Parfüm benommen – und von Ah Sams erotischer Ausstrahlung. Mit dieser Sklavin würde ich gern ins Bett gehen, dachte er. Aber das wäre unklug und gefährlich. Es sei denn, daß Mutter es selbst vorschlägt. Es ist besser, wenn ich jetzt nach Tai Ping Schan und in die Arme der kostbarsten Konkubine auf dem Hügel zurückkehre. Bei allen Göttern, sie ist fast die tausend Taels wert, die sie gekostet hat. Wir werden heute nacht zehn verschiedene Liebesspiele miteinander spielen. Er lächelte in sich hinein. Sei ehrlich, Gordon, es werden nur drei sein. Und diese dreimal auch nur mit Joss – aber wie wunderbar!
»Ich bedaure sehr, daß ich nicht nach Macao werde reisen können«, sagte er. »Ich nehme an, daß alle fahren, die durch die Heirat mit Vater verwandt sind? Vor allem der Sohn?«
»Ja«, erklärte May-may mit einem freundlichen Aufseufzen, denn sie wußte, daß nun alles klar war, »ich nehme an.«
»Puh!« stieß Ah Sam verächtlich hervor. »Es wird große Freude herrschen, wenn der Sohn Hongkong verläßt.«
»Wieso?« fragte May-may interessiert. Auch Gordon Tschen horchte auf. Seine Müdigkeit war verschwunden.
Ah Sam hatte sich diesen besonderen Leckerbissen einer Information für solch einen dramatischen Augenblick aufgespart. »Dieser Sohn ist ein echter Barbarenteufel. Zwei- oder dreimal in der Woche geht er in eins dieser Freudenhäuser der Barbaren.« Sie hielt inne und schenkte Tee ein.
»Erzähl doch weiter, Ah Sam«, forderte May-may sie ungeduldig auf.
»Er schlägt sie«, erklärte sie gewichtig.
»Vielleicht ärgern sie ihn«, sagte May-may. »Eine ordentliche Tracht Prügel kann diesen Huren der Barbaren niemals schaden.«
»Sicher. Aber er peitscht sie aus und richtet sie übel zu, bevor er mit ihnen ins Bett geht.«
»Jedesmal?« fragte May-may ungläubig.
»Jedesmal«, erklärte Ah Sam. »Er bezahlt für die Hiebe und dann bezahlt er noch für ... nun ja, für die Spielerei, denn auf mehr scheint es nachher nicht mehr hinauszulaufen. Pfft! Hinein und vorbei« – sie schnipste mit den Fingern – »im Handumdrehen.«

»Was! Woher weißt du denn das alles, he?« fragte May-may. »Ich glaube, du müßtest wieder einmal richtig gekniffen werden. Ich glaube, du denkst dir das alles nur aus, du madenmäulige Sklavin!«
»Ganz bestimmt nicht, Mutter. Diese barbarische Madame – die alte Hexe mit dem unmöglichen Namen? Die mit den Glasaugen und den klappernden Zähnen?«
»Fortheringill?« fragte Gordon Tschen.
»Ganz richtig, geehrter Herr. Fortheringill. Nun, diese Madame betreibt das größte Haus in Queen's Town. Vor kurzem noch hat sie sechs Hoklo-Mädchen und ein Mädchen aus Kanton hinzugekauft. Eins der ...«
»Es waren nur fünf Hoklo-Mädchen«, sagte Gordon Tschen.
»Haben Sie Ihre Finger auch in diesem Geschäft?« fragte May-may höflich.
»O ja«, erwiderte er. »Es entwickelt sich recht einträglich.«
»Erzähl weiter, Ah Sam, mein Liebling.«
»Wie ich schon sagen wollte, Mutter, eins dieser Hoklo-Mädchen ist mit Ah Tat verwandt – und die ist, wie Sie wissen, mit meiner Mutter verwandt –, und dieses Mädchen wurde ihm für eine Nacht zugewiesen. Dieses eine Mal hat ihr genügt!« Ah Sam senkte die Stimme noch mehr. »Er hätte sie fast umgebracht. Er hat sie auf den Bauch und aufs Gesäß geschlagen, bis das Blut floß, und dann hat er sie seltsame Dinge mit seinen Geschlechtsteilen tun lassen. Dann ...«
»Was für seltsame Dinge?« fragte Gordon Tschen im gleichen Flüsterton und beugte sich vor.
»Ja«, sagte May-may, »was für Dinge?«
»Bestimmt ist es nicht meine Aufgabe, von so ungewöhnlichen und unanständigen Bräuchen zu erzählen, gewiß nicht, aber sie mußte ihm völlig zu Gefallen sein und mit allen Teilen ihrer selbst diesen Körperteil ehren. Das arme Mädchen wäre fast gestorben.«
»Das ist allerdings höchst ungewöhnlich!« Dann rief May-may streng: »Ich glaube noch immer, daß du dir das alles ausdenkst, Ah Sam. Hast du nicht vorhin gesagt, es sei ...«, sie schnipste herausfordernd mit den Fingern, »... pfft, so für ihn und nichts anders?«
»Ganz richtig. Das ist es auch. Und immer gibt er dem Mädchen in so gemeiner Weise die Schuld, obwohl sie bestimmt nichts dafür kann. Das ist die Hauptschwierigkeit. Und daß er so klein und schlaff ist.« Ah Sam hob ihre Hände zum Himmel und begann jammernd auszurufen: »Ich will niemals Kinder bekommen, wenn ich gelogen habe! Ich will als vertrocknete alte Jungfer sterben, wenn ich gelogen habe! Meine Ahnen sollen von Würmern zerfressen werden, wenn ich gelogen habe! Die Ahnen meiner Ahnen sollen niemals in Frieden ruhen und niemals wiedergeboren werden, wenn ich gelogen habe! Meine ...«
»Das genügt, Ah Sam«, sagte May-may gereizt. »Ich glaube dir.«
Ah Sam schlürfte mürrisch ihren Tee. »Wie könnte ich es wagen, meine großartige Mutter und ihren verehrten Verwandten zu belügen, aber ich finde, daß die Götter ein so barbarisches Vieh bestrafen sollten.«
»Ja«, sagte Gordon Tschen.
Und May-may lächelte in sich hinein.

An diesem Nachmittag ging Struan an Bord der China Cloud. *Er schickte Kapitän Orlow auf eine der Lorchas und brachte Sergejew in einer geräumigen Suite auf der* Resting Cloud *unter. Er befahl, alle Segel zu setzen, die Anker zu lichten, und dann floh er aus dem Hafen auf die hohe See hinaus.*
Drei Tage lang flog die China Cloud *in südöstlicher Richtung wie ein Pfeil dahin. Ihre Rahen ächzten unter dem Druck der geblähten Segel.*
Struan war auf die hohe See hinausgeflüchtet, um sich zu befreien – von den Schlacken der Vergangenheit, den Worten Sarahs und von der Trauer über den Verlust von Robb und Karen.
Und um May-may und die Freuden, die sie ihm schenkte, zu segnen.
Wie ein Liebender, der vor Ewigkeiten verschwunden war, kehrte er zurück zur See, und sie empfing ihn mit Sturmgeheul, aber nie brachte sie das Schiff oder ihn, der es vorwärtspeitschte, in Gefahr. Nur zögernd gab sie von ihrem Überfluß, machte ihn wieder stark, schenkte ihm erneut das Leben, schenkte ihm Selbstbewußtsein und Würde, segnete ihn, wie nur die See einen Mann segnen kann, und befreite ihn, wie nur die See es vermag.
Er peitschte das Schiff vorwärts, aber er trieb sich auch selber an, als wolle er die Grenzen seiner Kraft erkunden. Er schlief nicht: Wache um Wache wurde abgelöst, und noch immer ging er über das Achterdeck, leise vor sich hin singend. Er aß kaum etwas. Und sprach nur, um Befehle zu geben, daß noch mehr an Geschwindigkeit herausgeholt werden solle, daß eine zerschlissene Wante auszuwechseln oder ein anderes Segel zu setzen sei. Er jagte auf die Weite des Stillen Ozeans hinaus, in die Unendlichkeit hinein.
Am vierten Tag ließ er wenden und jagte mit dem Schiff einen halben Tag lang nach Nordwesten. Dann drehte das Schiff bei. Struan ging nach unten, rasierte sich, badete, schlief einen Tag und eine Nacht, und beim nächsten Sonnenaufgang aß er mit gewaltigem Appetit. Daraufhin kehrte er an Deck zurück.
»Guten Morgen, Sir«, sagte Cudahy.
»Nehmen Sie Kurs auf Hongkong.«
»Jawohl, Sir.«
Er blieb den ganzen Tag und einen Teil der Nacht auf dem Achterdeck, dann legte er sich noch einmal schlafen. Bei Sonnenaufgang stellte er die Position fest, trug sie auf der Seekarte ein und ließ das Schiff noch einmal beidrehen. Er tauchte über die Reling hinweg ins Meer und schwamm nackend. Die Seeleute bekreuzigten sich abergläubisch. Haie umkreisten das Schiff.
Aber die Haie hielten sich in Entfernung.
Er kletterte an Bord zurück und befahl, das makellos saubere Schiff zu säubern und die Decks mit Scheuersteinen abzuziehen, mit Sand, Schrubber und Wasser klarschiff zu machen, die Takelage auszuwechseln, Segel auszubessern, die Speigatts durchzuspülen und die Geschütze zu reinigen. Seine eigenen Kleidungsstücke und die seiner Leute ließ er über Bord werfen. Dann

gab er neues Zeug an die Besatzung aus und kleidete sich selber als Seemann ein.

Alle Mann erhielten eine doppelte Ration Rum.

In der Morgendämmerung des siebten Tages tauchte genau vor ihnen Hongkong am Horizont auf. Sein Gipfel war von Nebel verhangen. Zirruswolken standen am Himmel, der Wellengang war lebhaft.

Er stand am Bugspriet, unter ihm schäumte der Gischt.

»Ich fordere dich heraus, Insel!« brüllte er in den Ostwind hinein. »Jetzt komme ich nach Hause!«

31

Die *China Cloud* lief im westlichen Fahrwasser in den Hafen ein. Die aufgehende Sonne leuchtete, der Wind wehte stetig aus Osten und brachte Feuchtigkeit mit sich.

Struan stand auf dem Achterdeck, nackt bis zum Gürtel. Seine Haut war tief gebräunt, das rötlich-goldene Haar von der Sonne gebleicht. Er richtete sein Fernglas auf die Schiffe im Hafen. Zuerst auf die *Resting Cloud*. Die Signalflaggen am Besanmast bedeuteten, daß der Eigner sofort an Bord kommen solle. Wie nicht anders zu erwarten, dachte er. Er entsann sich des Tages – eine Ewigkeit schien inzwischen verstrichen –, an dem er dasselbe Signal an der *Thunder Cloud* entdeckt hatte, jener Stunde, in der ihm die Nachricht vom Tod seiner Familie überbracht worden war. Und Culum war damals angekommen.

Im Hafen lagen mehr Truppentransporter als bisher – der erste Teil der Verstärkungen. Alle hatten sie die Flagge der Ostindischen Kompanie gesetzt. Er sah einen großen Dreimaster in der Nähe des Flaggschiffs. Achtern hatte sie die russische Fahne gesetzt, am Topp des Hauptmastes flatterte der Zarenwimpel.

Mehr Sampans und Dschunken als sonst glitten über das Wasser.

Nachdem er die restliche Flotte kritisch gemustert hatte, wandte er sich der Küste zu. Der herbe Meereshauch vermischte sich mit dem Geruch nach Erde und Pflanzen. Er sah lebhaftes Treiben in der Nähe von Glessing's Point – viele Europäer und ganze Haufen von Bettlern, die die Queen's Road bevölkerten. Tai Ping Schan schien beträchtlich angewachsen zu sein.

Die Fahne mit dem Löwen und dem Drachen flatterte über der verlassenen Faktorei von Noble House und der trostlosen Leere von Happy Valley.

»Vier Strich steuerbord!«

»Jawohl, Sir«, antwortete der Rudergast.

Das Schiff legte sich neben die *Resting Cloud*. Struan zog ein Hemd an und ging an Bord.

»Guten Morgen«, sagte Kapitän Orlow. Er kannte den Tai-Pan zu gut, als daß er ihm jetzt Fragen gestellt hätte.

»Guten Morgen. Sie haben ›Zenit‹ gesetzt? Warum?«

»Auf Befehl Ihres Sohnes.«

»Wo ist er?«

»An Land.«
»Holen Sie ihn bitte an Bord.«
»Als Sie in den Hafen einliefen, habe ich nach ihm geschickt.«
»Warum ist er dann nicht hier?«
»Kann ich mein Schiff jetzt zurückhaben? Bei Thor, Grünauge, ich bin es müde, ein Handlanger-Kapitän zu sein. Machen Sie mich zum Tee-Kapitän oder zum Opium-Kapitän oder schicken Sie mich meinetwegen in arktische Gewässer. Ich kenne mindestens fünfzig Orte, an denen ich eine Ladung Felle übernehmen könnte – das bedeutet noch mehr sündhaftes Silber für Ihre Geldschränke.«
»Ich brauche Sie aber hier.« Struan lächelte, und es war, als fielen Jahre von ihm ab.
»Sie haben gut lachen, bei Odin!« Orlows Gesicht verzog sich ebenfalls zu einem Lächeln. »Sie sind auf hoher See gewesen, während ich auf einem ankernden Schiffsrumpf festgesessen habe. Aber Sie sehen aus wie ein Gott, Grünauge. Haben Sie einen Sturm abgewettert? Einen Taifun? Und warum ist mein Großsegel verändert und wozu das vordere Oberbramsegel, das Kreuzsegel und der Außenklüver? Sie haben auch neue Falle, Stage und Geitaue. Warum, he? Haben Sie meiner Schönheit das Herz aus dem Leib gejagt, nur um Ihre eigene Seele zu läutern?«
»Was für Felle, Kapitän?«
»Seehund, Marder, Nerz – Sie brauchen nur zu sagen, was Sie wollen, ich krieg' sie dann schon – solange ich nur zu jedem und sogar zu Ihnen sagen kann: ›In den Hades mit dir und runter von meinem Schiff!‹«
»Im Oktober segeln Sie nach Norden. Allein. Sind Sie damit zufrieden? Felle für China, ist das nichts?«
Orlow sah Struan forschend an und wußte sofort, daß er niemals im Oktober nach Norden segeln würde. Ein leichter Schauer überlief ihn, und er haßte dieses Zweite Gesicht, an dem er litt. Was wird mir zwischen Juni und Oktober zustoßen? »Kann ich mein Schiff jetzt haben? Ja oder nein? Oktober ist ein schlimmer Monat und noch weit weg. Kann ich mein Schiff jetzt bekommen, ja oder nein?«
»Ja.«
Orlow schwang sich über die Reling und stampfte aufs Achterdeck. »Leinen los!« brüllte er, winkte dann Struan zu und lachte schallend. Die *China Cloud* löste sich vom Mutterschiff und glitt sanft zu ihrer Sturmverankerung vor Happy Valley.
Struan ging nach unten in May-mays Gemächer. Sie lag in tiefem Schlaf. Er bat Ah Sam, sie nicht zu wecken; er würde später kommen. Dann stieg er ein Deck höher, in seine eigene Kajüte, badete, rasierte sich und zog frische Sachen an. Lim Din brachte Eier, Obst und Tee.
Die Kajütentür wurde jäh aufgerissen. Culum kam hereingestürzt. »Wo bist du gewesen?« stieß er hervor. »Tausend Dinge sind zu erledigen, für heute nachmittag ist der Grundstücksverkauf angesetzt. Du hättest es mir sagen können, bevor du verschwindest. Hier ist alles ein einziges wildes Durcheinander und …«
»Klopfst du eigentlich nicht mehr an einer Tür an, Culum?«

»Selbstverständlich. Aber ich war in Eile. Entschuldige.«
»Setz dich. Was für tausend Dinge?« fragte Struan. »Ich hatte geglaubt, du könntest alles erledigen.«
»Du bist der Tai-Pan, nicht ich«, entgegnete Culum.
»Richtig. Aber angenommen, ich wäre heute nicht zurückgekommen, was hättest du dann unternommen?«
Culum zögerte. »Ich wäre zum Grundstücksverkauf gegangen. Hätte Land gekauft.«
»Hast du dich mit Brock darüber geeinigt, bei welchen Grundstücken wir nicht gegeneinander bieten wollen?«
Culum wurde unter den Blicken seines Vaters unruhig. »In gewisser Weise wohl. Ich habe eine vorläufig gültige Vereinbarung getroffen. Sie bedarf noch deiner Zustimmung.« Er holte eine Karte hervor und legte sie auf dem Schreibtisch aus. Die Anlage der neuen Stadt zog sich um Glessing's Point hin, zwei Meilen westlich von Happy Valley. Das ebene Baugelände, durch die angrenzenden Berge eingeengt, war kaum eine halbe Meile lang und von der Küste aus gerechnet knapp eine halbe Meile tief. Tai Ping Schan lag oberhalb dieses Geländes und versperrte eine weitere Ausdehnung nach Osten. »Das wären alle Grundstücke. Ich habe mich für die Nummern 8 und 9 entschieden. Gorth hat gesagt, sie wollten 14 und 21 haben.«
»Hast du es dir von Tyler bestätigen lassen?«
»Ja.«
Struan warf einen Blick auf die Karte. »Warum hast du dir zwei Grundstücke nebeneinander ausgesucht?«
»Ich verstehe nichts von Grundstücken, Faktoreien oder Pieren, und so habe ich George Glessing gefragt. Und Vargas. Und heimlich auch Gordon Tschen. Und ...«
»Warum Gordon?«
»Ich weiß nicht. Ich dachte nur, es sei nicht schlecht, denn er scheint recht geschäftstüchtig zu sein.«
»Fahr fort.«
»Alle waren sie darin einer Meinung, daß die Nummern 8, 9, 10, 14 und 21 von den Küstengrundstücken die besten seien. Gordon schlug vor, zwei nebeneinander zu nehmen, für den Fall, daß wir uns ausdehnen wollten, denn dann würde eine Pier für zwei Faktoreien zur Verfügung stehen. Auf Glessings Rat hin habe ich Kapitän Orlow insgeheim auch die Tiefe vor der Küste ausloten lassen. Er hat mir berichtet, dort sei fester Felsboden, allerdings sei das Wasser in Küstennähe recht seicht. Wir müßten dem Meer Land abgewinnen und unsere Pier weit hinausbauen.«
»Welche Grundstücke am Stadtrand hast du ausgesucht?«
Culum zeigte nervös auf die Karte. »Gordon war der Meinung, wir sollten dieses Grundstück hier einsteigern. Es ist ... es ist ein Hügel ... und ich ich glaube, er würde einen ausgezeichneten Bauplatz für das Große Haus abgeben.«
Struan erhob sich, trat zu den Heckfenstern und betrachtete durch das Fernglas den Hügel. Er lag westlich von Tai Ping Schan auf der anderen Seite des Stadtgebietes. »Wir müßten eine Straße dort hinauf bauen, was?«

»Vargas war der Meinung, wenn wir die Grundstücke 9a und 15b kauften, könnten wir eine – ich glaube, er nannte es so – Grunddienstbarkeit eintragen lassen, und damit wäre unser Besitzanspruch gesichert. Später könnten wir dann darauf bauen und nach Belieben vermieten. Oder weiterverkaufen.« – »Hast du mit Brock darüber gesprochen?«
»Nein.«
»Gorth?«
»Nein.«
»Tess?«
»Ja.«
»Warum?«
»Aus keinem besonderen Grund. Ich spreche nur gern mit ihr. Wir reden über so viele Dinge.«
»Es ist gefährlich, mit ihr über so etwas zu sprechen. Ob du's glaubst oder nicht, du hast sie damit auf die Probe gestellt.«
»Wieso?«
»Wenn Gorth oder Brock für 9a oder 15b bieten, dann weißt du, daß du dich nicht auf sie verlassen kannst. Ohne die kleineren Grundstücke stellt das Land am Hügel ein außerordentliches Risiko dar.«
»Sie wird nie über etwas reden«, entgegnete Culum gereizt, »was wir unter uns besprochen haben. Vielleicht verfolgen die Brocks die gleichen Pläne. Wenn sie gegen uns bieten, beweist das noch gar nichts.«
Struan betrachtete ihn prüfend. Dann sagte er: »Alkohol oder Tee?«
»Tee, bitte.« Culums Handflächen waren feucht. Er fragte sich, ob nicht Tess vielleicht doch mit Brock oder Gorth über diese Grundstücke gesprochen hatte. »Wo bist du gewesen?«
»Gibt es sonst noch etwas zu entscheiden?«
Culum vermochte nur mit Mühe seine Gedanken zu sammeln. »Eine Menge Post ist eingetroffen, für dich und für Onkel Robb. Ich wußte nicht, was ich damit anfangen sollte, und habe alles im Geldschrank eingeschlossen. Dann haben Vargas und Tschen Scheng die Kosten für unser Projekt im Happy Valley geschätzt, und ich habe für das Silber quittiert. Longstaff hat, wie du es vorgeschlagen hast, jeden einzelnen ausbezahlt. Ich habe also dafür quittiert. Dann ist gestern ein Mann aus England angekommen – auf Sergejews Schiff. Roger Blore. Er hat angegeben, er sei in Singapur an Bord gegangen. Er möchte dich dringend sprechen. Aber er hat nicht gesagt, worum es geht – auf jeden Fall habe ich ihn auf dem kleinen Depotschiff untergebracht. Wer ist denn das?«
»Keine Ahnung, mein Junge«, antwortete Struan nachdenklich. Er läutete mit der Glocke, die auf dem Tisch stand, und der Steward trat ein. Struan befahl, Blore mit dem Beiboot abzuholen.
»Was sonst noch?«
»Die Bestellungen für Baumaterial und Schiffsvorräte häufen sich. Außerdem müssen wir unsere Opiumbestände auffüllen. Und vieles andere.«
Struan spielte mit seinem Teekrug. »Hat Brock dir schon geantwortet?«
»Heute ist der letzte Tag. Er hat mich für heute abend an Bord der *White Witch* bestellt.«

»Tess hat über die Entscheidung ihres Vaters nichts durchblicken lassen?«
»Nein.«
»Und Gorth?«
Wieder schüttelte Culum den Kopf. »Morgen reisen sie nach Macao ab. Mit Ausnahme von Brock. Sie haben mich eingeladen, sie zu begleiten.«
»Und fährst du mit?«
»Jetzt, wo du zurück bist, gern. Für eine Woche – wenn er sagt, daß wir bald heiraten können.« Culum trank einen Schluck Tee. »Wir müßten Möbel kaufen – und dergleichen mehr.«
»Hast du mit Sousa gesprochen?«
»Ja, das haben wir auch. Das Grundstück ist wirklich schön. Die Pläne sind schon fertig. Wir sind dir sehr dankbar. Übrigens – Sousa hat uns von dem abgeschlossenen Nebenraum für Bad und Toilette erzählt, den du für dein Haus entworfen hattest. Wir ... wir haben ihn gebeten, uns auch so etwas zu bauen.«
Struan bot ihm einen Stumpen an und gab ihm Feuer. »Wie lange hättest du gewartet, Culum?«
»Womit gewartet?«
»Auf meine Rückkehr. Die See hätte mich ja behalten können.«
»Dich nicht, Tai-Pan.«
»Eines Tages könnte sie es vielleicht – bestimmt sogar.« Struan blies eine dünne Rauchwolke vor sich hin und blickte ihr nach. »Wenn ich wieder einmal aufbreche, ohne dir vorher zu sagen, wohin ich gehe, warte vierzig Tage. Dann bin ich entweder tot, oder ich komme nicht mehr zurück.«
»Nun ja, aber ...« Culum fragte sich, worauf sein Vater hinauswollte. »Warum bist du so plötzlich aufgebrochen?«
»Warum hast du mit Tess gesprochen?«
»Das ist keine Antwort auf meine Frage.«
»Was ist sonst noch in meiner Abwesenheit geschehen?«
Culum bemühte sich verzweifelt, seinen Vater zu verstehen, aber es wollte ihm nicht gelingen. Sein Respekt vor ihm war größer als je zuvor, aber er fühlte keine Sohnesliebe. Stundenlang hatte er mit Tess gesprochen und bei ihr tiefstes Verständnis gefunden. Sie hatten über ihre Väter miteinander geredet und versucht, die Menschen zu ergründen, die sie auf dieser Erde am meisten liebten und fürchteten und zuweilen sogar haßten, zu denen sie sich aber bei drohender Gefahr immer wieder flüchteten. »Die Fregatten sind aus Quemoy zurückgekehrt.«
»Und?«
»Sie haben fünfzig bis hundert Dschunken zerstört, große und kleine. Und drei Piratennester an Land. Vielleicht haben sie Wu Kwok mit einem der Schiffe versenkt, vielleicht auch nicht.«
»Wir werden es noch früh genug erfahren.«
»Vorgestern habe ich mir dein Haus in Happy Valley angesehen. Die Wächter – du weißt ja, nachts will niemand dort bleiben – nun, man hat eingebrochen und gründlich geplündert.«
Struan fragte sich, ob man wohl auch den geheimen Geldschrank gefunden und aufgebrochen hatte. »Gibt es überhaupt keine guten Nachrichten?«

»Aristoteles Quance ist aus Hongkong geflüchtet.«
»Was du nicht sagst!«
»Ja. Mrs. Quance will es allerdings nicht glauben, aber alle – oder doch zumindest fast alle – haben ihn auf dem Schiff gesehen, auf dem auch Tante Sarah nach Hause abgereist ist. Die arme Frau glaubt, daß er sich noch immer in Hongkong aufhält. Hast du eigentlich von George und Mary Sinclair gehört? Sie wollen heiraten. Es freut mich, obwohl Horatio deswegen schrecklich verstört ist. Aber auch da ist nicht alles in Ordnung. Wir haben gerade erfahren, daß Mary sehr krank ist.«
»Malaria?«
»Nein. Irgendeine Darmkrankheit, die in Macao herrscht. Eine ganz dumme Sache. George hat gestern einen Brief von der Oberin des Katholischen Schwesternordens erhalten. Der arme Kerl grämt sich noch zu Tode! Diesen Papisten kann man doch niemals trauen.«
»Was hat denn die Oberin berichtet?«
»Nur, daß sie es für ihre Pflicht halte, Marys Verwandte zu verständigen, und daß Mary gesagt habe, sie solle George schreiben.«
Struan furchte die Stirn. »Warum, zum Teufel, ist sie denn nicht ins Missionskrankenhaus gegangen? Und warum hat sie Horatio nicht Bescheid gegeben?«
»Das weiß ich nicht.«
»Hast du es Horatio mitgeteilt?«
»Nein.«
»Hat Glessing ihm etwas gesagt?«
»Das bezweifle ich. Es scheint, daß sie einander hassen.«
»Du solltest lieber mit den Brocks zusammen abreisen und feststellen, wie es ihr geht.«
»Ich hatte mir schon gedacht, daß du Nachrichten aus erster Hand würdest haben wollen. Deshalb habe ich gestern Vargas' Neffen Jesús mit einer Lorcha hingeschickt. Der arme George bekam von Longstaff keinen Urlaub. Auf diese Weise kann ich ihm also auch gleich einen Gefallen tun.«
Struan schenkte sich nochmals Tee ein und sah dann Culum an. Wiederum spürte er so etwas wie Hochachtung vor seinem Sohn. »Ausgezeichnet.«
»Ich weiß doch, daß sie fast wie ein Mündel für dich ist.«
»Ja, allerdings.«
»Ja, und dann ist noch vor ein paar Tagen mit den Ermittlungen wegen des Unglücksfalles des Großfürsten begonnen worden. Das Gericht ist zu dem Schluß gelangt, daß es sich dabei doch nur um einen unglücklichen Zufall gehandelt hat.«
»Hältst du das für möglich?«
»Selbstverständlich. Du etwa nicht?«
»Hast du Sergejew besucht?«
»Mindestens einmal am Tag. Er war natürlich auch bei der Verhandlung zugegen, und er ... er hat sehr viel Gutes über dich gesagt. Wie du ihm geholfen und ihm das Leben gerettet hast. Sergejew hat niemandem die Schuld gegeben und erklärt, er habe auch den Zaren in diesem Sinne unterrichtet. Seiner Ansicht nach verdankt er nur dir sein Leben. Skinner hat ein Extra-

blatt der *Oriental Times* erscheinen lassen, in dem die ganze Verhandlung wiedergegeben wurde. Ich habe es für dich aufgehoben.« Culum reichte ihm die Zeitung. »Es würde mich nicht wundern, wenn der Zar dir persönlich seine Anerkennung ausspräche.«

»Wie geht es Sergejew?«

»Er kann jetzt gehen, aber seine Hüfte ist sehr steif. Ich glaube, daß er starke Schmerzen hat, allerdings spricht er niemals darüber. Er meint, er würde niemals wieder reiten können.«

»Aber sonst ist er wohlauf?«

»Soweit man das von einem Mann sagen kann, der mit Leib und Seele Reiter ist.«

Struan trat an die Kredenz und goß zwei Sherrys ein. Der Junge hat sich verändert, dachte er. Wirklich, sehr verändert. Ich bin stolz auf meinen Sohn.

»Auf deine Gesundheit, Culum. Du hast alles sehr gut gemacht.«

Culum nahm das Glas entgegen und starrte es an.

»Auf deine Gesundheit, Vater.« Culum hatte den Tai-Pan ganz bewußt so angesprochen.

»Ich danke dir.«

»Dank mir nicht. Ich will eines Tages der Tai-Pan von Noble House werden. Aber ich möchte nicht in die Schuhe eines Toten treten müssen.«

»Ich habe auch nie geglaubt, daß du das willst«, entgegnete Struan.

»Sicher. Aber mir selber ist dieser Gedanke gekommen. Und ich weiß ganz sicher, daß mir der Gedanke nicht gefällt.«

Struan fragte sich, wie sein Sohn solche Dinge so ruhig aussprechen konnte.

»Du hast dich in den letzten paar Wochen sehr verändert.«

»Vielleicht lerne ich mich allmählich selber kennen. In der Hauptsache liegt das an Tess – aber auch daran, daß ich sieben Tage lang allein gewesen bin. Da habe ich gemerkt, daß ich noch gar nicht imstande bin, die Sache allein zu machen.«

»Teilt Gorth deine Ansicht – wegen der Schuhe eines Toten, meine ich.«

»Was Gorth meint, weiß ich nicht, Tai-Pan. Aber ich weiß, daß du meistens recht hast, daß ich Tess liebe und daß du dich sogar über alles hinwegsetzt, was du als richtig erkannt hast, nur um mir zu helfen.«

Wieder fielen Struan Sarahs Worte ein.

Nachdenklich trank er einen Schluck.

Roger Blore war ein dunkelblonder junger Mann etwa Anfang Zwanzig. Sein Gesicht wirkte ebenso kühl wie seine Augen. Seine Kleidung war teuer, aber abgetragen, seine kleine Gestalt hager. Die blauen Augen verrieten tiefe Erschöpfung.

»Bitte nehmen Sie Platz, Mr. Blore«, sagte Struan. »Wozu eigentlich diese ganze Geheimnistuerei? Und warum müssen Sie mich allein sprechen?«

Blore setzte sich jedoch nicht. »Sind Sie Dirk Lochlin Struan, Sir?«

Struan war überrascht. Nur sehr wenige Menschen kannten seinen zweiten Vornamen. »Allerdings. Und wer sind Sie?« Weder das Gesicht des Mannes noch sein Name erinnerten Struan an irgend etwas. Aber die Sprache dieses Mannes war kultiviert – Eton, Harrow oder Charterhouse.

»Darf ich einmal Ihren linken Fuß sehen?« fragte der junge Mann höflich.
»Himmel noch eins! Sie unverschämter Grünschnabel! Sagen Sie endlich, was Sie wollen, oder raus mit Ihnen!«
»Es ist Ihr gutes Recht, in Zorn zu geraten, Mr. Struan. Die Möglichkeit, daß Sie der Tai-Pan sind, ist fünfzig zu eins. Meinetwegen hundert zu eins. Aber ich muß ganz sicher sein, daß Sie wirklich der Mann sind, für den Sie sich ausgeben.«
»Warum?«
»Weil ich bestimmte Informationen für Dirk Lochlin Struan habe, den Tai-Pan von Noble House, dessen linker Fuß halb weggeschossen wurde – Informationen von höchster Wichtigkeit.«
»Von wem?«
»Von meinem Vater.«
»Ich kenne weder Ihren Namen noch den Ihres Vaters, und dabei habe ich weiß Gott ein gutes Namengedächtnis!«
»Ich heiße auch gar nicht Roger Blore, Sir. Es ist nur ein Pseudonym – aus Sicherheitsgründen. Mein Vater sitzt im Parlament. Ich bin fast sicher, daß Sie der Tai-Pan sind. Aber bevor ich meine Informationen weitergebe, muß ich völlig sicher sein.«
Struan zog den Dolch aus seinem rechten Stiefel heraus und hob den linken Fuß hoch. »Ziehen Sie mir den Stiefel aus«, befahl er, und seine Stimme klang drohend. »Aber wenn die Informationen nicht ›von höchster Wichtigkeit‹ sind, dann schneid' ich Ihnen meine Initialen in die Stirn!«
»Ich setze mein Leben als Pfand ein. Ein Leben gegen das andere.«
Er zog Struan den Stiefel vom Fuß, seufzte erleichtert auf und setzte sich erschöpft hin. »Mein Name ist Richard Crosse. Mein Vater ist Sir Charles Crosse, Mitglied des Parlaments für den Wahlkreis Chalfont St. Giles.«
Struan war Sir Charles vor einigen Jahren zweimal begegnet. Zu jener Zeit war Sir Charles ein unbedeutender, mittelloser Landedelmann, ein eifriger Verfechter des Freihandels, der immer wieder auf die Bedeutung des Handels mit Asien hinwies und im Parlament beliebt war. All die Jahre hindurch hatte Struan ihn finanziell unterstützt und diese Aufwendungen niemals bereut. Es muß sich um die Ratifizierung handeln, dachte er erregt. »Warum haben Sie das denn nicht gleich gesagt?«
Crosse rieb sich müde die Augen. »Dürfte ich um etwas zu trinken bitten?« – »Rum, Branntwein, Sherry – bedienen Sie sich.«
»Danke, Sir.« Crosse schenkte sich ein Glas Branntwein ein. »Danke. Entschuldigen Sie, aber ich bin ... ich bin wohl etwas müde. Mein Vater hat mir aufgetragen, sehr vorsichtig zu sein – mich eines Pseudonyms zu bedienen. Nur mit Ihnen zu sprechen – oder für den Fall Ihres Todes mit Robb Struan.«
Er öffnete sein Hemd und knüpfte einen Beutel auf, den er um den Leib gebunden trug. »Dies sendet er Ihnen.« Er reichte Struan einen verschmutzten, mit vielen Siegeln versehenen Umschlag und setzte sich wieder.
Struan nahm den Umschlag entgegen. Er war an ihn adressiert und in London am 29. April datiert. Jäh blickte er auf und stieß mit heiserer Stimme hervor: »Ein Lügner sind Sie! Es ist unmöglich, daß Sie in so kurzer Zeit haben hierher gelangen können. In sechzig Tagen!«

»Ganz richtig, Sir«, antwortete Crosse lebhaft. »Ich habe das Unmögliche geschafft.« Er lachte nervös auf. »Mein Vater wird es mir vielleicht kaum verzeihen.«
»Niemand hat jemals diese Strecke in sechzig Tagen zurückgelegt. Sie wollen mich wohl zum besten halten?«
»Ich bin Dienstag, den 29. April, abgereist. Postkutsche von London nach Dover. Um Haaresbreite hätte ich das Postschiff nach Calais verfehlt. Postkutsche nach Paris und weiter nach Marseille. Mit Müh und Not das französische Postschiff nach Alexandria erwischt. Über Land nach Suez, und zwar dank der gütigen Vermittlung von Mehmed Ali – dem mein Vater einmal begegnet ist –, dann weiter nach Bombay mit dem Postschiff, auch wieder nur um eine Nasenlänge geschafft. In Bombay habe ich drei Tage lang stillgelegen und hatte dann ein Mordsglück. Ich konnte eine Passage auf einem Opiumklipper nach Kalkutta buchen. Dann ...«
»Was für ein Klipper?«
»Die *Flying Witch*, gehört Brock and Sons.«
»Erzählen Sie weiter«, sagte Struan und zog die Augenbrauen hoch.
»Mit einem Ostindienfahrer – der *Bombay Prince* – bis nach Singapur. Dann hatte ich Pech, wochenlang kein Schiff, das nach Hongkong bestimmt war. Und nochmals unwahrscheinliches Glück. Ich habe so lange geredet, bis mich ein russisches Schiff an Bord genommen hat – dies da drüben«, sagte Crosse und deutete zu den Heckfenstern hinaus. »Das war das gefährlichste Risiko, das ich überhaupt eingegangen bin, aber es war meine einzige Chance. Ich habe dem Kapitän meine letzte Guinee gegeben. Im voraus. Ich glaubte, die Leute würden mich mit Bestimmtheit auf hoher See über Bord hieven, aber es war nun einmal meine einzige Chance. Neunundfünfzig Tage, Sir, so wahr ich hier sitze – von London bis Hongkong.«
Struan stand auf, schenkte Crosse noch etwas zu trinken ein und nahm sich selber ein großes Glas. Tja, möglich ist es, dachte er. Zwar unwahrscheinlich, jedoch möglich. »Wissen Sie, was in dem Brief steht?«
»Nein, Sir. Zumindest kenne ich nur den Teil, der sich auf mich persönlich bezieht.«
»Und das wäre?«
»Mein Vater behauptet von mir, ich sei ein Verschwender, ein Nichtstuer, ein Spieler und Pferdenarr«, erklärte Crosse mit entwaffnender Offenheit. »Vom Newgate-Gefängnis soll ein Haftbefehl wegen Schulden gegen mich ausgestellt sein. Er empfiehlt mich Ihrer Großmut an und hofft, Sie würden Verwendung für meine ›Fähigkeiten‹ finden – die Hauptsache ist, mich England und ihm für den Rest seines Lebens fernzuhalten. Und er erläutert die Einzelheiten der Wette.«
»Welcher Wette?«
»Ich bin gestern eingetroffen, Sir. Am 28. Juni. Ihr Sohn und viele andere sind Zeugen. Aber vielleicht sollten Sie zunächst den Brief lesen, Sir. Ich kann Ihnen versichern, daß mein Vater niemals mit mir gewettet hätte, wenn es sich nicht um eine Nachricht von ›höchster Wichtigkeit‹ handeln würde.«
Struan betrachtete noch einmal prüfend die Siegel und erbrach sie dann. Das Schreiben lautete: »Westminster, 28. April 1841, 11 Uhr abends. Mein lieber

Mr. Struan! Ich habe soeben insgeheim Kenntnis von einem Schreiben des Außenministers, Lord Cunnington, erhalten, das er gestern dem Ehrenwerten William Longstaff, Generalbevollmächtigten Ihrer Majestät in Asien, gesandt hat. In diesem Schreiben heißt es unter anderem: ›Sie haben meine Anweisungen nicht befolgt und mißachtet und scheinen Sie als null und nichtig zu betrachten. Offensichtlich scheinen Sie entschlossen, die Angelegenheiten der Regierung Ihrer Majestät nach eigenem Ermessen zu behandeln. Sie haben sich in ungebührlicher Weise über jene Anweisungen hinweggesetzt, nach denen fünf oder sechs chinesische Häfen auf dem Festland den britischen Handelsinteressen geöffnet und dort volle diplomatische und ständige Vertretungen eingerichtet werden sollten; dies hätte umgehend geschehen sollen, in erster Linie durch Verhandlungen oder, falls diese sich als unmöglich erweisen sollten, durch Einsatz von Streitkräften, die ausdrücklich zu diesem Zweck und unter erheblichen Kosten entsandt wurden. Statt dessen haben Sie einen elenden Felsen eingehandelt, auf dem kaum ein Haus steht, und dafür einen völlig unannehmbaren Vertrag erhalten; gleichzeitig haben Sie – wenn man den Berichten der Marine und der Armee Glauben schenken darf – die Streitkräfte Ihrer Majestät, die Ihrem Befehl unterstellt sind, ständig falsch eingesetzt. Niemals kann Hongkong der Umschlagplatz für Asien werden – ebensowenig wie Macao es jemals geworden ist. Der Vertrag von Tschuenpi wird nicht anerkannt. Ihr Nachfolger, Sir Clyde Whalen, wird unverzüglich eintreffen. Haben Sie bitte die Freundlichkeit, Ihre Aufgaben nach Empfang dieses Schreibens Ihrem Stellvertreter, Mr. C. Monsey, zu übertragen und Asien umgehend auf einer Fregatte zu verlassen, die für diesen Zweck abgestellt wird. Melden Sie sich sobald wie möglich in meiner Kanzlei.‹

Ich bin am Ende meiner Weisheit ...«

Unmöglich! Es war doch unmöglich, daß die Leute in London einen so gottverdammten, idiotischen, von allen guten Geistern verlassenen unglaublichen Fehler begehen konnten! dachte Struan. Er las weiter: »Ich bin am Ende meiner Weisheit. Bis diese Information Gegenstand einer offiziellen Erklärung der Regierung im Parlament wird, kann ich nichts unternehmen. Mich dieser Geheiminformation zu bedienen, darf ich nicht wagen. Cunnington würde meinen Kopf verlangen, und ich wäre in der Politik in Acht und Bann. Allein daß ich dies hier zu Papier bringe und Ihnen auf diese Weise zukommen lasse, gibt meinen Feinden – und wer, der im politischen Leben steht, hätte nur einige wenige? – Gelegenheit, mich zu vernichten, und mit mir zusammen auch alle anderen, die sich für den Freihandel einsetzen und für all die Dinge, für die Sie in allen diesen Jahren so unerschrocken gekämpft haben. Ich flehe zu Gott, daß mein Sohn dieses Schreiben unversehrt in Ihre Hände legt. (Übrigens hat er keine Kenntnis von dem geheimen Inhalt dieses Schreibens.)

Wie Sie wissen, ist der Außenminister ein herrschsüchtiger Mann, der sich seine Gesetze selber macht, und das Bollwerk der Whig-Partei. Die Ansichten, die er in diesem Schreiben vertritt, sind völlig eindeutig. Ich fürchte, daß Hongkong bereits jetzt als erledigt betrachtet werden muß. Falls die Regierung nicht gestürzt wird und Sir Robert Peels Konservative ans Ruder ge-

langen – und dies ist in absehbarer Zeit völlig unmöglich –, wird aller Wahrscheinlichkeit nach Hongkong auch weiterhin abgeschrieben werden müssen.
Die Nachricht von dem Zusammenbruch Ihrer Bank hat sich in der City rasch verbreitet – wozu Ihre Rivalen unter der Führung des jungen Morgan Brock erheblich beigetragen haben. ›Streng vertraulich‹ hat Morgan Brock ganz bewußt die Saat des Mißtrauens ausgestreut, zusammen mit der Information, daß die Brocks nun den größten Teil Ihrer noch offenstehenden Wechsel, wenn nicht überhaupt alle, in der Hand hätten, was Ihren Einfluß hier maßlos geschädigt hat. Hinzu kam auch noch ein Schreiben von Mr. Tyler Brock sowie anderer Kaufleute, die gleichzeitig mit Longstaffs Depesche über den ›Vertrag von Tschuenpi‹ eintrafen; alle diese Leute leisteten gegen die Errichtung einer Niederlassung auf Hongkong heftigen Widerstand und übten Kritik an Longstaffs Methoden, den Krieg zu führen. Das Schreiben war an den Premierminister und an den Außenminister gerichtet, aber Abschriften davon gingen an deren Feinde – von denen es, wie Sie wissen, viele gibt.
Da ich weiß, daß Sie den Rest Ihres Vermögens, wenn überhaupt noch etwas übrig ist, in Ihre geliebte Insel gesteckt haben, schreibe ich Ihnen, um Ihnen Gelegenheit zu geben, aus der Sache auszusteigen und wenigstens einen Teil aus dieser Katastrophe zu retten. Es könnte ja sein, daß Sie mit Brock zu einer Art Vereinbarung gelangt sind – ich hoffe sehr, daß dies geschehen ist, aber wenn man dem anmaßenden Morgan Brock glauben darf, gibt es nur eine Regelung, die vor den Augen dieser Menschen Gefallen findet, und das wäre die völlige Vernichtung Ihres Hauses. (Ich habe allen Anlaß zu der Annahme, daß Morgan Brock und eine Gruppe von Bankiers auf dem Kontinent – Franzosen und Russen, wie gerüchtweise verlautete – den plötzlichen Sturm auf die Bank ausgelöst haben. Die Gruppe auf dem Kontinent schlug ein solches Vorgehen vor, als Nachrichten darüber durchsickerten, daß Mr. Robb Struan einen Ausbau des Unternehmens auf internationaler Ebene anstrebte. Man hat daraufhin Ihrer Bank das Genick gebrochen, um sich dafür mit fünfzig Prozent an einem ähnlichen Vorhaben beteiligen zu lassen, das Morgan Brock jetzt zu verwirklichen trachtet.)
Es tut mir leid, Ihnen mit so schlechten Nachrichten aufwarten zu müssen. Ich tue dies jedoch mit der Zuversicht und in der Hoffnung, daß diese Information für Sie von Wert sein und es Ihnen gelingen wird, die Sache durchzustehen, um erneut den Kampf aufzunehmen. Auch ich bin noch immer der Ansicht, daß Ihr Hongkong-Plan der richtige ist. Und ich habe die Absicht, unsere Bemühungen fortzusetzen, damit er verwirklicht werden kann.
Ich weiß nur wenig über Sir Clyde Whalen, den neuen Generalbevollmächtigten für den Handel. Er hat sich in Indien ausgezeichnet und steht in dem Ruf eines hervorragenden Soldaten. Allerdings glaube ich, daß er kein Verwaltungsmann ist. Wie ich höre, soll er morgen nach Asien abreisen; so wird seine Ankunft kurz bevorstehen, wenn Sie meinen Brief erhalten.
Ein Letztes: ich vertraue Ihnen meinen jüngsten Sohn an. Er ist ein Verschwender, ein schwarzes Schaf und ein Tunichtgut, dessen einziges Lebensziel darin besteht, zu spielen und zu wetten, am liebsten auf Pferde. Das Newgate-Gefängnis hat einen Haftbefehl wegen seiner Schulden gegen ihn

erlassen. Ich habe ihm erklärt, daß ich – zum allerletzten Male – seine Schulden bezahlen würde, falls er dafür sofort diese gefährliche Reise unternähme. Er war einverstanden, wettete aber mit mir um tausend Guineen, die ich zu zahlen habe, wenn ihm das Unglaubliche gelingen sollte, in weniger als fünfundsechzig Tagen Hongkong zu erreichen – das ist die Hälfte der normalen Zeit.
Um eine möglichst schnelle Überbringung dieses Schreibens zu gewährleisten, habe ich ihm fünftausend Guineen ausgesetzt, wenn er unter fünfundsechzig Tagen bliebe; fünfhundert Guineen weniger für jeden Tag über diese festgesetzte Zeit hinaus; dies alles unter der Voraussetzung, daß er, solange ich lebe, nicht mehr nach England zurückkehrt – dieses Geld soll ihm im übrigen in Raten von jährlich fünfhundert Guineen ausgezahlt werden, bis der Betrag getilgt ist. Die erste Zahlung lege ich hier bei. Bitte teilen Sie mir umgehend das Datum seiner Ankunft mit.
Wenn Sie in irgendeiner Weise seine ›Fähigkeiten‹ nutzen und ihn unter Kontrolle halten könnten, wären Sie der unauslöschlichen Dankbarkeit eines Vaters sicher. Ich habe alles versucht, Gott helfe mir und ihm, aber es ist mir mißlungen. Obwohl ich ihn zärtlich liebe.
Ich möchte Ihnen bei dieser Gelegenheit auch noch mein Beileid für die schweren Schicksalsschläge, die Sie getroffen haben, aussprechen. Richten Sie bitte Mr. Robb meine besten Grüße aus. Nun schließe ich in der Hoffnung, daß mir die Freude zuteil wird, Ihnen unter günstigeren Umständen persönlich zu begegnen. Mit dem Ausdruck meiner vorzüglichsten Hochachtung verbleibe ich, Sir, Ihr ergebenster Diener, Charles Crosse.«
Struan blickte auf den Hafen und die Insel hinaus. Er mußte an das Kreuz denken, das er an jenem ersten Tag abgebrannt hatte. Und an Brocks zwanzig goldene Guineen. Und an die noch verbliebenen drei Münzen Jin-kwas. Und an die Silberbarren, die für jemand angelegt werden sollten, der sich eines Tages mit einem bestimmten Stempel einfinden würde. Nun waren all der Schweiß und all die Arbeit, all die Überlegungen und all die Toten umsonst gewesen. Und lediglich infolge der törichten Anmaßung eines einzigen Mannes: Lord Cunnington. Du lieber Himmel, was tue ich jetzt?
Struan überwand den Schock, den die Nachricht bei ihm ausgelöst hatte, und zwang sich zum Nachdenken. Der Außenminister war ein intelligenter Mann. Er würde Hongkong nicht leichtfertig als Niederlassung ablehnen. Es mußte also einen Grund geben. Aber welcher könnte es sein? Und wie kann ich Einfluß auf Whalen nehmen, überlegte er. Wie sollte man einen ›Soldaten, der kein Verwaltungsmann ist‹, in Zukunft verwenden?
Vielleicht ist es besser, wenn ich mich heute an dem Landverkauf nicht beteilige. Sollen doch die übrigen Chinahändler kaufen, hol sie der Teufel! Brock wird zusammen mit den anderen bankrott gehen, denn Whalen und die Nachricht werden erst in einem Monat hier eintreffen, vielleicht auch erst später. Bis dahin bauen sie schon wie die Verrückten. Ja, das wäre der eine Weg. Und wenn die Nachricht erst einmal allgemein bekannt wird, ziehen wir uns alle nach Macao zurück – oder in einen der Vertragshäfen, der Whalen zugestanden wird –, und dann sind alle anderen erledigt. Oder zumindest doch schwer angeschlagen. Aber wenn *ich* diese Information erhalten

konnte, hat sie Brock vielleicht auch. Also wird er vielleicht nicht mit hineingerissen. Vielleicht.
Aber du verlierst dabei den Schlüssel für Asien: diesen elenden, kahlen Felsen, ohne den alle offenen Häfen und die Zukunft sinnlos sind.
Die Alternative wäre zu kaufen, zu bauen und das Risiko auf sich zu nehmen, daß man Whalen – ebenso wie Longstaff – dazu bewegen könnte, über seine Anweisungen hinauszugehen, und daß man sogar an Cunnington herankäme. Den Reichtum von Noble House in die neue Stadt fließen zu lassen. Zu spielen. Hongkong zur Blüte zu verhelfen, damit sich die Regierung gezwungen sieht, diese Kolonie anzuerkennen. Das ist lebensgefährlich. Man kann die Krone nicht dazu zwingen. Das Übergewicht auf der anderen Seite ist erdrückend. Trotzdem aber bleibt dir keine andere Wahl. Du mußt auf diese Karte setzen.
Der Vergleich mit einem Glücksspiel erinnerte ihn an den jungen Crosse. Da hätten wir einmal einen tüchtigen Kerl! Wie setze ich ihn am vernünftigsten ein? Wie bringe ich es fertig, daß er über seine unglaubliche Reise nichts verlauten läßt? Tja, und wie kann ich bei Whalen Hongkong in günstigem Licht erscheinen lassen? Und wie kann ich mich an Cunnington heranmachen? Was tue ich, damit der Vertrag so bleibt, wie ich es will?
»Ich muß schon sagen, Mr. Crosse, Sie haben eine bemerkenswerte Reise hinter sich gebracht. Wer außer Ihnen weiß noch, wie lange Sie dazu gebraucht haben?«
»Nur Sie, Sir.«
»Dann behalten Sie es für sich.« Struan schrieb etwas auf einen Notizblock. »Geben Sie dies meinem Hauptbuchhalter.«
Crosse las die Anweisung. »Sie zahlen mir die ganzen fünftausend Guineen aus?«
»Ich habe sie auf den Namen Roger Blore ausgeschrieben. Es ist meiner Meinung nach besser, sie bleiben bei diesem Namen – jedenfalls vorläufig.«
»Jawohl, Sir. Ich bin jetzt Roger Blore.« Er erhob sich. »Darf ich mich jetzt empfehlen, Mr. Struan?«
»Wollen Sie eine Stellung haben, Mr. Blore?«
»Ich fürchte nur ... Mr. Struan, die Sache ist die, ich habe ein Dutzend verschiedener Berufe versucht, aber niemals klappte es. Und auch mein Vater hat alles versucht – mir ist einfach nicht zu helfen –, vielleicht war es vorherbestimmt, daß ich so bin, wie ich bin. Es tut mir leid, aber Ihr guter Wille wäre verschwendet.«
»Ich möchte um fünftausend Guineen mit Ihnen wetten, daß Sie die Stellung, die ich Ihnen anbiete, nehmen.«
Der junge Mann wußte, daß er diese Wette gewinnen würde. Es gab einfach keine Stellung – jedenfalls keine, wie sie der Tai-Pan ihm anbieten konnte – die er annehmen würde.
Aber warte ab. Das ist nicht der Mann, der mit sich spielen läßt, nicht der Mann, mit dem man leichtfertig eine Wette abschließt. Diese verteufelt ruhigen Augen sind unergründlich. Es wäre sehr unangenehm, wenn er einem am Pokertisch gegenübersäße. Oder beim Bakkarat. Sei vorsichtig, Richard Crosse Roger Blore. Das ist ein Mann, der eine Schuld auch eintreibt.

»Nun, Mr. Blore? Wo ist Ihr Schneid geblieben? Oder sind Sie etwa nicht der große Spieler, als den Sie sich ausgeben?«
»Diese fünftausend Guineen sind mein Leben, Sir. Der letzte Einsatz, den ich habe.«
»Dann setzen Sie Ihr Leben ein, bei Gott!«
»Sie wagen dabei nicht das Ihre, Sir. Also ist die Wette ungleich. Für Sie ist der Betrag eine lächerliche Kleinigkeit. Sie müssen mir eine Vorgabe einräumen. Hundert zu eins.«
Struan gefiel das Draufgängertum dieses jungen Mannes. »Na gut. Es gilt, Mr. Blore. Vor Gott.« Er streckte seine Hand aus, und Blore fühlte sich wie von einem Schwindel erfaßt. Er hatte damit gerechnet, daß das Verlangen nach einer solchen Vorgabe dieser Wette ein Ende setzen würde. Tu es nicht, du Narr, sagte er zu sich. Fünfhunderttausend Guineen! Er drückte Struans Hand.
»Leiter des Jockey-Clubs von Hongkong«, sagte Struan.
»Bitte?«
»Wir haben soeben den Jockey-Club gegründet. Sie sind sein Leiter. Nun müssen Sie zusehen, daß Sie Pferde herbeischaffen. Eine Rennbahn anlegen. Ein Klubhaus bauen. Legen Sie den Grund zum besten Rennstall in ganz Asien. Er muß auf einer Stufe stehen mit Aintree oder sonst einem Rennstall. Wer hat gewonnen, mein Junge?«
Blore wäre am liebsten davongelaufen. Um Himmels willen, nimm dich zusammen! mahnte er sich. »Eine Rennbahn?«
»Ja. Sie ziehen die Sache auf und kümmern sich um alles – Pferde, Rennen, Tribünen, Wetten, Preise, eben alles. Fangen Sie gleich heute damit an.«
»Aber, du lieber Gott, wo wollen Sie denn die Pferde herbekommen?«
»Wo holen *Sie* die Pferde her, meinen Sie wohl?«
»Aus Australien«, stieß Blore hervor. »Wie ich gehört habe, gibt es dort Pferde genug!« Er schob Struan die Bankanweisung wieder hin, und auf einmal stieß er einen Freudenschrei aus. »Mr. Struan, das werden Sie niemals zu bereuen haben.« Er drehte sich um und wandte sich zur Tür.
»Wohin?« fragte Struan.
»Nach Australien natürlich.«
»Warum suchen Sie nicht zuerst den General auf?«
»Bitte?«
»Ich glaube mich dunkel daran zu erinnern, daß bei der Armee etwas Kavallerie dabei ist. Leihen Sie sich ein paar Pferde aus. Meiner Ansicht nach könnten Sie schon am nächsten Samstag das erste Rennen abhalten.«
»Ginge das wirklich?«
»Natürlich. Der Samstag ist ein guter Tag für Rennen. Außerdem liegt uns Indien näher als Australien. Ich werde Sie mit dem ersten Schiff, das uns zur Verfügung steht, hinüberschicken.«
»Wollen Sie das im Ernst?«
Struan lächelte. »Gewiß.« Er gab ihm das Papier zurück. »Fünfhundert sind eine Prämie auf Ihr erstes Jahresgehalt von fünfhundert im Jahr, Mr. Blore. Der Rest ist die Börse für die ersten vier oder fünf Rennen. Ich würde acht Läufe vorschlagen, jeweils fünf Pferde und jeden zweiten Samstag.«

»Ich danke Ihnen, Mr. Struan.«
Struan war wieder allein. Er zündete ein Streichholz an, sah zu, wie der Brief verbrannte, und zerrieb die Asche zu Staub. Dann ging er nach unten. Maymay lag noch immer im Bett, aber sie war frisch zurechtgemacht und sah sehr schön aus.
»Heja, Tai-Pan«, rief sie, gab ihm einen flüchtigen Kuß und fuhr dann fort, sich zu fächeln. »Ich bin so dankbar und froh, daß du zurück bist. Ich möchte, daß du mir ein kleines Stück Land kaufst, weil ich beschlossen habe, mich sehr geschäftlich zu betätigen.«
»Wieso geschäftlich?« fragte er, ein wenig verärgert über diese etwas gleichgültige Begrüßung. Dennoch war er froh, daß sie sein Verschwinden und seine Rückkehr ohne große Fragen als selbstverständlich hinnahm.
»Du wirst schon sehen, schon gut. Aber ich möchte einige Taels, um anzufangen. Ich zahle zehn Prozent Zinsen, und das ist erstklassig. Hundert Taels. Du wirst sein ein schlafender Teilhaber.«
Er streckte die Hand aus und legte sie auf ihre Brust. »Da wir gerade vom Schlafen reden, ich ...«
Sie schob seine Hand weg. »Geschäft vor Schlafen. Du kaufst mir Land und leihst mir Taels?«
»Schlafen vor Geschäft!«
»Ajiii jah, in diesem Heißen?« rief sie lachend. »Meinetwegen. Es ist schrecklich schlimm, sich in so Heißem so anzustrengen – dein Hemd klebt schon an deinem Rücken. Aber komm her, schon gut.« Gehorsam ging sie zur Tür ihres Schlafraums, aber er hielt sie zurück.
»Es war doch nur ein Scherz. Hat das Baby dir Beschwerden gemacht?«
»Natürlich nicht. Ich bin sehr vorsichtige Mutter und esse nur ganz besondere Nahrung, um einen starken Sohn wachsen zu lassen. Und ich denke kriegerische Gedanken, um ihn zu einem tapferen Tai-Pan zu machen.«
»Wie viele Taels willst du haben?«
»Hundert. Ich schon gesagt. Hast du keine Ohren? Du bist erschrecklich sonderbar heute, Tai-Pan. Jawohl. Gewiß sehr seltsam. Du bist nicht etwa krank, oder? Hast du schlechte Nachrichten? Oder nur müde?«
»Nur müde. Hundert Taels, natürlich. Was ist es für ein Geschäft?«
Erregt schlug sie die Hände zusammen und setzte sich wieder an den Tisch. »Du wirst schon sehen. Habe viel nachgedacht, seitdem du bist weg. Was tue ich für dich? Dich lieben und dich führen – beides erschrecklich gut, gewiß, aber nicht genug. So mache ich jetzt auch Taels für dich und für mein Alter.« Wieder lachte sie, und dieses Lachen beglückte ihn. »Aber nur von den Barbaren. Ich werde Vermögen machen – oh, du wirst denken, ich bin talentiertest.«
»Ein solches Wort gibt es nicht.«
»Du weißt genau, was ich meine.« Sie drückte ihn an sich. »Du jetzt ins Bett gehen wollen mit mir?«
»In einer Stunde beginnt der Grundstücksverkauf.«
»Richtig. Dann besser, du wechselst deine Kleiderei und eilst zurück. Ein kleines Grundstück an der Queen's Road. Aber ich zahle nicht mehr als zehn Taels Jahrespacht! Hast du mir Geschenk mitgebracht?«

»Bitte?«
»Ein sehr guter Brauch«, sagte sie mit unschuldigen Augen, »wenn ein Mann seine Frau verläßt, daß er ihr dann Geschenk bringt. Jade. Solche Sachen.«
»Nix Jade. Aber das nächstemal werde ich daran denken.«
Sie zuckte die Achseln. »Guter Brauch. Deine arme alte Mutter sehr verarmt. Wir essen später, heja?«
»Ja.« Struan ging nach oben in seine eigene Kajüte auf dem nächsten Deck.
Lim Din verneigte sich. »Bad sehr kalt, leider, Maste'. Haben wollen?«
»Ja.«
Struan zog seine durchschwitzten Kleider aus, streckte sich im Bad aus und dachte über Sir Charles' Nachricht und alles nach, was sie im Gefolge haben mochte. Sein Zorn gegen Cunnington und seine Sturheit überwältigte ihn fast. Er trocknete sich ab und zog frische Sachen an, aber nach einigen Augenblicken war sein Hemd wieder feucht vor Schweiß.
Am besten, ich bleibe sitzen und überlege mir die ganze Sache, dachte er. Soll Culum den Grundstückskauf in die Hand nehmen. Ich möchte mein Leben verwetten, daß Tess ihrem Vater von Culums Plänen bezüglich des Hügels erzählt hat. Vielleicht wird sich der Junge zum hemmungslosen Überbieten verleiten lassen. Aber er hat bisher seinen Mann gestanden, nun muß ich ihm auch hier vertrauen.
So benachrichtigte er Culum, er solle für Noble House bieten, und beauftragte ihn außerdem, ein kleines, aber gutes Grundstück an der Queen's Road zu kaufen. Dann schickte er Horatio eine Mitteilung, daß Mary krank sei, und ließ eine Lorcha bereitstellen, die ihn sofort nach Macao bringen sollte.
Er setzte sich in einen tiefen Ledersessel, starrte durch eins der Fenster zur Insel hinüber und hing seinen Gedanken nach.
Culum erwarb die Grundstücke an der Küste und am Stadtrand und war stolz darauf, für Noble House bieten zu dürfen und mehr an Gesicht zu gewinnen. Viele fragten ihn, wo der Tai-Pan denn sei, aber er antwortete nur abweisend, er ahnte es nicht, und zeigte weiterhin eine Feindseligkeit, die er gar nicht mehr empfand.
Er kaufte den Hügel, dazu die Grundstücke, die dem Hügel erst seinen Wert sicherten, und fühlte sich erleichtert, daß die Brocks nicht gegen ihn boten. Damit war bewiesen, daß er sich auf Tess verlassen konnte. Dennoch beschloß er, in Zukunft vorsichtiger zu sein und sie nicht wieder in eine solche Lage zu bringen. Allzu große Offenheit in manchen Dingen erschien ihm nun gefährlich – gefährlich für sie und für sich selber. Zum Beispiel auch das Wissen, daß allein der Gedanke an sie, die leichteste Berührung von ihr, sein Verlangen fast bis zur Besessenheit steigerte. Darüber konnte er keinesfalls mit ihr oder mit seinem Vater sprechen, sondern nur mit Gorth, der ihn gut verstand: »Ja, Culum, mein Freund. Ich weiß es nur zu gut. Is' ein furchtbarer Schmerz, furchtbar. Man kann kaum gehen. Ja – und schwer, sich zu beherrschen. Nur keine Sorge, mein Junge. Wir sind Kameraden, und ich verstehe. Schon ganz richtig, daß wir offen sind zueinander, du und ich. Wär' schrecklich gefährlich für dich, zu sein wie 'n Mönch. Ja. Noch schlimmer, würde nur Schwierigkeiten für die Zukunft bedeuten – und noch schlimmer, wie ich gehört habe, kommen davon kranke Kinder. Der Schmerz in

deinen Gedärmen ist die Warnung Gottes. Ja – ein solcher Schmerz kann einen Mann für sein ganzes Leben krank machen, und das is' eine tödliche Wahrheit, so wahr mir Gott helfe! Mach dir nur keine Sorge – ich kenne ein Haus in Macao. Nur keine Sorge, mein Freund.«
Und obwohl Culum Gorths abergläubischen Vorstellungen keinen Glauben schenkte, untergruben doch die Schmerzen, die er Tag und Nacht erduldete, seinen Widerstandswillen. Er sehnte sich nach Erlösung. Trotzdem schwor er sich, kein Freudenhaus zu besuchen, wenn Brock mit der Heirat im nächsten Monat einverstanden war. Bestimmt nicht!

Bei Sonnenuntergang begaben sich Culum und Struan an Bord der *White Witch*. Brock erwartete sie auf dem Achterdeck, und Gorth stand neben ihm. Es war eine kühle, angenehme Nacht.
»Habe mich wegen deiner Heirat entschieden, Culum«, sagte Brock. »Der nächste Monat is' unpassend. Nächstes Jahr wär' wahrscheinlich besser. Aber der dritte Monat von jetzt ab, da wäre Tess' siebzehnter Geburtstag, und an dem Tag, dem 10., dürft ihr heiraten.«
»Danke, Mr. Brock«, sagte Culum. »Ich danke Ihnen.«
Brock bedachte Struan mit einem breiten Lächeln. »Is' Ihnen das recht, Dirk?«
»Die Entscheidung liegt bei Ihnen, Tyler, nicht bei mir. Aber ich finde, daß drei Monate oder zwei keinen Unterschied ausmachen. Und so bin ich noch immer für nächsten Monat.«
»September würde dir doch passen, Culum? So wie ich gesagt habe? Sei ehrlich, Junge.«
»Ja. Natürlich. Ich hatte wohl gehofft, aber ... ja, schon gut, Mr. Brock.« Culum schwor sich, er würde diese drei Monate warten. Aber tief im Innern wußte er, daß er es nicht konnte.
»Dann is' das richtig in Ordnung.«
»Gut«, sagte Struan. »Also in drei Monaten.« Gut, dachte er, drei Monate sind es also. Du hast gerade ein Todesurteil unterschrieben, Tyler. Vielleicht sogar zwei.
»Und noch eins, Dirk, vielleicht haben Sie morgen etwas Zeit übrig? Dann können wir das mit der Mitgift und alles mögliche andere regeln.«
»Mittags?«
»Ja. Mittags. Und nun, denke ich, werden wir den Damen unten Gesellschaft leisten. Bleiben Sie zum Abendessen, Dirk?«
»Danke, aber ich habe noch einiges zu erledigen.«
»Die Rennen, was? Muß ich Ihnen lassen, verdammt schlau, diesen Blore von drüben rüberzuholen. Is' so ein richtiger junger Draufgänger. Der letzte Lauf jedes Rennens wird der Brock-Pokal. Wir werden Preise aussetzen.«
»Mir soll es recht sein. Es ist nur in Ordnung, daß wir die beste Rennbahn in Asien haben.«
Blore hatte die Sache schon beim Landverkauf bekanntgegeben. Longstaff hatte sich bereit erklärt, der erste Präsident des Jockey-Clubs zu sein. Der jährliche Mitgliedsbeitrag wurde auf zehn Guineen festgesetzt, und jeder Europäer auf der Insel war sofort beigetreten. Blore wurde von Freiwilligen

bedrängt, die die vom General zur Verfügung gestellten Kavalleriepferde reiten wollten.

»Können Sie reiten, Dirk?«

»Ja. Aber ich bin niemals Rennen geritten.«

»Bei mir is' es ebenso. Aber vielleicht sollten wir uns einmal daran versuchen, was? Kannst du reiten, Culum?«

»Ja. Aber nicht sehr gut.«

Gorth schlug ihm auf den Rücken. »Wir können uns Gäule in Macao besorgen, Culum, und 'n bißchen üben. Vielleicht können wir mal gegen unsere Väter reiten?«

Culum lächelte unsicher.

»Ja, vielleicht könnten wir das mal tun, Gorth«, rief Struan. »Aber jetzt gute Nacht. Wir sehen uns morgen mittag, Tyler.«

»Ja, gute Nacht, Dirk.«

Struan ging von Bord.

Während des Essens bemühte sich Culum, die Feindseligkeit, die zwischen Gorth und Brock herrschte, auszugleichen. Er empfand es als seltsam, daß er beide mochte; und er konnte sich in beide hineinversetzen – er verstand, warum Gorth Tai-Pan werden wollte, und warum andererseits Brock die Herrschaft nicht abzutreten gedachte, wenigstens für einige Zeit noch nicht. Und ebenso seltsam war, daß er sich in dieser Sache für klüger hielt als Gorth. Und doch auch wieder nicht seltsam, dachte er. Gorth war niemals plötzlich sieben Tage lang allein gelassen worden und hatte die ganze Verantwortung auf sich nehmen müssen. An dem Tag, an dem ich Tess heirate, werfe ich Brocks zwanzig Guineen weg. Es ist nicht richtig, daß ich sie jetzt noch behalte. Was immer geschieht, wir machen einen neuen Anfang. In nur drei Monaten. O mein Gott, ich danke dir.

Nach dem Essen stiegen Culum und Tess zusammen an Deck. Beide standen sie mit angehaltenem Atem unter den Sternen, hielten einander an der Hand und quälten sich. Culum berührte leicht ihre Lippen in einem ersten zaghaften Kuß, und Tess mußte an die Brutalität von Nagreks Küssen und an das Feuer denken, das aufgelodert war, als seine Hände sie berührten, an den Schmerz, den er ihr zugefügt hatte – nein, Schmerz war es eigentlich nicht gewesen, sondern eher eine Mischung aus Qual und Lust, die sie wieder auflodern ließ, wenn sie daran dachte. Sie war froh, daß sie schon bald dieses Feuer in ihrem Innern würde ersticken können. Noch drei Monate, dann war Frieden.

Sie kehrten in die übelriechende Kajüte zurück. Nachdem Culum gegangen war, lag sie in ihrer Koje, von ihrem Verlangen gefoltert. Sie weinte. Weil sie wußte, daß Nagrek sie so berührt hatte, wie nur Culum sie hätte berühren dürfen. Weil sie wußte, daß sie dieses Wissen bis in alle Ewigkeit vor ihm geheimhalten mußte. Aber wie? Ach, mein Geliebter, mein Geliebter.

»Und ich sage dir, Vater, es war 'n Fehler!« stieß Gorth in der großen Kajüte heftig hervor, aber er bemühte sich, leise zu sprechen. »Ein entsetzlicher Fehler!«

Brock setzte den Krug hart auf, so daß das Bier auf den Tisch und zu Boden

schwappte. »Is' meine Entscheidung, Gorth, und Schluß damit. Sie heiraten diesen September.«
»Und es war 'n Fehler, beim Hügel nich' mitzubieten. Damit ist der Teufel uns wieder 'n Schritt voraus.«
»Nimm doch mal Vernunft an, Gorth!« zischte Brock. »Wenn wir das getan hätten, wüßte doch der junge Culum mit Sicherheit, daß Tess mir in ihrer Unschuld erzählt hat, was sie miteinander reden und was nich'. Das bißchen Hügel war doch unwichtig. Vielleicht kommt noch 'ne Zeit, wo sie uns erzählt, was Dirk die Gedärme rausreißt, und das is' es, worauf ich scharf bin, nichts anderes.« Brock verachtete sich selber, weil er Tess zugehört und sie ohne ihr Wissen dazu benutzt hatte, Culum auszuhorchen. Aber er haßte jetzt Gorth mehr denn je und mißtraute ihm auch wie niemals zuvor. Denn er wußte, daß Gorth recht hatte. Und dieses Wissen machte ihn gefährlich. Jetzt würde sich die Frucht von Struans gottverdammten Lenden mit seiner geliebten Tess verbinden. »Ich schwöre bei Gott dem Allmächtigen, daß ich Culum umbringe, wenn er ihr nur 'n Haar auf dem Kopf krümmt«, stieß er mit fürchterlicher Stimme hervor.
»Warum läßt du dann Culum sie so schnell heiraten, bei allem, was heilig ist? Denn er wird sie kränken und gegen uns benutzen.«
»Und warum hast du's dir jetzt anders überlegt, he?« entgegnete Brock aufbrausend. »Bist doch dafür gewesen – warst sogar begeistert davon.«
»Bin ich noch immer, aber nich' in drei Monaten. Das verdirbt uns alles.«
»Wieso denn?«
»Weil es uns eben alles verdirbt«, erwiderte er. »Wie ich dafür gewesen bin, war Robb noch am Leben, oder nich'? Dann wäre der Tai-Pan nach diesem Sommer für immer verschwunden und hätte den Tai-Pan an Robb weitergegeben – und dann in einem Jahr an Culum. So is' es. Wenn sie dann im nächsten Jahr geheiratet hätten, hätte es nich' besser ausgehen können. Nu aber bleibt der Tai-Pan. Und wo du jetzt einverstanden bist, daß sie in drei Monaten heiraten, wird der Tai-Pan sie dir nehmen, Culum gegen uns aufhetzen, und jetzt glaub' ich sogar, daß er niemals abreist. Ganz bestimmt nich', solange du der Tai-Pan von Brock and Sons bist!«
»Wird Asien niemals verlassen, ganz gleich, was er zu Culum gesagt hat. Oder zu Robb. Den Dirk kenne ich doch!«
»Und ich kenne dich!«
»Wenn er weggeht – oder tot is' –, dann gehe ich auch.«
»Dann wär's besser, daß er recht schnell stirbt.«
»Is' besser, du faßt dich in Geduld.«
»Bin geduldig, Vater.« Es lag Gorth schon auf der Zunge, Brock von der Rache zu sprechen, die er Struan gegenüber plante – durch Culum, drüben in Macao. Aber er hielt sich zurück. Sein Vater war an Tess' Glück mehr interessiert als daran, Tai-Pan von Noble House zu werden. Seinem Vater fehlte heute diese alles beiseite schiebende Bedenkenlosigkeit, wie sie Struan in so hohem Maße besaß. Nur so hatte er *der* Tai-Pan werden können. »Vergiß nich', Vater, er hat dich mit dem Silber ausgeschmiert, mit ihrem Haus, mit der Ehe und sogar mit dem Ball. Tess is' deine große Schwäche«, tobte er. »Das weiß er, und du treibst mitten rein ins Unheil.«

»Is' nich' wahr! Is' nich' wahr. Weiß genau, was ich tue«, rief Brock und bemühte sich, leise zu reden. Die Adern an seinen Schläfen schwollen an und sahen aus wie die Knoten in den Schnüren einer neunschwänzigen Katze. »Ich hab' dich schon früher gewarnt. Laß dich nich' allein mit diesem Teufel ein. Wird dir noch die Eier abschneiden und sie dir zu fressen geben. Kenn doch den Teufel!«
»Ja, den kennst du wohl, Vater!« Gorth spürte geradezu körperlich, wie alt sein Vater geworden war, und zum erstenmal wurde ihm bewußt, daß er ihn zermalmen konnte, Mann gegen Mann. »Deswegen gib mir den Weg frei und laß einen Mann Mannesarbeit tun, verdammt!«
Brock sprang auf. Der Stuhl stürzte krachend um. Auch Gorth war auf den Beinen und wartete darauf, daß sein Vater heimlich zum Messer griff. Er wußte, daß er es sich jetzt und für alle Zeit erlauben konnte, zu warten, denn er hatte gesehen, wie es um seinen Vater wirklich stand.
Auch Brock erkannte, daß dies seine letzte Chance war, Gorth weiterhin zu beherrschen. Wenn er nicht nach dem Messer griff, war er verloren. Griff er jedoch nach dem Messer, dann mußte er Gorth umbringen. Er wußte, daß er es noch schaffen konnte – aber nur durch List und Verschlagenheit, nicht mehr durch Kraft allein. Gorth ist dein Sohn, dein ältester Sohn. Is' nich' dein Feind, sagte er zu sich. »Is' nich' recht«, murmelte er schließlich und unterdrückte die Lust zu töten. »Is' nich' recht von dir – von dir und mir – so zu sein. Nein, bei Gott. Ich sage dir ein letztes Mal, nimmst du's mit ihm auf, gehst du auf ihn los, dann wirst du deinem Schöpfer begegnen.«
Gorth fühlte sich vom Sieg wie berauscht. »Nur Joss wird uns aus dieser Klemme raushelfen!« Er versetzte seinem Stuhl, der ihm im Weg stand, einen Tritt. »Ich gehe jetzt an Land.«
Brock blieb allein. Er leerte seinen Krug, noch einen und noch einen. Liza öffnete die Tür, aber er bemerkte sie nicht, und sie ließ ihn weitertrinken. Sie ging zu Bett und betete um Glück für die junge Ehe. Und auch für ihren Mann betete sie.
Gorth fuhr an Land. Er ging zu Mrs. Fortheringills Haus.
»Ich will geschäftlich nichts mit Ihnen zu tun haben, Mr. Brock«, erklärte sie ihm. »Die letzte haben Sie brutal zugerichtet.«
»Was hat denn so 'ne Äffin für Sie zu bedeuten, Sie alte Hexe? Da nehmen Sie!« Gorth knallte zwanzig Goldstücke auf den Tisch. »Und hier noch mal dasselbe, damit Sie Ihre Klappe halten.«
Sie gab ihm ein junges Hakka-Mädchen und einen Kellerraum weit hinten im Haus.
Gorth mißhandelte das Mädchen, peitschte es brutal aus. Als er ging, lag es im Sterben.
Am nächsten Tag lief er mit der *White Witch* nach Macao aus, vierzig Meilen in südwestlicher Richtung. Alle Brocks befanden sich an Bord, mit Ausnahme von Brock selber. Auch Culum stand auf dem Achterdeck, Arm in Arm mit Tess.

32

Fünf Tage später war Renntag.
Und nun war man dabei, die Fundamente der neuen Stadt zu legen. Dem Beispiel von Noble House folgend, hatten die Kaufleute alle Arbeiter und Handwerker von Tai Ping Schan angeworben, die nun Erdreich aushoben, Lasten schleppten und Mauern hochzogen. Die Kaufleute pumpten das ganze Silber, das Longstaff ihnen gegeben hatte, wieder ins Land hinein. Die Ziegelhersteller in Macao und die Sägereien in Kuangtung und alle, die mit dem Bau von Häusern, von Faktoreien oder Landungsbrücken etwas zu tun hatten, mußten nun Tag und Nacht arbeiten, um den ungestümen Drang der Chinahändler zu befriedigen, die das ersetzen wollten, was sie hatten aufgeben müssen. Die Löhne stiegen. Es begann an Kulis zu fehlen – Noble House allein beschäftigte dreitausend Ziegelleger, Maurer und Handwerker aller Art. Dabei brachte jede Flut neue Arbeiter heran. Sie alle fanden im Handumdrehen gut bezahlte Arbeit. Tai Ping Schan wurde noch volkreicher. Der Küstensaum um Glessing's Point herum pulsierte von Leben.
Das Rennen fand am vierzehnten Tag statt, nachdem Struan und May-may ihr Haus im Happy Valley verlassen und sich an Bord der *Resting Cloud* begeben hatten.
»Du siehst nicht sehr wohl aus, meine Kleine«, sagte Struan. »Am besten, du bleibst heute im Bett.«
»Ich werde es wohl tun«, antwortete sie. Sie hatte eine unruhige Nacht verbracht, und nun schmerzten sie Kopf, Nacken und Rücken. »Es ist nichts weiter, keine Sorge. Du siehst erschrecklich gut aus.«
»Danke.« Struan trug neue Kleider, die er sich zu Ehren dieses Tages hatte machen lassen: eine dunkelgrüne Reitjacke aus feinstem, leichtestem Wollstoff, weiße Drellhosen, die mit einem Steg unter den Halbstiefeln festgehalten wurden, dazu eine Weste aus blaßgelbem Kaschmir und eine grüne Krawatte.
May-may versuchte sich anders hinzulegen, um den Schmerz in ihren Schultern zu lindern. Ah Sam rückte ihr das Kissen bequemer zurecht. »Ist nur so ein Sommerteufel. Ich lasse Arzt kommen. Gehst du jetzt an Land?«
»Ja. Das Rennen beginnt in einer Stunde. Aber ich glaube, Liebling, ich lasse dir unsern Arzt holen. Er wird …«
»*Ich* lasse den Arzt holen. Chinesischer Arzt. Und Schluß damit. Und jetzt nicht vergessen, zwanzig Taels auf Pferd Nummer vier im vierten Rennen. Der Astrologe hat gesagt, absolut guter Sieger.«
»Ich werde es nicht vergessen.« Struan streichelte ihre Wange. »Und du ruhst dich jetzt aus.«
»Wenn ich gewinne, fühle ich mich phantastisch besser, heja? Jetzt verschwinde!«
Er zog ihr die Kissen im Rücken erneut zurecht, sorgte dafür, daß sie noch einmal frischen Tee bekam und ihr eine irdene Flasche mit heißem Wasser in den Rücken geschoben wurde. Dann ging er an Land.

Die Rennbahn war westlich von Glessing's Point angelegt worden. Nun wimmelte es dort von Menschen. Ein Teil des Küstenstreifens in der Nähe des Pfostens, der Start- und Ziellinie markierte, war für die Europäer abgesperrt, damit sie nicht von den Haufen neugieriger Chinesen, die überall umherschwärmten, belästigt wurden.
Hier und dort hatte man Zelte errichtet. Außerdem gab es einen Sattelplatz und einen Totalisator. Die ovale Rennbahn war durch Fähnchen abgesteckt.
Es wurde eifrig gewettet. Die meisten Abschlüsse tätigte Henry Hardy Hibbs.
»Treffen Sie Ihre Wahl, meine Herren«, brüllte er mit seiner weithin tragenden Stimme und trommelte dabei auf seine Tafel, auf der er den Stand der Wetten mit Kreide aufgezeichnet hatte. »Major Trent auf Satan, dem schwarzen Hengst, ist Favorit im ersten Rennen. Wette mit gleichem Einsatz. Das Feld steht drei zu eins!«
»Hol Sie der Teufel, Hibbs!« rief Glessing gereizt. Die Hitze des Tages setzte ihm zu: »Drei zu eins, und Sie werden gewinnen. Geben Sie mir sechs zu eins auf die graue Stute. Eine Guinee!«
Hibbs streifte die Tafel mit einem Blick und flüsterte heiser: »Für Sie, Käpt'n, Sir, machen wir's fünf. Eine Guinee. Auf Mary Jane.«
Glessing wandte sich ab. Er war wütend, daß er nicht in Macao sein konnte. Außerdem war der versprochene Brief von Culum nicht eingetroffen. Allmächtiger Gott, dachte er und verzehrte sich vor Sorge, inzwischen hätte ich doch schon von ihm hören müssen. Wieso, zum Teufel, diese ganze Verzögerung? Was treibt denn Horatio, dieser elende Bursche? Setzt er ihr etwa wieder zu?
Verdrossen schlenderte er zum Sattelplatz und sah Struan und Sergejew beieinander stehen, aber da Longstaff zu ihnen trat, ging er weiter.
»Auf welches Pferd haben Sie gesetzt, Hoheit?« fragte Longstaff jovial.
»Auf den Wallach«, antwortete Sergejew, der sich auf einen Stock stützte. Die erregte Menge und der Geruch der Pferde munterten ihn auf und ließen ihn seine ständigen Schmerzen ein wenig vergessen. Er wünschte sich, wieder im Sattel sitzen zu dürfen, aber gleichzeitig segnete er sein Schicksal, das ihn davor bewahrt hatte, an dieser Wunde zu sterben. Und er segnete Struan, denn er wußte sehr wohl, daß er ohne Struans Hilfe diese Verwundung nicht überstanden hätte.
»Hallo, Hoheit!« rief Shevaun, die an Jeff Coopers Arm auf sie zukam. Sie trug ein grünschimmerndes Kleid und war von einem orangefarbenen Sonnenschirm beschattet. »Hätten Sie nicht einen Tip für mich?« Alle Anwesenden bedachte sie mit einem liebenswürdigen Lächeln. Vor allem Struan.
»Der Wallach ist das beste Pferd, aber wer der beste Reiter ist, ahne ich nicht, Shevaun«, antwortete Sergejew.
Shevaun betrachtete das kräftige braune Pferd mit dem glänzenden Fell und den klugen Augen. »Nein«, erklärte sie mit einem schelmischen Blinzeln, »armes Pferd! Wenn ich ein Pferd wäre, und man hätte mir das angetan, würde ich, das schwöre ich Ihnen, keinen Schritt mehr machen. Für niemanden! Das ist barbarisch!«
Alle lachten.
»Setzen Sie auf den Wallach, Tai-Pan?«

»Ich weiß nicht«, antwortete er, von der Sorge um May-may bedrückt. »Ich glaube, ich bin eher für die junge Stute. Aber ich entscheide mich erst, wenn die Pferde am Start sind.«

Sie musterte ihn einen Augenblick und fragte sich, ob er nicht vielleicht in Gleichnissen spreche.

»Sehen wir uns doch mal die Stute etwas genauer an«, sagte Jeff und zwang sich zu einem Lachen.

»Ja, gehen Sie doch, Jeff, mein Lieber! Ich bleibe inzwischen hier und warte auf Sie.«

»Ich komme mit«, sagte Longstaff, dem Coopers aufwallender Ärger entgangen war. Cooper zögerte einen Augenblick, aber dann entfernten sie sich miteinander.

Brock zog höflich den Hut, als er an Shevaun, Struan und Sergejew vorbeiging, aber er blieb nicht stehen. Er war froh, daß Struan nicht auch noch auf den Gedanken verfallen war, selbst ein Pferd zu besteigen, denn er persönlich hatte für Reiten nichts übrig, und seine herausfordernde Bemerkung Struan gegenüber war ihm eigentlich ganz gegen seinen Willen entfahren. Hol ihn der Teufel, dachte er.

»Wie geht es Ihrer Verletzung, Hoheit?« fragte Shevaun.

»Danke, gut. Ich bin fast wiederhergestellt, und das verdanke ich dem Tai-Pan.«

»Ich habe doch gar nichts Besonderes getan«, erwiderte Struan, den Sergejews Lob in Verlegenheit brachte. Er entdeckte Blore drüben am Sattelplatz im Zwiegespräch mit Skinner. Ich möchte wohl wissen, dachte er, ob ich bei ihm auf den richtigen Mann gesetzt habe.

»Bescheidenheit steht Ihnen gut, Sir«, sagte Shevaun zu Struan und machte vor ihm einen granziösen Knicks. »Sagt man nicht *noblesse oblige*?«

Struan bemerkte die unverhohlene Bewunderung, die Sergejew dem Mädchen entgegenbrachte. »Sie haben ein sehr schönes Schiff, Hoheit.« Das russische Schiff war ein Dreimaster von achthundert Tonnen, mit zahlreichen Geschützen bestückt.

»Es wäre mir eine Ehre, wenn der Kapitän es Ihnen zeigen dürfte«, antwortete Sergejew. »Vielleicht könnten wir dabei Erfahrungen austauschen. Wann immer es Ihnen recht ist.«

»Ich danke Ihnen, ich komme gern.« Struan hatte noch weitersprechen wollen, aber da kam Blore verstaubt und abgehetzt auf sie zugeeilt.

»Es wird gleich losgehen, Tai-Pan – Sie sehen bezaubernd aus, Miss Tillman – guten Tag, Hoheit!« Dies alles sprudelte er, sich fast überstürzend, hervor. »Alle haben ihr Geld auf Nummer vier im vierten Rennen gesetzt. Ich habe beschlossen, selber das Pferd zu reiten – ach ja, Tai-Pan, ich habe mir gestern abend noch den Hengst genauer angesehen. Er hat sich das Zaumzeug anlegen lassen. Wir können ihn also beim nächsten Rennen einsetzen. Darf ich Sie zu ihrem Platz geleiten, Hoheit, Sie starten das erste Rennen.«

»Ich?«

»Hat Seine Exzellenz es Ihnen nicht gesagt? Hol doch der ... ich wollte sagen, wären Sie dazu bereit?« Niemals zuvor hatte Blore so angespannt gearbeitet,

und noch niemals zuvor hatte ihn eine Aufgabe mit solcher Freude erfüllt. »Würden Sie mir dann bitte folgen?« Er geleitete Sergejew eilig durch die Menge.
»Blore ist ein netter junger Mann«, sagte Shevaun. Sie war froh, mit Struan endlich allein zu sein. »Wo haben Sie ihn denn aufgetan?«
»Er hat mich aufgetan«, antwortete Struan. »Und ich bin froh darüber.« Seine Aufmerksamkeit wurde von einem kleinen Tumult in der Nähe eines der Zelte abgelenkt. Eine Gruppe von Soldaten, die dort absperrten, zerrte einen Chinesen aus der Umzäunung heraus. Dem Kuli fiel der Hut herunter und mit ihm der lange Zopf. Es war kein anderer als Aristoteles Quance.
»Entschuldigen Sie mich einen Augenblick«, sagte Struan. Er eilte hin, trat vor den kleinen Mann und schützte ihn mit seiner mächtigen Gestalt. »Schon gut, Leute, das ist ein Freund von mir!« rief er.
Die Soldaten zuckten die Achseln und entfernten sich.
»Allmächtiger Himmel, Tai-Pan!« stieß Quance keuchend hervor, während er seine schmutzige Kleidung in Ordnung brachte. »Im letzten Augenblick gerettet. Gott segne Sie!«
Hastig setzte Struan Quance den Kulihut wieder auf den Kopf und zog ihn hinter die Eingangsklappe des Zeltes. »Was, zum Teufel, treiben Sie sich denn hier herum?« flüsterte er.
»Ich muß mir doch die Rennen ansehen«, antwortete Quance und rückte sich den Hut zurecht, so daß ihm der Zopf auf den Rücken fiel. »Außerdem wollte ich mit Ihnen reden.«
»Das ist doch nicht die richtige Zeit! Maureen befindet sich irgendwo unter den Zuschauern. Also ist auch der Ort denkbar schlecht gewählt.«
Quance erbleichte. »Gott steh mir bei!«
»Warum Er das tun sollte, weiß ich nicht. Machen Sie, daß Sie von hier verschwinden, solange Sie es noch können. Wie ich erfahren habe, hat sie für nächste Woche eine Passage nach Hause gebucht. Wenn sie erst einmal Verdacht schöpft, haben Sie die Sache allein auszubaden!«
»Ach bitte, nur das erste Rennen, ja, Tai-Pan?« flehte Quance. »Bitte. Ich habe auch eine Nachricht für Sie.«
»Was für eine?«
Quance berichtete ihm, was Gorth der Prostituierten angetan hatte, und Struan war entsetzt.
»Ganz furchtbar! Das arme Mädchen kämpft mit dem Tode. Gorth ist wahnsinnig, Tai-Pan. Wirklich wahnsinnig.«
»Lassen Sie es mich wissen, wenn das Mädchen stirbt. Dann werden wir … tja, ich werde es mir noch überlegen, was dann zu tun ist. Ich danke Ihnen, Aristoteles. Aber jetzt verschwinden Sie, solange es noch Zeit ist.«
»Nur das erste Rennen? Bitte, um der Liebe Christi willen! Sie wissen ja nicht, was das für einen armen, alten Mann bedeutet.«
Struan sah sich um. Shevaun tat so, als beachte sie sie nicht. Dann bemerkte er Glessing, der in ihrer Nähe vorbeiging. »Kapitän!«
Als Glessing Quance erkannte, blickte er entsetzt zum Himmel. »Mein Gott! Und ich habe geglaubt, Sie seien schon längst auf hoher See!«
»Würden Sie mir einen Gefallen tun?« fragte Struan rasch. »Mrs. Quance

steht drüben am Start. Sorgen Sie doch bitte dafür, daß Aristoteles keine Schwierigkeiten gemacht werden und er ihr nicht in die Arme läuft. Am besten, Sie bringen ihn dort hinüber.« Struan deutete auf eine Stelle, wo es von Chinesen wimmelte. »Lassen Sie ihn das erste Rennen mit ansehen, und dann bringen Sie ihn nach Hause.«

»Selbstverständlich. Mein Gott, Aristoteles, ich freue mich wirklich, Sie wiederzusehen«, sagte Glessing und fuhr dann zu Struan gewandt fort: »Haben Sie etwas von Culum gehört? Ich mache mir große Sorgen um Miss Sinclair.«

»Nein. Aber ich habe Culum aufgetragen, sie sofort nach seiner Ankunft zu besuchen. Wir müßten jetzt jeden Augenblick eine Nachricht erhalten. Es wird ihr bestimmt schon besser gehen.«

»Ich hoffe es. Ach ja, wohin soll ich Aristoteles nach dem Rennen bringen?«

»In Mrs. Fortheringills Haus.«

Glessing hätte es fast die Sprache verschlagen. »Wie geht es denn dort zu, Aristoteles?« konnte er sich jedoch nicht enthalten zu fragen.

»Entsetzlich, mein Junge, man steht eine Todesangst aus.« Quance ergriff seinen Arm und fuhr mit rauher Stimme fort: »Ich mache kein Auge mehr zu, und das Essen ist abscheulich. Nichts weiter als Grütze zum Frühstück, mittags, zum Tee und abends. Können Sie mir nicht ein paar Guineen leihen, Tai-Pan?« fragte er.

Struan brummte nur abweisend und kehrte zu Shevaun zurück.

»Ist das einer Ihrer Freunde, Tai-Pan?«

»Es ist besser, manche Freunde nicht zu bemerken, Shevaun. Es ist politisch unklug.«

Sie schlug ihn mit dem Fächer leicht auf den Arm. »Mich brauchen Sie niemals an politische Rücksichten zu erinnern, Dirk. Übrigens haben Sie mir sehr gefehlt«, fügte sie liebenswürdig hinzu.

»Nett von Ihnen, das zu sagen«, antwortete er. Dabei wurde ihm bewußt, wie einfach und klug es wäre, Shevaun zu heiraten. Aber nicht möglich. Wegen May-may. »Warum wollen Sie sich eigentlich nackt malen lassen?« fragte er plötzlich, und das Aufblitzen in ihren Augen verriet ihm, daß er richtig getippt hatte.

»Hat Aristoteles das gesagt?« Ihre Stimme klang völlig gelassen.

»Großer Gott, nein. So etwas würde er niemals tun. Aber vor einigen Monaten hat er uns mit geheimnisvollen Andeutungen wegen eines Aktbilds, das bei ihm in Auftrag gegeben worden sei, auf die Folter gespannt. Warum also?«

Sie errötete, fächelte sich und lachte. »Goya hat die Herzogin von Alba gemalt. Zweimal sogar, glaube ich. Und alle Welt hat ihrer Schönheit gehuldigt.«

Er kniff belustigt die Augen zusammen. »Sie sind schon ein Teufelsmädchen, Shevaun. Haben Sie ihn wirklich ... nun ja, das Modell sehen lassen?«

»Das war eine dichterische Übertreibung, die er sich da erlaubt hat. Wir haben über die Möglichkeit von zwei Porträts gesprochen. Sie mißbilligen es?«

»Ich möchte höchstens sagen, daß Ihr Onkel – und Ihr Vater – die Wände

hinaufklettern würden, wenn sie jemals davon erführen oder wenn die Porträts in falsche Hände gerieten.«
»Würden Sie sie kaufen, Tai-Pan?«
»Um sie zu verstecken?«
»Um sie zu genießen.«
»Sie sind schon ein seltsames Mädchen, Shevaun.«
»Vielleicht verachte ich nur jede Heuchelei.« Sie sah ihn forschend an. »Ebenso wie Sie.«
»Na gut. Aber Sie sind ein Mädchen in einer Welt von Männern, und es gibt gewisse Dinge, die Sie sich nicht leisten können.«
»Und es gibt eine Menge ›gewisser Dinge‹, die ich gern tun würde.« Beifallsrufe stiegen auf; die Pferde wurden vorgeführt. Shevaun traf in diesem Augenblick eine endgültige Entscheidung. »Ich glaube, ich werde aus Asien abreisen. In zwei Monaten.«
»Das klingt wie eine Drohung.«
»Nein, Tai-Pan. Ich habe mich nur verliebt – und außerdem bin ich in das Leben selbst verliebt. Übrigens gebe ich Ihnen recht: den Sieger muß man sich aussuchen, wenn die Pferde zum Start geführt werden.« Sie fächelte sich und hoffte zutiefst, daß der Ausgang dieses Glücksspiels das Risiko rechtfertigen würde. »Auf wen setzen Sie?«
Er sah die Pferde nicht einmal an. »Auf die Stute, Shevaun«, antwortete er.
»Wie heißt sie?« fragte sie.
»May-may«, erwiderte er, und in seinen Augen lag ein sanfter Schimmer.
Ihr Fächer hielt für einen Augenblick in der Bewegung inne. »Ein Rennen ist niemals verloren, bevor nicht der Sieger feststeht und den Siegerkranz erhalten hat.« Sie lächelte, ging mit hocherhobenem Kopf weiter und war schöner als jemals zuvor.
Die Stute verlor das Rennen. Nur um Nasenlänge. Aber sie hatte verloren.

»Schon so bald zurück, Tai-Pan?« sagte May-may mit schwacher Stimme.
»Ja. Das Rennen hat mich gelangweilt, außerdem machte ich mir Sorgen um dich.«
»Habe ich gewonnen?«
Er schüttelte den Kopf.
Sie lächelte und seufzte auf. »Schon gut, es macht nichts.« Das Weiß ihrer Augen war gerötet, und unter dem matten Gold war ihre Haut grau.
»Ist der Arzt schon hier gewesen?« fragte Struan.
»Noch nicht.« May-may legte sich auf die Seite und rollte sich zusammen, aber die Schmerzen blieben. Sie schob das Kissen weg, aber als auch das nichts half, legte sie es wieder zurück. »Deine arme, alte Mutter ist ganz einfach alt«, erklärte sie mit einem unglücklichen Lächeln.
»Wo tut es dir weh?«
»Nirgends, überall. Ein guter Schlaf wird alles heilen, schon gut.«
Er massierte ihr den Nacken und den Rücken und versuchte, sich dazu zu zwingen, das Unvorstellbare nicht zu denken. Wieder bestellte er Tee und eine leichte Mahlzeit, wieder versuchte er, sie zum Essen zu bewegen, aber sie hatte keinen Appetit.

Bei Sonnenuntergang trat Ah Sam ein und wechselte ein paar Worte mit May-may.
»Der Doktor ist da. Und Gordon Tschen«, sagte May-may zu Struan.
»Um so besser!« Struan erhob sich und streckte sich.
Ah Sam ging zu einem Juwelenschrein und nahm die kleine Elfenbeinstatue einer nackten Frau heraus, die auf der Seite lag. Zu Struans Verwunderung deutete May-may auf bestimmte Körperstellen der kleinen Statue und sprach lang auf Ah Sam ein. Ah Sam nickte und eilte hinaus. Struan folgte ihr verwundert.
Der Arzt war ein älterer Mann in zerschlissenen schwarzen Gewändern mit langem, sorgfältig geöltem Zopf und klarblickenden Augen. Seine Finger waren lang und dünn, an den schmalen Handrücken traten die blauen Adern hervor. Aus einer Warze auf der einen Wange wuchsen ein paar lange Haare.
»Es tut mir so leid, Tai-Pan«, sagte Gordon und verneigte sich zusammen mit dem Arzt. »Dies ist Ki Fa Tan, der beste Arzt in Tai Ping Schan. Wir sind so schnell wie möglich gekommen.«
»Danke. Am besten, Sie kommen jetzt...« Struan hielt inne. Ah Sam war auf den Arzt zugetreten, hatte sich tief vor ihm verbeugt und zeigte ihm nun die Statue, wobei sie auf die Stellen wies, die May-may ihr gezeigt hatte. Dann beantwortete sie ausführlich seine Fragen.
»Was, zum Teufel, tut er denn?«
»Er stellt eine Diagnose«, erklärte Gordon Tschen und lauschte aufmerksam auf das, was Ki Fa Tan und Ah Sam einander zu sagen hatten.
»An der Statue?«
»Ja. Es wäre unschicklich für ihn, Tai-Pan, die Dame aufzusuchen, falls es nicht absolut notwendig ist. Ah Sam erklärt ihm, wo die Schmerzen sitzen. Haben Sie Geduld, bestimmt ist es nichts Ernsthaftes.«
Schweigend betrachtete der Arzt die Statue. Schließlich blickte er Gordon an und sagte leise ein paar Worte.
»Er meint, es sei keine leichte Diagnose. Mit Ihrer Erlaubnis würde er gern die Dame untersuchen.«
Struan, der seine Ungeduld kaum zu beherrschen vermochte, ging den anderen voraus zum Schlafzimmer. May-may hatte die das Bett umgebenden Vorhänge herabgelassen. So zeichnete sich ihre Gestalt nur schattenhaft hinter ihnen ab.
Der Arzt trat an May-mays Bett und verfiel wieder in Schweigen. Nach ein paar Minuten begann er leise mit May-may zu reden. Gehorsam kam May-mays linke Hand unter den Vorhängen hervor. Der Arzt ergriff ihre Hand und betrachtete sie prüfend. Dann drückte er seine Finger auf ihren Puls und schloß die Augen. Mit seinen Fingerspitzen begann er leicht auf ihrer Haut herumzuklopfen.
Die Minuten verstrichen. Noch immer klopften die Finger langsam umher, als suchten sie etwas, das unmöglich zu finden war.
»Was tut er jetzt?« fragte Struan.
»Er lauscht ihrem Puls, Sir«, flüsterte Gordon. »Wir müssen uns ganz still verhalten. In jedem Handgelenk gibt es neun Pulse. Drei an der Oberfläche,

drei ein wenig tiefer und drei ganz in der Tiefe. Aus ihnen schließt er auf die Ursache der Krankheit. Bitte, Tai-Pan, haben Sie Geduld. Mit den Fingern zu lauschen ist eine äußerst schwierige Sache.«
Das Geklopfe mit den Fingern nahm noch immer kein Ende. Es war der einzige Laut in der Kammer. Ah Sam und Gordon Tschen horchten wie gebannt. Struan bewegte sich hin und wieder voller Unruhe, verhielt sich aber völlig still. Der Arzt schien in mystische Träumerei versunken. Dann hörte ganz plötzlich – als habe er eine flüchtige Beute zu fassen bekommen – das Klopfen auf, und der Arzt drückte fest zu. Eine Weile war er wie zu einer Statue erstarrt. Dann ließ er das linke Handgelenk auf der Decke liegen, während May-may schweigend das rechte Handgelenk herausstreckte, wonach sich der Vorgang wiederholte.
Auch da hörte das Klopfen nach einigen Minuten jäh auf.
Der Arzt öffnete die Augen, seufzte auf und legte May-mays Hand auf die Decke zurück. Er machte Gordon Tschen und Struan ein Zeichen, ihm zu folgen.
Gordon Tschen schloß hinter ihnen die Tür. Der Arzt lachte leise und nervös auf, bevor er schnell, wenn auch noch immer leise, zu reden begann.
Gordon riß die Augen auf.
»Was ist denn los?« rief Struan scharf.
»Ich habe nicht gewußt, daß Mutter ein Kind erwartet, Tai-Pan.« Gordon wandte sich wieder dem Arzt zu und stellte ihm eine Frage, die dieser ausführlich beantwortete. Dann folgte eine Stille.
»Was, zum Teufel, hat er denn gesagt?«
Gordon sah ihn an und versuchte, ruhig zu erscheinen, aber es gelang ihm nicht. »Er sagt, Mutter sei sehr krank, Tai-Pan. Ein Gift ist durch ihre unteren Gliedmaßen in ihren Blutstrom eingedrungen. Dieses Gift hat sich in ihrer Leber konzentriert, und die Leber ist jetzt ...«, er suchte nach dem richtigen Wort, »... gestört. Bald wird Fieber eintreten, schlimmes Fieber. Sehr schlimmes Fieber. Dann drei oder vier Tage Pause und wieder Fieber. Und wieder so.«
»Malaria? Das Happy-Valley-Fieber?«
Gordon wandte sich um und stellte dem Arzt die Frage.
»Er sagt ja.«
»Jeder weiß doch, daß es die nächtlichen Dünste sind – doch kein Eindringen von Gift durch die Haut, bei Gott nicht«, fuhr er Gordon an. »Seit Wochen ist sie doch nicht mehr dort gewesen!«
Gordon zuckte die Achseln. »Ich kann Ihnen nur wiederholen, was er sagt, Tai-Pan. Ich bin kein Arzt. Aber zu diesem Arzt würde ich Vertrauen haben – ich glaube, Sie sollten es auch.«
»Worin besteht seine Behandlung?«
Gordon fragte den Arzt.
»Er sagt folgendes, Tai-Pan: ›Ich habe einige von denen behandelt, die an dem Happy-Valley-Gift litten. Diejenigen, die mit Erfolg behandelt wurden, waren alle miteinander kräftige Männer, die vor dem dritten Fieberanfall eine bestimmte Arznei einnahmen. Aber bei diesem Patienten handelt es sich um eine Frau, und obwohl sie erst in ihrem einundzwanzigsten

Jahre steht und von einem starken Feuergeist beseelt ist, ist doch ihre ganze Kraft auf dieses Kind übergegangen, das sie nun seit vier Monaten in ihrem Schoß trägt.‹« Gordon hielt bekümmert inne. »Er fürchtet um die Dame und das Kind.«
»Sag ihm, er soll die Arznei holen und sie jetzt behandeln. Nicht erst nach irgendeinem Anfall.«
»Darin liegt die Schwierigkeit. Das kann er nicht, Sir. Er hat nichts mehr von der Arznei übrig.«
»Dann sag ihm, er soll sich um Himmels willen welche besorgen!«
»Auf ganz Hongkong gibt es keine, Tai-Pan. Er ist dessen ganz sicher.«
Struans Gesicht verdüsterte sich. »Aber es muß doch welche geben. Sag ihm, er soll sie besorgen – was immer es kostet.«
»Aber, Tai-Pan, er ...«
»Zum Teufel noch mal, sag es ihm!«
Wieder wurde hin und her geredet.
»Er sagt, in Hongkong gebe es keine. Auch in Macao oder in Kanton nicht. Er hat mir erklärt, daß die Arznei aus der Rinde eines sehr seltenen Baumes gewonnen wird, der irgendwo in der Südsee oder in Ländern jenseits des Meeres wächst. Die kleine Menge, die er besaß, hatte er noch von seinem Vater, der ebenfalls Arzt war und sie wiederum von seinem Vater hatte.« Hilflos fügte Gordon hinzu: »Er sagt, er sei sicher, daß es keine mehr gibt.«
»Zwanzigtausend Silbertaels für ihre Heilung!«
Gordons Augen weiteten sich. Er dachte einen Augenblick nach und sprach dann hastig auf den Arzt ein. Beide verneigten sich und eilten davon.
Struan zog sein Taschentuch hervor, wischte sich den Schweiß vom Gesicht und kehrte ins Schlafzimmer zurück.
»Heja, Tai-Pan«, sagte May-may, und ihre Stimme klang nun noch schwächer. »Für was mein ganzer Joss?«
»Sie sind weggegangen, um eine besondere Medizin zu holen, die dich heilen soll. Du brauchst dir keine Sorgen zu machen.«
Er legte sie, so gut es ging, im Bett wieder zurecht und zermarterte dabei sein Gehirn. Dann eilte er zum Flaggschiff hinüber und erkundigte sich beim Geschwaderarzt nach der Rinde.
»Es tut mir leid, mein lieber Mr. Struan, aber dabei handelt es sich um ein Ammenmärchen. Es gibt da eine Geschichte von einer Gräfin Cinchón, der Frau des spanischen Vizekönigs von Peru, die im 17. Jahrhundert aus Südamerika eine Rinde in Europa eingeführt hat, die man auch als ›Jesuitenrinde‹ bezeichnet, manchmal auch als ›Cinchonarinde‹. Zu Pulver zerrieben und mit Wasser eingenommen, sollte sie das Fieber heilen. Aber als man in Indien Versuche damit angestellt hat, war es ein völliger Mißerfolg. Vollkommen wertlos! Diese verdammten Papisten reden ja das Blaue vom Himmel herunter, nur um Menschen zu bekehren.«
»Wo, zum Teufel, kann ich mir das Zeug besorgen?«
»Das weiß ich wirklich nicht, mein Verehrter. Wahrscheinlich in Peru. Aber warum die Sorge? Queen's Town ist ja jetzt aufgegeben. Es liegt gar keine Notwendigkeit vor, sich Sorgen zu machen, wenn man die nächtlichen Dünste nicht einatmet.«

»Ein Freund von mir hat sich gerade mit Malaria hingelegt.«
»Ach! Dann gibt es nichts weiter, als tapfer Einläufe mit Kalomel zu machen. Und zwar sobald wie möglich. Selbstverständlich läßt sich damit noch immer nichts versprechen. Sie sollten ihm sofort Blutegel ansetzen.«
Dann versuchte es Struan bei den Ärzten der Armee und den Zivilärzten, aber alle hatten ihm nur das gleiche zu sagen.
Plötzlich fiel Struan Wilf Tillman ein, der noch am Leben war. Er eilte zum Opium-Depotschiff von Cooper-Tillman.
Während Struan die Ärzte ausfragte, war Gordon Tschen nach Tai Ping Schan zurückgekehrt und hatte die zehn Tong-Führer, die unter ihm arbeiteten, zusammengerufen. Diese waren in ihre eigenen Hauptquartiere zurückgekehrt und hatten dann ihrerseits die jeweils ihnen unterstellten zehn Führer zu sich kommen lassen. Mit unglaublicher Geschwindigkeit verbreitete sich die Nachricht, daß eine bestimmte Rinde von einem bestimmten Baum umgehend aufgetrieben werden müsse. Durch Sampans und Dschunken sickerte die Nachricht über den Hafen hinaus bis nach Kaulun und drang schon bald küstenauf und -ab und tief ins Hinterland hinein, bis in alle Weiler und Dörfer, bis in alle kleineren und größeren Städte vor. Es dauerte nicht lange, und alle Chinesen von Hongkong – Tongs und Nicht-Tongs – wußten, daß eine seltene Rinde gesucht wurde. Sie wußten nicht, von wem oder aus welchem Grund: sie wußten nur, daß eine hohe Belohnung ausgesetzt war. Und diese Nachricht gelangte auch zu den Ohren der gegen die Tongs eingesetzten Agenten der Mandarine. Auch sie begannen nach der Rinde zu suchen, und nicht nur wegen der Belohnung; sie wußten, daß man einen Teil dieser Rinde vielleicht als Köder benutzen konnte, um den Führern der Tongs auf die Spur zu kommen.
»Entschuldigen Sie, Wilf, daß ich uneingeladen hier erscheine. Aber ich ...«
Struan hielt jäh inne, so entsetzt war er von Tillmans Aussehen.
Tillman saß an ein von Schweiß verfärbtes Kissen gelehnt. Sein Gesicht, abgezehrt wie ein Totenschädel, hatte die Farbe ungewaschenen, vergilbten Leinens, und auch das Weiß seiner Augen war von schmutzigem Gelb.
»Kommen Sie nur herein«, antwortete Tillman mit kaum vernehmbarer Stimme. Und dann bemerkte Struan, daß Tillman, der schöne, starke weiße Zähne gehabt hatte, nun zahnlos war.
»Was ist denn mit Ihren Zähnen geschehen?«
»Das Kalomel. Manche Menschen vertragen es schlecht ...« Tillmans Stimme verlor sich in einem dumpfen Gemurmel, und seine Augen bekamen einen seltsamen Glanz. »Ich habe Sie schon erwartet. Die Antwort lautet: nein!«
»Bitte?«
»Nein. Ein einfaches Nein.« Tillmans Stimme wurde stärker. »Ich bin ihr Vormund, und sie wird Sie niemals heiraten.«
»Ich bin nicht hier, um Sie um Shevauns Hand zu bitten. Ich bin nur herübergekommen, um zu sehen, wie es Ihnen geht und wie die Malaria ...«
»Das glaube ich Ihnen nicht.« Tillmans Stimme stieg zu einem hysterischen Kreischen an. »Sie hoffen nur, daß ich sterben werde!«
»Das ist doch lächerlich! Warum sollte ich Ihren Tod wünschen?«
Mit Mühe hob Tillman die Glocke, die auf dem ebenfalls schmutzig ver-

färbten Laken lag, und klingelte. Die Tür öffnete sich, und ein großer Neger, Tillmans Sklave, trat barfuß ein.

»Jebidiah, bitte Master Cooper und Missie, sofort herüberzukommen.«

Jebidiah nickte und schloß die Tür.

»Noch immer mit Menschenhandel beschäftigt, Wilf?«

»Jebidiah ist mit seinem Los zufrieden, hol' Sie der Teufel! Ihr habt eure Art zu leben, und wir haben die unsere, Sie elender Schweinehund!«

»Den Schweinehund können Sie sich sparen, Sie verdammter Sklavenhändler!« Das zweite Schiff, auf dem Struan gedient hatte, ließ sich nicht mehr aus seiner Erinnerung löschen. Hin und wieder befand er sich in einem Alptraum an Bord dieses Schiffes. Mit seinem Anteil an dem Prisengeld von Trafalgar hatte er sich von der Marine freigekauft und auf einem englischen Kauffahrer, der den Atlantik befuhr, als Kajütenjunge angeheuert. Erst auf hoher See entdeckte er, daß er sich auf einem Schiff befand, das gesetzwidrig schwarze Fracht beförderte. Der Kapitän segelte nach Dakar hinunter, um dort Sklaven an Bord zu nehmen. Dann ging es über den südlichen Atlantik und durch die windstille Zone nach Savannah hinüber – die Männer, Frauen und Kinder unter Deck waren wie Heringe zusammengepreßt. Woche um Woche drangen die Schreie und das Wimmern der Sterbenden in seine Ohren, und der Gestank erstickte ihn fast. Er war ein Junge von acht Jahren und hilflos. In Savannah war er davongelaufen. Es war das einzige Mal in seinem ganzen Leben, daß er von einem Schiff desertiert war.

»Sie sind ja noch schlimmer als die Kapitäne der Sklavenschiffe«, rief Struan mit rauher Stimme. »Sie kaufen nur einfach das Fleisch auf, legen es auf den Hackklotz und streichen den Gewinn ein. Ich weiß Bescheid, ich habe einen Sklavenmarkt gesehen.«

»Wir behandeln sie gut!« kreischte Tillman. »Sie sind nichts weiter als Wilde, und wir bieten ihnen ein angenehmes Leben. Jawohl, das tun wir!« In seinem Gesicht zuckte es. Er lehnte sich zurück und rang mit seiner Schwäche. Der Neid auf Struans Vitalität und Gesundheit verzehrte ihn fast; er fühlte sich dem Tode nahe. »Sie werden von meinem Tod nicht profitieren! Möge Gott Sie zur ewigen Verdammnis verurteilen!«

Struan wandte sich zur Tür.

»Sie sollten lieber warten. Was ich zu sagen habe, geht Sie an.«

»Nichts, was Sie zu sagen haben könnten, geht mich etwas an!«

»Sie nennen mich einen Sklavenhändler? Wie haben Sie sich denn Ihre Geliebte besorgt, Sie gottverdammter Heuchler?«

Die Tür wurde aufgerissen und Cooper kam hereingestürzt. »Ach, guten Tag, Tai-Pan! Ich wußte nicht, daß Sie an Bord sind.«

»Hallo, Jeff«, antwortete Struan, kaum fähig, seinen Zorn zu beherrschen.

Cooper streifte Tillman mit einem Blick. »Was ist los, Wilf?«

»Nichts Besonderes. Ich wollte nur dich und meine Nichte sehen.«

Shevaun trat ein und blieb vor Überraschung stehen. »Hallo, Tai-Pan. Fühlst du dich auch wohl, Onkel?«

»Nein, mein Kind. Ich fühle mich sehr schlecht.«

»Was ist denn los, Wilf?« fragte Cooper.

Tillman hüstelte schwach. »Der Tai-Pan ist ›zu Besuch‹ gekommen. Ich habe

es für eine ausgezeichnete Gelegenheit gehalten, eine wichtige Sache zu regeln. Morgen ist ein neuer Fieberanfall bei mir fällig, und ich glaube ... nun ja« – seine trüben Augen wandten sich Shevaun zu –, »ich bin stolz, dir sagen zu können, daß Jeff in aller Form um deine Hand angehalten hat und ich sie ihm von ganzem Herzen versprochen habe.«
Shevaun erbleichte. »Ich will aber noch gar nicht heiraten.«
»Ich habe mir alles sehr genau überlegt.«
»Ich *will* aber nicht!«
Tillman stützte sich unter großer Anstrengung auf einem Ellbogen auf. »Du wirst mir jetzt zuhören!« kreischte er. In seinem Zorn schien er etwas von seiner alten Kraft wiedergewonnen zu haben. »Ich bin hier dein gesetzlicher Vormund. Seit Monaten habe ich mit deinem Vater korrespondiert. Mein Bruder hat diese Heirat gebilligt, unter der Voraussetzung, ich gelange nach ernsthafter Überlegung zu dem Schluß, daß sie in deinem Interesse liegt. Und zu diesem Schluß bin ich gelangt. Also ...«
»Ich aber nicht, Onkel. Wir leben im 19. Jahrhundert und nicht im Mittelalter. Ich will noch gar nicht heiraten.«
»Was du willst oder nicht willst, interessiert mich nicht, und du hast völlig recht, wir leben im 19. Jahrhundert. Hiermit bist du einem Mann zur Ehe versprochen. Du *wirst* verheiratet werden. Es war die Hoffnung deines Vaters und die meine, daß sich Jeff während deines Besuches hier für dich erklären würde. Das hat er getan.« Tillman lehnte sich erschöpft zurück. »Es ist eine höchst erfreuliche Verbindung. Und damit ist die Sache erledigt.«
Cooper trat zu Shevaun. »Meine liebe Shevaun, Sie wissen, was ich empfinde. Ich hatte keine Ahnung, daß Wilf ... ich hatte gehofft, nun ja ...«
Sie wich vor ihm zurück, und ihre Blicke suchten Struans Augen. »Tai-Pan! Sagen Sie es meinem Onkel, sagen Sie ihm, daß er das nicht tun kann, nicht tun darf – er kann mich nicht einem Mann zur Ehe versprechen – sagen Sie ihm, daß er das nicht kann!«
»Wie alt sind Sie, Shevaun?« fragte Struan. – »Neunzehn.«
»Wenn Ihr Vater und Ihr Onkel einverstanden sind, bleibt Ihnen keine Wahl.« Er sah Tillman an. »Ich nehme an, daß Sie es schriftlich haben?«
Tillman machte eine Handbewegung auf den Schreibtisch zu. »Dort liegt der Brief. Aber es geht Sie verdammt noch mal nichts an.«
»So lautet das Gesetz, Shevaun. Sie sind minderjährig und verpflichtet, das zu tun, was Ihr Vater von Ihnen verlangt.« Niedergeschlagen wandte sich Struan der Tür zu, aber Shevaun hielt ihn zurück.
»Wissen Sie, warum ich verkauft werde?« stieß sie hervor.
»Hüte deine Zunge, Mädchen!« schrie Tillman. »Seitdem du hier herausgekommen bist, hat es mit dir nichts als Scherereien gegeben. Es ist höchste Zeit, daß du lernst, dich anständig zu benehmen und den älteren Angehörigen deiner Familie mit Respekt zu begegnen.«
»Ich bin für Geschäftsanteile verkauft worden!« rief sie erbittert. »Für Geschäftsanteile in der Firma Cooper-Tillman.«
»Das stimmt nicht!« entgegnete Tillman mit verzerrtem Gesicht.
»Shevaun, Sie sind überreizt«, begann Cooper betreten. »Es ist alles nur so plötzlich gekommen und ...«

Struan wollte an ihr vorbeigehen, aber sie hielt ihn fest. »Warten Sie, Tai-Pan. Hier geht es um ein Geschäft. Ich weiß, wie es in dem Kopf eines Politikers aussieht. Die Politik ist ein teures Vergnügen.«
»Halt deinen Mund!« brüllte Tillman. Dann ächzte er vor Schmerzen auf und sank in seinem Bett in sich zusammen.
»Ohne Einkünfte von hier«, fuhr sie erregt fort, »kann sich mein Vater die Stellung eines Senators nicht leisten. Mein Onkel ist der älteste Bruder, und wenn mein Onkel stirbt, kann Jeff die Beteiligung der Tillmans zum Nennwert erwerben, und dann ...«
»Ich bitte Sie, Shevaun!« unterbrach Cooper sie schroff. »Das hat mit meiner Liebe zu Ihnen nichts zu tun. Für wen halten Sie mich?«
»Seien Sie doch ehrlich, Jeff. Stimmt es etwa nicht? Stimmt die Sache mit dem Nennwert etwa nicht?«
»Gewiß«, erwiderte Cooper nach einer Weile finster. »Ich kann unter solchen Umständen die Tillman-Anteile erwerben. Aber ich habe ein solches Geschäft nicht im Sinn. Ich kaufe keine Sklavin. Ich liebe Sie, und ich möchte, daß Sie meine Frau werden.«
»Und wenn ich es nicht werde, erwerben Sie dann die Anteile meines Onkels nicht?«
»Das weiß ich jetzt noch nicht. Ich werde es im gegebenen Augenblick entscheiden. Sollte ich vor Ihrem Onkel sterben, könnte er meine Anteile erwerben.«
Shevaun wandte sich wieder Struan zu. »Bitte, kaufen Sie mich doch, Tai-Pan.«
»Das kann ich nicht, mein Kind. Aber ich glaube auch nicht, daß Jeff Sie kaufen will. Ich weiß, daß er Sie liebt.«
»Bitte, kaufen Sie mich«, flehte sie mit gebrochener Stimme.
»Das kann ich doch nicht, mein Kind. Es wäre gesetzwidrig.«
»Das ist es nicht. Das ist es nicht!« Sie weinte hemmungslos.
Gequält legte Cooper den Arm um sie.

Als Struan auf die *Resting Cloud* zurückkehrte, lag May-may noch immer in unruhigem Schlaf.
Während er sie betrachtete, fragte er sich dumpf, was er wegen Gorth und Culum unternehmen sollte. Er wußte, daß er mit dem Schiff sogleich nach Macao auslaufen sollte. Aber erst wenn May-may gesund ist – ach, mein Gott, laß sie doch gesund werden. Soll ich vielleicht die *China Cloud* mit Orlow hinschicken – vielleicht mit Mauss zusammen? Oder soll ich warten? Ich habe Culum eingeschärft, vorsichtig zu sein – aber wird er es tun? Ach, mein Gott, hilf May-may.
Um Mitternacht klopfte es an der Tür.
»Bitte?«
Lim Din trat leise ein. Er blickte zu May-may hinüber und seufzte auf. »Fetter, dicker Maste' kommen Tai-Pan sehen, können? Heja?«
Struans Rücken und Schultern schmerzten, und sein Kopf war schwer, als er den Niedergang zu seinen Räumen auf dem nächsten Deck hinaufging.
»Entschuldigen Sie, daß ich unaufgefordert und so spät komme, Tai-Pan«,

sagte Morley Skinner, während er sich schwerfällig und schwitzend aus einem Sessel erhob. »Die Sache hat eine gewisse Bedeutung.«
»Ich freue mich immer, die Leute von der Zeitung zu sehen, Mr. Skinner. Nehmen Sie doch Platz. Etwas zu trinken?« Er bemühte sich, seine Gedanken von May-may abzuwenden, und zwang sich zur Konzentration, denn er wußte, daß es sich hier nicht um einen belanglosen Besuch handelte.
»Danke. Whisky.« Skinner betrachtete die luxuriöse Einrichtung der großen Kajüte: grüne chinesische Teppiche auf sauber geschrubbten Böden; Sessel und Sofas und der Duft von gepflegtem Leder, von Salz und Hanf; und dazu der schwache, süßlich-ölige Geruch des Opiums aus den Laderäumen unten. Sauber geputzte Öllampen verbreiteten ein warmes, klares Licht, aber die großen Deckenbalken lagen fast ganz im Schatten. Er verglich diesen Raum mit dem Loch, das er in Hongkong bewohnte – ein kahles, schmutziges, von Gestank erfülltes Zimmer über dem großen Raum, in dem die Druckerpresse stand. »Nett von Ihnen, mich noch so spät zu empfangen«, sagte er.
Struan hob sein Glas. »Auf Ihre Gesundheit!«
»Danke, auch auf die Ihre. In dieser bösen Zeit ist es ein guter Trinkspruch. Man braucht nur an die Malaria und an all das Zeug zu denken.« Die kleinen Schweinsaugen wurden stechender. »Wie ich hörte, haben Sie einen Freund, der Malaria hat.«
»Wissen Sie, wo ich Cinchona finden könnte?«
Skinner schüttelte den Kopf. »Nein, Tai-Pan. Nach allem, was ich darüber gelesen habe, ist es nichts weiter als ein irreführendes Gerücht. Ein Märchen.«
Er zog einen Probeabzug der Wochenzeitung *Oriental Times* aus der Tasche und reichte ihn Struan. »Ich dachte, es würde Sie interessieren, den Artikel über das heutige Rennen zu lesen. Morgen erscheint eine Sonderausgabe.«
»Danke. Haben Sie mich darum sprechen wollen?«
»Nein, Sir.« Skinner stürzte den Whisky durstig hinunter und betrachtete das leere Glas.
»Wenn Sie noch einen mögen, bedienen Sie sich.«
»Danke.« Skinner ging mit schweren Schritten zur Karaffe hinüber; sein elefantenhaftes Gesäß wackelte. »Ich wäre froh, wenn ich Ihre Figur hätte, Mr. Struan.« – »Dann essen Sie nicht so viel.«
Skinner lachte. »Das Essen hat mit dem Dicksein nichts zu tun. Man ist dick oder man ist es nicht. Das gehört mit zu den Dingen, die der Herrgott einem schon bei der Geburt mitgibt. Ich bin schon immer schwer gewesen.« Er schenkte sich sein Glas voll und kehrte zurück. »Gestern abend ist mir eine Information in die Hände gefallen. Die Quelle kann ich nicht nennen, aber ich wollte die Sache, bevor ich sie veröffentliche, mit Ihnen besprechen.«
Was für ein Aas hast du da aufgespürt, mein feiner Freund? dachte Struan. Die Auswahl ist hier so groß. Ich hoffe nur, daß du diesmal den richtigen Riecher hattest. »Die *Oriental Times* gehört mir, das stimmt. Soweit mir bekannt ist, wissen nur Sie und ich davon. Aber trotzdem habe ich Ihnen noch niemals gesagt, was Sie veröffentlichen sollen und was nicht. Sie sind

der Herausgeber und der Verleger. So tragen auch Sie die ganze Verantwortung, und wenn das, was Sie abdrucken, eine Verleumdung ist, dann wird der Verleumdete gegen Sie Klage erheben.«

»Richtig, Mr. Struan. Und ich bin Ihnen auch für die Freiheit, die Sie mir geben, sehr dankbar.« Die Augen schienen tiefer zwischen den Fettwülsten zu versinken. »Freiheit setzt immer Verantwortungsbewußtsein voraus – sich selbst, der Zeitung und der Gesellschaft gegenüber. Nicht unbedingt in dieser Reihenfolge. Aber hier handelt es sich um etwas anderes – die, wie soll ich mich ausdrücken, ›möglichen Auswirkungen‹ können sehr weitreichend sein.« Er holte einen Fetzen Papier aus der Tasche, der mit hastig hingeworfenen Buchstaben bedeckt war, die nur er allein entziffern konnte. Er blickte auf. »Die Krone hat dem Vertrag von Tschuenpi ihre Anerkennung versagt und damit auch Hongkong.«

»Und finden Sie das komisch, Mr. Skinner?« Struan fragte sich, wie überzeugend Blore wohl gewirkt hatte. Hast du auch auf das richtige Pferd gesetzt, mein Freund? dachte er. Dieser Bursche hat Sinn für Humor: der Hengst hat sich das Zaumzeug anlegen lassen. Ackergaul wäre richtiger gewesen.

»Nein, Sir«, sagte Skinner. »Vielleicht lese ich es Ihnen am besten vor.« Fast wörtlich verlas er nun, was Sir Charles Crosse geschrieben hatte und was Blore, auf Struans Veranlassung hin, Skinner als äußerst geheim ins Ohr hatte flüstern sollen. Struan war zu dem Schluß gelangt, Skinner sei der richtige Mann, der den Zorn der Chinahändler so zu schüren verstünde, daß sie alle miteinander sich weigern würden, Hongkong untergehen zu lassen; daß sie die Trommel rühren würden, wie sie es vor so vielen Jahren schon getan und im Laufe der Zeit die Ostindische Kompanie in die Ecke gedrängt hatten.

»Das glaube ich nicht.«

»Vielleicht sollten wir es aber, Tai-Pan.« Skinner leerte sein Glas. »Darf ich?«

»Selbstverständlich. Und bringen Sie die Karaffe gleich mit. Damit ersparen Sie sich das Hin- und Hergehen. Von wem haben Sie Ihre Information?«

»Das kann ich Ihnen nicht sagen.«

»Und wenn ich darauf bestehe?«

»Auch dann kann ich es nicht. Denn damit würde ich meine Zukunft als Journalist untergraben. Es geht dabei um sehr wesentliche moralische Grundsätze.«

Struan aber wollte ihn auf die Probe stellen. »Ein Journalist muß eine Zeitung haben«, erklärte er rundheraus.

»Richtig. Das ist das Risiko, das ich eingehe, wenn ich mit Ihnen über diese Sache rede. Aber auch wenn Sie mir so kommen, sage ich es Ihnen nicht.«

»Sind Sie sicher, daß es stimmt?«

»Nein. Aber ich glaube es.«

»Welches Datum trägt die Meldung?« fragte Struan.

»27. April.«

»Glauben Sie denn im Ernst, daß sie so schnell hierhergelangen könnte? Lächerlich!«

»Das habe ich auch gesagt. Trotzdem glaube ich noch immer, daß die Information stimmt.«
»Wenn sie stimmt, sind wir alle ruiniert.«
»Wahrscheinlich«, meinte Skinner.
»Nicht wahrscheinlich – bestimmt.«
»Sie vergessen die Macht der Presse und die Macht der vereinigten Chinahändler.«
»Dem Außenminister gegenüber haben wir keine Macht. Und die Zeit arbeitet gegen uns. Werden Sie die Sache drucken?«
»Ja. Zur gegebenen Zeit.«
Struan drehte sein Glas und beobachtete die Lichter, die auf dem Schrägschliff des Randes aufschimmerten.
»Wenn Sie es tun, Skinner, dann möchte ich mit einiger Sicherheit behaupten, daß die Folge davon eine gewaltige Panik ist. Und Longstaff wird Sie außerdem schön zusammenstauchen.«
»Darum mache ich mir keine Sorgen, Mr. Struan.« Skinner war verblüfft: Struan hatte nicht so reagiert, wie er es erwartet hatte. Es sei denn, der Tai-Pan wußte bereits Bescheid. Aber es erschien ihm sinnlos, daß er Blore zu ihm geschickt haben sollte. Blore war vor einer Woche eingetroffen – und in dieser Woche hatte der Tai-Pan unzählige tausend Taels in Hongkong investiert. Das wäre doch die Handlungsweise eines Wahnsinnigen. Für wen also spielte Blore den Kurier? Für Brock etwa? Unwahrscheinlich. Denn der warf das Geld genauso großzügig hinaus wie Struan. Also mußte es der Admiral sein – oder der General – oder Monsey. Monsey! Wer außer Monsey hatte die Verbindungen zu den höchsten Stellen? Wer außer Monsey haßte Longstaff und trachtete nach seinem Amt? Wer außer Monsey aber war so lebhaft an Hongkongs Entwicklung interessiert? Denn ohne ein erfolgreiches Hongkong gab es für Monsey im diplomatischen Dienst keine Hoffnung. »Es sieht so aus, als ob Hongkong erledigt ist. Das Geld und die Arbeit, die Sie – und wir alle – da hineingesteckt haben – alles umsonst.«
»Hongkong kann doch nicht am Ende sein. Ohne die Insel sind alle künftigen Häfen auf dem Festland wertlos.«
»Das weiß ich, Sir. Wir alle wissen es.«
»Richtig. Aber der Außenminister ist anderer Meinung. Warum? Ich frage mich, warum. Und was könnten wir noch unternehmen? Wie sollten wir ihn überzeugen? Wie?«
Skinner war ebenso stark an Hongkong interessiert wie Struan. Ohne Hongkong kein Noble House. Und ohne Noble House keine Wochenzeitung *Oriental Times* und keine Stellung.
»Vielleicht werden wir diesen Kerl gar nicht zu überzeugen brauchen«, erklärte er schroff. Seine Augen waren eiskalt.
»Bitte?«
»Der Kerl wird nicht immer an der Macht sein.«
Struans Interesse war geweckt. Das war eine neue Art, die Sache zu sehen. Skinner war dafür bekannt, daß er alle Zeitungen und Zeitschriften verschlang und über die Vorgänge im Parlament, soweit in der Presse darüber berichtet wurde, außerordentlich gut informiert war. Außerdem besaß Skin-

ner – abgesehen von einem ungewöhnlichen Gedächtnis und einem lebhaften Interesse für Menschen – zahlreiche andere Informationsquellen. »Glauben Sie, es bestünde Aussicht auf einen Regierungswechsel?«

»Ich möchte wetten, daß Sir Robert Peel und die Konservativen innerhalb eines Jahres die Whigs stürzen werden.«

»Das wäre eine verteufelt gefährliche Wette. Ich für mein Teil nehme die Wette an.«

»Würden Sie um die *Oriental Times* gegen den Sturz der Whigs innerhalb eines Jahres – und gegen das Festhalten der Krone an Hongkong wetten?«

Struan war sich darüber im klaren, daß er durch eine solche Wette Skinner völlig auf seine Seite zog und die Zeitung in diesem Fall ein recht geringer Einsatz war. Aber mit einer raschen Zustimmung würde er seine Karten aufdecken. »Sie haben nicht die geringste Chance, eine solche Wette zu gewinnen.«

»Es ist eine ganz sichere Wette, Mr. Struan. Der letzte Winter war bei uns daheim besonders schlimm – wirtschaftlich und industriell. Die Arbeitslosigkeit ist fürchterlich. Die Ernte war miserabel. Wissen Sie, daß der Brotpreis nach den Briefen, die wir letzte Woche erhalten haben, auf einen Schilling zwei Pence gestiegen ist? Ein Pfund Würfelzucker kostet acht Pence; der Tee sieben Shillinge acht Pence; Seife neun Pence das Stück; ein Dutzend Eier vier Shillinge. Ein Pfund Kartoffeln kostet einen Shilling; ein Pfund Speck dreieinhalb Shillinge. Nun vergleichen Sie einmal die Löhne: Die verschiedenen Handwerker – Maurer, Klempner, Schreiner – verdienen höchstens siebzehneinhalb Shillinge in der Woche bei vierundsechzig Arbeitsstunden; Landarbeiter neun Shillinge die Woche für Gott weiß wie viele Stunden; Industriearbeiter um die fünfzehn Shillinge herum – und das nur, wenn sie überhaupt Arbeit finden. Du lieber Gott, Mr. Struan, Sie leben von einem unglaublichen Reichtum umgeben hoch oben in den Wolken und können es sich leisten, einem Mädchen tausend Guineen nur dafür zu schenken, daß es ein hübsches Kleid trägt. Und dabei wissen Sie nicht, daß von elf Menschen in England jeweils einer am Hungertuch nagt und einer ein Almosenempfänger ist. Im vergangenen Jahr haben in Stockton fast zehntausend Menschen weniger als zwei Shilling die Woche verdient. In Leeds dreißigtausend unter einem Shilling. Fast jeder hungert, und dabei sind wir die reichste Nation der Welt. Die Whigs stecken die Köpfe in den Hintern und weigern sich zu sehen, was alle als ein himmelschreiendes Unrecht betrachten. Was die Chartisten betrifft, so hat man nichts weiter getan, als sie als Anarchisten zu brandmarken. Die erschreckenden Zustände in den Textilfabriken und in der übrigen Industrie wollen sie nicht wahrhaben. Guter Gott, Kinder von sechs und sieben Jahren rackern sich in einem zwölfstündigen Arbeitstag ab, die Frauen auch. Und weil sie so billige Arbeitskräfte sind, machen sie die Männer arbeitslos. Warum auch sollten die Whigs irgend etwas unternehmen? Ihnen gehören doch die meisten Fabriken, die meisten Hütten. Und das Geld ist ihr Gott – und wird's immer mehr und mehr, verdammt noch mal! Die Whigs wollen auch das irische Problem nicht sehen. Im vergangenen Jahr hat in Irland eine Hungersnot gewütet, und wenn in diesem Jahr wieder eine ausbricht, wird sich ganz Irland erneut erheben – höchste Zeit wäre es auch. Die Whigs haben nicht den kleinen Finger gerührt, um etwas zur Reform des Bankwesens zu tun. Warum sollten sie – die Banken gehören ihnen ja auch! Schauen Sie sich nur einmal Ihr eigenes Pech an! Wenn wir nur ein entsprechendes Gesetz hätten, das die Bankkunden vor den verfluchten Machenschaften dieser verfluchten Whigs schützte!« Mit Anstrengung hielt er inne; sein Doppelkinn bebte noch immer, sein Gesicht war rot angelaufen. »Entschuldigen Sie, hatte keine Rede halten wollen. Aber selbstverständlich müssen die Whigs gehen. Und ich sage: wenn sie nicht innerhalb der nächsten sechs Monate verschwinden, kommt es in England zu einem Blutbad, im Vergleich zu dem sich die Französische Revolution wie ein harmloser Spaziergang ausnehmen wird. Ein einziger Mann nur vermag uns zu retten: Robert Peel. Wahrhaftig!«

Struan erinnerte sich an das, was Culum ihm von den Zuständen in England berichtet hatte. Er und Robb hatten die Sache damals als das aufsässige Geschwätz eines idealistischen Studenten abgetan. Und abgetan als recht unglaubwürdig hatte er alles, was sein Vater ihm schrieb. »Wer wird der nächste Außenminister sein, wenn Lord Cunnington ausgeschaltet ist?«

»Sir Robert selber. Und wenn nicht er, dann Lord Aberdeen.«

»Aber sie sind gegen den Freihandel, der eine wie der andere.«

»Ja, aber beide sind sie liberal und friedlich gesinnt. Und sobald sie an der Regierung sind, werden sie sich ändern müssen. Wann immer die Opposition an die Macht gelangt und die Verantwortung zu tragen hat, ändert sie sich. England bietet der Freihandel die einzige Möglichkeit zu überleben – das wissen Sie –, also müssen sie sich für ihn einsetzen. Und sie werden jede nur mögliche Unterstützung von seiten der Mächtigen und der Reichen dringend brauchen.«

»Wollen Sie damit sagen, daß ich sie unterstützen soll?«

»Die *Oriental Times* mit Mann und Roß und Druckerpresse als Einsatz, wenn die Whigs noch in diesem Jahr stürzen. Und um Hongkongs Zukunft.«

»Glauben Sie, daß Sie da etwas verhindern könnten?«

»Hongkong? Ja. Doch, das wohl.«

Struan lockerte seinen linken Stiefel etwas, damit er bequemer saß, und lehnte sich wieder in seinem Sessel zurück. Er schwieg absichtlich. »Fünfzig Prozent Beteiligung, das wäre eine Basis«, erklärte er schließlich.

»Alles oder nichts.«

»Vielleicht sollte ich Sie an die Luft setzen und einen Strich drunter machen.«

»Vielleicht sollten Sie das. Ihr Vermögen ist groß genug. Das können Sie und die Ihren gar nicht kleinkriegen. Und jetzt frage ich Sie, wieviel Ihnen an Hongkong – und an Englands Zukunft liegt. Ich glaube, ich habe einen Schlüssel.«

Struan schenkte sich noch etwas Whisky ein und füllte auch Skinners Glas.

»Abgemacht. Alles oder nichts. Wollen Sie mir noch bei einem kleinen Nachtmahl Gesellschaft leisten? Ich bin hungrig.«

»Na und ob! Danke. Reden macht Hunger. Herzlichsten Dank.«

Struan läutete mit der Glocke und segnete seinen Joss, daß er sich auf diese Wette eingelassen hatte. Lim Din erschien, und er bestellte etwas zu essen.
Skinner soff den Whisky in sich hinein und dankte seinem Gott, daß er den Tai-Pan richtig eingeschätzt hatte. »Sie werden es nicht bereuen, Tai-Pan. Und nun hören Sie mir mal einen Augenblick zu. Daß Longstaff gehen muß – ich weiß, Sie sind mit ihm befreundet, aber jetzt reden wir hier von Politik –, ist für Hongkong ein Mordsglück! Zunächst einmal ist er von feiner Familie, zweitens ein Whig und drittens ein Idiot. Sir Clyde Whalen ist erstens der Sohn eines kleinen Landedelmannes, zweitens kein Idiot und drittens ein Mann der Tat. Viertens: er kennt Indien – hat dreißig Jahre im Dienst der Ostindischen Kompanie verbracht. Davor war er bei der Royal Navy. Und schließlich und endlich, aber das ist der springende Punkt, muß er, davon bin ich fest überzeugt, obwohl nach außen ein Whig, insgeheim Cunnington und die gegenwärtige Regierung hassen und bereit sein, alles in seiner Macht Stehende zu tun, um ihren Sturz herbeizuführen.«
»Warum?«
»Er ist Ire. Cunnington war in den letzten fünfzehn Jahren der eifrigste Verfechter der Gesetzgebung für Irland; er ist – so glauben alle *Iren* – für unsere katastrophale irische Politik unmittelbar verantwortlich. Und hier wäre der Schlüssel für Whalen – wenn wir nur eine Möglichkeit finden, uns dieses Schlüssels zu bedienen.« Skinner kaute an seinem Daumennagel.
Lim Din und ein weiterer Diener kehrten mit Schüsseln und Platten zurück, beladen mit kaltem Fleisch, sauer eingelegten Würsten, kandierten Früchten, kalten Pasteten und Aufläufen, mit riesigen Krügen gekühlten Biers und Champagner in einem Eiskübel.
Skinner lächelte vor seliger Gier. »Der eines Fabrikbesitzers würdige Abendschmaus!«
»Eines Verlegers und Zeitungseigentümers würdig! Greifen Sie zu!« In Struans Kopf jagten die Gedanken einander. Wie sollte man Whalen herumbekommen? Würden die Whigs tatsächlich die Macht verlieren? Sollte ich mich mit meiner Macht nun hinter die Konservativen stellen? Soll ich aufhören, Männer wie Crosse zu unterstützen? Inzwischen wird man in England wissen, daß Noble House noch immer Noble House ist und stärker denn je. Kann ich auf Sir Robert Peel setzen?
»Wenn Sie die Meldung veröffentlichen, werden alle von Panik ergriffen«, sagte er und setzte damit zum entscheidenden Schlag an.
»Ja, Mr. Struan. Wenn ich nicht so sehr dagegen wäre, Hongkong fallenzulassen, so müßte ich doch immer an die Zukunft meiner Zeitung denken.« Skinner schob sich wieder ein paar Bissen in den Mund und redete kauend weiter. »Aber es gibt verschiedene Möglichkeiten, eine Nachricht zu servieren. Das macht ja die journalistische Arbeit auch so spannend.« Er lachte auf, und dabei lief ihm etwas Soße übers Kinn. »O ja – ich muß an die Zukunft *meiner* Zeitung denken.« Er wandte seine volle Aufmerksamkeit wieder dem Essen zu und aß mit gewaltigem Appetit.
Struan nahm, in Gedanken verloren, nur wenig. Als endlich auch Skinner gesättigt war, stand er auf und dankte ihm für seine Informationen und Ratschläge.

»Ich benachrichtige Sie noch persönlich, bevor ich die Meldung veröffentliche«, sagte Skinner gewichtig. »Es wird noch ein paar Tage dauern. Ich brauche Zeit zum Planen. Ich danke Ihnen, Tai-Pan.« Damit ging er.
Struan begab sich nach unten. May-may warf sich im Schlaf noch immer unruhig hin und her. Er ließ sich in ihrer Kammer eine Koje herrichten und versank in Halbschlaf.
Gegen Morgen begann May-may zu frösteln. In den Adern, im Kopf und im Schoß hatte sie Eis. Es war der fünfzehnte Tag.

33

Schwach und hilflos wie ein kleines Kind lag May-may unter der Last eines Dutzends Decken. Ihr Gesicht war grau, ihre Augen wirkten erschreckend. Vier Stunden lang klapperten ihre Zähne aufeinander. Dann schlug der Schüttelfrost plötzlich in Fieberhitze um. Struan betupfte ihr Gesicht mit eisigem Wasser, aber es brachte ihr keine Linderung. May-may phantasierte. Sie warf sich im Bett umher, murmelte und schrie zusammenhanglose Sätze in Chinesisch und Englisch, von einem furchtbaren inneren Feuer verzehrt. Struan hielt sie fest und versuchte sie zu beruhigen, aber sie erkannte ihn nicht, hörte ihn nicht einmal.
Dann verschwand das Fieber ebenso plötzlich, wie es gekommen war. May-may brach der Schweiß aus; er durchnäßte ihre Kleidung und die Laken. Ein Laut der Erleichterung kam über die halbgeöffneten Lippen. Sie schlug die Augen auf und begann ihre Umgebung in sich aufzunehmen.
»Ich fühle mich so wohl«, stieß sie geschwächt hervor, »so müde.«
Struan half Ah Sam, die durchnäßten Kissen, Laken und Gewänder zu wechseln.
Dann schlief May-may ein – so wie die Toten schlafen, regungslos. Struan saß in seinem Sessel und behütete ihren Schlaf.
Nach sechs Stunden erwachte sie, heiter, aber erschöpft. »Hallo, Tai-Pan. Ich habe Happy-Valley-Fieber?«
»Ja. Aber dein Arzt kennt eine Medizin, um es zu heilen. In ein paar Tagen wird er sie sich besorgt haben.«
»Gut. Sehr gut. Keine Sorge machen, schon gut.«
»Warum lächelst du, meine Kleine?«
»Ah«, antwortete sie, schloß zufrieden die Augen und kuschelte sich tiefer in die sauberen Laken und Kissen. »Wie sonst kann man Joss beherrschen? Wenn du beim Verlieren lächelst, dann du gewinnst im Leben.«
»Du wirst schon gesund werden«, sagte er. »Ganz gesund. Mach dir keine Sorgen.«
»Ich mache keine Sorgen um mich. Nur um du.«
»Was meinst du damit?« Struan war von seiner Nachtwache ermüdet und von der Tatsache beunruhigt, daß sie schmächtiger wirkte als sonst und mit ihren tief umschatteten Augen einer Toten ähnlicher als einer Lebenden. Und gealtert.
»Nichts weiter. Ich möchte etwas Suppe essen. Etwas Hühnerbrühe.«

»Der Arzt hat eine Medizin für dich geschickt. Sie soll dich kräftigen.«
»Sehr gut. Ich fühle mich phantastisch schwach. Ich werde Medizin nach Suppe nehmen.«
Er bestellte die Suppe. May-may aß ein wenig davon und lehnte sich dann wieder zurück.
»Jetzt du dich ausruhen, Tai-Pan«, sagte sie. Sie furchte die Stirn. »Wie viele Tage vor nächstem Fieberanfall?«
»Drei oder vier«, antwortete er niedergeschlagen.
»Keine Sorge, Tai-Pan. Vier Tage ist lange Zeit genug, schon gut. Geh dich ausruhen, bitte, und dann später wir reden zusammen.«
Er begab sich in seine eigene Kajüte, schlief aber schlecht. Alle paar Augenblicke wachte er auf, fiel wieder in Schlaf und träumte, daß er wach sei; oder er lag im Halbschlaf, fand aber keine Ruhe.
Die untergehende Sonne stand, als er aus seinem unruhigen Schlummer erwachte, tief am Horizont. Er badete und rasierte sich, in seinem Kopf war's wüst und wirr. Er starrte voll Abscheu sein Spiegelbild an. Niemals würde May-may drei solcher Fieberanfälle durchstehen können. Davon hatte er sich mit eigenen Augen überzeugt. Also blieben ihr höchstens noch zwölf Tage zu leben.
An der Tür klopfte es.
»Ja?«
»Tai-Pan?«
»Ach, hallo, Gordon. Was gibt's Neues?«
»Leider nichts. Ich tue, was ich nur kann. Wie geht es der Dame?«
»Der erste Anfall ist überstanden. Es steht nicht gut, mein Junge.«
»Es wird alles versucht. Der Arzt hat einige Arzneien geschickt, die sie bei Kräften halten sollen, und auch einige besondere Nahrungsmittel. Ah Sam weiß, was zu tun ist.«
»Ich danke dir.«
Gordon entfernte sich, und Struan wandte sich wieder seinen Überlegungen zu. Verzweifelt suchte er nach einer Lösung. Wo bekomme ich Cinchona her? Das muß es doch irgendwo geben! Wo könnte man in Asien Perurinde finden? Nein, nicht Perurinde – Jesuitenrinde.
Dann konzentrierten sich seine unruhig umherschweifenden Gedanken plötzlich auf einen festen Punkt. »Hol's doch der Teufel!« stieß er laut hervor, und seine Hoffnung flackerte erneut auf. »Wenn man Pferdefliegen sucht, geht man zu einem Pferd. Wenn man Jesuitenrinde sucht – wo geht man da hin, du Idiot?«

Nach zwei Stunden jagte die *China Cloud* aus dem von der untergehenden Sonne rot überglänzten Hafen. Sie hatte alle Segel gesetzt, die aber wegen des immer steifer wehenden Monsuns teilweise gerefft waren. Als sie aus dem westlichen Sund lief und die volle Kraft der Dünung und des Windes zu spüren bekam, legte sie sich stark über. Der Wind begann sein Lied in der Takelage zu singen.
»Südost zu Süd!« brüllte Struan durch den Wind.
»Südost zu Süd, Sir«, wiederholte der Rudergast.

Struan warf einen Blick in die Wanten, die sich gegen die herabsinkende Nacht abzeichneten. Es tat ihm leid, daß so viel Segelfläche gerefft war. Aber er wußte, daß bei diesem Ostwind und diesem Seegang die Reffe beibehalten werden mußten.
Die *China Cloud* schlug ihren neuen Kurs ein und glitt in die Nacht hinein, immer noch schwer gegen Seegang und Wind ankreuzend. Nach einiger Zeit würde er jedoch erneut wenden, und dann hatte das Schiff raumen Wind und konnte glatte Fahrt machen.
Nach einer Stunde brüllte Struan: »Alle Mann an Deck – klar zur Wende!«
Die Männer kamen vom Vorschiff herbeigeeilt und standen in der Dunkelheit auf ihren Stationen an den Schoten, Enden und Fallen. »Südwest zu Süd!« befahl er, und der Rudergast drückte das Ruder auf den neuen Kurs. Der Klipper wendete durch den Wind. Die Rahen ächzten und dehnten sich nach Lee, die Falle knarrten und streckten sich. Dann lag das Schiff auf dem neuen Kurs, und Struan schrie: »Großsegel und Bramsegel Reffe ausschütten!«
Das Schiff schnitt durch die Wogen, der Wind kam genau von achtern, die Bugwelle stäubte.
»Klar Deck!« befahl Struan. »Kurs halten!«
»Jawohl, Sir«, antwortete der Rudergast und kniff die Augen zusammen, um die Nadel im flackernden Licht des Kompaßgehäuses erkennen zu können. Das Ruder in seinen Händen erbebte.
»Übernehmen Sie die Wache, Käpt'n Orlow!«
»Ist allmählich an der Zeit, Grünauge.«
»Vielleicht können Sie noch mehr Geschwindigkeit herausholen«, sagte Struan. »Ich muß so schnell wie möglich in Macao sein!« Damit ging er nach unten.
Orlow dankte seinem Gott, daß er, wie stets, zu sofortigem Auslaufen bereit gewesen war. Als er das Gesicht des Tai-Pan gesehen hatte, war ihm sofort klar gewesen, daß er die *China Cloud* in Rekordzeit aus dem Hafen hinauszumanövrieren hatte, oder er würde sehr bald ohne Schiff dastehen. Und obwohl er sich als vorsichtiger Seemann sagte, es sei gefährlich, bei Nacht in einer See, in der es Untiefen und Riffe gab, mit so viel Zeug zu fahren, brüllte er in wilder Freude: »Mars- und Oberbramsegel Reffe ausschütten!« Er genoß die Freiheit, nach so viel Tagen vor Anker wieder auf hoher See zu sein und das Kommando zu haben. Er ließ einen Strich nach steuerbord abfallen und noch mehr Reffe herausnehmen. Unnachgiebig holte er das Äußerste aus dem Schiff heraus. »Lassen Sie das vordere Beiboot klarmachen, Mr. Cudahy! Weiß Gott, besser, es ist klar, wenn der Alte wieder an Deck kommt – und lassen Sie auch die Lotsenlaterne setzen!«
»Jawohl, Sir.«
»Befehl zurück. Keine Lotsenlaterne setzen! Zu einer solchen Nachtstunde kriegen wir keinen Lotsen!« rief Orlow. Er hatte es sich anders überlegt. »Ich werde nicht erst bis zur Morgendämmerung und auf einen dieser verdammten Lotsen warten. Ich bringe das Schiff selber in den Hafen. Wir haben kostbare Ladung an Bord.«
Cudahy beugte sich vor, bis seine Lippen Orlows Ohr ganz nah waren. »Ist

sie diejenige, Sir? Die, auf die er so scharf war, daß er ihr Gewicht mit Gold aufgewogen hat? Haben Sie ihr Gesicht gesehen?«
»Machen Sie, daß Sie nach vorn kommen, oder Sie bekommen meinen Hosenriemen zu spüren. Und halten Sie Ihr Maul! Sie können auch gleich, zum Teufel noch mal, den Leuten zu verstehen geben, daß kein Mensch von Bord kommt, wenn wir in Macao sind!«
»Jawohl, Sir, mein ehrenwerter Kapitän!« rief Cudahy mit einem Lachen und richtete sich zu seiner vollen Größe auf. Gewaltig stand er neben dem kleinen Mann, den er mochte und bewunderte. »Unsere Münder werden fest verschlossen sein wie Muscheln, das schwöre ich Ihnen. In der Hinsicht ist nichts zu befürchten!« Dann eilte er den Niedergang vom Achterdeck hinunter und ging nach vorn.
Orlow schritt auf dem Achterdeck hin und her und fragte sich, was es mit der ganzen Geheimnistuerei auf sich haben mochte. Was fehlte der schmächtigen, in Tücher gehüllten Frau, die der Tai-Pan auf seinen Armen an Bord getragen hatte? Als er den untersetzten Chinesen Fong erblickte, der Cudahy wie ein treuer Hund folgte, fragte er sich erneut, warum dieser Mann zum Kapitän ausgebildet werden sollte und warum der Tai-Pan auf jeden seiner Klipper einen solchen Heiden gestellt hatte.
Ich hätte gern das Gesicht des Mädchens gesehen, dachte er. Ihr Gewicht in Gold, jawohl, das erzählt man sich, so soll er sie gekauft haben. Ach, wie gerne möchte ich anders sein, als ich bin. Ich möchte in das Gesicht eines Mannes oder eine Frau blicken können, ohne darin Abscheu zu lesen. Ich möchte nicht immer beweisen müssen, daß ich ebenso tüchtig bin wie so viele andere auch und bestimmt besser als die meisten, die Schiffsplanken unter den Füßen haben. Ich bin es müde, Orlow der Bucklige zu sein. Hat mich darum die Angst gepackt, als der Tai-Pan zu mir sagte, ich solle im Oktober allein nach Norden fahren?
Verdrossen blickte er über das Schandeck hinweg auf die schwarzen Wellen, die am Schiff vorbeirauschten. Du bist, was du bist, und die See wartet. Und du bist Kapitän des besten Schiffes auf dieser Welt. Ein einziges Mal in deinem Leben hast du in ein Gesicht geblickt und grüne Augen gesehen, die nur feststellen wollten, ob du als Mann etwas taugst. Ach, Grünauge, dachte er, und die Niedergeschlagenheit verließ ihn, für diesen einen Augenblick, den du mir geschenkt hast, würde ich für dich in die Hölle gehen.
»Holt steif, ihr Waschlappen! Marssegel brassen, ho!« brüllte Orlow.
Die Männer enterten wieder in die Wanten, um noch größere Fahrt herauszuholen. Als er dann am Horizont die Lichter von Macao aufschimmern sah, befahl er, die Segel zu reffen, und führte sein Schiff vorsichtig – aber noch immer mit der größtmöglichen Geschwindigkeit – in den seichten Hafen von Macao, wobei der Handloter ihm die Wassertiefen zurief.
»Großartige seemännische Leistung, Käpt'n«, sagte Struan.
Orlow fuhr verblüfft herum. »Ich habe Sie nicht kommen hören. Sie erscheinen immer wie ein Geist. Das Beiboot ist klar.« Dann fügte er beiläufig hinzu: »Ich hatte gedacht, ich könnte das Schiff ebensogut selber in den Hafen führen, anstatt bis Tagesanbruch und auf einen Lotsen zu warten.«
»Sie verstehen Gedanken zu lesen, Kapitän.« Struan blickte zu den Lichtern

und zu der noch unsichtbaren Stadt hinüber, die sich erst flach am Wasser hinzog und dann eine Anhöhe emporkletterte. »Ankern Sie an unserem üblichen Platz. Sie selbst werden meine Kajüte bewachen. Aber Sie haben nicht hineinzugehen – auch niemand sonst. Alles hat an Bord zu bleiben. Und den Mund zu halten.«
»Diese Befehle habe ich bereits gegeben.«
»Wenn die portugiesischen Beamten an Bord kommen, entschuldigen Sie sich, daß wir nicht auf den Lotsen gewartet haben, und entrichten Sie die üblichen Gebühren. Außerdem das Schmiergeld für den Chinesen. Sagen Sie den Leuten, daß ich an Land bin.«
Orlow kannte den Tai-Pan zu gut, um zu fragen, wie lange er wegbleiben würde.

Der Morgen begann zu dämmern, als die *China Cloud* eine halbe Meile von den noch immer nicht zu unterscheidenden Kaianlagen entfernt im südwestlichen Hafen vor Anker ging. Näher konnte das Schiff, ohne sich zu gefährden, nicht herankommen; die Bucht war gefährlich seicht und daher fast wertlos – ein weiterer Grund für Hongkongs wirtschaftliche Unentbehrlichkeit. Während Struan die Leute auf der Fahrt zum Ufer zur Eile antrieb, bemerkte er die schwankenden Lichter eines zweiten Klippers weiter im Süden: die *White Witch*. Ein paar kleinere europäische Schiffe lagen ebenfalls vor Anker.
Struan eilte die Pier entlang, die Noble House noch immer gepachtet hatte. Er sah, daß in dem großen Kontorhaus der Firma, das er ebenfalls von den Portugiesen gepachtet hatte, noch kein Licht brannte. Das Kontorhaus, ein vierstöckiges schloßartiges Gebäude mit einem Säulenvorbau, lag am anderen Ende der von Bäumen gesäumten *praia*. Er wandte sich nach Norden, die *praia* entlang, vorbei am chinesischen Zollhaus, überquerte eine breite Straße und ging die leichte Steigung in Richtung auf die Kirche São Francisco hinauf.
Er war froh, wieder in Macao zu sein, zurück in der Zivilisation, inmitten von gepflasterten Straßen, prächtigen Kathedralen, hübschen Häusern, die irgendwo am Mittelmeer hätten liegen können, *praças* mit Springbrunnen und weitläufigen Gärten, aus denen der süße Duft ihrer Blütenfülle drang.
Hongkong wird eines Tages genauso aussehen, dachte er ... mit einigem Joss. Dann fielen ihm Skinner, Whalen, die Malaria und May-may wieder ein, die an Bord der *China Cloud* lag, so schwach, so gebrechlich, und er dachte an den nächsten Fieberanfall, der in zwei oder drei Tagen zu erwarten war. Und was war mit der *Blue Cloud*? Sie sollte doch bald in England eintreffen. Würde sie die *Gray Witch* schlagen? Oder lag sie tausend Meilen zurück und am Grunde des Meeres? Und was war mit all den anderen Klippern? Wie viele werde ich in diesem Jahr verlieren? Dann wird die *Blue Cloud* die erste sein! Wie geht es Winifred? Und was ist mit Culum, und wo ist Gorth? Ist heute wohl der Tag der Abrechnung?
Die Stadt lag noch in tiefem Schlaf. Aber er fühlte die Augen der Chinesen, die ihn beobachteten. Er gelangte auf die Höhe des Hügels und überquerte die schöne Praça de São Francisco.

Jenseits der *praça* nach Norden zu, an der höchsten Stelle der Landenge, lagen die Festungsmauern des alten Forts von São Paulo de Monte. Dahinter erstreckte sich das Chinesenviertel von Macao: schmale Gäßchen und eng aufeinanderhockende Hütten, die den Nordhang des Hügels wie eine Kruste überzogen.
Eine halbe Meile weiter dehnte sich ebenes Land. Die Landenge wurde immer schmaler und war zuletzt kaum hunderfünfzig Yards breit. Es gab dort Gärten, Spazierwege, das Smaragdgrün der kleinen Rennbahn und das Kricketfeld, das die Engländer im Lauf der Jahrhunderte ausgebaut und immer mehr vervollkommnet hatten. Die Portugiesen hielten nichts vom Rennsport und spielten auch kein Kricket.
Hundert Yards jenseits des Kricketfeldes erhob sich die Mauer, wo Macao endete und China begann.
Die Mauer war zwanzig Fuß hoch, zehn Fuß breit und erstreckte sich von einem Ufer zum anderen. Erst nachdem vor drei Jahrhunderten die Mauer errichtet worden war, hatte sich der Kaiser damit einverstanden erklärt, den Portugiesen die Halbinsel zu verpachten und ihnen zu gestatten, sich auf dem Land niederzulassen.
In der Mitte der Mauer erhob sich ein Wachtturm, und daneben befand sich ein einziges, majestätisch wirkendes Tor. Das Tor nach China stand immer offen, aber kein Europäer durfte es durchschreiten.
Laut widerhallten Struans Schritte, als er eilig die *praça* überquerte; er öffnete das hohe schmiedeeiserne Tor des bischöflichen Palastes und ging durch die Gärten, die vor drei Jahrhunderten angelegt worden waren. Eines Tages habe ich auch einen solchen Garten, versicherte er sich.
Er eilte durch den gepflasterten Vorhof, bis vor das gewaltige Portal, zog dort am Glockenstrang, hörte das Läuten im Innern und zog stürmisch noch ein paarmal.
Schließlich sah er den flackernden Schein einer Laterne an den Fenstern des unteren Stockwerks. Er vernahm schlurfende Schritte und einen Schwall zorniger portugiesischer Laute. Die Tür wurde geöffnet.
»*Bom dia.* Ich möchte den Bischof sprechen.«
Der nur notdürftig bekleidete, schläfrige Diener starrte ihn verständnislos und ohne ein Zeichen des Erkennens an. Wieder folgte ein Schwall portugiesischer Worte, und schon wollte er die Tür wieder schließen. Struan stellte jedoch einen Fuß in die Tür, stieß sie auf und betrat das Gebäude. Er begab sich in den nächsten Raum – ein schön eingerichtetes Arbeitszimmer mit Bücherregalen an den Wänden – und setzte sich auf einen Stuhl mit geschwungener geschnitzter Rückenlehne. Dann erst richtete er seine Augen wieder auf den Diener, der ihn verblüfft anstarrte. »Den Bischof«, wiederholte er.

Eine halbe Stunde später betrat Falarian Guineppa, Bischof von Macao, Generaloberer der Römischen Kirche, würdevoll den Raum, in dem sich Struan niedergelassen hatte. Der Bischof war ein hochgewachsener Patrizier, der trotz seiner fünfzig Jahre noch jugendlich wirkte. Die Nase war stolz geschwungen, die Stirn hoch, die Züge ausdrucksvoll. Er trug ein rotlila

Käppchen und einen Talar gleicher Farbe. Um den Hals hatte er ein juwelenbesetztes Kruzifix hängen. Die dunklen, schläfrigen Augen waren feindselig. Aber als sein Blick auf Struan fiel, verschwanden Zorn und Schläfrigkeit. Der Bischof blieb auf der Schwelle stehen; sein ganzes Wesen verriet Wachsamkeit.

Struan erhob sich. »Guten Morgen, Eminenz. Entschuldigen Sie, daß ich uneingeladen und zu so früher Stunde komme.«

»Willkommen im Namen des Herrn, Senhor«, antwortete der Bischof zuvorkommend. Er wies auf einen Stuhl. »Wie wäre es mit einem kleinen Frühstück? Würden Sie mir Gesellschaft leisten?«

»Vielen Dank.«

Der Bischof gab dem Diener auf portugiesisch ein paar kurze Anweisungen, worauf dieser sich verneigte und sofort davoneilte. Dann schritt er langsam zum Fenster, die Finger um das Kruzifix geschlossen, und blickte in die aufgehende Sonne. Tief unten in der Bucht sah er die *China Cloud* liegen, umgeben von einem Schwarm von Sampans. Welch zwingender Grund, so fragte er sich, führt den Tai-Pan von Noble House zu mir? Das ist der Feind, den ich so gut kenne und dem ich noch niemals begegnet bin. »Ich danke Ihnen, daß Sie mich geweckt haben. Dieser Sonnenaufgang ist unvorstellbar schön.«

»Sie haben recht.«

Beide Männer legten eine Höflichkeit an den Tag, die keiner von ihnen empfand.

In den Augen des Bischofs repräsentierte Struan die materialistischen, bösen, fanatischen, protestantischen Engländer, die die Gesetze Gottes gebrochen und – wofür ihnen die ewige Verdammnis gewiß war – den Papst verleugnet hatten wie die Juden Christus; dieser Mann war ihr Führer und derjenige, der, fast ganz auf sich allein gestellt, Macao vernichtet hatte – und mit Macao die Herrschaft der Katholiken über die asiatischen Heiden.

Für Struan wiederum vertrat der Bischof all das, was er bei den Katholiken verachtete – den dogmatischen Fanatismus sich selbst entmannender, machtlüsterner Männer, die im Namen eines katholischen Gottes Reichtümer von den Armen erpreßten und mit den Scherflein der Ärmsten gewaltige Kathedralen zum Ruhme ihrer Vorstellung vom Göttlichen errichteten, Männer, die wie Götzendiener in Rom einen Mann als Papst eingesetzt und ihn zum Richter über andere Menschen erhoben hatten.

Livrierte Diener trugen in feierlichem Ernst silbernes Geschirr, heiße Schokolade, federleichte Hörnchen, frische Butter und das süße Gelee aus kleinfrüchtigen Goldorangen auf, für das das Kloster berühmt war.

Der Bischof betete, und das Latein des Tischgebets steigerte Struans Unbehagen noch, aber er sagte nichts.

Beide Männer aßen schweigend. Die Glocken der vielen Kirchen läuteten zur Morgenmesse; aus der Kathedrale drang durch die Stille dumpf die Litanei der Mönche.

Nach der Schokolade gab es Kaffee aus dem portugiesischen Brasilien: heiß, süß und köstlich.

Auf eine Handbewegung des Bischofs hin öffnete ein Diener ein mit Juwe-

len besetztes Zigarrenkästchen und bot es Struan an. »Sie sind aus Havanna, wenn Sie sich bedienen wollen. Nach dem Frühstück genieße ich gern Sir Walter Raleighs ›Geschenk‹ an die Menschheit.«
»Ich danke Ihnen.« Struan nahm sich eine Zigarre. Die Diener gaben ihnen Feuer und gingen auf ein Zeichen des Bischofs hinaus.
Der Bischof blickte dem aufsteigenden Rauch nach. »Warum will der Tai-Pan von Noble House meine Hilfe in Anspruch nehmen? Die Hilfe der Papisten?« fügte er mit einem ironischen Lächeln hinzu.
»Sie dürfen mir glauben, Eminenz, daß ich es nicht leichten Herzens getan habe. Haben Sie jemals von der Cinchonarinde gehört? Von der Jesuitenrinde?«
»Ach so. Sie haben Malaria. Das Happy-Valley-Fieber«, sagte der Bischof leise.
»Ich muß Sie leider enttäuschen. Nein, ich habe keine Malaria. Aber ein Mensch, den ich sehr liebe, hat das Fieber. Kann man mit Cinchona die Malaria heilen?«
Der Bischof spielte mit dem großen Ring an seinem Mittelfinger, dann berührte er sein Kruzifix. »Ja. Wenn die Malaria des Happy Valley die gleiche ist wie die Malaria, die es in Südamerika gibt.« Seine Augen richteten sich durchdringend auf Struan; der empfand ihre Kraft, erwiderte jedoch den Blick ebenso unbeugsam. »Ich bin vor vielen Jahren als Missionar in Brasilien tätig gewesen. Dort habe ich Malaria bekommen. Aber die Cinchona hat mich geheilt.«
»Haben Sie Cinchona hier? In Macao?«
Es folgte ein Schweigen, das nur von dem leisen Klopfen der Fingernägel auf dem Kruzifix unterbrochen wurde. Es erinnerte Struan an das Klopfen des chinesischen Arztes auf May-mays Handgelenk. Er fragte sich, ob er, was den Bischof betraf, die richtige Entscheidung getroffen hatte.
»Ich weiß es nicht, Senhor Struan.«
»Wenn Cinchona unsere Malaria heilen kann – ich bin bereit zu zahlen. Wollen Sie Geld? Wollen Sie Macht? Sie können beides haben. Verlangen Sie meine Seele, und Sie bekommen sie auch. Ich will mich sogar mit Freuden zum Katholizismus bekehren lassen, obwohl es nicht viel Sinn hätte, das wissen Sie so gut wie ich. Was immer Sie wollen, ich bin bereit, es Ihnen zu geben, wenn es mir möglich ist. Aber dafür möchte ich etwas von dieser Rinde. Ich möchte einen Menschen vom Fieber heilen. Nennen Sie mir Ihren Preis.«
»Für einen, der als Bittsteller kommt, ist Ihr Auftreten recht seltsam.«
»Mag sein. Aber ich gehe davon aus, daß wir, gleichgültig, wie ich mich benehme, und gleichgültig, was Sie von mir denken oder ich von Ihnen – ein Geschäft miteinander machen können. Besitzen Sie Cinchona? Wenn Sie sie besitzen, kann man mit ihr die Happy-Valley-Malaria heilen? Und wenn ja, wie hoch ist Ihr Preis?«
Im Zimmer war es nun sehr still. Aber hinter dieser Stille waren die Gedanken der beiden Männer und die Kräfte des Willens spürbar.
»Ich kann im Augenblick keine dieser Fragen beantworten«, erklärte der Bischof.

Struan erhob sich. »Ich werde heute abend wiederkommen.«
»Es ist nicht nötig, daß Sie wiederkommen, Senhor.«
»Wollen Sie damit sagen, daß Sie zu einem solchen Handel nicht bereit sind?«
»Ich meine nur, daß es heute abend noch zu früh ist. Es dauert seine Zeit, bis ich mit jedem Arzt in Verbindung getreten bin und eine Antwort erhalten habe. Sobald ich Bescheid weiß, lasse ich es Sie wissen. Sie sollen eine Antwort auf alle Ihre Fragen erhalten. Wo sind Sie zu erreichen? Auf der *China Cloud* oder in Ihrem Haus?«
»Ich werde einen Mann schicken, der auf Ihren Stufen sitzt und wartet.«
»Das ist nicht nötig. Ich werde Sie benachrichtigen.« Der Bischof blieb in seinem Sessel sitzen. Als er aber Struans tiefe Sorge bemerkte, fügte er mitfühlend hinzu: »Quälen Sie sich nicht, Senhor. Ich werde in Christi Namen eine Nachricht an beide Stellen schicken.«
»Ich danke Ihnen.« Als Struan sich entfernte, hörte er den Bischof sagen: »Gehen Sie mit Gott«, aber er blieb nicht stehen. Hinter ihm fiel die Eingangstür dröhnend ins Schloß.
In der Stille seines kleinen Zimmers seufzte der Bischof tief auf. Er blickte auf das juwelenbesetzte Kruzifix auf seiner Brust. Schweigend sprach er ein Gebet. Dann ließ er seinen Sekretär kommen und gab Anweisung, mit den Nachforschungen zu beginnen. Wieder allein, ließ er in sich die drei Persönlichkeiten zu Wort kommen, die alle hohen Würdenträger der Kirche in sich vereinen müssen. Petrus, den ersten Bischof Christi; den kriegerischen Wächter der ecclesia militans; und schließlich den einfachen Menschen, der an die Lehren eines einfachen Mannes – Gottes Sohn – glaubte.
Er lehnte sich in seinem Sessel zurück und ließ diese drei Stimmen miteinander streiten. Und er lauschte ihnen.

34

Struan ging die Marmorstufen seines Kontorhauses in Macao hinauf, müde zwar, aber doch merkwürdig beruhigt. Ich habe alles getan, was ich konnte, dachte er.
Bevor er noch die Tür öffnen konnte, wurde sie schwungvoll aufgerissen. Lo Tschum, der Aufseher der Diener von Noble House in Macao, strahlte ihn mit zahnlosem Mund an. Er war ein kleiner alter Mann mit einem Gesicht von der Farbe alten Elfenbeins und einem koboldhaften Lächeln. Seitdem sich Struan einen Diener hatte leisten können, war er in seinem Dienst. Er trug einen sauberen weißen Kittel, schwarze Hosen und geflochtene Sandalen.
»Hallo-ah, Tai-Pan. Bald fertig, Frühstück fertig, Kleidern fertig, für was Tai-Pan wollen, können? Schon gut.«
»Heja, Lo Tschum.« Struan wunderte sich immer von neuem über die Geschwindigkeit, mit der sich in diesem Land Nachrichten verbreiteten. Er wußte, daß er auch auf die gleiche Weise begrüßt worden wäre, wenn er nur die Pier entlang und sofort in das Kontorhaus gegangen wäre. Die Tür

wäre genauso aufgerissen worden und Lo Tschum hätte ebenso dagestanden wie jetzt.
»Bad, Kleidern können«, sagte Struan.
»Kommissionär Tschen Scheng hier gewesen, gegangen sein. Sagen, zurückkommen neun Uhr. Können?«
»Können«, antwortete Struan müde.
Lo Tschum schloß die Tür, eilte vor Struan die Marmortreppe hinauf und öffnete die Tür zum Schlafzimmer des Hausherrn. Die große eiserne Sitzbadewanne war wie immer mit dampfendem Wasser gefüllt, ein Glas Milch stand auf einem kleinen Tisch, sein Rasierzeug war ausgebreitet, ein frisches Hemd und Kleidungsstücke lagen auf dem Bett – alles wie immer.
»Tai-Pan wollen Cow Chillo in Bad, heja?« Wieherndes Gelächter.
»Ajii jah! Lo Tschum! Immer reden sehr schlimme Dinge, immer reden von hupp-hupp Cow Chillo in Bad, schon gut. Master Culum wecken – sagen hiersein, können!« sagte Struan und zog seine verschwitzte Kleidung aus.
»Maste' Culum nicht schlaf-schlaf.«
»Wohin Master gehen?« fragte Struan.
Lo Tschum sammelte die Kleidungsstücke ein und zuckte die Achseln. »Ganze Nacht aus, Maste'.«
Struan furchte die Stirn. »Immer so, jede Nacht, heja?«
Lo Tschum schüttelte den Kopf. »Nein, Maste'. Eine Nacht, zwei Nacht schlaf-schlaf hier.« Er eilte hinaus.
Struan ließ sich ins Wasser gleiten, beunruhigt von dem Bericht über Culums Abwesenheit. Ich hoffe bei Gott, Culum ist vernünftig genug, nicht in die Chinesenstadt zu gehen.

Pünktlich um neun Uhr hielt eine luxuriöse Sänfte vor dem Haus. Tschen Scheng, Kommissionär von Noble House, stieg gewichtig aus. Er trug karmesinrote Gewänder, einen mit Juwelen bestickten Hut und war sich seiner prächtigen Erscheinung sehr bewußt.
Er ging die Stufen hinauf, und die Tür wurde ihm von Lo Tschum persönlich geöffnet – wie immer. Dies verlieh Tschen Scheng sehr viel Gesicht, denn Lo Tschum öffnete persönlich die Tür nur dem Tai-Pan und ihm.
»Erwartet er mich?« fragte er in kantonesischem Dialekt.
»Selbstverständlich, Exzellenz. Es tut mir leid, daß ich schon so früh eine Verabredung für Sie getroffen habe, aber ich war der Meinung, Sie wollten gern der erste sein.«
»Wie ich höre, hat er Hongkong in ungewöhnlicher Eile verlassen. Weißt du, was geschehen ist?«
»Er ist unmittelbar zum Tai-Pan der Langröcke gegangen und ...«
»Das weiß ich«, erwiderte Tschen Scheng verdrießlich. Er konnte nicht ergründen, warum Struan ins Kloster geeilt war. »Ich weiß wirklich nicht, warum ich solche Geduld mit dir habe, Lo Tschum, und warum ich dir ein monatliches Schmiergeld zahle, damit du mich in diesen schweren Zeiten über alles auf dem laufenden hältst. Noch ehe du mich benachrichtigt hattest, habe ich schon gewußt, daß das Schiff im Hafen liegt. Das ist ein beschämender Mangel an Interesse für meine Angelegenheiten.«

»Es tut mir wirklich sehr leid, Exzellenz«, antwortete Lo Tschum. »Natürlich hat der Tai-Pan auf dem Schiff seine Konkubine mitgebracht.«
»Ach!« Gut, dachte er, ich werde nur zu froh sein, die Kinder zurückgeben und mich dieser Verantwortung entledigen zu können. »Das ist schon ein bißchen besser, obwohl ich auch das innerhalb einer Stunde von anderen erfahren hätte. Und welche Perlen an Informationen hast du nun noch, womit du beweisen kannst, daß ich dir nicht umsonst jahrelang so viel Geld gezahlt habe?«
Lo Tschum verdrehte die Augen, bis das Weiße zu sehen war. »Welche Weisheit könnte ich, ein einfacher Sklave, einem Mandarin, wie Sie es sind, bieten?« Mit trauriger Stimme fuhr er fort: »Es sind sehr schwere Zeiten, Exzellenz. Meine Frauen quälen mich ständig wegen Geld, und meine Söhne vergeuden Taels im Spiel, als ob das Silber wie Reis wüchse. Sehr beunruhigend. Nur wenn man von den sehr wichtigen Dingen vorher weiß, kann man sich selber gegen das Schicksal schützen. Es ist schrecklich, sich vorzustellen, daß solches Wissen in ein falsches Ohr fallen könnte.«
Tschen Scheng spielte mit seinem Zopf; er war sich sofort darüber im klaren, daß Lo Tschum ganz besondere Nachrichten für ihn hatte.
»Ganz richtig. In solchen schweren Zeiten kommt es sehr darauf an – das haben schon die Götter bestimmt –, den Verarmten zu helfen«, erklärte er ernst. »Ich habe schon daran gedacht, dir zum Gedenken an deine erhabenen Vorfahren ein nichtswürdiges Geschenk zu schicken – drei gebratene Schweine, vierzehn Legehennen, zwei Ballen Schantungseide, eine Perle im Wert von zehn Taels reinsten Silbers, eine fein gearbeitete Gürtelschnalle aus der Zeit der frühen Ts'ing-Dynastie im Wert von fünfzig Taels, dazu kandierte Früchte – nichts Besonderes – und Pasteten, die deinem Gaumen kaum behagen werden, aber vielleicht möchtest du sie deiner eigenen Dienerschaft geben.«
»Ein so großartiges Geschenk könnte ich kaum annehmen«, antwortete Lo Tschum mit großer Unterwürfigkeit. »Ich würde für alle Zeit in Ihrer Schuld sein.«
»Wenn du es ablehnst, kann ich daraus nur schließen, daß es eine unangemessene Gabe deinen erhabenen Ahnen gegenüber ist, und damit werde ich sehr an Gesicht verlieren.«
Nach langem Hin und Her ließ sich Lo Tschum dazu bewegen, das Geschenk anzunehmen, und Tschen Scheng konnte schließlich davon überzeugt werden, daß es sich um fürstliche Gaben handelte.
»Wie ich höre, ist der Tai-Pan auf der Suche nach etwas«, flüsterte Lo Tschum, »weil seine Konkubine sehr krank ist. Erkrankt am Fiebergift von Hongkong.«
»Was?« Tschen Scheng war von dieser Nachricht entsetzt, aber doch erfreut darüber, daß er sein reichlich bemessenes Geschenk gut angelegt hatte. »Bitte, fahr fort!«
Lo Tschum erzählte ihm von dem Arzt und der seltsamen Medizin – und von allem, was Ah Sam an diesem Morgen einem Sampanbesitzer zugeflüstert hatte, den Lo Tschum zu ihr geschickt hatte.
»Das Gerücht will weiterhin wissen, daß der Tai-Pan zwanzigtausend Taels

als Belohnung ausgesetzt hat. Sein Sohn, der ausgezeichnete Sohn Ihrer dritten Frau und Ihr Pflegesohn, hat in Hongkong eine Suche nach der Droge eingeleitet. Er ist wie besessen.«

Tschen Scheng drehte sich der Kopf, als er an alle möglichen Verwicklungen dachte. Er machte Lo Tschum ein Zeichen und wurde in Struans Arbeitszimmer geführt.

»Hallo-ah, Tai-Pan!; rief er überschwenglich, »gut, Sie zu sehen Macao.«

»Hallo-ah, Tschen Scheng«, antwortete Struan. Er deutete mit einer Handbewegung auf einen Stuhl. »Sitzen!«

»Schiff-ah, *Blue Cloud*, nach Hause gekommen Nummer eins, heja?«

»Nicht wissen. Schon gut, ich sagen mächtig schnell. Tschen Scheng mich sprechen wollen, heja?«

Tschen Scheng machte sich Sorgen. Er, der Führer der Tongs von Macao, wurde von Jin-kwa für die Sicherheit von T'chung May-may und ihrer Kinder persönlich verantwortlich gemacht. Von allen Mitarbeitern Jin-kwas wußte nur er allein, daß sie seine Enkelin und als Geliebte des Tai-Pan für sie alle von unermeßlichem Wert war, gar nicht zu reden von ihrem künftigen Wert für die Sache der Tongs. Und das war die Sache Chinas. Die Nachricht, daß die Flotte umgehend nach Kanton zurückkehrte, anstatt unmittelbar nach Peking zu segeln, hatte ihnen an die vier Millionen Taels erspart – das Vielhundertfache der Kosten von May-mays Erziehung. Er segnete, was May-may betraf, seinen Joss; ohne sie hätte er einen erheblichen Teil des Bußgeldes selber aufbringen müssen.

Und nun hatte doch die dumme, nichtswürdige Frau den üblen Joss gehabt, sich das Unheilbare zuzuziehen. Zumindest dann unheilbar, verbesserte er sich selbst, wenn es uns nicht gelingt, die Droge aufzutreiben. Gelingt es uns, dann wird sie sich wieder erholen, und unsere Aufwendungen für sie – und für den Tai-Pan – sind wieder abgesichert. Und dazu kommen noch die zwanzigtausend Taels. Nun ließ sich auch eine andere Teilinformation an ihrem richtigen Platz einfügen und ergab einen Sinn. Aha, dachte er, das ist die Erklärung dafür, daß Gordon Tschen gestern vierzig Mitglieder der Hongkonger Tongzelle nach Macao geschickt hat. Es muß also die Droge hier geben. Er fragte sich, was wohl Gordon Tschen sagen würde, wenn er ihm erzählte, daß sein heimlicher ›Lehrer‹ auf Jin-kwas Befehl hin ausgesandt worden war – und daß Jin-kwa der Tong-Führer von ganz Kuangtung war und er selber, Tschen Scheng, in der Führung gleich hinter Jin-kwa kam. Ach, dachte er, es ist sehr wichtig, vieles geheimzuhalten. Niemals weiß man, wann einer ins Straucheln kommt.

»Tai-Pan kleine Chillos in Haus mein, sehr gut, sehr glücklich«, verkündete er jovial. »Sie wollen sehen-ah? Zurücknehmen Hongkong?«

»Heute sehen. Bald zurücknehmen. Ich sage, wann genau.« Struan hatte sich gefragt, ob er Tschen Scheng von May-may erzählen sollte.

»Tai-Pan, Ihre kleine Chillos gut-gut«, begann Tschen Scheng. »Denke am besten, Sie Cow Chillo-Mama an Land holen. Machen Chillo-Mama glücklich, können. Sehr Nummer-eins-Doktor hier können. Sehr Nummer-eins-Medizin können. Keine Sorge. Glauben, Medizin hier in Macao. Tschen Scheng alles sehr gut in Ordnung bringen.«

»Woher Sie wissen, daß sie hier ist? Woher Sie wissen von Malaria?«
»Was? Nicht verstanden.«
»Wie Sie wissen, daß Cow Chillo schlimme Krankheit haben?«
Tschen Scheng lachte in sich hinein und zuckte die Achseln. »Wissen trotzdem, schon gut.«
»Medizin hier? Wahrheit?«
»Wenn hier bekommen, ich schicken Dschunke schnell-schnell zu *China Cloud*. Bringen Cow Chillo an Ufer. Tschen Scheng alles in Ordnung bringen.«
Er verbeugte sich höflich und ging hinaus.
Struan begab sich an Bord der *China Cloud* und gab der Mannschaft nach Wachen eingeteilt Landurlaub. Bald kam Tschen Schengs Dschunke längsseits. May-may wurde, von einem chinesischen Arzt begleitet, vorsichtig an Land gebracht und dann in ihr Haus getragen, das in den Hang des Hügels von São Antonio eingebettet lag.
Das Haus war sauber und die Dienerschaft zahlreich. Der Tee stand schon bereit. Ah Sam eilte geschäftig umher und drückte die Kinder an sich, die mit ihren persönlichen Amahs im Haus warteten. Nachdem sie May-may in das große Bett geholfen hatte, brachte sie ihr die Kinder.
Es gab Freudentränen, noch mehr eiliges Hin und Her, noch mehr Gerufe, und Ah Sam und May-may waren glücklich, endlich wieder zu Hause zu sein.
Der Arzt hatte besondere Nahrungsmittel und Medikamente gebracht, die May-May stärken und die Kraft des Kindes in ihrem Schoß erhalten sollten. Er befahl ihr, unbedingt im Bett zu bleiben.
»Ich bin bald wieder zurück«, sagte Struan.
»Gut. Ich danke dir, Tai-Pan, ich danke dir.«
»Ich gehe ins Kontorhaus hinüber – dann vielleicht zu den Brocks.«
»Sind sie in Macao?«
»Ja. Alle mit Ausnahme von Tyler. Ich dachte, ich hätte dir davon gesprochen. Erinnerst du dich nicht? Culum und Tess sind ebenfalls hier.«
»Ach ja«, antwortete sie. Nun fiel ihr auch ein, was sie mit Gordon Tschen abgemacht hatte. »Entschuldige, ich hatte vergessen. Mein Kopf ist wie Sieb. Natürlich, ich erinnere mich jetzt. Ich bin so dankbar und froh, vom Schiff zu sein und zu Hause. Danke.«
Er kehrte ins Kontorhaus zurück. Culum war noch nicht nach Hause gekommen. So ging er die *praia* entlang bis zum Sitz der Brockfirma. Aber weder Tess noch Liza wußten, wo Culum war. Gorth erklärte ihm nur, sie seien am vergangenen Abend ausgegangen, um im Englischen Klub ein wenig zu spielen, aber er, Gorth, sei schon frühzeitig aufgebrochen.
»Ich begleite Sie hinaus«, sagte Gorth. Als sie allein an der Tür standen, lächelte er spöttisch und genoß in vollen Zügen das Gefühl der Rache. »Wissen doch, wie es ist – ich hab' 'ne Frau besucht. Vielleicht hatte er auch eine. Is' ja nichts Schlimmes dabei, nich'? Er hat beim Spiel gewonnen, als ich wegging, falls es das is', was Ihnen Sorgen macht.«
»Nein, Gorth, darum mache ich mir keine Sorgen. Aber reden wir von etwas anderem, Sie wissen doch, daß es ein gutes britisches Gesetz für Mord

gibt – eine schnelle Gerichtsverhandlung und ein ebenso schneller Strick. Gilt sogar, wenn eine Prostituierte umgebracht wurde.«
Gorth erbleichte. »Was wollen Sie damit sagen, he?«
»Daß ich recht gern den Henker spielen würde, wenn einer den Galgen verdient hat.«
»Wollen Sie mir drohen? Auch dagegen gibt es ein Gesetz, verdammt noch mal!«
»Wenn's einen Toten gegeben hat – wird auch die Anklage auf Mord nicht auf sich warten lassen, bei Gott!«
»Weiß nich', was Sie meinen!« polterte Gorth. »Sie erheben eine falsche Beschuldigung gegen mich!«
»Ich erhebe keine Beschuldigung gegen Sie, Gorth. Ich erinnere Sie nur an ein paar Tatsachen. Wie ich gehört habe, gibt es zwei mögliche Zeugen für einen möglichen Mord, und sie wären bereit, vor Gericht auszusagen.«
Gorth unterdrückte die Furcht, die jäh in ihm aufstieg. Es mußten diese verdammte Hure Fortheringill und dieser elende Quance sein. Hat doch wahrhaftig genug Geld bekommen, damit sie ihr Maul hält. Nun ja, falls nötig, werde ich mir die beiden schon richtig vornehmen, aber wird nicht nötig sein, weil die kleine Dirne ohnehin nicht verrecken wird. »Hab' keine Angst nich' vor Leuten wie Sie – oder vor Ihren gottverdammten falschen Anschuldigungen.«
»Ich beschuldige Sie nicht, Gorth«, wiederholte Struan. Es reizte ihn ungemein, die unvermeidliche Auseinandersetzung nun herauszufordern. Aber er wußte, daß er warten mußte, bis Gorth den ersten Fehler beging und ihn in aller Öffentlichkeit in unverzeihlicher Weise beleidigte. Erst dann konnte er ihm ungehindert und sozusagen vor aller Augen seine Sekundanten mit der förmlichen Herausforderung schicken und ihn vor Zeugen umbringen. Nur so war ein Auseinanderbrechen der Verbindung Culums mit Tess zu vermeiden und war es Brock unmöglich gemacht, ihm vor einem Gericht das Genick zu brechen. Denn May-may hatte recht – in Asien wußte jeder, daß er davon besessen war, Gorth zu töten. »Wenn Sie Culum sehen, richten Sie ihm bitte aus, daß ich ihn sprechen möchte.«
»Spielen Sie Ihren eigenen Boten! Bin nich' Ihr Lakai. Sie werden nich' mehr lange der Tai-Pan von Noble House sein, wahrhaftig nich'.«
»Hüten Sie sich«, warnte Struan. »Vor Ihnen fürchte ich mich nicht.«
Gorth biß auf diesen Köder an. »Und ich nich' vor Ihnen, Dirk. Ich sage Ihnen von Mann zu Mann – hüten auch Sie sich, oder ich werde Sie mir eines Tages noch kaufen.«
Struan kehrte ins Kontorhaus zurück und war sehr zufrieden mit sich selber. Ich habe dich schon an der Angel, Gorth, dachte er.
Culum war noch immer nicht da. Vom Bischof lag keinerlei Nachricht vor. Struan beauftragte Lo Tschum, er solle versuchen, Culum zu finden. Dann trat er wieder auf die *praia* hinaus, ging den Hang hinauf in Richtung der Kathedrale und von dort in weniger bekannte Straßen hinein, vorbei an freundlichen Terrassenrestaurants und bunten Sonnenschirmen. Er überquerte eine weite *praça* und durchschritt eine riesige Toreinfahrt. Die Nonne am Empfang blickte auf.

»Guten Morgen. Sprechen Sie englisch?« fragte Struan.
»Ein bißchen, Senhor.«
»Sie haben hier eine Patientin liegen – Miss Mary Sinclair. Ich bin mit ihr befreundet.«
Es folgte eine lange Pause. »Sie sie sehen wollen?«
»Bitte.«
Sie machte einer chinesischen Nonne ein Zeichen und sprach auf portugiesisch rasch auf sie ein. Struan folgte der Chinesin einen Gang entlang und einige Stufen hinauf in Marys Zimmer.
Es war ein kleiner, schmutziger, übelriechender Raum, dessen Fenster fest verschlossen waren. Über dem Bett hing ein Kruzifix.
Marys Gesicht war blutleer, ihr Lächeln schwach. Sie war durch die ausgestandenen Leiden gealtert.
»Ah, Tai-Pan.«
»Was ist los, Mary?« fragte er sanft.
»Nichts, was ich nicht verdient habe.«
»Ich werde Sie aus diesem verdammten Haus herausholen«, sagte Struan.
»Es geht mir gut hier, Tai-Pan. Die Menschen sind sehr freundlich zu mir.«
»Na gut, aber es ist kein Haus für eine protestantische Engländerin.«
Ein hagerer Mönch trat ein. Er trug eine einfache Kutte – steif von getrocknetem Blut und verschütteten Medikamenten – und ein einfaches hölzernes Kruzifix.
»Guten Morgen«, sagte der Mönch in kultiviertem, akzentfreiem Englisch. »Ich bin Pater Sebastian. Der Arzt der Patientin.«
»Guten Morgen. Ich habe die Absicht, sie von hier wegzubringen.«
»Davon möchte ich abraten, Mr. Struan. Sie sollte mindestens einen Monat lang nicht transportiert werden.«
»Was fehlt ihr?«
»Innere Komplikationen.«
»Sie sind Engländer?«
»Ist das so seltsam, Mr. Struan? Es gibt viele Engländer – und auch Schotten –, die die wahre Kirche Christi anerkennen. Und wenn ich auch Katholik bin, so bin ich trotz allem noch kein minderwertiger Arzt.«
»Haben Sie Cinchonarinde hier?«
»Bitte?«
»Cinchonarinde, Jesuitenrinde.«
»Nein. Ich habe niemals welche benutzt. Niemals welche gesehen. Wieso?«
»Nichts weiter. Was fehlt denn nun Miss Sinclair wirklich?«
»Es ist ziemlich ernst. Miss Sinclair sollte jedenfalls einen Monat lang nicht transportiert werden. Zwei Monate wären noch besser.«
»Fühlen Sie sich stark genug, um woandershin gebracht zu werden, Mary?«
»Ihr Bruder, Mr. Sinclair, hat nichts dagegen, daß sie hierbleibt. Und wie ich glaube, hat auch Mr. Culum Struan meine Vorschläge gutgeheißen.«
»Ist Culum heute hiergewesen?« fragte Struan zu Mary gewandt.
Sie schüttelte den Kopf und sagte dann mit sehr ernstem Gesicht zu dem Mönch: »Erzählen Sie bitte dem Tai-Pan alles über ... über mich.«

»Ich glaube, das ist ein kluger Entschluß«, antwortete Pater Sebastian bedächtig. »Jemand sollte Bescheid wissen. Miss Sinclair ist sehr krank, Mr. Struan. Sie hat einen Trank aus chinesischen Kräutern – vielleicht wäre Gift die richtigere Bezeichnung – zu sich genommen, um eine Abtreibung herbeizuführen. Durch das Gift wurde zwar der Fötus entfernt, aber hinterher setzte eine schwere Blutung ein, die wir jetzt, Gott sei es gedankt, fast unter Kontrolle haben.«
Struan fühlte plötzlich den Schweiß ausbrechen. »Wer weiß es sonst noch, Mary? Horatio? Culum?«
Sie schüttelte den Kopf.
Struan wandte sich zum Mönch um. »›Fast unter Kontrolle‹? Bedeutet das, daß sie über den Berg ist? Daß sie in etwa einem Monat genesen ist?«
»Physisch, ja, wenn kein Brand eintritt.
»Was meinen Sie mit physisch?«
»Damit meine ich, Mr. Struan, daß es unmöglich ist, das Physische ohne Zusammenhang mit dem Seelischen zu betrachten. Diese Frau hat sich in furchtbarer Weise gegen die Gesetze Gottes vergangen – gegen die Gesetze der katholischen Kirche, aber auch gegen die Ihrer Kirche –, und so muß mit Gott Friede geschlossen werden, es muß zur Ablegung einer Rechenschaft kommen, bevor es eine Heilung geben kann. Das ist es, was ich zu sagen versucht habe.«
»Wie ... wie ist sie hierhergekommen?«
»Sie wurde von ihrer Amah, einer Katholikin, hierhergebracht. Ich habe, um sie zu behandeln, besonderen Dispens erhalten, und da haben wir sie hier hereingelegt und sie nach unseren besten Kräften behandelt. Die Oberin bestand darauf, daß jemand benachrichtigt würde, denn wir befürchteten schon das Schlimmste. So wurde Kapitän Glessing verständigt. Wir nahmen an, er sei der ... er sei der Vater. Aber Miss Sinclair versichert uns, er sei es nicht – war es nicht. Und sie hat uns gebeten, die Ursache ihrer Krankheit nicht zu verraten.« Pater Sebastian hielt inne. »Diese Krise ist dank Gottes Güte überstanden.«
»Sie werden dieses Geheimnis wahren? Was ihr zugestoßen ist, für sich behalten?«
»Nur Sie, ich und die Nonnen wissen es. Wir haben unserem Gott gegenüber Gelübde abgelegt, die nicht gebrochen werden dürfen. Von unserer Seite haben Sie nichts zu befürchten. Aber ich weiß, daß es für diese arme Sünderin keine Genesung geben wird ohne Frieden und eine Abrechnung mit Gott. Denn Er weiß es.«
Pater Sebastian verließ sie.
»Der ... der Pater war einer Ihrer ›Freunde‹, Mary?«
»Ja. Ich ... ich bereue mein Leben nicht, Tai-Pan. Ich kann es einfach nicht. Und ich bereue auch nichts von dem, was ich getan habe. Es ist eben Joss.« Mary blickte zum Fenster hinaus. »Joss«, wiederholte sie. »Ich bin, noch sehr jung, vergewaltigt worden – zumindest ... nein, das stimmt nicht. Ich wußte nicht, worum es ging ... ich hatte keine Ahnung, aber das erstemal bin ich ein wenig gezwungen worden. Dann bin ich ... dann war es nicht mehr nötig, mich zu zwingen – ich wollte es selber.«

»Und wer war er?«
»Einer der Jungen in der Schule. Er ist inzwischen gestorben. Alles ist so lange her.«
Struan zermarterte sein Hirn, aber er konnte sich keines Jungen erinnern, der gestorben war.
»Von da ab«, fuhr Mary zögernd fort, »war bei mir das Verlangen erwacht. Es war ein Bedürfnis. Horatio … Horatio war in England, und so habe ich eine der Amahs gebeten, mir einen Geliebten zu suchen. Sie hat mir erklärt, daß ich … daß ich nicht nur einen Geliebten, sondern viele haben könnte. Falls ich es geschickt anstellte und sie auch geschickt wäre, könnte ich ein heimliches Leben führen und schöne Sachen haben. Mein wirkliches Leben ist niemals erfreulich gewesen. Sie kennen den Vater, den ich hatte. So hat mir die Amah gezeigt, wie ich es anstellen mußte. Sie … sie hat mir die Männer besorgt. Miteinander … sind wir reich geworden, und ich bin froh, daß es so ist. Ich habe die beiden Häuser gekauft, und sie hat mir immer nur reiche Männer zugeführt.« Sie hielt inne, und dann, nach langer Zeit, stieß sie wimmernd hervor: »Ach, Tai-Pan, ich habe solche Angst.«
Struan setzte sich an ihr Bett. Er mußte an das denken, was er vor nur wenigen Monaten zu ihr gesagt hatte. Und an ihre zuversichtliche Antwort.

35

Struan stand am offenen Fenster und blickte verdrossen auf das Menschengewimmel unten auf der *praia* hinab. Es war die Zeit des Sonnenuntergangs. Die Portugiesen, alle für den Abend umgezogen, schlenderten hin und her, begrüßten einander mit Verbeugungen und unterhielten sich lebhaft. Die jungen *fidalgos* und die Mädchen flirteten verstohlen unter den aufmerksamen Blicken der Eltern und Erzieherinnen. Ein paar Kulis mit ihren Sänften trotteten auf der Suche nach Kunden umher oder setzten späte Ankömmlinge auf der Promenade ab. An diesem Abend sollte ein Ball im Palast des Gouverneurs stattfinden; auch Struan hatte eine Einladung erhalten, wußte jedoch nicht, ob er gehen würde. Culum war noch immer nicht heimgekehrt, und vom Bischof lag keine Nachricht vor.
Am Nachmittag hatte er mit Horatio gesprochen. Horatio war wütend, weil Ah Tat, Marys Amah, verschwunden war. »Ich bin überzeugt davon, daß sie es ist, die der armen Mary das Gift eingegeben hat, Tai-Pan«, erklärte er. Mary hatte ihm nämlich erzählt, sie habe aus Versehen einen Kräutertee getrunken, den sie in der Küche gefunden hatte – mehr nicht.
»Das ist doch Unsinn, Horatio. Ah Tat ist seit Jahren bei Ihnen gewesen. Warum sollte sie so etwas tun? Es war nichts weiter als ein böser Zufall.«
Nachdem Horatio gegangen war, hatte Struan die Männer gesucht, mit denen Culum und Gorth in der vergangenen Nacht zusammen gewesen waren. Es waren zumeist gute Kameraden von Gorth, und alle hatten erklärt, daß Culum, einige Stunden nach Gorths Aufbruch, ebenfalls gegangen sei; er habe zwar getrunken, sei aber nicht betrunkener gewesen als die übrigen auch, nicht betrunkener als sonst.

Culum, du verdammter Idiot, dachte Struan. Du solltest doch etwas klüger sein.
Plötzlich bemerkte er einen tadellos gekleideten Diener mit Perücke und in Livree, der sich dem Haus näherte. Er erkannte sofort das Wappen des Bischofs. Der Mann ging ohne jede Eile die *praia* entlang, jedoch an dem Haus vorbei, ohne stehenzubleiben, und verschwand am anderen Ende der *praia*.
Das Tageslicht nahm nun rasch ab, und der Schein der Öllampen zu beiden Seiten der Promenade begann das Zwielicht zu durchdringen. Plötzlich bemerkte Struan eine mit Vorhängen verhangene Sänfte, die vor dem Haus stehenblieb. Zwei Kulis, in der Dämmerung noch zu erkennen, ließen die Sänfte stehen und tauchten in einer Gasse unter.
Struan stürzte aus dem Zimmer und die Treppe hinunter.
In der Sänfte lehnte Culum mit zerrissener und von Erbrochenem besudelter Kleidung. Er stank nach Alkohol.
Struan war eher belustigt als zornig. Er stellte Culum auf die Beine, nahm ihn über die Schulter und trug ihn, ohne auf die erstaunten Blicke der Passanten zu achten, ins Haus.
»Lo Tschum! Bad, schnell-schnell!«
Struan legte Culum aufs Bett und zog ihn aus. Weder Brust noch Rücken wiesen irgendwelche Verletzungen auf. Er drehte ihn wieder herum. Kratzwunden in der Magengegend. Und dunkel angelaufene Spuren von Liebesbissen.
»Du Idiot«, stieß er hervor und setzte seine Untersuchung rasch, aber gründlich fort. Keine gebrochenen Glieder, keine fehlenden Zähne. Siegelring und Uhr verschwunden. Die Taschen leer.
»Hast dich schön ausnehmen lassen, mein Junge. Vielleicht zum ersten-, aber bestimmt nicht zum letztenmal.« Struan wußte, daß es einer der alten Tricks in Freudenhäusern war, einem Mann eine Droge ins Getränk zu schütten.
Diener kamen mit Eimern warmen Wassers und füllten die eiserne Badewanne. Struan hob Culum in die Wanne, seifte ihn ein und wusch ihn mit dem Schwamm ab. Lo Tschum hielt den Kopf fest, der immer wieder zur Seite fiel.
»Maste' viel schrecklich verrückt trinken, viel schrecklich Hupp-hupp machen, heja.«
»Ajii jah!« sagte Struan. Als er Culum aus der Wanne hob, schoß ein stechender Schmerz durch seinen linken Knöchel. Das viele Herumlaufen an diesem Tag hatte seinen Knöchel mehr angestrengt, als ihm bewußt geworden war. Ich werde ihn am besten ein paar Tage lang fest bandagieren, dachte er.
Er trocknete Culum ab, legte ihn ins Bett und versetzte ihm ein paar leichte Schläge ins Gesicht, aber auch das brachte ihn nicht zu sich. So aß er zu Abend und wartete. Im Verlauf der Stunden machte er sich jedoch immer größere Sorgen, denn er wußte, daß Culum, auch wenn er noch soviel getrunken hatte, nun zu sich hätte kommen müssen.
Culums Atem war tief und regelmäßig, der Herzschlag kräftig.
Struan stand auf und streckte sich. Es blieb ihm nichts anderes übrig als zu

warten. »Ich gehen Nummer-eins Missie. Du bleiben aufpassen sehr gut, heja?« sagte er.
»Lo Tschum aufpassen wie Mummah!«
»Nachricht bringen, versteh'? Welche Zeit Master aufwachen, ganz gleich, Nachricht bringen. Versteh'?«
»Für was Tai-Pan sagen ›versteh'‹, heja? Immer verstehen sehr gut, macht nichts. Heja?«
Aber Lo Tschum schickte in dieser Nacht keine Nachricht mehr.

Bei Sonnenaufgang verließ Struan May-mays Haus und kehrte ins Kontorhaus zurück. May-may hatte friedlich geschlafen, aber Struan hatte jeden Schritt eines Vorübergehenden und jede Sänfte gehört – und vieles, was ihm nur die überreizten Sinne vorgegaukelt hatten.
Lo Tschum öffnete ihm die Eingangstür. »Für was Tai-Pan so früh, heja? Frühstück bereit, Bad bereit, für was Tai-Pan wollen so früh, heja?«
»Master aufwachen, heja?«
»Für was fragen. Wenn aufwachen, ich Nachricht schicken. Ich verstehen Menge sehr gut, Tai-Pan«, erwiderte Lo Tschum, in seiner Ehre verletzt.
Struan ging nach oben. Culum lag noch immer in tiefem Schlaf.
»Einmal, zweimal Maste' so machen ...« Lo Tschum stöhnte, blies die Backen auf, schnaufte, gähnte und ächzte laut.
Nach dem Frühstück ließ Struan Liza und Tess ausrichten, Culum sei zurückgekehrt; aber er teilte ihnen nicht mit, in welchem Zustand. Dann bemühte er sich, seine Gedanken wieder auf die Geschäfte zu richten.
Er unterzeichnete Papiere und genehmigte höhere Ausgaben für die Bautätigkeit in Hongkong, wobei er sich über die wieder gestiegenen Kosten für Bauholz, Ziegelsteine und Arbeitskräfte, für alle möglichen Arten des Schiffsproviants, der Schiffsreparaturen und der Schiffsausrüstung empörte.
Hol's der Teufel! Die Kosten sind um fünfzig Prozent gestiegen – und keinerlei Aussichten, daß sie wieder fallen. Soll ich im nächsten Jahr neue Klipper auf Kiel legen oder mit dem auszukommen versuchen, was wir haben? Darauf bauen, daß die See kein Schiff behält? Nein, das darf ich nicht.
So gab er einen neuen Klipper in Auftrag. Er wollte ihn *Tessan Cloud* nennen, und das Schiff sollte das Geburtstagsgeschenk für Culum werden. Aber nicht einmal der Gedanke an einen neuen, schönen Klipper vermochte ihm heute Freude zu bereiten. Die *Lotus Cloud* fiel ihm ein, die in Glasgow bald gebaut werden sollte, und das Seegefecht mit Wu Kwok im nächsten Jahr – wenn er dann noch am Leben war – oder mit Wu Fang Tschoi, seinem Vater, und dessen Piraten. Er fragte sich auch, ob Scraggers Jungen wohl sicher nach England gelangen würden. Es konnte noch einen Monat dauern, bis sie dort waren – und weitere drei Monate, bis er die Bestätigung erhielt.
Struan verließ sein Kontor, begab sich in den Englischen Klub und unterhielt sich dort eine Weile mit Horatio, danach mit einigen Chinahändlern; später spielte er eine Partie Billard. Aber weder die Gesellschaft noch das Spiel machten ihm Spaß. Die Gespräche drehten sich immer nur um Geschäfte; alle waren von Sorge erfüllt, alle hatten Angst vor Verwicklungen auf inter-

nationaler Ebene, alle fürchteten sie das gewaltige Risiko, das in diesem Jahr mit dem Handel verbunden war.
Er setzte sich in den großen, stillen Lesesaal und griff nach den Zeitungen der letzten Postsendung, die drei Monate alt waren.
Nur mit Mühe gelang es ihm, sich auf einen Leitartikel zu konzentrieren. Es war darin von einer immer weiter um sich greifenden Unruhe in der Industriebevölkerung der Midlands die Rede. Man versicherte, es sei unumgänglich, für einen langen Arbeitstag auch einen gerechten Lohn zu zahlen. In einem anderen Artikel wurde darüber geklagt, daß der riesige Industrieapparat Englands nur mit halber Kapazität arbeitete, und die Forderung erhoben, daß man neue und größere Märkte erschließen *müsse*, damit dieser Reichtum produktiv werden und neuen Wohlstand hervorbringen könne; höhere Produktion bedeutete billigere Waren, Zunahme der Beschäftigten und höhere Löhne.
Da gab es Meldungen über Spannungen und das Aufziehen von Kriegswolken; Preußen machte mehr und mehr seinen Einfluß auf die anderen deutschen Staaten geltend, um die Vorherrschaft an sich zu reißen; auch über Rußland und dem Österreich der Habsburger zog sich etwas zusammen; in den italienischen Staaten gärte es, das Königreich Neapel stand auf wackligen Füßen, ein Zusammenschluß dieser Staaten lag in der Luft; der Papst, von den Franzosen unterstützt, war ebenfalls in die politische Arena getreten; in Südafrika herrschte Unruhe, weil die Buren, die am Ende des vorigen Jahrzehnts die Kapkolonie verlassen und im Großen Treck ausgewandert waren, nun die Freistaaten Transvaal und Oranje gegründet hatten – eine Bedrohung für die englische Kolonie Natal; in Osteuropa kam es zu antisemitischen Tumulten und Pogromen; Katholiken bekämpften Protestanten, Mohammedaner Hindus, Katholiken und Protestanten, und alle zusammen waren sie untereinander uneins; in Amerika wurde gegen die Indianer gekämpft; dazu kam eine steigende Feindseligkeit zwischen den Nord- und Südstaaten sowie zwischen Amerika und Großbritannien wegen Kanada; wohin man sah, nichts als Unruhe. Ob es nun Irland, Finnland, Indien, Ägypten oder der Balkan war …
»Ganz gleich, was man liest«, stieß Struan hervor, »die ganze Welt ist wahrhaftig verrückt!«
»Was reizt Sie so, Tai-Pan?« fragte Horatio, der aus seinen von Haß erfüllten Gedanken gerissen wurde.
»Die ganze Welt ist verrückt, das ist es, was mich ärgert! Warum, zum Teufel, können die Menschen nicht aufhören, aufeinander einzuhacken? Warum können sie nicht in Frieden miteinander leben?«
»Bin ganz Ihrer Ansicht«, rief Masterson von der anderen Seite des Raums herüber. »Absolut. Es ist tatsächlich ein entsetzlicher Stern, auf dem man seine Kinder aussetzt. Diese Welt geht noch mal vor die Hunde. Ist sie eigentlich schon. Vor ein paar Jahren war doch alles noch viel besser. Zum Kotzen.«
»Ja«, pflichtete Roach ihm bei. »Die Welt verändert sich zu schnell. Und unsere verfluchte Regierung steckt wie üblich den Kopf in den Sand. Man sollte meinen, diese Leute würden eines Tages noch was lernen, aber weit

gefehlt. Niemals. Jeden gottverfluchten Tag kann man nur lesen, daß der Premierminister wieder einmal erklärt hat: ›Wir alle müssen unseren Gürtel enger schnallen.‹ Haben Sie jemals davon gehört, daß einer gesagt hätte, jetzt wollten wir einmal unseren Gürtel ein wenig lockern?«

»Wie ich erfahren habe, ist der Einfuhrzoll auf Tee verdoppelt worden«, sagte Masterson. »Und wenn Peel, dieser Irre, jemals ans Ruder kommt, so wird er uns mit Bestimmtheit die Einkommensteuer einbrocken! Das ist ja eine Erfindung des Teufels!«

Es kam zu erregten Protesten, und auf Peels Haupt hagelte es Beschimpfungen.

»Dieser Mann ist nichts weiter als ein gottverdammter Anarchist!« erklärte Masterson.

»Unsinn«, rief Roach. »An den Steuern liegt es ja gar nicht. Es gibt nur ganz einfach zu viele Menschen. Die Geburten sollte man beschränken.«

»Was?« brüllte Masterson. »Bleiben Sie mir nur mit diesen gotteslästerlichen, entsetzlichen Gedanken vom Leibe. Sind Sie etwa ein Antichrist?«

»Nein, wahrhaftig nicht. Aber wir werden von den ärmeren Klassen überschwemmt. Ich sage ja nicht, daß *wir* die Geburtenzahl beschränken sollten, aber die anderen sollten es. Sind doch nichts weiter als Galgenvögel, als Abschaum!«

Struan warf die Zeitungen beiseite und begab sich ins Englische Hotel. Es war ein imposanter Bau mit einem Säulenportikus, dem Klubhaus ähnlich.

Im Friseursalon ließ er sich die Haare schneiden und waschen. Später bestellte er sich Svenson, den schwedischen Masseur, der früher Seemann gewesen war.

Der knorrige alte Mann bearbeitete ihn mit seinen harten Händen, rieb ihn schließlich mit Eis ab und trocknete ihn mit einem groben Tuch, bis seine Haut brannte.

»Wahrhaftig, Svenson, ich bin wie neugeboren.«

Svenson lachte, blieb aber stumm. Vor vielen Jahren hatten ihm Korsaren im Mittelmeer die Zunge herausgerissen. Er machte Struan ein Zeichen, sich auf der Matratze auszustrecken, und hüllte ihn fest in Decken ein. Dann ging er hinaus, damit Struan schlafen konnte.

»Tai-Pan!« Es war Lo Tschum.

Struan war sofort wach. »Master Culum?«

Lo Tschum schüttelte den Kopf und verzog sein Gesicht zu einem zahnlosen Lächeln. »Langrock, Maste'!«

Struan folgte dem schweigsamen Jesuitenmönch den Kreuzgang der Kathedrale entlang, der sich um den Innenhof und seinen schönen Garten hinzog.

Die Glocke der Kathedrale schlug vier.

Der Mönch bog am Ende des Ganges ab und führte ihn durch eine große Teakholztür in ein geräumiges Wartezimmer. Die Wände waren mit Wandteppichen behangen. Auch auf dem stark abgetretenen Marmorfußboden lagen Teppiche.

Ehrerbietig klopfte er an die Tür in der gegenüberliegenden Wand und be-

trat den Raum. In königlicher Würde saß Falarian Guineppa auf einem hochlehnigen thronähnlichen Sessel. Er machte dem Mönch ein Zeichen, daß er gehen könne. Dieser verbeugte sich und verließ den Raum.
»Nehmen Sie bitte Platz, Senhor.«
Struan setzte sich auf den ihm zugewiesenen Stuhl, der ein wenig niedriger war als der des Bischofs. Er spürte die Willenskraft dieses Mannes, der ihn zu beherrschen suchte.
»Sie haben mich kommen lassen?«
»Ja, ich habe Sie gebeten, mich aufzusuchen. Was nun die Cinchona anlangt, so gibt es keine in Macao, aber ich glaube, daß wir welche in unserer Missionsstation in Lo Ting haben.«
»Wo ist das?«
»Weiter im Innern.« Der Bischof strich eine Falte in seinem roten Talar glatt. »Ungefähr hundertundfünfzig Meilen nordwestlich von hier.«
Struan erhob sich. »Ich werde sofort jemanden hinschicken.«
»Das habe ich bereits getan, Senhor. Setzen Sie sich bitte.«
Der Bischof wirkte ernst. »Unser Bote ist in der Morgendämmerung aufgebrochen und hat Anweisung, die Strecke in kürzester Zeit zurückzulegen. Meiner Ansicht nach schafft er es auch. Er ist Chinese und stammt aus diesem Gebiet.«
»Wieviel Zeit wird er Ihrer Meinung nach brauchen? Sieben Tage, sechs Tage?«
»Das ist eine Sache, die mir ebenfalls Sorge macht. Wie viele Fieberanfälle hat die Frau schon hinter sich?«
Struan hätte den Bischof beinahe gefragt, wieso er von May-may wisse, aber er beherrschte sich. Es war ihm klar, daß die Katholiken zahllose Möglichkeiten für Geheiminformationen besaßen und daß auf jeden Fall ein so scharfsinniger Mann wie der Bischof längst erraten haben mußte, es müsse sich um eine Frau handeln. »Einen. Der erste Schweißausbruch erfolgte vor zwei Tagen, etwa um diese Zeit.«
»Dann müßte etwa morgen ein zweiter fällig sein, bestimmt aber innerhalb der nächsten achtundvierzig Stunden. Der Bote wird mindestens sieben Tage brauchen, um nach Lo Ting und zurück zu gelangen – wenn alles reibungslos verläuft und keine unvorhergesehenen Schwierigkeiten auftreten.«
»Ich glaube nicht, daß sie zwei weitere Anfälle überstehen wird.«
»Wie ich hörte, ist sie jung und kräftig. Sie müßte doch acht Tage durchhalten können.«
»Sie ist seit vier Monaten schwanger.«
»Das ist allerdings sehr schlimm.«
»Ja. Wo liegt Lo Ting? Geben Sie mir eine Karte. Vielleicht kann ich noch einen Tag herausschinden.«
»Auf dieser Reise sind meine Beziehungen von tausendmal größerem Wert als die Ihren«, erwiderte der Bischof. »Vielleicht sind es nur sieben Tage.«
Ja, dachte Struan, tausendmal größer. Ich hätte gern das Wissen, das sich die Katholiken im Laufe der Jahrhunderte über China angeeignet haben. Welches Lo Ting? Es konnte fünfzig in einem Umkreis von zweihundert Meilen geben. »Ja«, sagte er schließlich.

»Sie sind ein seltsamer Mensch, Senhor. Ich freue mich, daß ich Gelegenheit hatte, Sie kennenzulernen. Möchten Sie ein Glas Madeira?«
»Wieviel kostet die Rinde? Wenn sie zur rechten Zeit hier ist und hilft?«
»Möchten Sie ein Glas Madeira?«
»Ja gern.«
Der Bischof läutete. Sofort erschien ein livrierter Diener mit einem ziselierten Silbertablett, auf dem eine Karaffe und Gläser standen.
»Auf ein besseres Verstehen in vielen Dingen, Senhor.«
Sie tranken – und sahen einander prüfend an.
»Der Preis, Eminenz?«
»Gegenwärtig gibt es in dieser Sache noch zu viel Unwägbares. Diese Antwort kann warten. Aber zwei andere Dinge können es nicht.« Der Bischof trank genießerisch einen Schluck Wein. »Madeira ist ein ausgezeichneter Aperitif.« Dann konzentrierte er sich auf seine nächsten Worte. »Ich mache mir ernsthafte Sorgen um Senhorita Sinclair.«
»Ich auch«, antwortete Struan.
»Pater Sebastian ist ein ausgezeichneter Arzt. Aber seine Äußerungen lassen mich vermuten, daß sich die Senhorita, wenn ihr nicht seelisch geholfen wird, das Leben nimmt.«
»Mary doch nicht! Sie ist eine sehr starke Natur. Das würde sie nie tun.«
Falarian Guineppa legte seine feinen Hände zusammen. Ein Sonnenstrahl ließ den großen Rubinring aufschimmern. »Wenn sie sich den Händen Pater Sebastians völlig anvertraute – und den Händen der Kirche Christi –, könnte sie trotz ihrer Todsünde Gnade erlangen. Das wäre für sie das beste. Ich glaube von ganzem Herzen, daß dies die einzig wahre Lösung darstellt. Sollte dies aber nicht möglich sein, so muß ich, bevor sie entlassen wird, die Verantwortung für sie einem Menschen übergeben, der bereit ist, sie auf sich zu nehmen.«
»Dazu wäre ich bereit.«
»Ausgezeichnet. Aber ich glaube nicht, daß dies sehr klug gehandelt ist, Senhor. Ihr Leben und Ihre Seele – ebenso wie die Senhorita Sinclairs – liegen in jedem Fall in Gottes Hand. Ich werde darum beten, daß Ihnen und ihr die Gabe tieferen Verstehens verliehen wird. Nun gut. Bevor sie uns verläßt, werde ich alles tun, was in meiner Macht liegt, um ihre Seele zu retten, aber ich werde Ihnen Bescheid geben, sobald sie kräftig genug ist, uns zu verlassen.«
Die Glocke der Kathedrale schlug fünf.
»Was macht die Verletzung des Großfürsten Sergejew?«
Struan zog die Augenbrauen zusammen. »Ist dies das zweite, das nicht warten kann?«
»Vielleicht bei den Briten.«
Falarian Guineppa öffnete eine Schublade und holte eine vielfach versiegelte lederne Mappe hervor. »Man hat mich gebeten, Ihnen dies hier unter Wahrung der größten Vorsicht zu übergeben. Es scheint, daß gewisse diplomatische Kreise von der Anwesenheit des Großfürsten in diesem Teil Asiens äußerst beunruhigt sind.«
»Kirchliche Stellen?«

»Nein, Senhor. Ich bin aufgefordert worden, Ihnen zu sagen, daß Sie die Dokumente, wenn Sie dies wünschen, weiterreichen können. Man hat mir versichert, daß gewisse Siegel die Gültigkeit gewährleisten.« Ein leichtes Lächeln flog über sein Gesicht. »Auch die Mappe ist versiegelt.«
Struan erkannte das Siegel des Generalgouverneurs. »Warum sollte man ausgerechnet mir diplomatische Dokumente übergeben? Dafür gibt es doch diplomatische Wege. Mr. Monsey befindet sich nur eine halbe Meile von hier entfernt, und Seine Exzellenz hält sich in Hongkong auf. Beide haben in politischen Dingen große Erfahrungen.«
»*Ich* gebe Ihnen gar nichts. Ich führe nur das aus, worum man mich gebeten hat. Vergessen Sie nicht, Senhor, daß Sie eine Macht am Hofe von St. James darstellen und weltweite Beziehungen haben, sosehr ich selber das verabscheue, was Sie vertreten. Wir leben in einer gefährlichen Zeit, und Portugal und Britannien sind alte Verbündete. Britannien ist Portugal stets ein guter Freund gewesen. Und ist es nicht ein Gebot der Klugheit, sich gegenseitig zu helfen? Vielleicht kann man die Dinge auch so einfach sehen.«
Struan nahm die ihm gebotene Mappe entgegen.
»Sobald der Bote aus Lo Ting zurückgekehrt ist, benachrichtige ich Sie«, sagte Falarian Guineppa. »Wie spät es auch sein mag. Möchten Sie, daß Pater Sebastian die Dame untersucht?«
»Das weiß ich nicht«, antwortete Struan und erhob sich. »Vielleicht. Ich möchte aber zuerst darüber nachdenken, Eminenz.«
»Ganz wie es Ihnen beliebt, Senhor.« Der Bischof zögerte. »Gott sei mit Ihnen.«
»Gott sei mit Ihnen, Eminenz«, antwortete Struan.

»Hallo, Tai-Pan!« sagte Culum. In seinem Kopf hämmerte es, und seine Zunge fühlte sich an wie getrockneter Dung.
»Tag, mein Junge.« Struan legte die noch immer nicht geöffnete Ledermappe ab, die ihn auf dem ganzen Heimweg in den Händen gebrannt hatte. Er trat an die Kredenz und schenkte sich ein großes Glas Branntwein ein.
»Essen, Maste' Culum?« fragte Lo Tschum mit strahlendem Gesicht. »Schwein? Kartoffels? Sooße? Heja?«
Schwach schüttelte Culum den Kopf, und Struan machte Lo Tschum ein Zeichen, sich zu entfernen. »Nimm das«, sagte er und reichte Culum den Branntwein.
»Nur das nicht«, antwortete Culum angewidert.
»Los, trink!«
Culum schluckte den Branntwein. Er brannte ihm in der Kehle, und so trank er schnell etwas von dem Tee hinterher, der neben dem Bett stand. Er lehnte sich zurück, in seinen Schläfen pochte es.
»Würdest du mir jetzt etwas von deinen Abenteuern berichten? Mir erzählen, was geschehen ist?«
Culums Gesicht war grau, das Weiß seiner Augen war schmutzigtrüb und gerötet. »Ich kann mich an nichts erinnern. Mein Gott, ich fühle mich entsetzlich.«
»Fang ganz von vorn an.«

»Ich habe mit Gorth und ein paar von unseren Freunden Whist gespielt«, erklärte Culum mit Mühe. »Ich erinnere mich, daß ich etwa hundert Guineen gewonnen habe. Wir haben auch eine Menge getrunken. Aber ich entsinne mich, die Gewinne in meine Tasche gesteckt zu haben. Dann – ja, alles übrige ist nur noch eine Leere.«
»Erinnerst du dich, wohin du gegangen bist?«
»Nein. Nicht genau.« Durstig trank er noch mehr Tee und fuhr sich mit der Hand übers Gesicht, als wolle er die Schmerzen wegwischen. »Mein Gott, fühle ich mich elend!«
»Erinnerst du dich, in welches Bordell du gegangen bist?«
Culum schüttelte vorsichtig den Kopf.
»Hast du ein Stammbordell, in das du immer gehst?«
»Du lieber Gott, nein!«
»Brauchst nicht auf so hohem Roß zu sitzen, mein Junge. In irgendeinem bist du doch gewesen, soviel ist klar. Und der Alkohol, den du getrunken hast, hat eine Droge enthalten, auch das ist klar.«
»Eine Droge?«
»Ein uralter Trick. Deswegen habe ich dir auch eingeschärft, nur in ein Haus zu gehen, das dir ein Mann, dem du trauen kannst, empfohlen hat. Ist es das erstemal, daß du in Macao in einem Bordell gewesen bist?«
»Ja, ja. Guter Gott, hat man mir eine Droge hineingemischt?«
»Nun streng mal deinen Kopf an. Denk nach, mein Junge! Kannst du dich nicht an das Haus erinnern?«
»Nein – an nichts. In meinem Kopf ist's ganz leer.«
»Wer hat das Bordell für dich ausgesucht?«
Culum setzte sich im Bett auf. »Wir haben getrunken und gespielt. Ich war ... ich war ziemlich blau. Und dann ... alle haben von Mädchen geredet. Und von solchen Häusern. Und, na ja ...«, er sah Struan an; seine Scham und Qual waren offensichtlich. »Mit dem Alkohol im Leibe, da wollte ich unbedingt plötzlich ein Mädchen haben. Ich beschloß, ich müßte ganz einfach in ein Bordell gehen. War wie Feuer in mir.«
»Gut, warum auch nicht. Aber wer hat dir die Adresse gegeben?«
»Ich glaube ... ich weiß nicht mehr – aber ich glaube, alle haben mir eine genannt. Ich kann mich nicht mehr erinnern. Ich entsinne mich nur, den Klub verlassen zu haben. Eine Sänfte war da, und in die bin ich eingestiegen. Warte mal – jetzt erinnere ich mich! Ich habe dem Kuli gesagt, er solle mich zum F und I bringen!«
»Dort nähmen sie dich nie aus, mein Junge. Würden dir dort auch keine Droge ins Glas schütten. Oder dich in einem solchen Zustand wieder abliefern. Das könnte nur ihrem Ruf schaden.«
»Aber ich bin ganz sicher. Das habe ich dem Mann gesagt. Völlig sicher!«
»In welche Richtung haben sie dich geführt? In die Chinesenstadt?«
»Ich weiß es nicht. Ich glaube mich fast zu erinnern – und dann weiß ich es doch nicht.«
»Du hast vorhin gesagt, es sei wie ein Feuer gewesen. Was verstehst du darunter?«
»Es war wie ... ich erinnere mich, daß mir sehr heiß war – mein Gott, ich

war ganz verrückt nach Tess und dazu der viele Alkohol und so weiter ... das hat mir alles keine Ruhe mehr gelassen, und so bin ich ... bin ich eben in dieses Haus gegangen ...« Er verstummte. »Mein Gott, mir platzt der Kopf noch. Laß mich jetzt bitte zufrieden.«

»Hast du einen Schutz getragen?«

Culum schüttelte den Kopf.

»Dieses Feuer, dieser Drang – waren sie anders als sonst?«

Wieder schüttelte Culum den Kopf. »Nein. Das ist nun schon seit Wochen so, aber ... in gewisser Weise, ich weiß nicht, war es vielleicht doch anders, nicht ganz genauso. Ich war hart wie ein Stück Eisen, und in meinen Leisten brannte es, und ich mußte ganz einfach eine Frau haben ... ach, ich weiß nicht. Laß mich jetzt in Ruhe! Bitte – entschuldige, aber ...«

Struan ging zur Tür. »Lo Tschum-ahhh!«

»Ja, Maste'?«

»Haus Tschen Scheng gehen. Nummer-eins-Chillo-Arzt schnell-schnell hierher! Versteh'?«

»Menge versteh', gut-ah!« antwortete Lo Tschum verletzt. »Schon gewaltig guter Arzt unten für Kopf bum-bum krank und alles krank. Junger Maste' wie Tai-Pan – ebenso gut!«

Unten sprach Struan, wobei er sich Lo Tschums als Dolmetscher bediente, mit dem Arzt. Der Arzt sagte, er würde umgehend Medikamente und besondere Nahrungsmittel schicken. Er nahm auch ein reichlich bemessenes Honorar an.

Struan kehrte nach oben zurück.

»Kannst du dich an noch etwas erinnern, mein Junge?«

»Nein – an nichts. Leider nicht. Wollte dir übrigens vorhin nicht über den Mund fahren.«

»Schon gut, aber hör mir jetzt zu. Los, Culum, es ist wichtig! Kannst du dich nicht erinnern?«

»Bitte, Vater, red nicht so laut«, erwiderte Culum und öffnete unglücklich die Augen. »Was ist?«

»Alles deutet darauf hin, daß man dir ein Aphrodisiakum eingetrichtert hat.«

»Was?«

»Ja, ein Aphrodisiakum. Es gibt Dutzende, die man dir ins Glas schütten kann.«

»Unmöglich. Es war nichts weiter als der Alkohol und mein Verlangen nach ... nein, das ist unmöglich!«

»Es gibt nur zwei Erklärungen. Erstens, daß dich die Kulis zu einem Bordell gebracht haben – aber nicht in die Macaofiliale des F und I –, wo sie für einen reichen Kunden ein gutes Schmiergeld und darüber hinaus einen Teil der Beute erhalten haben. Da hat oder haben die Mädchen dir eine Droge eingeflößt, dich ausgeplündert und dich dann wieder abliefern lassen. Zu deinem Besten möchte ich hoffen, daß es sich so abgespielt hat. Die zweite Möglichkeit wäre die, daß dir einer deiner Freunde das Mittel im Klub verabfolgt und die Sänfte bestellt hat, die auf dich warten und dich in eine bestimmtes Freudenhaus bringen sollte.«

»Das ist doch Unsinn! Warum sollte jemand das tun? Nur wegen hundert Guineen, eines Rings und einer Uhr? Einer meiner Freunde? Das ist doch Wahnsinn.«

»Nimm mal an, jemand haßte dich, Culum. Nimm an, jemand hätte es darauf angelegt, dich mit einem kranken Mädchen zusammenzubringen, mit einem, das die Lustseuche hat!«

»Was sagst du da?«

»Ja. Ich fürchte jedenfalls, daß genau das geschehen ist.«

Culum schnürte es für einen Augenblick die Kehle zusammen. »Du willst mich nur erschrecken.«

»Wahrhaftig nicht, mein Junge. Aber es ist eine Möglichkeit, die durchaus ernst zu nehmen ist. Ich möchte behaupten, daß sie wahrscheinlicher ist als die andere.«

»Wer sollte mir so etwas antun wollen?«

»Darauf mußt du selber die Antwort finden, mein Sohn. Aber selbst wenn das geschehen sein sollte, ist deswegen noch nicht alles verloren. Ich habe chinesische Medikamente bestellt. Die mußt du alle trinken – unbedingt.«

»Aber es gibt doch gar keine Möglichkeit, die Lustseuche zu heilen!«

»Stimmt. Doch erst, wenn sich die Krankheit festgesetzt hat. Die Chinesen aber glauben, daß man das Seuchengift, oder was immer die Ursache ist, bekämpfen kann, wenn man sofort dafür sorgt, daß das Blut gereinigt wird. Als ich vor Jahren hier herauskam, ist mir das gleiche zugestoßen. Aristoteles hat mich im Chinesenviertel in einer Gosse gefunden, hat mir einen chinesischen Arzt besorgt, und ich habe es überstanden. Auf diese Weise habe ich ihn also kennengelernt – und darum sind wir auch so lange miteinander befreundet. Ich kann natürlich nicht mit Bestimmtheit sagen, ob das Haus – oder das Mädchen, mit dem ich zusammen war – verseucht waren oder nicht, aber auf jeden Fall habe ich die Seuche nie bekommen.«

»Mein Gott, was soll ich nur tun?«

»In einer Woche werden wir ja wissen, was los ist. Tritt bis dahin keine Schwellung auf, bekommst du keine Schmerzen oder keinen Ausfluß, dann bist du diesmal glücklich davongekommen.« Er sah das Entsetzen in den Augen seines Sohnes, und Mitleid mit ihm erfaßte ihn. »Vor dir liegt eine höllische Woche, mein Junge. Dieses Warten, bis man sicher ist. Ich weiß, wie es ist, aber mach dich nicht verrückt. Ich steh' dir bei, so gut ich kann. So wie Aristoteles mir beigestanden hat.«

»Ich bring' mich um. Ich bring' mich um, wenn ich ... ach, mein Gott, wie habe ich nur so töricht sein können! Tess! Ach Gott, ich sollte es ihr lieber sagen ...«

»Nichts dergleichen wirst du tun! Du erzählst nichts weiter, als daß du auf dem Heimweg von Räubern überfallen und ausgeplündert worden bist. So werden wir die Sache hinstellen. Deinen Freunden erzählst du dasselbe: du glaubst, du hättest – nachdem du mit dem Mädchen zusammen warst – zuviel getrunken. Du könntest dich an nichts mehr erinnern, außer daß du dich mit Bestimmtheit großartig amüsiert hast. Dann seist du hier aufgewacht. Die ganze Woche über wirst du dich genauso benehmen wie sonst auch.«

»Aber Tess! Wie kann ich denn ...«

»Genau das wirst du tun, mein Junge! Das hast du zu tun!«
»Ich kann es nicht, Vater, es ist ganz einfach unm ...«
»Und unter gar keinen Umständen wirst du irgendeinem Menschen von den chinesischen Medikamenten erzählen. Geh auch in kein Freudenhaus, bevor wir nicht mit Sicherheit Bescheid wissen, und Tess rührst du erst an, wenn ihr verheiratet seid.«
»Ich schäme mich so sehr.«
»Dazu gibt es gar keine Veranlassung. Es ist recht schwer, jung zu sein. In dieser Welt kommt es sehr darauf an, daß ein Mann die Augen offenhält. Er ist ständig von tollwütigen Hunden umgeben.«
»Du sagst, Gorth sei es gewesen?«
»Ich habe nichts dergleichen gesagt. Glaubst du es denn?«
»Nein, natürlich nicht. Aber du hast es doch gedacht, nicht wahr?«
»Vergiß nur nicht, daß du dich ganz normal verhalten mußt, oder aber du wirst Tess verlieren.«
»Warum?«
»Glaubst du etwa, Brock und seine Frau würden erlauben, daß du Tess heiratest, wenn sie merken, wie unreif und dumm du bist? Wenn du betrunken in Macao herumhurst – noch dazu in einem dir unbekannten Bordell, wo du dir einen Liebestrank eintrichtern und dich ausplündern läßt? An Brocks Stelle würde ich sagen, daß du zu blöde bist, um mein Schwiegersohn zu werden!«
»Es tut mir so leid.«
»Jetzt ruh dich aus, mein Junge. Ich komme später wieder vorbei.«
Auf dem ganzen Weg zu May-mays Haus war Struan fest entschlossen, Gorth umzubringen, wenn Culum die Lustseuche haben sollte. Auf die grausamste Weise. Ja, dachte er ungerührt, ich kann sehr grausam sein. Ich bring' ihn nicht einfach um – und auch nicht schnell. Wahrhaftig nicht!

»Du siehst schrecklich schlecht aus, Culum«, sagte Tess. »Du solltest wirklich einmal früh schlafen gehen.«
»Ja.«
Sie gingen in der nächtlichen Stille die *praia* entlang. Das Abendessen war vorbei, und er war nun klarer im Kopf, aber seine innere Qual war fast unerträglich.
»Was ist denn los?« fragte sie, denn sie spürte seine tiefe Unruhe.
»Nichts weiter. Ich habe nur zuviel getrunken. Und diese Räuber sind nicht gerade sanft mit mir umgegangen. Bei Gott, ich werde ein Jahr lang nicht mehr trinken.« Lieber Gott, laß nur nichts geschehen, flehte er. Laß die Woche schnell vorbeigehen – laß nichts geschehen.
»Gehen wir doch nach Hause«, sagte sie, ergriff fest seinen Arm und wandte sich mit ihm wieder dem Haus ihrer Eltern zu. »Ein langer Schlaf wird dir sehr guttun.« Sie benahm sich sehr mütterlich und empfand, fast gegen ihren Willen, eine gewisse Genugtuung darüber, daß er so hilflos war. »Ich freue mich, wenn du auf jeden Alkohol verzichtest. Mein Vater ist manchmal fürchterlich betrunken – und Gorth, ich weiß gar nicht, wie oft ich ihn völlig besoffen gesehen habe.«

»Betrunken gesehen habe«, sagte er, sie verbessernd.
»Wie oft ich ihn betrunken gesehen habe. Ach, ich bin so froh, daß wir bald heiraten.«
Welchen Grund könnte Gorth eigentlich haben, so etwas zu tun? fragte sich Culum. Der Tai-Pan übertrieb bestimmt. Es konnte gar nicht anders sein.
Ein Diener öffnete die Tür, und Culum führte Tess ins Wohnzimmer.
»Schon so schnell wieder zurück, meine Lieben?« fragte Liza.
»Ich bin ein bißchen müde, Mama.«
»Ich werde mich auch gleich verabschieden«, sagte Culum. »Wir sehen uns morgen. Gehst du zum Kricketspiel?«
»Ach ja, gehen wir doch hin, Mama!«
»Vielleicht begleiten Sie uns, Culum?«
»Danke, nur zu gern. Also bis morgen.« Culum küßte Tess die Hand. »Gute Nacht, Mrs. Brock.«
»Gute Nacht, mein Junge.«
Culum wandte sich der Tür gerade in dem Augenblick zu, in dem Gorth eintrat. »Ach, hallo, Gorth.«
»Hallo, Culum. Habe gerade auf dich gewartet. Gehen wir in den Klub was trinken. Komm mit.«
»Nein, danke, heute abend nicht. Bin ganz erledigt. Zu oft zu spät ins Bett gegangen. Und morgen ist das Kricketspiel.«
»Ein Glas wird dir nichts schaden. Nach so 'nem Überfall ist es das beste.«
»Nein, nicht heute abend, Gorth. Vielen Dank. Wir sehen uns morgen.«
»Ganz wie du willst, alter Junge. Und paß jetzt schön auf dich auf.« Gorth schloß die Eingangstür hinter ihm.
»Was ist ihm gestern nacht zugestoßen, Gorth?« Liza sah ihn forschend an.
»Der arme Kerl hat zu tief ins Glas geblickt. Ich hab' dir ja erzählt, daß ich vor ihm aus dem Klub weg bin. Ich weiß nich', was passiert is'. Was hat er denn erzählt, Tess?«
»Nur daß er zuviel getrunken hat und ihn dann Räuber überfallen haben.« Sie lachte. »Der arme Culum, ich glaube, er ist auf lange Zeit hinaus von diesem verteufelten Trinken geheilt.«
»Würdest du mir mal meine Zigarren holen, Tess?« bat Gorth. »Sie liegen in der Kredenz.«
»Aber natürlich«, antwortete Tess und lief hinaus.
»Wie ich gehört habe«, fuhr Gorth fort, »wie ich gehört habe, hat unser Culum 'n bißchen über die Stränge geschlagen.«
»Was?« Liza hörte mit dem Nähen auf.
»Nichts weiter Schlimmes. Vielleicht hätte ich nich' davon reden sollen. Is' ja nich' schlimm, wenn ein Mann vorsichtig is'. Weißt doch, wie Männer sind.«
»Aber er will doch unsere Tess heiraten! Sie wird mir keinen Wüstling heiraten!«
»Natürlich. Ich glaube, ich rede wohl mal am besten mit dem Jungen. In Macao soll er lieber vorsichtig sein. Wenn Vater hier wäre, wäre es was anderes. Aber so muß ich die Familie schützen – und den armen Kerl vor seinen Schwächen. Du darfst aber jetzt nichts davon sagen, verstanden?«

»Natürlich nicht.«
Liza haßte diese männliche Triebhaftigkeit. Warum konnten sie sich nicht beherrschen? Vielleicht sollte ich mir diese Heirat doch noch einmal überlegen, dachte sie. »Tess wird keinen Wüstling heiraten. Aber Culum ist doch sonst gar nicht so. Weißt du auch ganz genau, was du da sagst?«
»Ja«, antwortete Gorth. »Zumindest is' es das, was einige der anderen erzählt haben.«
»Wenn nur Vater hier wäre.«
»Ja«, antwortete Gorth und fügte dann hinzu, als sei er plötzlich zu diesem Entschluß gelangt: »Ich denke, ich fahre auf ein paar Tage nach Hongkong hinüber. Ich werde mit Vater reden. Das wird das beste sein. Und dann nehme ich mir Culum richtig vor. Ich laufe mit dem nächsten Ebbstrom aus.«

36

Struan las die letzte Seite der englischen Übersetzung der russischen Dokumente. Langsam legte er die Seiten wieder zusammen, schob sie in die Ledermappe zurück und ließ sie auf seinem Schoß liegen.
»Was ist?« fragte May-may. »Warum so phantastisch schweigsam, heja?«
Sie saß in die Kissen gelehnt unter einem Moskitonetz in ihrem Bett. Gegen den Goldton ihres seidenen Gewandes wirkte ihre Haut noch bleicher.
»Nichts weiter, meine Kleine.«
»Leg Geschäfte weg und sprich mit mir. Seit einer Stunde bist du wie Schüler.«
»Laß mich noch fünf Minuten überlegen. Dann rede ich mit dir, einverstanden?«
»Puh«, stieß sie hervor. »Wenn ich nicht wäre Kranksein, du würdest mit mir im Bett spielen – immer.«
»Ach ja.«
Struan trat in die Tür zum Garten und blickte zum Nachthimmel empor. Die Sterne schimmerten, der Himmel versprach gutes Wetter.
May-may legte sich bequemer im Bett zurecht und beobachtete ihn. Er sieht sehr müde aus, dachte sie. Armer Tai-Pan, so viele Sorgen.
Er hatte ihr von Culum und seinen Befürchtungen erzählt, jedoch nicht von Gorth. Er hatte ihr auch gesagt, daß sie in ein paar Tagen die Fieberrinde haben würden. Auch von Mary und der verfluchten Ah Tat hatte er gesprochen.
»So eine verdammte Närrin, sie hätte doch gescheiter sein sollen. Hätte Mary es mir – oder dir – erzählt, wir hatten dafür gesorgt, daß sie das Kind irgendwo gefahrlos und heimlich zur Welt hätte bringen können. In Amerika oder sonstwo. Das Kind wäre adoptiert worden und ...«
»Und ihr Glessing-Mann?« fragte sie. »Er sie noch immer heiraten? Sie neun Monate weg?«
»Das ist so und so erledigt!«
»Wer ist Vater?« fragte May-may.

»Sie hat es mir nicht sagen wollen«, antwortete Struan, und May-may lächelte in sich hinein.
»Arme Mary«, fügte er hinzu, »jetzt ist ihr Leben verpfuscht.«
»Unsinn, Tai-Pan. Die Heirat kann doch stattfinden – wenn der Glessing und der Horatio niemals was erfahren.«
»Hast du den Verstand verloren? Natürlich ist das erledigt – was du da sagst, ist völlig unmöglich. Es wäre unehrenhaft, entsetzlich unehrenhaft.«
»Richtig. Aber was niemals gewußt wird, macht nichts, und der Grund für das Heimlichkeitstun ist gut und nicht böse.«
»Wie soll es ihm denn verborgen bleiben, he? Natürlich wird er darauf kommen. Er wird doch bestimmt merken, daß sie keine Jungfrau mehr ist.«
Es gibt Mittel und Wege, Tai-Pan, dachte May-may. Möglichkeiten der Täuschung. Ihr Männer seid in manchem so naiv.
Und sie beschloß, jemanden zu Mary zu schicken, um ihr alles Notwendige zu erklären und diesem ganzen Unsinn, diesem Selbstmordgefasel ein Ende zu bereiten. Aber wen? Offensichtlich kam da nur Ältere Schwester in Frage, Tschen Schengs dritte Frau, die früher einmal in einem Freudenhaus gewesen war und der solche Geheimnisse nicht unbekannt waren. Morgen schicke ich sie hin. Sie wird schon wissen, was sie Mary zu sagen hat. Mary ist also kein Anlaß mehr zur Sorge. Mit einigem Joss. Aber was ist mit Culum, Gorth und Tess? Bald auch keine Sorge mehr, denn ein Mord wird stattfinden. Alle Dinge werden dem Joss entsprechend gelöst, warum also sich Sorgen machen? Viel besser, die Dinge hinzunehmen. Ich habe Mitleid mit dir, Tai-Pan. Du denkst so viel, planst so viel und versuchst unaufhörlich, den Joss deinen Wünschen entsprechend zurechtzubiegen – aber ist es wirklich so? fragte sie sich. Im Grunde tut er doch nur das, was ich auch tue, was alle Chinesen tun. Er lacht über das Schicksal, den Joss und die Götter und versucht, Männer und Frauen zur Erreichung seiner Ziele auszunutzen. Und er versucht, den Joss zurechtzubiegen. Das ist gewiß richtig. In so mancher Hinsicht, Tai-Pan, bist du sogar noch chinesischer als ich.
Sie ließ sich noch tiefer unter die süß duftende Daunendecke gleiten und wartete darauf, daß Struan wieder mit ihr redete.
Struan jedoch konzentrierte sich völlig auf das, was er aus den Dokumenten erfahren hatte.
Unter diesen Schriftstücken hatte sich die Übersetzung eines Geheimberichts befunden, der im Juli 1840, also vor einem Jahr, für Zar Nikolaus I. verfaßt worden war und, so unvorstellbar es war, Karten von den Ländern zwischen Rußland und China enthielt. Allein die Karten, die ersten, die Struan jemals gesehen hatte, waren unbezahlbar. Außerdem lag ein Kommentar zu einzelnen Punkten dieses Berichts bei, die besonders wichtig waren.
Verfasser dieses Geheimberichts war Fürst Tergin, Leiter des Geheimen Planungsausschusses für Auswärtige Angelegenheiten. Darin hieß es:
»Es ist unsere feste Überzeugung, daß der Zar in einem halben Jahrhundert von der Ostsee bis zum Stillen Ozean, vom Nordmeer bis zum Indischen Ozean herrschen und in der Lage sein wird, die übrige Welt seinem Willen zu unterwerfen, vorausgesetzt, daß innerhalb der nächsten drei Jahre die nachstehend beschriebene Politik verfolgt wird.

Der Schlüssel zur Weltherrschaft liegt in einer Vereinigung von Asien mit Nordamerika. Nordamerika ist schon fast in unseren Händen. Wenn uns Britannien und die Vereinigten Staaten in dem zu Rußland gehörenden Alaska freie Hand lassen, gehört ganz Nordamerika uns.

Unsere Stellung dort ist sehr sicher, und wir haben mit keinerlei Feindseligkeiten zu rechnen. Die Vereinigten Staaten betrachten unsere territoriale Ausdehnung in diesen Ödlandgebieten des Nordens keinesfalls als Bedrohung. Eine Konsolidierung dieser Stellung von Alaska bis zu unserem südlichsten ›Handelsfort‹ im nördlichen Kalifornien – und von dort aus durch das Landesinnere bis zum Atlantik – läßt sich durch die übliche Methode erreichen: umgehende Auswanderung in großem Maßstab. Der größte Teil der westlichen Vereinigten Staaten und ganz Kanada, mit Ausnahme eines kleinen Gebietes im Osten, sind gegenwärtig fast unbesiedelt. Daher läßt sich das Ausmaß unserer Auswanderung in die Wildnis des Nordens geheimhalten – was selbstverständlich unbedingte Voraussetzung ist. Von dort aus würden sich die Auswanderer, die im wesentlichen den abgehärteten kriegerischei Stämmen aus dem europäisch-asiatischen Raum angehören – Usbeken, Turkmenen, Sibirjaken, Kirgisen, Tadschiken und Uiguren, von denen viele weiterhin ihre nomadische Lebensweise beibehalten sollten –, ausbreiten und das ganze Land nach Belieben für sich in Anspruch nehmen.

Innerhalb der nächsten zehn Jahre müssen wir unverändert freundschaftliche Beziehungen zu Britannien und den Vereinigten Staaten pflegen. Zu diesem Zeitpunkt wird Rußland durch die Auswanderer zur stärksten Macht auf amerikanischem Boden geworden sein, und unsere Völkerstämme – die vor Jahrhunderten zu den Horden Tamerlans und Dschingis Khans gehört haben –, mit den modernsten Waffen ausgerüstet und von Russen befehligt, können dann die Angelsachsen nach Belieben ins Meer treiben.

Weit wesentlicher als dies aber ist das asiatische Problem. Wir könnten wohl auf Amerika verzichten, niemals jedoch auf Asien.

Der Schlüssel zu Asien ist China. Und China liegt vor unserer Tür. Wir haben nahezu fünftausend Meilen Grenze gemeinsam. *Wir müssen China beherrschen, oder wir werden niemals in Sicherheit leben können.* Wir dürfen nie zulassen, daß dieses Reich stark oder von einer anderen Großmacht beherrscht wird. Dann säßen wir zwischen Ost und West in der Falle und könnten uns zu einem Zweifrontenkrieg gezwungen sehen. Unsere Politik in Asien kennt nur einen Grundsatz, und dieser ist zwingend: China muß schwach bleiben, es muß ein Trabant Rußlands sein und der russischen Einflußsphäre angeschlossen werden.

Es gibt nur eine Macht, die zwischen uns und dem Erfolg steht: Britannien. Kann sie durch List oder Druck daran gehindert werden, eine Insel vor Chinas Küste an sich zu bringen und zu einem festen Stützpunkt auszubauen, gehört Asien uns.

Selbstverständlich müssen wir vermeiden, uns unseren britischen Verbündeten zum jetzigen Zeitpunkt zu entfremden. Frankreich, Preußen und die Habsburger sind mit der Entspannung an den Dardanellen ebensowenig zufrieden wie Rußland. Wir müssen also gegen ihre ständigen Störversuche gewappnet sein. Ohne britische Unterstützung könnte unser geliebtes heiliges Rußland einem Angriff ausgesetzt sein. Vorausgesetzt, die Briten fühlen sich an ihre erklärte Politik China gegenüber gebunden – nämlich ›nur Handelsbeziehungen anzuknüpfen und Handelsplätze anzulegen, an denen alle westlichen Nationen in gleicher Weise teilhaben dürfen‹ –, können wir in Sinkiang, in Turkestan und in die Mongolei einmarschieren und den Landweg nach China beherrschen. (Schon jetzt kontrollieren wir Einmarschrouten, die sich in unmittelbarer Nähe vom Chaiberpaß und von Kaschmir befinden, von wo aus der Vormarsch nach Britisch-Indien erfolgen könnte.) Sollten Nachrichten über unsere territorialen Eroberungen durchsickern, so wird in einer offiziellen Stellungnahme verlautbart, daß Rußland lediglich feindselige wilde Stämme in seinem eigenen Hinterland befriedet habe. In fünf Jahren könnten wir auf diese Weise an der Schwelle von Chinas Kernland, nordwestlich von Peking, stehen. Dann wird es uns durch einfachen diplomatischen Druck möglich sein, dem Mandschu-Kaiser Ratgeber aufzuzwingen und durch ihn das Chinesische Reich so lange zu beherrschen, bis es sich ohne Mühe in Vasallenstaaten aufteilen läßt. Die Feindschaft zwischen der Herrenschicht der Mandschus und den chinesischen Untertanen kommt unseren Plänen entgegen, und selbstverständlich werden wir alles tun, um sie zu schüren.

Wir sollten um jeden Preis die Briten dazu ermutigen und sie dabei unterstützen, Handelsniederlassungen in den Festlandhäfen Chinas zu gründen und zu unterhalten. Sie werden dort durch unmittelbaren chinesischen Druck niedergehalten, ein Vorgang, auf den wir im Laufe der Zeit auf diplomatischem Weg Einfluß nehmen könnten. Und wir müssen um jeden Preis die Engländer davon abbringen, irgendeine Insel zu befestigen und zu besiedeln – wie sie es in Singapur, auf Malta und auf Cypern getan haben (oder an einer so uneinnehmbaren Stelle wie Gibraltar) –, die unserem Druck entzogen wäre und als Bastion für Englands Macht zu Lande und zur See dienen könnte. Es wäre zu empfehlen, mit besonders ausgesuchten Firmen in diesem Gebiet sofort Handelsbeziehungen anzuknüpfen und diese zu intensivieren.

Der Leitsatz unserer Außenpolitik sollte folgender sein: ›Möge England die Meere und die Handelswege beherrschen und die führende Industrienation der Erde sein. Das Land aber soll Rußland beherrschen.‹ Denn sobald wir uns das Land gesichert haben – und es ist unser heiliges Erbe, unser uns von Gott verliehenes Recht, das Land der Zivilisation zu erschließen –, werden die Meere russische Meere werden. Und so wird der russische Zar die Welt beherrschen.«

Sergejew konnte also möglicherweise eine Schlüsselfigur in diesem Plan sein, dachte Struan. Ist er der Mann, der ausgeschickt wurde, um sich von unserer Macht in China ein Bild zu machen? »Um mit besonders ausgesuchten Firmen Handelsbeziehungen anzuknüpfen?« Ist ein Teil seiner Mission, auf Grund von Informationen aus erster Hand über die Auffassung der Amerikaner vom russischen Alaska zu berichten? Ist er der Mann, der ausgeschickt wurde, um im russischen Alaska den Boden für die Horden vorzubereiten? Vergiß nicht, daß er einmal zu dir gesagt hat, den Russen gehöre das Land und uns das Meer!

Der Kommentar zu diesem Bericht war ebenso kühn wie umfassend: »Ausgehend von diesem Geheimdokument und den beigefügten Karten, an deren Richtigkeit nicht zu zweifeln ist, lassen sich einige Schlußfolgerungen von weitreichender Bedeutung ziehen:
Erstens, die Politik Nordamerikas betreffend: Es ist darauf hinzuweisen, daß die Vereinigten Staaten, auch wenn sie über den gegenwärtigen Grenzstreit zwischen den Vereinigten Staaten und dem britischen Kanada ernsthaft besorgt sind, allem Anschein nach nicht den Wunsch haben, sich weitere Gebiete auf dem nordamerikanischen Kontinent einzuverleiben. Auf Grund der freundschaftlichen Beziehungen, die zwischen den Vereinigten Staaten und Rußland bestehen – und die im Hinblick auf dieses Ziel bereits sorgfältig gepflegt wurden –, ist die allgemeine politische Ansicht in Washington die, daß das russische Vorgehen in Alaska und in südlicher Richtung die Westküste entlang die Souveränität der Vereinigten Staaten in keiner Weise beeinträchtigt. Mit anderen Worten, die Vereinigten Staaten von Amerika werden die Monroe-Doktrin Rußland gegenüber nicht geltend machen und daher – erstaunlicherweise – ihre Hintertür nicht vor einer fremden Großmacht versperren, obwohl dies ihren eigensten Interessen zuwiderläuft. Ganz gewiß steht dies im Gegensatz zu den Interessen des britischen Kanada. Mit Bestimmtheit würden sich die Engländer und die Amerikaner in einer völlig unhaltbaren Situation befinden, wenn in aller stille fünfhunderttausend Angehörige euro-asiatischer Völkerstämme im Norden eingeschleust würden.
Es muß ferner darauf hingewiesen werden, daß dieses Gebiet des russischen Amerika ein Sprungbrett in den amerikanischen Kontinent darstellt, auch wenn der gegenwärtige Zar es mit Geringschätzung abtut. Sollte in den Vereinigten Staaten wegen des Sklavenproblems jemals ein Bürgerkrieg ausbrechen, was als unvermeidlich erscheint, wären diese russischen Stämme in der Lage, in diesen Konflikt entscheidend einzugreifen. Dadurch würden England und Frankreich in den Krieg hineingezogen. Russische Nomadenhorden mit ihren kurzen Verbindungswegen über die Beringsee und der Fähigkeit aller primitiven Stämme, sich ihre Nahrung im Land selber zu beschaffen, würden da ganz deutlich im Vorteil sein. Und da die meisten Gebiete im Westen und Südwesten nur dünn besiedelt sind, könnten diese Siedler – oder ›Krieger‹ – verhältnismäßig ungehindert nach Süden vorstoßen.
Wenn also Britannien die Absicht hat, seine Stellung als Weltmacht zu behaupten und Rußlands unaufhörlichem Drang nach Weltherrschaft einen Riegel vorzuschieben, sieht es sich gezwungen, die Bedrohung Kanadas und der schwachen Vereinigten Staaten durch das russische Alaska aus der Welt zu schaffen. Es muß also mit allen ihm zur Verfügung stehenden Mitteln die Vereinigten Staaten dazu veranlassen, sich auf die Monroe-Doktrin zu berufen, um der russischen Bedrohung zu begegnen. Oder aber es muß diplomatischen Druck ausüben und dieses Gebiet erwerben oder es durch Gewalt an sich bringen. Denn wird Rußland nicht schleunigst ausgeschaltet, so ist innerhalb eines halben Jahrhunderts ganz Nordamerika in seinen Herrschaftsbereich einbezogen.
Zweitens, England muß unbedingt seine vorherrschende Stellung in China beibehalten. Es ist notwendig, die bisherigen russischen Eroberungen über

den Ural hinweg zu verfolgen und festzustellen, wie weit diese bereits in jene Gebiete vorgestoßen sind, die im Verlauf der Geschichte in lockerer Weise mit dem Chinesischen Reich verbunden waren und seine Oberhoheit in der einen oder anderen Form anerkannt haben.« Mit einer Reihe von Karten und Daten und einer Übersetzung verschiedener Verträge wurde dann ein anschauliches Bild von dem Vorwärtsdringen Rußlands in östlicher Richtung gezeichnet.

»Im Verlauf der letzten dreihundert Jahre (seit 1552) sind russische Armeen auf ihrer Suche nach einer ›endgültigen‹ Grenze unablässig in östlicher Richtung vorgedrungen. Im Jahre 1640 wurde Ochotsk am Ochotskischen Meer erreicht – es liegt nördlich der Mandschurei und bildet einen Teil des Stillen Ozeans. Diese Armeen haben sich von dort aus unmittelbar nach Süden gewandt, wobei es dann zu ersten Zusammenstößen mit mandschurisch-chinesischen Streitkräften kam.

Im Vertrag von Nertschinsk, unterzeichnet im Jahre 1689 zwischen Rußland und China, wurde die Nordgrenze zwischen den beiden Ländern entlang dem Argun, dem Amur und dem Stanowoi-Gebirge festgelegt. Das gesamte mandschurische Ostsibirien wurde an Rußland abgetreten. Heute bildet diese Linie eine ›endgültige‹ russische Grenze im Norden von China.

Etwa zur gleichen Zeit, im Jahr 1690, wurde ein Russe mit Namen Zaterew auf dem Landweg als Gesandter nach Peking geschickt. Auf seiner Reise untersuchte er die Gegebenheiten für einen möglichen Einmarsch in das unglaublich reiche Kernland Chinas. Nach seinen Feststellungen war der beste Weg das natürliche Einfallstor des Flusses Selenga, der das Land zum Baikalsee hin durchfließt. Den Schlüssel zu diesem Weg bildet der Besitz von Turkestan, der Äußeren Mongolei und der chinesischen Provinz Sinkiang. Und wie im Bericht des Fürsten Tergin festgestellt wird, beherrschen die russischen Armeen bereits das asiatische Gebiet nördlich der Mandschurei bis zum Stillen Ozean und stehen schon an den Grenzen von Sinkiang, Turkestan und der Äußeren Mongolei. Aus dieser Richtung wird Rußland auf das eigentliche China hin vordringen, und dieser Druck wird sich noch auf lange Zeit hinaus verstärken.«

Der Bericht fügte hinzu: »Wenn Britannien nicht eine feste Haltung einnimmt und sich auf den Standpunkt stellt, daß China und Asien zu seiner Einflußsphäre gehören, werden innerhalb einer Generation russische Ratgeber in Peking sitzen. Russische Soldaten werden alle leicht erreichbaren Zugangswege nach Britisch-Indien beherrschen, ganz Britisch-Indien kann überrannt und nach Belieben von Rußland geschluckt werden.

Wenn Britannien die Absicht hat, sich als Weltmacht zu behaupten, so ist es für dieses Reich von entscheidender Bedeutung, daß China als Bollwerk gegen Rußland ausgebaut wird. Es ist gleichfalls von lebenswichtiger Bedeutung, daß dem russischen Vordringen im Gebiet von Sinkiang Einhalt geboten wird. Und es ist von ebenso entscheidender Bedeutung, daß in China selber ein starkes britisches Bollwerk errichtet wird, denn China auf sich selber gestellt ist hilflos. Wenn China auch in Zukunft dahinsiecht wie bisher und ihm nicht geholfen wird, den Weg in die Neuzeit zu finden, wird Rußland es mühelos erobern können.

Kommen wir zum Schluß: es ist höchst bedauerlich, daß Portugal nicht stark genug ist, um dem Landhunger Rußlands zu begegnen. Unsere einzige Hoffnung liegt darin, daß unser alter Verbündeter, Britannien, dank seiner Stärke und seiner hervorragenden Stellung das verhindert, was im Augenblick *unvermeidlich* erscheint.

Allein aus diesem Grunde wurde dieses Aktenstück ohne jegliche offizielle oder inoffizielle Genehmigung auf illegale Weise zusammengestellt. Der Bericht des Fürsten Tergin und die Karten wurden in St. Petersburg erworben und fanden ihren Weg zu uns wohlgesinnten Stellen in Portugal, die mit Regierungsstellen nicht identisch sind. Von dort gelangten sie hierher.

Wir haben Seine Eminenz, den Bischof, dem keine dieser Informationen bekannt ist, gebeten, diese Schriftstücke dem Tai-Pan von Noble House zu übergeben, der unseres Erachtens dafür sorgen wird, daß sie an die richtige Stelle gelangen, damit die entsprechenden Schritte eingeleitet werden können, bevor es zu spät ist. Um unsere Aufrichtigkeit zu beweisen, haben wir dieses Dokument mit unseren Namen unterzeichnet, in der Hoffnung, daß unsere Laufbahn dadurch nicht beeinträchtigt und auch möglicherweise unser Leben keiner Gefährdung ausgesetzt wird.«

Der Bericht war von zwei unbedeutenden Beamten des portugiesischen Außenministeriums unterzeichnet, die jedoch als Sachverständige auf diesem Gebiet gelten konnten. Struan kannte sie flüchtig.

Er warf den Stummel seiner Zigarre in den Garten hinaus und beobachtete, wie er langsam verglühte. Ja, sagte er zu sich, es ist unvermeidlich. Jedoch nicht, wenn wir Hongkong behalten. Hol' der Teufel Lord Cunnnington!

Wie sollte er sich dieser Information bedienen? Aber das war einfach. Sobald ich nach Hongkong zurückkehre, dachte er, werde ich Longstaff und Cooper eine Andeutung machen. Doch was wäre dadurch gewonnen? Warum fahre ich nicht selber nach England? Ein solches Wissen bekommt man nur einmal im Leben zugespielt. Und was ist mit Sergejew? Sollen wir jetzt sehr ›direkt‹ miteinander reden? Soll ich anfangen, mit ihm etwas auszuhandeln?

»Tai-Pan?«

»Ja, meine Kleine?«

»Würdest du bitte Garten-Fenster-Tür schließen? Es wird sehr schlimm kühl.«

Dabei war es eine warme Nacht.

37

Frost ließ May-may erschauern. Feuer verzehrte sie. Im Fieberwahn spürte May-may, wie ihr Leib zerriß. Sie schrie auf. Das, was hatte Leben werden sollen, strömte weg und nahm alles mit sich, ihre Seele, ihre Lebenskraft, so daß nur noch ein schwacher Funke glomm. Dann wich das Fieber, und der Schweißausbruch erlöste sie von ihrem Alptraum. Vier Stunden lang lag sie zwischen Tod und Leben. Aber ihr Joss hatte bestimmt, daß sie zurückkehren solle.

»Hallo, Tai-Pan.«

Sie fühlte das unaufhörliche Verrinnen des Lebens aus ihrem Leib. »Schlimmer Joss, Baby zu verlieren«, flüsterte sie.

»Quäl dich nicht damit. Sieh nur zu, daß du wieder gesund wirst. Die Cinchonarinde kann jederzeit eintreffen. Ich weiß es bestimmt.«

May-may nahm ihre ganze Kraft zusammen und zuckte mit einem Anflug ihrer alten Überlegenheit die Achseln. »Teufel die Langröcke holen! Wie weit kann Mann in Rock denn schnell laufen, heja?«

Aber die Anstrengung war bereits über ihre Kräfte gegangen, wieder wurde sie bewußtlos. Zwei Tage später schien sie viel kräftiger.

»Guten Morgen, meine Kleine. Wie fühlst du dich heute?«

»Phantastisch gut«, antwortete May-may. »Es ist ein schöner Tag, heja? Hast du Mary gesehen?«

»Ja. Sie sieht viel besser aus. Eine gewaltige Veränderung. Fast wie ein Wunder!«

»Für was so gute Änderung, heja?« fragte sie mit harmlosem Gesicht, aber sie wußte sehr wohl, daß Ältere Schwester Mary am Vortag aufgesucht hatte.

»Ich weiß es nicht«, erklärte er. »Gestern, bevor ich wegging, habe ich gerade noch Horatio gesehen. Er brachte ihr einige Blumen. Übrigens läßt sie dir vielmals für die Sachen danken, die du ihr geschickt hast. Was war es denn?«

»Mangofrüchte und ein Kräutertee, hat mein Arzt empfohlen. Ah Sam ist auch hingegangen, vor drei Tagen.« May-may hielt eine Weile inne. Sogar das Reden bedeutete für sie eine große Anstrengung. Heute muß ich sehr stark sein, befahl sie sich.

Heute ist viel zu tun, und morgen kommt das Fieber zurück. Ach ja, zumindest ist jetzt mit Mary alles in Ordnung, sie ist gerettet. Nun war alles so einfach, nachdem Ältere Schwester ihr erklärt hatte, was allen jungen Mädchen in den Freudenhäusern beigebracht wurde – daß nämlich ein Mädchen bei entsprechender Sorgfalt, mit ein wenig Schauspielerei, mit Tränen, die Schmerz und Furcht vorspiegelten, und schließlich ein paar verräterischen Flecken, falls notwendig, für zehn verschiedene Männer zehnmal Jungfrau sein konnte.

Ah Sam trat ein, verneigte sich tief und flüsterte ihr etwas zu. May-mays Gesicht hellte sich auf. »Oh, wie gut, Ah Sam! Du darfst gehen.« Dann zu Struan gewandt: »Tai-Pan, ich bitte einige Silbertaels brauchen.«

»Wie viele?«

»Menge. Bin verarmt. Deine alte Mutter dich sehr lieben. Für was du solche Sachen fragen?«

»Wenn du dich damit beeilst, gesund zu werden, gebe ich dir soviel Taels, wie du willst.«

»Du mir großes Gesicht geben, Tai-Pan. Riesigstes Gesicht. Zwanzigtausend Taels für Medizinheilung – ajiii jah, ich dir soviel wert sein wie eine Kaiserdame.«

»Hat Gordon es dir erzählt?«

»Nein. Ich habe lauschen an Tür. Natürlich! Du glauben, deine alte Mutter will nicht wissen, was Doktor sagt und was du sagst?« Sie sah zur Tür.

Struan wandte sich um und erblickte ein hübsches junges Mädchen, das sich anmutig verneigte. Es hatte das dichte dunkle Haar über dem feinen Gesicht kunstreich aufgesteckt und mit Jadenadeln und Blüten geschmückt. Das mandelförmige Gesicht leuchtete wie reinster Alabaster.
»Das ist Yin-hsi«, sagte May-may. »Sie ist meine Schwester.«
»Ich habe gar nicht gewußt, daß du eine hast, meine Kleine. Sie ist sehr hübsch.«
»Ja, aber sie ist nicht wirkliche Schwester, Tai-Pan. Chinesische Damen nennen einander oft ›Schwester‹. Ist Höflichkeit. Yin-hsi ist dein Geburtstagsgeschenk.«
»Bitte?«
»Ich sie gekauft für Geburtstag.«
»Hast du völlig den Verstand verloren?«
»Ach, Tai-Pan, du manchmal sehr schlimm ermüdend«, erwiderte May-may und begann zu weinen. »Dein Geburtstag ist in vier Monats. Zu der Zeit sollte ich dick sein mit Kind, und so habe ich Suche nach ›Schwester‹ begonnen. War sehr schwierig, die guteste Wahl zu treffen. Sie ist die guteste, und weil ich krank, ich sie dir jetzt schon geben und nicht warten. Du sie nicht mögen?«
»Guter Gott, meine Kleine! Nicht weinen, May-may. Hör mich an. Nicht weinen ... Natürlich gefällt mir deine Schwester. Aber du kannst doch nicht Mädchen als Geburtstagsgeschenk kaufen!«
»Warum nicht?«
»Weil man das ganz einfach nicht tut.«
»Sie ist sehr lieb – ich sie als Schwester haben wollen. Ich wollte ihr beibringen in die vier Monats, aber jetzt ...« Wieder brach sie in Schluchzen aus.
Yin-hsi eilte herbei, kniete neben May-may nieder, ergriff ihre Hand, trocknete ihr besorgt die Tränen und hielt ihr die Teetasse hin. May-may hatte sie schon davor gewarnt, daß die Barbaren zuweilen seltsam wären und ihre Zufriedenheit durch Gebrüll und Fluchen offenbarten, aber das solle sie nicht zu ernst nehmen.
»Sieh nur, Tai-Pan, wie hübsch sie ist!« sagte May-may. »Du sie mögen, bestimmt!«
»Darauf kommt es doch nicht an, May-may. Natürlich gefällt sie mir.«
»Dann das erledigt.« May-may schloß die Augen und lehnte sich in ihre Kissen zurück.
»Es ist nicht erledigt.«
May-may wollte die Sache zum Abschluß bringen. »Es ist, und ich nicht länger darüber streiten. Bei Gott! Ich riesige Gelder gezahlt und sie ist guteste, und ich kann sie nicht wegschicken, denn sie dann alles Gesicht verlieren und sich aufhängen müssen.«
»Sei doch nicht so lächerlich!«
»Ich dir versichern, sie werden, Tai-Pan. Alle wissen, ich habe gesucht nach neuer Schwester für mich und für dich, und wenn du wegschickst, ihr Gesicht ist erledigt. Phantastisch erledigt. Sie sich aufhängen, wahrhaftig!«
»Wein doch nicht, mein Kleines, bitte.«
»Aber du mein Geburtstagsgeschenk an dich nicht mögen.«

»Ich mag sie, und du brauchst sie nicht wegzuschicken«, sagte er rasch – und er hätte noch vieles versprochen, nur um ihre Tränen zu stillen. »Behalt sie hier. Sie wird ... sie wird für dich eine Schwester sein, und sobald du gesund bist, suchen wir einen guten Mann für sie. Einverstanden? Deswegen brauchst du doch nicht zu weinen. Los, mein Kleines, wir trocknen jetzt unsere Tränen.«

Nach und nach versiegten May-mays Tränen. Sie lehnte sich wieder zurück. Dieser Tränenausbruch hatte ihr viel Kraft geraubt. Aber innerlich frohlockte sie, denn es war diesen Preis wert gewesen. Nun würde Yin-hsi bleiben. Wenn ich sterbe, wird er in guten Händen sein, dachte sie. Wenn ich am Leben bleibe, wird sie meine Schwester sein und die zweite Schwester in seinem Hause, denn selbstverständlich wird er sie haben wollen. Selbstverständlich wird er sie begehren, dachte sie schon im Einschlafen. Sie ist so hübsch.

Ah Sam trat ein. »Maste', junger Maste' draußen. Sehen können?«

Struan war von May-mays tiefer Blässe beunruhigt. »Hol Arzt äußerst schnell-schnell, versteh'?«

»Versteh', Maste'.« Niedergeschlagen verließ Struan das Zimmer. Ah Sam schloß die Tür hinter ihm, kniete neben dem Bett nieder und sagte zu Yin-hsi: »Zweite Mutter, ich muß die Gewänder der hohen Dame wechseln, bevor der Arzt kommt.«

»Natürlich. Ich werde dir helfen, Ah Sam«, antwortete Yin-hsi. »Vater ist gewiß ein seltsamer Riese. Wenn Erste Dame und du mich nicht gewarnt hättet, ich wäre wirklich sehr erschrocken.«

»Vater ist sehr nett. Jedenfalls für einen Barbaren. Natürlich haben Erste Dame und ich ihn uns erst gezogen.« Ah Sam betrachtete May-may, die nun in tiefem Schlaf lag, mit gefurchter Stirn. »Sie sieht wirklich sehr krank aus.«

Ja. Aber mein Sterndeuter hat mir günstige Voraussagen gemacht. Wir müssen also Geduld haben.«

»Hallo, Culum«, sagte Struan, als er den schönen, von einer Mauer umgebenen, bepflanzten Vorhof betrat.

»Guten Tag, Tai-Pan. Ich hoffe, du hast nichts dagegen, daß ich hierherkomme.« Culum erhob sich von seinem Platz im Schatten einer Weide und zog einen Brief hervor. »Das ist gerade angekommen, und anstatt Lo Tschum zu schicken, bin ich selber gekommen. Ich wollte gern wissen, wie hier alles steht. Und wie es ihr geht.«

Struan nahm den Brief entgegen. Er trug die Aufschrift: »Persönlich, privat und eilig.« Sein Absender war Morley Skinner.

»Sie hat vorgestern ihr Kind verloren«, sagte er.

»Wie entsetzlich!« stieß Culum hervor. »Ist die Cinchona eingetroffen?«

Struan schüttelte den Kopf. »Setz dich, mein Junge.« Er riß den Brief auf. Morley Skinner schrieb ihm, er habe beabsichtigt, die Nachricht von der ›Nichtanerkennung‹ des Vertrages bis zu Struans Rückkehr zurückzuhalten – denn er betrachte es als gefährlich, sie in seiner Abwesenheit zu veröffentlichen –, aber nun sei es unumgänglich, den Bericht sofort loszulassen:

»Heute morgen ist eine Fregatte aus England eingelaufen. Mein Informant auf dem Flaggschiff hat mir mitgeteilt, der Admiral sei von der geheimen Mitteilung der Admiralität, die an ihn persönlich gerichtet gewesen sei, äußerst beglückt: ›Es ist wahrhaftig höchste Zeit! Mit ein wenig Glück laufen wir noch innerhalb eines Monats nach Norden aus.‹ Das kann nur bedeuten, daß auch er in die Dinge eingeweiht ist und Whalens Ankunft kurz bevorsteht. Ich kann die Notwendigkeit Ihrer Rückkehr nicht genug unterstreichen. Übrigens habe ich erfahren, daß es einen seltsamen privaten Zusatz zu der Vereinbarung zwischen Longstaff und Tsching-so über das Bußgeld für Kanton gibt. Und schließlich möchte ich meiner Hoffnung Ausdruck geben, daß es Ihnen gelungen ist, auf die eine oder andere Art den Wert der Cinchonarinde zu beweisen. Ich bedauere, daß, soviel ich weiß, hier keine aufzutreiben ist. Ich verbleibe, Sir, Ihr sehr ergebener Diener Morley Skinner.«

May-may wird keinen neuen Fieberanfall mehr durchstehen, dachte Struan bedrückt. So sehen die Dinge aus, und du mußt ihnen ins Gesicht blicken. Morgen schon kann sie tot sein – wenn nicht die Cinchona eintrifft. Und wer weiß, ob sie sie wirklich heilt?

Wenn sie stirbt, muß ich Hongkong retten. Wenn sie am Leben bleibt, muß ich ebenfalls Hongkong retten. Aber wozu? Warum nicht diese verdammte Insel so lassen, wie sie war? Vielleicht irre ich mich – und Hongkong ist für England gar nicht so wichtig. Was will ich denn erreichen mit diesem wahnwitzigen Kreuzzug – China erschließen und es unter die anderen Völker aufnehmen? Überlaß doch China seinem eigenen Joss und geh nach Hause. Und wenn May-may am Leben bleibt, mit ihr zusammen. Soll doch Culum als Tai-Pan sich selber seine Stellung schaffen. Eines Tages werde ich sterben, und dann muß Noble House ohne mich weiterbestehen. Das ist ein Gesetz – das Gesetz Gottes, das Gesetz der Natur und das Gesetz unseres Joss.

Geh nach Hause und genieße das, wofür du dich abgerackert und dich aufgeopfert hast. Erlöse Culum von seiner fünfjährigen Knechtschaft. Es ist mehr als genug Geld da für dich, für ihn und seine Kinder. Laß Culum selber entscheiden, ob er bleiben will oder nicht. Geh nach Hause und vergiß. Du bist reich, mächtig und kannst, wenn du magst, an den Höfen der Könige sitzen. Du bist *der* Tai-Pan. Geh weg als *der* Tai-Pan, und zum Teufel mit China. Gib China auf – es ist eine Geliebte, die dir das Blut aussaugt.

»Noch mehr schlechte Nachrichten?«

»Ach, entschuldige, Culum, ich hatte dich ganz vergessen. Was hast du gesagt?« – »Noch mehr schlechte Nachrichten?«

»Nein, aber nichts Wichtiges.« Struan bemerkte, daß die letzten sieben Tage nicht spurlos an Culum vorübergegangen waren. Aus deinem Gesicht ist die Jugend verschwunden, mein Junge. Du bist jetzt ein Mann. Dann fiel ihm Gorth ein, und er wußte, daß er Asien ohne Abrechnung – mit Gorth und mit Brock – nicht verlassen konnte.

»Heute ist der siebte Tag, mein Junge, der letzte, nicht wahr?«

»Ja«, antwortete Culum. Mein Gott, dachte er, bewahre mich vor noch einer solchen Woche. Zweimal hatte ihn Todesangst überfallen. Einmal hatte er beim Wasserlassen Schmerzen verspürt, und einmal hatte er geglaubt, eine

Schwellung und einen Ausschlag zu entdecken. Aber sein Vater hatte ihm Mut zugesprochen. Beide waren einander dadurch nähergekommen. Struan hatte ihm von May-may erzählt.

Während der langen Nachtwachen hatte Struan mit seinem Sohn geredet, wie es zuweilen ein Vater vermag, wenn Kummer – manchmal auch ein Gefühl tiefer Beglückung – die Pforten geöffnet hat. Pläne für die Zukunft, Probleme der Vergangenheit. Wie schwierig es war, mit einem Menschen, den man liebte, Jahre hindurch zusammen zu leben.

Struan erhob sich. »Ich möchte, daß du sofort nach Hongkong reist«, sagte er zu Culum. »Du läufst mit dem Ebbstrom an Bord der *China Cloud* aus. Ich werde Kapitän Orlow offiziell deinem Befehl unterstellen. Auf dieser Reise bist du Herr der *China Cloud.*«

Culum gefiel die Vorstellung, wirklich Herr eines Klippers zu sein.

»Sobald du nach Hongkong kommst, veranlasse, daß Kapitän Orlow Skinner an Bord holt. Überreich ihm persönlich einen Brief, den ich dir gebe. Dann tust du das gleiche mit einem Brief für Gordon. Geh unter gar keinen Umständen an Land und laß auch niemand sonst an Bord. Sobald du von Skinner und Gordon Antwort hast, schick sie wieder an Land und kehr umgehend hierher zurück. Bis morgen abend kannst du wieder hier sein. Du mußt mit der Mittagsebbe auslaufen.«

»Gut. Und ich danke dir von Herzen für … für alles.«

»Wer weiß, mein Junge, vielleicht hättest du die Seuche auch ohne das nicht bekommen.«

»Möglich. Aber dennoch – vielen Dank.«

»In einer Stunde sehe ich dich in meinem Kontor.«

»Sehr schön. Dann kann ich mich noch von Tess verabschieden.«

»Hast du eigentlich jemals daran gedacht, dein Leben selbst in die Hand zu nehmen? Und keine drei Monate mehr zu warten?«

»Denkst du an Entführung?«

»Ich habe dich nur gefragt, ob du daran gedacht hast, sonst nichts.«

»Ich wollte, ich brächte es fertig – wir brächten es fertig. Damit wäre so manches Problem gelöst … aber es geht einfach nicht. Wer sollte uns denn auch trauen?«

»Brock wäre bestimmt wütend. Und Gorth. Ich würde dir ja auch nicht dazu raten. Ist eigentlich Gorth wieder zurück?« fragte er, obgleich er sehr wohl wußte, daß er nicht da war.

»Nein. Er wird heute abend erwartet.«

»Benachrichtige Käpt'n Orlow, er soll sich in einer Stunde mit uns in meinem Kontor treffen.«

»Du wirst ihn meinem Kommando voll und ganz unterstellen?« fragte Culum.

»Nicht, was das Seemännische betrifft. Aber in allen anderen Dingen, ja. Warum?«

»Nichts weiter, Tai-Pan«, antwortete Culum. »Also in einer Stunde.«

»Guten Abend, Dirk«, sagte Liza, als sie das Eßzimmer im Kontorhaus betrat. »Tut mir leid, daß ich Sie beim Abendessen störe.«

»Das macht nichts, Liza«, erwiderte Struan und erhob sich. »Nehmen Sie doch bitte Platz. Wollen Sie mir beim Essen Gesellschaft leisten?«
»Nein, danke. Sind die jungen Leute hier?«
»Weshalb sollten sie hier sein?«
»Ich warte nun schon seit mehr als einer Stunde mit dem Abendessen«, antwortete Liza gereizt. »Hab' schon geglaubt, daß sie wieder 'rumbummeln.« Sie wandte sich der Tür zu. »Entschuldigen Sie, daß ich Sie gestört habe.«
»Ich verstehe nicht ganz: Culum ist doch mit der Mittagsebbe auf der *China Cloud* ausgelaufen. Wie haben Sie ihn da zum Abendessen erwarten können?«
»Was sagen Sie da?«
»Er ist mit der Mittagsebbe aus Macao ausgelaufen«, wiederholte Struan geduldig.
»Aber Tess – ich hab' geglaubt, sie wär' hier mit ihm zusammen. Beim Kricketspiel am Nachmittag.«
»Ich habe ihn ganz plötzlich wegschicken müssen. Heute vormittag. Ich weiß nur, daß er sich von Tess noch verabschieden wollte. Es muß kurz vor Mittag gewesen sein.«
»Kein Wort haben sie mir davon gesagt, daß er heute abreist. Nur, daß sie später noch kommen wollten. Ja, stimmt, es war noch vor Mittag! Wo ist dann Tess? Is' den ganzen Tag nich' mehr nach Hause gekommen.«
»Das ist doch kein Anlaß zur Sorge. Wahrscheinlich ist sie mit ihren Freundinnen zusammen – Sie wissen doch, junge Menschen bemerken gar nicht, wie die Zeit vergeht.«
Liza biß sich besorgt auf die Lippe. »Sie ist noch niemals bisher zu spät gekommen. Nich' so spät. Sie is' ein häusliches Ding, hat nichts dafür übrig, sich 'rumzutreiben. Wenn ihr was zustößt, wird Tyler … Wenn sie mit Culum auf dem Schiff davon is', is' der Teufel los.«
»Warum sollten sie denn, Mrs. Brock?« fragte Struan.
»Steh ihnen Gott bei, wenn sie es getan haben. Und Ihnen auch, Dirk, wenn Sie ihnen geholfen haben.«
Nachdem Liza Brock weggegangen war, goß sich Struan ein Glas Branntwein ein und trat ans Fenster, um zu sehen, was auf der *praia* und im Hafen vor sich ging. Als er feststellte, daß die *White Witch* sich ihrem Ankerplatz näherte, begab er sich nach unten.
»Ich gehen Klub, Lo Tschum.«
»Ja, Maste'.«

38

Gorth kam wie ein wilder Stier in die Diele des Klubs gestürmt, eine neunschwänzige Katze in der Hand. Er stieß die überraschten Diener und Gäste beiseite und stürzte in den Spielsaal.
»Wo ist Struan?«
»Ich glaube, er sitzt in der Bar, Gorth«, antwortete Horatio, von Gorths Gesicht und der Peitsche, die bösartig in seinen Händen zuckte, entsetzt.

Gorth wirbelte herum, schoß quer durch die Diele und in die Bar. Er sah Struan mit einer Gruppe von Kaufleuten an einem Tisch sitzen. Alle wichen zurück, als Gorth auf Struan zutrat. »Wo ist Tess, du Schweinehund?«
Tödliche Stille breitete sich im Raum aus. Horatio und die anderen drängten sich an der Tür.
»Ich weiß es nicht. Und wenn Sie mich noch einmal so nennen, schlag' ich Sie tot.«
Gorth riß Struan hoch. »Is' sie auf der *China Cloud*?«
Struan befreite sich aus Gorths Griff. »Ich weiß es nicht. Und wenn sie dort wäre – was ist denn dabei, wenn ein paar junge Leute ...«
»Das haben Sie sich ausgedacht und eingefädelt, Sie Lump! Sie haben Orlow gesagt, er soll sie trauen!«
»Was ist denn dabei, wenn sie ausgerückt sind? Ist doch alles in Ordnung, wenn sie heiraten!«
Gorth schlug mit der neunschwänzigen Katze nach Struan. Eine der eisenbewehrten Schnüre schnitt Struan scharf ins Gesicht. »Unsere Tess mit diesem verseuchten Wüstling verheiraten?« brüllte er. »Sie gemeines Schwein!«
Also habe ich doch recht gehabt, dachte Struan. Du bist wirklich derjenige! Er sprang auf Gorth zu und packte den Griff der Peitsche. Aber nun warfen sich einige der anderen auf die beiden und trennten sie. In dem Handgemenge fiel ein Leuchter von einem der Tische krachend zu Boden. Horatio trat die Flammen aus, die bereits über den weichen Teppich züngelten.
Struan riß sich los und starrte Gorth an.
»Ich werde Ihnen heute abend noch meine Sekundanten schicken.«
»Brauche keine Sekundanten! Jetzt gleich. Sie können sich Ihre gottverdammten Waffen aussuchen. Los, machen wir es kurz! Und nach Ihnen Culum. Das schwöre ich bei Gott!«
»Warum fordern Sie mich heraus, Gorth? Und warum bedrohen Sie Culum?«
»Sie haben es gewußt, Sie Schweinehund. Er hat die Seuche!«
»Sie sind ja verrückt!«
»Glauben Sie bloß nicht, daß Sie das vertuschen können!« Gorth versuchte sich aus der Umklammerung der vier Männer, die ihn festhielten, freizukämpfen, aber es gelang ihm nicht. »Laßt mich los, zum Teufel!«
»Culum hat die Seuche nicht. Wie kommen Sie überhaupt dazu, so was zu sagen?«
»Weiß doch jeder. Er ist in der Chinesenstadt gewesen. Sie haben es gewußt, Struan, und deswegen sind die beiden verschwunden – bevor es richtig ausbricht.«
Struan hob mit der rechten Hand die Peitsche. »Laßt ihn los.«
Alle traten zurück. Gorth griff nach seinem Messer, zum Sprung bereit, und wie durch Taschenspielerei hatte auch Struan plötzlich ein Messer in seiner Linken.
Gorth machte einen Scheinangriff, aber Struan stand da wie ein Fels. Einen Augenblick lang erkannte Gorth die wilde, ungezähmte Mordlust, die in dem anderen aufloderte. Gorth blieb wie angewurzelt stehen; seine Sinne warnten ihn plötzlich vor der Gefahr.

»Hier ist nicht der richtige Ort für einen Kampf«, rief Struan. »Ich habe dieses Duell nicht herausgefordert. Aber jetzt bleibt nichts anderes übrig. Horatio, würden Sie einen meiner Sekundanten machen?«
»Ja, selbstverständlich«, antwortete Horatio, plötzlich von schlechtem Gewissen gepackt wegen der Teesamen, die er für Longstaff erwerben wollte. Bedankte man sich etwa so für langjährige Hilfe und Freundschaft? Der Tai-Pan hatte ihm Nachrichten von Mary überbracht, und er hatte ihm die Lorcha gegeben, um nach Macao zu gelangen. Wie ein Vater war er zu ihm und zu ihr gewesen, und nun wollte er ihm mit diesem verdammten Teesamen in den Rücken fallen. Aber du giltst ihm ja nichts. Und du zertrittst einer Schlange den Kopf. Und damit wird das Maß deiner eigenen Sünden geringer, wenn du einmal vor Gott stehst. Es wäre mir eine Ehre, Ihr zweiter Sekundant zu sein, Tai-Pan«, sagte Masterson.
»Dann darf ich Sie vielleicht bitten, mit mir zu kommen, meine Herren.« Struan wischte sich die paar Blutstropfen vom Kinn, schleuderte die Peitsche über den Bartisch und ging zur Tür.
»Bist schon ein Toter!« brüllte Gorth hinter ihm her. Er hatte seine Zuversicht zurückgewonnen. »Beeil dich, du Schweinehund, du Drecksack!«
Struan blieb erst stehen, als sie die *praia* erreicht hatten. »Als Waffe wähle ich das Kampfeisen.«
»Guter Gott, Tai-Pan, das ist ... das ist nicht üblich«, rief Horatio. »Er ist sehr stark, und Sie haben ... Sie sind ... die letzte Woche hat Ihnen mehr zugesetzt, als Sie selber wissen.«
»Ganz meine Meinung«, erklärte auch Masterson. »Eine Kugel zwischen die Augen wäre klüger, Tai-Pan.«
»Gehen Sie zum Klub zurück und sagen Sie's ihm. Mein Entschluß steht fest!«
»Wo ... wollen Sie ... das muß doch wohl geheimgehalten werden, meinen Sie nicht? Die Portugiesen würden vielleicht versuchen, die Sache zu verhindern.«
»Ja. Mieten Sie eine Dschunke. Sie beide, ich, Gorth und seine Sekundanten brechen bei Sonnenaufgang auf. Ich will, daß Zeugen dabei sind und daß das Duell fair ausgetragen wird. Auf dem Deck einer Dschunke ist mehr als ausreichend Platz.«
Ich werde dich nicht umbringen, Gorth, gelobte sich Struan, während Triumphgefühl in ihm hochstieg. O nein, das wäre viel zu wenig. Aber von morgen ab wirst du nicht mehr gehen können, wirst nie wieder allein essen, nie mehr sehen, niemals mehr mit einer Frau schlafen. Ich werde dir zeigen, was Rache ist.

Ein paar Stunden später ging die Nachricht von dem Duell bereits von Mund zu Mund. Viele gaben Gorth alle Chancen: Er stand in voller Manneskraft und hatte immerhin allen Grund, den Tai-Pan herauszufordern, wenn das Gerücht zutraf, Culum habe sich die Seuche zugezogen und der Tai-Pan habe in voller Kenntnis dieses Umstandes Tess und Culum mit einem Kapitän, der sie außerhalb der Dreimeilenzone trauen durfte, auf hohe See geschickt.
Wer auf den Tai-Pan setzte, tat es nur in der Hoffnung, er würde siegen,

nicht deshalb, weil er an ihn glaubte. Alle wußten von seiner tiefen Sorge um seine legendäre Geliebte, die im Sterben lag, und von seiner verzweifelten Suche nach Cinchona. Und alle sahen es ihm an, wie sehr ihm diese Sorge zugesetzt hatte. Nur Lo Tschum, Tschen Scheng, Ah Sam und Yin-hsi liehen sich Geld, soviel sie bekommen konnten, setzten voller Vertrauen auf den Tai-Pan und baten die Götter, ihnen ihre Gnade zu erhalten. Ohne den Tai-Pan wären sie ohnehin verloren.

Niemand hatte May-may gegenüber das Duell erwähnt. Struan verließ sie schon früh und kehrte in sein Haus zurück. Er wollte lange und gut schlafen. Das Duell beunruhigte ihn nicht; er war fest davon überzeugt, mit Gorth fertig zu werden. Nur wollte er auf jeden Fall vermeiden, daß er verstümmelt wurde. Dazu mußte er sehr stark und sehr schnell sein.

Ruhig ging er in der Wärme dieser Nacht, die auch wieder schön und von Sternen erhellt war, durch die stillen Straßen.

Lo Tschum öffnete die Tür. »Guten Abend, Maste'.« Er deutete auf das Vorzimmer. Dort saß Liza Brock und wartete.

»Guten Abend«, sagte Struan.

»Hat Culum die Seuche?« stieß sie hervor.

»Selbstverständlich nicht! Mein Gott, wir wissen noch nicht einmal, ob sie überhaupt geheiratet haben. Vielleicht wollten sie nur einmal für sich allein eine kleine Reise machen.«

»Aber er ist doch in einem Bordell gewesen – wer weiß wo? In der Nacht, in der er überfallen wurde.«

»Culum ist nicht krank, Liza.«

»Warum sagen es dann die anderen?«

»Fragen Sie doch Gorth.«

»Das hab' ich doch. Er hat gesagt, ihm hätte man es so erzählt.«

»Und ich wiederhole Ihnen, Liza: Culum ist nicht krank.«

Lizas breite Schultern wurden von Schluchzen erschüttert. »Ach mein Gott, was haben wir getan?« Sie wünschte nur, sie könnte das Duell verhindern. Sie mochte Gorth, obwohl er nicht ihr eigenes Kind war. Auch sie trug Schuld daran, wenn nun Blut fließen mußte – gleichgültig, ob es das Blut von Gorth, dem Tai-Pan, von Culum oder ihrem Mann war. Hätte sie nicht Tyler damals gezwungen, Tess zum Ball gehen zu lassen, wäre dies alles vielleicht niemals geschehen.

»Machen Sie sich keine Sorgen, Liza«, sagte Struan freundlich. »Tess fehlt nichts. Sie brauchen keine Angst zu haben, wenn die beiden heiraten.«

»Wann kommt denn die *China Cloud* zurück?«

»Morgen nacht.«

»Würden Sie unseren eigenen Arzt ihn untersuchen lassen?«

»Das hat Culum zu entscheiden. Ich werde es ihm gewiß nicht verbieten. Aber er ist nicht krank, Liza. Glauben Sie, ich würde sonst die Heirat zulassen?«

»Ja, das würden Sie«, rief Liza in ihrer Qual. »Sie sind ein Teufel, und nur der Teufel weiß, was in Ihrem Kopf vorgeht, Dirk Struan. Aber ich schwöre bei Gott, wenn Sie gelogen haben, bringe *ich* Sie um, wenn meine Männer es nicht tun.«

Ihre Hand tastete nach dem Türknauf. Lo Tschum öffnete die Tür und schloß sie hinter ihr.
»Maste', am besten schlaf-schlaf«, sagte Lo Tschum freundlich aufmunternd. »Morgen schon bald, heja?«
»Scher dich zum Teufel!«

Der eiserne Türklopfer dröhnte dumpf durch das schlafende Haus. Struan lauschte gespannt in der warmen, luftigen Dunkelheit seines Schlafzimmers und vernahm schließlich Lo Tschums leise Schritte. Er stand auf, das Messer in der Hand, und griff nach seinem seidenen Morgenmantel. Rasch und leise trat er hinaus und blickte über das Geländer. Zwei Stockwerke tiefer stellte Lo Tschum die Laterne ab und zog den Riegel an der Tür zurück. Die alte Standuhr schlug ein Viertel nach eins.
Auf der Schwelle stand Pater Sebastian.
»Tai-Pan mich sehen können?«
Lo Tschum nickte und legte das Hackmesser weg, das er hinter seinem Rükken verborgen gehabt hatte. Er schickte sich an, die Treppe hinaufzusteigen, blieb jedoch stehen, als Struan ihn anrief.
»Was ist?«
Pater Sebastian legte den Kopf zurück und starrte in die Dunkelheit. Der jähe Anruf aus der Finsternis hatte ihm einen Schauer über den Rücken gejagt. »Mr. Struan?«
»Ja?« antwortete Struan. Ihm zog sich die Kehle zusammen.
»Seine Eminenz schickt mich. Wir haben die Cinchonarinde.«
»Wo ist sie?«
Der Mönch hielt einen kleinen, schmutzigen Beutel hoch. »Hier. Seine Eminenz hat gesagt, Sie würden jemand erwarten.«
»Und der Preis?«
»Davon weiß ich nichts, Mr. Struan«, antwortete Pater Sebastian. Seine Stimme drang nur schwach von unten herauf. »Seine Eminenz hat nur erklärt, ich solle jemanden behandeln, zu dem Sie mich führen würden. Das ist alles.«
»Ich komme sofort«, rief Struan und eilte in sein Zimmer.
Hastig kleidete er sich an, zwängte sich in seine Stiefel, stürzte zur Tür und blieb jäh stehen. Er überlegte einen Augenblick, ergriff dann das Kampfeisen und lief die Treppe hinunter. Als Pater Sebastian das Kampfeisen erblickte, wich er ein wenig zurück.
»Guten Morgen, Pater«, sagte Struan. Er verbarg den Widerwillen, den er beim Anblick der schmutzigen Kleidung des Mönches empfand, und wieder stieg der Haß gegen alle Ärzte in ihm auf. »Lo Tschum, wenn Maste' Sinclair hier – du ihn bringen, versteh'?«
»Versteh', Maste'.«
»Kommen Sie, Pater Sebastian.«
»Einen Augenblick noch, Mr. Struan! Bevor wir gehen, muß ich Ihnen etwas erklären. Ich habe niemals zuvor Cinchona angewendet – keiner von uns.«
»Das macht doch nichts, oder?«
»Natürlich macht es etwas!« entgegnete der hagere Mönch. »Ich weiß ledig-

lich, daß ich aus dieser Rinde einen Tee zubereiten muß, indem ich sie koche. Die Schwierigkeit ist, daß wir nicht mit Bestimmtheit wissen, wie lange wir sie kochen müssen und wie stark der Tee sein soll, wieviel der Patient davon bekommen soll und in welchen Zeitabständen. Die einzige medizinische Anweisung, die wir bezüglich der Anwendung von Cinchona haben, ist auf lateinisch – und recht ungenau.«

»Der Bischof hat mir erzählt, er habe Malaria gehabt. Wie hat er denn das Mittel eingenommen?«

»Seine Eminenz erinnert sich nicht mehr. Nur daß es sehr bitter geschmeckt und ihm Übelkeit verursacht hat. Er glaubt, daß er das Getränk vier Tage lang eingenommen hat. Seine Eminenz hat mich beauftragt, Ihnen zu sagen, Sie müßten sich bewußt sein, daß die Verantwortung für die Behandlung Sie tragen.«

»Das ist mir klar. Gehen wir jetzt!«

Struan stürmte zur Tür hinaus, Pater Sebastian neben ihm. Sie gingen erst ein Stück die *praia* und dann eine stille Allee entlang.

»Bitte, Mr. Struan, nicht so schnell«, bat Pater Sebastian außer Atem.

»Morgen muß ein neuer Fieberanfall kommen. Wir müssen uns beeilen.«

Struan überquerte die Praça de São Paulo und bog ungeduldig in eine andere Straße ein. Plötzlich blieb er, vom Instinkt gewarnt, stehen und wich nach einer Seite aus. Eine Musketenkugel schlug in die Mauer neben ihm. Er riß den erschreckten Mönch zu Boden. Noch ein Schuß. Die Kugel streifte Struans Schulter, und er verfluchte sich, weil er keine Pistolen mitgenommen hatte.

»Rennen Sie um Ihr Leben!« Er riß den Mönch hoch und stieß ihn über die Straße hinweg in eine Toreinfahrt. In den Häusern wurde Licht gemacht.

»Hierher!« zischte er und stürzte hinaus. Er schlug einen Haken. Ein weiterer Schuß verfehlte ihn um Haaresbreite, als er sich in eine Gasse flüchtete. Pater Sebastian lief keuchend neben ihm her.

»Haben Sie die Cinchona?« fragte Struan.

»Ja. Aber was ist denn los, um Himmels willen?«

»Räuber!« Struan packte den erschrockenen Mönch am Arm, rannte mit ihm durch die tiefe Finsternis der Gasse und auf einen offenen Platz vor dem Fort von São Paulo do Monte hinaus.

Im Schatten des Forts holte er Atem. »Wo ist die Cinchona?«

Kraftlos hielt Pater Sebastian den Beutel hoch. Das Mondlicht fiel auf den blutunterlaufenen Striemen in Struans Gesicht, den die neunschwänzige Katze hinterlassen hatte, und spiegelte sich in seinen Augen. In diesem ungewissen Schimmer wirkte er noch größer als sonst und wie der Teufel persönlich. »Wer war das? Wer hat auf uns geschossen?« fragte der Mönch.

»Räuber«, wiederholte Struan. Dabei wußte er, daß in Wirklichkeit Gorths Leute – oder Gorth selber – ihnen aufgelauert haben mußten. Einen Augenblick lang stieg der Verdacht in ihm hoch, man habe Pater Sebastian möglicherweise als Lockvogel geschickt. Aber das war unwahrscheinlich – der Bischof konnte nicht mit im Spiel sein, und die Cinchona war ja tatsächlich vorhanden. Wir werden es ja bald wissen, dachte er. Aber wenn es wirklich so ist, dann schneide ich einigen Papisten die Kehle durch.

Wachsam spähte er in die Dunkelheit. Er zog sein Messer aus dem Stiefel und lockerte die Schlinge des Kampfeisens an seinem Handgelenk. Als Pater Sebastian wieder etwas zu sich gekommen war, nahm er den Weg über die Höhe, vorbei an der Kirche São Antonio und wieder bergab bis zur Gartenmauer um May-mays Haus. In die hohe dicke Mauer war eine Pforte eingelassen.

Heftig betätigte er den Türklopfer. Kurz darauf lugte Lim Din durch das Guckloch. Die Tür schwang auf. Sie begaben sich in den Vorhof; hinter ihnen wurde der Riegel wieder vorgeschoben.

»Jetzt sind wir in Sicherheit«, sagte Struan. »Lim Din, Teetrinken, Menge schnell-schnell!« Er machte Pater Sebastian ein Zeichen, sich zu setzen, und legte das Kampfeisen auf den Tisch. »Erholen Sie sich erst einmal.«

Der Mönch löste seine Hand vom Kruzifix, das er umklammert hatte, und wischte sich die Stirn. »Hat wirklich jemand versucht, uns umzubringen?«

»Ich hatte ganz den Eindruck«, antwortete Struan. Er zog Jacke und Hemd aus und betrachtete seine Schulter. Die Kugel hatte ihn nur gestreift.

»Lassen Sie mich bitte sehen«, sagte der Mönch.

»Es ist nichts weiter.« Struan zog sich wieder an. »Machen Sie sich keine Sorge, Pater. Und jetzt werden Sie sie auf meine Verantwortung hin behandeln. Sind Sie wieder einigermaßen bei Kräften?«

»Ja.« Die Lippen des Mönches waren wie rissiges Pergament, sein Atem roch übel. »Zunächst einmal werde ich den Cinchonatee zubereiten.«

»Bitte. Aber bevor wir anfangen, müssen Sie mir beim Kreuz schwören, daß Sie mit niemandem jemals über dieses Haus sprechen werden, nicht darüber, wer hier wohnt und was hier geschieht.«

»Das ist bestimmt nicht notwendig. Es gibt nichts, das ...«

»Doch, das gibt es! Ich lege großen Wert darauf, daß mein Privatleben unangetastet bleibt. Wenn Sie nicht schwören, werde ich selbst sie behandeln. Wie mir scheint, verstehe ich ungefähr genauso viel wie Sie von der Anwendung der Cinchona. Also entscheiden Sie sich.«

Der Mönch war sehr unglücklich, daß er so wenig darüber wußte, und sehnte sich verzweifelt danach, im Namen Gottes zu heilen. »Also gut, einverstanden. Ich schwöre beim Kreuz, daß meine Lippen versiegelt sein werden.«

»Ich danke Ihnen.« Struan ging ihm voraus durch die Eingangstür und einen Gang entlang. Ah Sam trat aus ihrem Zimmer und verbeugte sich schüchtern, wobei sie ihren grünen Pyjama vorn zusammenhielt. Mit einer Laterne folgte sie ihnen in die Küche.

Die Küche, neben einem Hofraum gelegen, den man mit allen möglichen Sachen vollgestellt hatte, war klein. Sie besaß einen offenen Herd und ein Holzkohlenbecken; Töpfe, Pfannen und Teekessel standen umher, Hunderte von Bündeln getrockneter Kräuter, Pilze, Gemüse, Gedärme und Würste hingen an den verräucherten Wänden. Überall auf dem schmutzigen Boden lagen aus Schilf geflochtene Säcke mit Reis.

Zwei verschlafene Koch-Amahs saßen halb aufgerichtet auf unordentlichen Bettstellen und starrten Struan benommen an. Aber als er einen Haufen von Töpfen und schmutzigen Tellern vom Tisch fegte, um Platz zu machen, sprangen sie aus ihren Betten und flohen aus dem Haus.

»Tee, Maste'?« fragte Ah Sam verwirrt.
Struan schüttelte den Kopf. Er nahm dem noch immer erregten Mönch den schweißgetränkten Beutel ab und öffnete ihn. Die Rinde war braun, sah genauso aus wie andere Rinde auch und war in kleine Krümel zerfallen. Er roch an ihr, aber sie war geruchlos. »Was jetzt?«
»Wir brauchen etwas, worin wir das Getränk kochen können.« Pater Sebastian ergriff einen verhältnismäßig sauberen Topf.
»Würden Sie bitte zuerst Ihre Hände waschen?« Struan deutete auf einen kleinen Kübel und die Seife, die daneben lag.
»Bitte?«
»Waschen Sie sich erst die Hände. Bitte.« Struan schöpfte Wasser in den Kübel und hielt ihm die Seife hin. »Sie werden nichts tun, ehe Sie sich die Hände gewaschen haben.«
»Wozu ist das denn nötig?«
»Weiß ich nicht. Ein alter chinesischer Aberglaube. Bitte, halten Sie uns nicht auf, Pater. Bitte.«
Während Struan den Topf auswusch und ihn auf den Tisch stellte, beobachtete Ah Sam mit glänzenden Augen, wie sich Pater Sebastian die Hände mit Seife wusch, sie abspülte und an einem sauberen Handtuch trocknete.
Dann schloß er die Augen, faltete die Hände und sprach flüsternd ein Gebet.
»Jetzt ein Gefäß, mit dem ich abmessen kann«, sagte er, nachdem er sein Gebet beendet hatte. Er suchte sich aufs Geratewohl eine kleine Tasse, füllte sie bis zum Rand mit Cinchona, schüttete die Rinde in den Topf und fügte langsam und methodisch zehn randvolle Tassen mit Wasser nach. Dann stellte er den Topf zum Kochen auf das Holzkohlenbecken. »Versuchen wir es zu Anfang mit einem Verhältnis zehn zu eins«, sagte er mit brüchiger Stimme. Nervös wischte er sich die Hände an der Kutte ab. »Und jetzt möchte ich die Patientin sehen.«
Struan machte Ah Sam ein Zeichen und deutete auf den Topf. »Nicht anrühren!«
»Nicht anrühren, Maste'!« antwortete Ah Sam eifrig. Nun, nachdem sie den ersten Schrecken überwunden hatte, begannen alle diese seltsamen Vorbereitungen ihr Spaß zu machen. »Nicht anrühren, Maste', keine Sorge!«
Struan und der Mönch verließen die Küche und gingen in May-mays Schlafzimmer. Ah Sam folgte ihnen.
Eine Laterne erhellte die Dunkelheit nur spärlich. Yin-hsi bürstete sich vor einem Spiegel das zerzauste Haar. Sie hielt inne und verneigte sich hastig. Ihre Matratze lag neben May-mays großem Himmelbett auf dem Boden.
May-may fror trotz der Last der Decken.
»Da sind wir, meine Kleine. Wir haben die Cinchona«, sagte Struan und trat dicht zu ihr. »Endlich. Jetzt wird alles gut!«
»Mir so kalt, Tai-Pan«, antwortete sie hilflos. »Mir so kalt. Was hast du gemacht mit Gesicht?«
»Nichts, meine Kleine.«
»Du dich geschnitten.« Sie erschauerte, schloß die Augen und sank in die Kälte zurück, die auf sie eindrang. »So kalt sein.«
Struan wandte sich um und sah Pater Sebastian an. »Was ist?«

»Nichts. Nichts.« Der Mönch stellte eine kleine Sanduhr auf den Tisch, kniete neben dem Bett nieder, ergriff May-mays Handgelenk und begann ihre Pulsschläge zu zählen. Wie kommt es, daß eine Chinesin englisch spricht? fragte er sich. Ist das andere Mädchen die zweite Geliebte? Bin ich in einem Harem des Teufels? O Herr, beschütze mich und verleih mir Deine Kraft des Heilens und laß mich in dieser Nacht Dein Werkzeug sein.

May-mays Puls war so langsam und schwach, daß er große Mühe hatte, ihn überhaupt zu finden. Mit großer Sanftheit zwang er sie, ihn anzusehen, und blickte ihr in die Augen. »Sie brauchen keine Angst zu haben«, sagte er. »Es gibt nichts, wovor Sie Angst haben müßten. Sie sind in Gottes Hand. Ich muß Ihnen in die Augen blicken. Sie sind in Seinen Händen, haben Sie keine Angst.«

Wehrlos und wie erstarrt folgte May-may seiner Aufforderung. Yin-hsi und Ah Sam standen im Hintergrund und sahen verängstigt zu.

»Was tut er? Wer ist er?« flüsterte Yin-hsi.

»Ein teuflischer Hexendoktor der Barbaren«, lautete Ah Sams geflüsterte Antwort. »Er ist ein Mönch. Einer der Langrock-Priester des nackten Gottesmannes, den sie ans Kreuz genagelt haben.«

»Ach!« Yin-hsi erschauerte. »Ich habe von ihnen gehört. Wie entsetzlich, so etwas zu tun! Sie sind wirklich Teufel. Warum bringst du nicht Vater etwas Tee? Das ist immer gut gegen alle Sorgen.«

»Lim Din macht ihn schon, Zweite Mutter«, flüsterte Ah Sam und gelobte sich, daß sie um nichts in der Welt das Zimmer verlassen würde, denn sonst konnte ihr etwas von größter Wichtigkeit entgehen. »Wenn ich nur etwas von ihrer schrecklichen Sprache verstünde.«

Der Mönch legte May-mays Handgelenk auf die Decke zurück und blickte zu Struan auf. »Seine Eminenz hat mir gesagt, die Malaria hätte zu einer Fehlgeburt geführt. Ich muß sie untersuchen.« – »Dann tun Sie es.« Als der Mönch die Decken und Laken wegzog, versuchte May-may ihn daran zu hindern, während Yin-hsi und Ah Sam besorgt zu ihrer Hilfe herbeieilten.

»Nein!« fuhr Struan sie an. »Zurückbleiben!« Er setzte sich neben May-may und hielt ihre Hände fest. »Schon gut, meine Kleine. Machen Sie weiter«, sagte er zum Mönch gewandt.

Pater Sebastian untersuchte May-may und legte sie dann wieder bequem zurecht. »Die Blutung hat fast aufgehört, das ist sehr gut.«

Er drückte seine langen Finger auf die Schädelbasis und sondierte vorsichtig.

May-may spürte, wie die Finger ihren Schmerz ein wenig linderten. Aber wieder überkroch es sie eisig, und ihre Zähne schlugen aufeinander. »Tai-Pan, mir so kalt. Kann ich warme Flasche oder Decken haben? Bitte. Mir so kalt.«

»Ja, meine Kleine, einen Augenblick.« Eine Wärmflasche lag neben ihrem Rücken, und sie hatte bereits vier Daunendecken.

»Haben Sie eine Uhr, Mr. Struan?« fragte Pater Sebastian.

»Ja.«

»Gehen Sie bitte in die Küche. Sobald das Wasser kocht, stellen Sie die Zeit fest. Wenn der Tee eine Stunde leise gekocht hat ...« Pater Sebastians Augen

spiegelten seine tiefe Verzweiflung. »Zwei? Oder eine halbe Stunde? Wie lange? Ach Gott, hilf mir in dieser Stunde der Not.«
»Eine Stunde«, erklärte Struan fest und zuversichtlich. »Wir werden die gleiche Menge ansetzen und zwei Stunden sieden lassen. Wenn der erste Trank nichts hilft, werden wir es mit der zweiten Portion versuchen.«
»Ja. Machen wir es so.«

Struan warf im Schein der Küchenlaterne einen Blick auf seine Uhr, nahm das Gebräu vom Kohlenbecken und stellte es zum Abkühlen in einen Eimer mit Wasser. Der Inhalt des zweiten Topfes war noch immer am Sieden.
»Wie geht es ihr?« fragte er, als der Mönch eintrat, dicht gefolgt von Ah Sam und Yin-hsi.
»Der Schüttelfrost ist sehr stark, und ihr Herz ist sehr schwach. Können Sie sich erinnern, wie lange der Schüttelfrost dauerte, bevor das Fieber einsetzte?«
»Vier Stunden, vielleicht fünf. Ich weiß es nicht genau.« Struan goß etwas von der heißen Flüssigkeit in eine kleine Teetasse und kostete. »Mein Himmel, entsetzlich bitter!«
Auch der Mönch nahm einen kleinen Schluck und verzog ebenfalls das Gesicht. »Fangen wir an. Ich hoffe nur, daß sie es bei sich behält. Jede Stunde eine Tasse voll.« Er suchte sich eine Tasse auf dem verräucherten Regal und nahm ein schmutziges Tuch vom Tisch.
»Wozu ist das?« fragte Struan.
»Ich muß den Tee durchseihen, um die Rinde zu entfernen. Das Tuch da ist geeignet, weil das Gewebe grob genug ist.«
»Das mache ich«, erklärte Struan. Er nahm das silberne Teesieb, das er sich bereits zurechtgelegt hatte, und wischte es mit einem Taschentuch ab.
»Warum tun Sie das?«
»Die Chinesen geben sich immer große Mühe, die Teekanne und die Tasser sauberzuhalten. Sie sagen, der Tee würde dadurch heilsamer.«
Er begann den übelriechenden Rindentee in eine tadellos saubere Teekanne aus Porzellan zu gießen. Er wünschte so sehr, daß die Stärke des Getränkes genau richtig war.
Dann trug er die Kanne und die Tasse ins Schlafzimmer.
May-may erbrach die erste Tasse. Auch die zweite.
Trotz ihres jämmerlichen Flehens zwang Struan sie dazu, erneut zu trinken. Diesmal behielt sie den Tee bei sich – sie gab sich die größte Mühe, nur um nicht noch eine Tasse dieses fürchterlichen Gebräus schlucken zu müssen.
Noch geschah nichts. Nur der Schüttelfrost wurde noch heftiger.
Eine Stunde später ließ Struan sie wieder etwas trinken. Den Inhalt dieser Tasse behielt sie bei sich, aber der Schüttelfrost verschlimmerte sich.
»Wir werden ihr zwei Tassen geben«, erklärte Struan und kämpfte seine tiefe Angst nieder. Er zwang sie, das doppelte Maß zu sich zu nehmen.
Stunde um Stunde wiederholte sich der Vorgang. Die Dämmerung stieg herauf.
Struan warf einen Blick auf seine Uhr. Sechs Uhr. Keine Besserung. Während der Schüttelfrostanfälle zitterte May-may wie ein Zweig im Herbstwind.

»Um der Liebe Christi willen«, stieß Struan hervor, »es muß doch wirken!«
»Dank der Liebe Christi wirkt es ja, Mr. Struan«, antwortete Pater Sebastian. Er hielt May-mays Handgelenk. »Die Fieberhitze war schon vor zwei Stunden fällig. Wenn sie nicht einsetzt, hat sie eine Chance. Ihr Puls ist noch immer kaum zu spüren, das wohl, aber die Cinchona wirkt bereits.«
»Halte durch, mein Kleines«, bat Struan und ergriff May-mays Hand. »Noch ein paar Stunden. Halt durch!«
Einige Zeit später wurde an die Pforte in der Gartenmauer geklopft.
Struan ging mit geröteten Augen aus dem Haus und zog den Riegel an der Pforte zurück. »Guten Morgen, Horatio. Heja, Lo Tschum.«
»Ist sie tot?«
»Nein. Ich glaube, sie hat es mit Gottes Hilfe überstanden.«
»Haben Sie denn die Cinchona bekommen?«
»Ja.«
»Masterson ist schon auf der Dschunke. Gorth müßte bald kommen, es ist schon an der Zeit. Ich werde aber seine Sekundanten bitten, die Sache auf morgen zu verschieben. In dem Zustand, in dem Sie sind, können Sie gegen niemand antreten.«
»Kein Anlaß zur Sorge. Es gibt mehr Arten, eine Schlange zu töten, als nur ihren verdammten Kopf zu zertrampeln. In einer Stunde bin ich da.«
»Wie Sie wollen, Tai-Pan.« Eilig wandte sich Horatio zum Gehen. Lo Tschum folgte ihm.
Struan schob den Riegel vor und kehrte zu May-may zurück.
Völlig regungslos lag sie im Bett.
Pater Sebastian fühlte gerade ihren Puls. Sein Gesicht war starr vor Angst. Er beugte sich nieder und lauschte ihrem Herzschlag. Sekunden verstrichen. Schließlich hob er den Kopf und sah Struan unsicher an. »Einen Augenblick habe ich gedacht ... aber ihr Zustand ist befriedigend. Ihr Herz schlägt zwar entsetzlich langsam, aber sie ist jung. Mit Gottes Hilfe ... ist das Fieber erloschen, Mr. Struan. Die Cinchona aus Peru wird das Happy-Valley-Fieber heilen. Wie wunderbar doch Gottes Wege sind!«
Struan fühlte sich seltsam gelöst. »Wird das Fieber wiederkehren?« fragte er.
»Vielleicht. Von Zeit zu Zeit. Aber man wird ihm mit Cinchona wieder beikommen können, zur Sorge besteht also kein Anlaß mehr. Das Fieber ist erloschen. Begreifen Sie? Sie ist von der Malaria geheilt!«
»Aber wird sie am Leben bleiben? Sie sagen, ihr Herz sei sehr schwach. Wird sie leben?«
»Wenn Gott es will. Die Aussichten sind jedenfalls gut. Sehr gut sogar.«
»Ich muß jetzt gehen«, sagte Struan und erhob sich. »Würden Sie bitte bis zu meiner Rückkehr hier bleiben?«
»Ja.« Pater Sebastian wollte das Zeichen des Kreuzes über ihm schlagen, entschied sich dann aber dagegen. »Ich kann Ihren Aufbruch nicht segnen, Mr. Struan. Sie wollen jemand umbringen, nicht wahr?«
»Man ist zum Sterben geboren, Pater. Ich versuche nur, mich selber und die Meinen nach bestem Vermögen zu schützen und den Zeitpunkt meines Todes selber zu bestimmen. Das ist alles.«

Er griff nach dem Kampfeisen, streifte sich die Schlaufe über das eine Handgelenk und verließ das Haus.
Auf seinem Weg durch die Straßen fühlte er sich von Blicken verfolgt. Aber er kümmerte sich nicht darum. Der Morgen, die Sonne, der Anblick des Meeres und sein Geruch gaben ihm neue Kraft.
Der richtige Tag, um eine Schlange zu zertreten, dachte er. Trotzdem bist du es, der heute fast erledigt ist. Soviel Kraft, um mit einem Kampfeisen auf Gorth loszugehen, hast du nicht mehr. Nicht heute.

39

In der Nähe der Dschunke hatte sich eine große Menschenmenge versammelt: Chinahändler, eine Abteilung portugiesischer Soldaten unter dem Befehl eines jungen Offiziers, und Seeleute. Die Dschunke lag an einer Pier vertäut, die von der *praia* abging. Als Struan erschien, waren alle, die auf ihn gesetzt hatten, erschrocken. Die anderen, deren Favorit Gorth war, triumphierten heimlich.
Der portugiesische Offizier vertrat Struan höflich den Weg. »Guten Morgen, Senhor.«
»Guten Morgen, Hauptmann Machado«, antwortete Struan.
»Der Generalgouverneur bittet Sie, davon Kenntnis zu nehmen, daß Duelle in Macao verboten sind.«
»Ich bin mir darüber im klaren«, erwiderte Struan. »Würden Sie die Freundlichkeit haben, ihm in meinem Namen zu danken und ihm zu sagen, ich sei der letzte, der sich gegen portugiesische Gesetze vergehen würde. Ich weiß, daß wir alle hier Gäste sind und Gäste ihren Gastgebern gegenüber Pflichten haben.« Er rückte die Schlaufe seines Kampfeisens zurecht und ging auf die Dschunke zu. Die Menge wich vor ihm auseinander, und er sah die Feindseligkeit in den Gesichtern von Gorths Anhängern und von den Leuten, die ihn lieber tot als lebendig gesehen hätten. Von ihnen gab es viele.
Auf dem hohen Achterdeck stand Lo Tschum wartend neben Horatio. »Guten Morgen, Maste'.« Er hielt das Rasierzeug hoch. »Sie wollen?«
»Wo ist Gorth, Horatio?«
»Seine Sekundanten suchen ihn.«
Struan wünschte sich, Gorth läge besinnungslos betrunken in einem Bordell. O Gott, laß uns den Kampf morgen erst austragen!
Er begann sich zu rasieren. Die Menge betrachtete ihn schweigend, und viele bekreuzigten sich, von der Gelassenheit des Tai-Pan entsetzt.
Nachdem er sich rasiert hatte, fühlte er sich schon ein wenig wohler. Er blickte zum Himmel empor. Ein Schleier von Zirruswolken zog sich über den Himmel, das Meer war ruhig wie ein See. Er rief Cudahy an, den er von der *China Cloud* zurückbehalten hatte. »Halten Sie bei mir Wache.«
»Jawohl, Sir.«
Struan streckte sich auf einem Lukendeckel aus und fiel sofort in Schlaf.
»Guter Gott«, sagte Roach, »er ist unmenschlich.«
»Ja«, pflichtete Vivien ihm bei, »er ist wirklich der Teufel persönlich.«

»Verdoppeln Sie doch Ihren Einsatz, wenn Sie so zuversichtlich sind!«
»Nein. Es sei denn, daß Gorth stinkbesoffen hier aufkreuzt.«
»Angenommen, er würde Gorth umbringen – was ist dann mit Tyler?«
»Vermutlich kämpfen sie dann so lange miteinander, bis einer von ihnen tot daliegt.«
»Und was wird Culum tun? Wenn Gorth heute der Sieger ist?«
»Nichts. Was kann er dann noch tun? Außer dem Haß bleibt ihm vielleicht nicht viel. Armer Kerl, ich mag ihn eigentlich. Jedenfalls haßt er den Tai-Pan – vielleicht ist er Gorth sogar dankbar. Auf jeden Fall wird er dann Tai-Pan. Wo, zum Teufel, bleibt denn Gorth?«
Unaufhaltsam stieg die Sonne am Himmel höher. Plötzlich kam ein portugiesischer Soldat aus einer der angrenzenden Straßen herbeigestürzt und sprach aufgeregt mit dem Offizier, der sofort seine Leute die *praia* entlang in Marsch setzte. Die Zuschauer folgten ihnen, einer nach dem andern.
Struan erwachte und sah sich in die rauhe Wirklichkeit zurückversetzt. Mit jeder Faser sehnte er sich nach Schlaf. Benommen richtete er sich auf. Horatio stand vor ihm und sah ihn seltsam an.

Gorths übel zugerichteter Leichnam lag im Schmutz einer Gasse nahe der Hafenanlagen der Chinesenstadt. Um den Leichnam herum waren drei Chinesen ausgestreckt – auch sie tot. Ein vierter Chinese wand sich, den Schaft eines abgebrochenen Speers im Unterleib, mehr tot als lebendig, stöhnend zu Füßen einer Patrouille portugiesischer Soldaten.
Die Chinahändler und Portugiesen drängten näher heran, um besser sehen zu können. Wer Gorth erblickte, wandte sich entsetzt ab.
»Die Leute von der Patrouille haben mir gemeldet, sie hätten Schreie und die Geräusche eines Kampfes gehört«, erklärte der portugiesische Offizier Struan und anderen, die in seiner Nähe standen. »Als sie hier herunterkamen, sahen sie Senhor Brock so wie jetzt am Boden liegen. Drei oder vier Chinesen stießen mit Speeren auf ihn ein. Als diese Mordteufel unsere Leute erblickten, sind sie dort drüben verschwunden.« Er deutete auf ein Gewirr von Hütten, gewundenen Gassen und engen Durchgängen, die nun wie ausgestorben dalagen. »Die Soldaten haben die Verfolgung aufgenommen, aber...« Er zuckte die Achseln.
Struan wußte, daß die Mörder ihn gerettet hatten. »Ich setze eine Belohnung auf die Köpfe der Männer aus, die entkommen sind«, rief Struan. »Hundert Taels für einen Toten, fünfhundert für einen Lebenden.«
»Sie brauchen höchstens das Geld für die Toten, Senhor. Die Heiden werden nur drei Leichen liefern – die ersten besten, die sie finden. Und was nun die ›Lebenden‹ betrifft« – der Offizier deutete mit dem Daumen verächtlich auf den Gefangenen –, »falls uns nicht dieser *bastardo degenerado* verrät, wer die anderen sind, werden Sie Ihr Geld niemals zu zahlen brauchen. Aber wenn ich mir die Sache genau überlege, so glaube ich, daß die chinesischen Behörden beim Verhör – sagen wir – etwas geschickter sein werden.« Er gab auf portugiesisch einen kurzen Befehl, worauf die Soldaten den Mann auf eine zerbrochene Tür legten und wegtrugen.
Der Offizier klopfte ein wenig Schmutz von seiner Uniform. »Ein sinnloser,

unnötiger Tod. Senhor Brock hätte klüger sein und sich nicht in einer solchen Gegend herumtreiben sollen. Mir scheint, daß das kein sehr ehrenvoller Tod war.«

»Sie haben wirklich Glück, Tai-Pan«, rief einer von Gorths Freunden spöttisch. »Wirklich Glück.«

»Ganz recht. Ich bin froh, daß ich nicht sein Blut an den Händen habe.«

Struan wandte dem Leichnam den Rücken und entfernte sich langsam.

Er verließ die Gasse und stieg den Hügel zum alten Fort hinauf. Als er oben stand, von See und Himmel umgeben, ließ er sich auf einer Bank nieder und dankte dem Unendlichen für den Segen dieser Nacht und dieses Tages.

Er vergaß die Vorübergehenden, die Soldaten am Tor des Forts und den Klang der Kirchenglocken. Auch den Gesang der Vögel, den sanften Wind und die wärmende Sonne bemerkte er nicht. Ohne daß er es merkte, verstrich die Zeit.

Später versuchte er sich darüber klarzuwerden, was zu tun sei, aber er vermochte seine Gedanken nicht zu sammeln.

»Reiß dich zusammen«, sagte er laut zu sich.

Er ging den Hügel hinunter bis zur bischöflichen Residenz, aber der Bischof war nicht zu Hause. Er ging zur Kathedrale und fragte nach ihm. Ein Mönch bat ihn, in dem von einem Kreuzgang umschlossenen Garten zu warten.

Struan setzte sich auf eine Bank im Schatten und lauschte dem Gemurmel des Springbrunnens. Die Blumen erschienen ihm bunter, ihr Duft köstlicher als jemals zuvor. Das Klopfen seines Herzens, die Kraft seiner Glieder und sogar der ständige Schmerz in seinem Knöchel – das alles war kein Traum, sondern Wirklichkeit.

Mein Gott, ich danke dir für das Leben.

Der Bischof betrachtete ihn vom Kreuzgang her.

»Guten Tag, Eminenz«, sagte Struan. Er fühlte sich nun ungemein erfrischt. »Ich bin gekommen, Ihnen zu danken.«

Der Bischof verzog seine schmalen Lippen. »Was haben Sie soeben gesehen, Senhor?«

»Ich weiß es nicht«, antwortete Struan. »Ich habe nur den Garten betrachtet. Ich habe mich an ihm erfreut. Ich habe das Bewußtsein genossen, leben zu dürfen. Ich weiß es nicht so genau.«

»Ich glaube, Sie waren Gott sehr nah, Senhor. Sie selber mögen es nicht glauben, aber ich weiß es.«

Struan schüttelte den Kopf. »Nein, Eminenz. Ich war nur glücklich darüber, an einem wunderbaren Tag in einem zauberhaften Garten zu sitzen. Das ist alles.«

Aber Falaria Guineppas Gesichtsausdruck veränderte sich nicht. Mit seinen schlanken Fingern berührte er sein Kruzifix. »Ich habe Sie schon seit langem beobachtet. Ich spürte, daß Sie Gott nah waren. Ja, *Sie*! Vielleicht irre ich mich.« Er seufzte auf. »Wie aber sollten wir armen Sünder die Wege Gottes erkennen? Ich beneide Sie, Senhor. Sie wollten mich sprechen?«

»Ja, Eminenz. Die Cinchonarinde hat das Fieber geheilt.«

»*Deo gratias!* Wie schön! Wie wunderbar sind doch die Wege Gottes und wie unerforschlich sein Wille!«

»Ich werde umgehend ein Schiff für die Fahrt nach Peru chartern, mit der Anweisung, eine Ladung Cinchona zu holen«, sagte Struan. »Mit Ihrer gütigen Erlaubnis möchte ich Pater Sebastian mitschicken, damit er feststellt, wie man dort die Rinde erntet, wo sie herkommt und wie die Leute drüben ihre Malariakranken behandeln – alles, was damit zusammenhängt, soll er erkunden. Nach seiner Rückkehr teilen wir uns die Ladung und das, was er erfahren hat. Außerdem möchte ich, daß er mit Ihrer Genehmigung umgehend eine medizinische Abhandlung verfaßt, in der er Ihre erfolgreiche Behandlung der Malaria mit Cinchona schildert, und sie an den *Lancet* in England und an die *Times* schickt.«

»Eine medizinische Abhandlung dieser Art kann nicht ohne offizielle Erlaubnis des Vatikans veröffentlicht werden. Aber ich werde Pater Sebastian beauftragen, diese Abhandlung zu schreiben. Was nun gerade seine Entsendung betrifft – so muß ich mir das noch überlegen. Auf jeden Fall werde ich jemanden mitschicken. Wann soll das Schiff auslaufen?«

»In drei Tagen.«

»Gut. Wir teilen uns also in die Ladung und das, was er an Wissen zurückbringt. Das ist ein sehr großzügiges Angebot.«

»Wir haben noch keinen Preis für die Behandlung abgemacht. Sie ist geheilt. Würden Sie mir bitte den Preis nennen?«

»Es kostet nichts, Senhor.«

»Aber weshalb denn, Eminenz?«

»Für eine Handvoll Cinchona, die das Leben einer Frau gerettet hat, gibt es keinen Preis.«

»Selbstverständlich gibt es das. Ich habe gesagt, ich bin bereit zu bezahlen, was immer Sie verlangen. In Hongkong habe ich zwanzigtausend Taels dafür ausgesetzt. Ich werde Ihnen einen Sichtwechsel über diese Summe schikken.«

»Nein, Senhor«, erwiderte der hochgewachsene kirchliche Würdenträger geduldig. »Tun Sie das nicht, ich würde ihn doch zerreißen. Ich will für die Rinde keine Bezahlung.«

»Dann werde ich eine katholische Kirche auf Hongkong stiften«, sagte Struan. »Wenn Sie wollen, ein Kloster. Spielen Sie nicht mit mir, Eminenz. Geschäft ist Geschäft. Nennen Sie mir Ihren Preis.«

»Sie schulden mir nichts, Senhor. Sie schulden auch der Kirche nichts. Aber Gott haben Sie sehr viel zu verdanken.« Er hob seine Hand und machte das Zeichen des Kreuzes. »*In nomine Patris, et Filii, et Spiritus Sancti*«, sagte er ruhig und entfernte sich.

40

Als May-may erwachte, fühlte sie Struans Arme um ihre Schultern und die Tasse an ihren Lippen. Undeutlich vernahm sie, wie Struan ruhig mit Pater Sebastian sprach, aber sie gab sich keine Mühe, die englischen Wörter zu verstehen. Gehorsam schluckte sie den Cinchonatee und ließ sich wieder in halbe Bewußtlosigkeit zurücksinken.

Sie hörte den Mönch weggehen und war froh darüber, daß der Fremde fort war. Sie merkte, daß Struan sie nochmals anhob und ihr die Tasse an die Lippen setzte. Der scheußliche Geschmack verursachte ihr noch immer Übelkeit.

Durch den angenehmen Schleier, der ihre Sinne umgab, hörte sie, wie sich Struan in dem Bambussessel niederließ, und bald darauf seinen schweren, regelmäßigen Atem. Da wußte sie, daß er fest eingeschlafen war, und dies gab ihr das Gefühl tiefer Geborgenheit.

Das Geschwätz der beiden Amahs in der Küche, Ah Sams witzige, bissige Bemerkungen und Yin-hsis Parfüm – das alles war so angenehm, daß sie nicht ganz in den Schlaf zurücksinken wollte.

Ganz still lag sie da und fühlte, wie nach und nach ihre Kräfte zurückkehrten. Sie wußte, daß sie leben würde.

Ich werde den Göttern zum Dank für meinen Joss Räucherwerk verbrennen. Vielleicht werde ich auch dem Gott der Langröcke eine Kerze weihen. Immerhin hat der Mönch ja die Rinde gebracht – so abscheulich sie auch schmeckt. Vielleicht sollte ich auch eine Langrock-Christin werden. Dadurch würde der Mönch sehr an Gesicht gewinnen. Aber mein Tai-Pan würde es nicht billigen. Trotzdem könnte es nicht schaden. Gibt es keinen Gott der Langröcke, so schadet es nichts, und gibt es ihn – dann war ich sehr schlau. Ich möchte wirklich wissen, ob der Gott der Barbaren ähnlich ist wie unsere chinesischen Götter, die doch recht dumm sind, wenn man's bedenkt. Nein, eigentlich doch nicht. Sie sind wie Menschen mit ihren Schwächen und ihren Vorzügen. Und das ist sehr viel vernünftiger, als wie die Barbaren zu behaupten, daß ihr Gott vollkommen ist, alles sieht, alles hört, über alle zu Gericht sitzt und alle bestraft.

Ich bin nur froh, daß ich nicht eine von ihnen bin.

Sie hörte das Rascheln von Yin-hsis Kleidern, roch ihr Parfüm und schlug die Augen auf.

»Du siehst besser aus, Erste Dame«, flüsterte Yin-hsi und kniete neben ihr nieder. »Sieh her, ich habe dir Blumen gebracht.«

Es war ein sehr hübscher kleiner Strauß. May-may nickte schwach, aber sie fühlte, daß sie bereits kräftiger war. Struan lag halb ausgestreckt in dem tiefen Sessel und schlief fest; sein Gesicht wirkte in der Gelöstheit des Schlafes verjüngt, trotz der dunklen Schatten unter den Augen und des hellroten Striemens am Kinn.

»Vater ist schon seit einer Stunde oder noch länger da«, sagte Yin-hsi. Sie trug eine hellblaue Seidenhose und eine knielange meergrüne Seidenjacke. Das Haar hatte sie mit Blumen geschmückt.

May-may lächelte, wandte das Gesicht dem Fenster zu und sah, daß es dämmerte.

»Wie viele Tage ist es her, seit das Fieber begonnen hat, Schwester?«

»Gestern abend erst hat es eingesetzt. Vater kam mit einem Langrock-Mönch. Sie haben dir den Zaubertrank gebracht, erinnerst du dich nicht? Ich habe Ah Sam, diese elende Sklavin, heute in aller Frühe in die Pagode geschickt, damit sie den Göttern dankt. Darf ich dich jetzt waschen? Ich werde dir auch das Haar aufstecken. Dann fühlst du dich gleich viel besser.«

»Ach ja, bitte, Schwester«, antwortete May-may. »Ich muß entsetzlich aussehen.«
»Ja, Erste Dame, aber nur weil du fast gestorben wärst. In zehn Minuten bist du so schön wie sonst auch, das verspreche ich dir.«
»Sei nur ganz leise, wie ein Schmetterling, Schwester«, mahnte May-may. »Weck Vater nicht auf mit all deinem Hin und Her und sag diesen Schildkrötenmist-Sklavinnen, daß du ihnen persönlich und auf meinen Befehl Daumenschrauben anlegst, wenn Vater aufwacht, bevor ich mich wieder sehen lassen kann.«
Hocherfreut trippelte Yin-hsi davon. Tiefe Stille senkte sich über das Haus.
Yin-hsi und Ah Sam kehrten auf Zehenspitzen ins Zimmer zurück, wuschen May-may mit parfümiertem Wasser, brachten ihr noch nach frischer Luft duftende lange Hosen aus feinster hellroter Schantungseide, eine Jacke von gleicher Farbe und halfen ihr beim Anziehen. Sie wuschen ihr die Füße, wechselten die Bandagen und schüttelten ihr die Kissen im Rücken auf, während sie sich die Zähne putzte und den Mund mit Säuglingsurin ausspülte. Schließlich kaute May-may duftende Teeblätter. Nun fühlte sie sich wirklich gereinigt.
Sie kämmten und bürsteten ihr das Haar, flochten es und schmückten es mit frischen, süß duftenden Blumen; zum Schluß wechselten sie die Laken und Kissenbezüge, besprühten sie mit Parfüm und legten aromatisch duftende Kräuter unter das Kopfkissen.
Das Waschen und Umziehen hatte May-may zwar viel Kraft gekostet, aber sie fühlte sich danach wie neugeboren.
»Und jetzt eine kräftige Brühe, Erste Dame. Und eine frische Mangofrucht«, sagte Yin-hsi.
»Danach haben wir«, erklärte Ah Sam gewichtig, wobei ihre silbernen Ohrringe klimperten, »großartige Nachrichten.«
»Was für Nachrichten?«
»Erst nachdem Sie gegessen haben, Mutter«, sagte Ah Sam. Als May-may widersprechen wollte, schüttelte Ah Sam energisch den Kopf. »Wir müssen für Sie sorgen, Sie sind noch immer eine Patientin. Zweite Mutter und ich wissen, daß gute Nachrichten ein hervorragendes Mittel für die Verdauung sind. Aber zuerst müssen Sie etwas essen, um überhaupt verdauen zu können.«
May-may trank von der Brühe und aß ein bißchen von der in Stücke geschnittenen Mangofrucht. Beide redeten ihr zu, mehr zu essen. »Sie müssen wieder Kräfte sammeln, Erste Dame.«
»Ich werde die Mangofrucht ganz essen, wenn ihr mir jetzt erzählt, was geschehen ist«, antwortete May-may.
Yin-hsi furchte die Stirn und nickte dann Ah Sam zu. »Fang an, Ah Sam. Aber beginn mit dem, was Lo Tschum dir erzählt hat – wie alles angefangen hat.«
»Nicht so laut!« mahnte May-may. »Weckt mir Vater nicht auf.«
»In der Nacht vor unserer Ankunft – vor sieben entsetzlichen Tagen –«, begann Ah Sam, »ist Vaters barbarischer Sohn in die Klauen des Teufels persönlich gefallen, auch eines Barbaren. Dieser ungeheuerliche Barbar hat einen

so gemeinen, so bösartigen Plan ausgeheckt, um Vaters geliebten Sohn zu vernichten, daß ich es kaum schildern kann. In der vergangenen Nacht und heute, während der teuflische Zaubertrank Ihre Fieberkrankheit zerfraß, trieben die Dinge auf ihren furchtbaren, schicksalhaften Höhepunkt zu. Wir haben auf unseren Knien Nachtwache gehalten und die Götter angefleht. Aber alles umsonst. Vater war verloren, Sie waren verloren, wir waren verloren, und noch schlimmer – der Feind hatte das Spiel bereits gewonnen.«
Ah Sam hielt inne und schwankte in gespielter Schwäche zum Tisch, ergriff ein kleines Glas mit Wein, das Yin-hsi als Geschenk für May-may mitgebracht hatte, und nippte davon, so sehr setzte die nachträgliche Aufregung ihr zu. Nachdem sie sich gestärkt hatte, erzählte sie den ganzen Hergang der Ereignisse, wobei sie Pausen einlegte, die die Spannung noch erhöhten, ächzte und stöhnte und ihre Worte mit gewaltigen Gesten begleitete.
»Und dort, auf dem mit Schmutz bedeckten Boden«, beendete Ah Sam ihren Bericht, flüsternd und von Schluchzen erstickt, wobei sie mit dem Finger auf den Boden zustieß, »in vierzig Stücke zerhackt und von den Leichen von fünfzehn Mördern umgeben, lag der Leichnam des teuflischen Barbaren. Gorth! Und so wurde unser Vater gerettet!«
Begeistert klatschte May-may in die Hände und beglückwünschte sich zu der Voraussicht, die sie bewiesen hatte. Wahrhaftig, die Götter halten ein Auge auf uns! Gott sei Dank, daß ich damals mit Gordon Tschen geredet habe. Wäre er nicht gewesen … »Ach, wie wunderbar! Ach, Ah Sam, du hast es herrlich erzählt. Fast wäre ich gestorben, als du zu der Stelle kamst, an der Vater heute früh das Haus verließ. Wenn du nicht schon gleich zu Anfang gesagt hättest, es sei eine gute Nachricht, wäre ich *wirklich* gestorben.«
»Heja, meine Kleine!« Struan war wach, von May-mays Händeklatschen geweckt.
Yin-hsi und Ah Sam erhoben sich hastig und verneigten sich.
»Ich mich phantastisch besser fühlen, Tai-Pan«, sagte May-may.
»Du siehst auch phantastisch besser aus.«
»Du brauchst Essen, Tai-Pan«, erklärte May-may. »Du hast wahrscheinlich ganzen Tag nicht gegessen.«
»Ich danke dir, meine Kleine, aber ich bin nicht hungrig. Ich werde später drüben im Kontorhaus etwas essen.« Struan stand auf und streckte sich.
»Bitte, hier essen«, bettelte May-may. »Heute nacht hier bleiben, bitte. Ich zwar nicht wollen … aber bitte bleiben. Das würde mich sehr glücklich machen.«
»Natürlich, meine Kleine«, sagte Struan. »Du mußt auch noch die Cinchona während der nächsten vier Tage trinken. Dreimal am Tag.«
»Aber, Tai-Pan, ich mich sehr angenehm gut fühlen. Bitte, nicht mehr.«
»Dreimal am Tag, May-may. Während der nächsten vier Tage.«
»Gottes Blut, es schmecken wie Vogelmist vermischt mit Essig und Schlangengalle.«
Ein mit Gerichten beladener Tisch wurde ins Schlafzimmer getragen. Yin-hsi legte ihnen auf und ließ sie dann allein. May-may stocherte wählerisch in ein paar knusprig gebratenen Garnelen herum. »Was du heute getan haben?« fragte sie.

»Nichts von Bedeutung. Aber ein Problem hat sich von selbst erledigt. Gorth ist tot.«
»Was? Wie denn?« fragte May-may und zeigte sich angemessen überrascht und entsetzt, während er ihr das Neueste erzählte. »Du zwar sehr tüchtig, Tai-Pan, aber dein Joss ist phantastisch gut.«
Struan schob den Teller weg, unterdrückte ein Gähnen und dachte über den Joss nach. »Ach ja«, sagte er.
»Wird Brock schrecklich zornig sein?«
»Gorths Tod ist nicht meine Schuld. Und selbst wenn es so wäre, er hatte ihn verdient. In gewisser Weise tut es mir leid, daß er so umgekommen ist.« Gorths Tod und Tess' Entführung werden Brock alle Beherrschung verlieren lassen. Ich sollte lieber eine Pistole oder ein Messer stets bei der Hand haben. Wird er mir bei der Nacht wie ein Mörder auflauern? Oder wird er offen gegen mich vorgehen? Darüber werde ich mir morgen den Kopf zerbrechen. »Culum müßte bald wieder zurück sein.«
»Warum du nicht zu Bett gehen? Du sehr müde aussehen. Wenn Lo Tschum mit Nachricht kommen, Ah Sam dich wecken, heja? Ich glaube, ich selber jetzt gern etwas schlafen.«
»Ich denke, das werde ich tun, meine Kleine.« Struan küßte sie zärtlich und hielt sie in seinen Armen. »Ach, meine Kleine, ich hatte solche Angst um dich.«
»Danke, Tai-Pan. Geh jetzt schlafen, und morgen ich viel besser, und du auch.«
»Ich muß nach Hongkong, meine Kleine. So schnell wie möglich. Für ein paar Tage.«
Ihr Herz zog sich zusammen. »Wann du reisen, Tai-Pan?«
»Morgen, wenn es dir gut geht.«
»Willst du etwas für mich tun, Tai-Pan?«
»Natürlich.«
»Mich mitnehmen. Ich nicht allein hierbleiben wollen – wenn du allein dort bist.«
»Du bist noch nicht kräftig genug zum Reisen, meine Kleine. Und ich muß weg.«
»Aber morgen ich kräftig genug. Ich verspreche. Ich bleibe auf Schiff in Bett, und wir können wohnen auf der *Resting Cloud*, so wie früher. Bitte.«
»Ich bleibe doch nur ein paar Tage weg, Kleines, und für dich wäre es besser, hier zu bleiben. Viel besser.«
Aber May-may schmiegte sich dichter an ihn. Sie brauchte seine Nähe und seine Wärme.
»Bitte. Werde sehr brav sein, alle Tassen trinken ohne Schimpfen und in Bett bleiben und gesund werden und essen, essen, essen und phantastisch artig sein. Ich verspreche. Bitte nicht mich allein lassen, bis ich wirklich besser.«
»Jetzt schläfst du erst einmal, und darüber entscheiden wir dann morgen.«
Sie küßte ihn. »Nix entscheiden darüber morgen. Wenn du weggehst, ich nicht essen und nicht die Tassen trinken, bei Gott! So!« rief sie und ahmte seine Schroffheit nach. »Deine alte Mutter wird sich gegen alles stemmen und sich nicht mehr rühren!«

Struan hielt sie fest an sich gedrückt. Er glaubte, geradezu fühlen zu können, wie sie stärker wurde. Gott segne die Cinchona.
»Na gut, aber morgen reisen wir noch nicht. Übermorgen bei Tagesanbruch. Wenn du kräftig genug bist. Wenn du ...«
»Oh, ich danke dir, Tai-Pan. Ich werde ganz gesund sein.«
Er rückte ein wenig von ihr ab und betrachtete sie genau. Er wußte, daß es Monate dauern würde, bis sie wieder so schön war wie früher. Aber es ist ja nicht nur ein Gesicht, das einen Menschen zu etwas Besonderem macht, dachte er. Auf das, was dahinter steht, kommt es an, auf das, was in den Augen und im Herzen liegt. »Meine Kleine, du bist so schön. Ich liebe dich.«
Sie berührte mit einem ihrer schmalen Finger seine Nase. »Für was du solche Sachen zu deiner alten Mutter sagen?« Sie schmiegte sich in seine Arme. »Ich finde, du bist furchtbarlich schön, du auch.«
Dann reichte er ihr die Tasse; sie hielt sich die Nase zu und trank sie aus. Nachher nahm sie einige duftende Teeblätter in den Mund, um den Geschmack zu überdecken. Er schlug sie in ihre Decken ein wie ein Kind, küßte sie noch einmal und ging in sein Zimmer.
Dort zog er sich aus, legte sich ins Bett und genoß die Kühle der frischen Laken. Schnell überkam ihn der Schlaf.
Während er schlief, wurde der chinesische Mörder weiter verhört. Seine Folterknechte waren sehr geduldig – und sehr erfahren in der Kunst, anderen Menschen ein Geheimnis zu entreißen.

41

Kurz nach Tagesanbruch lief die *China Cloud* wieder im Hafen von Macao ein. Während sie sich ihrem Ankerplatz näherte, eilte Struan die Pier entlang. Das Beiboot wartete bereits.
»Dirk!«
Überrascht blickte er auf. »Guten Morgen, Liza.«
Liza Brock sah fahl und abgehärmt aus. »Ich komme mit.«
»Aber natürlich.« Struan streckte seine Hand aus, um ihr ins Boot zu helfen, aber sie lehnte jede Hilfe ab.
»Ablegen!« befahl er.
Die Männer legten sich kräftig in die Riemen. Es war ein strahlender Tag, und die See war ruhig. Struan entdeckte die kleine Gestalt Kapitän Orlows auf dem Achterdeck und wußte, daß man ihn bereits gesehen hatte. Um so besser, dachte er.
»Ich bringe Gorths Leichnam morgen nach Hongkong«, sagte Liza Brock.
Struan antwortete nicht. Er nickte nur und blickte zu seinem Schiff hinüber.
Als die Gangway erreicht war, ließ er Liza Brock als erste an Bord gehen.
»Guten Morgen«, begrüßte sie Kapitän Orlow.
»Ist Miss Brock an Bord?« fragte Struan.
»Ja.«
»Haben Sie ... haben Sie sie getraut? Culum und meine Tess?« fragte Liza.

»Ja.« Orlow wandte sich an Struan. »Sie haben mich seinem Befehl unterstellt. Er hat mir befohlen, ihn und Tess zu trauen. Der Herr ist nun mal der Herr. Das ist Gesetz. Ich habe nur einen Befehl befolgt.«
»Sie haben ja völlig recht«, antwortete Struan beschwichtigend. »Sie waren nur in rein seemännischen Dingen verantwortlich. Ich habe das Culum auch klargemacht.«
Wütend drehte sich Liza Brock zu Struan herum. »Dann war das also eine abgekartete Sache. Sie haben gewußt, daß die beiden durchbrennen!«
»Nein, das hat er nicht gewußt, Mrs. Brock.« Culum trat aus dem Innern des Schiffes, selbstsicher, aber in einer gewissen Spannung. »Der Gedanke war von mir. Guten Tag, Tai-Pan. Ich habe Orlow den Befehl gegeben, uns zu trauen. Also bin ich auch dafür verantwortlich.«
»Gehen wir nach unten, mein Junge.«
Liza packte Culum mit aschgrauem Gesicht an der Schulter. »Bist du krank?«
»Natürlich nicht. Wer hat Ihnen denn das eingeredet? Glauben Sie, ich würde Tess heiraten, wenn ich es wäre?«
»Ich habe Gott angefleht, daß du die Wahrheit sagst! Wo ist Tess?«
»In der Kajüte. Wir sind ... kommen Sie nach unten.«
»Ist sie ... fehlt ihr nichts?«
»Nein, Mrs. Brock!«
»Dies ist nicht der richtige Ort für Familienauseinandersetzungen«, mischte sich Struan ein. Er ging den Niedergang hinunter, und Liza folgte ihm.
»Hallo«, sagte Tess verlegen. Sie trat gerade aus der großen Kajüte. »Hallo, Mama.«
»Fehlt dir nichts, mein Liebling?«
»Aber nein, gewiß nicht.«
Dann lagen Mutter und Tochter einander in den Armen.
Struan machte Culum ein Zeichen, herauszukommen.
»Entschuldige, Tai-Pan, aber wir haben diese Lösung für die beste gehalten.«
»Hör zu, mein Junge: In deiner Abwesenheit hat es ein Unglück gegeben.« Er berichtete Culum von Gorth. »Es besteht kein Zweifel darüber, daß er es war. Er hat dafür gesorgt, daß du dich ansteckst. Genau wie ich gesagt habe.«
»Und es gibt ... es besteht keine Gefahr, daß die Sache nach sieben Tagen ... oder?«
»Nein. Aber am besten, du gehst zu Brocks Arzt. Das würde Liza beruhigen.«
»Du hast wieder einmal recht gehabt. Du hattest mich gewarnt. Guter Gott, du hattest mich gewarnt. Warum aber hat Gorth so etwas getan?« Wie konnte ein Mensch einem anderen so etwas antun?
»Ich weiß es nicht. Und ist sonst alles in Ordnung – zwischen dir und Tess?«
»Ja. Verdammter Gorth. Er konnte nur zerstören.« Culum holte zwei Briefe aus der Tasche. »Hier sind die Antworten von Skinner und Gordon.«
»Ich danke dir, mein Junge. Mach dir keine Sorgen um ...«

»Wir gehen jetzt an Land«, erklärte Liza. Drohend stand sie in der Tür. »Ich nehme Tess mit mir, und dann ...«
»Sie werden meine Frau nirgends mit hinnehmen, Mrs. Brock«, unterbrach sie Culum. »Und was die Gerüchte über meine Krankheit angeht – wir suchen jetzt sofort Ihren Arzt auf, damit die Angelegenheit aus der Welt geschafft ist.«
»Tyler wird die Ehe für nichtig erklären lassen. Sie wurde ohne das Einverständnis der Eltern geschlossen.«
»Wir sind vor Gott und dem Gesetz verheiratet, da erübrigt sich jedes weitere Wort.« Culum sprach aus, was er und Tess zu sagen beschlossen hatten. Aber sein bestimmtes Auftreten wirkte nun angesichts Gorths Schicksal etwas sinnlos. »Es tut mir leid, daß ich sie entführt habe – nein, leid tut es mir nicht. Wir sind verheiratet, und ich werde alles tun, um ein guter Schwiegersohn zu sein. Aber Tess bleibt bei mir und tut, was ich sage.«
»Tyler wird mit der Pferdepeitsche auf dich losgehen!«
»Nein, Mama!« stieß Tess hervor und lief zu Culum. »Wir sind verheiratet. Es ist doch völlig gleichgültig, ob es jetzt passiert ist oder in drei Monaten. Sagen Sie es ihr, Tai-Pan, sagen Sie es ihr, daß sie unrecht hat.«
»Sicher wird dein Vater zornig sein, Tess. Und mit Recht. Aber ebenso sicher wird er euch beiden verzeihen. Liza, können Sie den beiden nicht jetzt schon vergeben?«
»Mir steht es nicht zu, Dirk Struan, zu vergeben.«
»Ich bitte dich, Mama«, flehte Tess. Nichts kann jetzt noch geschehen, dachte sie. Wir sind Mann und Frau, er hat mich umarmt, und es hat weh getan wie damals, aber doch anders. Er ist glücklich und verständnisvoll, und ich liebe ihn. »Wollen wir jetzt nicht alle zusammen frühstücken?«
Liza wischte sich die Schweißtropfen von der Oberlippe. »Es ist am besten, ihr zieht jetzt ins Haus. Ich werde deinem Vater eine Nachricht schicken.«
»Wir werden im Englischen Hotel wohnen«, erklärte Culum.
»Das ist nicht nötig, Culum«, sagte Struan. »In unserem Kontorhaus haben wir eine Wohnung für euch.«
»Ich danke dir, aber wir finden, so ist es am besten. Wir meinen auch, daß wir sofort nach Hongkong zurückkehren sollten, Mr. Brock aufsuchen und ihn um Verzeihung bitten. Bitte, Mrs. Brock, seien wir doch Freunde. Mein Vater hat mir erzählt, was Gorth zugestoßen ist. Es war bestimmt nicht in seinem Sinn.«
»Ich glaube doch, mein Junge. Ihr könnt nicht sofort aufbrechen. Wir müssen morgen den Sarg nach Hongkong schaffen.«
»Was ist?« fragte Tess.
»Gorth ist ermordet worden«, antwortete Culum. »Gestern.«
»Was sagst du da?«
»Er ist von Mördern feige ermordert worden«, schrie Liza.
»Mein Gott, nein!«
Struan berichtete ihr nun alles. Mit Ausnahme dessen, was Gorth Culum anzutun versucht hatte. »Es blieb mir keine Wahl mehr, als ihn zu fordern«, schloß Struan. »Aber sein Blut klebt nicht an meinen Händen. Ich glaube, wir gehen jetzt am besten alle an Land.«

Tess weinte still vor sich hin. Culum hatte den Arm um ihre Schultern gelegt. »Wein nicht mehr, Liebling. Wir sind nicht daran schuld – Vater auch nicht.« Er führte sie aus der Kajüte.
Struan brach das Schweigen. »Sie sind jetzt verheiratet und glücklich, Liza. Warum können wir es nicht dabei belassen?«
»Wenn es nur um mich ginge, wäre ich einverstanden. Wenn Culum wirklich die Wahrheit sagt. Aber Tyler wird nich' wollen – Sie kennen ihn, wie ich ihn kenne. Ich weiß, daß Sie das ausgeheckt haben, Dirk. Und er wird es auch so sehen. Er wird Sie umbringen wollen – oder versuchen, Sie umzubringen, und ich glaube, Sie wollten das so haben. Tyler und Sie – umbringen werdet ihr euch gegenseitig, sobald er auf Sie losgeht oder Sie auf ihn. Warum haben Sie's denn nicht dabei belassen – drei Monate warten ist doch nicht so lange. Aber jetzt ... ach, du lieber Gott!«

Struan blickte von den Briefen auf, als Culum niedergeschlagen das Kontor betrat und sich setzte. »Alles in Ordnung?«
»Ja. Der Arzt hat gesagt, ich sei gesund.«
»Hast du schon zu Mittag gegessen?«
»Nein. Keiner von uns hatte Lust zu essen. Mein Gott, alles ging doch so gut. Hol Gorth der Teufel, ihn und seine gottverdammte Unbeherrschtheit!«
»Wie geht es Mrs. Brock?«
»Den Umständen entsprechend – wie es in den Zeitungen heißt. Wie geht es ... ist eigentlich die Cinchona eingetroffen?«
»Ja. Sie hat es überstanden.«
»Welch ein Glück!«
»Ja.« Aber trotz dieses Gefühls der Zufriedenheit war Struan von einer unklaren, quälenden Angst befallen. Er hätte nicht zu sagen vermocht, wovor er sich ängstigte – es war einfach das Gefühl, daß irgendwo Gefahr lauerte. Die Briefe gaben dafür keinerlei Anhaltspunkte. Gordon Tschen hatte geschrieben, er hoffe noch immer, die Cinchona aufzutreiben. Und Skinner hatte erklärt, er würde die Nachricht umgehend veröffentlichen und Struan noch an diesem Tag erwarten.
Aber heute kann es nicht sein. Wäre ich nur fest geblieben und hätte May-may gesagt, sie müsse bleiben.
»Morgen kehre ich nach Hongkong zurück. Ihr beiden kommt am besten mit mir.«
»Ich halte es für richtiger, wenn wir mit Mrs. Brock und Lillibet zusammen an Bord der *White Witch* reisen«, sagte Culum. »Mrs. Brock hat ihrem Mann heute morgen durch eine Lorcha die Nachricht geschickt. Uns ... und Gorth betreffend.«
»Mach dir keine Sorgen, mein Junge. Liza Brock bekommen wir schon herum, und Tyler wird euch ebenfalls keine Schwierigkeiten machen. Er hat einen Eid abgelegt, vergiß das nicht.«
Culum betrachtete den Tai-Pan einen Augenblick. »Hast du eigentlich gewußt, daß ich Tess an Bord der *China Cloud* mitgenommen hatte?«
»Als sie nicht zu finden war, hoffte ich, du hättest es getan«, antwortete Struan behutsam.

Culum nahm einen Briefbeschwerer in die Hand, der auf dem Schreibtisch lag. Er war aus weißer Jade und sehr schwer. »Ich bin sehr töricht gewesen.«
»Das finde ich nicht. Es ist das Beste, was du hast tun können. Jetzt hast du festen Boden unter den Füßen.«
»Ich war sehr töricht, weil ich wieder einmal eine Marionette gewesen bin.«
»Aber wieso denn?«
»Ich glaube, *du* warst es, der mir den Gedanken, Tess zu entführen, eingegeben hat. Ich glaube auch, daß du ganz bewußt Orlow meinem Kommando unterstellt hast, in der Annahme, ich würde ihm den Befehl geben, uns zu trauen. Ich bin überzeugt davon, du hast mich und Tess in diese Sache hineingehetzt. Denn du hast gewußt, damit würdest du Gorth rasend machen und ihn dazu treiben, dich in aller Öffentlichkeit anzugreifen. Und dann hattest du Gelegenheit, ihn mit gutem Grund umzubringen. Ist es nicht so?«
Struan saß regungslos in seinem Sessel. Seine Augen gaben Culums Blick nicht mehr frei. »Ich weiß nicht recht, was ich dir antworten soll, Culum. Ich weiß nicht einmal mit Sicherheit, ob du überhaupt eine Antwort haben möchtest. Tatsache ist, daß du Tess schnell heiraten wolltest, und nun *bist* du verheiratet. Tatsache ist auch, daß Gorth dich in der gemeinsten Weise, die ein Mensch überhaupt ersinnen kann, hat ermorden wollen. Tatsache ist ebenfalls, daß er tot ist und ich bedauere, nicht das Vergnügen gehabt zu haben, ihn eigenhändig umzubringen. Es ist aber andererseits nicht zu leugnen, daß sein Blut nicht an meinen Händen klebt. Tatsache ist ferner, daß du am Leben bist – du und Tess –, weil er tot ist. Und es ist auch nicht aus der Welt zu schaffen, daß Brock, was immer er dagegen unternehmen möchte, einen heiligen Eid geschworen hat, euch einen sicheren Ankerplatz in einem sicheren Hafen zu verschaffen. Und eine letzte Tatsache: du wirst jetzt bald an meine Stelle treten können. Als Tai-Pan.«
Culum legte den Briefbeschwerer wieder an seinen Platz. »Ich bin noch nicht bereit dazu, Tai-Pan zu sein.«
»Ich weiß. Aber du wirst es bald. In einigen Monaten fahre ich nach England«, sagte Struan. »Im nächsten Jahr bringe ich die *Lotus Cloud* hierher und begleiche meine Rechnung mit Wu Kwok. Alles andere aber wird deine Angelegenheit sein.«
Culum dachte darüber nach, wie es wohl sein mochte, der Tai-Pan und ganz auf sich gestellt zu sein. Aber er wußte, daß er jetzt nicht ganz allein war. Jetzt hatte er Tess. »Ich glaube, ich könnte wohl Frieden schließen mit Brock – wenn du nicht versuchst, es für mich zu tun«, sagte er. »Hast du das alles geplant? Kannst du mir mit ›Ja‹ oder ›Nein‹ antworten?« Er wartete und wünschte sich sehnlichst, ein »Nein« zu hören.
»Ja«, antwortete Struan bedächtig. »Ich habe mich gewisser Tatsachen bedient, um ein von mir ins Auge gefaßtes Ziel zu erreichen.«
»Wenn ich Tai-Pan bin, werde ich Struan & Co. mit Brock and Sons vereinen«, sagte Culum. »Dann ist Brock der erste Tai-Pan, und ich werde der zweite nach ihm sein!«
Struan war aufgesprungen. »Dieser Schweinehund wird nicht Tai-Pan von Noble House, hast du verstanden! Er wird nicht über meine Schiffe verfügen!«

»Es sind nicht *deine* Schiffe. Es sind die Schiffe der Gesellschaft. Ist denn Brock etwas anderes als eine Figur auf dem Schachbrett, die nach Belieben benutzt oder ausgenutzt wird?«

»Culum, ich begreife dich einfach nicht. Da hast du's nun in der Hand, dir dein Leben selbst einzurichten, und du tust das, was dich vernichten wird.«

Plötzlich sah Culum seinen Vater ganz deutlich vor sich – als Mann. Er erkannte seine Größe und seine Kraft und sah dieses harte, wettergebräunte Gesicht mit dem rotgoldenen Haar und dem unwahrscheinlichen Grün der Augen. Und er wußte, stets würde er das Werkzeug dieses Mannes sein. Er wußte auch, daß er niemals imstande war, gegen ihn anzugehen oder sich ihm gegenüber durchzusetzen. Und war er selbst Tai-Pan, so konnte er nur überleben, wenn er sich mit Brock zusammentat und darauf baute, daß dieser ihm und Tess keine Schwierigkeiten bereitete. »Niemals werde ich *der* Tai-Pan *des* Noble House sein. Ich bin nicht wie du«, erklärte er mit ruhiger Entschiedenheit. »Ich will es nicht sein, und ich werde es nicht sein, niemals.«

Es klopfte an der Tür.

»Bitte?« stieß Struan mit rauher Stimme hervor.

Lo Tschum öffnete die Tür. »Maste', Soldat sehen, können?«

»Nur noch einen Augenblick.«

Culum erhob sich. »Ich glaube, ich gehe jetzt besser ...«

»Einen Augenblick, Culum.« Struan wandte sich zu Lo Tschum um. »Jetzt sehen, versteh'?«

Lo Tschum schnaufte gereizt und öffnete die Tür noch weiter.

Der junge portugiesische Offizier trat ein. »Guten Tag, Senhor.«

»Nehmen Sie bitte Platz, Hauptmann Machado. Kennen Sie Culum, meinen Sohn?«

Sie gaben einander die Hand, und der Offizier setzte sich. »Meine Vorgesetzten haben mich beauftragt, Ihnen als der führenden Persönlichkeit unter den englischen Staatsangehörigen offiziell das Ergebnis unserer Ermittlungen in dem Mordfall betreffend Senhor Brock mitzuteilen«, begann er.

»Haben Sie die anderen gefangen?« unterbrach ihn Struan und sah den Portugiesen gespannt an.

Der Offizier lächelte und schüttelte den Kopf. »Nein, Senhor. Ich bezweifle auch, ob uns das jemals gelingen wird. Wir haben den Mörder den chinesischen Behörden ausgeliefert, wozu wir ja verpflichtet sind. Sie haben ihn auf ihre unnachahmliche Weise verhört. Er hat zugegeben, Mitglied eines Geheimbundes zu sein, der Hung Mun. Ich glaube, Sie nennen sie auch Tongs. Offenbar ist er vor ein paar Tagen aus Hongkong hierhergekommen. Nach seinen Aussagen muß es in Tai Ping Schan eine sehr rührige Zelle geben.« Wieder lächelte der Offizier. »Sie scheinen viele Feinde zu haben, Senhor Struan. Dieser Cabrão hat behauptet, Ihr ... Ihr unehelicher Sohn, Gordon Tschen, sei der Führer.«

»Das ist der beste Witz, den ich seit Jahren gehört habe«, rief Struan, sich belustigt gebend. Er erwog blitzschnell, ob diese Behauptung vielleicht auf Wahrheit beruhte. Und wenn es so wäre? fragte er sich. Jedenfalls tätest du gut daran, dies auf die eine oder andere Weise möglichst schnell festzustellen.

»Die Mandarine fanden das, wie sie sagten, ebenfalls sehr komisch«, fuhr Machado fort. »Nur ist dieser heidnische Teufel leider gestorben, bevor sie ihm den Namen des richtigen Führers entlockt haben.« Verächtlich fügte er hinzu: »Er hat nämlich behauptet, er sei hierhergeschickt worden, um Senhor Brock auf Befehl seines Führers zu ermorden. Er hat auch die Namen seiner Mordgenossen angegeben, aber die sind ebenso bedeutungslos wie seine übrigen Angaben. Es handelt sich also um einen ganz einfachen Raubüberfall. Diese verfluchten Tongs sind ja ohnehin nichts weiter als Straßenräuber. Oder«, erklärte er anzüglich, »es hat sich um einen Racheakt gehandelt.«
»Wie meinen Sie das?«
»Nun ja, Senhor, der junge Senhor Brock wurde – wie soll ich mich ausdrücken – in gewissen berüchtigten Vierteln nicht gerade bewundert. Wie es scheint, war er Stammgast in einem Bordell, in dessen Nähe er gefunden wurde. Vor etwa einer Woche hat er dort eine Dirne brutal mißhandelt. Vorgestern ist sie gestorben. Wir haben soeben von seiten der Mandarine eine Klage gegen ihn erhalten. Wer weiß? Vielleicht hatten sich die Mandarine zu einer persönlichen Bestrafung – Auge um Auge und Zahn um Zahn – entschlossen, und das Ganze ist nichts weiter als ein Ablenkungsmanöver. Sie wissen ja, wie verschlagen sie sind. Vielleicht ist es das beste, daß er tot ist. Wir hätten sonst ein Verfahren gegen ihn einleiten müssen, und das wäre für alle unangenehm gewesen.« Er erhob sich. »Meine Vorgesetzten werden selbstverständlich Seiner Exzellenz einen Bericht überreichen, da einer Ihrer Landsleute in die Sache verwickelt ist.«
Struan reichte ihm die Hand. »Darf ich Sie bitten, Ihren Vorgesetzten in meinem Namen zu danken. Meinen Sie, die Sache ließe sich etwas vertuschen? Wenigstens die Sache mit der Dirne. Mein Sohn ist mit Brocks Schwester verheiratet, und ich möchte den Namen der Brocks aus der Sache heraushalten. Tyler Brock ist ein alter Geschäftsfreund von mir.«
»Davon habe ich gehört«, antwortete der Offizier mit leichter Ironie. Er streifte Culum mit einem Blick. »Meine Glückwünsche, Senhor.«
»Ich danke Ihnen.«
»Ich werde Ihren Vorschlag meinen Vorgesetzten unterbreiten, Senhor Struan. Ich bin überzeugt davon, daß sie dafür bei dieser heiklen Situation Verständnis haben.«
»Danke«, sagte Struan. »Übrigens, wenn Sie die anderen fangen – die Belohnung, die ich ausgesetzt habe, gilt immer noch.«
Der Offizier grüßte und ging.
»Ich danke dir dafür, daß du das angeregt hast«, sagte Culum. »Was wäre mit Gorth geschehen?«
»Man hätte ihn aufgehängt. Es gibt genug englische Gesetze für Mörder.«
»Es wäre wirklich ein Witz, wenn die Geschichte stimmte.«
»Welche denn?«
»Die mit Gordon Tschen und dem Geheimbund. Wenn du tatsächlich Gorths Herausforderung provoziert hättest, weil du bereits Vorkehrungen für seine Ermordung getroffen hattest!«
»Das ist ja eine furchtbare Anschuldigung!«
»Ich beschuldige dich ja nicht«, sagte Culum. »Ich habe doch nur gesagt, es

wäre ein Witz. Ich kenne dich doch. Wenn du schon einen Mann umbringen willst, dann muß es ganz offen geschehen, Mann gegen Mann. So und nicht anders würde der Tai-Pan zu Werk gehen. So denkst eben du. Aber nicht ich. Ich mag das nicht, wenn man Menschen in eine Falle lockt und sie dann ausnutzt. Ich bin nicht wie du und werde nie so sein. Du mußt mich schon so nehmen, wie ich bin, und dich damit, so gut es geht, abfinden. Und wenn dein Noble House in meinen Händen zugrunde geht, so ist das eben Joss, um deine Worte zu gebrauchen. Du hast dein Gesicht gewahrt. Du wirst als *der* Tai-Pan abtreten, gleichgültig, was hinterher passiert. Ich werde dich nie verstehen, und ich weiß, daß du mich nie verstehen wirst. Aber trotzdem können wir Freunde sein.«

»Natürlich werden wir Freunde sein«, sagte Struan. »Nur eins – versprich mir, daß du dich niemals mit Brock zu einem Unternehmen zusammentust.«

»Wenn ich Tai-Pan bin, muß ich tun, was *ich* für das beste halte. Dann liegt die Entscheidung nicht mehr bei dir. Dieses Gesetz hast du selber aufgestellt, und ich habe geschworen, es zu befolgen.«

Von der *praia* drangen Geräusche herein. Irgendwo in der Ferne begannen Kirchenglocken zu läuten.

»Würdest du heute abend mit uns essen? Im Klub?«

»Gern.«

Culum ging hinaus, während Struan an seinem Schreibtisch sitzen blieb. Wie kann ich Culum nur mehr Rückgrat geben? fragte er sich.

Es fiel ihm keine Antwort ein. Er ließ seinen Sekretär kommen und ordnete an, daß vor seiner Rückkehr nach Hongkong alle geschäftlichen Angelegenheiten erledigt sein mußten. Dann verließ er das Kontor und dachte auf dem Weg zu May-mays Haus über Brock nach. Würde er wie Gorth an diesem Abend in den Klub hineingestürzt kommen?

Struan blieb einen Augenblick stehen und blickte aufs Meer hinaus. Die *White Witch* und die *China Cloud* boten in der Nachmittagssonne einen prächtigen Anblick. Seine Blicke schweiften über Macao und blieben auf der Kathedrale ruhen. Warum hatte dieser Teufelsbischof keinen angemessenen Preis für die Rinde verlangt? Sei gerecht, Dirk, mahnte er sich. Er ist kein Teufel. Aber er hat dich eingefangen. Nun wirst du ihn nie mehr vergessen, solange du lebst – und wirst der Kirche alle möglichen Vergünstigungen zukommen lassen. Und diesen Teufelskatholiken. Bleib jetzt bei der Wahrheit – sind sie denn wirklich Teufel?

Nein.

Der einzige Teufel, den du gekannt hast, ist Gorth. Und Gorth ist tot – erledigt. Gott sei Dank!

Ja. Gorth ist tot. Aber nicht vergessen.

Sechstes Buch

42

In der Morgendämmerung verließ die *China Cloud* ihren Ankerplatz. Die See war still, und der Wind wehte stetig aus Osten. Als sie jedoch zwei Stunden auf hoher See waren, frischte die Brise auf; Struan ließ May-may in der großen Kajüte allein und begab sich an Deck.

Orlow betrachtete prüfend den Himmel. Er war klar bis zum Horizont, nur über dem Festland türmten sich Kumuluswolken auf. »Von dort droht keine Gefahr«, sagte er.

»Von dort ebenfalls nicht«, meinte Struan und deutete aufs Meer. Er schlenderte das Deck entlang und enterte in die Wanten der Fock. Mühelos stieg er hinauf. Es war herrlich, den Wind zu spüren, der an den Kleidern zerrte. Er hielt erst inne, als er oben war und sich gegen die Falleinen der Bramsegel am Topp stemmen konnte.

Mit den Augen suchte er See und Himmel ab nach einem Sturm, der irgendwo lauern mochte, nach einem verborgenen Riff oder einer auf der Karte nicht verzeichneten Untiefe. Aber bis zum Horizont waren keinerlei Gefahrenzeichen zu erkennen.

Einen Augenblick lang überließ er sich der Freude an der Geschwindigkeit, am Wind und an der Grenzenlosigkeit des Ozeans und segnete seinen Joss, der ihm May-may wiedergeschenkt hatte. Es ging ihr schon viel besser – noch immer war sie zwar schwach, aber bereits weit kräftiger als am Vortag.

Er betrachtete prüfend die Takelage, soweit er sie überblicken konnte, und suchte nach einem Schaden oder einer schwachen Stelle; dann stieg er hinunter und kehrte aufs Achterdeck zurück. Eine Stunde später frischte der Wind erneut auf, und der Klipper legte sich stärker über, so daß der Gischt bis zu den unteren Segeln hinaufsprühte.

»Ich bin froh, wenn ich heute abend in den Hafen einlaufe«, sagte Orlow unruhig. »Sie spüren es also auch?«

»Ich spüre gar nichts. Ich weiß nur, daß ich froh bin, wenn ich heute nacht im Hafen liege.«

Orlow spuckte nach Lee und schob den Priem auf die andere Seite. »Die See ist gut, der Wind gut, der Himmel klar – und dennoch braut sich irgendwo eine Teufelei zusammen.«

»In diesen Gewässern braut sich immer etwas zusammen.«

»Mit Ihrer Genehmigung werden wir reffen, und der Handloter soll die Wassertiefe ausrufen. Man weiß nie, vielleicht ist da draußen doch eine Untiefe oder eins dieser gemeinen Riffe, die einem den Bauch aufschlitzen.« Orlow erschauerte und schloß seine Seemannsjacke, obwohl es ein warmer Tag und der Wind nicht zu heftig war.

»Tun Sie das.«

So wurde der Handloter nach vorn geschickt; er rief die Messungen aus. Die Mannschaft enterte auf und reffte die Royalsegel.

Spät am Nachmittag lief die *China Cloud* wohlbehalten in den westlichen Sund ein. Die Insel Hongkong lag backbords, das Festland steuerbords. Es war eine ideale Fahrt ohne jedes Mißgeschick gewesen.
»Vielleicht werden wir nur alt«, sagte Struan und lachte kurz auf.
»Je älter man wird, desto mehr Mühe gibt sich die See, einen zu holen«, antwortete Orlow ruhig und blickte zurück auf die offene See. »Wäre nicht mein schönes Schiff, ich würde heute noch abheuern.«
Struan ging zum Ruder. »Ich löse Sie für einen Törn ab, Rudergast. Gehen Sie nach vorn.«
»Jawohl, Sir.« Der Matrose ließ ihn auf dem Achterdeck allein.
»Warum?« fragte Struan Orlow.
»Ich spüre, wie die See mich beobachtet. Sie läßt einen Seemann niemals aus den Augen und stellt ihn immer wieder auf die Probe. Aber dann kommt eine Zeit, in der sie ihn anders betrachtet – eifersüchtig, ja, sie ist dann eifersüchtig wie eine Frau. Und ebenso gefährlich.« Orlow spuckte den Priem über Bord und spülte sich den Mund mit dem kalten Tee aus dem Leinwandsack, der in der Nähe des Kompaßgehäuses hing. »Niemals zuvor habe ich den Pfarrer gespielt und jemand getraut. Das war ungeheuer seltsam – wirklich sehr seltsam, Grünauge, die beiden da vor mir so jung, so unbeschwert und zuversichtlich. Und dann kommt *Ihr* Echo: ›Orlow, Sie werden uns trauen! Ich bin Herr auf der *China Cloud*. Sie kennen doch das Gesetz des Tai-Pan!‹ Und da stand ich nun, voller Wut, weil es mir so gegen den Strich ging, ihm *Gesicht* zu geben. Und dabei wußte ich doch die ganze Zeit über, das alte Grünauge ist hier derjenige, der die Fäden in der Hand hält.« Orlow lachte in sich hinein und blickte zu Struan auf. »Aber ich habe meine Rolle gut gespielt und mich von ihm herumkommandieren lassen – so wie Sie das wollten. Das war sozusagen mein Hochzeitsgeschenk für den jungen Mann. Hat er Ihnen von unserer Abmachung erzählt?«
»Nein.«
»›Trauen Sie uns, und Sie dürfen Ihr Schiff behalten. Andernfalls jage ich Sie vom Meer herunter, so wahr ich hier stehe.‹« Orlow verzog den Mund zu einem breiten Lächeln. »Ich habe sie jedenfalls getraut.«
»Ich habe selber schon daran gedacht, Ihnen Ihr Schiff wegzunehmen.«
Orlows Lächeln erstarb. »Was?«
»Ich denke daran, die Firma zu reorganisieren – und die Flotte einem einzigen Mann zu unterstellen. Würden Sie diese Stellung haben wollen?«
»An Land?«
»Natürlich an Land. Können Sie denn die Flotte vom Achterdeck eines einzigen Klippers aus führen?«
Orlow ballte die Faust und schüttelte sie vor Struans Gesicht.
»Sie sind wahrhaftig der Teufel! Führen mich da in Versuchung, indem Sie mir eine Macht versprechen, wie ich's nie geträumt hätte. Und nehmen mir dafür das einzige, an dem mein Herz hängt. Auf einem Achterdeck vergesse ich, wer ich bin ... Was bin ich an Land? Orlow der Bucklige!«
»Sie könnten Orlow sein, Tai-Pan der schönsten Flotte der Welt. Ich glaube, das ist eine würdigere Aufgabe für einen Mann.« Struan hielt seinen Blick unverwandt auf das Gesicht des Mannes gerichtet.

Orlow wandte sich jäh um, trat luvseits ans Schandeck und stieß einen Schwall norwegischer und russischer Schimpfworte hervor. Es dauerte Minuten.

Schließlich kam er zurückgestampft. »Wann wäre das denn?«

»Gegen Ende des Jahres. Vielleicht später.«

»Und meine Fahrt nach Norden? Um Pelze zu holen?«

»Sie wollen Sie streichen?«

»Was gibt Ihnen eigentlich das Recht, die Menschen ganz nach Belieben auf Ihrem Schachbrett herumzuschieben?«

»Rudergast! Nach achtern kommen!« Struan gab das Ruder an den Seemann zurück, gerade als die *China Cloud* in das stille Wasser des Hafens gelangte. Eine Meile voraus lag die ins Meer vorspringende Halbinsel Kaulun. Das Land zu beiden Seiten, unfruchtbar und ausgedörrt, wich nun rasch zurück. Backbords, etwa eine Meile voraus, erhob sich das felsige Vorgebirge der Insel, das den Namen North Point erhalten hatte. Jenseits von North Point, von dieser Position aus nicht zu sehen, lagen Happy Valley, Glessing's Point und der kleinere Teil des Hafens, der vorläufig als einziger benutzt wurde.

»Nordwest zu Nord«, befahl Struan.

»Nordwest zu Nord, Sir«, wiederholte der Rudergast.

»Kurs halten.« Er blickte über die Schulter hinweg Orlow an. »Nun?«

»Es bleibt mir ja keine Wahl. Ich weiß doch, wie das ist, wenn Sie sich was in den Kopf gesetzt haben. Sie würden mich ohne weiteres auf Strand setzen. Aber zuvor möchte ich doch noch ein paar Bedingungen stellen.«

»Und die wären?«

»Ich möchte die *China Cloud* für sechs Monate zur Verfügung haben. Ich möchte ein letztes Mal nach Hause.« Entweder kommen meine Frau und meine Söhne mit mir zurück, oder sie lassen es bleiben, sagte Orlow zu sich. Aber wahrscheinlich werden sie bleiben. Werden mir ins Gesicht spucken, mich in den äußersten Winkel der Hölle wünschen, und ich habe sechs Monate von der Lebenszeit eines Schiffes sinnlos vertan.

»Einverstanden. Sobald ich einen neuen Klipper hier habe, steht Ihnen die *China Cloud* zur Verfügung. Dafür bringen Sie eine Ladung Pelze mit. Das nächste?«

»Als nächstes, Grünauge, Ihr eigenes Gesetz: wenn Sie an Bord sind, sind Sie der Kapitän. Das muß auch für mich gelten.«

»Einverstanden. Weiter?«

»Nichts weiter.«

»Wir haben noch nicht über Geld gesprochen.«

»Hol' der Teufel das Geld! Ich werde der Tai-Pan der Flotte von Noble House sein. Was kann sich ein Mann denn sonst noch wünschen?«

Struan kannte die Antwort. *May-may.* Aber er sprach es nicht aus. Sie besiegelten ihren Vertrag durch einen Händedruck, und als das Schiff eine viertel Meile von Kaulun entfernt war, gab Struan den Befehl, auf Kurs Südwest zu Süd zu gehen. Nun lief die *China Cloud* in den eigentlichen Hafen ein.

»Alle Mann an Deck! Klar zum Ankerwerfen! Übernehmen Sie jetzt das Schiff, Kapitän. Gehen Sie längsseits der *Resting Cloud.* Passagiere verlassen als erste das Schiff. Dann Sturmanker ausfahren.«

»Ich danke Ihnen, *Kapitän*«, brummte Orlow. »Gut, wieder im Hafen zu sein!«
Struan beobachtete die Küste durch sein Fernglas. Jetzt konnte er weit ins Happy Valley hineinsehen: die Bauten verlassen, kein Mensch mehr zu sehen. Er wanderte mit dem Glas langsam weiter und stellte die Schärfe genau ein. Nun wurden die Baustellen des neuen Queen's Town um Glessing's Point sichtbar. Das Gerüst für seine neue, große Faktorei war bereits errichtet. Er konnte die Kulis erkennen, die wie Ameisen umherwimmelten: Sie trugen Lasten, mauerten und gruben. Das Gerüst auf der Kuppe, wo nach seiner Anweisung das Große Haus gebaut werden sollte, stand ebenfalls. Er erkannte die schmale Trasse der Straße, die sich nun bergauf emporwand.
Tai Ping Schan war sichtlich gewachsen. Wo früher einmal ein paar hundert Sampans zwischen der Insel und dem Festland hin und her geglitten waren, mochten es nun tausend sein.
Es lagen auch mehr Kriegsschiffe und Truppentransporter vor Anker, dazu ein paar Kauffahrteischiffe. Häuser, Hütten und vorläufige Unterkünfte breiteten sich um das Band der Queen's Road aus, die am Ufer entlangführte. Den ganzen Küstensaum entlang herrschte fieberhafte Tätigkeit.
Die *China Cloud* grüßte das Flaggschiff, als sie um die Landspitze herumkam. Der Gruß wurde durch einen Kanonenschuß erwidert.
»Signal vom Flaggschiff, Sir!« rief der Mann am Ausguck.
Struan und Orlow richteten ihre Gläser auf die Signalflaggen. Sie bedeuteten: »Kapitän wird gebeten, sich sofort an Bord zu melden.«
»Soll ich am Flaggschiff längsseits gehen?« fragte Orlow.
»Nein. Lassen Sie das Beiboot zu Wasser, wenn wir auf etwa hundertzwanzig Fuß heran sind. Sie sind verantwortlich dafür, daß meine Passagiere wohlbehalten an Bord der *Resting Cloud* kommen. Ohne daß irgendein Fremder in der Nähe herumschnüffelt.«
Struan ging nach unten, erklärte May-may, er würde bald wieder zurück sein, und sie, Ah Sam und Yin-hsi sollten Vorbereitungen für ihre Umquartierung auf das andere Schiff treffen.
Orlows Blicke wanderten über das Schiff. Eine Stellung an Land, wirklich? Nun ja, wir werden sehen. Bis dahin haben wir noch so manche Seemeile zurückzulegen, dachte er. Der Teufel soll ihn holen. Aber für Grünauge, diesen Bastard Odins, würde ich sogar gegen den Teufel persönlich angehen. Er braucht einen Mann wie mich. Aber auch hier hat er wieder recht. Das ist wirklich eine Aufgabe, für die's einen ganzen Mann braucht.
Bei diesem Gedanken wurde es ihm sehr warm ums Herz.
»Ein bißchen Trab!« brüllte er die Mannschaft an, denn er wußte, daß sich jetzt viele Gläser auf sie richteten. Er behielt volle Fahrt bei und jagte wie besessen auf das Flaggschiff zu. Sein Herz sang im gleichen Rhythmus wie die Takelage. In letzter Sekunde brüllte er: »Ruder auf Lee!« Das Schiff schoß herum und stand völlig regungslos, wie ein Jagdhund, der ein Volk Rebhühner ausgemacht hat.
Das Beiboot wurde zu Wasser gelassen. Struan eilte das Fallreep hinunter, und das Beiboot legte ab. Die *China Cloud* fiel ein paar Strich ab und legte sich dann sanft längsseits der *Resting Cloud*.

»Alle Mann unter Deck!« befahl Orlow. »Räumen Sie die Decks, Mr. Cudahy. Das unsere und das drüben. Wir übergeben eine Ladung, die keinen was angeht!«

Struan öffnete die Tür der großen Kajüte auf dem Flaggschiff.
»Guter Gott, Dirk! Wir sind ruiniert!« rief Longstaff erregt. Er trat auf ihn zu und fuchtelte mit einem Exemplar der *Oriental Times* vor seinem Gesicht herum. »Haben Sie das schon gesehen? Ruiniert! Ruiniert!«
Struan nahm die Zeitung entgegen. Die Überschrift des Leitartikels auf der zweiten Seite sprang ihm entgegen: *Außenminister läßt Chinahändler im Stich.*
»Kann doch nicht sein, Will«, sagte er.
»Bei allem, was einem heilig ist, wie kann er es wagen, etwas so Dummes zu tun? Verdammter Idiot! Was machen wir jetzt?«
»Lassen Sie mich erst einmal lesen, Will. Ich muß wissen, worum es eigentlich geht.«
»Cunnington, dieser Idiot, versagt unserem Vertrag die Anerkennung. Darum handelt es sich. Und ich bin hier an die Luft gesetzt! Ein anderer tritt an meine Stelle! Mich an die Luft setzen! Wie kann er das wagen?«
Struan zog die Augenbrauen hoch und stieß einen leisen Pfiff aus. »Hat man Sie denn noch nicht durch eine Depesche davon in Kenntnis gesetzt?«
»Natürlich nicht! Wer informiert denn den Generalbevollmächtigten, bitte?«
»Vielleicht ist es eine Falschmeldung.«
»Skinner, dieser Kerl, schwört darauf, daß seine Information stimmt. Und wenn sie nicht stimmt, verklage ich ihn wegen Verleumdung, so wahr ich hier stehe!«
»Wann ist die Zeitung erschienen, Will?«
»Gestern. Wie, zum Teufel, ist es denn diesem gemeinen, stinkigen Lästermaul Skinner gelungen, eine Geheimdepesche, die noch nicht einmal ich erhalten habe, in seine dicken, schmutzigen Hände zu bekommen? Er gehört ausgepeitscht!«
Er schenkte sich ein Glas Portwein ein, stürzte es hinunter und goß sich sogleich wieder ein. »Habe in der vergangenen Nacht kein Auge zugemacht; sorge mich um unsere Zukunft in Asien noch zu Tode. Lesen Sie das Zeug. Hol' der Teufel Cunnington!«
Während Struan las, fühlte er, wie er selber in Weißglut geriet. Ganz offensichtlich waren in dem Artikel die Tatsachen in großen Zügen genau wiedergegeben und Wort für Wort der Bericht wiederholt, den Crosse ihm geschrieben hatte. Doch Skinner ließ in seinem Kommentar durchblicken, daß Cunnington, der für seine autoritäre Behandlung außenpolitischer Fragen bekannt war, nicht nur den Vertrag als solchen fallenließ, sondern sich auch über alle Erfahrungen der Chinahändler wie der Royal Navy und der Armee hinwegsetzte: »Lord Cunnington, der niemals östlich von Suez gewesen ist, wirft sich hinsichtlich des Wertes von Hongkong zum Sachverständigen auf. Es ist mehr als wahrscheinlich, daß er nicht einmal weiß, ob Hongkong nördlich oder südlich von Macao, östlich oder westlich von Peking liegt. Wie kann er also wagen anzudeuten, der Admiral unserer glorreichen Flotte sei

ein Windbeutel, der keine Ahnung von Dingen der Seefahrt und vom historischen Wert des größten Hafens in Asien hat? Wo wären wir denn ohne die Royal Navy? Oder ohne die Armee, die ebenfalls verächtlich abgetan – nein, beleidigt wird durch die törichte Weise, in der unsere Angelegenheiten behandelt werden? Wo werden unsere Soldaten ohne Hongkong einen Stützpunkt, wo unsere Schiffe einen sicheren Hafen finden? Wie kann dieser Mann, der schon viel zu lange im Amt ist, behaupten, daß die Chinahändler mit all ihrer Erfahrung, die durchaus gewußt haben, warum sie ihre Zukunft und ihr Vermögen auf Hongkong setzten, Narren sind? Wie kann er es wagen, die Sache so hinzustellen, als ob alle, die zum Ruhme Englands ihr Leben in China verbracht haben, nichts von chinesischen Angelegenheiten verständen, nichts von dem gewaltigen Wert eines Freihafens, eines Handelszentrums und einer Inselfestung ...« In dem Artikel wurde dann der Wert der Insel dargelegt, es wurde beschrieben, wie die Kaufleute das große Risiko auf sich genommen hätten, Happy Valley auszubauen, um dann, als es wieder aufgegeben werden mußte, mit ungebrochenem Mut an die Errichtung einer neuen Stadt zu gehen – dies alles zum Ruhme Englands. Der Artikel war ein Glanzstück tendenziöser Berichterstattung.
Struan verbarg nur mit Mühe seine Genugtuung. Er wußte, wenn er – der diesen Bericht lanciert hatte – durch den Leitartikel bereits in Harnisch gebracht wurde, der Zorn der anderen keine Grenzen kennen würde.
»Ich bin empört! Daß er so etwas wagt! Cunnington sollte zur Rechenschaft gezogen werden!«
»Ganz meine Meinung!« Wieder leerte Longstaff sein Glas und knallte es auf den Tisch. »Mich hat man an die Luft gesetzt! All die Arbeit und Mühe, dieses Reden, diese Auseinandersetzungen – alles umsonst wegen dieses autoritären Irren, der sich für den Herrn der Welt hält!«
»Hol' ihn der Teufel, wenn er uns so wegkommt, Will! Wir müssen etwas gegen ihn unternehmen! Das soll er büßen! Damit kommt er uns nicht weg!«
»Er ist schon weggekommen, verdammt noch mal!« Longstaff erhob sich und ging mit großen Schritten in der Kajüte auf und ab. Struan verspürte eine Anwandlung von Mitleid mit ihm. »Was wird jetzt? Meine Karriere ist zerstört – wir sind alle ruiniert!«
»Was haben Sie in dieser Sache bisher unternommen, Will?«
»Nichts.« Longstaff starrte zu den Kajütenfenstern hinaus. »Diese verfluchte Insel ist die Wurzel aller meiner Nöte. Diese von der Hölle ausgespienen Felsen haben mich ruiniert. Uns alle ruiniert!« Niedergeschlagen setzte er sich. »Gestern wäre es fast zu einem Tumult gekommen. Eine Abordnung der Kaufleute ist bei mir erschienen und hat von mir verlangt, ich solle mich weigern, meinen Posten zu verlassen. Eine andere, unter Brocks Führung, hat von mir gefordert, ich solle Asien sofort mit der Flotte verlassen, in London vorstellig werden, Cunningtons Bestrafung verlangen und, falls notwendig, eine Blockade über den Londoner Hafen verhängen.« Er verbarg sein Gesicht in den Händen. »Aber es ist ja meine eigene Schuld. Ich hätte meine Anweisungen auf den Buchstaben genau befolgen sollen. Aber auch das wäre nicht richtig gewesen. Ich bin kein machtlüsterner, landhungriger

Eroberer. Zum Teufel mit allem!« Er blickte auf, und sein Gesicht verzerrte sich beim Gedanken an diese Demütigung. »Der Admiral wie der General frohlocken natürlich. Wollen Sie etwas trinken?«
»Danke.« Struan schenkte sich einen Branntwein ein. »Noch ist nicht alles verloren, Will. Im Gegenteil. Sind Sie erst einmal in England, können Sie Ihre Macht und Ihren Einfluß geltend machen.«
»Wie denn?«
»Was Sie hier getan haben, war völlig richtig. Davon können Sie Cunnington überzeugen – wenn er überhaupt noch im Amt ist. Wenn Sie ihm direkt gegenüberstehen, ist Ihre Position sehr stark. Sie haben das Recht auf Ihrer Seite. Ganz bestimmt.«
»Sind Sie jemals Cunnington begegnet?« fragte Longstaff verbittert. »Mit diesem Ungeheuer läßt sich nicht reden.«
»Möglich. Aber ich habe einige Freunde. Angenommen, Sie könnten irgendwo einen Hebel ansetzen, um den Beweis zu erbringen, daß Sie recht hatten und er unrecht?«
In Longstaffs Augen blitzte es auf. Wenn sich Struan durch diese furchtbare Nachricht nicht beeindrucken ließ, war noch nicht alles verloren. »Was für einen Hebel, mein lieber Freund?« fragte er.
Struan trank genießerisch von seinem Branntwein. »Diplomaten bleiben, Regierungen aber gehen. Noch bevor Sie nach Hause kommen, ist Peel Premierminister.«
»Unmöglich!«
»Wahrscheinlich. Angenommen, Sie brächten Nachrichten von höchster Bedeutung, die bewiesen, daß Cunnington ein Idiot ist. Mit welchen Augen würden dann Peel und die Konservativen Sie betrachten?«
»Wunderbar. Wirklich! Aber was für Nachrichten, Dirk, mein Freund?«
Draußen hörte man Tumult, und schon flog die Tür auf, und Brock kam hereingestürmt. Ein armseliger Wachtposten bemühte sich vergeblich, ihn zurückzuhalten. Im Bruchteil einer Sekunde war Struan aufgesprungen, bereit, nach seinem Messer zu greifen.
Brocks Gesicht war eine bösartige Fratze. »Sin' sie verheiratet?«
»Ja.«
»Is' Gorth ermordet?«
»Ja.«
»Wann läuft die *White Witch* ein?«
»Vor Anbruch der Nacht, würde ich sagen. Sie sollte im Lauf des Vormittags auslaufen.«
»Erst red' ich mit Liza. Dann mit den beiden. Und schließlich, bei Gott dem Allmächtigen, mit Ihnen!« Er stürmte wieder hinaus.
»Schlecht erzogener Rüpel!« schnaubte Longstaff. »Er hätte zumindest anklopfen können!«
Struan fühlte sich jäh entspannt, so wie sich ein Raubtier entspannt, wenn eine Gefahr überstanden ist – die Muskeln sind gelöst, jedoch bereit, sich beim Auftauchen der nächsten Gefahr sofort wieder zu spannen, die Augen aber sind noch immer auf denselben Punkt gerichtet, dorthin, wo die Gefahr war.

»Sie haben von Cunnington nichts zu befürchten, Will. Er ist erledigt.«

»Ja, ausgezeichnet, Dirk. Errettung aus tiefer Not!« Er blickte zur Tür. Ihm fiel der Boxkampf ein. Der Kampf zwischen Dirk und Brock würde ebenso brutal werden. »Was geht in Brocks Kopf vor? Will er Sie herausfordern? Wir haben natürlich von Ihrem Zusammenstoß mit Gorth gehört. Schlechte Nachrichten haben die Gewohnheit, sich schnell zu verbreiten. Schreckliche Sache. Sie können von Glück reden, daß andere ihn umgebracht haben.«

»Das wohl«, sagte Struan. Nun, nachdem er die Gefahr überstanden hatte, war ihm fast ein wenig übel, und er fühlte sich schwach.

»Was ist eigentlich in diese beiden jungen Tollköpfe gefahren, daß sie miteinander durchgebrannt sind? Verständlich, daß Brock rasend ist. So was Dummes!«

»Gar nicht so dumm, Will. Das Beste, was die beiden haben tun können.«

»Gewiß, gewiß. Wenn Sie meinen.« Longstaff fragte sich, ob die Gerüchte wohl auf Wahrheit beruhten, die besagten, daß der Tai-Pan ganz bewußt diese Heirat beschleunigt hatte, um auf diese Weise das Duell herbeizuführen. Der Tai-Pan, sagte er sich, ist viel zu gerissen, als daß er so etwas nicht geplant hätte. Und jetzt stand also der Tai-Pan gegen Brock. »Was ist mit Peel, Dirk?«

»Sie sind doch Diplomat, Will. Diplomaten sollten sich nicht einer bestimmten Partei anschließen. Oder noch besser, sie sollten bei allen Parteien einen guten Ruf haben.«

»Das ist auch meine Meinung.« Longstaff sah ihn verwundert an. »Meinen Sie, ich sollte ein Konservativer werden und Peel unterstützen?«

»Sie sollten die Whigs und die Konservativen in gleicher Weise unterstützen. Hongkong ist für England das Richtige. Und Sie sind Hongkong, Will. Vielleicht ist dies« – Struan schwenkte die Zeitung – »für Sie ein großer Glücksfall. Es beweist, daß Cunnington nicht nur ein Idiot, sondern auch ein großer Schwätzer ist. Es ist doch unerhört, sich vorzustellen, daß man den Inhalt eines solchen Schreibens zuallererst aus der Presse erfährt.« Dann erzählte er ihm von den Geheimpapieren, die der Bischof ihm übergeben hatte, aber nur so viel, daß er damit Longstaffs lebhaftes Interesse weckte.

»Guter Gott!« Wenn es sich, wie der Tai-Pan angedeutet hatte, dabei tatsächlich um eine Kopie eines Geheimberichts mit Karten vom russisch-chinesischen Grenzgebiet und dessen Hinterland handelte, so bedeutete dies den Freibrief zu einer Botschaft und zum Adelstitel. »Wo haben Sie die Sache her?«

»Von einer Persönlichkeit, an deren Zuverlässigkeit nicht im geringsten zu zweifeln ist.« Struan erhob sich. »Vor Ihrer Abreise werde ich Ihnen die Papiere übergeben. Verwenden Sie sie, wie Sie es für richtig halten. Ganz bestimmt geht aus diesen Papieren hervor, daß Sie recht haben und Cunnington unrecht, abgesehen von allem anderen.«

»Wollen Sie mit mir zu Abend essen, Dirk?« Longstaff hatte sich schon seit vielen Jahren nicht mehr so wohl gefühlt. »Dann können wir von alten Zeiten reden.«

»Entschuldigen Sie bitte, nicht heute abend. Wie wäre es mit morgen?«

»Gut. Ich bin froh, daß unser Urteil als richtig bestätigt worden ist.«

»Da wäre noch etwas, um das wir uns sofort kümmern müssen. Etwas ganz anderes. Die Tongs.«

»Die Tongs?«

»Gorth Brock wurde von Tongs aus Hongkong ermordet. Aus Tai Ping Schan.«

»Was Sie nicht sagen! Wie hängt denn das zusammen?«

»Ich weiß es nicht.« Struan berichtete ihm, was ihm der portugiesische Offizier von den Tongs gesagt hatte. Auch das, was Gordon Tschen betraf. Er wußte, daß er Longstaff diese Informationen nicht vorenthalten durfte, damit nach der offiziellen Bekanntgabe nicht der Eindruck erweckt wurde, er wolle seinen Sohn schützen. Wenn Gordon wirklich mit den Tongs unter einer Decke steckte, würde er jetzt mit dieser Sache hochgehen. War es nicht der Fall, war die Angelegenheit ohne Belang.

»Hol' mich der Teufel!« rief Longstaff und lachte. »Eine lächerliche Geschichte.«

»Gewiß, von meinen Feinden verbreitet, kein Zweifel. Aber geben Sie eine Proklamation gegen die Tongs heraus, und weisen Sie Major Trent an, gegen sie vorzugehen. Sonst haben wir die verfluchten Mandarine im Nacken.«

»Ein guter Gedanke. Wirklich ausgezeichnet. Ich werde Horatio ... verdammt noch mal, ich habe ihm zwei Wochen Urlaub nach Macao gegeben. Darf ich mir Mauss ausleihen?«

»Selbstverständlich. Ich schicke ihn zu Ihnen hinüber.«

Nachdem Struan gegangen war, setzte sich Longstaff in gehobener Stimmung an seinen Schreibtisch. »Mein lieber Sir William«, sagte er zu seinem Glas. »Ich fühle mich herrlich. Wenn man mit der Wahrheit herausrücken dürfte, so möchte ich sagen, daß ich verdammt froh bin, diese stinkige Insel zu verlassen. Ich pfeife drauf, was aus ihr wird – und aus den Chinahändlern, den Chinesen oder diesen dreckigen Tongs.« Er trat an eins der Fenster und lachte in sich hinein. »Wollen mal sehen, was diese geheimnisvolle Mappe alles enthält. Und wenn wir erst wieder in England sind, werden wir alles Weitere beschließen. Ist Cunnington nicht mehr im Amt, können wir uns zu unserem Vorteil hinter Hongkong stellen. Sitzt aber Cunnington noch auf seinem Stuhl, kann ich ihm recht geben und diese Insel als belanglos fallenlassen. Denn ich habe ja die Papiere und damit den Schlüssel zu jedem Schlafzimmer eines Außenministers. Und außerdem eine Menge Tee.« Er brüllte vor Lachen. Vor ein paar Tagen hatte ihn ein privater Abgesandter von Tsching-so aufgesucht, der ihm ausrichten sollte, das Saatgut, um das Horatio gebeten hatte, würde innerhalb von zwei Wochen an ihn verschifft werden. »Ich möchte behaupten, Exzellenz, daß Sie ein gutes Tagewerk hinter sich gebracht haben!«

An Bord der *Resting Cloud* traf Struan May-may in ihren eigenen Gemächern bereits im Bett an. Sie sah recht wohl aus und sogar kräftiger.

»Ich sehr angenehm glücklich, zu Hause zu sein, Tai-Pan. Da kannst du sehen! Deine alte Mutter gehorcht wie Seemann. Ich habe zwei Tassen Cinchona getrunken und bin bereit zu drei mehr.«

»Wirklich?« fragte er, und sein Argwohn erwachte.

»Natürlich, absolut ja. Und sieh mich nicht so an. Ich die Wahrheit reden!

Bin ich etwa eine Hoklo-Hure? Eine Hundefleischbettlerin? Lüge ich etwa mir selber ins Gesicht? Versprechen ist Versprechen, du das nicht vergessen. Natürlich«, fügte sie einschmeichelnd hinzu, »jetzt ich nehme dungschmekkendes Zaubergift mit Mangosaft, an was normale Frauens sofort denken, aber nicht Männers, oh, wahrhaftig nicht – das ist viel zu einfach.« Sie warf den Kopf mit der alten verächtlichen Geste zurück. »Männers!«
Struan unterdrückte ein Lächeln und seine Freude darüber, daß sie ihr altes Ich wiederfand. »Ich bin bald wieder da. Und bleib du im Bett.«
»Ha! Ich etwa Versprechen brechen? Bin ich nichtswürdiger Schildkrötenmist?« Sie streckte ihre Hand wie eine Kaiserin aus. »Tai-Pan!«
Er küßte ihr galant die Hand. Sie brach in Lachen aus und drückte ihn an sich. »Geh jetzt, mein Sohn, und keine schmutzigen Hurenhäuser!«
Struan ließ sie allein und ging in seine eigene Kajüte. Er schloß seinen Tresor auf, nahm eine der beiden Kopien von den Papieren und den Karten, die er sorgsam angefertigt hatte, aus der Ledermappe und steckte sie, zusammen mit dem kleinen Beutel, der den Rest der Cinchonarinde enthielt, in seine Tasche.
Wieder stieg er in sein Beiboot.
»*Boston Princess*«, befahl er. Die *Boston Princess* war das Depotschiff von Cooper-Tillman.
Die Sonne näherte sich dem Horizont, trübe glühend, als sei ein Schleier über den Himmel gezogen.
»Was halten Sie davon, Bootsmann?«
»Weiß nicht, Sir. Habe es schon so in der Südsee gesehen, aber vor gutem Wetter wie vor schlechtem. Wenn der Mond heute nacht einen Hof hat, gibt's vielleicht eine Weile Regen.«
Oder Schlimmeres, fügte Struan in Gedanken hinzu. Er erhob sich und blickte zum westlichen Sund hinüber. Von der *White Witch* war noch nichts zu sehen. Möglicherweise bleiben sie mit Absicht draußen und laufen erst bei Tagesanbruch ein, dachte er. Über dich will ich noch nicht nachdenken, Tyler.
Das Beiboot ging bei der *Boston Princess* längsseits. Sie war ein riesiger Kauffahrer mit drei Decks, der nun ständig dort vor Anker lag.
Struan lief die Laufplanke hinauf. »Bitte um Genehmigung, an Bord zu kommen«, sagte er zu dem amerikanischen Seeoffizier an Deck. »Könnte ich Mr. Cooper sprechen? Es ist dringend.«
»Einen Augenblick, Mr. Struan.« Der Offizier ging nach unten.
Struan zündete sich eine Zigarre an und warf das Streichholz über Bord. Die *China Cloud* glitt auf ihren Ankerplatz zu, der in tiefem Wasser dem Happy Valley gegenüber lag.
»Hallo, Tai-Pan«, sagte Jeff Cooper, der rasch an Deck kam. »Wahrscheinlich haben Sie schon gehört, was dieser blöde Schweinehund Cunnington angerichtet hat. Es hat uns sehr leid getan, als wir von diesem Duell und den anderen Dingen hörten. Sind die beiden verliebten jungen Leute wirklich durchgebrannt?«
»Ja. Wie geht es Wilf?«
»Er ist tot.«

»Verdammt! Wann ist er gestorben?«
»Vor drei Tagen.«
»Können wir nach unten gehen?«
»Natürlich. Was sagen Sie dazu, daß Longstaff kassiert ist und der Vertrag nicht bestätigt?«
»Hat nichts zu bedeuten. Nichts weiter als ein dummer politischer Schnitzer. Ich bin überzeugt davon, daß die Sache eingerenkt wird.«
Cooper ging ihm voraus nach unten. Die große Kajüte war luxuriös eingerichtet. »Branntwein?«
»Danke.« Struan nahm das Glas entgegen. »Auf Ihre Gesundheit!«
»Auf die Ihre!«
Struan öffnete den kleinen Beutel und nahm etwas von der Cinchona heraus. »Sehen Sie sich das Zeug mal an, Jeff. Es ist eine Rinde. Cinchonarinde. Zuweilen auch Jesuitenrinde genannt. Macht man einen Tee daraus, kann man damit die Malaria heilen.«
»Sind Sie sicher?«
»Ja. Meine Geliebte ist damit geheilt worden. Das bleibt natürlich unter uns – aber die Heilung ist sicher.«
Cooper nahm ein Stück von der Rinde, und seine Finger zitterten. »Mein Gott, Tai-Pan, ist Ihnen klar, was Ihnen da gelungen ist? Ist Ihnen klar, was Sie da sagen?«
»Ja. Die Malaria ist über die ganze Welt verbreitet – sie haben sie in den Staaten, in ganz Florida und in dem von Frankreich erworbenen Louisiana. Ich kenne das Heilmittel und weiß, wie man die Rinde gewinnt. Na, was kommen Ihnen dabei für Gedanken?«
»Das ist ein Dienst an der Menschheit – außerdem verdient der ein Vermögen, der als erster in die Sache einsteigt.«
»Ganz richtig, mein Freund. Ich schlage Ihnen ein gemeinsames Geschäft vor.« Struan tat die Rinde in den Beutel zurück, und plötzlich überkam ihn Traurigkeit. »Seltsam, was? Vor ein paar Wochen hätte das Zeug Robb und die kleine Karen retten können. Auch all die anderen – und sogar Wilf, obwohl ich ihn nicht gemocht habe.«
»Er hat einen schweren Tod gehabt«, sagte Cooper.
»Das tut mir leid.« Struan trank einen Schluck Branntwein und ließ die Vergangenheit ruhen. »Ich mache Ihnen einen einfachen Vorschlag. Wir bilden ein neues Unternehmen, das sich auf die Rinde spezialisiert. Das Kapital zahlen wir zu gleichen Teilen ein. Vier Direktoren – Sie und ein von Ihnen Beauftragter, ich selber und Culum. Sie leiten das Unternehmen, ich kümmere mich sofort um das Was und Wie, und Sie beginnen morgen mit der Planungsarbeit.«
Cooper streckte seine Hand aus. »Einverstanden.«
Struan berichtete ihm, wie er die Rinde bekommen hatte und von wem; er sprach auch von dem Schiff, das er gechartert hatte und das am nächsten Tag von Macao nach Peru auslaufen sollte. »Der Bischof hat mir mitgeteilt, daß Pater Sebastian das Schiff begleiten wird. Ich schlage vor, daß wir den Einsatz verdoppeln, um kein Risiko einzugehen. Die neue Firma wird mit den Kosten dieses Fahrzeugs belastet, und wir entsenden noch ein Schiff – aber

diesmal von Amerika aus. Wir verpflichten uns zwei Ärzte und zwei Geschäftsleute, die das Schiff begleiten und alle nur möglichen Informationen über die Cinchona einholen. An dem Tag, an dem das amerikanische Schiff ausläuft, geben wir mit Hilfe Ihrer Beziehungen die Sache in den Staaten bekannt. Damit sind wir unseren Konkurrenten um einen Schritt voraus, und wir erfüllen meine Abmachung mit dem Bischof. Damit Happy Valley von seinem Fluch befreit wird, verbreiten wir hier die Nachricht sofort. Und sobald wie möglich auch in Europa. Bis unsere Schiffe zurückkehren, werden die Ärzte in aller Welt dringend nach Cinchona verlangen. Meine Schiffe werden das Britische Reich beliefern – und Sie übernehmen den amerikanischen Kontinent –, die übrige Welt teilen wir zwischen uns auf. Allein in Süditalien könnten wir das Zeug tonnenweise verkaufen.«

»Wer weiß sonst noch davon?«

»Nur Sie. Bis jetzt. Falls ich Skinner heute abend noch auftreibe, werde ich ihm auch von der Sache erzählen. So, das wäre also das Geschäftliche. Und wie geht es Shevaun?«

»Gut und schlecht. Sie hat sich mit der Tatsache der Verlobung abgefunden. Aber sosehr ich sie auch liebe, ich muß zugeben, daß sie mich nicht liebt.«

»Werden Sie die Tillman-Anteile erwerben?«

»Nicht, wenn Shevaun mich heiratet. Hätte sie ihre Zustimmung nicht gegeben – na ja, dann wäre es vom geschäftlichen Standpunkt aus unverständlich, wenn ich es nicht täte. Jetzt, da Wilf tot ist, muß ich mir einen neuen Kompagnon suchen. Das bedeutet, daß ich ihn an der Firma beteiligen muß – aber Sie kennen ja selber diese Probleme nur allzu gut.«

»Allerdings. Was hat eigentlich Sergejew vor?«

»Ach, der ist noch immer hier. Seine Hüfte bereitet ihm keine großen Beschwerden mehr. Wir sind häufig mit ihm zusammen. Zwei- oder dreimal in der Woche essen wir mit ihm zu Abend.« Cooper lächelte betrübt. »Er ist sehr an Shevaun interessiert, und sie scheint ihn zu mögen. Zur Zeit besucht sie ihn gerade auf seinem Schiff.«

Struan rieb sich nachdenklich das Kinn. »In diesem Fall hätte ich Ihnen noch ein Spiel vorzuschlagen. Gefährlicher als die Sache mit der Cinchona.«

»Was denn?«

»Schicken Sie Shevaun auf ein Jahr nach Hause. Geben Sie ihr lange Zügel – vergessen Sie nicht, daß sie ein Vollblut ist. Wenn sie am Ende des Jahres zu Ihnen zurückkehren will, können Sie sie ruhig heiraten. Entscheidet sie sich jedoch gegen Sie, so geben Sie ihr die Freiheit zurück. Sagen Sie ihr auf jeden Fall, daß Sie bereit sind, ihrem Vater seinen ›Anteil‹ auf Lebenszeit zu zahlen. Ihre Brüder können zum Teufel gehen. Vergessen Sie nicht, daß wir in unserem Cinchona-Abenteuer die Beziehungen des Senators Tillman gut brauchen können. Das Geld, das Sie ihm geben, wird sich mehr als bezahlt machen.«

Cooper ging zu seinem Schreibtisch hinüber, um die Zigarren zu holen und Zeit zu gewinnen. Warum unterbreitete ihm der Tai-Pan diesen Vorschlag? Hatte er die Absicht, sich selber um Shevaun zu bemühen? Nein, da hätte er solche Winkelzüge nicht notwendig gehabt. Er brauchte nur einen Finger zu heben, und Shevaun würde zu ihm eilen.

»Darüber werde ich noch nachdenken müssen, Tai-Pan«, sagte er. »Eine Zigarre?«
»Nein, danke. Und wenn Sie schon darüber nachdenken, dann überlegen Sie sich noch ein weiteres Risiko. Bitten Sie Sergejew, ihr auf seinem Schiff die Heimreise anzubieten – selbstverständlich in Begleitung.«
»Sie haben wohl den Verstand verloren!«
»Nein, mein Freund.« Struan holte die Abschrift der Papiere hervor, die mit einem grünen Band säuberlich zusammengebunden waren. »Lesen Sie das mal.«
Cooper nahm die Papiere entgegen. »Worum handelt es sich?«
»Lesen Sie nur. Nehmen Sie sich Zeit.«
Cooper setzte sich an seinen Schreibtisch und löste das Band.
Die Cinchona wäre also unter Dach, sagte Struan zu sich. Was ist jetzt mit Culum? Vielleicht hat der Junge recht, er braucht einen Kompagnon. Jeff – das wäre die Lösung. Struan-Cooper-Tillman. Zumindest Struan-Cooper; Tillman können wir jetzt vergessen. Warum nicht? Jeff bietet es ungeheure Vorteile. Und wir sichern uns Vorteile in Nord- und Südamerika. Jeff ist umsichtig und anständig. Man sollte sich die Sache sehr sorgfältig überlegen. Es wäre eine gute Lösung. Longstaff? Was Longstaff betrifft, so hast du getan, was du konntest. Ist er dir erst einmal aus den Augen, tut er doch genau das, was der nächste starke Mann ihm zu tun befiehlt. Was ist mit Skinner? Bis jetzt hat er gut gespurt. Blore? Muß ich mal feststellen. Das gilt auch für Mauss. Was ist das nächste? Die Reise nach England und May-may. Vielleicht hatte Orlow recht. Vielleicht habe ich nichts weiter gespürt als die See, die auf der Lauer lag – in meinem Leben ist alles immer wieder gut gegangen. Aber man sollte solche Gefühle nicht leichtfertig in den Wind schlagen.
Unerbittlich wandten sich nun seine Gedanken Brock zu: Richtig, da war noch jemand umzubringen. Und Liza hatte recht. Wenn das einmal anfängt, das Morden, wird es vielleicht kein Ende mehr finden.
»Wie weit ist dem zu trauen?« Cooper hatte die Papiere durchgelesen.
»Die Quelle müßte man als ›über jeden Zweifel erhaben‹ bezeichnen. Was halten Sie davon?«
»Es ist teuflisch. Ganz offensichtlich ist Sergejew der Mann – vermutlich einer unter anderen –, der ausgesandt ist, die ›Britische Einflußsphäre‹ in Asien zu untersuchen und die Möglichkeiten einer Auswanderung ins russische Alaska zu studieren.« Cooper dachte einen Augenblick nach. Dann sagte er: »Was ist zu tun? Nun, spinnen wir einmal Ihren Gedanken weiter aus: Shevaun. Sergejew würde sie nur allzu gern nach Amerika begleiten. Sie bezaubert ihn bewußt oder unbewußt und nimmt ihn mit nach Washington. Ihr Vater, der der einzig richtige Empfänger für diese Geheimdokumente ist, erklärt Sergejew unter vier Augen, daß sich die Vereinigten Staaten von Rußland beunruhigt fühlen und wünschen, daß es sich vom amerikanischen Kontinent zurückzieht. Die Monroe-Doktrin und so weiter. So ähnlich haben Sie sich's wohl vorgestellt.«
»Sie sind ein kluger Mann, Jeff.«
»Diese Informationen beweisen, daß Lord Cunnington ein Narr ist.«

»Das bestimmt.«
»Die Notwendigkeit und lebenswichtige Bedeutung Hongkongs werden dadurch völlig klar.«
»Richtig.«
»Wir müssen uns jetzt nur darüber schlüssig werden, wie diese Information umgehend und ohne Gefährdung in die Hände des Senators gelangt. Sein Ansehen in politischen Kreisen wird außerordentlich steigen, und deshalb wird er auch die Sache nach allen Richtungen hin ausschlachten. Sollen wir riskieren, Shevaun einzuweihen, oder sollen wir ihr nur eine Abschrift dieser Papiere geben, damit sie sie ihrem Vater überbringt?«
»Ich würde sie weder die Papiere lesen lassen noch ihr sagen, was darin steht. Immerhin ist sie eine Frau. Frauen können sehr unberechenbar sein. Was ist, wenn sie sich zum Beispiel in Sergejew verliebt? Sie würde die Vereinigten Staaten von Amerika fallenlassen, weil sie sich mit weiblicher Logik sagte, daß sie ohne Rücksicht auf Abstammung, oder was hier sonst noch eine Rolle spielt, ihren Geliebten schützen muß. Es wäre eine Katastrophe, wenn Sergejew erführe, daß wir über alles, was in diesen Papieren steht, unterrichtet sind.«
»Ich möchte über all das nachdenken«, sagte Cooper. Er band das Aktenstück wieder zusammen und gab es zurück. »Es mag sehr bombastisch klingen, Tai-Pan, aber mein Land wird es Ihnen eines Tages noch danken.«
»Ich möchte keinen Dank, Jeff. Es könnte jedoch vielleicht von Nutzen sein, wenn Senator Tillman und andere Politiker Lord Cunningtons törichte Einstellung zu unserem Gebiet hier draußen im Fernen Osten lächerlich machen.«
»Ganz richtig. Das können Sie bereits als geschehen betrachten. Übrigens schulden Sie mir zwanzig Guineen.«
»Wofür?«
»Einnern Sie sich nicht mehr unserer Wette? Es ging damals darum, wer für ein gewisses Aktbild Modell stehen sollte. Damals am ersten Tag, Dirk. Aristoteles' Gemälde von der Übergabe der Insel war ein Teil dieser Wette. Erinnern Sie sich nicht?«
»Doch. Wer war es denn?« fragte Struan. Zwanzig Guineen sind nicht viel, dachte er, gemessen an der Ehre einer Dame. Aber, hol's der Teufel, das Bild hatte mir gefallen.
»Shevaun. Sie hat es mir vor zwei Tagen gestanden – sie hat mir gesagt, sie wolle sich so malen lassen. Wie die Herzogin von Alba.«
»Werden Sie es ihr erlauben?«
»Ich weiß es nicht.« Coopers Gesicht verzog sich zu einem betrübten Lächeln und verlor vorübergehend etwas von seinem Ernst. »Durch die Seereise würde dem auf jeden Fall ein Ende gesetzt, meinen Sie nicht?«
»Nicht bei diesem Mädchen. Ich schicke morgen den Wettgewinn an Bord. Wenn ich mich recht erinnere, sollte der Verlierer obendrein auch noch Aristoteles dazu veranlassen, den Sieger mit auf das Bild zu bringen. Das mache also ich jetzt.«
»Vielleicht würden Sie das Bild als ein Geschenk von mir annehmen? Dann soll Aristoteles uns beide hineinmalen, was?«

»Ich danke Ihnen. Ich habe dieses Bild immer gemocht.«
Cooper deutete auf die Papiere. »Reden wir morgen noch einmal darüber. Ich will es mir heute nacht durch den Kopf gehen lassen, ob ich Shevaun schicke.«
Struan dachte an den nächsten Tag. Er gab Cooper die Papiere zurück. »Die legen Sie besser in Ihren Tresor. Aus Sicherheitsgründen.«
»Danke. Ich danke Ihnen für Ihr Vertrauen, Tai-Pan.«

Struan begab sich an Land in das vorläufige Kontor, das er auf dem neuen Ufergrundstück der Firma errichtet hatte. Vargas erwartete ihn bereits.
»Zunächst einmal alle schlechten Nachrichten, Vargas.«
»Wir haben hier einen Bericht von unseren Kommissionären in Kalkutta, Senhor. Wie es scheint, war nach den letzten Meldungen die *Gray Witch* der *Blue Cloud* um drei Tage voraus.«
»Weiter?«
»Die Baukosten sind ins Unermeßliche gestiegen, Senhor. Nach dem Leitartikel von gestern habe ich einen Teil der Arbeiten einstellen lassen. Vielleicht sollten wir unsere Verluste erst einmal abdecken.«
»Setzen Sie die Arbeit sogleich fort und verdoppeln Sie morgen unseren Einsatz an Arbeitskräften.«
»Jawohl, Senhor. Die Nachrichten von der Börse in England sind schlecht. Der Markt ist sehr nervös. Der Staatshaushalt ist wiederum nicht ausgeglichen. Man erwartet finanzielle Schwierigkeiten.«
»Das ist das Übliche. Haben Sie von keinen besonderen Katastrophen zu berichten?«
»Nein, Senhor. Selbstverständlich gibt es unerhört viel Raubüberfälle. Seit Ihrer Abreise hat es drei Fälle von Seeräuberei gegeben und ein Dutzend Versuche. Zwei Piratendschunken wurden gekapert; die Besatzungen sind öffentlich gehenkt worden. Vierzig bis fünfzig Diebe, Räuber und Betrüger werden jeden Mittwoch ausgepeitscht. Kaum eine Nacht vergeht, ohne daß nicht in irgendein Haus eingebrochen wird. Es ist zum Verzweifeln. Übrigens hat Major Trent für alle Chinesen von Sonnenuntergang ab eine Ausgangssperre verfügt. Es scheint die einzige Möglichkeit zu sein, die Leute unter Kontrolle zu halten.«
»Wo ist Mrs. Quance?«
»Noch immer auf dem kleinen Depotschiff, Senhor. Sie hat ihre nach England gebuchte Reise rückgängig gemacht. Offenbar geht weiterhin das Gerücht um, daß sich Senhor Quance in Hongkong aufhält.«
»Trifft es zu?«
»Ich würde es sehr bedauern, wenn wir den unsterblichen Quance verloren haben sollten, Senhor.«
»Was treibt Mr. Blore?«
»Er wirft das Geld hinaus, als wären die Felsen Hongkongs aus Gold. Natürlich ist es nicht unser Geld«, sagte Vargas in dem Versuch, seine Mißbilligung nicht zu zeigen, »sondern das Geld des ›Jockey-Klubs‹. Ich habe nur geglaubt, die Reingewinne sollten wieder in den Rennplatz, in Pferde und dergleichen investiert werden.« Er wischte sich seine Hände an einem

Taschentuch ab. Der Tag war sehr feucht. »Wie ich gehört habe, hat Senhor Blore einen Hahnenkampf angesetzt. Unter der Schirmherrschaft des ›Jockey-Klubs‹.«
Struans Gesicht hellte sich auf. »Gut. Wann findet er statt?«
»Ich weiß es nicht, Senhor.«
»Was treibt Glessing?«
»Alles, was man von einem Hafenkommandanten erwartet. Aber wie ich erfahren habe, ist er wütend auf Longstaff, weil er ihn nicht nach Macao reisen läßt. Es geht das Gerücht, daß er nach Hause geschickt werden soll.«
»Mauss?«
»Ach, Reverend Mauss. Er ist aus Kanton zurückgekehrt und hat Zimmer im Hotel bezogen.«
»Warum dieses ›ach‹, Vargas?«
»Nichts weiter, Senhor. Nur ein weiteres Gerücht«, antwortete Vargas ein wenig verärgert darüber, weil er seine Zunge nicht beherrscht hatte. »Wie es scheint ... natürlich sind wir Katholiken gegen ihn eingestellt und traurig darüber, daß die Protestanten nicht dasselbe glauben wie wir, um des Heils ihrer eigenen Seelen willen. Nun, er hat einen Anhänger, dem er sehr zugetan ist, einen getauften Hakka mit Namen Hung Hsu Tsch'un.«
»Könnte Hung Hsu Tsch'un irgend etwas mit den Hung Mun zu tun haben – den Tongs?«
»Nein, Senhor. Der Name ist sehr geläufig.«
»Ach ja, ich erinnere mich an ihn. Ein hochgewachsener, seltsam aussehender Mann. Fahren Sie fort.«
»Es gibt nicht viel zu erzählen. Er hat nur einfach unter den Chinesen von Kanton zu predigen angefangen, ohne Wissen von Reverend Mauss, wobei er sich als der Bruder von Jesus Christus bezeichnet und behauptet hat, daß er jede Nacht mit seinem Vater – Gott – spricht. Daß er der neue Messias ist und wie sein Bruder die Tempel säubern wird, und dergleichen ketzerischen Unsinn mehr. Offensichtlich ist er verrückt. Wäre er nicht so gotteslästerlich, es wäre sehr komisch.«
Struan dachte über Mauss nach. Er mochte diesen Mann und hatte Mitleid mit ihm. Dann entsann er sich wieder der Worte, die Sarah ihm entgegengeschleudert hatte. Ja, dachte er, du hast Mauss auf so manche Weise ausgenutzt. Aber dafür hast du ihm auch gegeben, was *er* sich wünschte – die Möglichkeit, Heiden zu bekehren. Ohne dich wäre er schon lange tot. Ohne dich ... aber lassen wir die Sache ruhen. Mauss muß selber für sein Seelenheil sorgen, selber eine Erlösung finden. »Wer weiß, Vargas? Vielleicht ist Hung Hsu Tsch'un das, was er zu sein behauptet. Auf jeden Fall«, fügte er hinzu, als er Vargas' Betroffenheit bemerkte, »gebe ich Ihnen recht. Es ist nicht komisch. Ich werde mit Mauss reden. Vielen Dank, daß Sie mir davon erzählt haben.«
Vargas räusperte sich. »Ich wollte Sie fragen, könnte ich nächste Woche freibekommen? Die Hitze und – es wäre schön, mit der Familie wieder zusammen zu sein.«
»Gewiß. Nehmen Sie sich zwei Wochen, Vargas. Übrigens – ich glaube, für die portugiesische Kolonie wäre es gut, wenn sie ihren eigenen Klub hätte.

Ich werde eine Spendenliste in Umlauf setzen. Sie werden hiermit zum vorläufigen Schatzmeister und Sekretär ernannt.« Er kritzelte etwas auf einen Block und riß das Blatt ab. »Das können Sie sofort kassieren.« Es war eine Anweisung über tausend Guineen.

Vargas war sichtlich beeindruckt. »Ich danke Ihnen, Senhor.«

»Danken Sie mir nicht«, antwortete Struan. »Ohne die Hilfe der Portugiesen hätten wir hier keine Kolonie.«

»Was sagen Sie nur zu dieser Nachricht, Senhor, zu diesem Leitartikel! Hongkong ist doch erledigt. Die Krone hat es abgelehnt, den Vertrag anzuerkennen. Tausend Guineen? Ich verstehe das alles nicht mehr.«

»Hongkong bleibt am Leben, solange noch ein Kaufmann auf der Insel steht und ein Schiff der Marine im Hafen liegt. Keine Sorge. Irgendwelche Nachrichten für mich?«

»Mr. Skinner war hier und hat hinterlassen, er würde Sie gern zu einem Ihnen genehmen Zeitpunkt sprechen. Auch Mr. Gordon Tschen.«

»Lassen Sie Skinner ausrichten, daß ich heute abend in der Redaktion vorbeikomme. Und Gordon Tschen, daß ich ihn heute abend um acht Uhr an Bord der *Resting Cloud* erwarte.«

»Jawohl, Senhor. Da wäre noch etwas. Erinnern Sie sich an Ramsey? Den Matrosen, der desertiert ist? Er hat die ganze Zeit über in den Hügeln in einer Höhle gelebt, wie ein Einsiedler. Irgendwo am Peak. Er hat sich am Leben erhalten, indem er sich seine Nahrung im Fischerdorf an der Aberdeenbucht zusammengestohlen hat. Offenbar hat er dort auch ein paar Frauen vergewaltigt. Die Chinesen haben ihn erwischt, gefesselt und den Behörden übergeben. Gestern ist er zu hundert Peitschenhieben und zwei Jahren Zuchthaus verurteilt worden.«

»Hätten ihn besser gleich aufhängen sollen«, meinte Struan. »Die zwei Jahre steht er erst gar nicht durch. Die Gefängnisse sind noch immer Todesfallen, in denen es unbeschreiblich grausam zugeht.«

»Ja. Entsetzlich. Und ich danke Ihnen nochmals, Senhor. Unsere Kolonie wird Ihnen sehr dankbar sein«, sagte Vargas.

Er ging hinaus, kehrte aber sofort zurück. »Entschuldigen Sie, Tai-Pan, aber einer Ihrer Seeleute ist da. Ein Chinese – Fong.«

»Lassen Sie ihn eintreten.«

Fong trat unter Verbeugungen wortlos ein.

Struan betrachtete forschend den untersetzten, pockennarbigen Chinesen. In den drei Monaten, in denen er an Bord war, hatte er sich in so mancher Hinsicht verändert. Nun trug er ganz selbstverständlich die europäische Seemannskleidung. Der Zopf war ordentlich unter der gestrickten Mütze zusammengerollt. Sein Englisch war einigermaßen. Ein ausgezeichneter Seemann. Gehorsam, still und rasch von Auffassung.

»Was tust du an Land?«

»Kapitän sagen, kann Land gehen, Tai-Pan. Meine Wache Landurlaub.«

»Und was willst du von mir, Fong?«

Fong reichte ihm ein zerknittertes Stück Papier. Die Schriftzüge auf ihm waren kindlich. »Aberdeen. Gleiche Stelle, Kamerad. Acht Glasen, Mittelwache. Allein kommen.« Die Unterschrift lautete: »Berts und Freds Papa.«

»Wo hast du das her?«
»Kuli mich anhalten, mir geben.«
»Verstehst du, was da steht?«
»Ich lesen, ja. Nicht leicht lesen. Sehr schwer, schon gut.«
Struan dachte über den Fetzen Papier nach. »Der Himmel. Hast du ihn angesehen?«
»Ja, Tai-Pan.«
»Was sagt er dir?«
Fong wußte, daß dies eine Prüfung war. »Tai-fung«, antwortete er.
»Wie lange?«
»Nicht wissen. Drei Tag, vier Tag – mehr, weniger. Tai-fung, schon gut.«
Die Sonne war bereits unter den Horizont gesunken, und das Tageslicht nahm rasch ab. Laternen tauchten als Lichtpunkte auf dem Ufergelände und an den Baustellen auf.
Der Schleier am Himmel hatte sich verdichtet. Ein riesiger blutiger Mond hing über dem klaren Horizont.
»Ich glaube, du hast eine gute Nase, Fong.«
»Ich danken, Tai-Pan.«
Struan hielt den Papierfetzen hoch. »Und was sagt dir deine Nase in der Sache?«
»Nicht allein gehen«, antwortete Fong.

43

Mit zunehmender Dunkelheit begann sich der Himmel zu bewölken, und die Feuchtigkeit nahm zu. Die Chinahändler, die mit Wind und See ihre Erfahrungen hatten, wußten, daß es bald Regen geben würde. Die Wolken kündeten die ersten Regengüsse der Jahreszeit an. Für einige Zeit würde die ständige Schwüle etwas gelindert und der Staub abgewaschen werden. Nichts weiter als ein Platzregen, wenn der Joss mit ihnen war. War er gegen sie, würde es Sturm geben. Und Joss allein würde bestimmen, ob der Sturm zum Taifun werden sollte.
»Es ist mir so heiß, Tai-Pan«, sagte May-may und fächelte sich im Bett.
»Mir auch«, antwortete Struan. Er zog sich gerade ein durchweichtes Hemd aus und schlüpfte in ein frisches. »Ich habe dir doch gesagt, du solltest lieber in Macao bleiben. Dort ist es sehr viel kühler.«
»Mag sein, aber dann ich habe das Vergnügen nicht, dir zu sagen, daß mir heiß ist, zum Teufel!«
»Krank warst du mir lieber. Da gab es keine Frechheiten und kein gemeines Fluchen!«
»Ha!« schnaubte sie. »Du zu mich nicht verlogen sein!«
»Was ist denn in dich gefahren?«
»Verlogen, Tai-Pan. Du kein Englisch mehr verstehen? Währen' du den ganzen Tag weg, ohne Sorge um deine arme, alte Mutter, ich bin furchtbarlich fleißig gewesen und dein Dr. Johnson-Wörterbuch gelesen, um in mein Kopf barbarische Sprache hineinstopfen. Weiß jeder, was ›verlogen‹ ist. Es bedeu-

tet ›lügen‹. Das, was du tust, bei Gott!« Sie zwang sich zu einem Schmollen, was sie noch reizender machte. »Du mich nicht mehr vergöttern!«
»Ich habe nicht übel Lust, dir diese Verlogenheit auf deinen kleinen Hintern zu schreiben.«
May-may stieß ein geduldiges Seufzen aus. »Tai-Pan wollen Cow Chillo hupp-hupp, heja, Maste'? Können, und ob, schon gut.«
Struan näherte sich dem Bett, und May-may wich zurück. »Nein, Tai-Pan, das war Scherz!«
Er hielt sie fest umschlungen. »Ach, meine Kleine, werd nur erst einmal gesund, das ist das wichtigste.«
Sie trug eine mattblaue seidene Jacke, ihr Haar war elegant frisiert, ihr Parfüm berauschend. »Wagst du nicht in Freudenhäuser zu gehen, he?«
»Sei nicht so töricht.« Er küßte sie und zog sich dann fertig an, steckte sein Messer in das Rückenhalfter und den kleinen Seemannsdolch in seinen linken Stiefel. Im Nacken band er das Haar ordentlich mit einem Band zusammen.
»Für was du dein Haar schneiden, Tai-Pan? Zu einem Zopf wachsen lassen wie ein zivilisierter Mensch. Sehr hübsch.«
Lim Din klopfte an und trat ein. »Maste'. Maste' Tschen hier. Können?«
»Sprechen Kajüte oben.«
»Du zurückkommen, Tai-Pan?«
»Nein, meine Kleine. Ich fahre gleich an Land.«
»Du Gordon bitten, mich besuchen – ja?«
»Ja, meine Kleine.«
»Wohin du gehen?«
»Weg, mein Gott. Und du solltest in meiner Abwesenheit lieber brav sein. Ich komme erst nach Mitternacht zurück. Sobald ich wieder an Bord bin, schaue ich bei dir herein.«
»Gut«, sagte sie einschmeichelnd, »aber weck mich, wenn ich schlafe. Deine alte Mutter will wissen, daß verlügnerischer Sohn gesund zurück.«
Er streichelte sie zärtlich und ging in die Kajüte auf dem nächsten Deck hinauf. »Guten Abend, Gordon.«
Gordon Tschen trug ein langes Gewand aus blauer Seide und helle Seidenhosen. Er war erhitzt und offensichtlich sehr in Sorge. »Guten Abend, Tai-Pan. Willkommen zurück. Ich bin so froh, daß es mit der Cinchona geklappt hat. Wie geht es der Dame T'chung?«
»Sehr gut, danke.«
»Es tut mir leid, daß meine unzureichenden Versuche vergeblich waren.«
»Ich danke dir für deine Bemühungen.«
Gordon Tschen war verärgert, weil er eine erhebliche Summe von Taels für die Suche hatte ausgeben müssen, aber sein Ärger wurde von seiner Unruhe wegen Hongkongs Zukunft weit übertroffen. Die gesamte Kuangtung-Hierarchie der Tongs befand sich wegen der Nachrichten aus England in höchster Erregung. Jin-kwa hatte ihn kommen lassen und ihm befohlen, den Tai-Pan auszuhorchen und die ganze Macht der Tongs aufzubieten – ganz gleich, welcher Mittel er sich dabei bediente, Silber, Bestechungsgelder, Steigerung des Handels –, um die Barbaren davon abzubringen, die Insel zu ver-

lassen, und sie zum Bleiben zu ermutigen. »Es liegt eine Angelegenheit von höchster Bedeutung vor, sonst hätte ich mir nicht erlaubt, zu solcher Stunde vorzusprechen. Hongkong. Dieser Leitartikel. Beruht er auf Wahrheit? Wenn es stimmt, sind wir verloren – ruiniert.«

»Wie ich höre, bist du der Tai-Pan der Tongs von Hongkong.«

»Wie meinen sie?«

»Tai-Pan der Tongs von Hongkong«, wiederholte Struan geradeheraus und erzählte ihm, was der portugiesische Offizier ihm berichtet hatte. »Idiotische Geschichte, wie?«

»Keineswegs idiotisch, Tai-Pan, vielmehr entsetzlich! Eine empörende Lüge!« Wäre Gordon allein gewesen, hätte er sich sein Haar gerauft, seine Kleidung zerrissen und vor Zorn gebrüllt.

»Warum haben die Tongs Gorth ermordet?«

»Ich weiß es nicht. Wie soll ich wissen, was diese Anarchisten tun? Tai-Pan der Tongs? Ich? Welch gemeine Anschuldigung!« Mein Leben ist nicht einmal soviel wert wie die Exkremente eines Kulis, schimpfte er in sich hinein. Dieser schildkrötenmistige Verräter! Wie kann er es wagen, Geheimnisse preiszugeben! Aber nimm dich jetzt zusammen. Der Tai-Pan der Barbaren starrt dich an, und es wäre gut, ihm eine schlaue Antwort zu geben! »Ich habe nicht die geringste Ahnung. Guter Gott. Tongs in Tai Ping Schan, direkt vor meiner Nase? Entsetzlich.«

»Hast du Feinde, die ein solches Gerücht verbreiten könnten?«

»Ich muß sie haben, Tai-Pan. Großer Gott! Ich frage mich, ob ..«

»Ob ... was wolltest du sagen?«

»Nun, ich bin ... Sie sind mein Vater. Wäre es vorstellbar, daß jemand den Versuch machte, Sie über mich anzugreifen?«

»Es könnte sein, Gordon. Es könnte auch sein, daß du wirklich der Führer der Tongs bist.«

»Ein Anarchist? Ich?« Oh, ihr Götter, warum habt ihr mich verlassen? Allein in der vergangenen Woche habe ich fünfzig Taels für Räucherwerk, Opfergaben und das Sprechen von Gebeten gezahlt. Bin ich nicht derjenige, der am großzügigsten und ohne besondere Bevorzugung alle eure Pagoden beschenkt? Habe ich nicht persönlich drei Pagoden und vier Begräbnisstätten gestiftet, und habe ich nicht eine Schar von dreiundvierzig buddhistischen Priestern auf meiner persönlichen Lohnliste? »Warum sollte ich mich mit diesen Verbrechern einlassen? Durch Sie bin ich im Begriff, reich zu werden. Ich habe es also nicht nötig, zu stehlen oder zu rauben.«

»Aber du würdest die Mandschus gern vom Thron Chinas vertrieben sehen?«

»Mandschus oder Chinesen, mir ist das ganz gleich, Tai-Pan. Was geht mich das schließlich an?« O Götter, verschließt für einen Augenblick eure Ohren. »Ich bin kein Chinese – ich bin Engländer. Und ganz gewiß wäre ich der letzte, dem ein chinesischer Geheimbund trauen würde. Das wäre zu gefährlich, meinen Sie nicht?«

»Vielleicht. Ich weiß es nicht. Möglicherweise solltest du einige Taels springen lassen, Gordon. Zieh ein Spionagesystem auf. Stell fest, wer diese Männer sind, wer ihre Führer.«

»Sofort, Tai-Pan.«
»Drei Monate sollten für einen Mann mit deiner Klugheit genügen, die Führer ausfindig zu machen.«
»Sechs Monate«, antwortete Gordon Tschen, ohne lange zu überlegen, während er verzweifelt über Möglichkeiten nachdachte, aus dieser Falle wieder herauszukommen. Dann hatte er einen Einfall. Natürlich. Sollten sich doch die Barbaren mit diesem tong-feindlichen Schildkrötenmistgesindel befassen. Unter diesen Leuten werden wir Spitzel anwerben, sie einer Unterzelle beitreten lassen und dafür sorgen, daß sie in einer vorgespiegelten Zeremonie aufgenommen und eingeweiht werden. Ausgezeichnet, wie weiter ... Überlegen wir mal! Wir werden ihnen zu verstehen geben, daß der eigentliche Führer der Tongs ... ja, wer denn nun ist? Ich werde mir, wenn die Zeit reif ist, einige Feinde aussuchen. Dann geben wir sie den Barbaren als die wirklichen Tongs an, und schon sind sie um einen Kopf kürzer. »Jawohl, Tai-Pan, ich werde mich sofort daranmachen.«
»Das solltest du unbedingt. Denn ich werde auf die eine oder andere Weise die Tongs zerschlagen.«
»Und ich werde Sie dabei bis zur Grenze meiner Möglichkeiten unterstützen«, erklärte Gordon eifrig. Zehn Köpfe müßten sogar dich zufriedenstellen, Tai-Pan, dachte er. Ein Jammer, daß Tschen Scheng zur Familie gehört, sonst würde er einen ausgezeichneten ›Führer der Tongs‹ abgeben. Mit einigem Glück könnte ich als nächster für den Posten eines Kommissionärs von Noble House in Frage kommen. Keine Sorge, Jin-kwa wird dir helfen, den richtigen Falschen zu finden. »Tai-Pan, nun zu wichtigeren Dingen. Was ist mit diesem Leitartikel? Ist Hongkong wirklich erledigt? Wir stehen in Gefahr, ein Vermögen zu verlieren. Es wäre eine Katastrophe, wenn wir die Insel nicht halten können.«
»Es gibt da sehr wohl einige Probleme, aber sie sind von untergeordneter Bedeutung und werden alle gelöst. Hongkongs Zukunft ist gesichert. Die jetzige Regierung wird bald abtreten. Keine Sorge. Noble House und Hongkong sind eins.«
Gordon Tschens Unruhe legte sich. »Kommt dieser Cunnington weg?«
»Ja – auf die eine oder andere Weise.«
Voller Bewunderung sah Gordon Tschen seinen Vater an. Aha, dachte er, unter Umständen sogar Mord. Ausgezeichnet. Zu gern hätte er dem Tai-Pan erzählt, daß er es gewesen war, der Gorth beseitigt und so sein Leben gerettet hatte. Aber das mußte bis zu einem wichtigeren Zeitpunkt warten, sagte er sich, und Genugtuung erfüllte ihn. »Ausgezeichnet, Tai-Pan. Sie haben mich außerordentlich beruhigt. Ich stimme Ihnen bei. Noble House und Hongkong sind wirklich eins.« Sind sie es nicht mehr, dann bist du ein Fisch auf dem Trockenen. Aber du tust gut daran, deinen Fuß niemals wieder aufs Festland zu setzen. Jedenfalls solange diese Tonggeschichte aufgerührt ist. Du bist auf Gedeih und Verderb mit Hongkong verbunden. Es ist dein Palast oder dein Grab. »Dann sollten wir am besten das Geschäft stark ausbauen und einen hohen Einsatz wagen. Ich werde alles tun, damit Hongkong sehr mächtig wird. Sie können sich auf mich verlassen! Ich danke Ihnen, Tai-Pan, Ihre Worte haben mich sehr beruhigt.«

»Meine Dame möchte mit dir sprechen. Geh bitte nach unten.«
»Ich gehe sofort. Und vielen Dank, daß Sie mich auf diese zwar lächerliche, aber doch gefährliche Angelegenheit aufmerksam gemacht haben.« Gordon Tschen verneigte sich und ging hinaus.
Struan hatte seinen Sohn sehr genau beobachtet. Ist er es nun oder ist er es nicht, fragte er sich. Seine Überraschung hätte sehr wohl echt sein können, und was er sagte, klang durchaus vernünftig. Ich weiß es nicht. Aber wenn es wirklich Gordon ist, muß du sehr schlau vorgehen, um ihn zu fangen. Und was dann?

Struan traf Skinner im Druckereiraum der *Oriental Times* an. Dort war es erstickend heiß und sehr laut. Er beglückwünschte Skinner zu der Art und Weise, wie er die Angelegenheit veröffentlicht hatte.
»Nur keine Sorge, Tai-Pan«, erklärte Skinner. »Morgen kommt noch eine Fortsetzung.« Er reichte Struan den Probedruck. »Ich bin froh, wenn dieser verfluchte Sommer erst einmal vorbei ist.« Er trug seinen üblichen Gehrock aus schwarzem Wollstoff und dazu dicke Hosen, ebenfalls aus Wolle.
Struan las den Artikel durch. Er war mit Beleidigungen und Spott gespickt und machte deutlich, daß sich alle Kaufleute zusammenschließen sollten, um dem Parlament keine Ruhe mehr zu lassen und Cunnington zu vernichten.
»Dieser Artikel wird ein paar Leute in Raserei versetzen«, sagte Struan anerkennend.
»Das hoffe ich auch.« Skinner hielt seine Arme ein wenig vom Körper ab, um den Juckreiz in seinen Achselhöhlen zu lindern. »Verfluchte Hitze! Aber ich muß schon sagen, Tai-Pan, Sie setzen Ihr Leben aufs Spiel, wenn Sie in der Nacht so herumlaufen.«
Struan trug nur ein leichtes Hemd, eine Leinenhose und leichte Stiefel. »Sie sollten es einmal versuchen. Sie schwitzen weniger – und haben keine Hitzepickel mehr.«
»Erwähnen Sie nur nicht diese verdammte Plage. Das hat nichts mit der Hitze zu tun, ganz einfach eine Sommerkrankheit. Der Mensch ist zum Schwitzen geboren.«
»Und zur Neugier. Sie erwähnten in Ihrem Schreiben etwas von einem seltsamen Zusatz zu Longstaffs Vereinbarung mit Statthalter Tsching-so. Worum handelt es sich dabei?«
»Wieder einmal einer dieser merkwürdigen Informationsbrocken, die ein Journalist unterwegs aufliest.« Skinner wischte sich das Gesicht mit einem Tuch, das einige Tintenflecke hinterließ, und setzte sich auf einen hohen Schemel. Dann erzählte er Struan von dem Saatgut. »Maulbeeren, Kamelien, Reis, Tee und alle möglichen Blumen.«
Struan grübelte eine Weile darüber nach. »Gewiß, das ist schon seltsam.«
»Longstaff ist, soviel ich weiß, kein Gartenfreund. Vielleicht war es Sinclairs Einfall – er hat einen Hang zur Gärtnerei. Zumindest seine Schwester.« Skinner beobachtete die chinesischen Kulis, die an der Druckerpresse arbeiteten. »Wie ich höre, ist sie sehr krank.«
»Sie ist auf dem Weg der Besserung. Glücklicherweise. Der Arzt hat gesagt, es handelte sich um eine Darmkrankheit.«

»Ich habe auch erfahren, daß Brock heute nachmittag an Bord des Flaggschiffs war.«
»Sie haben sehr gute Informationen.«
»Ich hatte mich schon gefragt, ob ich wohl einen Nachruf vorbereiten sollte.«
»Zuweilen kann ich Ihren Humor nicht sehr amüsant finden.«
Der Schweiß rann über Skinners dicke Wangen und tropfte auf sein verschmutztes Hemd. »Es war nicht als Scherz gemeint, Tai-Pan.«
»Trotzdem fasse ich es so auf«, erwiderte Struan leichthin. »Es bedeutet schlimmen Joss, von Nachrufen zu reden.« Er sah zu, wie die Maschine die Zeitung des nächsten Tages ausspie. »Ich habe auch über Whalen nachgedacht. Longstaff hat die alte Stadt Queen's Town genannt. Jetzt haben wir eine neue Stadt. Vielleicht sollte Whalen die Ehre zuteil werden, einen neuen Namen auszusuchen.«
Skinner lachte in sich hinein. »Das würde ihn schön festlegen. Für welchen Namen haben Sie sich entschieden, Tai-Pan?«
»Victoria.«
»Das gefällt mir. Victoria? Longstaff wird dadurch mit einem einzigen Zug geschlagen. Ihre Anregung ist hiermit registriert, Tai-Pan. Überlassen Sie das mir. Whalen wird niemals auf den Gedanken kommen, daß es nicht sein eigener Einfall war – das garantiere ich Ihnen.« Skinner kratzte sich befriedigt den Bauch. »Wann gehört die Zeitung mir?«
»An dem Tag, an dem die Krone Hongkong anerkennt und der Vertrag von beiden Regierungen ratifiziert ist.« Struan reichte ihm ein Schriftstück. »Hier drin ist alles niedergelegt. Mit meinem Siegel versehen. Selbstverständlich unter der Voraussetzung, daß die *Oriental Times* zu dem Zeitpunkt noch erscheint.«
»Haben Sie irgendwelche Zweifel, Tai-Pan?« fragte Skinner unbeeindruckt. Er sah die Zukunft deutlich vor sich liegen. Zehn Jahre, sagte er zu sich, dann bin ich reich. Dann reise ich nach England, heirate die Tochter eines kleinen Landedelmanns, kaufe mir ein bescheidenes Gutshaus in Kent und ziehe in London eine Zeitung auf. Ja, Morley, alter Freund, dachte er, du hast einen weiten Weg zurückgelegt – seit den Gassen von Limehouse, dem mit Krankheiten verseuchten Waisenhaus und den Raubzügen in der Gosse. Möge Gott diese Teufel strafen, die mich zur Welt gebracht und ausgesetzt haben. »Ich danke Ihnen, Tai-Pan. Keine Angst, ich werde es schon schaffen.«
»Übrigens – hätten Sie vielleicht Interesse an einem Exklusivbericht: Cinchona heilt die Malaria von Happy Valley.«
Skinner verschlug es einen Augenblick lang den Atem. »Mein Gott, Tai-Pan, das ist kein Bericht – das bedeutet Unsterblichkeit«, stammelte er schließlich. »Exklusiv, haben Sie gesagt? Das ist der wichtigste Bericht der Welt! Natürlich«, fügte er listig hinzu, »der Aufhänger für diesen Bericht wäre ›sie‹ – oder ›er‹ –, je nachdem, wer geheilt worden ist.«
»Schreiben Sie, was Sie wollen – aber lassen Sie mich und die Meinen aus dem Spiel.«
»Niemand wird es glauben, wenn er nicht die Heilung mit eigenen Augen

gesehen hat. Die Ärzte werden behaupten, es sei nichts weiter als dummes Gewäsch.«
»Lassen Sie sie. Ihre Patienten werden sterben. Schreiben Sie das ruhig!« Struan erklärte ihm rundheraus: »*Ich* glaube so sehr daran, daß ich allerhand Kapital darin investiere. Cooper und ich sind jetzt Partner im Cinchona-Geschäft. In sechs Monaten haben wir bereits Vorräte.«
»Darf ich das drucken?«
Struan lachte kurz auf. »Wäre es ein Geheimnis, hätte ich Ihnen nicht davon gesprochen.«
Auf der Queen's Road fiel Struan die nächtliche Hitze an. Der Mond stand hoch und verschwommen an einem fast völlig bedeckten Himmel. Aber noch wies er keinen Hof auf.
Struan ging die Straße entlang bis zum Marinearsenal. Dort bog er vom Ufer ab und folgte einer schäbigen Straße mit vielen Schlaglöchern. Schließlich stieg er ein paar Stufen hinauf und betrat ein Haus.
»Was sehen meine Augen«, rief Mrs. Fortheringill und verzog den Mund mit den falschen Zähnen zu einem grotesken Lächeln. Sie saß in der Diele und aß zu Abend – Bückling, dunkles Brot und einen Krug Ale. »Meine Damen«, rief sie und läutete mit einer Glocke, die an ihrem Gürtel hing. »Nichts ist so gut wie ein bißchen tolles Treiben in einer heißen Nacht, sage ich immer.« Sie bemerkte, daß Struan in Hemdsärmeln war. »Nur keine Zeit beim Ausziehen verlieren, Tai-Pan, nicht wahr?«
»Ich wollte nur jemanden besuchen – Ihren Pensionär.«
Sie lächelte süßlich. »Der alte Kerl ist länger geblieben, als mir lieb ist.«
Vier Mädchen kamen hereingeschlendert. Ihre wattierten wollenen Kimonos waren verschmutzt, sie stanken nach Parfüm und ranzigem Schweiß. Kaum zwanzig Jahre mochte sie alt sein – aber abgebrüht, grob und an das Leben, das sie führten, gewöhnt. Sie warteten darauf, daß sich Struan eine von ihnen aussuchte.
»Nelly ist die Richtige für Sie, Tai-Pan«, erklärte Mrs. Fortheringill. »Achtzehn, durch und durch gesund und kräftig.«
»Ich danke Ihnen, Madam.« Nelly machte einen Knicks, und ihre üppigen Brüste quollen aus dem Kimono hervor. Sie war dick und blond, mit uralten und kalten Augen. »Willst du mit mir kommen, Tai-Pan, Liebling?«
Struan gab jeder von ihnen eine Guinee und schickte sie weg. »Wo wohnt Mr. Quance?«
»Im zweiten Stockwerk hinten links. Das Blaue Zimmer.« Mrs. Fortheringill sah ihn über ihre Brille hinweg an. »Sind sehr schwere Zeiten, Tai-Pan. Ihr Mr. Quance frißt wie ein Scheuenendrescher und flucht entsetzlich. Sehr schockierend für die jungen Damen. Seine Rechnung ist seit langem überfällig.«
»Wo bekommen Sie die Mädchen her?«
Ein harter Glanz trat in die Augen der alten Frau. »Wo ein Markt dafür ist, finden sich auch immer Damen ein, die ihn beliefern, nicht wahr? Aus England. Einige aus Australien. Wie es gerade trifft. Warum?«
»Wieviel kostet Sie eine?«
»Geschäftsgeheimnis, Tai-Pan. Sie haben die Ihren, wir haben die unseren.«

Sie machte eine Kopfbewegung auf den Tisch zu und ging auf ein anderes Thema über. »Wollen Sie mit mir zu Abend essen? Diese Bücklinge lasse ich mir direkt von zu Hause kommen. Mit dem Postschiff dieser Woche eingetroffen.«

»Danke, aber ich habe schon gegessen.«

»Wer wird für die Rechnung des lieben Mr. Quance aufkommen?«

»Wie hoch ist sie denn?«

»Er hat die Abrechnung. Wie ich höre, ist Mrs. Quance sehr gegen ihn aufgebracht.«

»Ich werde die Frage der Abrechnung mit ihm besprechen.«

»Ihr Kredit ist niemals angezweifelt worden, Tai-Pan.«

»Ist eigentlich Gorths Mädchen gestorben?« fragte Struan unvermittelt.

Die alte Frau war wieder ein Musterbeispiel vornehmer Zurückhaltung. »Bitte? Ich verstehe nicht, was Sie meinen. In meinem Haus gibt es nichts, was zu vertuschen wäre!«

Plötzlich hielt Struan sein Messer in der Hand, und dessen Spitze berührte die welken Hautfalten an Mrs. Fortheringills Hals. »Nun?«

»Hier nicht. Sie wurde weggebracht. Du lieber Gott, lassen Sie mich doch ...«

»Ist sie gestorben oder nicht?«

»Ich habe gehört, sie sei gestorben, aber damit habe ich nichts zu tun ...«

»Wieviel hat Gorth gezahlt, damit Sie den Mund halten?«

»Zweihundert Guineen.«

»Was hat er mit dem Mädchen gemacht?«

»Ich weiß es nicht. Wirklich und wahrhaftig, so wahr mir Gott helfe! Ihre Verwandten haben sie abgeholt. Er hat ihnen hundert Pfund gezahlt, damit waren sie zufrieden. Sie haben sie weggebracht. War ja nur eine Heidin.«

Struan steckte das Messer weg. »Möglicherweise werden Sie das vor Gericht wiederholen müssen.«

»Der Kerl ist tot, wie ich gehört habe, und damit müßte doch auch diese Sache erledigt sein, meine ich. Was soll ich überhaupt dazu sagen? Ich kenne nicht einmal ihren Namen, und von einem Leichnam weiß ich auch nichts. Sie wissen doch, wie das ist, Tai-Pan. Aber vor Brock werde ich auf die Bibel einen Eid ablegen, wenn Sie das meinen.«

»Ich danke Ihnen, Mrs. Fortheringill.«

Er stieg die Treppe zum Blauen Zimmer hinauf. Die ehemals weiß getünchten Wände waren von schmutzigem Grau, und durch die Ritzen blies der Wind. An einer Wand hing ein großer Spiegel, um das große Himmelbett waren hellrote, gekräuselte Vorhänge drapiert. Am Boden lagen Bilder aufgestapelt, andere hingen an den Wänden, die Dielen waren mit Öl und Wasserfarbe bespritzt. In der Mitte des Zimmers stand eine Staffelei, und ringsherum waren Dutzende von Farbtöpfen und Pinseln verstreut.

Aristoteles Quance lag im Bett und schnarchte. Nur seine Nase und seine Schlafmütze waren sichtbar.

Struan ergriff einen angeschlagenen Krug und warf ihn gegen die Wand. Er zerbarst in winzige Stücke, aber Quance verzog sich nur tiefer unter die Decken. Struan nahm einen größeren Krug und warf auch diesen gegen die Wand.

Quance richtete sich langsam auf und öffnete die Augen. »Du meine Güte! Bei allen Heiligen, der Teufel persönlich!«

Er sprang aus dem Bett und umarmte Struan. »Tai-Pan, mein geliebter Schutzpatron! Ich verehre Sie. Wann sind Sie angekommen?«

»Hebe dich von mir!« rief Struan. »Heute erst!«

»Gorth soll tot sein.«

»Ja.«

»Danken wir Gott dafür! Vor drei Tagen war dieser Mistkerl hier und hat mir geschworen, er würde mir die Kehle durchschneiden, wenn ich auch nur einem Menschen von diesem Mädchen erzählte.«

»Wieviel hat er Ihnen gegeben, damit Sie das Maul halten?«

»Nicht einen Penny, dieser schmutzige Geizhals! Mein Himmel, ich habe nur um hundert gebeten.«

»Und wie steht es bei Ihnen?«

»Entsetzlich traurig, mein lieber Freund. *Sie* ist noch immer hier. Möge der Herr mich beschützen! So muß ich mich weiterhin in dieses Loch verkriechen. Kann mich nicht rühren – wage es nicht.« Quance sprang ins Bett zurück, ergriff einen großen Stock und klopfte dreimal auf den Boden »So bestelle ich mir mein Frühstück«, erklärte er. »Wollen Sie mir Gesellschaft leisten? Und nun erzählen Sie mir, was es neues gibt.«

»Sie frühstücken um neun Uhr abends?«

»Mein lieber Freund, wenn man in einem Hurenhaus lebt, benimmt man sich auch wie eine Hure!« Er brüllte vor Lachen und griff sich dann an die Brust. »Hol's der Teufel, Tai-Pan, ich fühle mich ganz schwach. Sie sehen nur noch den Schatten eines Mannes vor sich – nur noch das Gespenst des unsterblichen Quance.«

Struan setzte sich aufs Bett. »Mrs. Fortheringill hat mir etwas von einer Rechnung gesagt. Ich habe Ihnen doch einen Beutel mit Gold gegeben!«

»Rechnung?« Quance wühlte unter seinem Kopfkissen und förderte ein zur Hälfte gegessenes belegtes Brot, zwei Bücher, Pinsel und mehrere Stücke weiblicher Unterwäsche zutage und fand schließlich das Papier. Er drückte es Struan atemlos in die Hand. »Da können Sie mal sehen, wieviel diese Wucherin von Ihnen verlangt!«

»Sie meinen wohl, was sie von *Ihnen* verlangt«, entgegnete Struan. Dann las er die Summe. »Allmächtiger Gott!« Die Rechnung belief sich auf vierhundertsechzehn Pfund, vier Shilling, vier Pence und einen Farthing. Unterkunft und Verpflegung waren mit siebeneinhalb Shilling täglich berechnet. Einhundertsieben Pfund für Farben, Pinsel und Leinwand. Der Rest war mit »Verschiedene Ausgaben« bezeichnet. »Was, zum Teufel, hat diese Zahl zu bedeuten?«

Quance spitzte die Lippen. »Auf mein Ehrenwort, das habe ich schon die ganze Zeit aus der alten Katze herauszuholen versucht.«

Struan trat an die Tür und brüllte hinunter: »Mrs. Fortheringill!«

»Haben Sie mich gerufen, Tai-Pan?« fragte sie ungeduldig von unten.

»Würden Sie bitte einmal heraufkommen?«

»Sie wollten mich sprechen?« fragte sie in noch unschuldigerem Ton, als sie das Zimmer betrat.

»Was, zum Teufel, soll das heißen?« Struan klopfte gereizt mit einem Finger auf die Rechnung. »›Verschiedene Ausgaben‹ – fast dreihundertzwanzig Pfund!«
»Ach das«, antwortete sie schelmisch. »Das ist mein Gewerbe.«
»Bitte?«
»Mr. Quance möchte ständig Gesellschaft haben, und das ist der Betrag für seine Bedienung, seitdem er bei uns in Pension ist.« Sie schnaufte verächtlich. »Wir führen hier genau Buch. Stimmt bis in die kleinste Einzelheit hinein.«
»Alles gelogen!« brüllte Quance. »Sie hat ihre Bücher gefälscht, Tai-Pan. Das ist Erpressung.«
»Erpressung?« kreischte Mrs. Fortheringill. »Was Sie ... Sie ... ich und meine Damen bewahren Sie hier vor etwas Schlimmerem als dem Tod, und noch dazu zum zweitenmal, und da wagen Sie es ...«
»Also was ist mit diesem Sonderposten von rund dreihundert Pfund?« entgegnete Struan.
»Stimmt wahrhaftig bis auf die kleinste Einzelheit. Er malt meine Damen ebenso gern, wie er sie ... und mein Buchhalter ist der beste in ganz Asien. Das muß er auch sein!«
»Aber das ist doch unmöglich«, widersprach Struan.
Quance stand jetzt aufrecht im Bett, drückte eine Hand auf sein Herz und deutete mit der anderen auf die Frau. »Ich erkenne in Ihrem Namen die ganze Rechnung nicht an, Tai-Pan!« Er plusterte sich auf wie ein Pfau.
»So, was Sie nicht sagen! Aber ich werde Ihnen jetzt ganz etwas anderes ins Gesicht sagen, Sie alter Schwätzer, Sie elender Mistkerl; Sie machen, daß Sie 'rauskommen! Und heute abend noch gebe ich Ihrer Frau Bescheid!« Die kleine Mrs. Fortheringill wirbelte herum und schrie: »Meine Damen!«
»Aber, aber, Mrs. Fortheringill, es besteht doch kein Anlaß, sich gleich so zu erregen«, rief Quance beschwichtigend.
Die Mädchen kamen angelaufen. Es waren acht.
»Nehmt das Zeug heraus und bringt es in mein Zimmer«, befahl sie, fuchtelte mit den Armen herum und deutete auf die Farben, die Pinsel und die Bilder. »Und keinen Kredit mehr. Die gehören mir, bis die Rechnung auf den Penny genau bezahlt ist!« Schnaubend ging sie hinaus.
Quance hüpfte mit wehendem Nachthemd aus dem Bett. »Meine Damen! Nichts werden Sie hier anrühren!«
»Komm, sei ein guter Junge«, erwiderte Nelly ruhig. »Wenn Madam sagt, das Zeug soll verschwinden, dann verschwindet es eben, und wenn der liebe Gott persönlich hier stünde!«
»Stimmt, du Hampelmann«, rief eine andere, »was Nelly sagt, ist genau richtig.«
»Einen Augenblick, meine Damen«, mischte sich Struan ein. »Mr. Quance hat soeben eine Rechnung erhalten, und sie ist der Anlaß für die ganze Erregung. Miss Nelly, haben Sie ihm Zeit geopfert?«
Nelly starrte Struan an. »›Zeit‹ haben Sie gesagt, Tai-Pan? Unser lieber Mr. Quance hat einen solchen Hunger nach Zeit, wie es nicht einmal in der Bibel steht.«

»O ja, Tai-Pan«, warf eine andere mit leisem Lachen ein, »manchmal will er auch zwei von uns gleichzeitig haben. Er ist ein ganz Wilder!«
»Um zu malen, selbstverständlich!« brüllte Quance.
»Ich bitte Sie, Mr. Quance«, erwiderte Nelly, »wir sind doch Freunde.«
»Einen Teil der Zeit malt er uns auch«, warf eins der Mädchen vermittelnd ein.
»Wann soll denn das gewesen sein? Ich bin niemals von ihm gemalt worden.«
»Alles gelogen!« widersprach Quance zu Struan gewandt, aber als er das Gesicht des Tai-Pan sah, zuckte er zusammen und wich ins Bett zurück. »Ich bitte Sie, Tai-Pan«, flehte er, »man braucht ja nichts zu überstürzen. Ein Mensch kann nun mal nichts dagegen tun, wenn er allgemein beliebt ist.«
»Wenn Sie glauben, daß ich für Ihren Penis bezahle, dann haben Sie sich aber getäuscht!«
»Was bedeutet ›Penis‹?« fragte Nelly argwöhnisch und schon leicht empört. »Wir sind hier anständige Mädchen. Jawohl, das sind wir, und wir wollen hier keine unanständigen Ausdrücke hören.«
»Es ist lateinisch und bedeutet ›Zeit‹, meine liebe Miss Nelly«, erklärte Quance mit rauher Stimme.
»Dann ist es etwas anderes«, sagte sie und machte vor dem Tai-Pan einen leichten Knicks. »Ich bitte um Verzeihung.«
Quance drückte erneut seine Hand aufs Herz und sah Struan beschwörend an. »Wenn Sie mich im Stich lassen, Tai-Pan, bin ich erledigt. Das Schuldgefängnis! Ich flehe Sie an« – er kletterte wieder aus dem Bett heraus und sank vor Struan auf die Knie –, »wenden Sie einem alten Freund nicht den Rücken!«
»Ich werde diese Rechnung bezahlen und nehme als Sicherheit alle Ihre Bilder. Aber das ist auch der letzte Penny. Verstanden, Aristoteles? Von jetzt ab zahle ich nichts mehr!«
»Gottes Segen auf Ihrem Weg, Tai-Pan. Sie sind ein edler Mensch.«
»Ach ja«, rief Nelly und machte sich an Struan heran. »Los, Liebling. Du bezahlst Madams Rechnung, und dafür gibt es etwas anderes umsonst.«
»Und was ist mit mir?« fragte eine andere. »Nelly kennt allerdings mehr Raffinessen.«
Alle nickten sie zustimmend und warteten.
»Ich kann die Damen nur empfehlen«, begann Quance, aber Struans Blick schnitt ihm jedes weitere Wort ab. »Wenn Sie mich so ansehen, Tai-Pan, fühle ich mich dem Tod nah. In alle Ewigkeit verdammt!«
Trotz seiner Gereiztheit mußte Struan lachen. »Hol' Sie der Teufel!« Damit ging er zur Tür. Dann fiel ihm etwas ein, und er blieb stehen. »Warum heißt dieses Zimmer das Blaue Zimmer?«
Nelly beugte sich vor und holte den Nachttopf unter dem Bett hervor. Er war blau. »Madam hat eine neue Mode hier eingeführt. Jedes Zimmer ist in einer anderen Farbe gehalten. Das meine ist grün.«
»Und ich habe das im Altgoldton«, rief eine und rümpfte die Nase. »Überhaupt nicht elegant!«
Struan schüttelte nur den Kopf und ging hinaus.

»Und nun, meine Damen«, sagte Quance flüsternd und zutiefst erleichtert. Es trat erwartungsvolle Stille ein. »Nun, da die Luft wieder rein ist, schlage ich eine bescheidene kleine Feier nach dem Frühstück vor.«
»Großartig«, antworteten sie und scharten sich ums Bett.

44

Um Mitternacht lief die Lorcha am Strand von Aberdeen auf, und Struan sprang in das seichte Wasser. Fong war neben ihm. Vorher hatte er insgeheim seine Leute weiter westlich an Land gesetzt und sie um den Brunnen herum aufgestellt. Er ging mit festem Schritt den Strand in Richtung auf den Brunnen und die Wegegabelung hinauf. Fong trug eine Laterne und war sehr unruhig.
Der Mond verbarg sich hinter der niedrigen Wolkendecke, doch drang ein schwacher Schein hindurch. Wie immer bei Ebbe war die Luft vom Gestank erfüllt. Die Hunderte von Sampans in der schmalen Bucht erinnerten an einen Schwarm in der Kälte erstarrter Holzkäfer. Fongs Laterne war das einzige Licht in der Dunkelheit. Bis auf die Laute der ständig nach Futter suchenden Hunde war nichts zu vernehmen.
Das Dorf wirkte unheimlich in seiner Stille. Struan gelangte an die Wegegabelung. Er versuchte die Nacht mit seinen Blicken zu durchdringen. Geradezu körperlich konnte er die vielen Augen fühlen, die ihn von den Sampans her beobachteten.
Er lockerte die Pistolen im Gürtel und achtete darauf, nicht in den Schein der Laterne zu geraten, die Fong auf den Rand des Brunnens gestellt hatte.
Die Stille wurde noch drückender. Plötzlich erstarrte Fong und deutete unruhig in die Nacht. Genau jenseits der Gabelung lag ein Sack quer auf dem Weg. Er sah wie ein Reissack aus. Die Pistolen schußbereit, machte Struan Fong ein Zeichen, voranzugehen. Er traute ihm nicht. Fong ging weiter, von panischem Schrecken erfüllt.
Als sie an den Sack gelangten, warf Struan Fong, mit dem Heft voraus, einen Dolch zu. »Schlitz ihn auf.«
Fong kniete nieder und schnitt die Sackleinwand auf. Er stieß ein entsetztes Stöhnen aus und wich zurück.
Im Sack lag Scragger – ohne Arme und Beine, ohne Augen und Zunge; die Stümpfe seiner Gliedmaßen waren mit Teer bestrichen.
»Schönen guten Abend, Kamerad!« Wu Kwoks bösartiges Gelächter schlug ihnen fürchterlich aus der Nacht entgegen. Struan sprang auf.
Das Lachen schien von den Sampans herzukommen.
»Was wollen Sie, Sie Teufel?« brüllte Struan zurück.
Es folgte ein Schwall gutturaler chinesischer Laute, und Fong erbleichte. Er brüllte mit gepreßter Stimme etwas zurück.
»Was hat er gesagt?«
»Er ... Wu Kwok hat gesagt, ich dort hinkommen.«
»Du bleibst, wo du bist«, erwiderte Struan. »Was wollen Sie, Kwok?« schrie er zu den Sampans hinüber.

»Sie, aber lebendig! Für Quemoy! Sie und Ihre dreckigen Fregatten!«
Von den Sampans herunter stürzten Gestalten vor und rannten mit Speeren und Entermessern den Hang hinauf. Struan wartete, bis er den ersten der Piraten deutlich erkennen konnte, und erledigte ihn mit einem Schuß. Sogleich blitzten die Musketen von Struans im Hinterhalt liegender Mannschaft auf. Männer schrien auf, und die erste Welle von zwanzig oder dreißig Piraten war aufgerieben.
Eine neue Welle schreiender Halsabschneider stürzte den Weg entlang. Und wieder brachen sie im Feuer der Musketen zusammen, bis auf vier, die bis an den Brunnen gelangten. Struan streckte einen nieder, Fong den zweiten, während die beiden anderen von Musketenkugeln getötet wurden.
»Die Pest über Sie, Kamerad!«
»Und über Sie, Wu Kwok!« brüllte Struan zurück.
»Meine Flotten werden es mit dem Löwen und dem Drachen wieder aufnehmen!«
»Kriechen Sie nur aus Ihrem Rattenloch heraus, wagen Sie es, mir entgegenzutreten, und ich bringe Sie gleich hier um, Sie elender Kerl!«
»Wenn ich Sie fange, werden Sie grausam sterben müssen, Kamerad. Jede Woche ein Glied. Dieser Dreckskerl hat fünf oder sechs Wochen durchgehalten, aber Sie werden ein Jahr zum Sterben brauchen. Das habe ich mir geschworen. In einem Jahr treffen wir uns Angesicht zu Angesicht – wenn nich' früher!« Wieder das böse Lachen und dann Stille. Struan hatte nicht übel Lust, die Sampans unter Feuer zu nehmen, aber er wußte, daß dort Hunderte von Männern, Frauen und Kindern an Bord waren.
Er blickte auf den halb geöffneten Sack hinab. »Nimm ihn mit, Fong.« Dann rief er seinen Leuten in der Finsternis zu: »Zurück auf die Lorcha, Männer!«
Er deckte Fongs Rückweg, und sie zogen sich zurück. Als er ein Stück draußen auf dem Meer war, ließ er eine Kette um den Sack schlingen, hielt einen kurzen Gottesdienst ab und versenkte ihn in der Tiefe. Er sah ihn im quirlenden Gischt verschwinden.
Struan hätte Scragger gern von dem Abschied von seinen Söhnen erzählt. Er hatte sie der Obhut des Kapitäns in Whampoa anvertraut und ihnen Schreiben an die Vertreter von Noble House in London mitgegeben, die für die Jungen und deren Ausbildung sorgen sollten.
»Alles Gute, Jungs. Wenn ich nach Hause komme, besuche ich euch.«
»Darf ich Sie bitte unter vier Augen sprechen, Euer Gnaden?« hatte der kleine Fred ihn gebeten, wobei er sich bemühte, die Tränen zurückzuhalten.
»Natürlich, mein Junge. Komm mit.« Struan hatte ihn in eine Kabine geführt. Bert, der Mischling, fühlte sich, allein gelassen, sehr beunruhigt. Da hatte Wu Pak Berts Hand festgehalten.
»Was ist, Fred?« hatte er ihn gefragt, als sie allein waren.
»Mein Papa hat gesagt, wir sollten richtige Namen bekommen, bevor wir die heimischen Gewässer verlassen, Euer Gnaden.«
»Ist doch schon geschehen, mein Junge. Er steht in euren Papieren. Ich habe es dir gestern abend gesagt. Erinnerst du dich nicht?«
»Bitte um Entschuldigung, Euer Gnaden, hab' vergessen. Darf ich sie noch einmal hören, bitte?«

»Du heißt Frederick MacStruan«, hatte er geantwortet, denn er hatte eine Zuneigung zu dem Jungen gefaßt, und der Name der Sippe war ein guter Name. »Und Bert heißt jetzt Bert Chen.«
»Ach«, hatte der Junge geantwortet, »jetzt erinnere ich mich. Aber warum heißen wir verschieden? Ich und mein Bruder?«
»Die Sache ist die«, erwiderte Struan, während er dem Jungen durchs Haar fuhr und in einem jähen Erwachen alten Schmerzes an den Verlust seiner eigenen Söhne dachte, »ihr habt doch verschiedene Mütter, nicht wahr? Das ist der Grund.«
»Ja. Aber wir sind doch Brüder, Euer Gnaden«, hatte Fred fast unter Tränen erklärt. »Ich bitte um Verzeihung, aber können wir nicht den gleichen Namen haben? Chen ist doch auch ein sehr hübscher Name. Frederick Chen klingt auch gut, Tai-Pan.«
So hatte Struan die Papiere geändert, und der Kapitän hatte seine Unterschrift beglaubigt. »So, Jungs, nun heißt ihr alle zwei MacStruan. Albert und Frederick MacStruan.«
Da waren sie beide in ein Freudengeheul ausgebrochen.

Struan ging nach unten und versuchte zu schlafen. Aber der Schlaf wollte sich nicht einstellen. Scraggers Ende hatte ihn zutiefst aufgewühlt. Er wußte, daß es sich dabei um eine Lieblingsfolter Wu Fang Tschois handelte, des Vaters von Wu Kwok und Großvaters von Wu Pak. Das Opfer, das verstümmelt werden sollte, erhielt drei Tage Zeit, um selber zu entscheiden, welches Glied als erstes abgeschlagen werden sollte. In der dritten Nacht wurde ihm in aller Heimlichkeit ein Freund geschickt, der ihm zuflüsterte, Hilfe sei unterwegs. So entschied sich der Mann für das Glied, von dem er annahm, er könnte es am ehesten entbehren, bis Hilfe einträfe. Nachdem der Stumpf mit Hilfe des Teers abgeheilt war, wurde der Mann gezwungen, noch ein Glied zu wählen, und wieder wurde ihm baldige Hilfe in Aussicht gestellt, die jedoch niemals eintraf. Nur wer sehr kräftig war, vermochte zwei Amputationen zu überstehen.
Struan erhob sich aus der Koje und stieg an Deck. Die Wolkenschicht hatte sich verdichtet: Nun war auch der Mond nicht mehr zu sehen. Die See ging hoch, aber es war keineswegs gefährlich.
»Morgen gibt es Regen, Mr. Struan«, sagte Cudahy.
»Sieht so aus«, antwortete er. Er blickte nach Osten, dem Wind entgegen. Und er spürte, daß die See ihn beobachtete.

»Erste Dame«, sagte Ah Sam, berührte May-may und weckte sie. »Vaters Beiboot nähert sich.«
»Hat Lim Din seine Badewanne gefüllt?«
»Ja, Mutter. Er ist nach oben gegangen, um Vater zu begrüßen.«
»Du kannst ins Bett zurückgehen, Ah Sam.«
»Soll ich Zweite Mutter wecken?«
Yin-hsi lag auf der anderen Seite der Kammer zusammengerollt in einem Bett.
»Nein. Geh ins Bett zurück. Aber gib mir vorher noch meine Bürste und mei-

nen Kamm, und sieh nach, ob Lim Din Frühstück bereit hat, falls Vater eins haben möchte.«
May-may lehnte sich einen Augenblick zurück und dachte an das, was Gordon Tschen ihr erzählt hatte. Dieser dreckige, schildkrötenmistige Mörder! Was für ein Witz, meinen Sohn zu beschuldigen, mit einem Geheimbund unter einer Decke zu stecken! Schließlich hatte er mehr als genug dafür bezahlt bekommen, daß er den Mund hielt und in aller Stille starb. Wie ungemein töricht!
Vorsichtig ließ sie sich aus dem Bett gleiten. Ihre Beine waren noch schwach und wie aus Watte. Nach ein paar Sekunden aber stand sie einigermaßen sicher und ohne zu schwanken aufrecht da.
»Ich fühle mich schon wohler«, sagte sie laut zu sich. Sie trat vor den Spiegel und musterte sich kritisch. »Du siehst alt aus«, stellte sie vor ihrem Spiegelbild fest.
»Ganz und gar nicht. Und du solltest auch nicht schon aufstehen«, sagte Yin-hsi, die sich in ihrem Bett aufrichtete. »Darf ich dir das Haar bürsten? Ist Vater schon zurück? Ich freue mich so sehr, daß es dir besser geht. Du siehst wirklich sehr gut aus.«
»Ich danke dir, Schwester. Er kommt gerade mit dem Boot.« May-may erlaubte Yin-hsi, ihr das Haar zu bürsten und zu flechten. »Ich danke dir, meine Liebe.«
Sie parfümierte sich und kehrte erfrischt ins Bett zurück.
Die Tür wurde geöffnet, und Struan trat auf Zehenspitzen ein. »Was treibst du denn? Wieso bist du wach?« fragte er.
»Ich wollte dich nur wohlbehalten zurückkommen sehen. Dein Bad ist fertig. Auch Frühstück. Ich bin so froh, daß du gesund und heil zurück.«
»Ich werde mich noch ein paar Stunden hinlegen. Schlaf du nur weiter, meine Kleine. Und wenn ich aufwache, werden wir zusammen frühstücken. Ich habe Lim Din gesagt, er solle mich schlafen lassen, falls sich nicht etwas Wichtiges ereignet.«
Er gab ihr einen flüchtigen Kuß, von Yin-hsis Gegenwart ein wenig gestört. May-may bemerkte es und lächelte verstohlen. Wie seltsam doch die Barbaren waren!
Struan nickte Yin-hsi zerstreut zu und verließ den Raum.
»Paß auf, liebe Schwester«, sagte May-may, als sie sicher war, daß sich Struan außer Hörweite befand. »Bade jetzt in parfümiertem Wasser, und sobald Vater in tiefem Schlaf liegt, geh in sein Bett und schlaf mit ihm.«
»Aber, Erste Dame, ich bin sicher, daß Vater durch nichts angedeutet hat, er wolle mich bei sich haben. Ich habe ihn sehr genau beobachtet. Wenn ich unaufgefordert hinginge, könnte er sehr zornig werden und mich wegschikken; dann würde ich dir und ihm gegenüber sehr an Gesicht verlieren.«
»Du mußt dir nur erst einmal darüber klarwerden, daß die Barbaren ganz anders sind als wir, Yin-hsi. Sie haben keine Vorstellung vom Gesicht, wie es bei uns der Fall ist. Tu jetzt, was ich dir befohlen habe. Er wird ein Bad nehmen und zu Bett gehen. Warte eine Stunde. Dann leg dich zu ihm. Wacht er auf und schickt dich weg, hab Geduld und antworte ihm« – sie ging auf Englisch über – »›Die Erste Dame schickt mich‹.«

Yin-hsi wiederholte die englischen Wörter und prägte sie sich ein.
»Wenn das nichts nützt, komm hierher zurück«, fuhr May-may fort. »Damit hast du noch immer nicht an Gesicht verloren, das versichere ich dir. Du brauchst auch keine Angst zu haben. Ich kenne Vater sehr gut und weiß, was er über das Gesicht denkt. Wir können es doch nicht dahin kommen lassen, daß er diese dreckigen Freudenhäuser besucht. Der böse Mann ist schon gestern abend in ein solches Haus gegangen.«
»Nein!« stieß Yin-hsi hervor. »Wir haben entsetzlich an Gesicht verloren! Wie widerlich muß ich Vater sein. Vielleicht solltest du mich lieber an einen Totengräber verkaufen.«
»Puh!« rief May-may. »Wenn ich gesund wäre, würde ich ihm einiges zu tun geben. Keine Sorge, Yin-hsi. Er hat dich bisher nicht einmal gesehen. Wie oft soll ich es dir noch sagen: Er ist ein Barbar. Ist es nicht unerhört, daß er in ein Freudenhaus geht, während du doch da bist – und sogar Ah Sam.«
»Ich gebe dir völlig recht. Nein, was für ein schlechter Mensch!«
»Sie sind alle so böse«, antwortete May-may. »Ich hoffe, er ist so müde, daß er dich nicht wegschickt, wie er's sonst täte. Schlaf nur einfach in seinem Bett. Bei Vater müssen wir stets ganz allmählich vorgehen. Trotz seines Alters ist er in Liebesdingen noch immer sehr scheu.«
»Weiß er denn, daß ich keine Jungfrau mehr bin?« Yin-hsi streichelte May-mays Haar.
»Er ist noch immer viel zu jung, als daß er Jungfrauen nötig hätte, um sich in Erregung zu versetzen, liebe Schwester. Und viel zu alt, um noch die Geduld aufzubringen, eine Jungfrau die Liebe zu lehren. Sag nur zu ihm: ›Die Erste Dame schickt mich.‹ «
Wieder sprach Yin-hsi die englischen Wörter nach.
»Du bist sehr hübsch, Schwester. Und jetzt lauf und warte eine Stunde, dann geh zu ihm.«
May-may schloß die Augen und kuschelte sich zufrieden mit sich selber in ihre Kissen.
Yin-hsi blickte auf Struan nieder. Er lag in tiefem Schlaf und hatte einen Arm um das Kopfkissen geschlungen. Die Vorhänge an den Fenstern waren vorgezogen, um das Frühlicht nicht einzulassen. Es war sehr still.
Yin-hsi zog ihren Pyjama aus und ließ sich zaghaft unter die Decke neben Struan gleiten.
Die Wärme des Bettes erregte sie.
Atemlos wartete sie, aber er erwachte nicht. Sie drängte sich dichter an ihn, berührte mit einer Hand seinen Arm und wartete. Aber noch immer erwachte er nicht. Sie schmiegte sich noch näher an ihn, legte einen Arm auf seine Brust und ließ ihn dort ruhen. Sie wartete.
Struan träumte, daß May-may neben ihm lag. Er atmete ihr Parfüm ein und fühlte ihre Nähe. Er war froh, daß das Fieber vergangen und sie wieder gesund war. Miteinander standen sie im Sonnenschein; er spürte, wie wohl sie sich fühlte. Er fragte sie, was sie sich zu ihrem Geburtstag wünschte, aber sie lachte nur und drängte sich dicht an ihn unter einer Sonne, die dunkel, seltsam, unwirklich, aber schön war. Dann waren sie einander sehr nah, und er lauschte ihrem Geplauder. Später schwammen sie miteinander. Er fand es

sonderbar, denn er wußte, daß sie nicht schwimmen konnte, und fragte sich, wann sie es wohl gelernt haben mochte. Nackt lagen sie nebeneinander am Strand, und er fühlte ihren Körper an dem seinen. Sie begann zu frösteln, und ihn packte die Angst, das Fieber habe sie wieder überfallen. Auch der Mönch mit seiner von Blut besudelten Kutte war da, und die Tasse Tee nahm May-may das Fieber weg. Dann war nur noch Dunkelheit. Oben zogen die Wolken dahin, und es war finster, obwohl es eigentlich Tag hätte sein sollen, und über die Wellen hinweg brüllte Fong: »Tai-Fung!« Da liefen sie vor den Wolken davon und fanden wohlbehalten ihre Zuflucht im Bett.

Er bewegte sich im Schlaf, wachte halb auf und fühlte den warmen, zarten Körper, der ihn berührte. Seine Hand begann zu suchen, er legte sie auf ihre Brust und empfand den Schauer, der sie und dann auch ihn durchlief.

Er lag im Zwielicht der Kajüte auf der Schwelle des Erwachens, spürte die Zartheit ihrer Brust und ihre freudige Hingabe.

Dann schlug er die Augen auf.

Yin-hsi lächelte ihn scheu an.

Struan stützte sich auf einem Ellbogen auf. »Herrgott und Vater, was zum Teufel treibst denn du hier?«

Yin-hsi blinzelte ihn an, ohne ihn zu verstehen. »Die Erste Dame schickt mich.«

»Bitte?« Struan versuchte zu begreifen.

»Erste Dame schickt mich, Tai-Pan.«

»Was? May-may? Hat sie den Verstand verloren?« Er deutete zur Tür. »Verschwinde von hier.«

Yin-hsi schüttelte den Kopf. »Erste Dame schickt mich.«

»Und wenn dich die Königin von England schickt! Mach, daß du wegkommst!«

Yin-hsi verzog schmollend das Gesicht. »Erste Dame schickt mich!« Sie legte den Kopf fest aufs Kissen und blickte zu ihm auf.

Struan brach in Lachen aus.

Yin-hsi war verwirrt. Die Erste Dame hatte wahrhaftig recht. Diese Barbaren waren höchst verwunderlich. Aber ich werde mich nicht aus dem Bett rühren! sagte sie zu sich. Wie kannst du es wagen, in ein Freudenhaus zu gehen und mich vor der Tai-tai mein Gesicht verlieren zu lassen? Bin ich denn ein häßliches altes Weib? O nein, Tai-Pan! Ich rühre mich nicht von der Stelle! Ich bin sehr hübsch, bin Zweite Schwester und Zweite Dame in deinem Haus, und damit mußt du dich abfinden!

»Bei allen Göttern!« rief Struan und riß sich zusammen. »Ich werde May-may heiraten, und wenn es das Letzte ist, was ich auf dieser Welt noch tue!« Er legte sich zurück, ließ seine Gedanken wandern und versuchte sich vorzustellen, was er und May-may daheim in England tun würden. Sie wird ganz London den Kopf verdrehen ... solange sie keine europäische Kleidung trägt. Miteinander werden wir die Grundfesten der englischen Gesellschaft zum Wanken bringen. Jetzt muß ich so schnell wie möglich nach Hause. Vielleicht kann ich selber den Außenminister zur Strecke bringen! Oder Whalens Abreise verhindern. Jetzt liegt der Schlüssel zu Hongkong in London. Also nach Hause – und je früher, desto besser.

Er drehte den Kopf und blickte Yin-hsi an, und zum erstenmal sah er sie wirklich. Sah, wie reizend und begehrenswert sie war. Ihr Parfüm war ebenso köstlich wie ihre Haut.
»Meine Kleine, du führst mich wahrhaftig in Versuchung«, sagte er.
Sie schmiegte sich fester an ihn.

45

Kurz vor der Mittagsstunde schleppte sich die *White Witch* in den Hafen. Der Fockmast war über Bord gegangen, das Hauptdeck mit einem Gewirr gebrochener Spieren und verschlungenen Tauwerks bedeckt.
Als sie ihrem Ankerplatz zustrebte, kam Brock in einem Beiboot längsseits.
»Verdammt, dafür wird jemand den Kopf hinhalten müssen!« brüllte er, als er das Deck betrat, denn an den zerrissenen ungerefften Segeln, die zwischen den Falleinen lagen, erkannte er sofort, daß das Schiff zuviel Segelfläche gesetzt gehabt hatte. »Was is' geschehen?«
»Guten Tag, Sir«, sagte Michaelmas. Er war der Erste Offizier, ein harter, pockennarbiger Mann. »Ich bin an die Stelle von Mr. Gorth getreten. Bis ich weiß, was Sie vorhaben.« In seiner großen Faust hielt er eine Peitsche. »Zwei Stunden außerhalb von Macao sind wir in ein Unwetter geraten. Hat uns fast zum Kentern gebracht. Hat den Mast weggerissen und uns um fünfzig Meilen aus dem Kurs geworfen.«
Brock ballte die Faust und schüttelte sie vor dem Gesicht des Mannes. »Versteh'n Sie nich' genug, um einen Sturm zu erkennen, wenn er kommt?«
»Doch, Mr. Brock«, erwiderte Michaelmas furchtlos. »Aber der Sturm ist von Lee her gekommen. Schieben Sie mir nicht noch die Schuld an dem Sturm in die Schuhe!«
Brocks Faust traf ihn so hart, daß er gegen das Schandeck taumelte und bewußtlos zu Boden stürzte.
»Pennyworth!« brüllte Brock den Zweiten Offizier an, einen untersetzten, stämmigen jungen Mann. »Bis auf weitere Befehle sind Sie der Kapitän! Fahren Sie Sturmanker aus. Wir haben Schlechtwetter zu erwarten.« Dann erblickte er Culum auf dem Achterdeck. Die Seeleute verschwanden, als er über die Takelage hinwegkletterte und den kurzen Niedergang hinaufstieg. Drohend und mächtig stand er vor Culum.
»Guten Morgen, Mr. Brock. Ich wollte ...«
»Wo ist Mrs. Brock?«
»Unten, Sir. Es war nicht Mr. Michaelmas' Schuld. Und ich wollte ...«
»Halt's Maul!« knurrte Brock und wandte Culum verächtlich den Rücken zu. Culum kochte innerlich vor Zorn über diese Beleidigung; niemals hätte Brock dem Tai-Pan den Rücken zugewandt.
»Niemand hat an Land zu gehen!« schrie Brock. »Lassen Sie diese Schweinerei aufräumen, Pennyworth, oder Sie mustern mir ab wie Michaelmas, diese Niete. Sorgen Sie dafür, daß er von meinem Schiff 'runterkommt!« Er wirbelte herum und stand erneut vor Culum. »Mit dir werd' ich nachher noch 'n Wort zu reden haben.«

»Ich möchte jetzt mit Ihnen sprechen.«
»Noch ein Wort, bevor ich dazu bereit bin, und ich mache dich zu Staub.«
Culum folgte Brock nach unten und wünschte sich, der Tai-Pan wäre da. Mein Gott, wie kann ich mit Brock fertig werden? Warum haben wir auch in diesen verfluchten Sturm geraten müssen?
Tess stand an der Tür zu ihrer Kammer. Sie lächelte ihm zaghaft zu und machte einen Knicks, aber Brock stürmte an ihr vorbei, riß die Tür der großen Kajüte auf und warf sie hinter sich zu.
»Sei Gott uns gnädig«, flüsterte Tess Culum zu.
»Keine Sorge. Wir werden es schon schaffen.« Culum versuchte, seiner Stimme Festigkeit zu geben, und wünschte sich verzweifelt, er hätte eine Pistole. Er trat an ein Regal, holte einen Belegnagel hervor und machte Tess ein Zeichen, sie solle in ihre Kammer gehen. »Hab keine Angst. Er hat einen heiligen Eid abgelegt. Er hat es versprochen.«
»Laß uns davonlaufen, solange wir noch können«, bat sie.
»Wir können jetzt nicht davonlaufen«, sagte Culum. »Keine Sorge, es ist schon am besten, die Sache jetzt auszutragen. Es bleibt uns nichts anderes übrig.«

»Du hast also Tess durchbrennen und dir von diesem windigen Kerl Sand in die Augen streuen lassen, was?« rief Brock.
»Ja«, antwortete Liza. Sie bemühte sich, ihre Angst zu unterdrücken. »Ich hab' wirklich gut auf sie aufgepaßt. Und daran hätte ich überhaupt nie gedacht. Aber dann haben sie es doch getan, und es is' meine Schuld. Aber jetzt sind sie verheiratet, und es is' nichts geschehen, was wir ...«
»Das werde ich noch entscheiden, bei Gott! Was is' Gorth zugestoßen?«
Sie berichtete ihm alles, was sie wußte. »Gorth war es, der Dirk Struan herausgefordert hat«, erklärte sie. Sie hatte schreckliche Angst, nicht so sehr um sich selbst, sondern weit mehr um Tess, Culum und ihren Mann. Wenn Tyler in diesem Zustand auf diesen Teufel losging, war es um ihn geschehen. »Gorth war es, Tyler. Er hat den Tai-Pan mit entsetzlichen Ausdrücken beschimpft. Hat mit 'ner Peitsche nach ihm geschlagen. Und das in aller Öffentlichkeit. Ich hab' Gorth gesagt, er soll warten, er soll mit hierherkommen und dich holen, aber er hat auch mich geschlagen und is' weggegangen.«
»Was hat er?«
Sie strich ihr Haar vom rechten Ohr zurück. Es war geschwollen und dunkel verfärbt; das Innere war mit getrocknetem Blut verkrustet. »Tut noch immer entsetzlich weh.« Sie öffnete die Bluse. Ihre Brust war voll blauer Flecken.
»Das hat er getan. Dein Sohn. Is' ein richtiger Teufel, und das weißt du.«
»Bei Gott, Liza. Wenn er ... wenn ich gewußt hätte ... schon am besten so, daß er tot is'. Aber doch nich' so durch Mörder und ohne jede Ehre!« Mit verzerrtem Gesicht füllte er am Faß einen Krug mit Ale, und Liza dankte Gott, daß sie die Voraussicht besessen hatte, ein frisches Faß aufstellen zu lassen.
»Is' der Arzt sicher wegen der Krankheit? Bei diesem jungen Lümmel?«
»Er hat keine Krankheit, und er is' kein Lümmel. Dein Schwiegersohn is' er!«

»Weiß ich. Hol ihn der Teufel!«
»Tyler, vergib den beiden. Ich flehe dich an. Is' ein guter Junge, schrecklich in Tess verliebt, und sie is' glücklich und ...«
»Halt dein Maul!« Brock stürzte das Bier hinunter und stellte den Krug krachend auf den Tisch. »Dirk hat das alles geplant. Hab' ich gewußt. Mir zum Trotz! Erst hat er's drauf angelegt, meinen ältesten Sohn zur Strecke zu bringen – und dann nimmt er mir meine eigene Tochter. Möge Gott Struan verdammen! Sogar das hat er mir genommen!« Er warf den Krug gegen das Schott. »Wir werden Gorth heute auf See beisetzen.«
»Tyler, mein Lieber«, begann Liza. Sie berührte seinen Arm. »Tyler, mein Lieber, da is' noch was. Muß ausgesprochen werden. Du mußt verzeihen – es gibt viel zu verzeihen. Hängt mit Nagrek zusammen.«
»Was?«
»Gorth hat mir erzählt, was ihr beide mit Nagrek gemacht habt. Das is' schlimm – aber er hat's verdient. Er hat Tess gehabt. Das stimmt. Aber Culum weiß es nich', wie's scheint. So is' deiner Tochter ein entsetzliches Schicksal erspart geblieben.«
Die Muskeln um Brocks leere Augenhöhle begannen heftig zu zucken. »Was sagst du da?«
»Is' die Wahrheit. Ich hab' es vor dir geheimgehalten, weil ich Angst vor dir hatte. Ich hab' es auch vor ihr geheimgehalten – das heißt, ich hab' ihr eingeredet, Nagrek hätte es nich' getan ... wär' nich' Liebe gewesen, richtige Liebe – und drum sei nichts passiert.«
»Was sagst du da?«
»Is' wahr, Tyler«, stieß Liza hervor, und dann übermannte sie die Erregung. »Gib ihnen zumindest 'ne Chance. Du hast einen Eid geleistet, vor Gott. Und Gott hat uns bei Tess geholfen. Vergib ihnen.« Sie verbarg ihr Gesicht in den Händen und brach in krampfhaftes Schluchzen aus.
Brock bewegte die Lippen, aber kein Laut kam aus seinem Mund. Schwerfällig erhob er sich, überquerte den Gang und stand dann vor Culum und Tess.
Er erkannte die tiefe Angst in Tess' Augen. Das schmerzte ihn und weckte zugleich seine Grausamkeit. »Ihr habt es für richtig gehalten, entgegen meinem Wunsch zu handeln. Drei Monate, hab' ich gesagt. Aber ihr ...«
»Ach, Vater ... Vater ...«
»Mr. Brock, darf ich ...«
»Halt dein Maul! Wirst früh genug was zu sagen bekommen! Und du, Tess, du hast es fertiggebracht, wie ein billiges Flittchen davonzulaufen. Na gut. Geh jetzt und verabschiede dich von deiner Mutter. Dann gehörst du nicht mehr zu uns. Geh an Land mit deinem Mann.«
»Ach, Vater, hör mich doch bitte an ...«
»Schluß! Jetzt will ich mit ihm reden.«
»Ich gehe nicht!« stieß Tess in höchster Erregung hervor. Sie packte den Belegnagel. »Du wirst ihn nicht anrühren. Ich bringe dich um!«
Bevor sie wußte, wie ihr geschah, hatte er ihr den Belegnagel bereits entrissen. »Hinaus mit dir und an Land!« Brock sah sich selbst zu wie in einem Alptraum. Er hätte ihr gern verziehen, und im Grunde wünschte er sich, sie

würde ihre Arme um ihn schlingen. Aber sein böses Ich trieb ihn an, und er vermochte keinen Widerstand zu leisten. »Hinaus mit dir!«
»Reg dich nicht auf, Liebling«, sagte Culum beschwichtigend. »Geh jetzt deine Sachen packen.«
Sie ging rückwärts aus der Kammer und eilte davon.
Mit dem Fuß warf Brock die Tür ins Schloß. »Ich habe geschworen, euch einen guten Liegeplatz und einen sicheren Hafen zu bieten. Aber das hat nur gegolten, wenn ihr richtig geheiratet hättet.«
»Hören Sie mich an, Mr. Brock ...«
»Jetzt hörst du mir zu, oder ich zerquetsche dich wie 'ne Wanze.« Ein wenig Speichel rann ihm aus einem Mundwinkel. »Gefragt hab' ich dich, Mann zu Mann, ob du mit drei Monaten einverstanden bist. Ja hast du gesagt. Aber dein Wort hast du gebrochen. Hab' dir gesagt, sollst ehrlich sein, Junge.«
Culum antwortete nicht. Er flehte um Kraft und wußte doch, daß er schon geschlagen war. Aber er wollte alles versuchen.
»Hast du dich damit einverstanden erklärt oder nich'?«
»Ja.«
»Dann, glaube ich, bin ich von dem Eid entbunden.«
»Darf ich jetzt etwas sagen?«
»Bin noch nich' fertig. Trotz allem hast du betrogen, hast geheiratet. Willst du mir 'ne Frage beantworten? Vor Gott? Dann sind wir fertig.«
»Natürlich.« Culum hätte Brock gern von der Krankheit, dem Freudenhaus und dem gesprochen, was ihn dazu gebracht hatte.
»Vor Gott?«
»Ja. Ich habe nichts zu verbergen und ...«
Brock unterbrach ihn. »Hat dein Vater das alles ausgeheckt? Hat er dir das Durchbrennen eingetrichtert? Weil er gewußt hat, es macht Gorth rasend? Hat er es getan, weil er gewußt hat, es macht Gorth so rasend, daß er ihn in aller Öffentlichkeit herausfordert, damit dein Vater mit ihm nach allen Regeln kämpfen kann? Bist du betrunken in ein Freudenhaus gegangen, ohne zu wissen, wo du bist und mit wem du zusammen bist? Brauchst mir nich' zu antworten. Steht alles in deinem Gesicht geschrieben.«
»Ja ... aber Sie müssen mir noch zuhören. Da ist so viel ...«
»Du sollst deinen sicheren Hafen von mir haben. Aber ich sage dir ganz offen, hinter deinem Vater werde ich her sein. Auf Noble House werde ich es absehen. Werde nich' mehr ruhen, bis ihr alle bankrott seid. Nun is' dein einziger Hafen bei Brock and Sons. Nur dort, Culum, hol' Struan der Teufel! Und bis zu dem Tag bist du für mich tot. Du und Tess.« Er riß die Tür auf.
»Sie haben mich noch nicht angehört!« schrie Culum. »Das ist nicht gerecht!«
»Red du mir nich' von Gerechtigkeit«, entgegnete Brock. »Ich habe dich ins Gesicht gefragt. Drei Monate! Ich habe gesagt: sei ehrlich, mein Junge. Aber trotzdem hast du dein Wort gebrochen. In meinen Augen hast du keine Ehre mehr, wahrhaftig nich'!«
Er stürmte davon, und Culum starrte ihm nach. Angst und Erleichterung, Schande und Haß würgten ihn. »Sie sind nicht gerecht«, rief er, aber seine eigene Stimme tat ihm weh.

Brock trat an Deck. Die Besatzung versuchte, ihm aus dem Weg zu gehen.
»Pennyworth!«
Der Zweite Offizier war damit beschäftigt, die Aufräumungsarbeiten zwischen Spieren und zerrissener Takelage zu beaufsichtigen. Er wandte sich um und ging schwerfällig auf Brock zu.
»Suchen Sie mir Struan«, befahl Brock. »Sagen Sie ihm, ich erwarte ihn im Happy Valley. Zwischen seiner Pier und meiner.« Er hielt inne, und sein Gesicht verzerrte sich zu einem freudlosen Lächeln. »Nein. Auf der Kuppe im Happy Valley. Jawohl. Seine Kuppe sollte es mal werden. Richten Sie ihm aus, ich erwarte ihn auf der Kuppe im Happy Valley – so als ob er wieder auf Gorth losgehn wollte. Verstanden?«
»Jawohl, Sir.« Pennyworth biß sich auf die Lippe. »Jawohl, Sir.«
»Und wenn Sie irgendeinem Menschen außer ihm was zuflüstern, weiß Gott, dann schneide ich Ihnen die Kehle durch.«
Brock ging die Gangway entlang.
»Wer soll das Schiff wieder seeklar machen?«
»Sie. Sie sind der Kapitän der *White Witch*. Danach machen Sie mir Meldung.«

Struan betrachtete Yin-hsi. Sie schlief noch an seiner Seite. Er verglich sie mit May-may. Und May-may mit seiner chinesischen Geliebten, die er vor Jahren hatte. Und die drei mit Ronalda, der einzigen Frau, mit der er verheiratet gewesen war. So verschieden alle. Und doch waren sie in mancher Hinsicht einander ähnlich. Er fragte sich, warum die drei Asiatinnen ihn mehr erregten als Ronalda, die er geliebt hatte – bis er May-may kennenlernte. Er fragte sich auch, was Liebe überhaupt sei.
Er wußte, daß die drei Chinesinnen vieles gemein hatten: die unvorstellbare Zartheit der Haut, das ungemein freundliche Wesen, die Anhänglichkeit und die außerordentliche Lebensklugheit, wie er dies bei keiner anderen Frau jemals erlebt hatte. Jedoch übertraf May-may auch darin die anderen. Sie war vollkommen.
Zärtlich berührte er Yin-hsi. Sie bewegte sich, erwachte jedoch nicht. Vorsichtig stand er auf und blickte aus dem Fenster, um den Himmel zu prüfen. Die Bewölkung war dichter geworden. Er zog sich an und ging nach unten.
»So«, sagte May-may. Sie setzte sich im Bett auf, und Struan sah, wie schön sie war.
»So«, sagte er.
»Wo ist meine Schwester?«
»›Die Erste Dame schickt mich.‹«
»Pfui!« rief May-may und warf den Kopf zurück. »Du nichts weiter als wollüstige Lügenhaftigkeit, und du betest deine alte Mutter nicht mehr an. Richtig, was ich sagen?«
»Richtig«, antwortete Struan, um sie zu necken. Sie war schöner denn je. Es stand ihr sogar, daß ihr Gesicht so schmal geworden war. »Ich denke daran, dich wegzuschicken!«
»Ajiii jah! Als ob mir das etwas ausmachen!«
Er lachte und nahm sie in seine Arme.

»Sei vorsichtig, Tai-Pan«, sagte sie. »Hat Yin-hsi dir gefallen? Das freut mich so sehr. Ich sehe es dir an.«
»Was würdest du dazu sagen, Tai-tai zu werden?«
»Bitte?«
»Na schön, wenn es dich nicht interessiert, brauchen wir nicht mehr darüber zu reden.«
»Aber nein, Tai-Pan! Du wirklich meinen Tai-tai? Richtige Tai-tai, so wie üblich? Oder du mich nur ärgern wollen? Bitte nicht scherzen in so wichtigen Dingen.«
»Ich scherze nicht, May-may.« Er saß auf dem Stuhl und hielt sie in den Armen. »Wir fahren nach Hause. Zusammen. Wir nehmen den ersten Klipper, der zu haben ist, und lassen uns auf der Heimreise trauen. In ein paar Monaten.«
»Oh, wie herrlich!« Sie schmiegte sich an ihn. »Laß mich einen Augenblick los.«
Er gab sie frei, und ein wenig schwankend ging sie zum Bett hinüber. »So. Ich bin jetzt fast wieder gesund.«
»Mach jetzt, daß du wieder ins Bett kommst«, befahl er.
»Meinst du wirklich heiraten? Ganz euren Bräuchen entsprechend? Und meinen?«
»Ja. Wenn du es wünschst, nach beiden.«
Graziös kniete sie vor ihm nieder, berührte mit der Stirn den Teppich und machte Kotau. »Ich schwöre, ich werden würdig sein, Tai-tai zu werden.«
Rasch hob er sie hoch und legte sie wieder ins Bett. »Tu doch so etwas nicht, meine Kleine.«
»Ich kotauen, weil du mir das riesigste, phantastisch größte Gesicht auf Erden gibst.« Wieder schmiegte sie sich an ihn, stieß ihn dann ein wenig weg und lachte. »Wie dir das Geburtstagsgeschenk gefallen, heja? Heiratest du deshalb deine arme, alte Mutter?«
»Nein und ja. Aber du bist auf dem richtigen Weg.«
»Sie ist nett. Ich sie mögen, sehr reizvoll viel. Ich bin froh, du sie auch mögen.«
»Wo hast du sie gefunden?«
»Sie war Konkubine im Haus eines Mandarins, der vor sechs Monaten gestorben. Habe ich dir gesagt, sie achtzehn Jahre? Sein Haus schlechte Zeiten durchmachen, so hat Tai-tai einen Heiratsvermittler gebeten, eine gute Verbindung für sie zu finden. Ich habe von ihr gehört und dann mit ihr gesprochen.«
»Wann denn? In Macao?«
»Aber nein. Vor zwei, drei Monaten.« May-may drängte sich dichter an ihn. »Ich zu ihr in Kanton reden. Jin-kwas Tai-tai mir von ihr sprechen. Als ich mit Kind ging, habe ich gedacht: ah, sehr gut, und so ich sie kommen lassen. Weil mein Mann so wollüstig ist und anstatt zu Hause zu bleiben vielleicht in Hurenhaus gehen. Du versprochen haben, nicht zu gehen, aber du gestern Hurenhaus gewesen. Schmutzige Schildkrötenexkremente!«
»Ich bin gar nicht zu einem der Mädchen gegangen. Ich wollte nur Aristoteles sprechen.«

»Pah!« May-may fuchtelte mit einem Finger vor seinem Gesicht herum. »Das deine Geschichte. Habe nichts gegen Huren, aber nicht die da. Na gut, diesmal ich dir glauben.«
»Danke dir vielmals.«
»Yin-hsi ist besonders nett, du also keine Hurenhäuser brauchen. Ach, ich so glücklich. Sie schön singen und viele Instrumente spielen und hübsch nähen und sehr schnell lernen. Ich bringe ihr Englisch bei. Sie wird mit uns nach England kommen. Und Ah Sam und Lim Din.« Ein leichtes Stirnrunzeln. »Aber wir zurück nach China kommen? Sehr oft?«
»Ja. Vielleicht.«
»Gut. Natürlich kommen wir zurück.« Wieder der Anflug eines Lächelns. »Yin-hsi sehr vollkommen. Ist sie nett im Bett?«
Struan kniff die Augen belustigt zusammen. »Ich habe sie mir nicht genommen, wenn du das meinst.«
»Bitte?«
»Ich bestimme gern selbst, wen ich in mein Bett nehme und wann.«
»Sie war in deinem Bett und du sie dir nicht genommen?«
»Nein.«
»Ich schwöre bei Gott, Tai-Pan, ich dich niemals verstehen. Du kein Verlangen nach ihr?«
»O doch. Aber ich bin zu dem Schluß gelangt, daß heute nicht die richtige Zeit dafür ist. Vielleicht heute nacht. Oder morgen. Wann ich es für richtig halte. Nicht früher. Aber ich erkenne deine Umsicht an.«
»Ich schwöre zu Gott, du bist seltsam. Oder vielleicht du nur so erschöpft von einer dreckigen Hure, daß du nicht können. He?«
»Jetzt hör aber auf!«
An der Tür klopfte es.
»Ja?«
Lim Din kam hereingewatschelt. »Tai-Pan, Maste' hier. Tai-Pan sprechen. Können?«
»Was für ein Maste'?«
»Maste' Penniiwort.«

46

Im Schatten der dachlosen, verlassenen Kirche stehend sah Brock Struan den Weg heraufkommen, der zur Kuppe führte. Er bemerkte das zusammengelegte Kampfeisen und fühlte Übelkeit in sich aufsteigen. Dennoch freute er sich, daß es endlich, nach so langer Zeit, zu einer Abrechnung kommen sollte. Er rückte die Schlaufe seines eigenen Kampfeisens zurecht, griff mit der Linken nach seinem Messer und trat vor.
Im selben Augenblick sah Struan Brock. Sofort vergaß er den Plan, zu dem er sich entschlossen gehabt hatte. Er blieb stehen. Jetzt konnte er an nichts anderes mehr denken als daran, daß dies sein Feind war, den er vernichten mußte. Nur mit Mühe gelang es Struan, einen kühlen Kopf zu bewahren; er ging weiter den Pfad bergauf, alle Muskeln gespannt vor Erregung.

Schließlich standen die beiden Männer einander gegenüber.
»Sie haben die Entführung und das Duell geplant, was?« knirschte Brock.
»Ja.« Struan ließ das zusammengelegte Kampfeisen auseinanderklappen. Es gab einen bösen, stählernen Ton von sich. Wieder machte es ihm Mühe, sich an das zu erinnern, was zu sagen er beschlossen hatte.
Brock umklammerte den Griff seines Kampfeisens, trat einen Schritt vor und holte aus.
Nur Struans Augen bewegten sich. »Ich bedauere, daß Gorth auf solche Weise den Tod gefunden hat«, sagte Struan. »Es wäre mir eine Freude gewesen, ihn umzubringen.«
Brock antwortete ihm nicht. Aber unmerklich verlagerte er sein Gewicht von dem einen Fuß auf den anderen. Der Ostwind zerzauste sein Haar.
Plötzlich hatte Struan ein Messer in seiner Linken und duckte sich leicht. »Tess hat die Krankheit.«
Brock stand wie erstarrt. »Is' nich' wahr. Der Doktor hat gesagt, Culum is' gesund.«
»Ärzte kann man kaufen«, entgegnete Struan und spürte dabei, wie Mordlust in ihm aufwallte. »Sie wurde vorsätzlich angesteckt!«
»Was, Sie ...« Brock holte gewaltig mit dem Kampfeisen aus und sprang auf Struan zu. Der Stachel verfehlte Struans Auge um den Bruchteil eines Zolls. Struan wich nach hinten aus und stieß zu, aber Brock machte einen Satz zur Seite. Wie zwei Tiere begannen sie einander zu umkreisen.
»Bei Gott! Genau das hatte Gorth beabsichtigt!« rief Struan. Er wollte das Gerede hinter sich haben. »Hören Sie mich? Das hat Gorth angerichtet!«
In Brocks Kopf klopfte das Blut. Er konnte an nichts anderes mehr denken, als seinen Feind zu packen und ihn zu töten. Wieder droschen sie mit den Kampfeisen aufeinander ein. Brock parierte einen Dolchstoß von Struan, der sofort wieder zurücksprang. Er wußte, daß er sich nicht mehr lange beherrschen und auf die Verteidigung beschränken konnte.
»Gorth hat gewollt, daß Culum sich ansteckt!«
»Gott strafe Sie für Ihre Lügen!« Brock schlich sich geduckt an Struan heran.
»Gorth hat Culum etwas ins Glas getan. Und dazu ein Mittel, damit er richtig scharf wird. Gorth hat ein Bordell bezahlt, damit man Culum dort ein verseuchtes Weib gibt. Er hat gewollt, daß Culum sich ansteckt! Das war Ihr verdammter Sohn! Verstanden?«
»Lügner!«
»Aber Gott sei Dank hat sich Culum nicht angesteckt – ich habe das nur gesagt, damit Sie verstehen, warum ich Gorth habe umbringen wollen. Culum ist nicht krank. Tess auch nicht.«
»Was?«
»Ja. Das ist vor Gott die Wahrheit.«
»Teufel! Gotteslästerer! Lügen tun Sie auch noch vor Gott!«
Struan machte einen Scheinangriff; Brock wich aus und stand dann kampfbereit und drohend da. Aber Struan schlug nicht zu. Er trat durch die offene Tür der verlassenen Kirche in das Innere und vor den Altar.
»Ich schwöre vor Gott, daß es die Wahrheit ist!«

Er wandte sich um, und nun war alle Beherrschung dahin. Es war totenstill. Die ganze Welt bestand nur noch aus Brock und dem unüberwindlichen Drang zu töten. Langsam kam er durch das Kirchenschiff auf ihn zu. »Gorth hat in Macao eine Hure ermordet und noch eine hier«, zischte er. »Das ist die Wahrheit. Ich habe sein Blut nicht an meinen Händen. Aber Sie bring' ich um.«
Brock trat von der Türschwelle zurück, den Blick unverwandt auf Struan gerichtet. Der Wind hatte sich gelegt; er wußte, daß dies seltsam war, seltsam und unheimlich. Aber dennoch beachtete er es nicht weiter.
»Dann ... dann hatten Sie doch ... einen Grund«, brachte Brock mühsam hervor. »Ich nehme zurück, was ich gesagt habe. Das war schon ein Anlaß, wahrhaftig.« Nun stand er draußen, aber er blieb wie in eine Ecke gedrängt. »Nehme alles zurück, was Gorth angeht. Aber damit sind wir noch nich' quitt, Sie und ich.« Sein Zorn auf Gorth, auf Struan und all die Jahre, die hinter ihm lagen, fraß an ihm. Er wußte nur, daß er jetzt kämpfen, zuschlagen und töten mußte. Um selber am Leben zu bleiben.
Dann fühlte er, daß der Wind auf seinen Wangen anders war als zuvor.
Jäh war sein Kopf klar. Er starrte zum Festland hinüber.
Struan ließ sich für einen Augenblick von Brocks plötzlicher Bewegung verwirren und zögerte.
»Der Wind is' umgesprungen«, brachte Brock mit rauher Stimme hervor.
»Was?« Struan bemühte sich, seine Gedanken zu sammeln, und trat einen Schritt zurück. Er traute Brock nicht.
Nun blickten sie beide zum Festland hinüber, lauschten gespannt und versuchten, den Geruch des Windes einzuziehen.
Er kam von Norden. Sanft, aber unverkennbar.
»Wird vielleicht Sturm«, sagte Brock mit rauher Stimme. Sein Herz hämmerte; alle Kraft war aus ihm gewichen.
»Nicht von Norden!« entgegnete Struan. Er fühlte sich ebenso erschlafft. O mein Gott, einen Augenblick lang bin ich ein Tier gewesen. Wäre der Wind nicht umgesprungen ...
»Taifun!«
Sie blickten zum Hafen hinunter. Die Dschunken und Sampans beeilten sich, ans Ufer zu kommen.
»Ja«, antwortete Struan. »Aber ich habe die Wahrheit gesagt. In der Sache mit Gorth.«
Brock hatte einen bitteren Geschmack im Mund und spuckte aus. »Ich entschuldige mich wegen Gorth. War natürlich 'ne Herausforderung. Aber nun is' er tot, und mehr läßt sich darüber nich' sagen.« Wo hab' ich nur was falsch gemacht? fragte er sich. Wo? »Was geschehen is', is' geschehen. Und was ich denke, hab' ich Ihnen in der Niederlassung schon gesagt. Ja, es war falsch von mir, daß ich Sie heute da 'raufbestellt habe. Was zu sagen war, das hab' ich schon in Kanton gesagt, und daran ändert sich nichts. Ich werd' mich ebensowenig ändern wie Sie. Aber an dem Tag, an dem Sie wieder mit 'ner Peitsche in der Hand vor mir erscheinen, an dem Tag wird es zwischen uns kein Halten mehr geben. Den Tag können Sie selber wählen, das hab' ich schon früher gesagt. Einverstanden?«

Struan kam sich seltsam kraftlos vor. »Einverstanden.« Er trat zurück, glitt mit der Hand aus der Schlaufe des Kampfeisens und steckte sein Messer in die Scheide. Die ganze Zeit über ließ er jedoch Brock nicht aus den Augen, denn er mißtraute ihm.
Auch Brock steckte seine Waffen weg.
»Und Sie vergeben Culum und Tess?«
»Die sind tot in meinen Augen. Bis Culum ein Teil von Brock and Sons is' und Brock and Sons Noble House is' und ich der Tai-Pan vom Noble House.«
Struan warf seine eiserne Peitsche zu Boden, und auch Brock ließ die seine fallen.
Beide Männer stiegen auf verschiedenen Wegen eilig vom Hügel herab.

47

Den ganzen Tag über nahm der Nordwind an Stärke zu. Bei Anbruch der Nacht war Queen's Town so gut wie möglich für den Sturm gerüstet. Vor die Fenster wurden Läden gezogen, die Türen verriegelt und diejenigen, die so vorsichtig gewesen waren, ihre Häuser zu unterkellern, segneten ihren Joss. Die Menschen, die nur in notdürftigen, vorläufigen Unterkünften hausten, suchten Zuflucht in stärker gebauten Häusern. Aber nur wenige Gebäude waren wirklich massiv – mit Ausnahme derer im Happy Valley. Und es gab nur wenige Männer, die bereit waren, die Gefahr der nächtlichen Dünste auf sich zu nehmen, obwohl sie die neueste *Oriental Times* und ihren Artikel über die Heilung der Malaria gelesen hatten. Heute war man noch nicht soweit, daß man sich Cinchona beschaffen konnte.
Alle Schiffe machten ihre Luken dicht, und jeder verfügbare Anker wurde so tief wie möglich versenkt. Man verankerte die Schiffe soweit wie möglich voneinander entfernt, damit genug Platz blieb, wenn der Sturm sie hin und her riß.
Es gab aber auch Leute, die behaupteten, dieser Wind könne unmöglich einen Taifun ankündigen, weil er so stetig aus Norden blies. Noch niemals habe es einen Taifun gegeben, der nur aus Norden wehte. Beim Taifun legte sich der Wind des öfteren oder sprang um.
Sogar Struan neigte dazu, diesen Leuten recht zu geben. Niemals zuvor hatte das Barometer so hoch gestanden. Und niemals zuvor war ein Taifun ausgebrochen, ohne daß das Barometer gefallen wäre.
Bei Anbruch der Nacht setzte aus tiefhängenden Wolken ein Nieselregen ein und brachte Erlösung von der Hitze.
Struan hatte die Gefahren sorgfältig abgewogen. Hätte er nur für sich allein Sorge zu tragen brauchen, er wäre mit der *China Cloud* ausgelaufen und nach Süden gesegelt, bis der Wind nachließ oder umsprang. Das wäre der sicherste Weg gewesen zu entkommen. Aber ein ihm selbst unerklärlicher Instinkt sagte ihm, er solle die Gefahren der See nicht auf sich nehmen. Statt dessen ließ er May-may und Yin-hsi, Ah Sam und Lim Din in die große verlassene Faktorei im Happy Valley umziehen, wo er sie in seiner Wohnung im dritten Stock unterbrachte. Er war überzeugt, daß Regen und Wind die

nächtlichen Dünste vertreiben würden. May-may war durch Ziegelsteine und Mauerwerk besser geschützt als auf dem Meer oder in einem Loch im Boden, und darauf allein kam es an.

Culum hatte sich bei Struan für das Angebot einer Unterkunft in der Faktorei bedankt, es aber vorgezogen, Tess in das Gebäude des Hafenkommandanten zu bringen, ein niedriges Haus aus Granit. Glessing hatte Culum und Tess in den Wohnräumen des Gebäudes einquartiert.

Struan hatte ihnen berichtet, was sich auf der Kuppe zugetragen hatte, und dazu erklärt, es sei eine Art Waffenstillstand geschlossen worden. Den ganzen Tag über, während er Vorbereitungen gegen einen Taifun traf, der möglicherweise niemals ausbrach, grübelte er über die Gewalttätigkeit der Menschen nach.

»Was ist los, mein Gemahl?« hatte May-may gefragt.

»Ich weiß nicht. Brock, ich selber, der Taifun – ich weiß es nicht. Vielleicht ist die Wolkendecke zu niedrig.«

»Ich dir sagen, was verkehrt ist. Du denkst zuviel über das, was geschehen ist – und noch schlimmer, du machst Sorgen über das, was möglich hätte geschehen können! Pah! Idiotie! Sei Chinese! Befehle ich dir! Vergangen ist vergangen. Mit Brock ist Friede geschlossen! Nicht Zeit vergeuden damit, lustlos dasitzen wie Henne mit Verstopfung. Iß etwas und trink Tee und geh Liebe machen mit Yin-hsi.«

Sie lachte und rief Yin-hsi herbei, die durch das große Schlafzimmer gelaufen kam, sich auf das Bett setzte und ihre Hand ergriff. »Sieh sie dir an, bei Gott! Ich habe bereits mächtig auf sie eingeredet.«

Er lächelte und fühlte sich ein wenig entspannter.

»Schon besser«, sagte sie. »Ich an dich ganze Zeit denken, keine Sorge. Yin-hsi ist im Nebenzimmer allein. Sie wartet gehorsam ganze Nacht.«

»Hör jetzt auf damit, meine Kleine.« Er lachte leise vor sich hin, und May-may redete hastig auf chinesisch auf Yin-hsi ein. Yin-hsi lauschte ihr aufmerksam, klatschte dann in die Hände, sah Struan strahlend an und eilte hinaus.

»Was hast du zu ihr gesagt, May-may?« fragte er argwöhnisch.

»Ich ihr sagen, wie du Liebe machen. Und wie dich phantastisch erregt machen. Und nicht Angst haben, wenn du am Ende Schrei ausstößt.«

»Hol dich der Teufel! Habe ich denn überhaupt kein Privatleben mehr?«

»Tai-tai weiß, was am besten für ihren unbeherrschten kleinen Jungen. Yin-hsi jetzt auf dich warten.«

»Bitte?«

»Yin-hsi – ich habe ihr gesagt, sich bereithalten. Liebe am Abend ist angenehm, keine Sorge. Hast du vergessen?«

Struan brummte etwas und ging zur Tür. »Ich danke dir von Herzen, aber ich habe zu tun.« Er begab sich nach unten und stellte plötzlich fest, daß er sich sehr viel wohler fühlte. Ja, es war ein Unsinn, sich um das Vergangene zu grämen. Und wieder segnete er seinen Joss, der ihm May-may zugeführt hatte.

Brock hatte den gebrochenen Fockmast der *White Witch* aus dem Gewirr der Takelage lösen und aus Sicherheitsgründen längsseits des Schiffes befestigen

lassen. Er hatte vorn drei Anker ausgefahren und achtern einen Sturmanker, um das Schiff mit der Nase im Wind zu halten.
Den ganzen Tag über hatte er sich benommen gefühlt. Kopf und Brust schmerzten ihn, und er wußte, daß er in dieser Nacht schlecht träumen würde. Gern hätte er sich betrunken, um vergessen zu können. Aber er wußte, daß eine Gefahr im Anzug war. Mit einer Laterne machte er eine letzte Runde auf dem regennassen Deck und ging dann nach unten, um nach Liza und Lillibet zu schauen.
»Da ist dein Tee, mein Lieber«, sagte Liza. »Solltest jetzt am besten trockene Kleidung anziehen. Liegt schon für dich bereit.« Sie deutete auf die Koje, die Seemannsjacke, die Hose, den Hut und die Stiefel.
»Danke, Liza.« Er setzte sich an den Tisch und trank Tee.
»Papa«, begann Lillibet, »wirst du ein Spiel mit mir spielen?« Und als Brock ihr nicht antwortete, weil er ihre Frage gar nicht gehört hatte, zupfte sie an seiner nassen Jacke. »Papa, würdest du bitte ein Spiel mit mir spielen?«
»Laß deinen Vater in Ruh«, sagte Liza. »Ich werd' schon mit dir spielen.«
Sie ging mit Lillibet in die angrenzende Kammer, von Herzen froh darüber, daß zwischen ihrem Mann und Struan Frieden herrschte. Brock hatte ihr erzählt, was sich ereignet hatte, und sie dankte Gott, weil er ihre Gebete erhört hatte. Dieser Wind is' das reine Wunder, dachte sie. Nun brauchte er nichts weiter als Geduld. Würde noch dahin kommen, daß er Tess seinen Segen gab. Liza bat Gott, Tess und Culum, das Schiff und sie alle zu beschützen, setzte sich dann hin und begann mit Lillibet ein Kinderspiel.
Man hatte an diesem Nachmittag Gorths Sarg in ein Beiboot gestellt, und Liza und Brock waren in tiefes Wasser hinausgerudert. Brock hatte die üblichen Worte gesprochen. Als er fertig war, hatte er seinen Sohn verflucht und den Sarg in die Tiefe gestoßen. Sie waren an Bord der *White Witch* zurückgekehrt, und Brock war in die Kapitänskajüte gegangen, hatte die Tür verriegelt und dort um seinen Sohn und seine Tochter geweint. Es waren die ersten Tränen gewesen, die er als Mann vergossen hatte. Und nun war seine Freude am Leben dahin.

Während der Nacht waren Wind und Regen allmählich heftiger geworden. Als die Dämmerung kam, regnete es noch immer, aber nicht außergewöhnlich stark, und die See ging zwar hoch, wirkte aber noch nicht gefährlich.
Brock hatte in den Kleidern geschlafen und kam mit verquollenen Augen an Deck. Er warf einen Blick auf das Barometer. Noch immer beständig. Er schlug mit einem Knöchel gegen die Scheibe, aber die Nadel blieb stehen.
»Guten Morgen, Sir«, sagte Pennyworth.
Brock nickte apathisch.
»Ich denke, es wird nur ein Regenwetter mit Sturm«, meinte Pennyworth, von Brocks schlechtem Aussehen beunruhigt.
Brock blickte aufs Meer hinaus und sah prüfend den Himmel an. Die Wolkendecke hing tief herunter und verbarg die Berge der Insel, aber auch das war nichts Ungewöhnliches.
Brock zwang sich, nach vorn zu gehen und die Ankertaue zu überprüfen. Sie waren fest: drei Anker und drei Taue, so dick wie der Arm eines Mannes.

Genug, um jeden Sturm durchzustehen, dachte er. Aber auch dies vermochte ihn nicht zu beruhigen. Er empfand überhaupt nichts.
Rank und schlank, leicht dümpelnd, lag die *China Cloud* im Hafen. Die Wache duckte sich in den Windschatten des Achterdecks. Auch die anderen Schiffe dümpelten sanft auf und ab. Den ganzen Hafen beherrschend lag das große Flaggschiff da. Ein paar verspätete Sampans und Dschunken suchten noch nach Ankerplätzen neben dem schwimmenden Dorf am Lee-Ufer einer kleinen Bucht in der Nähe von Glessing's Point.
Brock ging nach unten, und Pennyworth und die übrigen Leute von der Wache waren sehr erleichtert, als er verschwand.
»Seit gestern ist er auf einmal alt geworden«, sagte Pennyworth. »Sieht aus, als ob er im Stehen stirbt.«

Im Zwielicht der Dämmerung überprüfte Struan die grob gearbeiteten Läden im ersten Stock. Dann ging er nach unten und sah auch dort nach dem Rechten. Er las das Barometer ab: beständig.
»Bei allen Göttern!« rief er, und seine Stimme hallte durch das Haus. »Entweder du fällst jetzt, oder du läßt diesen verdammten Regen aufhören, damit wir es hinter uns haben.«
»Was ist, Tai-Pan?« rief May-may von oben herunter.
Sie sah sehr zart, sehr reizend aus. »Nichts, meine Kleine. Geh wieder ins Bett«, sagte er.
May-may lauschte dem Pladdern des Regens und wünschte sich nach Macao zurück, wo das Geräusch der Tropfen auf dem Dach so hübsch gewesen war. »Ich diesen Regen nicht mögen«, sagte sie. »Ich hoffe, den Kindern fehlt nichts. Ich vermisse sie sehr.«
»Ja. Aber jetzt zurück ins Bett, sei brav. Ich gehe eine Weile hinaus.«
Sie winkte ihm munter zu. »Sei du nun vorsichtig.«
Struan zog seinen schweren Regenmantel an und ging hinaus.
Der Regen fiel, vom Wind gepeitscht, sehr schräg, aber er war in der letzten Stunde nicht stärker geworden. Im Gegenteil, dachte er, er scheint nachzulassen. Die Wolken trieben sehr tief. Er betrachtete prüfend den Ankerplatz der *China Cloud*. Sie liegt sicher, dachte er.
Er kehrte zurück und warf wieder einen Blick auf das Barometer. Keine Veränderung.
Er nahm ein kräftiges Frühstück zu sich und wollte erneut weggehen.
»Hinauf! Hinunter! Warum du so ungeduldig? Wohin du jetzt gehen, heja?« fragte May-may.
»Ins Haus des Hafenkommandanten. Ich will feststellen, ob bei Culum alles in Ordnung ist. Bleib auf jeden Fall im Haus, öffne auch keine Fenster oder Türen, ob du nun Erste Dame Tai-tai bist oder nicht.«
»Ja, mein Gemahl.« May-may küßte ihn.
Die Queen's Road war voller Pfützen und fast menschenleer. Aber Wind und Regen waren erfrischend, und es war besser, als in der Faktorei wie in einem Kasten eingesperrt zu sitzen. Ähnlich wie ein Nordoststurm in England, dachte er; nein, so stark war er dort nicht.
Er betrat den Dienstraum des Hafenkommandanten und schüttelte sich.

Glessing erhob sich hinter seinem Schreibtisch. »Guten Morgen. Seltsamer Sturm, finden Sie nicht? Möchten Sie etwas Tee?« Er deutete auf einen Stuhl. »Wahrscheinlich wollten Sie zu Culum und Mrs. Struan. Sie sind zum Frühgottesdienst gegangen.«

»Zum Frühgottesdienst?«

»Sie müssen jeden Augenblick zurückkommen. Es ist Sonntag.«

»Ach, das hatte ich vergessen.«

Glessing schenkte Tee aus einer riesigen Kanne ein und stellte sie dann wieder neben dem Holzkohlenbecken ab. Der Raum war groß und hing voller Karten. Zwischen den Deckenbalken führte der Flaggenmast durch. Daneben befand sich eine Luke. Die Signalflaggen waren ordentlich in Fächern verstaut, in Ständern standen Musketen bereit. Der ganze Raum wirkte sauber und aufgeräumt. »Was halten Sie von diesem Unwetter?«

»Wenn es ein Taifun ist, liegen wir mitten auf seinem Weg. Mehr kann ich dazu nicht sagen. Flaut der Wind nicht ab oder springt um, dann geraten wir genau in den Wirbel.«

»Steh' Gott uns bei, wenn Sie recht haben.«

»Das kann man wohl sagen.«

»Einmal bin ich vor Formosa von einem Taifun erwischt worden. So was möchte ich nicht noch mal mitmachen. Und dabei waren wir von dem eigentlichen Wirbel weit entfernt.«

Eine Regenbö prasselte gegen die Fensterläden. Sie warfen einen Blick auf den Windrichtungsanzeiger. Noch immer unverändert aus Norden.

Glessing stellte seine Tasse ab. »Ich bin sehr in Ihrer Schuld, Mr. Struan. Vorgestern habe ich einen Brief von Mary erhalten. Sie hat mir berichtet, wie nett Sie zu ihr gewesen sind – Sie und Culum. Aber Sie vor allem. Es scheint, daß sie sich schon sehr viel besser fühlt.«

»Ich habe sie kurz vor meiner Abreise aufgesucht. Da ging es ihr bestimmt zehnmal besser als an dem Tag, an dem ich sie zum ersten Male gesehen habe.«

»Sie sagt, daß sie in zwei Monaten entlassen wird. Sie hätten auch den Papisten gegenüber die Verantwortung für sie übernommen. Natürlich ist das jetzt meine Aufgabe.«

»Ganz wie Sie wollen. Es war nur eine Formalität.« Struan fragte sich, was Glessing wohl täte, wenn er die Wahrheit über Mary erführe. Selbstverständlich mußte er noch dahinterkommen; wie konnte May-may glauben, es würde nicht geschehen?

»Hat der Arzt gesagt, um was für eine Krankheit es sich handelt?«

»Eine Magensache.«

»Ja, das hat sie auch geschrieben. Nochmals vielen Dank.« Glessing rückte eine Seekarte auf seinem Schreibtisch zurecht und wischte einen Tropfen Tee vom Teakholz. »Culum hat mir einmal erzählt, Sie seien als Junge bei der Royal Navy gewesen. Vor Trafalgar. Ich hoffe, Sie haben nichts dagegen, wenn ich Sie danach frage, aber mein Vater hatte die Ehre, dort ebenfalls zu dienen. Ich hätte gern gewußt, auf welchem Schiff Sie waren. Er war Flaggleutnant bei Admiral Lord Collingwood, an Bord ...«

»Der *Royal Sovereign*«, fuhr Struan fort. »Ja. Dort war ich auch.«

»Was Sie nicht sagen!« Mehr brachte Glessing nicht hervor.
Struan hatte dies Glessing bis dahin absichtlich verschwiegen. So hatte er noch immer eine Trumpfkarte in der Hand gehabt, wenn es eines Tages notwendig werden sollte, ihn als Verbündeten zu gewinnen. »Natürlich erinnere ich mich nicht an Ihren Vater – ich war damals Pulverträger und vor Angst fast verrückt. Aber der Admiral war an Bord, und ich war auf der *Royal Sovereign.*«
»Was Sie nicht sagen«, wiederholte Glessing. Als Junge hatte er einmal auf der Reede von Spithead dieses Linienschiff mit seinen 110 Geschützen liegen sehen. »Eine Besatzung von achthundertsechsunddreißig Mann und darunter der zukünftige Tai-Pan des Noble House. Kein Wunder, daß wir gesiegt haben!«
»Vielen Dank«, antwortete Struan. »Aber ich hatte mit der eigentlichen Schlacht nur wenig zu tun.«
»Bei Gott, Tai-Pan – wenn ich Sie so nennen darf –, ich finde, das ist eine herrliche Geschichte. Und ich bin sehr froh. Ja, das bin ich. Mein Wort drauf! Ich habe Sie früher nicht leiden können, das wissen Sie wohl. Hat sich geändert. Allerdings bin ich noch immer der Meinung, daß meine Entscheidung in der Schlacht von Tschuenpi richtig war, aber jetzt ist mir auch klar, daß dieser verdammte, lausige, gemeine Dummkopf Longstaff recht hatte, als er sagte, wäre ich an Ihrer oder wären Sie an meiner Stelle gewesen, so hätten wir die gleiche Ansicht vertreten.«
»Wo ist Ihnen denn Longstaff schon einmal in die Quere gekommen?«
Aus Glessings Gesicht wich alle Freundlichkeit. »Dieser verdammte Schwachkopf hat die Unverschämtheit besessen, sich in Marineangelegenheiten einzumischen! Dem Admiral gegenüber hat er ›angeregt‹, ich solle nach England versetzt werden! Gott sei Dank weiß der Admiral, was er der Royal Navy schuldig ist, und Gott sei Dank ist der Bursche seines Postens enthoben! Und da wir gerade von Idioten reden: Ich nehme an, daß Sie die Zeitung von gestern abend gelesen haben. Dieser elende Lump, der Cunnington! Wie kann er es wagen, Hongkong einen gottverlassenen Felsen zu nennen, auf dem kaum ein Haus steht! Wirklich, eine Unverschämtheit! Der beste Hafen der Welt! Wie kann er es wagen zu behaupten, wir verstünden nichts von der See und der Seefahrt?«
Struan dachte an den ersten Tag zurück – guter Gott, war das erst sechs Monate her? Nun wußte er, daß er recht gehabt hatte. Glessing mochte mit Hongkong zusammen untergehen, aber er würde bis zum letzten Atemzug kämpfen, um Glessing's Point zu verteidigen. »Vielleicht wird Whalen, der neue Mann, der gleichen Meinung wie Cunnington sein.«
»Nicht, wenn ich etwas damit zu tun habe. Oder der Admiral. Ihn hat fast der Schlag getroffen, als er das gelesen hat. Ist ja auch zu verstehen! Sehen Sie sich einmal die Flotte an. Da liegt sie sicher und geborgen wie im Hafen von Portsmouth. Wo, zum Teufel, wären wir an einem solchen Tag ohne Hongkong? Du lieber Himmel! Ich würde Todesängste ausstehen, wenn ich in Macao ankern müßte. Wir müssen Hongkong einfach haben, darüber kann es gar keine Diskussion geben! Sogar der General, dieser Trottel, hat dieses eine Mal einen lichten Augenblick gehabt und ist unserer Ansicht.«

So schimpfte er weiter und verdammte zu Struans Belustigung Cunnington und Longstaff in Grund und Boden.

Die Tür wurde geöffnet. Ein Windstoß, mit Regen vermischt, schlug herein und fuhr raschelnd durch die Seekarten. Culum und Tess traten ein; trotz des schlechten Wetters waren sie bester Stimmung. »Hallo, Tai-Pan!« rief Culum. »Können wir etwas Tee bekommen, Glessing, alter Junge? Wir haben in Ihrem Namen ein Gebet gesprochen!«

»Danke.« Glessing deutete auf den eisernen Kessel neben dem Holzkohlenbecken. »Bedienen Sie sich.«

Tess machte zu Struan gewandt einen Knicks und nahm ihren durchnäßten Umhang ab. »Guten Morgen, Tai-Pan.«

»Sie sehen reizend aus heute morgen, Mrs. Struan«, sagte er.

Sie errötete und beeilte sich, den Tee einzuschenken.

»Ihr beiden macht einen recht glücklichen Eindruck«, fuhr Struan fort.

»Ja, wir sind auch glücklich«, antwortete Culum. »Wir haben heute Gott gedankt. Auch dafür, daß er uns einen anderen Wind geschickt hat.«

»Wollt ihr es euch nicht doch noch überlegen, mein Junge, und in die Faktorei umsiedeln?«

»Nein, danke, hier sind wir doch völlig sicher.«

Struan bemerkte eine kleine, juwelenbesetzte Silberdose, die an Culums Uhrkette hing. »Was ist denn das, Culum?«

»Ein Andenken. Tess hat es mir geschenkt.« Die kleine Dose enthielt Brocks zwanzig Goldstücke. Wieder überkam Culum das schlechte Gewissen, weil er Tess niemals von ihrer Bedeutung erzählt hatte. Als er und Tess das letztemal von der *White Witch* an Land gegangen waren, hatte er sie in diese Dose getan, damit sie ihn stets an Tyler Brock erinnern sollten – daran, daß Brock sich ihm gegenüber nicht anständig verhalten hatte, als er ihm keine Gelegenheit gab, die Gründe für sein Verhalten auseinanderzusetzen.

»Die Dose hat einmal meiner Großmutter gehört. Kein sehr großartiges Hochzeitsgeschenk«, erklärte Tess Struan. »Aber ohne jede Mitgift kann man keine großen Sprünge machen.«

»Mach dir darum keine Sorgen, mein Kind. Ihr seid beide ein Teil von Noble House. Wann zieht ihr denn in *euer* Haus?«

»In drei Wochen«, sagten Culum und Tess gleichzeitig und strahlten vor Freude.

»Das soll ein großer Tag werden. Ich muß jetzt gehen.«

»Sehen Sie sich nur mal diesen Narren an, Tai-Pan!« rief Glessing. Er richtete sein Fernrohr durch ein Fenster auf eine Lorcha, die mit gerefften Segeln in das östliche Fahrwasser hineinschoß.

»Was, zum Teufel, treibt denn die da? Ist doch kein Tag zum Draußensein«, sagte Struan.

»Wenn Sie gestatten, Mr. Struan, werde ich signalisieren, daß sie an Ihrer Pier im Happy Valley festmacht. Das Schiff würde jetzt Schwierigkeiten haben, auf Reede zu ankern. Und an Ihrer Pier liegt niemand.«

»Ja, selbstverständlich. Was ist es denn für ein Schiff?«

»Eine Lorcha der Marine. Sie hat den Stander des Stellvertreters des Generalbevollmächtigten gesetzt.« Er schob sein Fernrohr zusammen. »Man sollte

den Kapitän auf seinen Geisteszustand untersuchen lassen. Wie kann denn ein Mensch bei solchem Wetter aus Macao auslaufen! Oder Mr. Monsey hat es verteufelt eilig. Was halten Sie von der Geschichte?«
Struan verzog das Gesicht zu einem Lächeln. »Ich bin es nicht gewohnt, Kapitän Glessing, aus einer Kristallkugel wahrzusagen.«
Glessing gab einem Seemann die notwendigen Anweisungen, und der verschäkelte sogleich die Signalflaggen an der Falleine. Dann öffnete er die Luke an der Decke. Regen sprühte herein, als die Flaggen geheißt wurden.
»Wo ist Longstaff?« fragte Struan.
»An Bord des Flaggschiffs«, antwortete Glessing. »Ich muß zugeben, daß es mir lieber wäre, wenn ich selber an Bord sein könnte.«
»Ich nicht«, meinte Culum.
»O nein, bloß nicht«, fügte Tess hinzu.
Struan leerte seine Tasse. »Ich muß jetzt wirklich gehen. Ihr wißt ja, wo ihr mich im Notfall finden könnt.«
»Isses nich' ... ist es nicht gefährlich, Tai-Pan?« fragte Tess. »Ich meine das Happy-Valley-Fieber und so weiter? Ich meine, dort zu wohnen?«
»Der Wind und der Regen werden alle giftigen Dünste niederschlagen«, erklärte Struan mit einer Zuversicht, die er selber nicht empfand.
»Vergiß nicht, Tess, wir haben noch etwas Cinchona übrig, und bald haben wir eine Menge davon«, sagte Culum. »Tai-Pan, ich finde, wir haben da eine wunderbare Sache vor. Dienst an der ganzen Menschheit.«
Struan hatte Culum von seiner Vereinbarung mit Cooper gesprochen, bevor es in der Zeitung veröffentlicht wurde. Er hatte Culum auch dazu beredet, öfter mit dem Amerikaner zusammenzukommen; je länger er über eine Zusammenarbeit von Cooper und Culum nachdachte, desto besser gefiel ihm die Idee. »Jeff ist ein kluger Kerl, mein Junge. Es wird dir Spaß machen, mit ihm zusammenzuarbeiten.« Er zog seinen Regenmantel an. »Jetzt mache ich, daß ich weiterkomme. Noch eins, ihr beiden. Macht euch um Brock keine Sorgen. Laß dich von dem Gedanken an deinen Vater nicht bedrücken, mein Kind. Bestimmt wird man mit ihm reden können, wenn man ihm nur Zeit läßt.«
»Ich hoffe es so sehr«, antwortete Tess. »Ja, ich wünsche es mir so sehr.«
Auf dem Weg hinaus blieb Struan vor dem Barometer stehen. »Allmächtiger Gott! Das ist ja fürchterlich gefallen!«
Glessing warf besorgt einen Blick auf die Uhr. Es war fast zehn. »Ein gutes Stück in einer halben Stunde.« Er machte eine Eintragung in eine Tabelle und folgte dann Struan, der hinausgeeilt war.
Ein Viertel des östlichen Horizonts war schwarz, und zwischen See und Himmel schien es keine Trennung mehr zu geben. Der Wind war nun heftiger, böig, kam aber noch immer genau aus Norden. Auch der Regen hatte zugenommen.
»Jetzt kommt er wirklich«, sagte Struan erregt. »Machen Sie dicht, Mann, jetzt geht's um Leben.« Er begann die Queen's Road entlang in Richtung auf Happy Valley zu laufen.
»'rein ins Haus! Culum, Tess!« befahl Glessing. Er warf die Tür zu und stieß den Riegel vor. »Bis auf weiteres wird keine Tür mehr geöffnet.« Er zog die

Stückpfortenverschlüsse vor die Sturmfenster und überprüfte alle Haken. Nun hatte Struan doch recht gehabt. Der Taifun würde mit voller Kraft genau über sie hinweggehen. »Ich bin sehr froh, daß Sie mit Ihrem Vater Frieden geschlossen haben, Culum. Und nun, glaube ich, wäre ein Frühstück angebracht«, sagte er, um die beiden abzulenken. »Mrs. Struan, wären Sie so gut, die Sache in die Hand zu nehmen?«

48

Struan rannte, so schnell er konnte. Ein paar Kulis eilten mit ihren Sänften an ihm vorbei nach Tai Ping Schan, und hier und dort suchte ein Europäer Deckung vor dem Unwetter. Durch den Regen sah Struan vor sich die Lorcha der Marine, die nun durch den Hafen in Richtung auf Happy Valley dahinjagte. Die aufgewühlte See war von einem stumpfen Graugrün. Eine Sturmbö raste mit unglaublicher Geschwindigkeit über das Wasser des Hafens hinweg; ihre Ausläufer erwischten die Lorcha, zerrissen ihr Großsegel und drückten sie nach einer Seite über. Struan stemmte sich gegen den Boden und wurde von der Bö erfaßt. Das Ganze dauerte nur ein paar Sekunden. Aber der sturmgepeitschte Regen hatte ihn geblendet und ihm fast die Füße unter dem Leib weggerissen. Als er die Augen wieder öffnen konnte, blickte er auf die See hinaus. Zu seinem Erstaunen war die Lorcha noch immer flott und kämpfte sich mit einem Kreuzsegel vorwärts; ihre Decks wurden von schweren Brechern überspült, die Fetzen ihres Großsegels flatterten.

Wieder begann Struan zu laufen. Er gelangte gerade in dem Augenblick auf die Pier von Happy Valley, als die weißschäumenden Brecher die Lorcha erfaßten und sie gegen das Pfahlwerk warfen. Ein Matrose sprang mit der Belegleine vom Schandeck des Vorschiffs hinunter, glitt aber aus und stürzte zwischen die Pier und das Schiff. Seine Hände packten die Kante der Pier. Er stieß einen Schrei aus, als das Schiff gegen die Anlegestelle geworfen wurde und ihn zerquetschte. Als der Rückstau des Schiff wieder wegzog, war der Matrose verschwunden.

Struan brüllte den entsetzten Matrosen zu, sie sollten warten, und stürzte vor. Ein Seemann warf ihm die Leine zu, und er schlang sie um einen Poller. Ein zweiter Seemann wagte den Sprung und gelangte mit der Achterleine glücklich auf die Pier.

Der Seegang wurde immer heftiger. Die Lorcha und das Pfahlwerk ächzten. Aber schließlich hatte die Lorcha festgemacht, und die Besatzung sprang an Land.

»Zur Faktorei!« Struan machte ihnen ein Zeichen, ihm zu folgen, rannte zur Eingangstür und stieß sie auf, während der Wind an ihm riß. Die Besatzung von acht Mann stürmte fluchend hinein.

Struan riß das nasse Zeug herunter. Da bemerkte er Horatio und Monsey.

»Großer Gott, was tun Sie denn hier, Horatio? Hallo, Mr. Monsey!«

»Hätte nie geglaubt, daß wir noch einmal Land sehen«, keuchte Monsey.

Horatio lehnte sich gegen eine Wand und mußte sich plötzlich übergeben.

Die Tür wurde aufgerissen. In einem Schwall von Wind und Regen trat der Kapitän – ein junger Leutnant – aufgeregt herein und schüttelte sich wie ein Hund. Struan ging an ihm vorbei und warf die Tür zu.
»Beim Allmächtigen Gott!« stieß der Leutnant hervor. »Haben Sie den Himmel gesehen?«
»Was, zum Teufel, haben Sie denn auch an einem solchen Tag auf See zu suchen? Haben Sie denn nicht so viel Verstand, daß Sie in Macao Ihre Augen aufgemacht haben?«
»Natürlich! Aber ich erhielt Befehl, nach Hongkong auszulaufen, und so bin ich eben nach Hongkong gesegelt. Wir sind einem Wahnsinnigen in die Hände gefallen!«
»Was ist denn los?«
»Diesem blutrünstigen Generalbevollmächtigten für den Handel, Sir Clyde Whalen. Der verrückte Ire hätte mein Schiff mit der gesamten Besatzung fast auf den Grund des Meeres geschickt. Ich habe ihm gesagt, es sei ein Unwetter zu erwarten, aber er hat nur zum Himmel aufgeblickt und erklärt: ›Zeit genug, um hinzukommen. Sie haben Befehl zum Auslaufen, also laufen Sie aus!‹ Gott sei Dank, daß es den Hafen von Hongkong gibt!«
»Wie ist die See weiter draußen?«
»Noch eine Stunde, und wir hätten es nicht mehr geschafft. Zwanzig, dreißig Fuß hohe Wellen. Am schlimmsten ist dieser verfluchte Wind! Springt nicht um und läßt nicht nach – einfach unvorstellbar! Ist das nun ein Taifun oder nicht? Wie ist denn so etwas überhaupt möglich?«
»Weil das Unwetter genau östlich von uns ist und wir auf seinem Weg liegen, mein Freund.«
»Gott schütze uns!«
»Machen Sie es sich hier bequem. Ich werde für Tee und Rum für die Besatzung sorgen.«
»Ich danke Ihnen«, antwortete der junge Mann. »Entschuldigen Sie meine groben Worte vorhin.«
Struan ging auf Monsey und Horatio zu. »Schaffen Sie es, nach oben zu gehen, Mr. Monsey?«
»Ja. Danke, Tai-Pan, Sie sind sehr hilfsbereit.«
»Helfen Sie mir, Horatio zu versorgen?«
»Selbstverständlich. Ich weiß gar nicht, was mit dem armen Kerl ist. Seit unserer Abreise aus Macao stöhnt er und redet zusammenhangloses Zeug. Höchst seltsam.«
»Das ist die Angst«, sagte Struan.
Sie halfen Horatio aus seinem vom Regen durchweichten Mantel. Sein Gesicht sah schmutziggrau aus, und er war vor Übelkeit fast hilflos. Miteinander schleppten sie ihn die Treppe hinauf und legten ihn auf ein Sofa im westlichen Flügel, dort, wo Robb früher gewohnt hatte.
Struan trat an die Kredenz und goß Branntwein in ein paar Gläser. Monsey nahm eins mit zitternder Hand und leerte es. Er ließ sich ein zweites Mal einschenken. »Danke.«
»Geben Sie auch Horatio was zu trinken«, sagte Struan. »Ich bin gleich wieder da.«

Er ging den Gang entlang, durch das Treppenhaus und den Flur im Ostflügel weiter. Seine Wohnung lag am Südende dieses Flurs.

May-may, Yin-hsi, Ah Sam und Lim Din saßen in dem großen Wohnzimmer an einem kleinen Tisch und spielten Mah-Jongg. Lustig flackerten die Flammen der Laternen.

»Da bist du ja, Tai-Pan«, rief May-may. Sie nahm einen der kleinen Steine aus Bambus und Elfenbein und knallte ihn mit einem Fluch auf den Tisch. »Oh, stinkiger Tag, Tai-Pan!« stieß sie hervor. »Mein Joss ist ein furchtbarlich schlechter. Ich habe nicht ein einziges Spiel gewonnen. Habe vierhundert in bar verloren, und wir spielen seit Stunden. Weh, weh, weh! Bin froh, dich zu sehen, macht nichts.«

Der Regen prasselte gegen die Läden. Der Wind wurde noch heftiger.

»Verfluchter Lärm! Du mir ein paar Taels leihen können? Ich bin verarmt!«

»Ich werde es vom Taschengeld abziehen. Spiel jetzt weiter, meine Kleine.« Struan lächelte. »Wir haben Besuch unten und überall, geh also nicht aus der Wohnung.«

»Für was hinausgehen?«

Struan kehrte in Robbs Wohnung zurück.

Monsey sah schon besser aus. Er hatte sein nasses Zeug ausgezogen und sich in eine Decke gehüllt. Horatio war in unruhigen Schlaf gesunken. »Diesmal hat Gott uns gerettet, Tai-Pan«, sagte Monsey.

»Warum, zum Teufel, sind Sie denn aus Macao ausgelaufen? Das heißt ja geradezu das Glück herausfordern. Sie müssen doch das Wetter gesehen haben.«

»Dienstlicher Auftrag, Tai-Pan«, erwiderte Monsey verächtlich. »Kaiserliche Hoheit Whalen sind gestern nacht mit einer Fregatte eingetroffen. Er hat mir befohlen, mich mit einem offiziellen Schreiben für den Ex-Bevollmächtigten nach Hongkong zu begeben. In diesem Wetter, ich bitte Sie! Als ob es da noch auf ein paar Tage ankäme! Ich hatte nicht den Mut, ihm zu sagen, daß die ›große Nachricht‹ bereits in der Zeitung gestanden hat.«

»Was ist er für ein Mann?«

»Ich möchte sagen, er ist ziemlich unangenehm. Gegen Mitternacht kam er an Bord einer Fregatte nach Macao, unangekündigt. Ich hatte innerhalb von fünf Minuten an Bord zu erscheinen. Er legte mir sein Beglaubigungsschreiben vor und gab mir die Depesche des Außenministers zu lesen – sie stimmte Wort für Wort mit Skinners Bericht überein. Wie kommen diese verdammten Journalisten nur an solche geheimen Dokumente? Dann befahl er mir, bei Tagesanbruch auszulaufen, damit Longstaff das Schreiben gleich bekäme. Außerdem sagte er, er würde sofort nach Hongkong kommen und Longstaff hätte umgehend abzureisen. Ich sollte auch den Admiral und den General aufsuchen und den beiden sagen, daß alles für einen Vorstoß nach Norden vorbereitet werden soll.« Monsey warf sich in einen Sessel. »Ein Ire! Mehr brauche ich wohl nicht zu sagen?«

»Warum ist er denn nicht selber gekommen?«

»Wir können nicht zwei Generalbevollmächtigte gleichzeitig hier haben – das würde auf jeden Fall gegen die Bestimmungen verstoßen, Mr. Struan.

Gott sei Dank gibt es so etwas wie das Protokoll. Ich muß sofort an Longstaffs Stelle treten. Sobald er den Hafen verlassen hat, habe ich Seine Exzellenz davon in Kenntnis zu setzen. Dann wird *er* kommen.«
Ein Windstoß packte die Läden und rüttelte an ihnen.
»Hol' ihn der Teufel! Die Sache hat mich fast umgebracht. Wenn er jetzt hier in Asien etwas zu sagen hat, wird es ziemlich heiter zugehen. Als erstes hat er zu mir gesagt: ›Was mich betrifft, so kann dieser verdammte Felsen im Meer versinken.‹ Mit genau diesen Worten! Wenn Sie nichts dagegen haben, werde ich mich jetzt ein bißchen hinlegen. Bin hundemüde.«
Horatio begann erneut zu stöhnen, dann erbrach er sich.
»Geben Sie ihm noch etwas Branntwein«, sagte Struan. »Nebenan finden Sie ein Schlafzimmer.«
Er begab sich nach unten, um festzustellen, wie es der Besatzung der Lorcha ging. Die Leute hatten bereits die Lebensmittel und den Alkohol gefunden. Wer nicht trank oder aß, schlief oder versuchte zu schlafen.
Das Barometer war noch weiter gefallen.
»Mein Gott, und das in einer Stunde!« sagte der junge, große blonde Leutnant. »Übrigens, darf ich mich vorstellen, Mr. Struan: Leutnant zur See Vasserly-Smythe, Royal Navy.«
Struan drückte die ihm gebotene Hand.
»Vielen Dank dafür, daß Sie uns hier aufgenommen haben.«
Ein Nordfenster sprang auf, und Regen und Wind schlugen in die Halle. Drei der Seeleute stürzten hin und schlossen Läden und Fenster.
»Ich denke, ich werde mal einen Blick auf mein Schiff werfen«, sagte der Leutnant.
»Dann kommen Sie am besten hierher.« Struan führte ihn einen Gang entlang zu einem Fenster, das zwar ebenfalls mit Läden verschlossen war, aber vor dem Nordwind geschützt lag. Vorsichtig öffnete er es und blickte hinaus.
Er sah, daß die *China Cloud* und die *Resting Cloud* den Sturm gut durchstanden. Die Lorcha des Leutnants hob und senkte sich mit den Wellen und rieb sich ächzend am Pfahlwerk. Im Osten war kein Horizont mehr zu sehen. Nichts weiter als Finsternis. Und diese Finsternis wälzte sich auf sie zu.
»Sicherer kann Ihr Schiff nicht liegen, Leutnant.«
»Hoffen wir es.« Der junge Mann warf einen letzten erschrockenen Blick auf den Osthimmel und verriegelte die Läden. »Das ist mein erstes Kommando. Ich bin erst seit einigen Monaten in diesen Gewässern. Was sind Taifune?«
»Wirbelstürme mit ungeheurer Windstärke. Man nennt sie auch die Teufelswinde.«

49

Der erste der Großen Winde jagte eine Stunde später über den Hafen hinweg und warf sich auf die *Resting Cloud*. Ihre Ankertaue rissen, und hilflos trieb sie in der Dunkelheit dahin. Mauss in seiner Kammer blickte von der Bibel auf und dankte Gott für alle Gnade und für Hung Hsu Tsch'un. Der

Sturm brachte die *Resting Cloud* fast zum Kentern und warf Mauss so heftig gegen das Schott, daß er das Bewußtsein verlor. Dann wurde das Schiff mit Schlagseite in Richtung auf das Ufer gedrückt. Auf ihrem Kurs lag die *Boston Princess*, das Schiff von Cooper-Tillman. Die beiden Schiffe kollidierten heftig; das Bugspriet der *Resting Cloud* riß einen Teil der Aufbauten des anderen Fahrzeugs mit, bevor es wegbrach. Das Schiff legte sich schwer auf die Seite und trieb mit dem Heck voraus aufs Ufer zu. Der Sturm warf es in das schwimmende Dorf der Sampans, wobei es Dutzende der kleinen Boote zum Kentern brachte, und setzte es dann krachend auf den Strand. Hunderte von Chinesen ertranken, und diejenigen, die noch sicher in ihren Sampans saßen, duckten sich in ihren gebrechlichen Bambushütten. Aber der nächste Große Wind riß auch diese weg.

An Bord der *Boston Princess* zog sich Jeff Cooper vom Boden der großen Kajüte hoch und half Shevaun aufstehen. Der Sturm nahm noch an Heftigkeit zu und schlug auf das Fahrzeug ein, aber seine Ankertaue hielten.
»Ist dir nichts geschehen?« rief Cooper über den Tumult hinweg.
»Alles in Ordnung. Gott steh' uns bei!«
»Bleib hier!« Cooper öffnete die Kajütentür und arbeitete sich nach oben. An Deck war die Hölle los. Der Sturm und der waagrecht gepeitschte Regen trieben ihn wieder zurück. Er ging die drei Decks hinunter, einen Gang entlang und in den Laderaum. Mit einer Laterne leuchtete er die Wandungen ab. Wo die *Resting Cloud* aufgeprallt war, hatten die Holzplanken nachgegeben, und es bestand die Gefahr, daß sie im Seegang leckschlagen würden. Cooper kehrte zu Shevaun zurück.
»Alles in Ordnung«, log er. »Solange unsere Ankertaue halten.«

Ein Großer Wind traf auch Glessing's Point, zerbrach den Signalmast und schleuderte ihn wie einen Wurfspieß gegen den Dienstraum des Hafenkommandanten.
Der Mast krachte durch das Dach und schlug Glessings Arm am Ellbogen ab. Er durchschlug auch noch die Wand zum Nebenraum, warf dort Culum zur Seite und überschüttete Tess mit Ziegeln, Schutt und brennenden Kohlen.
Regen und Sturm drangen durch das geborstene Dach ein; Tess' Kleid fing Feuer. Culum sprang auf und schlug mit den Händen die Flammen aus.
Er hielt Tess, die bewußtlos geworden war, in seinen Armen. Ihr Gesicht war weiß, ihr Haar versengt. Er riß ihr die Kleider herunter und untersuchte sie vorsichtig. Auf dem Rücken hatte sie Brandwunden.
Culum hörte Schreie. Er wandte sich um und erblickte Glessing, dem das Blut aus dem Armstumpf hervorschoß. Auf der anderen Seite des Raums sah er den abgeschlagenen Arm liegen. Culum sprang auf, aber seine Beine waren wie gelähmt.
»Tu etwas, Culum!« brüllte er gegen den Wind.
Nun gehorchten seine Muskeln. Er ergriff eine Flaggenleine und band den Stumpf ab. Dann versuchte er darüber nachzudenken, was als nächstes zu tun war. Da fiel ihm ein, was sein Vater getan hatte, als Sergejew verletzt worden war.

»Die Wunde säubern«, sagte er laut. »Nichts anderes bleibt dir übrig. Dann ausbrennen.«
Er suchte den Teekessel. Es war noch Wasser drin, und so kniete er neben Glessing nieder und begann den Stumpf abzutupfen. »Durchhalten, alter Junge«, murmelte er. Glessings Qualen schnitten ihm ins Herz.
Tess wimmerte, als sie wieder zum Bewußtsein kam. Sie taumelte hoch. Der Wind wirbelte Papiere, Flaggen und Staub durcheinander, so daß sie kaum etwas sehen konnte. Als sie erkannte, was geschehen war, schrie sie auf.
Entsetzt fuhr Culum herum und sah, wie sie den abgetrennten Arm anstarrte.
»Hilf mir! Hol die Feuerzange!« brüllte er über den Sturm hinweg.
Sie schüttelte den Kopf und wich in panischem Entsetzen zurück. Dann wurde ihr übel.
»Hol mir die verdammte Zange!« brüllte Culum und hob erregt die Hände mit den schmerzenden Brandwunden. »Übergeben kannst du dich später!«
Tess richtete sich mit Mühe auf, entsetzt von der Härte in Culums Stimme. Sie begann nach der Feuerzange zu suchen.
»Um Himmels willen, beeil dich!«
Schließlich hatte sie sie gefunden und reichte sie Culum. Alles erschien ihr wie ein fürchterlicher Traum.
Culum packte mit der Zange ein Stück glühende Kohle und drückte sie gegen den Stumpf. Glessing schrie auf und wurde wieder bewußtlos. Der Gestank des verbrannten Fleisches war kaum zu ertragen. Culum kämpfte seine Übelkeit nieder, bis der Stumpf gründlich ausgebrannt war.
Dann wandte er den Kopf und erbrach sich heftig.

Brock blickte vom Barometer auf. Das ganze Schiff zitterte, und das Holz ächzte. »So tief is' es noch nie gefallen, Liza!«
Liza hielt Lillibet an sich gedrückt und bemühte sich, ihre Angst zu unterdrücken. »Wo wohl Tess sein mag. Mein Gott, schütze sie.«
»Ja«, sagte Brock.
Dann stöhnte das Holz erneut auf, das ganze Schiff legte sich auf die Seite, richtete sich jedoch wieder auf.
»Ich gehe an Deck!«
»Bleib hier! Um Gottes willen, Mann, setz dein Leben nich' aufs Spiel und ...«
Aber sie verstummte, denn er war bereits gegangen.
»Wann wird es endlich aufhören, Mama?« schluchzte Lillibet.
»Kann nicht mehr lange dauern, meine Kleine.«
Brock steckte den Kopf vorsichtig aus dem Niedergang auf der Leeseite des Achterdecks hinaus. Er blickte zu den Masten auf. Sie waren durchgebogen wie dünne Stämme. Es gab einen gewaltigen Knall. Das Toppstag des Großmastes war gerissen.
»Entert auf!« brüllte Brock in den Niedergang hinunter. »Backbordwache an Deck!«
Ein Großer Wind stürzte sich brüllend von Norden her auf sie, und noch ein Stag riß und noch eins; der Großmast wurde dicht über dem Deck weggedreht, schlug gegen den Kreuzmast, und beide Maste gingen mit ihren

Rahen und der Takelage krachend auf Deck nieder, wobei sie den Niedergang am Achterdeck eindrückten. Die *White Witch* legte sich gefährlich auf die Seite.

Brock befreite sich aus den Trümmern und brüllte die entsetzte Mannschaft an. »An Deck, Gesindel! Es geht um euer Leben! Kappt die Taue, über Bord mit den Masten, oder wir sind verloren!«

Er trieb die Männer an Deck, und mit einer Hand sich festklammernd, während der Sturm an ihm zerrte und der Regen ihm jede Sicht nahm, schlug er wie besessen mit einer Axt auf das Tauwerk ein. Dabei dachte er an jenen anderen Taifun, der ihn ein Auge gekostet hatte. Er flehte Gott an, ihm dieses eine Auge zu erhalten, und er bat darum, daß Tess in Sicherheit sei und Liza und Lillibet nicht ertrinken mußten.

Schon lange waren die Gerüste der neuen Stadt zusammengestürzt. Ein Großer Wind warf sich über das Ufer, zerstörte die letzten Militärzelte und das Arsenal. Er wehte die Kneipen und Freudenhäuser in der Nähe des Arsenals weg, machte Mrs. Fortheringills Unternehmen dem Erdboden gleich, riß die Gemälde in Fetzen und begrub Aristoteles Quance in den Trümmern. Dann legte er seine schnurgerade Bahn durch die Hütten von Tai Ping Schan, vernichtete hundert Familien und trug die Reste der Hütten eine Meile weit bis auf den Abhang des Berges.

Tief unter der Erde kauerte Gordon Tschen in dem geheimen Keller, den er in den Hang gebaut hatte, an dem Tai Ping Schan lag, und beglückwünschte sich zu seiner Vorsicht. Der Keller bestand aus Felswänden und war sehr stark. Sein Haus oben war verschwunden, das wußte er. Aber voller Vergnügen dachte er daran, daß alle seine wertvollen Besitztümer hier unten in Sicherheit waren. Das Haus ließ sich rasch ersetzen. Seine Blicke streiften über die Hauptbücher, über die Akten mit den Grundstücksurkunden, den Schuldscheinen, den Außenständen und Hypotheken, über die Kästen mit Silberbarren und Jade, über die Ballen kostbarer Seide und die Fässer mit dem edelsten Wein hin. Und sie streiften auch seine Geliebte, Süße Blüte, die halb aufgerichtet unter zartesten Daunendecken in dem Bett lag, das an einer der Wände stand. Gordon schenkte sich nochmals Tee in eine hauchdünne Tasse und legte sich zu ihr.

Du bist doch ein sehr schlauer Bursche, dachte er.

Wind und Regen schlugen gegen die Nordseite von Struans Faktorei im Happy Valley. Von Zeit zu Zeit rüttelte einer der Teufelswinde an dem Gebäude. Aber abgesehen von einem gelegentlichen Zittern und dem tosenden Lärm stand das Gebäude fest und unerschütterlich da.

Struan zündete sich eine Zigarre an. Es ging ihm gegen den Strich, im Haus zu bleiben und nichts zu tun.

»Du rauchst zuviel«, schrie May-may über den Sturm hinweg.

»Rauchen ist gut für die Nerven.«

»Eine schmutzige Gewohnheit. Stinkig.«

Er antwortete nicht, sondern betrachtete erneut das Barometer.

»Für was du alle zehn Minuten hinsehen?«

»Es verrät mir, wo der Sturm ist. Wenn es zu fallen aufhört, sind wir im Auge des Sturmes. Dann wird es, glaube ich, wieder steigen.«
»Ich bin nicht erfreulich glücklich, daß wir hier sind, Tai-Pan. Wäre viel besser in Macao.«
»Das glaube ich nicht.«
»Bitte?«
»Das glaube ich nicht!«
»Ach! Wir müssen heute nacht wieder hier schlafen?« fragte sie, des Schreiens müde. »Ich nicht mögen, daß du oder Yin-hsi oder sogar Ah Sam, dieser Schildkrötenmist, das Fieber kriegen.«
»Ich denke, wir sind hier ziemlich sicher.«
»Bitte?«
»Sind ziemlich sicher!« Er blickte auf seine Uhr. Es war zwanzig nach zwei. Aber als er durch eine Ritze im Laden hinausspähte, konnte er nichts erkennen. Nur eine verschwommene Bewegung in der Finsternis und Regenspuren auf den Scheiben. Er war froh, daß sie hier einigermaßen windgeschützt waren. Dieser Teil des Gebäudes ging nach Osten, Westen und Süden und war daher nicht der vollen Wucht des Sturmes ausgesetzt. Struan war froh, an Land zu sein. Kein Schiff kann so etwas durchstehen, dachte er. Kein Hafen der Welt vermag eine Flotte lange Zeit vor einem solchen Gottesgericht zu schützen. Ich möchte wetten, daß Macao allerhand abbekommt. Dort gibt es keinen Schutz. Sicher wird die Hälfte der Schiffe dort vernichtet, außerdem Zehntausende von Dschunken und Sampans fünfhundert Meilen die Küste hinauf und hinunter. Und das Schiff, das nach Peru unterwegs war? Mit größter Wahrscheinlichkeit ist es hineingeraten und zum Teufel gegangen. Und Pater Sebastian mit ihm.
»Ich sehe mal nach den anderen.«
»Bleib nicht lang weg, Tai-Pan.«
Er ging den Gang entlang und überprüfte, ob die Fensterläden auch sicher verschlossen waren. Dann durchquerte er das Treppenhaus, rückte zerstreut ein Gemälde von Quance zurecht und betrat Robbs alte Wohnung.
Horatio saß – halb im Schatten – in dem Bambussessel, in dem Sarah vor so langer Zeit gesessen hatte, und in dem schwachen, flackernden Schein der Laternen glaubte Struan einen Augenblick, es sei tatsächlich Sarah.
»Hallo, Horatio. Wo ist Monsey?«
Horatio sah Struan an, ohne ihn zu erkennen. »Ich habe Ah Tat gefunden«, sagte Horatio mit sonderbarer Stimme.
»Ich kann Sie nicht verstehen, mein Junge. Sie müssen schon brüllen.«
»Ah Tat. O ja, ich habe sie gefunden.«
»Was sagen Sie?«
Horatio brach in ein entsetzliches Gelächter aus, als wäre Struan gar nicht im Zimmer. »Mary hat eine Abtreibung vorgenommen. Sie ist eine dreckige Hure, die sich stinkenden Heiden hingibt, und das ist sie schon seit Jahren.«
»Unsinn. Das ist doch Unsinn, mein Junge. So etwas müssen Sie nicht glauben«, entgegnete Struan.
»Ich habe Ah Tat gefunden und die Wahrheit aus ihr herausgepeitscht. Mary ist eine verteufelte Hure, die sich den Chinesen hingibt, und sie hat einen

Mischling, einen Bastard getragen. Ah Tat hat ihr das Gift gegeben, um den Bastard zu ermorden.« Wieder ein schrilles Lachen. »Aber ich habe Ah Tat erwischt und sie geschlagen, bis sie mir die Wahrheit gesagt hat. Sie war Marys Kupplerin. Mary hat sich an die Heiden verkauft.«
Er richtete seine Augen mit starrem Blick auf die Flamme der Laterne. »Glessing wird niemals eine Chinesenhure heiraten. Dann gehört sie wieder mir. Ganz mir. Ich werde ihr verzeihen, wenn sie mich auf den Knien darum anfleht.«
»Horatio! Horatio!«
»Sie wird wieder ganz mir gehören. Wie früher, als wir noch jünger waren. Sie wird wieder ganz die Meine sein, und ich werde ihr verzeihen.«
Wieder erschütterte ein Teufelswind das Gebäude, und ein zweiter und dritter. Es war, als befänden sie sich inmitten eines Wirbels. Struan hörte, wie Fenster und Läden aufsprangen. Er stürzte davon und den Gang zu seiner Wohnung entlang. May-may und Yin-hsi lagen zitternd im Bett, Ah Sam stöhnte und war wie erstarrt. Struan eilte ans Bett und nahm May-may in seine Arme. Das Brüllen des Sturmes nahm noch an Heftigkeit zu.
Dann schien seine Gewalt jäh gebrochen.
Stille trat ein.
Durch die Ritzen der Läden sickerte Licht herein, das mit jeder Sekunde heller wurde.
»Was ist geschehen?« fragte May-may, und ihre Stimme klang in der überwältigenden Stille seltsam unwirklich. Struan ließ May-may in die Kissen gleiten und trat ans Fenster. Er lugte durch eine der Ritzen hinaus, öffnete dann vorsichtig das Fenster und machte die Läden auf. Unwillkürlich wich er zurück, als heiße, trockene Luft ins Zimmer strömte.
Ungläubig blickte er auf den Hafen hinaus.
Die *China Cloud* lag noch immer an ihrem Ankerplatz. Die *White Witch* hatte alle Masten verloren, die Enden der Takelage hingen über die Schiffsseiten herunter. Die *Resting Cloud* war bei Glessing's Point auf Grund gelaufen. Die Lorcha war noch immer an der Pier von Noble House vertäut. Er sah eine Fregatte, die auf Grund gelaufen war und nun mit starker Schlagseite in der Brandung lag. Aber der Rest der Flotte, die Truppentransporter und Kauffahrer, lag unbeschädigt vor Anker.
Am blauen Himmel zogen Federwolken hin, und die Sonne schien. Das Wasser im Hafen jedoch war ein siedender Hexenkessel. Die Wellen hoben sich steil empor und warfen sich gegeneinander. Er sah, wie die *China Cloud* am Bug und am Heck gleichzeitig Wasser übernahm. In der Ferne stiegen gewaltige Gewitterwolken wie eine Wand aus dem Meer empor und türmten sich zu unendlicher Höhe auf.
Und über allem lag, wenn man vom Klatschen der gegeneinander anstürmenden Wellen absah, diese unheimliche Stille.
»Wir befinden uns im Mittelpunkt des Wirbels!«
»Was du sagen?«
»Das Auge des Sturms. Das ist es. Die Mitte!«
May-may, Yin-hsi und Ah Sam eilten herbei.
»Die Flotte ist gerettet!« rief Struan begeistert. »Die Schiffe sind gerettet. Sie

sind gerettet!« Jäh schwand seine Freude dahin, und er warf die Läden und Fenster zu und verriegelte sie.

»Los, kommt mit«, drängte er, riß die Tür auf, und sie folgten ihm verwundert. Er rannte den ganzen Gang entlang, durch das Treppenhaus, in den entgegengesetzten Flügel des Gebäudes und öffnete die Tür der am weitesten nördlich gelegenen Wohnung.

Dort waren die Läden zum Teil zerbrochen; ein Fenster war eingdrückt, und die Glassplitter lagen überall umher.

»Hier bleibt ihr«, sagte er.

»Was ist los, Tai-Pan? Der Sturm ist doch vorbei.«

»Tut, was ich euch sage.« Er eilte wieder hinaus. May-may zuckte die Achseln und setzte sich auf einen zerbrochenen Stuhl.

»Was ist in Vater gefahren?« fragte Yin-hsi.

»Das weiß ich nicht. Zuweilen verstehe ich ihn wirklich nicht. Aber dem Himmel sei Dank, daß der Lärm aufgehört hat. Ist es nicht sehr still? Es ist so still, daß es fast weh tut.«

Yin-hsi trat zu einem der Fenster und öffnete es. »Seht mal!« rief sie. »Ist es nicht schön? Ich bin so froh, daß der Sturm vorbei ist.«

May-may und Ah Sam drängten sich neben sie an das Fenster.

Brock stand wie gelähmt an Deck. Er sah die Wellen aus allen Richtungen auf sich zurollen, aber im Windschatten der Küste waren sie nur klein. Die Sonne schien warm, die Luft war trocken. Überall tropfte Wasser. Die Gewitterwolken, die sich ringsum auftürmten, waren wie die Mauern einer mächtigen, viele Meilen großen Kathedrale. Aber diese Mauern waren in Bewegung und kamen immer näher.

»Was ist eigentlich los?« fragte Liza, die mit Lillibet an Deck kam. »Wie schön es jetzt ist!«

»Herrlich!« rief Lillibet.

»Wir befinden uns im Auge des Sturms. In der Mitte des Wirbels!« stieß Brock hervor. Die Seeleute, die an Deck kamen, wandten sich um und sahen ihn an.

»Seht mal!« sagte Lillibet. Sie deutete zur Insel hinüber. »Ist das nicht komisch?«

Die Bäume, die spärlich verstreut auf der Insel wuchsen, hoben sich scharf gegen die braune Erde ab; ihre Äste waren aller Blätter beraubt. Das neue Queen's Town war fast verschwunden, Tai Ping Schan nichts weiter als ein Trümmerhaufen. Auf dem Ufergelände tauchten winzige Gestalten auf.

»Alles nach unten!« rief Brock mit rauher Stimme.

Verwirrt befolgten sie seinen Befehl.

»Käpt'n Pennyworth!«

»Jawohl, Sir?«

»Am besten, Sie machen Frieden mit Ihrem Schöpfer«, sagte Brock. »Nur Er allein weiß, was auf der anderen Seite dieser Teufelswolken is'. Alles nach unten!«

Er griff nach seinem Fernrohr und richtete es auf die Faktorei von Noble House. Er konnte Struan erkennen, der vor dem Haupteingang inmitten

einer Gruppe von Männern stand. An den Fenstern im dritten Stockwerk waren einige Köpfe zu sehen.
Mit einem Ruck schob er das Fernrohr zusammen. »Mach lieber, daß du 'reinkommst, Dirk«, sagte er leise.
Er rückte den eingedrückten Lukendeckel über dem Niedergang an seinen Platz, machte ihn, so gut es ging, fest und stieg nach unten.
»Ich glaube, wir sollten ein paar Gebete sprechen«, sagte er aufmunternd.
»Gern«, antwortete Lillibet. »Kann ich mit meinem anfangen? Wie beim Schlafengehen?«

Culum hatte seinen Arm um Tess gelegt.
»Falls wir lebend hier herauskommen, hol' mich der Teufel, wenn ich hierbleibe«, sagte er. »Wir machen, daß wir nach Hause kommen, und zur Hölle mit dieser Insel!«
»Ja«, stimmte Tess ihm bei, von der Zerstörungen um sie her erschreckt. Entsetzt blickte sie der sich allmählich heranwälzenden Wolkenwand entgegen. Nun hatte sie bereits die Halbinsel Kaulun verschlungen. »Wir sollten lieber wieder hineingehen«, sagte sie.
Culum schloß hinter ihr die Tür, und der Schmerz der Brandwunden an seinen Händen durchfuhr ihn. Aber er schob auch noch den Riegel vor.
Tess suchte sich einen Weg über die Trümmer und kniete neben Glessing nieder. Sein Gesicht war leichenblaß, aber sein Herz schlug. »Armer George.«

Struan schätzte die Entfernung von der Pier bis zur *China Cloud* und bis zu der Gewitterwand im Osten. Er wußte, daß nicht mehr Zeit genug blieb, um ein Beiboot zu nehmen, und so rannte er bis zum Ende der Pier und legte seine Hände an den Mund.
»Orlow!« brüllte er. »*China Cloud* ahoi!« Seine Stimme hallte unheimlich über dem Hafen von Happy Valley. Er sah, daß Orlow ihm zuwinkte und hörte schwach seine Antwort: »Ja?«
»Legen Sie sie mit der Nase nach Süden! Die Winde fallen jetzt von Süden ein! Verholen Sie sie Richtung Süden!«
»Jawohl«, hörte er Orlow antworten, und im nächsten Augenblick sah er Seeleute nach vorn stürzen. Ein Beiboot wurde zu Wasser gelassen, die Männer legten sich fieberhaft in die Riemen und holten den Bug herum.
Struan eilte zu der Gruppe von Männern vor dem Eingang zurück.
»Alles hinein!«
Einige von ihnen befolgten seine Anweisung, aber der junge Leutnant starrte noch immer ungläubig zu seiner Lorcha hinüber und auf den Hafen hinaus.
»Großer Gott im Himmel, sie ist nicht untergegangen! Und sehen Sie sich nur die Flotte an – die Schiffe! Ich hatte geglaubt, sie wären inzwischen alle in der Hölle, aber nur eine einzige Fregatte ist auf Grund gelaufen. Und der Klipper dort hat seine Masten verloren. Wahrhaftig unglaublich! Aus Süden, haben Sie gesagt? Wieso?«
»Los, kommen Sie«, drängte Struan und zog ihn am Arm. »Machen Sie, daß Sie 'reinkommen – und holen Sie auch Ihre Leute herein.«

»Was ist denn?«
»Um Himmels willen, in ein paar Minuten sind wir aus der Mitte heraus. Und dann wird der Sturm umspringen – ich glaube wenigstens, er wird umspringen und uns von Süden anfallen. Holen Sie Ihre Leute …«
Er wurde fast umgerissen, als Horatio an ihm vorbeijagte und die Queen's Road entlang in Richtung auf das Arsenal davonlief.
»Kommen Sie zurück, Sie Idiot, das kostet Sie das Leben!« brüllte Struan hinter ihm her, aber Horatio achtete nicht auf ihn. Da rannte Struan ihm nach.
»Horatio! Was, zum Teufel, ist in Sie gefahren?« rief er, holte ihn ein und packte ihn an den Schultern.
»Ich muß es Glessing sagen. Schluß mit dieser Drecksheirat«, schrie Horatio. »Lassen Sie mich los, Mörder! Sie und Ihre schmutzige Mörderhure! Ich werde dafür sorgen, daß ihr beide hängt!« Er riß sich los und rannte weiter.
Struan lief wieder hinter ihm her, aber da begannen die ersten Tropfen zu fallen, und er blieb stehen. Die Gewitterwand hatte schon den Hafen zur Hälfte überquert. Die See brodelte. Er sah noch, wie die Besatzung des Beiboots an Bord der *China Cloud* stieg und unter Deck verschwand. Orlow winkte ihm ein letztes Mal zu, und dann war auch er verschwunden.
Struan drehte sich um und lief, um in den Schutz der Faktorei zu gelangen. Eine Bö packte ihn; er brauchte alle Kraft, um nicht umgerissen zu werden. Im Platzregen erreichte er die Schwelle und blickte zurück.
Horatio rannte aus dem Happy Valley hinaus und das Ufer entlang. Die Wolkenwand hatte nun das Arsenal erreicht, und Horatio entschwand im Wasserdunst. Struan sah, wie er stehenblieb und zum Himmel emporblickte. Dann wurde die kleine Gestalt wie ein Blatt davongewirbelt.
Struan riß die Tür auf und preßte sie, gegen den Wind ankämpfend, wieder zu, aber noch bevor er sie verriegeln konnte, senkte sich tiefe Finsternis herab. Ein Großer Wind brach herein und schleuderte ihn tief in die Halle. Alle Fenster im Erdgeschoß wurden eingedrückt, drei Seeleute fanden den Tod. Und der Große Wind brauste weiter.
Struan kam wieder auf die Füße, verwundert, daß er noch lebte. Er eilte zur Tür, und seiner gewaltigen Kraft gelang es, sie zu schließen und zu verriegeln. Der Sturm jagte an den Fenstern vorbei und sog auf seinem Weg Schutt, Papier und Laternen aus der Faktorei hinaus – alles was nicht niet- und nagelfest war.
Als Struan zur Treppe rannte, traf er auf den zerschlagenen Leichnam des jungen Leutnants. Er blieb einen Augenblick stehen, aber eine neue Sturmbö warf ihn zurück und riß den Leichnam mit sich. Struan kämpfte sich aus dem Sog heraus und die Treppe hinauf, um sich in Sicherheit zu bringen.

Als der Sturm sie von Süden her anfiel, begann die *White Witch* heftig zu schlingern. Sie legte sich stark über, zerrte an den Bugankern, richtete sich aber wie durch ein Wunder wieder auf und drehte sich dann bebend in den Wind. Brock half Lillibet und Liza wieder auf die Beine und zurück in die Kojen. Schreiend sprach er ihnen Mut zu, aber sie hörten ihn nicht. Alle klammerten sich verzweifelt fest.

Wasser flutete den Niedergang herab, schwappte gegen die verriegelte Tür der Kajüte und sickerte unter ihr ein. Ein Teufelswind packte das Schiff. Ein Krach wie ein Donnerschlag, und das Schiff erzitterte. Da wußte Brock, daß eins der Ankertaue gerissen war.

An Bord der *Boston Princess* hielt sich Shevaun die Ohren zu, um das Tosen der Winde, die über das Schiff hereinfielen, nicht mehr hören zu müssen. Cooper fühlte, wie das letzte Ankertau nachgab. Er brüllte Shevaun zu, sich festzuhalten, aber sie hörte ihn nicht. Schwankend stampfte er auf sie zu und drückte sie mit letzter Kraft gegen einen Pfosten.

Das Schiff schlingerte. Das Backbordschandeck tauchte gurgelnd unter, nahm noch mehr Wasser über. Die *Boston Princess* begann zu sinken. Im Rausch der Zerstörung warf der Sturm sie gegen das russische Schiff.

In der großen Kajüte des gewaltigen Dreimasters stürzte ein Schrank mit Glastüren um. Flaschen, Kristallkaraffen und Bestecke lagen über den Boden verstreut. Sergejew klammerte sich fest, fluchte und sprach ein Gebet. Als sich sein Schiff mit der Nase im Wind wieder aufrichtete, stieß er die Scherben unter seinen Füßen weg, sprach noch ein Gebet und schenkte sich erneut Branntwein ein.

Hol' Asien der Teufel, dachte er. Wäre ich nur wieder zu Hause. Zum Teufel mit diesem elenden Sturm! Zum Teufel mit den Briten! Zum Teufel mit dieser widerlichen Insel! Zum Teufel mit allem! Zum Teufel mit dem Fürsten Tergin, der mich hierhergeschickt hat. Zum Teufel mit Alaska – und mit der Auswanderung. Und zum Teufel mit den beiden Amerika und den Amerikanern! Aber Gott segne Shevaun, die schöne, reizende Shevaun!

Ja, dachte er, als sich das Schiff erneut überlegte und unter dem gewaltigen Anprall des Sturmes ächzte, und Gott segne Mütterchen Rußland, seine heilige Erde und seine geschichtliche Sendung. Der Plan des Fürsten Tergin ist großartig und völlig richtig, selbstverständlich, und ich werde alles tun, um seinen Erfolg zu sichern. Aber der Teufel hol' diese verfluchte Kugel und den verfluchten Schmerz. Keine Ritte mehr über endlose Ebenen. Das ist zu Ende. Jetzt bleibt mir nichts übrig, als alle diese Spielereien zu vergessen. Sieh dir selber ins Gesicht, Alexej! Die Kugel war ein großer Glücksfall – wie hieß noch der Ausdruck, dessen sich der Tai-Pan bediente? – Ach ja, Joss. Die Kugel war Joss. Guter Joss. Nun kann ich alle meine Kräfte in den Dienst Rußlands stellen.

Was tu' ich als nächstes? Ich werde Hongkong verlassen. Es ist erledigt. Dieser Dummkopf, Lord Cunnington, hat England abgewürgt und uns den Schlüssel für Asien geliefert. Um so besser. Jetzt schließt du noch ein Handelsabkommen mit dem Tai-Pan oder mit Brock ab, und danach läufst du sobald wie möglich aus und nimmst Kurs auf Alaska. Dort triffst du Vorbereitungen für die Einwanderung der sibirischen Stämme. Dann geht's nach Hause. Nein, noch besser, du fährst nach Washington weiter. Sieh dich um, halt die Ohren offen, denk nach und tu das, wozu du geboren wurdest – dem Mütterchen Rußland bis an die Grenzen dieser Erde dienen. Seiner Erde.

Sergejew spürte den Schmerz in seiner Hüfte, und zum ersten Male empfand

er dabei eine gewisse Genugtuung. Ausgezeichneter Joss, dachte er. Das wäre also beschlossene Sache. Falls wir den Sturm überleben, brechen wir auf.
Was aber ist mit Shevaun? Wahrhaftig, ein Mädchen, dem man ruhig einige Gedanken schenken darf. Vielleicht auch politisch wertvoll? Ganz gewiß als Frau interessant. Ob es wohl lohnt, sie zu heiraten? Ihr Vater ist jedenfalls Senator. Vielleicht also doch? Vielleicht wäre das sogar ein sehr kluger Schachzug. Denk darüber nach, Alexej. Wir werden eine Elite für das russische Amerika brauchen. Der Kontinent wird in Herrschaftsbereiche aufgeteilt werden. Eheschließungen zwischen Angehörigen verschiedener Völker sind schon immer eine Form der Eroberung gewesen, oder etwa nicht? Vielleicht könntest du die Sache dadurch beschleunigen.
Bei St. Peter, sie hätte ich wahrhaftig gern zur Geliebten. Wie könnte ich das nur einfädeln? Wäre sie wohl überhaupt dazu bereit? Warum auch nicht? Cooper, dieser Trottel, ist allerdings im Weg. Sehr ärgerlich, daß sie verlobt ist. Ein Jammer. Aber neulich hat sie erwähnt, daß sie ihn nicht liebt.

Der Taifun hatte seine volle Stärke erreicht, aber der Schutzwall der Berge bewahrte den Hafen noch immer vor dem Schlimmsten.
Die *Boston Princess* trieb hilflos in der Mitte des Hafens, ein Schandeck schon unter Wasser, und nahm gewaltig Wasser über. Cooper wußte, daß das Ende nahe war. Er hielt Shevaun an sich gepreßt und brüllte, alles würde noch gut ausgehen.
Das Schiff, noch tiefer im Wasser liegend, wurde auf Kaulun zu abgetrieben. Schwerfällig setzte es auf Grund auf. Die Felsen rissen seinen Rumpf auf, und rauschend brachen die Wellen in den Laderaum ein. Ein Großer Wind hob die *Boston Princess* aus der brodelnden See und schleuderte sie über die Brandung hinweg. Zerschlagen blieb sie auf einer Seite liegen.

Nun, da der Sturm von Süden her einfiel, jagte er über die Bergkette hinweg aufs Festland zu. Auf diese Weise bildete Happy Valley einen Kamin, in dem die Gewalt des Windes doppelt wirksam wurde. Er warf sich gegen Noble House und suchte nach einem schwachen Punkt.
Struan hielt May-may in seinen Armen. Die Wohnung im Nordflügel war noch verhältnismäßig sicher. Die Flamme einer Laterne flackerte unruhig und warf seltsam verzerrte, tanzende Schatten. Draußen vor den zertrümmerten Fenstern, auf der Leeseite des tosenden, von Regenmassen begleiteten Sturmes, herrschte undurchdringliche Finsternis. Ah Sam kniete am Boden, Yin-hsi schmiegte sich schutzsuchend an Struan.
May-may drehte sich um, näherte ihre Lippen Struans Ohr und schrie: »Tai-Pan, ich bin unerfreulich unglücklich mit all diesem Lärm.«
Er lachte, drückte sie fester an sich, und sie schlang ihm die Arme um den Hals. Er wußte, daß ihnen jetzt nichts mehr etwas anhaben konnte. Das Schlimmste war überstanden.
»Noch drei oder vier Stunden, und es ist vorbei, meine Kleine.«
»Gemeiner Sturm. Ich dir gesagt haben, es ist ein Drache? Ein Seeungeheuer-Drache?«
»Ja.«

»Gottes Blut!«
»Was ist los?«
»Ich vergessen, die letzte mistschmeckende Gift-Cinchona-Tasse trinken. Heute ist letzter Tag, macht nichts.«
»Du trinkst sie dann eben in ein paar Stunden, schon gut.«
»Ja, mein Gemahl!« May-may fühlte sich sehr glücklich und sehr gesund. Sie spielte mit dem langen Haar in Struans Nacken. »Ich hoffe, den Kindern geht es gut.«
»Bestimmt. Mach dir keine Sorgen, Tschen Scheng wird sich schon um sie kümmern.«
»Wann wir reisen, heja? Ich bin phantastisch eilig wegen Heirat.«
»In drei Monaten. Bestimmt vor Weihnachten.«
»Ich glauben, du solltest noch eine barbarische Frau als Dritte Schwester nehmen.«
Er lachte.
»Sehr wichtig, viele Söhne zu haben. Lach nicht, bei Gott!«
»Vielleicht ist das ein guter Einfall, meine Kleine«, sagte er. »Vielleicht sollte ich drei Barbarenfrauen haben. Dann noch dich und Yin-hsi. Ich glaube, es wäre furchtbar wichtig, uns noch eine chinesische Schwester vor unserer Abreise zu sichern.«
»Puh! Wenn dein Eifer bisher bei Zweiter Schwester ein Zeichen ist, wir nehmen besser Liebhaber, bei Gott!« Dann küßte sie sein Ohr und schrie: »Ich sehr angenehm erfreut, daß mein Joss dich mir gegeben hat, Tai-Pan!«
Ein Anprall der Großen Winde drückte die Fenster auf der Südseite ein, und das ganze Gebäude geriet wie bei einem Erdbeben in Bewegung. Die Nägel im Dach ächzten unter einem übermächtigen Druck. Dann riß eine Teufelsbö das ganze Dach herunter und schleuderte es ins Meer.
Struan merkte, wie der Luftwirbel Yin-hsi mit sich riß. Er griff nach ihr, aber sie war nicht mehr da.
Struan und May-may hielten sich fest umschlungen.
»Hab keine Angst, Tai-tai!«
»Niemals! Ich dich lieben, mein Gemahl.«
Und dann fielen die Großen Winde über sie her.

50

Strahlend stieg die Sonne empor und erwärmte die zerschlagene Stadt und den sicheren Hafen.
Culum fand seinen Vater in den Trümmern der Faktorei. Struan lag zusammengekauert in der Wohnung des Nordflügels, und in seinen Armen hielt er eine kleine, magere Chinesin. Culum fragte sich, wie sein Vater sie hatte lieben können, denn ihm erschien sie nicht schön.
Der Tod hatte ihre Gesichter nicht verzerrt; sie waren friedlich, als schliefen sie.
Culum verließ das Zimmer, ging die teilweise eingestürzte Treppe hinunter und trat in den sanften Ostwind hinaus.

Tess erwartete ihn. Als sie ihn den Kopf hilflos schütteln sah, füllten sich auch ihre Augen mit Tränen, und sie ergriff seine Hand. Sie gingen die Queen's Road entlang und ließen Happy Valley hinter sich, blind für alles, was um sie her war.
Der neue Stadtteil war völlig zerstört. Überall lagen Trümmer umher. Hier und dort standen noch ein paar Gebäude, die einen nichts weiter als Skelette, die anderen nur leicht beschädigt. Am Ufer wimmelte es von Menschen, die hin und her eilten oder in Gruppen beieinanderstanden und die Ruinen ihrer Wohnhäuser oder ihrer Geschäfte betrachteten. Viele beaufsichtigten Scharen von Kulis, die ihre vom Regen durchnäßten Besitztümer in Sicherheit brachten oder mit Reparaturen begannen. Kulis mit Sänften hatten Hochbetrieb, ebenso die Bettler. An den wichtigsten Punkten waren Militärpatrouillen eingesetzt, die verhindern sollten, daß geplündert wurde. Seltsamerweise aber zeigten sich nur wenige Plünderer.
Sampans und Dschunken fischten im stillen Wasser des Hafens nach dem Treibgut zerschlagener Boote. Andere liefen vom Festland her ein und brachten neue Siedler. Der lange Zug von Chinesen vom Ufer hinauf nach Tai Ping Schan hatte erneut begonnen.
Rauch schwebte über dem Berghang. Inmitten der zerstörten Hütten schwelte hier und dort noch ein Brand. Aber unter dieser Rauchdecke herrschte schon wieder reges Leben und Treiben. Die Gasthäuser, Teestuben, Lebensmittelläden und Straßenhändler machten schon wieder Geschäfte, während die Bewohner – hämmernd, sägend, schaufelnd und schwatzend – ihre Wohnstätten zusammenflickten oder neu aufbauten, wobei sie ihren Joss segneten, der sie am Leben gelassen hatte.
»Sieh mal, Culum«, sagte Tess. Sie standen nun in der Nähe des Arsenals.
Culum war völlig benommen und vermochte kaum seine Gedanken zu sammeln. Er blickte in die Richtung, in die sie deutete. Ihr fast fertiggestelltes Haus, das auf einer leichten Erhebung lag, stand ohne Dach da und war vom Fundament abgehoben.
»Du lieber Gott«, rief sie, »was tun wir jetzt?«
Er antwortete ihr nicht. Ihre Angst vertiefte sich, als sie sein Entsetzen spürte.
»Komm«, sagte sie, »gehen wir – gehen wir ins Hotel und dann ... dann an Bord der *White Witch*. Komm jetzt, Liebster!«
Skinner eilte auf sie zu. Sein Gesicht war schmutzig, seine Kleidung zerrissen und verdreckt.
»Entschuldigen Sie mich, Mr. Culum, aber wo ist der Tai-Pan?«
»Wie meinen Sie?«
»Der Tai-Pan. Wissen Sie nicht, wo er ist? Ich muß ihn sofort sprechen.«
Culum antwortet ihm nicht, und so sagte Tess: »Er ... er ist tot.«
»Was?«
»Er ist tot, Mr. Skinner. Wir ... Culum hat ihn gefunden. Er ist tot. In der Faktorei.«
»Ach, mein Gott, nein!« stieß Skinner mit dumpfer Stimme hervor. Mein verdammter Joss! dachte er.
Er murmelte ein paar Worte des Beileids und kehrte in seine Druckerei und

zu seiner zerstörten Druckerpresse zurück. »Jetzt bist du Verleger und Eigentümer!« brüllte er. »Wovon? Du hast keine Druckerpresse mehr und kein Geld, um dir eine zweite zu kaufen. Der Tai-Pan ist tot, also kannst du dir nichts von ihm leihen. Du besitzt nichts, und damit bist du am Ende! Pleite! Was machst du jetzt?« Er trat mit dem Fuß gegen einen Trümmerhaufen, ohne seine Kulis zu beachten, die etwas abseits standen und geduldig warteten. »Warum, zum Teufel, hat er auch in einem solchen Augenblick sterben müssen?«

Er tobte noch eine Weile und setzte sich dann auf einen hohen Schemel. »Was machst du jetzt? Reiß dich zusammen! Denk nach!«

Zunächst einmal kommt es darauf an, eine Zeitung erscheinen zu lassen, sagte er zu sich. Ein Extrablatt. Wie denn? Handpresse. »Jawohl, Handpresse«, wiederholte er laut. Die Arbeitskräfte hast du. Das kannst du also machen. Aber was dann?

Er bemerkte, daß die Kulis ihn beobachteten. Du wirst schön den Mund halten, warnte er sich. Zunächst machst du die Ausgabe fertig, dann gehst du zu dem hilflosen jungen Idioten Culum und beredest ihn dazu, dir Geld für eine neue Presse zu leihen. Den kannst du doch leicht in die Tasche s.ecken. Jawohl. Und halt deinen Mund.

Blore trat ein. Sein Gesicht wirkte leblos.

»Guten Morgen«, sagte er. »Was für eine entsetzliche Katastrophe! Die Tribünen sind verschwunden, und der Sattelplatz ist nicht mehr da. Alles weg. Vier Pferde verloren – auch den Wallach, hol's der Teufel!«

»Der Tai-Pan ist tot.«

»Mein Gott!« Blore lehnte sich an den geborstenen Türrahmen. »Das schlägt dem Faß den Boden aus. Na ja, habe schon gleich gedacht, die Sache sei zu schön, um von Dauer zu sein.«

»Was denn?«

»Hongkong – der Jockeyklub – alles. Jetzt ist alles verloren. Ist ja auch klar. Die ganze Kolonie ist eine einzige Katastrophe. Whalen, diesem neuen Affen, wird ein Blick genügen, und er wird sich krumm und schief lachen. Ohne den Tai-Pan ist alles hoffnungslos. Verdammt, ich habe ihn gemocht.«

»Er war es doch, der Sie zu mir geschickt hat, nicht wahr? Um mir den Bericht zuzuschustern?«

»Nein«, entgegnete Blore. Der Tai-Pan hatte ihn zum Stillschweigen verpflichtet. Ein Geheimnis galt über den Tod hinaus. »Armer Kerl. In gewisser Weise ist es ein Segen, daß er das Ende der Kolonie nicht zu erleben braucht.«

Skinner packte seinen Arm und deutete auf den Hafen hinaus. »Was ist dort draußen?«

»Was? Der Hafen, was denn sonst?«

»Das ist ja das Schlimme bei den meisten Leuten. Sie können weder ihren Kopf noch ihre Augen gebrauchen. Die Flotte hat es überstanden – alle Kauffahrer! Eine Fregatte ist auf Grund gelaufen; die wird innerhalb einer Woche repariert sein und wieder schwimmen. Für die *Resting Cloud* gilt das gleiche. Die *Boston Princess* liegt völlig zerstört an der Küste von Kaulun. Aber das ist auch alles. Begreifen Sie denn nicht? Der schlimmste Taifun aller Zeiten

hat Hongkong auf die Probe gestellt – und Hongkong hat die Prüfung bestanden. Dieser Taifun war ein gewaltiger Joss. Glauben Sie etwa, der Admiral hätte das nicht begriffen? Glauben Sie, Cunnington, dieser Tropf, wüßte nicht, daß unsere Macht auf der Flotte beruht – ganz gleich, was dieser engstirnige General denkt? Wir sind eine *Seemacht*, verdammt noch mal!«
»Großer Gott, meinen Sie wirklich, daß sich's so verhält?«
Skinner war bereits hineingegangen und räumte Trümmer beiseite, die ihm im Weg waren. Er setzte sich, suchte einen Federkiel, Tinte und Papier und begann zu schreiben.
»Glauben Sie das wirklich?«
»An Ihrer Stelle würde ich mich jetzt darum kümmern, daß neue Tribünen gebaut werden. Soll ich eine Meldung einrücken, daß Sie wie vorgesehen ein Rennen abhalten?«
»Selbstverständlich. Großartige Idee!« Blore dachte einen Augenblick nach. »Wir sollten eine gewisse Tradition entwickeln – vielleicht ein besonderes Rennen veranstalten. Mit den am höchsten dotierten Preisen des Jahres – das letzte Rennen der Saison. Wir werden es das Tai-Pan-Gedächtnisrennen nennen.«
»Ausgezeichnet. Heute abend können Sie es schon in der Zeitung lesen!«
Blore sah Skinner beim Schreiben zu. »Verfassen Sie seinen Nachruf?«
Skinner öffnete eine Schublade, holte einen Stoß Papier hervor und schob ihn Blore zu. »Habe ich schon vor ein paar Tagen geschrieben. Lesen Sie ihn. Dann können Sie mir an der Handpresse helfen.«

Culum und Tess standen noch immer an der Stelle, wo Skinner sie verlassen hatte.
»Komm jetzt«, sagte Tess und zog ihn besorgt am Arm.
Nur mit Mühe gelang es Culum, sich wieder zu sammeln. »Warum gehst du nicht an Bord der *White Witch*? Ich … ich bin sicher, daß man sich dort Sorgen um dich macht und wissen will, ob du es überstanden hast. Ich komme später nach. Laß mich bitte eine Weile allein. Ich … ja, laß mich nur ein bißchen allein.«
»Ach, Culum, was sollen wir tun?«
»Ich weiß es nicht. Ich weiß es wirklich nicht.«
Er sah, wie sie zu ihm aufblickte. Dann war sie verschwunden. Er ging nach Glessing's Point weiter, hörte nichts und sah nichts. Es gab keine Zeit mehr für ihn. Mein Gott, was soll ich nur tun?
»Mr. Struan?«
Culum fühlte, wie jemand ihn am Arm festhielt, und tauchte aus seiner Benommenheit auf. Er bemerkte, daß die Sonne schon hoch am Himmel stand und daß er an dem geborstenen Flaggenmast von Glessing's Point lehnte. Der Schiffsprofos blickte auf ihn herab.
»Seine Exzellenz läßt Ihnen ausrichten, Sie möchten so freundlich sein und an Bord kommen, Mr. Struan.«
»Ja. Ja, selbstverständlich«, antwortete Culum. Er fühlte sich wie betäubt. Er ließ sich vom Schiffsprofos zu dem wartenden Beiboot führen. Er stieg die Gangway zum Flaggschiff hinauf und ging nach unten.

»Mein lieber Culum«, sagte Longstaff, »furchtbare Nachrichten. Entsetzlich. Ein Glas Portwein?«
»Nein, danke, Exzellenz.«
»Nehmen Sie Platz. Ja, wirklich entsetzlich. Erschütternd. Ich habe sofort, nachdem ich die Nachricht erhalten hatte, nach Ihnen suchen lassen, um Ihnen mein Beileid auszusprechen.«
»Ich danke Ihnen.«
»Morgen mit dem Ebbstrom läuft mein Schiff aus. Der neue Generalbevollmächtigte hat mir durch Monsey mitteilen lassen, daß er sich in Macao befindet.« Verdammter Whalen! Warum, zum Teufel, hat er nicht warten können? Verdammter Taifun! Verdammter Dirk! Verdammt alles miteinander!
»Sie kennen Monsey, nicht wahr?«
»Nein – nein, Sir.«
»Ist auch ohne Belang. Wahrhaftig. Verflucht ärgerlich. Monsey war auch in der Faktorei und hat nicht einen Kratzer abbekommen. Ja, furchtbar. Der Joss ist unberechenbar.« Er nahm eine Prise und nieste. »Haben Sie gehört, daß auch Horatio umgekommen ist?«
»Nein – nein, Sir! Das letzte ... ich hatte geglaubt, er sei in Macao.«
»Verdammter Idiot, warum mußte er in den Tod hineinrennen? Erschwert nur noch alles. Ach, übrigens, Ihr Vater hatte einige Dokumente für mich. Die muß ich vor meiner Abreise noch haben.«
Culum durchforschte sein Gedächtnis, und diese Anstrengung erschöpfte ihn vollends. »Er hat sie mir gegenüber nicht erwähnt, Exzellenz. Ich weiß nichts darüber.«
»Bestimmt hat er sie an einem sicheren Ort aufbewahrt«, antwortete Longstaff. Er war froh, daß Culum in diese Dinge nicht eingeweiht war. »Sicherlich liegen sie im Tresor. Wo hat er denn seinen privaten Tresor?«
»Ich ... ich weiß es nicht, Sir. Ich werde Vargas fragen.«
»Los, Culum, reißen Sie sich zusammen, das Leben geht weiter. Die Lebenden müssen ihre Toten begraben. Das gehört nun einmal mit zum Leben. Man darf doch nicht aufgeben, nicht wahr? Wo hat er seinen Tresor? Denken Sie nach! In der Faktorei? An Bord der *Resting Cloud*?«
»Ich weiß es nicht.«
»Dann möchte ich Ihnen vorschlagen, daß Sie sich einmal umsehen, und zwar recht schnell.« Longstaffs Stimme wurde schärfer. »Es handelt sich um eine Angelegenheit von allerhöchster Bedeutung. Und behalten Sie die Sache für sich. Sie wissen doch wohl, welche Strafe auf Landesverrat steht?«
»Ja ... ja, natürlich«, antwortete Culum. Longstaff jagte ihm Angst ein.
»Um so besser. Und vergessen Sie nicht, daß Sie noch immer Stellvertretender Kolonialsekretär sind und der Krone durch einen feierlichen Eid verpflichtet. Ich habe die Papiere Ihrem Vater zur Aufbewahrung gegeben. Es handelt sich dabei um höchst geheime diplomatische Schriftstücke, die sich auf eine ›befreundete Macht‹ beziehen. Karten, Schriftstücke in russischer Sprache und in englischer Übersetzung. Suchen Sie sie. Sobald Sie sie gefunden haben, melden Sie sich wieder bei mir. Auf jeden Fall melden Sie sich bei Sonnenuntergang an Bord. Falls Sie mit der Sache nicht fertig werden, werde ich sie selber in die Hand nehmen. Ach ja, noch etwas: Ich werde eine be-

stimmte Menge Saatgut an Sie liefern lassen. In ein paar Tagen muß es hier sein. Sie werden dieses Saatgut an mich weiterleiten und die Angelegenheit ebenso diskret behandeln. Ordonnanz!« rief er.
Die Tür wurde umgehend aufgerissen. »Jawohl, Sir?«
»Bringen Sie Mr. Culum zur Gangway!«
In tiefer Verwirrung kehrte Culum zum Beiboot zurück. Er eilte zur *Resting Cloud*. Sie lag inmitten des schwimmenden Dorfes der Sampans und zeigte kaum Schlagseite. Um sie gegen Plünderer zu schützen, waren Posten an Bord aufgezogen. Er stieg an Bord und ging nach unten.
Vor Struans Kajüte stand Lim Din mit einem Hackmesser auf Wache.
»Maste' tot?« fragte er.
»Ja.«
Lim Din antwortete nicht. Sein Gesichtsausdruck hatte sich nicht verändert.
»Wenn Tai-Pan Papiere haben – wichtige Papiere –, wohin tun?« fragte Culum.
»Heja?«
»Papiere – in Sicherheit haben. Tresor haben? Eisenkasten?«
Lim Din machte ihm ein Zeichen einzutreten und zeigte ihm den Tresor, der im Schott von Struans Schlafraum eingelassen war. »Dies Stück?«
»Schlüssel?«
»Schlüssel nicht haben. Tai-Pan haben, keine Sorge.«
Wo aber konnte er den Schlüssel aufbewahren, fragte sich Culum verzweifelt. Bei sich! Selbstverständlich hatte er ihn bei sich! Ich muß ... konnte Vargas einen Zweitschlüssel haben? Lieber Gott im Himmel, hilf mir. Es muß ja auch eine Beisetzung stattfinden, wir müssen einen Sarg haben. Wo kann ich nur ... und ... was ist mit dem Mädchen, der Chinesin? Kann sie mit ihm zusammen beigesetzt werden? Nein, das darf nicht sein. Hatte er eigentlich Kinder mit ihr? Hat er das nicht gesagt? Wo sind sie? Unter den Trümmern? Denk nach, Culum! Wach auf, um Himmels willen! Was ist mit den Schiffen? Und dem Geld? Hat er ein Testament hinterlassen? Laß das beiseite, das ist jetzt nicht wichtig – das alles ist nicht wichtig. Zunächst mußt du die Geheimpapiere finden. Was hat Longstaff gesagt? Karten und ein russisches Schriftstück?
Unbemerkt hatte Brock die Kajüte betreten. Er sah die Furcht und die Hilflosigkeit in Culums Gesicht und die Blutspuren an seinen Händen und auf seinen Kleidern. »Guten Morgen, mein Junge«, sagte er freundlich. »Bin gekommen, sobald ich Bescheid gewußt hab'. Tut mir leid, aber behalt klaren Kopf. Werd' schon alles für dich tun.«
»Ich danke Ihnen, Mr. Brock«, antwortete Culum, und es war ihm anzusehen, wie erleichtert er war. »Es ist nur, daß ich ...« Kraftlos ließ er sich auf einen Stuhl sinken.
»Tess hat gesagt, ohne dich wär' sie tot und Glessing auch. Is 'n schlimmer Joss mit deinem Vater, aber nur nich' den Kopf verlieren. Bin in der Faktorei gewesen und hab' alle Vorkehrungen getroffen. Habe Orlow befohlen, Löwe und Drache auf Halbmast zu setzen, und die *Resting Cloud* haben wir im Handumdrehen wieder flott. Komm nur wieder zu Atem. Kümmer' mich schon um alles.«

»Ich danke Ihnen, Mr. Brock. Aber haben Sie seinen Schlüssel gesehen? Ich muß nämlich etwas holen.« Culum stand schon im Begriff, ihm die Sache mit den Dokumenten zu erklären, aber da fiel ihm ein, was ihm Longstaff bezüglich des Landesverrats gesagt hatte, und er unterbrach sich gerade noch rechtzeitig. »Ich habe nur gedacht«, fuhr er zögernd fort, »daß ich seine Papiere durchsehen müßte.«
»Hab' seine Taschen nich' durchstöbert«, brummte Brock ein wenig schroff. »Habe nur ihn richtig hingelegt und die Frau weggeschafft, daß keiner sie sieht.« Ach, Dirk, dachte er, niemals vergesse ich, wie du ausgesehen hast, du und die Heidin. Ihr beide zusammen. Aber um deiner selbst und um deiner Kinder willen wirst du allein als Christ beigesetzt.
»Für sie treffe ich Vorbereitungen in aller Stille.«
»Ja, natürlich«, sagte Culum.
»Wir schließen uns jetzt zusammen, Culum. Die Firmen Brock und Struan. Is' für uns alle das beste. Noble House wird jetzt Brock-Struan. Lasse gleich die entsprechenden Verträge ausfertigen und dann Strich drunter.« Jawohl, sagte er zu sich, ich reib' dir nich' deinen Joss unter die Nase, Dirk, aber jetzt bin ich *der* Tai-Pan. Culum wird mir folgen, wenn er was taugt, nach Morgan und Tom. »Is' alles zwischen dir und Tess und mir vergessen, mein Junge. Am besten, du gehst jetzt an Bord der *White Witch*. Tess braucht etwas Zuspruch.«
»Ja. Gut, Mr. Brock. Ich danke Ihnen. Aber ... wenn Sie nichts dagegen haben, möchte ich zunächst noch einmal in die Faktorei zurückkehren.«
»Sei bei Sonnenuntergang an Bord.« Brock ging hinaus.
Culum wischte sich das Gesicht mit den Händen ab. Das ist das beste. Der Zusammenschluß. Das ist das beste. Du hast es selber immer gesagt. Reiß dich jetzt zusammen, Culum. *Beschaff dir den Schlüssel!*
»Maste'?« Lim Din machte ihm ein Zeichen, ihm zu folgen, und ging in eine andere Kabine voraus. Am Boden lag Mauss. Im Tod war er häßlich.
»Joss. Schon gut«, sagte Lim Din und lachte nervös auf.
Culum tastete sich durch das Schiff und ging von Bord. Das Herz tat ihm weh. Er eilte die Plankenstege des Sampandorfes entlang und kam schließlich bei Glessing's Point heraus. Er folgte der Queen's Road, indem er sich seinen Weg zwischen Trümmerhaufen und zerbrochenem Hausrat bahnte. Ab und zu murmelte er zerstreut einen Dank, wenn die Menschen auf ihn zutraten und ihm ihr Beileid ausdrückten. Nur ein Gedanke beherrschte ihn in seiner Verwirrung: du mußt seine Taschen durchsuchen.
»Culum!«
Benommen erkannte er Cooper neben Shevaun inmitten einer Gruppe von Chinahändlern in der Nähe des Hotels. Er wollte schon weitergehen, aber sie traten auf ihn zu.
»Wir haben es gerade erst erfahren, Culum. Es tut mir sehr leid«, sagte Cooper. »Können wir Ihnen in irgendeiner Weise helfen? Es ist ein schrecklicher Joss.«
»Ja«, sagte Shevaun. Ihr Gesicht war voll blauer Flecken, ihre Kleidung zerrissen. »Entsetzlich. Wir sind eben erst aus Kaulun zurückgekommen. Es ist furchtbar, so unverständlich.«

»Ich … ich … entschuldigen Sie, ich kann jetzt nicht sprechen. Ich habe noch …«
Sie blickten ihm nach, während er davoneilte.
»Armer Kerl«, sagte Cooper. »Noch so jung.«
»Er sieht völlig verstört aus.«
»Kein Wunder. Der Tai-Pan und die Sache mit Glessing, das genügt.«
»Wird er es überstehen? Glessing?«
»Ich weiß es nicht. Hoffentlich.« Cooper blickte über den Hafen hinweg. Er sah das Wrack der *Boston Princess* und dankte Gott dafür, daß sie am Leben waren. »An seiner Stelle wäre ich auch verstört und hätte Angst.« Der arme Bursche wird jede nur mögliche Hilfe gut brauchen können, dachte Cooper. Gott sei Dank hat der Tai-Pan mir noch vor seinem Tod die Papiere gegeben. Ob er wohl eine Vorahnung hatte? Nein, bestimmt nicht. Was aber wird jetzt mit Culum? Was wird er unternehmen? Er ist noch so hilflos. Vielleicht könnte ich ihm zur Seite stehen – das schulde ich dem Tai-Pan, und mehr als das. Jetzt machen wir das Cinchona-Geschäft zusammen. Die beiden anderen Direktoren streichen wir, so bleiben nur Culum und ich. Warum sollten wir nicht unsere Kräfte vereinen? Die beiden Firmen ineinander aufgehen lassen? Das neue Noble House – Cooper-Struan. Nein! Struan-Cooper. Du wirst Culum gegenüber anständig sein. Er kommt gleich nach dir. In einer solchen Fusion liegen gewaltige Möglichkeiten, das ist klar. Aber du solltest dich sehr schnell rühren, oder Brock hat den Jungen bald so weit, daß er ihm aus der Hand frißt. Tai-Pan von Noble House. *Der* Tai-Pan. Warum nicht?
»Worüber lächelst du?« fragte Shevaun.
»Ein Gedanke, der mir soeben kam«, sagte er und nahm ihren Arm. Du warst sehr klug, Dirk, mein Freund, in deinen Unternehmungen. Ich werde ein Jahr brauchen, um alles unter Dach zu bringen. »Ich bin so froh, daß ich noch lebe. Gehen wir zur Pier hinunter. Wir wollen mal feststellen, ob Sergejew alles gut überstanden hat. Hör zu, Shevaun, ich habe beschlossen, dich auf ein Jahr nach Hause zu schicken, mit dem nächsten Schiff.«
»Was soll das?« fragte Shevaun und blieb stehen.
»Wenn du am Ende dieser Zeit der Ansicht bist, daß du mich liebst und mich heiraten willst, werde ich der glücklichste Mann auf Erden sein. Nein, bitte, sag nichts«, fuhr Cooper fort, als sie etwas einwenden wollte. »Laß mich zu Ende reden. Entscheidest du aber, daß du mich nicht liebst, erhältst du deine Freiheit zurück und meinen Segen dazu. Ich werde so oder so die Tillman-Anteile nicht aufkaufen. Dein Vater wird für die Dauer seines Lebens …«
Shevaun und er setzten Arm in Arm ihren Weg fort, während er ihr seinen Plan erläuterte. Aber sie hörte ihm nicht mehr zu. Ein Jahr, dachte sie frohlockend und verbarg ihre Freude. Die Freiheit in einem Jahr. Befreit von diesem verfluchten Ort! Und mein Vater hat noch immer seine Anteile! O Gott, du hast meine Gebete erhört. Ich danke, danke, danke dir. Armer Dirk, meine große Liebe! Jetzt bin ich frei, aber du bist tot.
Sie blickte zu dem russischen Dreimaster hinüber. Ja, dachte sie, der Tai-Pan ist tot. Aber du bist frei, und der Großfürst wäre eine ausgezeichnete Wahl.
»Entschuldige, Jeff, aber was hast du eben gesagt? Ich war mit meinen Gedanken ganz woanders.«

»Ich möchte dich nur bitten, deinem Vater ein paar private Schriftstücke zu übergeben.«
»Selbstverständlich, mein Lieber. Und ich danke dir, danke dir sehr. Das Jahr wird schnell vorbei sein.«

Gordon Tschen verneigte sich in der zerstörten Pagode vor dem Buddha und zündete ein letztes Joss-Stäbchen an. Er hatte um seinen Vater und um May-may getrauert.
Jetzt ist nicht der richtige Augenblick, um zu trauern, dachte er. Joss ist Joss. Jetzt ist es Zeit zum Nachdenken.
Noble House ist tot.
Culum hat nicht die Kraft, die Sache fortzuführen. Brock wird ihn beherrschen und die beiden Firmen vereinen. Mit Brock werde ich nicht fertig. Wenn sich Culum mit Brock zusammentut, ist er erledigt. Dann kann er mir auf keine Weise helfen. Kann ich ihm helfen? Ja. Aber bei den Barbaren bin ich ihm keine Hilfe, und ebensowenig kann ich ihm helfen, *der* Tai-Pan zu sein. Das ist etwas, was ein Mann sich selber erkämpfen muß.
Der Rauch des Räucherwerks wirbelte wie zarter Nebel empor; er folgte ihm mit den Augen. Der Duft tat ihm wohl.
Nur mein Vater hat von unserer Vereinbarung gewußt. Ich habe ein Lac Silber, und im Lauf der Zeit werden daraus fünfzig, sogar hundert. Ich bin der reichste Chinese auf der Insel Hongkong. Und der mächtigste. *Der* Tai-Pan der Chinesen.
Seien wir ehrlich – ich bin weder Chinese noch Engländer. Nein. Aber ich bin mit meinem Joss zufrieden und mehr Chinese als Engländer. Ich werde eine Chinesin heiraten, und auch meine Kinder und Enkel werden sich mit Chinesen verbinden.
Hongkong? Die Insel soll stark werden. Dabei will ich mithelfen. Heute habe ich den Plünderern das Handwerk gelegt. In Zukunft wird es Arbeitskräfte zur Genüge geben, und sie werden gehorchen.
Ich glaube an das, was mein Vater gesagt hat: die britische Regierung wird stürzen. Sie muß stürzen. Götter, ich bitte darum, daß sie um der Zukunft Chinas willen stürzt! Du bist Chinese – denk an China. Ich werde die größte Pagode im südlichen China stiften ... zumindest eine Pagode, die des Hauptquartiers der Tongs und Tai Ping Schans würdig ist, sobald die Regierung gestürzt und Hongkong mit Sicherheit britisch ist.
Er machte Kotau und berührte mit der Stirn den Boden vor der Buddhastatue, um diese Zusage zu bekräftigen.
Ja, nur Vater weiß, wie reich wir werden sollten. Jetzt gehört die Hälfte Culum. Jeden Monat werde ich ihm eine Abrechnung vorlegen, und wir teilen uns den Gewinn aus dem Geschäft, solange er Vaters Verpflichtungen erfüllt. Das bedeutet, daß ich alles in der Hand habe. Fragen werden nicht gestellt; es bleibt eine Sache unter vier Augen – nur zwischen uns beiden.
Such ihn jetzt auf und sprich ihm dein Beileid aus.
Ein Jammer, daß Culum Brocks Tochter geheiratet hat. Das bedeutet seinen Sturz. Ein Jammer, daß er nicht die Kraft hat, allein auf seinen Füßen zu stehen. Wenn wir nur unsere Plätze tauschen könnten. Ich würde den Bar-

baren schon zeigen, wie man Noble House leitet. Wenn es sein müßte, würde ich es auch dem Kaiser zeigen. Wenn Culum etwas mehr Kraft in sich hätte und bereit wäre, Ratschläge anzunehmen, könnten Tschen Scheng und ich die Brocks und all die anderen Schakale in Schach halten.
Schon gut. Ich werde jedenfalls meinem Vater und seiner Tai-tai eine Beisetzung ausrichten, von der man noch in hundert Jahren sprechen wird. Ich werde ihm und seiner Tai-tai je eine Tafel stiften und hundert Tage trauern. Dann werde ich die Tafeln um ihrer glücklichen Wiedergeburt willen verbrennen.
Ich werde Duncan und die Kleine holen und sie wie meine eigenen Kinder aufziehen. Und ich werde eine Dynastie gründen.

Es war die Stunde des Sonnenuntergangs. Culum saß auf den Stufen der verlassenen Kirche auf der Kuppe im Happy Valley, den Kopf in den Händen aufgestützt. Er blickte in die Ferne. Du mußt dir den Schlüssel beschaffen, dachte er immer wieder. Es gibt nichts, was du zu befürchten hast. Du mußt dir den Schlüssel beschaffen und dann die Papiere. Vorwärts, Culum.
Angst und Entsetzen waren überstanden. Nun aber verzehrten ihn der Ekel vor sich selber und die Einsamkeit. Er blickte auf die Faktorei hinab. Vargas und Orlow standen noch immer vor dem Eingang. Verschwommen erinnerte er sich daran, wie er vor Stunden ins Tal gekommen war und sie dort gestanden hatten, wie er sich dann abgewandt hatte, um sie nicht sehen zu müssen, und als sie dann hinter ihm herkamen, hatte er geschrien: »Laßt mich doch in Ruhe!« Er bemerkte, daß Gordon Tschen jetzt zu ihnen getreten war. Gordon war, wie er sich erinnerte, vorhin nicht dort gewesen. Was will er? Will er sich über mich lustig machen? Will er mich bemitleiden, wie all die anderen? Longstaff … Brock … Cooper … Shevaun … Skinner … Vargas … Orlow. Sogar Tess. Ja, ich habe es sogar in deinem Gesicht gesehen, als wir auf der Queen's Road stehengeblieben sind. Sogar in deinem Gesicht. Und du hast recht. Du hast völlig recht.
Was fange ich an? Was soll ich tun? Ich bin nicht mein Vater. Ich habe es ihm gesagt, daß ich es nicht bin. Ich bin ihm gegenüber aufrichtig gewesen.
Beschaff dir den Schlüssel. Beschaff dir den Schlüssel und die Papiere. Du mußt die Papiere abliefern. Longstaff hat dir befohlen, an Bord zu kommen. Die Zeit ist bald abgelaufen. Ach, mein Gott!
Soll ich Brock von Jin-kwas Münzen erzählen? Von den noch übrigen drei halben Münzen, von den drei Gefälligkeiten, dem heiligen Eid und der *Lotus Cloud*? Das muß ich. Mein Gott, was ist mit Wu Kwok? Und was ist mit den chinesischen Kapitänsanwärtern und den Jungen, die Vater anvertraut wurden? Brock wird meinen Eid nicht gelten lassen. Ich weiß, er tut es bestimmt nicht. Mir ist es gleichgültig. Was macht es aus?
»Guten Tag.«
»Ach, guten Tag, Mr. Quance.« Culum blinzelte niedergeschlagen in die Schatten hinein. »Lassen Sie mich bitte allein, bitte.«
Aristoteles Quance schmerzten alle Glieder. Erst vor einer Stunde hatte man ihn aus den Trümmern ausgegraben. Haar und Gesicht waren mit Blut und Trümmerstaub verschmiert, seine Kleidung war beschmutzt und zerfetzt.

»Es tut mir sehr leid«, sagte er. »Das war eben Joss.«
»Wie ich dieses Wort hasse! Bitte, lassen Sie mich jetzt allein.«
Quance erkannte die Hilflosigkeit, den Schmerz und den selbstzerstörerischen Haß in dem Gesicht, das ihn von ferne an jenes andere erinnerte, das er so gut gekannt hatte. Er dachte an jenen Tag zurück, an dem er Struan zum ersten Male gesehen hatte, als er bewußtlos im Schmutz einer Gasse in Macao lag. Ebenso hilflos, erinnerte er sich. Nein, ebenso nicht, das auf keinen Fall. Dirk war wie ein Gott, auch wenn er im Dreck lag. Ach, Dirk, du hast stets das Gesicht eines Gottes und die Macht eines Gottes besessen – im Wachen und im Schlafen. Ja, und sogar im Tod, dessen bin ich sicher. Ein *Gesicht*. Das hattest du. So anders als dein Sohn.
Ja, aber doch nicht ganz anders. Culum ist wegen der Sache mit der Kuppe gegen dich aufgestanden. Aber er hat sich gegen Brock hinter dich gestellt. Und er hat vor deinen Augen Gordon Tschen die Hand geschüttelt. Er ist mit dem Mädchen durchgebrannt und hat sich über alle Folgen hinweggesetzt. Und er hat Glessing das Leben gerettet. Der Funke ist da.
Erinnerst du dich noch an das, was du sagtest, als du wieder zum Bewußtsein gekommen warst, Dirk? »Ich weiß nicht, wer Sie sind, aber ich danke Ihnen dafür, daß Sie mir mein Gesicht zurückgegeben haben.«
Du hattest es niemals verloren, Dirk, mein Freund.
»Ja. Aber gib meinem Sohn auch das seine zurück.«
Würdest du das nicht sagen, wenn du hier wärst? Bist du nicht hier? Du fehlst mir so, mein Junge.
Aristoteles Quance drängte seine eigene Trauer zurück und setzte sich neben Culum auf die Stufe. »Ich weiß, daß es nicht der richtige Augenblick ist, Ihnen mit einer solchen Sache zu kommen, Tai-Pan, aber können Sie mir nicht vierhundertfünfzig Guineen leihen?«
»Bitte? Was haben Sie gesagt?«
»Könnten Sie mir vierhundertfünfzig Guineen leihen, Tai-Pan? Ich weiß, daß es furchtbar ist, in einem solchen Augenblick so etwas zu erbitten, aber die alte Hexe Fortheringill ist noch am Leben – kein Taifun würde es wagen, sie anzurühren! Sie droht mir damit, mich ins Schuldgefängnis zu bringen. Und außer Ihnen habe ich niemanden, an den ich mich wenden könnte.«
»›Tai-Pan‹ haben Sie gesagt? Sie haben mich Tai-Pan genannt?«
»Sind Sie es etwa nicht?«
Da erinnerte sich Culum an das, was sein Vater einmal gesagt hatte. Da hatte er ihm von der Freude und den Schmerzen eines Tai-Pan gesprochen; davon, ein Mann zu sein; davon, ganz allein zu stehen; vom Leben und von seinem Kampf.
Da schwand seine Einsamkeit dahin. Er sah die drei Männer unten stehen. Seine Unsicherheit kehrte zurück. Für Aristoteles war es ziemlich einfach zu sagen: »Tai-Pan«, dachte er. Aber was war mit ihnen? Du mußt sie auf deine Seite bringen. Aber wie? Was hatte sein Vater gesagt? »Menschen beherrscht man durch den Verstand und durch Magie.«
Noch immer von einem Gefühl der Schwäche erfüllt, erhob er sich. »Ich ... werde es versuchen. Beim Allmächtigen, ich werde es wirklich versuchen. Ich werde Sie niemals vergessen, Aristoteles. Niemals. Bei Gott nicht.«

Er ging den Hang hinunter, von Unruhe erfüllt. Der Schiffsprofos näherte sich vom Beiboot; sie trafen sich vor der Eingangstür der Faktorei.
»Seine Exzellenz bittet Sie, sofort an Bord zu kommen.«
»Richten Sie ihm bitte aus, daß ich ihn sobald wie möglich aufsuche«, antwortete Culum mit einer Ruhe, die er nicht empfand.
»Er will Sie aber jetzt sprechen.«
»Ich habe zu tun. Sagen Sie ihm, daß ich zu tun habe!«
Dem Mann schoß die Röte ins Gesicht. Er grüßte und stampfte davon.
Was steht überhaupt in diesen Papieren? fragte sich Culum. Er nahm seine ganze Willenskraft zusammen und trat Orlow, Vargas und Gordon Tschen entgegen.
»Brock hat mir auf meinem Schiff einen *Befehl* übermitteln lassen«, sagte Orlow. Er sah die Blutspuren an Culums Händen, an seinen Ärmeln und erschauerte. »Den Befehl, die Flagge auf Halbmast zu setzen. Ich hätte es ohnehin getan, sobald ich es erfahren hatte. Habe ich jetzt Befehle von ihm entgegenzunehmen?«
»Brock wird uns vernichten, Mr. Culum. Was sollen wir tun?« rief Vargas und rang die Hände.
»Lassen Sie die notwendigen Vorkehrungen für die Beisetzung treffen, Vargas. Mein Vater und seine Geliebte werden miteinander beigesetzt.«
»Miteinander?«
»Ja. Miteinander. Sie war Christin und wird mit ihm zusammen beigesetzt. Gordon, warte bitte auf mich. Ich möchte mit dir reden. Orlow, gehen Sie an Bord Ihres Schiffes und heißen Sie die Flagge. Am Großtopp. Dann gehen Sie an Bord der *White Witch* und holen meine Frau an Land.«
»An Land holen, haben Sie gesagt?«
»Ja. Und hier wäre noch etwas.« Er holte die zwanzig Goldstücke heraus. »Die geben Sie Brock mit meinen besten Empfehlungen. Richten Sie ihm aus, ich hätte gesagt, er solle sich selber einen Sarg dafür kaufen.«
Die drei Männer sahen Culum seltsam an.
Dann sagten sie: »Jawohl, Tai-Pan«, und gehorchten.

Knaur

Romane von
James Clavell

Foto: © Snowdon

(235)

(625)

(1439)

(3004)

(653)